BASTEI
LÜBBE

BASTEI LÜBBE JASON DARKS SONDERAUSGABEN IM TASCHENBUCH-PROGRAMM:

73 901 Willkommen in der Hölle
73 902 Zeit der Monster
73 903 In Satans Diensten
73 904 Flüche aus dem Jenseits
73 905 Kämpfer gegen die Hölle
73 906 Dämonenbrut
73 907 Geister, Zombies und Vampire
73 908 Gegen Tod und Teufel
73 909 Alptraum Atlantis
73 910 Im Bann der Schwarzen Magie
73 911 Vampir-Schrecken
73 912 Monster aus dem Schattenreich
73 913 Hexenspuk und Teufelssaat
73 914 Im Reich des Bösen
73 915 Grauen aus der Hölle
73 916 Sarggeflüster
73 917 Im Haus der Angst
73 918 Todesträume
73 919 Das Spiel der Dämonen
73 920 Schreckenswelten
73 921 Nächte des Wahnsinns
73 922 Werwolf-Grauen
73 923 Grabgespenster
73 924 Liebesgrüße aus dem Jenseits
73 925 Hexensabbat
73 926 Satans Welt
73 927 Jünger der Finsternis

JASON DARK

JOHN SINCLAIR

Zeit des Horrors

Acht spannende Grusel-Abenteuer

BASTEI LÜBBE

BASTEI LÜBBE TASCHENBUCH
Band 73 928

1. Auflage: Januar 2001

Vollständige Taschenbuchausgabe

Bastei Lübbe Taschenbücher
ist ein Imprint der
Verlagsgruppe Lübbe

Lektorat: Rainer Delfs
Titelillustration: Armin Werra
Umschlaggestaltung: QuadroGrafik, Bensberg
Satz: QuadroPrintService, Bensberg
Druck und Verarbeitung: 53378
Société Nouvelle Firmin-Didot,
Mesnil-sur-l'Estrée, Frankreich
Printed in France

ISBN 3-404-73928-0

Sie finden uns im Internet unter
http://www.bastei.de
oder
http://www.luebbe.de

Der Preis dieses Bandes versteht sich einschließlich der gesetzlichen Mehrwertsteuer

Inhalt

Der Monster-Club

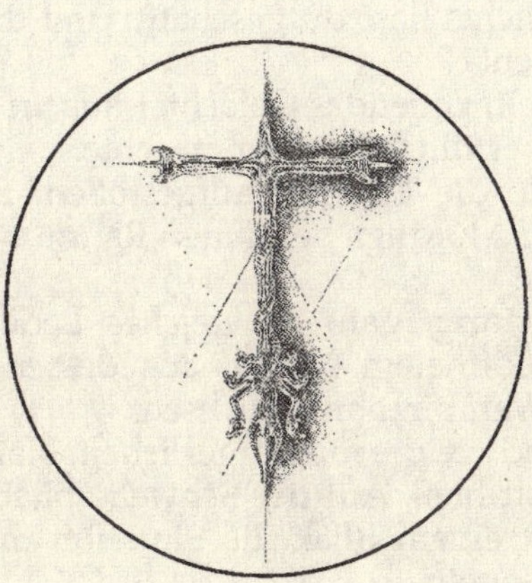

Lupina, die Wolfsfrau, kreiselte auf der Stelle herum. Sie wuchtete ihren Körper vor, während sie die Arme mit den gefährlichen Pranken ausstreckte und in ihren Augen ein gefährliches Licht zu glimmen begann.

Ihr Gegner war ihr Chef!

Solo Morasso, auch Dr. Tod genannt.

Der hatte mit der Attacke nicht gerechnet, zudem saß er eingeklemmt hinter seinem Schaltpult und kam nicht mehr in die Höhe. Lupinas Krallen waren schneller.

Er sah sie dicht vor seinen Augen und spürte im nächsten Augenblick, wie sie in sein Gesicht stachen, sich erst in der Haut festhakten und dann daran rissen.

Blutige Furchen zeichneten ein Gittermuster auf das Betongesicht. Sein Mund öffnete und verzerrte sich. Die Arme fuhren hoch, er stöhnte auf, hörte das wilde Fauchen der Werwölfin und erwartete die nächsten Schläge. Lupina war außer sich.

Bevor Dr. Tod sein Gesicht wirksam schützen konnte, traf ihn schon der nächste Schlag, schleuderte seinen Kopf zurück und ließ ihn gegen die harte Betonwand krachen, sodass es einen dumpfen Laut gab und Morasso in die Knie sackte.

»Versager«, kreischte die Werwölfin, »du verfluchter Versager! Nichts hast du geschafft, und du willst uns Befehle geben!«

Sie stieß ein gellendes Gelächter aus, in das sich ein wildes, hasserfülltes Fauchen mischte.

Da wurde die Eisentür aufgestoßen. Ein weiteres Mitglied der Mordliga betrat den Raum.

Eine Frau!

Schwarzhaarig, ganz in weiches Leder gekleidet, mit halb geöffnetem Mund, aus dessen Oberkiefer zwei lange Vampirzähne wuchsen.

Es war Lady X, die mit bürgerlichem Namen Pamela Barbara Scott hieß. Auf der Schwelle blieb sie stehen, übersah mit einem Blick die Situation und handelte kurz entschlossen.

Mit einem gewaltigen Sprung katapultierte sie sich in den Raum und riss die Waffe hoch, die zu ihr gehörte wie das Ei zur Henne.

Sie schoss nicht, nein, sie machte es anders. Als Lupina, die Werwölfin, herumfuhr, lief sie geradewegs in den mörderischen Hieb mit dem Lauf der MPi.

Lady X hatte sich recken müssen, um die Bestie zu treffen, die den Kopf einer schönen Frau und den Körper eines Wolfs besaß. Lange blonde Haare umrahmten das Gesicht und fielen bis zum Hals, dessen Haut an seinem unteren Ende in graubraunes Fell überging.

Genau dort traf sie der Hieb.

Die Scott hatte sämtliche Kraft in den Schlag gelegt. Töten konnte sie Lupina nicht, auch nicht bewusstlos schlagen, aber sie brachte die Werwölfin aus der Richtung, sodass sie zur Seite flog, sich dabei einmal um die eigene Achse drehte, bevor sie gegen die Wand krachte.

Ein wenig sackte Lupina in die Knie, dann richtete sie sich auf, knurrte drohend und machte den Eindruck einer wütenden Angreiferin.

Lady X hob die Waffe und richtete die Mündung auf die Königin der Wölfe, wie sich Lupina selbst nannte. »Bist du eigentlich verrückt?«, zischte die Vampirin. »Was ist in dich gefahren?«

Lupina gab keine Antwort. Sie stand nur da, war ungemein erregt, und das Fell auf ihrem Körper sträubte sich.

»Damit kannst du mich nicht umbringen! Oder hast du deine MPi neuerdings mit geweihten Silberkugeln geladen?«

»Nein, aber ich kann durch die Kugelgarbe dein hübsches Gesicht zerfetzen, denk daran.«

»Danach würde ich dich zerreißen!«

»Sollen wir es darauf ankommen lassen?«, erkundigte sich Lady X spöttisch.

Sie erhielt von Lupina keine Antwort mehr, denn die hatte ihre Aufmerksamkeit Solo Morasso zugewandt, der seltsame Geräusche von sich gab, seine beiden Hände auf das Schaltpult gestützt hatte und dem Blut nachschaute, das von seinem Gesicht auf die Instrumente tropfte.

Dann schüttelte er den Kopf, griff in die Tasche seiner grauen Jacke und holte ein Tuch hervor, das er durch Schütteln auseinander faltete. Über seiner rechten Hand blieb es liegen. Er hob langsam den Arm und tupfte durch sein Gesicht, um die Blutspuren abzuwischen. Dabei sagte er keinen Ton, schaute nur auf die dunkelroten Flecken im Tuch und tastete mit den Fingern der freien Hand über die Wunden.

Zeit verging. Innerhalb des Bunkerraums war es still geworden. Lupina und Lady X warteten darauf, wie Solo Morasso wohl reagieren würde, denn so einen Angriff konnte er nicht auf sich sitzen lassen. Er war schließlich der Boss, und er befehligte die Mordliga, auch wenn sie in der letzten Zeit dezimiert worden war.

Ja, sie hatten schwere Niederlagen einstecken müssen. Da war einmal Tokata, ein wichtiges Mitglied, getötet worden. Dafür hatte der Goldene Samurai gesorgt, denn er hatte mit Tokata noch eine uralte Rechnung zu begleichen gehabt. Auch Mr. Mondo hatte nicht überlebt. Im Reich des Spuks, einer anderen Dimension, hatte er im Kampf gegen Asmodina und deren Schergen sein Ende gefunden. Glühendes Gestein hatte ihn zu einer Mumie verkohlt.

Es blieben noch vier.

Lupina, die Königin der Werwölfe, Lady X, Vampiro-del-mar und ein unheimliches Wesen namens Xorron, das sich selbst als Herr der Zombies und der Ghouls bezeichnete.

Vor den Niederlagen war Dr. Tod der absolute Herr der Mordliga gewesen. Die dämonischen Kreaturen gehorchten ihm damals bedingungslos. Nach den Niederlagen allerdings änderte sich einiges. Die Monster waren unruhig geworden. Der Begriff der ihnen eingeimpften Unbesiegbarkeit bröckelte. Sie hatten zwei Mitglieder verloren, dazu war Dr. Tod eine wichtige Waffe genommen worden.

Der silberne Bumerang!

Damit war sein Image sehr stark angekratzt, und er merkte nun, dass dämonische Wesen doch anders reagieren als Menschen. Sie waren nur auf ihren Vorteil und auf Sieg aus. Der jedoch lag weiter entfernt als je zuvor.

John Sinclair lebte noch immer. Trotz aller Bemühungen war es ihnen nicht gelungen, ihren ärgsten Feind aus dem Weg zu schaffen. Hinzu kamen noch die Eigeninteressen der einzelnen Mitglieder. Jeder hielt sich für den Größten überhaupt.

Und jeder wollte den anderen übertrumpfen. Vielleicht hätten sie sich schon gegenseitig getötet, wenn der Kampf gegen Sinclair sie nicht doch zusammengeschweißt hätte.

Lupina jedoch wollte nicht mehr. Sie hatte schon immer rebelliert. Auch nach ihrer Niederlage in Sibirien sah sie sich als Königin der Wölfe an, als eine mächtige Fürstin, die sich durch nichts und niemanden unterkriegen ließ und sich vor allen Dingen auch nichts sagen lassen wollte. Nicht von Morasso und nicht von den übrigen Mitgliedern der Mordliga. Sie wollte und würde ihren eigenen Weg gehen.

Damit war Dr. Tod natürlich nicht einverstanden. Freiwillig gab er kein Mitglied seiner Mordliga her. Also gab es für Lupina nur eine Lösung: Gewalt!

Sie hatte es versucht. Sie hätte Dr. Tod auch zerfetzt, leider war etwas dazwischen gekommen, aber wie sie da auf dem Sprung stand, das bewies, dass sie noch längst nicht aufgegeben hatte. Sie würde um ihre Selbständigkeit kämpfen.

Morasso schaute auf. Noch immer zeigte das Gesicht des Mensch-Dämons Blutspuren. Die Lippen bildeten einen Strich, auf dem kleine, rote Punkte funkelten. Kalt wie das Eis der nahen Gletscher war sein Blick. Die Augen hatten noch nie Gefühl gezeigt, es sei denn, man zählte den Hass hinzu.

Und Hass war die Triebfeder alles Bösen.

»Du hast es gewagt«, sagte Solo Morasso mit flacher, tonlos klingender Stimme. »Du hast es tatsächlich gewagt, dich gegen mich zu stellen. Gegen deinen Herrn und Meister.«

Lupina schüttelte sich in einem nahezu lautlosen Lachen, als sie die Worte hörte. »Herr und Meister?«, höhnte sie. »Nein, das bist du nicht. Du bist ein Versager. Ein widerlicher Stümper, denn du hast es nicht geschafft, uns die großen Erfolge zu bringen.«

»Wer hat Asmodina getötet?«

»Das warst du, ich gebe es zu, aber sie war ja nicht die große Feindin. Auf Sinclair hättest du dich konzentrieren sollen. Auf ihn allein. Hast du gehört?«

»Lenk nicht ab«, erwiderte Solo Morasso kalt. »Was du hier getan hast, ist das, was die Menschen eine Todsünde nennen. Sie kann nur durch den Tod oder deine Vernichtung gesühnt werden. Und ich werde dich vernichten.«

»Das wird dir kaum gelingen«, hielt Lupina ihm entgegen.

»Keine Sorge. Um dich aus der Welt zu schaffen, bin ich noch immer stark genug. Ich werde dich winseln hören und deinen verdammten Tod genießen.« Nach diesen Worten nickte er und wandte den beiden den Rücken zu.

Lupina und auch Lady X waren zu überrascht, um etwas erwidern zu können. Aber jede von ihnen sah, dass sich Solo Morasso bückte, etwas aus dem Schaltpult holte und sich mit dem Gegenstand in der Hand umdrehte.

Es war der Würfel des Unheils!

Er war der große Trumpf in der Hand des Solo Morasso. Ein geheimnisvolles magisches Mittel, dessen Herkunft eigentlich noch im Dunkeln lag. Woher der Würfel kam, interessierte Dr. Tod nicht. Er wusste nur, dass er ihn manipulieren konnte. Der Würfel gehorchte ihm ebenso, wie er einem anderen Menschen gehorcht hätte, der seine Kraft zum Guten ausgenutzt hätte.

Dr. Tod jedoch produzierte mit Hilfe des Würfels den grauenhaften Todesnebel, der alles Leben zerstörte und ungeschützten Menschen die Haut und das Fleisch von den Knochen löste. Mehr als einmal hatte Dr. Tod bewiesen, wie mächtig der Würfel war. Er wollte ihn nur nicht zu oft einsetzen, denn aus bestimmten taktischen Erwägungen blieb er lieber ein wenig im Hintergrund. Wenn der Todesnebel erschien, wussten seine Gegner immer sofort Bescheid, dass sich etwas anbahnte und er dahinter steckte.

So etwas war oft schlecht!

Mit beiden Händen hielt er den Würfel auch dann noch fest, als er ihn auf dem Pult abgesetzt hatte. Der Würfel sah so harmlos aus. Seine Seiten schienen aus bläulichem Milchglas zu bestehen. Nur wer genauer hinschaute, sah, dass sich hinter den Seiten Schlieren bewegten, die diesen Eindruck hervorriefen.

Aus welchem Material der Würfel nun wirklich bestand, wusste Solo Morasso nicht zu sagen, es war ihm auch egal. Hauptsache, er konnte ihn für seine Zwecke ausnutzen und manipulieren - wie etwa für die Bestrafung der Werwölfin.

Ruckartig drehte Dr. Tod den Kopf und starrte Lupina an. »Ich lasse dir die Wahl, wie du sterben willst. Du kannst zwischen drei Möglichkeiten wählen. Entweder zerreißen dich meine Piranhas in kleine Stücke, denn ihnen hast du auch als Geschöpf der Finsternis nichts entgegenzusetzen, oder ich lasse dich verbrennen, wobei höchstens noch Asche übrig bleibt. Zum Dritten ein Sterben durch den Todesnebel, der dir langsam das Fell vom Körper löst. Welche Möglichkeit du wählst, überlasse ich dir. Ich gebe dir genau dreißig Sekunden Zeit, eine Entscheidung zu treffen. Hast du sie bis dahin nicht gefunden, werde ich es selbst übernehmen, denn auf dich kann ich verzichten!«

Sobald Solo Morasso die Worte gesprochen hatte, zweifelte niemand der Anwesenden mehr daran, dass er es todernst gemeint hatte.

Er wollte Lupina vernichten, denn für ihn war sie nicht mehr wichtig. Er sah in ihr nur noch eine Belastung.

Lady X hatte als unbeteiligte Zuschauerin mit einer ähnlichen Reaktion gerechnet. In ihrem Gesicht regte sich kein Muskel, während sie dem Vorschlag Morassos lauschte. Allerdings jagten sich hinter ihrer Stirn wilde Gedanken, und sie fand die Lösung plötzlich überhaupt nicht mehr so attraktiv.

»Zehn Sekunden sind bereits verstrichen!«, erklärte der Chef der Mordliga kalt. »Hast du dich schon entschieden, Lupina?«

»Nein!«

»Dann überlässt du mir also die Wahl?«

Lupina lächelte böse und schüttelte den Kopf, wobei die hellen Haare flogen. »Ich überlasse dir nichts, Solo Morasso. Du wirst mich nicht töten, denn damit schneidest du dir ins eigene Fleisch.«

Mit dieser Antwort bewegte sie sich in eine ähnliche Richtung, die auch Pamela Scotts Gedankengänge eingeschlagen hatten, doch Dr. Tod war da völlig anderer Ansicht.

»Ich habe Verluste einstecken müssen und sie überstanden. Eine vernichtete Lupina ist immer noch besser als eine, die sich gegen mich stellen will.«

»Das glaube ich nicht!« Zum erstenmal mischte sich Lady X ein.

Morassos Kopf ruckte hoch. Erstaunen stahl sich in seinen ansonsten kalten Blick. »Was sagst du da?«

»Wir sollten darüber reden!«

»Nein, die Zeit ist um!« Stur wie ein Panzer blieb der Chef der Mordliga.

Lupina spannte sich. Sie stand wie unter Strom. Die einzelnen Fellhaare richteten sich auf. Wenn nicht bald etwas geschah, würde sie durchdrehen.

Die Lage stand auf des Messers Schneide, das wusste auch Lady X, und sie hatte ihre Maschinenpistole jetzt in Hüfthöhe. Allerdings zeigte die Mündung nicht mehr auf Lupina, sie wies jetzt in Morassos Richtung, der davon noch nichts bemerkt hatte, sondern den Würfel anhob.

»Lass uns noch einmal darüber reden. Es ist Unsinn, wenn wir uns gegenseitig vernichten!« Die Stimme der ehemaligen Terroristin Scott kippte fast über.

Dr. Tod war anderer Meinung. »Ich habe mich bereits entschlossen«, sagte er hart.

Da drückte die Vampirin ab!

Die letzten Tage hatte ich in einer regelrechten Depression verlebt. Natürlich nicht ohne Grund, denn ich musste immer daran denken, was mit Jane Collins geschehen war.

Es gab sie nicht mehr!

Zwar war sie nicht tot, aber was mit ihr geschehen war, kam auf dasselbe heraus. Der Geist des Rippers war in ihren Körper gedrungen und hatte die Detektivin völlig verändert.

Äußerlich noch ein Mensch, hatte sie sich jedoch psychisch in ein Monster verwandelt, in eine Gestalt, die sich zu den Mächten des Bösen zählte. Und eine hatte darauf reagiert.

Wikka, die oberste aller Hexen. Ihr war Jane sowieso ein Dorn im Auge gewesen, und sie hatte auch sehr schnell die Spur der veränderten Detektivin gefunden.

Für Wikka sah natürlich vieles anders aus, jetzt, wo Jane Collins nicht mehr zu ihren Gegnerinnen zählte. Sie reihte Jane ein in den Reigen ihrer Dienerinnen und hatte sich mit ihr auf eine Hexeninsel zurückgezogen, wo sie Jane wohl endgültig zu dem gemacht hatte, was sie jetzt war.

Ein Mitglied unserer gewaltigen Gegnerschaft.

Es ist natürlich klar, dass wir alles versuchten, die Detektivin zu retten. Doch diese Versuche waren Schüsse ins Leere gewesen. Wir konnten Jane Collins nicht mehr zurückholen, da die andere Kraft stärker war.

Uns war nur noch das tatenlose Zusehen geblieben, und ich konnte von Glück reden, überhaupt mit dem Leben davongekommen zu sein, denn Jane Collins und zwei andere Hexen hatten mich aus großer Höhe auf die Felsen der Insel schmettern wollen, was ihnen jedoch nicht gelungen war, da Suko mit Hilfe seines geheimnisvollen Stabs die Zeit angehalten hatte.

Wikka und Jane waren von der Insel entkommen, zwei andere Hexen hatten wir erledigen können. Eine größere Ausbeute gab es für uns nicht.

Nun kann sich wohl jeder vorstellen, wie es in mir aussah. Die Depression war zu stark, ich hatte sehr an Jane gehangen, und meine Gedanken beschäftigten sich nur mit ihr, während ich tagsüber brütend hinter meinem Schreibtisch hockte.

Meine Freunde hatten viel Verständnis für mich aufbringen müssen, und dafür war ich ihnen sehr dankbar. Sie ließen mich in Ruhe, und ich übersah nicht die mitleidvollen Blicke, die mir Glenda Perkins oder Suko zuwarfen.

Ich rauchte wie selten zuvor. Die Aschenbecher in meiner Wohnung und der im Büro quollen fast über, und in der Frühe, nach den Nächten ohne Schlaf, fühlte ich mich wie gerädert.

Als ich am Morgen des dritten Tages ins Büro kam, lag schon ein Zettel auf meinem Schreibtisch. Mein Chef, Superintendent Powell, wünschte mich zu sprechen. Ich ging sofort zu ihm.

Er war nicht allein, ich sah Suko vor dem Mahagonischreibtisch sitzen. Er lächelte mir zu, als ich das Büro betrat. Ich nickte nur zurück und nahm auf einem zweiten Stuhl Platz.

Sir James rückte seine Brille zurecht. Er fixierte mich durch die dicken Gläser und erkundigte sich nach meinem Befinden. Wie er die Worte aussprach, zeugte von echter Besorgnis. Ich dankte es ihm schlecht und hob nur die Schultern.

»John, Sie müssen einmal darüber hinwegkommen«, sagte er.

»Sicher, aber es ist schwer.«

»Ich habe volles Verständnis dafür, allerdings sollten wir auch nicht die Realitäten aus den Augen verlieren. Noch ist nicht alles verloren.«

»Ich kann Jane nicht mehr zurückholen, Sir.«

»Vielleicht im Moment nicht«, mischte sich Suko in unseren Dialog, »aber später.«

»Dann ist es vorbei.«

»Eine so pessimistische Einstellung hätte ich von Ihnen nicht erwartet«, hielt mir mein Chef entgegen. »Nein, früher waren Sie anders. Denken Sie an die großen Fälle, an die Mordliga, an das Zentrum des Schreckens oder die Vernichtung Asmodinas. Da haben Sie gekämpft, sich aufgelehnt und haben den Gegnern die Stirn gezeigt, so wie es eigentlich doch immer Ihre Art gewesen ist. Deshalb bitte ich Sie, John, tun Sie hier das Gleiche. Gehen Sie gegen dieses verdammte Schicksal an. Wir alle werden Ihnen helfen.«

Ich musste lächeln. Es war wohl das erste Lächeln seit einigen Tagen. »Das finde ich alles sehr toll und nett, aber mit dem Problem Jane Collins muss ich allein fertig werden.«

»Nein!« Hart schleuderte Sir James mir dieses Wort entgegen, und er schlug mit der Faust auf den Tisch, während der Zeigefinger seiner anderen Hand wie ein Speer auf mich deutete. »Wir lassen Sie nicht allein. Ihre Probleme sind in diesem Fall auch unsere. Und da können Sie versuchen, was Sie wollen. Sie werden uns nicht los, und Sie sollten dankbar sein, dass wir alles versuchen, um Janes Schicksal aufzuklären. Denken Sie darüber mal nach.«

Ich hatte meinen Chef noch nie so reden hören, aber an diesem Morgen war ich nicht diplomatisch. »Wenn jemand das Problem Jane Collins angeht, dann bin ich es.«

Suko warf mir einen warnenden Blick zu, während Sir James langsam rot anlief. Gefährlich leise fragte er: »Wollen Sie den Rächer auf eigene Faust spielen?«

»Das habe ich nicht gesagt.«

»John, Sie vergessen, wer Sie bezahlt. Sie sind kein Privatdetektiv, sondern ein Beamter von Scotland Yard. Das sollten Sie nie vergessen. Zudem waren wir in den letzten beiden Tagen nicht untätig.« Wie Sir James das Wort *nicht* betonte, trieb bei mir die Galle hoch.

»Sie können es mir vom Urlaub abziehen, Sir«, sagte ich. »Wenn ich mich recht erinnere, ist da so einiges aufgelaufen, sodass es auf zwei Tage nicht ankommt.«

»John, lass es sein.« Suko versuchte zu schlichten.

Ich schüttelte den Kopf und lehnte mich demonstrativ auf dem Stuhl zurück.

Sir James runzelte die Stirn. »Wenn ich Ihre Ausführungen richtig interpretiere, dann sind Sie wohl nicht daran interessiert zu erfahren, welche Resultate unsere Bemühungen ergeben haben?«

»Zumindest haben Sie Jane Collins nicht gefunden«, antwortete ich.

»Das stimmt allerdings, Mister Sinclair.«

Jetzt redete mich der Alte schon mit Mister an, das ließ tief blicken.

»Da ich mit Ihrem Kollegen Suko über diesen Fall einiges zu bereden habe, ist es für Sie besser, wenn Sie den Raum verlassen und in Ihrem Büro warten!«

Hastig stand ich auf. Diesmal lief ich rot an. »Okay, Sir, ich habe verstanden.«

»Bitte!« Der Superintendent deutete zur Tür. Einen Rückzieher wollte ich nicht mehr machen, deshalb nahm ich die Empfehlung an und verließ das Büro. Die Tür stieß ich ziemlich hart hinter mir zu. Auf dem Gang blieb ich stehen, holte ein paar Mal tief Luft und knirschte mit den Zähnen. Am liebsten hätte ich mich irgendwo hingebissen oder wäre mit dem Kopf gegen die Wand gelaufen, denn meine Reaktionen waren, gelinde gesagt, übertrieben gewesen.

Mit hängendem Kopf ging ich den Weg zu meinem Büro, betrat das Vorzimmer und sah mich Glenda Perkins gegenüber. Sie drehte sich auf ihrem Stuhl um und schaute mich an. »John, was ist denn mit dir los? Du bist ja ganz rot im Gesicht.«

»So? Bin ich das?«

»Ja. Hat es Ärger gegeben?«

»Kaum der Rede wert.« Ich wollte an Glenda vorbei, doch sie stand auf und hielt mich am Arm fest. »Komm, jetzt mach keinen Unsinn. Was hat es gegeben?«

»Ach, gar nichts.«

»Es ging um Jane, nicht?«

Ich blickte sie an. Auch in ihrem Gesicht las ich die echte Sorge. Sie schimmerte in den dunklen Augen. Obwohl Jane und sie so etwas wie Rivalinnen gewesen waren, empfand Glenda keine Häme oder irgendeinen Triumph.

Das rechnete ich ihr hoch an. »Ja, Glenda, es ging um Jane. Worum denn sonst?«

»Habt ihr keine Möglichkeit gefunden, etwas zu unternehmen?«

Ich lächelte schief und bitter.

»Weißt du, Mädchen, darüber haben wir gar nicht geredet.«

»Sondern?«

»Ist egal.«

»Sei doch nicht komisch, John. Wir meinen es wirklich nur gut mit dir, und wir wollen dir helfen. Vorhin hat Bill Conolly angerufen. Auch er wird alles versuchen, Jane ...«

»Ja, ja, ich weiß. Ihr wollt mir alle helfen. Das ist zwar gut und schön, aber was nutzt es?«

»Gemeinsam ist man stärker.«

»Ich kenne den Gewerkschaftsspruch, doch kratz dich mal am Rücken, wenn du keinen hast.«

»Was soll das denn heißen?«

»Wir wissen nichts, gar nichts. Diese Oberhexe Wikka kann sich in einer anderen Dimension aufhalten oder irgendwo auf der Welt verstecken. Das ist wie damals bei der Mordliga. Wir stehen wieder vor dem gleichen Problem. Und die Mordliga können wir auch nicht zerschlagen, da in diesem verdammten Gebiet an der Südspitze Feuerlands die Auswirkungen des Krieges zu spüren sind. Es ist wie ein Teufelskreis, aus dem man nicht herauskommt.«

»Dein Pessimismus ist schon fast ansteckend«, hielt mir Glenda entgegen.

»Nein, ich bin Realist.«

»Dann arbeite doch mit uns zusammen und gehe nicht deinen Weg als Einzelner.« Glenda war ziemlich wütend, und sie stampfte sogar ein paar Mal mit dem Fuß auf. Auf ihren Wangen sah ich hektische rote Flecken. Unter der weit geschnittenen, weißen Bluse mit dem großen Schalkragen hüpfte der Busen, und irgendwie überzeugte mich meine Sekretärin mehr als Sir James Powell.

»Okay, Mädchen«, sagte ich, »dann mach mal einen Kaffee.«

»Aha. Das ist also wieder der alte John Sinclair.«

Ich ging schon auf mein Büro zu. »Was bleibt mir denn auch anderes übrig? Ich hätte ja ohne deinen Kaffee nicht leben können.«

Glenda streckte den Kopf ins Zimmer. »Und ich dachte schon ...«

»Was dachtest du?«

»Nichts, schon gut ...« Sie verschwand wieder, dafür kam Suko zurück. Seinem Gesicht war die Laune abzulesen, und er fing auch sofort an, sich aufzuregen.

»Ich will dir ja nicht in den Kram reden, John, aber wie du dich angestellt hast, ist unmöglich.«

»Ja, es war ein kleiner Ausrutscher.«

»Gut, dass du es einsiehst.«

»Und wie geht es weiter?«

Der Chinese schaute erstaunt. »Wie? Auf einmal so kooperationsbereit?«

»Glenda hat mich überzeugt.«

»Na denn!«, lachte Suko und schlug mir auf die Schulter. Damit war die Sache vergessen, doch innerlich hatte ich weiterhin zu knacken und dachte sehr oft an Jane Collins.

Glenda brachte den Kaffee. Sie hatte sich an diesem Tag besonders viel Mühe gegeben, jedenfalls schmeckte er mir noch besser als sonst, und das sagte ich ihr auch.

»Schmeichler.«

Während ich die ersten Schlucke nahm, sah ich mir die Ergebnisse an, die Suko in zweitägiger, harter Büroarbeit zusammengetragen hatte. Oberthema Hexen, so viel vorweggenommen. Wir gingen davon aus, dass Wikka, die Königin der Hexen, alles versuchen würde, um ihre Macht zu festigen. Das hieß, sie musste ähnliche Personen um sich sammeln, wie wir sie auf der Insel erlebt hatten und wie Jane Collins jetzt eine war. Nun gibt es in England zahlreiche Hexenclubs und Zirkel. Wie viele davon echt sind, wusste niemand zu sagen, aber durch gezielte Einsätze war es der Polizei gelungen, Hexenclubs ausfindig zu machen. Hinzu kamen noch andere okkulte Vereine und Zirkel sowie die Vereinigungen irgendwelcher Banden, Gruppen und Sekten. All diese Informationen waren gespeichert. Suko hatte einen Teil von ihnen abgerufen und sie genau durchleuchtet.

Viel war nicht hängen geblieben. Was ihm interessant erschienen war, hatte mein Freund angestrichen.

Ich nahm mir die Vereinigungen genauer vor und traf auf Namen, die mir bekannt vorkamen.

Als damals der Hexenwahn London befallen hatte, waren diese Clubs im Zuge der Ermittlungsarbeiten aufgefallen. Auch Geheimbünde waren registriert worden, und da stach mir einer besonders ins Auge.

Er nannte sich Monster-Club.

»Ist das die heiße Spur?«, fragte ich Suko und deutete auf das mit Rot unterstrichene Wort.

»Eigentlich ja.«

»Und wieso eigentlich?«

Suko holte tief Luft. »Bisher bin ich noch nicht dazu gekommen, den Club näher zu durchleuchten, das wollte ich gern mit dir zusammen. Ich hatte da mal telefonisch angefragt, erhielt allerdings keine Antwort.«

»Und was macht ihn verdächtig und hebt ihn von den anderen Clubs ab?«, wollte ich wissen.

Da lächelte Suko und erwiderte gelassen: »Der Leiter des Clubs heißt Ernest Orapul.«

»Ein ausgefallener Name, das gebe ich zu.«

»Sogar sehr ausgefallen. Schreib ihn mal auf und lies die Buchstaben von hinten.«

Ich hob die Schultern und tat, was Suko vorgeschlagen hatte.

O-r-a-p-u-l!

Meine Augen wurden groß.

»Luparo«, flüsterte ich.

»Richtig, du Rätsellöser. Und von Luparo ist es nicht mehr weit bis zu Lupina, wenn ich recht überlege.«

Ich verzog das Gesicht. »Eine verdammt vage Theorie, mein Lieber.«

»Besser als gar keine.«

»Das stimmt auch.« Ich stützte mein Kinn in die linke Hand. »Ob dieser Luparo etwas mit Jane Collins und Wikka zu tun hat?«

»Muss nicht sein. Sollten wir jedoch auf eine andere gefährliche Sache stoßen, haben sich unsere Bemühungen bereits gelohnt.«

»Da hast du Recht«, sagte ich, stand auf und griff nach meiner Jacke. Die Depressionen hatte ich abgeschüttelt. Jetzt wollte ich endlich herausfinden, wie der Hase lief …

Lady X hatte den Kolben der Maschinenpistole in die Hüfte gestemmt. Es sah lässig aus, wie sie da stand, tatsächlich jedoch war sie voll konzentriert.

Die Schüsse hackten. Echos wurden zurückgeschleudert und vereinigten sich zu einem regelrechten Schussgewitter, das sogar das Jaulen der Querschläger übertönte.

Die Scott hätte bestimmt nicht geschossen, wenn es nicht allerhöchste Zeit gewesen wäre. Im Gegensatz zu Dr. Tod kannte sie nämlich einiges mehr, und deshalb setzte sie die kurze Garbe dicht neben Morasso in die Wand.

Betonstaub umsprühte Morasso, der kaum zusammengezuckt war und weiterhin den Würfel des Unheils fest umklammerte. Als die Echos langsam verstummten, drehte er sich zu der Vampirin um und fragte mit spöttisch klingender Stimme. »Meinst du denn im Ernst, dass du mich damit beeindrucken kannst?«

»Nein, nicht direkt.«

»Und weshalb hast du geschossen?«

»Weil ich den Dialog nicht abbrechen lassen will. Es

soll keiner im Piranha-Becken landen. Wenn wir uns freiwillig dezimieren, dann lachen nur die Gegner.«

»Sie hat gegen ein Verbot verstoßen!«, zischte Morasso. »Das weißt du genau. Und da gibt es nur die eine Lösung.«

»Sicher.« Die Scott nickte. »Normalerweise hätte ich dir ja auch zugestimmt, aber da ist etwas, das mich gewaltig stört.«

»Dann los!«

Die Scott machte es spannend. Sie schaute auf Lupina, die sich nicht gerührt hatte. Ihr Gesicht wirkte wie versteinert. Nur das braune Fell war weiterhin gesträubt, und in den Augen der Werwölfin lag ein seltsames Leuchten.

»Wir können nicht auf sie verzichten«, erklärte die Scott. »Es ist unmöglich.«

»Und weshalb?«, forderte Morasso.

»Ganz einfach. Lupina ist ein sehr wertvolles Mitglied unserer Verbindung, und sie hatte einen verdammt triftigen Grund, aus der Reihe zu tanzen.«

»Bei mir gibt es keine Gründe«, sagte Solo Morasso.

»Aber für Lupina.«

»Dann sag ihn mir!«

Lady X schaute die Werwölfin wieder an. Sie wartete auf ein zustimmendes Nicken, doch bei Lupina tat sich nichts. Sie wirkte gleichgültig und überließ der Vampirin die Initiative.

»Also gut«, sagte diese und nickte. »Es gibt, wie ich schon andeutete, einen sehr triftigen Grund für Lupinas Verhalten. Ich kann auch verstehen, dass sie weg will. Denn sie muss ihn suchen, finden und sich um ihn kümmern.«

»Um wen?«, zischte Morasso.

Lady X lächelte spöttisch, wollte eine Antwort geben, aber da sprach Lupina.

»Um meinen Sohn!«

Selbst Solo Morasso, den man ja nicht so leicht überraschen oder dem man etwas vormachen konnte, zeigte sich perplex. Er schüttelte den Schädel, schluckte, und an seinem dicken Hals bewegte sich unter der Haut der Adamsapfel.

»Das gibt es doch nicht«, flüsterte er. »Verdammt, ihr wollt mich hier reinlegen!« Sein Gesicht lief rot an, sodass es fast die gleiche Farbe hatte wie die Blutstreifen. »Lupina hat einen Sohn!«, keuchte er. »Nein, das kann ich nicht glauben. Das will ich nicht glauben.« Er lachte schrill und trommelte mit beiden Fäusten auf der Platte des Schaltpults herum. »Ich werde verrückt, da wird hinter meinem Rücken ein Spiel gespielt, ohne mich davon zu informieren.«

»Wir hätten es getan«, sagte Lady X.

»Ach, du wusstest es auch?« Morasso schaute die Scott schräg von der Seite an.

»Ja, Lupina sagte es mir. Und sie will ihren Sohn nicht allein lassen, denn sie spürt die Gefahr, die sich über seinem Kopf zusammenbraut. Sie möchte ihn retten!«

»Und dann?«

»Wird sie wieder zurückkehren.«

»Mit ihrem Sohn?«

»Ja.«

Da schüttelte Morasso den Kopf. Er schlug sich dabei gegen die breite Stirn, trat wütend mit dem Fuß auf und zeigte durch sein Benehmen, dass er nicht gewillt war, sich auf diesen Kompromiss einzulassen. Nein, er war kein Kinderhort. Wenn sie einen Sohn hatte, dann sollte sie ihn sich selbst überlassen.

Das sagte er auch.

Die Scott hob die Schultern. »Das ist nicht gut von dir, Solo Morasso.« Sie war die Einzige, die so mit ihm sprechen durfte. »Schließlich ist ihr Sohn nicht irgendwer.«

»Wer dann?«, höhnte Dr. Tod.

»Er ist ebenfalls ein Werwolf und wird uns sicherlich unterstützen. Wir haben genug Leute verloren.«

»Ich brauche keine weiteren Mitglieder für die Mordliga. Und wenn, dann nehme ich starke Dämonen. Ich akzeptiere diesen komischen Sohn auf keinen Fall.«

»Das wirst du aber«, antwortete Lupina.

»Wer gibt hier die Befehle?«

»Wenn ich meinen Sohn nicht herholen kann, werde auch ich nicht mehr zurückkehren.«

Das Betongesicht des Solo Morasso verzog sich zu einem grausamen Lächeln, während seine Hände wieder den Würfel umfassten.

»So einfach ist das nicht. Ich lasse dich nicht weg, Lupina. Du bleibst hier, und wenn ich dich einkerkern muss.«

Lady X sprach dagegen. »Willst du es tatsächlich auf eine Konfrontation ankommen lassen?«

»Hier befehle ich! Für dieses Mal lasse ich die Rebellion noch durchgehen. Ein zweites Mal werde ich nicht so gnädig sein. Das merkt euch!«

»Schade«, sagte die Vampirin. »Dabei hätten wir zwei Fliegen mit einer Klappe schlagen können.«

»Was soll das schon wieder?«

»Lupina hat nach ihrem Sohn geforscht …«

»Wer ist überhaupt der Vater?«, unterbrach Morasso Lady X und fragte gleich weiter: »Oder gibt es so etwas nicht?«

Lady X und Lupina tauschten einen Blick. Die Werwölfin schüttelte den Kopf. Ein Zeichen, dass sie darüber schweigen wollte.

»Du willst es also nicht sagen?«, stellte Morasso fest.

»Nein.«

»Nicht so wichtig, wenigstens nicht im Moment. Auf jeden Fall bleibst du hier.«

»Du hast mich nicht zu Ende reden lassen«, sagte die Scott leise. »Wir können tatsächlich zwei Fliegen mit einer Klappe schlagen, denn alle Spuren führen nach England. Dort hält sich Lupinas Sohn auf. Und nicht nur das, er soll sich sogar in London befinden, wo es auch einen John Sinclair gibt. Wenn Lupina in London eintrifft, kann sie nicht nur ihren Sohn holen, sondern gleichzeitig unseren großen Gegner John Sinclair erledigen.«

Nach diesen Worten herrschte eine Schweigepause. Dr. Tod stierte die Vampirin an, seine Mundwinkel zuckten, die Augen blitzten, und sein verletztes Gesicht verzog sich zu einer spöttischen Grimasse. Einen Augenblick später brach das Lachen aus ihm hervor. So laut und schallend, wie er noch nie gelacht hatte. Aber auch hämisch und voller Hohn. »Nein!«, keuchte er. »Nein, ich glaube, ich habe mich verhört. Das gibt es doch nicht. Sie, Lupina, will John Sinclair packen? Hat sie sich dabei nicht ein wenig zu viel vorgenommen?«

»Wieso? Sie erhält Unterstützung.«

»Von wem denn?«

»Es gibt sicherlich einige Freunde, die ihr zur Seite stehen, wenn es brenzlig wird.«

»Das glaube ich kaum. Was uns in gemeinsamer Aktion nicht gelungen ist, wird auch sie nicht schaffen. Ihr könnt mir viel erzählen, darauf kann ich nicht hören. Nein, so etwas ist nicht drin. Auf keinen Fall.«

»Dann bleibt es bei deinem Entschluss?«

»Ja.«

»Und John Sinclair?«

»Um ihn werden wir uns zu gegebener Zeit kümmern. Mit stärkeren Dämonen als Lupina. Ich weiß von ihrem Freiheitsdrang. Ich kenne sie. Königin der Wölfe nennt sie sich. Sie träumt von einer Allianz der Bestien. Soll sie bei ihrem Traum bleiben. Mehr habe ich dazu nicht zu sagen.«

»Es war nur ein Vorschlag«, sagte Lady X.

»Als mehr habe ich ihn auch nicht aufgefasst.« Dr. Tod drehte sich zu Lupina um. »Und solltest du trotzdem etwas versuchen, dann denk an die kleinen Fische. Ob Mensch oder Dämon, ihre Zähne sind wie Messer, sie kennen da keinen Unterschied …«

Er lachte über seine eigene Antwort. Der Satan persönlich hätte nicht schlimmer lachen können …

Ernest Orapul!

Dieser Name ging mir nicht aus dem Kopf. Verrückt war Sukos Idee, eine Spinnerei vielleicht, aber hatte uns die Vergangenheit nicht gelehrt, dass es gerade die außergewöhnlichen Theorien und Ideen gewesen waren, die uns oft den Zielen näher brachten?

Wenn man die Sache so betrachtete, da bekam der Name Orapul schon eine völlig andere Bedeutung.

Und aus ihm entstand der Name Luparo, wenn man ihn rückwärts las.

Vorsitzender eines Monster-Clubs sollte er sein. Warum auch nicht? In England gibt es viele verrückte Clubs. Ein Monster-Club hat gerade noch gefehlt.

Auf jeden Fall würden wir ihn uns ansehen. Auf die Mitglieder war ich gespannt. Wir hatten noch einmal unter der angegebenen Telefonnummer angerufen, doch eine Verbindung war nicht zustande gekommen, deshalb waren wir auf einen Besuch im Club wirklich gespannt.

Wir mussten quer durch London. Die Adresse lag dort, wo eine der nördlichsten U-Bahn-Stationen endet. Stanmore.

Die Gegend war mir zwar vom Sehen her bekannt, aber irgendwelche Straßennamen kannte ich nicht. Zudem gehörte sie bereits zu einem sehr ländlichen Gebiet. Vom Mief der Londoner City war dort nicht viel zu merken. Allerdings wusste ich von einem gewaltigen Bauprojekt, das die Stadt dort vor einigen Jahren in Angriff genommen hatte und das erst in den letzten Monaten fertig geworden war.

Man hatte dort Mietskasernen errichtet, um der Wohnungsnot in der City Herr zu werden. Ein gewaltiges Millionen-Pfund-Projekt. Ob die Häuser allerdings bewohnt waren, wusste ich nicht, und wenn, dann hoffte ich, dass wir die Anschrift des Monster-Clubs nicht in einem dieser Bauten zu suchen hatten.

Wir fuhren an Wembley vorbei. Ich sah die riesigen Parkanlagen, die großzügigen Abstellflächen für die Autos und auch die hohe Rückfront des gewaltigen Stadion-Baus. Das war schon eine tolle Sache, und ich nahm mir vor, mal wieder ein Fußballspiel zu besuchen, falls es meine Zeit zuließ.

Es gab eine gut ausgebaute Straße, die nach Stanmore führte und einige kleine Ortschaften nur am Rande berührte.

Wir hatten herrliches Wetter. Über dem Atlantik lag ein gewaltiges Hochdruckgebiet, das sich bis nach Sibirien hinzog und den größten Teil Europas mit strahlendem Sonnenschein verwöhnte. Auch England gehörte dazu. Die Sonne schien sehr warm.

Ich hatte keine Lust zu fahren und überließ Suko das Steuer. Hin und wieder warf er mir einen schiefen Blick zu.

»Was ist?«

»Ach nichts.«

»Komm, du hast doch was.«

»Ich frage mich nur, ob du tatsächlich wieder so bist wie früher.«

»Das siehst du doch.«

Der Chinese lächelte. »Dann hatte Sir James doch Recht mit seiner Vermutung.«

»Wie lautet die?«

»Er war der Ansicht, dass du dich schnell wieder einkriegen würdest. Und noch ist ja nicht alles verloren.«

Ich schloss den Mund so fest, dass meine Lippen einen schmalen Strich bildeten. »Nein, Suko, ich habe für Jane keine Hoffnung mehr. Ich glaube nicht, dass sie noch einmal zurückkommt. Wer sich in den Klauen dieser Wesen befindet, ist rettungslos verloren.«

»Dann müsstest du als Werwolf durch die Gegend rennen und den Mond anheulen«, hielt er mir entgegen, wobei er auf einen Fall anspielte, der mich tatsächlich zu einem Werwolf gemacht hatte. Zudem hatte ich mich noch in Lupina, die Königin der Wölfe, verliebt und sogar mit anderen Bestien um sie gekämpft.

»Das war etwas anderes. Ihr seid damals früh genug erschienen, um mich durch eine Bluttransfusion zu retten, doch bei Jane liegt der Fall anders. Sie hat sich körperlich nicht verändert, sondern seelisch. Das ist für mich schlimm.«

Suko hob die Schultern.

»Dafür haben wir trotzdem noch einen Trumpf in der Hinterhand.«

»Meinst du Tanith?«

»Ja.«

Ich winkte ab. »Wir haben ihr noch nicht Bescheid gegeben, und eine Garantie ist sie auch nicht.«

»Du bist und bleibst ein Pessimist, John.«

Ich schwieg. Erst als das Ortsschild von Stanmore am Straßenrand erschien, sagte ich: »Wir sind da.«

»Habe ich auch schon gesehen.«

Links lagen die Hochhäuser. Eine extra angelegte Straße führte dorthin. Und im Schatten dieser Bauten lag der alte Ortskern von Stanmore. Es war ein schöner, alter englischer Ort, so wie man ihn aus Prospekten kennt. Die grauen Steinfassaden der Häuser zeigten zumeist einen dichten Efeubewuchs. Die blanken Scheiben blitzten im Sonnenschein, und die Reifen des Bentley rumpelten über Kopfsteinpflaster. Die meisten Türen der Geschäfte und Pubs standen offen, weil die Menschen den Sonnenschein in die Räume lassen wollten.

»Und wo finden wir jetzt diesen Ernest Orapul?«, murmelte Suko.

»Halt mal an, wir fragen.«

Nach der nächsten Kurve, sie führte um eine halbrunde, mit Bäumen bewachsene Grünfläche, auf der weiß gestrichene Bänke standen, die im Schatten der Zweige und Äste lagen, stoppte Suko.

Auf einer Bank saßen zwei ältere Männer und ließen sich die Sonne in die Gesichter scheinen.

Da ich nicht schreien wollte, stieg ich aus, ging um den Wagen herum und auf die Männer zu. Gespannt schauten sie mir entgegen und warteten auf meine Frage.

Ich grüßte höflich und erkundigte mich nach Ernest Orapul. Kaum hatte ich den Namen ausgesprochen, als sich die Mienen der beiden Leute verschlossen.

»Zu dem wollen Sie?«, fragte einer.

Ich tat unbefangen und lächelte. »Ja, da haben wir einen Termin.«

»Dann sind Sie selbst schuld.«

»Stimmt etwas nicht mit diesem Orapul?«

Die beiden Männer warfen sich vielsagende Blicke zu. Sie machten es direkt geheimnisvoll und hoben wie auf Kommando die Schultern.

»Jetzt haben Sie mich aber neugierig gemacht, Gentlemen«, sagte ich. »Wir müssen da etwas abliefern und …«

»Ach so«, sagte einer.

Und der andere nickte.

Innerlich musste ich über die beiden lachen. Die hätten in jedem Film mitspielen können.

»Ja, das ist nämlich so. Sie haben doch sicherlich schon von dem Monster-Club gehört?«

»Nein«, log ich.

»Orapul leitet den Monster-Club.«

Ich winkte ab. »Eine Spielerei. Ich kenne sogar einen, der leitet einen Club für Badewannenfreunde.«

»Das ist harmlos.«

»Der Monster-Club nicht?«

Wieder tauschten die beiden einen Blick und hoben die Schultern. »Wenn Sie nur etwas abliefern wollen, Mister, können Sie ja hinfahren.«

Ich bedankte mich und erhielt noch einen guten Rat. »Drehen Sie dann sofort um und fahren Sie weg.«

»Danke, werden wir machen.« Ich lächelte und winkte den beiden Alten zu.

»Hat ja lange gedauert«, meinte Suko, als ich mich neben ihn setzte und den Wagenschlag zuzog.

»Ja, die beiden Knaben haben mich gewarnt.«

»Vor Orapul?«

»Nicht nur. Es ging ihnen besonders um den Monster-Club. Er scheint ihnen nicht geheuer zu sein.«

»Wir werden sehen«, erwiderte Suko trocken und fragte mich, wie er fahren sollte.

Ich hatte die Wegbeschreibung behalten, die man mir gab, und dirigierte Suko entsprechend.

So lernten wir einen der nördlichsten Vororte Londons kennen. Allerdings fanden wir die Adresse nicht in Stanmore selbst, sondern mussten raus.

Die Gegend wurde wieder ländlich. Sogar ein Waldstück tat sich vor uns auf. Die Straße führte hindurch, und hinter den Zweigen mancher Bäume sahen wir die Fassaden von Holzhäusern.

Hier hatten sich großstadtmüde Londoner ein Wochenenddomizil errichtet.

Hinter dem Wald kreuzte ein Bach unseren Weg. Wir mussten über eine Steinbrücke, gelangten an eine Kreuzung und fuhren rechts ab, in das Gelände hinein.

Ich deutete nach vorn. »Da muss es sein.«

Wegen der Sonne musste ich mich ein wenig nach rechts beugen, um das Haus erkennen zu können. Haus war nicht richtig gesagt, das war schon ein kleines Schloss. Auf jeden Fall gab es an der linken Seite einen Turm. Selbst aus der Entfernung konnten wir sehen, dass er nicht rund, sondern fünfeckig gebaut worden war. Die quadratischen Fenster waren klein und sahen aus wie dunkle Löcher in einem steingrauen Mauerwerk, an dem wilder Wein und Efeu hochwuchs.

Das Haus selbst erinnerte mich in seiner Form an eine auf die breite Kante gestellte, übergroße Zigarrenkiste. Es musste viele Zimmer geben, wenn wir von der Anzahl der Fenster ausgingen, die sich in drei Etagen auf der Vorderseite verteilten.

»Hier kann man einen Monster-Club unterbringen«, meinte Suko, als er den Wagen vor dem Haus stoppte.

Da gab ich ihm Recht.

Wir stiegen aus.

Es gibt Häuser, die strahlen etwas aus. Manche eine angenehme Atmosphäre, andere wieder eine düstere. So verhielt es sich hier. Obwohl die Sonne prächtig schien, spürte ich Beklemmungsgefühle. Das konnte sicherlich an dem Haus liegen, zudem befand sich dort der Sitz eines obskuren Clubs.

Fahrzeuge standen nicht vor dem Gebäude. Einzig unser Bentley briet im Schein der Sonne.

Kein Schild am Eingang wies darauf hin, wer hier seinen Unterschlupf gefunden hatte. Dafür entdeckten wir eine Klingel.

»Sieht aus, als wäre keiner da«, meinte Suko.

Ich versuchte es trotzdem.

Irgendwo im Haus schlug eine Glocke an, als ich den Knopf an der Wand drückte. Jetzt waren wir gespannt, ob jemand öffnen würde, und tatsächlich hörten wir Schritte, die sich der Tür näherten. Durch den in Kopfhöhe angebrachten Spion wurden wir gemustert, bevor sich in der Tür eine Klappe hob, die wir zuvor nicht gesehen hatten.

Das Gesicht eines alten Mannes erschien in dem viereckigen Ausschnitt. Misstrauische Augen musterten uns.

»Was wollen Sie?«

Ich hatte die Vorstellung übernommen und nannte unsere Namen. »Wir hätten gern mit Mr. Ernest Orapul gesprochen, wenn es sich machen lässt, mein Herr.«

Keine Antwort. Dafür im Hintergrund eine keifende Frauenstimme. »Wer ist denn da, Jo?«

»Zwei Männer.«

»Was wollen sie?«

»Mit ihm reden!«

»Schick sie weg, Jo. Verdammt, schick sie weg.«

Jo wandte sich uns wieder zu. »Sie haben gehört, was gesagt wurde. Gehen Sie!«

»Ist Mr. Orapul nicht da?«

»Gehen Sie! Es ist in Ihrem Interesse.« Er schaute uns warnend an.

Wenn jemand so reagierte, dann wurden wir erst recht misstrauisch. Die Leute hatten etwas zu verbergen, und es musste schon etwas Besonderes sein, wenn sie sich Fremden gegenüber so verhielten.

»Wir möchten trotzdem hinein.«

»Sie haben doch gehört, dass es nicht geht. Außerdem will Mr. Orapul mit niemandem reden.«

»Das soll er uns selbst sagen. Oder wollen Sie, dass wir mit mehr Leuten zurückkommen?«

»Was wollen Sie damit sagen?«

»Ganz einfach, Mister. Wir beide sind von der Polizei. Scotland Yard, um genau zu sein.«

Seine Reaktion konnte ich nicht erkennen, dafür war der Ausschnitt zu klein, ich glaubte jedoch, dass sich die Augenbrauen des Mannes zusammengezogen hatten.

Dann verfiel er auf die Ausweistour. Er wollte unsere Legitimationen sehen. Das war sein gutes Recht. Wir präsentierten ihm die Dokumente, wobei er sich vor allen Dingen Suko besonders anschaute, denn einen Chinesen als Yard-Inspektor sieht man wohl nicht alle Tage.

»Sind Sie immer noch nicht verschwunden?« Wir hörten die keifende Stimme aus dem Hintergrund, und der Mann drehte sich unwillig um. »Das sind welche von der Polizei.«

Es wurde still. Das Gesicht des Mannes hinter der Klappe zuckte. Er stand schwer unter dem Pantoffel. Jetzt grübelte er wohl darüber nach, ob er einen Fehler begangen hatte.

»Also gut, lass sie rein, Jo.«

»Aber Clara …«

»Lass sie rein, zum Henker!«

Das schien mir vielleicht eine Xanthippe zu sein. Die sprach nicht, die keifte nur, und Jo blieb nichts anderes übrig, als uns zu öffnen. Dabei bewegte er drei Schlüssel in verschiedenen Schlössern. Vor Einbrechern schienen sie Angst zu haben.

Die Tür wurde aufgezogen. Wir schauten in eine düstere Diele und traten über die Schwelle.

Die ›Xanthippe‹ erwartete uns in der Mitte des Raumes. Hoch aufgerichtet wie ein Feldwebel stand sie dort. Licht, das durch die Fenster fiel, streifte ihr verkniffenes Gesicht. Sie war groß und hager. Die Haut auf ihrem Gesicht glänzte leicht, als hätte sie es mit einer Creme eingerieben. Sie hatte einen schmalen Mund, ihr Blick war stechend, und das als Pagenfrisur geschnittene grauschwarze Haar fiel dünn zu beiden Seiten des Kopfes herab. Die Frau trug ein dunkles Kleid und ebenfalls dunkle Strümpfe.

Kalt starrte sie uns entgegen. Hinter uns schloss ihr Mann die Tür. Er drückte sie so sacht ins Schloss, als hätte er ein schlechtes Gewissen.

»Was wollen Sie also?«, fragte sie uns.

Bisher hatte ich geredet, das weitere überließ ich nun meinem Freund Suko. »Wir möchten mit Mister Ernest Orapul reden.«

»Der ist nicht hier.«

»Das glauben wir Ihnen nicht, Mistress …«

Ihren Nachnamen nannte sie nicht, dafür winkte sie energisch ab. »Wenn ich es Ihnen sage, dann stimmt das! Außerdem haben Sie bei uns nichts zu suchen. Verschwinden Sie wieder.«

»Darf ich Sie daran erinnern, dass Sie mit zwei Beamten von Scotland Yard sprechen?«, erkundigte ich mich.

»Na und? Seid ihr etwa Supermänner?« Sie lachte schrill, sodass sich ihr Mann genötigt sah, einzugreifen.

»Du solltest freundlicher zu den Herren sein, Clara.« Er schob sich in unser Blickfeld. Bisher hatten wir nur einen Teil seines Gesichts erkennen können.

Er war kleiner als Clara, ging gebeugt und hatte ein Gesicht, dessen Haut eine ungesunde Farbe zeigte. Blass kam sie mir vor und irgendwie durchsichtig. Seine Hände zuckten nervös. Die Finger waren überlang, seine Lippen bewegten sich wie im Selbstgespräch, und auf seinem Kopf wuchs das Haar so wirr, als wäre es mit einem Rasenmäher geschnitten worden.

»Was soll das heißen?«, herrschte Clara ihren Mann an.

Der duckte sich, als er die Worte vernahm. »Ich meinte nur so.«

»Deine Meinung war und ist nicht gefragt«, erklärte sie und demonstrierte damit erneut, wer hier das Sagen hatte.

Bevor der Streit zu einem Ehekrach ausarten konnte, mischte ich mich ein. »In welcher Beziehung stehen Sie beide eigentlich zu Mr. Orapul?«

Die Antwort gab Clara.

»Wir verwalten sein Haus.«

»Verwandt sind Sie nicht?«

»Nein.« Sie ging einen Schritt zur Seite, weg aus dem Streifen Sonnenlicht. »Sonst noch Fragen?«

»An Sie weniger, nur an Mr. Orapul.«

»Damit können wir Ihnen leider nicht dienen. Er ist nicht im Hause, und wir werden es auch bald verlassen. Wir müssen in den Ort.« Danach lächelte sie zum ersten Mal. Es war nur ein dünnes, flüchtiges Bewegen der Lippen. »Sie können natürlich gern hier warten, bis Mr. Orapul erscheint, das bleibt Ihnen frei.«

Suko und ich tauschten einen Blick. Sollten wir das Angebot annehmen? So völlig waren wir nicht überzeugt. Irgendetwas störte uns, das kam zu plötzlich.

Der Chinese nickte. Deshalb sah ich keinen Grund, anders zu handeln, und erklärte: »Ja, wir werden bleiben.«

»Ihre Sache«, erwiderte Clara knapp und warf ihrem Mann einen schnellen Blick zu. »Bist du bereit?«

»Ja.«

»Dann komm.« Sie würdigte uns keines Blickes, als sie durch die Halle auf die Tür zuschritt, sie aufzog und verschwand. Als die linke Türhälfte ins Schloss flog, zitterte die rechte nach. So heftig hatte die Frau reagiert.

Ich hob die Schultern, blickte Suko an und deutete auf eine Sitzgarnitur. »Wir müssen ja nicht die ganze Zeit stehen bleiben.«

Das Leder war braun eingefärbt und weich. Wir nahmen in den Sesseln Platz, deren hohe Rückenlehnen uns bis an den Hinterkopf reichten. Zudem spürten wir, wie ausgesessen die Möbelstücke bereits waren, denn wir sanken tief ein.

Zwischen uns stand ein Tisch. Sein Gestell war aus Holz, die Füße leicht gedreht, und als Platte diente ein dunkler Marmorstein, der grünlich schwarz schimmerte.

Auf dem Tisch stand ein Aschenbecher. Daneben ein Feuerzeug.

Ich griff danach und holte auch meine Zigaretten hervor. Den blaugrauen Rauch der ersten Züge blies ich in einen durch das Fenster fallenden breiten

Sonnenstrahl, wo der Qualm in trägen Wolken weiterzog und sich der Scheibe näherte.

So entspannt, wie ich in dem Sessel hockte, war ich in Wirklichkeit nicht. Die Sache hier gefiel mir immer weniger.

Draußen hörten wir einen Automotor. Da wir keinen Wagen gesehen hatten, konnten wir davon ausgehen, dass sich ein Parkplatz hinter dem Haus befand. Der Wagen fuhr um das Haus herum, und sein Motorengeräusch verklang in der Ferne.

»Das alles gefällt mir immer weniger«, sagte Suko und holte tief Luft. »Mir ist so etwas noch nie passiert – dir etwa?«

Ich schüttelte den Kopf. »Nein, auch nicht.«

»Lädst du denn jemanden ein, den du überhaupt nicht kennst?«

»Bestimmt nicht.«

»Es sei denn, du hast etwas mit ihm vor.«

»Zum Beispiel ihn in eine Falle zu locken«, nahm ich den Faden auf und spann ihn weiter.

»Richtig.«

Ich drückte die Zigarette aus. Sie schmeckte mir nicht mehr. In den letzten Tagen hatte ich zu viel geraucht. »Und du meinst, dass es sich hier um eine Falle handeln könnte?«

»Genau das.«

Nach dieser Antwort schwiegen wir. Stille umgab uns, auf die wir uns konzentrierten. Meiner Ansicht nach gibt jedes Haus Geräusche von sich. Das hatte ich bereits des öfteren erlebt. Die Häuser atmen dann, obwohl sie verlassen sind. Gerade die alten und älteren Bauten waren nie völlig still.

Hier jedoch konnten wir schon von einer Grabesruhe sprechen. Einer unnatürlichen Stille, die sich wie ein unsichtbarer Schleier über allen Räumen ausgebreitet hatte.

Seltsam …

Als sich Suko bewegte, knarrte das Leder des Sessels. Ein Geräusch, das mich an das Aufstöhnen eines Menschen erinnerte. Der Inspektor stützte sich an den Lehnen ab und stand auf. Unruhig durchwanderte er die Diele. Er schaute die Treppe hoch, die zu einer breiten Galerie führte, ging weiter, und seine Tritte erzeugten auf dem Steinboden ein hallendes Echo.

Da an den Fenstern keine Vorhänge hingen, wurde der Schall kaum gedämpft. Es gab auch nur einen kleinen Teppich. Er lag nicht weit vom Kamin entfernt.

Suko unterbrach seine Wanderung, stemmte die Fäuste in die Hüften und blickte mich auffordernd an, als erwartete er von mir eine Bemerkung. Ich tat ihm den Gefallen und sagte: »Nehmen wir mal an, dieses Haus ist tatsächlich eine Falle. Wie, wo und wann soll sie zuschnappen?«

»Das müssen wir herausfinden. Was nutzt es, wenn wir untätig hier herumsitzen?«

»Du denkst an eine Hausdurchsuchung?«

»Nicht direkt, aber es kann nicht schaden, einmal seinen Blick schweifen zu lassen.«

»Wie du meinst«, erwiderte ich und musste lächeln. Es war wirklich besser, wenn wir uns umsahen. In der Halle hatten wir lange genug gesessen, jetzt wollten wir wissen, was die anderen Räume und Etagen verbargen, vorausgesetzt, es war nicht abgeschlossen.

Wir nahmen uns die erste Etage vor. Über die breite Treppe ging es nach oben.

Am Ziel fanden wir mehrere Räume und blickten hinein. Sie alle waren leer. Wir fanden keinerlei Indizien, die auf die Existenz dieses Monster-Clubs hingewiesen hätten, sondern eine normale Einrichtung, nichts Okkultes.

In der zweiten Etage gab es überhaupt keine Zimmer mehr.

»Bleibt nur noch der Turm«, sagte Suko, als wir wieder hinuntergingen.

»Der lag dir doch die ganze Zeit im Magen, wie?«

Mein Partner grinste.

»Klar, ich habe es nur nicht ausgesprochen.«

»Dann lass uns mal.«

Das war leichter gesagt als getan. Zuerst mussten wir den Weg finden, der uns in den Turm brachte. Er befand sich am Westflügel des Hauses, war direkt an die Wand gebaut worden, und wir suchten nach einer entsprechenden Tür.

Die gab es auch, und zwar fanden wir sie in einem winzigen, völlig verbauten Flur mit einer hohen Decke.

Eigentlich rechneten wir damit, die Tür verschlossen zu finden, umso überraschter waren wir, als wir sie aufziehen konnten.

»Na, das ist doch was«, sagte Suko.

Kältere Luft schlug uns entgegen. Fünfeckig war der Turm angelegt worden, und auch die inneren Mauern zeigten diese Geometrie. Hinzu kam die breite Wendeltreppe, die sich wie eine Schlange in die Höhe wand und mit einem Geländer aus Eisen versehen war.

Suko runzelte die Stirn. »Spätestens seit dem Fall des Rattenkönigs habe ich etwas gegen Türme.«

»Ich kann ja hier auch ein Netz aufspannen.«

»Nein, lass mal.«

Wir nahmen die Treppe. Es schien uns, als wollten die Stufen kein Ende nehmen. Es gab zwar zwischendurch Podeste, doch Türen entdeckten wir nicht. Dieser Turm schien überhaupt keine Räume zu haben.

Allerdings dachte ich an die Fenster, die wir von außen gesehen hatten. Sie lagen sehr weit oben, und vielleicht fanden wir dort das, was wir suchten.

Vor den Erfolg haben die Götter den Schweiß gesetzt. Das spürten wir auch in der Düsternis des Turminnern. Durch kleine Schießscharten sickerte nur wenig Licht. Ein paar Streifen, die allerdings ausreichten, um die ausgetretenen Stufen erkennen zu können.

Endlich hatten wir unser Ziel erreicht. Suko war vorgegangen, und sein Blick traf als erster das große Podest dicht unter der Spitze des Turms.

»Da ist was!«, sagte er.

Schwer atmend blieb ich neben meinem Partner stehen. Was wir sahen, hätte wohl keiner von uns erwartet, denn wir standen vor einem Podest, von dem fünf Türen abzweigten.

Fünf pechschwarze Türen!

Das hatte etwas zu bedeuten …

Hier oben war es noch düsterer. Nur die dunklen Türen konnten wir normal erkennen. Sie glänzten, da sich auf ihrer Oberfläche ein matter Lack ausbreitete.

Ich nahm die Lampe. Es war wieder meine kleine Bleistiftleuchte, die mir bereits so manch guten Dienst erwiesen hatte. Ihr schmaler Punktstrahl traf die erste Tür, tastete sie ab, als ich die Hand bewegte, und fand sie leer.

Keine Beschriftung, nur das glatte, leicht glänzende Holz. Nichts, was auf das hingewiesen hätte, was hinter der Tür lag.

Ich holte ein paar Mal tief Luft und leuchtete die nächsten Türen an. Diesmal ging ich dichter heran und fuhr mit der Lampe weiter von links nach rechts.

Als ich die letzte Tür mit dem dünnen Strahl erreichte, da wurden meine Augen groß, auch Suko reagierte, indem er einen Zischlaut ausstieß.

Wie auch ich hatte er die Schrift erkannt. Es waren keine hellen Buchstaben, die sich auf dem Messingschild abzeichneten, sondern in einem dunklen Rot gemalte.

Zwei Worte lasen wir. Die aber hatten es in sich. Zu vergleichen mit der Brisanz einer Bombe.

LUPINAS SOHN

»Das ist doch nicht möglich!«, flüsterte Suko. Er stand neben mir, war perplex und schüttelte den Kopf. »Ungeheuer, ich kann mir einfach nicht vorstellen ...« Seine Stimme brach ab.

Ich gab ihm keine Antwort. Auch ich hatte mich überraschen lassen und wusste nicht, was ich sagen sollte. So etwas hatte ich noch nicht erlebt, nein, damit hätte ich nie im Leben gerechnet. Dass wir hier, in diesem rätselhaften Turm, auf den Namen Lupina stießen.

Lupina!

Ich kannte die Werwölfin oder Königin der Wölfe, wie sie sich selbst nannte, sehr gut. Ein paar Mal schon hatten wir uns gegenübergestanden, und ich hatte mich sogar in sie verliebt. Das war lange her, und bis zum heutigen Tag hatte ich geglaubt, über Lupina viel zu wissen. Das war nun anders.

Sie hatte einen Sohn!

Auch einen Werwolf?

Bestimmt, etwas anderes konnte ich mir nicht vorstellen. Lupina würde nie ein menschliches oder menschenähnliches Wesen zur Welt bringen.

Nein, das musste ebenfalls eine Bestie sein.

»Suko«, murmelte ich, »da stehen wir vor einer Sache, die wir noch gar nicht überblicken können. Das ist nur die Spitze eines Eisbergs.«

»Scheint mir auch so zu sein.«

Ich hatte meinen rechten Arm ein wenig gesenkt, sodass ich die Klinke anleuchten konnte. Sie bestand nicht aus Metall, sondern aus schwarzem Kunststoff und war zur Tür hin gebogen. Eine moderne, neumodische Klinke. Wahrscheinlich war die Tür auch nicht älter. Man musste diesen Turm nachträglich umgebaut haben.

»Monster-Club«, murmelte Suko. »So langsam scheinen wir der Sache auf den Grund zu kommen.«

Da hatte er Recht. Ich ging bis dicht an die Tür heran und drückte die Klinke nach unten.

Diesmal hatten wir kein Glück. Es war verschlossen. »Hast du einen Dietrich?«, wandte ich mich fragend an den Chinesen.

»Ja.«

Normalerweise taten wir so etwas nicht. Aber hier konnte ich es mir erlauben, die Tür zu öffnen. Der Name Lupina stand meiner Ansicht nach für Gefahr.

Während ich mich bückte und an dem Schloss herumfummelte, nahm Suko die Lampe und leuchtete. Das Schloss war zum Glück nicht besonders modern. Man konnte es noch mit den althergebrachten Instrumenten öffnen. Nur eins hatte sich geändert. Waren früher die Dietriche aus Stahl gewesen, so bestanden sie heute aus Kunststoff.

Ich bin kein Einbruchexperte, sondern musste das anwenden, was man uns im Laufe der Ausbildung beim Yard beigebracht hatte. Dazu gehörte das Knacken einfacher Schlösser. Auch da musste man in Übung bleiben. Bei mir dauerte es etwas länger, bis ich das Schloss auf hatte.

Schließlich schwang die Tür zurück. Sofort traten Suko und ich von der Öffnung weg. Zwischen uns zeichnete sich das dunkle Rechteck ab.

Beschossen wurden wir nicht, auch nicht über- oder angefallen, es blieb ruhig in dem Verlies.

Und es hatte keine Fenster.

Dann mussten sich die Öffnungen wohl auf die anderen Turmzimmer verteilen. Das war natürlich schlecht, denn wir konnten so gut wie nichts sehen.

Sukos Arm erschien wie ein Schatten, während der Chinese an mir vorbeigriff.

Ein schabendes Geräusch erklang, als er über die Innenwand tastete, und plötzlich vernahm ich ein Klicken.

Suko brauchte nicht zu sagen, dass er einen Schalter gefunden hatte. Ich sah, wie das Licht langsam anging. Wie im Kino.

Es war kein helles Licht, sondern eins, das einen rötlichen Schein verbreitete und das gesamte Turmzimmer ausfüllte. Angestrahlt wurde es von zwei kugeligen, rot bemalten Wandleuchten, an deren Enden die Leitungen begannen, die über das Mauerwerk liefen und im Boden verschwanden.

Hier hatte jemand umgebaut und elektrische Anlagen installiert. Der Monster-Club schien seine Vorhaben sehr ernst zu nehmen. Niemand lauerte auf uns im Turmzimmer, sodass wir es betreten konnten, ohne in irgendeine Gefahr zu laufen.

Auf Zehenspitzen gingen wir, blieben nebeneinander stehen und blickten uns um.

Uns beiden fiel der Geruch auf. Wir schnupperten wie zwei Hunde, schauten uns an und hatten den gleichen Gedanken.

»Es riecht nach Blut«, wisperte Suko.

»Genau.«

Woher kam der Blutgeruch? Es rieselte mir kalt über den Rücken, als ich daran dachte, dass hier vielleicht ein Toter liegen konnte. Vorerst fanden wir nichts, nur eine Art Lager auf dem Boden, eine alte Matratze, die an den Seiten aufgerissen war, sodass die Füllung nach außen quoll.

Da mir das rote Licht dennoch nicht ausreichte, weil es die Wände zu sehr im Dunkeln ließ, nahm ich noch einmal die kleine Lampe und leuchtete im Kreis.

Jetzt sahen wir auch die Flecken an der Wand. Etwa in Hüfthöhe befanden sie sich. Wir gingen hin und sahen nun, dass es Blut war.

Daher also der Geruch.

»John!«

Sukos Stimme klang gepresst, und ich machte mich schon auf etwas Schlimmes gefasst, als ich mich umdrehte.

Mein Partner starrte auf eine Stelle, die sich dicht neben der Tür an der linken Seite befand.

Lumpen lagen dort am Boden. Alte Kleidungsstücke, die niemand mehr haben wollte. Das wäre alles nicht schlimm gewesen, wenn nicht etwas unter der Kleidung hervorgeschaut hätte.

Es war eine Hand und der Teil eines Arms!

Bleich sah die Hand aus. Die Finger hatten sich zusammengekrümmt und bildeten eine Klaue. Ein Bild, das mir einen Schauder über den Rücken jagte, und fast traute ich mich nicht, die Lumpen in die Höhe zu heben. Ich tat es dennoch!

Ersparen Sie mir bitte eine Beschreibung. So viel sei nur gesagt. Unter der Kleidung lag jemand, der einmal ein Mensch gewesen war. Ich sagte bewusst gewesen war!

Neben mir schüttelte sich Suko. Auch ihn hatte der Anblick hart getroffen. Er war ihm unter die Haut gefahren, und ich ließ die Lumpen schnell wieder fallen.

»Ein Werwolf«, murmelte ich. »Dieser Mann muss einem Werwolf in die Klauen gefallen sein.«

»Lupinas Sohn?«

Darauf konnte ich meinem Freund keine konkrete Antwort geben. Alles deutete jedoch darauf hin, dass es sich bei dem Mörder um einen Werwolf gehandelt haben musste.

Vielleicht Lupinas Sohn.

Nur – wo steckte er?

»Der hat sich aus dem Staub gemacht«, sagte Suko. »Schade, ich hätte ihm gern eine Silberkugel auf den Pelz gebrannt.«

»Wenn das mal so einfach wäre. Falls es sich bei dem Monster um Lupinas Sohn handelt, dann haben wir noch einiges vor uns. Der Apfel fällt nicht weit vom Stamm, und Lupina ist eine Gegnerin, die wir nicht unterschätzen dürfen.«

Suko wechselte das Thema. »Das heißt hier doch Monster-Club. Bisher habe ich noch kein Monster gesehen. Ob es sich nur um Werwölfe handelt?«

»Kann schon sein.«

»Wo sind dann die anderen?«

»Uns stehen ja noch mehr Türen zur Verfügung. Da können wir nachschauen.«

»Dann los!«

Wir verließen die Stätte des Schreckens und standen kaum draußen, als tief unter uns ein Gong aufklang.

Sofort standen wir still.

Es blieb nicht bei einem Schlag. Ein zweiter, dritter und vierter drang an unsere Ohren, und er hallte schaurig durch den alten Turmbau mit der Wendeltreppe.

Ich kam mir vor wie in einem alten Abenteuerfilm aus Hollywood, wo auch die Kampfszenen in den Studios gedreht wurden und die Akteure ängstlich vor der Kulisse aus bunt bemalter Pappe standen.

Doch das hier war echt.

Weshalb schlug da jemand den Gong? Und wer war es überhaupt? Wir hatten keinen Menschen gesehen außer diesem seltsamen Ehepaar. Waren die beiden zurückgekommen?

Die Gongschläge mussten eine Bedeutung haben, das war uns klar.

Kaum war der letzte Ton verhallt, wobei uns noch die Echos in den Ohren schwangen, da hörten wir hinter den vier verschlossenen Türen Geräusche.

Schreckliche Laute waren es. Ein Schmatzen und Würgen, ein grausames Schlürfen und Ächzen. Dazwischen überdeutlich und gut herauszuhören das hohle Kichern, das sich anhörte, als hätte es ein Wahnsinniger ausgestoßen.

Die Gongschläge hatten die Wesen hinter den Türen mobil gemacht. Der Monster-Club rüstete zum Kampf.

Und wie sie kamen.

Als hätte jemand ein Kommando gegeben, flogen mit einem Ruck sämtliche vier Türen auf.

Lupina tobte!

Noch nie hatte sie sich so gedemütigt gefühlt wie eben. Dr. Tod hatte seine Macht bewiesen. Im Verein mit Lady X hatte er es geschafft, sie von ihrem Vorhaben abzubringen. Aber da sollte er sich getäuscht haben.

So leicht gab Lupina nicht auf. Sie hatte sich nur zurückgezogen und empfand dies als einen taktischen Zug.

Dr. Tod und die Mordliga hausten in dem unterirdischen Bunkersystem tief in der Erde Feuerlands. Jeder Dämon hatte einen Bereich für sich, sodass sie sich nicht gegenseitig in die Quere gerieten.

In einem Betonverlies lebte Xorron, in dem nächsten Vampiro-del-mar, in einem anderen Lady X und in dem daneben Lupina, die Königin der Wölfe.

Normalerweise waren die Türen verschlossen, und sie konnten die Kammern verlassen, doch es gab auch Sicherungen, die Solo Morasso eingebaut hatte. Von seiner zentralen Steuerstelle aus konnte er die Türen verriegeln.

Und den Stahl aufzubrechen, das schafften nicht einmal die Monster der Mordliga.

Lupina passte die Entwicklung überhaupt nicht. Längst hatte sie sich innerlich von der Mordliga abgekehrt. Sie wollte einfach nicht mehr bleiben, es erschien ihr widersinnig. Das wusste leider auch Dr. Tod und hatte sich dementsprechend verhalten. Er hielt immer ein Auge auf die Werwölfin, und wenn es nur ein elektronisches zur Überwachung war.

Niederlagen hatte es in der letzten Zeit gegeben, nichts als Niederlagen. Tokata gab es nicht mehr. Mr. Mondo war umgekommen, und Dr. Tod stand so ziemlich auf verlorenem Posten. Lupina wusste genau, dass es mit der Zusammenarbeit zwischen ihm und dem Spuk nicht so klappte, wie er es sich vorgestellt hatte. Der Spuk war da sehr vorsichtig und hielt sich zurück.

Er hatte Morasso zwar im Kampf gegen Asmodina geholfen, mehr auch nicht.

Der große Plan, die Erringung der Weltherrschaft, fiel immer mehr zusammen. Es gab zu viele Dämonen und mächtige Kräfte im Reich der Finsternis, und alle hegten verschiedene Interessen. Die unter einen Hut zu bringen war unmöglich.

Lupina dachte da praktischer. Da sie bei der Mordliga schon nicht ihre große Chance sah, konnte sie eine Armee von Wölfen um sich versammeln, die allein auf ihr Kommando hörten. Eine der härtesten Feindinnen hatte sie besiegen können. Die Wölfin Silva, die sie als Königin nicht anerkennen wollte. Lupina dachte auch darüber nach, wie die anderen Mitglieder der Mordliga zu Solo Morasso und ihr standen.

Bei Lady X war sie sich nicht sicher. Sie war eine gewiefte Taktikerin, das steckte noch von ihrem damaligen Menschsein in ihr. Sie hatte es nicht vergessen und spielte es immer wieder aus. Manchmal griff sie vermittelnd ein, so wie vor einigen Stunden, als es fast zur Eskalation zwischen Lupina und Dr. Tod gekommen war.

Und Vampiro-del-mar? Er gehörte zu den gewaltigen, gefährlichen Monstern, die allein ihrer Kraft gehorchten und sie rücksichtslos einsetzten. Zudem war er Morasso bedingungslos ergeben, denn Dr. Tod hatte ihn aus seinem Grab unter dem Meeresspiegel erweckt.

Keine Chance, ihn auf meine Seite zu ziehen, dachte Lupina.

Blieb noch Xorron. Auch den konnte sie vergessen. Xorron war ein Monster, das in keine Schublade passte. Er war unberechenbar, er war schlimmer als alle zusammen, und ihm gehorchte ein Heer von Untoten und Zombies sowie die gefährlichen Ghouls.

Nein, Lupina war auf sich allein gestellt, aber das machte ihr nichts aus.

Vielleicht gelang es ihr durch List und Tücke, das zu schaffen, was andere kaum für möglich hielten. Der Mordliga den Rücken zu kehren.

Dazu durfte sie sich nichts anmerken lassen. Sie musste sehr vorsichtig sein, denn in jedem Verlies befand sich das gläserne Auge einer Kamera, das alles beobachtete und die Bilder aus den Räumen auf einen Monitor übertrug, vor dem Dr. Tod hockte und beobachtete.

Die Königin der Wölfe war sicher, dass er sie auch diesmal nicht aus den Augen ließ. Deshalb benahm sie sich sehr gesittet und bezähmte ihre Wut.

Sie hatte Recht mit der Vermutung.

Morassos Blick richtete sich in der Tat auf den kleinen Monitor, dessen Bildschirm das Verlies der Lupina zeigte.

Aber Dr. Tod war nicht allein. Neben ihm stand Lady X, die MPi über die linke Schulter gehängt. Sie hatte ihre Lippen zurückgezogen, sodass die Vampirzähne schimmerten.

»Ich muss sie töten«, sagte Morasso.

Diesen Satz hatte er in den letzten Minuten mehrmals von sich gegeben, und wie zuvor sprach die Scott auch diesmal dagegen.

»Es hat keinen Sinn, glaub mir. Wenn du sie tötest, schwächst du die Mordliga noch mehr.«

»Niemand kann so mit mir umspringen.«

»Ich weiß selbst, dass es falsch war, aber vielleicht bereut Lupina es längst.«

Das Lachen war kehlig. »Die und bereuen? Niemals. Nein, nicht Lupina. Sie träumt von einer großen Allianz der Werwölfe, und diesen Traum hat sie nie aufgegeben.«

»Gib ihr ein paar Tage Zeit!«

»Nein. Die kann ich nicht mehr bekehren. Lupina ist für mich und für uns nur Ballast, den wir abwerfen müssen. Ich werde ihr den Würfel präsentieren und sie dem Todesnebel aussetzen, damit ich ihre Knochen anschließend verbrennen kann.«

»Ist das dein letztes Wort?«

Morasso drehte sich auf seinem Stuhl um und schaute Lady X von unten her an. »Ja, das ist mein letztes Wort.«

»Dann lass mich wenigstens noch einmal mit ihr reden«, versuchte es die Vampirin. »Einmal nur.«

»Es ändert nichts an meinem Entschluss.«

»Trotzdem.«

Morasso überlegte. Dann nickte er und stand auf. »Ich gebe dir eine Viertelstunde. Inzwischen werde ich den anderen beiden mitteilen, wie ich mich entschieden habe. Sie sollen dabei sein, wenn ich Lupina vernichte.« Er grinste gehässig. »Gewissermaßen als eine schaurige Warnung.«

»Ich habe verstanden«, sagte Lady X mit belegter Stimme und schaute Dr. Tod nach, wie er den Raum verließ. Morasso, ein kleiner, aber kompakter Mensch-Dämon, ging gebückt, öffnete die Tür und verschwand.

Lady X zeigte Unruhe. Die Entwicklung der Dinge gefiel ihr überhaupt nicht. Nicht dass sie eine besonders gute Partnerin der Werwölfin gewesen wäre, nein, sie dachte nur an die Schwächung, die die Mordliga erleiden würde, wenn Lupina einmal nicht mehr war. Und das wollte Solo Morasso nicht einsehen. Vielleicht dachte er auch ähnlich wie die Scott, nur ließ es sein Stolz nicht zu, dies zuzugeben.

Eine Viertelstunde blieb ihr. Eine verdammt geringe Zeitspanne, in der sie es kaum schaffen würde, die eine oder andere Seite von ihrem Plan abzubringen. Trotzdem musste sie es versuchen, auch wenn es unmöglich zu sein schien.

Bevor sie die Zentrale verließ, warf sie noch einen Blick auf den Monitor. Er gab das Bild aus dem Verlies der Werwölfin wider.

Lupina schaute nicht in das Objektiv der Kamera. Sie hatte sich auf den Boden gehockt, die Knie angezogen und den Kopf nach vorn gebeugt, wobei das lange blonde Haar wie ein Vorhang zu beiden Seiten nach unten fiel und von dem Gesicht nichts erkennen ließ.

Wie die Scott den Mordligachef kannte, würde er jetzt Vorbereitungen treffen, um Lupina zu vernichten.

Freiwillig!

Der Gedanke war so ungeheuer, dass sich das Gesicht des weiblichen Vampirs verzerrte. Sie musste mit Lupina sprechen. Leider konnte sie nicht in ihr Verlies. Allerdings gab es eine Verbindung zwischen der Zentrale hier und dem Raum, in dem die Werwölfin hockte. Über Lupina befand sich ein Lautsprecher mit Mikrofonen an der Wand, sodass sie hineinsprechen und von Lady X gehört werden konnte.

Pamela Barbara Scott stellte die Verbindung her. Ein Kratzen ertönte im Lautsprecher, dann war die Stimme der Werwölfin zu vernehmen. Sie hatte das Zeichen erkannt. Ohne den Kopf zu heben, fragte sie: »Was willst du von mir, Lady X?«

»Mit dir sprechen!«

»Zwischen uns gibt es nichts mehr zu bereden. Du hast deine Seite gewählt, ich die meine.«

»Und du bist überzeugt davon, dass es richtig ist, was du getan hast?«

»Ja.«

»Das ist Irrsinn, Lupina. Du kommst allein nicht durch. Du brauchst unsere Unterstützung.«

Das Lachen aus dem Lautsprecher klang kratzig und unecht. »Ich brauche eure Unterstützung nicht. Lass dir das gesagt sein. Ich will sie auch nicht, denn ich komme sehr gut allein zurecht.«

»Nein, gemeinsam sind wir stärker.«

»Unsinn. Haben wir den Geisterjäger geschafft? Nein!«

»Das ist etwas anderes!«, hielt Lady X dagegen.

»Stimmt nicht. Ich habe darüber nachgedacht. Wir sind kein Team. Da ist jeder zu verschieden und nur auf seinen eigenen Vorteil bedacht. Das müsstest du doch gerade wissen. Oder ist Vampiro-del-mar nicht dein besonderer Freund? Ihn würdest du doch auch lieber tot als lebendig sehen, wenn ich mich nicht irre.«

»Das stimmt nicht.«

»Dann hast du die ganze Zeit über gelogen. Mein Entschluss steht auf jeden Fall fest. Ich will mit euch nichts mehr zu tun haben.«

»Dann wird man dich töten!«

»Damit muss ich rechnen. Aber lieber vernichtet sein, als nur mit Niederlagen leben. Was können wir denn noch ausrichten? Wir sitzen hier und warten. Morasso denkt schon verdammt lange nach, aber eingefallen ist ihm nichts. Er hat keine Ideen mehr. Ich aber habe welche, und ich werde sie auch durchführen.«

Jetzt spielte Lady X ihre letzte Trumpfkarte aus. »Denkst du überhaupt nicht an deinen Sohn?«

Wie von der Tarantel gebissen, sprang Lupina in die Höhe. »Das wagst du mir zu sagen, du verfluchte Blutsaugerin?« Sie schaute jetzt direkt in das künstliche Auge, und ihr Gesicht hatte sich vor Wut zu einer Grimasse verzogen. »Lass ihn aus dem Spiel!«

»Auf einmal? Du wolltest ihn doch sehen. Du hast sehr an ihm gehangen, wenn ich richtig informiert bin – oder willst du das abstreiten?«

»Nein.«

»Dann richte deine Reaktionen danach.«

Die Werwölfin schwieg, während die Scott aufatmete. Sie glaubte, den richtigen Weg gefunden zu haben. Jetzt musste sie nur noch ein wenig nachsetzen. »Wenn du dich noch immer so stur stellst und überhaupt keine Kompromissbereitschaft zeigst, wirst du deinen Sohn niemals mehr sehen. Das wollte ich dir nur sagen.«

Nach diesen Worten schwieg die Blutsaugerin, und sie war gespannt, wie Lupina reagieren würde. Hatte sie den Köder angenommen? Es war wirklich das Beste, was sie tun konnte. Sicherlich zeigte sich dann auch Solo Morasso den vernünftigen Argumenten zugänglich.

»Es bleibt uns nicht mehr viel Zeit für eine Entscheidung«, drängte Lady X.

Lupinas Fell sträubte sich. Sie war innerlich erregt, aus ihrem Maul drang ein Fauchen. Obwohl sie einen menschlichen Mund hatte, riss sie ihn so weit auf, dass er schon einem Maul glich und diese Muskelbewegung ihrem Gesicht völlig fremde Züge verlieh.

»Gib noch einmal nach!«, drängte die Vampirin. »Nur ein einziges Mal, dann hast du sicherlich auch die Chance, deinen Sohn zu sehen, an dem du so hängst und um den du ein Geheimnis gemacht hast.«

»Ich werde mit Dr. Tod reden«, sagte sie schließlich.

Lady X war beruhigt. Endlich hatte sie Lupina überzeugt, obwohl immer noch ein winziger Rest von Misstrauen blieb, aber die Werwölfin musste vernünftig sein, sie konnte sich nicht gegen die Mordliga stellen, da würde sie immer den Kürzeren ziehen.

»Soll ich ihm Bescheid geben?«, fragte Lady X.

»Nein, das tue ich selbst.«

»Er wird sowieso gleich kommen.«

»Und was will er?«

Die Blutsaugerin lachte kehlig. »Kannst du dir das nicht denken? Er will dich bestrafen, aber ich werde für dich reden, und da muss er einfach nachgeben.«

»Das kann ich selbst.«

»Nun lehne nicht jede Hilfe ab. Du wirst sie brauchen können. Ich verlasse jetzt die Zentrale und komme zu dir, damit wir endgültig alles klar machen können.«

Es waren die letzten Worte der Lady X, die Lupina aus den Zentrale von ihr vernahm.

Stille umgab Lupina. Wenn sie ehrlich war, dann passte ihr dieser Kompromiss überhaupt nicht, aber sie hatte ihn eingehen müssen, wenn auch nur zum Schein, denn sie wollte von ihrem großen Plan nicht abgehen, da war ihr die Mordliga eher im Wege als nützlich.

Durch die dicken Wände und die Eisentür drang kein Geräusch in das Verlies. Lupina hörte die Schritte nicht, aber sie merkte, dass sich der Hebel an der Innenseite bewegte, als von außen aufgeschlossen wurde.

Mit gleitenden, lautlosen Schritten war sie bis an die der Tür gegenüberliegende Wand zurückgewichen und wartete dort ab, was sich tat.

Kam Dr. Tod?

Ja, er war auch dabei. Mitgebracht hatte er Xorron, seinen treuesten Helfer, und der war ebenfalls nicht allein gekommen, denn fünf Untote hielten sich an seiner Seite …

Monster-Club! So hatten sie sich genannt. Und verdammt, was uns da entgegenwirbelte, waren in der Tat Monster. Grauenhafte Gestalten, Albtraumgeschöpfe, Ausgeburten der Hölle oder wie man sie auch immer nennen wollte.

Wir hatten den einzig leeren Raum besetzt. Aus den anderen vier stürmten Werwölfe. Menschengroß und noch mehr, so zeigten sich uns die grauenhaften Gestalten.

Es waren genau acht.

In jedem Zimmer hatten zwei gelauert. Braunschwarze Bestien mit weit aufgerissenen Mäulern, in denen regelrechte Reißzähne schimmerten, die uns zerfetzen würden.

Einen Grund gab es für die Bestien immer. Es war die reine Lust am Töten, und bevor wir unsere Überraschung verdaut hatten, wuchteten schon zwei Tiere gegen uns.

Bärenstark waren sie. Ich sah dicht vor meinem Gesicht die messerscharfen Pranken und dazwischen die verzerrte Fratze des Tieres, aus dessen Maul gelblich schimmernder Geifer tropfte, der über die Schnauze lief und sich mit dem daran klebenden alten Blut vermischte.

Ausweichen konnte ich nicht mehr, mich auch nicht um Suko kümmern, ich musste jetzt gegen diese ausgehungerte Bestie um mein eigenes Leben kämpfen.

Gelauert hatten sie in den düsteren Turmzimmern und warteten nur darauf, dass es Nacht wurde, dann würden sie sicherlich auf Beutezug gehen, doch da ihnen vorher schon zwei Opfer in die Klauen gefallen waren, nahmen sie die Gelegenheit eiskalt wahr.

An eine Waffe konnte ich nicht mehr schnell genug herankommen, also riss ich beide Arme hoch, legte die Hände gegeneinander und drosch zu. Es war ein gewaltiger, kraftvoller Hieb, der genau die Schnauze der Bestie traf und sie zurückschleuderte. Die scharfen Krallen wischten an meinem Körper vorbei, und das Horrorwesen wurde gegen seine eigenen Artgenossen katapultiert.

Für höchstens zwei Sekunden hatte ich Luft. Diese Zeit musste reichen.

Während ich nach meinem Dolch griff und ihn aus der Scheide riss, schaute ich mich um.

Zwei Bestien griffen überhaupt nicht in den Kampf ein, sie versperrten den Weg zur Treppe, damit wir nicht fliehen konnten. Die anderen sechs wollten unseren Tod.

Ich sah Suko im Clinch mit zwei Werwölfen. Der Chinese wehrte sich hervorragend. Ich hatte den Dolch frei und stieß von unten nach oben zu.

Es war viel zu eng. Mein unheimlicher Gegner konnte nicht ausweichen. Er senkte nur seinen hässlichen Schädel und sah, wie die Klinge in seinem Körper verschwand.

Sie war geweiht, bestand aus Silber und zeigte bei diesen Bestien eine tödliche Wirkung.

Ich hatte das Messer noch nicht wieder hervorgezogen, als ich bereits das Schreien hörte.

Nein, es war ein urwelthaftes Brüllen, als der Werwolf zerstört wurde, herumschwang und verzweifelt mit beiden Pranken um sich schlug, bevor er dorthin taumelte, wo die anderen beiden Tiere an der Treppe lauerten.

Sie machten Platz, schufen damit eine Lücke, und der tödlich verletzte Werwolf trat ins Leere. Er verlor das Gleichgewicht und rollte die Stufen hinab.

Das alles war in Sekundenschnelle über die Bühne gegangen.

Von rechts sah ich einen Schatten, der auf mich zu taumelte. Ich wollte das Messer hochreißen, als ich sah, dass der Werwolf tödlich verletzt war. Sukos Dämonenpeitsche hatte Streifen in sein Fell gerissen, aus denen grüngrauer Qualm kroch.

Es war klar, dass wir es nicht mit allen Gegnern aufnehmen konnten. Wir konnten uns nicht hinstellen und sie abschießen, dazu waren sie viel zu nahe bei uns. Da half vorerst nur eins: ein taktischer Rückzug.

Suko hatte den gleichen Gedanken gehabt wie ich. »John!«, hörte ich seinen Schrei und sah, wie der Chinese zurücksprang und durch die halb offen stehende Tür in dem fünften Verlies verschwand.

Einen weiteren Gegner konnte ich nicht mehr erledigen. Ein Messerstoß von mir fehlte, weil sich ein angreifender Werwolf gedankenschnell duckte, dann wurde es auch für mich Zeit, und ich hechtete ebenfalls in den Raum.

Kaum war ich an Suko vorbei, als der Chinese schon die Tür zuhämmerte.

Mich hatten zwei Bestien verfolgt. Wir hörten beide

die aufeinanderfolgenden dumpfen Laute, als die schweren Körper gegen die Tür wuchteten.

Das Holz zitterte und ächzte, aber es brach nicht. Die Türen schienen stabiler zu sein, als sie aussahen.

Ich atmete auf, wobei ich mich mit dem Rücken gegen die Wand gepresst hatte und schwer Luft holte. Die letzten zwei Minuten waren verdammt haarig gewesen, und wir hatten es nur unserem harten Kampftraining zu verdanken, dass wir überhaupt aus dieser Lage herausgekommen waren, ohne auch nur eine Verletzung davongetragen zu haben. Wenigstens glaubte ich das.

Um ganz sicher zu gehen, fragte ich Suko.

»Ich habe kaum etwas abgekriegt.«

»Was heißt kaum?«

»Nur ein Kratzer.« Sukos Stimme klang gepresst, und bei mir schlugen Alarmglocken an.

»Lass sehen, Mensch!« Ich nahm die kleine Lampe und schaltete sie ein. Da hatte der Chinese schon zur Selbsthilfe gegriffen. Es war wie bei einem Schlangenbiss. Wenn kein Gegenserum in der Nähe war und man doch noch etwas retten wollte, gab es nur die Möglichkeit, die Wunde auszusaugen.

Das tat Suko. Sein Hemd war in Unterarmhöhe zerfetzt. Im Licht der Lampe sah ich das Blut. Suko hatte seinen Mund auf die Haut gepresst und saugte Blut aus der Wunde. Immer wieder spie er es zu Boden. Das gefährliche Werwolfgift konnte nicht in die Kreisbahn gelangen. Ich wollte ihm helfen, doch er winkte ab, saugte noch zweimal, spie das Blut aus und holte dann ein sauberes Taschentuch hervor, das er um seinen Arm wickelte.

»Das müsste reichen.«

»Hoffentlich«, sagte ich. »Wie ist es denn passiert?«

»Da waren plötzlich zwei, und ich konnte mich nicht so direkt wehren, weil ich die Peitsche ausschütteln musste. Alles andere hast du ja mitbekommen.«

»Und was machen wir jetzt?«, fragte ich.

»Warten, bis den Herrschaften vor der Tür etwas einfällt. Der Monster-Club existiert doch. Verdammt, ich hatte eigentlich nicht mehr daran geglaubt.«

»Die beiden Alten haben uns nicht umsonst allein gelassen. Die hatten es faustdick hinter den Ohren.«

»Ich freue mich darauf, wenn sie zurückkommen.«

»Falls sie kommen.«

»Klar, die wollen doch unsere Leichen sehen.« Suko lachte bitter. »Aber den Gefallen tun wir ihnen nicht.«

Ich schaltete die Lampe wieder aus. Im Dunkeln hörte ich die Stimme meines Partners. »Musst du sparen?«

»Ja, ich weiß nicht, wie lange die Batterie noch reicht.«

»Wir haben doch von unten Luken oder Fenster gesehen«, sagte Suko. »Das war keine Täuschung.«

»Nein.«

»Dann schau mal nach.«

»Was meinst du, was ich gerade tun wollte?« Ich schaltete die Lampe wieder ein und folgte ihrem dünnen Strahl, der auf die der Tür gegenüberliegende Wand wies.

Dort befanden sich die Fenster, und ich sah tatsächlich die schmale Luke.

Wie bei vielen Turmfenstern war sie innen breiter und verjüngte sich zum Mauerrand hin. Ich konnte mit der Hand hineinfassen und stieß mit dem Mittelfinger auf Widerstand.

Was es war, wusste ich nicht genau, auf jeden Fall hatte es etwas hohl geklungen, und es schien mir nicht allzu fest im Rahmen zu stecken.

Ich stellte mich auf die Zehenspitzen, beugte mich dabei vor und klopfte härter dagegen.

Mein Gott, das war ja Pappe. Und zwar schwarz gestrichene. Über die Schulter rief ich Suko zu, was ich entdeckt hatte.

»Die können wir ja lösen.«

»Und wie.«

Abermals nahm ich meinen Dolch. Mit der Spitze hämmerte ich gegen die Pappe, und schon beim erstenmal drang ich durch, sodass ein schmaler Lichtstreifen auf meine Hand fiel.

Jetzt hackte ich stärker. Wenig später hatte ich die Pappe weggefetzt.

Es gab nicht nur eine Öffnung in unserem Verlies. Eine zweite war ebenfalls mit Pappe verklebt worden, und abermals leistete mir der Silberdolch gute Dienste.

Jetzt ging es uns schon besser. Licht bedeutet Leben, Licht bedeutet Hoffnung. Die einfallenden Lichtstrahlen erhellten das Verlies so weit, dass wir alles sehen konnten. Leider auch die verkrümmte Hand, die zwischen den Lumpen hervorragte. Ich nahm sie hoch und drückte sie wieder unter die Kleidung.

Dabei musste ich nahe an die Tür heran und hörte die Geräusche.

Knurren, Hecheln und Fauchen ...

Sechs Werwölfe lauerten auf uns, und sie würden nicht aufgeben, das stand fest.

Wir allerdings auch nicht. Unsere Pistolen waren geladen, und als ich auf Suko schaute, zeichnete ein optimistisches Grinsen sein Gesicht, obwohl das Taschentuch um seinen Arm durchgeblutet war.

»Packen wir sie?«, fragte er.

»Und wie?«

Suko hatte einen Vorschlag. »Wir werden einen Ausbruch wie im Gefangenenlager durchführen.«

»Damit rechnen diese Biester doch.«

»Lass sie, wir brauchen nur schnell zu sein. So schnell wie vorhin, als ich die Tür abgeschlossen habe.«

Als hätte Suko ein Kommando gegeben, bewegte sich die Türklinke nach unten. Vorsichtig, zögernd, und ich dachte daran, durch die Tür zu feuern. Wenn ich jedoch nicht traf, hatte ich eine Kugel vergeudet. Dieses Risiko wollte ich nicht eingehen.

Da die Tür nicht zu öffnen war, zog sich der Werwolf wieder zurück. Allerdings nur für einen Moment, denn er nahm Anlauf und wuchtete gegen das Holz.

Unwillkürlich sprangen wir zurück. Unsere Berettas ruckten hoch, doch wir brauchten sie nicht einzusetzen, die Tür hielt dem Druck stand.

»Noch dreimal, und sie sind durch«, bemerkte Suko.

»Vielleicht schon beim nächsten Versuch.«

Danach schwiegen wir, standen in der Mitte des Turmzimmers und schauten auf die Tür.

Spannung lag wie ein nicht sichtbares Netz über uns und dem Raum. Es war eine unheimliche Atmosphäre, man spürte, dass etwas in der Luft lag, dass andere dabei waren, unser Schicksal in die Hand zu nehmen.

Als zehn Sekunden vergangen waren und sich noch immer nichts getan hatte, wunderten wir uns.

»Warum haben sie sich nicht gegen die Tür geworfen?«, fragte Suko leise.

»Sie fürchten die Kugeln.«

»Das können sie nicht wissen.«

Da hatte mein Partner Recht. Dennoch gab es einen Grund, weshalb sich die Bestien so merkwürdig still verhielten. Den erfuhren wir einige Atemzüge später, denn die keifende Stimme der Xanthippe gellte an unsere Ohren.

»Na, ihr beiden Bullen, lebt ihr noch?«

Man konnte Lupina vieles nachsagen, dumm war sie auf keinen Fall. Sie wusste sofort, was der Aufmarsch zu bedeuten hatte. Dr. Tod zeigte sich entschlossen, nicht von seinem Plan abzugehen. Er wollte die Werwölfin bestrafen.

Die richtigen Helfer hatte er sich dafür ausgesucht.

Erst einmal Xorron, diese dämonische Mordmaschine, gegen die kein Kraut gewachsen war. Die Waffe, mit der man seine weißliche Haut zerstören konnte, musste erst noch erfunden werden. Unter dieser Milchhaut schimmerten schwach die dunklen Knochen eines Skeletts. Das Gesicht des Monsters war flach. Die Sinnesorgane wurden nur durch Schlitze angedeutet, aber wenn Xorron einmal den Mund öffnete, dann zeigte er gefährlich lange Zähne, die dem Gegner keine Chance ließen.

Da er sich selbst Herr der Zombies und Untoten nannte, hatte er gleich die richtigen Gestalten mitgebracht.

Figuren wie aus dem Horror-Lehrbuch. Bleiche, ausgemergelte Gestalten mit teigiger, aufgedunsener Haut und zum Teil großen Wunden oder schief sitzenden Köpfen. Lumpen umflatterten die Körper, die Augen waren verdreht, die Arme entweder schlenkernd zu beiden Seiten des Körpers herabhängend oder vorgestreckt, wobei die Hände Greifklauen bildeten, um die Opfer zu packen.

Für sie waren alle Opfer.

Alles, was lebte, was sich bewegte, sollte gnadenlos vernichtet werden, so wollte es der unheilvolle Trieb dieser mordenden Leichen, die nichts stoppen konnte, wenn sie einmal in Bewegung geraten waren.

Es gab Mittel. Man musste sie mit magischen Waffen attackieren oder ihnen die Köpfe abschlagen sowie Kugeln zwischen die Augen setzen. Aber wer von den überfallenen Menschen hatte eine Waffe griffbereit, wenn die anderen kamen?

Kaum jemand. Und so wurden diese untoten Gestalten zu den schlimmsten Feinden der Menschen.

Das wusste Lupina, und sie wusste ferner, dass Dr. Tod seine Ansicht geändert hatte.

Nicht der Todesnebel sollte sie töten, sondern Xorron mit seinen Bestien.

Für sie würde es ein reines Festmahl werden, aber Lupina war entschlossen, sich zu wehren.

Sie knurrte böse.

Xorron war an der Tür stehen geblieben. Er wollte seinen Vasallen das Opfer überlassen und erst einmal zuschauen, was sie taten. Sollte Lupina stärker sein als angenommen, dann würde sich Xorron ihrer annehmen.

Die Zombies hatten den Befehl erhalten. Sie würden ihn ausführen, und sie drangen in den Raum ein, wobei sie sich direkt in einem Halbkreis aufbauten.

In der Tür sah Lupina auch den Schatten des Mordligachefs. Morasso beobachtete nur, er wollte mit ansehen, wie ein aufsässiges Mitglied seiner Mordliga bestraft wurde, denn sonst hätte er keine Ruhe gehabt. Seinen Prinzipien durfte er auf keinen Fall untreu werden.

Lupina dachte daran, dass Lady X ihr etwas vorgespielt hatte. Alles war Bluff gewesen, tatsächlich steckte sie mit Solo Morasso unter einer Decke. Alle hatten sich gegen Lupina verschworen, und dieses Wissen stachelte sie noch stärker an. Ihr Überlebenswille steigerte sich, sie dachte nicht daran, sich kampflos zu ergeben.

Den größten Zombie nahm sie zuerst aufs Korn. Es war ein breitschultriger Seemann, und er trug noch Fetzen seiner Kleidung. Xorron hatte sich als Opfer Menschen von in Not geratenen Schiffen geholt und sie auf seine Insel geschleppt.

Als lebende Leichen standen sie nun unter seinem Kommando.

Einen Menschen hätte die Stille vielleicht in den Wahnsinn getrieben, nicht so Lupina. Sie konnte sich konzentrieren, und sie würde es den anderen schon beweisen, dass man nicht so einfach an sie herankam. Den Gedanken an Flucht hatte sie noch nicht aufgegeben. Sie würde kämpfen, der Drang, ihren Sohn wiederzusehen, war ungeheuer stark. An Aufgabe dachte sie nicht.

Für sie würde es schwer sein, durch die Tür zu kommen, denn da standen Xorron und Solo Morasso. Besonders das Monster bildete eine fast unüberwindliche Barriere.

Aber da war der erste.

Er hatte inzwischen eine Entfernung zu Lupina erreicht, die es ihm ermöglichte, nach der Werwölfin zu greifen. Er ließ sich einfach fallen, wie es seiner Kampftechnik entsprach, und versuchte dabei, seine Hände in das Fell auf Lupinas Schultern zu schlagen.

Die Werwölfin explodierte. Sie war schnell, geschmeidig und auch kraftvoll. Ein regelrechtes Kraftpaket. Bevor der Untote sie berühren konnte, hatte sie ihre Pranken in die schlaffe, teigige Haut an seinen Wangen geschlagen, sich festgekrallt und riss den Schädel des Zombies hart herum.

Irgendetwas krachte oder brach, dann flog der Zombie zur Seite und wurde gegen die Wand gewuchtet. Jeder hörte den klatschenden Aufprall, sah das puppenartige Wesen zu Boden fallen, wo es für einen Moment mit verdrehtem Kopf liegen blieb, aber trotz des Genickbruchs nicht erledigt war, denn der ehemalige Seemann stand wieder auf. Schwerfällig und taumelnd kam er auf die Füße, wobei er Mühe hatte, das Gleichgewicht zu halten, denn er ging mit schaukelnden Bewegungen auf seine Gegnerin zu.

Lupina war nicht auf der Stelle stehen geblieben. Sie wusste, wie man kämpfen musste, um etwas zu erreichen, deshalb hatte sie ihren Standort gewechselt und katapultierte sich abermals vor. Mitten hinein in den Pulk von vier Zombies.

Dr. Tod und Xorron sahen nur ihren Schatten durch die Luft wischen, dann prallten Lupina und die Untoten zusammen, und es wurde ein wilder, erbarmungsloser, dämonischer Kampf.

Keiner blieb mehr auf den Füßen. Lupinas wuchtiger Angriff riss die vier Zombies einfach um. Sie klatschten zu Boden, prallten mit ihren Schädeln gegen den harten Beton. Doch das alles machte ihnen nichts, sie waren schon gestorben und konnten es nicht noch einmal.

Lupina wütete. Sie spielte ihre gesamten raubtierhaften Kräfte aus, und die bewegungslos dastehenden Zuschauer sahen ihre Pranken mit den langen Krallen, die immer wieder die entsprechenden Ziele fanden.

Zwei Zombies hieb sie gegeneinander und schleuderte sie von sich. Einem anderen zerbiss sie einen Arm, dass dieser wie ein lebloser Gegenstand zu Boden fiel, einem anderen zerschmetterte sie das Gesicht, und sie hatte freie Bahn.

Sie schnellte hoch.

Dabei hatte sie den fünften Zombie vergessen. Es war derjenige, der sie zuerst angegriffen hatte, und er nutzte die Gelegenheit aus, indem er sich von hinten an die Werwölfin heranschlich und sich in dem Augenblick gegen sie warf, als Lupina in die Höhe kam.

Der Zombie war nicht nur groß, sondern auch schwer. Er krachte in ihren Rücken und drückte sie wieder zurück, sodass Lupina im wahrsten Sinne des Wortes auf die Schnauze fiel.

Auch sie schüttelte der Anprall durch. Sie hatte sich, als sie kämpfte, völlig in eine Werwölfin verwandelt. Diese Metamorphose war im Wirrwarr der Leiber untergegangen. Doch auch Lupina war kein Wesen, das man einfach beseitigen konnte. Sie steckte den Aufprall weg, als wäre er nichts gewesen. Ihr Körper zog sich zusammen, und sie warf sich wuchtig herum, wobei sie zwei Untote abschüttelte.

Sie hatten die Gelegenheit wahrgenommen und sich ebenfalls auf die Wölfin geworfen.

Doch da war noch der ehemalige Seemann, und er hatte seine Hände in Lupinas Fell geschlagen, sodass er sich darin festkrallen konnte. Er zog sich näher an die Wölfin heran und öffnete sein Maul, um sich festzubeißen.

Es war Lupina nicht möglich, seinen Angriff abzuschütteln, und dem Zombie gelang es, seine Zähne in den fellbedeckten Oberkörper zu schlagen.

Die Königin der Wölfe ruckte hoch. Allerdings nur mit ihrem Oberkörper, während die Bestie nach wie vor Bodenkontakt hatte und der Untote mit seinem Gewicht darauf lag.

Zwei mit den Pranken geführte Rundschläge verfehlten ihn. Das sahen auch die anderen Zombies. Sie merkten, dass sich ihr Opfer in der Klemme befand, und ergriffen die Gelegenheit beim Schopf. So schnell es ging, näherten sie sich dem kämpfenden Paar und warfen sich mit ihren ausgemergelten, teigigen Körpern auf die Werwölfin. Dabei spielte es keine Rolle, dass einer von ihnen seinen Arm verloren hatte und der andere kein Gesicht mehr hatte, sondern nur noch eine zerquetschte Masse.

Dr. Tod und Xorron schauten zu.

Solo Morasso lächelte dabei. Die Bestrafung war nicht mehr aufzuhalten, die Untoten würden Lupina den Garaus machen, denn so ging es jedem, der sich gegen ihn und die Mordliga stellte. Er würde es den anderen schon zeigen, schließlich war er der Herr.

Sein Lachen war kalt und grausam, doch er stockte, als plötzlich die Salve aus einer Maschinenpistole aufpeitschte und die Garbe dicht an seiner Hüfte vorbeizischte.

Sie traf das Ziel.

Der größte Zombie hatte sich halb erhoben. Aus verdrehten Augen und mit blutigem Mund bot er ein nahezu klassisches Ziel für Lady X, die hinter Morasso und Xorron aufgetaucht war.

Die Garbe traf seinen Kopf. Sie tötete das Wesen auf der Stelle, diesmal für immer.

Schwer fiel es zur Seite, gab das Ziel für seine Artgenossen frei, und Lady X ließ sich die Chance nicht entgehen. Sie schoss ein zweites Mal.

Diesmal bewegte sie ihre Maschinenpistole. Ein kaltes Lächeln klebte in ihren Mundwinkeln, und die beiden Vampirzähne schauten wie zwei kleine Dolche aus dem Oberkiefer hervor, wobei sie mit ihren Spitzen noch die Unterlippe berührten.

Auch den beiden anderen Zombies ließ sie keine Chance. Sie dezimierte Xorrons Diener.

Das ließ sich das Monster nicht gefallen. Aus dem Spalt in seinem milchigweißen Gesicht drang ein hohles, pfeifendes Geräusch, als es sich umwandte und seine neue Gegnerin suchte.

Sofort sprang die Scott zurück, denn sie wusste genau, dass sie gegen Xorron nicht die Spur einer Chance hatte, da nützte ihr auch die Maschinenpistole nichts, denn mit Kugeln konnte sie noch nicht einmal Xorrons Haut ritzen.

»Stopp ihn!«, rief Lady X ihrem Boss, Dr. Tod, zu. »Ich habe mit dir zu reden!«

Aus dem Raum drangen weitere Kampfgeräusche, doch die Scott war sicher, dass Lupina es jetzt von allein schaffen würde.

Solo Morasso wusste nicht, wie er sich entscheiden sollte. Seine Blicke schweiften zwischen Lady X und Xorron hin und her. Er ahnte, was das Monster vorhatte. Es würde und wollte die Scott töten, doch zwei Mitglieder zu verlieren, das konnte Solo Morassos Mordliga nicht verkraften, deshalb folgte er dem Rat der ehemaligen Terroristin und befahl Xorron, den Kampf abzubrechen.

Der hielt tatsächlich inne.

Der Vampirin fiel ein Stein vom Herzen. Als Zeichen ihrer Bereitschaft senkte sie die Waffe.

Auch Lupina kämpfte nicht mehr. Drei Zombies waren von den Kugeln der Waffe endgültig ausgelöscht worden, die beiden anderen hielten sich zurück und warteten auf neue Befehle.

Die gelben Augen der Werwölfin schauten durch die offene Tür, und sie entdeckten Lady X. Im stillen leistete Lupina der Blutsaugerin Abbitte, sie hatte sich doch anders verhalten, und ihr Vorschlag war keine Täuschung gewesen.

Die Szene erstarrte. Es wurde nicht mehr gekämpft. Eine Art Waffenstillstand war geschlossen worden, eine gefährliche Sache allerdings, denn unter der Oberfläche schwelte der Brand weiter.

»Warum wolltet ihr sie umbringen?«, fragte Lady X. Sie hatte sich damit an Dr. Tod gewandt. Der schaute sie kalt von oben bis unten an und erwiderte: »Dir bin ich keine Rechenschaft schuldig. Das ist allein meine Sache.«

Die Scott schüttelte heftig den Kopf. »Es ist nicht allein deine Sache. Es geht uns alle an, wenn du die Mordliga dezimieren willst. Und eins will ich dir sagen. Lupina war bereit, zu verhandeln. Es gibt noch eine Chance, aus dieser Zwickmühle herauszukommen, ohne dass wir uns gegenseitig umbringen und die anderen, sowohl Sinclair als auch Feinde auf der dämonischen Seite, lachen können.« Lady X hatte die Worte beschwörend gesprochen. Es war ihr letzter Appell. Wenn der nicht mehr half, dann wusste Lady X auch nicht weiter.

Dr. Tod nickte. Gleichzeitig grinste er und sagte: »Das ist natürlich eine schlechte Sache, wenn ich mir das so überlege. Sie hat sich gegen mich erhoben, das wird sich herumsprechen, bei den anderen Schule machen, und anschließend ist es …«

»Nein, es wird keine Schule machen. Aber es ist doch natürlich, dass es so weit gekommen ist. Du hältst uns hier wie Gefangene. Ich will ebenfalls meine Opfer …«

»Willst du meutern und rebellieren?«

»Nur feststellen.«

Dr. Tod grinste grimmig. »So kann man es auch nennen, ich sehe es anders.«

»Welche Alternativen bietest du uns?«

»Was soll das denn wieder heißen?«

»Du bist schlechter geworden, Morasso. Wir sitzen hier fest, halten uns raus. Andere können Positionen einnehmen, die eigentlich uns zustehen. Die Mordliga ist schwach geworden, zu schwach. Und du willst mithelfen, sie noch mehr zu schwächen.«

Lady X hatte harte Worte gebraucht, und sie hatte es bewusst getan, denn Solo Morasso sollte wissen, woran er war. Nach dem Tod Asmodinas hatte sich einiges geändert. Morasso war mit dieser Tatsache selbst noch nicht fertig geworden, er hatte neue Aktivitäten vermissen lassen und überließ das Feld anderen. Dämonen und Wesen der Finsternis. Seine eigenen Monster blieben dabei brach liegen.

Wahrscheinlich hatte er das auch eingesehen, deshalb reagierte er auf die Worte der Blutsaugerin nicht so heftig und presste die Lippen nur noch härter zusammen.

»Gibst du Lupina noch eine Chance?«, wollte Lady X wissen.

Dr. Tod drehte den Kopf. Lupina hatte den Raum noch nicht verlassen. Sie stand über den erledigten Gegnern, wobei sie weiterhin die volle Wolfsgestalt behielt.

»Es ist gut«, sagte Solo Morasso, »ich habe es mir überlegt. Sie wird ihre Chance bekommen.«

»Na endlich.«

»Aber sollte ich ein einziges Mal erleben, dass sie sich abermals gegen mich stellen will, werde ich sie gnadenlos vernichten. Hast du verstanden, Werwölfin?«

»Ja, das habe ich.«

»Dann ist es gut.« Dr. Tod verschwand wieder.

Xorron und seine noch lebenden Untoten trotteten wie gehorsame Hunde hinter ihm her und verschwanden in der Düsternis eines Ganges.

Xorron war Dr. Tod absolut ergeben. Und er hatte ihn auch vor einem schrecklichen Ende bewahrt. Fast wäre es John Sinclair gelungen, Solo Morasso ein weiteres Mal mit dem Nagel zu töten, doch Xorron hatte im letzten Moment eingegriffen und es verhindert. Das wusste Dr. Tod. Und er würde immer auf Xorrons Seite stehen und ihn decken.

Zurück blieben Lady X und Lupina.

Die Blutsaugerin lächelte und zeigte ihre spitzen Vampirbeißer. »Da haben wir noch mal Glück gehabt.«

»Möglich.«

»Wieso möglich? Es war Glück. Solo Morasso hätte dich auf grausame Art und Weise umgebracht.«

»Trotzdem denke ich an ihn.«

»An deinen Sohn?«, fragte die Scott.

»Ja. Und ich werde ihn treffen. Daran wird mich niemand hindern. Niemand, hörst du?«

Lady X fragte sich zum ersten Mal, ob sie überhaupt richtig gehandelt hatte …

Wir hörten den Hass aus der Stimme und waren überzeugt, dass die beiden Alten mit den Werwölfen voll unter einer Decke steckten. Wahrscheinlich hatten sie sogar alles ins Leben gerufen und leiteten den Monster-Club. Rechnen mussten wir damit. Allerdings war es kaum vorstellbar, dass zwei so alte Leute einen Monster-Club ins Leben riefen und noch leiteten. Doch wir waren vorsichtig geworden. Was wir alles erlebt hatten, auch mit älteren Menschen, da konnte uns so leicht nichts mehr erschüttern. Alles war praktisch möglich. Oftmals spielte bei den Dämonendienern das Alter keine Rolle.

Nur – wie verhielt sich das alles zu Lupinas Sohn?

Was hatte die Schrift vor der Tür zu bedeuten? War dieser Sohn wirklich ein Kind von ihr? Oder standen wir hier einem gewaltigen dämonischen Bluff gegenüber? Gesehen hatten wir ihn nicht, vielleicht befand er sich unter den draußen lauernden Wölfen. Auf jeden Fall hatten wir ihn noch nicht gesehen. Trotz der Gefahr, die er darstellte, war ich auf seinen Anblick gespannt.

Lupina hatte einen Sohn. Ich konnte es überhaupt nicht fassen. Wenn sie einen Sohn hatte, wer war dann der Vater?

Diese Frage stellte sich uns, aber die Zeit darüber nachzudenken blieb uns nicht. Vorerst war das wichtig, was wir momentan erlebten. Ich war gespannt, wie sich die Wölfe verhalten würden.

Auch die weitere Reaktion der beiden Alten interessierte uns. Sie ließ nicht lange auf sich warten.

»Zwei sind tot!«, keifte Clara. »Verdammt, er hat zwei von unseren Freunden umgebracht! Das habt ihr nicht umsonst getan. Ihr kommt hier nicht mehr als Menschen raus, das kann ich euch versprechen.« Bösartig drang ihr Lachen durch die Tür, und wir mussten uns erst einmal damit abfinden.

Suko und ich standen rechts und links der Tür. Eine Blöße konnten wir uns nicht erlauben, deshalb hielten wir auch die Berettas weiterhin schussbereit in den Händen. Sollten unsere Feinde etwas versuchen, würden wir feuern.

»He, hört ihr mich?« Wieder sprach die Alte.

Suko nickte mir zu. Sein Gesicht lag genau im Schein eines Lichtstrahls.

»Ja, wir hören Sie!«, rief ich.

»Das ist gut, dann will ich euch sagen, dass eure letzte Stunde gekommen ist.«

»Damit mussten wir rechnen. Können wir zuvor noch mit Orapul sprechen?«

»Nein.«

»Schade, wir hätten gern mit Lupinas Sohn ein paar Worte gewechselt. Oder ist er das nicht?«

»Doch er ist es.«

»Dann ist ja alles klar.«

»Nichts ist klar, gar nichts. Ich warte nur darauf, dass er zurückkehrt, dann wird er euch zerreißen. Niemand kann Orapul etwas tun. Er ist unbesiegbar.«

»Wie ihr?«

Da lachte die Alte geifernd.

»Ja, wie wir, denn wir stehen als seine Pateneltern unter seinem Schutz.« Nach dieser Antwort amüsierte sie sich köstlich.

So lief der Hase also. Die beiden hatten Lupinas Sohn großgezogen. Das war interessant.

»Und wie finden wir Lupina selbst?«

»Sie wird schon noch kommen«, erklärte uns die Frau. »Keine Bange. Aber woher kennt ihr Lupina?«

»Sie ist eben bekannt«, gab ich ausweichend Antwort. »Und sie ist eine besondere Freundin von uns.«

»Das glaube ich nicht.«

»Dann fragen Sie sie mal!«

Darauf ging Clara nicht ein. Stattdessen wollte sie wissen, wie es uns gelungen war, die beiden Werwölfe zu erledigen, denn daran hatte sie zu knacken, weil es im Prinzip wirklich nicht leicht ist, diese Bestien zu besiegen.

Diesmal antwortete Suko. »Wir haben sie tot gebissen«, gab er kalt zurück.

»Auf den Arm nehmen kann ich mich selbst«, fluchte die Frau. »Es hat auch sein Gutes. So sind wir wenigstens gewarnt, und wir werden es euch nicht leicht machen. Nein, ihr kommt nicht mehr aus dem Haus. Nicht wahr?«

Die Worte schienen den Bestien gegolten zu haben. Sie reagierten darauf und heulten um die Wette, dass es uns schaurig in den Ohren klang und wir zusammenzuckten.

Jemand warf sich gegen die Tür. Allerdings nicht mit voller Kraft, das Holz zitterte kaum nach, dafür vernahmen wir dann ein hartes, aggressives Kratzen.

Danach war Ruhe.

Das heißt, wir hörten sie zwar noch, aber sie waren nicht mehr so kämpferisch. Sie hielten ihren Mund. Weder sagten die beiden Alten ein Wort, noch heulten die Bestien.

So verging die Zeit.

Nach zehn Minuten hatte sich noch immer nichts getan. Auch wir sprachen nicht und warteten ab.

Zwischendurch hatten wir zwar ein paar Geräusche vernommen, die allerdings waren schlecht zu identifizieren gewesen, weil die Mauern und das Türholz zu sehr dämpften.

»Lupinas Sohn«, murmelte Suko und schüttelte den Kopf. »Unwahrscheinlich. Damit hätte ich nicht gerechnet.« Er schaute mich an. »Du vielleicht, John?«

»Nein.« Ich hatte meinen Blick gesenkt und starrte auf meine Schuhspitzen.

Suko ahnte, welche Gedanken mich bewegten, und er fragte: »Denkst du an Jane?«

»Ja.«

Der Chinese atmete tief aus. »Das ist schwer, John. Das ist sogar verdammt schwer. Denk nicht mehr an sie. Dieser Fall hier ist wichtiger. Es war wirklich eine Fügung des Schicksals, dass wir auf ihn gestoßen sind. Jane Collins musst du erst einmal vergessen, John. Sie steht nicht mehr auf unserer Seite. Wikka hat sie sich geholt. Diese Rache ist schlimmer, als hätte sie Jane getötet, das kannst du mir glauben.«

»Ich weiß es ja!«, knirschte ich. »Trotzdem komme ich nicht davon los.«

»Das verstehe ich. Aber konzentriere dich trotzdem mehr auf unseren Kampf hier.«

»Dass ich das tue, habe ich ja wohl bewiesen«, gab ich ein wenig scharf zurück.

»Natürlich, es war auch nicht so gemeint.«

Suko hatte Angst, dass ich meinen Job vernachlässigen würde. Aber da hatte er sich getäuscht. Ich würde weitermachen. Vielleicht sogar härter als zuvor, das hatte ich mir geschworen.

Ich durchquerte das Turmzimmer und warf einen Blick durch die schmale Öffnung in der Mauer.

Es war noch nicht dunkler geworden. Nach wie vor stand die Sonne am wolkenlosen Himmel und brannte auf das hinab, was die Menschen Erde nannten.

»Wir müssen auf jeden Fall hier raus«, meinte Suko. »Ich will hier nicht übernachten.«

»Frag mich mal.«

»Und wie stellen wir es an?«

»Es wird uns wohl nichts anderes übrig bleiben, als es mit den Wölfen auszukämpfen, wobei wir die beiden Alten auch nicht vergessen dürfen. In ihrem Hass sind sie unberechenbar und brandgefährlich.«

Suko hatte sein Ohr gegen das Holz der Tür gelegt. »Verdammt, ich höre nichts«, flüsterte er.

»Die werden sich zurückhalten, darauf kannst du dich verlassen.«

»Na ja, trotzdem …«

Mein Partner ging davon aus, dass sich die Bestien verkrochen hatten. Die Idee war nicht schlecht, denn wenn wir einen Ausbruch versuchten, mussten die Werwölfe damit rechnen, dass wir sofort schossen. Und in der Enge des Turms war es so gut wie unmöglich, sie zu verfehlen.

Ich war mit einem langen Schritt bei Suko und legte bereits meine linke Hand auf die Klinke.

»Du willst gehen?«, fragte der Inspektor erstaunt.

»Ja, wir müssten es zumindest versuchen.«

»Mut hast du schon immer gehabt.«

Mein Partner grinste.

»Du nicht?«

»Mach schon!«

Suko trat einen Schritt zurück. Sein Gesicht war angespannt. Voll hatte er sich konzentriert. Wenn die dort tatsächlich lauerten, mussten wir gedankenschnell handeln und sofort feuern, bevor die Bestien uns überfielen.

»Na denn«, sagte ich und riss die Tür auf.

Das heißt, ich wollte es, aber es war verschlossen. Verdammt, damit hatten wir nicht gerechnet. Ohne dass wir es gemerkt hatten, musste die Alte uns eingeschlossen haben.

Suko hatte den gleichen Gedanken wie ich. »Ganz schön raffiniert«, flüsterte er.

»Und wie.« Ich hatte mich bereits gebückt und peilte mit einem Auge durch das Schlüsselloch.

Sofort war zu erkennen, dass unsere Gegner den Schlüssel von außen stecken gelassen hatten. Bevor unser Dietrich in Aktion trat, mussten wir erst den Schlüssel drehen, sodass der Bart senkrecht stand und der Schlüssel hinausgeschoben werden konnte.

Da Suko schon einmal Routine hatte, begann er augenblicklich mit der Arbeit.

Das war ein Job für Tüftler und Fummler. Es dauerte seine Zeit, bis Suko den Schlüssel aus dem Schloss entfernt hatte. Als er auf der anderen Seite der Tür zu Boden fiel und wir das schwache Geräusch hörten, atmeten wir auf.

Der nächste Schritt war leicht, obwohl wir noch abwarteten, ob sich etwas rührte.

»Nichts zu hören«, flüsterte ich, »mach weiter!«

Der Chinese probierte es wieder. Seine Hände arbeiteten wie feine, sensible Sensoren. Er fühlte, tastete, drückte und bewegte den Dietrich, bis er auf Widerstand traf und das Schloss drehen konnte.

Jetzt war die Tür offen.

Der Chinese richtete sich auf. Er ließ mir den Vortritt, und ich legte abermals meine Hand auf die Klinke, um sie nach unten zu drücken.

Ein Ruck, und wir konnten auf das leere Podest schauen. In der Tat hielt sich niemand mehr dort auf. Die Werwölfe und mit ihnen die beiden Alten hatten sich verzogen.

Einigermaßen beruhigt verließen wir das Turmverlies. Diese erste Hürde war genommen.

Wenn ich von einer Leere gesprochen habe, dann ist das nicht ganz richtig. Die beiden von uns erledigten Werwölfe lagen nach wie vor auf dem Absatz.

Ihr Fell war zum Teil verschwunden, und wir sahen eine blasse weiße Haut. Sie verwandelten sich wieder zurück, allerdings in Tote. Wo das Fell noch zu sehen war, erkannten wir eine schmutziggraue Farbe. Als hätte jemand Puder darüber geschüttet.

Das waren die Opfer dieses dämonischen Wahnsinns, und ich konnte nur den Kopf schütteln. Sie würden allerdings nicht die Letzten sein, das wussten wir beide.

Blieb die Frage, wo sich die Werwölfe versteckt hielten. Dass sie nicht geflohen waren, stand für mich fest. Wahrscheinlich hatten die beiden Alten sie irgendwo verteilt, damit sie uns heimtückisch und hinterrücks überfallen konnten.

Vor uns lag ein langer Weg, der mit Fallen gespickt sein konnte, und wir waren dementsprechend vorsichtig, als wir die Steinstufen der Treppe hinabschritten.

Suko hatte die Spitze übernommen, ich blieb einen halben Schritt oder eine Stufe hinter ihm.

Da wir sehr langsam gingen, gerieten wir auch nicht in Gefahr, einen Drehwurm zu bekommen. Zudem hielten wir uns ziemlich am äußeren Rand und konnten uns mit den Händen am rauen Mauerwerk abstützen.

Den Turm, vielmehr die Treppe, konnten wir ungestört hinter uns lassen. Schließlich standen wir an ihrem Ende und schauten uns an. Von den Bestien waren wir nicht überfallen worden.

Das wunderte uns ein wenig, denn wir hatten Claras Worte nicht vergessen und verdammt ernst genommen.

Es gab für uns nur eine Möglichkeit. Wenn sich die Werwölfe in der Nähe aufhielten, dann hatten sie innerhalb des Hauses Unterschlupf gefunden. Groß genug war es schließlich.

Der Meinung war auch Suko. Vor der Tür, die ins Haus führte und den Turm mit dem Gebäude verband, blieb er für einen Moment stehen, hob das rechte Bein und hämmerte seinen Absatz voll gegen die Tür, die sofort mit Schwung nach innen gestoßen wurde.

Wir schauten in den kleinen Flur, der leer war. Hier hätte schon der erste Gegner lauern können.

Wir ließen die Diele hinter uns und betraten die große Halle. Dabei waren wir sehr schnell. Kaum befand sich die Tür in unserem Rücken, als wir rechts und links vor ihr an der Wand Aufstellung nahmen.

Niemand griff uns an.

Aber wir rochen, dass die Bestien zumindest hier unten gewesen waren. Der scharfe, ätzende Geruch lag in der Luft und stieg beißend in unsere Nasen.

»Haben sie sich wirklich verkrochen?«, fragte Suko leise. Zweifel schwangen in seiner Stimme mit.

»Vielleicht sind sie auch weg.«

Der Chinese warf mir einen schrägen Blick zu. »Das glaubst du doch selbst nicht. So etwas lassen die beiden Alten nicht zu. Die sind doch von Hass zerfressen.«

»Das schon, aber ich sehe sie nicht.«

»Vielleicht oben.«

»Den Keller haben wir noch nicht durchsucht.«

Suko schlug sich gegen die Stirn. »Verdammt, daran habe ich nicht gedacht, klar, der Keller. Sollen wir?«

»Sicher.«

Wir mussten nur den Eingang finden. Das war eine Sache von wenigen Minuten. Diese Tür war nicht abgeschlossen. Wir zogen sie vorsichtig auf, hörten das Knarren, und dann flog die Tür auf uns zu, weil sie von der Innenseite hart aufgewuchtet wurde.

Da wussten wir, wo sie steckten!

Die nächsten Minuten wurden zu einer reinen Hölle für uns. Wir hatten den harten Schlag der Tür nicht so ohne weiteres einstecken können und waren zurückgeworfen worden. Ich rutschte auf dem glatten Boden noch aus, konnte mich nicht mehr fangen und krachte auf mein Hinterteil.

Aus dieser Perspektive wirkten die beiden Wölfe noch größer, als sie durch die Tür quollen.

Gewaltige, mordgierige Bestien, die auf mich gelauert hatten und ihre Chance wahrnehmen wollten.

Bevor ich schießen konnte, war der Werwolf schon über mir. Er sprang mich mit beiden Füßen zuerst an, wuchtete meinen halb aufgerichteten Körper zurück, und ich prallte mit dem Hinterkopf gegen die Fliesen, sodass ich für eine Sekunde Sterne sah. Sie blitzten wie explodierende Feuerwerkskörper vor meinen Augen auf.

Instinktiv winkelte ich den freien Arm an und schützte meine Kehle, während ich die Wolfsfratze mit den gelbweißen Reißzähnen dicht vor mir schimmern sah.

Ein Schuss krachte, und das Echo rollte langsam durch die Halle. Aber nicht ich hatte geschossen, sondern Suko. Ich musste mich erst einmal wehren.

Es war gut, dass mein linker Arm die Kehle schützte, denn der Werwolf hackte augenblicklich zu. Seine Zähne verfingen sich im Stoff der Jacke, zerrten daran, und er öffnete sein Maul weiter, um besser beißen zu können.

Da hatte ich meinen rechten Arm herumgeschwungen. Die Mündung der Waffe drückte ich für einen

Moment hinter dem Ohr in das Fell der Bestie, dann zog ich durch.

Das geweihte Silbergeschoss drang tief in den Kopf der Bestie und zerstörte ihn durch seine Kraft. Die Mächte des Lichts waren stärker als die der Finsternis. Der Werwolf riss seinen Schädel noch in die Höhe und stieß ein letztes, schauriges Heulen aus, bevor er schlaff wurde und ich ihn von mir wälzen konnte.

Das hatte ich geschafft.

Etwas schwerfällig gelangte ich wieder auf die Beine. Suko stand mit gezogener Beretta im Raum. Er ließ seinen Arm kreisen, suchte nach anderen Gegnern, während der von ihm erledigte Werwolf vor seinen Füßen lag und sich nicht rührte.

Bei beiden Bestien geschah das Gleiche. Ihr Fell wurde grau und unansehnlich, dann fiel es langsam ab, und der normale Körper eines toten Menschen erschien.

»Noch vier«, sagte Suko.

Ich nickte. Die Hälfte hatten wir schaffen können, aber eben nur die Hälfte, während die anderen Bestien weiterhin auf ihre Chance lauerten, um uns zu erledigen. Davon mussten wir ausgehen und durften unsere Augen nicht verschließen.

Zwei waren aus dem Keller gekommen. Ein Beweis etwa dafür, dass die anderen ebenfalls noch dort lauerten? Sehr gut möglich, denn auf den oberen Etagen hatte sich nichts getan.

Es war eine seltsame Stille, die uns empfing. Draußen schien die Sonne, aber hier in der Halle kam es uns kühl vor wie in einer Grabkammer. So fühlten wir uns auch, denn der Hauch des Todes hatte hier Einzug gehalten.

Suko näherte sich dem Keller. Die Tür stand offen, sodass wir in das düstere Rechteck hineinschauen konnten, hinter dem die Steintreppe begann, die nach unten führte.

Auf der Treppe hatte lange Zeit niemand gefegt, denn wir sahen den Staub dort liegen und auch die Spinnweben an den Wänden, die heftig zitterten, als wir sie passierten und sie von dem Luftzug berührt wurden.

Als wir die Stufen hinabschritten, knirschte es unter unseren Sohlen. Kleinere Steine wurden zu Mehl zerquetscht und vermischten sich mit dem auf den Stufen liegenden Staub.

Die Luft wurde immer schlechter. Sie nahm einen muffigen Geruch an, durchdrungen von Schimmel und Feuchtigkeit. Es war ein richtiger Gruselkeller.

Einen Lichtschalter hatten wir hinter der Tür nicht gefunden, allerdings entdeckten wir ihn am Ende der Treppe in Kopfhöhe. Ich drehte den altmodischen, schwarz glänzenden Schalter.

Was unter der Decke aufglühte, war ein staubiges Etwas und erst beim zweiten Hinsehen als Birne zu erkennen. Die Lichtquelle war mehr als mäßig, allerdings besser als gar nichts, sodass wir auf das Einschalten der kleinen Bleistiftleuchte verzichten konnten.

Früher hatte man die Keller mehr als Gewölbe angelegt. In so einem standen wir nun.

Breite Gänge, hohe Decken, Verliese und eine Holztür, die offen stand und sich leicht bewegte.

Der hinter der Tür liegende Raum war dunkel. Er wurde auch vom Flurlicht nicht mehr erhellt, sodass wir jetzt gezwungen waren, die Lampe einzuschalten.

Dünn war der Strahl, aber er reichte aus, um das Grausame zu erkennen. Rechts an der Wand standen zwei Holzkisten. Nicht viel größer als die Spielzeugkisten vieler Kinder.

Allerdings war ihr Inhalt ein anderer.

Aus der ersten ragte ein hochkant gestellter Fuß, während auf dem Rand der zweiten Kiste eine Hand lag, als hätte sich die Person im letzten Augenblick aufzuraffen versucht, um aus der Kiste zu klettern.

An dem Fuß steckte ein Damenschuh.

Es fiel mir verdammt schwer, nahe an die Kiste heranzutreten, und einen Blick hineinzuwerfen, aber es gab keine andere Möglichkeit, um sich Gewissheit zu verschaffen.

Die Kisten waren tatsächlich mit zwei Toten belegt. Einem Mann und einer Frau.

Ihre Mörder hatten sie einfach hineingestopft. Wir sahen zwei bleiche, verzerrte Gesichter, auf denen sich das Grauen widerspiegelte, was sie in den letzten Sekunden ihres Lebens hinter sich gebracht hatten. Es musste eine Hölle gewesen sein.

Neben mir stöhnte Suko gepresst. Auch er konnte diesen Anblick nur schwer verkraften. Seine flüsternde Stimme drang an mein Ohr. »John, auf wessen Konto geht diese grauenhafte Tat?«

Ich hatte längst einen Verdacht. Er war ungeheuerlich, aber die Beweise lagen vor uns. Die Toten waren nicht von den Werwölfen angegriffen worden. Wir entdeckten Schusswunden in ihren Körpern.

»Die beiden Alten!«, presste ich hervor. »Das können nur die gewesen sein.«

»Und warum?«

Ich hob die Schultern. »Was weiß ich? Möglicherweise standen sie ihnen im Weg.«

»Vielleicht waren es sogar die echten Verwalter«, vermutete der Chinese.

»Durchaus möglich.«

Später sollte sich herausstellen, dass der Inspektor mit seiner Theorie Recht gehabt hatte.

Wir durchsuchten den Keller weiter und gerieten in ein Weinlager. Es war schon gewaltig. Nicht nur Flaschen konnten wir sehen, auch große Fässer. Sie standen nebeneinander an der Wand. Als ich dagegen klopfte, klang es dumpf, nicht hohl. Für uns ein Zeichen, dass die Fässer gefüllt waren.

Der Weinkeller barg keine Überraschungen. Nur

hatte sich hier die Luft verändert. Es roch nach ausgelaufenem und verdunstetem Wein. Falls sich die Alten mit ihren restlichen vier Werwölfen tatsächlich noch innerhalb des Hauses aufhielten, hatten sie sich sehr gut versteckt, denn gefunden hatten wir von ihnen nicht einen Zipfel.

Sie blieben weg …

Wir erreichten wieder die Treppe und damit die Gegend, wo es heller war.

Ich wollte die Kollegen von der Mordkommission anrufen. Die beiden Toten mussten weggeschafft werden. Sie konnten hier nicht liegen bleiben.

Suko ging vor mir die Stufen hoch. Ich warf immer wieder einen Blick zurück in den Keller, wo ich das Licht gelöscht hatte und sich jetzt die Dunkelheit ballte.

Von den Wölfen sah ich keine Spur. Kein gelblich schimmerndes Augenpaar leuchtete durch die Dunkelheit, die Bestien hatten sich zurückgezogen, falls sie sich tatsächlich im Keller aufhielten.

Suko stand schon in der Halle. Die Waffe hatte er auf die Tür gerichtet, denn auch von dort konnte Gefahr drohen.

Als ich die letzte Stufe verließ, ging er einen Schritt vor, um mich passieren zu lassen.

Rechts ging ich an ihm vorbei. Die Tür lag mehr zur anderen, zur linken Seite hin. Rechts befand sich die Treppe.

Dass ich hinschaute, war reines Misstrauen und vielleicht auch Zufall. Dabei traf mein Blick auch die gedrechselten Stäbe, die das schräglaufende Geländer hielten. Zwischen zwei Stäben sah ich etwas Dunkles, Längliches.

Ein Gewehrlauf!

»Deckung!«, brüllte ich, als auch schon der Schuss aufpeitschte und abermals der Teufel los war …

Lupina hatte sich nicht mit der neuen Regelung abgefunden. Zwar ließ sie sich äußerlich nichts anmerken, aber innerlich verbrannte sie fast vor Hass.

Sie suchte nach einem Ausweg aus dem Dilemma.

Stunden vergingen. Unruhig bewegte sie sich durch die unterirdischen Anlagen. Einmal traf sie auf das grässliche Monster Vampiro-del-mar. Der riesenhafte Unhold ging geduckt. Seine langen Zähne standen fast bis zum Kinn vor. In seinen Augen glitzerte es, ein Zeichen, dass er wieder Blut wollte. Das Gesicht war eine Ausgeburt an Hässlichkeit. Eingerissen und von zahlreichen Geschwüren und Pusteln bedeckt. Grauschwarzes Haar hing strähnig bis auf die Schultern. Wenn Vampiro-del-mar zuschlug, hatte kein Opfer eine Chance. Man konnte ihn in seiner Gefährlichkeit mit Xorron vergleichen.

Freunde waren er und Lupina nicht gerade. Vampiro-del-mar sah in jedem Mitglied der Mordliga einen Rivalen, der ihm seine Opfer streitig machen konnte. Und hätte Dr. Tod nicht seine schützende Hand über Lupina oder auch Lady X gehalten, dann wäre der Kaiser der Vampire, wie er sich selbst nannte, schon an manchen Tropfen Blut gekommen.

Er blieb stehen, als er Lupina sah, und fixierte sie aus seinen kalten, bösen Augen.

»Was willst du?«, fragte die Werwölfin.

Vampiro-del-mar stieß ein knurrendes Geräusch aus, bevor er redete.

»Ich habe gehört, dass du Ärger gehabt hast.«

»Und wenn schon.«

»Du willst weg, nicht?«

»Wüsste nicht, was dich das angeht.«

Der Kaiser der Vampire begann röhrend zu lachen. »Weg wollen wir auch. Ich halte es ebenfalls nicht mehr aus, ich will Blut, verstehst du?«

Lupina blieb gelassen.

»Dann hol es dir doch, du Bastard.« Sie wandte sich

um und ließ das blutsaugende Monster kurzerhand stehen.

Vampiro-del-mar starrte ihr hasserfüllt nach. Am liebsten hätte er sich auf sie gestürzt, doch sie war kein Mensch, und die Bestien untereinander griffen sich nicht so leicht an.

Lupina streunte nicht ziellos durch die Gänge. Sie wollte an einen bestimmten Ort, damit ihr Plan endlich Gestalt annehmen konnte. Sie hatte ihn sich in den letzten Stunden ausgedacht, und er war so außergewöhnlich und gefährlich, dass noch niemand auf die Idee gekommen war, ihn durchzuführen.

Lupina wollte es versuchen. Und sie würde Dr. Tod damit hereinlegen. Natürlich barg der Plan große Risiken, doch die Sache war es Lupina wert, dass sie die Risiken einging. Wenn alles klappte, konnte sie von der Insel verschwinden.

Sie näherte sich dem Bereich, wo Dr. Tod seinen Zufluchtsort hatte. Jetzt musste sie noch vorsichtiger sein, denn sie durfte sich auf keinen Fall erwischen lassen.

Es war nicht mehr weit bis zum Ausgang. Die Werwölfin sah sogar die große, graue Eisentür, die den Weg nach draußen markierte. Wenn sie die öffnete und auf diese Art und Weise zu fliehen versuchte, wäre das laienhaft gewesen, und sie hätte nicht die Spur einer Chance gehabt. Sie versuchte es anders.

Als sie die Schritte hörte, blieb sie stehen. Ihr Fell sträubte sich, und sie spürte wieder die Wunde an ihrem Oberschenkel. Das Ziehen drang durch das gesamte Bein.

Aus einem Nebengang schob sich eine Gestalt. Es war Lady X, die ebenfalls durch das unterirdische Labyrinth patrouillierte.

Lupina entspannte sich. »Du bist es«, sagte sie.

Die Vampirin blieb stehen. Lauernd schaute sie die Bestie vor ihr an. »Hattest du einen anderen erwartet?«

»Nein, eigentlich nicht.«

»Was soll dann der Quatsch?«

»Nur so.«

Lady X schwieg. Sie schaute dabei der Werwölfin unverwandt ins Gesicht.

»Du kannst mich nicht täuschen, Lupina. Du hast irgendetwas vor, das sehe ich dir an.«

»Rede keinen Unsinn.«

»Doch, du hast nicht aufgegeben.«

»Wir haben Frieden geschlossen, Morasso und ich, vergiss das nicht«, hielt Lupina ihr entgegen.

»Keinen Frieden. Unter Dämonen gibt es so etwas nicht. Höchstens einen Waffenstillstand.«

»Das kommt auf das Gleiche raus.«

»Irrtum!«, sagte Lady X. »Ich sehe die Sache ganz anders und möchte dir im Interesse der Allgemeinheit einen wirklich guten Rat geben. Verzichte auf irgendwelche Rachegelüste. Lass deinen Plan fahren. Versuche nicht zu fliehen. Beim nächsten Mal kann ich dir nicht helfen, das wirst du hoffentlich einsehen.«

»Habe ich dich um Hilfe gebeten?«, fragte Lupina aggressiv zurück.

»Nein, aber ohne mich …«

»Ohne dich sähe es besser aus. Ich habe diesen Morasso gehabt und hätte ihn auch töten können, aber dann bist du dazwischengetreten und hast alles zunichte gemacht.«

»Ein Glück, denn wir brauchen ihn.«

»Ich nicht«, erwiderte Lupina kalt. »Ich brauche keinen von euch, auch dich nicht.«

Das Gesicht der Blutsaugerin verzog sich zu einer Grimasse. »Ich hätte dich verrecken lassen sollen. Tatsächlich verrecken. Anderes hast du nicht verdient.«

Lupina lachte nur und ging davon. Sie zog ein Bein etwas nach, was Lady X genau registrierte. Die Wunde musste stark schmerzen. Ein Handicap für Lupina, wie sich Lady X eingestand. Vielleicht sogar ein gutes, denn so wurden ihre Fluchtchancen noch mehr reduziert.

Dabei ahnte die Vampirin nicht, welche Pläne Lupina in Wirklichkeit verfolgte.

Lady X sah keinen Grund mehr, noch weiterhin im Gang stehen zu bleiben. Sie zog sich zurück, und sie war nach diesem Gespräch fest entschlossen, sich nicht mehr auf die Seite der Werwölfin zu stellen.

Irgendwie musste sie im nachhinein Solo Morasso Recht geben. Er hatte Lupina besser durchschaut als sie. Pamela Scott hob die Schultern und ging weg.

Lupina jedoch lauerte in der Nähe. Sie hatte nur darauf gewartet, dass sich die Blutsaugerin verzog, denn sie wollte ihren Plan jetzt durchführen.

Mittlerweile befand sie sich schon so lange auf der Insel und in deren unterirdischem Labyrinth, dass sie genau Bescheid wusste. Den Weg zu Solo Morasso kannte sie im Schlaf.

Zwar konnten auch die Gänge durch Kameras überwacht werden, aber die roten Lampen glühten nicht. Ein Zeichen dafür, dass die Apparate ausgeschaltet waren und sich Solo Morasso sehr sicher fühlte.

Die Frage war, ob er sich in seinen Räumen aufhielt. Jenseits davon lagen die unterirdischen Anlagen, die die Piranha-Becken beherbergten. Dort saß Solo Morasso oft stundenlang und schaute den kleinen glitzernden Fischen mit den nadelspitzen Zähnen zu, wie sie durch das Wasser schossen. Besonders spannend wurde es dann, wenn sie gefüttert wurden. Innerhalb weniger Sekunden hatten sie die Nahrung bis auf die Knochen abgenagt.

Daran ergötzte sich Solo Morasso, und wenn er den Fischen zuschaute, wälzte er finstere Pläne. Wie gern hätte er seinen Erzfeind John Sinclair in so ein Becken gestoßen. Das jedoch war momentan nicht möglich, aber er hoffte auf die Gelegenheit, dies zu schaffen. Irgendwann einmal …

Er wurde sofort aufmerksam, als er das akustische Signal hörte. Jemand war an der Tür.

Mit einer gleitenden Bewegung stand Dr. Tod von seinem Stuhl auf und ging in den ersten Raum. Er drückte auf einen Knopf, die Tür schwang auf, und er sah sich der Werwölfin gegenüber, die soeben den Raum betrat.

Hinter ihr schob sich die Tür wieder zu. Sie glitt auf Rollen, und nur ein leises Summen war zu vernehmen.

»Du?«, fragte Morasso kalt.

»Ja, ich.«

»Was willst du hier?«

»Mit dir sprechen.«

Da verzog Morasso das Gesicht. »Ich habe nichts mehr mit dir zu bereden. Sei froh, dass ich dich am Leben gelassen habe. Und jetzt verschwinde.«

»Nein, ich bleibe!«

Nach dieser Antwort war es sekundenlang still. Dann fragte Dr. Tod mit lauernder Stimme. »Du widersprichst mir immer noch?«

»Ja, und ich habe meine Meinung auch nicht geändert«, erwiderte sie gelassen, wobei die Werwölfin weiter vorging und sich dem Schaltpult näherte, hinter dem Dr. Tod meistens saß, wenn er sich in diesem Raum aufhielt.

Morassos Hände ballten sich zu Fäusten. Er merkte plötzlich, dass da einiges nicht so gelaufen war, wie er es sich vorgestellt hatte. Lupina schien ihre Meinung nicht geändert zu haben. Im Gegenteil, sie war fest entschlossen, den ursprünglichen Plan weiterhin durchzuführen, obwohl sie bisher mit keinem Wort darüber gesprochen hatte.

Damit war für Solo Morasso der Zeitpunkt erreicht, wo er keine Rücksicht mehr kannte. Er pfiff auf die Stärke der Mordliga. Jemand, der nicht voll zu ihm stand, hatte bei ihm nichts mehr zu suchen. Der musste vernichtet werden.

Einen Griff brauchte er nur, um den Würfel des Unheils zu erreichen. Er nahm ihn zwischen beide

Hände, konzentrierte sich und dachte dabei an den Todesnebel.

Genau darauf hatte Lupina gewartet. Sie wollte, dass Dr. Tod den Würfel zwischen die Hände nahm, und nun spielte sie die Schnelligkeit und katzenhafte Gewandtheit aus, die in ihr steckte. Mit einem gewaltigen Sprung katapultierte sie sich nach vorn, flog über das Schaltpult hinweg, und Dr. Tod, dessen Augen sich weiteten, dachte in diesem Moment daran, wie sehr er die Werwölfin unterschätzt hatte.

Die Quittung dafür erhielt er einen Herzschlag später.

Mit einer wahren Urgewalt war Lupina über ihm, und diesem Angriff hatte er schon von der reinen Kraft her nichts entgegenzusetzen.

Der Aufprall und die Prankenhiebe schmetterten ihn zu Boden. Wie im Krampf hielt er den Würfel des Unheils fest, doch mit einem zielsicheren Griff hatte ihn Lupina an sich gerissen, sodass Dr. Tod wehrlos war.

Man konnte diesen Würfel manipulieren.

Auch Lupina!

In ihrer Hand wurde er zu einer fantastischen Waffe. Für Sekunden verzerrte sich ihr Wolfsgesicht zu einem fast wahnsinnigen Triumph, während Morasso geschlagen am Boden lag, aber nicht aufgeben wollte, denn er hatte einen Alarmknopf erreicht, dessen Signal von Xorron gehört wurde und ihn zu ihm rief.

Lupina sprang zurück. Für einen Moment spielte sie mit dem Gedanken, Morasso in das Becken mit den kleinen Killerfischen zu schleudern, dann ließ sie es bleiben und konzentrierte sich auf den Würfel.

Sie wollte rasch verschwinden und die gefährliche Waffe mit sich nehmen, denn durch sie war sie fast unbesiegbar, das hatte Morasso oft genug vorexerziert.

Lupina konzentrierte sich. Nun kam ihr zugute, dass Dr. Tod die Funktion des Würfels oft genug erklärt hatte. Sie brauchte ihn nur noch zu aktivieren.

Das tat sie.

Dabei konzentrierte sie sich auf einen Punkt, der Tausende von Meilen entfernt lag.

In England.

Dort würde sie ihren Sohn finden.

Und Lupina schaffte es. Ihr Körper begann zu flimmern. Es schien, als würden die einzelnen Moleküle aus ihrem Verbund gerissen. Lupina spürte die Kraft, die ihr aus dem Würfel entgegenschlug, und merkte, wie er vibrierte, während sie ihn zwischen ihren Pranken hielt.

Lange konnte es nicht mehr dauern.

Da genau rollte die Tür zur Seite, und Xorron stürmte in den Raum. Lupina nahm ihn noch wahr, sie wurde für eine winzige Zeitspanne abgelenkt, die Dr. Tod eiskalt ausnutzte, vom Boden hochschoss und mit beiden Fäusten unter den Würfel hämmerte.

Mit diesem Schlag hatte Lupina nicht gerechnet. Sie konnte den Würfel nicht festhalten, im Nachgreifen schaffte sie es ebenfalls nicht, und sie vernahm Xorrons irren Schrei.

Der Würfel machte sich selbständig, kippte zweimal in der Luft und wurde von den zuschnappenden Händen des Solo Morasso wieder aufgefangen.

Zu spät.

Auch zu spät für Xorron.

Die Wirkung des Würfels auf Lupina war nicht mehr zu stoppen. Es gab sie einfach nicht mehr. Sie hatte sich in Sekundenschnelle aufgelöst, um dorthin transportiert zu werden, wo ihr eigentliches Ziel lag.

Xorron, der alles versucht hatte, griff ins Leere und prallte sogar noch gegen die Wand, wobei er einen röchelnden, tierischen Schrei der Wut ausstieß.

Zur Hälfte war der Sieg gelungen. Lupina hatte es tatsächlich geschafft und war verschwunden. Zurück blieben Dr. Tod und Xorron, beide enttäuscht.

Morasso taumelte zurück. Sein Gesicht war eine graue Maske. Er ärgerte sich schrecklich, und der Hass wollte ihn zerfressen. Einmal hatte er nachgegeben, und jetzt war er übertölpelt worden.

Durch die Gänge jaulten die Sirenen der Alarmanlage. Jeder wusste Bescheid, dass irgendetwas geschehen war.

Lady X tauchte als Erste auf.

Als Morasso sie sah, drehte er durch. Er jagte auf sie zu, packte sie, umklammerte mit seinen dicken Wurstfingern die Kehle des weiblichen Vampirs und schüttelte ihn durch. »Du!«, schrie er. »Du bist schuld, weil ich auf dich gehört habe!« Er schleuderte sie voller Zorn gegen die Wand und schlug ihr in den Magen.

Die Scott steckte den Schlag weg. Sie ahnte, was geschehen war. Trotzdem stellte sie die Frage.

»Sie ist verschwunden!«, schrie Morasso. »Verdammt noch mal, sie ist weg. Sie hat mich überlistet, und du bist schuld, da du mir ihren Tod ausgeredet hast.«

Sie hat ihn übertölpelt, dachte Lady X. Sie hat es tatsächlich geschafft. Dr. Tod fing wirklich an, schlecht zu werden. Das musste man sich genau merken …

Zwischen den beiden Geländerpfosten blitzte es fahl auf. Man hört das Blei nicht, wenn es heranfegt, der tödliche Schlag kommt ganz plötzlich und reißt einen Menschen vom Leben in den Tod.

Bei mir blieb er aus, dafür hörte ich, wie die Kugel hinter mir irgendwo hineinhieb, was einen dumpfen Laut erzeugte.

Ich prallte auf den Steinboden, überschlug mich mehrere Male, gab mir dabei noch mehr Schwung, damit ich in den toten Winkel und weg aus dem unmittelbaren Gefahrenbereich gelangte, denn für den zweiten Schuss musste der hinterhältige Schütze sein

Ziel erst noch genau anvisieren. Das wollte ich ihm so schwer wie möglich machen.

Ein paar Mal überrollte ich mich und vernahm abermals Schüsse. Allerdings nicht aus einem Gewehr. Suko hatte sie abgegeben, sie stammten aus der Beretta.

Ob er getroffen und auf wen er gehalten hatte, wusste ich nicht.

Ich hatte meine eigenen Probleme und rollte in der Nähe des Kamins aus, denn dort lag ich gut. Der Killer musste praktisch um die Ecke schießen, wenn er mich treffen wollte.

Das tat er nicht, sondern wartete ab.

Ich ging auf die Knie und warf einen Blick in die große Halle hinein.

Suko hatte hinter einem umgekippten Tisch Deckung gefunden. Mit der Platte stand er zum Ausgang hin, denn dort mussten Werwölfe aufgetaucht sein.

Suko sah mich und hob leicht die Hand. Er war also in Ordnung. Dann deutete er in Richtung Eingangstür und auch zur Galerie hoch. Er markierte damit die beiden Gefahrenpunkte.

Ich wusste Bescheid und wartete erst einmal ab. Ein Werwolf hatte nicht geschossen. Für den Bruchteil einer Sekunde hatte ich zwischen den Pfosten und hinter dem Gewehrlauf ein bleiches Gesicht gesehen.

Das Gesicht eines Menschen. Leider wusste ich nicht, mit wem ich es zu tun hatte. Es kamen eigentlich nur zwei Personen infrage. Clara und Jo.

Sie standen voll auf der Seite der Werwölfe, denn die führten den Monster-Club. Bisher war ihre Rechnung nicht aufgegangen, wir lebten immer noch, jetzt wollten sie alles daransetzen, um zwei unbequeme Zeugen loszuwerden.

Es war wieder still geworden. Auch die vier Werwölfe hielten sich zurück und versteckt. Wenn sie durch die Tür kommen würden, dann mussten sie uns vor die Mündungen laufen, und das war unser großer Vorteil.

Diesmal waren sie schlauer. Zweimal hatten sie es mit einem Frontalangriff versucht, und beide Male waren sie voll ins Messer oder in die Kugeln gelaufen. Nun hielten sie sich zurück.

Noch einen Gegner konnten wir hinzuzählen. Auf der Treppe lauerte nur einer des Ehepaars, wo hielt sich dann der Zweite versteckt? Diese Frage beschäftigte mich, und sicherlich dachte Suko ähnlich.

Weiterhin hockte ich neben dem Kamin und in sprungbereiter Haltung. Mittlerweile breitete sich in meinem Nacken ein kaltes Gefühl aus, das sich immer dann einstellte, wenn ich irgendeine Gefahr spürte. Und sie lauerte in der Nähe, davon war ich fest überzeugt.

Dann sah ich das Holz.

Wie es sich gehört, war es zu Scheiten zerhackt. Man hatte sie sorgfältig neben dem Kamin aufgestapelt. Gehalten wurden die Scheite von einem Gitter, damit sie nicht ineinander fielen.

Meine Lippen verzogen sich zu einem Lächeln, als ich den Arm hob und einen Holzscheit zwischen die Finger nahm.

Er hatte genau das Gewicht, das ich brauchte, war nicht zu schwer und auch nicht zu leicht. Ich wog ihn für einen Moment in der Handfläche, bewegte mich lautlos auf die Hallenmitte zu und schleuderte den Scheit dann über meinen Kopf und das Geländer auf die Treppe zu. Vielleicht hatte ich Glück und traf.

Den Schützen erwischte ich nicht. Dafür hörte ich es poltern, und gleich darauf krachte ein Schuss.

In einem Reflex musste der Schütze gefeuert haben. Ob er getroffen hatte, wusste ich nicht, es war mir auch egal. Ich hatte ihn zumindest abgelenkt und nahm die Chance augenblicklich wahr.

Wie ein Wiesel war ich um den Kamin herum, hoffte dabei auf Sukos Rückendeckung und näherte mich in langen Sprüngen der untersten Treppenstufe.

Jo hockte weiter oben. Er hatte sich schräg auf die Stufen gekniet und schaute in die Halle hinein, nicht die Treppe hinunter. Allerdings musste er mich aus den Augenwinkeln wahrgenommen haben, denn er zuckte mitsamt seinem Gewehr herum.

»Die Waffe weg!«, brüllte ich.

Jo dachte nicht daran. Sein Gesicht verzerrte sich in wildem Schrecken, und dann drückte er ab.

Ich feuerte nicht. Ich war nicht kugelfest wie Superman, aber ich hatte gesehen, dass die Mündung viel zu weit nach oben wies, sodass die Kugel über meinen Schädel hinwegpfeifen würde.

So war es auch. Ich hörte nicht einmal, wo sie einschlug, denn ich befand mich bereits auf dem Weg nach oben. Bevor Jo ein zweites Mal abdrücken konnte, hatte ich ihn schon fast erreicht, und mit einem letzten Schwung brachte ich mein rechtes Bein nach oben und traf mit der Schuhspitze haargenau.

Sie hämmerte so hart unter den Lauf der Waffe, dass mir die Zehen wehtaten, denn das Leder war nicht dick. Was ich beabsichtigte, das erreichte ich, denn Jo wurde das Gewehr aus den Händen geprellt.

Ich hatte nicht auf ihn zu schießen brauchen, denn in diesem verdammten Fall war schon genügend Blut geflossen.

Im nächsten Augenblick war ich über dem Alten.

Er wehrte sich.

Nie hätte ich gedacht, dass in seinem ausgemergelt wirkenden Körper solche Kräfte steckten. Er trat um sich, biss und stieß immer wieder mit dem Kopf zu.

Ein paar Mal erwischte er mich sogar, denn es war nicht einfach, auf den Stufen die Balance zu halten.

Er spie aus, traf mich abermals, da geriet ich in Wut. Zudem dachte ich an die beiden Toten im Keller, und ich krümmte die Handkante, bevor ich sie nach unten fallen ließ.

Zuletzt noch sah ich die Angst in den Augen des Mannes, seinen verzerrten Mund, dann sackte er zusammen und blieb auf den Stufen liegen.

Das war erledigt.

»Brauchst du noch Hilfe?« Suko fragte mich dies, und die brauchte ich tatsächlich. Allerdings keine körperliche Unterstützung, sondern Handschellen. Meine hatte ich nicht eingesteckt.

Das sagte ich dem Chinesen. Er warf mir ein Paar rüber, das ich auffing, eine Schelle um das Gelenk des Bewusstlosen schloss, die andere um einen der beiden Pfosten, zwischen denen die Mündung des Gewehrs hervorgelugt hatte.

Ich richtete mich auf und blickte am gemauerten Abzugsrohr des Kamins vorbei.

Suko hockte noch immer hinter seinem umgekippten Tisch in Deckung. Die Wölfe hatte er bisher nicht gesehen, und auch mit seinen Schüssen hatte er kein Glück gehabt.

»Die haben sich verkrochen, John!«, rief er mir zu, während ich das Gewehr unbrauchbar machte.

»Dann holen wir sie.« Ich wandte mich um und wollte die Treppe hinuntergehen.

Im selben Augenblick sprang draußen der Motor eines Wagens an. Wir horchten auf.

Dann war Suko wie der Blitz hoch, flankte über den umgekippten Tisch hinweg und jagte dem Ausgang entgegen. Wie auch ich war der Chinese sicher, dass sich draußen etwas tat und die verfluchten Bestien fliehen wollten.

Mich hielt ebenfalls nichts auf der Treppe. Nur hatte ich im Rücken keine Augen.

Das war mein Pech.

Als ich starten wollte, erschien aus dem Dunkel des Etagengangs die große Gestalt eines Werwolfs. Der sah mich, lief noch zwei Schritte, stieß sich mit einem gewaltigen Sprung ab und flog genau auf mich zu …

Suko war der Tür viel näher als sein Partner. Bisher hatte er nur einen Werwolf gesehen, auf ihn geschossen, aber nicht getroffen. Und nun vernahm er den Wagenmotor draußen vor dem Haus. Das konnte nur einen Grund haben.

Flucht! Irgendjemand wollte hier aufräumen und sich schnell verdünnisieren. Etwas anderes konnte sich Suko nicht vorstellen, und er wollte diesem Jemand einen Riegel vorschieben. Nein, so leicht würde er es ihm nicht machen.

Als er über den gekippten Tisch gesprungen war, hatte er es nicht mehr weit bis zur Tür. Drei große Schritte benötigte er, hieb seine Hand auf die schwere Klinke und wuchtete die Tür auf.

Es war draußen dunkler geworden. Schwere Gewitterwolken hingen am Himmel, die Sonne war verdeckt. Dafür hatte die Schwüle zugenommen.

Der Wagen stand in der Nähe. Es war ein Jeep mit geöffnetem Heck, und am Steuer hockte eine Frau.

Clara!

Doch die interessierte den Chinesen nicht. Viel wichtiger waren die drei Werwölfe, die mit langen, geschmeidigen Sprüngen auf den Jeep zu hetzten. Sie waren aus irgendeinem Schlupfwinkel entwischt, den Suko nicht hatte einsehen können.

Auch Clara hatte den Chinesen gesehen. Ihr Schrei klang auf, und er hörte sich für Suko wie der jaulende Ton einer Sirene an. Der Schrei alarmierte die Wölfe.

Während zwei von ihnen auf den Jeep zu rannten, stoppte der dritte seinen Lauf und stieß ein heftiges Knurren aus.

Er befand sich in der Nähe des abgestellten Bentley, glitt nach links und duckte sich hinter dem Wagen.

Suko konnte ihn nicht sehen.

Clara hatte den Jeep nicht weit entfernt angehalten. Ihr Gesicht war zu einer Grimasse geworden. »Zerfetzt ihn!«, brüllte sie. »Zerfetzt diesen Bullen!« Sie hatte die Hände geballt und trommelte auf das Lenkrad.

Suko konnte nur den Kopf schütteln. Dieses Weib war wahnsinnig.

Vorsichtig und mit schussbereiter Beretta näherte er sich dem silbergrauen Wagen. Der Motor des Jeeps tuckerte im Leerlauf. Auch dieses Fahrzeug musste Suko im Auge behalten, schließlich war es mit zwei Werwölfen besetzt.

Im selben Augenblick startete Clara.

Sie war raffiniert. Jeder hätte angenommen, dass sie mit ihrer Ladung flüchten würde. Dem war nicht so. Sie tat genau das Gegenteil, rammte den Rückwärtsgang ins Getriebe und fuhr auf Suko zu.

Schnell und zügig geschah dies, sodass der Chinese zur Seite springen musste, wollte er nicht von dem Jeep erfasst werden. Clara lachte wie irre und kurbelte am Lenkrad. Sie wollte ihren Feind unbedingt erwischen.

Suko wurde abgelenkt. Staubwolken quollen hoch und nahmen ihm die Sicht.

Das nutzte der dritte Werwolf aus. Bisher hatte er sich hinter dem Bentley ruhig verhalten. Als er sah, wie Clara den Gegner ablenkte, wollte er eingreifen.

Er schoss hinter dem Wagen hervor. Seine Gestalt wurde gewaltig, und wie ein rächender Geist tauchte er aus den Staubwolken auf.

Suko hatte sich mehr auf den Jeep konzentriert, weil seiner Meinung nach von ihm die größere Gefahr ausging. Die Ansicht musste er ändern, als er den dritten Werwolf so plötzlich vor sich sah.

Er hörte das heisere Fauchen, dieses tierhafte Schreien, das gleichzeitig das Signal zum Angriff war.

Der Chinese warf sich nach rechts, knickte in den

Knien ein und dachte an die Wunde, die man ihm heute durch einen Werwolfangriff zugefügt hatte.

Er musste schnell sein, sehr schnell.

Suko schoss.

Gleichzeitig mit dem Aufflackern des fahlen Mündungslichts griff auch der Werwolf an.

Seine Richtung konnte er nicht ändern, und auch die Kugel änderte die ihre nicht. Es klatschte wie ein Faustschlag, als sie in den Körper des Werwolfs hieb. Suko kam nicht schnell genug weg, er wurde von dem fallenden Tier erfasst, das den Chinesen unter sich begrub.

Mit dem Waffenlauf hieb der Inspektor zu. Er bohrte ihn in die weiche Stelle unter das Kinn des Werwolfs und drückte den Kopf zur Seite, aber beide Kiefer hatten nicht mehr die Kraft, noch zuzubeißen.

Sie blieben offen, und in das Gesicht des Tieres trat ein Ausdruck, den man fast mit dem eines sterbenden Menschen vergleichen konnte. Suko musste die Bestie wegstemmen, die noch einmal zuckte und erledigt war.

Ein gellender Schrei alarmierte ihn. Er war voller Wut ausgestoßen worden, allerdings nicht von einem Werwolf, sondern von einem Menschen.

Von Clara!

Sie hatte den Tod ihres fünften ›Freundes‹ mit erleben müssen, und der Hass kochte über. Hektisch bewegte sie sich auf dem Fahrersitz, knüppelte den Vorwärtsgang ins Getriebe, kurbelte am Lenkrad und drehte den Wagen in eine enge Kurve.

Das tat sie bewusst, denn sie wollte den Chinesen aufs Korn nehmen.

Verzerrt war ihr Gesicht. Auf der staubigen Frontscheibe wurde das Licht gebrochen und verwischte die Konturen. Der Motor wurde überdreht, als sie das Gaspedal bis zum Bodenblech durchtrat, und die Reifen wirbelten noch mehr Staub auf.

Ein Jeep ist zwar kein Rennfahrzeug, doch die Beschleunigung reichte aus, vor allen Dingen deshalb, weil die Distanz zu dem am Boden liegenden Suko sehr kurz war. Vor seinen Augen wuchs der Jeep in die Höhe, wurde zu einem regelrechten Ungeheuer aus Blech, das sich rasend schnell inmitten der Staubwolke näherte.

Der Inspektor musste weg, sonst wurde er überrollt.

Er zog die Beine an, stemmte sich ab und schnellte in die Höhe. Dann warf er sich mit einem gewaltigen Hechtsprung zur Seite, zog in der Luft liegend die Beine wieder an und wurde dennoch von der Stoßstange gestreift, denn er spürte den harten Aufprall, als das Metall ihn traf.

Zum Glück hatte er seinen Körper zusammengekrümmt. Er landete hart auf dem Boden, überschlug sich, wurde zu einem wirbelnden Bündel Mensch, das eingehüllt in eine Staubwolke war, dann hatte der Jeep ihn passiert und raste weiter.

Suko lebte. Es war Clara nicht gelungen, ihn zu überfahren. Er kam sofort auf die Knie und musste leider dem in der Wolke aus Staub entschwindenden Fahrzeug nachblicken.

Der Chinese hatte seine Waffe nicht aus den Fingern gelassen. Er hob den rechten Arm und wollte hinter dem Wagen herschießen, dann ließ er die Hand sinken, denn es hatte keinen Zweck, da die Staubwolke zu dicht war und ihm die Sicht nahm. Zudem hatte der Jeep schon an Distanz gewonnen und fuhr immer schneller.

Zu Fuß konnte Suko ihn nicht verfolgen. Ihn einzuholen schaffte nicht einmal ein Weltmeister. Er musste den Bentley nehmen. Mit großen Sätzen jagte der Inspektor auf den Silbergrauen zu. Einen Schlüssel besaß er, doch als er ihn ins Schloss steckte, da blieb er in einer starren Haltung stehen, als hätte ihn ein Blitzschlag getroffen.

Er konnte fahren.

Aber wo steckte John?

Blitzschnell überlegte Suko. Er zählte nach. Acht Wölfe waren es gewesen. Vier hatten sie gemeinsam erledigt, einen hatte er vor wenigen Sekunden geschafft, zwei hockten im Jeep bei Clara.

Blieb noch einer.

Und John Sinclair! Sukos Herz schlug plötzlich schneller. Sollte es der letzte Wolf tatsächlich geschafft haben, den Geisterjäger zu besiegen?

Vorher hatte mich nichts gewarnt. Aber der Werwolf zeigte sich sehr siegessicher. Und das war mein Glück, denn er stieß ein drohendes Knurren aus, als er sich in der Luft befand.

Ich reagierte gedankenschnell.

Ausweichen konnte ich nicht mehr. Im Bruchteil einer Sekunde war mir klar geworden, welch eine Gefahr in meinem Rücken lauerte, und ihr wollte ich einen Großteil der Wirkung nehmen. Deshalb wuchtete ich mich vor, um den Rest der Treppe hinter mich zu bringen und dem Angriff der Bestie ein wenig die Wucht zu nehmen.

Er traf mich trotzdem.

Bis zur letzten Stufe schaffte ich es, da krachte das Tier in meinen Rücken. Ich hatte mich noch ein wenig gedreht, sodass ich nur von einem Prankenhieb getroffen wurde, aber der reichte aus, um meine Kleidung aufzufetzen und mich zu Boden zu schleudern.

Hart schlug ich auf die Fliesen, schrie auf, weil mir meine Schulter wehtat, rollte mich herum und trat noch in der Bewegung mit beiden Beinen zu, um den Werwolf von mir zu schleudern.

Meine Tritte verpufften. Die Füße streiften zwar das Tier, mehr geschah nicht. Entscheidend konnte ich die Bestie nicht auf Distanz halten.

Im Gegenteil, meine Attacke hatte ihre Wut nur noch mehr angestachelt. Die Gier nach Blut leuchtete aus den kalten gelben Raubtieraugen. Ich dachte unwillkürlich an Nadine Berger, die auch zu einem Wolf geworden war, doch ihre Augen sahen anders aus. Sie hatten den menschlichen Ausdruck behalten.

Der Werwolf wollte mich zerreißen. Er setzte alles daran, so musste ich einen weiteren Hieb nehmen, der mich nach hinten katapultierte, bis ich gegen die Wand krachte.

Anstatt nachzusetzen, richtete sich das dämonische Tier auf. Dadurch verlor es wertvolle Sekunden, die ich gewann. Die Zeitspanne war sogar so groß, dass ich den Dolch ziehen und die Beretta wegstecken konnte.

Ich hatte es gelernt, die Waffe zu schleudern, und warf sie so wuchtig wie möglich aus dem Handgelenk.

Einmal drehte sie sich in der Luft. Dann traf sie genau die Brust des angreifenden Tieres.

Bis zum Griff verschwand der Dolch im Fell, und der Treffer schüttelte die Bestie vom Kopf bis zu den Zehenspitzen durch. Sie drückte noch einmal ihren Körper hoch, riss die Augen dabei auf und starrte mich an, wobei ihr Blick schon trübe wurde. Beide Pranken hob der Werwolf. Sie berührten den Dolchgriff, und es hatte den Anschein, als wolle er sich die Waffe aus dem Körper ziehen.

Das geschah nicht. Er hatte nicht mehr die Kraft. Wie im Zeitlupentempo kippte er zur Seite, wollte sich noch fangen, doch seine Beine waren zu schwach, um das Gewicht halten zu können. Schwer klatschte er auf die roten Fliesen der Diele, wo er liegen blieb und der Auflösungsprozess begann.

Ich erhob mich mit zitternden Beinen. Das war gerade noch mal gut gegangen. An seiner Stelle hätte auch ich dort liegen können. Als ein Opfer der dämonischen Bestie.

Ich schüttelte mich, wenn ich daran dachte, ging auf das erledigte Monster zu, bückte mich und zog mein Messer aus dem dichten braunschwarzen Fell.

An einer anderen Stelle wischte ich die Klinge sauber und steckte sie ein.

Dann warf ich einen Blick die Treppe hoch.

Auf ihr lag mein Gefangener. Aus eigener Kraft konnte er sich nicht befreien. Es sei denn, er riss das Geländer mit ab, und das würde Jo kaum schaffen.

Siedendheiß fiel mir Suko ein. Ich dachte daran, dass ich den Motor eines Fahrzeugs gehört hatte.

Da hatte doch jemand fliehen wollen. Ob es Suko gelungen war, diesen Jemand zu stoppen, wusste ich nicht, da ich genug mit mir selbst zu tun gehabt hatte.

Jetzt sah es anders aus.

Rasch durchquerte ich die Halle und zog die Tür auf, die wieder ins Schloss gefallen war.

Suko rannte mir entgegen. In der Hand schwenkte er den Ersatzschlüssel des Bentley.

»John!«, rief er erleichtert.

»Was ist denn geschehen?«

»Verdammt, John, die sind weg!«

Ich begriff noch nicht und fragte: »Wer denn?«

»Clara und zwei Bestien. Sie kam mit einem Jeep. Ich konnte sie nicht aufhalten, sondern nur den einen.« Er deutete dorthin, wo ein Werwolf am Boden lag und sein graues Fell verlor.

Ich schaltete rasch. »Wie lange ist es her?«

»Wenn wir uns beeilen, können wir sie vielleicht noch einholen.«

»Und wo sind sie hin?«

Der Chinese gab mir keine Antwort, sondern lief bereits auf den Bentley zu.

Da er schon den Schlüssel in der Hand hielt, ließ ich ihn auch fahren. Der Motor lief, als ich den Wagenschlag zuwarf. Suko gab so hart Gas, dass wir in die Sitze gepresst wurden.

»Das ist vielleicht ein Mist!«, keuchte er. »Ich konnte sie nicht stoppen.«

»Denk nicht mehr daran! Überlege lieber, wo sie hingefahren sein können.« Das sagte ich, als das Haus bereits nur noch im Rückspiegel zu sehen war.

»Vielleicht nach Stanmore.«

Ich wurde plötzlich weiß, da das Blut aus meinem Gesicht verschwand. »Mach keinen Ärger.«

»Doch, es gibt nur die eine Straße, und die Richtung haben sie eingeschlagen.«

»Dann gib Gas, verdammt!« Mit Schrecken dachte ich daran, was geschehen konnte, wenn zu allem entschlossene Werwölfe in den Ort einfielen.

Die zahlreichen Menschen, die Angst, die Panik …

Hoffentlich bewahrheiteten sich meine Befürchtungen nicht.

Im Laufe der Zeit war es Lady X klar geworden, dass sie einen Fehler begangen hatte. Sie hatte sich in Lupina getäuscht. Sie hatte mit einer größeren Loyalität zur Mordliga gerechnet.

Ein folgenschwerer Irrtum, wie sich nun herausstellte. Solo Morasso war zu Recht sauer. Er hatte sogar vorgehabt, die Scott in das Becken mit den Piranhas zu schleudern, dann jedoch dachte er nüchterner und auch daran, dass er seine Mordliga nicht noch weiter dezimieren wollte.

Nur noch drei standen auf seiner Seite. Es wurden immer weniger. Auf die Hälfte war seine Mannschaft reduziert worden. Bei Tokata und Marvin Mondo hatte er nicht eingreifen können, deshalb brauchte er sich bei ihnen keine Vorwürfe zu machen. Bei der Werwölfin Lupina allerdings sah es anders aus.

Sie war freiwillig verschwunden, sogar noch unter seinen Augen, und hatte es mit Hilfe des Würfels geschafft, sich in einen Nebelstreifen aufzulösen.

Wo steckte sie jetzt?

Auf diese Frage wollte Morasso eine Antwort haben, denn er war fest entschlossen, sich so nicht behandeln und reinlegen zu lassen. Er wollte Lupina zurückholen.

In die Reihe der Mordliga sollte sie nicht mehr zurückkehren, nur zur Bestrafung wollte er sie haben, und sie würde sich wundern, denn sie hatte seine Macht unterschätzt wie viele andere vor ihr ebenfalls.

Als seine erste Wut verraucht war, ließ er Lady X zu sich kommen. Auf Xorron und Vampiro-del-mar konnte er verzichten. Diese beiden Ungetüme eigneten sich nicht zum Schmieden von Plänen, sondern nur für deren Ausführung. Da allerdings gingen sie vor wie Dampfwalzen oder Panzer. Durch kaum etwas zu stoppen.

Auch als Vampirin waren der Scott Gefühle nicht völlig fremd. Und ein mulmiges oder seltsames Gefühl hatte sie schon, als sie zu Dr. Tod zitiert wurde.

Der erwartete sie in seiner Kommandozentrale sitzend. Er fühlte sich innerhalb dieses Bunkersystems wohl, das noch aus dem Zweiten Weltkrieg stammte und von ihm mit Hilfe der Mafia umgebaut worden war, sodass es jetzt der modernsten Technik entsprach. Technik und Magie waren hier eine Symbiose eingegangen, die bis vor kurzem funktioniert hatte. Diese Störungen wollte er nun beheben.

Falls es noch ging.

Pamela Barbara Scott schlich wie eine reuige Sünderin näher. Sie hatte den Blick gesenkt und wagte kaum, Solo Morasso anzuschauen. Von ihrer alten Selbstsicherheit war so gut wie nichts mehr übrig geblieben. So wie sie gingen Versager.

Das wusste auch Morasso. Dementsprechend hart konnte er sie anpacken. Er fühlte, wie der Hass in ihm hochstieg. Am liebsten hätte er jetzt einen Eichenpfahl genommen und ihn Lady X in die Brust gestoßen, doch er beherrschte sich und sagte stattdessen: »Du weißt genau, welche Fehler du begangen hast!«

»Ja.«

»Kannst du mir eine Erklärung abgeben?«

Ohne den Blick zu heben, schüttelte die Vampirin den Kopf.

»Deiner Antwort entnehme ich, dass wir Lupina abschreiben oder laufen lassen sollen!«

Jetzt hob sie den Kopf. »Das auf keinen Fall. Wir müssen sie kriegen und für ihre Tat …«

»Und wo, bitte, finden wir sie?«

»Das ist schwer.«

»Da siehst du es. Schwer ist es. Verdammt schwer. Aber ich will von dir wissen, was sie vorhat. Ihr habt oft genug zusammengesteckt und euch unterhalten. Sie muss dir doch etwas gesagt haben, zum Henker. Wo kann sie sein?«

»Es ist mir unmöglich, dir eine genaue Antwort darauf zu geben«, erklärte die Vampirin.

»Dann überlege!«

»Ich weiß es nicht.«

»Sie sucht ihren Sohn, nicht wahr?«

»Ja.«

»Wie kam sie überhaupt dazu?«

Lady X schaute den Chef der Mordliga an. »Darüber habe ich nie mit ihr gesprochen. Sie wollte mir auch nichts sagen. Sie fing nur damit an, dass sie einen Sohn hätte.«

»Was hat sie mit ihm vor?«, wollte Dr. Tod wissen.

»Lupina träumte immer von einer Allianz der Werwölfe. Sie wollte die Königin sein. Den Plan hat sie nie aus den Augen verloren, und sie wird ihn zusammen mit ihrem Sohn auch ausführen. Davon bin ich fest überzeugt.«

»Wenn wir ihren Sohn haben, dann können wir auch an sie herankommen.«

»So ähnlich.«

»Dann denke genau nach, was sie dir alles gesagt hat. Wo kann der verdammte Bastard stecken?«

»Sie hat mal davon gesprochen, dass sie nach England wollte.« Lady X lächelte plötzlich, weil es ihr wieder eingefallen war. »Natürlich, England, sogar in die Nähe von London. Dort scheinen alle Fäden zusammenzulaufen. Zudem hasst sie John Sinclair ebenso wie wir. Wenn sie ihren Sohn gefunden hat, werden die beiden gegen John Sinclair angehen. Davon bin ich fest überzeugt.«

»Das glaubst du also?«

»Ja, Morasso, es ist London. Dort muss er leben, dort wurde er großgezogen, dort ...«

Mit einer Handbewegung schnitt Morasso ihr das Wort ab. »Ich will hier nichts von der Vergangenheit hören, sondern etwas von der Gegenwart und der Zukunft. Wir können davon ausgehen, dass sie sich in der Nähe von London befindet?«

»Ja.«

Ein diabolisches Grinsen lag auf Dr. Tods Lippen.

»Besser konnte es eigentlich nicht kommen. Da habe ich jemanden sitzen, dem ich vor kurzem noch einen großen Gefallen getan habe, weil andere ihm einen Teil seiner Macht streitig machen wollten. Logan Costello!«

»Wie soll er dir denn helfen?«, fragte Lady X.

»Costello wird für mich seine Leute ausschicken. Er hat gute Beziehungen, und es müsste mit dem Teufel zugehen, wenn er den Aufenthaltsort unserer lieben Lupina und deren Sohn nicht herausfinden könnte.« Morasso lachte heiser und schlug mit der flachen Hand auf den Tisch. »Das ist es genau.«

Und Lady X fiel ein Stein von der schwarzen Vampirseele. Endlich hatten sie die Lösung gefunden. Zwar auf Umwegen, doch die Vorzeichen standen günstig.

Lupina und ihr Sohn ahnten nicht, welches Netz im fernen Feuerland über sie gesponnen wurde ...

Clay Danton war Busfahrer.

Nicht nur die Subway verkehrte zwischen Stanmore und der City, sondern auch ein Bus. Und die Strecke fuhr er seit über fünfzehn Jahren, sodass ihn nichts mehr erschüttern konnte. Er kannte auch die meisten Fahrgäste, denn es waren immer dieselben, die mit ihm fuhren.

Meist ältere Menschen, aber auch junge Hausfrauen und vor allen Dingen Kinder, die zur Schule mussten. Fast jeden Fahrgast begrüßte Danton mit Namen, und er hatte auch des öfteren für seine Mitfahrer ein paar persönliche Worte.

Schließlich stammte er aus Stanmore und kannte fast alle Schicksale der Einwohner dieses kleinen Londoner Vorortes.

Als an diesem Morgen die blonde Frau einstieg, war er doch überrascht. Sie hatte er noch nicht gesehen. Die Person war noch jung, höchstens zwanzig, und sie lachte, als sie in Dantons Gesicht schaute.

»Kennen Sie mich nicht mehr, Mr. Danton?«

»Nein, wirklich nicht. Müsste ich das?«

»Und ob.«

»Wieso denn?«

»Als kleines Mädchen haben Sie mich immer auf den Knien geschaukelt, Mr. Danton.«

Wie Schuppen fiel es Clay Danton von den Augen. »Linda!«, rief er. »Himmel, du bist Linda Langster.«

»Richtig, Mr. Danton.«

Der Busfahrer strahlte. Sein dunkler Oberlippenbart zitterte. »Nein, das ist eine Freude. Himmel, bist du gewachsen. Wenn ich daran denke, wie dich deine Mutter immer gebracht hat und …« Er schüttelte den Kopf, als könnte er es noch immer nicht richtig fassen.

»Halten wir nicht den Betrieb auf, Mr. Danton?«, fragte Linda lachend.

»Ach, Unsinn. Was machst du eigentlich jetzt?«

»Ich studiere in Oxford.«

»Toll. Dann hast du es ja geschafft. Gratuliere. Aber du warst schon immer ein intelligentes Mädchen, das habe ich damals schon gemerkt.«

Linda warf lachend ihre blonden Haare zurück und hauchte Danton einen Kuss auf die Wange. »Das ist lieb von Ihnen, Mr. Danton.«

»Mach nicht so etwas«, drohte der Busfahrer scherzend. »Sonst nehme ich dich wieder auf die Knie.«

»Dagegen würde mein Freund etwas haben.«

»Schade.«

»Wie viel habe ich zu zahlen?«

Danton nannte den Preis. Linda erhielt ihren Fahrschein und drückte sich an dem Fahrer vorbei, der noch einmal seinen Kopf hob und über die Schulter hinweg rief: »Wir reden später noch ein wenig in aller Ruhe miteinander.«

»Okay.«

Noch immer lächelnd drückte Danton auf den Knopf, der die Türen verschloss. So etwas hatte er schon lange nicht mehr erlebt. Aber da sah man, wie aus Kindern Leute wurden und man selbst alterte.

Bevor er startete, warf er einen Blick durch die breite Scheibe zum Himmel hoch.

Da standen die grauen Wolken wie eine Wand. An ihren Rändern hatten sie eine schwefelgelbe Farbe angenommen, in der ein leichtes Rosa schimmerte.

Das sah ihm ganz nach Gewitter aus. Vielleicht schaffte er es noch, vor dem Regen Stanmore zu erreichen, denn die Haltestelle hier befand sich mitten in der Landschaft. Rechts und links der Straße bildeten Äcker die Begrenzung, und weit hinter ihnen begann ein dichter Wald.

Als Danton anfuhr, fielen die ersten Tropfen. Sie waren dick wie Taubeneier und klatschten gegen die Scheibe. Lange Wasserbahnen bildeten sich.

Danton schaltete die Wischer und die Scheinwerfer ein. Er kannte die Gewitter im Mai. Wenn sie einmal richtig losbrachen, blieb kein Auge mehr trocken. Dann war es, als würde der Himmel seine Schleusen öffnen, und die Straßen wurden zu einer wahren Rutschbahn, sodass unvorsichtige Fahrer das Aquaplaning unterschätzten und im Graben landeten.

Danton fuhr aus diesem Grunde vorsichtiger. Verspätung hatte er sowieso, und aufholen würde er die Zeit nicht.

Die Linie führte über Stanmore hinaus, schlug dann einen Bogen, nahm noch einige einsam stehende Haltepunkte mit, denn die Menschen, die in diesem Gebiet ihre Gehöfte oder Häuser hatten, waren auf den Bus angewiesen.

Dann fiel der Regen mit Brachialgewalt. Im Nu war alles grau. Der Fahrer konnte kaum etwas sehen, ein dichter Vorhang nahm ihm die Sicht, den auch die beiden Scheinwerfer kaum durchbrechen konnten.

Auf der Straße sammelte sich das Wasser. Schon nach einer halben Minute hatten sich gewaltige Pfützen gebildet, in die die Wassertropfen einschlugen wie kleine Granaten.

Und es wurde immer mehr.

Schon bald glich das dunkle Asphaltband der Fahrbahn einem gewaltigen See. Die vier schweren Reifen des Fahrzeugs wirbelten das Wasser hoch, und nicht nur der Regen umtoste den Bus, auch der Sturm rüttelte an den Aufbauten und fuhr wie mit gierigen Händen über die Äcker, wo er das halbhoch stehende Korn dem Boden entgegenbog oder an den Ästen der einsam wachsenden Bäume rüttelte.

Der Bus war nicht einmal zu einem Drittel besetzt. Die Fahrgäste verhielten sich ruhig. Einige hatten Angst vor dem Unwetter, und als der erste Blitz seine Zickzack-Linie in die Wolken stanzte, schrie eine Frau auf.

Der nachfolgende Donner war so laut, dass er fast den Bus gesprengt hätte. Jedenfalls hörte es sich so an.

Die Fahrgäste zuckten zusammen. Auch Clay

Danton erschrak. Er fuhr noch langsamer, denn vor sich sah er wieder einen gewaltigen See. Die Straße war nicht besonders. Schäden vom vergangenen Winter hatte man nicht ausgebessert, was sich nun rächte, denn in den Mulden sammelte sich das Wasser, und gewaltige Fontänen spritzten zu beiden Seiten des Busses hoch, als die Reifen durch die trübe Flut schmatzten.

Clay Danton war sehr konzentriert. Seine Blicke glitten nicht nur nach vorn durch die breite Scheibe, sondern auch in den Rückspiegel.

Hinter ihm war die Straße frei. Es regnete so stark, dass es sich einige Fahrer sichtlich überlegten, ob sie weiterfahren oder nicht lieber stoppen sollten.

Doch dann sah er die beiden Scheinwerfer. Helle Augen, in der vom Himmel fallenden Flut verwaschen wirkend. Und der Wagen fuhr schnell. Danton sah, dass er innerhalb von Sekunden ziemlich aufgeholt hatte. Ein Wahnsinn bei diesen Witterungsbedingungen. Wenn er so weitermachte, konnte er nicht heil an sein Ziel gelangen.

Clay reagierte gut. Er fuhr mit seinem schweren Bus so weit an den linken Rand der Straße, wie es eben möglich war. Jetzt hatte er genügend Platz geschaffen, dass der andere Wagen ihn überholen konnte.

Noch immer tobte das Gewitter.

Der Donner folgte den aufzuckenden Blitzen so schnell, dass er sich anhörte wie ein nie abreißendes Knattern aus einem Maschinengewehr.

Komisch wurde es Clay Danton schon, denn der ihm folgende Wagen wurde weiterhin hart gefahren.

Und er schleuderte.

Der Busfahrer sah, wie die beiden Scheinwerfer von einer Seite zur anderen tanzten. Mal waren sie links, dann wieder rechts, aber immer wieder konnte das Fahrzeug in der Spur gehalten oder zurückgezogen werden.

»Der ist verrückt«, murmelte Danton. »Völlig durchgedreht. Der hat einen Vogel …« Er sprach nicht mehr weiter, weil ihm der Schreck die Kehle zuschnürte, denn der Wagen war jetzt so nahe, dass er ihn trotz des strömenden Regens erkennen konnte.

Es war ein Jeep!

Dazu noch offen.

Und in ihm saßen drei Personen. Eine Frau fuhr. Sie war klatschnass. Kleidung und Haare klebten an ihrem Körper. Ihre beiden Begleiter hockten zusammengekauert auf den Rücksitzen. Von den Gesichtern konnte Danton nicht viel erkennen, er hatte auch keine Zeit, genauer hinzuschauen, weil er sich auf seine Arbeit konzentrieren musste.

Dann befand sich der Wagen im toten Winkel, und einen Atemzug später sah er ihn schon an der rechten Seite. Der Jeep wurde noch einmal schneller und ging eine weit gezogene Kurve bei diesem Wetter viel zu schnell an.

»Das kann nicht gut gehen«, flüsterte Danton. »Das ist Irrsinn.« Er sah die Konturen des Jeeps im fahlen Licht eines aus den Wolken stoßenden Blitzstrahls.

Und er sah, wie das Heck des Wagens wegrutschte. Die Reifen hatten plötzlich keinen Kontakt mehr zur Straße. Der Jeep erhielt einen Drall nach links.

»Meine Güte«, hauchte Danton.

Da war der Graben.

Als der Jeep hineinkrachte, war dies auch von den Fahrgästen bemerkt worden. Fast alle sprangen von ihren Sitzen hoch und konnten sehen, wie der Jeep weiterrutschte, seine Fahrerin in die Luft geschleudert wurde und von den gewaltigen Kräften wie eine leblose Gliederpuppe auf einen Baum zuflog.

Der fallende Regen deckte gnädig den weiteren Vorgang zu, aber er konnte nicht verbergen, dass hier etwas Schreckliches geschehen war. Ein Unfall, bei dem man helfen musste.

So sah es Clay Danton. Stotternd bremste er. Der Unfall des anderen hatte ihn gewarnt. Sicher brachte er den Bus zum Stehen.

»Bleibt ihr drin!«, schrie er den Fahrgästen zu, als er sah, dass einige Anstalten machten, sich zu erheben. Das war nur etwas für ihn. Schließlich wiederholte er jedes Jahr seine Kurse in Erster Hilfe.

Normalerweise hätten seine Worte nicht viel genutzt. Die Neugier der Menschen war unbezwingbar, aber da sich draußen das Unwetter abspielte, zogen es die Fahrgäste vor, im Bus sitzen zu bleiben. Nur Linda Langster nicht. Sie wollte ebenfalls helfen und kümmerte sich nicht um das Unwetter.

Als Danton die Bustür aufstieß, bekam er einen ersten Vorgeschmack von dem, was ihn erwartete. Der Regen peitschte in das Fahrzeug und damit auch in sein Gesicht. Noch nicht richtig draußen, war er schon bis auf die Haut durchnässt, beugte sich vor, stemmte sich gegen Wind und Regen an und lief auf die Unfallstelle zu.

Er hatte schwer zu kämpfen. Wasser und Wind hämmerten gegen ihn und stoppten seinen Lauf. Nur mühsam kam er von der Stelle. Wenn er den Mund öffnete, lief Wasser hinein, und über sein Gesicht rannen regel rechte Bäche aus den nass anliegenden Haaren.

Es war wirklich kein Vergnügen, sich da voran zu kämpfen, doch es ging um Menschenleben, da musste man alles andere vergessen.

Der Wagen war kaum zu erkennen. Er hatte sich tief in die weiche Erde gebohrt, lag halb auf der linken Seite, und sein Heck stand noch in die Höhe.

Aber wo steckten die beiden Mitfahrer?

Clay Danton sah sie nicht. Auch dann nicht, als er am Rand der Straße stehen blieb. Da war wirklich nichts zu erkennen, nur das Wrack. Ein wenig dahinter, wo der Baum stand, sah er die Fahrerin. Ein lebloses Bündel auf dem Boden, mehr nicht.

Sie musste mit voller Gewalt gegen den Baum geprallt sein.

Aus …

Clay Danton rief nach den beiden. Er rutschte in den Graben hinein, um besser nachschauen zu können. Vielleicht waren sie von dem umkippenden Wagen begraben worden.

Bis zu den Schienbeinen versank er im Wasser, das durch den Straßengraben gurgelte, aber er konnte die beiden Passagiere nicht entdecken. Sie blieben verschwunden. Was sollte er tun?

Vielleicht hätte er das Unheil bemerkt, wenn der Regen nicht so dicht gefallen wäre. Eine Klaue schob sich neben ihm durch das nasse Gras. Das Fell war ebenfalls nass und klebte wie eine Schicht auf den Knochen.

Blitzschnell griff die Klaue zu.Und sie umklammerte den linken Knöchel des Busfahrers, der gellend aufschrie, doch sein Ruf wurde nicht gehört. Er ging unter im Krachen eines gewaltigen Donners …

»Bleiben Sie doch hier, Mädchen!« So hatten die übrigen Fahrgäste gerufen, doch Linda Langster ließ sich nicht aufhalten. Sie musste einfach etwas tun, sonst hätte sie kein reines Gewissen gehabt.

Auch sie wurde vom Sturm und Regen getroffen. An der nassen Buswand stützte sie sich ab, damit das Unwetter sie nicht von den Füßen riss. Blitz auf Blitz jagte über den Himmel, gelbfahle, gezackte Linien, die unregelmäßig die Wolken aufrissen und spalteten, als wollten sie diese auseinander fetzen.

Angst hatte Linda vor einem Gewitter noch nie gehabt, und so kämpfte sie sich weiter vor. Eine schlanke, zerbrechlich wirkende Gestalt, von den Kräften der Natur gebeutelt und geschüttelt.

Den Fahrer, der sie als kleines Kind auf den Knien

geschaukelt hatte, konnte sie nicht mehr sehen. Der Regen hatte ihn verschluckt. Sie taumelte weiter. Die Fahrbahn war glatt. Wassermassen umspülten ihre Füße und gurgelten schmatzend weiter.

Nur allmählich erschienen die Umrisse des in den Graben gestürzten Wagens.

Auch den Busfahrer entdeckte sie. Er stand neben dem Wagen, und sie wollte ihm schon etwas zuschreien, als er plötzlich seine Arme hochriss und im nächsten Augenblick verschwunden war.

Jemand musste ihn von den Beinen gerissen haben.

Angst ergriff Linda …

Sie überlegte, ob sie weitergehen sollte, gab sich einen innerlichen Ruck und lief die nächsten Schritte.

Sie führten ins Verderben …

Der Regen hatte uns gerade noch gefehlt, aber nicht nur er, auch ein Gewitter kam hinzu. Der Himmel war bedeckt vom bizarren Muster der Blitze, die dicht aufeinander folgten und ein regelrechtes Netz bildeten.

Ein herrliches, gewaltiges Naturschauspiel, auf das ich hin und wieder einen Blick werfen konnte. Im Gegensatz zu Suko. Der Chinese musste fahren, und das war bei diesem Wetter kein Kinderspiel. Eine wahre Sturzflut fiel vom Himmel, und es gab nirgendwo ein Anzeichen dafür, dass der Regen irgendwann in den nächsten Minuten nachlassen würde.

Wir mussten voll hindurch.

Eigentlich fuhr Suko viel zu schnell. Er konnte nur auf sich selbst und auf die gute Straßenlage des Bentley vertrauen, denn der Regen hatte das Asphaltband in einen nie abreißenden See verwandelt. Manchmal hatte ich das Gefühl, als würden wir schweben, es fehlte der direkte Kontakt zur Straße.

Einen Trost hatten wir. Den Gegnern würde es nicht anders ergehen. Auch sie hockten in ihrem Jeep und glitten mehr, als dass sie fuhren. Wahrscheinlich waren wir sogar schneller, sodass wir sie irgendwann eingeholt haben mussten.

Sei es auf der Straße oder im Graben.

Dann ging Suko runter mit der Geschwindigkeit. Als er bremste, hatte ich das Gefühl, quer in die Karpaten zu segeln, wie man so schön sagt, bis der Chinese den Bentley wieder im Griff hatte und langsam weiterfuhr.

Ich erkannte den Grund für diese vorsichtige Fahrweise.

Es war ein Bus, der am linken Straßenrand parkte. Als wir rechts an ihm vorbeifuhren, schaute ich durch die Scheibe auf seine Längsfront.

Schemenhaft erkannte ich hinter einigen Fenstern die bleich wirkenden Gesichter der Fahrgäste. Von einem Fahrer entdeckte ich nichts, und Sukos Stimme riss mich aus meinen Gedanken.

»Da vorn, John! Sie liegen im Graben!«

Tatsächlich. Da hatte Clara wohl die Kurve unterschätzt, war von der Fahrbahn abgekommen und im Graben gelandet. Ein schrecklicher Gedanke folgte bei mir. Sollte der Fahrer etwa ausgestiegen sein, um nach den Verletzten zu schauen?

Wenn ja, lief er den Bestien genau in die Arme.

Nicht den Fahrer sahen wir, sondern eine Frau. Deutlich konnten wir ihr langes Haar erkennen und den unheimlich wirkenden Schatten, der sie vom Boden her ansprang.

»Halten!«, schrie ich und stieß schon den Wagenschlag auf, während ich gleichzeitig den Gurt löste.

Ich ließ mich buchstäblich aus dem Wagen fallen, landete auf der Straße, sprang sofort wieder auf die Füße und begann zu rennen. Dabei dachte ich nicht mehr an die Glätte, rutschte aus und konnte mich nur mit urkomisch wirkenden Armbewegungen fangen.

Auch Suko verließ den Wagen. Er hatte das gleiche

Ziel wie ich. Die lebensgefährliche Szene spielte sich neben der Straße im Graben ab.

Obwohl wir eine gute Distanz hatten, konnten wir nicht schießen. Zu leicht hätten wir die Frau treffen können und nicht die Bestie.

Ich war etwas schneller als Suko und sah, wie beide neben dem Jeep verschwanden.

Dann hörte ich die Schreie. Sie klangen seltsam dünn durch das Rauschen des Regens.

Mit einem gewaltigen Satz sprang ich dorthin, wo ich die beiden vermutete, und zog noch im Sprung den Dolch. Er war handlicher, ihn konnte ich dort effektiver einsetzen.

Es war höchste Eisenbahn. Das Mädchen wehrte sich nur noch mit einer Hand. Es lag auf dem Rücken, die Kleidung zerrissen, während der rechte Arm von der Pranke des Werwolfs auf den nassen Boden genagelt wurde.

Das drohende Knurren, die gefletschten Zähne, all das musste das Girl in Panik versetzen.

Ich kam über die Bestie, ohne dass sie mich bemerkt hätte. Aber sie spürte die Klinge, die tief in ihr Fell am Rücken drang, und sie schleuderte ihren Körper nicht nur hoch, sondern auch zurück, sodass ich ebenfalls nicht verschont blieb und einen Hieb einstecken musste, der mich zur Seite und zu Boden schleuderte.

Dicht neben dem querstehenden Hinterteil des Jeeps blieb ich liegen. Dabei konnte ich zusehen, wie sich der Werwolf im Todeskampf wand, um sich schlug, gegen den Wagen krachte und in ihn hineinfiel. Er blieb auf dem Gesicht liegen, und der Griff des Silberdolchs ragte wie ein Mahnmal aus dem nassen Fell.

Aber es gab noch einen zweiten Werwolf. Ausruhen konnte ich mich nicht. Ich fuhr herum, sprang wieder auf die Füße und sah zwei wirbelnde schemenhafte Körper.

Suko und die Bestie! Sie kämpften gegeneinander. Die grellen Blitze und der krachende Donner gaben dem Fight eine schaurige Untermalung.

Ich hatte Zeit, mich um die junge Frau zu kümmern. Sie war völlig erschöpft und schluchzte, als ich ihr auf die Beine half. »Laufen Sie zum Bus zurück!«, drängte ich. »Beeilen Sie sich! Schnell!«

Sie schüttelte den Kopf und deutete neben den Wagen.

Erst jetzt sah ich den Mann.

War er tot?

Ich warf mich neben ihm nieder, sank mit den Knien im feuchten Boden ein und drehte den Mann behutsam auf die Seite.

Blass und nass war sein Gesicht. Ich fühlte nach seinem Puls und sah dabei, dass der Mann am Kopf nicht verletzt war. Er lebte.

Und dann hörte ich einen klatschenden Schlag und einen röhrenden Schrei. Im nächsten Augenblick taumelte aus dem Regenvorhang eine schreckliche Gestalt in meine Richtung. Es war der Werwolf, und er hatte seine Arme in die Höhe gerissen, als gäbe es über ihm ein Seil, an dem er sich festhalten konnte.

Das war aber nicht der Fall.

Durch zahlreiche Schläge von der Dämonenpeitsche getroffen, sank er zu Boden und fiel auf sein schreckliches Gesicht. Sein Rücken bog sich noch einmal durch, dann war es vorbei. Der letzte Werwolf aus dem Monster-Club lebte nicht mehr!

»John, komm mal rüber!«, vernahm ich Sukos Stimme.

Ich sah den Schatten meines Freundes und erkannte, dass Suko winkte. Er hatte eine Tote entdeckt. Es war Clara. Sie bot einen schlimmen Anblick, denn sie musste aus dem Wagen geschleudert worden und mit dem Kopf gegen einen Baumstamm geprallt sein.

Das konnte kein Mensch überleben.

Clara hatte für ihre Taten bezahlt. Ich hätte sie gern lebend gehabt, denn sie hätte uns sicherlich weiterhelfen können. Wir hatten zwar einiges erreicht, aber das Rätsel war noch längst nicht gelöst.

Lupinas Sohn!

Was hatte es damit auf sich? War es wirklich dieser geheimnisvolle Orapul, den wir bisher noch nicht zu sehen bekommen hatten und dessen Name wie der eines Phantoms durch den gesamten Fall geisterte?

Noch wussten wir keine Antwort …

ENDE

Lupinas Sohn

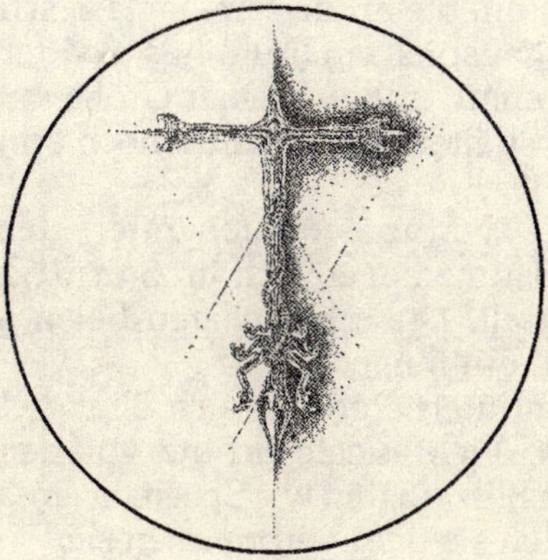

Der Sturm heulte und tobte mit einer wahren Urgewalt. Riesige Wolken jagten über den Himmel. Er hatte seine Schleusen geöffnet und einen Regen auf die ausgetrocknete Erde geschickt, der schon fast einer Sintflut glich.

Als nie abreißende Vorhänge fielen die Wassermassen aus den tief hängenden Wolken. Sie überspülten Felder, Dörfer und Städte. In tiefer liegenden Niederungen an den Flüssen wurde Hochwasseralarm gegeben, und die ersten Keller liefen voll, da die Rohrleitungen die Wassermassen nicht mehr fassen konnten.

Es war ein böses Unwetter. Die Hölle schien ihren Schlund geöffnet zu haben, um den Menschen zu zeigen, wessen sie fähig war.

Peitschend hallte der Donner über das Land und verrollte irgendwo in der Ferne als grummelndes Echo.

Blitz auf Blitz folgte. Ein fahlgelbes Verwirrspiel aus gezackten Linien und Pfeilen, zu Netzen verflochten, für Bruchteile von Sekunden als abstraktes Mosaik in den düsteren Wolken stehend, um dann wieder zu verschwinden, als hätte jemand ein Tuch darüber ausgebreitet.

Das Land erlebte an diesem Tag ein schaurig-schönes Naturschauspiel, ein Frühlingsgewitter, wie es nur selten vorkommt, und von einer Größe und Dauer, an die sich selbst ältere Leute kaum noch erinnern konnten.

Auch die Natur stöhnte unter der Last des Gewitters. Bäume bogen sich im Sturm. Zweige wurden geschüttelt. Die schwächeren fielen ab, und der Wind spielte mit ihnen.

Die Regenfluten ergossen sich über Äcker, Weiden und Wälder. Vieh suchte Schutz vor dem Unwetter und manche Blitze jagten wie Speere in einsam stehende Bäume, teilten sie oder verbrannten sie.

Wieder einmal stand der Mensch den Kräften der Natur hilflos gegenüber. In den größeren Städten hatten Polizei und Feuerwehr Großeinsatz. Die Wagen wühlten sich förmlich durch die Straßen, die man schon mit Seen vergleichen konnte.

Der Himmel schien seine Wut an der Welt auszulassen und sie für ihr Tun zu bestrafen.

Wer eben konnte, verkroch sich in den Häusern und Wohnungen. Ältere Menschen beteten oder zündeten Kerzen an, damit dieses mörderische Gewitter so rasch wie möglich vorbeiging.

Sie flehten und hofften, andere fluchten über das Wetter, doch beeinflussen konnten es weder die einen noch die anderen.

Das Unwetter tobte sich weiter mit einer wahren Brachialgewalt über dem Land aus. Es hinterließ seine Spuren. Verletzte, drei vom Blitz erschlagene Menschen und eine ertrunkene Frau, die in ein Überschwemmungsgebiet geraten war und sich selbst nicht hatte helfen können.

War das Unwetter für die Menschheit wie eine Geißel, so wurde es von der Schattenwelt nur begrüßt. Dämonen interessierten sich sehr für Witterungsverhältnisse. Ihnen waren Sturm, Nacht und Dunkelheit lieber als das Licht des Tages.

Je schauriger und unheimlicher die äußeren Bedingungen waren, umso wohler fühlten sie sich.

Sie suchten sich meist die Orte und Plätze aus, die von den Menschen gemieden wurden. Alte Burgen, Schlösser, verfallene Abteien oder Friedhöfe. Dort fanden sie immer eine Heimat und den Unterschlupf, der sie vor allzu früher Entdeckung schützte.

Auch die alte Ruine des ehemaligen Burgturms war den Kräften der Natur voll preisgegeben. Der Wind wütete regelrecht. Er heulte und pfiff um den Turm, der wie ein alter Zigarettenstummel in den nachtdunklen Himmel ragte.

Die Regenmassen klatschten gegen die Ruine und fanden gemeinsam mit dem Wind den Weg in die Öffnungen und Spalten der alten Turmruine. Es pfiff und heulte in dem Gemäuer.

Krachend entlud sich über der Ruine der Donner. Blitze jagten dem Boden entgegen, und mehr als einer war schon in den Turm eingeschlagen.

Normalerweise ließ sich dort niemand blicken, aber der Mann, der vor dem Gewitter Zuflucht gesucht hatte, gehörte in die Gegend. Es war Barry Mason, der Förster. Er hatte sich auf einem Pirschgang befunden und war von dem Unwetter überrascht worden.

Auf dem freien Feld wollte er nicht bleiben, dort hätte er zu leicht vom Blitz erschlagen werden können. Zum Glück fiel ihm die alte Ruine ein. Das Gemäuer war zwar nicht dicht, es tropfte immer Wasser durch, aber dem konnte man ausweichen.

Mit seinem Hund Rex erreichte er die Ruine in dem Augenblick, als die ersten Tropfen fielen.

Dann begann das Unwetter, und selbst der Förster konnte nur den Kopf schütteln. So etwas hatte er noch nie erlebt. Er starrte in die Blitze, hörte den Donner und hatte das Gefühl, als würde dieser die Welt auseinander sprengen.

Rex war unruhig. Nervös lief er hin und her, schaute mehrmals zurück, wenn ein Blitz den dunklen Himmel spaltete, als wäre ein Vorhang in zwei Teile zerrissen worden.

Barry Mason musste seinen treuen Begleiter jedes Mal beruhigen. »Bleib ruhig, Rex!«, murmelte er und vergrub seine Finger in das dichte Fell am Nacken. »Uns passiert schon nichts.«

Rex jaulte dann, als hätte er die Worte genau verstanden.

Über eine halbe Stunde tobte das Gewitter bereits. Der Förster hatte sich an die peitschenden Donnerschläge längst gewöhnt. Er zuckte nicht einmal mehr zusammen, nur wenn der Blitz in der Nähe oder in den Turm einschlug, dann erfasste ihn Furcht, denn einmal hatte er ein bläuliches Licht über die Mauer laufen sehen, bevor es im Boden verschwand. Getan hatte es ihm zum Glück nichts.

Wie lange musste er noch warten?

Längst hatte er zu Hause sein wollen. Sicherlich machte sich seine Frau Sorgen, aber hier konnte er nicht telefonieren, und irgendwann musste das Unwetter schließlich weiterziehen.

Es war wie verhext. Die Gewitterfront schien sich direkt über diesem Landstrich zusammenzuballen. Sie zog einfach nicht vorbei und entlud sich mit aller Kraft.

Eigentlich war es faszinierend, diesen gewaltigen Kräften der Natur zuzuschauen, und auch der Förster ertappte sich bei dem Gedanken, dass er die Folge von Blitz und Donner regelrecht genoss und ihr positive Seiten abgewann.

Bis zu dem Zeitpunkt, als Rex, sein Hund, auf einmal verrückt spielte.

Bis jetzt hatte er, von einigen Ausnahmen abgesehen, ruhig in der Ecke gesessen. Plötzlich sprang er wie von der Tarantel gebissen in die Höhe, bellte laut und fordernd und rannte zum Eingang, gegen den er beide Vorderpfoten stemmte und stehen blieb.

»Rex, was hast du?«, rief der Förster, näherte sich seinem Hund und wollte ihn am Halsband zurückzerren.

Rex knurrte nur, stemmte sich gegen Masons Griff und wollte nicht auf seinen alten Platz.

Es hatte nur wenige Situationen in den letzten Jahren gegeben, wo Rex so reagiert hatte. Und wenn, dann war immer etwas im Busch gewesen, so wie jetzt.

An dem Gewitter konnte es nicht liegen. Daran hatte sich der Hund längst gewöhnt. Also musste es etwas anderes sein. Eine Störung von außen.

Nur – woher kam sie?

Der Förster kniete neben seinem Hund nieder und streichelte das Fell. »Ist ja schon gut, Rex. Hör auf, da ist nichts. Wirklich …« Barry Mason hatte seinen Blick erhoben und schaute nach draußen. Was er sah, hinderte ihn am Sprechen, denn das war einfach unwahrscheinlich, und augenblicklich zuckte ein wahnsinniger Gedanke durch seinen Kopf.

Ein UFO! Verdammt, das ist ein UFO!

Was er als UFO bezeichnet hatte, war ein blaugrauer Nebelstreif, der sich auf dem nahe liegenden kleinen Hügel niedergesenkt hatte und aus den Wolken gefallen sein musste. Wie eine Spirale sah es aus und trotzte sogar dem Wind.

Es war auch durch den Regenvorhang zu sehen, nur wurde das von ihm ausgehende Licht durch die Regentropfen gebrochen, sodass es verschwommen wirkte.

Rex wurde immer wilder. Er zerrte, kratzte mit den Läufen und wollte raus. Irgendetwas musste von dieser Erscheinung ausgehen, das ihn verrückt spielen ließ. Unheimlich war es schon, das gab auch der Förster zu. Er spürte, wie es kalt seinen Rücken hinablief. So etwas hatte er noch nie gesehen, aber den Gedanken an ein UFO verwarf er wieder.

Nein, UFOs fielen nicht so zusammen wie dieser Nebelstreifen, denn er drängte sich über dem Boden, als hätten ihn unsichtbare Hände zusammengedrückt.

Wieso?

Ein drohendes Knurren ließ den Förster zusammenzucken. Rex hatte es ausgestoßen, und Barry Mason kannte das Zeichen. Wenn er ihn jetzt noch hielt, würde der Hund ihn unter Umständen anfallen.

Er lockerte den Griff.

Darauf hatte der Hund nur gewartet. Mit einem heftigen Ruck riss er sich los. Er schleuderte seinen Kopf zurück und raste bellend und mit weiten Sätzen hinaus in den strömenden Regen, ohne sich um Blitz und Donner zu kümmern.

Rex wollte die Erscheinung sehen.

Auch der Förster, aber sein Sichtbereich wurde schlechter, denn der bläuliche Nebel war völlig verschwunden, und der Platz schien jetzt leer zu sein.

Der Förster verspürte Angst. Ihm fielen wieder alte Geschichten ein, die er mal gelesen hatte. Gefährliche Wesen aus dem All kamen auf die Erde, um die Menschheit zu terrorisieren und zu unterdrücken. Als er das Bellen des Hundes hörte, atmete er direkt auf, da er nun wusste, dass er keinen Traum erlebte, sondern alles Wirklichkeit war.

Rex war wie von Sinnen. Er schlug Haken. Barry Mason verfolgte ihn mit seinen Blicken und sah dann, wie Rex das Ziel erreicht hatte und kläffend an ihm hochsprang.

Und dann geschah das Grauenhafte!

Ein klagender, schreiender Ton, zu vergleichen mit dem eines kleinen Kindes, übertönte selbst den Donner, und Barry Mason ahnte, dass sein Hund Rex diesen Ton ausgestoßen und somit sein letztes Lebenszeichen von sich gegeben hatte.

Der Magen des Mannes zog sich zusammen. Heiß stieg es seine Kehle hoch, Tränen traten in seine Augen, denn er hatte sehr an seinem Hund gehangen. Er hielt es nicht mehr aus, wollte sehen, was da geschehen war, und rannte hinein in die graue fahle Dunkelheit, um vielleicht noch etwas zu retten.

Regen und Sturm trafen ihn. Gewaltige Wasserfluten, die sich über seinen Körper ergossen, im Nu die Kleidung durchnässten, heftig gegen sein Gesicht klatschten, in die Augen rannen und die Pupillen mit einem Wasserfilm überdeckten.

Der Boden war glatt. Große Pfützen bedeckten ihn, in die die Regentropfen einschlugen wie ein Trommelfeuer.

Barry Mason kam nicht so schnell voran, wie er es sich vorgestellt hatte. Der Sturm blies manchmal so heftig, dass er ihn fast von den Füßen gerissen hätte. Es heulte, pfiff und tobte um ihn herum. Ihm kam es vor, als hätte der Himmel seine Schleusen geöffnet, um mit diesem Unwetter die Menschen für ihre Sünden zu bestrafen. Ein paar Mal rutschte er aus und konnte sich nur mühsam auf den Beinen halten.

»Rex, zurück!« Er schrie den Namen seines Hundes, war jedoch nicht sicher, ob ihn das Tier noch hören konnte.

Das Wasser rann über sein Gesicht. Der Weg führte jetzt bergauf, dorthin, wo sich alles abgespielt hatte, und er vernahm plötzlich ein triumphierendes Heulen. So laut und schrecklich, dass es sogar die Geräusche des Unwetters übertönte.

Obwohl der Förster Angst um seinen Hund hatte und er ihm unbedingt zur Seite stehen wollte, konnte er nicht mehr weiterlaufen. Er musste stehen bleiben, riss seine Augen auf und schaute hinein in den dichten Vorhang aus Wasser.

Schattenhaft sah er die Szene!

Eine gewaltige Gestalt stand auf dem kleinen Hügel. In Höhe des Kopfes begann es gelb zu schimmern, sodass Barry Mason den Eindruck hatte, als würden dort Haare wachsen.

Dies konnte natürlich eine Täuschung sein, aber auszuschließen war es nicht …

Dann wieder das Heulen.

Schaurig, unheimlich klang es durch die fahle Dunkelheit. Ein Laut, der dem Förster eine Gänsehaut über den Rücken jagte und ihn zittern ließ.

Er wagte nicht mehr, einen weiteren Schritt nach vorn zu gehen. Die Furcht nagelte ihn auf der Stelle fest. Instinktiv ahnte er, dass er unter Umständen sein Leben verlieren konnte, wenn er sich dem unheimlichen Tier jetzt näherte.

Ein Tier, das vielleicht aus einer anderen Welt kam. Sogar von einem anderen Planeten.

Barry Mason schüttelte sich. Er sah durch den Regen die huschende Bewegung, dann war die unheimliche Person plötzlich verschwunden. So, als hätte es sie nie gegeben.

Aber es hatte sie gegeben.

Der Förster hatte den Beweis. Minuten später, als er durch das nasse Gras den Hügel hinaufschritt und die dunklen Teile auf dem Boden liegen sah, die auch nicht vom Regen zur Seite gespült wurden.

Es war sein Hund.

Die andere Bestie hatte ihn im wahrsten Sinne des Wortes zerrissen!

Ich war froh über den Kaffee, und Suko freute sich über seinen Tee. Beides hatte Glenda Perkins zubereitet. Dafür nahm sie freiwillig eine Überstunde in Kauf, und Shao war unterwegs, um uns neue Sachen zu bringen.

Das hatte seinen Grund.

Wir saßen in klatschnassen Kleidungsstücken am Schreibtisch und zitterten um die Wette. Zwar hielten uns Decken einigermaßen warm, doch auf der Haut bildete sich mehr als einmal eine Gänsehaut. Freiwillig waren wir natürlich nicht so nass geworden, die Folge eines Unwetters, in das wir hineingeraten waren.

Dabei ging es um einen Monster-Club. Er bestand aus acht Werwölfen und wurde seltsamerweise von einem alten Ehepaar geleitet. Wie das alles zusammenhing, hatten wir noch nicht erfahren, eins jedoch gab uns das größte Rätsel auf.

Lupinas Sohn!

Wir wussten nicht, wer er war und ob er tatsächlich Orapul hieß, auf jeden Fall hatten wir den ersten Hinweis auf einer Tür gelesen, die in ein Turmverlies führte. Dieser Turm war auch die Zentrale des Monster-Clubs, und als wir in ihn eindrangen, sahen wir uns acht Werwölfen gegenüber.

Es kam zu harten Kämpfen, nicht nur im Turm, auch im Haus daneben. Unsere Silberkugeln, die Dämonenpeitsche und der Dolch räumten unter den Bestien auf, wir konnten auch den Mann festnehmen. Die Frau allerdings floh mit einem Jeep. Zudem nahm sie noch zwei Werwölfe mit. Die beiden letzten.

Suko und ich verfolgten die drei. Es gab nur eine Straße, die sie hatten nehmen können, und wir waren in unserem Bentley schneller. Allerdings hatten wir dabei das Pech, in ein mörderisches Unwetter zu geraten. So schlimm und gewaltig, wie ich es selten erlebt hatte. Es gelang uns, die Werwölfe zu stellen, außerdem einen Busfahrer sowie einen weiblichen Fahrgast im letzten Augenblick aus den Klauen der Bestien zu befreien.

Der Himmel hatte kein Einsehen mit uns, es goss weiter, und so waren wir noch nass, als wir wieder in unserem gemeinsamen Büro saßen. Tee und Kaffee hatten wir. Trockene Kleidung würde uns Shao bringen.

Natürlich drehten sich unsere Gespräche nur um ein Thema.

Lupinas Sohn!

Wie war es möglich, dass sie einen Sohn hatte? Oder hatte man uns mit einem gewaltigen Bluff geleimt?

Nein, daran wollten wir nicht glauben. Der Job hatte uns gelehrt, dass gerade das Unmögliche möglich wurde, und warum sollte Lupina keinen Sohn haben?

Wenn ja, wer war dann der Vater? Wir hatten darüber gesprochen, und Suko hatte grinsend gemeint. »Vielleicht du?«

»Wieso ich?«

»Du hast dich schließlich mal in die schöne Werwolfdame verknallt.«

Der Blick, den Suko sich von mir eingefangen hatte, war scharf wie ein Messer gewesen. Er hatte auf den Fall angespielt, der mir noch immer irgendwie nachhing. Ich selbst war mal zu einem Werwolf geworden und hatte sogar um Lupina gekämpft, weil ich sie unbedingt besitzen wollte. Das war vorbei, aber seit diesem Zeitpunkt verfolgte mich die Werwölfin voller Hass.

Suko lehnt sich auf seinem Schreibtischstuhl zurück, hielt die Tasse mit Tee in der Hand und schaute mich über ihren Rand hinweg an. »Glaubst du im Ernst, dass sich Lupina hier in der Gegend herumtreiben wird, um ihren Sohn zu suchen?«

»Bestimmt.«

»Schade, dass diese Clara tot ist. Von ihr hätten wir einiges erfahren können.« Suko spielte damit auf den Unfall an, den die Fahrerin des Jeeps erlitten hatte. Sie war gegen einen Baum gerast und dabei umgekommen.

»Dafür haben wir ihren Mann.«

»Ist er denn vernehmungsfähig?«

Ich hob die Schultern. »Die Kollegen sagen ja. Sobald Shao zurück ist, können wir uns um ihn kümmern.«

Wie aufs Stichwort erschien die Chinesin. Das heißt, wir hörten sie nur, wie sie mit Glenda im Vorzimmer sprach.

Suko rief: »Wollt ihr uns hier erfrieren lassen?« Zur Demonstration nieste er.

»Eine Erkältung täte dir mal ganz gut«, rief Shao zurück. »Dann wärst du wenigstens einmal länger zu Hause.«

Suko warf mir einen finsteren Blick zu. »Die fängt schon an wie Sheila.«

Damit meinte er die Frau unseres gemeinsamen Freundes Bill Conolly, die sehr darauf Acht gab, dass sich ihr Mann nach seiner Hochzeit nicht mehr in unnötige Gefahr begab. Trotzdem konnte sie nicht verhindern, dass auch die Conollys immer wieder zu einem Ziel dämonischer Angriffe wurden.

Zwei Tüten trug Shao. Hemden, Hosen, Jacken und frische Unterwäsche waren darin verstaut. Sie packte alles aus, verschwand dann aus dem Büro, das wir zu einer Umkleidekabine umfunktionierten. Handtücher hatte sie ebenfalls mitgebracht. Wir rieben uns notdürftig trocken. Unter eine der zahlreichen Duschen zu steigen, die sich ebenfalls im Yard-Gebäude befanden, blieb uns keine Zeit. Die Vernehmung drängte, und wir wollten diesem Jo auf den Zahn fühlen.

Die Chinesin verschwand auch bald wieder. Unsere nasse Kleidung nahm sie mit.

Glenda brachte frischen Kaffee und Tee. »Braucht ihr mich noch?«, erkundigte sie sich.

Ich schüttelte den Kopf. »Nein, du kannst Feierabend machen.«

Sie nickte. »Und von Jane habt ihr nichts gehört?«

Als sie den Namen der Detektivin erwähnte, gab es mir einen Stich. Eigentlich hatte alles mir ihr angefangen, denn in sie war der Geist des Rippers gefahren und hatte sie in ein willenloses Geschöpf der Hölle verwandelt. Aufgenommen worden war Jane Collins von Wikka, der Oberhexe. Als Jane Collins noch ›normal‹ gewesen war, hatte Wikka die Detektivin bis aufs Blut gehasst. Sie hatte sie töten wollen, doch als der Geist des Rippers in die Detektivin fuhr, da schaltete sie sofort und nahm Jane in ihren teuflischen Hexenreigen auf.

Von der Detektivin hatten wir nichts mehr entdeckt, waren stattdessen im Laufe der Ermittlungen auf den Monster-Club und Lupinas Sohn gestoßen.

So reihte sich ein Fall an den anderen, und wenn ich an Lupina dachte, dann führte die Verbindung automatisch weiter bis zur Mordliga und ihrem Chef, Dr. Tod.

Diese gefährliche Dämonenbande war zwar dezimiert worden, aber die letzten vier Mitglieder waren gefährlich genug. Vampiro-del-mar, Xorron, Lady X und Lupina.

Sicherlich würde die Werwölfin von Dr. Tod unterstützt, wenn sie ihren Sohn suchte.

Wir mussten also mit einer starken Gegnerschaft rechnen und hofften, dass wir Orapul früher fanden als Lupina. Deshalb hatten wir es auch so eilig, mit Jo zu sprechen.

Ein Telefonanruf genügte, um den Beamten Bescheid zu geben, die Jo hereinführten.

Ich hatte inzwischen seinen vollständigen Namen herausgefunden. Er hieß Jo McIntire.

Als er zwischen den beiden Kollegen das Büro betrat, wusste ich, dass er eine harte Nuss für uns werden würde. Sein Gesicht zeigte einen verkniffenen Ausdruck. Die grauschwarzen Haare standen wirr vom Kopf ab, seine Hände waren mit einer stählernen Acht gefesselt, und in den Augen lag ein trotziger, hasserfüllter Ausdruck.

Ich deutete auf den dritten Stuhl. »Setzt ihn da hin.«

Die beiden Beamten drückten Jo McIntire nieder und verließen das Büro.

Ich blickte den Mann an. Er saß genau zwischen Suko und mir, befand sich im Kreuzfeuer, und so etwas Ähnliches wie ein Kreuzverhör sollte es auch werden.

Ich hatte vor, direkt eine volle Breitseite auf ihn abzuschießen. Rücksicht durfte ich bei diesem Mann nicht nehmen, er kannte diesen Begriff auch nicht und war bereit, über Leichen zu gehen, was er uns hinlänglich bewiesen hatte. Er hatte uns heimtückisch in den Rücken schießen wollen!

»Ihre Frau ist tot«, sagte ich.

McIntire verzog nicht einmal die Lippen. Er starrte mich nur an.

»Berührt Sie das gar nicht?«, erkundigte sich Suko.

Der Mann hob die Schultern. »Ich lebe!«

»Für wen? Für Orapul?«

»Möglich.«

Die nächste Frage stellte ich. »Ist er tatsächlich Lupinas Sohn, so wie es an der Tür stand?«

Da grinste der Alte schief. »Möglich.«

»Und was hat es mit ihm auf sich?«

»Keine Ahnung.«

»Schlecht lügen können Sie gut«, stellte Suko fest. »Aber nicht gut genug. Ich würde Ihnen in Ihrem eigenen Interesse raten, mit mehr Informationen herauszurücken.«

Da lehnte sich McIntire zurück und begann zu lachen. Es war kein lautes Lachen, sondern eher ein leises, glucksendes oder kicherndes. Er riss dabei weit den Mund auf und hob seine Arme, sodass er uns die gefesselten Hände präsentierte. »Ich weiß überhaupt nicht, was ihr wollt, zum Teufel. Ihr habt mich gefangen, na und? Andere bekommt ihr nicht. Sie sind stärker. Auch wenn der Monster-Club nicht mehr existiert, gibt es Kräfte, gegen die ihr nichts ausrichten könnt. Ich bin nur ein kleines Rädchen im Getriebe, aber ich besitze einen guten Schutz. Es wird euch noch leidtun, Clara umgebracht und mich gefangen genommen zu haben, das schwöre ich euch.«

»Ich oder wir haben Clara nicht umgebracht«, stellte ich richtig. »Sie ist selbst gegen einen Baum gerast und hat es nicht überlebt.«

»Aber ihr seid schuld.«

»Nein.« Mehr sagte ich nicht. Ich hatte keine Lust, mit ihm darüber zu diskutieren, zudem wollte ich erfahren, was es mit Lupinas Sohn auf sich hatte.

»Wo finde ich Orapul?« schoss ich die nächste Frage ab.

»Ich kann es nicht sagen.«

»Aber er war in eurem Turm.«

»Ja, er wollte seine Diener um sich haben.«

Ich wunderte mich, wie gesprächig der Alte plötzlich war. Damit hatte ich nicht gerechnet. Und ich war gespannt, ob er mir auch die nächste Frage beantworten würde.

»Gehörten Sie und Ihre Frau auch zu seinen Dienern?«

»Nein.«

»Was waren Sie dann?«

Er zögerte mit einer Antwort. Schließlich sagte er: »Wir haben ihn nur großgezogen.«

»Was?«

»Überrascht, wie?«

Nein, überrascht war ich nicht. Schon im Turm hatte mir Clara, Jos tote Frau, durch die Tür zugerufen, dass sie als Pateneltern Orapuls unter seinem Schutz standen. Dennoch war es ein Hammer!

»Dann haben Sie und Ihre Frau ihn aufgezogen?«, hakte ich noch einmal nach.

»Natürlich. Warum auch nicht? Wir fanden ihn in einem Wald und nahmen ihn mit in unser Haus.«

»Und wo liegt das? Oder war es der Turm?«

»Nein, da sind wir später hingezogen, weil er es so wollte. Wir lebten noch nicht lange dort. Die Besitzer sind verreist …«

»Und Sie haben das Hausmeister-Ehepaar umgebracht«, vollendete ich den Satz.

»Das stimmt.«

Er sprach über einen Mord, als wäre es die größte Selbstverständlichkeit der Welt, und so etwas erschreckte mich zutiefst. Hier stand ich vor einem menschlichen Abgrund. Dieser Mann dachte nicht mehr so wie ich, er war von den dämonischen Kräften schon beeinflusst worden, dass alles andere nicht mehr zählte, obwohl man ihn rein äußerlich als einen Menschen bezeichnen konnte.

Er starrte mich an. Seine Augen waren klein, der Blick eiskalt und noch immer lauernd.

»Sie haben sich also mit den Wölfen in den Turm verzogen«, fuhr ich fort. »Und weshalb war Lupinas Sohn nicht dort?«

»Er sucht jemanden!«

»Wen?«

»Seine richtige Mutter!«

Er brauchte den Namen Lupina nicht auszusprechen, jeder wusste genau Bescheid. Also hatten sich unsere Vermutungen bestätigt. Lupina würde kommen und ihren Sohn abholen. Wahrscheinlich hatte sie es schon getan.

»Wann soll das geschehen?«

»In dieser Nacht.«

»Und wo?«

Da lachte er kalt. »Das weiß ich nicht.«

»Sie wollen es nicht sagen!«, mischte sich Suko ein.

Er hob die Schultern. »Ihr wollt doch beide haben. Was soll ich mich darum kümmern?«

Einen dritten Grad gibt es nicht, obwohl es von Polizistenhassern immer behauptet wird. Es werden keine Gefangenen gefoltert, um Informationen aus ihnen herauszupressen. Auch wir hatten uns bisher strikt an die Regel gehalten und würden uns auch weiterhin daran halten. Das stand fest.

Ich war Menschenkenner genug, um es McIntire anzusehen, dass wir kaum noch etwas aus ihm herausbekommen würden. Trotzdem wollte ich noch wissen, wer die acht Werwölfe gewesen waren.

»Orapul hat sie sich geholt. Einfach so. Er pflanzte ihnen den Keim ein, und sie wurden zu Werwölfen, denn sie sollten seine Schutzmacht bilden.«

So ähnlich hatte ich es mir vorgestellt. Wahrscheinlich gehörten die Menschen zu den Vermissten, die täglich in London verschwanden und nie wieder auftauchten.

Ich schaute McIntire an, der meinem Blick gelassen standhielt. In der kommenden Nacht wollte sich

Lupina mit ihrem Sohn treffen. Leider wussten wir nicht, wo das geschehen würde, aber wir hatten immerhin eine heiße Spur. Es war der Turm, in dem sich das für Orapul vorgesehene Verlies befand.

Dort konnten wir auf ihn warten.

Mein Blick glitt nach draußen. Auch über London hatte dieses schreckliche Unwetter getobt. In einigen Stadtteilen hatte es mittlere Katastrophen gegeben. Überschwemmungen, Unterspülungen durch Wasser, Brände von eingeschlagenen Blitzen verursacht.

Jetzt hatte sich das Unwetter verzogen. Zudem war der Himmel wieder hell, ein verwaschen wirkendes Blaugrau, hier und da mit einigen Wolkenfetzen bedeckt. Die Sonne kämpfte sich allmählich durch. Bis es dunkel wurde und sich die Nacht über das Land senkte, dauerte es noch einige Stunden.

Wir konnten eigentlich davon ausgehen, dass sich Lupina in der Nacht mit ihrem Sohn treffen würde. Sehr wahrscheinlich sogar um Mitternacht, denn das ist die Zeit dieser Bestien. Zur Tageswende hockten sie sich manches Mal zusammen, um den Mond anzuheulen, der ihnen die Kraft gab, weiterzuleben. Wir hatten da unsere Erfahrungen und nahmen an, dass es auch diesmal nicht anders sein würde. Da uns bis Mitternacht noch genügend Zeit zur Verfügung stand, wollten wir sie nicht unnütz verstreichen lassen. Zudem war es zwecklos, den Gefangenen noch weiter zu verhören, er würde nichts mehr sagen. Ich griff zum Hörer und bat die beiden Beamten herein, die McIntire gebracht hatten.

Rasch waren sie zur Stelle und nahmen ihn mit. Wieder flankierten sie ihn.

Kurz vor der Tür drehte McIntire seinen Kopf und hob beide Arme in die Höhe. Er drohte uns mit seinen Fäusten. »Glaubt nur nicht, dass ihr gewinnen könnt!«, kreischte er. »Lupina und ihr Sohn werden euch zerreißen!«

Ich gab keine Antwort, auch Suko sagte nichts. Erst als sich die Tür hinter den drei Männern geschlossen hatte, übernahm der Chinese das Wort.

»Es war so, wie wir es uns gedacht haben. Sollen wir noch einmal zu dem Haus fahren?«

»Klar. Wenn sich etwas tut, dann nur da oder in dessen unmittelbarer Umgebung.« Ich stand schon auf und wollte zur Jacke greifen, als sich das Telefon meldete.

Suko saß näher am Apparat. Er nahm den Anruf entgegen, der unseren Plan völlig über den Haufen warf …

Die Besatzung des Reviers Stanmore war sauer. Kein Wunder, denn man hatte sie bei diesem schrecklichen Unwetter aus den Unterkünften geholt.

Zudem war noch die Mordkommission eingetroffen und hatte zwei Leichen aus dem alten Haus geholt. Jeder der Beamten kannte die Toten. Es war ein Hausmeister-Ehepaar, das dem Viscount of Merrydale den Haushalt geführt hatte. Der Viscount befand sich irgendwo in der Welt und warf sein Geld unter die Leute. Er hatte nicht wissen können, was sich in seinem Landhaus alles abspielte.

Zwei Ermordete! Und vom Tatort nicht weit entfernt ein geheimnisvoller Vorgang, um den der Mantel des Schweigens gehüllt worden war. Zwei Ereignisse, die irgendwie zusammenhingen. Die Polizisten tappten allerdings im Dunkeln.

Man hielt sie wieder einmal für nicht kompetent.

Vier Leute zählte die Besatzung. Normalerweise fuhren zwei von ihnen Streife, an diesem späten Nachmittag jedoch nicht. Sie waren alle vier nass wie die Hunde und mussten sich erst einmal umziehen, während draußen noch immer der Regen gegen die Scheiben trommelte und das Land unter Wasser setzte.

Als erster war Sam Braddock, der Revierleiter, fertig. Als er den Revierraum betrat, verzog er das Gesicht. Es roch immer noch feucht und muffig. Das Fenster konnte man nicht öffnen, der Regen hätte sonst die Bude überschwemmt.

Hinter seinem Schreibtisch nahm Braddock Platz und holte eine Zigarre aus seinem Etui. Eine gute Zigarre liebte er über alles. Er rauchte sie entweder im Revier oder bei sich zu Hause im Keller, weil seine Frau sich schrecklich darüber aufregte, wenn der Rauch die Gardinen einhüllte und sie vergilbte.

Als die ersten blaugrauen Wolken gegen die Decke stiegen und es ihm langsam besser ging, hörte er, wie die Eingangstür zugeschlagen wurde. Jemand kam.

Braddocks Gesicht verzog sich. Nicht jetzt noch mal dieses Theater, dachte er, die anderen sollten ihn in Ruhe lassen, zum Henker.

Die Tür wurde aufgedrückt. So wie der Mann ging – Braddock hörte es am Klang der Schritte – kannte er sich gut aus. Es war also kein Fremder.

Dann stieß er die Tür zum Revierraum auf.

Eine massige Gestalt stand auf der Schwelle. Die Kleidung war tropfnass, aus den Haaren rann das Wasser und lief über das Gesicht des Mannes. Die Nässe machte den Ankömmling zu einer traurigen Gestalt. Trotzdem konnte Braddock die Angst auf dem Gesicht des Mannes lesen. Noch nie hatte er bei Barry Mason, dem Förster, so einen Ausdruck gesehen, und sie kannten sich wirklich seit mehr als zwanzig Jahren, waren befreundet und im selben Kricket-Club.

Braddock stieß eine Rauchwolke aus, die ihm für wenige Augenblicke die Sicht auf den Förster vernebelte. Mason ging torkelnd ein paar Schritte vor und stützte sich auf dem Handlauf des schmalen Trennungstresens ab.

»Mensch, Barry, was ist geschehen?«, fragte der Beamte.

»Ich – ich bin mit den Nerven völlig fertig!«, keuchte der Förster. »Ich habe was gesehen, das ist …« Er schüttelte den Kopf, hob dann das Gesicht, und Braddock glaubte, Tränen in den Augen des Freundes zu sehen.

»Sie hat ihn zerrissen.«

»Wer?«

»Die Bestie!«

»Welche Bestie?«

»Es war ein riesiger Bär oder ein Wolf, ich glaube …«

Braddock stand auf. Er hatte mittlerweile gemerkt, dass sein Freund ein sehr entscheidendes Erlebnis hinter sich hatte. Der Revierleiter öffnete den Durchgang innerhalb der Barriere, sodass Mason zu ihm konnte.

»Setz dich erst mal hin«, sagte Braddock und führte den Förster zu einem Stuhl, auf den er sich fallen ließ und dabei den Kopf zurückwarf.

Der Beamte hatte eine Notration. Alter irischer Whisky, der in Situationen wie dieser half. Er flößte dem Förster einen kräftigen Schluck ein. Mason schluckte zweimal und beugte sich nach vorn, wobei er das Gesicht verzog, weil der Alkohol scharf durch seine Kehle rann.

»Geht's wieder?«, fragte Braddock.

Das Nicken des Försters fiel schwach aus.

»Dann berichte mal«, sagte der Polizist und zog sich einen Stuhl heran. Neben dem nassen Mann nahm er Platz. Der benötigte noch einen weiteren Schluck, um reden zu können.

Dann erzählte er. Braddock hörte so gespannt zu, dass er nicht bemerkte, wie die anderen drei Beamten den Revierraum betraten. Er konzentrierte sich voll und ganz auf die Erzählung. Die klang so unwahrscheinlich und horrorhaft, dass es dem Revierleiter kalt den Rücken hinablief.

Normalerweise hätte er jemanden, der ihm solche Dinge erzählte, für einen Spinner gehalten. Hier jedoch dachte er anders. Erstens kannte er Barry Mason lange genug, und zweitens waren in der unmittelbaren Umgebung seltsame Mordfälle geschehen, für die man den einfachen Beamten keinerlei Erklärung gegeben hatte.

»Und?«, fragte der Förster. »Was sagst du dazu?«

Braddock hob die Schultern. »Well, was soll man dazu schon sagen? Ist ziemlich unwahrscheinlich, das alles.«

»Sehe ich auch so.« Barry Mason lachte vibrierend auf. »Aber ich habe es selbst erlebt und mit eigenen Augen gesehen. Wirklich, ich schwöre es dir. Du musst mir glauben.«

Mit der flachen Hand schlug Braddock auf den Schreibtisch. »Das tue ich auch, Barry, verdammt, das tue ich. Und ich ziehe meine Konsequenzen aus deinem Erlebnis.« Bevor der Förster etwas sagen konnte, hatte sich Braddock schon vorgebeugt und nach dem Hörer des Telefons gegriffen.

Er rief eine Londoner Nummer an.

Sie gehörte Scotland Yard!

Normalerweise hatte der Mann dünnes blondes Haar. Doch ein guter Friseur hatte es ihm zu einer Dauerwelle gedreht. Die flache Stirn konnte es nicht verbergen und auch nicht das Gesicht mit der langen, etwas abfallenden Nase und dem zum Hals hin weisenden Kinn. Was auf der Oberlippe wuchs, sollte wohl einen Bart darstellen. Über einen seichten Flaum, der zudem noch rötlich schimmerte, kam er jedoch nicht hinweg. Dass der Mann auf den Vornamen Tonio hörte, passte auch nicht. Der Zuname lautete Trent.

Tonio Trent also.

Heimat: Chicago. Beruf: Killer.

Das sagte eigentlich alles über ihn aus. Trent wurde da eingesetzt, wo man besonders brutal vorgehen musste. Es gab nur wenige Menschen auf der Welt, die sich die Mafia auf Eis legte und für spezielle Aufgaben verwahrte.

Trent gehörte dazu. Als Logan Costello, der große Boss aus London, jetzt in der Zwickmühle saß, hatte er Trent angefordert. Er bekam ihn sofort, denn die anderen Mafiafürsten im Ausland wussten inzwischen, dass Logan Costello zu einer wahren Macht geworden war. Während es in den größeren italienischen Städten Machtkämpfe zwischen den einzelnen Familien gab, herrschte Logan Costello allein über London. Er teilte mit niemandem. Wenn jemand versuchte, sich seiner Kontrolle zu entziehen, dann schlug er diese Rebellion eisenhart nieder. Zumeist half ihm Dr. Tod dabei, denn Costello war der rechte Arm des Mordliga-Chefs in London, denn hier saß auch der Todfeind der beiden, Geisterjäger John Sinclair.

Nun aber lief der Fall umgekehrt. Dr. Tod steckte zwar nicht gerade in großen Schwierigkeiten, aber in London konnte Logan Costello doch besser agieren als er, der er fast am Südpol hockte und auf seine Chance wartete. Costello musste dafür sorgen, dass Lupina verschwand. Sie sollte umgebracht werden, und dafür hatte sich Costello den Killer Tonio Trent geholt.

Trent würde das übernehmen. 100000 Dollar waren ihm dafür sicher, und er erhielt noch eine besondere Waffe. Eine tschechische Maschinenpistole, sehr klein und handlich, aber brandgefährlich. Zudem war das Magazin mit geweihten Silberkugeln geladen.

Costello hoffte, dass es half. Er selbst hatte die Silberkugeln besorgt und sie auch mit Wasser aus der Kirche geweiht. So musste es einfach klappen.

Logan Costello war zudem nachdenklich geworden. Morasso in Schwierigkeiten, das passte ihm überhaupt nicht, denn bisher hatte der Mordliga-Chef mit all seinen Verbindungen zum Dämonenreich schützend seine Hand über ihn gehalten. Nun schien er doch einiges an Ärger zu haben, wenn nicht sogar echte Probleme. Leider ließ sich Dr. Tod darüber nicht aus. Er befahl und fertig. Zudem wagte Costello auch nicht, ihn nach irgendwelchen Dingen zu fragen. Morasso konnte da sehr hart und auch tödlich reagieren.

Deshalb nahm Costello alles hin, wie es war.

Er hatte Tonio Trent zu sich bestellt. Irgendwie mochte er den Killer nicht, wie er dastand in seinem verwaschenen Jeansanzug, dem billigen T-Shirt darunter, die nikotingelben Finger um den Griff der Maschinenpistole gelegt.

Trent sog noch einmal an seiner Zigarette und hätte sich fast die Finger verbrannt. Im letzten Augenblick ließ er sie in den Ascher fallen.

»Ich habe doch richtig gehört, nicht wahr? Ich soll eine Wölfin erledigen oder einen Wolf?«

»Genau.«

»Und das für Hunderttausend?«

»Ist dir das zu wenig?«, fragte Costello kalt, wobei sich seine dunklen Augen leicht zusammenzogen.

»Nein, aber mir scheint der Betrag zu hoch zu sein.«

»Ich kann dir ja weniger zahlen.«

Da lachte Trent blechern. »Hättest du wohl gern, wie? Nein, das Geschäft gilt, du bekommst dein Wölfchen auf einem silbernen Tablett serviert, das verspreche ich dir.«

»Nimm das Maul nicht zu voll. Lupina ist clever und gefährlich. Zudem ist da noch ein zweiter Wolf.«

»Beide harke ich mit einer Garbe weg.«

»Wir werden sehen.«

»Wann soll es losgehen?«, fragte Trent.

»Heute noch. Und zwar wirst du in Richtung Stanmore fahren. Da hat sich einiges getan.« Das hatte es tatsächlich. Morasso, der seine Leute auch unter den Polizisten hatte, war informiert worden. Zwar nicht haargenau, doch er brauchte die Fakten nur zu addieren, um zu dem Ergebnis zu gelangen.

»Ich kenne Stanmore nicht.«

»Du erhältst eine Karte.«

»Ist das alles?«

»Eigentlich ja. Doch das Wichtigste kommt noch. Du wirst nicht allein arbeiten.«

»Was?« Trent riss den Mund auf. Sein Gesicht verzerrte sich und zeigte scharfe Falten. »Das darf nicht wahr sein. Ich habe bisher immer allein gearbeitet.«

»Aber diesmal nicht.«

»Dann scheiße ich auf den Job.«

»Wäre es dir ernst, würdest du jetzt schon nicht mehr leben«, erwiderte Costello gelassen. »Ich weiß zu deinem Glück, dass es nur Schau ist. Zudem brauchst du das Geld nicht zu teilen.«

»Ich habe nur einmal mit einem Partner ein Geschäft gemacht. Das ist voll in die Hosen gegangen. Er blieb auf der Strecke, ich konnte mich retten.«

»Diesmal wird es nicht passieren. Du arbeitest mit dem besten Partner zusammen, den ich mir überhaupt vorstellen kann. Er ist dir sogar noch über.«

»Auf den Wundermann bin ich gespannt.«

»Mann?« Costello lachte, bevor er auf einen Knopf drückte, sodass eine der vier Türen aufschwingen konnte. »Komm rein, Lady X!«

Tonio Trent hatte sich langsam umgedreht. Seine Augen wurden immer größer, und sogar die fahle Gesichtshaut wechselte, als ihm das Blut in den Kopf stieg. Wer da ins Zimmer trat, das konnte er einfach nicht fassen. Das war tatsächlich eine Frau, ein Rasseweib.

Gekleidet in schwarzes, weiches Leder. Die Haare ebenfalls schwarz und das Gesicht bleich. Dabei die Lippen zu einem Lächeln verzogen, das überheblich und stolz wirkte.

Lady X – die Vampirfrau – näherte sich dem Profikiller und musterte ihn kalt.

Trent versuchte zu grinsen, doch das misslang ihm,

denn der Ärger spülte wie eine Woge in ihm hoch. Okay, fürs Bett hätte er die Kleine gern genommen, aber nicht auf einen heißen Trip, wo es um Mord ging. Nein, da war sie an der falschen Adresse.

»Ist er das?«, fragte Lady X.

Costello nickte.

Die beiden musterten sich. Im Gesicht der Vampirin regte sich nichts. Trent jedoch konnte seine Gefühle nicht verbergen. Er schüttelte sich ein paar Mal, als hätte man Wasser über ihn ausgegossen, und seine Halsmuskeln zuckten.

Es war ungeheuer, was man da von ihm verlangte. Nein, das durfte es nicht geben. Da spielte er nicht mit.

Seine innere Erregung unter Kontrolle haltend, wandte er sich langsam um. Er blickte Costello an.

»Was ist?«, fragte dieser.

»Soll das ein Witz sein?«

»Nein, kein Witz, ihr werdet zusammenarbeiten.«

Trent schüttelte den Kopf. »Ohne mich. Das Spiel geht zu weit, da steige ich erst gar nicht ein.«

»Du kannst nicht mehr aussteigen«, erwiderte der Mafioso gelassen. »Glaub mir, Lady X ist eine Partnerin, wie du sie dir besser nicht wünschen kannst.«

»Sie soll sich zum Teufel scheren!«, zischte der Killer.

»Da komme ich gerade her«, erwiderte die Blutsaugerin gelassen und öffnete ihren Mund.

Tonio Trents Augen wurden groß. Was er da sah, das kannte er eigentlich nur aus den einschlägigen Horrorstreifen. Vor ihm stand ein weiblicher Vampir.

Zuerst sagte er einmal nichts, öffnete nur den Mund und holte tief Luft. Er wollte es nicht glauben, seine Hände verkrampften sich, und seine Gesichtshaut nahm eine noch rotere Farbe an. Dann jedoch verwandelte sich seine Wut in schallendes Gelächter. Er lachte so laut und kreischend, dass das Büro des Mafioso ausgefüllt wurde. So war bisher noch nie an diesem Ort gelacht worden.

»Mit der soll ich zusammenarbeiten?«, prustete er. »Mit der dämlichen Nutte?«

»Hüte deine Zunge!«, zischte Costello scharf.

»Haben wir hier eine Maskenschau?«, erkundigte sich Trent noch immer lachend. »Ich dachte immer, es ginge hier um ein hartes Geschäft. Die Süße soll ihr komisches Gebiss aus dem Mund nehmen, bevor ich es ihr rausreiße.«

»Es ist echt!«

»Das kannst du jedem anderen erzählen, Costello, nur mir nicht. Es ist nicht echt, ihr wollt mich auf den Arm nehmen und mich zum Narren halten.«

»Irrtum!« Es waren die ersten Worte, die Lady X sprach. Messerscharf hatte sie erkannt, dass es mit einem Mann wie Tonio Trent keine gemeinsame Aktion geben konnte. Er würde sich immer gegen sie stellen, und sie erledigte die Sache auf ihre spezielle und vampirtypische Art und Weise.

Zudem brauchte sie Blut.

Die Maschinenpistole, die sie über die Schulter gehängt trug, warf sie kurzerhand zu Boden. Der Killer selbst hielt seine Waffe so, dass die Mündung nicht auf die Scott wies.

Dann sprang sie.

Es war ein kräftiger, raubtierhafter Sprung, mit dem sie blitzschnell die Entfernung überbrückte. Bevor Trent eine Abwehrbewegung machen konnte, hatte Lady X den granitharten Killer gepackt und wühlte ihre Hände in seine Haare. Ruckartig zog sie daran. Sie ließ nicht los, auch wenn Trent vor Schmerz keuchte, warf ihn gegen die nahe Wand und bog den Kopf weiter nach hinten.

Jetzt spannte sich die Haut an seinem Hals. Deutlich hob sich eine bläulich schimmernde Ader darunter ab.

Blut für Lady X!

Hart schlug sie ihre beiden aus der Oberlippe wachsenden Hauer dort hinein. Mit allem hätte Trent gerechnet, nur damit nicht. Der Killer wurde völlig überrascht.

Logan Costello aber saß wie ein Denkmal hinter seinem Schreibtisch und schaute nur zu. Er hütete sich einzugreifen, denn es wäre gegen ein Mitglied der Mordliga tödlich für ihn gewesen. Vielleicht war es sogar gut, wie Lady X reagierte.

Sie ließ ihr Opfer nicht los. Tonio Trent hing in einer Schräglage. Er versuchte sich noch zu wehren, doch seine Bewegungen wurden matt und matter. Er schaffte es nicht mehr, die Maschinenpistole zu halten, dann gaben auch seine Beine nach, er sackte schwer in die Knie, wurde jedoch weiterhin von Lady X gehalten.

Sie hatte ihr Opfer.

Endlich …

Costello wäre am liebsten hinausgelaufen. So gnadenlos er seinen Feinden gegenüber auch war, dies hier konnte er nicht mit ansehen. Dazu hatte er keinen Bezug, zudem kroch Furcht in ihm hoch, denn wenn er Solo Morasso nicht so gehorchte, wie der es verlangte, würde es ihm ähnlich ergehen wie Tonio Trent.

Was sie machte, das tat sie perfekt. Lady X saugte auch noch den letzten Tropfen Blut aus den Adern des Mannes, und sie reihte ihn damit ein in die Galerie ihrer Opfer.

Tonio Trent, einer der Starkiller der Mafia, wurde zu einem Vampir!

Plötzlich löste die Blutsaugerin ihre Hände aus den Haaren des Mannes und ließ ihn kurzerhand fallen.

Schwer schlug er zu Boden. Doch er spürte es nicht mehr. Er würde nie mehr etwas spüren, auch nicht, wenn er sich wieder rührte und zu einem unheilvollen neuen Leben erwachte.

Lady X aber starrte den Mafiachef an. Ihre Lippen waren vom Blut verschmiert, die Augen erinnerten an zwei schwarze Eisstücke. »So ist es besser«, sagte sie.

Sie erntete ein Nicken. Costello antwortete nicht. Der gesamte Fall war nicht ohne Pikanterie, denn ein Vampir, der eine mit Silberkugeln geladene Maschinenpistole trug, den gab es wohl nur einmal …

Man merkte, dass ein Unwetter getobt hatte. Entwurzelte Bäume, zur Hälfte abgerissene Hausdächer, zerstörte Scheiben und das Heulen der Feuerwehrsirenen, das unsere Fahrt durch London begleitete. Einmal kamen wir überhaupt nicht weiter. Gleich drei Straßen waren wegen einer Überschwemmung abgesperrt worden.

Nach dem Unwetter hatte kurz die Sonne geschienen. Jetzt war sie hinter den Abendwolken verschwunden, und als wir in Stanmore, am nördlichen Ende von London, eintrafen, da hatte uns bereits die Dämmerung eingeholt.

Von einer Polizeiwache war der Anruf gekommen. Ein Beamter namens Braddock hatte gut geschaltet und uns über die Aussage eines Försters informiert, der angeblich ein wolfsähnliches Tier gesehen hatte.

Da gab es eigentlich nur zwei Möglichkeiten. Entweder hatte er Lupina entdeckt oder Orapul, ihren angeblichen Sohn. Genau wussten wir es noch nicht, aber wir rechneten mit fast hundertprozentiger Sicherheit damit.

Orapul! Dieser Name spukte durch meinen Kopf. Ich war gespannt auf ihn, und da sich alle Spuren im nördlichen Teil Londons verdichteten, glaubte ich, dass wir ihn hier finden würden.

Zuerst einmal war der Förster an der Reihe. Sein Bericht brachte uns sicherlich weiter.

Der Mann hatte sich noch immer nicht erholt, als wir ihn kennen lernten. Er machte einen erschöpften Eindruck, war nervös und fahrig. Ich glaubte nicht einmal, dass er unsere Namen richtig verstanden hatte.

Aber er redete zu unserer Überraschung ziemlich flüssig. Wahrscheinlich weil er den Bericht über sein Erlebnis bereits zum zweiten Mal abspulte.

Durch geschicktes Zwischenfragen erfuhren wir auch Einzelheiten. Als er von dem seltsam hellen Oberteil des Tieres sprach, da waren wir fast sicher, dass es sich bei der Beschreibung eigentlich nur um Lupina handeln konnte.

Lupina, die Königin der Wölfe!

Sie hatte sich also von der Mordliga gelöst. Gar nicht so überraschend für uns, denn diese Werwolffrau hatte schon immer ihren eigenen Kopf gehabt. Sie war so wenig zu zähmen wie eine Katze, das schaffte auch ein Solo Morasso nicht.

»War das ihre erste Begegnung mit diesem Tier?«, wollte ich wissen.

»Ja, meine erste.«

»Und Sie können uns den genauen Ort zeigen?«

»Natürlich. Er liegt in meinem Revier.«

»Dann nichts wie hin«, sagte ich lächelnd.

Braddock bot sich an, mitzufahren. Wir winkten jedoch ab. Das schafften wir allein.

Sollten Lupina oder ihr Sohn dort auftauchen, reichte es, wenn sich so wenig Menschen wie möglich in Gefahr begaben. Die Königin der Wölfe war unberechenbar, griff nicht frontal an, sondern stellte es so geschickt an, dass ihre Opfer kaum eine Chance hatten, ihr zu entgehen.

Auch den Förster wollten wir nicht unbedingt länger als nötig bei uns haben. Unter seiner natürlichen Hautfarbe war er ziemlich blass geworden.

Wir fuhren durch eine typische englische Flachlandschaft. Viele Weiden, Felder, ein paar einsam stehende Häuser und die grauen Bänder der Straßen, die das Grün der Landschaft durchschnitten.

Barry Mason gab sich sehr schweigsam. Hin und

wieder schaute er auf und erteilte mir Anweisungen, wie ich zu fahren hatte. Ansonsten saß er mit gesenktem Kopf wie eine Statue auf der Sitzbank.

Er hatte nicht nur seinen treuesten Begleiter, den Hund, verloren, sondern auch etwas gesehen, was man so ohne weiteres nicht erklären konnte.

Schließlich erreichten wir eine frisch geteerte Straße. Sie führte in die Nähe des Hügels bei der alten Ruine, von der uns der Förster berichtet hatte.

Am Ende der Teerfahrbahn, wo sie in eine andere Straße mündete, wies Barry Mason nach links.

»Sehen Sie die Ruine da?«, fragte er mich.

Ich nickte.

»Da müssen wir hin.«

Zu Fuß wären wir wohl besser dran gewesen, denn als wir von der Straße abbogen, da schmatzten die vier Reifen über einen nassen, seifigen Rasen und schleuderten zudem das Wasser gewaltiger Pfützen hoch, die auf dem flachen Gelände wie Seen standen.

Ich musste mit der Geschwindigkeit herunter, denn wir rutschten wie auf Glatteis. Die Ruine würde wohl kaum große Aufschlüsse geben. Ich hatte mich dazu entschlossen, erst dem Hügel einen Besuch abzustatten. Also lenkte ich den Wagen in diese Richtung.

Der Hügel war noch höher als eine normale Böschung. Nur etwas länger gestreckt. An seinem Fuß hielten wir an, stiegen aus und mussten den Rest der Strecke laufen.

Der Förster ging mit. Schweigend und mit gesenktem Kopf stapfte er neben uns her. Spritzer flogen hoch, wenn wir in Lachen traten. Es wehte ein etwas schärferer Wind. Am Himmel zeigten sich dicke graue Wolken. Irgendwie wirkten sie auf mich wie die Vorboten eines drohenden Unheils, und ich fröstelte plötzlich.

Suko bemerkte es und warf mir einen fragenden Blick zu.

Ich gab ihm eine Antwort. »Lupina ist gefährlich«, murmelte ich. »Sehr sogar.«

»Und nicht nur sie.«

Ich verstand die Gedankengänge meines Freundes. Er dachte an den Rest der Mordliga. Ob die Monster auch in dieser Gegend waren? Auszuschließen war es nicht. Sollte das tatsächlich zutreffen, dann sah ich schwarz. Dann konnten nicht nur wir, sondern auch die anderen Menschen in der Nähe sich auf etwas gefasst machen.

»Hier war es«, sagte der Förster und deutete zu Boden, als wir auf der Hügelkuppe stehen geblieben waren.

Die Spurensuche gestaltete sich als schwierig. Der Regen hatte alle Spuren gelöscht. Suko und ich gingen größere Kreise, die Blicke zu Boden gerichtet

Nein, da war nichts. Das Gras lag fast flach auf der Erde. Dafür hatten die Wassermassen gesorgt.

Ich strich durch mein Haar und hob die Schultern. Nichts deutete mehr auf Lupina hin. Es wäre auch schon mehr als ein Zufall gewesen.

Ich drehte dem Wind den Rücken zu und warf einen Blick zur Ruine hinüber. Eine Steinwurfweite und noch ein paar Yards dazu, größer war die Entfernung bis dorthin nicht.

Der Förster hatte meinen Blick bemerkt. »Dort habe ich vor dem Regen Schutz gesucht«, erklärte er.

»Sie werden trotzdem nass geworden sein. So baufällig wie das Ding da aussieht.«

»Es geht. Es gibt einige Stellen, die ziemlich trocken sind. Dort ist auch noch das Dach einigermaßen in Ordnung.«

Suko dachte ein wenig weiter. »Diese Ruine da steht ziemlich gut. Sie könnte unter Umständen ein Unterschlupf sein.«

»Wäre ein bisschen einfach.«

»Wo soll Lupina sonst hin?«

Eine gute Frage. Wie ich die Werwölfin kannte, hatte sie bestimmt schon einen Plan gefasst. Trotzdem wollten wir uns die Ruine einmal näher ansehen. Wenn wir dort nichts fanden, wollten wir noch einmal den Werwolfturm durchsuchen, wo wir das Nest dieser Bestien entdeckt hatten.

Abermals verzichteten wir auf den Wagen und gingen zu Fuß. Bergab war es noch rutschiger. Mason stampfte voran. Er wollte es endlich hinter sich haben.

Irgendwie hatte ich das Gefühl, dass von der alten Hausruine eine Gefahr ausging. Nicht fassbar, sondern schwammig abstrakt. Ich ließ das Gemäuer nicht aus den Augen.

Fragmente eines ehemaligen Hauses entdeckten wir. An einer Seite existierte noch so etwas wie ein Dach. Es hing schräg und wurde von zwei Mauern gehalten. Für mich grenzte es schon an ein kleines Wunder, dass der Sturm das Dach nicht weggeblasen hatte.

Fahl war das Licht. Und auch irgendwie klar. Ein graues Dämmern, das immer mehr zunahm und bald in Dunkelheit übergehen würde.

Unsere Schritte klatschten über den nassen Boden. Beruhigt war ich längst nicht, auch wenn wir inzwischen die Hälfte der Strecke hinter uns und den Bentley passiert hatten.

Da peitschten Schüsse.

Es war ein trockenes, hartes Tack-Tack, eine grausame Todesmelodie, die ich leider oft genug gehört hatte.

Maschinenpistole, dachte ich noch, während ich mich zu Boden warf und aus den Augenwinkeln wahrnahm, wie der Förster aufschrie und die Arme hochriss, bevor er zu Boden fiel …

Erwischt!

Verdammt, es hatte den Mann erwischt.

Wieder eine Garbe. Diesmal kürzer und auch nicht so gut liegend. Kugeln hieben in den Boden, schleuderten Dreck und Wassertropfen hoch. Einige streiften mein Gesicht, während ich mich wie Suko um die eigene Achse rollte, um aus dem Gefahrenbereich zu gelangen. Mein Instinkt hatte mich nicht getrogen. In der verdammten Ruine lauerte eine tödliche Gefahr.

Auf dem Bauch liegend kam ich zur Ruhe. Ich war natürlich wieder nass. Nur gut, dass wir regenfeste Jacken trugen. Vorsichtig hob ich den Kopf und peilte mit einem Auge über geknickte Grashalme hinweg. Aus meiner Perspektive sah die Ruine noch größer und drohender aus. Welche Gefahr und wer dort lauerte, das wusste ich nicht. Ich wusste nur, dass derjenige bewaffnet war.

Mit einer Maschinenpistole!

So eine Waffe ist in der Hand eines sicheren Schützen tödlich. Wenn er weiterschoss, musste er uns irgendwann einmal treffen. Wahrscheinlich sparte er mit Munition und war zufrieden, weil er einen von uns erwischt hatte.

Ob Barry Mason tot war, wusste ich nicht. Alles war viel zu schnell gegangen. Eins jedoch war sicher. Ich musste ihn so rasch wie möglich aus der Gefahrenzone bringen und alles einsetzen, wozu ich in der Lage war.

Er lag links von mir. Ich konnte ihn sehen, wenn ich den Kopf drehte. Suko entdeckte ich nicht. Allerdings hatte der Chinese gemerkt, dass ich mich bewegte. In meinem Rücken vernahm ich seine Stimme.

»John, ich hole den Förster. Liege näher dran.«

»Okay, aber sei vorsichtig.«

»Lebensmüde bin ich nicht.«

Ich schaute wieder nach vorn und hörte nur, wie sich der Chinese bewegte. Den Geräuschen nach zu urteilen, tat er es wie ein Rekrut in der Grundausbildung, ziemlich flach über dem Boden, damit er ein so kleines Ziel wie möglich bot.

Als die Geräusche verstummten, hatte er den niedergeschossenen Förster erreicht.

Schon zwei Atemzüge später hörte ich seinen Kommentar. »Der Mann lebt noch. Zwei Einschüsse, aber nicht tödlich. Ich schaffe ihn zum Bentley.«

Es war das Einzige, was Suko für den Mann tun konnte. Und dann musste er so rasch wie möglich in die Hände eines Arztes, denn wir selbst konnten für ihn kaum etwas tun.

Liegen bleiben wollte ich auch nicht. Ich musste sehen, wer dieser heimtückische Schütze war. Vorsichtig bewegte ich mich ein Stück weiter, und zwar dorthin, wo eine Kugel blinkte, die in den Boden gefahren war und mir Wasserspritzer ins Gesicht geschleudert hatte.

Ich sah das Geschoss. Es war in einem spitzen Winkel durch Wasser gebremst worden und lag nun so, dass ich es in die Hand nehmen konnte.

Mit zwei Fingern pulte ich es hervor und hielt es zwischen Daumen und Zeigefinger.

Im nächsten Augenblick wurden meine Augen groß. Das Blinken, das mir vorher aufgefallen war, hatte mich wirklich nicht in die Irre geführt. Was ich zwischen den Fingern hielt, war tatsächlich eine Silberkugel!

Selten in meinem Leben war ich so überrascht gewesen. Der Schock verengte mir fast die Atemwege, und ich hörte mein eigenes Herz schlagen.

Jemand hatte mit einer Silberkugel-MPi geschossen!

Aber wer?

Durch meinen Kopf rasten die Gedanken. Im Augenblick vergaß ich die unmittelbare Gefahr und damit auch die Tatsache, dass ich praktisch wie auf dem Präsentierteller lag. Mich interessierte nur die Kugel.

Wer schoss damit?

Hatte der unbekannte Schütze einen Grund, mit Silberkugeln zu schießen? Eine wahrlich ungewöhnliche und auch teure Munition, davon konnte ich ein Lied singen. Die Rechnungen, die vom Kloster St. Patrick an Scotland Yard gingen, waren nicht zu verachten. Denn im Kloster saß Father Ignatius und drehte die Kugeln in mühsamer Handarbeit.

Und jetzt wurde ich mit Kugeln beschossen, die wir gegen die Geschöpfe der Hölle einsetzten.

Das gab mir Rätsel auf, das verstand ich nicht. Was steckte nur dahinter? Wer verbarg sich in der verdammten Ruine?

Ich drehte den Kopf und warf einen Blick über die Schulter, weil ich Suko zusehen und ihn auch informieren wollte. Der Chinese hatte sich schon zu weit mit dem Verletzten zurückgezogen, also blieb es bei meinem ursprünglichen Plan.

Ich drückte meinen Körper hoch, gelangte auf die Knie und holte tief Luft. Es würde eine riskante Sache werden, die ich vorhatte, und ich startete so schnell wie ein Sprinter, um mich im Zickzacklauf der Ruine zu nähern. Meine Füße wirbelten über den Boden. Wasser spritzte hoch, ich rutschte, der Untergrund war seifig, mit den Armen ruderte ich, um mein Gleichgewicht zu behalten, und ich schaffte es tatsächlich, nicht der Länge nach hinzufallen.

Es griff mich auch niemand an. Keine Silberkugel wurde auf mich abgefeuert. Der unbekannte Schütze hielt sich zurück.

Alles sah sehr verlassen und still aus. Ich allerdings traute dem Frieden nicht. Ich hatte keinen weglaufen sehen. Demnach musste sich der Schütze noch in der Ruine verbergen.

Da er mit Silberkugeln geschossen hatte, ging ich nicht unbedingt davon aus, es mit einem Feind zu tun zu haben. Das alles konnte sich auch um ein

Missverständnis handeln. Deshalb hoffte ich, dass es sich bald aufklären würde.

Ich bewegte mich vorsichtig an der Außenmauer der Ruine entlang und suchte den Eingang, in dem der Förster verschwunden war, als er vor dem Unwetter Schutz gesucht hatte.

Über Geröll musste ich steigen, dann konnte ich das nahezu menschengroße Loch sehen.

Dahinter war es dunkel. Lauerte dort eine Gefahr?

Mein Magen zog sich schon zusammen, als ich die Beretta aus dem Holster holte, denn ich stand vor dem Eingang wie auf dem Präsentierteller für einen im Hinterhalt lauernden Schützen.

Mein Misstrauen war unbegründet. Unangefochten konnte ich den Eingang passieren und mich dort hinstellen, wo auch der Förster gestanden hatte und das seltsame Geschehen um Lupina beobachtet hatte.

Man hatte in der Tat einen guten Ausblick. Ich sah Suko am Bentley. Von ihm konnte ich allerdings nur die Beine erkennen, die aus dem Wagen ragten, der Oberkörper war im Wageninnern verschwunden, als Suko den Verletzten auf den Rücksitz bugsierte.

Dahinter lag der Hügel. Auch von meinem Standort aus gut zu erkennen. Nur was half mir das alles, wenn ich von Lupina oder Orapul nichts sah?

Wieder wurde ich an die unbekannte Person erinnert, die auf mich mit Silberkugeln geschossen hatte. Ob sie tatsächlich ein Freund war und sich ebenfalls auf der Jagd nach Lupina befand? Auszuschließen war das nicht, denn sonst hätte der Unbekannte nicht gefeuert.

Daran musste ich denken, als ich auf das zweite Loch in der Eingangswand starrte. Es lag dem ersten schräg gegenüber, und mein Entschluss stand fest, die Deckung durch das zweite Loch zu verlassen.

Geduckt bewegte ich mich weiter, schob meinen Oberkörper hindurch, war dabei sehr vorsichtig und hatte diese Trümmerruine praktisch wieder verlassen. Es gab keinen Innenhof des Hauses, sondern nur mit Gras und Unkraut überwucherte Steine.

Sie lagen kreuz und quer, in einem wirren Durcheinander. Die Natur hatte sie zum größten Teil überwuchert. Farne, Gras, Pflanzen und Buschwerk, hin und wieder mal ein Mauerrest, der sich noch gehalten hatte und wie ein abgebrochener Finger aus dem Grün lugte.

Von dem unbekannten Schützen entdeckte ich keine Spur. Auch keine Mündung, die hinter irgendeiner Deckung hervorschaute, einfach nichts. Mein Misstrauen blieb trotzdem. Ich suchte nach Spuren im nassen Gras. An einigen Stellen war es niedergetrampelt.

Als ich meinen Blick nach links wandte, da wurden meine Augen plötzlich groß.

Über einen Steinberg konnte ich hinwegsehen und entdeckte einen Wagen. Es war ein dunkelgrüner Rover. Er stand mit dem Kofferraum zur alten Ruine. Ich schaute auf das Heck und die grünlich getönte Scheibe.

Etwas lief kribbelnd über meinen Rücken. Die Gefahr war vorhanden, ich spürte sie sehr deutlich, nahm sie mit jeder Faser meines Körpers auf und bewegte mich vorsichtig näher auf den Wagen zu.

Still war es nicht. Irgendwo fielen von den Sträuchern Tropfen zu Boden, wenn die Gewächse vom Wind bewegt wurden. Ich wollte mir den Wagen näher ansehen und gelangte unangefochten bis zu ihm. Dicht daneben blieb ich stehen, bückte mich und brachte mein Gesicht bis an die Scheibe, damit ich hindurchschauen konnte.

Das Innere war leer. Ich entdeckte keinerlei Spuren, die auf die Fahrer oder Besitzer hinwiesen, aber ich sah etwas anderes. In der Scheibe spiegelte sich eine Bewegung in meinem Rücken. Das stellte ich trotz der schlechten Lichtverhältnisse fest.

Da kam jemand.

Genau konnte ich die Gestalt nicht erkennen. Auf jeden Fall kreiselte ich mit schussbereiter Beretta herum und starrte genau in die Mündung einer Maschinenpistole …

Wer war schneller?

Er oder ich, das war die Frage. Sollte es wie im Western ausgehen? Für einen Moment war ich wirklich versucht, es auszuprobieren, hielt mich dann jedoch zurück und starrte dem Mann, der die Maschinenpistole hielt, ins Gesicht.

Er also hatte mit Silberkugeln geschossen. Irgendwie war ich ein wenig enttäuscht. Es gibt Menschen, die sind einem auf Anhieb sympathisch, andere unsympathisch.

Bei ihm war es so. Der Kerl war mir unsympathisch. Er hatte eine blasse Haut, die fahlblonden Haare zu Locken gedreht. Er war mit einem Jeansanzug bekleidet, der nasse Flecken zeigte, ein Zeichen, dass der Mann auch im Gras gelegen hatte.

Da er nichts sagte und seine Überraschung sicherlich so groß war wie die meine, beschloss ich die Unterhaltung zu beginnen.

»Sie haben also auf mich geschossen, Mister.«

»Das kann ich immer noch.«

»Sicher, nur würde ich genauso schnell sein. Und Schießen hat man mir beigebracht. Es würde wohl keinem von uns nützen, wenn wir jetzt aufeinander feuern würden.«

Die Antwort verunsicherte ihn, denn er senkte die Mündung um eine Idee.

Mein Misstrauen blieb.

Ich misstraute diesem Typ wirklich, obwohl seine Waffe mit Silberkugeln geladen war, aber mein Gefühl sagte mir, dass irgendetwas nicht stimmte. Die Waffe passte nicht zu ihm. Die Maschinenpistole war ein seltenes Exemplar. Keine bei uns gebräuchliche, sondern eine tschechische Skorpion, eine sehr handliche Maschinenpistole.

Mein Bluff stand natürlich auf tönernen Füßen. Er konnte mich mit einer Garbe immer schneller erwischen als ich ihn. Deshalb hoffte ich, dass er es nicht auf einen Ernstfall ankommen lassen würde.

Noch war es besser zu verhandeln, zudem wollte ich Zeit gewinnen, denn Suko würde misstrauisch werden, wenn ich nicht zurückkehrte.

»Was suchen Sie hier?«, fragte ich.

»Das Gleiche kann ich Sie fragen.« Erst jetzt fiel mir der etwas schleppende Dialekt auf, den er sprach. So redete kein Engländer. Ich tippte auf Amerikaner.

»Ich bin Polizeibeamter.«

Er grinste geringschätzig, bevor er fragte: »Ein Bulle?«

»So kann man es auch nennen«, erwiderte ich gelassen. »Ich frage mich, was Sie hier suchen.«

»Das geht dich nichts an, Bulle.«

»Vielleicht Lupina oder deren Sohn Orapul?«

An dem Zucken der Haut dicht unter den Augenlidern konnte ich erkennen, dass ich ins Schwarze getroffen hatte. Also doch. Er machte ebenfalls Jagd auf die Werwölfin.

Nur – welchen Grund hatte er dafür? Was veranlasste ihn, sich so um Lupina oder deren Sohn zu kümmern?

»Haben Sie eine Grund?«

»Ja«, sagte er mit einer monotonen Stimme. »Ich werde sie töten.«

»Nur so?« Unser Gespräch gefiel mir nicht. Es kam wenig Konkretes dabei heraus, und ich wurde das Gefühl nicht los, dass mein Gegenüber auf irgendein Ereignis wartete.

War er nicht allein?

Diese Möglichkeit konnte ich nicht von der Hand weisen, denn Lupina allein war schon stark. Wenn sie ihren Sohn als Unterstützung dabeihatte, wurde sie noch stärker, und als Einzelner gegen beide anzukämpfen war eine haarige Sache.

Bevor ich allerdings eine Antwort erhielt, griff ein anderer ein. Ich sah ihn nicht, aber ich hörte ihn.

In meinem Rücken.

»Leg ihn um, Trent!«

Diese Stimme kannte ich.

Sie gehörte Lady X!

Suko wusste, wie man mit einem Schwerverletzten umzugehen hatte. So vorsichtig und behutsam wie möglich schaffte er den Förster auf den wartenden Bentley zu. Er schleifte ihn über den Boden, vermied hastige Bewegungen, denn auch er konnte nicht erkennen, wie schwer die Verletzungen tatsächlich waren.

Immer wieder ließ der Chinese seine Blicke über den Körper des Mannes gleiten. Manchmal sah er ein Zucken im Gesicht, und er sah das Blut, das aus den beiden Schusswunden sickerte.

Suko geriet ins Schwitzen. Er war froh, als er den Wagen dicht vor sich sah und die Tür öffnen konnte. Der Verletzte lag noch neben ihm. Suko musste ihn anhieven, um ihn in den Wagen zu legen. Sehr behutsam ging er dabei zu Werke. Die Tür an der Beifahrerseite zum Fond hatte er geöffnet.

Aus dem Kofferraum holte Suko eine Decke. Dabei warf er auch einen Blick nach vorn und sah seinen Partner John Sinclair schon an der Ruine. Soeben tauchte er durch einen Eingang in das Gemäuer und war verschwunden.

Suko nahm die Decke, breitete sie über der Sitzbank aus und kümmerte sich wieder um den verletzten Förster. Behutsam hievte er ihn in die Höhe. Nur keine falsche Bewegung, die dem Verletzten schaden konnte.

Der Chinese schaffte es, den Förster in den Fond zu

legen. Er winkelte dessen Beine ein wenig an und drehte sie, sodass der Mann ganz in den Wagen passte.

Über Funk wollte Suko einen Arzt herbeiholen und hatte vor, aus dem Wagen zu tauchen, als der Schwerverletzte die Augen aufschlug. Das geschah schnell, quasi mit einem Ruck, und sein trüber Blick richtete sich auf den Inspektor.

Suko lächelte. Er hoffte, dass der andere ihn erkennen würde und nicht erschrak.

»Was – was ist geschehen?«, flüsterte Mason. Er wollte sich aufrichten. Suko konnte diese Bewegung nicht rechtzeitig stoppen, und er sah, wie Mason das Gesicht verzog, denn in seinem Körper explodierten jetzt die Schmerzen.Er atmete röchelnd, öffnete den Mund und begann zu stöhnen.

»Bleiben Sie um Himmels willen ruhig liegen«, sagte der Chinese besorgt. »Keine falsche Bewegung.«

»Was – was ist mit mir?«

»Man hat Sie angeschossen. Zwei Kugeln stecken in Ihrem Körper. Aber Sie schaffen es schon. Ich werde jetzt Hilfe holen …«

»Nein – nein …« Mason versuchte nach Suko zu greifen. »Lassen Sie mich nicht allein – bitte …«

»Ich telefoniere vom Wagen aus.«

Der Förster wollte noch etwas sagen, öffnete zwar den Mund, doch keine Laut drang mehr über seine Lippen. Er war zu schwach, um noch reagieren zu können.

Suko warf ihm einen besorgten Blick zu. Er sah kaum noch Blut, deshalb ging er davon aus, dass der Förster unter Umständen innere Blutungen hatte.

Jede Sekunde, die er nun noch wartete, konnte verlorene Zeit sein. Suko öffnete die Beifahrertür und griff zum Telefon. Die Tür zog er dabei nicht zu. Durch die Scheibe schaute er in die graue Dämmerung, in der die Konturen der alten Ruine verschwommen und verwaschen wirkten.

Und von der Ruine hörte er die Schüsse.

Der Unbekannte mit der Maschinenpistole feuerte wieder!

Lady X stand hinter mir. Und sie hatte den Befehl gegeben, mich zu töten. Mit einer Maschinenpistole, in deren Magazin Silberkugeln steckten.

Das sollte begreifen, wer wollte. Ich jedenfalls schaffte es nicht.

Da befahl eine Vampirin ihrem Komplizen, einen Todfeind mit Silberkugeln vom Leben zum Tode zu befördern! Das muss man sich mal vorstellen! Eine Blutsaugerin, die selbst eine Heidenangst vor Silberkugeln hatte!

Ich durchschaute dieses Spiel nicht.

Und noch eine Überraschung wartete auf mich. Der Kerl vor mir schoss nicht sofort, er wollte die Situation noch auskosten. Das bewies er mir, indem er die Lippen zurückzog und seine Zähne zeigte.

Mich interessierten nur zwei. Es waren spitze Vampirzähne, die rechts und links aus seinem Oberkiefer ragten. Also stand vor mir ein zweiter Blutsauger.

Und er trug die mit Silberkugeln geladene Waffe bei sich!

Für mich ging plötzlich die Welt unter. Das konnte begreifen, wer wollte. Mir war in meiner Laufbahn schon verdammt viel passiert, aber so etwas noch nicht.

»Na los, worauf wartest du? Schieß den Bastard zusammen …«

Lady X hatte das letzte Wort noch nicht richtig ausgesprochen, als ich auch schon handelte. Jetzt noch zu zögern wäre reiner Selbstmord gewesen.

Ich hechtete nach rechts und lag noch in der Luft, als ich bereits den Stecher meiner Beretta durchzog und feuerte. Dabei hoffte ich, den Blutsauger mit einem Schnappschuss zu erwischen.

Aber auch er bewegte sich. Meine Kugel verfehlte ihn, und vor der Mündung seiner Waffe blitzte es auf.

Ich sah kleine Explosionen, hatte plötzlich eine Heidenangst, schlug auf den Boden, überrollte mich, hörte das Klatschen der Kugeln, wie sie in die Erde hieben, und dachte mit Schrecken an Lady X, die ja ebenfalls immer mit einer geladenen Maschinenpistole durch die Gegend rannte.

Wenn ich in ein Kreuzfeuer geriet, konnte ich einpacken.

Mein Sprung war mit aller Kraft ausgeführt worden. Ich rutschte über das regennasse Gras wie auf einer Seifenlauge weiter, hörte ein hartes Tackern und feuerte in die Richtung, in der ich Lady X vermutete.

Es wäre reiner Zufall gewesen, wenn ich sie getroffen hätte. So viel Glück war mir nicht vergönnt. Ich konnte froh sein, dass ich hinter einem flachen Mauerrest Deckung fand, wo ich einigermaßen vor den Salven sicher war.

Wieder hackte eine Garbe.

Wahrscheinlich ein Querschläger, der an meinem Nacken entlangschrammte.

Ich zuckte zusammen, spürte den Schmerz, konnte mich darum nicht kümmern, sondern zog meine Beine an, damit ich mit dem gesamten Körper hinter der provisorischen Deckung lag und vor den nächsten Kugeln einigermaßen geschützt war.

Das Schießen hatte aufgehört. Mein Herz schlug ungemein schnell und laut. Erst jetzt kam der Schock, und ich stellte fest, dass ich verdammt viel Glück gehabt hatte.

Sogar meine Hände zitterten, sodass ich Sekunden brauchte, um mich wieder zu fangen.

Ein paar Mal atmete ich tief durch. Auf meiner Stirn vermischte sich der Schweiß mit dem Regenwasser.

Geschossen wurde nicht mehr, dafür hörte ich Schritte. Meine Gegner versuchten es mit einer anderen Taktik.

An den Schritten erkannte ich, dass sie mich in die Zange nehmen wollten. Links und rechts vor mir hörte ich sie, und die Haut auf meinem Rücken zog sich zusammen.

Vampire hassen das Kreuz!

Und ich trug eins bei mir. Ein besonderes Kreuz, von den Erzengeln geweiht und mit ihren Zeichen versehen. Es war die stärkste Dämonenwaffe, die ich besaß, und ich war fest entschlossen, sie gnadenlos gegen die Blutsauger einzusetzen, sollten sich diese in meine Nähe wagen.

Vorerst ließen sie sich nicht blicken. Ich riskierte es, meinen Kopf zu heben und über die Deckung zu peilen.

Nein, ich sah sie nicht.

Zudem war das Licht verdammt schlecht geworden. Die Dunkelheit hatte immer mehr zugenommen. Allerdings bemerkte ich, wie sich an bestimmten Stellen Zweige bewegten. Nicht vom Wind, das sah anders aus, aber es war mir zu riskant, noch einen Schuss abzufeuern, denn meine Deckung würde bei einem konzentrierten Gegenangriff von zwei Seiten wohl kaum ausreichen.

Deshalb suchte ich mir einen anderen Standort. Ich zog mich langsam zurück.

Dabei glitt ich über den Boden, behielt den Kopf weiterhin oben, um zu sehen, ob sich etwas tat. Mein Kreuz hing jetzt vor der Brust. Ein heller, blitzender Fleck in der Dunkelheit, der mir irgendwie Sicherheit und Vertrauen gab.

Zudem rechnete ich mit Suko, musste allerdings zugeben, dass ihm eine Entscheidung nicht leicht fallen würde, denn er hatte sich um einen Verletzten zu kümmern.

So richtete ich mich darauf ein, allein gegen zwei Vampire zu kämpfen. Wovon einer eine Frau war, die mich bis aufs Blut hasste, denn durch einen für sie unglücklichen Zufall war sie zu dem Vampir geworden, der ich eigentlich hätte werden sollen.

Jetzt, wo die Spannung ein wenig abgeflacht war, spürte ich wieder den Schmerz. Ich tastete zum Hals und stellte fest, dass die Kugel eine Furche gerissen hatte. Das Blut rann daraus hervor und lief mir in den Nacken, wo es vom Hemdkragen aufgesaugt wurde.

Stellungswechsel!

Den musste ich vornehmen und orientierte mich dorthin, wo man mit Mühe noch Fragmente einer ehemaligen Mauer erkennen konnte. Da war ich unter Umständen sicherer.

Während ich mich bewegte, hielt ich den Kopf nie still. Immer wieder schaute ich nach links und rechts. Ich musste irgendwie herausfinden, wo meine Gegner steckten.

Für einen Moment hielt ich inne, da ich mir im Klaren war, dass es nicht viel half, wenn ich mein Kreuz weiterhin nur um den Hals hängen hatte. Deshalb nahm ich es in die Hand.

In der Rechten hielt ich die Beretta, die Finger der Linken umklammerten das Kreuz.

Es war wirklich Intuition gewesen, dass ich das Kreuz mit der Kette über den Kopf gestreift hatte, denn Sekunden später musste ich es einsetzen, als es zu einer Eskalation kam.

Lady X hatte es geschafft, sich anzuschleichen. Sie konnte sich fast lautlos bewegen, zudem trug sie dunkle Kleidung, sodass sie fast mit der Dunkelheit verschmolz und kaum zu erkennen war. Und sie hatte es geschafft, bis dicht in meine Nähe zu gelangen.

Diesmal warnte mich mein Instinkt nicht.

Als ich den Kopf wieder nach links drehte, sah ich die Gestalt.

Sie wirkte wie ein Schatten, der sich vor dem dunklen Hintergrund abhob und immer größer wurde.

Dann kreiselte der Schatten herum, schwenkte die Waffe und richtete die Mündung nach unten, um die Kugeln in meinen Körper zu jagen.

Es war Lady X, und sie wollte eine endgültige Endscheidung.

Die Zeit, meinen rechten Arm herumzubringen und auf die Vampirin zu zielen, blieb mir nicht mehr. Sie wäre schneller gewesen. Aber ich hatte noch das Kreuz, und das schleuderte ich der Blutsaugerin gedankenschnell entgegen ...

Suko schien auf dem Sitz einzufrieren, als er die Schüsse vernahm. John konnte nicht gefeuert haben, denn er schleppte keine Maschinenpistole mit sich herum.

Demnach kam dafür nur die Gegenseite in Frage.

Das war schlimm.

Suko hatte plötzlich Angst um seinen Freund, er dachte allerdings auch an den Verletzten, der dringend ärztliche Hilfe brauchte, und musste sich nun in Sekunden entscheiden, wie es weitergehen sollte.

Suko fasste einen Entschluss. Er drückte die Tür zu, rutschte auf den Fahrersitz und startete.

Schnell durfte er auf keinen Fall fahren, aber mit dem Wagen war er immer schneller als zu Fuß.

Der Chinese hörte das Stöhnen des verletzten Försters. Er biss die Zähne zusammen, schaltete das Licht ein und schaute den hellen Speeren nach, die fast bis zum zerstörten Gemäuer reichten. Er blendete auf.

Aus den hellen Balken wurden strahlende Streifen, die breit und genau ihr Ziel trafen.

Nicht nur die Ruine wurde getroffen, auch die Gestalt, die vor ihr erschien und für einen Moment die Arme hochriss, weil sie so überrascht war.

Suko erkannte einen Mann in einem hellen Anzug. Die MPi, die er in der Hand hielt, gefiel Suko weniger. Der Mann huschte blitzschnell aus dem Lichtschein.

Zwei Sekunden später hatte der Chinese Ruhe. Dann erfolgte die Reaktion des anderen.

Kaum zu hören war der Motor des Bentley. Deshalb vernahm Suko die Schüsse umso deutlicher. Er sah die Kugeln nicht, aber das Geräusch, mit dem sie in das Autodach einschlugen, war bekannt genug.

Sofort stoppte der Chinese, löschte das Licht, dachte auch an den Verletzten, hörte ein Splittern, wusste, dass ein Schweinwerfer zu Bruch gegangen war, und ließ sich aus dem Fahrzeug fallen.

Weich landete er auf dem nassen, nachgiebigen Boden, überrollte sich und zog noch in der Bewegung seine mit Silberkugeln geladene Beretta.

Suko erwartete eine weitere Garbe. Die jedoch blieb aus. Auch konnte er nichts mehr erkennen. Die Ruine war zu weit von ihm entfernt und wurde von der Nacht verschluckt.

Vor Zorn knirschte der Chinese mit den Zähnen. Die andere Seite hatte ihn nicht mehr dazu kommen lassen, den Arzt zu alarmieren. Er dachte an den Schwerverletzten und daran, dass er ihn im Wagen hatte zurücklassen müssen.

Das gleiche Problem wie Suko hatte sein Gegner ebenfalls. Auch er würde den Chinesen kaum erkennen können, wenn er sich der Ruine näherte.

Suko vertraute auf sein Glück. Dabei reagierte er geschickt und lief im Zickzack auf die Ruine zu. Seine Füße schleiften durch das Gras. Die dabei entstehenden Geräusche gefielen ihm überhaupt nicht.

Und wieder wurde geschossen.

Das harte Tack-Tack war dem Chinesen nicht mehr unbekannt. Er warf sich zu Boden, hechtete noch weiter, aber die Einschläge der Garbe blieben aus.

Der Inspektor schaltete schnell. Nicht der Kerl im

hellen Anzug hatte geschossen, sondern jemand anderer. Und der musste sich irgendwo in der alten Ruine versteckt halten. Für Suko gab es keine andere Möglichkeit.

Er huschte hoch, war wie ein Schatten und jagte in Schlangenlinien auf das Gemäuer zu, um seinen Gegner zu überraschen und zu stellen.

Überrascht wurde er allerdings.

Genau in dem Augenblick, als Suko gegen eine überwucherte Wand prallte, hörte er die Stimme der Vampirin Lady X …

Das Kreuz musste treffen.

Ich zitterte und hoffte, dass es geschah, doch ich hatte die Reaktion der Vampirin unterschätzt.

Sie schoss nicht, nein, das wäre tödlich gewesen, denn das Kreuz war so wuchtig geworfen worden, dass es sie vorher noch erwischt hätte. Es konnte sie überhaupt nicht verfehlen.

Doch sie griff zu einem anderen Trick und hatte dabei noch das Glück der Hölle.

Blitzschnell bewegte sie ihre Maschinenpistole, traf mit dem Lauf das geweihte Kreuz und schleuderte es wuchtig zur Seite, sodass es ins Gras fiel und liegen blieb.

Meine Aktion hatte selbst die Blutsaugerin aus dem Konzept gebracht. Sie musste sich erst wieder fangen und besinnen, was natürlich Zeit in Anspruch nahm.

Ich hatte meine Chance, die ich eiskalt ausnutzte. Wuchtig stieß ich mich vom Boden ab und prallte gegen sie. Die linke Hand hatte ich vorgestreckt, riss die Scott damit um und hoffte, dass sie auf das Kreuz fallen würde, doch sie drehte ihren geschmeidigen Körper in der Luft und prallte an der anderen Seite zu Boden.

Nicht weiter tragisch, ich hatte noch die Beretta.

Als ich schießen wollte, traf mich der Tritt. Glück, Zufall oder Können, das wusste ich nicht zu sagen, jedenfalls spürte ich ihn direkt unter meinem Gelenk, und es war in der Tat ein harter Schlag, der meine Hand traf.

Der Arm wurde zur Seite geschleudert. Mit dem Gelenk prallte ich sogar noch gegen einen Stein und hatte Mühe, meine Beretta überhaupt festzuhalten.

Bis ich mich wieder fangen konnte, hatte Lady X ihrerseits ihre Chance ergriffen und war in die Dunkelheit getaucht wie ein Schatten. Wären die Lichtverhältnisse besser gewesen, hätte ich sie gestoppt, so aber musste ich ins Leere schießen, denn ein Ziel sah ich nicht.

Dafür bemerkte ich das Licht.

Es waren zwei gelbe Streifen, die helle Bahnen in die Dunkelheit stachen.

Scheinwerfer!

Lange blieb das Licht nicht, denn ich hörte Schüsse. Es war das harte Belfern einer Maschinenpistole, das Licht verlöschte, und einen Atemzug später hörte ich die Scott hinter mir schreien.

»Weg von hier!«

Dieser Befehl wurde sofort ausgeführt. Hastige Schritte erklangen dumpf auf dem weichen Boden. Hinter mir klirrte der Lauf einer Maschinenpistole, als er mit einem Stein kollidierte, und noch eine Schussgarbe hackte durch die Dunkelheit.

Die Kugeln lagen gar nicht mal so schlecht. Sie trieben mich in die Knie. Als ich mich im Gras abstützte, spürte ich etwas Metallisches an meiner Hand und hob mein Kreuz auf. Ich war froh, dass ich in der Dunkelheit jetzt nicht mehr danach zu suchen brauchte. Rasch hängte ich es mir wieder um den Hals.

Dumpf erklang ein Geräusch, das entsteht, wenn eine Autotür ins Schloss fällt. In der nächsten Sekunde mahlte ein Anlasser.

Ich ließ alle Vorsicht fahren und rannte so schnell es ging meinem neuen Ziel entgegen.

Das unbekannte Gelände, mit Stolperfallen übersät, wurde mir zum Verhängnis. Ich hatte noch nicht einmal die Hälfte der Strecke geschafft, als der Wagen schon weg war. Er fuhr ohne Licht. Es hatte auch keinen Sinn, hinter ihm herzuschießen. Das wäre Munitionsverschwendung gewesen.

Und mit dem Bentley die Verfolgung aufnehmen?

Nein, das konnte ich nicht riskieren. Schließlich lag in unserem Wagen ein Schwerverletzter. Lady X und ihr Begleiter namens Trent waren erst einmal entkommen. So schlimm diese Tatsache auch wahr, ich hatte mich damit abzufinden.

Ziemlich sauer drehte ich mich um und hörte schon Sukos Stimme. Der Chinese rief nach mir.

»Hier bin ich! Warte, ich komme!«

Ich nahm die gleiche Strecke wie auf dem Hinweg, lief unter dem noch bestehenden Dach entlang und trat durch die Öffnung, die einmal eine Tür gewesen war.

Suko erwartete mich mit schussbereiter Waffe.

»Die kannst du wegstecken«, sagte ich und deutete auf die Pistole in seiner Rechten. »Sie sind entwischt.«

Der Chinese nickte. »Das habe ich mir gedacht.«

Ich wechselte das Thema. »Was ist mit dem Förster?«

Suko hob die Schultern. »Er lebt …«

»Mehr auch nicht, wie?«

»So ungefähr. Ich bin kein Arzt, aber ich meine, dass es für ihn nicht gut aussieht. Ich war dabei, über Funk eine Ambulanz anzurufen, als ich die Schüsse hörte. Und dann hat jemand auf den Bentley gefeuert. Ein Kerl im hellen Anzug.«

»Das war ein Vampir.«

»Und Lady X?«

»Ja, sie ist auch dabei. Ein tolles Duo, kann ich dir

sagen.« Mehr erzählte ich vorläufig nicht. Wir hatten es eilig, wieder zu unserem Wagen zu kommen, da wir uns um Barry Mason kümmern mussten.

Im Schein der Innenbeleuchtung erkannte ich, dass er nicht bei Bewusstsein war. Sein Atem ging flach und unregelmäßig. Zorn stieg in mir hoch. Wenn er uns unter den Händen wegsterben würde, dann …

Ich dachte nicht mehr weiter, denn Sukos Stimme lenkte mich ab, als er per Autotelefon einen Notarztwagen rief. Er machte es sehr dringend.

Für Barry Mason konnten wir nichts mehr tun, sondern nur hoffen, dass alles glatt ging.

Ich schaute mir, als Suko den Hörer eingehängt hatte, die Frontpartie des Wagens an.

Auf dem Boden lagen zahlreiche Splitter. Sie blinkten selbst in der Dunkelheit. Als ich mich bückte, konnte ich feststellen, dass der rechte Scheinwerfer hin war.

Regelrecht weggepustet von der Garbe. Das starke Blech hatte auch noch einiges abgekriegt. Wie durch ein Wunder war der Reifen verschont geblieben.

Fahren konnten wir, wenn auch ohne Beleuchtung. Trotzdem saßen wir hier fest. Mit einem Verletzten auf der Rückbank war es unmöglich, die Verfolgung des Rover aufzunehmen. Mich störte es nicht einmal sonderlich, denn ich hatte das Gefühl, dass unsere Gegner nicht weit fahren würden, weil sich der gesamte Fall auf diese nördliche Ecke der Riesenstadt London konzentrierte.

Hier würde irgendwann auch Lupina erscheinen. Dessen war ich mir sicher.

Und hoffentlich brachte sie ihren Sohn mit.

Eine Großfahndung anzukurbeln hatte keinen Sinn. Wären es normale Gangster gewesen, okay, aber eine Großfahndung auf zwei Vampire zu veranstalten hätte für die daran teilnehmenden Beamten äußerste Lebensgefahr bedeutet.

Es war besser, wenn wir unsere Gegner allein jagten. Allerdings waren uns im Augenblick die Hände gebunden. Wir mussten warten, bis der Rettungswagen eintraf.

Suko kümmerte sich um den Verletzten, wischte ihm hin und wieder den Schweiß von der Stirn und ließ den Förster keine Sekunde aus den Augen. Dessen Lippen zitterten, die Haut auf seinem Gesicht zuckte mehrmals, und Suko sah ihm an, dass er litt.

Da wir noch Zeit hatten, telefonierte ich mit meinem Chef, Sir James Powell. Es war immer gut, ihn auf dem Laufenden zu halten, denn wenn übergeordnete Entscheidungen getroffen werden mussten, und das ging oft blitzschnell, musste Sir James über die Voraussetzungen Bescheid wissen. Er befand sich noch im Büro, seit er wusste, dass der Fall mit dem Monster-Club noch weiterlief.

In Stichworten informierte ich ihn.

Auch er zeigte sich überrascht, dass ein Vampir mit Silberkugeln um sich schoss und dass Lupina einen Sohn hatte.

»Und wie geht es Ihnen persönlich?«

Ich hatte gewusst, dass die Frage kommen würde, und mir auch schon eine Antwort zurechtgelegt. »Jeder Mensch macht mal Krisen durch. Auch mir ergeht es nicht anders. Ich habe mich wieder gefangen.«

»Damit hatte ich gerechnet.«

»Und wo kann ich Sie erreichen, Sir, wenn sich Dinge ereignen, die …«

Der Superintendent unterbrach mich. »Ich muss in den Club, John. Die Nummer haben Sie ja.«

»Natürlich, Sir.« Damit hängte ich ein.

Suko blickte mich über die Rückenlehne der Vordersitze hinweg an. »Was sagt der Alte?«

»Er kann sich auch keinen Reim auf die Geschichte machen.«

»Es ist auch verdammt schwer. Ein Vampir, der mit

Silberkugeln schießt. Wo haben wir das schon mal erlebt?«

»Noch nie.« Und da hatte ich nicht gelogen. Mir spukte noch eine andere Vermutung im Kopf herum, über die ich mit Suko reden wollte. »Lupina befindet sich in der Nähe, Lady X ebenfalls. Hat Solo Morasso zum großen Halali auf uns geblasen, oder weshalb hat er seine Diener zu uns geschickt?«

»Da bin ich überfragt.«

Ich verzog den Mund zu einem Lächeln. »Stell dir Lupina doch mal vor, Suko. Sie war schon immer ein wenig eigenwillig. Irgendwie passte sie nicht in das Schema der Mordliga. Ich erinnere dich nur an den Fall in Sibirien. Da wollte sie auch ihren eigenen Weg gehen. Und hier sieht es mir ganz danach aus, als habe sie etwas Ähnliches vor.«

»Was sich Morasso natürlich nicht gefallen lassen wird.«

»Genau. Er hat zu viele Mitglieder seiner Mordliga verloren, und er wird alles dransetzen, um die restlichen zu behalten, und zweitens wird er nicht wollen, dass er Konkurrenz bekommt. Mit anderen Worten: Er kann es sich gar nicht leisten, dass Lupina einen eigenen Weg geht, und er wird deshalb dafür sorgen, dass sie diesen Weg nie einschlagen kann. Deshalb hat er Lady X geschickt.«

»Mit einem Mordauftrag«, ergänzte Suko.

»Und mit einem Helfer, der eine mit Silberkugeln geladene Maschinenpistole trägt. Passt doch – oder?«

Da gab Suko mir Recht. Auch wenn er die Theorie als ein wenig gewagt empfand.

Ich war anderer Meinung und sagte halblaut: »Wenn ich nur wüsste, was Lupina jetzt noch alles vorhat!«

»Sie wird sich mit ihrem Sohn zusammentun.«

»Klar. Und dann?«

Da war der Chinese ebenso ratlos wie ich. Wir mussten die Ereignisse eben auf uns zukommen lassen, dann würden wir weitersehen.

Ich schaute auf die Uhr. Es wurde immer später, und noch immer war kein Notarztwagen da.

Dafür geschah etwas anderes. Da die Wagentüren offen standen, konnten wir genau hören, was draußen vor sich ging. Und gemeinsam vernahmen wir aus der Ferne das schaurige Heulen. Es schwang wie eine unheilvolle Warnung weit über das flache Land und trieb uns eine Gänsehaut über den Körper.

Lupina war in der Nähe. Und sie hielt sich anscheinend für stark genug, dies unter Beweis zu stellen …

Noch jemand hörte das Heulen.

Lady X und Tonio Trent. Sie fuhren zwar in ihrem Rover, doch sie hatten zwei Seitenscheiben nach unten gekurbelt.

Als das schaurige Geräusch aufklang, trat Trent das Bremspedal nieder. Der Rover stand.

Stille umgab die beiden Vampire. Sie sagten vorerst nichts, sie schauten sich nur an und lauerten darauf, dass sich das Geheul wiederholen würde.

Es blieb ruhig. Einmal hatte gereicht. Lupina verkündete damit, dass sie ihr Ziel erreicht hatte. Beide Vampire verstanden die Bedeutung dieses Lautes sehr wohl.

»Sie hat ihn!«, flüsterte Lady X. »Verdammt, sie hat ihn.«

»Und?«

»Damit sind sie zu zweit und außerdem doppelt so stark, du Idiot.«

»Wieso? Wir sind auch zu zweit.«

Lady X lachte gallenbitter. »Ich glaube, du hast noch nicht begriffen, gegen wen es da geht. Lupina ist brandgefährlich, sonst wäre sie nicht zu einem Mitglied der Mordliga geworden. Das musst du dir immer vor Augen halten. Sie nennt sich selbst die Königin der Wölfe, und das nicht ohne Grund. Sie hat wahrscheinlich ihren Sohn gefunden, und wenn sie sich mit ihm zusammenschließt, worauf ja alles hindeutet, wird sie es auch schaffen, die übrigen Werwölfe um sich zu scharen und ihrem Kommando zu unterstellen. So sieht es aus.«

»Noch ist es nicht so weit«, erwiderte der männliche Vampir.

»Wenn wir uns nicht beeilen, kann es leicht so werden. Das musst du begreifen.«

»Hast du dir die Richtung gemerkt, aus der das Heulen kam?«, wollte Trent wissen.

»Nein.«

»Das ist natürlich schlecht. So werden wir sie nie finden.«

»Reg dich wieder ab. Das Heulen kann von überall gekommen sein. Es ist zu schwer, das herauszufinden.«

»Wie du meinst.«

Lady X stieß ihren Artgenossen an. »Fahr weiter. Einfach so. Wir treffen bestimmt auf sie.«

Trent zeigte seine Vampirzähne. »Da bin ich mir nicht so sicher.«

»Aber ich. Fahr los!«

Der Blutsauger gab wieder Gas. »Und was machen wir am Tag, wenn die Sonne scheint?«

Lady X lachte kalt. »Die Sonne kann mir nichts anhaben. Ich habe mich daran gewöhnt. Solltest du jedoch ein Vampir der alten Art sein, versteck dich im Kofferraum.«

»Das werde ich auch.«

»Dann kannst du nur hoffen, dass wir Lupina bis zum Sonnenaufgang gefunden haben. Und ihren Sohn ebenfalls.«

»Das müsste zu schaffen sein.«

Die Scott erwiderte auf diese optimistische Antwort nichts. Sie hatte so ihre Bedenken, denn sie brauchte sich nur zu erinnern, dass es ihr wieder einmal – und dies trotz Unterstützung – nicht gelungen war, ihren Erzfeind John Sinclair auszuschalten. Sinclair war ein verdammter Spürhund. Wenn der einmal Blut geleckt hatte, würde er so schnell nicht mehr aufgeben. Das hieß im Klartext: Auch er würde die Spur zu Lupina finden. Wenn die Werwölfin, ihr Sohn sowie Sinclair und Suko aneinander gerieten, konnten Lady X und Trent vielleicht die lachenden Dritten sein.

Daran musste die Scott denken.

»Was ist?«, fragte Trent.

»Nichts, ich überlege nur.«

»Und was?«

»Es sind Überlegungen, denen du sowieso nicht folgen kannst. Also halte lieber dein Maul und fahr weiter.«

Der Blick, den Tonio Trent seiner dämonischen Begleiterin zuwarf, steckte voller Hass. Tun konnte er jedoch nichts. Beide waren auf Gedeih und Verderb aufeinander angewiesen. Da hatte Dr. Tod in der Tat einen raffinierten Schachzug eingefädelt, denn nicht Lady X sollte die lachende Dritte sein, sondern er allein …

Er war in der Nähe, das fühlte sie genau! Strömungen, nicht sichtbar, nicht messbar, schwangen über eine ziemlich große Entfernung zwischen ihnen hin und her und vermittelten das, was Lupina empfand.

Er wollte zurück.

Zurück zu seiner Mutter!

Alles war vorbereitet gewesen. Seine Diener standen ihm schon zur Seite, doch da waren Sinclair und dieser verfluchte Chinese aufgetaucht, die alles zunichte machten.

Das hatte Lupina nicht vergessen. Sie würde Orapul oder Schwarzwolf, wie sie ihn früher auch genannt hatte, gegen Sinclair und seine Freunde hetzen. Gemeinsam musste es ihnen gelingen, ihn zu besiegen. Und wenn sie das geschafft hatte, konnte sie Dr. Tod vernichten. Sicherlich würden ihr zahlreiche Dämonen zur Seite stehen und ihr anschließend gern die Führung über die Mordliga überlassen.

Leider war es keine mondhelle Nacht. Der Himmel war mit Wolken bedeckt. Nur hin und wieder konnte sie die dreiviertel volle Scheibe des Mondes sehen, die jedoch schnell wieder verschwunden war, wenn der Wind Wolken vor den Erdtrabanten schob.

Sie hatte auf geistiger Ebene längst Kontakt zu ihrem Sohn, und sie hatten auch einen Treffpunkt vereinbart. Er lag nahe eines kleinen Baggersees, an dessen Ufern sich dunkler Lehm auftürmte. Der weitere Abbau hatte sich nicht mehr gelohnt. Der Krater war geblieben, hatte sich mit Wasser gefüllt, und niemand kümmerte sich um das Loch im Gelände.

Zudem war der See sehr tief. Mütter verboten ihren Kindern, dort zu spielen. Das Wasser sah aus wie dunkelgraue Anthrazitkohle und war zumeist glatt wie ein Spiegel.

Wenn sich tagsüber nur wenige Menschen an den Baggersee verirrten, des Nachts kam niemand. Da lagen der See und die Ufer in absoluter Ruhe. Höchstens Hasen oder Füchse verirrten sich mal, oder es flogen Rebhühner über die dunkle Fläche.

Lupina hatte es nicht mehr weit. Obwohl sie so schwerfällig wirkte, schritt sie doch leicht und geschmeidig dahin. Sie hatte sich wieder verwandelt, ihr Haar glänzte golden, und nach wie vor stand der kalte Ausdruck in ihren Augen.

Sie nahm die Ausstrahlung ihres Sohnes in sich auf, und sie spürte, wie die Schwingungen stärker wurden. Ein Zeichen, dass Mutter und Sohn nicht mehr weit voneinander entfernt waren.

Vor Solo Morasso war Lupina eine Zeitlang mit

ihrem Sohn zusammengewesen. Sie hatten die Wälder durchstreift und waren so manches Mal auf Beutezug gegangen. Lupina hatte Orapul alles gelehrt, was er brauchte, auch die Jagd auf Menschen.

Orapul war gewachsen. Von Tag zu Tag wurde er kräftiger. Er lernte das wilde, dämonische Leben kennen, und er fragte auch nach seinem Vater.

Darüber hatte Lupina zuvor nie mit ihm gesprochen. Dieses Thema war von ihr bewusst nicht angeschnitten worden. Natürlich kamen die Fragen, und dann konnte sie nicht mehr mit dem Geheimnis hinter dem Berg halten. Sie musste beichten, wer Orapuls Vater war.

Einen Menschen hätte es vielleicht geschockt, wenn er den Namen erfahren hätte, den Schwarzwolf jedoch nicht.

Der Vater war Fenris, der legendäre Götterwolf!

Immer wieder war er auf die Erde gekommen, und er war bei einem seiner Besuche auch auf Lupina gestoßen. Sie hatten nur Stunden miteinander verbracht. Lupina, die Werwölfin, war von der Kraft des legendären Fenris fasziniert gewesen und hatte sich ihm hingegeben. Aus dieser Verbindung war der Schwarzwolf Orapul entstanden.

Als er hörte, dass Fenris sein Vater war, konnte Lupina ihn nicht mehr halten. Orapul wollte ihn kennen lernen, und Lupina ließ ihn ziehen, um weiterhin allein durch die Welt zu streifen. Sie traf auf die Mordliga, wurde ihr Mitglied und versuchte, die Werwölfe der Welt zu vereinigen.

Ihren Sohn jedoch hatte sie nie aus dem dämonischen Gedächtnis verloren. Oft genug erinnerte sie sich an ihn. Sie wusste, dass er eines Tages zurückkehren würde, denn Fenris konnte ihn nicht immer halten. Er war ein zu großer Egoist und nur mit seiner eigenen Macht beschäftigt.

In Irland wollte er zuschlagen, um einem großen

Plan zum Erfolg zu verhelfen. Der Geisterjäger John Sinclair jedoch vereitelte diesen Plan, sodass Fenris eine Niederlage hinnehmen musste. Was die Götter mit ihm angestellt hatten, wusste Lupina nicht, auf jeden Fall wollte ihr Sohn nicht mehr bei seinem Vater bleiben.

Er kam zurück auf die Erde und suchte seine Mutter.

Gefunden hatten sie sich noch nicht, aber sie näherten sich dem gedanklich vereinbarten Treffpunkt.

Als Lupina den Baggersee sah und sich nur noch wenige Yards von dem steilen Abgang entfernt befand, der hinunter zum Ufer führte, blieb sie stehen und legte den Kopf in den Nacken.

Soeben kroch der Mond wieder hinter einer dicken Wolke hervor. Die Werwölfin konnte sich in seinem Licht baden, sie fühlte die Kraft, die von dem gelb schimmernden Erdtrabanten ausging, und saugte sie mit jeder Faser ihres Körpers in sich auf. Das Mondlicht legte einen feinen Schleier auf das menschliche Gesicht der Frau.

Dann öffnete sie den Mund, zeigte ihr scharfes Gebiss und stieß ein wildes, gleichzeitig schaurig klingendes Heulen aus, das weit über den See hallte und sich irgendwo in der Ferne verlor. Es war der Lockruf für ihren Sohn. Falls sich Orapul in der Nähe befand, dann würde er antworten.

Der Heulton war verebbt. Eine Reaktion erfolgte nicht. Enttäuschung breitete sich in Lupina aus.

Dann, als sie schon weitergehen wollte, war es plötzlich da. Das zittrige, dumpfe Jaulen, das immer mehr anschwoll, ähnlich einer Sirene, und dann zu einem schauerlichen Heulen wurde, das die Luft erzittern ließ. Es klang so, als würde es nie abreißen, und Lupina, in deren Ohren das Heulen widerhallte, richtete sich auf, als hätte ihr ein unbekannter Spender Kraft gegeben, sodass ihre Pupillen plötzlich wie zwei kalte Sterne leuchteten.

»Orapul!«, brüllte sie in dieses Heulen hinein, wobei ihre Stimme dumpf klang und sich sogar noch überschlug. »Orapul!« Sie schüttelte sich, ihr Fell begann zu vibrieren, dabei hob sie die Pranken und spreizte sie ab, sodass sie fast wie ein übergroßes dunkles Kreuz aussah, das sich deutlich vom Boden abhob.

Sie hatte ihn gefunden.

Endlich!

Noch immer schwebte der Ton in der Luft. Lang anhaltend, klagend, gleichzeitig nach Stärke und Macht klingend, dazu fordernd und kampfbereit.

Ja, so wollte Lupina es haben. So und nicht anders. Sie und ihr Sohn wollten kämpfen, wollten alles niederwalzen, was sich ihnen in den Weg stellte, und eine gewaltige Allianz der Werwölfe schaffen, die einmalig war auf der Welt.

Viele Schritte hatte sie unternommen, um zu ihrem Ziel zu gelangen, jetzt brauchte sie nur noch einen kleinen zu tun, dann hatte sie es erreicht.

Er war da!

Ganz in der Nähe.

Und er wartete auf sie.

Noch einmal durchfuhr sie ein regelrechter Kraftstrom, dann lief sie vor, erreichte den Rand der Klippe und blieb dort stehen, um in die Tiefe zu schauen.

Wie ein großes schwarzes Viereck lag der unheimlich wirkende See unter ihr. Der Wind fiel nicht so stark in diese alte Lehmgrube hinein, deshalb war die Oberfläche auch fast ruhig und erinnerte an matt glänzenden Lack.

Lupinas Blick glitt an den schmalen Uferrändern entlang bis weit nach rechts, wo sich das Gelände zu einer mit Schotter belegten Straße hin öffnete.

Und dort sah sie ihn.

Orapul, ihren Sohn!

Er hockte auf den Hinterpfoten, bewegte den Kopf, und da der Wind die Wolken vom Mond wegtrieb, sodass er fast hinter dem Schwarzwolf stand, wirkte dieser wie ein herrlicher Scherenschnitt.

Noch stärker und kräftiger leuchteten Lupinas Augen. Sie schüttelte ihr Fell, das sich bewegte wie eine schwarzgraue Woge, und war im nächsten Augenblick nicht mehr zu halten.

Über die Klippe sprang sie hinweg. Mit den Läufen schlug sie Lehm und Dreck hoch und rutschte über den nassen, glatten Hang nach unten, ihrem Ziel entgegen.

Er wartete, und sie wollte ihn nicht enttäuschen.

Ein Mensch hätte sich bestimmt mehrmals überschlagen, nicht so Lupina. Sie hielt sich prächtig, fand immer wieder Halt und hatte schließlich unangefochten den schmalen Uferstreifen dicht am Baggersee erreicht.

Dort blieb sie stehen, drehte den Kopf hin und her, schüttelte dabei ihr langes Haar aus. Wassertropfen und einige Lehmklumpen flogen jetzt davon.

Sie hatte nur Augen für ihn – für ihren Sohn! Und Orapul enttäuschte sie nicht.

Auch er hatte Sehnsucht nach seiner Mutter. Er richtete seinen großen Körper auf, der gewaltige Kopf bewegte sich von einer Seite zur anderen, dann stieß er sich mit den Hinterpfoten ab und hetzte mit langen Sprüngen auf seine Mutter zu.

Auch Lupina blieb nicht auf dem Fleck.

Sie rannte ihrem Sohn entgegen und hielt sich dabei dicht am Ufer des Baggersees.

Es schien so, als hätte der Mond ein Einsehen mit ihnen. Fast voll strahlte er auf die Erde und tauchte auch die unmittelbare Umgebung des Baggersees, wo sich Mutter und Sohn treffen wollten.

Es waren gewaltige Knurrlaute, die sie ausstießen. Lupina konnte sich mit ihrem Sohn nicht in einer menschlichen Sprache unterhalten, nur per Gedankenkraft, denn er war kein eigentlicher Werwolf, der sich tagsüber in einen Menschen verwandelte und erst bei Vollmond zur Bestie wurde. Er blieb immer Wolf.

Und er sprang seine Mutter jetzt so kraftvoll und wuchtig an, dass Lupina es nicht auffangen konnte und auf den Rücken geschleudert wurde.

Dann war Orapul über ihr. Eine gewaltige Zunge fuhr aus dem Maul und leckte über das menschliche Gesicht der unheimlichen Werwölfin, die sich diese Liebkosung gefallen ließ, denn darauf hatte sie schon Jahre gewartet.

Minutenlang dauerte die Begrüßung. Beide gebärdeten sich wie toll. Als sie schließlich voneinander abließen, waren sie ein wenig erschöpft. Nebeneinander blieben sie hocken. Lupina saß rechts von ihrem Sohn, auf den sie sehr stolz sein konnte, denn er war ein prächtiges Tier.

Pechschwarz war sein Fell und so dicht am Kopf wie das eines männlichen Löwen.

Den Mund hatte er ein wenig geöffnet. Rötlich schimmerten sein Rachen und die Zunge, doch die Augen hatten die gleiche kalte Farbe wie die seiner Mutter.

Gelblich grün leuchteten sie, ohne Gefühl, erbarmungslos, brutal. Ein Zeichen, dass diese beiden Bestien nicht gewillt waren, Gnade zu gewähren.

Durch die Schwärze des Fells hob sich Lupinas helles Haar noch deutlicher ab, und auch im Sitzen war zu erkennen, dass der Schwarzwolf seine Mutter um eine halbe Kopfgröße überragte.

Er war ungemein gewachsen, und er hatte Kraft bekommen, denn Fenris, der Götterwolf, war sein Vater gewesen.

Von ihm hatte er das wilde, ungezügelte Temperament, von Lupina die Schläue und Raffinesse.

Beides zusammen ergab eine hochbrisante Mischung, wie sie selten bei einem dämonischen Wesen vorhanden war.

Mutter und Sohn genossen das Zusammensein. Minutenlang blieben sie nebeneinander hocken. Ihr Fell berührte sich, die beiden brauchten einfach den »Hautkontakt«. So war es auch bei den Menschen. Die Bestien reagierten ähnlich.

Es war Lupina, die eine gedankliche Brücke zu ihrem Sohn Orapul herstellte.

›Wie geht es dir?‹

›Sehr gut.‹

›Und wo bist du so lange gewesen?‹

›Ich wollte nicht länger bei Fenris bleiben. Er hat eine Niederlage erlitten und tobte furchtbar. Die Götter konnten ihn kaum zähmen.‹

›Willst du immer bei mir bleiben?‹

›Ich weiß es noch nicht‹, gab der Schwarzwolf die gedankliche Antwort.

Lupinas Fell sträubte sich, während sie den Kopf schüttelte. Sicher würde er bei ihr bleiben. Ein Leben bei seinem Vater war eigentlich nichts. Fenris war wild, ungezügelt, unberechenbar. Einmal hasste er seine Feinde und wollte sie vernichten, dann wieder stellte er sich gegen seine Freunde. Nein, bei so einem sollte Orapul nicht bleiben. Hier auf der Erde war er besser aufgehoben.

Aber sie konnte ihm auch nicht die Wahrheit verschweigen. Orapul musste wissen, was ihn hier auf der Erde erwartete, dass es auch hier Feinde gab.

›Deine Diener sind tot‹, teilte sie ihm auf gedanklichem Weg mit.

Der Schwarzwolf sprang auf. Jetzt wirkte er noch größer und wuchtiger als seine Mutter.

Er drehte seinen mächtigen Kopf, schaute Lupina an und stand so dicht vor ihr, dass sich die Köpfe der beiden fast berührten.

›Wer hat sie umgebracht?‹

›Einer unserer größten Feinde.‹

›Und wer ist es?‹

›Er heißt John Sinclair. Aber er hat noch mächtige Freunde, die ihm zur Seite stehen.‹

Orapul setzte sich wieder. ›Ich kenne den Namen John Sinclair. Er ist auch bei uns erwähnt worden. John Sinclair hat Fenris die Stirn geboten. Er ist ein mutiger Mann.‹

›Angst hat er nicht‹, gab Lupina zu.

›Ist er hier?‹

›Nein, dann hätten wir ihn entdeckt. Aber er kann möglicherweise kommen. In der Nähe lauert er sicherlich. Er hat deine Diener aus dem Weg geräumt. Alles war bereit, dich zu empfangen, doch dann kamen Sinclair und der Chinese. Sie töteten die Wölfe.‹

Orapul schüttelte abermals den Kopf. Er wollte es nicht glauben, denn er hatte bisher immer auf die Stärke seiner Freunde vertraut. Auch sich selbst sah er als stark an, und besonders jetzt, wo er unter dem Schutz seiner Mutter stand. Nun kam sie daher und sprach von einer Gefahr, die hier irgendwo lauern sollte, von John Sinclair und vielleicht auch von anderen Gegnern.

›Werden sie auch hier erscheinen?‹ fragte er.

›Sinclair und sein Freund sind wie Spürhunde. Wenn sie einmal eine Fährte aufgenommen haben, dann verlieren sie sie auch so schnell nicht wieder‹, erklärte Lupina und machte sich sowie ihrem Sohn da nichts vor.

Orapul schaute seine Mutter an. Sie las in seinen Augen die Wut, den Hass, aber auch das Vertrauen, das er ihr entgegenbrachte.

›Wir werden es schaffen!‹ Lupina machte ihrem Sohn Mut. Auch sie erhob sich jetzt, stellte sich auf die Hinterläufe, legte den Kopf in den Nacken und schaute hoch zum Mond, der wie eine fast runde, blanke Kugel dort stand.

Im selben Augenblick begann die Metamorphose. Lupina verwandelte sich endgültig in einen Werwolf und gab ihr letztes Stück Menschsein ab. Das Gesicht verschwand.

Die langen, blonden Haare schrumpften zusammen, nahmen einen anderen Farbton an, verloren ihre Farbe ganz und sahen aus wie das übrige Fell der Wölfin.

Zwei Tiere standen sich gegenüber.

Abermals öffneten sie ihre Rachen und heulten sich an. Beide Laute schwangen in die Nacht und vereinigten sich zu einem schaurigen Echo. Es erstarb langsam.

Die Wölfe jedoch blieben, sie hatten ihren Platz gefunden, ein einsames, für sie ideales Gelände, wo sie warten und sich verstecken konnten.

Bis Orapul plötzlich zur Seite huschte und drohend knurrte. Lupina verstand sofort. Auch sie merkte es, sie witterte und spürte es. Jemand war in ihrer Nähe.

Und das bedeutete – Gefahr!

Ich weiß heute noch nicht, wer damals die Idee hatte. Entweder Suko oder ich, eine andere Möglichkeit blieb ja nicht. Jedenfalls stand ich da und nickte.

»Ja, das könnten wir machen.«

Unser Vorhaben war simpel und gleichzeitig trickreich. Wir wussten nicht, wo sich Lupina aufhielt. Okay, weit würde sie nicht weglaufen, sondern in der Nähe bleiben. Aber auch diesen Begriff konnte man großzügig oder eng fassen. Wenn ich eine Hundertschaft Polizisten zur Verfügung gehabt hätte, wäre es wohl ein Leichtes gewesen, das Gelände zu durchkämmen, und wir würden auch irgendwann auf Lupina stoßen, dessen waren wir uns sicher. Aber man durfte dabei nicht außer Acht lassen, dass auch noch zwei andere Jagd auf die Teufelstochter machten. Zwei brandgefährliche Vampire. Und wenn sich diese vier Bestien eingekreist sahen, würden sie durchdrehen.

Deshalb konnten wir keine Kollegen einsetzen und mussten die Sache anders anpacken.

Wir wollten uns einen Helfer suchen. Ein ganz bestimmtes Wesen, das seit einiger Zeit bei den Conollys wohnte. Dieses Wesen war ebenfalls ein Wolf und hörte auf den Namen Nadine.

Waren Lupina und Orapul etwas Außergewöhnliches, so passte dieser Begriff auch auf Nadine Berger. Ihre Seele war durch Magie in den Körper eines Wolfes übergegangen. Ein wahrlich unwahrscheinliches und fast unglaubliches Ereignis, aber es hatte stattgefunden, damals in Irland, als wir gegen Fenris, den Götterwolf, und dessen Diener kämpften. Die tote Nadine war hineingezogen worden in diesen gefährlichen Strudel, und nun lebte ihre Seele im Körper eines Wolfes weiter.

Nadine hatte uns später geholfen, den grünen Dschinn zu vernichten, und damals war der Gedanke geboren worden, sie bei den Conollys zu lassen. Die Nachbarn dachten mehr an einen Schäferhund, nur wenige wussten, wer das Tier tatsächlich war. Außerdem war Nadine ein fantastischer Wachhund für den kleinen Johnny. Sie gab auf ihn Acht, damit ihm nichts geschah.

So ganz war ich von dem Plan noch nicht überzeugt, denn ich wusste um die Gefährlichkeit unserer Gegner. Sie waren sicherlich stärker als Nadine Berger, aber um Lupina und ihren Sohn aufzuspüren, da kam sie uns gerade recht.

»Ja oder nein?«, fragte mich Suko.

Ich nickte.

»Soll ich Bill anrufen?«

Ich schüttelte den Kopf. »Das erledige ich.«

Ich ging zum Bentley.

Der Notarztwagen war inzwischen eingetroffen und auch wieder abgefahren. Noch immer sah ich das ernste Gesicht des Doktors vor meinem geistigen Auge. Der Mann hatte den Förster kurz untersucht und war dann in eine nahezu fieberhafte Hektik verfallen. Er musste sich ungemein beeilen, und wir hofften, dass es noch nicht zu spät war.

Die Leute von der Spurensicherung waren dabei, Kugeln einzusammeln. Unsere Gegner hatten in der Tat mit zwei verschiedenen Waffen und verschiedenen Geschossen gefeuert.

Einmal Silberkugeln, zum zweiten die normalen Bleimantelgeschosse, wobei ich mich noch immer fragte, woher unsere Gegner wohl die Silberkugeln hatten. Es war gar nicht so einfach, sie zu besorgen. Dann dachte ich wieder an Solo Morasso und an dessen Möglichkeiten. Der schaffte eigentlich alles.

Bills Nummer kannte ich natürlich auswendig. Bevor ich telefonierte, warf ich noch einen Blick auf die Uhr. Wenn Bill in wenigen Minuten abfuhr, dann dauerte es noch immer rund eine Stunde, bis er bei uns eintreffen würde, denn der Reporter musste quer durch London. Auch wenn er einen Porsche fuhr, konnte er nur so schnell sein, wie der Verkehr es zuließ.

Er war am Telefon.

»Gibt's dich auch noch?«, rief er.

»Wie du hörst.«

»Und jetzt steckst du in der Klemme.«

»Wie kommst du darauf?«

»Immer wenn du zu einer außergewöhnlichen Zeit anrufst, muss der gute Bill herhalten und dich aus dem Dreck ziehen.«

»Na ja, du siehst das ein wenig überspitzt, Alter. Aber im Prinzip hast du Recht.«

»Dann mal raus mit dem Problem.«

Ich sprach mit ihm über den Fall und merkte an Bills Reaktion, dass ihm die Sache irgendwie nicht passte. Er sagte nämlich nichts.

»Bist du stumm geworden?«

»Fast«, gab er zurück. »Ich bin fast stumm geworden. Das ist natürlich ein Hammer.«

»Wieso?«

»Gern gebe ich Nadine nicht her. Die Sache, die du vorhast, ist gefährlich. Das sind ja vier Gegner. Zwei Werwölfe und zwei Vampire. Ist das nicht ein wenig zu viel für unsere Nadine?«

»Wenn sie allein gegen sie stünde bestimmt. Nur vergisst du Suko und mich.«

»Gestattest du denn, dass ich euch unterstütze?«

Auf diese Frage hatte ich regelrecht gelauert. Natürlich hatte ich nichts dagegen. Wenn Bill tatsächlich kam, war das Verhältnis ausgeglichen. Dann stand es unentschieden, und unsere Chancen wurden erheblich größer.

»Was sagt Sheila denn dazu?«, fragte ich.

»Die ist einverstanden«, erwiderte der Reporter schnell.

»Na ja, ich bin gespannt.«

»Wann soll ich antanzen?«

»Schwing dich in deinen Wagen und komm.«

Bill wollte noch die genaue Adresse wissen. Die konnte ich ihm nicht geben, da wir uns mitten im Gelände befanden. Ich tat jedoch mein Bestes und hoffte, dass der Reporter den Weg zu uns finden würde.

Suko stand bei zwei Beamten der Spurensicherung. Als er mich aussteigen sah, kam er mir entgegen.

»Alles klar«, sagte ich.

»Dann kommt er also?«

Ich grinste. »Du kennst doch Bill.«

»Da ist noch etwas, John.«

Wenn Suko so redete, lag meistens was in der Luft. Und nichts Positives. In diesem Fall allerdings hatte ich mich geirrt.

»Einer der Beamten von der Spurensicherung ist mit seinem Privatwagen hier. Die Gründe weiß ich nicht einmal. Er hat ein Hobby. Er ist Autobastler und kann uns den zerschossenen Scheinwerfer provisorisch wieder richten.«

»Wo ist der Knabe?«

Suko deutete auf einen schlaksig wirkenden Burschen, der ein wenig abseits stand und zu uns rüber schaute. Wir redeten kurz mit ihm und versprachen ihm als Belohnung für seine Mühen eine Flasche Whisky.

»Ich hätte es auch ohne getan, Sir.«

»Sicher, aber so geht es schneller.«

Da grinste der Mann und begann mit der Arbeit.

Wir aber warteten auf Bill Conolly – und Nadine, die Wölfin. Hoffentlich hatten wir nichts falsch gemacht. Ein bedrückendes Gefühl blieb bei mir trotzdem zurück …

Der Rover fuhr durch die Nacht.

Wer ihn und die Insassen in der Blechkarosse sah, der konnte die beiden für ein normales Liebespärchen halten, das durch die Nacht rollte, um sich ein lauschiges Plätzchen zu suchen.

Ein Liebespaar waren die beiden sicherlich nicht. Im Gegenteil, sie gierten nach Blut.

Und darin zeichnete sich besonders der ehemalige Mafiakiller Tonio Trent aus. Er war sehr unruhig. Und ebenso fuhr er auch. Seine Bewegungen wirkten hastig, übernervös, hin und wieder stieß er ein wütendes Knurren aus oder bewegte den Mund, wobei jedes Mal seine langen Zähne aus dem Oberkiefer lugten und gegen die Haut an der Unterlippe stießen. Er schüttelte sich oft, als hätte jemand kaltes Wasser über ihn gegossen, obwohl er dies kaum gespürt hätte, denn Vampire kennen keine Gefühle. Ob es kalt oder warm war, sie reagierten immer gleich, denn sie waren seelenlose Monster, die nur töteten, um sich vom Blut der Menschen zu ernähren. Diejenigen, die sie bissen, wurden ebenfalls zu Vampiren, und ihnen würde es niemals gelingen, den tödlichen Kreislauf zu durchbrechen.

Die beiden Fenster waren offen. Kühle Luft strömte in das Fahrzeug. Sie merkten es nicht einmal. Für sie waren die geöffneten Fenster aus einem anderen Grund wichtig. Sie mussten die Spuren der Gegner finden. Sie wussten, dass die Werwölfe deutliche Spuren hinterließen. Der Instinkt jedes Höllengeschöpfes war sehr entwickelt und reagierte wie eine hoch empfindliche Elektronik. Jedes Monster fand die Spur eines anderen.

Begegnet war ihnen bisher niemand. Sie hatten sich auch nicht immer auf den Wegen gehalten, sondern waren manches Mal querfeldein gefahren, wobei die Reifen den seifigen, nassen Boden aufwühlten, Grassoden hervorrissen und diese hochschleuderten.

Die Wolken hatten sich zum größten Teil verzogen. Wenn sie durch die Scheiben blickten, konnten sie hin und wieder die fast vollständige runde Kugel des Mondes sehen. Wie ein Ballon hing er unbeweglich am Himmel und glänzte fahl.

Sie hatten die Spur aufgenommen.

Es war vor allen Dingen Lady X, die spürte, wo sich ihre Feinde verkrochen hatten. Lange genug war sie mit Lupina zusammen gewesen. Sie nahm sie wahr und ortete sie. Die Werwölfin konnte sich niemals so gut verstecken, als dass Lady X sie nicht gefunden hätte.

Abermals verließen sie eine schmale Teerstraße. Pamela Scott hatte angeordnet, dass sie nach links fahren sollten, hinein in das Gelände und einen Hang hoch, mit dem der Wagen seine Schwierigkeiten hatte, weil die Räder durchdrehten. Zudem würgte Tonio Trent noch den Motor ab.

»Du bist ein Trottel!«, zischte die Blutsaugerin. Sie hatte sich von der Nervosität ihres Partners anstecken lassen.

Trent zuckte zusammen. »Willst du fahren?«, zischte er.

»Los, weiter!«

Der Vampir drehte den Zündschlüssel, der Motor sprang wieder an. Trent trat das Gaspedal wütend durch. Er hatte Glück, dass sich der Rover in Bewegung setzte. Mit dem Heck schwänzelte er, die Hinterräder schleuderten Dreck hoch.

Später mussten sie einen Umweg fahren, weil sie nicht durch den Wald konnten.

»Halte dich mehr rechts!«, befahl Lady X.

»Spürst du was?«

»Ja. Sie sind nicht mehr weit.«

Sie fuhren inzwischen über einen schmalen Feldweg, der aus nicht mehr als zwei Treckerspuren bestand, in denen sich das Wasser gesammelt hatte.

Der Weg wurde nach einer gewissen Zeit breiter. Einige Zeichen deuteten darauf hin, dass er einmal eine Straße gewesen war, über die Wagen gefahren waren.

Es war tatsächlich der offizielle Weg zur Lehmgrube, demnach waren die beiden Vampire nicht mehr weit von ihrem eigentlichen Ziel entfernt.

Und sie rollten weiter.

Die Stoßdämpfer des Rover hatten einiges auszuhalten, denn nicht nur tiefe Reifenspuren markierten den Weg, sondern auch Schlaglöcher.

Die beiden Blutsauger wurden durchgeschüttelt.

Gemeinsam vernahmen sie das Heulen.

Sofort trat Tonio Trent auf die Bremse und stoppte den Wagen. Beide lauschten, horchten in die Nacht hinein, und um die Lippen des weiblichen Vampirs legte sich ein kaltes, grausam wirkendes Lächeln.

Bald war es so weit. Lady X drehte den Kopf und schielte zum Rücksitz, wo die mit Silberkugeln geladene Maschinenpistole lag. Sie fürchtete sich vor der Waffe, denn geweihte Silberkugeln waren auch für sie tödlich, nicht nur für Werwölfe. Sie musste Acht geben, wenn ihr Begleiter damit hantierte und den Lauf aus Versehen auf sie richtete.

Die Scott mochte Trent nicht. Sie passten einfach nicht zusammen, sie hassten sich.

Nur eine Notgemeinschaft hielt sie zusammen. Wenn die Feinde erledigt waren, löste sich automatisch auch diese Gemeinschaft auf, dann wollte Lady X sich den ehemaligen Mafiakiller vom Hals schaffen.

Sie musste dafür Sorge tragen, dass noch genügend Munition vorhanden war.

Das Heulen verebbte. In den letzten, klagenden Tönen schwang es noch einmal durch die Dunkelheit, bevor es nicht mehr zu hören war.

Stille!

»Fahr weiter!«, wies die Scott ihren ungeliebten Begleiter an. »Und beeil dich, wir sind gleich da.«

»Wirklich?«

»Ja, du Idiot, du hast es doch gehört.«

»Sollen wir nicht aussteigen?«

»Ich gebe hier die Befehle!«

Tonio Trent warf der Blutsaugerin einen Blick zu, der besagte, dass er ebenso dachte wie Lady X. Nach dem Auftrag gab es nichts mehr, was sie noch zusammengehalten hätte. Die Abneigung, die Trent als Mensch gegen die Scott verspürt hatte, die empfand er auch als Vampir.

Sie rollten an. Diesmal fuhr Trent nicht so schnell. Er kannte die Regeln und hielt sich daran. Das vorsichtige Anschleichen war besser als ein übereiltes Rasen.

Der Rover schwang jetzt sachter und federnder. Lady X saß leicht nach vorn gebeugt und starrte durch die Scheibe. Sie versuchte etwas zu erkennen und entdeckte bald darauf das erste, schon verblichene Schild, auf dem die Aufschrift nur mühsam zu entziffern war. Das Schild warnte vor einem Betreten der Lehmgrube, und da wusste die Blutsaugerin plötzlich Bescheid.

Jetzt endlich kannte sie das Versteck der Werwölfe.

Eine ehemalige Grube, aus der man Lehm für eine Ziegelei gefördert hatte.

»Stoppen!«, befahl sie.

Automatisch gehorchte der Killer. Er hatte sich damit abgefunden, nur die zweite Geige zu spielen.

Der Rover rutschte noch ein Stück vor und kam zur Ruhe. Für einen Moment blieben die beiden Blutsauger sitzen, sie konzentrierten sich und horchten, ob etwas zu hören war, doch die Nacht brachte keine Geräusche an ihre Ohren.

Es blieb ruhig …

»Steig aus!« Während Lady X das sagte, öffnete sie schon an ihrer Seite die Tür.

Tonio Trent tat an seiner das Gleiche. Wie auch die Scott ließ er den Wagenschlag vorsichtig zurückschwingen und behutsam ins Schloss fallen.

Dann reagierte der weibliche Vampir wieder schneller als Trent. Lady X hatte bereits die hintere Tür aufgestoßen und sich in den Wagen gebeugt. Als Trent die mit Silberkugeln geladene tschechische Waffen nehmen wollte, griff er ins Leere.

Triumphierend hielt die ehemalige Terroristin die MPi hoch. »Die habe ich jetzt«, erklärte sie.

»Sie gehört mir!«, zischte der Vampir, der ahnte, dass es ein Fehler war, seiner Komplizin die Waffe zu überlassen.

»Mach die Augen zu! Was du dann siehst, das gehört dir. Nimm dir meine!«

Trent quetschte einen wilden Fluch durch die Zähne. Er gehorchte allerdings. Etwas anderes blieb ihm auch nicht übrig.

So wie Lady X früher, so schwang er die MPi über seine Schulter, während die Vampirin die kleine, handliche in den Händen behielt.

Damit war sie der King. Die beiden Werwölfe würden keine Chance haben. Die Silberkugeln vernichteten nicht nur Lupina, sondern auch ihren verdammten Sohn, womit Lupinas Traum von einer Allianz der Wölfe endgültig vorbei war.

Dann konnte Lady X nämlich ihren eigentlichen Plan ins Auge fassen. Er war groß angelegt, doch sie brauchte noch viel Zeit, um ihn zu erfüllen.

Dabei dachte Lady X ähnlich wie Lupina. Auch sie träumte davon, Herrscherin über eine unermessliche Anzahl von Vampiren zu sein. Irgendwann einmal, nicht heute und nicht morgen, musste es ihr gelingen, deren Anführerin zu werden.

Allerdings stand ihr dabei einer im Weg. Das war Vampiro-del-mar, der Uralt-Vampir. Er nannte sich selbst Kaiser der Blutsauger, und seine Herkunft lag im Dunkeln. Zwar war er aus seinem Grab in der Nordsee erweckt worden, aber wie er dort hineingekommen war, das stand in den Sternen. Niemand wusste Näheres darüber. Wahrscheinlich auch Solo Morasso nicht. Und falls er etwas wusste, schwieg er sich aus.

Das war Zukunftsmusik, und Lady X schob diese Gedankengänge erst einmal weit von sich.

Sie musste sich auf die Gegenwart konzentrieren, denn da gab es das große Problem Lupina. Es sollte in ihrem Sinn gelöst werden, und das hieß nichts anderes als Tod für Lupina und ihren Sohn!

Tonio Trent hielt sich immer zwei Schritte hinter Lady X, die sehr wachsam war und ihre Blicke überall hatte. Das Land war flach, sehr übersichtlich, sodass eine Gefahr schon im Ansatz zu erkennen war. Hier in der Nähe entdeckte sie nichts.

Aber sie sah etwas anderes. Es war so überraschend für sie, dass sie stehen blieb und Trent fast aufgelaufen wäre.

Lady X schaute nach vorn, und sie blickte dabei über den Rand einer Klippe hinweg. Ein Beweis, dass sie sich der Lehmgrube genähert hatten. Bis zur anderen Seite konnte sie nicht schauen, dazu war die Grube zu groß, aber sie sah etwas schimmern. Ja, es schimmerte, obwohl es dunkel war.

Und das konnte nur Wasser sein.

Lady X duckte sich. Trent machte es ihr nach, auch er hatte sich nicht mehr aufgerichtet, sondern hielt sich neben ihr. So schlichen sie vor bis zum Rand der Grube und schauten von dort in die Tiefe, wo sie den See sahen.

Er bildete ein großes Viereck. Die Oberfläche schien mit schwarzer Farbe angestrichen worden zu sein, so wirkte sie. Zudem ein wenig gekräuselt, da der Wind sacht über sie hinwegstrich.

Das Wasser interessierte die weibliche Bestie nicht. Sie suchte jemand anderen.

Der Mond war ihr dabei eine große Hilfe. Sein fahles Licht legte einen hellen Schleier über das Land, und es erreichte auch den Grund der Grube, die sich rechts von ihnen zu einem weiteren Gelände öffnete.

Dort sah sie die Gestalten.

Werwölfe!

Lupina und ihr Sohn!

Ein Mensch hätte vielleicht tief eingeatmet, nicht so ein Vampir wie die Scott. Aus ihrem Mund drang ein knurrendes Geräusch, das mit dem eines Tieres vergleichbar war.

Er sollte Triumph ausdrücken.

Und den empfand sie.

Niemandem war es bisher gelungen, die Werwölfe zu finden. Sie aber hatte es geschafft. Und sie war nicht bemerkt worden, denn nichts wies darauf hin, dass die Bestien misstrauisch waren.

Sie gingen am Ufer des Baggersees auf und ab, dabei taten sie so, als wären sie allein.

Die Scott schätzte die Entfernung ab. Sie war eine Expertin darin, was Waffen und ihre Handhabung anging. Als sie sich flach auf den Boden legte und die

Maschinenpistole mit dem kurzen Lauf ein wenig senkte, befanden sich die beiden Werwölfe genau am Ende der Ziellinie.

Alles wäre in Ordnung gewesen, nur die Entfernung stimmte nicht.

Die Bestien waren zu weit entfernt, deshalb erhob sich Lady X wieder und antwortete auf die erstaunte Frage ihres Artgenossen: »Wir müssen näher ran. Von hier aus schaffen wir es nicht!«

Geduckt hasteten sie an der breiten Südseite der Grube entlang. Lady X hatte es sehr eilig, denn wer konnte schon wissen, wie lange sich die beiden Werwölfe noch in der Lehmgrube aufhalten würden?

Sie mussten die Zeit nutzen und so überraschend wie ein Sommergewitter über sie kommen.

Das hatte sich Lady X fest vorgenommen, und diesen Plan würde sie auch durchführen.

Als sie das Ende der Grube erreicht hatten, blieb sie erst einmal stehen. Sie brauchten nur zwei Schritte bis zum Rand zu gehen, um in die Tiefe schauen zu können.

Ja, jetzt war die Distanz wesentlich günstiger. Auch befanden sie sich nicht mehr in der großen Höhe, denn das Gelände senkte sich an dieser Stelle wieder.

Lady X fiel auf die Knie. Halbhoch hielt sie die tschechische Skorpion-MPi.

So wie sich die beiden Bestien verhielten, waren sie völlig ahnungslos. Die Kugeln würden sie treffen und zerschmettern.

Innerlich lachte die Blutsaugerin, die Augen glänzten, sie korrigierte noch einmal die Zielrichtung und drückte dann ab …

Die rote Flunder zischte heran. So hatte ich Bills Porsche genannt. Im Vergleich zu meinem Bentley war er klein, dafür jedoch schneller. Da kam ich nicht mit.

Die langen, hellen Lichtspeere der Scheinwerfer huschten geisterhaft über uns hinweg. Der Motor röhrte noch einmal, dann bremste Bill ab.

Die Tür flog auf. Zuerst die rechte an der Fahrerseite, dann die linke.

Blitzartig huschte ein Schatten hervor, der kein Schatten mehr blieb, sondern zu einem Wolf mit bräunlichem Fell wurde. Das Tier schaute sich nicht erst witternd um, es hatte ein Ziel, nämlich mich.

Da ich wusste, was auf mich zukam, stemmte ich meine Hacken in den weichen Boden und beugte mich vor. Ich hatte schon die Arme ausgebreitet, und Nadine Berger flog förmlich hinein. Sie prallte gegen mich, ich umschlang sie und presste ihren Körper an mich, wobei sie die Vorderpfoten auf meine Schultern legte, mit Schnauze und Zunge leckte sie über mein Gesicht.

Ich fühlte die Wärme des Tierkörpers und schloss für Sekunden die Augen, denn ich hatte ein schreckliches Bild vor mir. Ich sah Nadine auf dem Bett des Filmstudios liegen, hörte Schüsse, sah ein widerliches grünes Monster – dann wechselte das Bild. Ein Friedhof, eine Beerdigung und ein Wolf, der aus dem Sarg sprang, eben Nadine Berger.

Das Schicksal hatte uns hart getroffen, denn Nadine hatte mir viel bedeutet. Ich erinnerte mich noch genau an das kleine Hotelzimmer, in dem wir die Nacht verbracht hatten, nachdem Nadines Verlobung geplatzt war und ich die Teufelsuhr vernichtet hatte.

Das war Vergangenheit und nicht mehr zu ändern.

Ich senkte den Kopf ein wenig und konnte in die Augen des Tiers schauen.

Nein, das war nicht der Blick einer Wölfin. Diese Augen konnte man als menschlich bezeichnen, ebenso den Blick. Sie schaute mich an, und ich sah die gleiche Farbe in den Pupillen, die Nadine Berger als Mensch gehabt hatte.

An den Augen hatte ich letzten Endes erkannt, dass kein normaler Wolf vor mir stand.

Bill und Suko standen daneben. Die anderen Männer schauten aus einer gebührenden Entfernung zu, ihnen war diese heftige Begrüßung wohl nicht so geheuer.

Mir aber machte es nichts. Vielleicht wäre es noch minutenlang so weitergegangen, doch ich musste etwas tun. Ich ging zurück, fasste Nadine unter und stemmte sie von mir weg.

Sie wollte nicht, sondern drängte sich immer wieder gegen mich.

»Meine Güte, ist das eine Liebe«, beschwerte sich Bill. »Und wer küsst mich?«

Als hätte Nadine die Worte verstanden, so ließ sie von mir ab und sprang meinen Freund Bill an.

»He, he«, protestierte dieser, »so habe ich das nicht gemeint.«

Jetzt konnten Suko und ich lachen, doch sehr schnell wurden wir wieder ernst. Wir steckten in einer Situation, wo wir wirklich nichts zu lachen hatten. Dazu war der Fall zu gefährlich.

Während sich Nadine neben mir hielt und ich ihr Fell kraulte, erklärte ich Bill Conolly, worum es ging. Der bekam natürlich große Augen, schüttelte den Kopf und wollte es nicht fassen.

»Das gibt es doch nicht. Da macht Lady X Jagd auf Lupina?«

»Noch ist nichts bewiesen.«

»Komm, ich kenne dich, John. Wenn du so redest, trifft es auch meistens zu, oder?« Er warf Suko einen fragenden Blick zu und erhoffte Zustimmung, die er auch erhielt. Aber Bill war noch nicht fertig. Er konnte sich noch nicht darüber beruhigen, dass Vampire mit Silberkugel-Waffen herumliefen.

»Das glaube ich nicht«, sagte er. »Verdammt, das ist unmöglich. Worauf stellen sich die Dämonen denn noch alles ein? Nächstens begegnen sie uns noch mit einem Heiligenschein.«

Ich grinste schief. »Ja, die kriegen noch einen vor dir.«

Bill deutete auf seinen Kopf. »Ich habe ihn schon.«

»Und wo?«, fragte Suko.

»Unsichtbar.«

Wir lachten alle drei. Dann wurde es ernst, denn wie sollten wir Nadine Berger begreiflich machen, um was es ging? Ich kniete mich nieder, nahm ihren Kopf in beide Hände und schaute sie wieder an. Verflixt, ich wusste nicht, ob sie mich verstand, wenn ich redete, aber ich konnte es versuchen.

»Lupina!«, sagte ich eindringlich. »Wir müssen Lupina finden. Und du wirst uns helfen – bitte!«

Ein Blick aus ihren menschlichen Augen traf mich. Vielleicht sollte er ein Verständnis ausdrücken, vielleicht auch nicht. Auf jeden Fall zog sich Nadine zurück, ich hielt sie auch nicht mehr fest, und wir alle beobachteten, wie sie den Kopf senkte, mit der Schnauze auf dem Boden herumschnüffelte und im Kreis ging.

Hatte sie schon eine Spur aufgenommen?

Plötzlich blieb sie stehen. Drohend klang das Knurren. Sie schüttelte sich, und die einzelnen Haare des Fells stellten sich aufrecht. Ein Zeichen für uns, dass sie etwas entdeckt hatte.

Dann war es so weit. Bevor wir etwas unternahmen, reagierte die Wölfin. Sie lief erst zum Wagen. Wir rechneten schon damit, dass sie hineinklettern wollte, doch sie drehte ab und lief weg.

Nach etwa zwanzig Yards blieb sie stehen, drehte den Kopf und hob ihn an, ein Zeichen, das wir genau verstanden.

»Hinterher«, sagte Suko und lief bereits auf den Bentley zu. Bill und ich folgten.

Da der hilfsbereite Beamte unser Fahrzeug repariert hatte, konnten wir auch los.

Bill warf sich in den Fond, ich fuhr, Suko nahm neben mir Platz. Bevor ich startete, schaute ich über die Schulter zurück und den Reporter an. »Bist du bewaffnet, Bill?«

»Die Silberkugeln sind frisch poliert«, erwiderte er und rieb sich die Hände.

»Na denn«, sagte ich und fuhr an …

Der Schwarzwolf steckte voller Unruhe. Lupina beobachtete ihn genau. Er blieb nicht an einem Fleck stehen, bewegte seinen großen Kopf, auf dem das Fell wie ein Busch wuchs, lief mal im Kreis, dann wieder vor, drehte sich und sprang zurück.

Gefahr!

Auch Lupina spürte sie. Sie war ebenfalls hoch sensibel, hatte regelrechte Antennen und registrierte wie ein Seismograf die Erschütterungen eines Erdbebens.

Sie hatte natürlich die Szene in Dr. Tods Hauptquartier nicht vergessen. Solo Morasso war ihr Feind, und er würde durch seine Macht und Befehlsgewalt dafür sorgen, dass auch die anderen Mitglieder der Mordliga zu Lupinas Todfeinden wurden.

Rebellion vertrug der Chef der Mordliga nicht. Da war er eiskalt und schlug gnadenlos zurück. Deshalb war Lupina froh, ihren Sohn gefunden zu haben, denn zwei sind immer stärker als einer.

Die anderen sollten nur kommen. Sie würden sich wundern. Aber waren sie nicht schon längst da? Lauerten sie nicht irgendwo im Verborgenen? Und wer war es, der den Weg gefunden hatte?

Es standen ja mehrere zur Auswahl. Da war einmal die Mordliga und zum anderen auch die Männer um John Sinclair. Sie hatten ebenfalls geschworen, die Mordliga zu vernichten.

Lupina wusste genau, was ihr blühte, wenn sie in eine Falle der einen oder anderen Seite hineinstolperte.

Deshalb nutzte sie jede Möglichkeit, sich für einen Angriff zu wappnen, und auch jetzt schaute sie sich um.

In der Nähe des Baggersees verbargen sich ihre Gegner sicherlich nicht. Das war schlichtweg unmöglich, denn Lupina und Orapul hätten sie sehen müssen, wenn sie den steilen Hang hinabgerutscht wären. Es blieb nur eine Möglichkeit, um ungesehen zu bleiben.

Die Gegner mussten sich irgendwo an den Rändern der Grube aufhalten. Deshalb ließ sich Lupina auch nieder und richtete ihre gelben Raubtieraugen auf die Ränder. Vielleicht sah oder ahnte sie dort eine Bewegung.

Nichts zu erkennen.

Die andere Seite wusste genau, was sie tat. Die war sehr, sehr vorsichtig. Aber sie waren da, und Lupina spürte, dass die Ausstrahlung stärker wurde.

Sie näherten sich …

Gedanklich nahm die Wölfin Kontakt mit ihrem Sohn auf. Orapuls Kopf ruckte herum, die Blicke der beiden bohrten sich ineinander, dann hörte der Schwarzwolf die Stimme seiner Mutter.

›Sie sind in der Nähe. Ich spüre es.‹

›Wo?‹

›Wahrscheinlich oben am Rand der Hänge. Lass ihn nicht aus den Augen. Ich beobachte auch.‹

Orapul hatte verstanden. Eine kurze Bewegung und er wandte seiner Mutter den Rücken zu. Der Schwarzwolf beobachtete jetzt die Nordseite der Lehmgrube, seine Mutter die gegenüberliegende.

Noch tat sich nichts.

Minuten vergingen.

Plötzlich stellten sich Lupinas Ohren hoch. Sie hatte etwas gespürt. Minimale Erschütterungen, für die es zahlreiche Gründe geben konnte, aber auch einen, der sich von hastig laufenden Schritten ableitete. Und die

Erschütterungen waren zur Südseite hin stärker als umgekehrt, das stellte Lupina durch eine rasche Drehung fest.

›Sie sind da!‹

Dieser gedankliche Ruf traf Orapul, der augenblicklich knurrend herumfuhr. Doch Lupina beruhigte ihn mit einem zweiten Befehl.

›Bleib jetzt ganz ruhig!‹

Orapul gehorchte. Er ließ sich sogar nieder und rollte auf dem Boden herum. Er wollte die anderen in Sicherheit wiegen.

Die Sicherheit jedoch war trügerisch. Das merkte Lupina, denn sie sah oben am Ende des Steilhangs eine Bewegung.

Etwas schimmerte dort.

Augenblicklich stieß die Werwölfin eine gedankliche Warnung aus. Ob sie noch fruchtete oder nicht, war für sie nicht zu erkennen, denn im nächsten Moment hämmerte eine Schusssalve los …

Lady X hatte sich vorgenommen, die Werwölfin mit der ersten kurzen Garbe zu erledigen. Das musste sie schaffen, denn sie wollte Munition sparen. Sie hatte zwar noch ein gefülltes Reservemagazin mit, aber man konnte nicht wissen, was noch alles auf sie zukommen würde.

Ihr Gesicht verzerrte sich. Es zerfloss immer, wenn sie schoss, eine alte Angewohnheit, die sie noch aus menschlichen Tagen mitgebracht hatte. Nur schauten jetzt bei ihr die beiden Vampirzähne aus dem halb geöffneten Mund.

Vor dem Lauf sah sie das fahle Licht des Mündungsfeuers. Die Kugeln fegten aus dem Lauf, und sie waren so schnell, dass es der Vampirin schien, als ob die eine die andere einholen wollte. Aus ihrem Mund drangen heisere Laute. Sie wartete darauf, dass

Lupina im Hagel der Silbergeschosse zusammenbrechen würde.

Das allerdings geschah nicht.

Als Lady X damit rechnete, Lupina durch die Silberkugeln von den Beinen zu fegen, brachte sich diese mit einem gewaltigen Sprung in Sicherheit, sodass die Geschosse dicht an ihr vorbeifegten, in den Boden hackten und ihn umpflügten. Die Werwölfin aber rollte über die Erde, kam geschickt auf die Pfoten und brachte sich mit einem weiteren Sprung in Sicherheit.

Die Scott musste die Waffe schwenken. Ein böser Fluch drang aus ihrem Mund.

Abermals jagte sie eine Garbe aus dem Lauf.

Das harte Tack-Tack, diese tödliche Melodie, schwebte wie das Stakkato eines Trommelschlags über dem Baggersee und der Lehmgrube.

Lady X wusste, dass es Munitionsverschwendung war, was sie tat. Sie hatte sich bisher auch immer davor gehütet, aber sie konnte nicht anders. Sie setzte noch eine Garbe hinterher.

Die dritte verfehlte ihr Ziel ebenfalls. Sie erwischte nicht Lupina und auch nicht ihren Sohn.

Dann hatten die beiden Werwölfe Deckung gefunden. Es gab genügend aufgeschüttete, kleine Lehmhügel an der breiten Seite der Grube, wo sie ihren Platz fanden und erst einmal unsichtbar waren.

Lady X richtete sich auf. Es war ihr jetzt egal, ob sie erkannt wurde oder nicht, und sie vernahm die Reaktion der Werwölfin.

Es war ein fauchendes Lachen, das durch die Grube hallte und von den glatten Lehmwänden zurückgeworfen wurde. Lupina ging sogar so weit, dass sie sich hinter ihrer Deckung aufrichtete. Sie hatte sich wieder verwandelt. Über dem Wolfskörper zeichnete sich deutlich ein Frauengesicht ab, und der Wind spielte mit den langen, blonden Haaren, wehte sie hoch wie eine helle Fahne.

»Du willst mich umbringen?«, kreischte sie. »Du, Lady X? Nie wirst du das schaffen – nie!«

»Ich wette dagegen!«, brüllte Lady X.

»Warum ist Morasso denn nicht selbst gekommen?«, höhnte Lupina. »Er hat Angst, wie? Dafür schickt er dich vor, damit du für ihn die Kastanien aus dem Feuer holst. Ich hätte dich für schlauer gehalten, Pamela Scott. Was stehst du noch zur Mordliga? Sie wird auseinander brechen. Solo Morasso hat verspielt. Er hat zwar Asmodina besiegt, doch durch diesen Kampf zu viele Wunden davongetragen, die nicht mehr heilen. Nein, Dr. Tod ist am Ende …!«

Die Scott verstand die Worte sehr wohl. Und sie wusste, dass sie gar nicht so falsch waren, aber sie wollte es nicht einsehen, dass sie den Kürzeren gezogen hatte. Nein, das auf keinen Fall. Sie würde es den anderen zeigen, und sie hatte längst noch nicht von ihrem eigentlichen Plan Abstand genommen.

Lupina und ihr Sohn sollten sterben!

»Ich warte hier!«, schrie Lady X. »Ich habe Zeit. Mehr als du. Irgendwann wirst du dich zeigen, und dann töte ich dich!« Ihr gellendes Lachen nach diesen Worten fetzte hinab in die Lehmgrube und musste den beiden Werwölfen in den Ohren gellen.

Die Szene wirkte in der Tat gespenstisch. Angeleuchtet vom fahlen Mondlicht, standen sich zwei dämonische Wesen gegenüber, die sich bis auf den Tod hassten. Die eine war entschlossen, die andere umzubringen, und die zweite reagierte nicht anders.

Lady X trat zwei Schritte zurück, blieb aber so stehen, dass sie hinunter in die Grube schauen konnte. Mit der freien Hand winkte sie Tonio Trent zu.

Der verstand und trat sofort näher.

»Gib mir das zweite Magazin.«

Trent kümmerte sich nicht darum. Sein fauchendes Lachen hörte Lady X dicht an ihrem Ohr. »Du hast es nicht geschafft, wie? Die anderen waren besser. Scheint mit deinen Schießkünsten wirklich nicht weit her zu sein, Lady X!«

Das war zu viel. Die Scott drehte durch. Auf der Stelle kreiselte sie herum, wobei sie die MPi noch immer in den Händen hielt, und dann hieb sie die schwere Waffe gegen den Hals des Blutsaugers.

Der verkraftete den Treffer zwar und spürte auch keine Schmerzen, aber die Wucht warf ihn trotzdem zu Boden, wo er sich überschlug, neben dem Abgrund auf dem Rücken liegen blieb und zu Lady X hochstarrte.

Sofort ließ sich die Vampirin auf die Knie fallen. Und sie streckte die Waffe vor, sodass die Mündung genau einen Kreis zwischen die Augen des Vampirs drückte.

»Wenn du jetzt nicht still bist«, flüsterte die Blutsaugerin scharf, »zerfetze ich deinen verdammten Schädel. Dann lege ich dich um! Eine Hilfe warst du sowieso nicht!«

Der ehemalige Mafiakiller und jetzige Vampir fletschte die Zähne. Er ließ seine Hauer sehen, doch die beeindruckten Lady X nicht. Stattdessen forderte sie die Herausgabe des zweiten gefüllten Magazins.

Diesmal gehorchte Trent. Er wusste genau, dass die Blutsaugerin über ihm nicht bluffte, da war es besser, er gehorchte.

Das Magazin steckte im Gürtel. Er tastete danach, schlug dabei die Jacke zurück, und die Scott sah das Metall.

Sie riss es ihm aus dem Gürtel. Dann sprang sie auf, drehte sich noch einmal um und sah unten am See einen Schatten entlanghuschen. Es war der Schwarzwolf.

In einem Anfall von Wut riss Lady X die Maschinenpistole hoch und feuerte.

Die letzten Silberkugeln aus dem alten Magazin hackten heraus. Sie trafen nicht nur die Erde, sondern sausten auch in den See. Fontänen bildeten sich.

Orapul aber wurde nicht getroffen. Er war schneller als die Garbe gewesen und fand dort seine Deckung, wo auch Lupina lag.

Die Scott trat zurück. Das leer geschossene Magazin löste sie von der Waffe und schleuderte es voller Wut fort. Dann rammte sie das neue ein.

»Damit kriege ich sie!«, versprach die Vampirin mit rauer Stimme. »Verdammt, damit puste ich sie um!«

Tonio Trent hatte sich inzwischen erhoben. Er schaute die Scott sehr skeptisch an. Sie bemerkte seinen Blick. Plötzlich schienen ihre Augen in Flammen zu stehen. »Glaubst du mir nicht, du verfluchter Bastard?«

»Es fällt mir schwer. Du hast schon zu viel versprochen!«

»Sicher, nur gehe ich diesmal anders vor. Ich werde ...« Sie sprach nicht aus, was sie noch wollte, denn sie bewegte den Kopf, und ihr Blick glitt an Tonio Trent vorbei, da sie zwei Lichter entdeckt hatte, die zu einem Auto gehören konnten.

»Was ist los?«, fragte der Vampir.

»Da kommt jemand!«

»Menschen?« Aus der Stimme des Blutsaugers klang die Gier.

Pamela Scott starrte ihn für einen Moment an. »Wahrscheinlich ja«, erwiderte sie dann gedehnt, hob noch einmal ihren Kopf und stellte fest, dass die Lichter verloschen waren.

»Getäuscht habe ich mich nicht«, flüsterte sie. »Das sind bestimmt Menschen. Und die haben Blut!«, fügte sie scharf hinzu.

Eine bessere Nachricht hätte sie Tonio Trent nicht überbringen können. »Ich hole sie mir!«, keuchte er und warf sich schon herum, um in der Dunkelheit zu verschwinden.

Lady X ließ ihn laufen. »Du wirst dich wundern!«, flüsterte sie. »Verdammt, du wirst dich wundern.« Sie ahnte, wer da ankam, aber sie machte keinerlei Anstalten, ihren Partner zurückzuholen. Im Gegenteil, der Plan von einer lachenden Dritten nahm allmählich die Gestalt an …

Ich fuhr und schaute auf Nadine Berger.

Mal trottete sie vor uns her, mal bewegte sie sich in weiten Sprüngen voran. Auf jeden Fall hatte sie die Spur nie verloren. Sie würde uns zu unserem Ziel führen.

Wir sprachen kaum miteinander, da wir drei voll konzentriert waren. Nur Bill gab hin und wieder einen Kommentar ab. »Unwahrscheinlich«, murmelte er dann. »Wirklich unwahrscheinlich. Mensch, was haben wir mit Nadine ein Glück.«

Ich war nicht ganz seiner Meinung, denn Nadine Berger hätte ich lieber als Mensch gehabt, doch ich musste mich mit der verdammten Tatsache nun einmal abfinden und das Beste daraus machen, wie eben hier, wo wir sie als Spürhund einsetzten.

Natürlich hielt sie sich nicht an normale Wege oder Straßen. Sie führte uns quer durchs Gelände, das jetzt nicht mehr bretteben war, sondern ein wenig anstieg.

Nadine war eine gute Führerin, die zielsicher ihren Weg fand und kleinere Wälder oder dicht beieinander stehende Baumgruppen kurzerhand umging.

So konnten wir mit dem Bentley problemlos folgen. Der Wagen, von mir sacht gesteuert, schaffte auch schwierige Passagen.

Wir entdeckten einen Pfad. Geschaffen worden war er durch breite Treckerreifen. Sie hatten im Boden tiefe Spuren hinterlassen, in denen das Wasser stand.

Den Weg nahmen wir. Mir tat mein Wagen leid, als er sich durch die Spuren quälen musste. Wir wurden durchgeschaukelt, und manchmal hörten wir das Blech des Fahrzeugs regelrecht stöhnen.

Wir bewegten uns mitten durch das Gelände und hielten die Augen offen.

Zudem wollte ich Nadine im Auge behalten. Hin und wieder huschte sie durch die beiden Lichtlanzen, blieb stehen, schaute kurz zurück, wobei ihre Augen jedes Mal leuchteten, und sprang dann meist schnell weiter.

Im zweiten Gang krochen wir dahin. Bis ich plötzlich stoppte und Bill mich überrascht nach dem Grund fragte. Auch Suko schaute mich verwundert an. Ich aber deutete nach links, wo ein Holzpfahl wie ein dünner Finger aus dem Boden wuchs. Am Ende des Pfahls sahen wir ein Brett. Es bestand aus verblichenem Holz, und die Schrift darauf war kaum zu entziffern. Wir mussten mehr raten.

Bill öffnete im Fond die Tür und beugte sich hinaus.

»Es geht um die Lehmgrube«, meldete er, »wenigsten lese ich das daraus.«

»Das muss ihr Ziel sein«, bemerkte Suko.

Der Meinung war ich auch, löschte jetzt die beiden Scheinwerfer und fuhr langsam an.

Bill klappte die Tür zu.

Nadine war ebenfalls stehen geblieben. Als sie merkte, dass sich unser Wagen wieder in Bewegung setzte, lief auch sie vor.

Jetzt krochen wir nur noch dahin.

Keiner sprach ein Wort. Die Spannung stieg. Nur unser flacher Atem war zu hören.

Würde es klappen? Konnten wir Lupina und vielleicht auch ihren Sohn erwischen? Es wäre gut. Noch besser allerdings wäre es, wenn es uns gelang, die beiden Vampire als eine Art Zugabe zur Hölle zu schicken.

Aber das blieben vorerst nur Wunschträume.

Die Sicht war schlechter geworden. Nur der Mond warf seine fahle Helligkeit auf die Erde.

Wir hatten die Scheiben nach unten fahren lassen,

weil wir unbedingt auf verräterische Geräusche achten wollten.

Und die hörten wir.

Es begann mit einem Knurren.

Wütend und irgendwie drohend wirkte es auf uns. Sofort ging ich vom Gas. Der Wagen rollte trotzdem noch weiter, und bevor er stand, gab es eine Kollision.

Nicht mit dem Wolf Nadine, sondern mit einer blondhaarigen Gestalt, die rechts von uns erschien, vor die Kühlerschnauze sprang, von ihr erfasst und zurückgeschleudert wurde.

Ich hatte sie nur schattenhaft gesehen, aber ich wusste, wen ich vor mir hatte.

Den blondhaarigen Vampir.

Schon ging es weiter.

Nadine Berger erschien aus dem Dunkel. Ein leuchtendes Augenpaar zuerst nur, dann der Schatten, und im nächsten Augenblick prallte der Wolf gegen den Blutsauger, der auf den Knien hockte und sich erheben wollte.

Im Nu entspann sich ein harter Kampf.

Vielleicht hätten wir schneller reagiert, wenn der Vampir versucht hätte zu flüchten. So stießen wir normal die Türen auf und schwangen uns aus dem Fahrzeug.

Vor dem Bentley kämpften die beiden.

Zum ersten Mal erlebte ich Nadine Berger, wie sie ihre spitzen Zähne einsetzte. Der Blutsauger hatte es noch nicht geschafft, sich unter Nadine wegzurollen. Er lag halb auf der Seite und halb auf dem Rücken, während die Wölfin über ihm stand.

Ein Mensch hätte geschrien und wäre verletzt worden, denn für Nadine war der Vampir ein Feind, den sie ausschalten musste. Und deshalb griff sie ihn mit aller Härte an, zu der sie fähig war.

Sie biss mehrere Male schnell hintereinander zu. Wir hörten, wie Stoff knirschend riss, und nicht nur der

Stoff war es. Die spitzen Zähne drangen auch in die Haut des blondhaarigen Vampirs, wo sie zupackten wir harte Eisenklammern.

Ein Blutsauger verspürt keine Schmerzen mehr. Es sei denn, er wird mit den Waffen attackiert, die für ihn tödlich sind. Über einen Biss konnte er nur lachen.

Als Nadines erste Angriffswut verraucht war und sie bemerkte, dass ihr Gegner noch immer lebte, da wunderte sie sich. Sie sprang zurück und stieß mit ihrem Rücken gegen die Stoßstange unseres Wagens. Wir hatten einen kleinen Kreis um die Kämpfenden gebaut und sahen mit an, wie sich der Vampir auf die Füße stemmte.

Der fast volle Mond gab genügend Licht, um ihn genau erkennen zu können. Ein bleiches Gesicht. Fahl das Haar. Der helle Anzug war schmutzig, das Gesicht verzerrt. Halb offen stand der Mund, zwei spitze Zähne ragten aus dem Oberkiefer.

An einigen Stellen schimmerte blanke Haut durch die von Nadines Bissen zerrissene Kleidung. Nadines Zähne hatten ihn auch im Gesicht getroffen. An der rechten Seite fehlte ihm ein Büschel Haare.

Er fauchte. Wie ein Tier reagierte er und hatte seine Blicke auf Nadine fixiert.

Die griff wieder an.

Sie hatte sich zuvor zurückgezogen, jetzt aber merkten Suko und ich die Bewegung, als die Wölfin zwischen uns hindurchsprang und dem Blutsauger an die Kehle wollte.

Trent hatte die Arme erhoben und die Hände zusammengelegt. Als Nadine heran war, ließ er sie fallen.

Der Hammerschlag jagte in den Nacken der Wölfin. Für einen Moment hatte ich schreckliche Angst, dass es dem Blutsauger gelungen war, die Nackenwirbel zu brechen. Nadine konnte sich auf ihren Läufen nicht mehr abstützen, die Wucht trieb sie in die Knie, und der Vampir sah dies als einen halben Sieg an.

Er setzte allerdings nicht nach, sondern zog sich zurück in die Dunkelheit.

Damit überraschte er Bill, Suko und mich. Wir hatten sowieso noch nicht eingegriffen, da jeder von uns irgendwie fasziniert gewesen war, diese Auseinandersetzung zu beobachten. Es war ein wirklicher Kampf der Bestien, auch wenn ich Nadine nicht als Bestie ansah. Für die meisten Menschen jedoch war sie eine, und sie hatte unter dem Schlag des Vampirs zu leiden, denn noch immer war sie benommen, taumelte zwar hoch, aber sie hatte nicht den richtigen Stand.

Ich half ihr und streichelte sie.

»Den hol ich mir!«, rief Bill Conolly. Seine Waffe hatte er längst gezogen. Er wollte dem Vampir nach, wurde jedoch von Suko festgehalten. Den Grund erfuhren wir sofort, denn der Chinese hatte als einziger von uns vernünftig und real gedacht.

»Der hat noch seine MPi!«

Auf einmal wusste ich, weshalb der Vampir so schnell und hastig geflohen war. Nicht weil er einsah, auf der Verliererstraße zu sein, sondern weil er seine Waffe holen wollte.

Als Suko die Worte gesprochen hatte, wurde uns auch klar, dass wir ein hervorragendes Ziel boten. Und wie auf Kommando tauchten wir nach verschiedenen Seiten in die Dunkelheit.

Ich regte mich furchtbar auf. Diese ganze Aktion hier hätte nicht zu sein brauchen. Ein Stich mit dem geweihten Silberdolch ins Herz, und den Blutsauger hätte es gegeben. So aber konnte er uns noch das Leben schwer machen.

Nur – wo steckte er?

Da wir nicht auf der Stelle blieben, sondern uns voranbewegten, hätten wir eigentlich auf ihn treffen müssen. Großartige Deckungen, hinter denen man sich verstecken konnte, gab es hier nicht.

Ich ging so leise wie möglich weiter und näherte

mich dem Rand der Grube. Sehen konnte ich sie noch nicht, aber ich fühlte, dass wir nicht mehr weit entfernt waren.

Bill und Suko hielten sich irgendwo hinter mir auf und deckten meinen Rücken. Auch sie würden sofort eingreifen, wenn sich der Blutsauger zeigte. Diesmal gab es kein Zögern mehr. Der Vampir musste vernichtet werden.

Ich entdeckte nicht ihn, sondern ein Fahrzeug. Den Umrissen nach zu urteilen, konnte es ein Rover sein, der am Rand der Lehmgrube parkte. Welche Funktion er außer als Transportmittel noch zu erfüllen hatte, merkte ich in den nächsten Sekunden.

Der Vampir hatte sich im Wagen versteckt. Der Grund wurde mir sehr schnell klar. Er wollte gutes Büchsenlicht haben, und das hatte er, als er die Scheinwerfer aufleuchten ließ.

Und er hatte verdammt gut gezielt.

Die beiden Lichtlanzen zerteilten nicht nur die Dunkelheit, eine von ihnen traf mich voll. Ich wurde geblendet, dachte an die Maschinenpistole, die unser Gegner unter Umständen noch besaß, und hechtete in die Dunkelheit.

Ich hatte den Boden noch nicht berührt, als ich den Blutsauger schreien hörte. In seinen Schrei mischte sich das hässliche Rattern der Schusswaffe.

Viel konnte ich nicht sehen. Der Übergang vom Hellen ins Dunkle war zu schnell gewesen, aber ich erkannte doch, wie die Geschosse den Boden aufwühlten und sich auf mich zu bewegten.

Dieser verdammte Blutsauger streute.

Noch ein Sprung.

Das war genau einer zu viel.

Meine vorgestreckten Hände prallten nicht auf den Boden, sondern griffen ins Leere. Ich hatte mich mit diesem letzten Satz selbst über den Rand des Abhangs katapultiert und fiel in die Tiefe …

Bill und Suko hatten einen Bogen geschlagen und den Vampir nicht auf dem direkten Weg verfolgt wie John Sinclair. Eine normalerweise gute Taktik, nur für diesen speziellen Fall war sie nicht so geeignet, das merkten die beiden sehr bald.

Plötzlich stachen die beiden hellen Streifen in die Dunkelheit, erfassten John, der sich sofort in Sicherheit brachte, was auch verdammt nötig war, denn eine Maschinenpistole begann mit ihrer tödlichen Melodie.

Der Schütze hatte es sehr geschickt angestellt und sich hinter dem offen stehenden Wagenschlag verborgen. So konnte er nicht sofort entdeckt werden.

Frei kam er zum Schuss.

Suko und Bill bewegten sich wie Wiesel. Ohne sich zuvor verständigt zu haben, wusste jeder von ihnen, was er zu tun hatte. Geduckt und so rasch es ging, jagten sie von zwei Seiten auf das Ziel zu.

Aber noch jemand war da.

Die Wölfin!

Und Nadine war schneller als Suko und Bill. Sie hatte einen Bogen geschlagen und befand sich im Rücken des Blutsaugers, der sich allein auf seine zweibeinigen Gegner konzentrierte.

Als er die Gefahr ahnte, war es bereits zu spät. Die Wölfin flog wie ein tödlicher Schatten heran. Sie sprang ihn von hinten an, landete auf seinem Rücken und schlug ihre Fangzähne in das Genick des Wiedergängers.

Hart biss sie zu, riss und zerrte, sodass sich der Vampir nicht mehr halten konnte und zur Seite gedrückt wurde. Das Schießen verstummte. Der Blutsauger ließ seine Maschinenpistole los, um beide Hände frei zu haben, damit er sich verteidigen konnte.

Nadine knurrte und hechelte. Die Geräusche blieben nicht ungehört. Sie wurden auch von Suko und Bill vernommen, die sich beide beeilten, so rasch wie möglich den Wagen zu erreichen.

Der Reporter war zuerst da.

Er sah, dass sich die Wölfin festgebissen hatte. Der Vampir lag auf dem Boden, er schlug um sich, bewegte heftig Arme und Beine und versuchte mit allen Mitteln, sich auf den Rücken zu wälzen, damit er sich effektiver wehren konnte.

»Lass ihn!«, schrie Bill.

Nadine gehorchte. Sie sprang zurück, sodass sich ihr Körper nicht mehr im Weg befand.

Bill hatte freies Schussfeld.

Die gesamte Zeit über hatte er seine Beretta in der Hand gehalten. Als der Vampir merkte, dass ihn die Fangzähne nicht mehr hielten, drehte er sich herum, kam tatsächlich auf den Rücken zu liegen und nahm als letztes Bild in seinem untoten Dasein die hoch aufgerichtete Gestalt vor sich wahr, die eine Waffe in der rechten Hand hielt und die sie jetzt senkte, sodass die Mündung auf die Brust des Blutsaugers wies.

Da schoss Bill.

Das fahle Mündungslicht war für den Vampir ein Todesfeuer. Er schaute hinein und spürte den mörderischen Aufschlag der Silberkugel, der ihn schockte.

Dann kam der Schmerz.

Und mit ihm der Schrei.

Dumpf drang er aus dem Maul des Blutsaugers. Der Vampir bäumte sich auf, sein Gesicht war schrecklich verzerrt. Die Hände hatte er auf das Einschussloch gepresst, als wollte er versuchen, das geweihte Silbergeschoss aus seinem Körper zu reißen.

Das schaffte er nicht mehr.

Wie die Flamme eines Feuerzeugs vom Wind ausgeblasen wurde, so verlöschte sein Leben. Zu Staub zerfiel er nicht, dazu war er noch nicht lange genug ein Blutsauger gewesen. Seine Gesichtszüge glätteten sich nur, dann war es vorbei.

Es gab einen Blutsauger weniger auf der Welt …

Bill und Suko konnten aufatmen. Der Chinese war

inzwischen herangekommen und sah, dass er nicht mehr einzugreifen brauchte. Die Wölfin trottete auch näher. Sie rieb ihren Körper an Bills Beinen.

»Und wo ist John?«, fragte der Reporter.

Suko hob die Schultern. Für einen Moment zeichnete sich auf seinem Gesicht Erschrecken ab.

Der Reporter dachte nach. Er drehte sich halb um und streckte den linken Arm aus. »Ich meine, dass ich ihn dort etwa gesehen hätte.«

Suko folgte mit den Augen der angezeigten Richtung. Dann ballte er die rechte Faust und sagte: »Bill, das ist verflucht nahe am Abgrund gewesen. Ich fürchte, zu nahe …«

Mehr brauchte Suko nicht zu sagen, denn der Reporter wusste auch so Bescheid …

Lady X hatte sich zurückgezogen. Sie war nicht in der Nähe des Rovers geblieben, denn sie fürchtete, dass es dort zu Kampfhandlungen kommen konnte, die ihr außer Kontrolle glitten. Wenn es tatsächlich Sinclair und sein Partner waren, die sich der Lehmgrube näherten, konnte dies für sie tödlich werden. Das wollte sie auf keinen Fall. Sie musste überleben. Um jemanden aufzuhalten, hatte sie ihren Partner. Wenn er draufging, empfand sie das als nicht schlimm.

Die ehemalige Terroristin hatte ein sehr feines Gehör. Sie war stehen geblieben, hatte sich geduckt, damit sie sich nicht allzu stark vom Boden abhob, und lauschte nur.

Ja, da wurde gekämpft.

Aber sie hörte auch Schritte. Einer zog sich zurück. Bestimmt nicht Sinclair, dafür kannte sie den Geisterjäger zu gut. Der gab nicht so schnell auf.

Wahrscheinlich war es Trent.

Sie hatte den Gedanken kaum formuliert, als zwei helle Lichtstrahlen das Dunkel durchschnitten.

Scheinwerfer!

Und da ratterte schon die MPi. Es war ihre eigene Waffe, sie erkannte den Klang genau. Trent versuchte sich mit allen Mitteln zu wehren. Sie sah für einen winzigen Moment einen Körper durch die Luft fliegen und glaubte, John Sinclair erkannt zu haben. Hundertprozentig sicher war sie allerdings nicht. Das machte auch nichts. Für sie zählte nur der Erfolg. Wie er erreicht wurde und wer dabei auf der Strecke blieb, war ihr im Endeffekt egal. Sie wollte Lupina ausschalten. Etwas anderes kümmerte sie im Moment nicht.

So konnte man es als eine zwangsläufige Folge bezeichnen, dass sie sich zurückzog. Geduckt hastete sie an der Südseite der alten Lehmgrube entlang. Sie wollte dorthin, wo das Gelände flacher wurde und sich ein großer Weg befand, der aus der Grube führte.

Dort standen ihre Chancen am besten!

Nicht zum ersten Mal stürzte ich über den Rand eines Hangs. Ich war schon über Klippen gefallen und von einem Baum aufgefangen worden. Hier jedoch wuchs kein Baum. Trotzdem hatte ich Glück.

Es ging nicht steil in die Tiefe, sondern sanft wie auf einer Rutschbahn. Kontakt mit dem Boden hatte ich immer, auch wenn er glitschig und rutschig war.

Lehm, zum Teil mit Unkraut bewachsen, bildete eine seifige Spur, auf der ich keinen Halt finden konnte. Mit dem Kopf voran glitt ich in die Tiefe. Dabei breitete ich die Arme und Beine aus, versuchte Halt zu finden, wollte mich abstützen, doch die Geschwindigkeit war einfach zu groß. Meine Bemühungen kehrten sich ins Gegenteil um.

Ich überschlug mich.

Sekundenlang wusste ich nicht, wo oben und unten war. Die ganze Welt war ein Kreisel, und ich konnte nur dankbar sein, dass der Boden unter mir vom

Regen aufgeweicht war. So holte ich mir wenigstens keine schweren Verletzungen.

Sekunden dehnten sich. Sie wurden zu kleinen Ewigkeiten. Irgendwann musste diese unfreiwillige Schussfahrt doch mal ein Ende haben! Zudem dachte ich an den See, der sich im Tal gebildet hatte. Wenn es mir nicht gelang zu stoppen, rutschte ich voll hinein.

Ein Bad würde mich zwar reinigen, aber darauf konnte ich verzichten.

Meine größte Sorge war, heil und ohne gebrochene Knochen unten anzukommen.

Die Rutschpartie ging weiter. Auch mein Kampf gegen sie. Hin und wieder gelang es mir, sie ein wenig abzustoppen, indem ich mich einstemmte, doch aufhalten konnte ich meine unfreiwillige Reise nach unten nicht.

Ich dachte auch daran, dass ich wie auf dem Präsentierteller lag. Wenn jetzt jemand günstig stand und eine Waffe in der Hand hielt, konnte er mich abschießen.

Womit ich kaum noch gerechnet hatte, traf tatsächlich ein. Meine Reise verlangsamte sich. Augenblicklich half ich mit, sie völlig zu stoppen. Dazu benutzte ich wieder Arme und Beine. Ich breitete sie aus, stemmte mich ein, mein Körper bildete dabei ein X, und es gelang mir in der Tat, die Rutschpartie zu beenden, bevor ich in das eiskalte Wasser des Baggersees tauchte.

Viel hatte allerdings nicht gefehlt. Vielleicht zwei Schritte vor mir schimmerte dunkel und irgendwie geheimnisvoll das Wasser. Ich atmete auf, als ich mich aufrichtete und erst einmal mit zitternden Gliedern sitzen blieb.

So eine unfreiwillige Rutschpartie ist nicht gerade eine alltägliche Sache. Ich hatte einen kleinen Schock erlitten, als ich so plötzlich über den Rand fiel und mir aus eigener Kraft nicht mehr helfen konnte.

Das musste ich erst einmal überwinden.

Ein paar Mal atmete ich tief durch. Lange durfte ich hier auch nicht sitzen bleiben. Wer konnte wissen, was hier noch alles auf mich lauerte?

Die Grube war ziemlich groß, das konnte ich trotz der Dunkelheit erkennen. Im Moment allerdings interessierte sie mich nicht, ich wollte wissen, was mit meinen Freunden geschehen war.

Mein Blick glitt den steilen Hang hoch, den ich heruntergerutscht war. Im Nachhinein noch begann ich zu zittern, denn er sah richtig gefährlich aus, und ich musste mich eigentlich freuen, die letzte Minute unbeschadet überstanden zu haben.

Die Umrisse meiner Freunde hoben sich nicht vor dem Rand der Klippen ab. Bill und Suko hatten sich wahrscheinlich zurückgezogen, und ich hoffte, dass sie den Vampir erledigt hatten.

Das war nur ein Gegner.

Wir hatten es allerdings mit der dreifachen Menge zu tun. Da war erst einmal Lupina, die sich bestimmt ganz in meiner Nähe aufhielt. Hinzu kam Orapul, ihr Sohn. Den hatte sie sicherlich gefunden. Und ich verwettete mein Silberkreuz, dass sich auch Lady X in der Nähe herumtrieb.

Als mir mein Silberkreuz in den Sinn kam, handelte ich sofort, zog es unter meiner Kleidung hervor und hängte es mir offen vor die Brust. Jetzt war mir wohler.

Mit müden Knochen richtete ich mich auf. Mir wurde bewusst, dass ich die Rutschpartie doch nicht ohne Schaden überstanden hatte. An den Oberschenkeln spürte ich Schmerzen und ebenso an den Hüften. Auch die Arme taten weh. Das passte mir überhaupt nicht, war aber nicht zu ändern.

Wenn ich nach vorn schaute, dann erkannte ich, dass sich die Lehmgrube in diese Richtung hin öffnete. Sie war nur von drei Seiten zu, schließlich mussten die schweren Transportwagen einen Weg finden, um das

Gelände zu verlassen, da sie nicht die Hänge hochfahren konnten.

Der Weg begann dort, wo der See aufhörte. Ich sah Lehmhügel, die wie Buckel wirkten und unregelmäßig verteilt im Gelände standen.

Für Gegner eigentlich ideale Deckungsmöglichkeiten, also rechnete ich damit, dass eventuell dort jemand auf mich lauerte.

Ich hoffte auf die Hilfe meiner beiden Freunde. Ob sie meinen Sturz bemerkt hatten, war fraglich. Wenn nicht, brauchten sie jedoch nur eins und eins zusammenzuzählen, um zu einem Ergebnis zu gelangen. Sicherlich würden sie sich am Rand des Abgrunds zeigen. Wenn sie in die Tiefe schauten, mussten sie mich entdecken.

Ich machte mich auf den Weg.

Er führte immer dicht am See entlang. Manchmal so nah, dass der schräge Lehmhang mit seinen Ausläufern fast bis zum Wasser reichte, sodass ich gezwungen war, mich über die seifige Unterlage weiter zu bewegen.

Mit jedem Schritt, den ich zurücklegte, stieg die Spannung. Es lag etwas in der Luft, das merkte ich genau.

Die gespenstische Szenerie passte dazu. Die Dunkelheit, die hellen Mondlichtstreifen, die das Wasser trafen und auf der Oberfläche blitzende Reflexe erzeugten.

Nach jedem dritten Schritt etwa schielte ich rechts den Hangs hoch.

Von Bill und Suko war nichts zu sehen.

Die ließen sich Zeit. Hoffentlich nicht zu viel.

Dann musste ich auch an Nadine Berger denken und fragte mich, wo die Wölfin wohl steckte.

Als hätte es zwischen mir und ihr eine Gedankenübertragung gegeben, so entdeckte ich nach einem weiteren Rundblick rechts oben am Hang den Schatten.

Sie kam.

Auch die Wölfin hatte es schwer, auf den Pfoten zu bleiben. Ich war stehen geblieben und beobachtete, wie sie sich vergeblich bemühte, die Geschwindigkeit zu drosseln. Sie schaffte es nicht. Es erging ihr dabei wie mir. Sie überschlug sich und rollte weiter, aber auch ihr gelang es, sich zu fangen, bevor ihr das Missgeschick passierte und sie in den Baggersee fiel.

Etwa fünf Schritte vor mir war ihre Rutschpartie zu Ende. Sofort lief ich auf sie zu.

Ihr Fell war ebenso verschmiert wie meine Kleidung. Sie sah mich aus ihren menschlichen Augen an und leckte mit ihrer langen Zunge über meine ausgestreckte Hand.

Nadine suchte immer die Körpernähe und die Berührung. Sie brachte mir die gleichen Gefühle entgegen wie damals als Mensch.

»Komm, lass uns gehen«, sprach ich sie an. »Wir müssen nur vorsichtig sein, die anderen lauern sicherlich auf uns.«

Die Wölfin lauschte meinen Worten, bewegte dann den Kopf, als hätte sie alles genau verstanden. Ein verloren wirkendes Lächeln glitt über mein Gesicht, da ich wieder an die Vergangenheit denken musste, als die Wölfin Nadine noch die Filmschauspielerin Nadine Berger gewesen war.

Ob es für sie je ein Zurück gab, wusste ich nicht. Ich gab die Hoffnung trotzdem nicht auf. Irgendwann in ferner Zukunft konnte es sicherlich gelingen, sie wieder in einen Menschen zu verwandeln.

Es waren verrückte Gedanken, die mich beschäftigten, dabei hatte ich wirklich etwas anderes zu tun, als darüber nachzusinnen.

Unterbrochen wurden meine Gedanken durch Nadine Berger. Die Wölfin stieß ein Knurren aus.

Mittlerweile hatte ich mich daran gewöhnt, und ich konnte unterscheiden, wie das Knurren gemeint war.

Dies hier klang gefährlich, irgendwie bösartig und warnend zugleich.

Waren die anderen in der Nähe?

Unwillkürlich legte ich die Finger meiner linken Hand um das Kreuz. Die Berührung tat gut. Ich spürte das warme Silber an meiner Haut. Es gab mir die Kraft, nicht aufzugeben, sondern weiterzugehen, was immer geschah.

Noch vorsichtiger wurde ich. Auch langsamer, denn ich konnte das Ende des Sees und das dahinter liegende Gelände bereits erkennen. Erst jetzt waren die Umrisse zu identifizieren. Getäuscht hatte ich mich auch aus der Entfernung nicht. Es waren tatsächlich Lehmhaufen, die in die Höhe wuchsen. Kleine Hügel, die man nicht mehr abgetragen hatte, nachdem der Betrieb in der Lehmgrube eingestellt worden war.

Und noch etwas sah ich. Eine alte Baubude.

Selbst bei diesen Lichtverhältnissen wirkte sie noch schäbig. Das Holz war feucht, brüchig und baufällig. Ein Teil des Dachs hatte sich gelöst und war zur linken Seite weggekippt. Eine Tür sah ich nicht mehr. Nur noch ein großes Viereck.

Und innerhalb des Vierecks glühte ein Augenpaar.

Die Werwölfin lauerte dort!

Nein, es war nicht Lupina, denn einen Atemzug später löste sich die Gestalt. Pechschwarz mit kalten Augen, einem buschigen Fell und fast so groß wie ein Löwe.

Lupinas Sohn!

Bill Conolly und Suko machten sich verständlicherweise Sorgen. Nachdem sie die nähere Umgebung noch einmal schnell und gründlich abgesucht und nichts gefunden hatten, gelangten sie zu dem Schluss, dass sich ihr Freund nur auf dem Grund der Grube befinden konnte.

Sie schauten nach.

Suko hatte die schärferen Augen. Er entdeckte John sofort, stieß Bill an und deutete schräg nach unten.

»Tatsächlich«, flüsterte der Reporter, »da ist er.«

»Und ihm scheint nichts passiert zu sein, denn er geht normal«, kommentierte der Chinese.

»Genau.«

Ihre Aufmerksamkeit wurde abgelenkt, da sich rechts von ihnen etwas bewegte. Ein Tier rutschte den Hang hinunter, und die beiden Männer erkannten Nadine. Sie sahen, wie die Wölfin dicht neben John Sinclair stehen blieb und von ihm gestreichelt wurde. »Sollen wir auch den Weg nehmen?«, fragte Bill.

Suko hatte sich für einen anderen entschieden. Seinem Partner und Freund drohte momentan keine unmittelbare Gefahr. Lupina oder deren Sohn als auch Lady X waren nicht zu sehen, deshalb entschlossen sich Bill und Suko, den normalen Weg zu nehmen.

»Das wird aber dauern«, beschwerte sich Bill.

»Wenn wir schnell laufen, nicht.«

Der Reporter hob die Schultern. Im Prinzip hatte Suko Recht. Es war wirklich besser, wenn sie von der anderen Seite, also dem Ausgang der Lehmgrube, eingriffen, dann konnten sie ihre Gegner in die Zange nehmen.

Für Bill und Suko gab es kein Zögern mehr. Zu viel Zeit war schon verloren gegangen, jetzt geizten sie mit jeder Sekunde.

Suko war besser im Training als der Reporter. Er lief voran und hielt sich dabei dicht am Rand der Grube.

Beide stellten fest, dass sich das Gelände senkte.

In den letzten Sekunden hatten es beide versäumt, einen Blick in die Grube zu werfen. Das holte Bill jetzt nach, und er schaute in dem Moment hin, als sich Orapul aus der Bauhütte löste und mit weiten Sprüngen seinen Feinden entgegenhetzte.

»Suko!«, schrie Bill Conolly.

Er raste heran.

Ein wildes, mörderisch zu nennendes Tier und trotzdem prachtvoll anzusehen in seiner animalischen Schönheit, mit dem pechschwarzen Fell und dem großen Kopf, der schon an den eines Löwen erinnerte.

Ich war fasziniert von dieser Bestie und vergaß sowohl das Kreuz als auch die Silberkugel-Beretta. Denn ich musste immer nur schauen. So hätte ich mir Orapul nicht vorgestellt.

War er überhaupt ein Werwolf?

Verrückte Gedanken, die mir in diesen Augenblicken durch den Kopf schossen, denn es war wirklich nicht der richtige Zeitpunkt, darüber nachzudenken. Es zählte nur, dass ich mich aus dem unmittelbaren Gefahrenbereich brachte, denn Lupinas Sohn wollte nicht mit mir spielen, er wollte mein Leben.

Das hatte ihm seine Mutter sicher eingeimpft. Jetzt, dicht vor dem Ziel, dachte er nicht daran, zurückzuweichen. Die Entscheidung musste fallen.

Als ich das bemerkte, war es schon zu spät. Ich hatte mich von dem Anblick des wilden Tieres so hinreißen lassen, dass es mir nicht mehr gelang, die Beretta hochzureißen. Er musste mich einfach erreichen, wenn er sich jetzt abstieß.

Es ging um Sekunden. Vielleicht sogar um eine noch geringere Zeitspanne als diese.

Das begriff Nadine.

Für sie war ich die Person, die sie schützten musste, und der Wolf war ihr Feind.

In seiner Größe überragte er sie. In einem Kampf hätte sie keine Chance gehabt. Trotzdem warf sie ihr Leben in die Waagschale, um mich zu retten.

Weit hatte der heranstürmende Wolf seinen Rachen aufgerissen. Es erinnerte mich an einen roten Schlund, in den ich tief hineinschauen konnte. Die Zunge sah aus wie ein Lappen aus Feuer, die hellen Zähne hatten etwa die doppelte Länge von denen der Nadine Berger.

Die Wölfin stieß sich ab.

Inzwischen war Zeit genug vergangen. Sie hatte wieder Kräfte sammeln können und den Zeitpunkt eines Angriffs genau abgepasst. Bevor Orapul mich erreichte, prallte Nadine gegen ihn.

Beide waren schwere Tiere, und beide hatten all ihre Kraft eingesetzt. Mitten in der Luft kollidierten sie, ich hörte das Klatschen und ging unwillkürlich einen Schritt zurück. Für einen Augenblick schienen sie in der Luft stehen bleiben zu wollen, dann fielen sie zurück, prallten zu Boden, und dort entspann sich ein Kampf auf Leben und Tod, der eine Art grausame Faszination auf mich ausübte.

Im nächsten Moment wurde die gespannte Stille von einem wilden Fauchen, Knurren und Hecheln unterbrochen.

Die beiden Tiere kämpften verzweifelt. Sie bissen wild um sich, schlugen mit den Läufen, versuchten sich ihre Zähne gegenseitig in das Fell zu hacken und waren wie zwei Teufel.

Auf dem Boden wurde der Lehm hochgewirbelt. Die Tiere hatten sich ineinander verbissen, sie bildeten ein wirres Knäuel, das sich rasend schnell bewegte, sodass ich keine Gelegenheit hatte, in den Kampf einzugreifen, weil alles zu schnell ging, denn einmal lag Nadine oben, und in der gleichen Sekunde drehte sie sich, sodass Orapul Oberhand gewann.

Ich ging zögernd zwei Schritte, hatte mein Kreuz jetzt in die Hand genommen und versuchte, es gegen das Fell des dämonischen Wolfs zu pressen. Nadine geriet dabei nicht in Gefahr, denn sie konnte das Kreuz berühren.

Der Kampf wurde mit einer erschreckenden Erbarmungslosigkeit geführt. Das Knurren und Hecheln wurde lauter, gefährlicher, dann spritzte Blut, und an einigen Stellen war das Fell der Wölfe nass.

Nadine lag öfter auf dem Boden, und ich merkte,

dass ihre Kräfte langsam nachließen. Der andere war zu stark. Sie konnte den Kampf nicht gewinnen.

Ich musste eingreifen!

Der Plan war einfach, doch riskant. Weil alles nicht mehr half, wolle ich mich über die beiden Wölfe wer fen und sie mit dem Kreuz attackieren. Die Wahrscheinlichkeit, schon beim ersten Angriff den Richtigen zu treffen, war groß.

Zu lange hatte ich gezögert, denn Nadine machte mir einen Strich durch die Rechnung.

Bevor ich den Kampf entscheiden konnte, hatte sie ihre Kräfte gesammelt, und es gelang ihr tatsächlich, den schweren Körper des Schwarzwolfs von sich zu stoßen. Genau in dem Augenblick, als er sein Maul weit aufgerissen hatte und die langen Zähne in Nadines Hals schlagen wollte.

Das Gebiss verfehlte die Wölfin.

Jetzt war sie an der Reihe.

Noch einmal stieß sie zu und wuchtete ihren Körper in die Höhe. Orapul prallte zu Boden, überrollte sich und kam sofort wieder hoch.

Allerdings griff er nicht wieder an, sondern hetzte auf einen der Lehmhügel zu, auf dessen Spitze er stehen blieb.

Meine Aufmerksamkeit wurde von Nadine in Anspruch genommen. Ob Orapul blutete, konnte ich nicht erkennen, bei Nadine sah ich jedoch trotz der schlechten Beleuchtung die Wunden. Wo sie sich befanden, schimmerte das Fell nass. Auch war die letzte Aktion über ihre Kräfte gegangen. Nadine schaffte es nicht mehr, sich zu erheben, und knickte immer wieder zusammen, wenn sie sich auf den Läufen halten wollte. So wurde sie für Orapul eine leichte Beute.

In mir vereiste etwas. Sollte mir Nadine durch die Bestie endgültig genommen werden?

Der Hass auf Orapul wurde zu einer lodernden Flamme. Plötzlich wollte ich ihn nicht mehr mit dem

Kreuz erledigen, sondern mit mehreren Silberkugeln vom Hügel putzen.

Es war ein ehrliches Vorhaben, doch ich konnte es nicht ausführen, denn die Ereignisse überstürzten sich wieder einmal.

Ich hatte bereits den Arm ausgestreckt, als ich eine zweite Gegnerin sah. Sie musste ebenfalls im Schuppen gelauert haben und jagte daraus hervor.

Es war Lupina!

»Halt, John Sinclair!«, brüllte sie und hetzte in langen Sprüngen von der linken Seite her auf mich zu.

Ich zögerte wirklich.

Diese Chance nutzte sie eiskalt, brachte sich mit einem gewaltigen Sprung zwischen ihren Sohn und mich, breitete ihre Arme aus und schaute mich an.

»Wenn du ihn töten willst, musst du erst mich erledigen!«, sagte sie keuchend, und ihr Gesicht verzerrte sich.

»Dann räume ich euch beide aus dem Weg!«

»Wirklich? Willst du mich wirklich töten? Denkst du nicht mal daran, dass wir uns einmal etwas bedeutet haben? Als du in mich verliebt gewesen bist?«

Ich verzog die Lippen. »Komm mir nicht mit solchen Sprüchen, Lupina. Mein Werwolfleben ist und bleibt Vergangenheit. Zudem hat es nur kurze Zeit gedauert. Nicht einmal einen ganzen Tag. Darauf kannst du nicht bauen. Du bist eine Feindin und gehörst zur Mordliga!«

»Nicht mehr, John Sinclair!«

Ich zielte so, dass ich über den Waffenlauf hinweg ihren Kopf sehen konnte. »Seit wann das denn nicht?«

»Ich habe mich von Morasso getrennt und gehe meinen eigenen Weg.«

»Auf dem ebenfalls Opfer zurückbleiben«, erwiderte ich kalt. »Nein, Lupina, zwischen dir und mir gibt es nichts Gemeinsames mehr, das solltest du längst gemerkt haben. Wir sind Feinde und werden es auch immer bleiben. Ich habe mir geschworen, die Mordliga zu vernichten. Wenn ich dich töte, dann habe ich meinen Schwur bereits zur Hälfte erfüllt!«

Die Worte schienen sie zu beeindrucken, denn sie duckte sich etwas. Gleichzeitig hörte ich rechts von mir ein herzzerreißendes Jaulen, das Nadine ausgestoßen hatte.

»Nein!«, flüsterte ich. »Nein, nein, nein. Ihr kommt hier beide nicht weg. Du nicht, Lupina, und auch nicht dein Sohn!«

Sie lachte plötzlich. Es klang schrill und wild. Ich sah dafür keinen Grund, doch Lupina lieferte mir umgehend die Antwort. »Ja, ich bin Orapuls Mutter, aber weißt du, wer sein Vater ist, John Sinclair?«

»Keine Ahnung!«

»Dann will ich es dir sagen. Der Fenriswolf ist sein Vater. Fenris, der Götterwolf, dieses ungemein kräftige und starke Wesen, vor dem sich selbst die Götter gefürchtet haben und das sie nicht immer unter Kontrolle halten können. Er ist Orapuls Vater, und er wird sich schrecklich rächen, wenn du seinem Sohn etwas antust!«

Jetzt wusste ich, wer der Vater war. Fenris, der Götterwolf. Gegen ihn hatte ich ebenfalls gekämpft. Wie oft war mir schon gesagt worden, dass ich irgendwann den Tod finden würde. Bis jetzt lebte ich noch, und deshalb schreckten mich die Worte der Werwölfin nicht besonders.

Kalt erwiderte ich: »Es ist mir egal, wer der Vater deines Sohnes ist. Mich interessiert nur, dass er und du eine Gefahr für die Menschheit darstellen, und das kann ich nicht zulassen!«

Es waren meine letzten Worte, die ich an Lupina richtete, denn nun entschied der Kampf.

Orapul fing damit an. Schon zu lange hatte er auf dem Lehmhügel gesessen und alles mit angehört.

Plötzlich stieß er sich ab.

Das geschah so kräftig und schwungvoll, dass er über seine Mutter hinwegflog, um mich zu treffen.

Obwohl ich bewaffnet war und nur abzudrücken brauchte, drehte ich mich zur Seite, denn der Wolf erschien mir so riesig und kompakt, dass ich von Angst erfasst wurde.

Und dann peitschten Schüsse. Am Klang erkannte ich die Berettas. Suko und Bill hatten in den Kampf eingegriffen.

Der unheimliche Schwarzwolf wurde durch die Schüsse irritiert, drehte noch in der Luft ab und landete ein paar Körperlängen vor mir.

Was weiter geschah, sah ich nicht, denn auch Lupina griff an. Und in ihren Angriff gellte ein hässliches, triumphierendes Gelächter, das auch dann nicht aufhörte, als eine rasend schnelle Schussgarbe folgte …

Bill Conolly und Suko hatten es nicht ganz geschafft. Ein paar Yards fehlten ihnen zu einem sicheren Schuss. Sie sahen, dass sich die Szene unten am Baggerloch zuspitzte, doch sie waren zu weit entfernt, um verstehen zu können, was gesagt wurde.

Nadine Berger lag am Boden. Die Wölfin wirkte so, als könnte sie sich nie mehr erheben. Das erkannte auch Bill Conolly. Er atmete schwer ein und aus, sein Herz pumpte wild.

Plötzlich blieb der Chinese stehen. Er hatte zuvor einen Blick nach unten geworfen und gesehen, dass sich der riesige Schwarzwolf abstieß und über Lupina hinweg auf John Sinclair zuhechtete.

Suko feuerte.

Auch Bill schoss.

Die Echos der Schüsse wetterten über das Wasser. Der Schwarzwolf zuckte einmal zusammen, änderte mitten in der Luft seine Sprungrichtung, kam wieder auf, drehte sich ab und huschte davon.

»Verdammt, wir sind zu weit weg!«, schrie Bill mit überschnappender Stimme. »Wir packen es nicht!«

Er hatte Recht. Die Schüsse lagen alle zu kurz. Keine Kugel hatte getroffen.

»Weiter!«, hetzte Suko.

Doch Bill Conolly blieb stehen, als wäre er gegen eine Wand gelaufen. Suko hatte schon abgedreht, er konnte die Gestalt nicht sehen, die sich hinter der Bretterbude löste.

Es war eine weitere Todfeindin des Sinclair-Teams. Lady X!

Die Vampirin lachte schrill und wild auf. Sie hielt ihren Trumpf in der Hand. Die mit Silberkugeln geladene Maschinenpistole. Und sie schoss!

Ich hörte das Knattern der Schüsse, das grausame Lachen und sah vor mir die Gestalt der Lupina wie in einer Großaufnahme auf der Kinoleinwand.

Sie hatte ihre Pranke ausgestreckt, mit den Krallen wollte sie mich zerreißen. Doch bevor sie mich berühren konnte, brach das Unheil über sie herein.

Die Garbe aus der MPi traf ihren Rücken voll. Die Geschosse schüttelten die Werwölfin regelrecht durch. Ihr Gesicht verzerrte sich, der Kopf wurde vor meinen Augen zerschossen, und ich hechtete mit einem gewaltigen Sprung zu Boden, um nicht von den Kugeln getroffen zu werden.

Aus meiner Froschperspektive konnte ich alles sehen. Lupina tanzte unter den Einschlägen der Silbergeschosse. Lady X, denn keine andere war es, hielt voll auf ihre Gegnerin.

»Die Rache der Mordliga!«, brüllte sie in das Stakkato der Schüsse hinein.

Ich feuerte ebenfalls.

Auf dem Rücken lag ich, stützte mich mit dem linken Ellbogen ab, hatte den rechten Arm ausgestreckt und hielt auf das Mündungsfeuer. Ich war mir nicht sicher, auch getroffen zu haben. Auf jeden Fall brach die mörderische MPi-Garbe plötzlich ab, letzte Echos verwehten, und das Schweigen des Todes legte sich über die alte Lehmgrube.

Zwei Sekunden lang schloss ich die Augen. Ich wusste, was ich vorfinden würde, doch ich wollte es mit eigenen Augen sehen.

Im Zeitlupentempo stand ich auf. Nur wenige Schritte brauchte ich, um Lupina zu erreichen.

Sie lag vor mir.

Tot – vernichtet …

Mindestens ein Dutzend Kugeln hatten sie getroffen. Die meisten in den Rücken, und sie war dabei, sich langsam aufzulösen. Von ihrem Gesicht war kaum noch etwas zu erkennen. Das lange blonde Haar war schon stumpf und grau geworden. Ich sah die dicken nassen Flecken in ihrem Fell und die Kreise darum, wo sich Fell und Haut auflösten, denn die geweihten Silberkugeln zerstörten alles.

»Die Rache der Mordliga«, murmelte ich, und mir lief eine Gänsehaut über den Rücken. »Ihr entgeht niemand.«

Dann wandte ich mich ab. Mitleid empfand ich nicht, obwohl ich tatsächlich einmal in dieses Wesen verliebt gewesen war. Es hatte zu viele Menschenleben auf dem Gewissen …

Suko und Bill erreichten mich Minuten später. Beide waren außer Atem, und beide zogen betrübte Gesichter.

Lady X war ihnen entwischt. Ebenso Lupinas Sohn. Er hatte den Tod seiner Mutter mit ansehen müssen, und sicherlich würde er versuchen, Rache zu nehmen.

Mein Gott, wo sollte das noch alles hinführen?

»Auf jeden Fall besteht die Mordliga jetzt nur noch

aus drei Mitgliedern«, zog Bill Conolly das optimistische Fazit. »Das ist doch auch schon was.«

»Aber die drei sind die Stärksten«, erwiderte ich.

Bill hob die Schultern.

Unser Gespräch spielte sich dort ab, wo Nadine Berger lag. Der Schwarzwolf hatte ihr tiefe Wunden gerissen. Sie blutete an zahlreichen Stellen, aber sie lebte.

Der Kopf lag auf der Seite. Ihre Augen schauten mich mit einem flehenden und bittenden Ausdruck an.

Ich lächelte, während ich mit ihr sprach. »Wir werden dich retten, Nadine«, flüsterte ich. »Das verspreche ich dir. Du brauchst keine Angst zu haben.«

Dann bückte ich mich und nahm das schwerverletzte Tier auf beide Arme.

Nebeneinander gingen wir und verließen die Lehmgrube. Wir hatten hier nichts mehr verloren …

ENDE

Kampf mit der Mumie

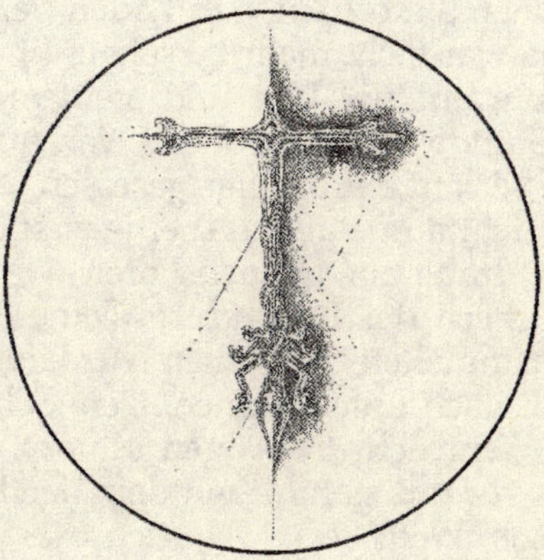

London stöhnte unter der ersten Hitzewelle des Jahres. Die warme Luft kam aus dem Süden und brachte eine Schwüle mit, die die Sterbequote der Herzkranken schlagartig in die Höhe trieb.

Ich hatte von diesem Wetter nicht viel gespürt, denn ich war zumeist in den klimatisierten Räumen des Yard-Rechenzentrums zu finden, wo ich einigen Leuten mit meinen Wünschen auf den Wecker fiel.

Immer noch ging es um Wikka und Jane Collins. Die Detektivin war eine treue Dienerin der Oberhexe Wikka geworden, seit dem Zeitpunkt, als der Geist des Rippers in ihren Körper gefahren war.

Wir suchten nach einer Spur. Unser Hauptcomputer wurde eingeschaltet, und er hatte mir eine Liste aller bekannten Clubs und ›Geheimbünde‹ erstellt, die es auf der Welt gab.

Das waren verdammt viele. Ich hatte die Papiere unter dem Arm und konnte mich an die Auswertung begeben, die sicherlich Tage dauern würde.

Da mir die andere Seite für so eine Arbeit kaum Zeit ließ, gab ich sie ab. Es gibt immer genügend Nachwuchsbeamte, die sich die ersten Sporen verdienen wollen.

Ich fuhr ziemlich erschöpft nach oben. Unser Büro war schon leer. Suko hatte den Laden verlassen, und auch Glenda war nicht mehr zu sehen.

Ich schaute auf die Uhr und stellte fest, dass es schon eine Stunde nach Feierabend war. Achtzehn Uhr.

Ich hatte so lange im Keller gesessen, das war mir überhaupt nicht aufgefallen. Aber jetzt spürte ich den Schweiß. Er drang aus meinen Poren wie das Wasser aus den Löchern der Duschdüse. Feine Tropfen, die sich sofort sammelten, zu Bächen wurden und an meinem Gesicht nach unten rannen. Dem Schweiß folgte der Durst. Wenn ich die Augen schloss, sah ich ein großes Glas vor mir, gefühlt mit dem herrlichsten Bier auf der ganzen Welt.

Ich beschloss, dass diese Vision kein Traum bleiben sollte. Ein Bier konnte ich mir erlauben, ohne den Bentley stehen zu lassen. Aber in die Kneipe? Zu Hause hatte ich Exportpils, und da konnte ich auch zwei Flaschen trinken.

Die Fahrt durch London wurde mal wieder zur Qual. Und das bei dem Wetter. Die Schwüle drückte auf das Gemüt der meisten Menschen. Autofahrer machten Fehler, die ihnen sonst nicht passiert wären, und ich schlitterte zweimal nur haarscharf an einem Unfall vorbei.

Natürlich beschäftigten mich auch meine Gedanken. Nicht nur um Jane Collins, die Hexe, sondern auch um das Thema Lupina. Sie lebte nicht mehr. Lady X hatte sie erschossen, und wir waren Zeugen gewesen. Unvorstellbar noch vor einigen Monaten für mich, dass die Mitglieder der Mordliga damit begannen, sich gegenseitig auszurotten, aber Lady X hatte es uns bewiesen.

Lupina existierte nicht mehr. Neben Tokata und Mr. Mondo war sie das dritte Opfer. Dr. Tod musste langsam zusehen, dass ihm etwas einfiel. Aber uns konnte es recht sein. Die Mordliga hatte uns schon zu viel Ärger und Sorgen bereitet. Wenn es sie nicht mehr gab, konnten wir aufatmen.

Länger als gewöhnlich dauerte die Fahrt nach Hause. Die Schwüle wurde durch die Abgase noch schlimmer. Man konnte die Luft kaum atmen, die zwischen den Häusern stand, und ich stöhnte befreit auf, als ich endlich den Bentley in die Tiefgarage lenkte.

Schmatzend rollten die Reifen über die geschwungene Einfahrt der großen, unterirdischen Garage. Ich fand meine Parktasche, sah allerdings Sukos Harley nicht, die dort sonst immer stand.

Da fiel mir ein, dass der Chinese noch mit Shao zum Schwimmen wollte. Sollten sie, ich wollte eine Dusche und mein Bier.

Das Bier nahm ich zuerst. Mit dem ersten Schluck verschwand eine halbe Flasche in meiner Kehle, so einen Durst hatte ich, und schon war mir wieder ein wenig wohler.

Nach der Dusche steigerte sich das Gefühl noch, bis der moderne Quälgeist, sprich Telefon, anschlug.

Erst wollte ich nicht abheben. Ich schenkte mir zuvor noch ein Glas voll und ging gemächlich auf den Apparat zu. Wahrscheinlich war es einer meiner Bekannten, und als ich mich gemeldet hatte, hörte ich ein hämisches Lachen.

Das war keiner der Bekannten. Innerhalb einer Sekunde schaltete ich um, und mein inneres Alarmsystem warnte mich.

»Haben Sie so einen Spaß?«, fragte ich.

»Ja, Mister.«

Die Stimme klang zischend, als würde der Unbekannte flüstern. Er schien kein Engländer zu sein, denn er sprach einen seltsamen Dialekt, den ich trotz der zischenden Stimme heraushören konnte.

»Darf ich den Grund für Ihre Freude erfahren?«, wollte ich wissen und bemühte mich dabei, meiner Stimme einen heiteren Klang zu geben.

»Natürlich darfst du das, Geisterjäger. Du sollst ihn sogar erfahren. Es geht um das Totenfest. Heute wird es gefeiert. Alles ist vorbereitet, hörst du?«

»Welches Totenfest?«

»Du kennst es nicht?«

»Nein.«

»Oooh – ich hätte dir mehr zugetraut, Geisterjäger John Sinclair. Du kennst das Totenfest des großen Radamar nicht?«

»Was soll das überhaupt? Radamar? Wer ist das?«

»Einer, der sehr stark, aber tot ist«, lautete die komische Antwort.

»Also tot und stark«, murmelte ich. »Vielleicht untot?«

»Das überlasse ich dir, Geisterjäger.« Er lachte. »Ich

hätte wirklich mehr von dir erwartet. Da bin ich besser, viel besser. Das kannst du mir glauben …«

Ich runzelte die Stirn. »Ich gebe gern zu, dass es Leute gibt, die besser sind als ich. Sogar die meisten, deshalb können Sie mich auch mit dieser Antwort nicht treffen …«

»Hüte dich, Geisterjäger! Radamar ist sehr stark. Er ist sogar noch stärker, als du angenommen hast.« Ein hämisches Lachen drang aus dem Hörer, und ich hatte Angst, dass der Kerl auflegte, ohne mir noch weitere Informationen gegeben zu haben. Deshalb sagte ich schnell: »Warten Sie …«

»Ach, will sich der große Geisterjäger mit mir unterhalten?«

»Ja, ich finde es sehr interessant.«

»Und worum soll es gehen?«

»Ich denke da an das Totenfest. Wo findet es denn statt? Ich möchte gern Gast sein.«

»Ja, das wollen viele. Aber Radamar lässt nicht jeden zu.«

»Wer ist denn Radamar?«

»Ein besonderer Mann, der schon lange tot ist und zwischen Anubis und den Großen Alten vermittelt.«

Mich trieb es fast gegen die Decke. Anubis, das war altägyptisch.

Anubis hieß der Herr der Unterwelt. Als ein Schakal war er oft auf den alten Wandreliefs in den Pyramiden zu sehen.

Und jetzt hörte ich seinen Namen im Zusammenhang mit den Großen Alten. Gab es da eine Verbindung? Der Unbekannte musste mehr wissen, und plötzlich war ich an dem Telefongespräch mehr als interessiert.

»Sind Sie noch da?«, fragte ich.

»Natürlich.«

»Gut, dann können Sie mir sicherlich sagen, wo ich Anubis finden kann oder nicht.«

»Nein.«

»Schade. Aber wie ist es mit Radamar?«

»Ihm zu Ehren wird das Totenfest gefeiert. In der nächsten und übernächsten Nacht.«

»Wo denn?«

»Auf einem Schiff. Es liegt hier in London. Fahre in den Hafen, da wirst du es finden.«

»Und wie heißt das Schiff?«

»Alexandria, Geisterjäger. Merke dir den Namen. Das Schiff heißt Alexandria.«

»Dann brauche ich nur noch zu wissen, wie Sie sich nennen. Schließlich kennen Sie auch meinen Namen.«

»Nenne mich den Joker.«

»Mehr nicht? Das ist kein Name.«

»Doch, Geisterjäger. Ich sage zu dir ja auch nicht Sinclair, sondern nenne dich einfach ...« Da war die Verbindung plötzlich unterbrochen. Die nächsten Worte rief ich in eine leere Leitung.

Ich starrte nachdenklich den Hörer an und ließ ihn langsam auf die Gabel sinken.

Joker hatte er sich genannt. Wirklich seltsam. Ich hatte mal mit einem Joker des Teufels zu tun gehabt, aber das war lange her, und ich glaubte nicht, dass es zwischen dem Joker hier und dem damals eine Verbindung gab.

Interessant hatte der Anruf geklungen. Irgendetwas schien sich da anzubahnen, von dem ich bisher noch keine Ahnung gehabt hatte. Aber was?

Da waren einige Begriffe gefallen: Anubis, die Großen Alten und vor allen Dingen Radamar. Hinzu kam das Totenfest und letztlich noch das Schiff mit dem Namen Alexandria. Dies schien mir die erfolgversprechendste Spur zu sein.

Ob ein Schiff mit diesem Namen im Hafen lag, war leicht herauszufinden. Ich brauchte nur bei der entsprechenden Behörde anzurufen und hoffte, dass es dort auch einen abendlichen Notdienst gab, denn normalerweise hatten die Beamten der Hafenbehörde schon Feierabend.

Während des Telefonats war ich wieder ins Schwitzen geraten. Die Schwüle lag wie Blei in meiner Wohnung. Manchmal hatte ich das Gefühl, die Luft anfassen zu können, so dick kam sie mir vor.

Ich holte mir das entsprechende Buch hervor, suchte die Nummer der Hafenbehörde und wählte.

Jemand hob ab.

Als ich meinen Wunsch vortrug, zeigte sich der Mann nicht zuständig, verband mich allerdings weiter.

Auch da wollte man nicht mit einer Auskunft herausrücken, weil man erst noch rückfragen wollte, ob tatsächlich ein gewisser Oberinspektor John Sinclair angerufen hatte.

Der Rückruf erfolgte, ich hob ab, hörte die Entschuldigung des Mannes und die Informationen.

Aus Ägypten war ein Frachter namens Alexandria vor zwei Tagen in den Londoner Hafen eingelaufen.

»Und was hat das Schiff geladen?«, fragte ich.

Ich hörte das Rascheln von Papier. Der Mann am anderen Ende der Leitung schaute nach. »Baumwolle.«

»Ist das überprüft worden?«

»Ja, der Zoll hat keine Bedenken. Er hat seinen Stempel auf die Papiere gedrückt.«

»Kennen Sie den Namen des Kapitäns?«

»Moment, Sir, er steht auch hier. Der Mann heißt Ahab Radamar!«

Ich schluckte. Das war in der Tat eine Überraschung. Hatte der unbekannte Anrufer nicht von einem toten Radamar gesprochen? Natürlich, aber nun hörte ich, dass der Kapitän so hieß.

Seltsam, wirklich sehr seltsam …

»Ist noch etwas, Sir?«

»Ja, wie lange will die Alexandra noch im Hafen liegen?«

»Das ist uns nicht bekannt. Jeder Tag kostet allerdings Geld. So reich wird der Reeder auch nicht sein. Ich nehme an, dass die Alexandria morgen wieder in See stechen wird.«

»Ja, das kann sein. Auf jeden Fall bedanke ich mich für Ihre Auskünfte.«

»Gern geschehen.«

Ein wenig schlauer war ich geworden. Trotzdem blieben noch mehr Rätsel, als mir lieb war. Radamar hieß der Kapitän. Das war eine seltsame Sache. Gab es vielleicht zwischen ihm und dem geheimnisvollen Toten mit demselben Namen eine Verbindung?

Möglich war es, wenn nicht sogar sicher. Um mich aber zu überzeugen, musste und wollte ich mir diesen geheimnisvollen Radamar erst einmal anschauen.

Und dazu musste ich auf das Schiff …

Das Ächzen hörte sich an, als läge ein vorsintflutliches Tier im Sterben. Es erfüllte den gesamten dunklen Lagerraum. Kein Lichtstrahl drang durch die Schotten. Niemand außer den wenigen Eingeweihten sollte sehen, was sich dort unten aufhielt.

Es war das Grauen …

Zurückgekehrt aus einer unheimlichen, fernen Vergangenheit, zum Leben erweckt und bereit, sich wieder auf eine schreckliche Art und Weise in Erinnerung zu rufen.

Das Ächzen wiederholte sich mehrere Male. Man konnte glauben, dass das Unheimliche aus dem Gefängnis herauswollte, aber noch war die Zeit nicht reif. Noch brauchten seine Diener Stunden, um alles vorzubereiten, denn in der Nacht sollte das große Totenfest starten.

Dann kam er frei …

So lag und schmachtete er in seinem Gefängnis, das ihn auf der langen Reise beherbergt hatte. Es war abgedeckt. Er sollte von niemandem gesehen werden, und auch als hoch über ihm eine Luke geöffnet wurde und Licht in den Stauraum fiel, war von ihm nichts zu sehen.

An der Luke erschienen zwei Gesichter. Stimmen flüsterten.

»Da liegt er«, sagte der eine.

Das bärtige Gesicht des zweiten Mannes verzog sich zu einem scharfen Grinsen. »Bald kann er aufstehen.«

»Ja, es ist sein Fest.«

»Und die Sicherung?«, fragte der eine.

Eine akustische Antwort erhielt er nicht. Stattdessen wurde die Klappe noch weiter aufgestellt, sodass die eintretende Lichtfülle stärker in den Stauraum fiel.

Jetzt war noch etwas anderes zu sehen. Etwa zwei Yards über dem geheimnisvollen Gegenstand war ein Netz gespannt. Es zog sich quer durch den Lagerraum, war dünn und kleinmaschig, aber dennoch sehr stabil.

Und es war nicht leer, denn die beiden Beobachter sahen an einigen Stellen das Zucken der gefährlichen kleinen Leiber mit dem langen Giftstachel an den Hinterteilen.

Es waren Skorpione …

Ich hatte mich umgezogen, denn trotz der kalten Dusche hatte ich wieder zu schwitzen begonnen. Aus einem gemütlichen Feierabend wurde also nichts. Wahrscheinlich hatte ich wieder einen brisanten Fall am Hals.

Der Weg zum Hafen war mir bereits in Fleisch und Blut übergegangen. Zu oft hatte ich schon in dieser Ecke zu tun gehabt. Häfen sind eigentlich überall in der Welt gleich. Dort wird nicht nur hart gearbeitet, sondern auch dem anderen Extrem gefrönt.

Licht und Schatten liegen an keiner Stelle so dicht nebeneinander wie im Hafen.

Verbrecherbanden, Prostitution, Rauschgift, Überfälle, gefährliche Bars und Kneipen – all das fand man dort im Schatten der am Kai liegenden Schiffe.

Man roch den Hafen schon, bevor man ihn sah. Ich hatte das Fenster auf der Fahrerseite nach unten fahren lassen. Die Luft wehte in den Wagen. Sie war erfrischender als der Benzingestank in der City, und sie roch nach Salz, nach Feuchtigkeit und nach der Weite des Ozeans. Die Möwen, die über den Masten der Schiffe ihre Kreise zogen, gehörten ebenfalls zum Bild des Hafens.

Von den großen, parallel laufenden Straßen zweigten kleinere ab. Wie lange, breite Finger führten sie den Kais und Piers entgegen, den Trockendocks und den Arbeitsplätzen der Stauer, wo gewaltige Kräne und Winden standen, die manchmal noch die Masten der Schiffe überragten.

Ein faszinierendes Bild, in das nur Hektik und Arbeit hineinpasste. Einen ruhigen Hafen konnte ich mir nicht vorstellen. Ich musste dorthin, wo die Überseefrachter anlegten. Da befanden sich die größten Becken, die man speziell für diese Schiffe geschaffen hatte, damit sie be- und entladen werden konnten.

Das raue Kopfsteinpflaster war ebenfalls typisch. Die breiten Reifen meines Silbergrauen schmatzten darüber hinweg. Ich fuhr durch eine schmale Straße. Links befand sich eine Ziegelsteinmauer, rechts ein Gebäude, das einige Kneipen und Bars beherbergte. Von außen sah es wie eine Fabrikhalle aus. Die Türen der zwielichtigen Lokale standen offen, und Nutten, mehr nackt als angezogen, lehnten lässig und auf Kunden wartend an den Wänden.

Wenig später erreichte ich das Gebiet der großen Piers. Meinen Wagen wollte ich am Gebäude des Zollamts parken. Dahinter führten die Schienen der Hafenbahn vorbei.

Das Zollamt kannte ich. Untergebracht waren die Büros in einem grauen Steinkasten. Hier wurde auch abends gearbeitet. Als ich ausstieg, hörte ich das Klappern zahlreicher Schreibmaschinen. Die Geräusche drangen durch die offenen Fenster.

Gegenüber befand sich der Pier. Mehrere Schiffe lagen dort. Eins davon musste die Alexandria sein. Man hatte mich beobachtet, wie ich meinen Wagen abstellte. Da es kein öffentlicher Parkplatz war, erschien ein Beamter, der mich vertreiben wollte.

Mein Ausweis beruhigte ihn. Dann fragte ich den Mann nach der Alexandria.

Er deutete an dem ersten Schiff vorbei auf das zweite. »Dort sind Sie richtig, Sir.«

»Ich danke Ihnen.«

»Ist mit dem Kahn irgendetwas nicht in Ordnung?«, wollte er noch wissen.

»Alles klar. Mein Besuch ist gewissermaßen privat.«

»Ach so …«

Ich ließ den Mann stehen. Es wurde noch immer hektisch gearbeitet. Nicht bei der Alexandria, aber an dem Schiff, das dahinter lag. Ein großer Kran holte Paletten mit japanischen Autos aus dem gewaltigen Bauch des Frachters.

Ich hatte es nicht sehr eilig, zu meinem Ziel zu gelangen. Der Kahn lief mir schon nicht weg. Eine Jakobsleiter brauchte ich nicht zu erklimmen, sondern konnte ziemlich bequem über eine Gangway hinaufgehen, die an beiden Seiten durch ein Seil gesichert war.

Von der Besatzung hatte ich bisher noch keinen an Bord herumturnen sehen. Das änderte sich allerdings, als ich den weiß angestrichenen Frachter betrat. Kaum hatte ich einen Fuß auf das Deck gesetzt, sah ich mich einem bärtigen Mann gegenüber, der mich aus dunklen Augen misstrauisch musterte. Er trug die Uniform eines Offiziers, der Kapitän war er allerdings nicht.

»Sie wünschen?«, fragte er.

Sein Englisch klang hart. Es hörte sich fast so an wie

das des geheimnisvollen Jokers, der mich angerufen hatte.

Ich lächelte erst einmal. So ein Lächeln räumt oft schon erste Schwierigkeiten aus dem Weg. »Ich hätte gern mit Kapitän Radamar gesprochen.«

»In welcher Angelegenheit?«

»Das möchte ich dem Kapitän persönlich sagen.«

»Wer sind Sie?«

»Oberinspektor Sinclair.«

Zuckte er nicht zusammen, als ich meinen Dienstgrad nannte? Ja, fast sah es so aus. Der Mann senkte zudem noch die Augenlider, und seine Hände ballten sich zu Fäusten. Dann hob er fast ruckartig den Kopf und blickte mich wieder an. »Der Zoll war bereits hier. Mit unserem Schiff ist alles in Ordnung.«

»Ich bin nicht vom Zoll. Mein Besuch ist eher privat. Kann ich den Kapitän nun sprechen oder nicht?«

»Warten Sie hier.« Er ließ mich stehen und verschwand hinter den Aufbauten.

So prächtig und sauber das Schiff auch äußerlich war, es gefiel mir trotzdem nicht. Die Reaktion des Offiziers hatte mir gezeigt, dass man hier nicht versessen darauf war, die Polizei an Bord zu haben. Anscheinend hatten sie kein reines Gewissen, und ich war gespannt, wie es weitergehen würde. Zudem entdeckte ich einige Männer der Besatzung. Sie hielten sich im Hintergrund auf, taten zwar beschäftigt, aber sie ließen mich nicht aus den Augen.

Ein merkwürdiges Schiff und eine merkwürdige Besatzung, wie ich feststellen konnte. Ich war gespannt, wie der Kapitän darauf reagierte.

Zunächst ließ man mich warten. Ich hörte über mir das Schreien der Möwen und warf einen Blick auf das Zollhaus und über das graue Wasser, auf dem zahlreiche Boote und Schiffe ihre Kreise zogen.

Endlich kehrte der Mann zurück. »Der Kapitän erwartet Sie, Mister.«

»Danke. Und wo?«

»In seiner Kabine.«

Dazu mussten wir unter Deck. Als ich in den Bauch des Schiffes eintauchte, wurde mir ein wenig komisch zumute. Für die Außenwelt war ich jetzt verschwunden. Hier unten konnte man mich unbemerkt verschwinden lassen.

Trotz der Hitze lief ein Frösteln über meinen Rücken, und ich war gespannt, wie sich die Lage weiterhin entwickelte und ob der geheimnisvolle Joker Recht gehabt hatte.

Sollte hier wirklich das Totenfest gefeiert werden? Anzeichen dafür entdeckte ich nicht. Alles sah so normal aus wie auf jedem Schiff dieser Größe.

Auch unter Deck war es sauber. Wir wandten uns der Bugseite zu, denn gegenüber, wo es zum Heck des großen Frachters ging, warnten Schilder. Dort befanden sich die gewaltigen Fracht- und Stauräume. Ich sah Eisentüren und Leitern, die an den Seiten der Lagerräume in die Höhe führten.

Noch ein Deck tiefer mussten wir klettern, um uns dem Heiligtum des Schiffes zu nähern. Dem Kapitänsbereich. Der Bartträger schritt schweigend neben mir her. Auf seiner Stirn glitzerten kleine Schweißtropfen. An der Wärme konnte es nicht liegen, denn unter Deck und gerade in diesem Bereich des Schiffes arbeitete fast lautlos eine gute Klimaanlage, die die Temperatur konstant hielt.

An einer Tür klopfte der Mann, und ich vernahm ein ziemlich ungnädiges Brummen.

Mein Begleiter fasste dies als Eintrittssignal auf und öffnete. Hinter der Tür lag ein Raum, in dem sich auch ein Ölscheich wohl gefühlt hätte. Die Wände waren mit edlen Hölzern getäfelt. Sitzelemente bestanden aus Leder, und eine gut gefüllte Bar deutete darauf hin, dass es der Kapitän wohl mit seinem mohammedanischen Glauben nicht sehr genau nahm.

Eine der vielen Lampen strahlten den Mann an, der sich lässig hinter seinem Schreibtisch erhob und noch einige Papiere zur Seite legte, bevor er mich mit einem Kopfnicken begrüßte.

Seine Uniform war schneeweiß. Kein Stäubchen lag auf dem Stoff! Der Mann erinnerte mich an den Filmschauspieler Omar Sharif. Auch er hatte die großen Augen, das dichte, dunkle Haar, den Schnauzbart, nur war das Gesicht des Kapitäns nicht so weich, sondern ein wenig härter geschnitten.

»Sie sind also Polizist?«, fragte er zur Begrüßung, während hinter mir mein Begleiter die Tür von außen schloss.

»Ja, das bin ich. Mein Name ist John Sinclair. Ich komme von Scotland Yard.«

Radamar lächelte. »Damit wären die Fronten abgesteckt, und ich darf Sie bitten, Platz zu nehmen. Kann ich Ihnen etwas zu trinken anbieten, Mr. Sinclair? Mit der Polizei des Gastlandes sollte man sich immer gut stellen.«

»Ja, das ist klug.«

»Sag ich doch.« Er nahm mir gegenüber Platz und schlug lässig die Beine übereinander, wobei die Bügelfalte scharf wie ein Messerrücken aus dem Stoff stach.

Zu trinken nahm ich nichts, sondern kam gleich zur Sache. »Sie haben einen seltsamen Namen, Herr Kapitän.«

»Für Sie als Europäer vielleicht, aber in Ägypten ist er nicht so selten.«

»Er ist alt, nicht?«

»Das allerdings.«

»Dann gab es ihn schon zur Zeit der Pharaonen?«

»Auch das. Sogar ein berühmter Magier aus dem alten Ägypten trug diesen Namen.«

»Ist er nicht vergessen worden?«, hakte ich nach.

Der Kapitän lachte. »Wo denken Sie hin, Mr. Sinclair?

Wir haben eine so glutvolle Geschichte hinter uns, dass wir nichts, aber auch gar nichts vergessen können. Unsere Vorfahren, und das behaupte ich immer, waren schlauer und intelligenter als die Menschen heutzutage. Dies in entsprechender Relation gesehen.«

»Da mögen Sie Recht haben. Ich denke da nur an die Totenkulte der alten Ägypter.«

»Sie sind gut informiert.«

»Das muss ich sein, denn ich wollte Sie fragen, ob es um Radamar auch einen Totenkult gibt.«

Der Kapitän legte seine Stirn in Falten. »Und wenn es so wäre, würde es Sie stören?«

»Das kommt ganz darauf an, wie schlimm dieser Totenkult damals gewesen ist.«

Aus einem blauen Kasten nahm der Ägypter eine flache Orientzigarette und zündete sie mit einem goldenen Feuerzeug an. »Ja, es gab um ihn einen Totenkult, denn Radamar war ein besonderer Mann. Die alten Götter haben ihn mit Gaben gesegnet, von denen wir heute nur noch träumen können. Er beherrschte die Seelenwanderung, und es ist ihm auch gelungen, mit Anubis Kontakt aufzunehmen.«

»Das heißt, er war im Totenreich.«

»Genau.« Der Kapitän paffte einige Rauchwolken. »Ich sehe Sie überhaupt nicht spöttisch lächeln. Die meisten reagieren so, wenn ich ihnen die Geschichte erzähle.«

»Vielleicht glaube ich sie.«

»Dann wären Sie die Ausnahme.« Ahab Radamar nickte versonnen. »Ja, Radamar ist schon eine ausgesprochene Rarität, und ich bin stolz darauf, seinen Namen tragen zu dürfen, denn er allein war der Bote zwischen dem Diesseits und dem Jenseits und gehörte auch zu den Käfergöttern, denn er wurde einmal von einem Skorpion gestochen, was ihm aber nichts ausmachte. Im Gegenteil, er erstarkte sogar.«

Käfer war wieder ein Stichwort. Ich erinnerte mich

noch gut an das Abenteuer mit den Sylphen, den Höllenkäfern aus dem alten Ägypten. Damals hatte ich zusammen mit Suko und unserem indischen Freund Mandra Korab gegen diese Bestien gekämpft.

Gab es vielleicht Verbindungen?

»So nachdenklich?«, fragte der Kapitän.

»Ja, Sie sprachen von Käfern. Denken Sie da vielleicht an die Sylphen?«

Er lächelte schmal. »Ich bin erstaunt darüber, was Sie alles wissen, Mr. Sinclair. Aber an die Sylphen dachte ich nicht, mehr an die Skorpione.«

»Und was haben sie mit Radamar zu tun?«

»Sehr viel sogar. Er war oder ist ihr Herr. Sie gehorchen ihm einfach.«

»Auch heute noch?«

»Sicher.«

»Einem Toten?«, fragte ich schnell.

»Möglich …«

»Warum geben Sie keine konkrete Antwort, Herr Kapitän? Ist es vielleicht möglich, dass Radamar noch lebt und Sie mehr über ihn wissen, als Sie hier zugeben wollen?«

Er beugte sich vor, streckte seinen Arm aus und streifte behutsam die graue Asche von seiner Zigarette ab. »Aus welchem Grund sind Sie hier, Mr. Sinclair? Ich habe aus reiner Höflichkeit bisher noch nicht nach dem Grund gefragt. Jetzt möchte ich es tun. Ich habe das Recht dazu, denn Sie befinden sich nicht mehr auf englischem Boden, sondern auf ägyptischem. Und hier habe ich die Befehlsgewalt.«

»Die Frage habe ich erwartet. Eine Antwort werde ich Ihnen auch geben. Mir geht es um Radamar. Ich möchte nicht, dass durch ihn oder seine Mitwirkung plötzlich etwas Schreckliches geschieht, dem wir keinen Einhalt gebieten können. Ich will es klar ausdrücken. Ich rechne mit der Totenmagie Ihres Ahnherrn!«

War sein Gesicht bei meinen ersten Worten kühl und abweisend gewesen, so zeigte es jetzt einen spöttischen Ausdruck. »Gehen Sie da nicht etwas zu weit, Mr. Sinclair?«

»Auf keinen Fall. Ich weiß, wie gefährlich Schwarze Magie werden kann, und ich kenne auch die Totenkulte Ihrer Vorfahren. Hüten Sie sich, die alten Riten wieder auferstehen zu lassen.«

»Aber Radamar ist eine Mumie. Er liegt in einem Sarkophag. Er kann nichts mehr tun.«

»Auch sein Geist nicht?«

»Der ist eingegangen in die alte Totenwelt meiner Ahnen.« Er schaute mich aus seinen großen, dunklen Augen an, als wollte er mich hypnotisieren.

»Dann findet die Totenfeier ihm zu Ehren in der folgenden Nacht also nicht statt?« Das war eine wichtige Frage für mich, und ich war wirklich gespannt, wie der Kapitän reagierte.

Zuerst saugte er an seiner Zigarette. Dann schloss er den Mund und ließ den Rauch durch die Nasenlöcher ausströmen. »Sie wissen ziemlich viel, Mr. Sinclair.«

»Das gehört zu meinem Job.«

»Auch die Totenkulte der alten Ägypter?«

»Unter anderem.«

Er nickte, als sähe er sich bestätigt. »In London scheint es wohl zu wenig Verbrecher zu geben, dass sich die Polizei um Dinge kümmern muss, die sie eigentlich nichts angeht.«

»Mich gehen die Dinge etwas an«, erwiderte ich scharf. »Ich weiß, wie grausam diese Totenkulte waren, und wenn sie eine blutige Auferstehung feiern wollten, werde ich das verhindern. Darauf können Sie sich verlassen, Kapitän Radamar!« Es waren Worte, die er hoffentlich begriffen hatte und nach denen er sich richten würde.

»Damit halte ich das Gespräch für beendet«, sagte er und stand auf. Die Höflichkeit war verschwunden.

Ich blieb sitzen. »Etwas möchte ich Ihnen noch mitteilen. Verlassen Sie London noch vor Einbruch der Dunkelheit. Es ist besser für Sie und für uns.«

»Sie nehmen sich sehr viel heraus, Sinclair.«

»Meine Vollmachten reichen weit.« Jetzt erhob auch ich mich. »Ich gebe Ihnen genau zwei Stunden Frist, dann hat Ihr Schiff den Hafen zu verlassen.«

»Ich habe verstanden.« Er deutete zur Tür.

Die zwei Stunden Frist wollte ich nutzen, um mit den Kollegen vom Zoll über die Alexandria zu reden. Irgendein Geheimnis musste sich hier an Bord befinden. Die Kollegen durchsuchten normalerweise jedes Schiff, das einlief. Und vielleicht hatten sie irgendetwas entdeckt, was mich auf die Spur dieser Mumie Radamar brachte.

An der Tür blieb der Kapitän stehen und machte eine ausladende Handbewegung, die er mit dem Wort »Bitte« unterstrich.

»Denken Sie an die beiden Stunden«, sagte ich und öffnete.

»Natürlich.«

Inzwischen hatte ich aus schlechten Erfahrungen gelernt und war vorsichtig geworden. So einfach wollte ich nicht aus der Kabine stürmen. Ich blieb vorsichtig, schaute hinter der Tür nach rechts und links, sah allerdings keine Mitglieder der Besatzung. Nur der Bärtige stand da wie ein Zinnsoldat.

»Mr. Sinclair will gehen«, sagte der Kapitän. »Sie wissen Bescheid, Osmin!«

»Natürlich.« Er nickte mir zu. »Kommen Sie.«

Ich hielt mich wieder an seiner Seite. Dabei sah ich seinem Gesicht an, dass es für mich keinen Zweck hatte, ihn über den Kapitän und die Fracht des Schiffes auszufragen. So wie er aussah, würde er mir sowieso keine Antwort geben.

Wir gingen fast den gleichen Weg wieder zurück. Allerdings stiegen wir an einer anderen Stelle des

Schiffsbauchs dem Deck entgegen. Da es in die Höhe ging, dachte ich mir nichts dabei und folgte dem Offizier.

Helle Lichtstreifen fielen durch Öffnungen, trafen uns, sodass ich alles besonders gut erkennen konnte. Bequem war der zweite Weg nicht, denn die schachtähnliche Öffnung verengte sich noch, sodass ich gerade mit den Schultern hindurchpasste. Der Kopf folgte.

Das kalte Gefühl auch. Es setzte sich in meinem Nacken fest und deutete auf eine Gefahr hin.

Ich wurde schnell, schoss förmlich aus der Luke und sah mich von mehreren Männern umringt.

Der bärtige Osmin stand zwischen ihnen. Er grinste jetzt. Nur seine Augen nicht. Sie blieben kalt und gefühllos, dabei taxierten sie mich wie die Schlange das Kaninchen.

Ich atmete tief durch. »Ein nettes Begleitkommando«, kommentierte ich und ließ meine Blicke über die sechs angetretenen dunkelhäutigen Männer schweifen.

Mir fiel auf, dass sie die Arme hinter ihren Rücken verschränkt hielten. Das hatte seinen Grund, denn auf ein Kommando des bärtigen Osmin hin schwenkten sie die Arme herum, und ich schaute in die Mündungen der sechs Pistolen, die auf mich gerichtet waren.

Doch eine Falle!

Ich war vorsichtig gewesen, mein Gefühl hatte mich nicht getrogen, aber die anderen hätten mich immer gestellt, das stand fest. Eine Hetzjagd über das Schiff – für mich war es ja unbekanntes Terrain – hätte ich nicht überstanden.

Die Mündungen glotzten mich wie stählerne Augen an, und allmählich breitete sich der Druck in meinem Magen aus. Eine Weile standen wir da, bis Osmin das Wort übernahm.

»Du warst ein wenig zu neugierig, Bulle«, erklärte

er mir. »Das ist dein Pech. Zudem wolltest du unbedingt Radamar kennen lernen. Diese Chance werden wir dir verschaffen. Los, bringt ihn weg!«

Ich erhielt den Befehl, vorzugehen. Dann trat Osmin hinter mich, und er stellte es verdammt geschickt an. Seine Hände wussten genau, wo sie zu suchen hatten. Im Nu war ich meine Beretta los. Den Dolch, das Kreuz und die Gemme ließ man mir. Sie interessierten die Männer nicht.

Aus den Augenwinkeln bemerkte ich, wie sich Osmin das Kreuz anschaute.

»Ein wirklich seltenes Stück«, sagte er. »Und mit besonderen Zeichen versehen. Sogar das Ankh ist dabei. Du hättest uns damit gefährlich werden können.« Er lachte rau. »Aber jetzt ist es vorbei.«

Sie führten mich schräg über das breite Deck und eskortierten mich dabei wie einen Gefangenen, den man zur Hinrichtung führt. Wie ein Delinquent kam ich mir auch vor, denn die Typen mit den Pistolen in den Händen würden kein Pardon kennen.

Rechterhand konnte ich in den Hafen schauen. Ich sah die anderen Schiffe am Kai liegen und darüber den wolkenlosen Himmel, der tagsüber blau gewesen war, jedoch jetzt in den frühen Abendstunden langsam eine graue Farbe annahm, ein Zeichen, dass die Dämmerung nicht mehr lange auf sich warten lassen würde.

Der größte Teil des Decks war leer. Darunter lagen die Stau- und Lagerräume. Nur weiß angestrichene Lüftungsrohre ragten wie gekrümmte moderne Lampen ohne Glühbirnen hervor. Hier und da sah ich auch die Umrisse einer Luke.

Und vor so einer Luke musste ich stehen bleiben. Einer meiner Bewacher löste sich von den anderen, bückte sich und öffnete die Luke. Ich schaute in ein düsteres Rechteck, durch das zwar Helligkeit fiel, die sich allerdings rasch innerhalb des Stauraums verlor.

Ein Grund war nicht zu erkennen. Allerdings hatte

ich vor dem Betreten des Frachters in etwa die Höhe abschätzen können, und das trieb mir den Schweiß auf die Stirn. Wenn ich in die Tiefe sprang, brach ich mir auf dem Grund mindestens fünf Knochen, wenn nicht noch mehr.

Und hinter mir richteten die Männer die Mündungen der Pistolen auf meinen Rücken.

Zwei Möglichkeiten hatte ich. Entweder ließ ich mich erschießen, oder der Aufprall brachte mich um.

Osmin stieß ein Geräusch aus, das wohl ein Lachen sein sollte. Mich erinnerte es eher an ein Glucksen. Dann fragte er mit hämischer Stimme: »Willst du eine Kugel oder springen?«

»Keines von beiden«, erwiderte ich mit belegter Stimme.

»Dann werden die Männer schießen!«

Das war kein Spaß, deshalb sagte ich schnell: »Okay, ich springe!« Kaum hatte ich die Worte ausgesprochen, als ich mich schon fallen ließ und von der Tiefe des Schiffsbauchs geschluckt wurde …

Es war wie bei einem Dimensionssprung. Dieses plötzliche Fallen, das Gefühl der Angst, die wie mit starken Händen das Herz umklammert und einem die Luft abschnürt. Und doch war dieser Fall anders. Er ging nicht über in ein Gleiten, in dieses weiche, fast mühelose Schweben, wie ich es bei Dimensionssprüngen erlebt habe, sondern wurde noch schneller, rasender.

Wann erfolgte der Aufschlag?

Jetzt!

Ich hatte mit dem harten Aufprall gerechnet, mit Knochenbrüchen, den Schmerzen, der Bewusstlosigkeit, vielleicht auch mit dem letztlich endgültigen Tod.

Das blieb aus.

Ich wurde zwar durchgeschüttelt und spürte den Widerstand, gleichzeitig jedoch schleuderte mich irgendetwas wieder in die Höhe und dann zurück. Abermals prallte ich auf, wurde wieder in die Höhe geworfen, fiel auf den Rücken, und das Spiel begann von vorn. Diesmal allerdings nicht mehr so stark und kräftig.

Erst jetzt arbeitete mein Gedankenapparat wieder normal. Obwohl ich nichts sehen konnte, wurde mir klar, dass ich nicht auf dem Boden des Stauraums gelandet war, sondern auf einer nachgiebigen Unterlage, und meine tastenden Finger krallten sich in irgendwelchen Maschen fest.

Ein Netz!

Ja, das war es. Unter mir schwebte ein Netz, ähnlich wie im Zirkus, wenn Trapezkünstler ihre waghalsigen Darbietungen einem staunenden Publikum vorführen.

Das Netz hatte mich gerettet!

Dieser Gedanke währte allerdings nur zwei Sekunden, denn ich fragte mich, ob ich wirklich gerettet war, so wie ich in diesem seltsamen Netz hing, oder ob ich nicht doch vom Regen in die Traufe geraten war, denn das schien mir eher der Fall zu sein.

Aus lauter Menschenfreundlichkeit hatten die Ägypter das Netz sicherlich nicht innerhalb des gewaltigen Stauraums aufgespannt. Damit bezweckten sie etwas.

Erst einmal wartete ich ab und blieb still liegen, bis sich die Schwingungen des Netzes beruhigt hatten.

Ein schwaches Nachzittern war noch immer vorhanden. Es hörte allerdings auf, als ich mich dazu zwang, völlig ruhig zu bleiben.

Ich hörte mein Herz klopfen, atmete flach und versuchte, mich auf Geräusche zu konzentrieren. Diese Mühe hätte ich mir sparen können, denn es gab sie nicht.

Mich umgab die absolute Stille. Auch über mir, wo man die Luke längst geschlossen hatte, war kein Laut zu hören. Niemand ging über das Deck. Alles war von einer nahezu unheimlichen Stille umgeben, die mich trotz der herrschenden Hitze frösteln ließ.

Wollte man mich wirklich für die nächsten Stunden allein in diesem Netz liegen lassen? Ein verdammt aufwändiges Unterfangen, wie ich fand, und ich konnte nicht daran glauben. Dass man das Netz gespannt hatte, musste einen Grund haben, den ich herausfinden wollte. Schon oft hatte ich mich in gefährlichen Situationen befunden, wobei ich diese hier nicht einmal als so gefährlich einstufte, denn mein Leben wurde nicht unmittelbar bedroht.

Bis ich das Geräusch vernahm.

Seltsame Laute, die sich anhörten, als würde etwas aneinander schaben. Zwei Gegenstände, die sich rieben. Es war zwar nicht laut, aber in der Stille drang es trotzdem an meine Ohren.

Was konnte das nur sein?

Ich konzentrierte mich auf das Geräusch und hoffte, dass es sich wiederholen würde.

Ja, abermals vernahm ich es.

Und es hatte sich – so glaubte ich – schon etwas lauter angehört. Also war es näher gekommen.

Man hatte mir zwar einen Teil der Waffen abgenommen, aber nicht meine kleine Bleistiftleuchte. Was sie mir in der Vergangenheit schon für Dienste geleistet hatte, war unbeschreiblich. Ich ließ meine gestreckte Hand in die Hosentasche gleiten, holte die Lampe hervor und knipste sie an.

Schräg stach der dünne Lichtfinger in die Luft. Er traf einen Teil des Netzes, und einige Maschen dort blitzten silberfarben auf. Die Geräuschquelle fand ich nicht.

Deshalb senkte ich den Arm, leuchtete weiter nach unten und nach vorn, denn aus dieser Richtung war das seltsame Schaben aufgeklungen.

Der Lichtfinger fand ein Ziel! Ich hielt den Atem an, als ich es sah, was da so gegeneinandergerieben hatte.

Das waren die Körper zweier Skorpione!

Von wegen keine Lebensgefahr. Schlagartig fiel mir ein, was man sich von diesen Tieren erzählte. Wenn sie mit ihren Stacheln zustachen und Gift in die Adern spritzten, dann war das Opfer in den meisten Fällen verloren, falls nicht rasch ein Gegenmittel zur Hand war. Und das hatte ich nun mal nicht bei mir.

Zwei Skorpione hatten sich durch das Schaben ihrer Panzer verraten. Sie waren so groß wie eine Faust, und ich konnte von Glück sagen, dass ich nicht in ihrer unmittelbarer Nähe gelandet war. Aber waren nur die beiden Skorpione in meiner Nähe.?

Das wollte ich nicht glauben, deshalb richtete ich mich auf, brachte das Netz dadurch ins Schwanken, schuf an der linken Seite sogar eine schiefe Ebene und sah, wie sich der eine Skorpion nicht schnell genug festklammerte, das Übergewicht bekam und eine Armlänge nach unten purzelte, bevor er sich wieder fangen konnte.

Ich schwenkte jetzt die Lampe im Kreis und drehte meinen Körper gleichzeitig mit.

Mein Atem stockte.

Nicht nur zwei Skorpione sah ich, sondern zwölf oder fünfzehn. So genau konnte ich sie in der Eile nicht zählen. Sie hatten mich eingekreist und bewegten sich sternförmig auf mich zu …

Knapp, sogar sehr knapp saß dieses weiße Etwas, das sich leuchtend von der leicht gebräunten Haut des Mädchens abhob. Zahlreiche Augenpaare starrten zu ihr hoch, wie sie auf dem Sprungbrett stand und die beiden Arme hochhob, sodass sich ihr schlanker, biegsamer Körper noch mehr streckte.

Ja, sie war eine Augenweide. Hinzu kam noch das fremdländische Gesicht mit der leichten Mongolenfalte um die Augen.

Eine Chinesin stand auf dem Sprungbrett. Ihr Name: Shao. Gleichzeitig Partnerin und Freundin von Suko, der am Beckenrand wartete und wie viele andere in die Höhe schaute, wobei er mit einigen Worten Shaos Haltung korrigierte.

»Noch etwas mehr nach rechts. – Ja, so ist es gut. – Nein, das war zu viel. Wieder zurück. – Okay, es reicht.« Suko trat zurück, denn Shao hatte jetzt die richtige Position.

Von unten war sie kaum als Shao zu erkennen, denn ihr langes Haar hatte sie unter einer ebenfalls weißen Badekappe verborgen. Von ihrem erhöhten Standplatz aus konnte sie auch dorthin schauen, wo sich das normale Schwimmbecken befand. Es war sehr lang, und eine Hälfte lag im Freien, während sich Shao in der Halle befand. Hallen- und Freibad gingen ineinander über. Man konnte also ins Freie schwimmen und umgekehrt. Im Winter wurden die Bäder durch eine Scheibe aus Spezialglas wieder getrennt.

Natürlich war es im Freibad voller. Halb London schien sich noch einmal aufgerafft zu haben, um vor Einbruch der Dämmerung ein kühles Bad zu nehmen und sich letzte Sonnenstrahlen auf die Haut brennen zu lassen. Da waren viele Menschen mit Shao und Suko einer Meinung, denn auch die beiden hatten es nicht in der Wohnung ausgehalten.

Die Chinesin wippte noch einmal, schaute in die Tiefe und sah sich die bewegende, türkis schimmernde Wasserfläche mit den blitzenden Wellen darauf an.

Dann sprang sie. Kraftvoll stieß sie sich ab, verließ mit beiden Füßen gleichzeitig das Brett und hielt dabei die Arme weiterhin gestreckt. Ihr Körper beschrieb einen Bogen. Wie ein Pfeil tauchte sie in das Wasser ein. Nur kleine Wasserfontänen spritzten hoch.

Suko stand am Becken und klatschte, als Shaos Kopf auftauchte. Lachend kraulte sie zum Rand, wo der Chinese seiner Partnerin aus dem Wasser half.

»Du warst großartig«, sagt er.
»Ehrlich?«
»Wenn ich es dir sage.«
»Soll ich noch mal ...?«
»Nein, das reicht. Wir können ein paar Runden gemeinsam drehen, ziehen uns dann an und gehen etwas essen.«
»Einverstanden.«
Suko legte seinen Arm um Shaos Hüften. Von der samtartigen Haut perlte das Wasser. Die Tropfen hatten sich zu langen Bahnen gesammelt, die an den Beinen hinabliefen.
Zwei Typen standen vor ihnen.
Schwimmbad-Rocker. So jedenfalls stufte Suko die Burschen ein. Beide Anfang zwanzig, stark behaart und mit sehr knappen Badehosen bekleidet. Ihr Grinsen war so dreckig wie die Gedanken, die sie hatten, als sie Shao mit ihren Blicken fast auszogen.
»Leihst du uns die Süße?«, fragte der eine.
Suko runzelte die Stirn. »Bitte, geh aus dem Weg! Sie gehört zu mir. Sucht euch die Bräute woanders.«
Die Augen des Sprechers wurden groß. »Vorschriften willst du uns auch noch machen, wie? Von wegen.« Er rammte seine Faust vor, traf auch Sukos Brust und bekam Stielaugen, als er sah, dass der Chinese nicht ins Wasser fiel, sondern stehen blieb. Das hätte den Sprecher eigentlich misstrauisch machen sollen, doch er war so von sich selbst überzeugt, dass er noch einmal ausholte, um Suko diesmal mit beiden Händen in das Becken zu stoßen.
Der Chinese wartete den passenden Moment ab – er hatte sich von Shao gelöst –, drehte sich gedankenschnell zur Seite, packte die Arme des Typs, bückte sich dabei und hebelte den Kerl über seine Schulter. Der Bursche lernte fliegen.
Die Landung fand im Wasser statt.
Spätestens jetzt hätte auch der zweite Typ Leine

ziehen müssen. Dass er es nicht tat, war sein Pech. Er grapschte nach Shao. Aber auch sie konnte sich wehren. Blitzschnell trat sie dem Typ das Standbein weg. Durch das Wasser war der Boden sowieso glatt, er verlor das Gleichgewicht, fiel auf seinen Hintern, schrie wütend auf, und Shao verpasste ihm noch einen Fußtritt, der ihn nicht nur an der Schulter traf, sondern ihn zusätzlich ins Schwimmbecken beförderte.

»Das wird ihnen reichen«, meinte die Chinesin.

Einige Badegäste hatten gesehen, was geschehen war. Sie klatschten laut Beifall. Die Schwimmbadrocker schienen hier nicht unbekannt zu sein und schon so manch weiblichen Badegast belästigt zu haben. Shao und Suko ließen sich durch diesen kleinen Zwischenfall die Laune nicht verderben. Sie sprangen wieder ins Wasser und drehten ihre Runden durch das große Becken.

Danach fühlten sie sich erfrischt und auch ein wenig matt. Noch einmal unter die eiskalte Dusche, dann verschwanden beide in den nach Geschlechtern getrennten Umkleideräumen.

Auf dem gefliesten Gang traf Suko die beiden Schläger wieder. Auch sie erkannten den Chinesen. Für einen Moment sah es so aus, als wollten sie wieder aggressiv werden, dann schauten sie in Sukos Gesicht und ließen es bleiben.

»Ist auch besser so«, murmelte der Chinese.

Er zog nur seine dünnen Sommersachen über. Die derbere Motorradkleidung nahm er über den Arm.

An der Uhr hatte er sich mit Shao treffen wollen. Sie war noch nicht fertig. So wartete der Chinese und sah sich in der Eingangshalle des Schwimmbads ein wenig um, wo reges Leben und Treiben herrschte.

Schließlich kam Shao. Die Badesachen hatte sie in einer Tasche verpackt und diese unter den Arm geklemmt. Sie trug eine knallrote Kniehose und eine weiße Bluse, die sehr weit geschnitten war. Sie ging nicht auf Suko zu, sondern deutete auf die gläserne Eingangstür der Cafeteria und des Restaurants.

Suko verstand. Er beeilte sich und betrat zusammen mit Shao die Imbisshalle.

Fast alle Tische waren besetzt. Die meisten Besucher hatten die gleiche Idee gehabt wie Shao und Suko. Eine große Scheibe ermöglichte an einer Seite den Blick nach draußen ins Freibad, wo es noch immer sehr voll war. Die Augen so manches männlichen Badegastes glänzten beim Anblick der knackigen Oben-ohne-Mädchen.

»Ihr könnt euch auch zu mir setzen!«, hörten Suko und Shao plötzlich eine weibliche Stimme von einem der Tische.

Sie blieben stehen, drehten sich nach rechts, und ihre Augen weiteten sich gleichzeitig.

»Kara!«, drang es wie aus einem Mund.

»Wer sonst?«, lächelte die schwarzhaarige Schöne aus dem Totenreich und schob mit dem Fuß einen Stuhl zurecht.

Shao und Suko nahmen Platz. »Das ist aber eine Überraschung«, sagte die Chinesin. »Seit wann bist du hier?«

»Erst seit wenigen Minuten.«

»Und wie hast du uns gefunden?«, wollte der Chinese wissen.

»Das bleibt mein kleines Geheimnis«, erwiderte die Schöne aus dem Totenreich.

Wer sie so ansah, hätte nie für möglich gehalten, dass dieses hübsche Mädchen schon zehntausend Jahre alt war, denn Kara hatte bereits im alten Atlantis gelebt, als Tochter des weisen und Weißen Magiers Delios. Sie würde in der Tat nicht sagen, wie sie Shao und Suko gefunden hatte, denn ein letztes Geheimnis umwehte Kara noch immer wie ein unsichtbarer Schleier.

Sie hatte ein sehr schweres Erbe übernommen. Als

Atlantis in den gewaltigen Fluten versank, gelang es einigen Personen zu fliehen. Unter anderem auch Kara. Zudem hatte sie noch als Erbe den Trank des Vergessens erhalten. Wenn sie ihn einnahm, dann ging ihre Seele auf Wanderschaft und glitt durch die Dimensionen, wo sie zahlreiche Erkenntnisse und Eindrücke sammeln konnte. Doch den Trank hatte sie verloren. Gegner hatten reagiert und ihn an sich gerissen. Seit diesem Zeitpunkt war Kara auf der verzweifelten Suche nach dem wertvollen Trank des Vergessens. Zwar konnte sie ihren Geist noch vom Körper lösen, denn es gab da ein weiteres Hilfsmittel – das goldene Schwert ihres Vaters –, aber es gelang ihr nicht mehr, die Jenseitsreiche zu durchwandern, denn dazu brauchte sie den Trank des Vergessens.

Kara war aus einem zehntausendjährigen Schlaf erweckt worden und traf mit dem zusammen, der einmal im alten Atlantis ihr Feind gewesen war: Myxin, der Magier

Als die beiden sich sahen, flammten sofort Erinnerungen auf, doch man einigte sich, denn Kara stellte mit Erstaunen fest, dass der kleine Magier nicht mehr auf der Seite der Schwarzblüter stand. Er kämpfte jetzt für die Sache der Gerechten und arbeitete mit dem Sinclair-Team zusammen.

Kara und Myxin schlossen einen Pakt. Gemeinsam waren sie sehr stark, denn nach dem Tode der Teufelstochter Asmodina – sie war schließlich Myxins Todfeindin gewesen – kehrten auch bei ihm allmählich die alten Kräfte wieder zurück.

So konnte er tatsächlich Dämonen beschwören und ihnen seinen Willen aufzwingen, sodass sie ihm die Geheimnisse verrieten, an denen er und Kara interessiert waren. Vor allen Dingen ging es ihnen um den rätselhaften Untergang des Kontinents Atlantis, denn um ihn waren noch längst nicht alle Geheimnisse gelüftet. Sie hatten festgestellt, dass sie nicht die einzigen gewesen waren, die sich nach dem Untergang gerettet hatten, es gab auch noch andere, die sich in anderen Dimensionen verbargen. Vor allen Dingen finstere Gestalten, die durch die Hilfe einer mächtigen Magie von der sterbenden Insel fliehen konnten, lange Zeit abgewartet hatten und jetzt versuchten, die Macht an sich zu reißen. Sie hatten schon damals die Menschen tyrannisiert und wollten es jetzt wieder tun.

Und sie waren mächtig. Ungemein stark. Zudem standen sie in Verbindung mit einer geheimnisvollen Dämonenart, die sich die Großen Alten nannte, finstere Götter aus grauer Urzeit, die nur das absolute Chaos kannten.

Diese Götter waren unbeschreiblich grausam. Ihre Existenz lag in einem Dunkel, das bisher noch niemand durchschaut hatte. Manchmal jedoch wurde das Dunkel aufgehellt, vergleichbar mit Gewitterwolken, die von Blitzen gespalten wurden. Da erlebten die Menschen, wie hart und grausam die Dämonen der Urzeit sein konnten, und das alles war nur ein Vorgeschmack auf das, was noch folgen sollte.

Wehret den Anfängen. So lautete ein berühmter Satz. Danach richteten sich auch Myxin und Kara, denn sie waren immer unterwegs, um nach Resten und Überbleibseln des untergegangenen Kontinents Atlantis und dessen schlimmer Magie zu suchen.

Wenn sie sich meldeten, lag etwas in der Luft. Das wusste auch Suko, deshalb war er sehr gespannt, obwohl er sich ziemlich gelassen gab.

»Wo ist denn Myxin?«, fragte Suko und schaute Kara auffordernd an.

Die Schöne aus dem Totenreich lächelte. »Er hält Wache«, erwiderte sie unbestimmt.

»Und wo?«

»Vielleicht überall.«

»Du sprichst wie immer in Rätseln!«, stellte Suko fest und winkte einer Bedienung zu. Kara hatte auch noch nichts bestellt. Sie entschieden sich für Eis, während Suko es bei einem Fruchtsaftgetränk beließ. Am liebsten hätte er lauwarmen Tee getrunken, das war am besten bei dieser Hitze, aber der wurde hier nicht serviert.

»Und worum geht es jetzt?«, wollte der Chinese wissen.

Kara wich noch aus. »Ich habe versucht, John Sinclair zu erreichen, aber er meldet sich nicht.«

»Warum bist du nicht durch die Dimensionen gewandert und hast deinen Geist auf die Reise geschickt?«, fragte Shao. »Du hättest in Johns Gedankenapparat dringen können ...«

»Das kann ich, wenn ich den Trank des Vergessens besitze«, erwiderte Kara. »So aber bin ich relativ hilflos und kann nur von einem Ort zum anderen springen, wobei der zweite, der Zielort, bekannt sein muss.«

»Auch wenn er in einer anderen Dimension liegt?«, fragte Shao. Ihre Augen begannen zu glänzen, als das Eis gebracht wurde.

»Auch das.«

Suko hatte sich eine Karaffe mit Saft bestellt. Als er einschenkte, schaute er Kara an. »Wie hast du uns denn dann gefunden?«

»Ich rief beim Yard an. Dort wusste man wohl Bescheid, dass ihr noch schwimmen wolltet. Und da nahm ich das Bad, das eurer Wohnung am nächsten liegt.«

»Sehr praktisch«, erwiderte Shao.

»Wusste man denn nicht, wo John war?«, wollte Suko wissen.

»Nein, das ist es ja. Man sagte mir nur, er habe Feierabend gemacht und sei nach Hause gefahren.«

»Dort war er nicht?«

Kara schüttelte den Kopf.

»Vielleicht ist er in einem Pub hängen geblieben«, vermutete Shao. »Bei dem Wetter hätte ich auch keine

Lust, in der Wohnung zu bleiben. Wir sind ja auch rausgefahren.«

»Aber den Grund deines eigentlichen Hierseins hast du uns noch immer nicht erklärt«, sagte der Chinese. »Du bist doch nicht nur gekommen, weil du uns mal eben besuchen wolltest.«

»Das stimmt schon. Es gibt einen sehr triftigen Grund.« Karas Stimme war nachdenklich geworden.

»Raus damit!«, erwiderte Shao forsch.

»Es geht um Radamar.«

Kara sagte es so, als müssten die beiden Chinesen Bescheid wissen, doch sie schüttelten die Köpfe. »Damit können wir beim besten Willen nichts anfangen«, erwiderte Shao.

»Dann will ich es euch erklären. Radamar war ein großer Zauberer und Magier. Er lebte, wenn ich eure Zeitrechnung einsetze, etwa vor viertausend Jahren, also bei den alten Ägyptern. Er war so mächtig, dass sich sogar die Pharaonen vor ihm duckten, und er besaß die Gabe, in die Unterwelt hineinzuschauen sowie Kontakt zu Anubis zu halten, dem Herrn der Unterwelt. Er gehörte zu den Wenigen, die ihn gesehen haben, und er bekam von ihm Ratschläge und ein immenses Wissen vermittelt. Aber das war nicht alles. Radamar gehörte auch zu den Magiern des alten Ägypten, die mehr über die unheimlichen Superdämonen wussten. Er kannte die Großen Alten und auch die Götter, die von den Völkern im heutigen Mittelmeerraum damals angebetet wurden. So war er für die Ägypter unersetzbar, ein dämonischer Heiliger, und er lebte im Zeichen und im Schatten des Skarabäus, des heiligen Käfers und Symbols für Auferstehung und Wiedergeburt. Zudem hatte er seine Magie so weit entwickelt, dass er Herr der Skorpione, jener giftigen Tiere, geworden war, deren Giftstachel für den Menschen das Verderben bedeutet. Ihm gehorchten die Skorpione, und als er eines Tages angegriffen wurde, da holte er aus der Wüste seine Diener, die das Heer der Angreifer zurückschlugen.«

»Lebt Radamar noch?«, wollte Shao wissen.

»Ja und nein.«

»Das verstehe ich nicht.«

»Es ist ganz einfach, wenn ich es euch erkläre. Radamar hatte es übertrieben. Er legte sich mit noch Mächtigeren an. Er wollte die absolute Macht. Der Pharao aber ließ sich nicht von seinem Thron verdrängen. Er beriet sich mit den Weisen seines Landes, und gemeinsam beschworen sie Osiris, den obersten aller Götter. Er sollte ihnen helfen und im Kampf gegen Radamar zur Seite stehen. Der Gott half. Eines Nachts fiel brennender Regen vom Himmel auf die Wüste. Dieser Regen vernichtete die meisten Diener des Radamar. Er selbst wurde ebenfalls verbrannt und soll mörderische Schreie ausgestoßen haben. Als alles vorbei war, begrub man ihn. Man entfernte seine Eingeweide, wickelte ihn in Tücher, machte aus ihm eine Mumie und legte ihn in einen gläsernen Sarg aus geschmolzenem Wüstensand. Alle dachten, dass es nun vorbei wäre. Sie irrten sich. Der Geist des Radamar hatte nicht vernichtet werden können. Er war eingegangen in die unheimlichen Sphären des Grauens, wo auch die Geister der Unterwelt ihren Platz hatten. Ihnen hatte Radamar immer treu gedient, und sie beschlossen, ihn nicht im Stich zu lassen. Sie nahmen den Geist auf in den Kreislauf des Schreckens - bis zum heutigen Tag. Er wurde von den meisten Menschen vergessen, nur uralte Geschichten erzählen noch von ihm. Bis ein Forscherteam seine Begräbnisstätte entdeckte. Sie fanden unter dem Wüstensand einen gläsernen Sarg mit einer Mumie. Das geschah vor zwei Jahren. Ich weiß nicht, ob ihr davon gehört habt. In Ägypten jedenfalls überschlugen sich die Zeitungen mit ihren Berichten, doch gleichzeitig begann auch eine Kette rätselhafter Unglücksfälle.

Skorpione erschienen überall und stachen ihren tödlichen Giftstachel in das Fleisch der Menschen. Zuerst dachte man an einen normalen Vorgang, bis sich ein ägyptischer Historiker der alten Geschichten erinnerte. Er warnte vor Radamar, wurde ausgelacht, doch als es immer mehr Tote gab, da lachten die Verantwortlichen nicht mehr. Sie wollten den Sarg und damit ihr unheilvolles Erbe loswerden, denn die Probleme der Gegenwart waren extrem genug.«

»Man schaffte ihn nach England«, meinte Suko trocken.

»Richtig. Schließlich waren englische Privatarchäologen bei den Ausgrabungen beteiligt. Sie hatten sie sogar finanziert. Die Briten nahmen das Angebot an, und Radamar wurde nach London geschafft.«

»Ist er denn schon da?«, fragte Shao.

»Ja.«

»Und was hast du mit der Sache zu tun?«, wollte Suko wissen.

»Das ist eigentlich leicht zu erklären, mein Lieber. Myxin und ich befinden uns immer auf der Suche nach dem Außergewöhnlichen, dem Unheimlichen. Ihr wisst selbst, dass sich die Großen Alten bereitmachen, zurückzukehren. Und bei unseren Forschungen trafen wir auch auf den Geist des alten Magiers.«

»Er steckt also nicht in dem toten Körper?«, fragte Suko.

»Ich weiß es nicht. Vielleicht ist es ihm inzwischen gelungen, Körper und Seele wieder zu vereinen. Da steigt man ja nicht hinter. Sollte es tatsächlich so sein, wäre es furchtbar für uns alle, denn noch immer besitzt er seine alten Kräfte.«

»Kannst du dich genauer ausdrücken?«, fragte Suko.

»Das ist schwer. Auf jeden Fall hat es etwas mit Skorpionen zu tun.«

»Nicht mit Menschen?«

»Das eine schließt das andere nicht aus. Ich schätze,

dass Radamars Skorpione die Menschen angreifen, ihr Gift in sie spritzen und sie so zu Dienern oder Opfern machen. Als Myxin und ich die Geister der Großen Alten beschwören wollten, da gerieten wir Radamar ins Gehege. Wir trafen auf seinen Geist, der uns unfreiwillig mit den Informationen versorgte. Sein Geist ist bereit, wieder in den Körper der toten Mumie zurückzukehren.«

»Wo steckt denn Myxin?«, fragte Shao.

»Er sucht die Mumie.«

»Hat er eine Spur?«

»Ja, im Hafen. Dort ist ein Schiff eingelaufen, das aus Ägypten kommt. Wir wissen es noch nicht genau, wahrscheinlich aber hat es die Mumie an Bord.«

»Und wie lautet der Name des Schiffes?«, hakte Suko nach.

»So weit sind wir leider noch nicht.«

Der Chinese schaute Kara an. »Dir gelingt vieles, aber du schaffst es nicht, den Namen des Schiffes herauszufinden?«

Da lächelte Kara. »Manchmal sind die einfachsten Dinge für mich am schwierigsten. Außerdem kenne ich hier in London einige Freunde, die mir bestimmt behilflich sein werden.«

Suko lächelte, und Shao tätschelte Karas nackten linken Arm. »Worauf du dich verlassen kannst, meine Liebe«, sagte sie. »Wir werden euch behilflich sein und die verdammten Skorpione zertreten.«

Suko war da nicht so optimistisch. Er sah den Himmel nicht strahlend blau, sondern düstere Wolken heranziehen. Und er sollte damit Recht behalten ..

Ich steckte in der Klemme!

Die verfluchten Skorpione hatten einen Kreis um mich gebildet und waren dabei, ihn immer enger zu ziehen. Nichts gegen meine Bleistiftleuchte, aber jetzt fehlte mir wirklich eine anständige Lampe, die meine Umgebung erhellte. Die Leuchte brachte nicht viel. Ich musste sie schnell bewegen, um die Reihe der Tiere zu erkennen. Es war nur eine Frage der Zeit, bis die ersten Biester mich erreicht hatten, und gegen das Gift des Skorpion-Stachels hatte ich kaum eine Chance.

Irgendwie musste ich mir eine Bresche schlagen. Wieder einmal leuchtete ich, bewegte die Lampe jetzt nicht, sondern konzentrierte den Strahl auf einen Punkt. Gleich zwei Stachel gerieten in mein Blickfeld. Sie standen hoch und waren leicht gebogen. Dabei bewegten sie sich.

Was hinter mir geschah, wusste ich nicht, deshalb drehte ich mich auf dem Netz, brachte es zum Schwanken, wurde selbst von einer Seite zur anderen geworfen und erkannte ein besonders prächtiges Exemplar von Skorpion dicht vor mir.

Das wurde gefährlich. Mit dem Fuß konnte ich noch zustoßen und das Tier wegschleudern. Irgendwo vor mir landete es wieder im Netz.

Bei diesem hatte ich Glück gehabt. Aber ich konnte nicht immer gegen die Tiere mit Händen oder Füßen ankämpfen. Dann war es nur eine Frage der Zeit, wann sie mich erwischten.

Womit sonst?

Meine Beretta hatte man mir weggenommen. Das Kreuz hatte ich noch als Waffe und auch den Dolch. Die Gemme ebenfalls, demnach sah es gar nicht so schlecht aus.

Skorpione verkörperten in der Mythologie der alten Ägypter Tiere, die irgendwie magisch beeinflusst waren. Wie damals die gefährlichen und fast menschengroßen Sylphen, gegen die ich gemeinsam mit Mandra Korab gekämpft hatte. Damals hatte auch mein Kreuz reagiert, denn es war ja mit rätselhaften und geheimnisvollen Zeichen versehen, die uralten Mythologien entstammten.

Ich dachte an das Zeichen, das unter dem M auf meinem Kreuz zu sehen war. Ein in ein Dreieck eingefasstes, stilisiertes strahlendes Auge, auch das Auge der Vorsehung genannt. Im alten Ägypten war dieses Symbol aufgekommen.

So wurde der größte aller Götter, Osiris, dargestellt, und dieses Auge ist dann später zusammen mit anderen heidnischen Symbolen von der christlichen Lehre übernommen worden.

Damals hatte es mir geholfen, denn wir kämpften nicht nur gegen die Sylphen, sondern auch gegen die Löwenmenschen. Und das Allsehende Auge hatte sie vernichtet.

Würde es auch hier reagieren?

Voll verlassen wollte ich mich darauf nicht, zudem war das Kreuz als Waffe ziemlich unhandlich, wenn ich es in meiner Position einsetzte.

Da war der Dolch besser!

Ich zog ihn, während ich mich auf die Seite rollte und mich einem Angriff zweier Skorpione erwehren musste. Es war wirklich im letzten Augenblick. Ich hätte keine Sekunde später reagieren dürfen, denn da waren die beiden Tiere schon da.

Flach stieß ich zu.

In einer Hand behielt ich die Lampe. Ich wollte schließlich sehen, ob meine Bemühungen Erfolg zeigten.

Es wurde ein Treffer!

Zunächst hörte ich nur das Schaben. Dann begannen die Schalen plötzlich zu knistern, und einen Lidschlag später sprühten kleine, grünliche Flammen daraus hervor. Die Schalen der Skorpione wurden geknackt, sie zischten noch wie Wunderkerzen, dann waren die gefährlichen Tiere vergangen.

Aber auch das Netz zeigte Löcher. Genau dort, wo die Biester gesessen hatten. Die kleinen Flammen hatten die Unterlage durchgeschmort.

Die nächsten waren da. Ich zog geschwind die Beine

an, geriet wieder ins Schaukeln, wollte zustoßen, doch durch die verdammte Schaukelbewegung glitt die Klinge ins Leere.

Als ich meine Hand zurückzog, drehte ich sie gleichzeitig nach rechts. Der Dolch machte die Bewegung mit, und die Spitze drang von der Seite her in den Körper des Skorpions.

Erst jetzt sah ich, dass auch der Dolch dicht unter dem Griff grün aufleuchtete. Nur für einen Moment, dann wanderte die Farbe und erfasste das Tier.

Es zerplatzte und riss das nächste Loch.

Sofort drehte ich mich um, denn ich dachte an die Gefahr in meinem Rücken.

Es war gut, dass ich diese Bewegung vollführt hatte. Dicht an meinem Kopf befand sich schon der nächste Skorpion. Und er würde zupacken, seine beiden Scherengreifer hatte schon meine Haare berührt. Jetzt ging es wirklich um Bruchteile von Sekunden. Mit der Faust schlug ich gegen ihn. Ich hatte die Hand genommen, die den Dolch umklammert hielt.

Der Skorpion wurde weggefegt, blieb dicht neben mir auf dem Rücken liegen, und ich rammte voller Wut meinen Dolch mit der Spitze in den hornigen Körper.

Der Skorpion verglühte, als er an dem geweihten Metall hing. Aber auch das Netz nahm Schaden. Faustgroß war das Loch, das der Skorpion hinterlassen hatte. Die einzelnen Maschen hielten nicht mehr. Da sich in der Nähe auch noch andere Löcher befanden und mein Gewicht sehr stark war, rissen immer mehr Fäden. Ich merkte, wie das Netz anfing zu schaukeln, und plötzlich wusste ich, dass es mein Gewicht nicht mehr halten konnte.

Angst erfasste mich.

Ich wusste nicht, wie weit unter mir der Boden entfernt war, aber lange konnte ich mich nicht mehr halten, das stand fest.

Zwei Gefahren lauerten auf mich.

Die Skorpione und die unbekannte Tiefe.

Ich rollte bereits, das Netz gab immer mehr nach, und einige Tiere purzelten in die Tiefe, wie ich im hin- und herwischenden Schein der kleinen Bleistiftleuchte erkannte.

Hastig klemmte ich mir den Dolchgriff zwischen die Zähne und steckte die Lampe schnell weg, damit ich beide Hände frei hatte.

Da spürte ich schon den Ruck nach links. Ich fiel.

Alle zehn Finger hatten sich noch in das Netz verhakt und hielten eisern fest.

Ich schaukelte wie ein Artist. Dabei hoffte ich nur, dass sich die fallenden Skorpione nicht gerade mich als Ziel ausgesucht hatten, um sich festzuklammern.

Ewig konnte ich hier nicht hängen bleiben. Ich musste den Sprung in die Tiefe wagen.

Im Vertrauen auf mein Glück ließ ich das gerissene und schaukelnde Netz los.

Der Fall! Unwillkürlich zog ich mich zusammen. Ich kannte die Spielregeln, die man einhalten muss, um einigermaßen gut aufzukommen. Selbst die kleinste Chance wollte ich nutzen.

Der Boden des Stauraumes war zwar nicht so tief, wie ich angenommen hatte, aber dennoch spürte ich den Aufprall von den Füßen bis zum Gehirn.

Normalerweise lasse ich mich bei solchen Sprüngen nach vorn fallen, um mich abzurollen. Hier verzichtete ich darauf, denn ich dachte an die Skorpione, die sich in unmittelbarer Nähe aufhielten. So stolperte ich nur weiter und hörte unter meinem rechten Fuß ein Knacken, als es mir unfreiwillig gelungen war, einen Skorpion zu zertreten.

Einen Arm hatte ich ausgestreckt. Meine Bewegung wurde durch etwas Hartes gestoppt, das meine tastende Hand erfasste. Als ich die Finger bewegte, wühlten sie sich in rauen Stoff.

Was konnte das sein?

Trotz meiner Neugierde dachte ich zuerst an die Sicherheit. So bezähmte ich mich, holte die Lampe hervor und schaltete sie ein, um die nahe Umgebung abzusuchen.

Sie war von den Skorpionen verseucht!

Die meisten von ihnen waren durch die Maschen des Netzes gerutscht. Sie lagen am Boden, benahmen sich aufgeregt und rollten von einer Seite zur anderen.

Die Skorpione hatten plötzlich ein anderes Ziel. Sie kümmerten sich um den großen dunklen Gegenstand, dessen Umrisse ich im Schein meiner Bleistiftleuchte gesehen hatte. Was das war, das erkannte ich nicht, da ein dunkles Tuch ihn völlig verhüllte.

Hin und wieder ließ ich die Lampe aufblitzen und drehte dabei meinen Arm, sodass der Schein nach oben in Richtung Netz stach. Einige Fäden und Fragmente bekam ich zu Gesicht. Traurig baumelten sie nach unten. Einige Skorpione hingen sogar noch daran. Sie zappelten, bewegten sich hektisch und hatten Mühe, sich an den Fäden festzuklammern. Hoffentlich fielen sie mir nicht in den Nacken, denn so etwas wollte ich nun überhaupt nicht.

Aber ich spürte etwas anderes.

Zuerst hatte ich es nicht so recht wahrgenommen, da meine Sinne zu gespannt waren und sich mit anderen Dingen beschäftigten. Als ich mich nicht mehr so stark auf die Skorpione konzentrierte, merkte ich es deutlicher.

Die Atmosphäre hatte sich verändert.

Wie schon so oft spürte ich es. Das war wie ein Kribbeln in den Fingerspitzen, das Unheimliche, das andere, das Fremdartige und Böse lauerte in der Nähe.

Ich blieb ruhig stehen und konzentrierte mich. Gegner konnte ich nicht entdecken, trotzdem war mir klar, dass sie sich irgendwo in der Nähe befinden mussten, wenn ich die Skorpione einmal ausschloss.

Es waren noch andere da.

Ich dachte an den großen Gegenstand, der verdeckt vor mir stand und das Ziel zahlreicher Skorpione gewesen war.

Der Stahl meiner Lampe traf das Gebilde. Ich leuchtete ihn ab und stellte fest, dass er eine eckige Form hatte. Er wirkte wie ein großer Kasten. Aber ich wollte es genau wissen.

Im Weg waren mir dabei die Skorpione. Einige von ihnen hatten sich ausgerechnet ihre Plätze auf dem verdeckten Gegenstand ausgesucht, was mir wiederum überhaupt nicht gefiel.

Da ich mittlerweile Übung hatte, fiel es mir nicht schwer, mit dem Dolch zuzustoßen.

Dreimal traf ich rasch hintereinander. Wieder entstand das grüne Glühen, und die anderen Skorpione verschwanden so rasch sie konnten. So einen Feind wie mich schienen sie noch nie gehabt zu haben.

Der Weg war frei.

Ich trat dicht an den abgedeckten Kasten heran, streckte meinen linken Arm aus und umfasste den Stoff. Die Finger drehten ihn zusammen. Er war ziemlich leicht. Ich konnte ihn mit einem Ruck abziehen.

Meine Augen wurden groß.

Was ich da im schwachen Licht meiner Lampe sah, war ein gläserner Sarg.

Und in ihm lag die Mumie!

Das musste Radamar sein. Es gab keinen Zweifel für mich. Ich hatte ihn entdeckt.

Für eine Mumie war er ziemlich groß, das einmal vorweggenommen. Er hatte etwa meine Körperlänge und war in weißlich gelbe Tücher eingewickelt, die an einigen Stellen grünlich schimmerten.

Von dem Gesicht konnte ich nichts sehen, weil kunstvoll gedrehte Streifen es verdeckten. Nur die

Augen blieben frei. Als ich in Höhe des Gesichts mit dem Lampenstrahl in den Sarg hineinleuchtete, damit ich die Augen sehen konnte, entdeckte ich zwei dunkle Punkte. Ob sie lebten oder nicht, das war für mich nicht zu erkennen. Überhaupt dachte ich nicht darüber nach, ob ich es hier mit einer toten oder lebendigen Mumie zu tun hatte.

Gegen Mumien hatte ich schon gekämpft, es wäre also keine Überraschung für mich gewesen.

Als ich durch den gläsernen Deckel direkt nach unten und in das bandagierte Gesicht der Mumie leuchtete, konnte ich nicht erkennen, ob die Mumie nun lebte oder nicht.

Auf jeden Fall lebten die Skorpione. Das merkte ich sehr deutlich. Sie wollten es nicht hinnehmen, dass ich ihrer Mumie oder ihrem Herrn etwas antat, denn von den Füßen her wollten sie an mir hochklettern. Zwei Zangen zupften bereits an meinem rechten Hosenbein. Ich schleuderte das Tier weg. Ein zweites zertrat ich voller Wut mit dem Absatz meines rechten Schuhs.

Aber die Biester gaben nicht auf. Konzentrierter griffen sie jetzt an, bildeten eine Front und wollten alle auf einmal gegen mich vorstürmen.

Ich machte mit ihnen zwar keinen kurzen Prozess, wie ich es gern getan hätte, sondern griff zu einer anderen Lösung.

So rasch es ging, bückte ich mich, packte die Decke, die mal über dem gläsernen Sarg gelegen hatte, wuchtete sie hoch und schleuderte sie dann geschickt nach vorn, sodass sie über die gefährlichen Tiere fiel, die von ihrem Gewicht erst einmal unten gehalten wurden.

Als ich mit meiner Lampe auf die Decke leuchtete, da sah ich, wie sie sich bewegte und Falten warf.

Die Skorpione versuchten verzweifelt, sich zu befreien. Sollten sie. Erst einmal waren sie beschäftigt, sodass ich mich anderen Dingen widmen konnte.

Der Mumie, zum Beispiel!

Bisher hatte ich sie nur flüchtig sehen können, weil ich von ihren Dienern zu sehr abgelenkt wurde, nun wollte ich mir die Zeit nehmen und vielleicht auch den gläsernen Sarkophag öffnen, damit ich die Bestie unter Umständen für alle Zeiten erledigte.

Über ihre Größe hatte ich mich bereits gewundert. Normalerweise ist es so, dass Tote, die einbalsamiert werden, zusammenschrumpfen.

Mit der hier schien genau das Gegenteil passiert zu sein.

Ihre Größe erschreckte mich. Ich hatte lebende Mumien gesehen und auch erlebt, wie sie kämpften. Es war fast ein Ding der Unmöglichkeit, sie zu stoppen. Man musste besondere Waffen haben. Silberkugeln halfen da nichts, ich hoffte auf den Dolch und das Kreuz, das mit altägyptischen Zeichen versehen war.

Meine Hände glitten über das Glas. Das war kein normales Fensterglas, sondern sehr dickes, stoßfestes. Ich würde Mühe haben, den Deckel in die Höhe zu stemmen, wenn überhaupt.

Schweißfeucht waren meine Handflächen. Wo sie das Glas berührt hatten, hinterließen sie nasse Spuren, dicke Schweißflecken. Vergeblich bemühte ich mich, den Deckel zu fassen. Er rutschte immer wieder an meinen nassen Händen ab.

Hin und wieder leuchtete ich an der linken Sargseite vorbei nach unten, denn ich wollte sehen, was meine speziellen Freunde taten. Die Skorpione befanden sich noch immer unter der Decke. Sie bewegten sich dort, aber sie schafften es nicht, den Druck von ihren Körpern zu lösen.

Ich bückte mich und schaute dort nach, wo sich die beiden Hälften des Sargs trafen.

Sie lagen fest aufeinander. Ein Gummi presste sie zusammen. Es schloss fugendicht, da war nichts zu machen.

Aber ein Versuch mit dem Dolch konnte nicht schaden. Die Spitze klemmte ich zwischen Deckel und Unterteil.

Das klappte nicht. Er saß zu fest. Sosehr ich mich auch bemühte, einen Erfolg erzielte ich nicht.

Das ärgerte mich, und ich sah mich schon als Verlierer. Mit der kleinen Lampe leuchtete ich wieder dorthin, wo sich der bandagierte Kopf der Mumie befand, und ich zuckte regelrecht zusammen, als ich eine Bewegung wahrnahm.

Nicht des Körpers, sondern der Augen.

Ja, da hatte sich innerhalb der Schlitze etwas bewegt. Das war deutlich zu sehen.

Radamar hatte die Augen geöffnet.

Er lebte!

Unwillkürlich trat ich einen Schritt zurück. Meine Chancen standen nicht besonders gut. Ich war mit der unheimlichen Mumie im Lagerraum eingeschlossen, und wenn sie den Sarg verließ, war ein Kampf unausweichlich.

Noch tat sich nichts. Sie blieb ruhig liegen und bewegte nur die Augen. Ich ließ sie in Ruhe und nahm mir den Lagerraum vor. Ihn wollte ich durchsuchen. Vielleicht fand ich doch noch einen Schlupfwinkel, durch den ich verschwinden konnte.

Wieder musste ich mich auf den schmalen Strahl der Lampe verlassen, der merklich schwächer geworden war. Ein Zeichen, dass sich die Kraft der Batterie ihrem Ende näherte.

Auch das noch.

Eine Ersatzbatterie trug ich nicht bei mir. Um mit der restlichen Energie sparsam umzugehen, knipste ich die Lampe aus, hatte mir zuvor den ungefähren Weg gemerkt und tastete mich im Dunkeln voran, wobei ich immer damit rechnen musste, dass irgendwo in der Nähe die giftigen Skorpione lauerten.

Mich umgab eine Atmosphäre der Angst. Vielleicht

trug auch die schwüle Luft dazu bei, die hier im Stauraum herrschte. Ich schwitzte fürchterlich. Immer öfter wischte ich mit dem Handrücken über die Stirn oder nahm mein Taschentuch, das man schon auswringen konnte.

Irgendwann lief ich gegen die Wand. Ich hatte meine Arme ausgestreckt und fühlte unter meinen Fingern etwas Kühle. Die Innenwände des Laderaumes waren durch Metall verstärkt worden. Glatt und nietenlos bedeckte es die Wand.

Ich ging nach rechts, blieb nach ein paar Schritten stehen und leuchtete einmal in die Runde.

Der Strahl war trübe geworden, reichte allerdings aus, um erkennen zu können, dass sich in meiner unmittelbaren Nähe keine Skorpione befanden. Immerhin etwas.

Ich will es vorwegnehmen. Einen Ausgang fand ich nicht. Keine Tür führte aus dem Stauraum, man konnte ihn wirklich nur von oben durch die Luke betreten.

Das war mehr als bescheiden.

Was sollte ich tun?

Ich blieb stehen und dachte nach. Dabei kam mir auch der geheimnisvolle Anruf wieder in den Sinn. Der Unbekannte hatte sich Joker genannt, mehr nicht. Ich wusste nicht, wer er war und weshalb er mich gewarnt hatte.

War er ein Dämon? Oder stand er auf meiner Seite? Vielleicht hatte er mich auch nur in die Falle locken wollen. Wenn das der Fall gewesen sein sollte, war ihm das hundertprozentig gelungen.

Ein dumpfes Geräusch schreckte mich hoch.

Ich zuckte zusammen, als ich es vernahm. Es hatte sich angehört, als hätte jemand gegen irgendeinen Gegenstand geschlagen. Schwere Schläge, zwar nur gedämpft zu vernehmen, aber für mich doch als eine Warnung zu verstehen.

Da die Geräusche nicht über mir aufgeklungen

waren, sondern innerhalb des Stauraums, gab es für mich nur eine Lösung.

Die Mumie!

Sie musste, durch was auch immer, aus ihrer Lethargie oder dem Schlaf geweckt worden sein. Da sich der Deckel ziemlich fest auf dem Unterteil befand, versuchte sie ihn von unten her zu lösen, indem sie gegen ihn schlug.

Ich ging in die Richtung, wo sich der Sarg befand, und schaltete noch einmal die Lampe ein.

Ein letzter dünner Strahl glitt durch die Finsternis, ohne sie groß erhellen zu können, aber ich sah, dass sich der Deckel des gläsernen Sargs bewegte.

Die Mumie kam frei!

Auch den Skorpionen war es gelungen, unter der Decke hervorzukriechen. Sie krabbelten um den Sarg herum und gaben sich sehr aufgeregt. Dies alles erkannte ich im Restlicht der Bleistiftleuchte.

Dann verlöschte es. Stockfinster wurde es wieder.

Ich blieb stehen. Überlaut hörte ich mein Herz schlagen. Ich befand mich hier im Zentrum einer großen Gefahr, die sich aus der Finsternis näherte und drohte, mich zu verschlingen.

Noch tat ich nichts, zuckte dann jäh zusammen, als etwas mit einem dumpfen Geräusch zu Boden fiel.

Wahrscheinlich der Sargdeckel!

Das Echo des Falls verschwand allmählich, und ich vernahm ein anderes, unheimlich klingendes Geräusch.

Ein schweres, grauenhaft anzuhörendes Ächzen und Stöhnen. Als würde jemand nach langem Schlaf erwachen, sich recken, strecken und erst einmal stöhnend Luft holen.

Doch diese Mumie brauchte nicht zu atmen. Irgendein unheimlicher Geist hielt sie am Leben.

Gebannt starrte ich in die Richtung, wo sie sich befand. Sehen konnte ich von ihr nichts.

Oder doch?

Ja, da war es.

Etwa in Kopfhöhe schwebte ein dunkelrot glühendes Augenpaar. Für mich der endgültige Beweis, dass die Mumie ihren gläsernen Sarg verlassen hatte …

Sie hatten sich im Zeichen des Schakals versammelt!

Die Männer waren nicht nur die Diener des Magiers Radamar, sondern dienten auch Anubis, dem Herrn der ägyptischen Totenwelt, der in der Mythologie als Schakal auftritt.

Sein Bildnis war auf den Boden gezeichnet. Eine widerliche, hässliche Gestalt, angeleuchtet vom Schein schwarzer Wachskerzen, die einen Kreis um ihn gebildet hatten.

Die Männer knieten.

Es waren fünf Mitglieder der Schiffsbesatzung, die ihre Seele dem Schakal und auch Radamar verkauft hatten. Sie wollten die Mumie beschwören, damit sie in Anubis' Namen Rache nahm.

Mit Blut war der Schakal auf den Boden gezeichnet worden.

Der Kapitän beugte sich vor und berührte mit der Stirn den Kreisrand, wobei er dumpfe Worte murmelte.

Es waren alte Beschwörungsformeln, Geheimpapieren entnommen, die einem Menschen normalerweise nicht zugänglich waren, aber er hatte es geschafft, die Papiere an sich zu bringen.

Die Formel, einmal richtig ausgesprochen, weckte das Grauen. Längst Vergessenes holte sie aus der Tiefe des Schreckens wieder an die Oberfläche, wo es die Angst säen sollte.

Das Wort, das am meisten fiel, war Anubis. Immer wieder wurde der unheimliche Totengott aus dem alten Ägypten angerufen, damit er ihnen die Kraft gab,

Radamar, seinen Diener, ins Leben zurückzurufen.

Das Blut war noch frisch, und als sich die Stimme des Kapitäns steigerte, da schien es zu leuchten.

Sie näherten sich dem Ziel!

Plötzlich redete der Mann nicht mehr in seiner alten Sprache, er sprach jetzt Englisch.

»Du lässt den, der dir treu verbunden ist, nicht in Verwesung übergehen. Du holst ihn hervor aus dem Reich der Toten. Du lässt seine Seele nicht im Stich, sondern bewahrst sie auf, sodass sie eines Tages oder am Ende der Zeiten wieder in den Körper hinabsteigen kann. Großer Anubis, so hole denn deinen Diener aus dem Reich der Toten zurück …«

Die letzten Sätze schrie er, und die Flammen der Kerzen begannen zu flackern. Sie führten einen bizarren Tanz auf, der ein Wechselspiel zwischen Licht und Schatten schuf, durch die Kabine geisterte und auch sein Muster über die Gesichter der anwesenden Menschen warf.

Nur der Kapitän erhob sich, während die anderen sitzen blieben. Radamar streckte seine Arme aus, die Hände befanden sich über den Kerzen, und gleichzeitig nahm sein Gesicht einen anderen Ausdruck an. Es verwandelte sich.

Dabei entstand keine Grimasse, sondern ein anderer Kopf. Die Haare wurden weiß, einige fielen auch aus. Sie rieselten nach unten, trafen die Flammen und verbrannten knisternd. Die Haut im Gesicht wurde dünner. Sie spannte sich plötzlich hart um die Knochen. Die Augen verschwanden tiefer in den Höhlen, als hätte sie jemand hineingedrückt. Dabei nahm die Haut noch einen grauen Farbton an, der an alte Asche erinnerte. Die Finger wurden spinnenartig lang, das Kinn fiel zurück, die Nase war nur noch ein Klumpen.

Aus Radamar, dem Kapitän, war ein anderer geworden.

Hoch aufgerichtet stand er da. Vor der Beschwörung

hatte er sich schon umgezogen. Er trug einen schwarzen Anzug, der ihm viel zu groß war, darunter ein altes Hemd und auch dunkle Schuhe. Er war ein anderer geworden oder einer, der die Rolle des Kapitäns nur immer gespielt hatte.

Aus seiner Kehle drang ein tiefes Grunzen. Es war das Zeichen für die knienden Männer, ihre Köpfe zu heben und ihn anzuschauen.

Sekundenlang sprach niemand etwas. Dann drang ein Schrei aus fünf Kehlen durch die Kabine und brach sich an der Decke sowie den Wänden.

»Du bist es!«, rief Osmin und sprang auf. »Wir haben dir nicht umsonst vertraut. Du bist es tatsächlich!« Er riss mit seinen Worten die anderen mit, die sich ebenfalls vom Boden erhoben, auf Anubis schauten und dann ihren Herrn und Meister ansahen.

»Du hast ihn überwunden«, sagte Osmin, »deine Magie war stärker als die des großen Anubis. Jetzt kannst du endlich das erreichen, von dem du schon so lange geträumt hast. Töte ihn. Töte Radamar, wie du es schon vor langer Zeit versucht hast.«

Der verwandelte Kapitän stieß ein Knurren aus. Er schüttelte den Kopf, sodass seine langen Haare flogen, und wandte sich abrupt um. Dann riss er mit einem Ruck die Tür auf, verließ die Kabine und schritt eine Leiter zum Hauptdeck hoch.

Es war inzwischen dämmrig geworden. Die grauen Wände hüllten die am Pier liegenden Schiffe ein. Auch die Stauer hatten ihre Arbeit geschafft. Auf den neben der Alexandria liegenden Schiffen wurde kein Handschlag mehr getan.

Dieser Teil des Hafens lag ruhig. Doch die Stille war mehr als trügerisch. Ein winziger Funke nur genügte schon, um eine uralte Feindschaft wieder aufflammen zu lassen …

Noch wusste keiner von ihnen so recht Bescheid. Kara hatte Andeutungen gemacht, mehr nicht. Sie hatte zwar die alte Geschichte erzählt, doch wie sie sich in der Gegenwart auswirken würde, das ahnten weder Suko noch Shao.

Ziemlich ratlos standen sie an Sukos Maschine und schauten sich an. Kara war gegangen. Sie wollte zum Hafen, dort Myxin treffen, um gemeinsam mit ihm zu versuchen, das Grauen zu stoppen.

»Und was machen wir?«, fragte Shao.

»Fahren erst bei uns vorbei und sehen nach, ob sich John in der Wohnung befindet.«

Die Chinesin fand die Idee gut, setzte ihren roten Helm auf und ließ das lange Haar darunter hervorschauen, sodass es vom Fahrtwind hochgeschleudert wurde, als Suko Gas gab.

Sie hatten es sehr eilig. Der Chinese nutzte jede sich ihm bietende Lücke im Verkehr. Er wischte hindurch und kam schneller voran als die Autofahrer.

Trotzdem dauerte es seine Zeit, bis sie sich in der Tiefgarage befanden.

Dort fehlte der Bentley.

»Verflixt, wo kann er nur stecken?«, fragte Suko und blickte Shao dabei ratlos an.

Die Chinesin nahm den Helm ab und hob die Schultern. Die Geste war eindeutig.

Suko schaute sich in der Garage um. Er sah zwar einige Hausbewohner, von John Sinclair jedoch keine Spur. Deshalb entschlossen sich die beiden, so rasch wie möglich nach oben zu fahren.

Bevor sie ihre Wohnung betraten, öffneten sie mit dem Zweitschlüssel die Wohnung von John Sinclair. Sie blickten sich kurz um und stellten fest, dass die Wohnung leer war. Sie sah noch so aus, wie der Geisterjäger sie am Morgen verlassen hatte.

»Nicht da«, sagte Shao, »und jetzt?«

»Hole ich meine Waffen. Komm mit.«

Beide verließen sie die Wohnung und gingen nach nebenan. Suko steckte seine Dämonenpeitsche ein, dazu die Beretta und nahm auch den geheimnisvollen Stab an sich, der ein Erbe des großen Buddha war und den der Chinese in einem Kloster hoch im Himalaya erhalten hatte.

Shao schaute ihm dabei zu. »Wo willst du denn suchen?«, fragte sie nach einer Weile.

»Du meinst das Schiff?«

»Ja.«

Suko machte eine wegwerfende Handbewegung. »Das werden wir leicht finden.« Er ging zum Telefon, nahm den Hörer ab und wählte die Nummer seines Chefs.

Superintendent Sir James Powell befand sich noch in seinem Büro. Der blieb immer lange. Er pendelte praktisch zwischen Arbeitsstelle, Club und Wohnung hin und her.

Als er Sukos Stimme vernahm, zeigte er sich überrascht. »Sie sind es, Suko?«

»Ja, Sir, und ich habe ein Problem.«

»Dann mal los.« Sir James zeigte sich an diesem Abend sehr jovial.

Suko berichtete in Stichworten, was man ihm mitgeteilt hatte. Er fand einen aufmerksamen Zuhörer, und Sir James wollte sich sofort um die Sache kümmern.

»Warten Sie einige Minuten, dann kann ich Ihnen den Namen des Schiffes durchgeben.«

»Natürlich.« Der Chinese hockte sich auf die Sessellehne. Er schaute Shao von unten her ins Gesicht, die ihren Mund zu einem Lächeln verzogen hatte.

»Du willst mit, wie?«, fragte Suko.

»Ja.«

Suko schüttelte den Kopf. »Das wollen wir gar nicht erst einführen. Ich weiß nicht, was uns auf dem Schiff alles erwartet, aber ein Spaß wird es nicht sein.«

Shao senkte den Blick. Es war klar, dass Suko so reagieren musste. Und sie sah auch ein, dass ihr Partner sie aus dem Dunstkreis der Gefahr heraushielt.

»Dann gib du auch Acht«, sagte sie mit flüsternder Stimme.

Suko nickte.

»Das werde ich.«

Shao wechselte das Thema.

»Weiß Sir James denn nicht, wo sich John Sinclair aufhält?«

»Nein, das ist es ja.«

»Ob John noch immer über Jane Collins nachdenkt? Der hat ihr Verschwinden sicherlich noch nicht verkraftet, wie mir scheint.«

»Das ist möglich.«

»Was hat er dir denn gesagt?«

»Nichts. Er schweigt sich aus, was mich auch nicht gerade froher macht, wie du dir denken kannst.«

»Ja.«

Das Telefon läutete. Suko hob ab und nickte zufrieden, als er die Stimme seines Chefs hörte. »Also Alexandria«, wiederholte er. »Das ist das einzige Schiff aus Ägypten, das in den letzten Tagen den Hafen angelaufen hat.«

»Genau.«

»Und was hat es geladen, Sir?«

»Man spricht von Baumwolle, aber die Behörde berichtete mir, dass der Kapitän die Antragsformulare für eine Sonderfracht ausgefüllt hatte. Von dieser Fracht wissen nur wenige, sie muss allerdings von höchster Stelle genehmigt worden sein.«

»Ich werde mich darum kümmern, Sir.«

»Und John Sinclair?«

»Wir wissen nicht, wo er steckt, Sir. Wirklich nicht. Er hat sich aus dem Staub gemacht.«

»Für eine Fahndung wäre es zu früh«, murmelte Sir James.

»Davon würde ich auch abraten.«

»Sobald Sie etwas von ihm hören, Suko, informieren Sie mich auf der Stelle.«

»Das geht in Ordnung, Sir.«

Damit war das Gespräch beendet. Suko erhob sich, überprüfte noch einmal seine Waffen und wandte sich zur Tür.

Shao hielt ihn fest. »Gib auf dich Acht«, flüsterte sie.

»Natürlich. Und pass du auf, ob John auftaucht. Wenn er da ist, soll er Sir James anrufen, damit der ihn in den Fall einweihen kann.«

Beide ahnten nicht, wie sehr der Geisterjäger John Sinclair bereits mit diesem Fall beschäftigt war und dass er in einer lebensgefährlichen Klemme steckte …

Es bestand in der Tat Gefahr für mein Leben!

Die Mumie, von einem unheimlichen Geist beseelt, war aus dem Sarg geklettert und irrte durch den stockfinsteren Laderaum. Dabei glühten nur ihre Augen, die von den Binden nicht verdeckt wurden. Da der übrige Körper von mir nicht wahrgenommen werden konnte, sah ich nur das Glühen, das etwa in Kopfhöhe über dem Boden schwebte.

Zwei Punkte, zwei Augen. Und sie kamen näher.

Die Mumie bewegte sich auf mich zu. Wahrscheinlich erging es ihr wie einer Katze. Sie konnte im Dunkeln sehen, während ich nahezu blind war. Nur hatte ich noch den Vorteil, dass ich sie hören konnte. Mit schweren Schritten stampfte sie über den Boden, der bei jedem Aufsetzen des Fußes vibrierte.

Ich hatte meinen Dolch in die Hand genommen. Zudem hing das Kreuz vor meiner Brust. Ich dachte auch an die Gemme. Sie stammte aus Ägypten. Ob sie gegen die unheimlichen Kräfte der Mumie etwas ausrichten konnte?

Vorsichtig bewegte ich mich zur Seite. Dabei versuchte ich, möglichst kein Geräusch zu verursachen.

So leise, wie es eben ging, schlich ich an der Wand entlang.

Nie ließ ich die Mumie aus den Augen, und sie tat das Gleiche bei mir. An der Bewegung der Augen erkannte ich, dass sie mir den Weg abschneiden wollte.

Wohin ich mich auch wandte, sie sah und merkte es immer sofort.

Es wurde zu einem Katz-und-Maus-Spiel. Eine ganze Nacht wollte ich nicht im Bauch des Schiffes herumturnen. Ich entschloss mich, die Entscheidung zu suchen.

Einmal streifte etwas mein Gesicht. Ich zuckte zusammen, dachte an die Skorpione und wäre fast noch gefallen, bis ein erleichtertes Grinsen über mein Gesicht flog. Denn nicht ein Skorpion hatte mich berührt, sondern Teile des herabhängenden Netzes.

Eine simple Lösung des Rätsels …

Durch die letzte Bewegung hatte ich mich nicht so auf meinen Gegner konzentrieren können. Er war näher gekommen, ich hörte seinen schweren Schritt und huschte schnell zur Seite.

Wären die Skorpione nicht da gewesen, hätte ich die Mumie direkt angegriffen, so aber hielt ich mich zurück. Dass sie in der Nähe waren, merkte ich sehr schnell, denn mit dem rechten Fuß zertrat ich eines dieser widerlichen Tiere.

Ich befand mich etwa in der Mitte des gewaltigen Stauraums und wollte weiter, als es passierte.

Den Sarg hatte ich vergessen. Er bildete eine regelrechte Stolperfalle. Zwar fiel ich nicht über das gläserne Unterteil, aber der Deckel reichte auch.

Ich merkte den Widerstand an den Füßen, wollte den Deckel noch überspringen, schaffte es jedoch nicht. Mit der Hacke rutschte ich auf der gläsernen Fläche aus.

Schwer fiel ich auf mein Hinterteil und spürte wieder eine Bewegung an meinem Hosenbein.

Ein Skorpion.

Diesmal hatte ich kein Licht zur Verfügung. Ich hoffte nur, dass ich ihn auch im Dunkeln traf, bewegte die Hand mit dem Dolch, berührte das Tier schleuderte es zu Boden und stach noch einmal zu, wobei ich glücklicherweise mitten ins Zentrum traf.

Ein grünliches Leuchten, das Sprühen wie bei einer Wunderkerze, dann war es vorbei.

Ich wollte wieder hoch, hatte mich auch bereits erhoben, als die Mumie angriff.

Zwar konnte ich ihre dumpfen Schritte vernehmen, doch ich rechnete nicht damit, dass sie schon so nahe an mich herangekommen war und ihre Pranke auf meine Schultern hieb.

Der Schlag war so hart geführt worden, dass ich das Gleichgewicht verlor und nach hinten kippte, wobei ich wieder über den Sargdeckel fiel.

Über mir hörte ich ein undefinierbares Geräusch, und im nächsten Augenblick spürte ich die bandagierte Pranke genau in meinem Gesicht.

Dieser harte Griff überraschte und schockte mich so sehr, dass ich zu keiner Gegenreaktion fähig war. Die Mumie riss meinen Kopf in den Nacken und zog mich mit, sodass ich auf den Rücken fiel. Die hochstehenden seitlichen Kanten des Sargdeckels spürte ich an meiner Hüfte, und eine zweite Hand griff in mein Haar, wobei sie mich einfach weiterzog. Ich schrie vor Schmerzen.

Die Mumie kannte kein Pardon. Sie riss mich weiter, und sie konnte ihre Finger bewegen, was natürlich noch schlechter für mich war, denn so hatte sie immer einen festen Halt in meinem Haar.

Alles ging sehr schnell. Ich schaffte es nicht einmal mehr, meinen Dolch einzusetzen, indem ich den Arm nach hinten schleuderte, um die Spitze in den Körper der Mumie zu stoßen, denn sie löste blitzschnell ihre Hand aus meinem Haar, nahm die andere von meinem Gesicht weg und presste dann beide Pranken gegen meine Wangen, wobei sie den Kopf umklammerte wie die Backen eines Schraubstocks.

Der Druck wurde mörderisch und ging gleichzeitig über in eine Drehung. Da wusste ich, was mein Gegner vorhatte.

Er wollte mir im wahrsten Sinne des Wortes den Hals umdrehen!

Alexandria.

So also hieß das Schiff, und der Chinese hatte sich den Namen gut gemerkt. Er kannte sich im Hafen aus, und er wusste, wo die Überseeschiffe anlegten, um entladen zu werden.

Dieser Pier war sein Ziel!

Suko hatte wieder seine Harley genommen. Mit ihr war er schneller, die Maschine war ihm vertraut. So rasch wie möglich wollte er den Hafen erreichen. Suko ahnte, dass er keine Zeit verlieren durfte. Es kam jetzt auf jede Minute an.

Geduckt hockte er auf dem Sattel. Während er sich auf den Verkehr konzentrierte, dachte er gleichzeitig an Myxin und Kara. Wenn die beiden erschienen und warnten, dann lag etwas in der Luft. Kara war eine mystische Person. Durch ihr Erbe war sie in der Lage, dämonische Gefahren zu spüren und rechtzeitig zu erkennen. Leider gelang ihr das nicht so hundertprozentig, als wenn sie den Trank des Vergessens besessen hätte. Damit konnte sie tatsächlich in andere Dimensionen reisen und auch schon Angriffe im Keim ersticken helfen.

Suko hoffte, dass Kara den Trank irgendwann einmal finden würde. Bisher hatte sie vergeblich danach gesucht, und sie war so mancher Spur nachgegangen, die ins Leere führte.

Suko erreichte den Hafen.

Ein heißer Sommertag näherte sich seinem Ende. In

der Nähe des Wassers wehte zwar ein etwas stärkerer Wind als in der City, dafür war die Luft auch schwüler.

Dem Wetter hatten die Menschen Rechnung getragen. Wer in der Nähe wohnte, den hielt nichts mehr in den Mietskasernen. Die Leute verließen die stickigen Zimmer ihrer Häuser, um sich im Freien ein wenig Kühlung zu verschaffen.

Der Wetterbericht hatte bereits vor Unwettern gewarnt. Unter Umständen würden sich schon in der nächsten Nacht Regen und Sturm über dem Land austoben.

Alles deutete darauf hin. Die Luft war irgendwie anders. Der Schall lief weiter, war deutlicher zu hören, und das Lachen der Menschen sowie die Musikfetzen, die aus den offenen Türen drangen, wirkten irgendwie falsch und künstlich.

In den Gassen des Hafenviertels waren zahlreiche Menschen unterwegs. Die Dirnen machten gute Geschäfte. Noch bessere die Wirte der Kneipen und Bars. Hier stand der Bierhahn nie still.

Suko ließ die Gegend schnell hinter sich und gelangte in den Bereich, wo tagsüber schwer gearbeitet wurde. Um diese Zeit war der Himmel grau geworden, dicke Wolken vereinigten sich mit dem Beginn der Dämmerung. Und zwischen den grauen Fronten leuchteten blasse Farben, von violett bis schwefelgelb.

Auch der Fahrtwind kühlte nicht. Er war warm, schwül und schien dicker zu sein als sonst.

Noch spaltete kein Blitz das Grau der Dämmerung, aber das Unwetter würde nicht mehr lange auf sich warten lassen, davon war der Chinese überzeugt.

Nur wenige Menschen begegneten dem Chinesen. Einmal musste er anhalten, um eine Hafenbahn passieren zu lassen. Die Waggons waren mit Kohle beladen. Über den einzelnen dunklen Bergen hingen schwache Staubschleier.

Die Reihe der Waggons versperrte Suko die Sicht.

Als er wieder ungehindert sehen konnte, da erkannte er die Masten der am Pier liegenden großen Schiffe.

Auch die Alexandria musste sich unter ihnen befinden. Suko hielt Ausschau nach Kara und Myxin. Er rechnete damit, dass sie sich in der Nähe befanden, doch sosehr er sich auch anstrengte, entdecken konnte er die beiden nicht.

Bis direkt auf den Pier zu rollen wäre zu auffällig gewesen. Aus diesem Grund suchte Suko nach einem Platz, wo er die Harley abstellen konnte.

Er fand ihn hinter einem Verteilerkasten der Elektrizitätswerke.

Suko schloss die Maschine ab, entledigte sich seines Helms, ließ aber die dunkle Lederjacke trotz der Hitze an, denn so konnte er besser seine Waffen verbergen.

Dann schritt er auf die hintereinander liegenden Schiffe zu.

Menschenleer war der Kai nicht. Vom ersten Schiff liefen die Mitglieder der Besatzung die Gangway hinab. Sie hatten prächtige Laune. Ihren Worten entnahm Suko, dass sie ein richtiges Fass aufmachen wollten. Einige von ihnen schwangen jetzt schon die Brandyflasche. Und das bei der Hitze.

Suko schritt die Reihe der am Kai liegenden Schiffe ab. Und er entdeckte die Alexandria. Ihr Name war mit großen Buchstaben an den Bug gepinselt worden.

Der Chinese blieb stehen. Alles deutete darauf hin, dass sich das Schiff auf eine längere Wartezeit eingerichtet hatte. Starke Seile bildeten die Vertäuung. Sie waren ein paar Mal um die hohen Eisenpoller gewickelt worden.

Suko ging ein paar Schritte zurück. Er schaute an der Bordwand hoch, doch das Deck konnte er nicht sehen. Das Schiff war zu groß. Nur die Reling entdeckte er, das war alles. Ein weißer Streifen hob sich von Bord ab und lief rings um das Schiff.

Einladend war die Gangway nach unten gelassen

worden. So etwas ließ sich Suko natürlich nicht entgehen. Er schaute sich zuvor noch um, ob er nicht beobachtet wurde, sah aber niemanden, der sich für ihn interessierte.

Suko wagte es.

Ein Grund für sein An-Bord-Gehen würde ihm schon einfallen, wenn man ihn erwischte. Er war da ziemlich flexibel. Allerdings bemühte er sich, ziemlich leise zu gehen, als er die schiefe Ebene der Gangway hochstieg.

Am Top hing die ägyptische Flagge ziemlich müde nach unten. Der Wind schlief immer mehr ein, ein Zeichen, dass es nicht mehr lange bis zum großen Knall dauern konnte. Die Schreie der Möwen hörten sich in der seltsamen Luft lauter an als üblich.

Die Gangway federte unter den Schritten des Chinesen. Nur noch wenige Yards, dann hatte es Suko geschafft. Der Weg auf das Schiff war nicht verbaut. Der Chinese konnte ohne Mühe das Deck betreten.

Hier blieb er stehen.

Er war von der Größe des Schiffes beeindruckt. Sein Blick glitt über die gewaltigen Aufbauten, die hohe Brücke, die Masten, die blitzenden Antennen der Funkanlage und über den freien Teil des Decks, unter dem sich die Laderäume befanden.

Menschen sah er nicht.

So ein Kahn fuhr nicht ohne Besatzung. Da waren zahlreiche Männer nötig, um den Betrieb aufrechtzuerhalten. Für Suko gab es zwei Möglichkeiten. Entweder hatte die Besatzung den Kahn verlassen, oder sie befand sich unter Deck.

Sir James hatte von einer geheimnisvollen Fracht gesprochen, die das Schiff geladen haben sollte.

Wo steckte die Fracht? Und war sie mit der identisch, von der auch Kara geredet hatte?

Der Chinese hatte keine Ahnung. Er hoffte aber, auf seinem Gang durch und über das Schiff den nötigen

Aufschluss zu erhalten, denn dass er die Alexandria durchsuchen wollte, stand für ihn fest.

Zunächst orientierte er sich in Richtung Brücke. Er hielt sich dabei an der Backbord-Reling.

Schon wuchsen vor ihm die gewaltigen Aufbauten der Brücke hoch. Er sah die riesige Panoramascheibe und darüber, auf dem Dach der Brücke, die blitzenden Antennen.

Kein Laut war zu hören.

Die Stille gefiel dem Chinesen nicht. Wenn er nach oben schaute, sah er die Möwen, und es schien ihm, als würden sogar diese Vögel einen Bogen um das Schiff fliegen.

Suko kannte die Anzeichen. Tiere merken zumeist stärker als die Menschen, dass etwas nicht stimmt. Sie waren sensibler, sie spürten das drohende Unheil.

Vor dem breiten Brückenaufgang blieb Suko stehen. Schneeweiß waren Stufen und Geländer gestrichen. Auch hier sah Suko keinen Menschen. So fasste er die Gelegenheit beim Schopf und stieg die Treppe hoch.

Suko ließ sich Zeit. Ein paar Mal schaute er sich um. Er ahnte, dass man ihn beobachtete, doch einen Gegner konnte er nicht entdecken. Die Stille lastete über dem Schiff.

Dann erreichte er die Tür.

Verschlossen war sie nicht. Suko konnte sie aufstoßen und betrat die Brücke des Schiffes.

Sein Blick glitt über die zahlreichen Konsolen und Instrumente. Er hatte schon des öfteren Schiffe dieser Art gesehen. Er kannte sich aus, und er wusste, ob ein Schiff in Ordnung war oder nicht. Dieses hier war top!

Die Tür schwang hinter ihm zu. Drei Schritte ging der Chinese vor. Er war die einzige Person auf der Brücke. Dann blieb er stehen, drehte den Kopf, und sein Blick streifte die Konsolen sowie die Instrumente.

Nichts Verdächtiges.

In einer Ecke war die Funkbude abgeteilt. Eine spanische Wand schützte den Funker und schirmte ihn vor den Geräuschen der übrigen Umgebung ab.

Suko wollte nichts übersehen und deshalb auch hinter die Wand schauen. Möglichst leise bewegte er sich voran. Mit der rechten Hand schob er die Wand zur Seite und blieb wie erstarrt stehen, denn er hatte die Gestalt auf dem Stuhl sitzen sehen.

Es war ein Mann. Sein Oberkörper war nach vorn gesunken. Die Arme hatte er angewinkelt und aufgestützt.

Suko streckte seine Hand aus und berührte ihn an der Schulter. Entweder schlief der Mann, oder er war tot. Der Chinese rechnete mit beidem.

Beim ersten Kontakt rührte sich der Mann nicht. Als Suko das zweite Mal nachgriff, zeigte er eine Reaktion.

Plötzlich schnellte er hoch. So hastig, dass selbst Suko davon überrascht wurde. Der Chinese vernahm ein Jaulen und Knurren, aber es drang nicht aus dem Mund eines Menschen, sondern aus dem Maul eines Schakals ...

Vor ihm stand ein Monster!

Ein Mensch mit dem Kopf eines Schakals. Unheimlich anzusehen, und Suko dachte daran, dass der altägyptische Totengott und Herr der Unterwelt, Anubis, ebenfalls in Schakalform dargestellt wurde. Auch sein Körper zeigte so einen Kopf.

Hatte er es hier mit einem Diener dieses Götzen zu tun? Lange darüber nachdenken konnte Suko nicht, denn das Untier vor ihm griff ihn umgehend an.

Seinen Rachen hatte es so weit aufgerissen, dass die Kiefer fast ausgerenkt wurden. Eine graue Zunge stieß daraus hervor, die Augen leuchteten in einem seltsamen Gelb, in dessen Mitte sich allerdings ein schwarzer Punkt befand.

Die Attacke erfolgte so schnell, dass Suko nicht die

Zeit fand, die Beretta zu ziehen. Er konnte nur noch seinen Arm hochreißen, und so verbissen sich die beiden Zahnreihen nicht in seinem Fleisch, sondern hackten in das Leder der Jacke.

Zum Glück drangen sie nicht durch, und Suko konnte seinen Gegner fortschleudern, indem er ihm mit der linken Faust einen fürchterlichen Hieb versetzte.

Das Schakalmonster segelte quer über die Brücke und prallte gegen das große Ruder. Es war natürlich nicht erledigt, schüttelte sich einmal und erhob sich wieder auf die Füße.

Erneut wollte es angreifen.

Zwei Schüsse krachten.

Suko hatte die Beretta gezogen, kurz gezielt und auch getroffen. Beide Silbergeschosse hieben in den hässlichen Schakalschädel und warfen ihn nach hinten – aber sie zerstörten ihn nicht. Dieses Monster war gegen geweihtes Silber resistent.

Aus den Wunden drang eine gallertartige dunkle Flüssigkeit, lief über die Schnauze und tropfte zu Boden, was die Bestie nicht weiter kümmerte, denn sie ging Suko an.

Mit dem Waffenlauf schlug Suko zu. Bevor die noch menschlichen Hände ihn packen konnten, hatte er den Lauf schon in das Schakalgesicht des Monsters gehämmert.

Es gab ein dumpfes Geräusch, als die Pistole traf, und der Angreifer wurde wieder zurückgeschleudert. Das gab Suko Gelegenheit, Distanz zu gewinnen. Er sprang dabei zurück und zog noch in der Bewegung seine Dämonenpeitsche. Einmal schlug er den Kreis über den Boden, danach fielen die drei Riemen aus dem Griff.

Geschickt balancierte Suko die Peitsche in der rechten Hand und wartete auf einen günstigen Moment, um zuschlagen zu können.

Der schakalköpfige Dämon starrte ihn an. Er sah

schrecklich aus, denn die beiden Treffer der Silberkugeln hatten ihn schwer gezeichnet. Über den Augen war die Haut aufgerissen. Knochen kamen zum Vorschein. Sie schimmerten wie beinerne Grüße in dem sonst dunklen Fell der widerlichen Visage.

Jetzt ging auch der Chinese wieder vor. Den rechten Arm hatte er gesenkt. Die Riemen der Peitsche schleiften über den Boden. Suko wollte näher an seinen Gegner heran, um die Treffsicherheit zu erhöhen.

Da flog hinter ihm der Zugang zur Brücke auf. Suko stand sehr dicht davor, er hörte das Geräusch auch, wollte noch weg, doch die Tür traf seinen Rücken und schleuderte ihn nach vorn.

Obwohl Suko es nicht sehen konnte, glaubte er daran, dass ein zweiter Schakalmensch die Brücke betreten hatte. So war es auch, und das Monster sprang den Chinesen an.

Es hieb in Sukos Rücken, Hände krallten sich an seinen beiden Schultern fest und zerrten den Inspektor zurück. Suko geriet ins Stolpern, rutschte aus und konnte dem Druck des Gegners nichts entgegensetzen. Er wurde zu Boden gerissen.

Es geschah selten, dass Suko von Wesen aus dem Schattenreich so überlistet wurde. Hier jedoch war es der Fall, und der sonst so wachsame Suko befand sich plötzlich in Lebensgefahr.

Die beiden Schakal-Monster hatten erkannt, dass der Chinese in der Dämonenpeitsche eine brandgefährliche Waffe besaß. Sie galt es zu erreichen.

Sofort schnappten die Mäuler nach Sukos rechtem Arm. Sie wollten ihn zerbeißen, damit der Gegner die Waffe loslassen musste. Suko konnte ihn noch anwinkeln, völlig jedoch brachte er ihn nicht aus dem Gefahrenbereich. Die Zähne des schakalköpfigen Monstrums zerfetzten das Leder und streiften auch seine Haut.

Zwei Hände schnappten zu.

Es war das zweite Wesen, das in den Kampf eingriff. In Höhe des Ellbogens packte es Sukos Arm und bog ihn nach außen. Das Wesen hatte Kraft. Obwohl Suko wirklich kein Schwächling war, schaffte er es nicht, sich aus dem Griff zu lösen. Mit einer gekonnten Drehung schraubten die Gegner Sukos Arm zurück. Wenn der Arm nicht brechen sollte, musste er die Peitsche fallen lassen.

Suko öffnete die Faust. Als ihm die Peitsche aus der Handfläche glitt, stießen die beiden Monster heisere Triumphlaute aus, denn endlich hatten sie es geschafft.

Jetzt war ihr Gegner wehrlos.

Doch der Chinese konnte sich auch anders verteidigen. Die beiden Hände, die seinen Arm umklammerten, drückten ihn nicht mehr so fest zusammen. Mit einem heftigen Ruck befreite sich Suko, drehte seinen Körper in einer Rolle rückwärts, schleuderte die Beine dabei vor und katapultierte seine Füße gegen den Körper eines Schakalköpfigen.

Der wurde fast bis zur Tür geschleudert. Erst dort konnte er sich fangen und stieß sich wieder ab.

Geschmeidig kam der durchtrainierte Chinese auf die Füße. Vielleicht eine halbe Sekunde zu spät. Seinem zweiten Gegner war es gelungen, sich der Dämonenpeitsche zu bemächtigen. Die Riemen der Peitsche hatten ihn noch nicht berührt. Er ahnte jedoch, dass er eine gute Waffe in der Hand hielt, und aus der Drehung schlug er damit zu.

Suko wollte noch hochspringen und ausweichen, da hatte der andere schon zugeschlagen. Die drei Peitschenriemen befanden sich bereits auf dem Weg, die Richtung ließ sich nicht mehr ändern, und Suko wurden die Riemen um die Ohren geschleudert. Am Hals, an der Brust und an den Wangen wurde er getroffen. Das Leder biss in seine Haut. Wäre Suko jetzt ein Dämon gewesen, hätte er nicht überlebt. So verspürte er zwar die Schmerzen, aber er blieb am

Leben und torkelte nur zurück, wobei er allerdings Mühe hatte, auf den Beinen zu bleiben.

Er hörte vor sich ein heiseres Bellen. Dieser Laut musste Freude ausdrücken, und das Monster holte aus, um zum zweiten Mal zuzuschlagen.

Der Chinese hatte keine Lust, abermals mit seiner eigenen Peitsche Bekanntschaft zu machen, deshalb reagierte er sofort, riss sein rechtes Bein hoch und stieß sich gleichzeitig ab. Durch diese Aktion ging er voll in seinen Gegner hinein.

Sie krachten zusammen, der Schlag streifte Sukos Bein, und beide fielen zu Boden.

Doch da war noch der zweite. Es war die Bestie mit den beiden Kugellöchern im Kopf, und der Hass trieb sie voran. Sie hatte bemerkt, dass der Mensch so einfach nicht zu erledigen war, deshalb versuchte sie es anders.

Der Schakalköpfige, der die Uniform eines Besatzungsmitglieds trug und bis auf den Kopf aussah wie ein Mensch, sprang an den beiden Kämpfenden vorbei auf eine der zahlreichen Konsolen zu, deren Schublade er aufriss.

Dort lag eine geladene Waffe.

Es war ein Revolver. 38er Smith & Wesson.

Einer Kugel würde Suko kaum entgehen können, so schnell war er nicht.

Der Schakalköpfige nahm den Revolver in beide Hände, schwenkte die Arme herum und suchte sein Ziel.

Es war Sukos Rücken!

Die Mumie wollte mir das Gesicht auf den Rücken drehen!

Ein grausamer Tod stand mir dicht bevor, ich roch den Moder, der von dieser Gestalt ausging, und ich spürte bereits die Schmerzen, die am Hals begannen und sich weiter fortpflanzten.

Wie lange konnte ich widerstehen? Eine Sekunde – zwei?

In meiner Verzweiflung brüllte ich wie am Spieß, warf meine Arme hoch und hielt noch wie im Kampf meinen geweihten Silberdolch in der rechten Hand.

Mit einem Erfolg hatte ich schon nicht mehr gerechnet, dann jedoch vernahm ich hinter mir einen schnaubenden Laut, der mir den Ärger der Mumie verriet.

Sie ließ mich los.

Im ersten Augenblick konnte ich es nicht begreifen, rollte mich dann jedoch vom Rücken auf die Seite und stemmte mich in die Höhe. Wie ein Betrunkener taumelte ich durch den verdammten Lagerraum, stieß irgendwann gegen die Wand und blieb schwer atmend stehen. Weit hatte ich meinen Mund aufgerissen, der Hals schmerzte, als hätte die Haut in Brennnesseln gelegen. Ich war erschöpft und so ziemlich am Ende meiner Kräfte. Vor meinen Augen drehten sich rote Kreise. Ich hatte Mühe, wieder zu mir selbst zu finden. Als es endlich soweit war, stellte ich fest, dass die roten Kreise noch längst nicht verschwunden waren.

Sie existierten nach wie vor.

Die Erinnerung kehrte erst allmählich und ziemlich langsam zurück. Nicht meine eigene Erschöpfung hatte die Kreise produziert, es waren die Augen der Mumie, die zwischen den Gesichtsbandagen leuchteten und mich abermals anstarrten.

Nein, Radamar hatte nicht aufgegeben. So leicht ließ er sein Opfer nicht aus den Klauen. Der Kampf ging weiter, daran gab es keinen Zweifel.

Ich blieb nicht auf der Stelle stehen, sondern schob mich dicht an der Wand entlang zur Seite. In dieser verdammten Finsternis kannte ich mich überhaupt nicht aus, und ich hörte die schweren Schritte der Mumie, als sie mich verfolgte.

Wo sollte ich hin?

Diese Frage hatte ich mir schon mehr als einmal

gestellt und noch keine Antwort gefunden. Der Stauraum bot keinerlei Deckungsmöglichkeiten, sodass ich einem Kampf letztendlich nicht ausweichen konnte. Dann würde sich herausstellen, wer besser war, und ich hatte das fatale Gefühl, nur auf der zweiten Siegerstraße zu laufen.

Zudem gab es noch die Skorpione, die ich längst nicht alle zertreten hatte. Auch sie waren nicht zu unterschätzende Gegner.

Ich musste mich davor hüten, zu Boden zu fallen, denn dann konnten sie ihren Giftstachel gegen mich einsetzen.

Insgesamt keine guten Aussichten, so eingesperrt zu sein im Laderaum eines völlig fremden Schiffes, zusammen mit einer lebenden Mordmumie und ihren dünnbeinigen Helfern.

Als ich mit der Zunge über meine Oberlippe fuhr, spürte ich den Schweiß, der darauf lag. Erholt hatte ich mich nicht. Nach wie vor klebte mir die Kleidung am Körper. Das Zittern meiner Knie verriet Erschöpfung.

Die Mumie behielt ich im Blickfeld. Zum Glück schimmerten die rötlichen Augen durch den Spalt im sonst bandagierten Gesicht. Da konnte ich immer sehen, wo sich mein Gegner aufhielt.

Momentan links von mir.

Dort war sie stehen geblieben. Anscheinend suchte sie nach einer neuen List, um mich zu vernichten. Aber da sollte sie sich geschnitten haben. Noch lebte ich.

Mittlerweile hatte ich mein kleines Tief und die Depression überwunden, ich wollte nicht aufgeben und mich ducken, nicht vor dieser Mumie.

Genau fixierte ich das Augenpaar. Es hatte sich in den letzten Sekunden nicht vom Fleck bewegt, und ich hoffte, dass dies auch in den nächsten so bleiben würde, denn ich hatte mittlerweile einen Plan gefasst.

Das Kreuz durfte ich auf keinen Fall aus der Hand geben, wenn schon eine Waffe, dann den Dolch. Mit ihm konnte ich umgehen. Ich hatte zwangsläufig lernen müssen, ihn zu schleudern. Und nicht nur das, ich musste und konnte auch treffen.

Die Augen waren das Ziel. Oder vielmehr der Raum zwischen ihnen. Er bot sich förmlich an. Wenn ich ihn mit dem Dolch traf, dann würde die Silberklinge sicherlich in den Schädel eindringen – und ihn zerstören.

Es war eine verzweifelte Aktion, aber mir blieb in diesen Augenblicken nichts anderes übrig.

Leicht ging ich in die Knie. Den Dolch wog ich in der Hand. Es musste ein Meisterwurf werden. Ich durfte mich nicht ablenken lassen, weder von der Mumie noch von den Skorpionen. Alles sollte stimmen für diesen einzigen entscheidenden Wurf.

Ich nahm die Spitze zwischen die Finger. So konnte ich am besten werfen. Ich brachte meinen Arm langsam nach hinten, um auszuholen. Diese Position erlaubte es mir, einigermaßen sicher zu treffen.

Ein wenig knickte ich im linken Knie ein. Der rechte Arm war hoch erhoben, die Augen bewegten sich noch immer nicht, ein Zeichen für mich, dass die Mumie stillstand.

Mein Ziel!

Ich musste es treffen.

Noch einmal tief Luft geholt, den Atem für den entscheidenden Moment angehalten, dann schleuderte ich die Waffe.

Ich sah den silberfarbenen Blitz nicht, wie er durch die Luft fegte, wartete voller Spannung auf den dumpfen Schlag, der unweigerlich folgen musste, wenn ich getroffen hatte …

Er blieb aus.

Dafür hörte ich ein anderes Geräusch. Auch in gewisser Weise dumpf zu nennen, aber trotzdem anders.

Irgendwie begriff ich noch nicht, dass die Mumie weiterhin lebte, denn ich stand da, atmete flach und mit offenem Mund, starrte auf die roten Augen, vernahm ein dumpf klingendes Keuchen, dazu ein tief in der Kehle geborenes Grunzen, und dann reagierte die Mumie.

Es war mein Instinkt, der mich zu einer Gegenreaktion veranlasste. Ich wich zur Seite aus, riss dabei noch schützend die Arme hoch und wurde dennoch getroffen.

Das gläserne Oberteil des Sargs wuchtete mit der Kante gegen mich. Zum Glück hatte ich mein Gesicht geschützt, sodass es nur die Arme traf. Das reichte auch schon. Ich geriet ins Stolpern, spürte den bösen Schmerz und konnte mich nur mit Mühe auf den Beinen halten, als vor mir die Planken dröhnten und die Mumie wieder auf mich zustampfte.

Während ich mich am Boden überrollte, schoss mir durch den Kopf, was eigentlich geschehen war.

Ich hätte die Mumie normalerweise getroffen, doch sie war schlauer, als ich dachte. Als Deckung hatte sie den gläsernen Deckel sicherheitshalber hochgerissen, denn der Dolch schien ihr doch nicht so geheuer zu sein. Im Dunkeln hatte ich dies nicht erkennen können, und so war die Waffe nicht in den Kopf der Mumie gerammt, sondern gegen das stabile Oberteil des Sargs.

Pech für mich! Und vielleicht sogar mein Ende, denn die Mumie würde bestimmt kein Pardon kennen.

Hörte denn dieser verfluchte Kampf überhaupt nicht auf? Ich ging ein paar kleine Schritte zurück, bis ich über den am Boden liegenden Sargdeckel stolperte, der den Dolch abgewehrt hatte.

Die Mumie hatte sich mit ihm geschützt. Warum sollte ich nicht das Gleiche versuchen? Es war ein gutes Mittel, um mich zu wehren.

Ich bückte mich und hatte den Sargdeckel bald gefunden. Dabei peilte ich nach vorn, denn ich wollte die Mumie sehen.

Sie kam. Ihre Schritte wuchteten auf den Boden. Für sie hatte ich längst verloren, jetzt, da ich den gefährlichen Dolch endgültig los war.

Der Sargdeckel war verflucht schwer. Dabei meint man immer, Glas wäre leicht, aber in diesem Fall stimmte es nicht. Es hatte sein Gewicht. Ich musste mich anstrengen, um den Sargdeckel hochzuwuchten.

Dabei wirbelten zahlreiche Gedanken durch meinen Kopf. Meine Gegner auf Deck hatten mir nur die Beretta abgenommen. Warum nicht auch das Kreuz und den Dolch? Sie hatten beides schließlich gesehen. Wollten sie vielleicht, dass ich die Mumie verletzte, oder fürchteten sie sich vor meinen Waffen?

Endlich stand der Deckel hochkant. Meine Hände umfassten ihn an den beiden Längsseiten. Ich mobilisierte meine letzten Kräfte, hatte den Deckel jetzt kniehoch gestemmt und stellte fest, dass die Schritte der Mumie lauter geworden waren.

Sie war in der Nähe.

Mit dem Deckel in beiden Händen startete ich, rannte dem Horrorwesen entgegen, zertrat dabei noch zwei Skorpione, ohne dass ich es recht merkte, und schleuderte den Sargdeckel wuchtig von mir.

Ein Aufprall.

Für den Bruchteil einer Sekunde sah ich noch das Augenpaar in gleicher Höhe, dann war es verschwunden. Die Mumie hatte mich unterschätzt. Sie hatte schließlich meine Aktion sehen können, aber wohl nicht damit gerechnet, dass ich so konsequent sein konnte. Der schwere Sargdeckel hatte sie von den Beinen gerissen.

Ziemlich am Ende meiner Kräfte torkelte ich nach vorn. Meine Knie waren weich. Ich streifte mein Kreuz über den Kopf und wollte die Mumie jetzt, da sie am Boden lag, angreifen, als etwas geschah, womit ich nie im Leben gerechnet hätte.

Hoch über mir wurde eine Klappe geöffnet.

Ich merkte es an der kühleren Luft, die in einem breiten Schwall in den Lagerraum fächerte und mich von meinem eigentlichen Vorhaben abbrachte.

In halb gebückter Stellung drehte ich mich um, hob meinen Kopf und schaute in die Höhe.

Deutlich zeichnete sich das Rechteck einer offenen Luke an der Decke ab. Weit darüber sah ich einen grauen Himmel und zwei Mastspitzen.

Aber noch etwas geriet in mein Blickfeld.

Eine Person.

Myxin, der Magier!

Der Schakalköpfige wollte Suko erschießen!

Obwohl er ein Monster war, ein Albtraumgeschöpf zwischen Mensch und Tier, bewies er, dass sein menschliches Denken und Fühlen nicht ganz ausgeschaltet war.

Die Waffe, der Revolver, verkörperte für ihn das Sinnbild der Zerstörung und des Tötens.

So schnell Suko auch war, einer Kugel, die mit ungeheurer Geschwindigkeit den Lauf verließ, konnte er nicht entgehen.

Aber da war noch jemand, den Suko und auch seine Gegner bisher nicht gesehen hatten.

Eine Frau!

Kara, die Schöne aus dem Totenreich.

Plötzlich erschien sie in der offenen Tür der Brücke, und sie trug ein Erbe ihres Vaters in der rechten Hand.

Das Schwert mit der goldenen Klinge!

Oft genug schon hatte sie damit Dämonen und Wesen aus der Finsternis vernichtet. Sie beherrschte diese Waffe meisterhaft, deren Klinge nicht nur golden schimmerte, sondern auch leicht gebogen war.

Aus ihrem Mund drang ein wilder Schrei, als sie erkannte, wie sehr sich die Lage zugespitzt hatte.

Dieser Schrei alarmierte den Schakalköpfigen. Er

zögerte mit dem Schuss, fuhr herum und schwenkte die Waffe mit.

Kara war schnell wie der Blitz. Und noch schneller war ihr Schwert. Ein goldener Streifen schien die Luft zu durchschneiden. Ein Streifen, der sein Ziel sicher fand und den Arm von der Schulter des Schakalköpfigen trennte.

Dann folgte der nächste Schlag. Geführt von oben nach unten, und er spaltete den hässlichen Schädel des Monsters.

Die Gefahr war gebannt.

Kara stand vor dem Getöteten und schaute zu, wie er allmählich in die Knie sank. Schwer fiel er zur Seite und blieb neben seinem abgetrennten Arm liegen.

Wo der Arm an der Schulter gesessen hatte und sich nun die große Wunde befand, quoll eine dunkle, gallertartige Flüssigkeit hervor, aber kein Blut wie bei einem Menschen.

Kara konnte aufatmen, denn es wäre schlimm für sie gewesen, hätte sie einen Menschen umgebracht.

Noch einer existierte.

Der jedoch wurde von Suko herumgeschleudert. Der Chinese hatte mitbekommen, wer ihn gerettet hatte, und dem Schulterwurf hatte das Monster nichts entgegenzusetzen.

Es landete krachend auf dem Rücken, rollte vor Karas Füße, und die Schöne aus dem Totenreich hob bereits ihr Schwert, als Suko ihr in den Arm fiel.

»Nein, nicht, ich will noch etwas aus ihm herauskriegen, denn hier blicke ich nicht durch!«

Kara ließ die Waffe sinken.

Suko aber ging dorthin, wo der abgetrennte Arm des Monsters lag, und nahm den Revolver an sich. Er entlud ihn. Die Patronen schleuderte er fort.

Kara behielt unterdessen das zweite Monster im Auge. Es lag auf dem Rücken. Die Schnauze hatte es aufgerissen. Zahnreihen blitzten, und eine graue

Zunge hing zwischen ihnen. Die gelblichen Augen waren verdreht. Sie schielten auf die Klinge, die Kara in der Hand hielt und deren Spitze auf die Brust des Monsters zeigte.

Suko blieb neben Kara stehen. »Danke«, sagte er. »Ohne dich hätte ich jetzt eine Kugel im Rücken.«

Die Schöne aus dem Totenreich lächelte. »Es war Glück, dass ich zur rechten Zeit erschienen bin.«

»Und Myxin?«

»Sieht sich auf dem Schiff um, denn hier braut sich einiges zusammen, das kann ich dir sagen. Das Schiff ist verseucht. Und zwar von finsteren Dämonen aus dem alten Ägypten. Da ist ein grausamer Fluch wiedergeboren worden, gegen den wir leider keine Mittel haben.«

»So schlimm?«

»Der Schakalkopf deutet darauf hin, dass er einem der schlimmsten und schrecklichsten Wesen zur Seite steht, die es im alten Ägypten je gegeben hat.«

»Anubis«, vollendete Suko.

»Genau.«

»Und Radamar?«, fragte der Chinese.

Kara hob die Schultern. »Ich weiß auch nicht, wie alles zusammenhängt und welche Rolle Radamar spielt. Auf jeden Fall keine gute, wobei ich hoffe, dass uns unser Freund hier eher darüber Aufschluss geben kann.«

»Wir werden sehen!« Suko richtete seinen Blick auf das Monster. Irgendwie wurde er dabei an Lupina, die tote Königin der Wölfe, erinnert. Nur hatte sie einen menschlichen Kopf, während es bei dem Monster vor ihm genau umgekehrt war.

»Kann er reden?«, fragte der Chinese.

Kara senkte die Spitze ihres Schwerts noch mehr. »Es wird ihm nichts anderes übrig bleiben.«

Beide sahen die Angst in den gelben Augen, und beide waren sie überzeugt, dass sie einiges an Informationen erfahren würden. Die erste Frage stellte Kara.

»Wie viele seid ihr hier auf dem Schiff?«

»Sechs!«

»Mehr nicht?«

»Nein.«

»Wo ist denn die übrige Besatzung?«

»An Land.«

»Weggeschickt«, meinte Suko. »Ziemlich raffiniert. Jetzt sind sie unter sich. Sechs hat er gesagt. Zwei können wir vergessen, ihn und seinen toten Artgenossen. Bleiben noch vier.« Suko wandte sich an den Gefangenen. »Gehört der Kapitän auch dazu?«

»Ja, Radamar ist unser Anführer.«

Kara und Suko schauten sich an.

»Wieso Radamar?«, fragte die Schöne aus dem Totenreich. »Führt die Mumie euer Schiff?«

»Nein, aber der Kapitän und sie haben den gleichen Namen.«

Da Kara nichts sagte, schwieg auch Suko. Die Schöne aus dem Totenreich dachte nach. Sie legte dabei ihre Stirn in Falten und strich mit der Kuppe des Zeigefingers über den schmalen Nasenrücken. »Das ist ja interessant«, murmelte sie.

»Was ist so interessant?«, fragte Suko.

»Die ganze Konstellation. Ich – ich kenne sie. Ich habe schon davon gehört.«

»Wann?«

»Früher.«

Wenn Kara früher meinte, war das nicht gestern oder vorgestern, da konnte man ruhig andere Zeitangaben einsetzen, wie vielleicht Tausende von Jahren.

»Werde mal deutlicher!«, verlangte Suko.

»Da müsste ich eigentlich bis in das alte Ägypten zurückgehen«, sagte sie. »Ich habe dir ja von Radamar erzählt. Er war nicht nur ein Zauberer und Magier, sondern er stand auch mit dem Totenreich und seinem Herrscher Anubis in Verbindung. Wer aber den Weg zu Anubis geschafft hatte, den wollte er ganz. Der sollte keinem anderen dienen, sondern ihm voll und ganz zur Verfügung stehen. Das wusste auch Radamar, doch er wollte nicht. Er traute dem Braten nicht, denn er wusste, dass es zahlreiche Götter gab, die sehr stark waren. Deren Gunst wollte er sich ebenfalls versichern. Deshalb griff er zu einer List. Er hatte die Gabe, seine Persönlichkeit zu teilen, das heißt, er konnte seine Seele in zwei Hälften spalten …«

»Ist das alles nicht doch ein wenig zu fantastisch?«, fragte Suko.

»Nein, nein, lass mich weiterreden. Radamar teilte also seine Seele in zwei Hälften. Die eine Hälfte stellte er Anubis zur Verfügung, die andere Hälfte diente den Göttern. Beide, Anubis und die Götter, wussten allerdings nichts von dem Spiel des Radamar, der einmal auf der Seite des Bösen stand, zum anderen auf der Seite des Guten. Er trieb ein Doppelspiel und hatte immer noch eine Karte in der Hinterhand. Wie ein Joker, sehr raffiniert gemacht. Während die eine Hälfte der Seele in das Totenreich eindrang, ging die andere nicht in die geheimnisvolle Götterwelt ein, sondern suchte sich immer wieder den Körper eines Menschen. Ich glaube, es war fünfhundert Jahre nach Radamars Seelenspaltung, da glitt der eine Teil in den Körper eines Weisen, der auch Pharao wurde und dem man nach seinem Tod ein prächtiges Grab gab. Die Leiche wurde einbalsamiert und für eine Mumienbestattung vorbereitet. Allerdings hatte Anubis inzwischen bemerkt, dass er hintergangen worden war, und furchtbare Rache geschworen. Durch irgendeine finstere Magie gelang es ihm, die Seele des Radamar innerhalb der Mumie zu fesseln, der zweite Teil konnte sich nicht mehr befreien, und nur noch der erste lebte. Es war genau der, der Anubis diente.«

»Was hat das alles mit der Gegenwart zu tun?«, wollte Suko wissen.

Kara kümmerte sich nicht um seine Frage, sondern

wandte sich an den Schakalköpfigen. »Habe ich Recht mit meiner Vermutung?«

»Ja.«

»Gut.« Kara lächelte. »Jahrtausende vergingen. Die Menschheit entwickelte sich weiter. Es entstanden neue Länder, neue Völker, die alten Legenden wurden vergessen, aber sie starben nicht. Ebenso wenig wie der Geist innerhalb der Mumie verging und auch Anubis seine Rache nicht vergessen hatte. Erst als man die Mumie fand, da wurde der Bann des Totenherrschers gebrochen, der Geist kam wieder frei. Er glitt aus der Mumie, suchte sich ein neues Opfer, aber er fand keines, das ihn ansprach, also kehrte er wieder in den Körper zurück und musste erleben, dass man ihn, die Mumie, auf ein Schiff lud, um sie nach London zu schaffen, wo sie irgendwann ausgestellt werden sollte. Man hat dabei ziemlich geheimnisvoll getan. Die Presse bekam kaum Wind davon, anscheinend wussten die Forscher, in welch eine Gefahr sie sich begaben, obwohl sie es eigentlich nicht glauben konnten. Doch das stimmte. Die Mumie existierte, der Geist hielt sie am Leben. Es ist schrecklich, ich weiß, aber wir müssen den Tatsachen ins Auge sehen.«

»Und was hat das alles mit der Besatzung des Schiffes zu tun?«, erkundigte sich Suko. »Weshalb laufen hier Menschen als Monster herum?«

»Ganz einfach. Anubis, der Totengott der alten Ägypter, hatte nichts, aber auch gar nichts vergessen. Ich sagte dir ja schon, für ihn spielt die Zeit keine Rolle, und er hasste Radamar noch immer, weil dieser ihn vor Tausenden von Jahren so geleimt oder reingelegt hatte. Denn noch existierte der zweite Teil dieser Seele. Anubis hat ihn nie freigelassen, aber als die Mumie auf dem Schiff war, da griff er an. Er ließ den bösen Geist frei, und dieser drang ein in den Körper des Kapitäns. Wahrscheinlich heißt der Mann in Wirklichkeit überhaupt nicht Radamar, aber der Geist des anderen hat das ehemalige Menschsein völlig überrumpelt, sodass er sich an nichts mehr erinnern kann und jetzt der zweite Geist des Magiers Radamar ist.«

»Dann sind die beiden Feinde.«

Kara lächelte und nickte Suko zu. »Ja, du hast es erfasst. Hier auf diesem Schiff befinden sich zwei Todfeinde. Anubis hat Schicksal gespielt und die Fäden gezogen. Er hat dafür gesorgt, dass sie aufeinander treffen, als Feinde wohlgemerkt. Jahrtausende sind vergangen, aber was ist das schon im Mahlstrom der Zeiten, frage ich dich? Für Dämonen und Götter spielt die Zeit keine Rolle.«

»Und woher weißt du das alles?«

»Das ist einfach. Nach dem Untergang von Atlantis haben die, die sich retten konnten, nicht nur im Vakuum gelebt. Wir haben beobachtet, kennen die alten Mythologien und Kulturen. So ist uns die altägyptische nicht fremd, ebenso wie die minoische Kultur. Wir waren immer in der Nähe, haben unser Wissen gespeichert, was sich nun bemerkbar macht, und zwar im positiven Sinne.«

»Das kann man wohl sagen«, erwiderte Suko und fasste noch einmal zusammen. »Wenn ich dich richtig verstanden habe, dann haben wir es mit zwei Seiten zu tun. Und zwar mit zwei feindlichen Seiten. Wir müssen gegen die lebende Mumie kämpfen und auch gegen die Diener des Totengotts Anubis.«

»Richtig, Suko.«

»Eine Seite haben wir gefunden. Aber wo steckt die Mumie?«

»Da müssten wir Myxin fragen, denn er ist unterwegs, um die Mumie zu suchen.«

»Und was passiert, wenn sie auf den Kapitän trifft?«, erkundigte sich der Chinese.

»Kannst du dir das nicht denken?«

»Ich glaube schon. Es wird einen Kampf geben.«

»Genau. Obwohl einer dem anderen unbewusst

geholfen hat, sind sie doch Todfeinde. So musst du es sehen. So und nicht anders, denn Anubis will seine Rache. Nicht umsonst hat er so lange Jahre gewartet. Jetzt ist der Zeitpunkt endlich günstig, und er wird alles daransetzen, um die Rache zu erfüllen.«

»Ja, das glaube ich mittlerweile auch«, meinte Suko. »Was machen wir?«

»Mit Myxin habe ich mir die Arbeit schon geteilt. Wir kümmern uns um Anubis' Diener, er beschäftigt sich mit der Mumie. Das ist alles.«

»Und das ohne John Sinclair«, sagte Suko. »So etwas habe ich auch noch nicht erlebt.«

Kara schüttelte den Kopf. »Es stimmt nicht ganz.«

»Wieso?«

»Myxin hat etwas gespürt. Eine gewisse Ausstrahlung, die auf das Vorhandensein des Kreuzes deutet.«

»Was?«

»Ja. John muss in der Nähe sein. Höchstwahrscheinlich befindet er sich sogar auf diesem Schiff.«

Der Chinese verzog die Mundwinkel. »Da werden wir mal unseren Freund hier fragen. Wo befindet sich John Sinclair?«

Der Schakalköpfige mit der menschlichen Stimme gab keine Antwort. Wenigstens keine, die zu verstehen war. Er presste nur etwas zwischen seinen Zähnen hervor, dass sich wie ein wütendes Knurren anhörte. Mehr geschah nicht. Suko griff zur Peitsche.

»Soll ich dich zwingen, du verfluchter Bastard?«

»Nein, nein.«

»Also, wo ist er?«

»Es war ein Mann hier. Von der Polizei. Und ich glaube, dass er Sinclair geheißen hat …«

»Weiter, weiter!«, drängte der Chinese.

»Er ist in die Kabine des Kapitäns gegangen.«

»Und dann?«

»Ich war nicht dabei.«

»Er lügt!«, stellte Kara sachlich fest.

»Ich war wirklich nicht dabei!«, kreischte der Schakalmensch. »Ihr müsst mir glauben.«

»So habe ich es auch nicht gemeint«, sagte Kara. »Ich kann mir schon vorstellen, dass man dich nicht mitgenommen hat. Aber was ist hinterher passiert? Du kannst mir doch nicht weismachen, dass sie sich noch immer in der Kabine befinden.«

»Nein, sie haben sie verlassen.«

»Schon besser. Und wo sind sie hingegangen?«

»Auf Deck. Dort hatte uns Osmin, der Zweite Offizier, schon Bescheid gegeben. Wir haben ihn erwartet.«

»Als Monster?«, wollte Suko wissen.

»Nicht als Verwandelte. Das geschah erst hinterher, als die Dunkelheit kam. Wir hatten Pistolen und führten ihn über Deck zu einer Luke. Dann haben wir ihn ...«

»Hineingeworfen, nicht?«, knirschte Suko.

»Ja, ja!«, schrie der Schakalköpfige. »Wir stießen ihn hinein, denn unter Deck lauerte die Mumie. Radamar ist dort. Er will Opfer, und er bekommt sie auch. Sinclair hat keine Chance ...«

Suko und Kara warfen sich einen schnellen Blick zu. In dem Blick des Chinesen stand die unausgesprochene Frage: sollen wir?

Kara verstand. Sie schüttelte den Kopf. »Nein, das können wir getrost Myxin überlassen. Er wird sich um John Sinclair kümmern, denn er hat dessen Spur aufgenommen. Für uns ist die andere Seite da.«

Das passte Suko nicht. Er zog ein Gesicht wie zehn Tage Regenwetter. »Einen Freund im Stich lassen?«, murmelte er.

»John befindet sich in guten Händen. Denk daran, dass wir es mit zwei Sorten von Gegnern zu tun haben. Das solltest du nie vergessen. Wir müssen uns um die Diener des Anubis kümmern.«

»Und wo stecken die?«

»Da fragen wir ihn.« Kara wandte sich bereits an

den Schakalköpfigen. »Wo befinden sich deine Artgenossen hier unter Deck? Du wirst sie uns zeigen!«

»Ich, ich ...«

Kara liftete die Spitze des Schwerts und hob die Waffe dann drohend an. »Ich kann dich auch töten«, versprach sie.

Da zuckte das Wesen zusammen, zog die Beine an und bewegte seinen hässlichen Schädel, was so etwas wie ein Nicken sein sollte. Kara vertraute ihm und trat einen Schritt zurück, damit der andere aufstehen konnte.

»Du führst uns jetzt zu deinen Freunden!«, befahl sie. »Und denke immer daran: Wir sind bei dir, und wir werden dich sofort töten, wenn du irgendwie aus der Reihe tanzen willst.«

Der Schakalköpfige stand auf, drehte sich um und warf noch einen Blick auf seinen toten Artgenossen. Er wusste, dass ihm das gleiche Schicksal drohte, wenn er nicht parierte ...

Myxin der Magier!

Himmel, mit allem hätte ich gerechnet, nur nicht mit dem kleinen Freund, der einmal ein Dämon gewesen war und jetzt auf der Seite des Guten stand. Er hockte am Rand der Luke, schaute in die Tiefe und rief mir zu: »Zur Seite, John!«

Ich gehorchte automatisch, denn ich rechnete damit, dass Myxin eingreifen würde. Das tat er auch, denn er hatte in der letzten Zeit fast seine gesamten Kräfte wieder zurückerhalten, auf die er früher so stolz gewesen war.

Wenn man von ihm als Magier sprach, so war er jemand, der die alten Techniken beherrschte, die man vor langer Zeit auch in Atlantis angewendet hatte. Zum Teil gelang es ihm, Materie zu verändern, und er besaß ausgezeichnete Hilfsmittel, über die er sich ausschwieg, denn bisher hatte er kein Wort über ihre Herkunft verloren.

Ich sah, wie er seine Arme ausstreckte und die Fäuste öffnete. Er hatte etwas zwischen seinen Fingern gehalten, das er jetzt nach unten warf. Es waren zwei kleine Kugeln, die bläulichgrün schillerten.

Auch die Mumie hatte Myxin gesehen. Instinktiv musste sie wohl erfasst haben, dass hier ein harter Gegner vor ihr stand, denn sie machte sich augenblicklich an den Rückzug.

Bisher hatte ich sie nur als unförmig schwankend erlebt. Plötzlich sah ich, wie schnell sie sein konnte. Mit wenigen Schritten hatte sie Distanz zwischen Myxin und mich gebracht, wobei sie sich schon fast an der gegenüberliegenden Wand befand.

Da berührten die Kugeln den Boden.

Es gab einen patschenden Aufschlag, als hätte jemand einen mit Wasser gefüllten Luftballon geworfen, aber es spritzte kein Wasser aus den Kugeln, sondern das Gegenteil.

Feuer!

Grün leuchtend und so hell, dass ich geblendet wurde. Ich riss meine Hände vor die Augen, hörte die röhrenden Schreie der Mumie und torkelte halb blind in die hinterste Ecke des Lagerraumes, wo ich mich zusammenkauerte.

»Du kannst die Augen ruhig öffnen, John!«, hörte ich Myxins Stimme.

Wenn er das sagte, war es okay.

Nicht mehr Feuer sah ich, sondern Rauch. Dicker, grüner Rauch, der seltsame Formen und Gestalten produzierte, die mich an geisterhafte Wesen erinnerten.

Ja, das waren Wesen. Deutlich erkannte ich die langen Arme, sah die Körperformen, allerdings auch die Köpfe ohne Gesichter. Die Rauchgeister verdeckten mir die Sicht auf die Mumie, die weiter zurückgewichen war und im Dunkel des Lagerraums verschwand.

Im nächsten Augenblick hörte ich ein Krachen, einen schweren Schlag und das Splittern. Er folgte nur ein irrer, wütender Schrei, danach vernahm ich Schritte, dann wurde es still.

»Sie ist geflohen!« Myxin sagte es und ließ sich plötzlich fallen. Ich hatte den Kopf gedreht, schaute dem kleinen Magier entgegen, der in das Netz fiel, das sehr große Lücken aufwies, sich an den Resten festklammerte, hin und herschwang und sich dann erst fallen ließ, sodass er dicht neben mir aufkam und mich angrinste.

Sein Gesicht mit dem leichten grünlichen Schimmer verriet nichts von seinen Gedanken, auch die dunklen Augen, die unverwandt auf mich gerichtet waren, als er fragte: »Bist du in Ordnung, John?«

»Ja, so gut wie.«

»Kann ich mir vorstellen. Radamar ist kein leichter Gegner.«

Ich wunderte mich erst gar nicht, dass Myxin ihn kannte, sondern nahm es als eine Tatsache hin. Trotzdem wollte ich wissen, wie er mich gefunden hatte.

Auf meine diesbezügliche Frage hin schüttelte er nur den Kopf. »Später, wir müssen ihn jetzt fangen.«

»Bist du allein?«

»Nein, Kara und Suko sind auch da.«

Das war ein Ding. Da dachte ich, von der übrigen Welt abgeschlossen und nur mit einem mörderischen Gegner allein im Stauraum eines Schiffes zu stecken, als ich plötzlich von dieser Überraschung erfuhr.

Sie war wirklich gelungen. Ich hatte noch daran zu knacken, als der kleine Magier bereits vorgelaufen war. Er tauchte in die Rauchwolken, die langsam ineinander sanken und sich verflüchtigten. Schnell folgte ich meinem Freund.

Obwohl ich längere Schritte machte, erreichte Myxin die gegenüberliegende Trennwand als erster.

Sie wies ein Loch auf.

Da hatte es die Mumie doch tatsächlich geschafft, die Wand aufzubrechen. Dahinter lag ein weiterer Laderaum.

Myxin kletterte schon durch die Öffnung. Ich folgte ihm, ohne dass ich den Kopf einziehen musste. Von der immensen Kraft der Mumie war ich sehr überrascht. Sie hatte das schwere Holz eingeschlagen, als wäre es nichts. Leider bestanden diese einzelnen Trennwände nicht aus Metall. Da hatte man wohl noch gespart, und wir konnten nun der Mumie hinterherlaufen, was mir gar nicht gefiel.

Der nächste Stauraum war stockdunkel. Aber unser Gegner befand sich noch hier. Wir hörten den Klang seiner Schritte.

An der Schulter hielt ich den kleinen Magier fest, da ich meine Neugierde nicht bezähmen konnte.

»Was waren das eben für Rauchbomben?«

Myxin lachte leise. »Nur ein Versuch. Ich bin dabei, nach einem Gegenmittel für Dr. Tods Horrornebel zu suchen.«

Das war ein Ding. Und so etwas Wichtiges erfuhr ich so ganz nebenher. Myxin war wirklich für jede Überraschung gut. Ich freute mich für ihn, denn wenn er seine alten Kräfte zurückhatte, dann sah es ein wenig anders aus.

Mit Myxin hatten wir einen nicht zu unterschätzenden Kampfgefährten. Wenn ich daran dachte, wie deprimiert er früher gewesen war und welch eine Wandlung er nun durchgemacht hatte, konnte man dies schon als allerhand bezeichnen.

»Hast du schon Ergebnisse erzielt?«, fragte ich flüsternd.

»Wobei?«

»Bei dem Gegennebel.«

»Nein, ich stehe erst am Beginn.«

Damit war für Myxin die Sache erledigt. Wir konzentrierten uns jetzt auf unseren Gegner. Er musste in der Dunkelheit irgendwo vor uns stecken. Daran ging kein Weg vorbei. Einen zweiten Ausgang gab es nicht, und die nächste Wand hatte er auch nicht eingerammt, denn das hätten wir gehört.

Ich hatte auf dem Weg in diesen zweiten Frachtraum meinen Dolch wieder an mich genommen. So fühlte ich mich etwas wohler in meiner Haut. Während die Mumie dem Nebel noch soeben entkommen war, hatten es die Skorpione nicht geschafft und waren vergangen. Einige tote Körper zeichneten eine Spur fast bis vor die Öffnung.

Myxin und ich verhielten uns still. Ich atmete durch den halb offenen Mund, und beide vernahmen wir die Geräusche, die genau uns gegenüber aufklangen.

Sie hörten sich allerdings nicht dumpf an, sondern eher metallisch, und mir kam ein bestimmter Verdacht, der sich auch bestätigte, denn in diesen Stauraum fiel ebenfalls Licht, da unser Gegner eine Luke geöffnet hatte.

Wir sahen seinen Schatten bereits dicht unter der Luke und stellten fest, dass die Mumie eine Leiter hochkletterte, die an der Wand nach oben führte.

Mich hielt nichts mehr. Auch Myxin rannte. Allerdings nur zwei Schritte, dann machte er von einer Fähigkeit Gebrauch, die ich auch gern besessen hätte.

Er konzentrierte sich für einen Moment und teleportierte selbst an mir vorbei, bis er die Leiter erreicht hatte. Noch wesentlich früher als ich.

»Ja, ja!«, rief ich. »Jetzt noch hoch!«

Myxin aber hob die schmalen Schultern. »Tut mir leid, John. Darin bin ich noch nicht perfekt.«

Es war ziemlich schwierig für mich, die Metallleiter zu erklimmen, da ich nur mit den Fußspitzen Halt fand. Zweimal rutschte ich ab, konnte mich allerdings sofort fangen, erreichte die Öffnung und streckte meinen Kopf ins Freie, wobei ich sofort den Mund weit öffnete und die frische Luft tief einatmete.

Beide Hände stemmte ich auf den Rand und schnellte in die Höhe.

Dann war ich an Deck.

Endlich frei!

Myxin folgte mir. Ich hatte die Mumie bereits entdeckt. Sie rannte quer über das Schiff, eine unheimliche Gestalt, vom letzten Widerschein der Kailichter erfasst. Sie war schwer, und ihre Schritte dröhnten auf dem Metall der Laderaumdecken.

Nein, die packten wir nicht mehr.

An der Backbordseite blieb sie für einen Moment stehen, hob drohend die Faust, kletterte auf die Reling und ließ sich fallen.

Wir hörten es noch klatschen, als sie in das schmutzige Hafenwasser fiel.

Dann wurde es still.

Als wir die Stelle erreichten, war von der Mumie nichts mehr zu sehen. Zudem war unser Standort viel zu hoch, wir sahen nicht einmal die Wellen an der Aufschlagstelle, sie hatten sich längst verlaufen.

Ich drückte mich wieder zurück und gab einen unfeinen Kommentar von mir.

Myxin lächelte. »Glaube nur nicht, John, dass die Mumie versunken ist. Radamar lebt, und wir werden noch von ihm hören ...«

Der Mann mit dem Schakalkopf wusste genau, was ihm blühte, wenn er sich nicht im Sinne seiner Bewacher verhielt, deshalb versuchte er es erst gar nicht, sich gegen die Befehle und Anordnungen der anderen beiden aufzulehnen.

Von der Brücke waren sie auf das Hauptdeck gegangen, und jetzt stieg der Schakalköpfige über eine Leiter einen Niedergang hinab, der zur Kapitänskabine führte, denn sie hatten Kara und Suko als Ziel angegeben, da sie keine Lust hatten, mit ihrem Gefangenen quer über den Kahn geschleppt zu werden. Für Schiffsbesichtigungen waren sie nicht hier.

Auf dem oberen Deck hatte Suko ein paar Mal seinen Blick schweifen lassen, ohne jedoch eine Spur von John Sinclair zu entdecken. Auch Myxin hatte er nicht gesehen.

Nun war es ziemlich dunkel. Es brannten kaum Lichter, nur die Notbeleuchtung war eingeschaltet und die auf der Brücke. Ihr grünlicher Schein füllte den großen Raum aus.

Natürlich rechneten beide damit, dass ihre anderen Gegner Bescheid wussten. Schließlich waren die beiden Schakalköpfigen nicht zurückgekehrt. Kara und Suko blieben sehr wachsam. Sie hatten ihre Waffen nicht aus den Händen gelegt. Kara hielt das Schwert mit der goldenen Klinge in der Rechten und Suko seine mit Silberkugeln geladene Beretta.

Die Dämonenpeitsche steckte ausgefahren im Gürtel. Die Öffnung zeigte dabei zum Kinn hin, während die drei Riemen aus ihr herabhingen.

Auffallend war die Stille. Nur ein weit entferntes Summen war zu hören. Wahrscheinlich stammte es von einem Hauptaggregat, das die Kühlung in Gang hielt.

Ohne es zu wissen, gingen sie den gleichen Weg, den auch John Sinclair genommen hatte. Dies hier war kein nobel eingerichtetes Passagierschiff, hier bestanden die Unterlagen nicht aus Holz und waren zudem durch Teppiche schallschluckend gedämpft, sondern aus Metall. Die Schritte der drei klangen in der Stille ziemlich laut.

Sie erreichten einen Gang, der zur Kapitänskabine führen musste. Wenigstens erklärte dies der Gefangene.

Erst einmal blieben sie stehen.

Die Ruhe war verdächtig. Suko und Kara rechneten mit Angriffen, sie hatten ihren Gefangenen in die Mitte genommen und schauten mit misstrauischen Blicken den Gang entlang.

Vor ihm zweigten einige Türen ab. Was dahinter lag, wussten sie nicht. So sehr sie auch Acht gaben, der Schakalköpfige legte sie trotzdem herein. Er stieß plötzlich einen markerschütternden Warnschrei aus, der allerdings auf der Stelle abbrach, als Kara einen blitzschnellen Streich mit dem Schwert führte. Die Klinge drang dem Monster in die Brust, riss dort eine Wunde, aus der die gallertartige Masse quoll, dann sank das Wesen tot zusammen und blieb liegen.

Sein Schrei war nicht ungehört geblieben.

Neben Suko flog eine Tür auf. Wie ein Blitz war ein schakalköpfiger Dämonendiener draußen, und er war bewaffnet. Suko sah im letzten Augenblick die Pistole in seiner rechten Hand.

»Vorsichtig!«, brüllte er und warf sich zu Boden, wobei er noch in die aufflackernde Mündungsflamme schaute. Doch die Kugel erreichte ihn nicht. Sie sirrte an seinem Kopf vorbei, prallte gegen die Wand und jaulte als Querschläger davon.

Zu einem zweiten Schuss ließ Kara ihren Gegner nicht kommen. Sie hatte das Schwert aus dem Handgelenk geschleudert und ausgezeichnet getroffen, denn es steckte in der Brust des Unholds.

Der kippte nach hinten, versperrte die Tür, sodass sein nachfolgender Artgenosse stolperte und dabei die Übersicht verlor.

Er lief genau in den Hieb mit der Peitsche.

Was geweihte Silberkugeln bei ihm nicht schafften, das erledigte die uralte Magie der Dämonenpeitsche. Die drei Riemen, aus der Haut des Herrn der roten Hölle geflochten, zerstörten den unseligen Schädel der Bestie und schleuderten sie zu Boden, wo sie mit zuckenden Gliedern liegen blieb und dann verging.

Kara hatte inzwischen das Schwert aus der Brust des Toten gerissen. Gemeinsam mit Suko sprang sie in den Raum, aus dem die beiden Monster gekommen waren.

Es war leer bis auf die brennenden schwarzen Kerzen, die einen Kreis um die Abbildung des Totengottes Anubis gebildet hatten. Hier also war die Beschwörung durchgeführt worden.

Ein paar Kerzen waren verloschen. Nur noch drei brannten. Ihr Licht reichte allerdings aus, um die mit Blut gezeichnete Gestalt des Anubis zu erkennen.

Voller Wut drosch Suko mit der Dämonenpeitsche zu. Er traf die gemalte Gestalt und sprang hastig zurück, als er das Zischen vernahm, das aus dem Kreis drang. Die Kerzen verlöschten, nur noch die Notbeleuchtung im Gang brannte, und eine düstere Rauchwolke bildete sich dort, wo der Schakal mit Blut auf den Boden gezeichnet worden war.

»Komm weiter!«, drängte Kara.

Vier Gegner waren erledigt. Den Aussagen ihres Gefangenen zufolge mussten es jetzt nur noch zwei sein. Unter ihnen befand sich auch Radamar, der Kapitän und der Gefährlichste von allen. Gerade ihn wollten Suko und Kara unter allen Umständen stellen.

Systematisch durchsuchten sie die Kabinen. Sie rissen die einzelnen Türen auf, schauten in die dahinterliegenden Räume, aber entdeckten von den Gesuchten keine Spur.

Wo konnten sie stecken?

Kara stand dann als erste vor der Kapitänskabine. Der Name war dort in Messingbuchstaben angeschlagen.

Die Schöne aus dem Totenreich warf Suko einen schnellen Blick zu. Der Chinese hatte sich an die Wand gepresst und gab Kara mit den Augenlidern ein Zeichen.

Sie sah eine Klinke, streckte den Arm aus, legte die Hand auf das Metall und drückte die Klinke nach unten. Die Tür war offen.

Kara hämmerte ihren Fuß dagegen, stieß sie auf, und die Tür befand sich noch in der Bewegung, als die Schüsse aufbellten. In rasender Folge wurden sie abgegeben, es war ein Krachen, wie es nur ein Revolver produzierte, und obwohl Kara zur Seite sprang, konnte sie den Geschossen nicht rechtzeitig genug entgehen.

Zwei Einschläge trafen ihren Körper. Der erste in die Hüfte, der zweite ein wenig darüber, an der rechten Seite.

Mit Schrecken sah Suko, dass die Schöne aus dem Totenreich zusammenbrach ...

Das Wasser schlug über der Mumie zusammen. Es schützte sie wie eine sichere Wand, und als wäre sie ein Stein, so sackte sie in die Tiefe, wobei sie schon bald mit den unförmigen Füßen den Schlamm auf dem Grund des Hafens aufwühlte und weitersank, sodass sie fast bis zu den Knien in dem Untergrund feststeckte.

So blieb sie erst einmal stehen.

Mit den Armen ruderte sie, um das Gleichgewicht zu halten. Hinter den uralten, jetzt nassen Bandagen leuchteten die Augen wie zwei verwaschene rote Punkte, die sich unter Wasser weiterbewegten, als sich die Mumie in Marsch setzte.

Sie hatte noch längst nicht aufgegeben, denn ihr Plan musste erfüllt werden.

Der eine Teil ihrer Seele hielt sie am Leben. Früher war es der gute gewesen, jetzt dachte sie nur noch ans Töten. Sie wollte den zweiten Teil der Seele vernichten und auch alle Gegner, die sich ihr dabei in den Weg stellten.

Wichtig für Radamar war die Person, die von Anubis mit dem zweiten Teil der Seele versorgt worden war. Der erste Teil des Plans war nur halb gelungen. Die Mumie hatte sich mit dem Geisterjäger John Sinclair in Verbindung gesetzt, wobei sich ihr Geist sogar der modernen Technik bediente, dem Telefon.

Sinclair war erschienen, er hatte die Totenfeier gestört, weil sich die Diener des Anubis auf ihn konzentrieren mussten, aber sie hatten ihn auch in das Verlies geworfen, wo die Mumie in ihrem gläsernen Sarg lag. Sinclair hatte sie gesehen, das durfte nicht sein, deshalb hatte er sterben sollen, doch er erhielt Hilfe.

Ein unheimlicher Magier war aufgetaucht, und instinktiv hatte Radamar vor ihm Angst verspürt. Er konnte ihn nicht richtig einordnen. Ein Mensch schien er nicht zu sein, zur dämonischen Seite gehörte er auch nicht, trotzdem war er so stark wie die schwarzmagischen Kräfte, die zum Teil auf der Seite von Radamar standen.

Wo dieses kleine grüne Wesen erschien, lauerte die Gefahr. Und ihr wollte die Mumie aus dem Weg gehen, damit sie ihr eigentliches Ziel nicht aus den Augen verlor.

Die Vernichtung der zweiten Seele!

Es machte dem Ungeheuer nichts aus, unter Wasser zu marschieren. Mit einer monotonen Schrittfolge stapfte es durch das Hafenbecken, verließ es dann und geriet in das offene Gewässer des Flusses. Hier wurde es von der Strömung erfasst, aber es stemmte sich nicht gegen sie, sondern lief mit ihr.

Dabei verloren die Füße nie den Kontakt mit dem Grund. Die Mumie wühlte bei jedem Schritt Schlamm auf, der sich zu kleinen, dunklen Wolken verdichtete, die nur allmählich wieder in sich zusammensanken und auf dem Grund als Schlamm liegen blieben.

Niemand ahnte, was da unter Wasser herschritt. Vor zehn Jahren noch hatten in der Themse keine Fische leben können. Nach den Umweltauflagen der Regierung kam die große Reinigung, und jetzt konnten in dem Gewässer wieder Fische existieren.

Sie entdeckten den ungebetenen Gast, schwammen

an ihn heran, beäugten ihn neugierig, und wenn sich ein besonders großer Fisch näherte, dann schlug die Mumie nach ihm, ohne ihn jedoch erwischen zu können.

Selbstverständlich war die Themse kein ruhig fließendes Gewässer. Auch sie war mit Strudeln und kleinen Stromschnellen reich gesegnet, in die die Mumie hineingeriet. Ein paar Mal wurden ihr trotz der Größe die Beine weggerissen, und sie konnte sich kaum halten. Aber sie setzte ihren Weg fort, unterquerte Brücken und näherte sich der bekanntesten, der Londoner Tower Bridge, in dessen unmittelbarer Nähe das berühmte alte Gefängnis der Millionenstadt liegt …

Der Mann, der geschossen hatte, war Osmin. Allerdings konnte man ihn nicht mehr als Mann oder Mensch bezeichnen, denn er hatte sich inzwischen verwandelt. Auf seinen Schultern saß der Schädel eines Schakals. Auch bei ihm hatte die Beschwörung des finsteren Totengottes Anubis Erfolge gezeigt.

Und er sah Kara fallen. Aus seinem weiten aufgerissenen Schakalmaul drang ein fürchterliches Knurren. Endlich hatte er erreicht, was er wollte, und er sprang vor, damit er aus der Kapitänskabine gelangte.

Suko vernahm seine Schritte. Der Chinese hatte Kara ebenfalls fallen sehen, sein Gesicht verzerrte sich, er hob den rechten Arm, und als Osmin durch die offene Tür hechtete, da schaute er nicht nach links und rechts, sondern lief genau in den harten Hieb mit der Dämonenpeitsche hinein.

Die drei Riemen trafen ihn voll. Sie rissen ihn fast von den Beinen. Er stolperte, dachte nicht mehr an seinen Revolver und lief vor bis zur Gangwand, gegen die er prallte, auch mit dem rechten Handgelenk dagegen hieb und die Waffe verlor.

Schreiend brach er zusammen. Drei dicke Furchen hatten die Riemen der Peitsche in seinem Gesicht hinterlassen. Furchen, die die Tiefe von Fingerlängen hatten und sich immer weiter durch das Fell und in die Haut des schrecklichen Schakalschädels brannten, aus der die dunkle, gallertartige Masse quoll.

Noch einer war übrig.

Der Kapitän.

Normalerweise hätte Suko ihn gesucht, aber er sah Kara am Boden liegen, und es gab ihm einen Stich ins Herz. Suko beugte sich über sie, als Kara ihren Kopf drehte und ihn anlächelte.

»Ist was?«, fragte sie.

Der Chinese prallte zurück. »Du bist – du bist nicht …«

»Wer zehntausend Jahre überlebt, dem macht auch eine Kugel nichts aus«, erwiderte sie.

»Aber wie hast du es geschafft? Ich habe deutlich gesehen, wie die beiden Kugeln in deinen Körper eingeschlagen sind.«

Ihr Lächeln wurde rätselhaft. »Als ich ihn sah und merkte, dass ich den Kugeln nicht ausweichen konnte, da verließ mein Ich blitzschnell den Körper. Du hast nur eine leere Hülle gesehen, die man nicht töten kann. Eine Hülle ohne Seele.«

Suko strich über seine Stirn. »So langsam wirst du mir unheimlich.«

»Hilf mir lieber hoch«, sagte Kara. »Ich bin schließlich eine schwache Frau.«

»Das habe ich gesehen.« Suko streckte seinen Arm aus.

»Warum haben wir uns in letzter Zeit so wenig gesehen?«, fragte sie. »Denk mal darüber nach.«

»Ja und?«

»Myxin und ich wissen, was auf euch und auf uns zukommt. Wir haben die Warnung mit den Großen Alten gut verstanden, und wir müssen etwas finden, womit wir uns verteidigen können, sonst sind wir ihnen hilflos ausgeliefert. Wir forschen und suchen nach alten Gegenkräften, denn noch sind wir hilflos.« Sie streichelte Sukos Wange. »Jetzt aber genug geredet. Du hast ihn erwischt. Und wo ist der Kapitän? Das war er doch nicht – oder?« Dabei wies sie auf den am Boden liegenden dritten Toten.

»Nein, nur der Zweite Offizier.«

»Dann ist der Kapitän vielleicht noch in der ...«

Suko ließ Kara nicht erst aussprechen, sondern stürmte über die Schwelle.

Die Kabine war leer.

Aber sie gehörte dem Kapitän, das war an der wertvollen Einrichtung zu erkennen. Suko schaute sich noch weiter um und entdeckte in der der Tür gegenüberliegenden Ecke eine kleine Öffnung.

Es war ein Viereck. Gerade so groß, dass ein Mensch hindurchpasste. Suko lief hin, kniete nieder und schaute in die Öffnung. Er glaubte, aus dieser langen Tunnelröhre sich entfernende Schritte zu hören. Aber das konnte auch eine Täuschung sein.

»Ist er weg?«, fragte Kara. Sie war hinter den Chinesen getreten, der sich jetzt erhob und nickte.

»Leider.«

»Wir könnten das Schiff durchsuchen.«

»Das wird schwer sein.«

»Auf jeden Fall müssen wir an Deck.«

Dagegen hatte der Inspektor nichts, und die beiden beeilten sich.

Kurz bevor sie an Deck gelangten, hörten sie Schritte. Suko und Kara wollten schon in Deckung gehen, als sie die Stimmen vernahmen. Die kamen ihnen sehr bekannt vor.

Eine gehörte Myxin, die andere John Sinclair.

Der Chinese trat vor. »Dich sieht man auch immer dann, wenn man an nichts Böses denkt«, kommentierte er.

Myxin hatte mich ja bereits vorbereitet. Deshalb war ich nicht so überrascht, meinem Freund gegenüberzustehen. Ich begrüßte ihn und Kara. In Stichworten erzählten sie, was sie erlebt hatten.

»Und die Zusammenhänge zwischen den beiden Fällen?«, wollte ich wissen.

»Bekommst du später zu hören«, sagte Suko.

»Okay, aber es ist sicher, dass es keine schakalköpfigen Wesen mehr gibt?«, fragte ich.

»Wenn unser Gefangener nicht gelogen hat«, erwiderte Kara. »Dafür gab es eigentlich keinen Grund.«

Gemeinsam stiegen wir an Deck. Suko hielt sich an meiner Seite. Flüsternd berichtete er mir, wie es Kara gelungen war, den Kugeln zu entgehen. »Mit ihr werden wir noch einige Überraschungen erleben«, folgerte er.

»Und mit Myxin auch«, sagte ich leise.

»Wieso?«

»Erkläre ich dir später.«

Kara und der kleine Magier blieben stehen. So weit wir bei der Dunkelheit auch sehen konnten, ein flüchtender Schatten zeichnete sich nicht auf dem Deck ab.

»Dann ist er doch entkommen«, sagte Suko. Ich hörte aus seiner Stimme die Wut.

Noch etwas fiel uns auf.

Das Heulen eines Motors, dessen Drehzahl gesteigert wurde, und im nächsten Augenblick schoss unter uns ein Boot über die Wasserfläche. Es war eines dieser Schlauchboote mit Heckmotor, sehr schnell und ungemein wendig. Durch den dunklen Anstrich konnten wir es kaum erkennen.

Nur an der langen dreieckigen Schaumspur, die es hinter sich herzog, merkten wir, was los war.

Im Boot saß eine Gestalt. Sie drehte sich um und blickte zum Schiff herüber.

Eine Kapitänsuniform trug die Gestalt nicht, sondern dunkle Kleidung, dafür war das Haar heller.

Radamar war die Flucht gelungen – vorläufig jedenfalls. Wir aber erwachten zu einer fieberhaften Aktivität …

Die Mumie hatte zwar ein Ziel, doch sie wusste nicht genau, wo es lag. Sie wollte nur die zweite Seele oder vielmehr den zweiten Teil ihrer Seele töten. Um dies durchführen zu können, musste sie erst einmal wissen, wo sich dieser Teil befand.

Dabei brauchte sie sich wegen der Suche keinerlei Sorgen zu machen. Die beiden besaßen nicht nur eine gewisse Seelengleichheit, sie konnten auch voreinander nicht davonlaufen. Es gab da gewisse Strömungen, die sowohl die Mumie als auch Radamar empfing und beide immer wieder an ihr Ziel brachte.

Die Mumie kämpfte sich durch die Wellen. Sie wühlte gegen die unterirdischen Strömungen an, die an manchen Stellen ziemlich stark waren und das Monster von den Beinen reißen wollten.

Ein paar Mal blieb sie auch stehen. Dann hob sie die bandagierten Arme und lauschte dem Echo der fahrenden Schiffe und auch den Schwingungen, die sie bestimmt bald wahrnehmen würde, wenn sich Radamar in der Nähe befand. Noch blieb alles stumm.

Sie ging weiter. Mit ihren dicken Beinen wühlte sie den Schlamm am Grund der Themse auf, verschwand für kurze Zeit in den quellenden Wolken, um sie später wieder zu verlassen, wobei sie erneute Schlammwolken hoch wirbelte. So ging es ununterbrochen, bis die Mumie plötzlich stehen blieb.

Sie hatte etwas wahrgenommen!

Einen Gedankenimpuls, ein fernes Tasten, sehr schwach nur, aber die Mumie war sicher, sich nicht getäuscht zu haben.

Und sie änderte ihre Richtung. Sie schritt zwar noch unter Wasser weiter, doch sie näherte sich nun dem

Nordufer des Flusses, wo sie an Land gehen wollte.

Zwei Polizeiboote rauschten über ihr durch das Wasser. Die Männer der Besatzung ahnten nicht einmal, wer da unter ihnen herschritt. Und hätte es ihnen jemand gesagt, sie hätten den Erzähler für einen großen Lügner gehalten.

Das Wasser wurde flacher. Die Mumie merkte, dass der Weg zum Ufer hin ein wenig anstieg. Das Wasser war hier nicht mehr so tief, sodass sie es leichter hatte, durch die Fluten zu gehen.

Dann wurde die Umgebung etwas heller. Ein am Ufer sitzender Beobachter hätte bei genauem Hinsehen jetzt schon zwei rote Punkte dicht unter der Oberfläche sehen können.

Sie war da!

Und sie stieg aus den Fluten.

Schwerfällig, von den Wellen noch geschüttelt und immer wieder überspült. Dabei bot sie einen unheimlichen Anblick. Die Bandagen glänzten nass. Dazwischen leuchteten die roten, gefährlichen Augen der unheimlichen Mumie.

Ein Monster stieg an Land. Unbeobachtet von der Welt, aber bereit, sich zu zeigen.

Das Flusswasser spülte gegen den massigen Körper. Die helleren Kämme der Wellen rollten heran und schäumten an der Mumie hoch, die sich immer mehr dem Ufer näherte und schwerfällig an Land stapfte.

Rechts von ihr stach das gewaltige Bauwerk der weltberühmten Tower Bridge in den Himmel. Sie lag im Dunkeln, nur über den Fahrbahnen brannten Lichter.

Und vor der Mumie lag das Gefängnis, der eigentliche Tower. Um dieses Gemäuer rankten sich zahlreiche Geschichten. Dort hatten blutige Hinrichtungen in alter Zeit stattgefunden. Darin wurden aber auch die Kronjuwelen der Königin verwahrt, und zahlreiche Touristen strömten Tag für Tag herbei, um dem Tower einen Besuch abzustatten und dabei eine Gänsehaut zu bekommen, wenn der Führer von der blutigen Vergangenheit berichtete und auch von den Geistern und Gespenstern, die innerhalb des Towers hausen sollten.

Davor stand die Mumie.

Sie wusste nichts von dem Gefängnis, sah nur einen Teil der am Tower entlangführenden Uferstraße und dahinter die gewaltigen Mauern in den Himmel ragen, über die majestätisch die beiden Türme der Brücke ragten.

Bald hatte die Mumie das Wasser so weit verlassen, dass die heranrollenden Wellen nur noch ihre Füße umspülten. Wenige Schritte, dann stand sie endgültig an Land.

Sie drehte sich um und schaute auf das Wasser. Nicht weil sie die Wellen interessierten, sie wollte wissen, ob der andere schon in der Nähe war. Seine Signale hatte sie empfangen.

Kein Mensch sah die Mumie, wie sie sich zu voller Größe aufrichtete und nach Westen starrte, von wo aus sie gekommen war. Das Wasser rann an den Bandagen nach unten, die Mumie hob beide Arme, als wollte sie sich recken und die Elastizität ihres Körpers prüfen. Dabei stieß sie ein zufriedenes Grunzen aus.

Sie fühlte sich gut. Radamar sollte nur kommen. Er hatte gegen sie nichts zu bestellen.

Am Ufer blieb sie stehen. Es interessierte sie nicht, was hinter ihrem Rücken geschah, sie hatte nur Augen für die Wasserfläche, denn von dort musste der Gegner auftauchen. Der manifestierte zweite Teil ihrer Seele, der sich in dem Menschen und Kapitän festgesetzt und dort eine neue Heimstatt gefunden hatte.

Die Strömungen wurden stärker. Die Mumie merkte, dass es jetzt nicht mehr lange dauern konnte. Flussaufwärts sah sie ein Boot, das gegen die Strömung fuhr und starke Scheinwerfer an Bord hatte, deren Lichtstrahlen kreisförmig über die düstere Wasserfläche huschten und ein anderes Boot erfassten.

Die Mumie zuckte regelrecht zusammen. Ihre Augen begannen stärker zu glühen, denn sie hatte erkannt, dass das vom Licht gestreifte Boot besetzt war.

Sie konnte die Gestalt zwar nicht genau sehen, aber sie nahm deren gedankliche Ströme auf.

Das war er. Radamar!

Sein zweites Ich. Seine zweite Seele, die unbedingt ausgelöscht werden musste.

Das Boot fuhr weiter, der Lichtteppich wanderte, und das andere Boot verschmolz mit der Dunkelheit, die über dem gurgelnden Wasser lag.

Die Mumie lauerte. Dabei senkte sie ihren bandagierten Schädel und starrte auf den Fluss.

Da spürte sie die Gedanken.

Der andere meldete sich. Auch er musste die Ströme empfangen haben, die von der Mumie ausgingen.

»Ich komme zu dir«, hörte die Mumie. »Gleich bin ich da und werde dich töten.«

Darauf hatte die Mumie gewartet. Töten wollte er sie. Beide verfolgten den gleichen Plan. Zwei Seelen konnten nicht nebeneinander existieren, das war unmöglich. Eine war zu viel. In den nächsten Minuten sollte sich das ändern.

Der Widerhall eines Außenborders schwang über das Wasser, erreichte das Ufer und wurde auch von der Mumie vernommen. Ein Zittern durchlief die schwere, unförmige Gestalt, denn die Mumie konnte es kaum erwarten, bis sie ihrem zweiten Ich gegenüberstand.

Das Boot erschien aus der Dunkelheit. Es zog ein hell schäumendes Dreieck hinter sich her, und wenige Sekunden später hatte der Gummiwulst des Bugs Kontakt mit dem Ufer.

Er schrammte über die Steine der Ufermauer.

Der Motor verstummte.

Wie ein Denkmal stand die Mumie da und wartete darauf, dass Radamar aus dem Boot stieg …

Wir waren von Bord gehetzt und hatten sofort mit der Flusspolizei Kontakt aufgenommen. Die Männer dort kannten mich, denn nicht zum ersten Mal arbeiteten wir zusammen.

Ich gab ihnen eine etwas ungenaue Beschreibung, denn ich hatte in der Dunkelheit nur erkannt, dass Radamar mit einem motorisierten Schlauchboot geflüchtet war, mehr nicht.

Bis auf die Beretta hatte ich meine Waffen zurückbekommen. Die Pistole wollte ich mir wiederholen, wenn ich Radamar gegenüberstand. Und dass dies noch in der nächsten Stunde der Fall sein würde, daran hegte ich ebenso wenig Zweifel wie meine Freunde. Inzwischen hatte ich mich mit einer Ersatzberetta versorgt und auch den Bumerang eingesteckt, der sich lange Zeit über in den Händen meines Feindes Dr. Tod befunden hatte.

Wir warteten.

Die Zeit verkürzten wir uns damit, indem Kara und Myxin die Hintergründe um die Mumie und ihre Beziehung zu Anubis, dem Totengott, erhellten.

Ich hörte aufmerksam zu, denn mit der Mythologie der alten Ägypter hatten wir bisher wenig zu tun gehabt. Wenn sie nun auch noch hinzukam, dann sah ich wirklich schwarz.

Zum Glück jedoch standen Myxin und Kara an unserer Seite. Die beiden gaben sich große Mühe bei ihren Forschungen, denn sie suchten nach Wegen, wie die Magie der Großen Alten gestoppt werden konnte. Zudem beschäftigte sich Myxin mit einer Forschungsaufgabe, die den gefährlichen Horrornebel des Dr. Tod eliminieren sollte.

Ich hoffte nur, dass er es schaffte.

Ich erzählte von dem Anruf, der mich erreicht und erst auf die Spur gebracht hatte.

»Wer kann das gewesen sein?«, erkundigte sich Suko.

»Wahrscheinlich der Kapitän.«

»Aber warum?«

Ich hob die Schultern. »Er fühlte sich unterlegen und bezeichnete sich als einen Joker ...«

Kara schüttelte den Kopf. »Ich denke da eher an die Mumie, die dich als Hilfe haben wollte.«

»Und weshalb?«

»Weil die anderen sehr stark sind. Allein hätte sie gegen ihre Feinde nichts ausrichten können. Du solltest die Kastanien für sie aus dem Feuer holen, das ist es. Und du hast es geschafft.«

Ich grinste. »Bestimmt nicht. Ihr wart doch diejenigen, welche ...«

»Das Telefon«, sagte Suko dazwischen.

Sofort nahm ich ab und hatte Verbindung mit einem Boot der River Police. Gespannt hörte ich mir die Meldung an, wartete, bis der Beamte zu Ende gesprochen hatte, und bat um ein schnelles Boot.

»Ist schon unterwegs, Sir.«

»Fantastisch. Unseren Standort kennen Sie?«

»Ja, halten Sie sich bereit.«

Die anderen schauten mich fragend an, obwohl jeder ahnte, was geschehen war. Ich gab ihnen mit meiner Erklärung den endgültigen Beweis für die Vermutungen.

»Man hat das Boot gesichtet. An der Tower Bridge.«

Suko staunte. »So weit.«

»Und die Mumie?«, fragte Myxin.

Ich hob die Schultern. »Davon hat mir der Beamte nichts erzählt. Er berichtete allerdings davon, dass das Boot beigedreht habe und in Richtung Nordufer gefahren sei.«

»Da ist der Tower«, meinte Suko.

»Genau.«

»Werden wir abgeholt?«, fragte Kara.

Ich nickte, schaute auf meine Uhr, und plötzlich verging mir die Zeit viel zu langsam …

Eine Welle rollte heran, griff wie mit gierigen Fingern unter das schmale Boot, hob es hoch und zog es wieder zurück auf den Fluss, wo die Wellen abermals anrollten und es wieder gegen die Ufermauer schoben.

Das alles kümmerte Radamar nicht. Er hatte sein Schlauchboot bereits verlassen und kletterte eine Eisenleiter hoch. Schrecklich sah er aus. Auf seinen Schultern saß der Kopf eines Schakals. Ein graues Fell überwucherte seine Haut. Aus dem Fell leuchteten zwei kalte Augen, und als er jetzt stehen blieb, da trat plötzlich eine Verwandlung ein.

Die Mumie – nur drei Schritte entfernt – konnte mit ansehen, wie das Fell zusammenschrumpfte, die Haut darunter zum Vorschein kam und sich die Umrisse eines Gesichtes herausbildeten.

Eines uralten Gesichts, mit einer dünnen Haut, die sich scharf über die Knochen spannte und bei der man jeden Augenblick mit einem Wegplatzen rechnen konnte. Die Augen lagen sehr tief in den Höhlen. Sie erinnerten an Kugeln. Die schwarze Kleidung schlotterte um den Körper des Kapitäns, die schlohweißen Haare fielen wirr bis in den Nacken der schaurigen Gestalt.

Das war der echte Radamar, beseelt vom Geist des unheimlichen Totengottes Anubis. Und so kannte ihn die Mumie auch, denn sie kannte sich und sah in ihrem Gegenüber sich selbst.

So genau hatte sie vor viertausend Jahren ausgesehen. Die Zauberkräfte des Totenreichs hatten es ermöglicht, dass Radamar dieses Aussehen auch in der heutigen Zeit behielt, wobei er noch die Gabe besaß, sich zu verwandeln. Und der Mumie wurde klar, dass sich Anubis ihrem zweiten Ich voll und ganz zugewendet hatte, denn nur von ihm hatte Radamar die Kraft erhalten, die nötig war, um zu überleben.

Zwei gleiche Seelen und zwei Körper. Aber einer nur sah so aus wie der Originalkörper.

Radamar ging an Land. Seine Schritte waren im Rauschen der Wellen nicht zu hören. Er streckte seine Arme aus, wobei ein dumpfes Lachen aus seinem Mund drang. Siegerlachen!

»Ich habe die Kraft des Totengottes. Ich bin das zweite Ich, und ich bin gekommen, um dich, das erste Ich, zu vernichten. So will es der Herr des Totenreichs, und ich werde seinen Befehlen Folge leisten, denn allein seine Kraft hat mir die Beständigkeit und das Leben gegeben.« Abermals lachte er und schaute auf die glühenden Augen der Mumie.

Sie hatte sich die Worte genau angehört. Dann schüttelte sie ihren bandagierten Schädel, auf dem noch immer die Nässe glänzte, reckte sich in den Schultern und wuchtete ihren schweren Körper vor.

Der Kampf begann!

Wir jagten über das Wasser.

Ich hatte das schnellste Polizeiboot bestellt, das der River Police zur Verfügung stand. Trotzdem fuhr es für mich viel zu langsam, denn ich ahnte, dass wir zu spät kommen würden. Schließlich hatten sich die beiden Gegner gefunden. Und sie würden kämpfen, daran gab es keinen Zweifel. Eiskalt waren sie, und nur einer konnte überleben. Aber wir wollten, dass keiner überlebte. Weder das eine noch das andere Ich. Jedes sollte vernichtet werden, denn sie stellten eine ungeheure Gefahr für die Menschen dar.

Wir hielten uns am Bug des Bootes auf. Es zerschnitt

die Wellen der Themse und schleuderte hohe Gischtstreifen rechts und links des Bootes in die Höhe, die uns, bevor sie zusammenfielen, mit einem kalten Regen übersprühten.

Unsere Blicke bohrten sich in die Dunkelheit. Man hatte uns ein Nachtglas gegeben, das Suko und ich abwechselnd gegen die Augen pressten, um die Wasseroberfläche abzusuchen.

Mehrere Brücken hatten wir bereits passiert. Wir fuhren am Billingsgate Market vorbei, passierten Custom House und sahen ein Stück weiter am anderen Ufer den Anlegeplatz des großen Passagierschiffes Belfast.

Ich gab Suko wieder das Glas. »Die Brücke sehe ich bereits«, erklärte er.

»Dann schau mal nach links.« Ein Seemann hätte ja backbord gesagt, aber ich fühlte mich trotz der Planken unter meinen Füßen immer noch als Landratte.

Suko drehte den Kopf. Da er die schärfsten Augen hatte, überließ ich ihm das Glas. Auf der nahe an der Themse entlangführenden Straßen sahen wir hin und wieder die huschenden Scheinwerfer eines Autos.

Und dann hatte Suko Erfolg. »Ich habe sie!«

»Wo?«

»Direkt am Tower und dicht an der Brücke.«

»Was ist mit ihnen?«

»Die kämpfen. Und wie.«

»Das hatte ich mir gedacht«, sagte Myxin hinter uns trocken.

Ich ließ beidrehen …

Die Mumie rammte beide bandagierten Pranken nach unten. Radamar wollte noch ausweichen, doch der in Bandagen eingewickelte Körper war zu schnell.

Der Kapitän bekam die Schläge gegen den Rücken, und die Wucht schleuderte ihn auf das Pflaster der

Uferstraße. Wie die Krallen eines Geiers reagierten dabei seine Finger. Als die Mumie abermals zuschlagen wollte, da spritzte Radamar hoch und drosch seine Hände gegen den bandagierten Schädel seines Gegners.

Es gab ein dumpfes Geräusch, und die grauenvolle Mumie begann leicht zu wanken.

Radamar aber schrie voller Siegesfreude auf. Er blieb an dem Monster, packte zu, und es gelang ihm, vier Finger unter die eng gewickelten Bandagen zu schieben und daran zu zerren.

Er setzte große Kräfte ein und schaffte es, die Bandagen vom Körper loszureißen.

Plötzlich hielt er zwei von ihnen in den Händen. Eine war so brüchig, dass sie riss. Das machte ihm nichts aus, er ließ sie fallen und stürmte gegen die Mumie.

Die traf mit einem Hammerschlag seinen Kopf. Ein Mensch wäre erledigt gewesen, nicht so Radamar. Ihn stachelte der Gegenangriff nur noch mehr an, und er zerrte weiter an den nassen Tüchern. Radamar wusste genau, wie er seinen Gegner besiegen konnte. Wenn er die Bandagen abriss, dann war die Mumie wehrlos. Er rammte sein Knie in den nassen Leib.

Die Mumie verlor das Gleichgewicht, und Radamar wurde von der fallenden Mumie mitgerissen.

Er krachte auf sie.

Für einen Moment verlor er die Übersicht. Das nutzte die Mumie aus. Unter der Kopfbandage drang ein grunzender Laut hervor, und die Augen glühten jetzt noch stärker, ein Zeichen, dass dieses Monster zu allem entschlossen war.

Radamar fühlte sich gepackt. Er spürte die Pranken am Rücken, merkte, dass sie wanderten und plötzlich seine Hüften umklammert hielten. Dann wuchtete die Mumie ihn hoch. Das geschah so schnell, dass sich Radamar kaum wehren konnte. Er strampelte mit

Armen und Beinen, wirkte wie ein auf dem Rücken liegender hilfloser Käfer und konnte nichts tun, als er wuchtig nach vorn geschleudert wurde – und zwar auf die Ufermauer zu.

Fast hätte er sich in der Luft noch überschlagen. Ein krächzender Schrei drang aus seinem Mund, dann klatschte das Wasser über ihm zusammen, und er war erst einmal verschwunden.

Die Mumie richtete sich auf. In Fetzen hing ein Teil der Bandagen von ihrem monströsen Körper herab, und sie wusste, dass es für sie tödlich enden konnte, wenn es ihrem Gegner gelang, noch weitere Tücher abzureißen.

Mit einer ans Ufer rollenden Welle kehrte Radamar zurück. Er hatte sich sehr schnell wieder erholt. Seine Kleidung hatte sich mit Wasser vollgesogen, seine weißen Haare klebten auf dem Schädel und bildeten dort eine helle, glänzende Fläche.

Hass und Vernichtungswillen leuchteten in seinen Augen, als er über eine Steintreppe an Land kroch. Dabei ging er auf allen Vieren, eine tropfnasse Gestalt, die sich über die Stufen schob.

Er wollte den Sieg!

Und er hatte eine Waffe.

Als er im Wasser lag, da war ihm eingefallen, dass er noch die Beretta dieses Polizisten besaß. Mit Kugeln konnte er die Mumie nicht töten, aber sie vielleicht schwächen.

Sein Grinsen wurde diabolisch. Ja, das Schicksal hatte die Weichen gestellt. Anubis, der Totengott, war die Person im Hintergrund, die die Fäden zog. Er hatte es so geschickt angestellt, dass beide Gegner zusammen auf ein Schiff kamen und sich zwangsläufig bekämpfen mussten. Radamar war siegessicher. Er kniete noch auf dem Pflaster, als er bereits seinen rechten Arm anhob, für die Zeitspanne von einer Sekunde zielte und dann feuerte.

Das Wasser hatte der Waffe nichts ausgemacht. Der Schuss klang ziemlich trocken, und ein puffendes Geräusch entstand, als die Kugel in den Körper der Mumie jagte.

Sie stanzte ein Loch!

Noch einmal schoss Radamar und dann wieder.

Drei Kugeln, aus Silber und geweiht, jagte er in den Balg des vor ihm stehenden Monsters.

Die Mumie stieß ein wildes Röhren aus. Sie riss die Arme hoch, drehte sich um die eigene Achse und torkelte dann in Richtung Brücke.

Das sah nach Flucht aus!

Und die wollte Radamar verhindern. Sie sollte nicht entkommen, sondern vernichtet werden!

Die Mumie wandte ihm den Rücken zu. Sie lief taumelnd, und die nassen Bandagenfetzen umflatterten ihren Körper, bevor sie gegen ihn klatschten und kleben blieben.

Wieder schoss Radamar. Diesmal jagte er die Kugel in den Rücken der Mumie, die aber ihre sämtlichen Kräfte mobilisierte und auf den Beinen blieb.

Radamar sah ein, dass er so nichts erreichen konnte. Er musste an seinen Gegner heran und ihn im direkten Nahkampf besiegen. Eine andere Chance gab es für ihn nicht.

Er feuerte nicht mehr, sondern nahm die Verfolgung auf. Radamar war wesentlich schneller als sein Gegner, der groß und wuchtig vor ihm hoch wuchs. Er holte die Mumie ein, noch bevor sie die große Brücke erreichte.

Radamar sprang ihr in den Rücken. So wuchtig und hart, dass sich die Mumie nicht mehr auf den Beinen halten konnte und zu Boden stürzte.

Der Kapitän brüllte vor Freude auf. Jetzt hatte er seine Chance. Als die Mumie auf den Rücken rollte, um den Gegner anzugreifen, da reagierte Radamar gedankenschnell. Er senkte seinen rechten Arm und presste die Mündung der Waffe in den Schlitz zwischen zwei Bandagen, wo das linke Auge rot leuchtete.

Er drückte ab.

Die geweihte Silberkugel hieb durch das Auge in den Schädel und zerstörte es, denn aus der Öffnung spritzte eine graugrüne schleimige Flüssigkeit hoch, die fast noch das Gesicht des Kapitäns getroffen hätte, doch er zog im letzten Moment den Kopf ein.

Die Mumie drehte durch.

Sie wand sich auf dem Boden, schlug um sich, traf ihren Gegner auch, doch Radamar hielt eisern fest. Zudem war es ihm gelungen, seine Finger unter die Kopfbandagen zu schieben, und mit einem gewaltigen Kraftakt riss er nicht nur zwei breite Tücher weg, er fetzte sie auch voller Wut auseinander, sodass ein Teil des Kopfes frei vor ihm lag. Es war die Seite mit dem zerstörten Auge.

Der mumifizierte Schädel sah schrecklich aus. Besonders in der Höhe des Auges, wo die Kugel aus der Beretta ein großes Loch gerissen hatte.

Das Gesicht schimmerte gelblich grün. Die Haut war zusammengefallen, eingeschrumpft, erinnerte an dunkles Leder, und es grenzte an ein Wunder, dass die einzelnen Fetzen noch zusammenhielten und nicht zerstört waren.

Das Auge, in das Radamar die Kugel gesetzt hatte, war ausgelaufen. Nur noch letzte Tropfen hingen darin, der Rest hatte sich auf der linken Gesichtshälfte verteilt.

»Und ich schieße dir auch das andere Auge aus!«, keuchte Radamar. Er setzte die Waffe wieder an.

Diesmal jedoch hatte die Mumie aufgepasst. Als sich der Finger um den Abzug krümmte, da ruckte ihr Kopf zur Seite, gleichzeitig zog sie ihr Knie an und stemmte sich gegen den Gegner.

Radamar wurde weggeschleudert. Er drückte zwar noch ab, doch die Kugel fehlte. Sie streifte nicht einmal den Kopf der Mumie, prallte von einem Stein ab und jaulte als Querschläger davon.

Die Mumie rollte sich zur Seite. Sie hatte wieder etwas Zeit gewonnen, sodass sie es schaffte, auf die Beine zu gelangen. Aber sie war schwer angeschlagen. Ein Auge hatte man ihr aus dem Schädel geschossen. Es war ein Lebensnerv gewesen, und was die übrigen Silberkugeln nicht geschafft hatten, das bewirkte dieser eine Treffer.

Er begann mit seiner Zerstörungsaktion. Die linke Gesichtshälfte zog sich noch mehr zusammen, die Haut fiel auseinander, wurde dabei zu Klumpen, die zu Boden fielen.

Allmählich verschwand die linke Gesichtshälfte der Mumie. Es entstanden regelrechte Löcher im Kopf, aus denen eine widerliche Masse quoll, die gar nicht aufhören wollte und dafür sorgte, dass die Zersetzung weiterging.

Radamar stand da und lachte. Er konnte sich überhaupt nicht beruhigen. Das andere Ich hatte gewonnen.

Anubis war doch der Größte!

Dieses Lachen hörten wir.

Wir hatten uns wirklich beeilt und leider nur den Kampf durch die Gläser beobachten können, weil wir einfach zu viel Zeit brauchten, um an das Ufer zu gelangen.

Was sich auf dem Wasser abspielte, darum kümmerten sich die beiden kämpfenden Parteien nicht. Sie waren mit sich selbst beschäftigt, sodass es uns gelang, ziemlich nahe an die Ufermauer heranzufahren.

Mit einem gewaltigen Satz sprang ich über Bord auf die Treppe, die zur Uferstraße hinaufführte. Ich hatte den anderen kein Zeichen gegeben, meine Wut und mein Zorn auf Radamar waren zu groß.

Ich wollte ihn packen.

Die Mumie lag am Boden. Wir hatten die Schüsse gehört. Am Klang erkannte ich meine Beretta. Sie war von Radamar mitgenommen worden.

Der Kampf spielte sich rechts von mir ab. Beide Gegner waren wegen der Dunkelheit nur undeutlich zu erkennen. Ich musste näher an sie heran, wenn ich etwas erreichen wollte.

Mit großen Schritten stürmte ich vorwärts. Man hörte mich nicht, aber ich sah, wie Radamar zurückgeschleudert wurde.

Als er sich erhob, rief ich ihn an.

Fantastisch, wie schnell er reagierte. Er kreiselte herum, sah mich und musste auch meinen Bumerang erkennen, den ich während des Laufs gezogen hatte.

Damit wollte ich ihn packen.

Noch in der Bewegung feuerte er. Ein Fehler, denn er hatte viel zu überhastet geschossen. Die Silberkugel jaulte an mir vorbei.

Ich sprang trotzdem zur Seite, holte weit aus und schleuderte die silberne Banane, wie der Bumerang von uns spöttisch genannt wurde.

Er ging auf die Reise.

Und wie er das tat. Radamar sah ihn wohl, wollte auch noch weg, aber der Bumerang war zu schnell. Mit tödlicher Genauigkeit fand er sein Ziel.

Es war der Hals des Wesens.

Radamar wurde geköpft!

Ein scheußlicher Anblick, wie sein Torso noch für einen Moment dastand und dann nach vorn kippte.

Der Kopf fiel zu Boden, rollte auf die Uferbefestigung zu, bis ihn ein hochkant stehender Stein stoppte.

Weiße Augen glotzten mich starr an, bevor sie trübe wurden und ebenso zerfielen wie der Schädel, dessen Staub vom Themsewasser davongetragen wurde.

Und die Mumie?

Als ich neben ihr stand, da sah ich, dass sich ihr Kopf in Auflösung befand. Nur noch ein Auge glühte.

Dafür nahm ich den Dolch.

»Na ja«, hörte ich neben mir die Stimme meines Freundes Suko. »Dann hätten wir mal wieder einen Sieg errungen.«

Mein Grinsen fiel schief aus, als ich erwiderte: »Und das wurde auch verdammt Zeit.«

Ich schaute hinüber zum Boot, sah das Winken der anderen und grüßte zurück.

Die Welt war mal wieder für uns in Ordnung. Fragte sich nur, wie lange …

ENDE

Das Ölmonster

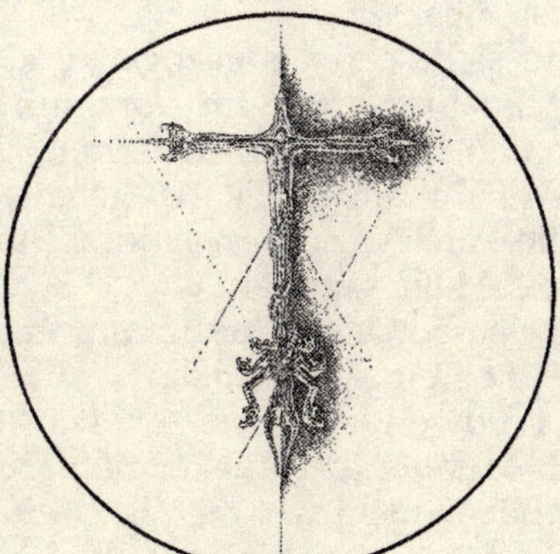

Großalarm!

Von einem Augenblick zum anderen war die Hölle los. Da jaulten und heulten die Sirenen. Dieses nervenzerfetzende Geräusch jagte auch den tiefsten Schläfer aus seinen Träumen. Die langen Korridore und Flure waren erfüllt von den schrillen Echos, die sich immer weiter fortpflanzten und durch das Riesengebäude schwangen, in dem Scotland Yard seinen Sitz hatte.

Es gab keinen Beamten, der nicht von diesen Tönen erschreckt worden wäre. Mir fiel sogar der Kugelschreiber aus den Fingern, als ich das Heulen vernahm.

Suko, der mir gegenüber saß, sprang wie eine Gummipuppe von seinem Stuhl hoch. Er kannte zwar die Notpläne, doch in der Praxis hatte er sie noch nicht erlebt. Und ich nur einmal, als es gegen Terroristen ging, wobei sämtliche Kräfte mobil gemacht wurden.

Die Tür zum Vorzimmer flog auf. Glenda Perkins stand auf der Schwelle, blass im Gesicht. Ihre dunklen Augen waren weit geöffnet, und wir lasen das Erschrecken darin.

»Was ist los?«, fragte sie.

»Keine Ahnung«, erwiderte ich, erhob mich ebenfalls von meinem Stuhl, griff automatisch zur Jacke und streifte sie über.

Suko hatte sich schon angezogen und an Glenda vorbeigedrückt. Er wartete im Vorzimmer, während wir auf dem Flur hastige Schritte hörten. Die Kollegen eilten zu den Fahrstühlen. Es gab genaue Richtlinien für diese Fälle. Auch wir mussten unser Büro verlassen und uns in der Halle sammeln.

Bevor wir den Vorsatz in die Tat umsetzen konnten, wurde die Tür bereits aufgestoßen.

Sir James Powell erschien. Er war hochrot im Gesicht, sein Mund zuckte, als er rief: »Kommen Sie! Schnell, wir haben nicht viel Zeit. So beeilen Sie sich!«

»Um was geht es denn, Sir?«, wollte ich wissen.

»Das werden Sie noch rechtzeitig genug hören«, fauchte er mich an.

»Sorry, war ja nur eine Frage.«

»Beeilen Sie sich.« Sir James wirkte sehr hektisch. So hatte ich ihn noch nie erlebt. Irgendetwas musste lichterloh brennen. Unwillkürlich warf ich einen Blick aus dem Fenster, da ich an einen Brand dachte, der sich in der Stadt ausbreitete.

Es war nichts zu sehen. Weder Rauch noch Feuerschein. Glenda erhielt die strikte Anweisung, ihren Platz nicht zu verlassen, während Sir James an unserer Seite blieb, auch als wir zu den Fahrstühlen schritten, was mich wunderte.

Die Geräusche hatten sich mittlerweile ein wenig verflüchtigt, da die meisten Kollegen ihre Büros verlassen hatten und bereits in der Halle warteten.

Als sich die Fahrstuhltür hinter uns schloss, bedachte uns Sir James mit einem scharfen Blick. »Der Alarm, der ausgelöst wurde, geht Sie an, meine Herren.«

Das war ein Ding.

»Uns?«, echote ich und musste wohl ziemlich dumm aus der Wäsche geschaut haben, denn Sir James gestattete sich ein Lächeln.

»Ja, und ich möchte Sie in Stichworten einweihen. Es hat eine Katastrophe gegeben. Die Arabische Botschaft ist überfallen worden. Allerdings nicht von Terroristen, sondern von Wesen, mit denen keiner etwas anfangen kann. Der hastigen Beschreibung nach müssen es schwarze, schleimige Monster sein.«

Da hielt der Lift, bevor ich noch nachhaken konnte. In der Halle war es ziemlich leer, was mich wunderte. Die Erklärung gab mein Chef sofort. »Wir haben die Anti-Terrorbrigade zusammengerufen. Sie wartet im Besprechungsraum auf ihre Befehle. Ich übernehme die Leitung. Sie und Suko fahren vor und dringen in die Botschaft ein, während die übrigen Männer einen Ring um sie legen. Alles klar?«

Wir nickten.

Damit ließ uns Sir James stehen.

»Das ist wirklich ein Hammer«, meinte Suko und schüttelte den Kopf. Er sah mich an. »Oder?«

Da konnte ich ihm nur zustimmen. Dann mussten wir uns beeilen und sprinteten zum Hof, wo mein Bentley stand. Er hatte erst vor drei Tagen eine neue Zusatzausrüstung bekommen. Ich nannte sie Kojak-Sirene, denn es war mir auf die Nerven gefallen, mich bei brandheißen Einsätzen durch den Londoner Verkehr zu quälen. Mit einer Sirene auf dem Dach kamen wir schneller voran. Das hofften wir zumindest.

Ich hockte als erster im Wagen und klemmte bereits den Haftmagneten der Sirene auf das Dach, als Suko erst die Tür aufzog. Dann saß auch er. Starten und ab.

Das Ding fing an zu jaulen.

Widerliche Töne, die über den Hof schwangen und dann hinaus auf die Straße, als wir die Einfahrt passierten. Es ist der Broadway, nicht zu verwechseln mit dem in New York. Der Londoner ist wesentlich kleiner.

Manche Autofahrer reagieren panikerfüllt, wenn sie eine Sirene hören. Das mussten wir bald feststellen. Vor uns fuhr ein Tourist aus Österreich. Er vernahm den Klang, war das Linksfahren noch nicht so gewohnt und rollte in seiner Panik auf die rechte Straßenseite, was natürlich genau falsch war, denn so geriet er dicht vor unseren Bentley.

Suko schlug die Hände über dem Kopf zusammen. Ich bremste, riss das Lenkrad herum, steuerte wieder gegen, alles begleitet vom Jaulen der Sirene.

Dann waren wir vorbei.

Und zwar ohne Schramme.

Gas. Die Wagen vor uns machten jetzt Platz. Ich grinste, denn nun konnte ich beschleunigen und auch in den Mittagsstunden so schnell fahren wie sonst nur nachts.

Die Sirene war in der Tat ein Straßenfeger.

Fast freie Bahn. Aber da waren auch die Ampeln. Bei Gelb huschten wir über zwei von ihnen hinweg. Doch Rotlicht zwang uns abzustoppen.

Einmal raste ich mit zwei Rädern über den Gehweg, wich einer Telefonzelle aus und hatte dadurch viel gewonnen.

»Was meinst du?«, fragte Suko. »Ob an der Geschichte tatsächlich etwas dran ist?«

Ich hob die Schultern. »Wir müssen abwarten. Aber der Alte kam mir ziemlich ernst vor. Es scheint einigen Ärger gegeben zu haben, wie ich meine.«

»Monster in der Botschaft«, murmelte Suko. »Mal was ganz Neues.«

»Zudem noch in der von Saudi-Arabien. Ich befürchte Schlimmes. Das kann diplomatische Verwicklungen geben, und solche Fälle interessieren mich überhaupt nicht.«

»Wem sagst du das.«

Ich musste wieder vom Gas. Die Leute schauten meinem Silbergrauen nach. So etwas hatten sie wohl noch nicht gesehen, einen Bentley mit Polizeisirene. Wenn ich daran dachte, was es für einen Ärger gekostet hatte, bis man mir die Genehmigung gab, dann hätte ich am liebsten völlig darauf verzichtet. Nun aber machte sie sich bezahlt. Wir konnten aufdrehen.

Das Telefon meldete sich. Da ich mich sehr stark auf den Verkehr konzentrieren musste, nahm Suko ab. Sein Gesicht wurde lang. Wenn er so aus der Wäsche schaute, wusste ich, dass nur einer angerufen haben konnte. Unser Chef, Sir James Powell.

»Wir sind noch nicht da, Sir. Okay, Sir, ich habe verstanden. Wir werden Acht geben und melden uns später. Danke Sir. Gut, die wissen Bescheid.«

Suko legte auf und hatte dabei die Stirn gerunzelt. »Mann, der Knabe kann mich noch in den Sarg bringen.«

»Was wollte er denn?«
»Es hat einen Toten gegeben.«
»Verdammt«. Ich verzog das Gesicht. »Und?«
»Wie?«
»Ich meine, wie er umgekommen ist.«
»Davon hat Sir James nichts gesagt. Aber unsere Gegner scheinen aufräumen zu wollen.«
»Weißt du, wie viele es sind?«, erkundigte ich mich.
»Nein, davon hat er nichts gesagt.« Suko setzte sich bequemer hin und streckte die Beine aus. »In dieser verdammten Botschaft scheint es drunter und drüber zu gehen.«
Ich gab meinem Partner keine Antwort. Im Voraus denken wollte ich diesmal nicht. Wir hatten kaum Anhaltspunkte und mussten uns mit dem zufrieden geben, was wir in der Botschaft vorfanden.
Wie sah unsere Bewaffnung aus?
Kreuz, Beretta, Dolch, Gemme, das hatte ich. Suko trug ebenfalls eine mit Silberkugeln geladene Waffe bei sich und seine so wichtige Dämonenpeitsche, auf die er ein besonderes Auge hielt, da sie ihm vor kurzem beinahe durch den Herrn der roten Hölle, aus dessen Haut die Peitsche bestand, abhanden gekommen wäre.
Die arabische Botschaft liegt in Belgravia. Dieser Londoner Stadtteil gehört zu den vornehmen. Hier wohnen reiche Geschäftsleute, die es sich leisten können, hohe Mieten zu zahlen.
Wir huschten an einem großen Hotel im viktorianischen Baustil vorbei, fuhren an der nächsten Kreuzung rechts und mussten noch etwa fünfhundert Yards weiter, bis wir unser Ziel erreichten.
Die Botschaft lag in einem kleinen Park. Jedenfalls hatte es den Anschein, denn hohe Ulmen verdeckten die Sicht auf das Haus. Die weiße Mauer diente zum Schutz. Besser schützte allerdings der elektrisch geladene Draht, der auf der Mauer entlanglief. Das große eiserne Tor lief auf Rollen und war geöffnet.

Nein, ein richtiger Park war es nicht. Zwar mussten wir ein Blumenbeet umrunden und über einen mit Kies bestreuten Weg fahren, doch sehr weit hatten wir es nicht bis zum Haus. Vor dem breiten Eingang ließ ich den Bentley ausrollen und stellte die Sirene ab.

Als wir ausstiegen, fiel uns die Ruhe auf. Die Geräusche der Straße wurden durch die hohen Bäume gedämpft, das Haus selbst strahlte ebenfalls Stille aus. Wir hörten auch keine Schreie, Stimmen oder Geräusche, sodass mir schon der Gedanke kam, hier falsch zu sein.

Ich deutete auf das Messingschild neben dem Säuleneingang. Dort war soeben noch das Wort ›Embassy‹ zu lesen, was Botschaft heißt. Der Rest des Textes wurde von einem wild hochwuchernden Gebüsch verdeckt, an dessen Zweigen die Blüten gelb leuchteten.

Suko war schon vorgegangen. Ich schielte noch zum Kofferraum des Wagens und dachte an meinen Einsatzkoffer. Sollte ich ihn mitnehmen? Nein, wenn Not am Mann war, konnten wir das Schwert oder den Bumerang noch immer holen.

Ein Windstoß fuhr in den Park. Auf dem Dach wehte eine Fahne. Wir hörten sie im Wind knattern.

Suko erwartete mich vor der zweiflügeligen, verschlossenen Tür. Sie hatte ein Guckloch. Darunter fand ich den Klingelknopf. Ich vergrub ihn unter meinem Daumen.

Hier draußen hörten wir nichts, jedoch wurde die Klappe zurückgeschoben, und dahinter erschien ein bärtiges Gesicht, in dem die Angst zu lesen stand.

»Scotland Yard«, sagte ich und zeigte meinen Ausweis.

Der Mann nickte. Die Klappe wurde wieder geschlossen, dann öffnete er die Tür.

Schnell schlüpften wir durch den Spalt, standen in einer hallenartigen Diele und sahen den Toten.

Verkrümmt lag er auf einem mit orientalischen Motiven versehenen Teppich, und neben seiner rechten Hand schimmerte der Stahl einer flachen Maschinenpistole.

Nicht die Leiche an sich versetzte uns den großen Schock, sondern ihr Anblick.

Der Tote sah grauenhaft aus.

Er war mit einer grauen, getrockneten Schicht überdeckt, und wir waren nicht in der Lage, die Kleidung oder auch nur einen Teil seiner Haut zu erkennen. Als Suko auf ihn zuging, sich bückte und die Leiche auf den Rücken drehte, da sahen wir, dass er auch kein Gesicht mehr hatte. Die graue, an manchen Stellen bläulich schimmernde Schicht verdeckte auch dies.

Suko stand wieder auf.

Gemeinsam wandten wir uns an den Mann, der dicht vor der Tür wartete. Er trug einen grauen Anzug westlichen Schnitts, allerdings eine arabische Kopfbedeckung, wie sie auch die Beduinen tragen. Das die Hitze abhaltende Tuch hing bis auf seine Schultern. Der dunkle Bart zog sich um den Mund herum und bedeckte auch das Kinn. So wie der Mann dastand, machte er auf uns einen hilflosen Eindruck.

»Wie ist es geschehen?«, wollte ich wissen.

»Sie – sie kamen sehr plötzlich«, gab er flüsternd zur Antwort. »Wir konnten nichts machen. Auf einmal drangen sie in die Botschaft ein. Furchtbar.«

»Wie viele sind es?«

»Vier.«

»Und wie sehen sie aus?«, wollte Suko wissen.

»Wie Schlammmonster. Oder Ölmonster. Ja, sie schimmern bläulich, und wo sie gehen, hinterlassen sie glitschige Spuren. Einer der Leibwächter stellte sich ihnen in den Weg. Er hat auch geschossen, aber es nützte nichts. Sie waren nicht zu töten.«

»Ist dieser Tote bisher das einzige Opfer?«, fragte ich.

»Ja.«

»Was ist mit den anderen Botschaftsangehörigen?«

»Sie befinden sich alle oben im Fernsprechraum. Dort haben sie sich verbarrikadiert.«

»Es ist also keiner durch ein Fenster geflohen?«

»Soviel ich weiß, nicht.«

Suko und ich schauten uns an. Beide hatten wir den gleichen Gedanken. »Auf nach oben«, sagte der Chinese.

Ich wandte mich wieder an den Mann von der Botschaft. »Die Menschen sind wirklich in einem Raum zusammen?«

»Ja, aber er ist sehr groß und hat mehrere Eingänge.«

»Nur von einem Flur her?«

»Nein, man kann auch durch andere Zimmer zu ihm hinein. Wir haben da umgebaut, weil die Zentrale das Herz der Botschaft ist, wenn Sie verstehen.«

»Natürlich.«

»Sie können mit dem Lift fahren.« Er deutete nach rechts, wo sich eine schmale Holztür befand. »Allerdings möchte ich gern hier unten bleiben.«

»Wie Sie wünschen.« Wir waren schon unterwegs. Suko zog die Lifttür auf.

Das Innere des Fahrstuhls war luxuriös. Es gab zwei Sitzbänke rechts und links, einen gepolsterten Stuhl, und die Leiste mit den einzelnen Knöpfen schimmerte golden.

Sehr vornehm, die Orientalen. Aber ihr Öl brachte es ja. Nur schien sich diesmal der schwarzblaue Segen zum Fluch zu verwandeln, wenn ich mir den Toten anschaute.

Der Lift zog lautlos an.

Bis in die erste Etage war es nur eine kurze Strecke. Innerhalb von Sekunden hatten wir sie hinter uns. Ich drückte diesmal die Tür auf und hatte sie kaum einen Spalt offen, als wir beide die Schreie und die hämmernde Schusssalve vernahmen.

Die Schreie stammten von einem Menschen, die Schüsse aus einer Maschinenpistole.

Auf dieser Etage schien der Teufel los zu sein!

Die Wüste!

Nur wenige lieben sie so sehr wie die Beduinen, die in der Wüste aufgewachsen sind und mit ihren Herden jahraus, jahrein das Gebiet durchziehen.

Die Wüste gab ihnen das, was sie zum Leben brauchten, obwohl dies für einen Europäer fast unbegreiflich ist. In den einsamen Oasen fanden sie Nahrung und Wasser, wurden Märkte abgehalten und Geschäfte getätigt, bevor man wieder weiterzog.

So ging es über Jahrtausende. Sippen lebten zusammen, gebaren Nachkommen, diese vermehrten sich wieder, und der ewige Kreislauf schien niemals enden zu wollen. Bis die industrielle Revolution auch Saudi-Arabien erfasste. Und dies war mit einem Begriff zu umschreiben: Öl!

Plötzlich wurden aus den als Geschäftsleuten hoch geschätzten Orientalen wahre Dollarkünstler, die ihre für die Weltwirtschaft unentbehrlichen Ölreserven vermarkteten. So wie das flüssige Gold der Erde durch die Pipelines in die Bäuche der Tanker strömte, so rann der Dollarsegen auf der anderen Seite wieder zurück und machte ansässige Familien zu Milliardären.

Geld verdirbt nicht nur den Charakter, es ändert auch die Lebensweise der Menschen. In Europa nicht anders als im Orient. Nur wurde im Land des Halbmondes die Jahrtausende alte Tradition so zurückgedrängt, dass die Bewohner sie vergaßen. Sie dachten völlig um.

Nur noch der Mammon zählte.

Und sie vergaßen die Warnungen der Beduinen. Niemand hörte auf sie. Im Gegenteil, man wollte sie sesshaft machen und ihnen den Lebensraum nehmen.

Die Beduinen wehrten sich. Einige Stämme folgten dem Lockruf der Industrialisierung und zogen in die Städte an der Küste, die meisten blieben jedoch in der Wüste und beobachteten mit Schrecken, dass ihnen immer mehr Lebensraum genommen wurde.

Nachts an den hellen Feuern und in den kalten Wüstennächten erinnerte man sich wieder der alten Geschichten. Der Warnungen der Propheten, der Dschinns und der Wüstendämonen.

Und viele sprachen davon, dass der Tag kommen würde, wo sich die Natur gegen die Technik erhebt.

Denn die alten, längst vergessenen Flüche, die in den Tiefen der Erde lauern, sterben nicht.

Sie warten nur auf ihre Stunde.

Und die kam.

Als die erste Pipeline in die Luft flog, glaubten die Verantwortlichen an Sabotage. Soldaten mussten her und die Ölleitungen bewachen. Unter ihren Augen geschah die zweite Explosion.

Eine gewaltige Ölfontäne schoss himmelwärts, so hoch, als wollte sie selbst die Scheibe der Sonne verdunkeln, und inmitten der Fontäne erschien das grausame Gesicht eines finsteren Dschinns.

Da wussten die Menschen Bescheid.

Sie flohen, wollten weg, doch der Rache des Dschinns konnte keiner entgehen. Unter den Massen wurden die Soldaten begraben. Sie starben durch das Öl. Es war ein schrecklicher Tod, und als es vorbei war, da musste man über zwanzig Menschen begraben.

Man brachte die nicht mehr zu erkennenden Leichen in die Wüste und hob dort die Gräber aus.

Da sollten sie liegen, vermodern und zerfallen bis in alle Ewigkeiten. Man vergaß das Ölmonster wieder. Die Zeit heilt schließlich alle Wunden.

Doch der Dschinn vergaß nichts.

Er bereitete bereits seinen zweiten Plan vor. Diesmal noch grausamer als beim ersten Mal …

Wir hörten die Kugeln pfeifen, so dicht fegte die Garbe an unseren Gesichtern vorbei. Sie hämmerte mit harten Schlägen in einer Gangwand, die wir nicht sehen konnten.

Fast wie von selbst waren uns die Berettas in die Hände gesprungen. Zudem lagen wir längst flach, vernahmen einen Schrei, und abermals tackerte eine Garbe auf.

Da flog Putz von den Wänden, da hieben die Kugeln in den Boden, und Querschläger jaulten wie junge Hunde.

Zur Hälfte lagen wir im Lift und blockierten ihn. Ein Schauer rann über unsere Rücken, als wir abermals einen Schrei vernahmen. Er gellte jedoch nicht durch den Flur, sondern war mehr ein Röcheln, ein verzweifeltes Luftholen, das auch noch mitschwang, als etwas hart zu Boden polterte.

Ähnliche Geräusche waren uns bekannt. So hörte es sich an, wenn eine Maschinenpistole fiel. Und freiwillig würde sich die Person kaum von ihrer Waffe trennen.

Suko und ich nickten uns zu. Wir hatten beide den gleichen Gedanken und handelten auch dementsprechend.

Aus dem Lift, dann nach links und rechts weg, sodass wir kein gemeinsames Ziel boten, dann standen wir mit schussbereiten Waffen im langen Korridor.

An seinem Ende spielte sich Schreckliches ab. Dort sahen wir ein schwarzes Wesen, das wie ein unförmiger, in die Länge gezogener Tropfen oder Klumpen wirkte. Es hatte andeutungsweise Arme und Beine, ansonsten rollte es sich voran und hatte auf dem Boden eine Schleimspur hinterlassen, die nach Öl roch.

Das Wesen reichte mir bis knapp über die Hüfte. Dass es trotzdem sehr gefährlich war, bekam ein Mann zu spüren, der sich verzweifelt gegen den unheimlichen Angreifer wehrte und mit beiden Fäusten auf ihn einschlug, ohne ihn allerdings verletzen zu können, denn seine zusammengeballten Hände sanken in die Masse ein, ähnlich wie es bei einem Ghoul der Fall ist, wenn er seine widerliche Schleimschicht abgesondert hat.

Suko war schneller als ich. Er schoss nicht, sondern nahm die Dämonenpeitsche. Einmal schlug er damit einen Kreis über den Boden, die drei Riemen rutschten hervor, jetzt war die Waffe einsatzbereit.

Noch drei Schritte musste Suko laufen. Während er rannte, holte er schon aus.

Wuchtig schlug er zu.

Dieser Treffer hätte das Wesen normalerweise zerrissen, doch der Dämon oder wer immer er war, zeigte uns seine Raffinesse. Bevor die Peitschenriemen ihn erreichen konnten, wurde er zu einer dünnen Flüssigkeit, die sich blitzschnell am Boden verteilte, sodass Sukos Schlag ins Leere pfiff und die drei Riemen links davon gegen die Wand klatschten.

Überrascht blieb der Chinese stehen und starrte auf die im Teppich versickernde Lache.

Das war uns noch nie passiert.

Aber ich wollte es wissen. Zum Glück trug ich nicht nur das Kreuz, sondern auch die Gemme bei mir. Oft zum Einsatz gekommen war sie nicht, doch ihr Ursprung lag im Orient. Die Gemme, von den Gnostikern, einer religiösen Sekte, erschaffen, hatte ich einmal in Ägypten erhalten. Es war ein ovaler, grünlich schimmernder Stein, auf dessen Oberseite eine Schlange zu sehen war, die sich selbst in den Schwanz biss. Dieses Motiv sollte den Kreislauf der Welt darstellen. Den Anfang und das Ende. Alpha und Omega. Und es sollte ferner aussagen, dass alles miteinander irgendwie in Verbindung stand, schien es auch noch so fremd und unwahrscheinlich zu sein.

Ich hatte erlebt, dass mein Kreuz gegen fremde Magie kaum oder keine Wirkung zeigte. Und hier schien ich es mit einer fremden Magie zu tun haben, deshalb nahm ich die Gemme.

Ich schleuderte den graugrünen Stein in die Lache. Wenn tatsächlich eine Schwarze Magie zugeschlagen hatte, dann musste sie auf die Gemme reagieren.

Sie tat es.

Kaum hatte sie den Teppich mit der aufgesaugten Flüssigkeit berührt, zischte und dampfte es vor uns auf. So schnell, dass wir hastig zurücksprangen, als wäre der berühmte Flaschengeist aus seinem Gefängnis entwichen.

Es war allerdings kein grüner oder weißer Dampf, sondern schwarzer. Er erinnerte mich an rußigen Rauch, der aus den Öffnungen der Schornsteine dringt und die Luft verpestet.

Hier verpestete der Qualm nicht nur die Luft, wir sahen auch etwas anderes in ihm.

Ein Gesicht schimmerte dort. Eine grässliche Fratze mit Augen, einer Nase und einem Mund, den man schon als Maul bezeichnen konnte und das weit aufgerissen war.

Dieser Vorgang währte kaum zwei Sekunden, dann sank der Rauchschleier in sich zusammen. Wir schauten auf einen leeren Teppich, blieben jedoch nicht lange stehen, sondern gingen dorthin, wo der Mann gekrümmt am Boden lag. Er war von dem schwarzen Monster attackiert worden und sah aus, als wäre er in das Reich des Todes eingegangen.

Neben ihm knieten wir uns nieder. Suko nahm den Kopf des Mannes in beide Hände und hob ihn an.

Ich fühlte nach dem Herzschlag.

Im selben Augenblick öffnete der Mann den Mund. Tot war er demnach nicht, doch mit ihm war etwas anderes geschehen.

Aus seinem Mund sickerte eine schwarze Flüssigkeit. Zuerst nur ein schmales Rinnsal, dann jedoch drang es in einem gewaltigen Schwall hervor. Schwarz und stinkend ergoss es sich auf den Teppich, sodass Suko und ich hastig zurückzuckten, weil wir von dem Zeug nicht getroffen werden wollten.

Es war ein furchtbares Bild.

Nicht nur aus dem Mund drang die dicke, ölige Flüssigkeit, auch aus Nasenlöchern, den Augen, den Ohren und den Hautporen des Mannes. Es wurde immer mehr. Wir mussten bereits in Litern rechnen, und es dauerte lange, bis die schwarze, widerliche Flut endlich aufhörte und gestoppt war.

»Scheußlich!«, sagte Suko leise.

Ich gab meinem Partner Recht und schaute auf die Leiche. Dass es eine Leiche war, daran gab es für mich keinen Zweifel, und mir war plötzlich ein schrecklicher Verdacht gekommen, für den ich unbedingt Gewissheit haben wollte.

Ich holte mein kleines Taschenmesser hervor und ritzte die Haut des Mannes ein.

Er zuckte nicht mehr. Somit hatte sich der erste Teil meines Verdachts bestätigt.

Der zweite bestätigte sich ebenfalls, denn aus der kleinen Wunde am Arm quoll kein Tropfen Blut.

Der Tote vor uns war völlig blutleer!

Ich erhob mich und schüttelte den Kopf. Suko stieß zischend den Atem aus. Er hatte wahrscheinlich den gleichen Gedanken wie auch ich. »Aus dem Blut ist diese Flüssigkeit geworden«, sagte er und schüttelte sich, als er im Nachhinein an das schaurige Geschehen dachte.

Ich widersprach nicht. Wir hatten es hier mit einem schrecklichen Phänomen zu tun, einer Umwandlung von Blut in Öl.

»Es bleiben noch drei«, meinte Suko. »Einen haben wir erledigt, und wenn die anderen ebenso reagieren wie dieser hier, dann sehe ich verflucht schwarz.«

Ich hob beide Hände. »Mal den Teufel nicht an die Wand«, murmelte ich und schüttelte mich.

Suko zuckte nur mit den Schultern.

Für den Toten konnten wir nichts mehr tun. Wir mussten ihn liegen lassen, denn jetzt waren die anderen Menschen, die sich in der Botschaft aufhielten, wichtiger.

Wir hatten Zeit und Muße, uns den Gang genauer anzuschauen. Dabei sahen wir auch die abzweigenden Türen, sodass mich der Flur an den eines Hotelkorridors erinnerte. Da es ruhiger geworden war, vernahmen wir auch die Stimmen hinter den Türen.

Ich klopfte.

Die Stimmen verstummten. Dann näherten sich vorsichtig Schritte, und eine dunkle Männerstimme erkundigte sich, wer da wäre.

Ich sagte unsere Namen und woher wir kamen.

»Sind Sie wirklich vom Yard?«

»Ja, Mister.«

»Sorry, aber schieben Sie erst Ihre Ausweise unter der Tür hindurch. Das soll kein allzu großes Misstrauen ein, aber wir müssen vorsichtig sein.«

»Ich verstehe.« Suko hielt seinen Ausweis bereits in der Hand. Nebeneinander schoben wir die Hüllen unter die Tür. Zur Hälfte blieben sie noch auf unserer Seite liegen, dann zogen unsichtbare Hände sie zu sich heran.

Wir warteten.

Inzwischen hatte sich die schwarze, dicke Flüssigkeit verändert. Eine harte Kruste lag auf ihr. Sie schimmerte seltsam im Licht der Lampe, wir erkannten sogar einige Farben, vergleichbar mit den Ölpfützen, die sich mit Regenwasser mischten.

»Es ist in Ordnung«, vernahmen wir die Stimme. Sie war kaum verstummt, als sich ein Schlüssel drehte und die Tür geöffnet wurde. Ein Mann musterte uns und nickte dann.

»Bitte kommen Sie.«

Wir betraten das Büro, die Zentrale oder den elektronischen Kopf der Botschaft. Diese drei Ausdrücke passten auf jeden Fall.

Hier roch es nach Arbeit.

Im Moment jedoch tat niemand etwas. Das zahlreiche Botschaftspersonal hatte sich hier versammelt. Zumeist waren es Männer. Ich sah drei Frauen. Eins hatten sie allerdings gemeinsam.

Angst!

Deutlich konnten wir das Gefühl von ihren Gesichtern ablesen. Sie versuchten zwar, sich gelassen zu geben, aber ihre Nervosität war unverkennbar.

Ich wandte mich an den Mann, der mir die Tür geöffnet hatte. Er trug einen blauen Anzug und war schon älter. Sein Haar zeigte breite graue Streifen.

»Befindet sich vielleicht der Botschafter unter Ihnen?«, erkundigte ich mich.

Der Mann schüttelte den Kopf. »Es tut mir leid, Mr. Sinclair«, erwiderte er, wobei er uns die Ausweise zurückreichte. »Der Botschafter unternimmt eine Dienstreise. Ich vertrete ihn hier. Mein Name ist übrigens Djemal Faruk.«

»Dann kann ich mich an Sie wenden?«

»Natürlich.« Sein Englisch war lupenrein. »Was ist mit dem Mann geschehen, der draußen auf dem Gang war? Wir haben die Schüsse vernommen und mit ihm gezittert.«

Mein Gesicht verdüsterte sich.

Djemal Faruk verstand. »Er ist tot, nicht wahr?«

»Ja.«

»Wie ist er umgekommen?«

Als der Mann die Frage stellte, schlossen die anderen um uns einen Kreis. Auch sie wollten meine Antwort mitbekommen. Ich sah keinen Grund, die Wahrheit zu verschweigen, und berichtete ziemlich detailgetreu. Eine Frau begann zu weinen, die anderen wurden noch blasser, als sie ohnehin schon waren.

Als ich meinen Bericht beendet hatte, schüttelte der

stellvertretende Botschafter den Kopf. »Ich verstehe das nicht«, sagte er leise. »Das ist unbegreiflich.«

Um Licht in das Dunkel bringen zu können, wollte ich wissen, wie es überhaupt geschehen konnte, dass diese Wesen in die Botschaft eingedrungen waren.

»Das ist uns ein Rätsel, Oberinspektor.«

»Können Sie deutlicher werden? Ich meine, wie hat alles begonnen?«

»Das war ungefähr vor einer Stunde. Plötzlich befanden sich Wesen in der Botschaft, die wir noch nie gesehen hatten. Sie erinnerten an große Öltropfen, rochen und schimmerten auch so, und sie töteten sofort einen unserer Leute.«

»Den haben wir in der Halle liegen sehen.«

»Die Panik war groß. Unsere Leibwächter haben geschossen, doch Kugeln halten die Monster nicht auf. Wir haben Alarm gegeben und sind in diesen Raum geflohen.«

»Das war gut so.«

»Aber was ist mit dem Wesen vom Flur? Haben Sie es erledigen können, Mr. Sinclair?«

»Ja.«

»Dann sind noch drei übrig.«

»Sehr richtig, Mr. Faruk. Und die müssen wir finden. Haben Sie eine Ahnung, wo sie sich verborgen halten können?«

»Nein, Mr. Sinclair. Die Wesen sind erschienen, haben zugeschlagen, und wir konnten nichts dagegen tun.«

Suko war nicht neben mir geblieben, sondern zu den Fenstern gegangen. Es gab eine Reihe davon. Sie lagen an der Frontseite des Hauses, sodass der Chinese in den kleinen Park hinabschauen konnte, wo die Männer der Anti-Terrorbrigade Posten bezogen hatten. Sie hatten sich gut getarnt, von ihnen selbst war kaum etwas zu entdecken. Nur ein Gewehrlauf blinkte hin und wieder.

Der Chinese drehte sich um. »Die Leute sind eingetroffen«, meldete er.

»Dann ist das Gelände abgeriegelt?«, wollte Djemal Faruk wissen.

»Ja.«

Er schien beruhigt zu sein und atmete tief durch. »Jetzt brauchen wir nur noch die restlichen drei.«

Mit dem Kopf wies ich nickend auf eines der zahlreichen Telefone. »Kann ich mal anrufen?«

»Bitte sehr.«

Ich nahm den Hörer auf und wählte die Nummer des Superintendenten Sir James Powell. Augenblicklich hatte ich Verbindung und sagte knapp meinen Namen.

»Hat sich etwas getan?«

»Ja, Sir. Wir haben ein Wesen erledigen können.«

»Ist es wirklich mit Schwarzer Magie zu umschreiben?«

»Zweifellos, Sir.«

Ich hörte, wie der Superintendent scharf durchatmete. »Das gefällt mir überhaupt nicht. Können Sie schon nähere Erklärungen abgeben?«

»Es muss auf jeden Fall mit dem schwarzen flüssigen Gold, dem Öl, zusammenhängen. Diese Wesen, die aussehen wie dicke Öltropfen, bemächtigen sich der Menschen und tauschen ihr Blut aus.«

»Wie?«

»Sie verändern es, Sir. Aus dem Blut der Menschen wird eine schwarze, widerliche Flüssigkeit, die mich an Öl erinnert. Der Mensch überlebt natürlich nicht.«

Sir James stieß ein Geräusch aus, das mir bewies, wie sehr ihm der Fall auf den Magen schlug. Wie ich ihn kannte, befürchtete er sicherlich diplomatische Verwicklungen, doch er schnitt dieses Thema nicht an, sondern ein anderes. »Wie haben Sie das Wesen denn besiegen können, John?«

»Durch die Gemme.«

Sir James lachte. »Das ist natürlich ausgezeichnet, John. Wirklich hervorragend.«

»Ich hoffe, es gelingt mir auch weiterhin.«

»Über ein Motiv wissen Sie nichts?«

»Nein, Sir, die Zeit war zu kurz.«

»Sie haben ja inzwischen Unterstützung erhalten. Ich hoffe, dass es Ihnen gelingt, auch die anderen drei Wesen zu stellen. Geben Sie mir bitte sofort Bescheid.«

»Das geht in Ordnung, Sir.« Ich unterbrach die Verbindung und wandte mich den Botschaftsangehörigen zu. Einen Plan hatte ich bereits. »Sie bleiben bitte hier. Ich glaube, in diesem Raum sind Sie am sichersten aufgehoben.«

»Und was haben Sie vor?«, fragte mich der Stellvertreter.

»Mein Kollege Suko und ich werden Ihre Botschaft vom Keller bis zum Dachgeschoss durchsuchen. Die drei Wesen müssen sich hier versteckt halten, es gibt keine andere Lösung.«

Damit war Faruk einverstanden.

Ich beruhigte ihn trotzdem noch, indem ich hinzufügte: »Das Gelände draußen ist abgeriegelt. Wenn eines der Wesen zu entkommen versucht, wird es den Männern vor die Mündungen laufen.«

»Ich danke Ihnen.«

»Später vielleicht, Mr. Faruk.« Dann wandte ich mich ab. Suko wartete bereits an der Tür. Die Klinke hielt er in der Hand, aufgeschlossen hatte er ebenfalls, aber wir kamen vorerst nicht dazu, den großen Raum zu verlassen, denn ein gellender Frauenschrei alarmierte uns und ließ uns herumfahren.

Die Flucht hatten die Ölmonster nicht ergriffen.

Sechs Fenster zählte der Raum.

Drei von ihnen waren besetzt.

Von außen klebten die schwarzen, ölig glänzenden Wesen an den Scheiben …

Die Frau, die geschrien hatte, wankte zurück. Ihre Knie begannen zu zittern. Bevor sie fallen konnte, wurde sie von einem Mann aufgefangen und auf einen Stuhl gedrückt.

Suko und ich interessierten uns für die Öldämonen.

Mit wenigen Sätzen waren wir an einem freien Fenster und schauten nach draußen.

Auch die Männer der Anti-Terrorbrigade hatten die Kreaturen entdeckt. Sie waren aus ihren Deckungen gekommen und hielten die Spezialgewehre im Anschlag.

Hoffentlich schossen sie nicht.

Ich wollte ihnen gerade ein Zeichen geben, als einige von ihnen abdrückten. Mündungslichter flackerten vor den Gewehren. Es waren Spezialschützen, die sich die Monster aufs Korn genommen hatten, und keine Kugel fehlte.

Ich hörte das Klatschen nicht, sah jedoch die Einschläge in die Körper der Dämonen. Wo sie getroffen hatten, spritzten kleine Tropfen nach allen Seiten weg.

Mehr geschah nicht.

Auch die Scharfschützen waren nicht in der Lage, die Ölmonster zu stoppen. Sie verschluckten die Kugeln kurzerhand, wie Ghouls, wenn sie mit normalen Bleigeschossen angegriffen wurden. Ihren Morddrang beeinträchtigten die Treffer keineswegs.

Schon platzte die erste Scheibe.

Im Nu breitete sich Panik aus. Die Anwesenden schrien und flüchteten in eine Ecke, sodass wir den nötigen Platz hatten, weil sich die Menschen eng zusammendrängten.

Mit den Scherben fiel auch die Kreatur in den Raum.

Ich gab den Männern im Garten verzweifelt Zeichen, nicht zu schießen. Sie sollten erst abwarten, denn sie mussten inzwischen gemerkt haben, dass normale Bleigeschosse nichts einbrachten.

Es klatschte, als das Wesen mit dem Boden Kontakt bekam, sich sofort veränderte und wieder zu einem ovalen Gegenstand wurde, der sich auf Suko zubewegte.

Der Chinese hatte die Dämonenpeitsche schon ausgefahren. Zielsicher schlug er zu.

Das unheimliche Ding schaffte es nicht mehr, eine andere Form anzunehmen, die drei Riemen trafen es längsseits und rissen die seltsame Materie armdick auf.

Unter den staunenden Augen der Botschaftsangehörigen verging das Ölmonster. Die Magie der Peitsche kämpfte gegen die der seltsamen Kreatur. Und wieder einmal bewies die Dämonenpeitsche, wie wertvoll sie für uns war.

Bevor sich das Monster zusammenklumpte, sahen wir noch die Andeutung eines Gesichts, wie es hinter dieser widerlichen Masse schimmerte.

Dann war es vorbei.

Zurück blieb ein stinkender harziger Klumpen. Der Rest eines unheimlichen Killers.

Noch war die Gefahr nicht gebannt. Sie hatte sich nur verringert. Ich warf wieder einen Blick auf das Fenster und sah, dass sich ein zweites Wesen auf einem schmalen Sims zwischen zwei Fenstern bewegte. Das dritte war nicht mehr zu sehen.

Für einen Moment war mir auch der Blick auf das zweite genommen, da es von der Wand zwischen den Fenstern verborgen wurde. Das war meine Chance, möglichst ungesehen in die Nähe meines Gegners zu gelangen. Nur wenige Schritte benötigte ich, bis ich mein Ziel erreicht hatte, und wartete eiskalt ab, bis ein Teil des Monsters wieder erschien.

Es kam …

Als es das zerstörte Fenster mit seiner Masse verdunkelte, da griff ich ein.

Die Gemme hielt ich längst in der Hand. Das Wesen

war sehr mit sich selbst beschäftigt. Unangefochten konnte ich die magische Waffe gegen die Kreatur drücken.

Ein Zischen und Fauchen ertönte. Dampf quoll aus dicken Rissen. Wieder schimmerte die Fratze, dann verlor das Ding das Gleichgewicht, kippte nach hinten und fiel in die Tiefe.

Klatschend schlug es unten auf. Es war zwischen den Büschen am Hausrand gelandet, und augenblicklich hämmerten Schusssalven durch die Stille. Sicherlich trafen die Kugeln auch. Dass das Monstrum verging, das bewirkten jedoch nicht die Bleigeschosse.

Blieb noch ein Untier.

In das Haus eingedrungen war es wohl nicht. Das hätten wir sehen müssen. Und da es diesen Kreaturen auch gelang, an den Hauswänden entlangzuklettern, konnte ich damit rechnen, dass es sich nach oben begeben hatte, um vielleicht über das Dach zu fliehen oder sich eine neue Angriffsposition zu suchen.

Die Bestätigung erhielt ich sehr bald.

Von unten schrie eine heisere Stimme: »Verdammt, es will aufs Dach!«

Ich beugte mich aus dem Fenster, drehte mich dabei auf den Rücken, sodass ich in die Höhe schauen konnte.

Wie eine Kugel rollte es entgegen der Erdanziehung höher. Auf der Wand hatte es widerliche Schleimspuren hinterlassen, die sich zu dicken Tropfen sammelten und am Verputz nach unten rannen.

Ich hatte mich längst entschlossen, dem Monster zu folgen, doch Suko war schneller. Mein Freund riss ein zweites Fenster auf und kletterte nach draußen. Schon Sekunden später stand er auf dem schmalen Sims, der das Gebäude umzog.

»Komm du von innen!«, rief Suko und hangelte sich bereits hoch, um das Monster zu verfolgen.

Ich hatte nichts gegen diese Arbeitsteilung, zog mich zurück und wandte mich an Djemal Faruk.

»Können Sie mir den Weg zum Dach zeigen?«

Mit bleichem Gesicht nickte er. »Sicher, Mr. Sinclair. Folgen Sie mir.«

Hastig verließen wir den Raum …

Suko hoffte inständig, dass der Sims sein Gewicht auch tragen würde. Es war gar nicht so einfach, sich darauf weiterzubewegen, und noch schwieriger war es für Suko, an der Hauswand hochzuklettern. Es gab zwar einige Vorsprünge und Kanten, doch das Material war alt und sah an einigen Stellen sehr brüchig aus.

Der Inspektor hatte einmal in den sauren Apfel gebissen und wollte ihn nun auch essen.

Er machte weiter.

Vom Vorgarten her wurde er beobachtet. Die Männer hatten ihre Deckungen verlassen und schauten zu, wie sich der Chinese streckte, einen Vorsprung umklammerte und sich geschmeidig hochzog. Wie ein Insekt klebte er an der Wand. Dabei behielt er seinen Gegner im Auge, der sich über die Dachrinne rollte und die ersten Pfannen bereits erreicht hatte.

Um die Hände frei zu haben, hatte Suko den Griff der Dämonenpeitsche zwischen die Zähne geklemmt. Mit einem Ausfallschritt gelang es ihm, die Bank eines Fensters zu erreichen, das zur nächsten Etage gehörte. So hatte er die Hälfte des Weges bereits geschafft.

Von oben rann ihm der Schleim entgegen. Eine breite widerliche Spur klebte an der Hauswand, und Suko sah zu, dass er sie nicht berührte, denn er wusste nicht, wie der Schleim wirkte.

Auf der Fensterbank blieb Suko hocken. Wenn er sich aufstellte und seine Arme ausstreckte, konnte er die Dachrinne erreichen. Die leitete zwar das Regenwasser ab, doch ob sie das Gewicht eines Menschen hielt, war fraglich.

Warten wollte der Chinese nicht.

Also vertraute er auf sein Glück, holte ein paar Mal tief Atem und nahm die letzte und schwierigste Strecke in Angriff.

Mit den Fingerspitzen erreichte er beim ersten Versuch bereits die Rinne. Er streckte seinen Körper noch mehr und konnte den Rand besser umfassen.

Von unten vernahm er einen laut gesprochenen Kommentar. »Das ist Wahnsinn, Mann!«

Das wusste Suko selbst. Doch im Kampf gegen Dämonen hatte er schon oft genug sein Leben riskieren müssen. Einmal mehr oder weniger, darauf kam's nicht an.

Die Dachrinne bewegte sich, als Suko zog und seinen Halt ausprobierte. Noch hatte er mit den Zehenspitzen Kontakt. Wenn er die Beine erst einmal anzog, musste er sich auf die Konstruktion der Dachrinne verlassen. Die Rinne war nicht leer. Blätter und kleinere Zweige ertastete der Chinese, zog die Schultern etwas an und löste seine Füße von der schmalen Fensterbank. Jetzt schwebte er in der Luft.

Hart und fest griff er zu, und er merkte, wie sich das Metall der Rinne durchbog. Sie schwankte, sie stöhnte, als wäre sie ein Mensch, der einem zu großen Druck ausgesetzt war.

Und es knirschte.

Dieses Geräusch passte dem Inspektor überhaupt nicht. Das Knirschen zeugte davon, dass die Halterung im Mauerwerk der Belastung nicht mehr gewachsen war.

Suko war einfach zu schwer.

Die ganze Aktion wurde noch krimineller, als Suko erkannte, dass sich die gesamte Dachrinne auf der Breite des Hauses bewegte, das Knirschen lauter wurde und sogar die aufgeregten Stimmen der unten wartenden Männer übertönte.

Plötzlich ging alles sehr schnell.

An der linken Seite verlor die Dachrinne die Verbindung zur Hauswand. Sie riss.

Da Suko noch an ihr hing, sorgte sein Gewicht dafür, dass auch weitere Verbindungsstücke herausgerissen wurden.

Das merkte Suko sehr drastisch, denn auf einmal fiel er. Ruckartig ging es in die Tiefe.

Für einen winzigen Augenblick schlug das Herz des Inspektors noch im Hals, dann bewegte sich die Rinne nicht mehr.

Suko atmete auf. Wie im Krampf hatte er festgehalten. Jetzt legte er den Kopf nach hinten und schielte hoch. Über sich sah er den Dachrand und einen Teil der abgerissenen Verstrebungen. Er selbst hing an der Dachrinne wie ein Klammeraffe und traute sich nicht, sich zu bewegen. Er sah, wie es auch an der rechten Seite des Hauses im Mauerwerk arbeitete.

Das konnte gefährlich werden – vielleicht sogar tödlich. Aber Suko sah noch mehr. Nicht allein die reißende Dachrinne brachte ihn in Lebensgefahr, sondern auch das Ölmonster, das plötzlich wieder dicht über dem Dachrand wie eine riesige lauernde Katze erschien …

Zum Glück führte der Lift bis unter das Dachgeschoss. Ihn nahmen wir und ließen uns hochschießen.

Djemal Faruk war bleich bis zu den Haarspitzen. Auf seiner Stirn glitzerten Schweißperlen. In der rechten Hand trug er ein Bund mit Schlüsseln. Immer wenn er sich bewegte, klirrten die Schlüssel gegeneinander. Dabei schüttelte er den Kopf wie jemand, der an seinem eigenen Verstand zweifelte. »Ich begreife es nicht. Ich begreife es wirklich nicht, Mr. Sinclair. Und Sie?« Hoffnungsvoll schaute er mich an.

Ich musste ihn enttäuschen. »Nein, Mr. Faruk, noch habe ich keine Lösung gefunden.«

»Es wäre auch zu viel verlangt.«

»Sicher.«

Der Aufzug hielt. Ich drückte die Tür auf und verließ als erster die Kabine.

Hier oben war alles enger und düsterer als in den unteren Etagen. Einen Lichtschalter entdeckte ich deshalb, weil er wie Phosphor leuchtete.

Als ich den Schalter umkippte, flackerten zwei kreisrunde Leuchtstoffröhren an der Decke auf.

Djemal Faruk drehte sich einmal um sich selbst, sah verschiedene Türen, legte die Stirn in Falten und hastete dann an mir vorbei. »Wir müssen dorthin«, erklärte er mir und deutete auf die größte Tür.

Leider war sie verschlossen. Zudem hingen zahlreiche Schlüssel an dem Bund, sodass es dauerte, bis der Araber den passenden gefunden hatte.

Ich wurde nervös. Nicht allein wegen des Ölwesens, auch um Suko machte ich mir Sorgen. Er hatte sich auf eine waghalsige Kletterpartie eingelassen, die unter Umständen nicht hätte zu sein brauchen. Hoffentlich ging sie gut.

Endlich hatte Faruk den passenden Schlüssel gefunden. Seine Hände zitterten, als er ihn in die Öffnung führte. Dabei schrammte er noch an der Schlossverkleidung entlang.

Ich trat die Tür mit der Fußspitze auf. Glatt und ohne Geräusche schwang sie zurück.

Auf dem Speicher war es finster. Trotzdem ahnte ich etwas von der Größe, und meine Vermutung wurde bestätigt, als der Araber das Licht anknipste.

»Bleiben Sie in der Nähe der Tür«, wies ich ihn an und ging langsam in den Raum hinein.

Leer war der Speicher nicht. Man hatte ihn ausgebaut und verwendete ihn als Archiv. Zudem entdeckte ich noch eine leistungsstarke Funkanlage, die sicherlich nicht genehmigt worden war. Ich sagte jedoch nichts. Ich hatte andere Probleme. Da helles, kaltes

Leuchtstoffröhrenlicht den großen Raum erhellte, hatte man darauf verzichtet, größere Fenster einzubauen. Es war bei den schrägen Dachklappen geblieben.

Ich blieb in der Mitte des Speichers stehen und ließ meine Blicke über die rollbaren Archivkästen gleiten. Wenn ich etwas erreichen wollte, musste ich mich nach rechts wenden, denn dort lag die Vorderseite des Hauses, und da war unser Gegner auf das Dach geklettert.

Die Fenster waren flach in das Dach integriert. Sie hatten einen Metallhebel, den man hochschieben und dann an den mit Löchern markierten Stellen festhaken konnte.

Das tat ich.

Frische Luft wehte durch den Spalt und traf mein Gesicht. Sie brachte Staub mit, sodass ich die Augen schließen musste. Am Rand zog ich mich hoch. Es war gar nicht so einfach, ich musste schon Kraft einsetzen, um durch das Viereck klettern zu können.

Mit dem Kopf zuerst schob ich mich durch die Luke und erreichte das Dach.

Ein zweites Hindernis baute sich vor mir auf. Es waren die Pfannen, denn sie sahen eklig glatt aus. Grauer Schmier bedeckte sie, und als ich mit meinen Händen darüber fuhr, spürte ich, wie rutschig sie waren.

Das würde nicht leicht werden.

Zurück konnte ich nicht, strampelte mit den Beinen, verschaffte mir so ein wenig mehr Schwung und konnte mich im wahrsten Sinne des Wortes aus der Luke drehen.

Flach blieb ich auf dem Dach liegen.

Sofort hob ich den Kopf an und richtete meinen Blick nach vorn. Da hockte die Kreatur.

Sie befand sich dicht am Dachrand. Ein schwarzglänzender ovaler Gegenstand, der sich jetzt noch mehr dem Rand näherte.

Dort blieb er.

Ich holte tief Luft. Verdammt, was hatte er da nur zu suchen? Bevor ich eine Lösung finden konnte und an meinen Freund und Partner Suko dachte, geschah es schon.

Ich vernahm ein hässliches, widerliches Kreischen, als das Wesen an der Dachrinne zu rütteln begann und es ihm gelang, sie zu lösen.

Das Geräusch ging mir durch und durch. Sofort dachte ich an meinen Freund, den ich nirgendwo sah. Jedoch nach allem, was geschehen war, rechnete ich damit, dass er sich in der Nähe der Kreatur befand.

Und die hatte alle Vorteile auf ihrer Seite.

Nicht mehr lange, das schwor ich mir. Wie eine Schlange ringelte ich mich durch die Luke und glitt weiter auf den Dachpfannen vor. Die Hände musste ich dabei etwas hochkant halten, damit es mir wenigstens einigermaßen gelang, mich abzustützen.

So näherte ich mich dem Monster.

Das Dach war verflixt abschüssig. Ein Winkel von mindestens vierzig Grad, wie ich schätzte, und als ich mir die Fingernägel abbrach, konnte ich einen Fluch nur mühsam unterdrücken.

Erneut drang das knirschende Geräusch an meine Ohren. Wieder war die Rinne ein Stück nach unten gerutscht, und ich hielt unwillkürlich die Luft an.

Ich hatte vor, Sukos Namen zu rufen, wollte ihn jedoch nicht erschrecken und glitt weiter.

Das Ölmonster bewegte sich nicht. Sonnenstrahlen fielen auf seine Haut und gaben ihr einen violetten Anstrich mit einem Stich ins Rötliche.

Plötzlich geriet ich ins Rutschen. Ich hatte mich zu hastig bewegt und konnte meinen Körper nicht mehr stoppen, der geradewegs auf das schwarze, schleimige Gebilde zuglitt. Zwar breitete ich Arme und Beine aus, sodass mein Körper wie ein großes X wirkte, aber Halt fand ich nicht.

Nur die Geschwindigkeit verringerte sich ein wenig, und es gelang mir, mich zu drehen.

So geriet ich in eine andere Lage. Meine Hosengürtelschnalle schrammte über die Pfannen, und das Geräusch war es, das das Monster aufmerksam werden ließ.

Es drehte sich um.

Ein Gesicht hatte ich nur gesehen, wenn ich eines dieser Wesen tötete. Jetzt sah ich es zum ersten Mal bei einem lebenden.

Unter der schwarzen, öligen Haut schimmerte eine widerliche Fratze. Sie sah aus wie die eines Toten, vielleicht einer eingetrockneten Mumie, aber sie war vorhanden, und sie bewies mir, dass dieses schlammartige Wesen irgendwann etwas mit einem Menschen zu tun gehabt hatte. Eine andere Möglichkeit sah ich nicht.

Ich zog im Liegen die Beretta und wechselte dabei die Gemme in die linke Hand.

Dann feuerte ich.

Ich hörte das Geräusch, mit dem die Kugel in den Balg hieb. Es hörte sich an, als wäre ein Regentropfen in eine Pfütze gefallen, und an der Einschussstelle, etwa im oberen Drittel der Gestalt, erkannte ich so etwas wie eine Reaktion.

Das ölschwarze Gebilde hellte sich dort auf, wo die geweihte Silberkugel ihre Kraft entfaltete. Dabei kam es mir vor, als würde eine chemische Reaktion vor meinen Augen ablaufen, denn ein Teil der Masse innerhalb des Wesens klumpte sich zusammen und wurde hart wie Kohle.

Auch das hinter der Haut zu erkennende Gesicht verzerrte sich, als würden Schmerzen, die das Wesen verspürte, übertragen.

Ein scheußliches Bild, aber so konnte ich meinen Gegner nicht vernichten. Ich musste die Gemme noch einmal einsetzen.

Inzwischen war es mir gelungen, meine Abwärtsfahrt zu bremsen. Die Fußspitzen hakte ich in eine Spalte zwischen den einzelnen Dachpfannen, sodass ich in der Stellung hängen blieb.

Den rechten Arm zog ich zurück. Gleichzeitig streckte ich den linken vor. Was hier so einfach geschildert wird, kostete mich vollste Konzentration. Ich musste Acht geben, dass ich keine falsche Bewegung machte, denn die konnte tödlich für mich enden.

Das Monster merkte, welch eine tödliche Macht und auch Kraft von der Gemme ausging, und es wollte zurückweichen.

Dagegen hatte ich einiges, deshalb gab ich die Gemme aus der Hand und warf sie auf das Monster zu.

Volltreffer!

Wie ein Pfeil bohrte sich die Gemme in die widerliche Masse hinein, und sie zerstörte die Kreatur. Selbst der Klumpen löste sich auf. Er wurde ebenso weich wie die übrige Masse, verwandelte sich zudem noch in eine glasige Flüssigkeit, die sich auf dem Dach ausbreitete, die Pfannen entlangrann und sich in der Dachrinne sammelte.

Die Gemme blieb liegen.

Behutsam rutschte ich vor, streckte meinen Arm aus und nahm sie aufatmend an mich.

Das hatte ich erledigt.

Dann fiel mir Suko ein.

Himmel, wie mochte es ihm ergangen sein?

Weit hatte ich es nicht bis zur Dachrinne, glitt abermals vor und sah jetzt schon, was geschehen war.

Die Dachrinne hatte Sukos Gewicht nicht aushalten können. Ein Teil war abgerissen und hing als Fragment nach unten.

An diesem Fragment klammerte sich Suko mit beiden Händen fest. Selbst aus meiner Distanz sah ich, wie seine Knöchel scharf und hart hervorstachen. Sein

Gesicht war verzerrt, die Augen aufgerissen. Der Chinese befand sich in einer Position, die er wohl kaum lange durchhalten konnte.

»Kannst du höher?«, rief ich.

»Nein, verdammt.« Die Antwort erreichte mich als Keuchen. Es war das Letzte, was ich von meinem Freund hörte, bevor er in die Tiefe stürzte …

Wie auch ihre Vorfahren zogen sie durch die unendliche Wüste. Sie saßen auf ihren Kamelen oder schritten nebenher. Eingehüllt in lange Gewänder, die Köpfe mit kunstvoll geschlungenen Tüchern vor den sengenden Sonnenstrahlen geschützt.

Kaum ein Geräusch war zu hören. Nur das Schleifen der Hufe auf heißer trockener Erde, das Schmatzen der Kamele und Gluckern des Wassers in den Ziegenlederschläuchen.

Die Karawane befand sich auf dem Weg zu einer Oase, doch es war jetzt schon abzusehen, dass sie sie vor Einbruch der Dunkelheit nicht mehr erreichen würden. Also mussten sie unterwegs rasten und in der Wüste die Nacht verbringen.

Sie bewegten sich durch ein Tal. Rechts und links lange Dünen. Nicht nur aus Sand bestanden sie, sie waren auch mit Felsen übersät, die eine gnadenlose Sonne zerfressen und ausgebleicht hatte. Ein Wunder, dass die Steine überhaupt hielten.

Als eine nie abreißende Wolke lag der Staub in der Luft. Er war braungelb und hatte manchmal einen Stich ins Rötliche, je nachdem, in welchem Abschnitt der Wüste sie sich befanden.

Sie waren erst vor zwei Tagen in einer Stadt gewesen und hatten gesehen, wie die Menschen dort lebten. Niemals würden sie in einem solchen Ort leben wollen. Die Wüste war und blieb ihr Zuhause, die Kamele, Ziegen und Zelte ihr ganzer Reichtum. Und so zogen sie weiter, immer nach Norden in die heißen Zonen hinein, wo sie wochenlang unter sich sein konnten.

Allerdings hatten sie nicht nur gesehen, wie die Menschen in der Stadt lebten, sondern auch gehört, worüber sie sprachen. Es gab nur ein Thema.

El-Chadds Rache!

Das war eine Geschichte für sich. Wer von den Nomaden El-Chadd nicht kannte, der gehörte nicht dazu. Unzählige Geschichten wurden an den nächtlichen Lagerfeuern über ihn verbreitet. El-Chadd, das war das Geheimnis der Wüste, denn jeder Beduine wusste, dass es unter dem Sand Leben gab. Ein geheimnisvolles, rätselhaftes Geisterleben, von Menschenaugen kaum gesehen. Aber diejenigen, denen der gewaltige El-Chadd erschienen war, warnten die anderen. Es waren die Weisen und Propheten, und sie beschworen die Menschen, dass sie nicht so vermessen sein sollten, El-Chadd zu reizen. Er würde grausam und tödlich zurückschlagen, denn irgendwann war es zu viel, dann ließ sich die Natur eine Ausbeutung nicht mehr bieten.

El-Chadd hatte zugeschlagen!

Grausam und hart, so wie es in den alten Geschichten berichtet wurde. Die Erde hatte sich aufgetan. Herausgeströmt war das Schwarze Gold, so wichtig für die Menschen, dass sie darum Kriege führten. Aber El-Chadd wollte das Gold für sich behalten, er hatte zugeschlagen, und zwanzig Männer waren gestorben.

Zwanzig Tote!

Reichten Sie noch nicht?

Anscheinend, denn die Menschen hatten die Warnung einfach missachtet. Sie förderten weiterhin ihr Öl, pumpten es aus der Tiefe hoch und lachten nur über die Warnungen.

El-Chadd ließ sich nicht auf der Nase herumtanzen. Er wartete ab, und er würde weiterhin zuschlagen, das stand fest.

Noch ging alles gut, eine dritte Warnung jedoch würde die beiden ersten an Grausamkeit übertreffen. Das wussten die einsam dahinziehenden Beduinen, als sie nach einem Platz für die Nacht Ausschau hielten.

Das Gelände vor ihnen senkte sich. Es gab einen regelrechten Einschnitt im Tal, einen Graben, gefüllt mit großen Steinen und Geröll. Noch blendete die Sonne, doch bald würde sie untergehen und wie ein geworfener Stein hinter dem Horizont verschwinden.

Bis zum Einbruch der Dunkelheit wollten die Beduinen die Raststelle erreicht haben.

Sie trieben ihre Kamele an. Stöcke klatschten auf die Haut, Hufe wirbelten noch mehr Staub in die Höhe, und das Wasser in den Ziegenlederschläuchen schwappte heftiger.

Die Sonnenscheibe hatte einen anderen Farbton angenommen. Dunkelrot glühte sie jetzt. Wie ein gewaltiges Auge, das am Himmel stand und alles überwachen wollte, was auf der Erde vor sich ging. Ihr Licht tauchte die Wüste in einen kaum beschreibbaren, fantastischen Glanz. Alle Farben des Spektrums waren vertreten. Die Steine glühten vom violetten Rot bis hin zum hellen Orange. Sie schienen unter der Glut zu explodieren und in unzähligen Einzelstücken bis hoch in den Himmel zu spritzen, wo sie den Sternen der Nacht Gesellschaft leisteten.

Die Wüste lebte. In diesen Minuten wirkte sie wie der zur Realität gewordene Traum eines farbverliebten Malers.

Aber es gab auch Schattenseiten. Die Senke, in der die Felsen lagen, barg ihr Geheimnis.

Ein schreckliches, ein düsteres und drohendes, von dem die Beduinen nichts ahnten. Noch waren sie froh, einen windgeschützten Lagerplatz gefunden zu haben, den sie praktisch mit dem endgültigen Untergang der Sonne erreichten.

Es war ein Wadi, wie jeder von ihnen erkannte. Ein

ausgetrocknetes Flussbett, durch das, wenn es mal regnete, das Wasser in wilder Flut schäumte.

Jetzt war es pulvertrocken, und im Laufe der Nacht rechnete niemand mehr mit einem Regenguss, der in diesen Landstrichen so selten war wie ein Wal in der Themsemündung.

Willig und mit wippenden Köpfen trotteten die Kamele den Hang hinunter zum ausgetrockneten Flussbett. Auf ihren Rücken schaukelten die Lasten, der Proviant, die Zelte, wohl zusammengefaltet und so zurechtgelegt, dass sie schnell aufgebaut werden konnten.

Als alle Tiere im Wadi waren, trieben die Beduinen sie zu einem Kreis zusammen.

Kehlige Befehle drangen an die Ohren der Kamele, die mehr oder weniger willig den Aufforderungen ihrer Treiber und Herren folgten und langsam in die Knie sanken.

Dann wurden sie entladen. Daran beteiligten sich auch die Frauen, doch sie kümmerten sich in erster Linie um den Proviant. Tief verschleiert und in ihren schwarzen Kleidern wirkten sie wie Geister aus einer fernen Wüstenstadt.

Es wurde nicht geredet. Jeder wusste, was er zu tun hatte. Einer gab den Tieren Wasser. Ein wenig nur, und kein Kamel bekam einen Tropfen zu viel in sein Trinkgefäß, das die Tiere bis auf den letzten Rest ausschlürften.

Die Zelte waren innerhalb weniger Minuten aufgebaut. Aus Kameldung und feinen Holzspänen wurden die Feuerstellen errichtet. Schon bald flackerten die ersten Flammen, und die Frauen sorgten dafür, dass der Tee in den Kupferkesseln gekocht wurde.

Ein normaler Tag näherte sich seinem Ende. Es war wie immer. Die Kälte der Nacht brach übergangslos herein, obwohl die Steine noch die Wärme abstrahlten. Beide Gegensätze trafen sich, so kam es zur Bildung feiner Nebelwolken.

Während die Frauen noch mit der Vorbereitung des Essens beschäftigt waren, hockten die Männer bereits um die Lagerfeuer und rauchten ihre Pfeifen.

Die blaugrauen Wolken quollen zwischen ihren Lippen hervor und stiegen träge in den dunklen Himmel, wo sie sich mit der Luft vermischten und vom Wind weggeweht wurden.

Die Stille tat gut. Man entspannte sich und redete leise miteinander, während weit am Horizont eine blasse Scheibe zu sehen war, die im Laufe der nächsten Stunden noch an Farbe zunehmen würde.

Es war der Mond.

Ein fahler Mitläufer der Nacht, der sein kaltes Licht über die Wüste streute und auch ein treuer Begleiter der umherziehenden Beduinenstämme war.

Sie kannten die Gestirne, vertrauten auf ihre Wirkung und Kraft ebenso wie auf die Kräfte der Natur.

Man aß Hammelfleisch und Hirse. Dazu trank man heißen Tee. Männer und Frauen saßen getrennt, die Kinder spielten irgendwo in der Nähe.

Alles wirkte völlig normal, niemand ahnte, dass die Nacht noch Schreckliches bringen sollte.

Das Unheil lauerte in der Tiefe …

Die ersten Wachen wurden eingeteilt. Man begab sich zur Ruhe und legte auch die Kinder schlafen. Es gab Stämme, die besaßen sogar Fernseher, die durch Batterien betrieben wurden. Auch Radios und andere technische Neuheiten.

Dieser Stamm lehnte es ab. Seine Mitglieder lebten so wie die Vorfahren, und nicht einer hatte je in seinem Leben in einem Luxusauto gesessen.

Es wurde noch ruhiger. In den Zelten verlöschten die Lampen, und auch die Flammen der kleinen Feuer sanken mehr und mehr zusammen, bis sie schließlich ausgingen, sodass nur noch der scharf riechende Rauch eine Weile vom einfallenden Wind über den Lagerplatz getrieben wurde.

Die nächtliche Ruhe umgab das Lager. Nur die Schritte der umherpatrouillierenden Wachtposten waren zu hören, wenn unter ihren Sohlen Sand und Steine zerdrückt wurden.

Nach zwei Stunden wurden die Männer abgelöst. Die beiden, die jetzt ihre Runden drehten, blieben bis nach Mitternacht.

Und genau zur Tageswende ereignete sich das Grauenhafte.

Zuerst fuhr der Wind wie ein heulender Todesbote in den kleinen Talkessel, brachte Sand und Staub mit, vernebelte die Sicht und auch den Blick auf die bleiche Scheibe des Mondes.

Es war eigentlich nichts Ungewöhnliches, denn so etwas konnte schon mal passieren. Plötzlich auftretende Sandstürme flauten ebenso rasch wieder ab, wie sie entstanden waren, deshalb verankerte man die Zelte auch so fest wie möglich im hart verkrusteten Boden. Der Wind heulte und pfiff. Aus den Tiefen der Wüste brachte er die Sand- und Staubmassen mit, schleuderte sie in einem wahnsinnigen Wirbel über den Lagerplatz, drehte ihn zu Spiralen und Windhosen, die wie Derwische rasten und Einlass in die Zelte suchten, wobei sie jede Spalte ausnutzten.

Nicht fest genug verschnürte Eingangsklappen wurden aufgerissen, als hätten riesige Hände an ihnen gezerrt, um sie zu zerstören. Die Menschen waren erwacht, verließen die Zelte und stemmten sich gegen den Sturm an, während sich die Tiere eng an den Boden drückten, um so wenig Widerstand wie möglich zu bieten.

Ein infernalisches Heulen und Pfeifen durchschnitt die Luft, machte jede Verständigung unmöglich. Zu sehen war ebenfalls nichts. Alles ging unter in einem gewaltigen Wirbel aus Sand und Staub.

Hoch flogen die letzten Aschereste des Feuers und vermischten sich mit dem rasenden Staub.

Im Schutz dieses gewaltigen Naturereignisses öffnete sich die Erde. Das Böse kroch hervor ...

Schwarz wie die Nacht waren die unheimlichen Gestalten, die ihr Massengrab verließen. Ihre Körper waren von einer dicken Kruste bedeckt, die wie schwarzer, festgebackener Schlamm wirkte. Es waren Wesen, wie es sie nur in den geheimen Erzählungen der Wüstenbewohner gab. Grauenhafte Gestalten, lebende Tote, die der Fluch des Dschinns El-Chadd aus der Erde geholt hatte, damit sie ihre furchtbare Rache beginnen konnten.

Noch waren sie nicht bemerkt worden. Als es dann soweit war, gab es keine Rettung mehr für die Beduinen. Wer sich den lebenden Leichen in den Weg stellte, wurde vernichtet.

Zwei Frauen starben zuerst. Sie kamen nicht einmal dazu, einen Hilferuf auszustoßen. Die Unheimlichen waren schneller. Unter ihren würgenden Pranken verloren die beiden Menschen ihr Leben.

Jetzt erst merkten die Tiere, dass etwas nicht stimmte. Und sie reagierten so, dass sie die übrigen Beduinen warnten. Wild sprangen sie in die Höhe, wobei es ihnen egal war, ob der Sandsturm nun fauchte oder nicht. Seltsame, schrille Schreie ausstoßend, jagten sie davon, stoben hinein in die Wüste und wurden eins mit dem Sturm, dem Sand und dem nie abreißenden Staub.

Das Grauen hielt sie wie eine Zange fest, und sie hörten auch nicht auf die Schreie, mit denen man sie zurückzuholen versuchte ...

Dann krachten die ersten Schüsse. Die Beduinen besaßen Gewehre. Einige beherzte Männer hatten sich die Waffen gegriffen, nachdem sie bemerkten, was geschehen war. Schüsse peitschten durch den brausenden Sturmwirbel. Fahl leuchteten die Mündungsfeuer und erloschen ebenso schnell, wie sie aufgeflackert waren.

Schwere Geschosse hieben in die Körper der lebenden Leichen, doch stoppen konnten sie die Wesen nicht. Sie drangen weiter vor, schlugen um sich, zerstörten die Zelte und waren nicht mehr aufzuhalten. Schreie gellten durch das wahnsinnige Tosen und Heulen. Menschen fielen auf die Knie, wurden umgerissen, schnellten wieder hoch und flohen in wilder Panik. Jedem war inzwischen klar geworden, was dieser Angriff zu bedeuten hatte.

El-Chadds Rachezug hatte begonnen. Und er schickte seine grausamsten Diener.

Da half nur noch die Flucht.

Flucht hinein in die karge, kalte Wüste und darauf hoffend, dass die Diener des Dämons El-Chadd Gnade zeigten und einige Leben verschonten.

Sie bewiesen Gnade. Die meisten Beduinen konnten fliehen. Den Wesen war es egal.

Ihr Ziel lag nicht in der Wüste, sondern dort, wo die Städte aus dem Boden gestampft worden waren. Mit all ihrer kalten Pracht und errichtet durch Geld, das das Öl gebracht hatte.

Hier fanden sie die wahren Schuldigen …

Zwei Stockwerke waren es, und Suko fiel wie ein Stein!

Ich lag dicht am Dachrand, klammerte mich an den Kanten der Pfannen fest, machte mir die bittersten Vorwürfe und hoffte auf ein Wunder.

Das geschah nicht. Es bildeten sich keine Riesenhände, um den Chinesen aufzufangen, doch Suko verfiel nicht in Panik, sondern breitete Arme und Beine aus. Instinktiv reagierte er richtig, und er hatte wirklich das Glück des Tüchtigen.

Einen Fall aus dieser Höhe überlebte man nur schwerlich. Zumindest trägt man schwere Verletzungen davon, da kann der Körper noch so austrainiert sein.

Aber da gab es noch die jungen Birken mit den biegsamen Zweigen und unter ihnen das Gebüsch.

Beides bremste Sukos Fall.

Zuerst die Bäume. Die Chinese hieb in das Geäst, schlug um sich, riss Zweige und Äste ab, wollte sich irgendwo anklammern, verfehlte die sicheren Äste und rutschte weiter.

Er jagte in das Gebüsch. Weit ausgebreitet waren dessen Zweige. Federnd, nachgebend, und der Boden in der Nähe war durch die Harke eines Gärtners aufgelockert worden.

Voll fiel Suko hinein. Aber er hatte längst nicht mehr die Geschwindigkeit wie zu Beginn seines Falls. Was mit ihm geschehen war, konnte ich nicht sehen, weil zahlreiche Männer zusammenliefen und einen Kreis um die Aufschlagstelle bildeten.

Für mich begannen ebenfalls schlimme Sekunden, bis ich aufatmen konnte, denn einer der Männer rief: »Verdammt, er ist nicht tot. Mann, hat der ein Glück gehabt.«

»Suko!« Jetzt schrie ich den Namen meines Partners.

»Ja, John. Komm runter, wir haben schließlich noch etwas zu erledigen.«

Ich grinste. Das war der alte Suko. Dieser Teufelskerl hatte den Sturz tatsächlich überstanden. Hätte ich nie gedacht, wirklich nicht. Auf jeden Fall konnte man ihm gratulieren.

Fast hätte ich ebenfalls die Reise über die Dachrinne angetreten, denn ich gab nicht Acht und wäre fast ausgerutscht, aber durch die Verlagerung des Gleichgewichts konnte ich mich noch fangen.

Das Dach hochzuklettern war fast ebenso schlimm wie der umgekehrte Weg. Mein Blick schweifte über die dicht an dicht liegenden Ziegel zur Luke hin, durch die ich musste. Es gab auch keine, die näher lag, alle befanden sich auf einer Ebene. Der Weg kam mir sehr weit vor, bis ich dann ein Gesicht sah.

Es war Djemal Faruk, der aus dem Fenster schaute und mir heftig zuwinkte. Ein Seil rollte aus seiner Hand, glitt über das Dach und nahm Kurs auf mich.

Der Araber hatte mitgedacht. Ich streckte meinen Arm zur Seite und erwischte das Seil. Rasch wickelte ich es mir um den rechten Arm.

Djemal Faruk begann zu ziehen. Ich unterstützte ihn dabei, indem ich mich mit den Schuhen abstützte und mit meinen Händen nachhalf.

So schafften wir es in gemeinsamer Arbeit, und mir fiel ein Stein vom Herzen, als ich die Luke erreichte, meinen Kopf hindurchstreckte und mir auf den Speicher helfen ließ.

»Da haben Sie aber Glück gehabt«, sagte Djemal Faruk und schaute mich bewundernd an.

Ich zog ein schiefes Gesicht und klopfte meine Kleidung aus.

»Recht haben Sie, Mr. Faruk. Aber Glück gehört in unserem Job einfach dazu. Wobei mein Glück nicht groß war. Das Glück meines Partners, das war schon sagenhaft.«

»Ist er – ist er ...?«

»Ja, er ist vom Dach gestürzt und hat überlebt«, erklärte ich, wollte aber nicht weiter darüber sprechen, sondern erst einmal nach Suko sehen. Dafür hatte der Saudi Verständnis.

Wir benutzten wieder den Lift. Ich fragte noch einmal, ob es sich auch tatsächlich um nur vier Wesen gehandelt hatte.

»Ja, Mr. Sinclair, da können Sie beruhigt sein. Was natürlich nicht heißt, dass das Gleiche noch einmal passieren kann und dass wieder welche kommen.«

»Darüber reden wir noch«, gab ich zurück und verließ den Lift, der unten gestoppt hatte.

Die breite Eingangstür stand offen. Auf der Treppe sah ich die Männer der Antiterror-Brigade und auch ihren Einsatzleiter, einen Colonel, der sich sehr smart gab. Persönlich sah ich den Mann heute zum ersten Mal, ich kannte ihn sonst nur von Fotos her.

Im Gehen musterte ich ihn. Er hatte seine Füße auf zwei Stufen gestellt und eine Hand lässig auf den Griff seiner Pistolentasche gelegt. Wie alle trug auch er Uniform, ein Koppel und auf dem Kopf ein flaches Barett. Unter seinem Oberlippenbart waren die Mundwinkel leicht verzogen. Der Bursche machte einen selbstherrlichen, arroganten Eindruck, und seine Stiefel glänzten, als wären sie mit Lack poliert worden. Als er mich aus der Tür treten sah, schaute er mich von oben bis unten an und verzog die Lippen noch weiter.

»Sie sind also der Wahnsinnige, der da auf dem Dach herumgekrochen ist«, stellte er mit bellender Stimme fest.

»Ich war so frei und habe zusammen mit meinem Partner das geschafft, was Sie sicherlich nicht fertig gebracht hätten.«

So hatte wohl noch nie jemand mit ihm gesprochen, denn er lief rot an, und seine Mundwinkel begannen zu zucken.

Diese Typen mochte ich nicht. Die bildeten sich ungemein viel ein und waren noch schlimmer als manche Geheimdienstleute, die sich ebenfalls für den Nabel der Welt hielten, denn da hatte ich so meine Erfahrungen gesammelt.

»Woher wollen Sie das wissen?«

»Sie haben doch selbst erlebt, dass Sie mit normalen Kugeln nichts ausrichten konnten.«

Er klopfte sich eine Zigarette aus der Packung und zündete sie an, wobei er die Schultern hob. »Wir hätten sie in Stücke geschossen, Ihre komischen …«

Ein Ausdruck für die Ölmonster fiel ihm nicht ein. Ich ließ ihn einfach stehen und schritt die Stufen hinab, da ich meinen Freund und Kollegen Suko entdeckt hatte.

Er wurde von zwei Soldaten begleitet. Gehen konnte

er allein. Allerdings humpelte er und hielt sich die Hüfte. Das Grinsen auf seinem Gesicht war nicht echt, es wirkte verzerrt.

»Ich dachte immer, die Turnstunde hättest du hinter dir«, begrüßte ich ihn.

»Ja, das dachte ich auch. Sieht leider anders aus. Die verdammten Dachrinnen sind auch nicht mehr das, was sie einmal waren.«

»Und sonst?«

»Prellungen, John. Aber nichts verstaucht oder gebrochen. Unkraut vergeht nicht.«

»Gegen Prellungen weiß ich etwas. Unser Doc hat doch so tolle Wässerchen. Die schmecken zwar nicht, aber sie tun gut, wenn du damit eingerieben wirst.«

»Ich wollte mich schon krankschreiben lassen.«

»Kneifen gilt nicht.«

»Aber wir haben sie geschafft, nicht wahr?«

»Ja.«

»Fragt sich nur, woher die Biester gekommen sind«, meinte Suko und strich über sein Gesicht.

»Schätze, da werden wir einiges zu tun haben. Vielleicht kann uns auch Mr. Faruk helfen.«

»Unser Einsatz ist dann wohl beendet«, meldete sich der Colonel in meinem Rücken.

Ich drehte mich um. »Alles deutet darauf hin, Meister.«

Dass ich ihn abermals nicht mit seinem Dienstrang anredete, schien ihn ungemein zu ärgern, denn sein Gesicht lief rot an. Er wollte etwas hinzufügen, wurde jedoch wie auch wir von dem dunklen Wagen abgelenkt, der durch das Tor rollte.

Es war Sir James Powells Dienstlimousine. Der Alte hatte es also nicht in seinem Büro ausgehalten. Sein Chauffeur lenkte den Wagen bis dicht an die Treppe, und der Superintendent stieg aus. Über seinen Anzug hatte er sich einen leichten Mantel gestreift. Er sah sehr vornehm aus.

Der Colonel wand sich an mir vorbei. Er machte sogar Meldung bei dem Alten. Ein Mann, der sich genau an die Spielregeln hielt.

Sir James hörte sich die Worte an und winkte ungeduldig ab. »Ja, ja, schon gut, Colonel. Sie können dann mit Ihren Männern abfahren.« Dabei warf er mir einen fragenden Blick zu, und ich nickte.

»Jawohl, Sir!« Der Soldat grüßte zackig.

»Wo steckt Suko?«, fragte mich mein Chef, als er neben mir stehen blieb.

Ich deutete über die Schulter. »Er sitzt in der Halle. Fast wäre es vorbei gewesen.«

»Wie?«

Ich erzählte in ein paar knappen Sätzen und bemerkte, wie mein Chef blass wurde.

»Das ist wirklich allerhand«, murmelte er. »Haben Sie schon einem Arzt Bescheid gesagt?«

»Wir haben einen in der Botschaft«, erklärte uns Djemal Faruk und verbeugte sich leicht.

»Ausgezeichnet.« Sir James nickte. »Gehen wir dann hinein. Es sind natürlich einige Fragen zu klären.«

»Ich verstehe, Sir.«

Der Arzt war bereits da und kümmerte sich um Suko. Den Toten hatte Faruk ebenfalls wegschaffen lassen, sodass wir nicht durch den makabren Anblick gestört wurden.

Ich sah die Sorge auf dem Gesicht meines Chefs, als er Suko anschaute. »Beim nächsten Mal prüfen Sie die Dachrinnen vorher!«

»Ich werde versuchen, mich an Ihren Rat zu halten, Sir. Anscheinend habe ich Gummiknochen.«

»Darauf würde ich mich an Ihrer Stelle nicht immer verlassen«, erwiderte der Superintendent.

»Darf ich Sie in mein Büro bitten?«, erkundigte sich Djemal Faruk sehr höflich.

»Gern.«

Suko blieb zurück. Wir schritten quer durch die

Halle auf eine dunkel gebeizte Tür zu, die in das Büro des stellvertretenden Botschafters führte.

Es war nicht angebracht, einen Pfiff auszustoßen, doch fast wäre er mir über die Lippen gerutscht. Das Zimmer zeigte eine sagenhafte orientalische Pracht. Natürlich fielen sofort die Teppiche auf, in denen wir bis über die Knöchel versanken. Die Einrichtung bestand aus wertvollen Hölzern. An der Wand hing ein Farbfoto des Königs, darüber die Flagge von Saudi-Arabien. Die Sitzgruppe in der Ecke war mit hellem Ziegenleder bezogen und hatte sicher eine Stange Geld gekostet. Die Ölländer hatten es ja. Wenn ich da an meine Bude im Yard Building dachte, die ich zudem noch mit Suko teilen musste, fühlte ich mich schäbig.

»Möchten Sie etwas trinken?«, erkundigte sich unser Gastgeber und lächelte schmal. »Wir haben auch etwas Alkoholisches im Haus.«

»Ein guter Whisky nach den Aufregungen ist wie Medizin«, erklärte ich und fing mir dabei einen strafenden Blick von Sir James ein.

»Und Sie, Sir?«

»Danke, ich trinke nichts.«

Djemal Faruk bediente uns selbst. Ich erhielt meinen Scotch, der eine wunderbar goldene Farbe aufwies. Ein edler Tropfen, fürwahr, den ich auch genussvoll trank.

Der Saudi hatte uns gegenüber Platz genommen, die Hände gefaltet, die Stirn gekraust. »Sicherlich suchen Sie nach einer Erklärung, meine Herren«, begann er und blickte uns an.

Ich stellte mein Glas auf die mit Goldfäden durchwobene Platte des Schiefertisches. »Da liegen Sie nicht falsch, Mr. Faruk.«

»Ich habe mir wirklich den Kopf darüber zerbrochen, das können Sie mir glauben, aber ich bin zu keinem Resultat gekommen. Der gesamte Vorgang ist so unwahrscheinlich, dass man ihn überhaupt nicht fassen kann.«

»Auch Dämonen oder Geister tun selten etwas ohne Motiv«, antwortete ich, »wobei ich die Existenz dieser Wesen voraussetze. Sie als Orientale werden mich da sicherlich verstehen, denn gerade in Ihrem Kulturbereich gibt es die Märchen, Legenden und Geschichten, die auch heute noch erzählt werden.«

Er nickte. »Wie Sie sagten, Mr. Sinclair, das sind Märchen.«

»Sie haben sich erfüllt«, hielt ich dagegen, »deshalb muss es meiner Ansicht nach einen Grund für den Angriff geben.«

Djemal Faruk lehnte sich zurück und legte seinen Arm auf die Lehne. »Wenn wir die Realität einmal beiseite lassen und wirklich in das Reich der Fabel oder Sage gehen, dann muss ich Ihnen Recht geben, Mr. Sinclair. Es existiert in der Tat eine alte Legende oder Sage, die sich in unsrem Land ausgebreitet hat.«

Sir James nickte aufmunternd. »Bitte reden Sie.«

»Kennen Sie El-Chadd?« Der Mann kam direkt zur Sache, ohne blumenreich auszuschmücken, wie es die meisten Orientalen taten. Dafür hatte er sicherlich zu lange in Europa gelebt.

»Nein«, antworteten Sir James und ich wie aus einem Munde.

»El-Chadd ist eine Institution. El-Chadd ist ein Geist, ein gefährlicher Dschinn und Herrscher der Tiefe.«

»Hat er etwas mit dem Wasser zu tun?«

»Nein, nein. Das Gegenteil ist der Fall. Er bewacht das Gold der Tiefe. Das Schwarze Gold.«

»Öl!«, stellte der Superintendent fest.

»Genau. Die Legenden und Sagen berichten, dass es den Menschen nicht erlaubt ist, die Schätze der Erde so rücksichtslos auszubeuten. Und El-Chadd ist eben der Hüter. Er steht auch nicht auf der Seite des Scheitans, des Teufels also, sondern soll ein Dschinn sein, der sich zwischen den Fronten bewegt, ein gewaltiger Erdgeist, der es gelernt hat, die Menschen zu hassen, wenn sie ihm etwas antun wollen.«

»Und jetzt hat er zugeschlagen.«

»Ja, aber nicht zum ersten Mal.«

»Das war bereits die zweite Warnung?«, fragte Sir James überrascht und schaute mich an, denn auch ich wunderte mich. »Haben Sie schon einen Anschlag erlebt, Mr. Faruk?«

»Ja, Mr. Sinclair. Allerdings nicht hier, sondern in meinem Heimatland Saudi-Arabien.«

Als er unsere gespannten Gesichter sah, senkte er den Blick, und um seine Mundwinkel zuckte ein Lächeln.

»Was ich Ihnen jetzt berichte, hört sich unwahrscheinlich an, aber es ist leider eine Tatsache, denn wir müssen nun davon ausgehen, dass der Dschinn El-Chadd tatsächlich seine Hände im Spiel hat. Er führte Anschläge auf die Pipelines durch, die von den Ölfeldern zu den Tankern führen. Zunächst flog eine Pipeline in die Luft. Das war seine erste Warnung. Natürlich dachten wir an Sabotage, denn Feinde haben wir genug, auch unter unseren eigenen Glaubensbrüdern. Doch ein Sabotageakt im landläufigen Sinne traf einfach nicht zu, denn die zweite Warnung war viel schlimmer. Eine Ölquelle explodierte. Es wurden unzählige Tonnen Öl in die Luft geschleudert. Ich befand mich damals im Land und habe den Einsatz geleitet, da ich noch eine Sicherheitsfunktion innehabe. Leider sah ich die Ölsäule selbst nicht, aber ich weiß von glaubwürdigen Zeugen, dass sie innerhalb dieser gewaltigen Säule ein Gesicht gesehen haben wollen. Dieses Gesicht kann man mit dem Wort Fratze bezeichnen, und es muss schrecklich ausgesehen haben. Natürlich sprach es sich herum, und plötzlich erinnerte man sich wieder an El-Chadd und seine finsteren Prophezeiungen. Sie waren nun mit voller Stärke eingetroffen.«

»Sind Menschen zu Schaden gekommen?«, erkundigte ich mich.

»Beim ersten Anschlag nicht, beim zweiten allerdings. Es hat Tote gegeben. Genau zwanzig an der Zahl. Eine wirklich scheußliche Sache, und man hat die Toten in die Wüste geschafft und sie dort begraben. Sie sahen fast so aus wie die Wesen, die hier plötzlich erschienen sind.«

»Waren sie auch tot?«, hakte ich nach.

Mich traf ein überraschter Blick. »Die Ärzte jedenfalls haben kein Leben mehr festgestellt.« Er schüttelte den Kopf. »Glauben Sie nicht an den Tod, Mr. Sinclair?«

»Das ja, aber ich denke an diese Wesen hier. Sie lebten auch auf eine gewisse Art und Weise.«

»Natürlich, aber die hier waren anders.«

»Wieso?«

»Sie hatten doch keine menschlichen Formen. Bei den Opfern des Anschlags war das so. Allerdings waren diese Männer von einer Ölschicht bedeckt, die sich praktisch nicht lösen ließ. Sie war festgebacken, hart wie Granitstein. Es war in der Tat schon seltsam. Nun machen Sie mir Angst, wenn Sie so reden. Glauben Sie daran, dass die Opfer nicht endgültig tot sind?«

Ich hob die Schultern. »Das können wir von hier aus leider nicht feststellen.«

»Eine sehr diplomatische Antwort, Mr. Sinclair. Wenn ich Sie recht interpretiere, haben Sie vor, eine Reise in mein Heimatland zu unternehmen?«

»Das wäre unter Umständen gut.« Dabei blickte ich meinen Chef an.

Sir James nickte. »Ja, ich habe nichts dagegen, wenn auch Sie sich positiv entscheiden, Mr. Faruk.«

»Einer Reise steht nichts im Wege. Ich werde Sie sogar begleiten, denn wir erwarten den Botschafter noch heute zurück.«

»Allerdings ist mir noch etwas unklar«, fuhr ich fort. »Wieso erscheinen diese Wesen plötzlich hier?«

Der Saudi hob die Schultern. »Da bin ich überfragt.«

»Es muss eine Erklärung geben.«

»Sicher, nur finden Sie die mal.«

»Haben sie Öl bekommen?«, fragte Sir James.

»Meinen Sie eine Lieferung?«

»Ja.«

»Nein, selbstverständlich nicht. Es sind wohl gestern Kisten gebracht worden. Darin befinden sich aber Möbel für das Zimmer des Botschafters, das neu eingerichtet werden soll.«

»Haben Sie die Kisten schon ausgepackt?«, wollte ich wissen.

Djemal Faruk schüttelte den Kopf. »Nein, Mr. Sinclair. Die Ware steht noch verpackt in den Kellerräumen.«

»Sehen wir sie uns mal an«, schlug ich vor und erhob mich bereits von der Couch.

Auch Sir James stand auf, sodass dem Araber nichts anderes übrig blieb, als es uns gleichzutun.

»Ich glaube nicht daran«, sagte er, während wir das Zimmer verließen. »Nein, das ist unmöglich. Wirklich, wie sollte so etwas zustande kommen?«

Wir gaben ihm keine Antwort.

Wir mussten wieder durch die Halle. Suko wurde nicht mehr behandelt. Er hockte im Sessel und winkte uns zu.

»Wie geht es Ihnen?«, fragte Sir James.

»Ich reiße schon wieder Bäume aus. Auf mich könnt ihr zählen, wenn es abgeht.«

»Wieso?«

»Fahrt ihr nicht nach Saudi-Arabien?«

»Woher weißt du das denn?«

Suko grinste mich spitzbübisch an. »Köpfchen, mein Lieber, Köpfchen. Mein Schädel ist schließlich nicht beschädigt worden. Der wird nämlich gebraucht.«

»Na dann.«

Wir gingen weiter. Mit dem Aufzug fuhren wir in die Kellerräume. Sie waren ausbetoniert worden. Die Türen bestanden aus Eisen. Die vom Lagerraum war die größte.

Djemal Faruk schloss sie auf.

Es waren nicht nur Kisten, die dort standen, sondern Container. Sieben zählte ich. Sechs davon waren verschlossen. Einer allerdings zeigte eine Beschädigung. Eine starke Kraft hatte den großen Deckel des Containers von innen zerbrochen. An der Bruchstelle entdeckten wir eingetrocknete Ölspuren.

»Das ist die Lösung« stellte der Superintendent fest und nickte zu seinen Worten.

Der stellvertretende Botschafter war blass geworden. »Können Sie hellsehen, Mr. Sinclair?«, fragte er mich.

»Nein, ich habe nur logisch gedacht.«

Faruk knetete sein Gesicht. »Nun, damit habe ich wirklich nicht gerechnet. Unwahrscheinlich«, flüsterte er.

»Jetzt wissen wir wenigstens, wie die Wesen in die Botschaft gelangt sind«, sagte Sir James.

»Aber die Container waren versiegelt.«

»Das kann bei Menschen helfen oder abschrecken, jedoch nicht bei Dämonen«, hielt ich ihm entgegen.

»Glauben Sie, dass noch mehr …?«

Ich schüttelte den Kopf. »Nein, Mr. Faruk. Diese vier haben gereicht. Um die Brut völlig ausrotten zu können, müssen wir in Ihr Heimatland fahren.«

Saudi-Arabien Anfang Mai. Das bedeutete Hitze, Staub – und bestimmt auch Kampf. »Wann geht denn die nächste Maschine?«, erkundigte ich mich.

Djemal Faruk lächelte. Wie aus der Pistole geschossen, nannte er mir die Uhrzeit.

»Sie haben den Flugplan im Kopf, wie?«

»Das muss man.«

Wir verließen den Keller wieder. Nach Faruks Zeitangabe kamen wir heute nicht mehr weg. Es war nicht weiter tragisch. Zudem musste der stellvertretende Botschafter noch einiges in die Wege leiten, damit wir uns in seinem Land frei bewegen konnten.

Ich hätte Suko natürlich gern dabei gehabt und hoffte, dass er sich fit fühlte, um mitfliegen zu können. Als wir die Eingangshalle erreichten, da war er schon aufgestanden und humpelte umher.

»Packst du es?«, fragte ich.

Suko knirschte mit den Zähnen. »Sicher, eine meiner leichtesten Übungen.«

Sir James schaute ziemlich skeptisch. Seiner Bemerkung entnahmen wir, dass er sich rückversichern wollte. »Ob Sie mitfliegen oder nicht, entscheidet der Arzt«, erklärte er mit fester Stimme, und dabei blieb es.

Natürlich erfuhr auch Glenda Perkins von unserem Vorhaben. »Ha«, sagte sie schnippisch. »Ihr wollt in den Orient.«

»Was dagegen?«, grinste ich.

»Nein, aber du solltest Acht geben, John.«

»Wieso?«

»Dass man dich nicht als Haremswächter da behält. Wäre doch mal etwas Neues als Geisterjäger im Harem …«

Sie zogen durch die Wüste!

Schwarze, unheimliche Gestalten. Mit der Präzision von Robotern marschierten sie ihrem Ziel entgegen. Kein Atem drang über ihre Lippen. Auf den Körpern lag eine schwarze, sehr harte Kruste. Sie brauchten weder zu atmen, zu essen noch zu trinken, denn sie waren lebende Tote, und der unheimliche Rachegeist des El-Chadd hielt sie gefangen. Er sorgte dafür, dass sie ihr Ziel nie aus den Augen verloren.

Es war brütend heiß geworden, trotz des Windes, der über die Wüste fuhr, den Sand aufwirbelte und ihn wie lange Leichentücher über das wasserlose Gelände trieb.

Die unheimliche Prozession schritt über Hügel und durch ausgetrocknete Flussbetten, kletterte Steilhänge hoch, schwang sich über Felsen und ließ sich durch nichts aufhalten.

Die sengenden Sonnenstrahlen machten ihnen nichts aus. Im Gegenteil, sie erhärteten das festgebackene Öl auf ihrer Haut. Gesehen wurden sie nicht. Die Wüste war einsam, schweigend und manchmal auch tödlich.

Wolkenlos stand am Tage der Himmel über ihnen. In der Nacht veränderte er sich durch das Millionenheer der Sterne, die sich um einen fahlen Mond zu gruppieren schienen, obwohl sie von ihm unendlich weit entfernt waren.

Meile für Meile legten die unheimlichen Gestalten zurück. Hintereinander schritten sie, wie Wanderer, die sich über die Hügelkämme der Wüste bewegen, um eine Oase zu finden.

Sie aber brauchten kein Wasser. Allein die Rache und der unheilvolle Trieb des El-Chadd hielten sie aufrecht.

Das Meer war ihr Ziel und damit auch die technischen Anlagen der Ölförderung, die sie überfallen sollten, um den Weg für El-Chadd vorzubereiten.

Ein drittes Mal wollte er zuschlagen.

Grausamer und härter als je zuvor!

Suko war mitgeflogen. Der behandelnde Arzt hatte zwar ein bedenkliches Gesicht gezogen und die Hände über dem Kopf zusammengeschlagen, auch Shao hatte dagegen geredet, aber manchmal konnte mein Partner stur wie ein Felsblock sein.

Mit mir zusammen stieg er in die Maschine, und ab ging der Flug.

Wir reisten auf Kosten der Araber, hatten Plätze in der Ersten Klasse und wurden von einer netten Stewardess bedient, die Djemal Faruk wohl näher kannte, denn er schäkerte während des Fluges mit ihr herum. Suko bemerkte davon nichts. Er hatte sich in seinem bequemen Sitz zurückgelehnt, die Augen geschlossen und schlief, denn so erholte er sich am besten, wie er sagte.

In Rom landeten wir zwischen. Dreißig Minuten mussten wir warten. Während über uns die Sonne aufging, vertrat ich mir in der Ersten Klasse ein wenig die Beine, trank einen Schluck Orangensaft und nahm noch einen kleinen Happen an der Bar zu mir.

Danach wurde es Zeit zum Anschnallen, denn im Nonstopflug ging es weiter bis zum Zielflughafen.

Er hieß Dschidda. Wenigstens hörte die Stadt auf diesen Namen, die ganz in der Nähe lag. Sie befand sich dicht an den Ufern des Roten Meeres, das die Erdteile Asien und Afrika voneinander trennt und an seiner nördlichen Grenze in den Suezkanal ausläuft, einer heißen Zone, um die schon Kriege geführt wurden.

Gern flog ich nicht in den Orient. Man las von diesem Hexenkessel einfach zu viel in den Zeitungen, ohne nicht selbst voreingenommen zu werden.

Allerdings war Saudi-Arabien, was die politischen Zustände betraf, ziemlich stabil. Dafür sorgten schon der König und seine zahlreichen Prinzen.

Unter uns lag die Stadt in der Sonnenglut. Die Maschine sank, ein silbrig glitzernder Riesenvogel, der überhaupt nicht in das arabische Märchen aus Tausendundeiner Nacht zu passen schien. Doch auch in diesem Land hatte man sich mit dem Beginn des Ölbooms umgestellt, obwohl die alten Traditionen nicht völlig über Bord geworfen waren. Noch immer gab es das Alkoholverbot, und man hörte von drastischen Strafen, die Dieben und Mördern zuteil wurden.

Der Flughafen lag nördlich der Stadt und war in die Wüste hineingebaut worden. Eine kalte Geometrie aus Beton. Ein gewaltiger Tower, mehrere Terminals, alles nach modernsten Gesichtspunkten errichtet, aber kaum Betrieb.

Ausgelastet war dieser Flughafen nicht. Doch mehr als die modernen Bauten in den kleinen Nachbarstaaten. Da landeten nicht mehr als zwei Maschinen am Tag.

Der Pilot flog noch eine Kurve. Wir verloren weiter an Höhe, und dann raste bereits die Piste unter der Boeing hinweg. Auch Suko war erwacht. Ich sah, wie er das Gesicht verzog.

»Was ist los?«, fragte ich.

»Ach, die Gurte auf meinen blauen Flecken sind wirklich kein Vergnügen, das kannst du mir glauben.«

»Du hättest ja zu Hause bleiben können.«

»Fang nicht wieder davon an. Was wolltest du denn ohne mich machen, John?«

»Ich würde schon durchkommen.«

»Wie sagte Glenda noch? Als Haremswächter bei den Lieblingsfrauen des Scheichs und so ...«

»Sei froh, dass du verletzt bist, sonst hättest du jetzt ein paar blaue Flecken mehr.«

Bodenkontakt. Wie immer wurde es mir dabei ein wenig flau, aber es lief alles glatt. Der Pilot verstand sein Handwerk ausgezeichnet.

Aufs Rollfeld brauchten wir nicht. Man schwenkte lange ›Schläuche‹ heran, durch die wir bequem die klimatisierte Halle erreichen konnten. Meine Güte, war das eine Pracht.

Marmor, wohin ich schaute. Weißer, heller Stein. Kalt wirkte er, und kühl war es auch durch die Klimaanlage. Ich sah fremdartig gekleidete Menschen. Dunkelhäutige Araber, eingehüllt in ihre langen Gewänder, auch Djellabas genannt, und mit ihren Kaffijs, den Tüchern mit den beiden Kordeln auf dem Kopf, wie sie auch der Palästinenserführer Arafat trug.

Die wenigen Frauen in der großen Halle waren verschleiert. Von ihren Gesichtern sahen wir nichts. Da waren die Saudis ziemlich eigen.

Ein Empfangskomitee stand bereit. Mehrere Offiziere und Soldaten. Djemal Faruk wurde mit größter Ehrerbietung begrüßt, auch wir wurden höflich willkommen geheißen.

»Und wie geht es weiter?«, fragte ich Faruk.

»Mit einem Flugzeug. Einer Propellermaschine«, fügte er schnell hinzu, als er mein überraschtes Gesicht sah. »Sie wartet schon auf dem Nebenfeld. Es stehen Wagen bereit, die uns hinbringen. Die Entfernungen sind hier wirklich sehr groß.«

Das hörte sich gut an.

Wir durchmaßen die Halle. Von Blicken verfolgt, gingen wir über den kalten Marmorboden, wobei das Echo irgendwie geisterhaft von den Wänden hallte.

Eine Seite der Halle, direkt hinter den Ständen der einzelnen Fluggesellschaften, bestand aus Glas. Und eine breite Tür schwang zur Seite, als wir einen Kontakt auslösten.

Da traf uns die Hitze.

Noch hatten wir keinen Mittag, aber die breiten Betonpisten der Rollfelder waren bereits aufgeheizt. Wasserwagen rauschten über die Platten und besprühten sie. Die Flüssigkeit wurde aus dem Meer geholt, ebenso wie das Wasser für die Stadt und deren Bewässerungssystem. Man bereitete Meerwasser nach den modernsten Methoden der Technik auf und erhielt Trink- und Gebrauchswasser.

Mir brach der Schweiß aus. Suko erging es nicht anders. Er bewegte sich noch immer ein wenig steif. Unser Gepäck wurde getragen. Es war nicht kontrolliert worden. Allerdings hielt ich den Einsatzkoffer selbst in der Hand, während Suko den ›Geigenkasten‹ trug. So hatten wir den Behälter getauft, der das Schwert enthielt.

Es war wirklich nicht weit bis zum voll klimatisierten Cadillac. Tiefblau glänzte der Lack. Auf dem Dach des Wagens schienen die Sonnenstrahlen zu explodieren.

Ein Mann, der noch breiter und kräftiger war als Suko, öffnete die Tür. Ich sah in seinem Gürtel den Griff einer Maschinenpistole des israelischen Fabrikats UZI und musste grinsen. Bei Waffen spielten die unterschiedlichen Auffassungen der Völker oft keine Rolle.

Wir stiegen ein, und es tat gut, auf den bequemen Rücksitzen Platz zu nehmen. Der Wagen war mit Leselampe, einem Fernseher, Telefon und einer Bar ausgerüstet.

Alkohol fanden wir allerdings nicht. Dafür ein sehr gut schmeckendes Wasser. Suko und ich gönnten uns ein paar Schlucke.

Wir fuhren nicht nach Süden, der Stadt entgegen, sondern in nördliche Richtung. Schon jetzt ahnten wir etwas von der unermesslichen Weite der arabischen Wüste. Braungelb zog sich das Gelände flach bis zum Horizont hin, wo wir allerdings auch bläuliche Schatten erkannten, die Ausläufer eines Gebirges.

Dann drehte der Fahrer nach links, wo wir in der Ferne das Meer sahen und sich die Sonnenstrahlen auf den Wellen brachen und ein interessantes Farbspektrum schufen, das jedoch vom goldenen Licht der Sonne wieder überdeckt wurde.

Die Pisten wurden schmaler. Dann schimmerten vor uns große Hallen. Es waren die Hangars, wo die Sportmaschinen ihren Platz gefunden hatten. Eine stand schon startbereit. Sie hatte zwei Motoren, und man konnte sie nicht als Sport-, sondern schon als Passagiermaschine bezeichnen.

Als wir in den roten Sesseln der Maschine Platz

genommen hatten und ein Steward nach unseren Wünschen fragte, wobei er eine Schale mit Obst vor unsere Augen hielt, konnten wir einfach nicht nein sagen und griffen nach den herrlichen Weintrauben, die wie gemalt aussahen und fast zu schade zum Essen waren.

Der Start verlief nicht so ruhig wie bei einem Düsenjet, aber unangefochten stießen wir in den hellblauen Himmel. Ich hatte zum Glück eine Sonnenbrille mitgebracht, und die setzte ich jetzt auf.

Der Ort, den es zu erreichen galt, wo alles seinen Anfang genommen hatte, hatte eigentlich keinen Namen. Es war eine künstliche Stadt, aus dem Boden der Wüste gestampft, ein Opfer an den Götzen Technik. Sollte dort einmal kein Öl mehr gefördert werden, würde die Stadt sicherlich verschwinden, denn die Ölarbeiter – meist Männer aus fremden Ländern – würden sich wieder in ihre Heimat zurückziehen.

Wir flogen parallel zur Küste. Das Meer blieb immer in Sichtweite, und wir erkannten die gewaltigen Tanker aus aller Herren Länder, die durch das Wasser des Roten Meeres pflügten. Wenn man vor den Schiffen stand, wirkten sie wie stählerne Gebirge. Von dieser Höhe aus betrachtet sahen sie jedoch ziemlich klein aus, wie Spielzeug.

Djemal Faruk wandte sich lächelnd an uns und fragte: »Wie gefällt Ihnen Arabien, meine Herren?«

»Bis jetzt haben wir nicht viel gesehen«, erwiderte ich. »Aber für uns ein wenig heiß.«

»Es ist ein herrliches Land mit wunderbaren Städten und Oasen. Glauben Sie mir. Mekka liegt nicht umsonst hier.«

Ich wollte nicht unhöflich sein und gab ihm Recht.

Die Flugzeit sollte etwa eine Stunde betragen. Das jedenfalls hatte uns Faruk erklärt. Davon war eine halbe verstrichen. Unser Ziel hatten wir noch nicht gesehen.

Im Westen lag das Meer, im Osten die Wüste. Nicht flach, wie sie manchmal beschrieben wurde, sondern von Ebenen, Plateaus und Gebirgen durchzogen.

Karawanen sahen wir nicht. Sie wären vielleicht an den aufgewirbelten Staubwolken zu erkennen gewesen.

»Öl«, erklärte Faruk. »Darunter liegt nur Öl. Ein herrlicher Boden. Glauben Sie mir. Schwarzes Gold.«

»Aber nicht für alle Zeiten«, erwiderte ich.

Er seufzte. »Leider, Mr. Sinclair. Nichts ist unendlich. Nur Allah.«

Der Boden verbarg wirklich ein unschätzbares Vermögen. Aber in ihm steckte auch eine Gefahr, wie wir selbst erlebt hatten und in den nächsten Sekunden erleben sollten.

Zum Glück sahen nicht nur wir, wie die Erde aufbrach, sondern auch unser Pilot. Mit einer wahren Reflexbewegung zog er die Maschine in die Höhe, denn tief unten geschah das Unfassbare. Eine gewaltige blauschwarze Ölfontäne wurde himmelan geschleudert, als hätten Riesenhände sie in die Höhe gedrückt. Und sie war schnell. Eine unermessliche Kraft musste hinter ihr stecken.

Faruk sagte etwas in seiner Landessprache, was wir nicht verstanden. Es klang allerdings panikerfüllt.

Auch uns war nicht wohl zumute, denn die Ölfontäne stieg immer höher und war verdammt schnell.

Schneller als unser Flugzeug? In Sekundenbruchteilen schoss mir durch den Kopf, was alles passieren konnte, falls es uns nicht rechtzeitig genug gelang, der Gefahr zu entgehen.

Die riesige Ölfontäne war vor uns aus dem Boden geschleudert worden. Wir flogen geradewegs darauf zu. Und wir sahen auch das gewaltige Gesicht inmitten der Fontäne.

Ein Gesicht?

Nein, es war eine Fratze.

Widerlich anzuschauen. Lang gezogen mit halb geöffnetem riesigen Maul, aus dem weitere Ölmassen spritzten und wie Finger aus der Riesenfontäne herausstachen.

Das Vorhaben war klar. Diese Fontäne wollte uns vernichten. Sie würde es auch schaffen, wenn sie uns zu packen bekam.

»Das ist El-Chadd!«, keuchte der Araber vor uns. »Verdammt, das ist El-Chadd …«

Wir wurden in die Sitze gepresst. Im steilen Winkel zog der Pilot die Maschine in den stahlblauen Himmel, und mir schien es, als würde er direkt in die Sonne stoßen wollen.

Unser Schrecken steigerte sich. Die Angst wurde nicht fassbar, ich biss die Zähne zusammen, blieb starr sitzen und hoffte, dass der Pilot es schaffte.

Er brachte das Kunststück in der Tat fertig. Dabei legte er die Maschine noch schräg auf die rechte Seite, ließ sie fast abschmieren, aber es war für ihn die einzige Möglichkeit, dieser gigantischen Ölfontäne zu entfliehen.

Ich weiß nicht, wie viele Yards uns trennten, auf jeden Fall wurde es sehr knapp. Ein paar Spritzer trafen uns noch. Hart schlugen sie gegen die Scheiben.

Dann hatten wir die Wolke hinter uns gelassen.

Ich blickte zurück.

Bei uns begann das große Aufatmen. Das hatten wir geschafft.

Alle drei waren wir bleich im Gesicht. Am meisten zitterte der stellvertretende Botschafter. Auf seiner Stirn lagen Schweißperlen. Mit einem Tuch tupfte er sie weg und atmete ein paar Mal tief durch. Ich sah eine Gänsehaut über seinen Körper rinnen, und er verkroch sich noch tiefer in seinen Sitz.

»Es ist vorbei«, sagte Suko.

»Allah sei Dank«, flüsterte der Saudi. »Das hätte auch anders ausgehen können.«

Ein Rauschen und Knacken erforderte unsere Aufmerksamkeit. Da bestand allerdings keine Gefahr, sondern es war der Pilot, der sich über Lautsprecher meldete.

Auch seine Stimme klang nicht mehr ruhig, als er sagte: »Wir haben die Gefahr hinter uns, Herr.« Er redete Faruk mit Herr an. »Es kann El-Chadd gewesen sein.«

Demnach wusste auch er von der Legende.

»Ja, das war El-Chadd«, hauchte Faruk und schüttelte sich, als hätte er Fieber. Dann schaute er mich an. »Jetzt wissen Sie, was Sie erwartet, Mr. Sinclair.«

Ich verzog die Lippen zu einem Lächeln. »Das wusste ich auch schon vorher, Mr. Faruk. Illusionen mache ich mir in meinem Beruf nicht mehr. Die habe ich mir abgeschminkt.«

Bis zur Landung geschah nichts. Wir konnten wieder auf normale Höhe gehen und waren schließlich froh, als wir auf der schmalen Piste des kleinen Flughafens ausrollten.

Als wir allerdings ausstiegen, zitterten uns noch die Knie. Es war der Schock, der einer so plötzlich auftretenden Gefahr immer folgte.

Ja, man konnte sie als eine Kunststadt oder besser noch als eine künstliche Stadt bezeichnen.

Imponierend waren die gewaltigen Bohrtürme. Hinzu kamen die dicken Röhren, die auf mächtigen Betonsockeln hinaus in das Wasser liefen, wo sich die Pump- und Anschlussstellen für die Riesentanker befanden. Dort war mitten im Meer eine Reede entstanden, wo die Schiffe das Schwarze Gold fassten.

Zwei Riesentanker lagen vor Reede. Zwischen ihnen und dem kleinen Hafen verkehrten Barkassen, zumeist besetzt mit Händlern, die ihre Waren anboten.

Wir sahen allerdings auch Marineboote, die den

Hafen und dessen nähere Umgebung kontrollierten. Man wollte eben kein Risiko eingehen oder es zumindest so gering wie möglich halten.

Auch an diesem Flughafen wurden wir abgeholt. Diesmal stiegen wir in einen Mercedes, auf dessen Kühlerhaube der Chromstern im Sonnenlicht strahlte.

Ein Fahrer im Burnus erwartete uns. Auch er grüßte ehrerbietig, und hier fand ich es nicht einmal so heiß, weil von einer kleinen Bucht her stetig ein frischer Wind wehte.

Unser Ziel lag nicht dort, wo der Wirrwarr von Leitungen und Pipelines ein regelrechtes Knäuel bildete und die einzelnen Lagertanks miteinander verband, sondern weiter draußen und entgegengesetzt. Denn hier befand sich die künstliche Stadt.

Man hatte schnurgerade Straßen angelegt. Zwischen ihnen sah ich die gleichen sattgrünen Rasenflächen wie zwischen den gewaltigen Lagertanks.

»Vor zwanzig Jahren war dies noch alles Wüste«, erklärte uns der einheimische Begleiter. »Bis man die neuen Ölfelder entdeckte.«

»Werden auch noch heute welche gefunden?«, hakte Suko nach.

»Ja, aber man ist vorsichtig mit der Ausbeutung und wartet erst einmal ab.«

»Sie halten das Öl künstlich knapp.«

»Wir? Nein, Mr. Sinclair. Das sind andere Länder. Für so etwas sind wir zu prowestlich eingestellt.«

Und hängen zu sehr am Luxus. Das jedoch fügte ich nur in Gedanken hinzu.

Vor uns sahen wir die Häuser der Stadt. Ich runzelte die Stirn, als ich die hohen Bauten erkannte. Also auch hier.

Faruk hatte bemerkt, mit welchem Gedanken ich spielte. Er erklärte mir den Fall. »In den Hochhäusern wohnen nur unsere Fremdarbeiter. Die Einheimischen nicht.«

»Die haben Paläste.«

»Nicht alle.«

»Welches Ziel haben Sie sich eigentlich ausgesucht?«, erkundigte sich Suko.

»Erst zum Hotel, dann zum Polizeichef der Stadt. Das ist Ihnen doch recht, denn wahrscheinlich brauchen wir die Unterstützung der Polizei. Oder sind Sie anderer Meinung?«

»Nein, auf keinen Fall. Und alarmieren Sie auch die Feuerwehren.«

»Das wird ebenfalls veranlasst.«

Wir konnten zufrieden sein. Der Fahrer lenkte den Wagen nach links in eine Prachtallee hinein. Zu beiden Seiten und auch in der Mitte wuchsen Bäume. Palmen, Dattelbäume, herrlich duftender Jasmin, Sträucher mit Blüten, wie ich sie noch nie gesehen hatte. Ein kleines Paradies.

Jenseits der Bäume, da schimmerte hin und wieder das helle Weiß der Mauern, oder wir sahen das Kuppeldach eines Hauses oder kleinen Palastes.

Dort versteckten sich die oberen Hundert dieser künstlichen Stadt. Die hatten das Geld und das Sagen. Vor manchen Mauern und Toren patrouillierten bewaffnete Posten auf und ab.

An der Allee lag auch unser Hotel. Rechts der Straße, wo sich eine breite Zufahrt auftat. Sie lief zu einem Kreis vor dem Portal zusammen, und innerhalb des Kreises hatte jemand ein herrliches Blumenbeet angelegt, dessen Mitte ein Springbrunnen zierte, der glitzernde Fontänen in die Luft schleuderte. Seine Wassertropfen brachen das Sonnenlicht, sodass sich über dem Brunnen ein nie abreißender Regenbogen wölbte. Es war ein regelrechter Balsam für die Augen, wenn ich mir das Bild betrachtete, und auch Suko zeigte sich beeindruckt.

Das Hotel bestand aus Glas und Beton. Vor dem Eingang hielt ein Baldachin die größte Hitze ab. Der

Bau erinnerte mich irgendwie an die großen amerikanischen Hotelpaläste wie Hilton oder Interconti, doch deren Foyers waren nicht mit wertvollen Orientteppichen belegt, wie wir es hier vorfanden. Links des Eingangs erweiterte sich die Halle zu einem regelrechten Basar, einer Einkaufsstraße voll orientalischer Pracht, wie ich sie in einem Hotel noch nie gesehen hatte.

Wir wurden mit zahlreichen Verbeugungen begrüßt, und auch Djemal Faruk war hier bekannt. Noch in der Halle verabredeten wir, dass wir uns in zwei Stunden treffen wollten.

Die Zimmer waren ebenfalls der Luxusklasse entsprechend eingerichtet und geräumig. Das Bad wartete mit hellblauen Kacheln auf. Natürlich war alles voll klimatisiert.

Als ich aus dem Fenster schaute, glitt mein Blick in die Wüste. Das Meer und der kleine Hafen lagen zur anderen Seite hin.

Ich duschte, zog mich um und wollte den leichten Leinenanzug überstreifen.

Als ich in die Hose stieg, hatte ich plötzlich das Gefühl, als würde der Boden unter mir zittern.

Für einen Moment blieb ich auf einem Bein stehen und konzentrierte mich. Hatte ich mich getäuscht?

Nein, das Zittern war genau zu spüren gewesen. Vergleichbar mit einem leichten Erdbeben. Ich konnte nicht vermeiden, dass mir ein kalter Schauer über den Rücken rann. Schließlich befand ich mich im neunten Stock.

Rasch stieg ich in die Hose und nahm mir vor, sicherheitshalber Suko zu fragen. Er wohnte schräg gegenüber.

Ich zog noch die Jacke über, ging zur Tür und warf einen letzten Blick zurück in das Zimmer.

Auch die Tür zum Bad konnte ich sehen. Gleichzeitig wurden meine Augen groß, denn unter dem Türspalt sickerte etwas in den moosgrünen Teppich und wurde von ihm aufgesaugt.

Eine Öllache!

Für einen Moment wagte ich nicht, mich zu rühren. Ich beobachtete die Lache und sah, wie sie größer wurde. Im Bad schien sich eine Quelle zu befinden, die immer mehr Öl ausstieß, um es durch den Türspalt zu drücken.

Sofort dachte ich wieder an die Wesen in der arabischen Botschaft. Suko besaß die Peitsche. Ich hatte die Gemme und auch mein Schwert. Zusammen mit dem Koffer lag es auf dem Bett.

Rasch ging ich hin und öffnete den »Geigenkasten«. Dann holte ich die Waffe hervor.

Jetzt fühlte ich mich besser. Das Schwert lag gut in meiner rechten Hand. Allerdings wusste ich nicht, ob ich meine Gegner damit erledigen konnte, hoffte es jedoch stark, schritt zur Tür und legte eine Hand auf die Klinke.

Mein Herz klopfte stark, als ich sie nach unten drückte. Ich war bereit, sofort zurückzuspringen, sollte sich hinter der Tür etwas Schreckliches versteckt halten.

Ich wuchtete sie förmlich auf, sprang zurück und blieb dann breitbeinig stehen, den Arm mit dem Schwert halb vorgeschoben, um einen eventuellen Gegner sofort zu packen.

Es war mein Glück, dass ich mit dem Schlimmsten rechnete, denn es bewahrheitete sich.

Das Bad, dessen Dusche ich noch vor wenigen Minuten benutzt hatte, war auf schreckliche Art und Weise verändert worden. El-Chadd hatte seine Diener geschickt.

In London waren sie aus dem Container gestiegen, hier brauchten sie das nicht. Es standen ihnen genügend Wege und Öffnungen zur Verfügung. Der widerliche dünne Schlamm drang aus den Abflüssen, dem Kran und aus dem Rohr unter dem Waschbecken, das dem Druck nicht standgehalten hatte und geplatzt war.

Es war nicht nur das Öl, das mir die Sorgen bereitete, sondern die Tatsache, dass sich der Schlamm zu Wesen formte, wie ich sie schon in London gesehen hatte.

Im Gegensatz zur Erdanziehung stieg er hoch, und aus ihm formten sich die widerlichen Figuren, die ich schon kannte und die sich rollend und walzend auf mich zu bewegten, um mich so enden zu lassen wie die beiden Männer in der Botschaft.

So hatten wir nicht gewettet. Nachdem mein erster Schreck verflogen war, trat ich zurück, um ein wenig mehr Bewegungsfreiheit zu haben. So konnte ich ausholen.

Weit schwang ich das Schwert zurück, damit ich genügend Kraft in den Schlag legen konnte.

Das erste Wesen ließ ich aus dem Bad kommen. Dabei hielt ich das Schwert ein wenig schräg, denn ich wollte, wenn es möglich war, mit einem Hieb schon alles erledigen.

Die Klinge fuhr nach unten. Sehr viel Kraft steckte hinter dem Schlag, und ich hatte das Gefühl, in einen Butterberg zu schlagen, als die Klinge in der widerlichen Ölmasse verschwand.

Schnell zog ich sie wieder hervor. Nicht weil sich ein nächster Gegner näherte, sondern weil die Masse zusammenklumpte und hart wurde, sich weiter verdichtete und zum Schluss nur ein an Teer erinnernder Klumpen zurückblieb.

Das war natürlich prächtig. Ich konnte es also mit meinem Schwert schaffen, diesen schrecklichen Ölschleim zu stoppen.

Wie ein Ritter in seinen besten Zeiten drang ich in

das Bad ein und schlug um mich. Dass ich dabei mit der Schwertspitze die Kacheln an den Wänden beschädigte, zählte kaum. Hauptsache, ich wurde dieser verdammten Schleimflut Herr, die immer wieder neue Monster produzierte.

»Da muss wohl ein Nest sein!«, keuchte ich und gab einem weiteren Gegner den Rest.

Ich war nicht mehr zu bremsen. Dieses Zeug widerte mich an. Dementsprechend hart gab ich es den Schlamm- und Ölwesen.

Sie klumpten zusammen, und irgendwie schienen sie zu registrieren, dass sie gegen das mit praller Magie aufgeladene Schwert nichts ausrichten konnten. Es war stärker als sie. Ich schlug sie mit den gleichen Waffen.

Manchmal lachte ich auf. All meine Wut, die sich aufgestaut hatte, entlud sich nun.

Schließlich lag das Bad leer vor mir. Ich atmete auf, schaute auf die Spuren und zog mich zurück. Als ich mich auf das Bett fallen ließ, da wurde mir die Tragweite des Vorgangs erst richtig bewusst.

Was in meinem Zimmer geschehen war, konnte ebenso gut in den anderen Räumen passieren. Und da lebten Menschen, die sich nicht so wehren konnten wie ich.

Ich sprang hoch, als hätte mich ein Skorpion gestochen, jagte mit wenigen Schritten zur Tür und vernahm trotz der Schalldämpfung die hysterischen Stimmen.

Egal, was draußen geschah, ich öffnete.

Ein Blick nach rechts.

Dort hatten sich Menschen zusammengedrängt, denen der Weg zum Lift versperrt worden war. Und zwar von einer türhohen Ölwand, die sich wie ein gewaltiges Untier über den Gang wälzte und ausbreitete, um die Menschen zu verschlucken.

Aber dicht vor der Wand stand eine europäisch

gekleidete, dunkelhaarige Frau, die in panischem Entsetzen beide Arme hochgerissen hatte und nicht mehr in der Lage war, zu den anderen zu fliehen …

Wie viele Schritte waren es von mir bis zu ihr? Fünf, sechs oder noch mehr?

Genau zählen konnte ich nicht, denn die Zeit hatte ich nicht mehr. Deshalb musste ich handeln.

Nicht mehr als eine Sekunde hatte ich gezögert, um die Situation zu erfassen. Dann hielt mich nichts mehr. Ich sprang in den Gang, stürmte mit Riesenschritten vor und sah in diesem Augenblick, wie sich der Schleim über die Frau senkte. Er hatte sie allerdings noch nicht berührt, sodass ein wenig Hoffnung bestand.

Ich riss sie nicht zurück, nein, ich schlug mit dem Schwert zu und gleichzeitig an ihr vorbei, sodass die magische Klinge in das obere Drittel der Schlammwand hineinhieb.

Eisern hielt ich den Griff fest, packte dann mit der linken Hand die Frau an der Taille und riss sie zurück, während ich mich mit nach hinten warf und das Schwert aus dem Ölschleim hervorzog.

Es war unser beider Glück, denn wo wir zuvor gestanden hatten, fiel die Schleimwand zusammen.

Ich war mit der Frau auf dem Boden gelandet. Sie schrie nicht, sie wimmerte nur, wahrscheinlich stand sie unter einem Schock. So schnell es ging, sprang ich auf die Füße und zog die Frau hoch. Dann drückte ich sie nach hinten, sodass sie die anderen Menschen sehen musste und hoffentlich richtig reagierte. An den Schritten hörte ich, dass sie sich den übrigen Leuten näherte.

War die Wand zu stoppen?

Ich schaute sie an. Von einer unheimlichen Kraft getrieben, rollte sie vor. Eine schwarzblaue glänzende, gewaltige Walze, die alles nieder machte, was sich ihr in den Weg stellte.

Nur noch eine Schrittlänge, dann hatte ich Sukos Zimmer erreicht. Aber wo steckte der Chinese? Weshalb zeigt er sich nicht? Er musste doch etwas gehört haben!

Ich konnte mich nicht darauf verlassen, dass andere etwas für mich taten, sondern musste mein Schicksal selbst in die Hand nehmen.

Die Wand sollte nicht weiterrollen.

Mit dem Schwert hieb ich zu. Dabei zog ich die Klinge über Kreuz, einmal von rechts nach oben, dann wieder von links. Der Erfolg zeigte sich spontan. Wo das magische Schwert die ebenfalls magische Wand berührt hatte, da trocknete sie aus wie auch schon in meinem Zimmer. Klumpig, hart, verformt.

Aber die anderen Massen drückten nach. Sie mussten sich regenerieren, denn die Lücke, die ich geschlagen hatte, schloss sich rasch, sodass mir klar wurde, auf die Verliererstraße gedrängt worden zu sein, was mir überhaupt nicht gefiel, aber nicht zu ändern war.

Ich musste etwas zurück, da die gefährliche Schleimwand inzwischen an Boden gewonnen hatte. Mein Blick flog über die Schulter. Weiterhin standen die entsetzten Menschen dicht gedrängt beisammen. Blass die Gesichter, die Angst stach deutlich hervor.

Endlich erschien auch Suko. Er rammte die Tür auf, blieb noch auf der Schwelle stehen und hämmerte mit seiner Peitsche zu. Drei magische Riemen klatschten in die widerliche Ölmasse, schnitten Furchen hinein und schleuderten Tropfen in die Höhe, doch zu stoppen war die Wand nicht.

Suko erging es ebenso wie mir. Teilerfolge hatte er erzielen können, doch der Masse standen wir ziemlich hilflos gegenüber.

Als er über die Schwelle stolperte, rief ich seinen Namen. Er drehte sich um, sah die Woge im Flur und zog seine Zimmertür erst gar nicht ins Schloss.

»Zurück!«

Mehr brauchte der Chinese mir nicht zu sagen. Ich befand mich bereits auf dem Weg nach hinten, wo sich die ängstlichen Hotelgäste zusammengedrängt hatten und sich flüsternd miteinander unterhielten.

Ich entdeckte unter ihnen einen älteren Mann in der Uniform des Hotelbediensteten. Den pickte ich mir hervor.

»Hören Sie«, sprach ich ihn an, in der Hoffnung, dass er Englisch verstand. »Es muss doch hier eine Feuertreppe oder etwas Ähnliches geben ...«

»Ja, Sir.«

»Zeigen Sie mir die Treppe.«

»Eine Treppe?«, vernahm ich die kreischende Frauenstimme neben mir. Sie gehörte einer blondlila gefärbten Amerikanerin, die sofort meinen Arm umkrallte und ihre spitzen Fingernägel hart durch den Stoff bohrte.

»Halten Sie den Mund, werden Sie nicht hysterisch!«, fuhr ich sie an.

»Aber ich will als Erste unten sein.«

»Dann springen Sie doch aus dem Fenster, zum Teufel!« Normalerweise reagierte ich nicht so hart, aber diese Frau ging mir wirklich auf den Wecker. Sie befand sich in einer Stresssituation, sicher, aber die anderen auch, aber die rissen sich besser zusammen. Fehlte nur noch, dass die hysterische Frau auch die übrigen Gäste verrückt machte.

Ich ließ sie kurzerhand stehen und schritt hinter dem Hotelbediensteten her. Die Eisentür am Gangende übersah man normalerweise, denn sie lag ziemlich versteckt hinter einem kleinen Vorbau. Zum Glück hatte der Mann den Schlüssel.

Was er vielleicht schon tausend Mal geübt und auch immer geschafft hatte, war jetzt, im Ernstfall, gar nicht so leicht. Zweimal rutschte er ab, bevor der Schlüssel packte.

Suko beruhigte inzwischen die aufgeregten Menschen. Ihre Angst steigerte sich. Sie stellten Fragen, die Stimmen kippten fast über, Furcht nistete in ihren Augen, und jeder wollte irgendwie der Erste sein, der durch die Tür drängte.

Mich stieß man in den Rücken, sodass mir nichts anderes übrig blieb, als die Arme auszubreiten, um die Leute aufzuhalten. Dabei rief ich sie an, dass sie stehen bleiben sollten, doch als die Tür aufsprang und sie in das Treppenhaus schauen konnten, da hielt sie nichts mehr. Auch Suko konnte die Masse Mensch nicht stoppen. Sie drückten ihn gegen die Wand, ich wirbelte herum, sah dicht vor mir die verzerrten Gesichter, die angsterfüllten Augen und die aufgerissenen Lippen. Einen Herzschlag später wurden sie zu einer Woge aus Körpern, die mich überschwemmten.

Wehren konnte ich mich nicht. Zudem hätte ich die Menschen auch zu leicht mit dem Schwert verletzen können, deshalb ließ ich mich bis an die Wand drücken, und die Leute drängten an mir vorbei. Sie schoben und stießen sich gegenseitig, pufften sich an, rammten Schulter gegen Schulter, boxten und schlugen sogar. Nicht einmal auf Frauen wurde Rücksicht genommen, bis Suko und ich die Gesichter verzogen, weil ein vielstimmiger Schrei durch das Treppenhaus des Hotels gellte.

Den hatte nicht nur einer ausgestoßen, das war die Masse, aus deren Kehlen er gellte.

Mir rann es kalt den Rücken hinunter. Ich ahnte die Wahrheit, drückte mich durch die Tür, und da ich näher am Treppenhaus stand als Suko, war ich auch als Erster im Flur.

Es war umsonst.

Das Verhängnis konnte ich nicht mehr aufhalten. Die schwarze Masse hatte sich nicht nur durch den normalen Hotelkorridor gedrängt oder war aus den Zimmern gekommen, sie quoll ebenfalls von den unteren Etagen her hoch, und die Angst der Menschen vor dem nicht aufzuhaltenden Grauen hatte sich zur Hysterie gesteigert.

Ein ohrenbetäubendes, schrilles Konzert hallte durch das Hotel. Der Flur war nicht schallgedämpft, und den Flüchtlingen musste inzwischen klar geworden sein, dass sie der Rache des Ölmonsters El-Chadd nicht entfliehen konnten.

Es war überall!

»Suko!«, schrie ich.

Ob der Chinese meinen Schrei gehört hatte, wusste ich nicht. Jedenfalls drehte er sich um, und er hatte auch die rettende Idee.

So ein Treppenhaus ist nicht düster. Unter der hohen Decke gab es Lampen, aber man hatte eine Seite des Treppenhauses als Glasfront gebaut, durch die unser Blick nicht nur in die Weite der Wüste fiel, sondern auch einen Teil der Ölanlagen entdeckte, die am Rand der Wüste ein Abbild moderner Technik repräsentierten.

»Schlag die Scheibe ein!«, brüllte Suko.

»Was nützt es?«

»Ich habe da was gesehen. Einen Fahrstuhl!« Suko deutete nach rechts, wo hinter dem Glas die Umrisse eines Fensterputzerfahrstuhls schimmerten.

War das unsere Rettung?

Lange Zeit, darüber erst nachzudenken, hatten wir nicht. Jede Sekunde war für uns wichtig. Wir mussten es schaffen, diesem Horror zu entkommen.

Während ich mit dem Schwert versuchte, die Scheibe einzuschlagen, kümmerte sich Suko um die durchdrehenden Hotelgäste. Und er ging nicht gerade sanft mit ihnen um. Sogar Schläge musste er austeilen, und die waren nun mal im Interesse der Leute, obwohl sie das bestimmt nicht einsehen konnten.

Das Fensterglas hier oben konnte man mit einem normalen nicht vergleichen. Ich schlug mehrmals gegen die gleiche Stelle, ohne dass die Scheibe zu Bruch gegangen wäre.

»John, beeil dich!« Suko drängte. Verständlich, denn die beiden Wogen kamen immer näher, und mit jedem Yard verringerten sich auch unsere Chancen.

Meine Kräfte verdoppelte ich zwar nicht gerade, aber ich holte alles aus meinem Körper heraus.

Und hörte das Knacken.

Noch ein Schlag! Es war der Letzte, der genau nötig war, um die Scheibe zu zertrümmern.

Das Klirren und Peitschen sowie Knacken des Glases glich selbst einem Inferno. Die Scheibe hatte unter Spannung gestanden. Es gab singende Geräusche, als sie auseinander flog und zu einem wahren Regen aus großen und kleinen Splittern wurde, der zum Glück nach außen hin und an der Hauswand entlang hinabfiel.

Ich hatte freie Sicht!

Suko hatte sich nicht geirrt. Eine große Gondel war an der Hauswand befestigt. Man sah sie überall an den Hochhäusern, ob in Europa, den Staaten oder Asien. Die Gebäudereiniger fuhren damit die Hauswände ab. Ein Elektromotor sorgte dafür, dass sich die Gondel bewegte. Und zwar nach allen Seiten.

Ich hatte noch nie so eine Gondel gesteuert. Suko ging es nicht anders, allerdings durften wir darüber nicht weiter nachdenken, denn wir mussten die einzige Chance nutzen, die sich uns bot. Bequem war es nicht, in die Gondel einzusteigen, denn sie befand sich nicht direkt vor der mit langen Splittern versehenen Öffnung, sondern ein Stück nach rechts versetzt.

Die Gondel hing an Stahlseilen. Ich beugte mich so weit vor wie es ging und konnte mit der freien Hand ein Seil erreichen, an das ich mich festklammerte.

Es war kein Eigennutz, dass ich mich als erster hinüberschwang, da ich den anderen so beim Einsteigen besser behilflich sein konnte.

Ich habe noch nicht über den Wind gesprochen, der in dieser Höhe wehte. Als ich in der Gondel stand, die langsam schwankte, traf er mich mit voller Wucht.

Er schüttelte mich nicht nur durch, sondern zerrte auch an der großen Gondel.

Ich hatte nicht gezählt, wie viele Menschen es waren, die sich oben im Flur zusammengedrängt hatten, und hoffte nur, dass sie alle in die Gondel passten.

»Suko!«, brüllte ich, wobei mir der scharfe Wind die Worte fast von den Lippen riss. Zum Glück hörte mich mein Partner trotzdem. Er ging vor, sah mich und das Winken und packte die erste Frau, um ihr in die Gondel zu helfen.

Ich hatte dabei meinen Arm so weit es ging ausgestreckt. Suko schob die Frau vor, die am gesamten Körper bebte und ihre schweißfeuchte Hand in die meine legte.

Ich umschloss ihre Hand mit eisernem Griff. »Machen Sie einen großen Schritt!«, brüllte ich. »Nun kommen Sie schon. Schnell!«

Sie hielt sich daran.

Fast wäre sie noch ins Leere getreten. Im letzten Augenblick fand ihr Fuß einen Halt auf dem Rand der Gondel. Sie prallte gegen das Geländer, ich hievte sie hinüber, und sie fiel in die relative Sicherheit, wo sie schluchzend liegen blieb.

Schon stand die nächste bereit.

Natürlich sollten zuerst die Frauen in Sicherheit gebracht werden. Wir gingen vor wie bei einem Schiffsuntergang oder einer Rettungsübung. Es klappte auch.

Die Zeit verrann.

Ich sah die dunkle Masse, die sich immer höher wälzte. Von der Flurseite her kam sie ebenfalls voran. Ungefähr dort, wo sich das Loch in der Scheibe befand, mussten sich beide treffen, und ich fragte mich, ob wir wirklich alle retten konnten.

Dann geschah das Unglück.

Es war ausgerechnet die hysterische Amerikanerin, die es nicht abwarten konnte. Sie drängte sich an Suko vorbei, wollte unbedingt in die Gondel und sprang dabei selbst.

Mein Warnschrei blieb mir in der Kehle stecken, denn die Frau schaffte es nicht.

Sie berührte zwar noch den Rand der Gondel, trat aber trotzdem mit dem größten Teil des Fußes ins Leere.

Ich griff hastig zu. Es war der berühmte Sekundenbruchteil, der mir fehlte. Meine Finger umschlossen nur Luft, berührten vielleicht noch die Haarspitzen, doch die Frau fiel wie ein Stein nach unten.

Unwillkürlich senkte ich den Blick.

Es war ein gespenstischer Fall. Kein Schreien, kein Zappeln, sie sackte tatsächlich ab wie ein Stein.

Und noch etwas erkannte ich dabei, was mir zuvor bewusst nicht aufgefallen war.

Am Boden hatten sich nicht nur zahlreiche Zuschauer und Gaffer versammelt, sondern auch Polizei und Feuerwehr.

Es waren große, rot lackierte Wagen, und man fuhr Leitern aus, in einem Winkel, dass sie gegen die Außenwand treffen mussten.

Trotzdem war die Frau nicht mehr zu retten. Den Aufschlag hörte ich nicht, aber in mir zog sich alles zusammen, und ich sah, wie die Zuschauer nach allen Seiten wegliefen, bevor die Frau den Boden berührte.

»Weiter, John!«

Sukos Stimme riss mich aus meiner momentanen Lethargie, die mich nach dem schrecklichen Ereignis gepackt hielt.

Verdammt, der Chinese hatte ja Recht. Wir durften keine Sekunde verlieren, und beide setzten wir alles daran, die Menschen aus dem Hotel zu retten.

Es wurde zu einem Wettlauf gegen die Zeit und das

real gewordene Grauen, das immer weiter kroch und sich seine Opfer holte.

Suko und ich arbeiteten automatisch. Wir dachten überhaupt nicht nach und auch nicht an die Gefahr. Beide waren wir zu Robotern geworden. Ich hatte mich an den Wind gewöhnt, der so scharf wehte und es nicht einmal schaffte, den Schweiß von meiner Stirn zu trocknen.

»Der Letzte!«, schrie Suko. Es war der Hotelangestellte, der freiwillig zurückgetreten war und den anderen den Vortritt gelassen hatte.

Die Gondel war gefüllt. Ein paar Mal schon war sie gesackt. Höchstens vier Mann konnten hier arbeiten und sich bewegen, wir waren allerdings die dreifache Zahl und standen eng gedrängt.

»Und jetzt du, Suko!«

Der Chinese machte einen Schritt. Ich streckte die Hand aus, doch der Teufel hatte seine Finger im Spiel. Ausgerechnet in diesem Augenblick fegte ein Windstoß heran, wie ich ihn zuvor nicht erlebt hatte.

Obwohl unsere Gondel mit Menschen gefüllt war, war der Wind so stark, dass er sie bewegte und die Distanz zwischen Sukos und meiner Hand größer wurde.

»Pass auf!« Mein Schrei fetzte über die Lippen, aber Suko schaffte es nicht mehr.

Der Chinese verlor den Halt. Ihm würde es so ergehen wie der Amerikanerin.

Einmal war er vom Dach gestürzt. Hier jedoch hatte er keine Chance. Ich fühlte mich in dieser schrecklich lang werdenden Sekunde wie tot. Ein anderer Vergleich fällt mir nicht ein, aber Suko, dieser Teufelskerl, schaffte das schier Unmögliche.

Er verlor nicht die Nerven, trotz dieser Stresssituation, und sein karategestählter Körper streckte sich, wobei seine Arme zu wachsen schienen und er den Rand der Gondel tatsächlich noch zu fassen bekam.

Sein Unterkörper mit den Beinen schlug durch. Wie ein Turner hing er an der Gondel, schwang von einer Seite zur anderen, biss die Zähne zusammen und schaute aus weit aufgerissenen Augen zu mir hoch.

Trotz der herrschenden Enge war es mir gelungen, mich in der Gondel zu bücken. Ich schob meinen Arm schräg nach unten und konnte Sukos rechtes Gelenk umklammern.

Auch die andere Hand nahm ich zu Hilfe und hielt den Chinesen so fest, wie es ging.

Suko half mir dabei, sich in Sicherheit zu bringen. Er griff mit der linken Hand höher, zog die Beine an und konnte sich an der einseitig belasteten und schräg hängenden Gondel abstützen.

Der Rest war eine Kleinigkeit. Suko fiel zwischen uns. Sprechen konnte er kaum. Dazu war er zu erschöpft. Nur ein verzweifeltes Keuchen drang aus seinem Mund.

Ich schaute durch die zerstörte Scheibe.

Genau in diesem Augenblick trafen sich die beiden Ölwellen. Sie wuchsen zusammen, wurden zu einer Masse und hätten alles unter sich begraben.

Mit Schrecken fiel mir ein, dass sich mein Koffer noch im Zimmer befand. Dabei hoffte ich inständig, dass er gerettet werden konnte und dass das Hotel nicht zerstört wurde. Im Koffer befand sich eine sehr wertvolle Waffe, der Bumerang.

Noch hatten wir uns nicht aus eigener Kraft bewegt, sondern nur durch den Wind.

Das musste sich ändern.

Es gab ein Steuerpult, das etwa die Größe einer Autobatterie hatte und ebenso grau angestrichen war. Einer der Hotelgäste hatte schon auf einen Knopf gedrückt, was die Menschen wieder in Panik versetzte, denn erste Schreie gellten auf.

Ich übernahm die Führung. Ein großer Techniker bin ich zwar auch nicht, doch nach einigem Probieren begriff ich, wo es lang ging.

Erst einmal nach unten.

Das Summen war Musik in unseren Ohren, und dann endlich fuhr die Gondel parallel zur Hotelfassade in die Tiefe.

Die Leitern der drei Feuerwehrwagen waren uns im Weg. Zum Glück reagierten die Männer gut. Sie fuhren ihre schweren Fahrzeuge zur Seite.

Bei uns begann das große Aufatmen.

Es dauerte seine Zeit, bis wir den Boden erreicht hatten, und jeder, der der Gondel entstieg, wusste nun, dass sein Leben gerettet war.

Soldaten hatten einen Ring um das Hotel gezogen und das Innere des Rings von den meisten Zivilisten befreit. Wir durften natürlich bleiben, und auch Djemal Faruk sah ich. Der stellvertretende Botschafter sprach mit einem hohen Offizier, wahrscheinlich dem Polizeikommandanten.

Beide wirkten ziemlich ratlos.

Die Überreste der toten Amerikanerin hatte man schon weggeschafft. Als Djemal Faruk uns sah, winkte er heftig, und wir gingen zu ihm, um alles Weitere zu besprechen.

Wir wurden mit dem Polizeibeamten bekannt gemacht. Er hieß Agiir, war ein Bulle von Kerl und hatte ein schiefes Gesicht. Wahrscheinlich arbeiteten einige Muskeln nicht mehr. Wenn er sprach, verzog er den Mund nach links. Sein Englisch war hart, und er vermischte es hin und wieder mit Brocken aus der französischen Sprache.

Wir erfuhren, dass er Vollalarm gegeben hatte. Die Industrieanlagen waren leer, das heißt, es hielten sich keinerlei Arbeiter mehr dort auf, nur noch Polizei, Feuerwehr und Soldaten.

»Sie rechnen mit weiteren Angriffen«, folgerte ich.

Der stellvertretende Botschafter übernahm das

Wort. »So ist es, Mr. Sinclair. Wir können einfach nicht glauben, dass dies schon alles sein soll.«

»Wobei der Angriff auf das Hotel schlimm genug war.«

»Richtig, aber damit gibt sich El-Chadd nicht zufrieden.«

»Dann kann es also zur Katastrophe kommen«, formulierte ich.

»Wir haben die Ölproduktion gestoppt. Es fließt nichts durch die Pipelines in die Bäuche der Schiffe.«

»Und der Schlamm?« Ich deutete zum Hotel hinüber, wo die Männer der Feuerwehr dabei waren, den Schlamm zu beobachten. Mehr konnten sie nicht tun, sie wussten nicht, wie sie ihn stoppen sollten, zudem breitete er sich auch noch nicht aus.

»Was sollen wir machen?«, fragte Agiir und hob seine breiten Schultern an. »Das ist ein Gegner, vor dem wir klein beigeben müssen. Wir sind machtlos.«

»Gibt es keine Waffen?«, hakte ich nach.

»Vielleicht, vielleicht auch nicht. Wir hätten uns früher darum kümmern sollen. Nun ist es zu spät. Die Katastrophe ist eingetreten und kann bestenfalls in Grenzen gehalten werden.«

»Sie meinen auf das Gebiet des Hotels hier beschränkt?«

»So ungefähr.«

Ich warf Djemal Faruk einen fragenden Blick zu. Er, der sich auskannte, wusste ebenfalls keinen Ausweg. Dies war ihm deutlich anzusehen. Die Gäste hatten rechtzeitig genug fliehen können. Das Hotel war zudem nur sehr spärlich belegt. Bei einer Ausbuchung wäre es zur Katastrophe gekommen. So hatte es zum Glück nur ein Opfer gegeben, eben diese Amerikanerin, die in die Tiefe gefallen war.

»Haben Sie einen Plan?«, wollte der stellvertretende Botschafter von mir wissen.

Ich legte die Stirn in Falten und schaute auf die

Polizisten und das Militär. Gemeinsam patrouillierten sie durch die Stadt und würden Verdächtiges sofort melden. »Wir können uns eigentlich nur den Männern anschließen«, erwiderte ich. »El-Chadd zu suchen ist sinnlos. Er wird sich irgendwo im Wüstenboden verborgen halten …«

»Oder schon in der Stadt sein«, warf Polizeichef Agiir ein.

»Auch das.«

Djemal Faruk steckte seinen kleinen Finger in das linke Ohr. Ein Zeichen der Ratlosigkeit bei ihm. »Es ist gut«, sagte er. »Machen wir es so wie gehabt?«

»Und wie hatten wir es?«, wollte Suko wissen.

»Warten wir, bis etwas geschieht. Irgendwann muss sich El-Chadd ja mal zeigen.«

Ein schwacher Trost, fürwahr …

Sie gingen weiter!

Niemand und nichts hielt sie auf. Zwanzig lebende Tote waren im Anmarsch auf die Stadt, die sich El-Chadd für seine große Rache ausgesucht hatte.

Bewaffnet waren sie nicht. Sie brauchten es auch nicht zu sein, denn ihre Kräfte waren mit denen eines Menschen nicht zu vergleichen. Wenn man auf sie schoss und ihre Körper von Kugeln durchbohrt wurden, dann machte es ihnen nichts. El-Chadd und seine Magie sorgten dafür, dass sie am Leben blieben.

Bereits den zweiten Tag waren sie unterwegs. Und auch dieser neigte sich allmählich seinem Ende zu. Menschen hätten das Meer sicherlich schon gerochen, die lebenden Leichen nicht.

Aber sie sahen ihr Ziel bereits.

Blutrot vom Ball der langsam sinkenden Sonne angeleuchtet, schimmerten die Türme der Industrieanlagen und neben ihnen, kleiner wirkend, die Silhouette der Stadt.

Dort lebten Menschen. Und dort genau sollte sich ihre Rache erfüllen …

Wir kamen aus dem Staunen nicht mehr heraus, denn was vor uns lag, versteckt unter Kuppeln, Rundbogendächern, geschwungenen Decken, Aufgängen, Etagen und getragen von Säulen, Mauern und Pfeilen, konnte mit jedem modernen Einkaufszentrum irgendeiner Weltstadt Schritt halten.

Das Wort Einkaufszentrum hätte nicht gepasst. Auch nicht der alte orientalische Ausdruck Basar. Es war eine Mischung aus beiden, und ich hätte so etwas nie in einer kargen Wüstenlandschaft vermutet.

Es gab alles unter einem Dach. Da hatten bekannte Weltfirmen kleine Filialen errichtet. Juweliere, italienische und französische Schuhstylisten, Modekönige zeigten in Schaufenstern, was der Westen zu bieten hatte, und alles eingebettet in die Pracht eines kalten weißen Marmors.

Die Gänge erreichten schon bald die Breite eines Fußballfeldes. Rolltreppen führten in die oberen Etagen. Leise Musik drang aus versteckt angebrachten Lautsprechern und vermischte sich mit dem Rauschen und Plätschern der Springbrunnenfontänen.

Orientalische Pracht und westliche Verkaufstechnik hatten sich unter einem Dach zu einer Harmonie zusammengefunden. Manchem schien es zu gefallen, auch der stellvertretende Botschafter zeigte sich stolz, als wir im Mittelpunkt des Zentrums, wo sich der größte Springbrunnen befand, stehen blieben.

»Na, was sagen Sie?«

»Ich bin beeindruckt«, gestand ich ehrlich ein. »Das hätte ich nie und nimmer erwartet.«

»So wie Sie, Mr. Sinclair, reagieren die meisten Besucher aus dem Westen.«

»Besteht denn Bedarf?«, erkundigte sich Suko.

»Darauf können Sie sich verlassen. Im Augenblick allerdings ist der große Bau ziemlich leer. Die Menschen haben andere Sorgen. Das Auftreten der Ölschwemme hat sich natürlich sehr schnell herumgesprochen. Jetzt grassiert die Angst.«

»Verständlich.« Ich musste mich zwingen, um eine Vorstellung davon zu gewinnen, wie das Einkaufszentrum aussah, wenn es von Kunden besucht wurde. Die augenblickliche Leere wirkte irgendwie gespenstisch und auch deprimierend. Sogar die Radiomusik empfand ich als störend. Vielleicht auch deshalb, weil es fremde Klänge waren, die meine Ohren trafen. Wären nicht die langen Teppiche gewesen, so hätten unsere Schritte wie harte Kanonenschläge geklungen.

Von rechts kamen zwei Soldaten. Sie trugen khakifarbene Uniformen und waren mit Maschinenpistolen bewaffnet. Nebeneinander gingen sie. Die Waffen hielten sie schussbereit und grüßten, als sie Djemal Faruk sahen.

Der nickte zurück. Dann ließ er sich Meldung machen.

»Keine besonderen Vorkommnisse«, hieß es. Jedenfalls interpretierte ich die kehligen Worte so.

Die beiden Soldaten gingen weiter. Ich fragte mich, ob wir richtig gehandelt hatten.

Wir waren davon ausgegangen, dass Militär und Polizei die strategisch wichtigen Orte der Stadt besetzten sollten. Das hieß: all diejenigen Plätze, die unter Umständen für einen Angriff des Ölmonsters und seiner Schlammwesen in Frage kamen.

Wir hatten uns dabei für dieses Einkaufszentrum inmitten der kargen Wüstenlandschaft entschieden. Wie es draußen aussah, wussten wir nicht, denn das Zentrum hatte keine Fenster. Von außen sah es aus wie eine riesige alte Bahnhofshalle, nur eben aus hellen Steinen gebaut. Als wir es betraten, da hatte die Sonne bereits ihre Farbe verändert. Das satte, strahlende Gelb war mehr in ein Orange übergegangen, ein Zeichen, dass die Sonne bald sinken würde.

Die Dunkelheit war für einen Angriff natürlich ideal. Wie der erfolgen würde, konnte keiner von uns beantworten. Ich hoffte nur, dass er nicht so schlimm sein würde, denn falls der Boden unter uns aufbrach, konnten wir kaum etwas tun, um die gefährlichen, alles unter sich begrabenden Ölmassen zu stoppen.

Ich wollte El-Chadd!

Gesehen hatten wir seine Fratze bereits im Flugzeug. Wenn ich allerdings daran dachte, welch einem Monster wir unter Umständen gegenüberstanden, wurde mir angst und bange. Gegen El-Chadd waren wir in der Tat nur Zwerge.

»Sie denken an ihn, nicht wahr?«, fragte mich Djemal Faruk.

Ich hatte keinen Grund, die Wahrheit zu verschweigen, und nickte.

»Man weiß nicht, ob er kommt.«

»Wie meinen Sie das?«

»Nun, es ist so. Er selbst ist der Hüter der Tiefe. Er hat sich uns einmal gezeigt, und wenn ich die alten Legenden richtig interpretiere, so hat er immer seine Diener vorgeschickt, denn er ist ein Wesen, das man nicht töten kann.«

»Von welchen Dienern sprechen Sie?«, wollte Suko wissen.

»Wie Sie sie im Hotel erlebt haben.«

»Meinen Sie diese Ölwogen?«

Er schüttelte den Kopf.

»Ich glaube, das ist falsch. Eine Ölwoge ist es wohl nicht. Sie setzt sich aus zahlreichen Einzelteilen zusammen. Ich nehme an, dass es so ist wie in London. Hätten sie die Wesen dort vereinigt, dann wäre aus ihnen auch eine größere Woge entstanden, wenn Sie verstehen, was ich meine.«

Wir verstanden.

Ich fasste zusammen. »Mit anderen Worten, Sie rechnen damit, dass sich die Ölwoge im Hilton teilt.«

»Genau.«

»Das wäre fatal«, flüsterte Suko und sprach mir mit dieser Formulierung aus dem Herzen.

Wir standen noch immer in der Nähe des Springbrunnens, aus dessen Rohren Fontänen schossen, die im Licht der Scheinwerfer hell blitzten.

Plötzlich änderte sich die Farbe der Wasserstrahlen.

Suko fiel es zuerst auf. »John, sieh, die werden dunkel.« Er zog mich herum.

Ich schaute hin und spürte das beklemmende Gefühl. Tatsächlich, aus dem Wasser war Öl geworden. In dicken Strahlen schoss es aus den Rohröffnungen, war auch dicker und schwerer geworden, sodass es klatschend wieder zurückfiel.

»Es geht los!«, flüsterte Djemal Faruk. »Verdammt, es geht los.« Er blickte sich um, als suchte er nach einem Fluchtweg. Wie auch wir vernahm Djemal Faruk ebenfalls die knatternden Geräusche, die wir sofort als Schüsse identifizierten. Sie waren draußen aufgeklungen, und aus irgendeinem Gang hörten wir hastige Schritte, die in Richtung Eingang liefen.

Da wollten wir auch hin.

Ich hatte dabei das Gefühl, dass unsere Gegner von zwei Seiten angriffen, was man wirklich als eine fatale Situation bezeichnen konnte. Ein rascher Blick auf die Schlammfontänen zeigte uns, dass von dieser Seite kaum Gefahr drohte. Es schoss zwar immer noch das Öl aus den Düsen, doch bedroht wurden wir dadurch nicht.

Die Schüsse waren wichtiger.

Wie ich schon erzählte, befanden wir uns praktisch im Mittelpunkt der großen Halle. Hier kreuzten sich die Gänge. Wenn wir direkt nach vorn liefen, erreichten wir wieder den Ausgang, und von dort hatten wir das Hämmern der Schüsse vernommen.

Schreie!

Sie waren ebenfalls am Eingang erklungen. Plötzlich splitterte Glas, und wir konnten nicht mehr länger warten, denn alles deutete darauf hin, dass sich Menschen in Gefahr befanden.

Das etwas zu grelle Licht der Deckenleuchten blendete ein wenig, deshalb konnten wir erst nach einigen Schritten erkennen, was sich dicht hinter dem großen Glaseingang abspielte.

Wie Trommelfeuer malträtierten die Echos der Schüsse unsere Ohren. Wir hörten das Scheppern und sahen die Glassplitter, die von den Kugeln aus der Eingangstür gefegt wurden.

Schreie gellten auf.

Einer der Soldaten rannte schießend rückwärts, und er hatte sich als Ziel drei widerliche Schlammwesen ausgesucht, die gerade durch die zerstörte Glastür zu steigen versuchten …

Es waren nicht die gleichen Wesen, wie wir sie in der Londoner Botschaft erlebt hatten. Zwar glänzten sie ebenfalls schwarz und ölig, doch sie zeigten menschliche Formen.

Ja, das waren Menschen, die aussahen, als hätte sie jemand mit schwarzem Ölschlamm übergossen, der dann in der heißen Sonne Saudi-Arabiens getrocknet war.

Der Soldat sprang mit gewaltigen Sätzen zurück, blieb dann stehen und feuerte.

Die Geschosse der MPi heulten und pfiffen durch die mit Marmor ausgelegte und verkleidete Halle. Die Echos wüteten in unseren Trommelfellen. Das Hämmern der Waffe wurde zu einem harten Stakkato, und die meisten der großkalibrigen Geschosse trafen auch die drei Ölschlammwesen.

Wir konnten erkennen, dass die zähe Kruste durch

den Aufprall der Kugeln weggeschleudert wurde und darunter etwas Weißes, gelb Schimmerndes zum Vorschein kam, das Ähnlichkeit mit alter, fleckiger Leichenhaut aufwies, so wie wir sie von den Zombies, den lebenden Leichen, her kannten.

Waren dies auch Zombies?

Ich sortierte sie in die große Gruppe dieser unheimlichen Wesen ein. Mordgierige, seelenlose Bestien, die kein Erbarmen kannten und von normalen Kugeln nicht gestoppt werden konnten.

Das merkte auch der Soldat.

Er stand wie angeklebt leicht vornüber gebeugt auf dem Fleck, starrte den Monstern entgegen, die von seinen Geschossen nicht getötet worden waren, und stieß plötzlich einen irre klingenden Schrei aus, der in dem Wort »Allah!« endete. Dann fiel er auf die Knie, schleuderte die Waffe weg und schlug die Hände vor das Gesicht. Es war genau das Falsche, was er da tat, denn so fiel er den lebenden Leichen in die Klauen.

Wir mussten ihn retten.

Bevor ich startete, hörte ich Djemal Faruk noch schreien: »Das sind sie! Das sind die Toten vom ersten Angriff! Sie sind wieder lebendig geworden …«

Ich hörte die Worte, registrierte sie jedoch nicht, denn vor dem Eingang bellten Schüsse. Weiteres Glas ging zu Bruch, und immer mehr Zombies erschienen.

Wie viele waren umgekommen? Während ich rannte, versuchte ich, mich an die Zahl zu erinnern.

Zwanzig mussten es gewesen sein!

Zweimal zehn Zombies! Du lieber Himmel!

Suko hatte gesehen, was ich wollte. Er schlug eine andere Richtung ein und zog den stellvertretenden Botschafter gleich mit, damit er in seiner Panik nicht noch durchdrehte und den Bestien in die Hände lief.

El-Chadd hatte seine Rache eingeleitet. Mit allen Konsequenzen. Es war wie ein gewaltiger Brand, der von uns Feuerwehrmännern bekämpft werden musste. Nur wussten wir nicht, wo wir anfangen sollten, denn die Flammen leuchteten überall.

Die Distanz war einfach zu groß, und die beiden Zombies bewegten sich schneller, als ich angenommen hatte. Der kniende, wehrlose Mann war das ideale Opfer für sie. Sie würden rascher bei ihm sein als ich.

Die Beretta hatte ich gezogen. Vielleicht gelang es mir, die Zombies mit Silberkugeln zu erledigen.

Im Laufen feuerte ich.

Der helle Klang der Beretta war Musik in meinen Ohren. Die erste Kugel fehlte, die zweite drang einem Wesen in die linke Schulter, wuchtete es herum, zerstörte es aber nicht. Sie waren von einer anderen Magie, gegen die geweihtes Silber nichts ausrichten konnte.

Die Gemme würde es schaffen.

Aber mit der konnte ich nicht schießen.

Ich steckte die Pistole wieder weg und dachte an mein Schwert. Damit musste ich sie packen. Wenn man den Zombies den Schädel abschlug, zerstörte man ihre Existenz. Diese Regel hatte überall ihre Gültigkeit, sicher auch hier.

Da warfen sich die beiden über den Mann.

Ich vernahm seinen verzweifelten Schrei, der im nächsten Augenblick erstickte, sah den Soldaten fallen. Hart schlug er auf den Boden. Seine Arme bewegten sich, und ich musste mit anschauen, wie die beiden Ölmonster regelrecht über ihn herfielen.

Noch vier, fünf Schritte, dann hatte ich es geschafft und konnte zuschlagen.

Im Laufen holte ich aus. Den Schwertgriff hielt ich mit beiden Händen fest, denn ich wollte zielsicher schlagen. Eines der Wesen kam mir dabei entgegen, indem es sich aufrichtete, wobei ich den roten Glanz um sein Maul herum sah.

Blut!

Das stachelte mich noch mehr an. Wut und Zorn

schossen in mir hoch und vermengten sich zu einer brisanten Mischung, die in meiner Aktion explodierte.

Wahrscheinlich hielten sich die lebenden Schlammleichen für unbesiegbar. Den Zahn wollte ich ihnen ziehen. Die Klinge meines schwarzmagischen Schwerts trennte bei einem Zombie den Kopf vom Rumpf. Dabei hatte die Waffe so viel Wucht, dass sie auch noch den zweiten lebenden Toten erledigte und dessen Kopf ebenfalls abspaltete.

Beide fielen zu Boden. An Köpfe erinnerten sie mich nicht, eher an schwarze Bälle. Es strömte auch kein Blut aus den Rümpfen, obwohl es noch vorhanden war, denn ich sah die rötlich schillernde Masse an der Schnittstelle.

Dann beugte ich mich nach unten.

Dem Soldaten konnte niemand mehr helfen. Der andere hatte zu hart zugebissen.

Als ich neben mir Schritte hörte, wurde mir bewusst, dass ich noch einen dritten Eindringling gesehen hatte. Ich federte herum und gelangte auch auf die Beine, denn in den letzten Sekunden hatte ich neben dem Toten gekniet.

Er kam.

Wankend, an einen Betrunkenen erinnernd. Mein rechter Arm zuckte bereits schlagbereit in die Höhe, als mir einfiel, dass ich es auch anders versuchen konnte.

Rasch holte ich die Gnostische Gemme hervor, ließ das Untier herankommen und stieß die Gemme dagegen.

Es gab ein Geräusch, als hätte ich Wasser in ein Lagerfeuer gekippt. Zischen und Dampfen. Im Nu hüllte schwefelfarbener Rauch das Wesen ein. Der Qualm drang aus dem Loch im Körper, das die Gemme gerissen hatte.

Ein zweites Mal brauchte ich nicht zu attackieren. Der erste Stoß hatte völlig ausgereicht.

Der Ölzombie wankte zurück. Schattenhaft sah ich

noch die Bewegungen seiner Arme innerhalb des Rauchschleiers, dann war es vorbei. Er kippte um, blieb liegen und begann sich langsam, aber sicher aufzulösen.

Drei Zombies gab es nicht mehr. Man hatte von zwanzig gesprochen. Blieben noch siebzehn.

Wo steckten sie?

Ich konnte Suko und den stellvertretenden Botschafter nirgendwo entdecken, nur den zerstörten Eingang sah ich und vernahm von der Straße her Schreie und heftige Stimmen.

Da ich die Landessprache nicht beherrschte, konnte ich nicht verstehen, worüber gesprochen wurde. Sicherlich waren es keine freundlichen Worte, die man sich da zurief.

Ich merkte, dass es nicht mehr lange dauern konnte. Irgendetwas musste bald passieren, und ich fragte mich, ob ich in diesem Basar-Komplex bleiben sollte oder nicht.

Allerdings konnte ich draußen nichts tun. Dort sah ich keine Gegner, ich wusste demnach nicht, wo und wie sie angriffen. Hier war das anders, ich hatte die Ölzombies schon entdeckt, wusste nur noch nicht, wo sie sich versteckt hielten.

Deshalb blieb ich auch in dem außergewöhnlichen orientalischen Kaufhaus und verschwand in einem der Seitengänge, denn irgendwo mussten Suko und Djemal Faruk schließlich stecken.

Ich bemühte mich, sehr leise zu gehen. Bei jedem Schritt rollte ich über den Fußballen ab, meine Muskeln waren gespannt. Ich war voll konzentriert.

Da ich nicht mehr durch einen der breiten Hauptwege schritt, lief ich auch nicht über einen Teppich, sondern ging auf Marmor.

Rechts und links des Ganges sah ich ebenfalls Geschäfte. Allerdings wirkten ihre Auslagen nicht so kostbar wie im Hauptteil des Kaufhauses, hier hatten sich mehr einheimische Händler etabliert und nicht die Filialen der westlichen Firmen.

Es war schon seltsam, die alten Basarläden in eine so moderne Umgebung zu stopfen. Ob das ausgestellte Geschmeide oder die gezeigten Kunstwerke aus dem Land alle echt waren, konnte ich nicht sagen. Ich sah viel gehämmertes Kupfer, Silber und auch Goldschmuck.

Nicht aus Neugierde warf ich Blicke in die Geschäfte, sondern weil sich die übrigen Wesen irgendwo verborgen halten mussten. Wo sollten sie sich sonst verstecken als innerhalb der Läden? Andere Deckungen gab es nicht für sie.

Plötzlich vernahm ich das Schlagen einer Glocke.

Es war eine Türglocke, die bewegt wurde und deren Klöppel gegen das Metall schlug, wobei er einen schwingenden Ton erzeugte.

Dies war weiter vor mir geschehen, und ich beschleunigte meine Schritte. Nach rechts und links flogen meine Blicke, ich musste mir die Schaufenster jedes einzelnen Geschäfts anschauen, sah einen Laden, in dem Tee verkauft wurde, und schräg gegenüber, zwischen einer kleinen Imbissstube und einem Perlenhändler das Geschäft, das einheimische Kleidung verkaufte sowie kleine Teppiche.

Die Auslagen waren in den Schaufenstern zu sehen. Man hatte die Teppiche ausgebreitet und die Kleider ebenfalls, zum Teil allerdings auch auf Bügel gehängt.

Und die bewegten sich.

Sie wurden zur Seite geschoben, ein Spalt entstand, und als er groß genug war, sah ich ein Gesicht.

Nein, eine schwarze Fratze, wie eine Karnevalsmaske kam sie mir vor, doch es war leider keine, sondern das Gesicht eines grausamen Zombies.

Da hatte er mich entdeckt.

Bevor ich etwas unternehmen konnte, sprang der Unhold schon vor, und er nahm keine Rücksicht darauf, dass ihm die Scheibe im Wege war. Er wuchtete seinen Körper hindurch.

Ich hörte das Platzen vermischt mit dem Klirren von Glas und sah die Splitter, die wie Tropfen auf mich zuwirbelten. Um nicht getroffen zu werden, sprang ich zurück, hob gleichzeitig das Schwert, stieß die Klinge vor, und der Zombie, der nicht schnell genug stoppen konnte, sprang genau hinein.

In meiner Wut zog ich die Klinge von unten nach oben. Der Zombie hatte dem nichts entgegenzusetzen. Er wurde buchstäblich geteilt und verging in einer Rauchwolke, die stinkend durch den Gang zog.

Wieder einer weniger.

Hielten sich vielleicht noch mehr dieser Wesen innerhalb des Ladens auf?

Ich überbrückte die Entfernung mit zwei Sprüngen, stand an der Tür, trat sie auf und warf einen Blick in das Innere des Geschäfts. Soweit ich erkennen konnte, war es leer.

Noch sechzehn!

Mir lief es kalt über den Rücken, als ich daran dachte. Bisher war alles gut gegangen, doch man konnte es als fraglich bezeichnen, ob es auch weiterhin so laufen würde.

Ich verließ den Laden wieder, stand im Gang und vernahm vor mir wilde Schreie.

Dabei glaubte ich, die Stimme des stellvertretenden Botschafters herauszuhören. Das Geräusch wirkte auf mich wie ein Signal. Ich jagte mit großen Schritten los und sprintete durch den Gang, dessen Ende ich erreichte und die Rolltreppe entdeckte, die in die obere Etage führte. Sie stand nicht still, sondern fuhr mit einem leisen Summen in die Höhe. Von oben hörte ich Kampfgeräusche und vernahm nicht nur Faruks überkippende Stimme, sondern auch Sukos Organ.

»Laufen Sie weg, Mann!«

Da lag etwas im Argen. Keine Sekunde zögerte ich.

Mit einem Sprung hatte ich die Rolltreppe erreicht, wollte die Zeit nicht abwarten, bis sie mich nach oben transportiert hatte, sondern lief selbst vor.

Nach vier Stufen stoppte ich.

Schatten erschienen am Ende der Treppe. Schatten, die festere Umrisse annahmen und sich zu Ölmonstern herauskristallisierten.

Es waren vier.

Und sie warteten auf ihr neues Opfer ...

Der Polizeichef Agiir saß in seinem Einsatzwagen. Zwei jüngere Assistenten umgaben ihn. Die beiden waren ziemlich schweigsam. Sie kannten ihren Chef, der sich als großer Alleinherrscher sah und seine Entscheidungen immer selbst traf.

Momentan telefonierte er. Über Funktelefon stand er mit den Trupps der Feuerwehr in Verbindung. Deren Einsatzleiter hielt sich auf dem Industriegelände auf und sprach von einer trügerischen Stille.

»Wieso trügerisch?«, erkundigte sich Agiir.

»Gefühlsmäßig. Man hat das Gefühl, dass jeden Augenblick etwas passieren kann!«

»Sind Ihre Leute alle auf Posten?«

»Selbstverständlich.«

Agiir räusperte sich. »Und die Anlagen sind abgeschaltet?«, erkundigte er sich noch einmal.

»Keine Gefahr.«

»Das sagen Sie so einfach.«

»Die Reste haben wir natürlich nicht mehr herauspumpen können, aber wenn El-Chadd angreift, kann er nicht viel Unheil anrichten. Zudem sind wir auch noch da.«

»Optimist.«

»Soll ich weinen?«

»Nein, aber auf dem Posten bleiben.«

»Das geht klar.«

Agiir legte den Hörer auf. Er holte Luft durch die Nase. Hinter seiner Stirn wälzte er schwere Gedanken. Er beugte sich vor, um aus dem Fenster schauen zu können.

Links lag das Hotel. Scheinwerfer strahlten seine Fassade an. Helle, starke Lichtlanzen, die sich an der Mauer zu großen Kreisen erweiterten und ihr Licht in die Fenster stießen, wo sie die Zimmer erhellten.

Leere Zimmer jetzt, denn das Hotel war geräumt worden. In der neunten Etage, wo das Unglück passiert war, hatte sich der schwarze, unheimliche Ölschlamm ausgebreitet. Er quoll bereits durch die offenen Fenster.

Wie eine lange, dunkle Zunge rann er an der Fassade nach unten.

Agiir schluckte. Er wusste nicht, was er unternehmen sollte, wenn der Schlamm den Boden erreicht hatte. Wie konnte er ihn stoppen? Mit den Mitteln, die ihm zur Verfügung standen, wohl kaum. Zudem war noch etwas Schreckliches geschehen.

Er hatte gehört, dass aus der Wüste lebende Tote gekommen waren. Ja, er bezeichnete sie als lebende Tote, und die Zahl zwanzig passte genau zu den Opfern, die ein erster Angriff El-Chadds gefordert hatte. Man hatte die Männer weit draußen begraben. Mit Lastwagen wurden die Leichen an einen einsamen Ort gefahren und in der Erde verscharrt, da die Stadt selbst keinen Friedhof hatte.

Den brauchte man hier nicht.

Das hatte sich als ein Irrtum herausgestellt, denn nun waren die anderen zurückgekommen. Soldaten waren ihnen gefolgt. Agiir hatte gesehen, wie die Wesen in den großen Basar eindrangen. Er hatte die Schüsse vernommen, und er fühlte sich hilflos wie ein kleines Kind, weil er mehr Männer nicht entbehren konnte. So blieb ihm nur die Hoffnung, dass die beiden Soldaten überlebt hatten.

Vor lauter Nervosität zündete er sich eine Zigarette an. Der würzige Rauch des Orientstäbchens zog durch den Wagen. Die blaugrauen Wolken verteilten sich, und Agiir griff wieder zum Funktelefon. Er blickte dabei durch die Frontscheibe, denn in der Ferne sah er die Silhouetten der Öltürme und den Wirrwarr der Pipelines, der sich nahe bei den Türmen verdichtete.

Das war eine kleine Stadt für sich. Eine gewaltige Industrieanlage, ein Wunderwerk der Technik, auf das die Wüstensöhne so stolz waren. Sie hatten die Natur überlistet, sie wollten das Gold der Erde, doch sie hatten einen Fehler begangen, indem sie die Warnungen der Alten und Weisen in den Wind schlugen.

Niemand dachte mehr an El-Chadd.

Doch er war da, und er schlug zurück.

Einmal bereits hatte er es bewiesen. Hart und grausam war er, so wie es immer gesagt wurde.

Und da geschah es.

Agiir kam nicht mehr dazu, ein neues Telefongespräch zu führen, denn dicht vor den gewaltigen Türmen brach plötzlich die Erde auf. Zuerst flog der Boden hoch.

Massen an Dreck, Erde und Staub, die eine riesige Fontäne bildeten, die den dunklen Himmel noch mehr verdüsterte, ihren höchsten Punkt erreichte und wieder zurückfiel.

Bevor sie jedoch auf die Erde klatschen konnte, da schlug El-Chadd richtig zu.

Er schickte das Öl.

Und die Menschen erstarrten vor Entsetzen ...

Ich fuhr dem Verderben entgegen!

So jedenfalls kam es mir vor, als ich die drei mit einer Ölkruste bedeckten lebenden Leichen sah, die mich erwarteten, um mich zu töten.

Sie sollten sich geschnitten haben. So leicht wollte

ich es den Bestien nicht machen. Allerdings hatte ich um Suko und Djemal Faruk Angst. Ich wusste nicht, wie es ihnen ergangen war.

Nur noch eine kurze Distanz trennte uns. In wenigen Sekunden würde sie überbrückt sein.

Waffen besaßen die Wesen nicht, die Untoten verließen sich auf ihre höllischen Kräfte. Zudem hätten sie bestimmt nicht gewusst, wie sie moderne Waffen zu bedienen hatten. Aber sie waren auch so gefährlich genug, und ich musste auf der Hut sein.

Der Erste ließ sich einfach fallen.

Die Rolltreppe war zwar relativ breit, trotzdem konnte ich nicht so rasch zuschlagen, da ich erst noch meine Waffe in die Höhe bringen musste.

Es gelang mir allerdings ein Sidestep. Ich prallte gegen den Rand der Treppe, der mit eingetrocknetem Ölschlamm bedeckte Körper bekam das Übergewicht, rollte an mir vorbei und polterte die Metallstufen hinab, wobei ich noch die Geistesgegenwart besaß und mit meinem Schwert zuschlug.

Ich traf ihn sogar.

Die Spitze riss seinen Rücken auf, dann musste ich mich schnell drehen, da mich die Treppe weiter hochtransportierte und damit in die Nähe der beiden anderen brachte.

Ich stach zweimal zu.

Schnell ging das. Ich ließ den Wesen keine Chance, mich zu packen.

Die Klinge riss die Körper auf. Die eingetrocknete Schlammschicht spritzte weg, aus den Wunden quoll eine an Gelee erinnernde Flüssigkeit, die leicht wässrig über die Klinge lief. Gleichzeitig sah ich den Rauch, der aus den Körpern drang. Beide Gegner verloren das Gleichgewicht. Auf der sich bewegenden Treppe konnten sie sich nicht mehr halten. Der eine fiel nach vorn, der andere kippte zurück, wurde aber noch von den Stufen erfasst und weiter über den Boden geschoben.

Seinen Artgenossen ließ ich passieren.

Ich hatte sie aus dem Weg geräumt, und die Treppe schob mich auf die erste Etage.

Ein schneller Rundblick.

Abermals sah ich einen Springbrunnen.

Sein Rand bestand aus Marmor. Kniehoch war er. Er stand inmitten einer Rundung, von der mehrere Gänge abführten und sternförmig in die Etage hineinstießen.

Aus den mit Blattgold überstrichenen großen Fischmäulern drangen fingerdicke Wasserstrahlen, die sich in alle vier Richtungen verteilten und wieder zurück in den Brunnen fielen, wo sie das blaugrün schimmernde Wasser bewegten.

Im Wasser schwamm eine Gestalt.

Sie lag auf dem Rücken, den Körper mit Wunden bedeckt, die Kleidung zerfetzt. An den weit aufgerissenen Augen des Mannes erkannte ich, dass Djemal Faruk tot war. Er schwamm etwas unterhalb des Wasserspiegels. Die Wellen kräuselten sich und gaben seinem Gesicht einen makabren Ausdruck, als würden Wangen, Mund und Nase regelrecht zerfließen.

Für einen Moment blieb ich stehen. Zahlreiche Gedanken und Vermutungen wirbelten durch meinen Kopf. Ich dachte an Suko und blickte dabei auf den Toten, der es nicht geschafft hatte.

War mit Suko das Gleiche passiert?

Ich rief den Namen meines Freundes.

Eine Antwort erfolgte sofort. Allerdings nicht so, wie ich es mir gewünscht hatte.

Eine Scheibe zersplitterte. Das war in dem Gang schräg gegenüber geschehen, und mich hielt nichts mehr auf dem Fleck. Ich begann zu rennen. Meine Füße trommelten auf dem Marmor. Ich wollte meinem Partner zu Hilfe eilen, sicherlich befand er sich in großen Schwierigkeiten und hatte um sein Leben zu kämpfen.

Als ich in den Gang eintauchte, da sah ich ihn. Die

restlichen Ölwesen hatten meinen Partner eingekreist, der mit der Dämonenpeitsche um sich schlug, aber keine Bresche schaffen konnte, da seine untoten Gegner immer wieder geschickt auswichen, sodass sie von den drei Riemen nicht getroffen wurden.

Einer löste sich aus dem Kreis und stürzte auf den Chinesen zu. Er wollte es wissen und opferte sich praktisch für die anderen, denn die drei Riemen trafen ihn und zogen ein Muster über seine Gestalt. Die Haut wurde aufgerissen, Qualm drang hervor, der nach Öl stank und mir entgegengeweht wurde.

Dieser Angriff war die reine Taktik gewesen, denn so gelang es zwei anderen, näher an den Chinesen heranzukommen. Einer stellte Suko ein Bein, und mein Partner verlor das Gleichgewicht.

Plötzlich lag Suko am Boden. Ich dachte an den schrecklichen Anblick, den Djemal Faruk geboten hatte, und sah noch immer das mit blutigen Schlieren fließende Wasser vor mir. Auf keinen Fall wollte ich, dass es Suko ebenso erging. Ich jagte vor.

Riesenschritte brachten mich in seine Nähe, und ich kam über die lebenden Leichen wie ein Rachegott.

Inzwischen hatte ich Routine, wusste genau, was ich mir zutrauen und wie ich das Schwert einsetzen konnte. Da die lebenden Ölleichen den Ring um ihr Opfer sofort dichter schlossen, musste ich sie erst zur Seite schleudern. Zwei von ihnen erledigte ich wieder mit einem Streich.

Dabei rief ich Sukos Namen, damit mein Partner wusste, dass Hilfe kam. Auch er wehrte sich. Mit den Füßen stieß er zwei Bestien nach rechts und links zur Seite, rollte sich herum, sprang auf, stand breitbeinig und drosch wieder mit der Peitsche zu, bevor er von rechts angefallen wurde.

Zum ersten Mal sah ich ein weit geöffnetes Maul.

Da blitzten die gefährlichen Zähne, und sie würden auch durch die Kleidung beißen.

Ich köpfte das Wesen.

Der Torso kippte um und berührte den Boden einen Sekundenbruchteil später als der ölige Schädel.

Suko sprang zur Seite. Ich hatte abermals ausgeholt, sodass der Chinese Angst bekam, von dem Schwert getroffen zu werden. Die Klinge wischte an ihm vorbei und erledigte einen weiteren Gegner.

Schließlich stand ich neben meinem Partner, und wir konnten endlich Seite an Seite kämpfen.

Wir waren ein eingespieltes Team. Da brauchte keiner zu sagen, was er vorhatte. Suko begriff sofort, welchen Plan ich verfolgte. Er sprang zurück, sodass wir auf einer Höhe standen und vor uns die Gangbreite lag, die wir bis zum Springbrunnen überblicken konnten.

Zwanzig Gegner hatte ich zu Beginn dieser Offensive gezählt. Auf die Hälfte hatten wir die Zahl reduzieren können.

Blieben noch zehn.

Obwohl sie gemerkt haben mussten, dass wir nicht so leicht zu besiegen waren, gingen sie weiter vor. Sie kämpften mit allen Mitteln, zudem ließ ihr Mordtrieb nichts anderes zu. Sie mussten sich beweisen. Ihr Führer, El-Chadd, hatte sie geschickt. Ein Zurück gab es für die Ölschlammmonster nicht mehr.

Locker hielt Suko die Peitsche. Mein Gesicht war unbewegt, meine Muskeln ein wenig verzerrt, sodass es sicherlich so wirkte, als würde ich grinsen. Danach allerdings war mir nicht zumute. Die Situation war viel zu ernst, denn vor uns standen Gegner, die keine Gnade kannten.

Ich lockte sie, indem ich stehen blieb. Sie fielen auch auf den Trick herein, bewegten sich schneller, und darauf nur hatte ich gewartet. Das Schwert stieß vor wie eine Schlange. Getrieben durch einen heftigen Stoß, traf ich genau ins Ziel.

Ein Röcheln und Keuchen, jedenfalls glaubte ich

das, bis ich bemerkte, dass Suko diese Laute ausgestoßen hatte und mit seiner Dämonenpeitsche in Aktion trat. »Ich habe gesehen, wie Faruk starb!«, presste er hervor. »Diese verdammten Bestien!« Und wieder hieb er zu.

Auch mein Schwert hatte einen Gegner erledigt. Zwei weniger. Eine kleine Bresche war entstanden, in die wir wie eine Pfeilspitze hineinstießen und aufräumten.

In Hüfthöhe wurde der nächste Gegner von mir geteilt. Die beiden Hälften kippten einfach zur Seite. Dumpf schlugen sie auf den kostbaren Marmorboden und vergingen dort.

Wir kämpften hart, konzentriert und zielsicher.

Unsere Gegner versuchten alles. Sie warfen sich uns entgegen. Ihre Kraft hatten sie von El-Chadd erhalten, er war der große Dämon im Hintergrund, doch auch unsere Waffen waren nicht zu verachten. In ihnen steckte eine Stärke, wie sie die lebenden Leichen noch nie erlebt und gesehen hatten.

Zweimal gerieten wir in Gefahr, doch noch zu unterliegen. Einmal gab ich nicht Acht, sodass sich einer der Zombies unter meinem Schwert hinweg gegen mich werfen konnte und ich seine gierigen Arme an meinen Hüften spürte.

Da war Suko mit der Peitsche.

Wie Musik klang mir das Klatschen in den Ohren, als der Chinese traf. Der Körper fiel nicht nur auseinander, sondern auch vor mir ab, drehte sich, zuckte noch auf dem Boden, dann verging er endgültig.

Wenig später konnte ich mich revanchieren, als Suko auf dem ziemlich glatten Boden ausrutschte und fast in eine Schaufensterscheibe gefallen wäre, hinter der Goldschmuck und Diamanten schimmerten. Der Chinese fiel so unglücklich, dass er sich mit der rechten Hand abstützen musste. Ausgerechnet in dieser hielt er die Peitsche.

Ein Ölmonster ließ sich auf ihn fallen. Die Klauen griffen bereits in seine Haare, als ich zum Einsatz kam. Mit dem Schwert konnte ich nicht zuschlagen, ich hätte Suko zu leicht treffen können, deshalb musste ich mir die Bestie erst einmal zurechtlegen.

Die fünf Finger meiner linken Hand umklammerten die Schulter des unheimlichen Wesens. Hart fasste ich zu und schleuderte den Zombie zu Boden.

Dabei verlor Suko einige Haare. Besser jedoch diese als sein Leben. Der Chinese prallte zu Boden, überrollte sich und kam wieder auf die Füße.

Da schlug ich bereits zu.

Der Hieb fuhr schräg nach unten, und er riss das Monster regelrecht auf.

Um dieses Wesen brauchte ich mich nicht mehr zu kümmern. Wie auch die anderen wurde es zu Staub.

»Und jetzt der Letzte!«, rief Suko, wobei er seinem Gegner die Peitsche um die Ohren schlug. Die drei Riemen wickelten sich regelrecht um den Kopf des Wesens und rissen ihn fast von der Schulter.

Das war geschafft!

Wir atmeten auf und schauten nach vorn.

Dort hatte der Marmorboden seinen Glanz verloren, da grauschwarzer Staub ihn bedeckte. Wie eine Schmierschicht kam er mir vor, und ich spürte erst jetzt, wie sehr mich die Auseinandersetzung angestrengt hatte. Es war sehr schwer für mich, meinen rechten Arm zu heben, da die Muskeln verkrampft waren und höllisch schmerzten.

Neben mir bewegte sich Suko. Mit dem Handrücken wischte er den Schweiß von seiner Stirn. Auch ihn hatte der Kampf ziemlich geschlaucht. Kein Wunder, denn nicht jeden Tag steht man zwanzig lebenden Leichen gegenüber. Auch nicht als Geisterjäger.

»Da ist keiner mehr zurückgeblieben«, sagte der Chinese und hob die Schultern. »Was hält uns noch hier?«

»Nichts. Aber wie ist das mit Djemal Faruk passiert?«, wollte ich wissen.

»Ich konnte nichts daran ändern.« Suko gab die Antwort mit belegter Stimme.

Ich wusste, wie es in meinem Freund aussah. Er machte sich schwere Vorwürfe. Mir wäre es nicht anders ergangen, und ich konnte ihn verstehen. Weitere Fragen wollte ich nicht stellen, doch Suko redete von allein.

»Wir wollten uns in Sicherheit bringen. Das heißt, ich wollte Faruk aus der Gefahrenzone haben. Dabei rechneten wir damit, dass sich die Zombies in den unteren Etagen aufhielten. Genau das Gegenteil war der Fall. Sie befanden sich fast alle hier. Wie sie in das Gebäude eingedrungen sind, kann ich nicht sagen. Auf jeden Fall waren sie da und griffen mit geballter Macht an.«

»Du brauchst nicht weiterzusprechen«, sagte ich und schlug meinem Partner auf die Schulter. »Mir wäre es sicherlich nicht anders ergangen. Es waren zu viele Gegner.«

»Ja, das stimmt.«

Zwanzig Gegner hatten wir geschafft. Eine Zahl, auf die wir eigentlich hätten stolz sein können. Dass wir es trotzdem nicht waren, hing mit El-Chadd zusammen. Er war die Figur im Hintergrund, und ihn hatten wir noch nicht zu Gesicht bekommen. Irgendwo hielt er sich verborgen, und er würde den Tod seiner Diener sicherlich nicht so ohne weiteres hinnehmen. Dafür war er zu mächtig.

Vor dem Springbrunnen blieben wir stehen. Das Wasser hatte den Toten so weit hochgetrieben, dass sein Kopf aus der sich kräuselnden Oberfläche schaute. Starr waren die Augen, die Pupillen zeigten sich verdreht, für ihn hatte es keine Rettung mehr gegeben, die Ölwesen hatten ihn getötet.

Da fiel mir ein, dass es doch einen Unterschied zwischen den Voodoo-Zombies, wenn ich sie mal so nennen darf, und diesen hier bestanden. Wurde ein Opfer von den Voodoo-Zombies gebissen und getötet, dann stand es wieder auf.

Das war hier nicht der Fall. Diese Opfer blieben tot. Sie irrten nicht mehr als lebende Leichen durch die Gegend, deshalb konnten wir aufatmen.

Wir mussten den anderen Bescheid geben, was mit Djemal Faruk geschehen war. Die Rolltreppe brachte uns wieder nach unten. Aus erhöhter Position sahen wir den toten Soldaten liegen und auch den Staub, den die zerstörten Zombies hinterlassen hatten. Ein scharfer Ölgeruch schwängerte die Luft, der beißend in unsere Kehlen drang.

Wie auf Kommando blieben wir stehen. Beide hatten wir bemerkt, dass der Boden unter unseren Füßen zitterte.

»Wie im Hotel«, sagte Suko. Demnach hatte er das Phänomen auch festgestellt.

Ich nickte nur und ahnte, was folgen würde. Suko hatte den gleichen Gedanken. Gemeinsam liefen wir auf den Ausgang zu, dessen breite Glastür so gut wie nicht mehr vorhanden war.

Die Splitter lagen überall verteilt. Draußen war es fast dunkel geworden. Nur das Außenlicht der Hotelbeleuchtung fiel noch auf das blitzende Glas.

Bevor wir den Ausgang erreicht hatten, verstärkte sich das Beben noch. Geduckt und mit weiten Sprüngen jagten wir durch die zerstörte Tür, traten ins Freie und blieben stehen wie vom Donner gerührt.

Das Entsetzen presste uns die Kehle zusammen. Depression überfiel uns, denn wir hatten die Katastrophe nicht verhindern können. Was sich vor unseren Augen abspielte, war so grauenhaft und unwahrscheinlich, dass die Worte unserer Sprache kaum ausreichen, um es zu beschreiben …

El-Chadd zeigte sich!

Und er kam mit dem, was er bewachte.

Die gewaltige Ölfontäne jagte raketengleich aus dem Boden, der immer weiter aufbrach und schreckliche Begleiterscheinungen zeigte. Das Öl war wie eine Wand.

Der Himmel wurde noch dunkler. Die Luft war erfüllt von einem gewaltigen Brausen und Rauschen, so laut, dass es sogar die Schreie der Männer übertönte.

Polizisten und Männer der Feuerwehr rannten, was ihre Beine hergaben. Plötzlich hatten sie alle Befehle vergessen, sie dachten nur noch an El-Chadd und seine fürchterliche Rache.

Verzweifelt liefen sie um ihr Leben. Sie schleuderten die Waffen fort, deren Gewicht sie bei der Flucht zu sehr behinderte, und sie rechneten damit, dass die Wand kippte und sie hinwegspülte oder unter sich begraben würde.

Nicht nur der Boden brach auf. El-Chadd bewies seine gesamte Kraft und Macht. All das, was er so hasste, wurde von ihm radikal zerstört. Dazu gehörten in erster Linie die Anlagen, die noch nicht von der Ölwand verdeckt waren, sodass Agiir und seine Männer mitbekamen, was geschah.

Der innere Druck sprengte die Pipelines aus bestem Stahl. Er fetzte sie förmlich auseinander. Das Metall kreischte und stöhnte protestierend, doch es kam gegen die Kräfte des Dämons nicht an. Sie waren zu stark, und sie zerstörten gnadenlos.

Was Ingenieure und Techniker sich ausgedacht hatten, von fleißigen Händen in unzähligen Arbeitsstunden errichtet worden war, das wurde zum Opfer des wütenden Dämons.

Die Magie vernichtete die Technik erbarmungslos!

Aus den zerrissenen Pipelines drangen letzte Ölreste. Sie schossen in die Wand hinein und vereinigten sich mit ihr. Gas strömte aus, elektrische Leitungen wurden zerrissen, Funken flogen, und plötzlich stand das Gas in hellen Flammen.

Mit einem gewaltigen Knall war es explodiert. Fast wären von der Wucht der Detonation die Häuser umgestürzt, die Druckwelle hob Autos an und ließ sie wieder zurückkrachen, bevor sie sämtliche Fensterscheiben aus den Vierecken fegte.

Das Gas!

Der Himmel war ein einziges Flammenmeer. Er hatte sich hinter der Wand aus Öl ausgebreitet und übergoss das Geschehen mit seinem blutroten makabren Schein.

Tanzende, zuckende und fauchende Flammen bewegten die Wand, die nie ruhig stand, und der Widerschein des Feuers spiegelte sich auf den entsetzten Gesichtern der fliehenden Menschen, die zu bizarren Masken erstarrt waren.

Agiir, der Polizeichef, hockte in seinem Wagen und hatte die Hände zu Fäusten geballt. Sein Mund stand halb offen. Krächzende Laute drangen hervor, die niemand verstand, auch er selbst nicht. Dabei schüttelte er den Kopf, sodass die Speckfalten an seinem Hals in dauernder Bewegung waren.

»Unmöglich!«, flüsterte er. »Verflucht, das ist unmöglich.« Er schaute seine Assistenten an. »Sagt ihr doch auch etwas!«

Die beiden waren stumm vor Grauen. Sie konnten nur in die Wand hineinschauen, betrachteten diese lodernde, gewaltige Fackel, die den Himmel ausleuchtete.

»Wir können nichts tun, Chef, verdammt, wir können nichts tun!«, flüsterte einer. »Es gibt keine Chance …«

Agiir wusste leider zu genau, dass der Mann neben ihm Recht hatte. Deshalb gab er auch keine Antwort und schwieg sich aus, wobei er den Kopf senkte und zu Boden starrte.

Es war aus.

Alles war aus!

»Sollen wir raus?«, fragte einer der Männer, erhielt jedoch keine Antwort, denn Agiirs Aufmerksamkeit wurde von der Ölwand eingenommen, da sich dort einiges verändert hatte.

Ein Gesicht war erschienen.

El-Chadd!

Genau in der Mitte war es zu sehen, und es zeigte all den Triumph und die grausame Freude, die dieses Wesen empfand, da es seine Rache endlich erfüllt hatte.

Der Dämon hatte lange gewartet. Warnungen waren von ihm übermittelt, doch von den arroganten Menschen nicht beachtet worden. Sie hatten über ihn gelacht, obwohl ein leichtes Gefühl der Unbehaglichkeit immer geblieben war.

Nun war es zu spät. Die Zeit hier gehörte El-Chadd. Die Uhr der Menschen war abgelaufen.

Noch stand die Ölwand. Sie zitterte leicht, aber wenn sie fallen würde, dann waren das Millionen von Tonnen, und sie würden alles unter sich begraben.

Kein Opfer hatte es bisher gegeben. Wenigstens nicht durch das Öl. Was am Explosionsherd geschehen war, konnte niemand sagen. Die Flammenwand bestand weiter und war als gewaltiges Fanal bis zu den Bergen im Osten zu sehen.

Eine Warnung an all die, die El-Chadd noch immer unterschätzten.

Agiir, der Polizeichef, merkte nicht, dass einer seiner Assistenten nach seiner Hand gegriffen hatte und sich dessen Finger in das Fleisch bohrten. Er blickte weiterhin gebannt auf das unheimliche, groteske Schauspiel und auf das Gesicht.

Zum ersten Mal sah er El-Chadd.

Es war schwer zu beschreiben, weil es durch das nie ruhig stehende Öl immer wieder verzogen wurde.

Einmal in die Breite, dann wieder in die Länge. Ein Maul war ebenfalls vorhanden und erinnerte Agiir an einen Trichter, der alles einsaugte, was sich ihm in den Weg stellte.

Im Zentrum schimmerte es violett, und der hinter der Wand stehende Feuerschein gab dem Gesicht einen rötlichen Anstrich. Augen hatte es nicht, nur undeutlich zeichneten sich die gewaltigen Züge ab, wobei der trichterförmige Mund eben besonders auffiel.

»Vielleicht können wir ins Meer fahren«, schlug einer der Assistenten vor. »Wenn wir jetzt starten, könnten wir es schaffen.«

»Unsinn.«

»Ich gehe aber.«

Agiir drehte sich um. Er schien aus einem Traum zu erwachen. »Sie sind verrückt, Naida!«

»Nein, nicht verrückt. Ich will nur am Leben bleiben. Wenn ich mich in die Fluten werfe und mich dabei ...«

Weiter sprach er nicht. Agiir war für sein kurzentschlossenes Handeln bekannt. Das bewies er auch jetzt. Er hatte zwar nicht sehr viel Platz, doch seine Faust kam wie eine Ramme. Sie fuhr von unten nach oben. Bevor sich Naida versah, explodierte sie bereits an seinem Kinn und schickte ihn ins Land der Träume.

Der zweite Assistent schluckte und schaute seinen Chef aus weit aufgerissenen Augen an.

»Wollen Sie auch noch was?«, fragte Agiir.

»Nein, nein ...«

»Dann halten Sie sich an meine Befehle. Wir bleiben im Wagen, auch wenn wir untergehen.« Polizeichef Agiir hatte sich einmal dazu durchgerungen, und dabei blieb es.

Dann wollte er wissen, ob es Verletzte oder Tote gegeben hatte. Per Telefon konnte er mit dem Einsatzleiter der Feuerwehr Kontakt aufnehmen, doch die Verbindung bestand nicht mehr. Das plötzliche Auftreten des Dämons hatte auch sie gekappt.

Wütend schleuderte Agiir den Hörer auf die Gabel. Jetzt wusste er sich keinen Rat mehr. Abermals starrte er den Dämon an. In seiner Brust hämmerte der Herzschlag und erzeugte Echos in seinen Schläfen. Er presste beide Hände gegen die Schläfen, doch die Geräusche ließen sich nicht verdrängen.

»Verdammt, verdammt!«, keuchte er. »Ich drehe hier noch durch.« Er blickte wieder nach vorn und stellte mit Entsetzen fest, dass sich das Gesicht des Dämons verändert hatte. Es war in die Breite gezogen und zu einer verzerrten Grimasse geworden.

Erfolgte jetzt der Angriff mit der endgültigen Vernichtung?

Da glaubte der Polizeichef, den Verstand zu verlieren. Während alle wegrannten, erschien im Licht der Scheinwerfer ein Mann und ging geradewegs auf das Monster zu. Es war dieser Engländer mit den blonden Haaren.

John Sinclair!

Auch wir hatten so etwas noch nie gesehen. Eine gewaltige Wand aus Öl, die in der Luft stand und hinter der ein Meer aus Flammen in den Nachthimmel loderte, wobei sie die Ölwand schaurigschön untermalten.

Die Explosion hatten wir mit heilen Knochen überstanden, wenn wir auch von der Druckwelle von den Beinen gerissen worden waren. Das war jetzt zweitrangig. Im Moment zählte nur El-Chadd!

Wie sollten wir ihn stoppen? In meinem Kopf wirbelten die Gedanken. Wieder einmal wurden wir mit einer Dämonenabart konfrontiert, von der wir weder etwas gesehen noch gehört hatten. Das bewies nur, wie vielschichtig und vielseitig die andere Welt war.

Suko stand neben mir. Er machte ähnlich wie ich einen betretenen Eindruck und sprach das aus, was ich dachte.

»Was sollen wir tun, John?«

Ich hob die Schultern. Verloren kamen wir uns vor und schauten auf das unheilvolle Rätsel des Orients. Um uns herum lagen unzählige Splitter. Der Explosionsdruck hatte sämtliche Scheiben aus den Fensteröffnungen gefegt.

»Hier stehen bleiben können wir nicht«, gab ich nach einer Weile Antwort. »Wir sollten zusehen, dass wir näher an diesen Dämon herankommen.«

»Und dann?«

»Können wir nur beten.« Eine bessere Lösung wusste ich nicht. El-Chadd war uns haushoch überlegen, im wahrsten Sinne des Wortes, denn wie er sich vor uns erhob, schien er die Sterne greifen zu können.

Zögernd setzten wir uns in Bewegung. Verständlich, denn wir beide wussten, wie schlecht unsere Chancen standen. Mein Kreuz nutzte nichts, mit dem Schwert kam ich gegen El-Chadd nicht an, und die Gemme …

Plötzlich stockten meine Gedanken.

Himmel, die Gemme. Klein nur, nicht größer als ein Handballen. Ein flacher, grüngrauer Stein mit dem Schlangenmotiv versehen, dazu aufgeladen mit den magischen Kräften der Gnostiker und des Orients.

Sie wurde warm. Dieser Stein reagierte so, wie ich es eigentlich von dem Kreuz gewohnt war. Als ich ihn aus der Tasche holte, erkannte ich, dass sich seine Farbe verändert hatte. Sie war dunkler geworden, tendierte zum Schwarz hin, gleichzeitig auch rot, und zwar dort, wo sich die eingravierte Schlange befand, die sich selbst in den Schwanz biss.

Ich schüttelte mich. Und mir wurde bewusst, dass dies etwas zu bedeuten hatte, ja, zu bedeuten haben musste, denn der Stein, die Gemme, bildete einen Gegenpol zu El-Chadd.

Konnte sie ihn schaffen?

Diese im Gegensatz zu ihm winzige Waffe! Ich konnte es einfach nicht glauben. Es wäre zu schön gewesen!

Suko hatte ebenfalls bemerkt, dass mit der Gemme eine Veränderung vorgegangen war.

»John, damit packen wir's.«

»Du bist wahnsinnig.«

»Nein, John, unsere einzige Chance.«

Verflixt, Freunde, so wie Suko die Worte sagte, überzeugten sie sogar mich.

»Nun gut«, sagte ich und ging schneller, obwohl meine Knie weich waren und zitterten.

Wir hatten bereits eine ziemlich große Distanz zwischen dem Einkaufszentrum und dem Dämon hinter uns gebracht. Vor uns erschien jetzt ein parkender Einsatzwagen mit eingeschalteten Scheinwerfern. Ich wusste, dass Agiir, der Polizeichef, in seinem Innern saß.

Noch ausgreifender wurden meine Schritte. Ich passierte das Fahrzeug. Suko blieb ein wenig zurück, und ich hörte, wie die Tür geöffnet wurde und Agiir mit dem Chinesen sprach. Auf die Worte achtete ich nicht, ich hatte nur Augen für den Dämon.

Sah er mich überhaupt? Mich, den Winzling, das Menschlein, denn mehr war ich für ihn nicht.

Aber ich hatte eine Waffe.

Die Gemme!

Zwangsläufig hatte ich sie oft vernachlässigt. Ein harmlos aussehender Stein, um den sich bestimmt manche Geheimnisse rankten, die ich noch nicht entdeckt hatte. Jetzt entfaltete sie zum ersten Mal ihre magische Kraft, wobei ich inständig hoffte, dass sie El-Chadd Paroli bieten würde.

Innerlich zitterte ich, als ich mutterseelenallein auf die vor mir hochwachsende Wand mit dem schimmernden Gesicht zuschritt. Die Ölwand stand nicht ruhig. Sie bewegte sich. Auf mich hatte es den Anschein, als würde sie jeden Moment kippen.

Wenn das geschah, war es aus!

Die Gemme wurde noch heißer. Rot leuchtete die eingravierte Schlange, die übrigen Farben hatte sich stärker verdunkelt. Fast konnte ich sie nicht mehr halten. Ich musste sie loslassen. Aber was nutzte es, wenn ich sie auf den Boden warf?

Nein, da gab es nur eine Möglichkeit. Ein Verzweiflungsakt, aber vielleicht die Chance!

Nahe genug an El-Chadd war ich herangekommen. Weit holte ich aus und schleuderte die Gnostische Gemme mit all der mir zur Verfügung stehenden Kraft auf das riesige Ölmonster zu …

Ich kam mir vor wie jemand, der einen Tiger mit einer Murmel bewirft. So gering standen die Chancen.

Aber die Gemme war keine Murmel.

Und sie reagierte.

Noch war sie in der Luft, und doch nahm ich schon die Veränderung wahr. Der kleine Stein, mit den Augen kaum zu verfolgen und nicht größer als ein Glühwürmchen, behielt seine ursprüngliche Form nicht bei.

Je mehr er sich dem gewaltigen Dämon näherte, umso mehr spielte er seine in ihm wohnenden magischen Kräfte aus. Er vergrößerte sich.

Ich stand nur da und staunte.

Plötzlich war die Gemme so groß wie ein Fußball. Die Schlange leuchtete in einem satten Rot, für mich das Fanal eines Sieges, denn ich wusste plötzlich, dass wir es schaffen konnten.

Und sie traf.

Als wäre der Dämon ein Magnet, so wurde sie vom Zentrum der Ölwolke angezogen. Wo die hässliche Fratze durchschimmerte und sich der trichterförmig gewachsene Mund befand, da suchte sich die Gnostische Gemme ihr Ziel.

Sie jagte wie ein Torpedo hinein!

Die nächste Sekunde entschied alles.

Ein roter Blitz entstand. Doch nicht nur einer, sondern ein gesamtes Astwerk aus Blitzen, das sich wie ein Netz um die Ölwand ausbreitete und den Dämon mit seinen magischen Armen umfing.

Aus der Tiefe der Ölwand vernahmen wir ein grauenvolles Geräusch. Ein unheimliches Knacken und Knirschen, als würde man Knochen auseinanderreißen. Dazwischen jaulte und pfiff es, hohle Geräusche, die uns eine Gänsehaut über den Rücken trieben und zum Grabgesang des gewaltigen El-Chadd wurden.

Danach drang ein lang anhaltendes Stöhnen an unsere Ohren. Grauenvoll ächzend, schaurig und an das Sterben eines Monsters erinnernd.

El-Chadd verging.

Ich wusste nicht, wie alt er war, doch diesmal hatte er keine Chance. Die Gemme zerriss ihn!

Die große Gefahr, dass die tonnenschweren Ölmassen auf uns niederstürzen würden, bestand nicht mehr. Die Wand wurde durch die magische Kraft der Wolke aufgelöst und gleichzeitig umgewandelt in riesige Staubwolken, die träge in das brennende Gas hineinzogen, wo es zu leuchtenden Explosionen kam.

Minutenlang starrte ich den Staubwolken nach und dem geheimnisvollen Schauspiel, das sich meinen Augen bot. Hier kämpften magische Kräfte gegeneinander, und das Ölmonster hatte verloren.

El-Chadd hatte nicht gewollt, dass seine Umwelt zerstört wurde. Doch er hatte Wind gesät und Sturm geerntet.

Trotzdem tat er mir fast ein wenig leid, denn seine Motive waren wirklich nicht schlecht gewesen, nur die Ausführung passte nicht, wobei ich nur an die

Zombies zu denken brauchte und an all die sonstigen Opfer, die mit seinem Auftreten zusammenhingen.

Ich wartete, bis sich der Sturm endgültig gelegt hatte, und fand tatsächlich die Gnostische Gemme, die harmlos auf dem Boden lag und jetzt wieder ihr altes Aussehen hatte.

Als Helden fühlten wir uns nicht, auch wenn Agiir das so wollte. Wir hielten uns dem Rummel fern und sorgten dafür, dass er der Held der Stunde wurde.

Viel wichtiger war mein Einsatzkoffer. Mit der Vernichtung des Dämons waren auch dessen Begleiterscheinungen verschwunden. Wir konnten das Hotel wieder betreten, das keine Fenster mehr hatte und in dem ein sagenhafter Durchzug herrschte.

Im neunten Stock fanden wir unsere Koffer unversehrt. Suko kam in mein Zimmer und blieb neben mir an der Fensterhöhle stehen. Von hier oben hatten wir einen Blick auf die Flammenwand, die wohl noch tagelang brennen würde, bis Spezialisten das Feuer löschten. Vier Menschen hatten bei der Explosion ihr Leben verloren, und auch Djemal Faruk hatte den Einsatz mit dem Tod bezahlen müssen. Es war leider eine traurige Bilanz, die wir da ziehen mussten.

»Irgendwann ist auch das vergessen«, sagte Suko leise.

Da stimmte ich ihm zu. Nur eins vergaß ich nicht. Meine Gnostische Gemme. Ich holte sie aus der Tasche und schaute sie an.

Harmlos sah sie aus, wirklich. Ein ovaler graugrüner Stein mit einer eingravierten Schlange, die sich selbst in den Schwanz biss. Manchmal hatte ich sie schon als lästig empfunden, doch ein Sprichwort heißt: Irren ist menschlich.

In diesem Fall war ich froh, mich geirrt zu haben, denn ohne die Gemme hätten wir es nicht geschafft.

Heute war sie sogar stärker als mein Kreuz gewesen, und das konnte man wirklich als ein gutes Zeichen werten

In Arabien hatten wir nichts mehr verloren. Ich wollte wieder nach London …

ENDE

Der Todessee

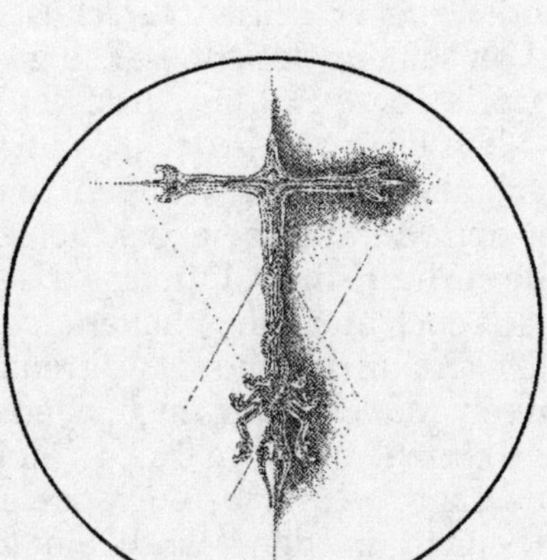

»Und ich sage euch, Kinder, in diesem See lauert ein grauenvolles Geheimnis …« Der alte Mann senkte seine Stimme zu einem Flüstern, während der Widerschein des kleinen Lagerfeuers tanzende Schatten auf sein zerfurchtes Gesicht malte.

Die beiden jungen Mädchen lachten silberhell, sodass der Alte erschreckt hochzuckte. »Was ist denn los?«

»Nein, nein, ich kann es Ihnen nicht glauben«, sagte Jill Livingstone und schüttelte ihr langes blondes Haar. »Das sind Ammenmärchen.«

»Und das Ungeheuer von Loch Ness gibt es auch nicht«, behauptete die Zweite im Bunde, die auf den Namen Karen White hörte. »Nur Übertreibungen. Keiner hat das Ungeheuer je gesehen.«

»Pah«, regte sich der Alte auf. »Nessie ist schon des öfteren fotografiert worden.«

»Die Fotos sind ein Witz«, behauptete Jill.

Der Alte wurde zornig. »Hast du sie je gesehen?«

»Klar, die sind durch sämtliche Zeitungen gegeistert. Nein, nein, Mister, so einfach lassen wir uns keinen Schrecken einjagen, das merken Sie sich mal.«

Der alte Mann hob die Schultern. Trotz des lauen Sommerabends trug er seinen zerschlissenen Fischgrätmantel. Von seinem Gesicht war so gut wie nichts zu erkennen. Die obere Hälfte wurde von der breiten Krempe des alten Filzhutes bedeckt, während ein wildes Bartgestrüpp Kinn und Wangen überwucherte. Nur wenn er den Mund öffnete, erschien ein Loch, an dessen Rändern die rosigen Lippen zu sehen waren. »Dann kann ich euch auch nicht helfen«, sagte der Alte und stemmte sich mühsam hoch, während die beiden zwanzigjährigen Mädchen sitzen blieben. Der Mann schaute noch einmal auf ihre Köpfe, hob dann die Schultern und sagte: »Ich habe euch gewarnt. Schlagt meine Worte nicht in den Wind. Sie sind ehrlich gemeint. Und vielen Dank für den Schnaps.«

»Gern geschehen«, antwortete Jill. Wie auch ihre Freundin sah sie dem alten Mann nach, als er das Lagerfeuer verließ. Nach einigen Sekunden schon hatte ihn die Dunkelheit verschluckt.

Die Zurückgebliebenen schwiegen. Unabhängig voneinander hingen sie ihren Gedanken nach. Irgendwie hatten die Worte des Alten sie doch beeindruckt. Vielleicht sorgte auch die gesamte Umgebung dafür, dass ihnen nicht sehr wohl zumute war.

Vor ihnen lag der See!

Eine dunkle Wasserfläche, die unheimlich wirkte und über die der Wind wie mit leichten Flügeln strich, das Wasser bewegte und auf seine Oberfläche ein kräuselndes Muster malte. Wer lange hinschaute, konnte schon glauben, auf dem See Figuren oder Schatten zu sehen. Die allerdings stammten nicht von irgendwelchen vorsintflutlichen Ungeheuern, sondern von den dicht belaubten Kronen der alten Bäume, die das Seeufer säumten.

Aber auch bei Sonnenschein war das Wasser niemals klar. Es war halt zu stark verschmutzt, was von den Torfrückständen herrührte. Der See war voll davon. Deshalb hatten Einheimische dem Gewässer auch den Beinamen See des schwarzen Wassers gegeben.

Das andere Ufer war in der Finsternis nicht zu erkennen, obwohl das Gewässer an der Stelle, wo die Mädchen saßen, am schmalsten war. Ansonsten sah es aus wie eine übergroße Niere, und es lag eingebettet in Hügeln, die an der West- und Südseite einen dichten Baumwuchs aufwiesen.

Nur ein Ort lag am Ufer. Ein kleines Dorf, wo sich Fuchs und Hase Gute Nacht sagten. Dafür gab es allerdings mehrere alte, längst verfallene Burgen, die sich um den See verteilten.

Das Gewässer lag im Nordwesten von England, in den Cumberland Mountains, einem Distrikt, in dem es kaum Ansiedlungen oder Städte gab, der auch von der nächsten Autobahn, dem Motorway 6, weit genug entfernt war, als dass Wochenend-Touristen Lust verspürt hätten, ihm einen Besuch abzustatten. So konnte er sich entwickeln, konnte versanden oder vertorfen, und niemand kümmerte sich um ihn.

Die beiden Mädchen allerdings waren im Zuge ihrer Arbeiten auf die Existenz dieses Gewässers gestoßen. Sie hatten vor, einmal Biologie zu studieren, und wollten sich bereits kurz vor dem Studium um die einheimische Pflanzenwelt im Bereich der Gewässer kümmern. Dazu gehörte es eben, dass sie besonders attraktive Seen anfuhren, um sich ein Bild machen zu können. Dieses schwarze Gewässer war der erste See.

Die alte Ruine, die sich so herrlich als Übernachtungsplatz eignete, hatten sie nur durch einen Zufall gefunden. Von der Straße her, die zur Hälfte um den See führte, war sie nicht zu sehen gewesen. Auf einem ihrer Ausflüge hatten sie das verlassene Gemäuer mit dem viereckigen dachlosen Turm entdeckt.

Ein wildromantischer Ort. Vor der Ruine fiel das Gelände zum Ufer hin ab, sodass die beiden erhöht sitzenden Mädchen einen fantastischen Blick über das Gewässer hatten.

Obwohl sich hoch am Himmel die dunklen Nachtwolken türmten, war es auch jetzt, eine Stunde vor der Tageswende, noch längst nicht kalt. Man konnte im Freien schlafen, das hatten sich die beiden vorgenommen. Ihre Schlafsäcke hatten sie bereits aus dem kleinen Morris geholt, der im Schatten einer alten Mauer parkte. Dann war der Alte gekommen. Wie ein Geist tauchte er auf, begann zu erzählen und warnte die beiden vor einem schrecklichen Ungeheuer, das in den Tiefen des vertorften Sees lauern sollte.

»Du bist so schweigsam«, sagte Jill Livingstone nach einer Weile.

Karen White hob die schmalen Schultern. Sie war

ein hübsches Mädchen, hatte rötlich schimmerndes Haar, sehr dunkle Augen und ein rundes Gesicht, in dem besonders die vollen Lippen auffielen, die geradewegs zum Küssen einluden.

»Was ist denn?«, hakte Jill nach.

»Ich – ich weiß nicht so recht.«

»Du denkst an den Alten, nicht?«

»Ja.«

»Glaubst du etwa den Käse, den er verzapft hat?«

»Ich weiß nicht so recht, ob es nur Käse war.«

Da lachte Jill auf. »Du bist gut, Mädchen. Natürlich ist es Mist. Jede Landschaft hat Geister, Gespenster und Geschichten. Ungeheuer natürlich auch. Warum soll hier keine Seeschlange oder ein Riesenkrake leben? Das ist doch möglich.«

»Ach, hör auf!«

Jill lachte. »Du hast wirklich Angst. Denk daran, dass wir morgen früh tauchen wollen. Da kann uns noch einiges blühen. Vielleicht sehen wir da sogar das Ungeheuer.«

»Damit spaßt man nicht.«

Jill erhob sich aus ihrem Schneidersitz, reckte sich, sodass sich deutlich ihre Brust unter dem dünnen T-Shirt abzeichnete, und schaute dabei auf das Wasser.

Plötzlich zuckte sie zusammen. Ihr Blick wurde starr, sie gefror mitten in der Bewegung, und der Lichtschein des kleinen Feuers reichte aus, um ihr entsetztes Gesicht erkennen zu können.

Das sah auch Karen. »Was ist mit dir?«

»Ich habe was gesehen!«

Karen runzelte die Stirn. Auf ihrer Haut bildete sich ein Schauer. »Wo? Im See?«

»Ja, zum Henker!«

Karen starrte ebenfalls in die Richtung, aber sie sah nichts, nur die Wasserfläche. »Tut mir leid, aber ich habe da nichts erkannt.«

»Jetzt ist es auch weg.« Jill Livingstone atmete aus.

»Was war es denn?«

»Nicht das Ungeheuer, wie du vielleicht jetzt annimmst. Etwas anderes, das ebenfalls nicht in den See gehört. Ich – ich habe eine Hand gesehen.«

»Eine Hand?«

»Ja, und ein Stück Arm, das dazu gehörte.«

»Mein Gott, das ist ...« Karen wollte sprechen und lächeln, doch beides misslang ihr. Schließlich sagte sie: »Du hast geträumt.«

Jill schüttelte den Kopf.

»Von Händen hat der Alte aber nichts gesagt. Wenn es so etwas gäbe, hätte er es erwähnt.«

»Ich weiß nicht so recht. Die Hand sah schrecklich aus. So – so bleich, das war deutlich zu erkennen. Sie ragte wie ein Pfahl aus dem Wasser. Und überhaupt nicht weit vom Ufer weg.«

»Ich sehe mal nach«, sagte Karen entschlossen.

Jill wollte ihre Freundin zurückhalten, da war diese schon vorgelaufen und rutschte die taufeuchte Wiese hinunter, die erst dicht am Ufer aufhörte, wo ein schmaler Schilfgürtel begann.

Karen White blieb stehen und schaute über den See. Gespenstisch war es schon, das musste sie zugeben. Das grauschwarze Wasser, die sich kräuselnden Wellen, die keinerlei Schaumkronen aufwiesen, oben am Himmel die düsteren Wolken, die ihre langsame Wanderung quer über das Firmament aufnahmen, und an der linken Seite, wo sich ein Stück Land wie eine Zunge in den See schob, standen die uralten Bäume wie düstere Todesboten.

Nur eine Hand sah sie nicht.

Karen starrte so lange auf die Wasserfläche, bis ihre Augen anfingen zu tränen. Sie hätte die Hand sehen müssen, denn in ihrer Farbe hatte sie sich deutlich von der dunklen Wasserfläche abgehoben, aber da war nichts. Leer und verlassen lag der See.

Sie drehte sich wieder um.

Jill Livingstone war ein paar Schritte vorgegangen. Sie winkte Karen zu und wollte, dass sie zu ihr kam.

»Ich habe nichts gesehen«, sagte Karen laut. »Du musst dich geirrt haben.«

Jill hob die Schultern. Ihre Gestalt zeichnete einen schwachen Schatten auf den Boden, dann wandte sie sich ab und ging dorthin, wo die Flammen des Feuers die letzten Holzreste niederbrannten, sodass der Wind in die zurückgebliebene graue Asche blasen und sie davontragen konnte.

»Vielleicht war es auch eine Einbildung«, sagte Jill, als Karen neben ihr stand.

»Ganz bestimmt sogar.«

Jill lachte. »Nie hätte ich gedacht, dass mir die Worte des Alten so einen Schauder einjagen könnten.« Sie drehte sich plötzlich um und streifte ihr T-Shirt über den Kopf. Darunter trug sie nur ein dünnes gelbes Oberteil, durch das die weiße Haut schimmerte.

»Möchtest du ein Bad nehmen?«, erkundigte sich Karen White erstaunt.

Ihre Freundin löste bereits den Verschluss des Gürtels. »Das gerade nicht, aber ich habe keine Lust, in den durchgeschwitzten Kleidungsstücken zu schlafen.«

»Das ist wahr, komm …« Damit meinte Karen, dass Jill ihr dabei helfen sollte, die Flammen endgültig zu löschen. Sie traten und schlugen sie aus.

Dann schlüpfte auch Karen aus ihrer Kleidung. Nur im Slip kroch sie in den Schlafsack. Den Reißverschluss zog sie bis zum Hals zu, legte sich auf den Rücken und lauschte den Geräuschen der hier noch unberührten Natur.

Vielfältige Laute und Geräusche durchbrachen die Stille der Nacht. Da raunte und wisperte es in den Bäumen, da schrie hin und wieder ein Tier, und jenseits der alten Ruine erscholl sogar der Ruf eine Käuzchens.

Sein langgezogenes »Uuuuhhh!« drang an die

Ohren der beiden Mädchen, die nicht einschlafen konnten.

»Haben wir schon Mitternacht?«, erkundigte sich Jill Livingstone flüsternd.

»Fast.«

»Geisterstunde.«

»Hör auf und mach dich nicht selbst verrückt. Es gibt keine Geister und Gespenster …«

»Auch keine Ungeheuer!« Jill lachte leise.

»Die ebenfalls nicht.«

Es war ein langer Tag gewesen, der hinter den Mädchen lag. Die Natur forderte ihr Recht. Der Drang nach Schlaf wurde stärker als die Furcht, und so war es nur eine ganz natürliche Folge, dass den Mädchen die Augen zufielen.

Schon bald verrieten tiefe Atemzüge, dass beide eingeschlafen waren. Sie wurden eins mit der Natur, die ebenfalls einem neuen Tag entgegenträumte.

Doch nicht alles schlief, auch wenn es den Anschein hatte. Einer war noch wach. Der Alte, der die beiden Mädchen gewarnt hatte. Er stand auf der schmalen Uferstraße und schaute hinunter zum See.

»Das ist die Nacht des Unheils!«, flüsterte er. »Es wird kommen, daran gibt es keinen Zweifel.«

Hastig schlug er ein Kreuzzeichen, bevor er sich umdrehte und fast fluchtartig weglief …

Das Unheil lauerte in der Tiefe!

Über zweihundert Yards unterhalb der Wasseroberfläche hatte es sich verkrochen, war eingetaucht in einen wahren Dschungel aus dickem, schlammigem Torf, der so dicht war, dass nie ein Sonnenstrahl ihn erreichte.

Er bildete einen gefährlichen Wald, in dem das Böse seinen Schlupfwinkel finden konnte.

Aber nicht für immer, denn hin und wieder kroch es

hervor, kam an die Oberfläche und holte sich seine Opfer, so wie es die alten Gesetze vorschrieben.

Während die Oberfläche des Sees ruhig lag, bewegten sich am Grund des Gewässers lange Tangpflanzen, zwischen denen die Torffäden wie kleine Netze hingen, in einem nie enden wollenden Rhythmus. Lautlos schwangen sie von einer Seite zur anderen. Sie hüteten das grauenvolle Geheimnis, das dieser See in sich barg.

Nur wenige Menschen hatten dieses Grauen je gesehen, und diejenigen, die damit konfrontiert worden waren, konnten es nicht mehr weitererzählen, denn sie waren gepackt und in die rätselhafte Tiefe des Sees gezogen worden und nie wieder an die Oberfläche gelangt.

Wen der See einmal hatte, den gab er nicht mehr frei!

Auch in dieser Nacht wogten die aus dem Grund hochwachsenden Pflanzenwälder in ihrem ewigen Rhythmus, und nichts schien ihre Monotonie zu stören, bis kurz vor Mitternacht.

Auf einmal war alles anders.

Als hätte Sturm das Wasser aufgewühlt, so entstanden gewaltige Schlammwolken, die träge über den Grund zogen und die Dunkelheit noch mehr verstärkten. Dabei wurden die Bewegungen der Wasserpflanzen heftiger, kein gleichmäßiger Rhythmus war zu erkennen, und es hatte den Anschein, als würden sich die hohen, grünbraunen Stiele vor dem schütteln, was auf sie zukam. Zwischen ihnen, noch vom Schlamm verborgen, bewegte sich etwas, versehen mit Krallenarmen und einem langen, peitschenden Schwanz, war erweckt worden und schickte sich an, den Tangwald zu verlassen.

Die wuchtigen Schwanzschläge waren so stark, dass sie die Unterwasserpflanzen zerfetzten.

Das Monster bahnte sich seinen Weg! Lange genug hatte es auf dem Grund gelauert, jetzt war die Nacht da, um sich neue Opfer zu holen.

Schon bald schwamm es schneller und hatte den unterseeischen Wald hinter sich gelassen.

Ein düsterer, drohender Schatten trieb der Oberfläche entgegen, um sich die Beute zu holen, die ihm zustand …

Die beiden Mädchen merkten nichts von dem Grauen, das sich ihnen näherte. Sie schliefen nach wie vor tief und fest und waren eingepackt in ihre Schlafsäcke.

Keiner war mehr da, der sie vor dem Unheil warnen konnte, und die schwarze Oberfläche des Sees schwieg.

Noch …

Unruhig wälzte sich Jill auf die rechte Seite. Sie schlief zwar sehr fest, doch die Worte des Alten steckten tiefer in ihrem Unterbewusstsein, als sie zugegeben hätte.

Träume quälten sie. Schwere Albträume von Geistern, Dämonen und Ungeheuern. Von Wesen, wie sie in den alten Sagen- und Märchenbüchern standen. Sie träumte, dass diese Gestalten auf sie zukommen würden, ihr den Schlafsack aufrissen und sie packten, um sie mit in eine finstere Tiefe zu ziehen, aus der es kein Entrinnen gab.

Die Träume steigerten sich. Sie wurden zu einem Zerrbild des Schreckens, das tief aus ihrer Seele hervorstieg, das Unterbewusstsein verdrängte und sich in das Bewusstsein schob.

Jill Livingstone erwachte!

Das geschah nicht wie sonst, wenn sie in ihrer Studentenbude lag, sondern ruckartig, als hätte ihr jemand einen Eimer kaltes Wasser über das Gesicht gegossen.

Sie setzte sich hin.

Für wenige Augenblicke starrte sie benommen in die Dunkelheit. Sie wusste nicht, wo sie sich befand, musste erst nachdenken und auch das Gefühl der Leere überwinden, denn sie glaubte, aus einem tiefen Brunnenschacht an die Oberfläche gezerrt worden zu sein.

Endlich fiel ihr ein, wo sie und ihre Freundin übernachteten. Am See, am Loch Cumberland, vor den Gemäuern einer alten Ruine. Und als sie das Schnarchen ihrer Freundin Karen hörte, da atmete sie direkt auf. Dieser kaum abreißende Laut war so herrlich normal. Er hatte überhaupt nichts mit ihrer finsteren Traumwelt zu tun, und so etwas beruhigte sie zu diesem Zeitpunkt ungemein.

Tief atmete sie durch.

Erst beim dritten Luftholen ging es ihr besser, und sie wischte sich den Schweiß von der Stirn.

Zuerst hatte sie überlegt, ob sie Karen wecken sollte, nahm aber doch davon Abstand, denn die Freundin schlief so tief und fest, dass es einer Schandtat gleichkam, sie aus dem Schlummer zu reißen. Nein, Karen brauchte ihren Schlaf. In wenigen Stunden war die Nacht vorbei, ein neuer, für beide anstrengender Tag begann. Denn sie hatten sich vorgenommen, im See nach seltenen Pflanzen zu tauchen.

Der See lag vor ihr.

Düster, dunkel, drohend und unheimlich erschien ihr die Wasserfläche. Sie wurde wieder an die Hand erinnert, die sie aus dem Wasser hatte ragen sehen. Die Hand mit den leicht gekrümmten Fingern und dem Teil eines Armes.

Ein kaltes Gefühl bemächtigte sich des Mädchens und brachte eine Gänsehaut mit.

Erst jetzt fiel ihr die Stille auf. Hatten die beiden Mädchen vor dem Einschlafen noch den Geräuschen der Natur gelauscht, so waren diese völlig verstummt.

Auch der Wind fuhr nicht mehr über den See. Er schien eingeschlafen zu sein, dafür aber war ein anderer hinter den dicken Nachtwolken hervorgekommen.

Der Mond!

Eine Kugel, die ein wenig abgenommen hatte. Blass, fahl und weißgelb leuchtend stand er am Himmel. Jill empfand seinen Anblick nicht als romantisch, auch das Licht nicht, das den See traf und einen breiten Kreis auf die schwarze Fläche malte.

Es kam ihr kalt und nüchtern vor. Nicht warm oder beruhigend, wie sie es gern gehabt hätte und wie der Mondschein von Verliebten empfunden wurde.

So eine Nacht hatte sie noch nie erlebt, obwohl sie die Stunden nach der Tageswende schon des öfteren im Freien verbracht hatte. Auch hatte sich die Luft verändert. Sie schien schwerer geworden zu sein und drückte auf Jills Gemüt. Zudem hatte das Girl das Gefühl, beobachtet zu werden.

Aber von wem? Wer sollte sie hier beobachten? Vielleicht ein Spanner?

Jill öffnete den Reißverschluss ihres Schlafsackes noch weiter, sodass sie im Notfall bequem hinaussteigen konnte. Dann drehte sie sich in ihrer sitzenden Stellung um und suchte nach irgendwelchen Anzeichen für eine heimliche Beobachtung.

Jill entdeckte nichts.

Es war nur wieder ein wenig dunkler, da sich eine gewaltige Wolke vor den Mond schob.

Ihr Blick glitt über den See, und plötzlich weiteten sich ihre Augen.

Da hatte sich etwas verändert. Er lag nicht mehr so ruhig da wie noch vor wenigen Minuten, denn genau dort, wo noch ein Rest des Mondlichts hinfiel, bewegte sich die Oberfläche.

Da kräuselte sich das Wasser. Es warf Wellen, und direkt über der Oberfläche lag sogar ein dünner Streifen, der Jill Livingstone an Nebel erinnerte.

Wo kam der nur her?

Jill schluckte. Sie drehte den Kopf und warf einen hastigen Blick auf ihre Freundin.

Karen schlief, ihr Gesicht leuchtete bleich auf dem Schlafsack-Kopfkissen. Manchmal zuckten die Mundwinkel, und dann glitt auch ein Lächeln über ihre Lippen, ansonsten tat sich nichts.

Jetzt stieg Jill aus dem Schlafsack. Als sie stand und wieder zum See schaute, da bemerkte sie, dass sich der Nebel verdichtet hatte. Er war tatsächlich stärker geworden und bildete eine Säule.

Jill war ein aufgewecktes Mädchen. Zudem wollte sie ein Gebiet der Naturwissenschaften studieren, besaß einige Vorkenntnisse und konnte sich nicht erklären, was diese plötzliche Nebelbildung zu bedeuten hatte.

Wieder fielen ihr die warnenden Worte des Alten ein. Sie konnte sie einfach nicht aus ihrem Gedächtnis vertreiben, während sie die langen Haare zurückschob und wie unter Zwang zum Ufer schritt. Die Turnschuhe hatte sie auch nicht ausgezogen, als sie im Schlafsack lag. Die griffigen Sohlen nutzten ihr jetzt, als sie durch das feucht gewordene Gras ging.

Dicht vor dem Schilfgürtel blieb sie stehen. Sie war etwas näher an die Nebelwand herangekommen, konnte sie jetzt besser erkennen und sah auch, dass das Wasser innerhalb des Nebels brodelte. Da entstanden Wellen, da schäumte es auf, aber die Wellen verliefen sich nicht. Sie rannten nicht auf das Ufer zu, und dies empfand sie als sehr seltsam.

Ein Phänomen!

Minutenlang stand Jill Livingstone da und rührte sich nicht, ihren Blick immer auf dieses seltsame Schauspiel inmitten des Sees gerichtet.

Hatte der Nebel nicht eine andere Farbe angenommen? Schimmerte er nicht in seinem Zentrum leicht bläulich?

Ja, es war keine Täuschung. Da tat sich etwas. Jill bemerkte, dass sie nervös wurde. Sie begann zu zittern, wollte eigentlich weglaufen, doch es gelang ihr nicht, den Blick von der Nebelwand zu lösen. Sie strahlte einfach eine zu große Faszination aus.

Ein blaues Licht im Nebel!

Wo kam es her? War es aus dem Wasser gestiegen? War es ein Zeichen? Wollte es etwas sagen?

Ihre Gedanken wirbelten. Sie beschäftigte sich so stark mit dem Phänomen, dass sie auf die übrige Umgebung nicht achtete. Jill behielt zwar das Wasser im Auge, aber sie schaute nicht auf die Fläche, die vor dem Nebelphänomen lag.

Dort kam etwas …

Dicht unter der Wasserfläche schob es sich näher und näher …

Ein großer dunkler Schatten, lautlos, unheimlich, gefährlich und darauf bedacht, Opfer zu finden.

Jill Livingstone nahm wohl wahr, dass sich der Schilfgürtel an einer bestimmten Stelle links von ihr bewegte, aber sie achtete nicht weiter darauf. Ihr Interesse galt nur dem Nebel.

Noch hätte sie Zeit gehabt, dem Unheil auszuweichen, doch als die nächsten Sekunden vergingen, war ihr Schicksal besiegelt.

Der Schatten hatte sich gedreht. Die Schilfrohre schwankten stärker, einige wurden geknickt, dann peitschte etwas durch das flache Wasser am Uferrand, und im nächsten Moment fuhr ein blaugrüner Gegenstand aus dem Wasser und der Deckung des Schilfs.

Jetzt erst sah Jill, was da geschah!

Sie wurde starr vor Entsetzen. Unwillkürlich dachte sie an eine Riesenschlange, denn der Schwanz dieses Monsters ähnelte in der Tat dem Körper einer Schlange, doch bevor sie darüber nachdenken konnte, war es schon geschehen.

Wie eine Peitsche schnellte der Schwanz hoch, gleichzeitig erschien ein weit aufgerissenes Maul mit nadelscharfen Zähnen aus dem Schilf. Für den

Bruchteil einer Sekunde sah Jill dieses widerliche schuppige Monster vor sich, bevor sie einen Schlag erhielt, der sie nicht nur zu Boden schleuderte, sondern auch ihren Warnschrei erstickte.

Jill fiel in den weichen Uferschlick. Sie war völlig durcheinander, konnte es nicht fassen. Der Schock lähmte sie, und dann erfolgte der zweite Angriff des Monsters.

Wieder schlug das Ungeheuer mit seinem Schwanz zu. Diesmal allerdings rollte er sich wie ein Band um den Körper des jungen Mädchens, schleuderte ihn an den Beinen hoch und wickelte sich gedankenschnell um die Hüfte.

Dann gab es einen Ruck, und im nächsten Augenblick spürte die entsetzte Jill, wie sie durch den Schilfgürtel und ins kalte Seewasser gezogen wurde …

Das Gesicht meines Chefs zeigte einen verbissenen Ausdruck, als er mir auf dem Flur entgegenkam.

»Was ist denn los, Sir?«, fragte ich und wollte schon sein Büro ansteuern, doch er wies auf eine Fahrstuhltür. »Wir fahren in den Keller.«

Ich hob die Augenbrauen, betrat den Lift und schwieg. Sir James folgte mir. Wie immer trug er einen grauen Anzug, ein weißes Hemd und eine korrekt gebundene Krawatte. Die Augen hinter den dicken Brillengläsern funkelten. Sie wirkten unnatürlich groß, die Lippen waren bleich und zitterten ein wenig, als er fragte: »Haben Sie gut gefrühstückt, John?«

Ich grinste, wobei ich mit fünf Fingern durch meine Haare strich. »Es war zwar nicht sehr üppig, aber immerhin.«

»Dann sehen Sie mal zu, dass Sie es trotzdem bei sich behalten«, meinte Sir James sarkastisch.

Der Alte sprach mal wieder in Rätseln, und ich verstand nur Bahnhof. »Was ist eigentlich los?«

»Werden Sie gleich sehen.« Der Fahrstuhl stoppte, wir hatten unser Ziel erreicht.

Dieser von uns Keller genannte unterirdische Komplex des Yard Building stellte ein kleines Phänomen dar. Hier feierte die moderne Technik wahre Urstände. Es gab perfekt eingerichtete Labors, das große Rechenzentrum hatte hier ebenfalls seinen Platz gefunden, und in einem Trakt wurden die Untersuchungshäftlinge festgehalten. Es gab aber auch ein Leichenschauhaus und die Obduktionsabteilung. Dort gingen speziell ausgebildete Ärzte ihrer makabren Arbeit nach, genau wie überall hier unten nur Spezialisten arbeiteten.

Ich war gespannt, was ich hier sollte, und wurde überrascht, als uns Suko entgegentrat.

»Du bist hier?«, fragte ich erstaunt.

»Ja, man hat mich gleich unten abgefangen.«

Der Chinese war ein wenig später ins Büro gekommen. Er fuhr immer mit seiner Harley. Auf den Renner wollte er keinesfalls verzichten.

»Was sollen wir hier?«

Mein Freund hob die Schultern. »Keine Ahnung.«

»Kommen Sie, meine Herren«, sagte Sir James und stiefelte voran. Wir schritten durch einen langen Gang, gelangten an eine Kreuzung und wandten uns nach links, wo es zur Obduktionsabteilung ging. Suko und ich warfen uns einen schrägen Blick zu. Wir dachten wohl das Gleiche. Wahrscheinlich mussten wir eine Leiche identifizieren. Ich spürte plötzlich ein bedrückendes Gefühl in der Magengegend, da mir ein schrecklicher Verdacht gekommen war. Wenn Sir James uns schon für so eine Aufgabe heranzog, dann war der oder die Tote sicherlich ein Bekannter von uns. Und ich hatte meine Befürchtung, denn ich dachte an Jane Collins. Seit in sie der Geist des Rippers gefahren war, hatte ich kaum eine ruhige Minute mehr gehabt. Jane war praktisch zu einem Monster geworden, und nicht nur das. Sie hatte durch diese grausame Veränderung auch den Weg zu der gefährlichen Oberhexe Wikka gefunden und war von ihr mit Freuden in den Kreis ihrer Diener und Dienerinnen aufgenommen worden.

Jane Collins stand jetzt auf der anderen Seite. Damit hatte ich fertig werden müssen, und es war mir verdammt schwer gefallen, Freunde, das könnt ihr mir glauben. Verzweifelt hatten wir sie gesucht, aber nicht gefunden. Die Fahndung lief noch immer, und ich hoffte für Jane, dass es irgendwann mal ein Zurück für sie geben würde, obwohl das sehr, sehr unwahrscheinlich war.

Und jetzt, als wir durch den langen Gang schritten, kam mir der Gedanke, dass Jane gefunden worden war und als Leiche auf dem Obduktionstisch lag.

Meine Gesichtsfarbe hatte sich verändert, das merkte ich, ohne es zu sehen. Ich stellte fest, dass Suko mir von der Seite her einen prüfenden Blick zuwarf. Der Chinese sagte allerdings nichts.

Unser erstes Ziel war ein kleines Büro. Dort residierte der Leiter dieser medizinischen Abteilung. Er war ein alter Fachmann. Ihm konnte so leicht niemand etwas vormachen, und er begrüßte uns mit einem Handschlag.

»Haben Sie alles vorbereitet?«, fragte Sir James.

»Gewiss.«

»Konnte man sie identifizieren?«, hakte unser Chef nach.

Mir gab es einen Stich. Sie, hatte Sir James gesagt. Hieß das vielleicht, dass wir jetzt mit der toten Jane Collins konfrontiert wurden oder einer anderen Bekannten?

Ich schluckte hart und atmete scharf durch die Nase.

»Sie müssen sich beide zusammenreißen«, sagte Sir James Powell, während er dem Arzt zunickte, der auf eine Tür zuschritt, die in den Obduktionsraum führte.

Es gab nicht nur einen, sondern mehrere. Die einzelnen Räume gingen ineinander über.

Ich habe schon in finsteren Grüften gesteckt, verfluchten Schlössern oder Burgen, also Orten, wo man als normaler Mensch eine Heidenangst bekommen konnte, aber nie ist mein Gefühl der Beklemmung so stark wie in dieser nüchternen Obduktionsabteilung. Wenn ich diese gekühlten und mit kalten Fliesen ausgelegten Räume betrat, dann hatte ich jedes Mal den Eindruck, als würde ein Eisreif mein Herz umklammern und mich an der Atmung hindern.

Die anderen Ärzte blickten kaum auf, als wir den größten Raum durchquerten. Mich interessierte nicht, womit sie beschäftigt waren, ich sah stur geradeaus.

Meine Spannung stieg. Der Arzt und Sir James unterhielten sich. Die Worte verstand ich nicht. Trotz der Kühle sammelte sich auf meinem Rücken ein dünner Schweißfilm.

Dann betraten wir einen kleineren Raum, der ebenfalls von Leuchtstoffröhren erhellt wurde. Hier war unser Ziel.

Neben der Tür blieb ich stehen. Ich sah die Schubfächer an der linken Seite, die vom Boden bis zur Decke reichten. In ihnen wurden die Toten so lange aufgebahrt, bis sie obduziert wurden.

Ich spürte Sukos Hand auf meinem Arm. »Ich glaube, dass sie es nicht ist«, flüsterte der Chinese.

Sir James hatte die Worte trotzdem vernommen. Er schaute uns an, runzelte die Stirn, gab ansonsten keinen Kommentar. Der Arzt trat nicht an ein Schubfach heran, sondern wandte sich dem mitten im Raum stehenden Holztisch zu.

Sir James drehte den Kopf und winkte Suko sowie mich herbei. Die beiden Schritte, die mich vom Tisch trennten, legte ich schleppend zurück.

Eine graue Decke aus sterilem Plastik verdeckte das, was auf dem Tisch lag. Der Arzt hielt die Decke bereits mit einer Hand fest und wartete nur auf das Zeichen.

Sir James nickte.

Mit einem Ruck zog der Arzt die Decke weg!

Karen White hörte den Schrei wie aus unendlicher Ferne. Als wäre er in einer anderen Dimension geboren worden, um durch die unermessliche Ferne des Weltalls zu eilen, wobei er dennoch ein Ziel fand, immer lauter wurde und in Karens Gehirn explodierte.

Sie wurde wach. Dieser Schrei hatte sie aus tiefstem Schlaf gerissen. Ihr kam es vor, als hätte man sie mit kaltem Wasser begossen, und sie war sofort da, fand sich auch zurecht, denn im Gegensatz zu Jill brauchte sie keine Zeit, um sich zu orientieren.

Ihr Blick glitt nach links.

Jills Schlafsack war leer!

Sofort dachte Karen an den Schrei, den sie gehört hatte, und sie folgerte, dass nur Jill ihn ausgestoßen haben konnte. Karen verlor keine Sekunde. Sie zog den Reißverschluss des Schlafsacks auf, klappte beide Hälften zur Seite und rollte sich nach draußen. Dann stand sie auf und schaute zum See, weil sie ihre Freundin dort vermutete.

»Jill!«, rief sie, wobei ihre Stimme zitterte, denn sie konnte ein Gefühl der Panik nicht unterdrücken.

Eine Antwort erhielt sie nicht. Die dunklen Mauern der unheimlich wirkenden Ruine schwiegen.

Karens Herz klopfte hart, in ihre Augen legte sich ein ängstlicher Ausdruck, und sie biss sich so hart auf die Unterlippe, dass sie Schmerzen verspürte.

Noch einmal rief sie den Namen.

Als sie wieder keine Antwort erhielt, dachte sie an den See, drehte sich hastig um, und in diesem Augenblick geschah es. Plötzlich sah Karen White, was mit ihrer Freundin geschehen war.

Die bläuliche Nebelspirale auf dem Wasser nahm sie

kaum wahr. Sie interessierte sich nur dafür, was vor dieser Nebelwand geschah. Und dort kämpfte Jill Livingstone um ihr Leben.

Ein Monster hatte sie gepackt!

»Nein, nein!«, keuchte Karen. »Ich werde verrückt, ich drehe noch durch! Jill ...!« Ihr Ruf hallte über das Wasser, wurde vielleicht auch von Jill vernommen, aber sie konnte nichts tun.

Mit der Wucht eines Dampfhammers war Jill aus dem Wasser geschleudert worden. Das Untier hatte sich unter Wasser gedreht, aber sein langer Schwanz umklammerte noch immer die Hüften des Mädchens. Jill schoss aus den Fluten, ihr Gesicht war eine Maske des Entsetzens, der Mund weit aufgerissen, sie schrie und keuchte in einem, wollte sich aus dieser Umklammerung befreien und wurde wieder zurück in das Wasser geschleudert, wobei das Untier sie ein paar Yards in die Tiefe zog, sie dann losließ, mit ihr spielte wie eine Katze mit der Fliege und erneut hart zugriff.

Diesmal allerdings nicht mit dem Schwanz, sondern mit seinen Krallen. Das Untier hatte relativ kurze Arme, die mit grünblauen Schuppen besetzt waren. Die Arme selbst mündeten in zwei Hände, die man nur noch als gefährliche Krallen bezeichnen konnte, denn die Enden der Finger waren spitz wie Messer.

Und die griffen zu.

Jill spürte, wie sie sich in ihre Oberschenkel bohrten und sie selbst wieder aus dem Wasser geschleudert wurde, und zwar so, dass sie in Richtung Ufer schauen konnte, wo Karen White, ihre Freundin, stand und das grauenhafte Geschehen mit anschauen musste.

Jill brüllte!

Ihre Angst- und Schmerzensschreie hallten durch die stille Nacht, zerrissen sie, und das Monster hievte sie ein letztes Mal in die Höhe, um sie dann wieder zurückzureißen.

Bevor Jill Livingstone, die sich verzweifelt wehrte,

endgültig verschwand, hatte das Ungeheuer sein Maul so weit geöffnet, wie es eben ging. Dann biss es zu.

Es war ein mörderischer Biss. Karen bekam es mit. Sie sah das Wasser plötzlich aufschäumen und das Untier mit Jill Livingstone in der Tiefe des Sees versinken.

Noch einmal sah Karen White etwas von ihrer Freundin. Es war ein Fuß, der aus dem Wasser ragte, dann verschwand auch er, sodass sich der See wieder glätten konnte.

Karen White glaubte, verrückt zu werden. Sie stand nur mit ihrem Slip bekleidet am auslaufenden Schilfgürtel des Ufers und starrte auf das Wasser. Tränen rannen über ihre Wangen und nässten das Gesicht. Eine beinahe wahnsinnige Angst hatte sie ergriffen, und sie zitterte vor Grauen. Ihre Zähne schlugen aufeinander, hämmerten einen wilden, verzweifelten Takt, während sie den Kopf schüttelte, weil sie das Unbegreifliche nicht fassen konnte.

In diesem See lebte ein Ungeheuer.

Es gab die Bestie, der alte Mann hatte nicht gelogen. Und sie holte sich ihre Opfer.

Mein Gott …

Das Grauen war noch nicht beendet, denn jetzt sah Karen White auf die Nebelwand, und sie hatte das Gefühl, als würde sie sich bewegen.

Ja, sie rückte näher. Die blaue Farbe in ihr hatte sich verdichtet, war intensiver geworden, und Karen glaubte, trotz ihrer tränennassen Augen eine Gestalt innerhalb des Nebels zu sehen.

Zitternd wartete sie ab.

Die Nebelspirale drehte sich, wurde dann zur Seite geweht, legte sich fast auf das Wasser und gab das preis, was in ihr steckte.

Karen White hatte freies Sichtfeld.

Als sie sah, was sich da aus dem Nebel löste, glaubte sie, den Verstand zu verlieren …

Es war nicht Jane Collins!

Gütiger Himmel, ich hatte mich geirrt. Meine schreckliche Ahnung hatte sich nicht bestätigt. Ein jeder der Anwesenden hörte mein Aufatmen und sah, wie ich einen Schritt zurücktrat. Dieser schreckliche Kelch war noch einmal an mir vorbeigegangen.

»Kommen Sie!« Ich hörte Sir James Powells Stimme wie durch einen Schleier aus Watte, riss mich zusammen und trat an den Tisch, wobei ich den Kopf senkte, um auf das schauen zu können, was sich unseren Augen bot.

Es war schrecklich genug!

Jetzt wusste ich, weshalb sich Sir James nach meinem Befinden erkundigt hatte.

Auf dem Tisch lagen mehrere Leichenteile!

Ich möchte Ihnen eine detaillierte Beschreibung ersparen, nur so viel sei gesagt: Wir waren einiges gewohnt, doch dieser Anblick ging uns allen durch und durch. Vielleicht machte der Arzt da eine Ausnahme. Sein Gesicht hatte die Farbe nicht verloren, was man von Sir James und Suko nicht behaupten konnte.

Wir schauten uns die Teile an, die man in Plastiktüten gelegt hatte, bis Sir James nickte und dem Arzt ein Zeichen gab.

Der legte die Decke wieder über den grausigen Fund.

»Kommen Sie«, sagte Sir James. Er verließ als erster den Raum. Wir folgten ihm und trafen im Büro des Arztes wieder zusammen. Der Doc wusste, was uns jetzt fehlte. Er schloss die Tür eines Schranks auf und holte eine Flasche und vier Gläser hervor.

»Das ist guter Whisky«, sagte er. »Jetzt können wir wohl alle einen Schluck vertragen.«

Ich schaute auf Suko. Sogar er nickte. Das kam bei ihm wirklich selten vor, denn den Chinesen konnte man schon fast als Antialkoholiker bezeichnen.

Der Arzt schenkte ein, reichte uns die Gläser, und ich zündete mir noch eine Zigarette an.

Sir James, der immer seine Last mit dem Magen hatte, pfiff auf die Ratschläge seines Arztes und nahm ebenfalls einen Schluck. Danach stellte er das Glas zur Seite.

Ich leerte es mit einem Schluck, während der Arzt auf Stühle deutete, wobei er uns bat, Platz zu nehmen.

Wir setzten uns.

»Sie haben es nun gesehen«, sagte er, »und werden sicherlich einige Fragen haben.« Auffordernd schaute er uns an.

»Die haben wir auch«, erwiderte ich. »Zuerst möchte ich wissen, zu wie vielen Menschen diese Gliedmaßen gehören.«

»Zu dreien.«

»Und das ist sicher?«

»Natürlich. Wir irren uns da nicht.«

»Wo haben Sie die Leichen gefunden?«, wollte Suko wissen.

Diesmal gab Sir James die Antwort. »Nicht in London, sondern im Nordwesten von England. Außerdem haben wir die Leichenteile nicht gefunden, sondern Spaziergänger oder Touristen. Es ist eine etwas lange Geschichte, und ich werde versuchen, sie so knapp wie möglich zu erzählen. Der See heißt Loch Cumberland und liegt inmitten der Cumberland Mountains. Von den Einheimischen allerdings wird das Gewässer nur See des schwarzen Wassers genannt, weil es ähnlich dunkel ist wie Loch Ness. Die Leichenteile wurden angespült. Das geschah nicht an einem Tag, sondern zog sich hin. Direkt am See liegt ein kleines Dorf. Es heißt Darkwater, und die Menschen dort waren natürlich entsetzt, als die Leichenteile angeschwemmt wurden. Es gab polizeiliche Untersuchungen, die allerdings zu nichts führten. Schließlich wurden wir eingeschaltet, als die lokalen Behörden nicht mehr weiterkamen.« Sir James schaute den Arzt an. »Jetzt sind Sie an der Reihe, Doc.«

»Natürlich. Wir haben die Leichenteile genauestens untersucht und festgestellt, dass die unglücklichen Menschen in die Klauen einer reißenden Bestie geraten sein müssen. Ich will hier nicht auf Einzelheiten eingehen.«

»Das passt genau zu den Aussagen, die uns von den Dorfbewohnern vorliegen«, erklärte Sir James. »Man glaubt in Darkwater nämlich nicht an eine natürliche Todesursache, und die alte Mär von dem Ungeheuer, das im See lauern soll, gewinnt wieder an Bedeutung. Da Sie beide Erfahrung haben, was Ungeheuer angeht, ich denke da nur an Loch Morar, habe ich mir gedacht, dass Suko und Sie, John, den Fall übernehmen.«

»Wir sollen also nach Darkwater.«

»Genau das.«

»Gibt es noch mehr Hinweise auf das Ungeheuer?«, erkundigte ich mich. »Ich meine, was Sie bisher gesagt haben, Sir, ist relativ vage – oder irre ich mich da?«

»Nein, aber ich kann Ihnen nicht mehr bieten. Sie können die Akten einsehen. Ob das allerdings etwas bringt, weiß ich nicht. Es sind dort nur medizinische Gutachten verewigt. Über das Motiv und den eigentlichen Hergang der Tat steht nichts drin. Da müssen Sie schon an Ort und Stelle recherchieren.«

»Und Sie glauben tatsächlich an ein Ungeheuer?«, hakte der Arzt noch einmal nach.

»Ja«, erwiderte ich und nickte.

»Das zu glauben fällt mir als Mediziner und Naturwissenschaftler natürlich schwer«, gab der Doc zur Antwort, wobei er noch lächelte.

»Haben Sie eine andere Lösung?«

»Leider nein. Ich für meinen Teil würde allerdings auf einen Menschen schließen oder auf ein Raubtier, das sich irgendwo in der Nähe des Sees herumtreibt. Man hört ja immer wieder, dass Löwen oder Tiger aus einem Zirkus ausbrechen und auch Menschen anfallen. Da ist so etwas leicht möglich.«

Die Argumentation des Arztes war nicht von der Hand zu weisen. Rückendeckung erhielt ich von meinem Chef, denn Sir James sagte: »Dagegen spricht vor allem, dass man die Leichen im Wasser gefunden hat. Meines Wissens hält sich Ihre Art von Raubtieren dort nicht auf.«

»Stimmt auch wieder«, sagte der Arzt. »Allerdings könnten die Fundstücke dort hineingeworfen worden sein.«

»Wie dem auch sei, wir werden es herausfinden«, gab Suko seinen optimistischen Kommentar. Und mit diesen Worten hatte er gleichzeitig unseren Aufbruch eingeleitet.

Wir erhoben uns. Jedem einzelnen reichte der Arzt die Hand. Er bat uns noch, ihn auf dem Laufenden zu halten, denn dieser Fall interessierte ihn sehr.

Wir versprachen, unser Bestes zu tun.

Wieder im Fahrstuhl, fragte mich Sir James: »Sie dachten an Jane Collins?«

»Das kann ich nicht bestreiten.«

»Ich aber auch, Sir«, meinte Suko.

»Hoffen wir, dass so etwas nicht mal Wirklichkeit wird«, sagte unser Chef. Bei seinen Worten lief mir ein kalter Schauer über den Rücken.

Im Büro trafen wir unsere letzten Vorbereitungen. Wir warfen auch noch einen Blick in die Akten. Sie bestätigten ungefähr das, was wir schon von dem Arzt gehört hatten.

All unsere Waffen nahmen wir mit. Dann wurde es Zeit, denn wir wollten noch am selben Tag in Darkwater sein …

Gab es noch eine Steigerung des Entsetzens, nach dem, was Karen White hinter sich hatte?

Ja, es gab sie. Denn was sich da aus der über dem Wasser stehenden Nebelwand schälte, war das absolute Grauen und hätte eher in einen Horrorfilm gepasst als in die Wirklichkeit.

Dort kam ein Skelett!

Aber kein normales, sondern eines, das blau schimmerte. Es hatte in der Tat blaue Knochen, und sie leuchteten von innen heraus, während um die gesamte Horror-Figur ein leichter, ebenfalls blauer Schleier lag.

Das blaue Skelett schwebte nicht über dem Wasser, sondern stand in einem schmalen Boot, das mehr einer Barke oder einem Nachen ähnelte. Zudem hielt es eine lange Stange in der Knochenfaust, die sie immer wieder in das schwarze Wasser eintauchte, um so das Boot zu bewegen.

Dieser Vorgang geschah in einer lautlosen, geisterhaften Art. Da war kein Plätschern zu hören, wenn die Stange eintauchte, nicht einmal den winzigsten Kranz einer schmalen Bugwelle konnte Karen White erkennen.

Jetzt hatte das blaue Skelett genau die Stelle erreicht, wo Jill Livingstone verschwunden war. Der Nachen huschte darüber hinweg, und der unheimliche Ruderer tauchte die Stange tief in das Wasser ein, wobei er sich vorbeugte, sein Ruder hart durch die Fluten zog und den Nachen beschleunigte.

Karen stand da und rührte sich nicht. »Nein, nein«, hauchte sie. »Das kann nicht wahr sein. Ich werde noch verrückt. Ich träume. Das ist ein Albtraum …« Sie zitterte, weinte und redete in einem, wobei sie ihren Mund geöffnet hatte und pfeifend Atem holte.

Der Nachen kam näher!

Und mit ihm das blaue Skelett, diese unheimliche Gestalt, die von Karen jetzt deutlicher wahrgenommen werden konnte. Sie konnte auch den Kopf besser erkennen, wobei Kopf das falsche Wort für diesen Angst einflößenden Schädel war, in dessen Augenhöhlen ein ebenfalls blaues Licht leuchtete.

Es war so hell, als wären die Augen in dem Schädel mit Diamanten gefüllt, und der Blick des Mädchens wurde von den blauen Augen angezogen, als wären sie Magnete.

Karen White stand da und starrte auf die knöcherne Erscheinung. Sie dachte nicht an ihre Freundin Jill, jetzt interessierte sie nur das Skelett in dem seltsamen Nachen, der über den See fuhr, als würde er schweben.

Plötzlich durchzuckte es das Mädchen wie ein Stromstoß. Urplötzlich wurde ihr bewusst, wie nahe der Unheimliche schon war, denn nur wenige Yards weiter, dann würde der Bug des Nachens den Schilfgürtel erreichen.

Karen White ballte die Hände zu Fäusten. In ihrem Inneren meldete sich eine Stimme, der Selbsterhaltungstrieb erwachte, und sie wusste mit einem Mal, dass sie hier wegmusste, wollte sie nicht ein Opfer des blauen Skeletts werden.

Die Flucht war eine Folge ihrer Gedanken. Sie hastete auf ihre neben dem Schlafsack liegenden Kleidungsstücke zu, raffte sie auf und rannte den Hang zur Ruine hoch, wo ihr Wagen im Schatten der baufälligen Mauer parkte.

Weg. Nur weg von diesem Ort des Schreckens.

Die Polizei musste benachrichtigt werden, das Grauen musste gestoppt werden, und Taucher sollten nach ihrer Freundin Jill suchen.

Die Wagentüren hatten sie nicht abgeschlossen. Das erwies sich nun als Vorteil. Karen warf ihre Kleidungsstücke auf den Rücksitz des Morris, und ihr fiel mit Schrecken ein, dass sich der Zündschlüssel in den Jeans befand.

Sie drehte sich auf dem Fahrersitz um, während sie vor Angst zitterte. Erst mit dem zweiten Griff bekam sie die Jeans zu fassen, griff natürlich in die falsche Tasche, musste wechseln und hielt endlich den Schlüssel in der rechten Hand.

Ihre Finger zitterten dabei so sehr, dass es ihr große Mühe bereitete, überhaupt das Schloss zu finden. Dann endlich hatte sie es geschafft, der Schlüssel steckte, sie drehte ihn herum, und der kalte Motor wollte nicht so recht kommen.

»Spring doch endlich an!«, flüsterte Karen. »Bitte, spring an!« Sie biss sich so hart auf die Lippe, dass sie Blut schmeckte, drehte den Schlüssel und schaute nach rechts, denn sie hatte aus den Augenwinkeln einen blauen Schein wahrgenommen, der nicht still auf dem Boden lag, sondern sich bewegte.

Er glitt näher.

Das Skelett kam ...

Wollte es sie holen?

Karen schrie, und in ihren Schrei mischte sich das stotternde Spotzen des Motors.

Endlich!

Kuppeln, dann Gas geben, alles ging überhastet, und sie hätte den Motor fast noch abgewürgt. Schließlich fuhr der Wagen mit einem Ruck an.

Die Hinterreifen drehten auf dem glatten Grasboden ein paar Mal durch, fassten aber schließlich, und der Wagen beschleunigte.

Das blaue Skelett blieb zurück. Karen hatte es geschafft. Sie war dem Grauen entronnen.

Verkrampft hockte sie auf dem Sitz. Die Hände hielten das Lenkrad so hart fest, als wäre es ein letzter Rettungsanker.

Der Untergrund war nicht glatt und stieg leicht an. Bodenwellen, Querrinnen, herumliegende Äste und Zweige verwandelten ihn in eine Holperstrecke für den Wagen. Zudem war der kleine Morris vom Gewicht her ziemlich leicht. Die Unebenheiten des Bodens übertrugen sich auf das Lenkrad und damit auf die Fahrerin, die Mühe hatte, den Wagen unter Kontrolle zu halten.

Plötzlich bemerkte sie den hoch gewachsenen Schatten dicht vor der Kühlerschnauze, ein riesiges Monster mit sehr langen Armen. Karen dachte an ein Ungeheuer, ihr Mund öffnete sich wieder zu einem Schrei, doch sie tat instinktiv das Richtige, indem sie das Lenkrad nach links kurbelte und den Baum knapp passierte.

Nichts anderes war das »Monster« gewesen, nur ein alter Baum. Die tiefer hängenden Zweige schabten noch über das flache Autodach, und für Karen White hörte es sich an wie das Kratzen von kalten Totenfingern.

Erst jetzt dachte sie daran, die Scheinwerfer anzuschalten. Die beiden Lampen flammten auf. Breit und hell stachen die Strahlen durch die Finsternis, huschten über Baumstämme, trafen Büsche, leuchteten sie aus und wanderten weiter, mal nach links, dann wieder nach rechts. Es kam darauf an, in welche Richtung Karen ihren kleinen Morris lenkte.

Einfach geradeaus fahren konnte sie nicht. Das ließ das Gelände nicht zu. So musste sie Schlangenlinien fahren, um die Straße zu erreichen.

Karen White schaffte es. Der Morris nahm die letzte Bodenwelle. Karen wurde noch einmal durchgeschüttelt und kurbelte das Lenkrad nach rechts, um in die schmale Kurve zu gelangen, die sie fahren musste. Endlich befanden sich alle vier Räder ihres Wagens auf dem Asphaltbelag der Uferstraße, die hier noch gut ausgebaut war. Weiter östlich mündete die Straße in einen Schotterweg.

Gas!

Der Motor des kleinen Morris überdrehte fast. Karen machte in ihrer Panik vieles falsch. Was ihr sonst in Fleisch und Blut eingegangen war, hatte sie wieder vergessen. So kam es, dass sie den Motor abwürgte und der Wagen mitten auf der schmalen Straße stehen blieb.

Karen konnte einfach nicht mehr. Sie hatte in den letzten Minuten zu viel erlebt und musste sich eine Pause gönnen. Ein paar Mal schüttelte sie den Kopf, beugte sich vor und lehnte ihre Stirn gegen den Lenkradring. So blieb sie sitzen.

Minuten verrannen. Erst als der Schweiß getrocknet war und Karen anfing zu frieren, da wurde ihr bewusst, dass sie nur den Slip trug. Zum Glück hatte sie ihre persönlichen Dinge zusammengerafft, auch Geld befand sich noch in ihrer Jeans.

Sie drehte sich um, griff zwischen den beiden Rückenlehnen der Vordersitze hindurch und holte die Jeans sowie ihr T-Shirt nach vorn. Dabei traute sie sich nicht, den Wagen zu verlassen, sie verrenkte sich fast die Glieder, als sie hinter dem Lenkrad hockend in die Kleidungsstücke stieg.

Immer wieder warf sie skeptische Blicke in den Spiegel. Karen White dachte an das blaue Skelett und befürchtete, dass es sie verfolgen würde, was jedoch nicht der Fall war, denn sie sah nicht einmal den Hauch eines blauen Scheins im Spiegel.

Allmählich beruhigten sich ihre Nerven. Einen Plan hatte sie ebenfalls schon gefasst. Sie musste nach Darkwater und dort Bescheid sagen, was geschehen war. Da sollten Leute nach ihrer Freundin suchen. Man konnte sie nicht einfach dieser schrecklichen Tiefe überlassen, das ging auf keinen Fall.

Darkwater lag etwa drei Meilen entfernt am großen Bogen des Sees. Sonntags schallte das Geläut der Kirchenglocken weit über das dunkle Wasser.

Sie fuhr weiter. Diesmal nicht so schnell und hektisch, sondern ruhiger. Dabei konnte sie nachdenken, und ihr fiel ein, dass Darkwater überhaupt keine Polizeistation hatte. Es gab zwar einen Konstabler, aber der war gleichzeitig Postmann.

Kurvig wurde die Straße. Mal konnte Karen den See erkennen, dann wiederum nahmen ihr hohe Bäume oder dicht wachsende Büsche den Blick auf die dunkle Wasserfläche.

Als sie endlich die ersten Häuser von Darkwater sah, da atmete sie auf.

Gerettet …

Wir hatten eine wirklich heiße Fahrt hinter uns und dem Bentley alles abverlangt.

Das alte Schätzchen schnurrte noch wie in seinen besten Tagen, obwohl es schon über fünf Jahre alt war. Ich sah noch nicht ein, mir einen neuen Wagen zuzulegen, der alte tat es auch, zudem war ja nichts dran. Der Silbergraue wurde regelmäßig gewartet und hatte mich noch nie im Stich gelassen.

Cumberland Mountains. Davon hatte ich wohl mal gelesen. Es war eine kaum erschlossene Gegend. Die Straßen, die es hier gab, konnte man an einer Hand abzählen. Die Autobahn führte weit vorbei, und wir mussten über enge, manchmal pistenähnliche Wege fahren.

Schließlich sahen wir den See.

Wir kamen aus den Hügeln, die von dem grauen Band der Straße wie ein geringelter Wurm durchschnitten wurden. Der See lag zu unseren Füßen. Leider war es ein trüber Tag, zudem schwebte über dem Wasser eine Dunstwolke, dennoch erkannten wir die dunkle Fläche des Gewässers und konnten uns vorstellen, dass der See seinen Spitznamen zu Recht erhalten hatte.

»Und?«, fragte Suko.

»Was meinst du damit?«

»Wie gefällt es dir?«

»Urlaub könnte ich hier schon machen. Aber nur eine Woche, mehr auch nicht.«

Der Chinese lachte. »Frag mich mal.«

So romantisch die Gegend auch war, hier konnten sich meiner Ansicht nach nur Eremiten wohl fühlen. Zudem war der See ziemlich groß, und es gab nur eine Ortschaft, eben Darkwater.

Die sahen wir nicht einmal. Wir waren nach Karte gefahren und wussten, dass Darkwater irgendwo am anderen Teil des Sees liegen musste. Demnach mussten wir um das Gewässer herum.

Zum Glück existierte eine Straße. Eigentlich mehr eine Piste, denn Asphalt oder Teer schien man hier nicht zu kennen. Über uns lag ein wolkenbedeckter Himmel. Nach der Hitze der letzten beiden Wochen und den damit verbundenen Unwettern hatte es sich jetzt abgekühlt, was uns beiden sehr gut tat. Von den Hügeln wehte noch ein leichter Wind. Er fuhr über das Wasser und wirbelte den Staub zu langen Schleiern hoch, der auf der Piste lag.

Zu unserer Überraschung mündete die Piste in eine Asphaltfahrbahn.

»Doch nicht am Ende der Welt«, sagte Suko.

»Wie herrlich.« Ich konnte ein wenig stärker auf das Gaspedal drücken.

Die Straße wand sich am See entlang. Hin zum Wasser trennte sie ein leicht abfallender Hang. Bewachsen war er mit Büschen und Bäumen. Alles wucherte wild und zeigte das satte Grün des Frühsommers.

Hin und wieder sahen wir auch eine alte Ruine. Drei hatten wir schon auf der Strecke gezählt. In früheren Zeiten mussten um den See mehrere Burgen gestanden haben.

Als wir vor uns den Beginn einer großen Kurve sahen und in sie einfuhren, bemerkten wir auch den dunklen Lieferwagen, der halb auf der Straße parkte.

Zwei Männer standen nebeneinander und drehten die Köpfe, als sie unseren Bentley entdeckten.

Nachdem wir ein paar Yards gefahren waren und ich mit der Geschwindigkeit herabging, konnten wir rechts die Ruine einer kleinen Burg sehen. Auch gelang es uns, zwischen den Baumbeständen in Richtung See zu blicken. Am Ufer hatten sich einige Männer um ein auf den Wellen dümpelndes Boot versammelt.

»Da scheint eine Party zu sein«, sagte Suko.

»Mal sehen, ob sie uns einladen«, erwiderte ich und lenkte zwei Räder des Wagens auf den Grasstreifen neben dem Weg.

Wir stiegen aus.

Die beiden Männer am Lieferwagen beäugten uns misstrauisch. In ihren Gesichtern regte sich kein Muskel, als sie uns entgegenschauten. Die beiden vergruben demonstrativ ihre Hände in den Taschen der dunklen Cordhosen.

Wir blieben stehen und grüßten freundlich.

Unser Gruß wurde nicht erwidert. Die Männer blieben weiterhin ziemlich abweisend.

»Haben wir denen was getan?«, murmelte Suko.

»Keine Ahnung.« Ich knipste mein bestes Lächeln an und deutete zum Seeufer. »Was ist dort geschehen?«

»Fahren Sie weiter! Das geht Sie nichts an!«, wurden wir angemeckert.

Ich runzelte die Stirn. »Ist aber nicht sehr höflich, was Sie da von uns verlangen.«

»Das interessiert uns nicht.«

Es gibt Menschen in meinem Land, die sind eben sehr starrköpfig. Zumeist findet man diese Typen auf dem Land. Hier hatten wir es mit zwei besonderen Exemplaren zu tun. Um sie auf unsere Seite zu bringen, holte ich meinen Ausweis hervor und machte ihnen klar, wer wir waren.

»Polizei?«

»Genau, sogar Scotland Yard. Und wir beide sind nicht zum Spaß hier.«

»Geht es um die Toten?«
»Sicher.«
Die Männer schauten sich an, hoben die Schultern und deuteten dann zum Ufer. »Da unten ist Konstabler Elliot Orwell. Der wird Ihnen mehr sagen können.«
»Danke.«
Wir ließen die beiden stehen und fuhren zum Seeufer hinunter. Dabei passierten wir die alte Ruine, ließen den Wagen dort stehen und entdeckten sogar die Reste eines Lagerfeuers. Daneben lagen zwei leere Schlafsäcke. Zudem sahen wir Taschen, deren Inhalt ausgeräumt war und danebenlag.
Von den Männern am Ufer, insgesamt vier, waren wir schon entdeckt worden. Fragend schaute man uns entgegen. Dann löste sich einer der Männer und trat auf uns zu. An der Uniform, die er trug, erkannten wir den Konstabler.
Er hatte leichtes Übergewicht. Der Bierbauch war so gewachsen, dass er die Jacke vorn nicht mehr schließen konnte, und der Hosengürtel musste im letzten Loch befestigt werden. Im Gegensatz zu seinem Körperbau stand der kleine Kopf mit der spiegelnden Glatze, denn eine Mütze trug der Mann nicht.
»Wer sind Sie?« Seine Stimme klang ziemlich unfreundlich.
Auch diesen Menschen klärten wir über unsere Identität auf.
»Ach, aus London.« Er grinste schief. »Ihr kommt sicher wegen der Leiche.«
»Ja, Mr. Orwell.«
Er wunderte sich nicht einmal, dass Suko seinen Namen ausgesprochen hatte.
»Sieht nicht gut aus«, meinte er.
»Wieso?«, fragte ich.
Orwell drehte sich gemächlich um und deutete auf das dunkle Wasser des Sees. »Da ist wieder jemand verschwunden. Ein junges Mädchen.«

Suko und ich schauten uns an. Ich presste hart die Lippen zusammen, denn ich wurde wieder an die Szene im Keller des Yard erinnert, als man uns die Leichenteile zeigte.

»Wann ist es passiert?«, wollte Suko wissen.

»In der letzten Nacht.«

»Hat das etwas mit den beiden Schlafsäcken zu tun, die wir gesehen haben?«

»Ja.«

»Dann sind zwei umgekommen?«

»Nein.« Er schüttelte seinen kleinen Kopf. »Ich sagte doch, es war nur eine. Die andere konnte fliehen. Sie steht allerdings unter Schock. Wir mussten sie allein in einen Raum legen.«

»Was hat sie gesagt?«

»Nicht viel, aber sie sprach von einem Ungeheuer, das mitten in der Nacht an Land gekommen ist.«

Jetzt wandte ich mich an ihn. »Haben Sie das Ungeheuer schon gesehen?«

»Ich nicht.«

»Aber andere?«

»Sicher.«

Er war ziemlich einsilbig. Das schien überhaupt eine Eigenschaft der Einheimischen hier zu sein. Nur nicht mehr sagen, als unbedingt nötig war.

»Haben Sie den See abgesucht?«

»Natürlich. Wir sind hinausgefahren, konnten allerdings nichts entdecken.«

»Suchen Sie denn weiter?«

»Hat keinen Sinn. Irgendwann wird die Leiche schon angeschwemmt. Oder ein Teil davon.«

Das war vielleicht eine Einstellung. So etwas begriff ich nicht. »Sie müssen aber doch …«

Er winkte ab. »Ach, reden Sie nicht. Sie kommen von weit her und wissen nichts. Es ist besser, wenn Sie wieder fahren. Gegen das Ungeheuer kommt keiner an.«

»Gibt es das überhaupt?«, fragte Suko.

»Mann, Sie sind gut«, erwiderte der Konstabler. »Es ist gesehen worden. Außerdem sind die Toten doch Beweis genug – oder?«

Da mochte er Recht haben. Mich ärgerte es trotzdem, dass die Sache so lasch angegangen wurde. Ich blickte über das Wasser. Selten hatte ich einen so dunklen See gesehen. Der musste wirklich total verschmutzt sein. Da gab es zahlreiche Verstecke, in denen sich das Monster verbergen konnte.

»Sie haben keine Chance«, meinte der Konstabler, »auch wenn Sie extra aus London hergekommen sind. Hier herrschen andere Gesetze. Die Einheimischen holt sich die Bestie nicht. Von uns wagt sich keiner bei Anbruch der Dunkelheit an den See, geschweige denn, dass er ihn mit einem Boot befährt. Nein, Mister, wir sind hier nicht lebensmüde. Das kann man nur den Fremden nachsagen.«

»Trotzdem werden wir bleiben.«

»Ihre Sache.«

»Können wir mit der Zeugin sprechen?«, fragte ich.

»Da müssen Sie nach Darkwater.«

»Das hatten wir sowieso vor.«

»Ich habe nichts dagegen. Aber ich sage Ihnen, Sie werden es nicht schaffen.«

»Das lassen Sie mal unsere Sache sein.«

Der Konstabler grinste schief und hakte seine beiden Daumen in den nach unten hängenden Hosengürtel. »Sie sind wie alle Städter. Hauen auf den Putz und denken, Sie könnten es schaffen. Aber da läuft nichts, hier müssen Sie umdenken.«

Ich ließ meinen Kollegen stehen und schritt zum Ufer. Ein schmaler Schilfgürtel wuchs etwa zwei Yards in das Wasser hinein, das auch hier, in Ufernähe, braun schimmerte. Die Männer, die mit dem Boot auf dem See gewesen waren, hatten in das Schilf eine Bresche geschlagen.

Dieser See gefiel mir überhaupt nicht. Das dunkle Wasser strahlte irgendetwas Unheimliches aus, etwas Drohendes und Gefährliches. Aus großer Höhe betrachtet, musste es wirken wie ein gewaltiges schwarzes Loch.

Wenn es das Ungeheuer tatsächlich gab, fragte ich mich nur, wie wir es finden sollten. Wir konnten nicht den gesamten See durchtauchen. Das hätte vielleicht Monate gedauert, und dabei wäre unter Umständen nichts herausgekommen, da das Monster immer neue Schlupfwinkel fand.

Ich zündete mir eine Zigarette an und dachte nach. Zwei Mädchen hatten hier am Ufer campiert. In der Nacht war das Monster gekommen und hatte eine der beiden zu sich in die dunkle Tiefe geholt. So schrecklich dies auch war, für uns bot sich da eine Chance. Es musste uns nur gelingen, das Ungeheuer zu locken. Und das ging am besten, indem wir uns als Köder anboten und selbst eine Nacht dicht am See verbrachten. Vielleicht konnten wir sogar die gleiche Stelle nehmen. Das war ein Plan, dem Suko sicherlich auch zustimmen würde.

Ich wollte ihn fragen, als ich seine Schritte hörte und der Chinese neben mir stehen blieb. »Wir könnten das gleiche tun wie die beiden Mädchen«, erklärte er, »und hier die Nacht verbringen.«

»Das wollte ich auch sagen.«

»Dann sind wir uns ja einig.«

Ich warf die Zigarette ins Wasser, wo die Glut zischend verlöschte. Als ich Sukos Griff an der Schulter spürte, drehte ich mich um.

»John, da, sieh!«

Mein Freund deutete auf den See. Gar nicht weit hinter dem Schilfgürtel trieb etwas dicht unter der Oberfläche. Etwas Längliches, Helles …

Mein Magen krampfte sich zusammen, als ich den Gegenstand erkannte. Es war ein menschliches Bein …

Es klopfte!

Karen White hörte es wohl, aber sie war zu erschöpft, um eine Antwort zu geben. So fasste die Frau die Gelegenheit beim Schopf und betrat das schlicht eingerichtete Zimmer, in dem nur ein Bett und ein Schrank standen.

»Möchten Sie etwas trinken?«, fragte sie.

»Nein, nein«, gab Karen flüsternd zurück. »Danke, ich habe keinen Durst.«

Die Frau nickte lächelnd. »Gut, ich komme in einer halben Stunde noch einmal wieder.«

»Ja, tun Sie das.«

Die Frau verschwand. Sacht zog sie die Tür hinter sich zu. Karen White blieb wieder allein. Sie drehte den Kopf auf die Seite und spürte das tränennasse Kissen. Ja, sie hatte in den letzten Stunden viel geweint. Da war wieder alles hochgekommen, die gesamte schlimme Erinnerung, das Grauen, das hinter ihr lag und ihr Herz zusammenpresste. Manchmal hatte sie geschrien, denn immer wieder sah sie die gleichen Bilder vor ihrem geistigen Auge.

Ein schuppiges Monster, das Jill in die Tiefe zog, und dann das blaue Skelett, das aus der Nebelwand kam und mit seinem Boot Kurs auf sie nahm.

Schlimme, albtraumhafte Bilder, die von ihr kaum verkraftet werden konnten. Sie wusste nicht mehr, wie sie in dieses Haus gekommen war. Karen war einfach losgefahren, hatte irgendwann das Dorf erreicht, war aus dem Wagen gestiegen und schreiend die Dorfstraße hinuntergelaufen. Dieses laute Rufen hatte die Menschen aus dem Schlaf gerissen, und irgendjemand hatte sie dann aufgefangen, bevor sie ohnmächtig wurde.

Ja, so war es gewesen.

Und jetzt lag sie in diesem alten Holzbett, bedeckt mit einem dicken Oberbett. Sie wusste nicht einmal, in welcher Etage dieser Raum lag. Es war ihr auch egal.

Sie wollte nur all das Schreckliche vergessen, das sie durchgemacht hatte.

Bisher war sie noch nicht aufgestanden. Allerdings konnte sie auch nicht für länger liegen bleiben, deshalb schwang sie die Beine über die Bettkante und setzte sich erst einmal hin.

In ihrem Kopf hatte sie ein dumpfes Gefühl. Sie stützte das Kinn in beide Hände, schloss für einen Moment die Augen, öffnete sie wieder und holte tief Luft.

Erst jetzt fiel ihr auf, wie stickig die Luft in dem Zimmer war. Hier hatte kaum jemand gelüftet, und ihr Blick fiel automatisch auf das Fenster. Es war quadratisch und sehr klein.

Als sie zwischen ihre Füße auf den Boden schaute, sah sie die alten, grau gestrichenen Holzdielen, die sich sogar ein wenig bogen, wenn Karen sie mit ihrem Gewicht belastete.

Auf zittrigen Beinen und mit einem Pudding-Gefühl in den Knien schritt sie zum Fenster. Rechts befand sich ein einfacher Metallgriff, den sie nur zu drehen brauchte, um das Fenster zu öffnen.

Das gestaltete sich als sehr schwierig. Sie musste schon Kraft einsetzen, um es zu schaffen.

Dann konnte sie nach draußen schauen.

Etwas kühlere Luft drang in ihr Gesicht. Ein paar Mal holte sie tief Atem, schloss die Augen und wünschte sich weit weg von hier. Es blieb nur ein Wunsch.

Als sie die Augen wieder öffnete, schaute sie in einen fremden Garten. Nicht sehr gepflegt, sondern eher verwildert. Man hatte die Pflanzen wachsen und wuchern lassen.

An der Rückseite wurde der Garten von einem einfachen Holzzaun begrenzt. Die Pfähle sahen schon brüchig aus, sie steckten tief im Boden. Vor dem Zaun wucherte das Unkraut hüfthoch.

Jenseits des Grundstücks begann eine Wiese, auf der zwei magere Ziegen Gras rupften. Insgesamt ein friedliches Bild, aber das Girl traute dem Frieden nicht. Sie hatte den Horror kennen gelernt, der unsichtbar lauerte und den Frieden brutal zerstören konnte.

Karens Hände krampften sich zusammen. Noch einmal blickte sie nach draußen, dann wandte sie sich ab und steuerte ihr Bett an.

Es schwankte. Karen White hatte das Gefühl, auf einem Schiff zu stehen, das bei hoher See durch das Meer pflügte. Sie merkte die Erschöpfung, die auch die Ruhe nicht hatte überdecken können, und sie schüttelte ein paar Mal den Kopf, wobei sie ein seltsames Brausen im Schädel spürte, das immer mehr anschwoll und ein taubes Gefühl in ihren Ohren hinterließ, als es schließlich verklungen war.

Erschöpft ließ sie sich auf das Bett fallen, drückte ihren Rücken zurecht und lag schließlich auf dem weichen Oberbett.

Schon fast einen ganzen Tag hielt sie sich in diesem Zimmer auf. Sie trug noch immer die gleiche Kleidung. Man hatte ihr nur die Schuhe ausgezogen, mehr war nicht geschehen. Ein paar Mal hatte sie etwas getrunken, jetzt verspürte sie keinen Durst mehr.

Nur allmählich beruhigte sie sich wieder. Auch die Frequenz ihres Herzschlags ging zurück, und sie dachte daran, dass Jills Eltern benachrichtigt werden mussten. Niemand hatte sie bisher vom Tod ihrer Tochter unterrichtet.

Es würde ein Schock für sie werden, denn Jill war das einzige Kind der beiden gewesen. Ihre Eltern hatten Karen sogar nahe gelegt, auf Jill zu achten, und sie fürchtete, dass man ihr nun die Schuld am Tod des Mädchens geben würde.

Aber das konnten die anderen nicht, das ging zu weit. Nein, sie hatte …

Plötzlich richtete sich Karen White auf.

Sie hatte ein Geräusch gehört. Nicht innerhalb des Zimmers, es war draußen an der Rückseite des Hauses aufgeklungen. Ein seltsames Kratzen und Schaben.

Kam da jemand?

Karen drehte den Kopf, damit sie den quadratischen Ausschnitt im Auge behalten konnte. Sie hatte das Fenster nicht geschlossen, weil sie frische Luft haben wollte, nun bereute sie es, denn bei offenem Fenster konnte jemand leicht in das Zimmer einsteigen.

Noch war es Zeit aufzustehen und das Fenster zu schließen, aber sie fand nicht die Kraft und den Mut, dies zu tun. Stattdessen hörte sie, wie etwas von außen gegen die Wand schlug.

Angst kroch in Karen hoch.

Unter dem Oberbett ballte sie ihre Hände zu Fäusten, auf der Stirn glänzte Schweiß, und sie fühlte, wie sie anfing zu zittern. Da kam jemand, da wollte einer was von ihr.

Sie schaute zur Tür.

Sie war geschlossen. Die ihr namentlich noch unbekannte Frau hatte gesagt, sie wolle erst in einer halben Stunde wiederkommen.

Die war längst nicht um.

Schritte.

Ein leises, kaum hörbares Tapp-tapp klang durch das offene Fenster und erreichte ihre Ohren. Und die Schritte wurden lauter, ein Beweis, dass sich der Unbekannte näherte.

Wann würde er da sein?

Jetzt, in diesem Augenblick, denn Karen White sah, wie sich eine Gestalt in die Höhe schob und durch das offene Fenster auf sie und das Bett starrte.

Die Gestalt trug einen alten Hut. Weit war die Krempe in die Stirn gebogen, das Gesicht war zur Hälfte von einem wild wuchernden Bartgestrüpp verdeckt.

Karen kannte den Ankömmling.

Es war der alte Mann, der sie und Jill so deutlich gewarnt hatte. Jetzt tauchte er wieder auf, und er bewegte seinen rechten Arm, sodass er ihn durch das offene Fenster schieben konnte, denn in der rechten Hand hielt er einen Revolver, deren Mündung er auf die im Bett liegende Karen White richtete …

Ein Bein!

Herrgott, da schwamm ein Bein! Und nicht nur wir hatten es gesehen, auch die Männer.

Während Suko und ich ruhig blieben und erst einmal abwarteten, reagierten sie leicht panikerfüllt. Sie rannten weg von ihrem Boot und blieben erst in Höhe der alten Ruine stehen, von wo aus sie furchtsam in Richtung See schauten und heftig miteinander diskutierten. Wir hörten zwar einige Wortfetzen, aber wir achteten nicht weiter darauf. Für uns war der schreckliche Fund wichtiger.

Suko und ich verständigten uns mit Blicken. Wir wollten nicht erst abwarten, bis das Bein angetrieben worden war, sondern es aus dem Wasser holen.

»Komm«, sagte ich nur. Fast hätte ich den Konstabler umgerannt, der als einziger stehen geblieben war. Als er sah, dass wir ins Boot wollten, versuchte er uns aufzuhalten.

»Das können Sie nicht machen!«, schrie er. »Sie begeben sich damit in große Gefahr. Sie …«

»Was wollen Sie denn unternehmen?«, fragte ich, wobei ich bereits mit einem Bein im Boot stand und mein Fuß bis zum Knöchel im Uferschlick versunken war.

»Also ich, ich hätte …« Er schüttelte seinen Kopf mit der blanken Glatze. »Bleiben Sie hier. Das Bein können wir später holen. Wirklich, es ist zu gefährlich …«

Weder Suko noch ich kümmerten uns um die Worte. Der Chinese hatte das Boot bereits geentert und sich auf die Mittelbank gehockt, wobei er mit beiden Händen die Griffe der Ruderstangen umklammerte. »Schieb mal!«, rief er mir zu.

Ich drehte ab und bemerkte noch aus den Augenwinkeln, wie der leichenblasse Konstabler ein Kreuzzeichen schlug. Wahrscheinlich gab er für unser Leben keinen Pfifferling mehr.

Ich sprang ins Boot, denn Suko sah mir ganz so aus, als wollte er losrudern. Der Kahn schwankte, als ich ihn betrat. Zudem tauchte Suko bereits die beiden Ruderblätter ins Wasser. Es war hier sehr flach, und das Holz wühlte dicken Schlick auf.

Ich warf noch einen Blick zurück.

Der Konstabler stand kopfschüttelnd am Ufer. Seinem Gesichtsausdruck entnahm ich, dass er uns für wahnsinnig hielt, weil wir so etwas versuchen wollten.

Die anderen Männer hatten sich wieder beruhigt. Sie standen nebeneinander und schauten starr auf den See. Ich konnte es ihnen nicht einmal verübeln. Sie hatten schon zu viele Leichenteile aus diesem verfluchten See geholt, und ihre Angst war sicherlich mit jedem neuen Fund gewachsen.

»Setz dich endlich«, sagte Suko.

Ich hockte mich auf die Bank am Bug und schaute nach links, wo das Bein im Wasser trieb. Es war kein schöner Anblick, aber wir mussten es herausholen.

Suko ruderte hin. Zum Glück fand ich noch eine Stange, die an einem Ende gebogen war. Damit konnte ich das Bein aus dem Wasser holen.

Es war eine makabre Arbeit. Suko half mir dabei und hatte die beiden Riemen losgelassen.

Schließlich lag das Bein im Boot. Es sah so aus wie die Fundstücke, die wir im Yardkeller gesehen hatten. Ich entdeckte noch eine zusammengerollte Plane, breitete sie aus und legte sie über das Fundstück. Wir wollten es nicht immer vor Augen haben.

Suko fragte: »Rudern wir wieder zurück?«

Ich kannte meinen Freund. Die Frage klang so, als wollte er noch länger auf dem See bleiben.

Ich warf einen Blick zum Himmel. Er war zwar wolkenverhangen und präsentierte ein mattes Grau, aber die Dämmerung hatte noch nicht eingesetzt, sodass wir uns im Tageslicht einen ersten Eindruck von dem Gewässer verschaffen konnten.

»Meinetwegen können wir uns umsehen«, schlug ich vor.

»Das wollte ich auch gerade sagen.« Suko grinste und legte sich wieder in die Riemen, um auf die Seemitte hinauszupullen.

Das sahen auch die am Ufer Gebliebenen. Sie winkten und riefen, wollten uns zurückholen, doch wir kümmerten uns nicht um sie.

Unser Job war es, schreckliche Morde aufzuklären, und das konnten wir nur, wenn wir uns möglichst nahe am Tatort befanden.

Eine Taucherausrüstung hatten wir nicht mitgenommen, deshalb mussten wir uns damit zufrieden geben, nur die Oberfläche abzusuchen und vielleicht zwei Handspannen darunter, denn tiefer konnten wir wegen der Färbung des Wassers nicht schauen.

Suko ruderte ruhig und gleichmäßig. Er tauchte die Blätter ein, zog sie wieder hervor, und dann sah ich die langen Schlieren, die sich über das nasse Holz gelegt hatten.

Wir entfernten uns immer weiter vom Ufer, und jetzt hatten wir ein besseres Blickfeld. Wir sahen die Landzunge jetzt aus der Nähe. Dort wuchsen uralte Bäume. Der Wind hatte ihre Stämme gebogen. Sie neigten sich dem See zu, wobei sie mit ihren langen Ästen und Zweigen in die dunklen Fluten tauchten.

Dass der See doch nicht so ruhig war, wie es beim ersten Hinschauen den Eindruck hatte, merkten wir an den Strömungen. Wenn Suko nicht ruderte, wurden wir nach Backbord hin abgetrieben, und ich sah an manchen unruhigen Wasserstellen kleine Strudel. Auf einen von ihnen glitten wir zu.

»Dahinten liegt Darkwater«, sagte Suko und deutete mit dem Kopf nach rechts.

Da ich ihm gegenübersaß, musste ich meinen Blick nach links wenden. Trotz des Dunstes konnte ich die Umrisse der Ortschaft erkennen.

Von uns aus gesehen wirkte es so, als würden die Häuser dicht an dicht stehen, und nur die große Kirchturmspitze ragte über alle Gebäude und Dächer hinaus.

Etwas Besonderes erkannten wir nicht. Das war ein Ort wie jeder andere in dieser Gegend.

»Hast du eigentlich ein festes Ziel?«, fragte Suko und tauchte die beiden Ruder wieder mit geübtem Schwung ins Wasser.

»Nein!«

»Ich dachte, du wolltest das Monster sehen.«

»Optimist. Glaubst du denn im Ernst, es zeigt sich, nur weil wir gerade auf dem Wasser paddeln?«

»Das wäre doch möglich. Schließlich wagen sich die Einheimischen nicht auf den See. Also muss es für das Monster ein völlig neues Gefühl sein, wenn sich zwei potentielle Opfer auf das Wasser wagen.«

So gesehen hatte mein Freund eigentlich Recht. Vielleicht würde das in der dunklen Tiefe lauernde Monster wirklich so reagieren. Sehr wohl war mir dabei nicht. Wir saßen in einer kleinen Nussschale, und wenn das Monster tatsächlich groß war, dann konnte es mit uns machen, was es wollte.

»Begeistert scheinst du nicht zu sein«, bemerkte Suko.

»Hast du deine Pistole geladen?«, fragte ich.

»Ja, ich warte nur ab. So ein verfluchtes Untier kann nur durch schwarze Magie entstanden sein.«

Ich hob die Schultern. »Irgendwie bin ich mir da nicht einmal so sicher, mein Lieber.«

»Wieso?«

»Weil ich an eine bestimmte Theorie denke, die mal von Wissenschaftlern aufgestellt wurde.«

»Im Bezug auf Monster?«

»Genau das. Man hat bei der Erforschung oder beim Versuch der Erforschung von Loch Ness eine Theorie entwickelt, die gar nicht so abwegig ist. Und zwar ist man zurückgegangen bis in die Spät-Eiszeit. Vor ungefähr zwölftausend Jahren ist das Eis ja geschmolzen. Langsam wandernde Eisberge schürften tief abfallende Täler in die Erde. Die füllten sich mit Wasser und bildeten – ähnlich wie die Fjorde in Norwegen – dünne Meeresarme. Verschiedene Lebewesen des Meeres – unter anderem auch Monster – siedelten in diesen neu entstandenen Lebensräumen. Da die Eisdecke geschmolzen war und nicht mehr den ungeheuren Druck ausübte, konnte sich das Land langsam heben. Möglicherweise wurden unsere Seen hier so vom Meer abgeschnitten. Und die Meerestiere, die im See gefangen waren, mussten sich den neuen Gegebenheiten anpassen. Als man Loch Ness damals untersuchte, entdeckte man gewaltige Unterwasserhöhlen. Hier wird es ähnlich sein, glaube ich.«

»So denkst du also«, sagte Suko.

»Ja.«

»Also keine schwarze Magie, was das Ungeheuer betrifft.«

»Möglicherweise nicht.«

»Aber damals am Loch Morar war es doch auch ein durch schwarze Magie entstandenes Ungeheuer«, bemerkte Suko.

»Klar, da kamen noch die Zombies hinzu. Oder hast du hier schon etwas von den Kräften der anderen Seite gespürt?«

»Das noch nicht.«

»Die Chancen stehen fünfzig zu fünfzig«, erwiderte ich und schaute dabei auf das schwarze Wasser, durch das wir trieben, denn Suko hatte die Ruder auf die Bordwand gelegt.

Wir befanden uns jetzt ziemlich weit vom Ufer entfernt, und wir merkten, dass sich unser Boot anfing zu drehen, als wäre es in einen Kreisel geraten. Das kam nicht von ungefähr, unter uns musste sich etwas befinden.

Suko warf mir einen nachdenklichen Blick zu. Er hatte ebenfalls festgestellt, dass da etwas nicht stimmte.

Wie auf Kommando erhoben wir uns gleichzeitig von unseren Sitzbänken und schauten zu beiden Seiten des Bootes ins Wasser. Es war in der Tat unruhig geworden. An meiner, an der Steuerbordseite, liefen die Wellen im Kreis. Sie rollten gegeneinander, überschlugen sich und bildeten an diesen Stellen helle Schaumkämme.

Dies empfand ich als sehr seltsam. Ich drehte den Kopf und fragte Suko, was er sah.

Das gleiche wie ich.

Ein wenig komisch wurde mir schon, wenn ich daran dachte, was da unter Umständen unter uns lauern konnte und wir nur in einer Nussschale von Boot hockten.

Fast bereute ich es, so weit hinausgerudert zu sein, denn wenn wir angegriffen wurden, gab es keine Chance mehr, noch schnell an Land zu fliehen.

Dann mussten wir uns stellen!

An einen normalen Strudel konnte ich nicht mehr glauben, denn unter Wasser verstärkte sich die Kraft, die nach oben trieb und die Wellen noch heftiger aufeinander zuwarf. Sie wurden zu kleinen Schaumbällen, die aufsprudelten, sich ausbreiteten, dabei unter unser Boot gerieten und es tanzen ließen.

»Da kommt was!« Suko sprach das aus, was ich dachte. Und da geschah es auch schon.

Unter Wasser nahte das Unheil. Ich sah noch einen

langen düsteren Schatten, rief meinem Freund eine Warnung zu und klammerte mich instinktiv an der Bordwand fest, was sich mehr als nützlich erwies, denn einen Atemzug später erhielt unser Boot einen Schlag, der hart und wuchtig gegen den Kiel hieb und den Kahn mit dem Bug zuerst aus dem Wasser schleuderte.

Der Chinese hatte sich nicht so hart festklammern können. Er rutschte mir entgegen, wir fielen in das Heckteil des Kahns, der dort sehr tief im Wasser lag, sodass die ersten Wellen überschäumten und wir Angst haben mussten, in die schwarzen Fluten gerissen zu werden.

Noch ein Schlag erschütterte das Boot fast an derselben Stelle. Und dann schoss etwas Grünblaues, Schuppiges aus den Fluten und wuchs vor dem Bug unseres Bootes zu einer immensen Schreckensgestalt hoch, sodass wir Minderwertigkeitskomplexe bekamen. Wir sahen ein Maul mit furchtbaren Zähnen, zwischen denen etwas steckte.

Unsere Augen wurden weit vor Entsetzen.

Es war der Kopf einer jungen Frau!

Zum ersten Mal in ihrem Leben wurde auf Karen White mit einer Schusswaffe gezielt. Bisher hatte sie so etwas nur in Filmen erlebt, nun wurde es Wirklichkeit.

Sie starrte in die Mündung und sah nur sie, nicht das Bartgestrüpp darüber.

Ein gefährliches dunkles Loch, aus dem jeden Augenblick der Tod in Form eines Bleigeschosses durch das Oberbett in ihren Körper fahren konnte.

Sie blieb ruhig liegen. Dies kostete Karen eine große Überwindung. Am liebsten wäre sie aus dem Bett gesprungen und geflohen, aber dazu fand sie einfach nicht den Mut, die Drohung der auf sie gerichteten Waffe war zu stark.

Vielleicht für die Zeitspanne von einer Minute hielt sich der Alte in der Fensteröffnung auf, dann begann er leise zu kichern, bewegte seine Schultern und schob sie durch die schmale Öffnung. Er stellte es so geschickt an, dass die Waffe dabei permanent auf das Bett wies und eine Kugel Karen immer treffen konnte. Geschickt sprang er zu Boden, wo er für einen Moment stehen blieb und sich danach mit gleitenden Schritten dem Bett des Mädchens näherte.

Karen White starrte ihm ängstlich entgegen. Dabei zitterten ihre Lippen, und es sah so aus, als wollte sie etwas sagen, doch sie brachte nicht einen Ton hervor.

»So sieht man sich wieder«, flüsterte der Alte. Er sprach ebenso flüsternd und nuschelnd wie in der Nacht. Zudem trug er die gleiche Kleidung. Der Fischgrätmantel hing noch immer über seinen mageren Schultern. Die Waffe, die er trug, hatte eine beachtliche Größe. Karen hatte eine ähnliche mal in einem Western-Film gesehen. Damit schossen die Cowboys, demnach musste es ein Colt sein.

»Bitte«, hauchte sie. »Bitte, tun Sie mir nichts. Ich habe Ihnen doch nichts getan …«

Der Alte wiegte den Kopf. Seine Bartspitzen zitterten dabei, und in seine kleinen Augen trat ein listiges Funkeln.

»Es ist noch nicht sicher, wie ich mich verhalte, meine Kleine. Dabei kommt es allein auf dich an, hast du gehört?«

»Ja, ja – aber was soll ich …?«

»Pst, nicht so laut, meine Kleine. Ich stelle hier die Fragen.« Er schwenkte die Waffe und zielte mit der Mündung genau auf die Nasenwurzel des jungen Mädchens. »Wäre doch schade für dein hübsches Köpfchen …«

»Sagen Sie mir, was Sie wollen!«

»Du bist dem Ungeheuer entkommen, nicht?«

Karen White nickte.

»Aber Jill«, hauchte sie, »Jill ist in die Tiefe gezerrt worden.«

»Ich weiß, denn ich habe es selbst mit angesehen. Ich konnte auch deine Flucht beobachten, denn ich sehe alles. Merke dir mal, meine Kleine, der alte Terrence hat seine Augen überall. Er hört alles, er sieht alles. Er hat auch das blaue Skelett gesehen.«

Nach diesen Worten zuckte Karen zusammen. »Das blaue Skelett, was hat es für eine Bedeutung?«

»Eine sehr große, mein Kind. Doch ich will von dir etwas anderes wissen. Wohin ist es verschwunden? Welchen Weg hat es genommen, was hatte es vor?«

»Ich – ich weiß nicht so recht ...«

Im nächsten Augenblick berührte der kalte Stahl der Mündung die Haut zwischen den Augen den Girls. »Doch, meine Kleine. Du weißt genau Bescheid. Anlügen gilt nicht. Du musst es gesehen haben. Wo ist das Skelett hingegangen?«

»In die – in die Ruine, glaube ich ...«

»Wirklich?«

»Ja, ich meine. Es hat auf jeden Fall die alte Ruine angesteuert. Mehr konnte ich nicht sehen. Ich – ich habe auch nicht mehr das Boot gesehen, ich weiß nicht, wo es das Skelett gelassen hat. Ich war ja so durcheinander und bin es jetzt noch.« Karens Stimme klang gequält.

»Du musst dich nicht aufregen, kleine Karen, so heißt du doch, nicht wahr?«

»Ja, aber ...«

»Nichts aber, meine Kleine. Hier habe ich zu sagen. Und wenn du mir nicht gehorchst, werde ich schießen. Glaube nur nicht, dass es mir etwas ausmacht. Ich habe da meine Erfahrungen und fürchte mich auch nicht vor den Leuten im Dorf.«

»Was haben Sie denn mit mir vor?«

Das Bartgestrüpp des Alten verzog sich. Ein Zeichen, dass er lächelte. »Nicht viel. Wie ich sehe, geht es dir schon wieder sehr gut. Du wirst mich nur begleiten.«

»Ich soll hier weg?«

»Natürlich. Oder hast du gedacht, dass ich nur gekommen bin, um dir einen Guten Tag zu wünschen? Nein, der alte Terrence verfolgt seine eigenen Pläne. Steh auf!«

»Das kann ich nicht.«

»Und weshalb nicht?«

»Ich bin zu krank und zu schwach.«

Da lachte der Alte. »Du und schwach? Was soll ich denn da sagen? Du bist jung, du hast Kraft, in deinem Körper steckt noch die Energie der Jugend, du kannst ein Erlebnis schnell verkraften. Natürlich war es für dich schlimm, aber ich hatte euch gewarnt, und nun müsst ihr die Folgen tragen. Du besonders, da du als einzige noch lebst. Und du wirst nur mir gehorchen, hast du verstanden? Nur mir und keinem anderen. Natürlich kannst du auch hier liegen bleiben mit einer Kugel in der Stirn – ha, ha, ha …«

Karen White erschrak, als sie diese Worte hörte. Der Alte meinte es ernst, der kannte kein Pardon, denn er hatte sich irgendwas in den Kopf gesetzt, was er auch durchführen wollte, und dabei spielte Karen eine gewisse Rolle.

»Nun?«

Das Mädchen schaute Terrence ins Gesicht. Sie schielte auch auf den Waffenlauf und wusste, dass sie nur der zweite Gewinner in diesem Spiel war. Der Alte hatte die besseren Karten in der Hand, und er spielte sie eiskalt aus.

»Ich gehe mit.«

Um die rosigen Mundwinkel des Mannes zuckte es. »Das hatte ich mir so gedacht. Es wäre dir auch nichts anderes übrig geblieben. Du steigst aus dem Bett, und wir beide werden einen kleinen Spaziergang unternehmen. Er wird dir gut tun.«

Karen erwiderte nichts. Sie schlug nur das Oberbett zurück. Terrence stand auf, damit sich seine unfreiwillige Helferin aus dem Bett schwingen konnte.

Für einen Moment blieb Karen White auf dem Bettrand sitzen. Sie hatte sich noch immer nicht so recht mir der neuen Situation abfinden können, presste beide Hände gegen ihre Wangen und wischte den Schweiß ab.

»Nun komm schon! Stell dich nicht so an!«, zischte der Alte, der nervöser geworden war.

Karen White stand auf. Sie wollte sich zur Tür wenden, doch dagegen hatte ihr Bewacher etwas. »Nein, nein, kleine Karen. Nicht dorthin. Wir nehmen den Weg, den ich gekommen bin.«

»Durch das Fenster?«

»Natürlich!«, zischte der Alte. »Oder bin ich etwa ...«

Er unterbrach sich mitten im Satz, denn er hatte vor der Tür auf dem Flur Schritte gehört. Sie waren schon so nahe, dass er nichts anderes mehr unternehmen konnte, als sich zu verstecken. Seine Reaktionsschnelligkeit war noch gut, denn mit zwei hastigen Schritten stand er an der Wand, drückte sich dagegen und hatte sich so aufgebaut, dass er im toten Winkel stand, wenn die Tür geöffnet wurde.

»Keinen Ton!«, hauchte er Karen zu, die verstand und zweimal nickte.

Da bewegte sich schon die Klinke. Die Tür wurde aufgestoßen, und die Frau betrat das Zimmer.

Der Alte vernahm einen kieksenden Laut. Dann hörte er die Stimme. »Aber Kind, du bist ja aufgestanden.«

Karen stand in verkrampfter Haltung neben dem Bett und nickte heftig. Zu einer anderen Reaktion war sie nicht fähig.

»Ist etwas mit dir?«

Karen senkte den Kopf. Am liebsten hätte sie die

gutmütige Frau gewarnt, aber eine Warnung hätte sie beide in Lebensgefahr gebracht.

Die ihr namentlich nicht bekannte Frau blieb nicht auf der Schwelle stehen, sondern betrat das Zimmer. »Kindchen, Sie machen auf mich einen deprimierten Eindruck. Was haben Sie?«

»Nicht, nicht, ich …« Dabei schielte Karen zur Seite, wollte die Frau mit den Augen warnen, doch die verstand nicht, sondern ging weiter auf Karen zu.

Darauf hatte der Alte gewartet. Er trat gegen die Tür, dass sie zurückschwang und ins Schloss fiel. Das schreckte die Frau hoch. Sie drehte sich um und schaute in die Mündung eines Revolvers.

»Sei ganz still!«, zischte der Alte.

Die Frau öffnete den Mund. In ihre müde wirkenden Augen stahl sich so etwas wie Überraschung. »Der alte Terrence. Himmel, was soll das bedeuten? Und dann mit einer Waffe …«

»Halt den Mund!«

»Nein, ich …«

»Soll ich schießen?« Diese drei Worte waren nur gezischt worden, doch die Frau spürte den Hass, der darin mitschwang. Und der Alte fuhr fort: »Ihr habt mich lange genug gehänselt und aufgezogen. Diese Zeiten sind vorbei, und zwar endgültig. Ich lasse mit mir nicht mehr machen, was ihr wollt. Diesmal sehe ich zu, dass alles klappt, hast du verstanden, du Schlampe?«

»Aber, ich …«

»Kein Aber mehr! Dreh dich um!«

Als sie nicht sofort gehorchte, sprang der alte Terrence wendig vor und hämmerte mit dem langen Lauf zu.

Er traf die Stirn, wo die Haut aufplatzte. Für zwei Sekunden stand die Frau starr auf dem Fleck. Dann kippte sie nach hinten und hatte Glück, dass sie mit dem Kopf auf das weiche Oberbett fiel, denn Karen sah sich nicht in der Lage, die Fallende so schnell aufzufangen.

Der Mann aber nickte zufrieden. »Sie hätte es auch anders haben können«, sagte er. »Mit einer Kugel. Sie kann sich freuen, dass ich nicht geschossen habe.« Dabei schaute er Karen an, als erwarte er von ihr eine Bestätigung.

»Was sind Sie nur für ein Mensch?«, flüsterte diese.

Der Alte lachte. »Ein ganz besonderer«, erwiderte er leise. »Das wirst du noch merken. Und jetzt steig aus dem Fenster! Meine Geduld ist langsam erschöpft!«

Karen White gehorchte. Sie drehte sich um und ging auf unsicheren Schritten vor. Draußen war es bereits dämmrig geworden. Bald würde die Dunkelheit hereinbrechen, und Karen fragte sich, was dieser Mensch hinter ihr wohl vorhatte …

Es war grauenhaft!

Das Monster vor uns schien für zwei Sekunden unbeweglich in der Luft zu stehen. Zwischen seinen Zähnen sahen wir den Kopf mit dem langen blonden Harr und dem noch immer entsetzten Gesichtsausdruck, der genau das widerspiegelte, was die junge Frau in den letzten Sekunden ihres Lebens durchgemacht hatte.

Dann öffnete das Ungeheuer sein Maul, und der Kopf fiel heraus. Dabei sahen wir, dass er nicht abgebissen worden war, sondern noch mit dem Körper zusammenhing.

Die Frauenleiche verschwand in dem kochenden Wasser und wurde von uns nicht mehr gesehen.

Wir aber starrten auf das Monster und waren in der Lage, es uns genau anzusehen, denn es schien noch zu überlegen, ob es uns angreifen sollte oder nicht.

Ich hatte noch nie so ein Tier gesehen. Auffällig war nicht nur das gewaltige Maul mit den spitzen Zähnen, sondern auch der kräftige Schwanz, der mich an den einer Schlange erinnerte. Die Haut sah aus wie ein Panzer. Grünblaue Schuppen bedeckten sie. Das Monster hatte ziemlich kurze Arme, aber Hände oder Pfoten und die Krallen so spitz wie kleine Messer.

Damit konnte es sein Opfer zerfetzen.

Über dem Maul und den beiden Öffnungen, die wohl Nasenlöcher darstellen sollten, schimmerten die Augen in einem kalten, tödlichen Gelb, und aus dem Rachen hing eine spitze knallrote Zunge.

Das alles nahmen wir innerhalb von Sekunden auf, während unser Boot wie bei einem schweren Seegang auf und nieder schwankte, denn das Erscheinen des Monsters hatte das Wasser des schwarzen Sees ziemlich aufgewühlt.

Scheinbar unwillig, wie mir schien, bewegte das Monster seinen gefährlichen Schwanz. Mit seiner gesamten Länge tauchte er aus dem Wasser, ein kurzer peitschender Schlag, er krachte wieder in die Fluten und wühlte dabei das schwarze Gewässer auf, sodass eine Welle entstand, die gegen unser Boot geschleudert wurde, überschäumte und den Kahn heftig zum Schaukeln brachte.

Suko und ich hatten alle Hände voll zu tun, um uns festzuklammern, deshalb konnten wir auch nicht daran denken, unsere Waffen zu ziehen, um das Monster zu bekämpfen.

Wie würde es sich verhalten?

Wieder wühlte der Schwanz der Bestie das Wasser auf. Sie schüttelte dabei den Kopf, beugte sich vor, eine Gischtwolke übersprühte uns, und dann glaubten wir, dass die Bestie über uns und dem Boot zusammenbrechen würde.

Doch das geschah nicht. Dicht neben dem Kahn tauchte sie in das schwarze, aufgewühlte und wie kochend wirkende Wasser und verschwand aus unserem Blickfeld.

Die Nachwirkungen bekamen wir noch zu spüren, denn ein Körperteil des Untiers streifte unser Boot, das daraufhin so stark nach backbord krängte, dass Suko und ich befürchteten zu kentern. Doch der alte Kahn richtete sich schwerfällig wieder auf. Er schaukelte nur noch auf den Wellen, und wir versuchten, die Schaukelei auszugleichen.

Beide holten wir tief Luft und schauten uns an. Wir waren nass, die Gesichter bleich, und wir wussten, dass dieser erste Angriff nicht der letzte gewesen war.

Auf einen zweiten wollten wir uns besser vorbereiten. Suko zog seine Dämonenpeitsche, ich die Beretta. Auch den Dolch hatte ich mitgenommen sowie das Kreuz. Aber diese Waffen nutzten nur etwas, falls es sich bei dem Geschöpf um ein Wesen dämonischen Ursprungs handelte. Wenn meine Theorie zutraf und es ein Überbleibsel aus uralter Zeit war, sah ich schwarz.

Suko hielt seine Dämonenpeitsche in der Hand, schlug einmal einen Kreis und ließ die Riemen ausfahren. Er wischte sich das Wasser aus dem Gesicht, während er wieder vorging und sich auf die Ruderbank in der Mitte setzte.

»Behalte du den See im Auge«, sagte er.

»Wo willst du hin?«

»An Land rudern.«

Die Idee war gut, dennoch glaubte ich kaum, dass das Monster es zulassen würde.

Die Stelle, von der aus wir gestartet waren, lag zu weit entfernt. Wir mussten zusehen, dass wir die Landzunge erreichten, die sich weit in den See schob.

Ich drehte mich um und warf einen Blick zurück. Die Dämmerung löste den Tag allmählich ab. Die Luft war feuchter geworden, und in der Nähe des Ufers hatten sich lange Streifen gebildet. Nebel, der über dem Wasser lag und die Sicht verschlechterte.

Den anderen erging es nicht anders, auch sie hatten,

wenn überhaupt, den Kampf nur undeutlich beobachten können. Ich jedenfalls sah die Männer nicht mehr, da das Ufer und auch die ersten Streifen Land dahinter in einem milchigen Grau verschwanden.

»Zur Landzunge!«, keuchte Suko, dessen Hände bereits die Riemen umklammerten. Er wollte so schnell wie möglich das Trockene erreichen, denn auf dem See waren wir so gut wie hilflos.

Ich beobachtete das Wasser. Dabei wechselte ich die Seiten, starrte auf und in die Schwärze. Glasiger Schaum bildete sich, wenn Suko die beiden Ruderblätter zu hart eintauchte.

Dieser See war in der Tat ein verfluchtes Gewässer.

Ich sah nichts.

Nur diese verdammte Ungewissheit blieb, dass das Untier urplötzlich auftauchen könnte und uns mit einem höllischen Angriff überraschte.

Dann sah ich wieder die Leiche. Sie trieb an mir vorbei. Das lange blonde Haar schimmerte in der Schwärze des Wassers. Jedoch nur für einen Moment, bevor hochwirbelnde Wolken aus nassem Torf sie wieder verhüllten.

Weshalb hatte uns das Ungeheuer verschont? Eine Antwort auf die Frage fand ich nicht. Vielleicht sollte es auch nur eine Warnung sein. Die zweite Attacke würde sicher härter werden.

Suko pullte. Sein Gesicht zeigte Anspannung und Konzentration. Er gab wirklich alles und tauchte die beiden Ruderblätter mit einer Gleichmäßigkeit ins Wasser, die einem alten Kahnfahrer zur Ehre gereicht hätte.

Mittlerweile verschwand auch das Tageslicht. Am Himmel sahen wir sehr schwach und durch Wolken verdeckt den blassen Mond.

Ich drehte den Kopf und schaute zum Ufer zurück. Dabei hatte ich das Gefühl, ebenso weit davon entfernt zu sein wie vor einigen Minuten. Es schien kaum näher zu rücken. Die Dunstschleier lagen wie feine Gardinen in Ufernähe. Die Menschen waren nicht mehr zu sehen. Wahrscheinlich hatten die Leute aus dem Ort Darkwater Angst bekommen. Und auf uns beide, die wir Fremde waren, brauchten sie keine Rücksicht zu nehmen. Sie hatten uns gewarnt, wir hatten nicht auf sie gehört und waren trotzdem auf den See gefahren. Die Folgen hatten wir uns selbst zuzuschreiben.

Obwohl ich die Wasserfläche so gut wie möglich im Auge behielt, wurde ich dennoch überrascht. Suko musste sich auf das Rudern konzentrieren, er hatte nichts sehen können, dafür aber ich.

Als wir es merkten, war es zu spät.

Das Untier hatte sich lautlos dem Boot genähert, war genau darunter getaucht und stieg plötzlich hoch.

Blitzschnell ging das. Wir konnten nichts tun, wurden gerammt, und eine urwüchsige Kraft schleuderte das Boot in die Höhe.

Ich sah die beiden Ruderstangen wie Halme links und rechts der Bordwand abstehen, hörte Sukos verzweifelten Warnschrei und wurde selbst um die eigene Achse geschleudert.

Nach links kippte ich.

Da war allerdings nichts, woran ich mich hätte festhalten können. Nur das verdammte, schwarze Wasser.

Und in das fiel ich kopfüber hinein!

Als sie Stimmen hörten, reagierte der Alte blitzschnell. Seine Hand umklammerte den Arm des Mädchens in Ellbogenhöhe, und blitzschnell zog er seine Geisel in das nahe Unterholz.

Mit erstaunlicher Kraft drückte er sie dort zu Boden und ging neben Karen in die Knie. Seinen Arm streckte er vor, die Mündung deutete wieder auf das Gesicht des Mädchens.

»Keinen Laut!«, hauchte er.

Karen konnte nur nicken. Sie war zu schwach, irgendetwas zu erwidern. Hinter ihr lag eine ungeheure Strapaze. Der Mann hatte sie regelrecht gescheucht. Die Zeit schien ihm im Nacken zu sitzen, und Karen musste den Weg zurückgehen, den sie in der gestrigen Nacht gefahren war. Was für einen Wagen eine kurze Strecke war, wurde für sie als Fußgängerin grauenhaft lang. Doch sie befanden sich inzwischen dicht bei ihrem Ziel.

Es war die alte Ruine, der Platz, den Karen mit so großem Schrecken verlassen hatte.

Nur allmählich beruhigte sich ihr Atem. Ihr Gesicht lag im Gras. Sie spürte seinen Geruch und nahm auch die Feuchtigkeit wahr, die auf den Halmen lag.

Dabei hütete sie sich, eine falsche Bewegung zu machen, denn der andere würde sofort schießen. Wie hart er sein konnte, das hatte er hinlänglich bewiesen, als er die Frau niederschlug.

Terrence drückte das Mädchen mit einer Hand gegen den Boden. In der anderen hielt er die Waffe. Für ihn eine doppelte Sicherung. Er wollte auf keinen Fall, dass die Kleine irgendwelchen Ärger machte.

Ja, die Stimmen kannte er. Die Männer, die da sprachen, gehörten alle nach Darkwater. Dort lebten sie, dort gingen sie ihren Berufen nach, und dort schwiegen sie auch, wenn es sich um Dinge handelte, die mit dem Verstand kaum zu erklären waren. Auch Terrence konnte sich das Auftauchen des Ungeheuers nicht erklären, ihm allerdings ging es dabei um eine andere Sache.

Das blaue Skelett!

Ja, für ihn war es wichtig, mehr über die Existenz dieses Wesens zu wissen. Dafür hatte er hier gelebt, deswegen hatte er sich die Nächte in der Gegend herumgetrieben, denn das Skelett tauchte nicht umsonst immer zu einer bestimmten Zeit im Juni auf.

Es musste einen Grund dafür geben, dass es aus dem Wasser kam und in die Ruine ging. Was es da tat, wusste der Alte nicht, aber er wollte es herausfinden, und zwar mit Hilfe des Mädchens. Sie gehorchte ihm, dem Stärkeren. Eine andere Person hätte er wohl kaum zwingen können. Sie war ein Wink des Schicksals gewesen.

Aber noch waren die Männer da, und die durften ihn auf keinen Fall entdecken.

Der Alte hatte gewusst, dass sie zum See gefahren waren, um nach der Leiche der anderen zu suchen. Wahrscheinlich hatten sie die Tote nicht gefunden, und bestimmt würde die Blonde irgendwann angetrieben. Ob die Männer auf den See hinausgefahren waren, das hatte er nicht gesehen, denn in weiser Voraussicht hatte er sich auf seinem Weg zum Ziel nie dicht am Ufer gehalten, sondern war weiter entfernt mit seiner Geisel durch das Unterholz und den Wald geschlichen.

Jetzt allerdings mussten sie in die Nähe des Ufers, wenn sie die alte Ruine betreten wollten.

Die Männer unterhielten sich. Wenn sich der alte Terrence konzentrierte, konnte er die Worte verstehen.

Für ihn sprachen sie in Rätseln. Aus allen Stimmen war die des Konstablers herauszuhören.

»Sie ist längst tot, wir haben das Bein doch gesehen, deshalb habe ich keine Lust, noch auf den See zu fahren.«

»Und die anderen beiden?«

Der Konstabler lachte. »Das sind Fremde. Wenn sie sterben … wir haben sie gewarnt. Sie wollten keinen Rat.«

»Sollen wir denn noch bleiben?«

»Nein«, sagte der Konstabler. »Es wird bald dunkel. Wir gehen zurück ins Dorf. Vielleicht können wir morgen nachschauen.«

»Und ihre Leichen suchen«, sagte wieder ein anderer.

»Genau.«
»Aber das sind Polizisten.«
»Na und?«
»Da wird man Nachforschungen anstellen.«
»London ist weit. Und seid mal ehrlich. Habt ihr etwas gesehen, Männer?«

Nach dieser Frage folgte ein betretenes Schweigen.

»Nein,« rief der Konstabler, »ihr habt nichts gesehen! Wir werden so zusammenhalten, wie wir bei den ersten Leichenteilen schon zusammengehalten haben. Dann kann uns nichts passieren. Außerdem können uns die Städter nichts beweisen, daran solltet ihr immer denken. Sie können uns nichts anhaben. Wir sind stärker, meine Freunde.« Er lachte, und Terrence hörte seine Schritte, bevor ein Wagenschlag geöffnet wurde.

Fuhren sie jetzt weg? Der Alte fieberte, während er hin und wieder einen Blick auf das Mädchen warf, das bewegungslos auf dem Boden lag und die Augen weit geöffnet hatte.

Terrence horchte gespannt. Er hatte da etwas gehört, was er noch nicht so recht einordnen konnte. Da waren zwei Männer aus London gekommen, sogar Polizisten. Wollten die sich vielleicht um den Fall kümmern? Wenn ja, dann schienen sie verloren zu haben, denn die Gespräche der Männer aus dem Dorf deuteten darauf hin.

Aber sie waren noch nicht fertig. Wieder übernahm der Konstabler das Wort. »Ich will den beiden Männern aus London gegenüber nicht unhöflich sein. Zwei Leute können meinetwegen hier bleiben und versuchen, noch etwas zu retten. Wer meldet sich?«

Terrence war gespannt, doch wie er die Kerle kannte, würden sie kneifen.

»Keiner?«, fragte der Konstabler.

»Was gehen uns die Leute an«, sagte jemand.

»Gut, dann können wir verschwinden. Wir haben

das Untier gesehen. Es hat die beiden Männer im Boot noch nicht richtig angegriffen. Sie sind weiterhin am Leben. Einen zweiten Angriff werden wir nicht abwarten, sondern jetzt verschwinden. Nebel kommt auf, wir können nichts mehr sehen, und das behaupten wir auch, wenn uns jemand Fragen stellt. Hier sind unheimliche Kräfte am Werk, die wir gewähren lassen müssen. Unser Ungeheuer existiert, im Gegensatz zu dem im Loch Ness. Das ist noch nicht von so vielen Menschen gesehen worden.« Er lachte. »Los, steigt ein!«

Terrence vernahm Schritte. Dann klappten Autotüren. Jemand rief noch: »Und den Wagen der beiden?«

»Holen wir morgen früh ab, wenn von den Männern nichts mehr zu sehen ist«, erwiderte der Konstabler.

Damit waren alle einverstanden.

Sekunden später mahlte ein Anlasser, dann sprang der Motor des Fahrzeuges an.

Der Alte duckte sich noch tiefer, als zwei Scheinwerfer ihre hellen Strahlen durch das Unterholz geistern ließen. Der Wagen wurde in eine Kurve gefahren und in Richtung Uferstraße gelenkt. Dort gab der Fahrer Gas, und wenig später war nichts mehr von dem Fahrzeug zu hören.

Terrence war vorsichtig. Er wartete eine Weile ab, bevor er sich erhob, über die Büsche schaute und sah, dass die Luft rein war. Mit dem Waffenlauf gab er Karen White ein Zeichen.

»Darf ich aufstehen?«, fragte sie.

»Ja. Wir gehen weiter.«

»Und wohin?«

Der Alte kicherte. »Es ist nicht mehr weit. Bis zur Ruine kannst du hinspucken. Du bist den Weg doch schon gefahren oder nicht?«

Karen stand auf. Dabei nickte sie. »Ja, aber da hatte ich eine so grauenhafte Angst …«

»Jetzt bin ich ja bei dir«, kicherte der Mann. »Du kannst ganz beruhigt sein.« Er schaute sie kalt an und drückte seinen alten Filz fester auf den Kopf. »Komm mit!« Dabei winkte er mit der Waffe.

Es waren in der Tat nur einige Yards, dann konnten sie das Unterholz verlassen und hatten einen freien Blick auf das Seeufer. Dort hatte sich tatsächlich ein feiner Dunst gebildet. Er lag über den Wiesen wie ein unheimliches Gespinst, stieg aus dem Wasser und war dabei, noch dichter zu werden. Die alten Bäume wurden bereits von ihm umwoben, auch das Auto, ein großer silbergrauer Wagen, der sicherlich den beiden Polizisten aus London gehörte, von denen die Männer aus dem Dorf gesprochen hatten.

Karen zog die Schultern hoch. Sie fror. Schon die Erinnerung an das, was sie hier erlebt hatte, bereitete ihr Unbehagen. Der Mann stand neben ihr. Dieser Alte war Karen unheimlich. Sie schielte auf die Waffe, die er in der Hand hielt. Er war fest entschlossen, irgendetwas durchzuführen, von dem Karen keine Ahnung hatte, wobei sie jedoch eine Hauptrolle spielen sollte.

Düster waren die Schatten, die die Dämmerung über die schwarze Wasserfläche gelegt hatte. Lange, breite Streifen, an leichte, durchsichtige Tücher erinnernd, die im Laufe der nächsten Minuten immer dunkler wurden und mit der Finsternis den schwindenden Tag ablösten.

Bisher hatte sich Karen White ruhig verhalten. Plötzlich stieß sie einen überraschten Schrei aus. »Da, da sind die beiden!«

Terrence hatte sich bisher weniger auf den See konzentriert als auf das nahe Umfeld, zu dem auch die Ruine gehörte. Er hatte zwischen den Trümmern nach Anzeichen für das Auftauchen des blauen Skeletts gesucht, doch als er nun die Stimme des Mädchens hörte, drehte er den Kopf und schaute ebenfalls über das Wasser.

Ja, sie hatte sich nicht getäuscht.

Da war tatsächlich ein Boot zu sehen. Zwei Männer saßen in ihm. Und sie hatten schon eine ziemliche Strecke geschafft, fast die Hälfte der gesamten Seebreite. Durch den hinderlichen Dunst wirkten die beiden Personen noch verschwommener, aber es war zu erkennen, dass einer von ihnen ruderte.

Und zwar hatte er Kurs auf das Ufer genommen.

Das wiederum gefiel dem Alten überhaupt nicht. Er wollte bei seiner Aufgabe nicht gestört werden. Die beiden Polizisten durften auf keinen Fall das Ufer erreichen.

Einmal waren sie von dem Ungeheuer schon angegriffen worden, wie er den Gesprächen der Dorfbewohner entnommen hatte. Ob es vielleicht ein zweites Mal zuschlug?

Die Hoffnung des Alten erfüllte sich. Selbst aus dieser Entfernung sahen beide, wie das Wasser um das Boot herum plötzlich zu brodeln begann. Im nächsten Augenblick wurde der Kahn von einer unheimlichen Kraft in die Höhe gehievt, und einer der Männer fiel ins Wasser.

Karen White schrie vor Entsetzen.

Der Alte aber lachte schadenfroh!

Über die Kante rutschte ich weg, versuchte, mich noch irgendwo festzuklammern, griff jedoch ins Leere, und einen Herzschlag später hatte mich das schwarze Wasser des Sees verschluckt. Mit dem Kopf zuerst war ich eingetaucht, schloss rechtzeitig den Mund und spürte sofort die Kälte des Wassers.

Ja, der See war verflucht kalt, obwohl wir Sommer hatten und die Temperaturen in den letzten Wochen sehr hoch gewesen waren.

Auf keinen Fall wollte ich in die Tiefe sacken, sondern so rasch wie möglich wieder an die Oberfläche gelangen. Unter Wasser drehte ich mich und stieß mich mit den Beinen ab. Zwei kräftige Bewegungen brachten mich der Oberfläche entgegen, und gleichzeitig stieß ich unter den Bootskörper, wobei ich mit der linken Seite des Kopfes am Holz entlangschrammte.

Das tat weh, und einen Moment später stieß ich mit dem Kopf aus dem Wasser.

Vor mir schaukelte das Boot. Es war nicht gekentert. Ich sah Suko, wie er sich an den beiden Ruderstangen festklammerte. Sein Gesicht war verzerrt, und ich hörte hinter mir das gewaltige Klatschen, das entstand, als das Ungeheuer aus dem Wasser schoss.

Wie ein Berg ragte es vor mir hoch.

Ich wollte mich noch am Boot festklammern, als eine Welle es von mir wegschwemmte. »John, halte aus!« Wie aus weiter Ferne vernahm ich Sukos Ruf, aber ich achtete nicht darauf, denn ich musste mich voll auf das Ungeheuer konzentrieren.

Sein gefährlicher Schwanz peitschte das Wasser, verwandelte es in einen brodelnden, kochenden Kessel und sprühte Gischtwolken hoch. Das gewaltige Maul war aufgerissen. Wasser rann über die schuppige Haut. Ich sah die gefährlichen Zähne. Zwei von ihnen standen vor wie die Fangbeißer bei einem Säbelzahntiger.

Gelb leuchteten die Augen. Gefährliche, kalte Sonnen, und auch die kurzen Arme mit den gefährlichen Krallen befanden sich nicht mehr innerhalb des Wassers.

Ich schauderte. Wenn mich dieses Monster angriff, konnte ich einpacken.

Suko war abgetrieben worden. Er hatte das Glück, dass sich das Monster nicht um ihn kümmerte, so konnte er alles für seine Verteidigung einrichten.

Er schoss.

Ich vernahm den peitschenden Klang der Waffe, und das Geräusch des Abschusses war Musik in meinen Ohren. Leider war sein Schusswinkel ungünstig. Er konnte nicht voll auf das Maul der Bestie halten, sondern zielte auf den gewaltigen Körper.

Wir hatten es schon oft erlebt, dass bei Ungeheuern dieser Art auch harte Schuppen geweihte Silberkugeln nicht abhielten.

Hier war es anders.

Die Kugel prallte an der harten Haut ab und sirrte als deformierter Querschläger davon.

Ich hatte keine Zeit, großartig darüber zu erschrecken, aber mir wurde klar, dass meine Theorie über die Abstammung des Untiers langsam erhärtet wurde.

Wir hatten es hier nicht mit einem dämonischen Phänomen zu tun, sondern mit einem Überbleibsel aus uralter Zeit. Die Folge lag auf der Hand.

Unsere Waffen richteten hier wohl kaum etwas gegen dieses Monstrum aus.

Es war eine schlimme Erfahrung, die wir da durchmachten, und meine Angst wurde größer.

Das Monster schüttelte sich plötzlich, als hätte es einen Schlag erhalten. Danach drang ein Geräusch aus dem weit aufgerissenen Maul, das mich an das Zischen eines Wals erinnerte, wenn er an die Oberfläche schwamm, das Wasser in die Luft blies, um anschließend Luft zu holen.

Ein Angriffszeichen?

Weitere Überlegungen konnte ich nicht führen, denn das Monster stürzte sich auf mich.

Ich sah nur eine Möglichkeit.

Tauchen!

Wohl noch nie in meinem Leben war ich so schnell unter Wasser verschwunden.

Das Wasser würde die erste Angriffswut bremsen. Mir war aber auch klar, dass sich die Bestie trotz ihres unförmigen Körpers im Wasser besser bewegen konnte als ich.

Um mich herum war es finster. Ich hatte kaum Luft holen können, weil alles zu schnell ging. Schräg schoss ich in die Tiefe, wobei ich noch Kurs auf das kleine Boot nahm, in dem mein Freund hockte.

Auch das Untier glitt in die Tiefe. Es wollte sein Opfer, es wollte mich.

Hinter mir geriet das Wasser in Bewegung. Wellen packten mich, und dann spürte ich die Krallen.

Das Untier hatte ungeheuer schnell ausgeholt und sich vorgeworfen. Zum Glück trug ich meine Kleidung, und ich spürte diese harten Krallen in meinem Rücken nur wie winzige Messer. Verzweifelt strampelte ich mit den Beinen, wollte mich befreien, denn wenn diese Bestie einmal richtig zugepackt hatte, war ich rettungslos verloren.

In den nächsten Sekunden hatte ich ein unwahrscheinliches Glück, denn der Sprung meines mörderischen Gegners war ein wenig zu kurz gewesen. Er konnte mich nicht richtig fassen, und seine Krallen rutschten ab.

Bevor er ein zweites Mal nachfassen konnte, gab ich mir selbst Schwung, warf mich nach vorn und kraulte verzweifelt auf das Boot zu, in dem Suko saß.

Mit dem Kopf zuerst durchstieß ich die Wasseroberfläche, sah meinen Partner wie durch einen Schleier und erkannte, dass er eine der beiden Ruderstangen in den Händen hielt.

»John!«, schrie er. »Komm …«

Das war leichter gesagt als getan. In meiner unmittelbaren Umgebung war das Wasser aufgewühlt. Kochend kam es mir vor, zudem schwappten Wellen auf mich zu und überspülten mich, denn mein Gegner hatte noch längst nicht aufgegeben. Unter Wasser hatte er sich gedreht und startete einen erneuten Angriff.

Wenige Yards wurden für mich zu einer meilenweiten Entfernung. Ich hatte der Schnelligkeit des Ungeheuers nichts entgegenzusetzen, und ich sah, wie etwas Großes, Langes aus dem Wasser schoss, für einen Moment aufrecht stehen blieb und mit elementarer Wucht nach unten donnerte.

Der Schwanz! An mehr konnte ich nicht denken. Ich tauchte wieder unter, versuchte dem Hieb zu entgehen, doch das war nicht mehr möglich. Mein Gegner war zu wendig. Zwar wurde der Schlag durch das Wasser ein wenig gebremst, trotzdem musste ich den Hieb voll nehmen, sodass mir Hören und Sehen verging.

In der Sprache der Seeleute nennt man so etwas wohl eine volle Breitseite, die musste ich schlucken. Es riss mich in die Höhe, ich sah Sterne, dazwischen die Gischt, überschlug mich und wurde erneut von den aufgewühlten Wellen gefressen.

Wie ein Stein sackte ich in die schwarze Tiefe. Der Treffer hatte mich so geschockt, dass ich im ersten Augenblick nicht einmal in der Lage war weiterzuschwimmen. Ich war am ganzen Körper getroffen worden und würde sicherlich einige Prellungen behalten, falls ich überlebte.

Das allerdings stand in den Sternen. Dieses urwelthafte Ungeheuer würde keine Gnade kennen.

Ich sackte noch immer tiefer. Doch eine Stimme in meinem Inneren meldete sich, und mir wurde klar, dass ich unbedingt etwas unternehmen musste, wenn ich in diesem unheimlichen See nicht elendig ertrinken wollte.

Schwach waren meine Schwimmbewegungen. Sie erinnerten mehr an die Paddelei eines kleinen Hundes, aber sie halfen ein wenig.

Ich trat Wasser mit den Beinen, bewegte auch die Arme und war froh darüber, dass es klappte. Allmählich glitt ich wieder an die Oberfläche, wo das Wasser heller war.

Und das Ungeheuer?

Im Augenblick sah ich es nicht, auch nicht seinen

Schatten, doch als ich auftauchen wollte, stieß ich mit dem Kopf gegen etwas Dunkles, das auf dem Wasser schwamm.

Was es war, sah ich erst später. Ich wollte so schnell wie möglich Luft holen, tauchte auf, schleuderte mir das nasse Haar aus der Stirn, knallte dann noch gegen eine Planke und schaffte es endlich, mich umzusehen.

Meine Augen weiteten sich in panischem Schrecken. Das durfte nicht wahr sein, aber es war Realität, kein Geist gaukelte mir ein Trugbild vor!

Das Untier hatte unser Boot zerschlagen. Und von Suko war keine Spur zu sehen!

Nur noch Reste schaukelten auf den Wellen. Ich erkannte die beiden Riemen, einen Teil des Kiels, der an den Enden hellere Zersplitterungen zeigte, die beiden Ruderbänke und auch noch den Bug, das größte zusammenhängende Stück des Bootes.

Von Suko sah ich nichts.

Und auch nichts von dem Untier.

Eine wahnsinnige Angst überfiel mich. Ich begann zu zittern, schnappte krampfhaft nach Luft und schwamm auf den Bugteil zu, der sich am besten dazu eignete, um sich daran festzuhalten.

Bevor ich ihn erreichte, geriet neben mir das Wasser in Bewegung. Ein Augenblick später erschien ein Kopf.

Suko! Er lebte, hatte seinen Mund weit aufgerissen, schnappte nach Sauerstoff, und ich sah das Blut aus einer Wunde an der Stirn rinnen. An den Wangen vermischte es sich mit dem Wasser, wo es zu einer rosafarbenen Flüssigkeit wurde.

Ich hatte meinem Freund nur einen kurzen Blick zuwerfen können, sah aber dennoch, wie erschöpft er war. Sein Gesicht zeigte die Spuren des Kampfes, es war verzerrt. Er keuchte und atmete gleichzeitig, wobei er auch noch Wasser spie.

»Kannst du?«, schrie ich.

»Ja, verdammt.«

Neben mir kraulte der Chinese auf den noch stabil aussehenden Bugteil des Bootes zu. Wir beide wollten uns daran klammern und Halt finden.

Ich erreichte das treibende Wrackteil als erster. Mit der Linken klammerte ich mich fest, drehte mich dann um und streckte den Arm aus, um Suko eventuell helfen zu können. Vergebene Mühe, mein Freund schaffte es allein.

Auf dem See treibend und von den Wellen auf und nieder geworfen, ruhten wir uns für einen Moment aus, denn das Untier war zum Glück nicht zu sehen.

»Wie ist es passiert?«, fragte ich keuchend.

Suko sog zweimal tief die Luft ein, bevor er antworten konnte. »Es holte aus, ich wollte noch die Zeit mit dem Stab anhalten, doch dazu bin ich nicht mehr gekommen. Der eine Hieb war ein Volltreffer. Die Wucht hat das Boot in der Mitte geteilt. Kannst du dir das vorstellen, John? Ein Schlag, und es war aus.« Mein Freund schnappte wieder nach Luft. »Ich wurde gestreift. An der Schulter und am Gesicht. Dabei dachte ich, aus einer Rakete abgefeuert zu werden, so schnell ging das alles. Ich landete im Wasser, wurde in die Tiefe gedrückt und kämpfte mich wieder hoch. Den Rest kennst du.«

»Aber wo ist das Monster?«

Trotz der bescheidenen Lage gestattete sich Suko ein Grinsen. »Hast du danach Sehnsucht?«

»Nein, bestimmt nicht.«

»Dann wollen wir zusehen, dass wir Land gewinnen.«

Ich lachte auf. »Optimist. Ich komme mir hier vor wie auf dem Meer. Oder siehst du Land?« Dabei spielte ich auf die Dunkelheit an, die immer mehr zunahm.

Suko gab mir Recht. »Trotzdem müssen wir es versuchen, sonst saufen wir hier ab wie die Ratten.«

»Und was tun wir, wenn das Ungeheuer auftaucht?«, fragte ich.

»Vielleicht beten.«

»Wäre eine Möglichkeit, aber wir haben noch unsere Waffen.«

»Die Kugeln nützen nichts.«

»Vielleicht muss man sie in die Augen des Tieres setzen. Das ist unsere Chance.«

»Die Idee ist nicht schlecht«, erwiderte Suko, während er Wasser spie. »Nur wird dir dieses Biest kein Auge hinhalten, damit du hineinschießen kannst.«

Da hatte mein Partner natürlich Recht. Vielleicht ergab sich dennoch eine Möglichkeit, das Monster zu überlisten.

»Ich halte mich hier erst einmal fest«, erklärte Suko. »Außerdem spüre ich eine Strömung. Vielleicht werden wir an Land getrieben.«

»Die Queen erhalte deinen Optimismus«, gab ich zurück.

»Soll ich heulen?«

»Nein, dann lieber deine Sprüche.«

Aus unserer Perspektive sah der See fast wie ein Meer aus. Unsere Köpfe, Arme, Hände und Schultern ragten aus dem Wasser, wir sahen die tanzenden, schwarzen Wellen, die gegen das Boot anliefen und es zum Schaukeln brachten.

Wie tief der See war, wussten wir nicht. Loch Ness, zum Beispiel, war über 600 Fuß tief. Ich schätzte, dass dieser See nicht viel weniger aufwies.

Mittlerweile wurde mir kalt. Die Anspannung hatte ein wenig nachgelassen, jetzt spürte ich die Kälte und auch den Wind, der durch die nasse Kleidung drang. Zudem hatte ich immer mehr Mühe, mich an dem nassen Bugteil festzuklammern. Die Gefahr abzurutschen bestand immer, und ich musste zweimal nachgreifen, um einen besseren Halt zu finden. Lange würde ich mich hier nicht halten können.

Suko schaute mich an. »John, ich glaube ich spüre etwas.«

»Wo?«

»Unter mir.«

Meine Augen wurden groß. »Das Ungeheuer?«

»Kann ich nicht genau sagen, aber das Wasser gerät in Bewegung. Kann sein, dass es auftaucht.«

Sukos Stimme klang ruhig. Nur wir beide wussten, welch eine Brisanz in den letzten Worten des Chinesen gelegen hatte. Wenn die Bestie zum dritten Mal angriff, dann würde es uns sicherlich nicht gelingen, ihr zu entkommen.

»Wie machen wir es?«, flüsterte Suko.

»In die Augen.«

»Voll?«

»Was denkst du denn?« Er grinste hart und versuchte ein Nicken. Dann holte er Luft und schnellte aus dem Wasser. Er bewies wieder einmal, welche Kraft in ihm steckte. Sein Körper fiel über das abgebrochene Bugteil und bedeckte es fast völlig. Er streckte seine Arme aus, und es gelang ihm, sich festzuklammern.

»Alles klar, John!«

Ich war ebenfalls nicht verschont geblieben, als sich mein Freund auf das Teil geworfen hatte. Mühevoll konnte ich die Schwankungen noch ausgleichen, hing nach wie vor mit dem Oberkörper im Wasser und spürte unter mir ebenfalls etwas.

Das waren Strudel und Wellen, die meinen Körper in Schwingungen versetzten. Unwillkürlich zog ich die Beine an.

Mein Herz klopfte plötzlich schneller, mein Magen verkrampfte sich. Ich hatte schreckliche Angst, von der Bestie angegriffen zu werden. Sie brauchte ja nicht aufzutauchen, sondern konnte mich von unter her packen, in die schwarze Tiefe zerren und mich töten.

Ich schaute hoch zu meinem Freund, der seine

Beretta gezogen hatte und auf das Wasser zielte, um schnell schießen zu können, wenn die Bestie erschien.

»Sie ist wahrscheinlich unter …« Das letzte Wort blieb mir im Hals stecken, denn das Monstrum machte Ernst.

Plötzlich tauchte es auf.

Ein Gigant, ein Gebirge. Das Wasser begann zu schäumen. Dabei bildeten sich hohe Wellen, die gegen unser zerstörtes Boot anliefen und es zum Schaukeln brachten. Suko hatte Mühe, auf dem umgekippten Bugteil liegen zu bleiben.

Bei diesem Wellengang würde es ihm verdammt schwer fallen, einen gezielten Schuss anzubringen.

Ich klammerte mich nur noch mit der linken Hand fest. Mit der rechten fischte ich nach der Beretta. Die neuen Waffen sind zum Glück wasserfest, man konnte sich auf sie verlassen.

Weit riss das Untier seinen Rachen auf. Es zeigte uns seine Zähne, damit wollte es uns zermalmen.

»Schieß, John!«, schrie Suko, der sich nicht mehr halten konnte und langsam nach vorn rutschte. Er würde mit dem Kopf zuerst ins Wasser tauchen.

In den nächsten Sekunden ging alles blitzschnell. Mir jedoch schien es wie eine kleine Ewigkeit, in der Suko und ich in Lebensgefahr schwebten.

Während Suko verzweifelt nach Halt suchte, um seine Rutschpartie zu beenden, klammerte ich mich mit der linken Hand mühevoll am Bootskörper fest.

Die Waffe in meiner Rechten war mit geweihten Silberkugeln geladen. Sollten wir die Bestie tödlich treffen, war das jedoch nicht auf die Kugeln zurückzuführen, sondern auf den Treffer selbst. Ob Blei oder Silber, im Prinzip spielte dies keine Rolle.

Zielen konnte ich natürlich schlecht. Die Wellen bewegten sich nicht nur selbst, sondern auch mich und meinen Gegner.

Zweimal schoss ich.

Die Kugeln durchschlugen einen hochsprühenden Wasserschleier und trafen das dahinter hoch aufgerichtete Monstrum. Da es seinen Rachen weit aufgerissen hatte, konnte ich beide Geschosse hineinjagen.

Und das Tier spürte etwas.

Sein Rachen klappte zu.

Plötzlich hatte es seine Angriffswut vergessen. Mit über der Hälfte seines Körpers tauchte es ein. Auch der gefährliche Schwanz verschwand im dunklen Wasser, nur noch der Kopf schaute hervor.

Mit beiden Augen natürlich.

Abermals krachten Schüsse. Suko hatte abgedrückt. Quer lag er jetzt auf der Bootshälfte, wurde von anrollenden Wellen überspült, hatte seinen Arm vorgestreckt und geschossen.

Er traf den Kopf.

Ich schoss ebenfalls, setzte alles auf eine Karte und feuerte das Magazin leer.

Dabei bewegte ich meinen Arm, setzte die Geschosse dicht hintereinander und hoffte, die Augen zu treffen.

Ich hatte Glück. Dabei konnte ich nicht sagen, ob es meine Kugeln gewesen waren, die die empfindlichsten Teile der Bestie zerstört hatten. Vielleicht hatte der Chinese auch seinen Teil dazu beigetragen, jedenfalls spritzte aus den beiden Augen eine schleimige, gallertartige Masse hervor. Es bildeten sich regelrechte Fontänen, die auf die Oberfläche klatschten und verschwanden.

Das Monstrum drehte durch.

Selten in meinem Leben habe ich so einen Laut gehört. Er musste weit über das Wasser schallen, ein tierischer, unheimlicher Schrei, der all die Schmerzen ausdrückte, die das Monster empfand. Es war blind, vielleicht auch tödlich getroffen, und es hatte seine letzten Kräfte zusammengenommen, wuchtete den Körper so hoch aus dem Wasser, dass es aussah, als würde es auf der Schwanzspitze stehen. Für einen Moment hatten wir schreckliche Angst, dass die Bestie auf uns niederfallen und uns zermalmen würde, aber sie kippte zum Glück nach rechts und damit weg von uns.

Es war wie bei einem Zeitlupenfilm. Die gewaltige Gestalt des Monstrums zitterte, noch einmal klappte das Maul auf, und es stand auch noch offen, als es schwer auf das Wasser klatschte und wie ein Felsbrocken versank.

Wellen schäumten hoch. Gischt spritzte fontänenartig nach allen Seiten weg. Wir wurden überspült. Ich rutschte am nassen, glatten Bootskörper ab, geriet ebenfalls unter Wasser und spürte die Auswirkungen des gewaltigen Todeskampfes der Bestie.

Das Wasser packte mich, Wellen schleuderten mich hoch. Ich geriet einmal mit dem Kopf über die Wasserfläche, sah für einen Moment das abtreibende Boot und wurde wieder nach oben gepresst, von gegen mich anlaufenden Wellen überrollt.

Als ich die Augen aufriss und den Kopf nach links drehte, erkannte ich den düsteren Schatten, der langsam nach unten schwebte und sich von mir entfernte.

Er bewegte sich nicht mehr, und ich konnte nur hoffen, dass die Bestie endgültig erledigt war.

Mit der Beretta in der Hand vollführte ich hastige Schwimmbewegungen, tauchte auf und holte ein paar Mal tief Luft, bevor ich auf die Trümmer zuschwamm.

Dort wartete Suko bereits. Sein nasses Gesicht hatte sich zu einem Grinsen verzogen.

»Hallo, Seelord!«, keuchte ich und klammerte mich an der Bootshälfte fest. »Wie ist das Wetter?«

»Beschissen!«

Er streckte seinen Arm aus, ich ergriff die Hand, und es gelang mir unter einigen Mühen, auf den Bootskiel zu klettern, wo ich erst einmal liegen blieb und noch Wasserreste ausspie.

Die Bootshälfte war durch unser Gewicht tiefer in das Wasser gedrückt worden.

»Wenn wir jetzt wenigstens eine Ruderstange hätten«, beschwerte sich mein Freund.

»Warum hast du sie auch weggeschleudert?«

»Ich wollte unserem Freund etwas zu fressen geben.«

»Holz ist eben unverdaulich!«, keuchte ich und rutschte ein wenig vor, um etwas besseren Halt zu haben.

Wie zwei Schiffbrüchige auf hoher See lagen wir auf dem Bootskörper, wurden von den Wellen geschaukelt und klapperten vor Kälte mit den Zähnen. Die Unterkühlung machte sich doch stark bemerkbar. Unsere Kleidung hatte sich mit Wasser vollgesogen, und wir mussten unbedingt zusehen, dass wir an Land kamen und trockene Kleidung anzogen, die im Kofferraum des Bentley lag.

Zunächst einmal hielt ich Ausschau nach einem Gegenstand, den wir als Ruder nehmen konnten, denn mit den Händen zu paddeln hatte keinen Sinn.

Die Sicht hatte sich verschlechtert, hinzu kam das dunkle Wasser, und wir mussten schon unsere Augen aufreißen, um die treibenden Trümmer zu sehen.

Manchmal schwamm sogar eine Planke in meiner Nähe, bevor ich sie allerdings fassen konnte, wurde sie von einer Welle erfasst und wieder weggetragen.

»Mist!«

Bis Suko plötzlich aufschrie. »Ich habe ein Stück.«

»Was? Eine Ruderstange?«

»Nein, nur eine Planke, aber in der Not frisst der Teufel Fliegen. Damit packen wir es.« Mein Freund bewegte sich und setzte sich auf dem Bootsrumpf so hin, dass es ihm gelang, zu paddeln. Ich musste dabei meine Beine einziehen, um ihm nicht im Weg zu sein.

»Halt mal nach rechts«, wies ich ihn an. »Ich glaube, da schwimmt sogar eine Ruderstange.«

»Das heißt nicht rechts, sondern steuerbord!«, korrigierte mich der Chinese.

»Mein Gott, bist du heute wieder ein Pingel.«

Suko lachte. Ich merkte, wie sich die Bootshälfte langsam drehte und in die Richtung gelenkt wurde, wo ich die Ruderstange sah. Suko machte seine Sache gut, es gelang mir, das Stück Holz mit meinen klammen Händen zu fassen. Ich zog es zu mir heran und versuchte, mich hinzusetzen, was auf der Bootshälfte gar nicht so einfach war. Suko beschwerte sich zu Recht.

»Willst du allein paddeln?«, fragte ich.

»Das hättest du wohl gerne.«

»Natürlich.« Ich hievte den Riemen hoch und tauchte ihn ins Wasser. Suko tat mit seiner Planke das Gleiche.

Wir konnten das Ufer noch sehen. Im langsam schwindenden Tageslicht war es nur ein grauer Streifen mit der helleren Nebelbank davor.

»Bleibt es bei unserem Plan?«, fragte Suko.

»Klar, die Landzunge ist näher.«

Danach sprachen wir weniger, denn unsere Paddelarbeit erforderte all unsere Kräfte und vor allen Dingen auch Konzentration, denn es bestand leicht die Gefahr, dass wir von dem schaukelnden und kieloben treibenden Boot rutschten.

Schon bald merkten wir die Kühle nicht mehr. Der erste Schweiß sammelte sich auf der Haut.

Ein seltsamer Kontrast lag vor unseren Augen. Das dunkle Wasser und darüber die dünnen Nebelschleier, die mich an durchsichtige Leichentücher erinnerten. Unsere Blicke waren nicht nur nach vorn gerichtet. Wir mussten auch die Seite im Auge behalten, denn keiner von uns wusste, welche Überraschungen der See mit dem schwarzen Wasser noch für uns bereithielt.

Die Erscheinung war urplötzlich da. Suko und ich hörten fast gleichzeitig auf zu paddeln und konzentrierten uns auf dieses Phänomen.

Es war links von uns aufgetaucht und befand sich etwa in gleicher Höhe mit dem Boot.

Ein blaues, seltsam verwaschenes Licht inmitten einer Nebelwolke. Das Licht konzentrierte sich nicht nur auf einen Punkt, sondern hatte etwa Körpergröße und begann direkt über dem Wasserspiegel.

»Was ist das denn?«, fragte Suko.

Ich gab ihm keine Antwort. Auch ich hatte keine Erklärung, obwohl es schon seltsam war und auch nicht still stand, denn es schob sich innerhalb der Nebelwolke immer weiter vor und nahm Kurs auf das Seeufer.

Es hatte das gleiche Ziel wie wir.

Als wir wieder einmal genauer hinschauten, stellten wir beide fest, dass sich die blaue Farbe intensiviert hatte. Sie war wesentlich stärker geworden, sodass wir so etwas wie menschliche Umrisse erkennen konnten, darunter allerdings auch etwas Dunkleres, Langes, mehr an ein Floß erinnernd.

»Ich glaube, John, wir sind vom Regen in die Traufe geraten«, sagte mein Freund, und ich konnte ihm nur zustimmen, denn dieses geheimnisvolle Phänomen hatte für mich keinen natürlichen Ursprung. Das war etwas anderes, vielleicht sogar Dämonisches.

Wir verhielten uns still und beobachteten nur weiter. Der unheimliche blaue Nebel hatte uns bereits passiert, und wir sahen die Erscheinung von der Rückseite.

Der längliche Gegenstand unter ihr war kein Brett oder Floß, sondern ein kleiner Nachen, der praktisch lautlos über die Wasserfläche glitt und das Licht dem Ufer zutrug.

»Verdammt, John!«, zischte Suko. »Das ist nicht nur ein Licht, sondern …«

»Ein Skelett!«, vollendete ich.

Noch jetzt spürte Karen White die Schmerzen im Rücken, so hart hatte der Alte mit dem Revolverlauf zugestoßen und sie vorangetrieben, genau auf die Überreste der Burg zu, wo zwischen den Mauerresten und Steinen das hohe Unkraut wucherte.

»Da musst du rein!«, zischte er mit einer Stimme, in der Nervosität und Hektik mitschwangen. »Dort wirst du das Geheimnis lüften, meine Kleine.«

»Was soll ich denn da?«

»Das zeige ich dir schon.«

So hatte der Mann gesprochen. Nun stand er mit Karen inmitten der Ruine, schaute sich um und wusste wohl selbst nicht genau, wo er anfangen sollte zu suchen.

Unheimlich war es zwischen den Mauern, wo Nebelfahnen im schwachen Licht schimmerten.

Das Gemäuer musste früher einmal einen Turm gehabt haben, nicht sehr hoch, doch nun war er zusammengebrochen, und seine Trümmer bildeten einen Hügel, auf dem sich das Unkraut ausgebreitet hatte.

»Steh nicht herum!«, herrschte der Alte Karen an. »Such es schon!«

»Was denn?«

Terrence trat einen Schritt näher. In seinem langen Mantel wirkte er noch unheimlicher. Von seinem Gesicht war ebenfalls nichts zu erkennen, da er den Hut nicht abgenommen hatte und die Krempe tief in die Stirn hing.

»Ich will den Eingang zu einem Versteck finden.«

»Und was ist dort?«

»Das brauchst du nicht genau zu wissen, aber es macht mich zu einem mächtigen Mann.«

»Gold, Geld?«

»Was interessiert es dich?« Der Mann lachte. »Aber ich kann es dir sagen, es ist viel wertvoller als dies.«

»Noch etwas Wertvolleres?«

»Ja.«

»Was denn? Diamanten?« Karen war jetzt sehr neugierig geworden, und sie verstand es, mit geschickten Fragen den Alten aus der Reserve zu locken.

»Es ist ein Schlüssel«, wisperte Terrence. »Aber nicht ein Schlüssel, wie du ihn kennst, sondern ein bestimmter.«

»Eine Kombination?«

»Unsinn, du musst mal anders denken. Das, was ich haben möchte, ist der Schlüssel zu einer anderen Dimension, zu einer anderen Stadt, zu einem anderen Land.«

»Und wie heißt die Stadt?«

»In alten Büchern habe ich von einer Leichenstadt gelesen. Viel älter als Sodom. Wer die Leichenstadt betritt und mit den Dämonen der Vergangenheit zusammenkommt, wird eine ungeheure Macht erringen. Aber zuvor brauche ich den Schlüssel, und den wirst du mir holen.«

»Warum holst du ihn nicht selbst?«, fragte Karen, die sich auf einmal widerborstig zeigte.

»Weil es mir zu gefährlich ist.«

»Aber ich ...?«

»Ja, du sollst. Bald ist die Stunde da, in der das blaue Skelett erscheint. Es wird dir den genauen Weg zu diesem Schlüssel weisen, denn es ist dazu verpflichtet.«

»Was hat das Skelett damit zu tun?«, wollte Karen wissen.

»Es lebt schon Hunderte von Jahren. Die Sage erzählt, dass es in alter Zeit einmal ein Fährmann gewesen ist ...«

Karen White lachte auf. »Ein Knöcherner als Fährmann? Das glaubst du wohl selbst nicht.«

»Es war ja nicht immer ein Skelett. Vor vielen hundert Jahren hat es auf seiner Fähre Menschen über den See gebracht. Aber der Mann war schlecht. Er hat sich immer genau angesehen, wen er an das andere Ufer schaffte. Waren reiche Kaufleute darunter, so hat er sie von seinem Floß ins Wasser gestoßen, denn er war einer der wenigen, die das Geheimnis des Sees kannten. Er wusste von dem Ungeheuer aus der Urzeit, das noch in dem schwarzen Gewässer haust. Und so hat der Fährmann der Bestie die Opfer gegeben und sich selbst bereichert. Er hat den Schmuck in der alten Burg – heute ist sie ja nur noch die Ruine – vergraben, und dabei muss er auf den geheimnisvollen Schlüssel gestoßen sein. Aber nicht jeder darf ihn nehmen. Der Schlüssel ist gesichert. Auf eine magische Art und Weise, und er hat seine Magie abgestrahlt. Der Mann ist zum Skelett geworden.«

Bei den letzten Worten der Erzählung hatte sich das Entsetzen auf dem Gesicht des Mädchens ausgebreitet. Verschwunden war Karens anfängliche Sicherheit. Sie ahnte, dass etwas Schreckliches auf sie zukommen würde, und stotternd stellte sie die nächste Frage: »Dann soll ich mich opfern?«

»Du musst es sogar, meine Liebe!«

»Nein!«

Der Mann vor ihr grinste. Karen nahm es nur an der Bewegung des Bartgestrüpps wahr. »Ich kann dir auch eine Kugel geben, meine Kleine. Glaub nur nicht, dass ich mich scheue. Ich habe lange Jahre auf diese Chance gewartet. Endlich ist sie in Erfüllung gegangen. Du wirst mir den Schlüssel zur Leichenstadt geben und auch die Schätze, die der alte Fährmann gesammelt hat.«

»Nein, nein, das geht nicht.« Karen wich zurück, wobei sie beide Arme ausstreckte. »Er kommt doch jeden Abend her …«

»Nein, nicht jeden Abend. Nur in einem bestimmten Monat des Jahres. Dann allerdings erscheint er jeden Tag, um nachzuschauen, ob der Schlüssel noch vorhanden ist. Wir werden ihn kommen lassen, und du wirst ihn dann verfolgen. Wenn er die geheimnisvolle

Schatzkammer geöffnet hat, wirst du schneller sein und den Schlüssel zur Leichenstadt an dich nehmen.«

Karen White überlegte. Sie war ein junges Mädchen, das in einer modernen Welt seinen Mann stand. Sie hatte eine gute Schulausbildung hinter sich, wollte ein naturwissenschaftliches Fach studieren und stand der nicht exakten Wissenschaft immer sehr skeptisch gegenüber. In ihrem Leben hatte es niemals Geister oder Dämonen gegeben. Andere Dimensionen kannte sie nur als theoretisch berechenbares Exempel aus der Mathematik und war deshalb von der Erzählung des Alten nicht so recht überzeugt.

Überzeugt allerdings war sie von seinem Willen, sie zu töten, wenn sie nicht genau das tat, was er ihr aufgetragen hatte.

Eine Kugel war real, ein Revolver ebenfalls, ein Schuss und dessen Folgen ließen sich berechnen, aus diesem Grund erschien ihr die Bedrohung des Alten viel realer.

Sie nickte. »Ja, ich werde es tun.«

Terrence lachte. »Es hätte auch keinen Sinn gehabt, sich zu weigern. Ich hätte sofort geschossen.«

»Dann wäre es Ihnen überlassen geblieben, den komischen Schlüssel zu holen.«

»Irgendwann wäre mir sicherlich jemand vor die Füße gelaufen, darauf kannst du dich verlassen.«

»Warum haben Sie uns eigentlich gewarnt?«, wollte Karen wissen. »Sie hätten nichts zu sagen brauchen.«

»Ich wollte doch, dass ihr da bleibt.«

»Das verstehe ich nicht.«

»Ganz einfach. Ich hatte genug Zeit, um euch zu beobachten. Ich wusste, dass ich mit meiner Warnung nur eure Neugier anstacheln würde, aber nicht die Angst. Ich hatte Recht. Ihr seid geblieben. Eine ist umgekommen, aber du reichst mir völlig, damit ein alter Traum endlich in Erfüllung gehen kann.«

Karen warf dem Alten einen schrägen Blick zu. War

dieser Mensch noch normal, oder hatte sie es hier mit einem Verrückten zu tun? Nein, Verrückte reagierten anders. Nicht mit dieser zwingenden Logik. Dieser Mann war nicht verrückt, sondern besessen. Ja, besessen von einer fast wahnwitzigen Idee.

Karen überlegte, ob sie dem Alten die Waffe aus der Hand schlagen sollte. Sie war wesentlich jünger, auch kräftiger, und durch ihre Antwort, auf die Vorschläge des Alten einzugehen, hatte sie ihn in eine relative Sicherheit gewiegt. Zudem näherte sich die Minute der Entscheidung immer mehr. Der Alte war nervös geworden. Sein Blick pendelte zwischen Karen und dem Seeufer hin und her.

Viel konnte er vom Ufer nicht erkennen, da Unterholz und Bäume ihm einen Großteil der Sicht nahmen. Dahinter lag der See, und er wirkte wie eine unheimliche schwarze Fläche.

Plötzlich zuckte Terrence zusammen. »Da ist es!«, zischte er. »Das Leuchten. Er kommt …«

Der Mann war von dem Anblick so fasziniert, dass er dabei nicht mehr an seine Gefangene dachte. Um besser sehen zu können, hatte er sich umgedreht, die Revolvermündung wies an Karen vorbei und deutete schräg auf eine Lücke zwischen zwei Baumstämmen.

Auch Karen schaute zum See.

Das Leuchten war da, daran bestand kein Zweifel. Sie konnten es sehen, obwohl ihnen das dichte Buschwerk und die Bäume das genaue Erkennen erschwerten. Doch über dem fast schwarzen Wasser und in der Dunkelheit, da schimmerte es hellblau.

Karen dachte an den Plan des Alten und daran, dass sie ihn letzten Endes ausführen sollte. Sie hatte das lebende Skelett gesehen, wusste nun, welche Aufgabe es hatte, obwohl sie es eigentlich nicht verstandesmäßig erklären konnte. Aber eines war ihr besonders klar. Wenn sie jetzt nichts unternahm, dann schaffte sie es nie.

Ein schneller Blick auf den Alten.

Leicht vorgebeugt stand er da. Mit offenem Mund, der eine Höhle innerhalb des Bartgestrüpps bildete.

Und nach wie vor wies die Revolvermündung an Karen White vorbei.

Jetzt oder nie!

Karen schlug zu.

Sie legte alle Kraft in diesen einzigen Hieb, denn sie wusste, dass sie die Chance zu einem zweiten wahrscheinlich nicht mehr erhalten würde.

Der Alte schrie auf. Es war ein Schrei der Wut und des Schmerzes. Sein rechter Arm, etwa in Höhe des Ellbogens getroffen, fiel nach unten. In einem Reflex drückte er noch ab, die Kugel allerdings hackte in den Grasboden, ansonsten richtete sie keinen Schaden an.

Karen nahm ihre Chance weiterhin wahr. Da der Alte noch nicht ausgeschaltet war, musste sie ein zweites Mal zuschlagen.

Mit beiden Fäusten tat sie das. Die Hände hatte sie dabei gegeneinander gelegt, ihr Gesicht war wutverzerrt, und dann hieb sie zu, bevor sich der alte Mann auf die veränderte Lage eingestellt hatte.

Er wurde voll getroffen.

Schräg rammten die Fäuste gegen seinen Hals. Sogar der Hut segelte davon, als Terrence zu Boden ging, hart auf den Rücken krachte und im nächsten Moment einen Tritt hinnehmen musste, der ihm das Wasser in die Augen trieb.

Karen hatte gegen seinen rechten Arm getreten. Sie wollte, dass der Alte die Waffe fallen ließ, doch er hielt sie wie im Krampf fest, als seinen letzten Rettungsanker. Trotz seiner Schmerzen versuchte er den Arm zu drehen und auf das Mädchen zu zielen.

Das merkte Karen rechtzeitig genug. Sie warf sich auf den Mann, packte den rechten Arm mit beiden Händen, bog ihn nach hinten und biss kräftig in das Fleisch über dem Handgelenk.

Ihre Zähne waren so hart, dass sie mühelos die Haut zerstörten und Blut aus den Wunden trat.

Der Alte hatte seine Kräfte überschätzt. Er schaffte es nicht mehr, den Revolver zu halten. Seine Faust öffnete sich, eine heftige Bewegung und die Waffe rutschte hervor und blieb im Gras liegen.

Karen besaß noch die Nerven und schlug ihren Gegner ins Gesicht, sodass er mit sich selbst zu tun hatte und nicht mehr an seinen Revolver dachte. Dann erst rollte sich das Mädchen zur Seite, und es gelang ihr, die Schusswaffe an sich zu nehmen.

Sie hatte noch nie einen Revolver in der Hand gehalten, kannte so etwas nur aus dem Kino oder vom Fernseher, aber sie war fest entschlossen, sich durchzusetzen.

Die Mündung zeigte auf den alten Terrence. »Wage es nicht!«, zischte Karen. »Wage es nur nicht, Alter! Ich würde dir den Schädel zerschießen. Verdammt, ich würde es tun!«

Terrence keuchte. Er lag auf dem Rücken, bewegte sich dabei aber und umklammerte sein rechtes Handgelenk. »Weiber!«, keuchte er. »Verdammt, ich habe es gewusst. Ich hätte mich nicht mit einem Weib einlassen dürfen. Das bringt nur Ärger und Unglück!«

Ein scharfes Lachen war die Antwort. »Gut, dass du es einsiehst, alter Mann. Ich bin immer besser, das musst du dir mal merken. Besser, als du es je sein kannst. Und ich werde mir auch den Schatz holen. Auf den verdammten Schlüssel verzichte ich, aber das andere will ich haben.« Während dieser Worte leuchtete in ihren Augen ein fanatischer Glanz. Karen war nicht mehr das kleine Mädchen, sondern sah jetzt ein Ziel. Und sie wollte sich für das rächen, was man ihr angetan hatte.

Ihr sollte der Schatz gehören!

Der alte Terrence lag am Boden und schaute schräg zu ihr hoch. Er hatte den Mund offen und hielt noch immer seinen Arm fest. Dann flüsterte er: »Das schaffst du nicht. Das Skelett ist zu stark, viel zu gefährlich. Glaub mir, du kannst es nicht packen.«

»Lass das mal meine Sorge sein. Hast du es nicht auch versuchen wollen, Alter?«

»Ja, das stimmt«, gab Terrence zu. »Ich habe mich vorbereiten können. Jahrelang habe ich die alten Bücher studiert. Man muss gewisse Regeln einhalten, glaub mir.«

»Papier ist geduldig, mein Freund. Ich weiß schon, was ich zu tun habe.«

»Dann kann ich dir nicht helfen. Ich hatte es wirklich gut mir dir gemeint.«

»Darauf kann ich verzichten!«

»Sei nicht so borniert. Lass uns zusammenarbeiten, Kind. Es ist besser. Du unterschätzt die Kräfte aus dem Jenseits. Sie sind nicht nur unheimlich und unerklärbar, sondern auch sehr gefährlich für den Unwissenden. Wir müssen gewisse Regeln einhalten.«

»Klar, die Argumente stecken in meiner Waffe«, erwiderte das Mädchen kalt.

Terrence lachte. »Was sind Kugeln gegen Geister? Die Revolvergeschosse können dem Skelett nichts anhaben. Kein Dämon kann durch sie getötet werden, glaub mir …«

»Weshalb hast du die Waffe dann mitgenommen?«, wollte Karen wissen.

»Für dich, Kindchen. Allein für dich. Damit du keine Dummheiten machst.«

»Und jetzt kannst du dir das hinter deine Ohren schreiben«, gab die junge Studentin kalt zurück.

»Es ist nicht einfach, ihn zu überlisten«, flüsterte Terrence. »Es ist wirklich nicht einfach, das sage ich dir.«

»Dich habe ich auch geschafft …«

»Närrin!« Der Alte lachte. »Du bist eine verdammte Närrin. Nichts wirst du erreichen, gar nichts. Glaube es mir. Lass uns zusammenarbeiten oder fliehen, nur diese beiden Möglichkeiten gibt es.«

»Nein!«, erwiderte Karen scharf. »Für mich gibt es noch eine dritte. Du wirst mir helfen, an den Schatz zu gelangen, denn du musst genau das tun, was ich dir sage. Wenn nicht, erschieße ich dich!«

Die Worte klangen hart und auch irgendwie endgültig. Das merkte Terrence sofort. Ergeben bewegte er seine Schultern und gab zu verstehen, dass ihm keine andere Wahl blieb.

Karen forderte ihn mit kalter Stimme auf, sich zu erheben. »Aber beeil dich!«, fügte sie hinzu. Lauernd stand sie vor ihm. Die Mündung der Waffe zielte auf den Mann. Mit beiden Händen hielt Karen den schweren Revolver fest, und sie zitterte nicht einmal, denn sie hatte eine innerliche Kehrtwendung gemacht. Karen wollte aus dem erlebten Schrecken Kapital schlagen.

Mühsam richtete sich der Mann hoch. Das Girl schaute genau zu, dass er keine Dummheiten versuchte. Die Revolvermündung folgte jeder seiner Bewegungen, und Karen schaffte es sogar, nach links zu schauen, wo geisterhaft bleich das blaue Licht über dem Wasser schimmerte.

Es war stärker geworden. Ein Zeichen, dass sich das Skelett dem Ufer näherte.

»Und jetzt?«, fragte Terrence.

»Gehen wir in Deckung und warten ab«, erwiderte Karen.

Der Alte schaute sie an. Dann schüttelte er den Kopf. »Mädchen«, sagte er mit leiser Stimme. »Du weißt wirklich nicht, auf was du dich da einlässt, glaub es mir ...«

Karen White aber grinste nur spöttisch. Sie war der Meinung, gewonnen zu haben. Und wer nichts riskiert, der konnte auch nicht Sieger sein, so war es nun mal im Leben ...

Wir ruderten wie besessen. Trotzdem hatten wir keine Chance, das Skelett einzuholen. Es hatte einen zu großen Vorsprung. Wir hätten schon den doppelten Einsatz leisten müssen. Hinzu kam, dass wir nur auf einer kieloben schwimmenden Bootshälfte hockten und auch unsere Schwierigkeiten mit der Strömung und den unter der Oberfläche lauernden Strudeln hatten.

Das Skelett gewann einen immer größeren Vorsprung. Wir unterhielten uns nicht. Jeder teilte seine Kraft ein, damit wir nicht zu erschöpft waren, wenn wir das rettende Ufer erreichten.

Ich zermarterte mir das Gehirn darüber, welch eine Bedeutung das Auftreten des blauen Skeletts wohl haben konnte, doch ich gelangte zu keinem Ergebnis, weil ich zu wenig darüber wusste.

Suko und ich hockten auf dem umgekippten Boot wie Reiter auf dem Rücken ihrer Pferde. Unsere Beine steckten im Wasser. Die Kleidung konnte nicht trocknen, und die Kälte kroch in uns hoch wie ein schleichendes Gift.

Nach wir vor lag über dem Wasser der Nebel. Die Schleier bewegten sich, der Wind fuhr in den Dunst und produzierte mit ihm einen geisterhaften Tanz.

Von dem Ungeheuer hatten wir nichts mehr gesehen. Beide waren wir darüber sehr froh, doch wir konnten nicht mit hundertprozentiger Sicherheit sagen, ob wir es auch endgültig erledigt hatten. Wie es allerdings aussah, hatten wir nichts mehr von der Bestie zu befürchten.

Ich saß vor Suko. Der Chinese hatte sich meinem Rhythmus angepasst. Während ich meine Ruderstange in die Fluten tauchte, tat Suko mit seiner Planke das Gleiche.

So arbeiteten wir uns voran, legten Yard für Yard zurück und näherten uns dem Ziel, der in den See ragenden Landzunge.

Durch die einseitige Belastung spürte ich ein Ziehen in der rechten Seite. Das hielt mich allerdings nicht davon ab, weiterhin alles in die Waagschale zu werfen, um so schnell wie möglich das trockene Land zu erreichen.

Das Skelett entfernte sich immer weiter von uns.

Es war schon eine geisterhafte, unheimlich wirkende Erscheinung, wie es auf dem Wasser schwebte, denn wir hörten kein Geräusch, wie es dem Ufer entgegenglitt. Und wir sahen auch keine Bugwelle, wie sie ein normales Boot produziert hätte.

Der gesamte Vorgang ging in einer unheimlichen Lautlosigkeit über die Bühne.

Die Knochen schimmerten innerhalb des blauen Lichts dunkler. Von vorn hatten wir den unheimlichen Bootsfahrer noch nicht gesehen, und wir wussten auch nicht, welches Ziel er verfolgte.

Ich sah als erster den gewaltigen Schatten, der vor uns auftauchte. Es war bereits die Landzunge, die sich wie ein breiter Finger in den See hineinschob.

Einzelheiten konnten wir nicht erkennen, wir sahen nur den Schatten, der vor uns hochwuchs, immer breiter wurde und auch mehr Konturen annahm, denn wir erkannten bereits die Kronen der Bäume.

Ich glaubte mich zu erinnern, dass die Bäume, die direkt am Ufer standen, eine Neigung zum See hin hatten. Einer Täuschung war ich nicht erlegen, denn als wir uns so weit genähert hatten, dass wir weitere Einzelheiten erkennen konnten, war es bereits zu spät. So schnell konnten wir nicht stoppen.

Unser provisorisches Boot glitt in eine auf dem Wasser liegende gewaltige Laubkrone hinein. Die Fahrt wurde zwar gebremst, allerdings liefen wir auch Gefahr, von den stärkeren Ästen und Zweigen vom Boot gedrückt und ins Wasser gestoßen zu werden. Wir mussten unsere Hände zu Hilfe nehmen, um uns festzuklammern.

In der Dunkelheit konnten wir kaum etwas sehen und auch den Zweigen nicht richtig ausweichen. Ein paar Mal wurden Suko und ich von den Ästen getroffen, sie schrammten über unsere Gesichtshaut, wollten sich an der feuchten Kleidung festhaken, und es gelang uns nur mit großer Mühe, auf dem kieloben treibenden Boot sitzen zu bleiben.

Schließlich hatten wir es geschafft. Das heißt, unser Boot wurde angehalten.

»Runter!«, hörte ich Suko sagen.

Wir rutschten vom Kiel.

Das Wasser war hier flach. Es reichte uns nur noch bis zu den Knien. Ich kam mir vor wie in einem Mangrovenwirrwarr, als ich mich auf das Ufer zubewegte.

Suko hielt sich dicht hinter mir. Wir hoben unsere Beine an und platschten durch das Wasser, auf dessen Oberfläche noch das faulige Laub vom vergangenen Herbst schwamm.

Das Wasser wurde immer flacher. Schließlich bedeckte es nur noch meine Knöchel, und zwei Schritte weiter betrat ich als erster das feuchte, sumpfig wirkende Ufer.

Erst einmal atmete ich auf. Seit langer Zeit wieder festen Boden unter den Füßen zu haben, das tat gut.

Als Suko neben mir stand, sah ich, wie er seine Beretta nachlud. Das hatten wir bisher versäumt. Ich tat es ihm nach, und beide schauten wir nach links, denn dort irgendwo musste das Skelett an Land gegangen sein. Und das war genau der Platz, wo sich auch die alte Ruine befand und unser Bentley stand.

Für Suko und mich gab es keinen Zweifel, dass die Ruine das Ziel des Skeletts war. Was es dort zu suchen hatte, wussten wir nicht, aber wir würden es herausfinden.

Im Augenblick sahen wir das blaue Licht als sehr, sehr schwaches Leuchten, aber es war vorhanden, und wir konnten uns orientieren. Schade nur, dass wir nicht auf direktem Weg an die unheimliche Gestalt herankamen, wir mussten zuerst die Landzunge umgehen.

Beide hatten wir es eilig, denn wir wollten auch das letzte Rätsel dieses geheimnisvollen Sees lösen …

Sie hatten sich ein gutes Versteck ausgesucht. Karen White hatte genau den richtigen Riecher gehabt. Zusammen mit dem Alten hockte sie hinter einer hüfthohen Mauer und peilte hin und wieder über den Rand zum Ufer hin, wo das Skelett mit seinem Boot jeden Augenblick anlegen musste.

Terrence verhielt sich ruhig. Er wusste, dass er eine zu allem entschlossene Gegnerin neben sich hatte, und er wagte es auch nicht, sie zu überrumpeln. Zudem spürte er die harte Mündung seines eigenen Revolvers im Rücken, und das war in der Tat kein gutes Gefühl.

Es war da!

Beide merkten sie es zur selben Zeit, und Karen begann leise zu lachen. »Jetzt werden wir bald wissen, wo es langgeht.« Sie ließ den Schein nicht aus den Augen.

Unheimlich war das blaue Leuchten, das sich zwischen den Bäumen festgesetzt hatte. Hinzu kam der feine Nebel, der dieses Licht mit seinen Dunstwolken ausfüllte und ihm ein schauriges Leben verlieh. Wenn der Wind, der über den See fuhr, das Ufer erreichte und in den Nebel glitt, so bewegte er ihn, und es hatte den Anschein, als würden gewaltige blaue Wolken auf die Ruine zutreiben.

Obwohl sich Karen noch vor wenigen Minuten sehr forsch gezeigt hatte, konnte sie sich jetzt eines unheimlichen Gefühls nicht erwehren. Sie fragte sich, ob sie richtig gehandelt hatte, aber ein Zurück gab es nicht mehr. Sie hatte nun mal in den sauren Apfel gebissen.

Ihr Blick war starr, mit dem sie das Skelett beobachtete. Dabei huschte ihre Zunge nervös über die Lippen. Auf der Stirn hatten sich kleine Schweißperlen festgesetzt, und die Spannung in ihrem Innern stieg von Sekunde zu Sekunde.

Der alte Terrence neben ihr atmete heftig. Es war schon ein regelrechtes Schnauben, das er von sich gab. An der Bewegung seines Körpers, die sich durch den Revolverlauf auch auf Karen übertrug, merkte sie, wie sehr er zitterte.

An einer Stelle konzentrierte sich die blaue Wolke. Das war genau dort, wo sich das Skelett befand. Etwa in Kopfhöhe zeigte das blaue Leuchten eine stärkere Intensität, da strahlten die Augen hell wie kalte Diamanten.

Es war still um die Ruine herum geworden. Jetzt schlief auch der Wind ein, und Karen merkte deutlich, dass sich etwas anderes ausbreitete.

Eine fremde, seltsame Kraft, die sie noch nie zuvor gespürt hatte und die wohl kaum von dieser Welt stammen konnte.

Es waren ferne Schwingungen, magische Wellen, die innerhalb des Skeletts ihren Ursprung hatten und auch die beiden Personen erreichte, obwohl sie von der Mauer geschützt waren.

Kein Geräusch war zu hören, als sich das blaue Skelett in Bewegung setzte. Mit einer gespenstischen Lautlosigkeit näherte es sich der Ruine, und Karen hatte das Gefühl, es mit einem Geist zu tun zu haben. Aber es war kein Geist. Diese nicht stofflichen Wesen bewegten keine Zweige oder Äste, wenn sie gingen, sie konnten lautlos vorangleiten und sich um die Gegenstände herumwinden oder sie sogar durchdringen.

Der Knochenmann kam.

Das Mädchen hielt unwillkürlich den Atem an, als es ihn sah. Sie wollte zurückzucken, hinter der Deckung vollends verschwinden, aber sie konnte es nicht. Der unheimliche Bootsfahrer zog wie ein Magnet ihre Blicke an.

Das Skelett ging nicht normal, wie es bei Menschen der Fall war. Es setzte seine Schritte staksig voran. Die blau schimmernden Knochenbeine und auch Füße bewegten sich, als gehörten sie zu einer Puppe. Und doch geschah alles in einer gespenstischen Lautlosigkeit, denn kein Geräusch war zu hören, als der Unheimliche voranschritt.

Karen konnte deutlich seinen Schädel sehen. Sie sah auch die Augenhöhlen, wo das blaue Leuchten am stärksten war, denn dort musste das Zentrum sitzen.

Näher und näher kam es.

Karens Herz klopfte laut. Sie hörte die Schläge in ihrem Kopf, und sie fragte sich, ob das Skelett nicht längst gemerkt hatte, dass nahe der Ruine jemand lauerte.

Jetzt musste es den Bentley sehen.

Karens Körper spannte sich. Sie beobachtete weiter, rechnete damit, dass der seltsame Fremde den Wagen untersuchte, doch der interessierte ihn überhaupt nicht.

Das Skelett passierte ihn. Fast sah es so aus, als würde es mit dem Blech verschmelzen.

Dann war es vorbei.

Die Ruine war das Ziel. Darauf ging es zu, und es hatte bereits die ersten Überreste erreicht, deren mit Unkraut überwucherte Mauern es mit seinem blauen Schein übergoss. Zum Glück behielt es die Richtung bei, die jenseits der beiden heimlichen Beobachter lag, und schon wenig später sahen Karen und der alte Terrence den Rücken des Knöchernen.

Karen atmete auf. Die Spannung ließ nach. In den letzten Sekunden war sie irgendwie weit weg gewesen, hatte sich nur auf das Skelett konzentriert. Nun kehrte sie in die Wirklichkeit zurück, und sie spürte wieder den Griff des Revolvers in ihrer Faust.

Zwischen die Handfläche und den Walnussgriff hatte sich ein Schweißfilm gelegt. Überhaupt war Karen schweißüberströmt, und sie wischte hastig über ihre Augen, bevor die salzige Flüssigkeit hineinrinnen konnte.

Den ersten Teil des unheimlichen Vorgangs hatten sie überstanden. Und in ihr stieg so etwas wie Euphorie auf, denn sie hatte plötzlich das Gefühl, dass es leicht sein würde, den unheimlichen Knochenmann zu überlisten.

Terrence dachte da anders. Er warnte das Mädchen mit rauer, flüsternder Stimme.

»Noch ist Zeit. Lass uns zurückgehen!«

Karen lachte nur. »Alter, du bist ein Feigling, das merke ich immer mehr. Nein, ich bleibe hier.«

»Das Skelett ist gefährlich …«

»Tut mir leid, davon habe ich nichts gemerkt. Alles nur dumme Sprüche. Ich hole mir den Schatz, und daran wirst auch du nichts ändern. Verlass dich darauf.«

»Dann tut es mir leid um dich.«

»Um mich? Denk lieber an dich!« Sie stieß mit der Revolvermündung härter zu, denn sie hatte gesehen, dass das Skelett in der Ruine verschwunden war. Nur der blaue Widerschein lag noch über den Mauern.

Der Alte blieb knien, als wäre er auf dem Boden festgeleimt. Karen fuhr ihn an: »Los, hoch mit dir!«

Terrence zuckte zusammen. Er drehte den Kopf, schaute das junge Mädchen an und nickte. »Ja«, flüsterte er, »ich stehe auf. Ich werde mit dir gehen, aber ich will dir auch sagen, dass du dich in einer tödlichen Gefahr befindest.«

»Hör endlich auf damit!«, zischte Karen. »Ich habe genug von deinem Gelaber.«

Der Mann hob nur die Schultern, nickte und schritt behutsam voran.

Karen blieb dicht hinter ihm. Obwohl sie kein Profi

war, hielt sie genau die richtige Distanz ein, die sie benötigte, um nicht von einem Angriff überrascht zu werden.

Terrence hielt sich dicht an der Mauer. Seine Füße schlurften durch das Gras. Er hatte den Kopf gesenkt und ging wie ein Verurteilter, den man zur Hinrichtung führt und der mit seinem Leben endgültig abgeschlossen hat.

Tatsächlich dachte er daran, denn das Mädchen hinter ihm war viel zu naiv. Es begriff nicht, welche Kräfte hier lauerten, welch uralten Geheimnisse, die entstanden waren, als der Mensch noch gar nicht hier lebte.

Das Ziel war nicht zu verfehlen, denn der blaue Widerschein wies Karen den Weg. Und sie achtete genau darauf, dass der alte Mann keine Dummheiten machte. Sie wollte und würde sich nicht überrumpeln lassen, sondern sofort schießen.

Ein wenig wunderte sie sich selbst darüber, wie hart sie plötzlich sein konnte. Aber der Alte hatte sie dahin getrieben, und so fiel es ihr leicht, die Gewissensbisse zu unterdrücken.

Ein wenig dachte sie noch an Jill Livingstone. Ein Ungeheuer hatte ihre Freundin geholt, und sie erinnerte sich auch an die beiden Männer, die sie auf der schwarzen Fläche des Sees gesehen hatte. Von ihnen war nichts mehr zu erkennen gewesen. Wahrscheinlich hatte die Bestie sie auch geholt.

Sie näherten sich jetzt dem Teil der Ruine, wo früher der kleine Turm gestanden hatte. Jetzt lagen nur noch Trümmer dort, aber dort hatte sich das Leuchten verstärkt. Irgendwo musste das Skelett stecken.

Der alte Terrence begann damit, über die ersten Trümmer hinwegzusteigen. Karen drängte den Mann, sehr vorsichtig zu sein und keinerlei Geräusche zu verursachen, denn so etwas konnte leicht ins Auge gehen.

Auch Karen musste Acht geben. Der Mann hatte es da einfacher, er brauchte sich nur um den Weg zu kümmern, während Karen ihn und die Strecke im Auge behalten musste.

Zwischen den Trümmern wuchs hohes Farnkraut. Durch das blaue Leuchten hatte es einen seltsamen Glanz angenommen und schimmerte nun türkis.

Plötzlich stoppte der Alte.

»Was ist los?«, raunte Karen.

»Es geht nicht mehr weiter.«

»Rede keinen Unsinn.«

»Doch, überzeuge dich selbst.«

Karen dachte nach. Sie glaubte nicht, dass der Kerl sie angelogen hatte, dazu hatte er nicht die Nerven. So blieb ihr nichts anderes übrig, als dicht an den Mann heranzutreten und an ihm vorbeizuschauen, wobei sie allerdings darauf achtete, dass die Waffenmündung weiterhin auf ihn wies.

Gelogen hatte er eigentlich nicht. Es ging zwar weiter, aber trotzdem würden sie ihre Schwierigkeiten haben, denn vor ihnen befand sich ein viereckiges Loch.

Ein großer Steinquader war von dem Skelett hochgewuchtet worden, darunter lag eine alte Treppe, die wendelförmig in die Tiefe der Erde führte. Auf den morschen Stufen lag eine dicke Moosschicht, sodass es für einen Menschen ziemlich riskant war, in die Tiefe zu steigen. Es bestand immer die Gefahr, dass er abrutschte und sich irgendetwas brach.

Karen White zuckte wieder zurück und drückte die Revolvermündung seitlich gegen den Hals des Mannes. »Ich sehe da kein Problem«, sagte sie. »Wir gehen da hinunter.«

»Nein, nein! Das Skelett …«

»Wird gar nichts tun«, erwiderte Karen zischend. »Zudem gehst du als erster …«

Der alte Mann drehte den Kopf und schaute sie an. Da er den Hut nicht mehr trug, sah Karen sein graues Haar, das in langen Strähnen zu beiden Seiten des

Gesichts nach unten hing und sich an den Spitzen aufrollte.

»Bist du denn durch nichts zu überzeugen?«, fragte er, wobei in seiner Stimme die Qual mitklang.

»Klar, durch den Schatz. Und jetzt rede nicht, sondern geh endlich vor, zum Teufel!«

Der Alte setzte sich in Bewegung und bückte sich. »Zum Teufel«, wiederholte er, »da hast du ein wahres Wort gesprochen. Wahrscheinlich werden wir beide beim Teufel landen, so wie es jetzt aussieht. Ich kann mich nur wiederholen. Du bist eine Närrin.«

Karen grinste spöttisch. Sie sah zu, wie sich der Alte bückte und seinen Fuß vorsichtig auf die oberste Stufe setzte. Er hatte seinen Körper so weit nach unten gebeugt, dass er sich sogar noch mit den Händen abstützen konnte. Das schien auch nötig zu sein, denn die Moosschicht auf den Stufen war noch rutschiger, als es den ersten Anschein gehabt hatte.

»Geh an den äußeren Rand!«, zischte Karen, die sich darüber aufregte, dass der Alte so langsam schritt. »Da kannst du dich an der Wand abstützen.«

Terrence reagierte nicht. Er tat so, als hätte er die Worte überhaupt nicht gehört, und behielt seine Haltung bei.

Als er die dritte Stufe erreichte, wurde er von dem blauen Lichtschein erfasst.

Plötzlich sah seine Haut völlig anders aus. Sie wirkte zwar auch bläulich leuchtend, aber dennoch irgendwie fahl, als wäre sie dabei, durchsichtig zu werden.

Unbehagen überfiel die am Beginn der Treppe wartende Karen White. Sie erkannte, dass dies kein normales Licht war, denn diese Strahlen hier lagen nicht nur auf der Haut, sie schienen sie auch zu durchdringen und den Alten in einen Geist zu verwandeln.

Der Alte schritt weiter.

Fast war es ein Wunder, dass er nicht abrutschte und die Stufen hinabfiel, aber seine Hände fanden an der

Wand immer den nötigen Halt, und er wurde auch vorsichtiger.

Einmal noch warf er der oben wartenden Karen einen Blick zu. Sein Gesichtsausdruck hatte sich stark verändert. Es war nicht allein das Licht, das ihn so seltsam aussehen ließ, sondern die Angst, die seine Züge verzerrte.

»Geh weiter!«, befahl das Mädchen drohend und senkte die rechte Hand mit der Waffe. Die Mündung der Waffe wies jetzt auf den Kopf des alten Mannes.

»Ja, ja, ich …« Er tat den nächsten Schritt.

Das wurde ihm zum Verhängnis. Hatte er sich vorher auf die glitschigen Stufen konzentriert, so vergaß er dies bei seinem nächsten Schritt. Er rutschte ab, griff noch nach der Wand, um sich dort festzuhalten, doch seine Hände hatten nicht mehr die Kraft, sich abzustützen.

An der Treppenkante knickte zudem ein Bein weg, er verlor das Gleichgewicht und fiel …

Karen White stand für einen Moment unbeweglich. »Dieser verdammte Idiot!«, fluchte sie schließlich. »Dabei habe ich es ihm gesagt.« Sie setzte noch einen Fluch hinterher und wandte sich nach rechts, um selbst die alte Treppe hinunterzugehen.

Dass die Stufen glitschig waren, hatte sie längst bemerkt. Dementsprechend vorsichtig war sie. Zudem hätte sie die Enkelin des Alten sein können, ihr Körper war noch jung und die Muskeln sehr geschmeidig.

Auch sie hielt sich dicht an der Wand. Dabei musste sie die Waffe in die linke Faust nehmen. Mit der Rechten stützte sie sich an der Mauer ab.

Sie spürte unter ihren Fingern das kalte raue Gestein, und sie nahm auch den seltsamen Geruch wahr, der ihr aus der Tiefe entgegenströmte und kaum zu identifizieren war.

Einerseits roch es nach Moder, Fäulnis und Verwesung, andererseits auch nach etwas, das entsteht, wenn hohe Spannungen durch einen Lichtbogen erzeugt werden.

Sollte Letzterer mit dem blauen Leuchten in einem ursächlichen Zusammenhang stehen?

Sie dachte nicht mehr darüber nach, denn sie musste zusehen, endlich ihr Ziel zu erreichen. Innerlich fieberte sie, aber sie ließ sich Zeit, ihr sollte nicht das gleiche Schicksal widerfahren wie dem Alten.

Die vierte Stufe lag hinter ihr, und sie hatte schon das rechte Bein vorgeschoben, um die fünfte zu betreten, als sie den gellenden Schrei hörte.

Ohne Warnung klang er auf, hallte Karen markerschütternd entgegen und erfüllte sie mit Entsetzen.

Vor ihr, an einem Ort, den sie nicht einsehen konnte, musste etwas Schreckliches geschehen sein.

Und der Alte hatte geschrien!

Karen stand wie festgeleimt auf der Stufe. Noch konnte sie nicht um den ersten Absatz herumschauen, um zu sehen, was sich am Fuß der Treppe abspielte. Aber es musste etwas Furchtbares, Entsetzliches sein. So wie der Schrei geklungen hatte, schrie ein Mensch in Lebensgefahr.

Auch das Mädchen wurde jetzt von dem blauen Schein umflort. Sie fühlte ihn sogar, er lag nicht nur auf ihrer Haut, er schien auch durch die Poren und in ihr Gehirn einzudringen. Ein seltsames Gefühl hatte sie erfasst, und fremde Gedanken waren in ihrem Kopf, die sie allerdings nicht auseinander filtern konnte, sodass sich die fremden Gedanken anhörten wie ein fernes Rauschen.

Wie gebannt blieb sie stehen. Mit einer Hand stützte sie sich noch immer an der Wand ab, die andere hielt den Revolver wie im Krampf umklammert, als wäre er ein letzter Rettungsanker.

Der Schrei verebbte.

Stufenweise vollzog sich dies. Zuerst verstummten die hohen, schrillen Töne, danach war nur ein Wimmern zu vernehmen, und als dies vorbei war, ein langgezogenes grauenhaftes Stöhnen, das in einem letzten Röcheln endete.

Schluss …

Wie zu Stein erstarrt, stand Karen auf dem Fleck und lauschte. Die Stille, die um sie herum herrschte, empfand sie als fast noch schlimmer als den Schrei.

Auch das Rauschen war aus ihrem Schädel verschwunden. Sie konnte wieder klar denken, keine fremde Macht versuchte mehr, von ihr Besitz zu ergreifen.

Was war da unten geschehen?

Diese Frage wiederholte sich unentwegt. Sie hämmerte in ihrem Bewusstsein, und Karen zuckte wie unter einem Peitschenhieb zusammen, als sie plötzlich die schweren, schlurfenden Schritte vernahm, die langsam die Treppe hochkamen …

Suko und ich waren nicht direkt am Seeufer entlanggelaufen, sondern hatten zugesehen, dass wir die Straße erreichten. Es gab dafür einen einfachen Grund. Der Weg hier war viel besser als der am See entlang. Wir brauchten keinen Bäumen auszuweichen oder irgendwelches Unterholz zu umgehen, hier auf der Straße hatten wir freie Bahn.

Die Paddelei hatte uns zwar ziemlich mitgenommen, dennoch gab es für uns keine Pause. Wenn wir etwas erreichen wollten, dann so rasch wie möglich.

Natürlich gaben wir uns nicht voll aus. Ein Dauerlauf musste reichen.

Menschenleer präsentierte sich die Straße. Auch bei Tage war sie kaum befahren, in der Nacht begegneten sich hier höchstens mal die Tiere des Waldes.

Über uns segelten dunkle Wolken an einem grauen Himmel. Hin und wieder leuchtete der Mond durch, dann war er wieder verschwunden. In unendlicher Ferne blitzten ein paar Sterne, der Wind fuhr über den See, kräuselte das schwarze Wasser und verfing sich in den hohen, dicht belaubten Kronen der Bäume, wo die Blätter aneinander rieben und ein rauschendes Geräusch erzeugten.

Durch die Lauferei war unsere Kleidung wieder getrocknet. Nur noch an wenigen Stellen klebte sie feucht auf der Haut. Leider sahen wir das Licht nicht mehr, deshalb mussten wir uns nach unserem Gefühl richten. Nach einer Weile blieben wir fast gleichzeitig stehen, denn wir waren der Meinung, dass wir hier zum See abbiegen mussten.

Bei Helligkeit wäre es kein Problem gewesen. Wir hätten die Stelle sofort wiedererkannt, doch im Dunkeln sieht alles anders aus. Wie dem auch sei, um lange Überlegungen anzustellen, fehlte uns die Zeit, und so schlugen wir uns links der Fahrbahn in die Büsche.

Kaum befand sich der weiche Boden unter unseren Füßen, als wir den Schrei hörten.

Sofort hielten wir inne.

Suko schaute mich an. »Das war weiter rechts.«

Ich war der gleichen Meinung, nickte nur, und gemeinsam machten wir uns auf den Weg. Wir liefen jetzt im schrägen Winkel auf das Seeufer zu, wobei wir hofften, auf die Ruine zu stoßen.

Manchmal war es wirklich zum Heulen. Wo die Natur sich frei entfalten konnte, da wucherte sie auch. Glitschige Baumwurzeln lagen wie ein Netzwerk auf der Erde und bildeten regelrechte Stolperfallen auf dem Boden.

Suko hatte Pech und legte sich lang. Er sprang allerdings sofort wieder hoch.

Mir knallte zweimal ein Ast gegen den Kopf, und

dorniges Gestrüpp verhakte sich in meiner Kleidung.

Mulden auf der Erde und winzige Erhebungen halfen noch mit, dass die Strecke fast unpassierbar wurde.

Schließlich jedoch erreichten wir eine Lichtung, und wir konnten Reifenspuren erkennen, die den weichen Untergrund aufgewühlt hatten. Wir waren mit unserem Wagen hier nicht hergefahren.

»Scheint nicht mehr weit zu sein«, murmelte Suko.

Der Meinung war ich ebenfalls, zudem befanden wir uns nicht mehr weit vom Ufer weg, denn ich sah schon die dunkle Oberfläche des Sees. Die nächsten Yards legten wir parallel zum See zurück und hörten plötzlich das dumpfe Wummern.

»Schüsse!«, flüsterte Suko.

Er hatte sich nicht geirrt. Irgendwo vor uns schien sich ein Drama anzubahnen …

Es kam jemand!

Das Skelett?

Karen begann zu zittern. Kein anderer konnte es sein. Sie glaubte einfach nicht daran, dass sich der Alte noch einmal zurücktrauen würde. Bestimmt konnte er auch nicht.

Also das blaue Skelett …

Sollte es tatsächlich den Alten umgebracht haben, so würde es sich bei Karen wundern. Das Girl hatte sich fest vorgenommen, es nicht so weit kommen zu lassen. Außerdem war sie bewaffnet. Nur dachte sie nicht mehr an die Worte des Mannes, der ihr gesagt hatte, dass Kugeln gegen Dämonen und Wesen der Finsternis nichts ausrichteten.

Starr war ihr Blick schräg nach unten und gleichzeitig nach vorn gerichtet. In die gleiche Richtung wie auch die Waffenmündung. Wenn sich der Gegner zeigte, würde sie sofort abdrücken. Eine Sekunde zu zögern konnte ihr Todesurteil bedeuten.

Dann sah sie ihn.

Ja, es war das Skelett, und es hatte seine beiden Arme ausgestreckt. Das Mädchen starrte auf die blauen Knochen, und jetzt, so aus der Nähe, da stellte sie fest, dass die Farbe doch intensiver leuchtete, als sie angenommen hatte.

Vorsichtig schob es sich um die Biegung. Der Blick des Mädchens glitt höher, er streifte auch die Rippenbögen, die zahlreichen Knochen – und den Schädel.

Nein! Das war kein Skelettschädel. Auf dem Knochenkörper saß ein normaler Kopf mit langen, strähnigen Haaren. Um Wangen und Kinn herum wucherte ein wilder Bart.

Vor ihr stand der alte Terrence. Ihn hatte die furchtbare Rache des echten Skeletts getroffen!

Um das zu begreifen, vergingen Sekunden.

Karen White war wie vor den Kopf geschlagen. Sie konnte kaum noch einen klaren Gedanken fassen, aber sie wusste plötzlich, wer den Schrei ausgestoßen hatte. Und er war tatsächlich zu einem Todesschrei geworden, obwohl der Alte noch lebte.

Mit einem Skelettkörper, der blau schimmerte.

Er kam höher. Sein Mund bewegte sich dabei, und die schmalen Lippen formten Worte.

»Der Fährmann!«, flüsterte er. »Der Fährmann wartet auf dich, meine Kleine. Ich habe ihm versprechen müssen, dass ich dich holen werde, und das Versprechen halte ich ein.« Er lachte böse und bewegte seine knöchernen blauen Finger wie ein Klavierspieler bei Fingerübungen.

»Komm zu mir, du wolltest doch das Geheimnis dieser Höhle erfahren. Komm, kleine Karen, komm …« Und er stieg die nächste Stufe hoch, sodass ihn nur noch zwei von der vor Schreck erstarrten Studentin trennten.

Karen White hatte sich innerlich verkrampft. Sie wusste nicht mehr, was sie tun sollte. Sie stand unbeweglich da, hatte die Augen weit aufgerissen und schaute auf die gespenstische Erscheinung, deren Licht die Höhle ausfüllte.

»Willst du nicht?« Hohn schwang in der Frage mit, und mit einem Mal hatte sich Karen wieder gefangen.

»Neiiinnn!«, schrie sie. »Ich will nicht, du verfluchte Bestie. Ich werde dich töten!«

»Dann tu es!«

Karen hatte noch nie geschossen, aber in diesem Augenblick, als sie das Entsetzen überschwemmte, da drückte sie ab.

Sie wunderte sich darüber, wie leicht es war, den Stecher der Waffe zu bewegen. Sie brauchte ihn nur nach hinten zu ziehen, und im nächsten Augenblick krachte der Schuss.

Der Revolver entlud sich in einem donnernden Geräusch. Vor der Mündung stand für einen kurzen Augenblick eine fahle Feuerblume, dann krachte das schwere Geschoss gegen den Knöchernen. Auf den Schädel hatte das Mädel gezielt, doch beim Schuss die Waffe verrissen, sodass sie nur die Schulter traf. Knochensplitter fielen in den Staub.

Der veränderte Alte aber lebte weiter.

Das stellte Karen mit Schrecken fest. Vielleicht hätte sie in diesen Augenblicken noch eine Chance gehabt zu fliehen, doch sie verpasste die Sekunde. Zudem dachte sie noch an den Revolver und fühlte sich weiterhin unbesiegbar.

Und sie feuerte weiter.

Drei-, viermal hintereinander drückte sie ab. Dabei begleitete sie jeden Schuss mit einem Schluchzen, sah die Treppe und freute sich, wie die Kugeln in das Knochengerüst einschlugen, wobei eine auch den Kopf traf und genau über den Augen ein Loch hinterließ.

Jetzt muss er fallen! dachte Karen

Er fiel nicht!

Trotz der schrecklichen und normalerweise tödlichen Kopfwunde hielt sich der Alte auf den Beinen. Sogar Blut rann aus seinem Schädel und verlief sich innerhalb seines grauen Bartes, der eine makabre Färbung annahm.

Eine unheimliche Kraft hielt ihn aufrecht. Eine Kraft, wie sie auf der Erde niemals geboren werden konnte, sondern aus einer fernen schrecklichen Welt stammte.

»Ich hole dich, mein Täubchen. Ich hole dich für ihn. Du wirst ihn sehen. Ihn und den Schatz!« Als er diese Worte gesprochen hatte, schüttelte er sich und nahm gleich zwei Stufen auf einmal, wobei er auf derselben Stufe stand wie Karen.

Todesangst überfiel das Mädchen. Sie presste sich hart gegen die Wand, hob den rechten Arm und versuchte, den Waffenlauf gegen den Kopf des anderen zu hämmern.

Es war für den alten Terrence leicht, die Hand abzufangen. Karen spürte die Knochenfinger um ihr Gelenk, und sie merkte, dass ihr Arm langsam nach hinten gebogen wurde. Sie mobilisierte ihre letzten Kräfte, doch dann musste sie vor ihrem Gegner kapitulieren.

Ihre Finger öffneten sich, die Waffe rutschte über die Handfläche und fiel auf die Stufe, wobei sie weiterglitt und irgendwo liegen blieb.

Der Alte aber ließ sein Opfer nicht los. Sein Griff wurde noch härter, und er schleuderte Karen herum, sodass er sie anschauen konnte.

Ihre Gesichter befanden sich dicht voreinander.

Das des Mädchens zeigte eine Grimasse aus Angst und Entsetzten, das andere eine widerliche Fratze, aus deren Kugelloch in der Stirn das Blut sickerte.

»Du sollst ihn sehen!«, lachte der Alte irr. »Du sollst ihn sehen, und du wirst ihn sehen!«

Noch einmal brüllte er auf, schleuderte Karen White herum und ließ sie blitzschnell los.

Die junge Studentin konnte nichts tun. Sie konnte sich auch nicht mehr fangen, auf den glitschigen Stufen verlor sie den Halt und stürzte kopfüber die restliche Treppe hinunter.

Genau in ihr Verderben!

Schreie und kurz danach Schüsse!

Das waren für uns natürlich Alarmsignale der ersten Güte. Da mussten wir eingreifen. Wenn so etwas geschah, befanden sich zumeist Personen in akuter Lebensgefahr.

Wir erreichten die Ruine, kletterten über die Trümmer und sahen den blauen Schein, der stärker wurde, je mehr Yards wir zurücklegten. Ich war über einen bewachsenen Trümmerhaufen gestiegen, stand ziemlich hoch, schaute nach vorn und gleichzeitig nach unten, sodass ich deutlich das offene Viereck im Boden erkennen konnte, aus dem das blaue Licht drang, in die Höhe stieg, sich ausbreitete und schließlich vom Dunkel der Nacht aufgesogen wurde.

Ein geheimer Eingang, schoss es mir durch den Kopf. Im selben Moment sah ich die Gestalt, die die Treppe hochkletterte und dabei leicht gebückt ging.

Es war ein Skelett.

Aber ein Skelett mit Menschenkopf.

Als ich dieses Wesen erkannte, gab es mir einen Stich, denn ich sah auch das Kugelloch in der Stirn und das frische Blut, das aus der Wunde sickerte, im blauen Lichtschein jedoch grün wirkte.

»Was ist das denn?«, hörte ich Sukos Stimme neben mir. Auch in ihr schwang die Überraschung mit.

Ich hob die Schultern. Eins stand fest. Dieses Wesen hatten wir auf dem seltsamen Kahn nicht gesehen. Es war ein anderes, und es war aus der Erde gekommen.

»Du links, ich rechts!«, zischte Suko.

Mir war klar, was mein Partner damit meinte. Wir wollten den Gegner in die Zange nehmen.

Während ich nach links sprang, zog ich mein Kreuz hervor und steckte es griffbereit in die Tasche. An Sukos Bewegungen erkannte ich, dass er die Dämonenpeitsche ausfuhr.

Da hatte uns das Wesen gesehen!

Augenblicklich breitete es seine Knochenarme aus. Dabei spreizte es auch die Hände, als wollte es uns aufhalten. Mir zuckte es ja in den Fingern, ihm eine Kugel zu geben, doch ich hielt mich vorerst zurück, denn der Mund bewegte sich, und das unheimliche Skelett begann zu reden.

»Was treibt euch Narren her? Wollt ihr auch den Schlüssel zur Leichenstadt finden oder nur den Schatz? Los, redet, bevor euch endgültig der Tod trifft!«

Obwohl ich Suko nur als einen Schatten sah, glaubte ich doch, dass er wie ich zusammengezuckt war, als ich das Wort Leichenstadt vernommen hatte.

Ja, die Leichenstadt!

Wir hatten von ihr gehört, kannten sogar die vier Hüter der Leichenstadt, die als Rockmusiker in unsere Welt gekommen waren, um das Grauen zu verbreiten, und wir wussten ferner, dass die Leichenstadt irgendwo in einer Dimension schwebte und noch älter als der versunkene Kontinent Atlantis war. Zudem hatte diese Stadt etwas mit den Großen Alten zu tun, den Urdämonen, die irgendwo im Hintergrund lauerten und auf ihre Rückkehr warteten.

Wir suchten verzweifelt nach Hinweisen auf diese Stadt, hatten welche gefunden, auch einen Dimensionsübergang, und waren auf eine Frau gestoßen, die einmal in der Leichenstadt gelebt hatte. Doch die Leichenstadt selbst hatten wir noch nicht gesehen. Um sie lag der Schleier eines Geheimnisses. Und dieses blaue Skelett mit dem Menschenkopf nannte plötzlich den Namen.

Damit hatten wir nicht gerechnet!

Ich reagierte schnell und erwiderte: »Ja, wir wollen den Schlüssel zur Leichenstadt.«

Da lachte das Skelett. »Ihr werdet ihn ebenso wenig bekommen wie das Mädchen, denn der Hüter der Leichenstadt bewacht ihn. Er tötet alle, die ihm …«

Die nächsten Ereignisse überraschten nicht nur das Skelett, sondern auch uns.

Plötzlich drang aus der Öffnung ein gleißendes, strahlendes Licht, das wie ein fremdfarbiges Feuer wirkte, sich gedankenschnell ausbreitete und auch das Skelett umschlang.

Suko und ich sprangen geblendet zurück. Die gesamte Umgebung war in dieses blaue Licht getaucht, und eine donnernde Stimme rief: »Du redest zu viel, Verräter!«

Im nächsten Augenblick begann das blaue Skelett mit seiner fürchterlichen Rache …

Karen White fiel kopfüber die Stufen der Treppe hinunter. Sie wusste nicht mehr, wo oben oder unten war, spürte die harten Schläge, wenn sie aufprallte, versuchte ihr Gesicht zu schützen und war doch nicht schnell genug, sodass sie sich an den harten Steinkanten die Haut aufschürfte, sich zudem noch Prellungen sowie blaue Flecken holte und immer weiter rollte.

Das Genick brach sie sich nicht, da hatte sie Glück, aber sie geriet in die Fänge eines anderen.

Plötzlich war der Fall beendet. Auf dem Bauch blieb sie liegen. Obgleich sie noch die Nachwirkungen des Sturzes spürte, wusste sie doch, dass sie nicht liegen bleiben konnte, und hob den Kopf.

Vor sich sah sie zwei knöcherne Beine. Ein kaltes

blaues Licht umflorte die Knochen, und das Mädchen wusste, dass sie sich in der Höhle des Löwen befand.

Das blaue Skelett hielt sie gefangen.

Bevor Karen irgendetwas unternehmen konnte, hatte sich der Unheimliche gebückt, sie gepackt und sie mit einer nahezu spielerisch anmutenden Leichtigkeit hochgehoben.

Schon schwebte sie über dem Boden.

Karen hatte nicht einmal den Nerv, um zu schreien. Sie ließ es auch mit sich geschehen, dass sie herumgedreht wurde, hatte freies Sichtfeld und konnte auf das schauen, was sie gesucht hatte.

Es war der geraubte Schatz des Fährmannes.

Aber noch etwas anderes befand sich dort, das weitaus mehr strahlte als der Schatz.

Ein Kristall!

Achteckig in seiner Form, dazu schmal und schlank. Fantastisch geschliffen und an seinem oberen Ende spitz zulaufend wie ein Bleistift. Er war es auch, der das grellste Licht abstrahlte, das kalte, unheimliche Blau, die Strahlen, die sich in den Körper der Menschen hineinfraßen und ihn veränderten.

All dies nahm Karen White trotz ihrer Panik wahr. Und sie sah noch mehr. Etwas so Schlimmes und Grauenhaftes, dass es ihr fast unmöglich war, an die Tatsachen zu glauben.

Da fiel ein Gegenstand nach unten – ein Stück Haut.

Zuerst dachte sie an einen Irrsinn, dann schaute sie genauer hin und bemerkte, dass es die Haut und das Fleisch von ihren Fingern waren. Beides löste sich von den Knochen, berührte den Kristall und verschmorte.

Stück für Stück löste sich das Mädchen auf. Nur ihr Gesicht blieb verschont. Der blaue Kristall fraß alles, während die Knochenhände des Skeletts sie weiterhin festhielten.

Sie konnte nicht einmal schreien. Sie erlebte das Schreckliche bei Verstand mit, und sie sah auch, dass sie ihre Kleidung verlor, die ebenfalls verschmorte.

Der Alte hatte geschrien. Sie konnte es nicht. Kein Wort drang über ihre Lippen, während sie aus weit aufgerissenen Augen ihren eigenen Tod mit ansehen musste.

Wirklich tot?

Nein, sie lebte noch. Aber es war ein anderes Leben, sie spürte auch keine Schmerzen mehr, als das blaue Skelett sie losließ und zu Boden wuchtete.

Fremde Gedanken waren in ihrem Gehirn. Sie fühlte sich als eine andere und nicht mehr den Menschen zugehörig. Sie hörte etwas von einer Leichenstadt, schaute auf und sah, wie das blaue Skelett die Stufen hochlief.

Sie aber wartete ...

Suko und ich lagen am Boden. Sehen konnten wir nichts, denn wir hatten unsere Gesichter in den angewinkelten Armen vergraben, weil wir sonst zu stark geblendet wurden.

Um uns herum tobte eine Hölle aus Magie.

Ich hörte gellende Schreie und wusste, dass ein anderer erschienen war, um das Skelett mit dem Menschenschädel zu töten. Auch wir wurden von der Magie nicht verschont, denn in unseren Köpfen erklang ein Brausen, als würde eine gewaltige Brandung gegen die Felsen stürmen. Dass es Suko nicht anders ergangen war als mir, hatte er mir nachher erzählt. Aber ich will den Ereignissen nicht vorgreifen. Als die Schreie verstummten, wusste ich, dass es für mich Zeit wurde, etwas zu unternehmen, bevor das blaue Skelett auch uns unter seine Kontrolle bringen konnte.

Ich sprang hoch und riskierte es, die Augen zu öffnen.

Der erste Gegner war zerplatzt. Ihn hatte die

schreckliche Rache des Skeletts getroffen. Nur noch Staubpartikel sahen wir in der Luft schweben und im blauen Licht seltsam leuchten.

Und das blaue Skelett?

Ich sah es vor mir, feuerte Silberkugeln ab, hielt dabei auf den Schädel und vernahm das Splittern. Ich wollte dem Unheimlichen keine Chance mehr lassen. Die Kugeln trieben es zurück, auch Suko schoss jetzt, aber wir konnten es mit den geweihten Geschossen nicht töten. Es war so weit zurückgewichen, bis es an den Rand die Öffnung geriet und plötzlich verschwunden war.

Einfach weg.

Die Erklärung lag auf der Hand. Das Skelett hatte sich kurzerhand fallen lassen.

Damit war die Sache jedoch nicht beendet. Bevor wir die Verfolgung des Gegners aufnehmen konnten und ebenfalls in die Tiefe stiegen, schlug er uns ein Schnippchen.

Wie von Geisterhänden getragen, bewegte sich der schwere, viereckige Stein, der auf die Öffnung gedrückt werden musste. Er fiel nach unten.

Hätte Suko mich nicht im letzten Moment noch weggerissen, ich wäre zermalmt worden.

Dann setzte sich der Stein auf die Öffnung.

Und er schloss fugendicht!

Das Skelett hatte uns geleimt. Uns sollte der Schlüssel der geheimnisvollen Leichenstadt nicht in die Hände fallen.

Natürlich versuchten wir alles, um den Stein wieder hochzuhieven. Mit Kraft und weißmagischen Mitteln. Es war vergebens. Der Zugang war und blieb verschlossen.

Wir hatten das Nachsehen.

»Da kann man wohl nichts machen«, sagte Suko und hob die Schultern. »Schade, ich hätte gern mehr über die Leichenstadt erfahren.«

»Frag mich mal. Aber was nicht ist, kann noch werden«, erwiderte ich optimistisch.

»Meinst du?«

Darauf gab ich keine Antwort.

Wir gaben trotzdem nicht auf und alarmierten die Polizei in der nächstgrößeren Stadt. Auch der Konstabler aus Darkwater war dabei. Er sah ziemlich bleich aus und schien ein schlechtes Gewissen zu haben. Das musste er auch, und er musste sich vor allen Dingen meine Vorhaltungen anhören.

Er packte dann aus. So erfuhren wir, dass der Tote mit dem Skelettkörper ein gewisser Terrence gewesen war. Ein altes Original, das den Geheimnissen dieser Gegend auf die Spur kommen wollte. Ich gab dazu keinen Kommentar, ich wollte nur, dass der viereckige Stein von der Öffnung gehoben wurde.

Das musste schließlich ein kleiner Kran besorgen, der extra herbeigeschafft wurde.

Wir schauten auf eine Treppe, und als Suko und ich vorsichtig in die Tiefe gingen, fanden wir in einem Versteck unter der Erde eine schwarz ausgebrannte Mulde und daneben eine Tote.

Es war Karen White. Sie lag dort als Skelett. Der Kopf war normal, doch ihre bleichen Totenfinger hatte sie in das Geschmeide gekrallt, das einmal einem Fährmann gehört hatte.

Erschüttert blieben wir vor der Leiche stehen.

»Sie hat hoch gespielt«, sagte Suko.

»Ja, und alles verloren ...«

ENDE

Schlucht der Stummen Götter

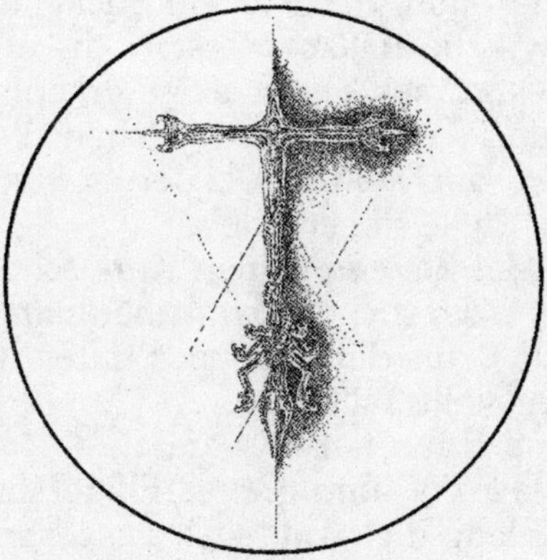

Sie hatten ihn gerufen, und er kam!

Er flog hinein in das geheimnisvolle Tal, das sich schmal und dennoch so weit vor seinen Augen ausdehnte, dass irdische Maße nicht ausreichten, um es zu erfassen. Wenn man glaubte, sein Ende zu sehen, dann führte es weiter bis in die Unendlichkeit hinein, wo der seltsame Himmel und der Boden zu einer Einheit verschmolzen.

Dieses Tal lag auch nicht auf der normalen Erde, sondern in einer anderen Welt, einer anderen Dimension und deshalb auch in einer anderen Zeit.

Dabei war es eigentlich zeitlos. Es existierte und würde immer existieren, so schrieben es die Gesetze der Götter. Aus diesem Grund wurde dieses geheimnisvolle, rätselhafte und unbegreifliche Tal auch die Schlucht der Stummen Götter genannt.

Hier waren sie begraben, hier warteten sie ab, bis das Ende aller Tage kam.

Die Berge, die das Tal umschlossen, waren mit einem normalen Gebirge kaum zu vergleichen. Steil und zackig ragten die Gipfel in die grüne Luft.

Sie lag über allem. Über den Bergen, über dem Tal und über den Spitzen der Berge, die wie schweigende Mahnmale den Weg durch das leere Tal markierten.

Wer hierher kam, der war ein Suchender oder ein Gerufener, wie die einsame Gestalt, die nur als Punkt innerhalb des grünen Himmels zu erkennen war. Ein winziger Fleck in der unendlichen Weite dieser Dimensionen, doch ein Fleck, der sich bewegte und nicht auf der Stelle stehen blieb.

Ein paar Mal hatte er seinen Kurs schon geändert, als müsste er noch suchen, dann aber hatte er sein Ziel gefunden, stieß aus der Luft nach unten und steuerte das geheimnisvolle Tal an.

Sie hatten ihn gerufen, er war da!

Das Tal lag vor ihm. Seine Flügel hatte er fast zusammengelegt, die Arme weit ausgestreckt. So ließ er sich tragen und nahm die Atmosphäre auf, die ihm entgegenwehte.

Es war eine seltsame Atmosphäre. Der einsame Flieger merkte, dass hier die Gesetze der Magie galten. Uralt waren sie, älter als die Menschheit. Geisterhafte Stimmen berichteten von fremden Ländern, von anderen Zeiten, von unendlichen Dimensionen. Sie berichteten von einer Zeit, als sie sich noch im Kampf mit den Großen Alten befanden und schließlich aufgeben mussten, weil sich die Lage zu ihren Ungunsten verändert hatte.

Die Götter gewannen den Kampf nicht, und auch die Großen Alten konnten nicht siegen. Es kam zu einem Unentschieden, das Jahrtausende anhielt, aber jetzt gestört werden sollte, denn die Großen Alten hatten sich schneller erholt als die Stummen Götter, die in dieser Schlucht gefangen waren und der Ewigkeit entgegenträumten.

Hilfeschreie waren ausgestoßen und von dem gehört worden, der sich als ihr Sohn bezeichnete.

Die Götter hatten ihn erschaffen, den Göttern musste er gehorchen. Und er würde den Göttern gehorchen, denn er war dem Guten zugetan. So flog er hinein in die Schlucht, um sich anzuhören, was ihm seine Schöpfer mit auf den Weg zu geben hatten.

Er erinnerte an eine kupferne Figur, denn wie Kupfer schimmerte seine Haut. Übergroß war er, größer als die Menschen, und im alten Atlantis war er der Herrscher der Vogelmenschen gewesen, die jedoch samt und sonders bei dem großen Kampf umgekommen waren.

Er war ein friedlicher Geist, aber er trug auch ein Schwert bei sich, mit dem er fürchterlich unter seinen Gegnern aufräumen konnte.

Er kannte die normale Welt, er kannte die Welt der Geister. Er hatte die Vergangenheit erlebt und erlebte die Gegenwart.

Nur in die Zukunft konnte er nicht schauen, deshalb hatten ihn seine Schöpfer auch gerufen.

Er flog hinein in die Schlucht der stummen Götter und merkte sofort die Strömungen, die ihm entgegenwehten. Sie, die stummen Götter, hatten ihn erschaffen, während zur selben Zeit von den Großen Alten der Schwarze Tod erschaffen wurde.

Der Schwarze Tod lebte nicht, er aber existierte weiter und kämpfte gegen das Böse.

Denn er war – der Eiserne Engel!

Im Wagen hatten wir ein paar Stunden geschlafen, da wir nicht erst noch nach Darkwater, dem kleinen Ort am See, wollten. Außerdem wollten wir schnell zurück nach London, denn was wir erlebt hatten, war ein seltsames und gefährliches Abenteuer gewesen.

Zwei Menschen waren von dem blauen Skelett in einem Verlies der alten Burgruine ebenfalls in Skelette verwandelt worden.

Sie seien tot, meinten die Männer aus dem Dorf, die zusammengelaufen waren. Aber davon konnten sie uns nicht so recht überzeugen. Suko und ich wollten den Fall nicht an die große Glocke hängen. Nachdem ein Kranwagen besorgt worden war, der die Steinplatte wieder auf die Öffnung der Höhle gesetzt hatte, hatten wir die Männer aus dem Dorf weggeschickt und ein wenig geschlafen. Abwechselnd wohlgemerkt, denn einer von uns sollte immer Wache halten. Das Skelett mit dem Frauenkopf hatten wir den Männern nicht mitgegeben, es interessierte uns.

Am Morgen erlebten wir einen herrlichen Sonnenaufgang, der uns die Schrecken der vergangenen Nacht erst einmal vergessen ließ. Die Sonne stand über dem See, betupfte ihn mit ihren Strahlen, doch sie schaffte es nicht, das dunkle Wasser zu erhellen. Nach wie vor lag die Oberfläche wie ein düsterer Schatten vor uns.

Im Dorf läutete eine Glocke. Die Luft war sehr klar, die Nachtwolken hatten sich aufgelöst, und wir vernahmen den dünnen Klang bis zu uns hin.

Am Seeufer wuschen wir uns. Dabei hielten wir Ausschau nach dem zuletzt getöteten Mädchen. Bisher war von ihm nur ein Bein angetrieben worden. Sosehr wir jetzt auch über die Wasserfläche starrten, mehr entdeckten wir nicht.

Die Leiche blieb verschwunden.

Mit einem kleinen Handtuch trocknete sich Suko das Gesicht ab, bevor er sagte: »Du bist also davon überzeugt, dass dieser Fall hier noch längst nicht beendet ist.«

»So ungefähr.«

»Und wieso?«

»Denk an die Leiche. Ein Skelett mit einem menschlichen Kopf. Ist es wirklich tot, oder befindet es sich in einem magischen Schlaf und wartet nur darauf, dass andere es erwecken?«

Suko nickte. »Möglich. Ich nehme inzwischen auch an, dass dieses blaue Skelett es nicht so weit kommen lassen will.«

»Das könnte gut möglich sein.«

»Und was willst du unternehmen?«

»Es einer Prüfung unterziehen.« Ich streckte die Hand aus, damit Suko mir das Handtuch zuwerfen konnte, denn auch in meinem Gesicht rann das Wasser herab. Wir hatte uns längst umgezogen, denn in der klammen Kleidung konnten wir auf keinen Fall herumlaufen. Da hätte man sich zu leicht eine Lungenentzündung wegholen können.

»Sollen wir es nach London bringen?«

Eine gute Frage hatte Suko da gestellt. Auch ich hatte schon daran gedacht, aber ich konnte mich nicht so recht mit dem Gedanken anfreunden. Wenn es ein Geheimnis um diese Gestalt gab, dann wollte ich es auch an Ort und Stelle lösen.

Das sagte ich meinem Freund, der sich sehr einverstanden zeigte, denn auch er war dafür.

Wir gingen wieder zu unserem Wagen. Er parkte nahe der Ruine, die im Tageslicht längst nicht so unheimlich wirkte wie in der vergangenen finsteren Nacht. Nichts deutete darauf hin, welch ein Drama sich hier abgespielt hatte.

Während ich noch an den Schlüssel zur Leichenstadt dachte, meinte Suko: »Eigentlich habe ich ja Hunger. Ein gutes Frühstück könnte wirklich nicht schaden.«

»Wo willst du denn jetzt was zu essen herbekommen?«

»In Darkwater. Dort gibt es sicherlich anständig was auf den Teller.«

»Denk lieber an den Job.«

Der Chinese grinste. »Das eine braucht das andere nicht auszuschließen, mein Lieber.«

»Mal sehen.« Ich ging um den Wagen herum und schaute mir das Skelett an. Seine Knochen schimmerten in der Tat blau. Nicht mehr so intensiv, wie wir es in der Dunkelheit wahrgenommen hatten, aber der farbige Schimmer war deutlich zu sehen. Schaurig, wie auf dem Knochenhals ein Kopf saß, der ein menschliches Gesicht zeigte. Ein Frauengesicht. Dunkle Haare, große Augen, die allerdings seltsam verdreht waren, wie man es oft bei Toten sah. Das Haar war braun und nahm einen leicht rötlichen Schimmer an, wenn es von Sonnenstrahlen berührt wurde. Allerdings wirkte die Haut fahl, und wenn man genauer hinschaute, konnte man auf ihr den leicht bläulichen Schatten erkennen.

War Karen White tot?

Diese Frage quälte mich, als ich meine Hand ausstreckte und mit den Fingerspitzen die Haut am Gesicht berührte.

Wie bei einer Toten fühlte sich die Haut an. Ebenso

kalt und irgendwie starr. Ich drückte ein wenig dagegen, spürte darunter die Knochen, und als ich meine Hand zurücknahm, blieb an der Stelle, wo ich die Haut berührt hatte, eine kleine Mulde zurück.

Anzeichen, die ich von Toten her kannte. Sollte sie doch nicht mehr leben?

Ich richtete mich auf. Sukos Schatten fiel über den meinen. »Woran denkst du, John?«

»Kannst du dir das nicht vorstellen?«

»Klar. Willst du keine Probe machen?«

»Wenn ich das Kreuz nehme, um nachzuprüfen, ob sie wirklich tot ist, kann es mir passieren, dass sie unter unseren Händen zerfällt. Das möchte ich gerade nicht.«

»Dann musst du eben warten, bis die andere Seite eingreift und sich entschließt, die Knochengestalt wieder ins Leben zurückzurufen.«

»Das kann dauern.«

»Eben.«

Wir befanden uns in der Tat in einer Zwickmühle. Wie wir es auch anpackten, es konnte verkehrt sein, aber Fehler wollten wir auf keinen Fall machen, dazu war der Fall viel zu brisant. Vielleicht erfuhren wir etwas über die geheimnisvolle Leichenstadt.

Gehört hatten wir von ihr. Sie war eine Stadt, die zwischen den Dimensionen oder in einer anderen Dimension lag. Nach dem Untergang des alten Atlantis war sie abgespalten worden und mit ihr die Bewohner, wobei wir davon ausgehen konnten, dass die Leichenstadt von Wesen der Finsternis bewohnt wurde, von Dämonen, Geistern, Schattengestalten und nicht zuletzt von den Großen Alten, die höchstwahrscheinlich dort regierten.

Es gab auch auf dieser Welt Verbindungen zu der geheimnisvollen Stadt. Eine hatten wir kennen gelernt. Einen alten Brunnen in einem spanischen Kastell. Dort hatte sich der Zugang zur Leichenstadt für die Dauer von einer Minute geöffnet. Bevor wir eingreifen konnten, war die Zeit schon vorbei, zudem mussten wir uns um Jane Collins und die anderen Menschen kümmern, die sich innerhalb eines mörderischen Strudels befanden, den wir allein nicht aufheben konnten, sosehr wir uns auch bemühten.

Jane hatten wir damals retten können. Monate später war uns dies nicht gelungen, da war der Geist des unseligen Rippers in sie gefahren, hatte sie zu einer anderen gemacht und sie in den Bann der Oberhexe Wikka geschleudert.

Vorgänge, die allerdings mit diesem Fall hier nichts zu tun hatten, denn leider kämpften wir an mehreren Fronten gleichzeitig, was unser großes Problem war. Hatten wir irgendwo einen Erfolg errungen, so schlug die andere Seite an einer Stelle zu, wo wir es zumeist nicht vermuteten.

»Hast du dich entschieden?«, fragte Suko.

Als Antwort holte ich mein Kreuz hervor.

»Also doch«, murmelte mein Freund.

Ich bückte mich und schaute ihm von unten her ins Gesicht. »Nur ein kleiner Test, keine Sorge.«

Das sollte es wirklich nur werden. Ich wollte sehen, ob diese Gestalt überhaupt auf die weiße Magie des Kreuzes reagierte, denn nicht alle Wesen taten das.

Das Kreuz war ein christliches Symbol und erst vor rund zweitausend Jahren entstanden. Die Magie, mit der wir es manchmal zu tun hatten, war wesentlich älter, allerdings hatten vier Haupterzengel ihre Zeichen auf dem Kreuz hinterlassen, und der Kampf Gut gegen Böse, der ist schließlich so alt wie die Welt. In der Bibel steht geschrieben, dass der Erzengel Michael am Beginn der Zeiten seinen Gegner Luzifer in die tiefste Hölle gestoßen hat, deshalb hoffte ich, dass mein Kreuz auch gegen Wesen vorging, die älter als zweitausend Jahre waren.

Vorsichtig brachte ich das wertvolle Kruzifix in die

Nähe des Gesichts. Ich hielt es dabei an seinem unteren Ende fest und beobachtete die Reaktion des Wesens vor mir genau.

Es gab keine.

Kein Zucken des Gesichts, kein Anzeichen, dass es sich erheben würde, einfach nichts.

So wie es war, blieb es vor uns liegen. Da war eben nichts zu machen. Und das Gesicht oder die Knochen mit dem Kreuz zu berühren, das traute ich mich nicht.

»Sieht schlecht aus«, fasste Suko zusammen.

»Kannst du wohl sagen.«

»Und was jetzt?«

»Ich glaube, wir nehmen sie doch mit nach London. Dort kann man sie wissenschaftlich untersuchen.«

»Und wir können unterwegs frühstücken.«

»Suko«, sage ich streng wie ein Oberlehrer. »Dir fehlt heute die sittliche Reife.«

Der Inspektor grinste. »Ja, mir fehlt sie nur heute.«

»Schick deinen Schalk in den Nacken und hilf mir lieber, die Tote in den Wagen zu tragen.«

»Sollten wir zuvor nicht die Hintertür öffnen?«

»Mensch, du bist heute wieder pingelig.«

Suko grinste und schloss die Tür auf. Bis zum Anschlag ließ er sie offen, kehrte zu mir zurück, bückte sich, und gemeinsam hievten wir die Gestalt in die Höhe.

Sie war leicht. Ich hatte ihren Kopf umfasst. Meine Hände hielten das dunkle Haar fest, ich schaute nach unten und sah auf die Knochen, die mich irgendwie an Glas erinnerten.

Das waren meiner Ansicht nach keine normalen Skelettknochen, sondern eher kristalline Gebeine, die bläulich schimmerten.

Und ein Kristall war auch der Schlüssel zur geheimnisvollen Leichenstadt gewesen, das hatte uns noch der alte Terrence erzählt, bevor ihn die Rache des blauen Skeletts traf.

Wir verfrachteten unseren Fund vorsichtig in den Fond des Wagens und drückten die Tür zu.

»Auf geht's«, sagte Suko. »Willst du fahren?«

»Wir losen.«

Ich verlor, also musste ich mich hinter das Lenkrad setzen. Suko freute sich, dass er seine Ruhe hatte.

Ich startete das Fahrzeug. Auf den Wiesen lag noch der nasse Tau der Nacht und der frühen Morgenstunden. Es war wirklich ein friedlicher Morgen, und unsere Abfahrt wurde vom Zwitschern der Vögel begleitet.

»Und wir machen in Darkwater Station?«, erkundigte sich Suko noch einmal.

»Dann müssen wir den Bentley verstecken. Stell dir mal vor, die Leute sehen, was wir transportieren.«

»Ja, da hast du Recht.«

Wir erreichten die Straße und bogen nach rechts ab. Von Darkwater kommend begegnete uns eine Frau. Sie saß auf einem Fahrrad und warf dem Silbergrauen einen erstaunten Blick zu. Dann stemmte sie sich in die Pedale, wobei sie zusah, zwischen sich und uns eine möglichst große Entfernung zu bringen.

»Der hast du bestimmt Angst eingeflößt«, meinte Suko.

»Oder umgekehrt.«

Die Straße an diesem Teil des Sees entlang war zum Glück geteert. Wir brauchten nicht über Schotter zu fahren, wie es uns auf der Hinfahrt passiert war.

Mal konnten wir den See sehen, dann wieder nicht. Je nach dem, wie die Kurven verliefen.

Vom anderen Ufer her grüßten die Cumberland Mountains, eine Mittelgebirgskette, die den Nordwesten Englands durchzieht.

Bis zum Dorf waren es einige Meilen. Hin und wieder sahen wir zumindest den Kirchturm, der alle anderen Bauten überragte. An sich rechneten wir nicht mit Schwierigkeiten, obwohl wir eine sehr seltsame Fracht transportierten.

Doch unsere Gegner hatten nicht geschlafen. Sie bewiesen uns, dass sie nicht nur in der Dunkelheit angriffen, sondern auch am Tage aktiv waren. Es begann damit, dass Suko einen Blick an mir vorbei auf den See warf. Seine Augen verengten sich, und er stieß ein unwilliges Geräusch aus.

»Was hast du?«

»Schau mal zum See rüber. Wenn mich nicht alles täuscht, schwebt da ein blauer Schein über dem Wasser.«

Ich fuhr langsamer und riskierte einen Blick.

Suko hatte sich nicht geirrt. Da hatte sich in der Tat ein blauer Schein gebildet, und er stand über dem Wasser. Nein, jetzt nicht mehr, denn er bewegte sich.

»Der will zu uns«, sagte mein Freund.

»Ich halte an.« Mir war es zu riskant, jetzt noch weiterzufahren, schließlich wussten wir nicht, ob das Skelett, das sich uns näherte, es auf uns oder das Mädchen abgesehen hatte. Wenn ja, dann wollten wir wenigstens kampfbereit sein und uns nicht auf die Autofahrt konzentrieren müssen.

An einer günstigen Stelle, von der aus wir eine relativ gute Sicht zum See hin hatten, stoppte ich den Wagen.

»Aussteigen?«, fragte Suko.

»Lass uns erst mal sitzen bleiben.«

Also warteten wir ab.

Der blaue Schein näherte sich dem Ufer. Als er in den Bereich der vom Himmel herabfallenden Sonnenstrahlen geriet, da glänzte er für einen Moment regelrecht auf und war wenig später wieder normal, als er die Strahlen verlassen hatte.

Immer schneller wurde er und näherte sich dem Ufer.

»Der hat es aber eilig«, murmelte Suko.

»Raus aus der Karre.« Ich stieß schon die Tür an meiner Seite auf, lief hastig zum Heck des Bentley und öffnete den Kofferraum. Aus dem Einsatzkoffer holte ich den silbernen Bumerang, eine sehr gute Waffe, die aus den letzten Seiten des Buchs der grausamen Träume entstanden war.

Wenn wir eine Chance haben wollten, das Skelett zu besiegen, dann musste es durch den Bumerang klappen, davon war ich fest überzeugt.

Suko hatte das Fahrzeug ebenfalls verlassen. Ich hockte neben dem rechten hinteren Kotflügel, während sich der Chinese einen anderen Platz ausgesucht hatte. Vorn am Wagen befand er sich und hatte hinter dem Kotflügel an der Beifahrerseite Deckung gefunden.

So lauerten wir.

Da wir uns geduckt hatten, konnten wir das Skelett nicht sehen, aber wir bemerkten sein Näherkommen sehr wohl, denn der blaue Schein glitt dem Wesen voran.

Geisterhaft strich er über den mit Gras bedeckten Boden und verteilte sich auch auf den zahlreichen Büschen.

Welche Magie steckte in dem uralten Wesen? Bisher hatten wir nichts darüber herausfinden können, und ich spürte, wenn ich ehrlich sein sollte, eine leichte Beklemmung. Sie hatte mich einfach erfasst, ändern konnte ich daran nichts.

Das Skelett und damit der blaue Schein schwebte immer näher. Jetzt wurde er intensiver, und er konnte seine Magie voll ausspielen. Wir lernten ihn von einer völlig neuen, unwahrscheinlichen Seite kennen und fühlten uns wie Statisten in einem geheimnisvollen Fantasy-Film.

Dort, wo das blaue Licht die Büsche berührte, löste es sie kurzerhand auf.

Ja, sie verschwanden vor unseren Augen. Zurück blieben nur schwarze, wie verbrannt wirkende Flecken.

Keine Büsche mehr, keine Sträucher. Das blaue Licht schnitt eine Schneise in die Natur.

Der gesamte Vorgang lief in einer unheimlichen Lautlosigkeit ab. Obwohl er für uns eine Gefahr darstellte, war ich irgendwie fasziniert und konnte nicht anders, als nur schauen.

Noch ein paar Schritte, dann hatte es den Rand der Straße erreicht. Wie von Geisterhänden herausgezupft, verschwand das Gras, und ich merkte, wie mir eine Gänsehaut über den Rücken rann, Suko musste es ähnlich ergangen sein, denn ich hörte ihn fragen: »Sollen wir überhaupt hier bleiben?«

»Warte noch!«

Bisher hatte ich das Skelett nicht richtig gesehen, ich wollte es aber erkennen, schob mich etwas höher und hockte jetzt wie ein Läufer am Start, wobei ich mit der rechten Hand mein Kreuz umklammert hielt.

Noch war nur der blaue Schein zu sehen, das Skelett musste sich schräg von ihm aufhalten und befand sich etwa dort, wo die Büsche es noch vor Sicht schützten.

Dann erreichten die ersten Ausläufer des Scheins die Straße. Wurde die Teerdecke auch weggeschmolzen?

Nein sie blieb.

Dafür sah ich das Skelett.

In der Nacht war es mir schon unheimlich vorgekommen, und es hatte auch bei Tag nichts von seiner schaurigen Wirkung verloren. Die Knochenteile leuchteten intensiv, sie strahlten von innen her, gaben das Licht weiter, und ich sah, dass sich zur vergangenen Nacht doch etwas verändert hatte.

Das Skelett hielt etwas in seinen knochigen Fingern.

Für einen Moment schaute ich genau hin und erkannte den Kristall, der am hellsten leuchtete, wobei er mich an einen breiten, oben spitz zulaufenden Bleistift erinnerte.

Das war der Schlüssel zur Leichenstadt! Und das Skelett besaß ihn.

»John, wir können nicht bleiben.« Sukos Stimme klang gepresst. Auch ich spürte, dass sich hier etwas Unheimliches tat. Da waren die fremden Gedanken in meinem Kopf, ein regelrechter Wirrwarr, den ich nicht lösen konnte.

Ich spürte nur das Brausen und hatte das Gefühl, mein Kopf wäre um das Doppelte angeschwollen.

Hastig presste ich das Kreuz gegen die Stirn.

Die Gedanken und Stimmen verschwanden. Ich sah wieder klar und dachte sofort an meinen Freund Suko, der dieses Schutzmittel nicht besaß. Das Skelett ließ ich Skelett sein, lief um den Wagen herum und sah schon Sukos Beine über das Vorderrad hinwegragen.

Der Chinese war zu Boden gegangen.

Ich beeilte mich noch mehr, stand schließlich neben ihm und schaute in sein bleiches Gesicht.

Hatte das blaue Skelett es geschafft, meinen Freund zu töten? Hastig bückte ich mich und drückte ihm ebenfalls das Kreuz auf die Stirn. Aus dem halb geöffneten Mund meines Freundes drang ein Stöhnlaut. Bisher hatte er die Augen geschlossen gehalten, jetzt öffnete er sie und schaute in mein Gesicht.

»Verdammt, John, was …«

»Keine Reden jetzt. Wir müssen in Deckung.«

Suko rollte sich auf die Straße und wollte aufstehen. Ich half ihm, auf die Füße zu gelangen. Vornüber gebeugt stand er, schüttelte den Kopf und holte tief Luft.

Hastig zog ich ihn zur Seite.

Wir hatten einen Zeitverlust von einigen Sekunden hinnehmen müssen, in denen das Skelett seine Aktivitäten ungestört fortsetzen konnte, was es auch tat.

Allerdings auf eine Art und Weise, die uns buchstäblich die Haare zu Berge stehen ließ …

Butterweich landete der Eiserne Engel auf dem Boden des seltsamen Tals, das auch Schlucht der Stummen Götter genannt wurde.

Obwohl er von der Körpergröße gewaltig war, wirkte er doch zwischen den schlanken, hohen Bergen wie ein Zwerg. Ein Verlorener in der Einsamkeit des Tals.

Er blieb nicht stehen, sondern ging vor. Dabei bewegte er sich mit einer Ehrfurcht, die dieser Gegend würdig war. Er wusste genau, dass er an der Quelle seiner Erschaffung stand und dass dieses Tal vom Geist der Stummen Götter durchweht wurde.

Gerufen hatten sie ihn, und sie würden sich melden, damit rechnete er.

Sein kupferfarben schimmerndes Gesicht zeigte eine asketische Form. Er wirkte wie eine zum Leben erweckte Statue, die Haut glänzte, und er trug eine eng auf den Körper gepresste Kleidung, die tatsächlich wie Eisen aussah.

Der Boden der Schlucht war glatt. Kein Staubkorn wurde hochgewirbelt, als der Eiserne Engel über ihn schritt. Links und rechts von ihm stießen die Felswände steil in die Höhe, liefen dicht über dem Gipfel zusammen und vereinigten sich zu den harten, hoch in den grünlichen Himmel stechenden Spitzen.

Kein Windhauch regte sich. Die Luft lag wie flüssiges Blei in der Schlucht, und hier herrschte in der Tat die absolute Stille. Es war die Ruhe der Ewigkeit, die nur von den Schritten des Ankömmlings unterbrochen wurde, der allerdings stoppte, als er die flüsternde und wie ein Windhauch in die Schlucht fahrende Stimme vernahm.

»Sei gegrüßt, unser Sohn!«

Der Eiserne Engel blieb stehen. In seinem kupferfarbenen Gesicht zuckte es für einen Moment, dabei schienen sich die Wangen zusammenzuziehen, und er beugte seinen Oberkörper vor, um sich zu verneigen, denn er hatte die Stimme sehr wohl erkannt.

Sie gehörte seinem Vater …

Einem Geist, der seit Millionen von Jahren schon existierte, aber zurückgeworfen war in die Schlucht der Stummen Götter, um hier tatenlos zusehen zu müssen, wie das Böse immer stärker um sich griff. Nicht umsonst hatte er den Eisernen Engel erschaffen, denn er sollte seine und ihre Botschaft des Friedens weitertragen.

»Ich freue mich, dass du unserem Ruf gefolgt bist«, vernahm er abermals die Stimme des Vaters.

»Es war für mich eine Ehre, hierher kommen zu dürfen«, erwiderte der Eiserne.

»Es ist an der Zeit, dass wir mit dir reden, Sohn, denn die Vorzeichen haben sich verändert.«

»Ich weiß es. Auch ich habe gemerkt, dass die schwarzen Gesetze immer mehr Gültigkeit bekommen und der Einfluss der Großen Alten sowie der Leichenstadt stärker wird. Sie machen sich bereit.«

»Einen haben sie schon geschickt!«

»Wer ist es?«

»Ich sage dir den Namen später. Nur so viel will ich verraten. Es ist ein unheimlicher Götze, der in uralter Zeit Menschenopfer angenommen hat und den wir nicht mehr besiegen konnten, weil der Untergang zu schnell kam. Heute hätten wir eine Möglichkeit, aber heute sind wir gefangen. Sieh dich um, und du wirst erkennen, wie man uns gequält und gedemütigt hat!«

Der Eiserne Engel befolgte den Rat. Nicht hektisch, sondern langsam wandte er den Kopf. Er schaute sich die hohen Felswände an, und er sah, wie sie sich veränderten. Das Gestein geriet in Bewegung. Es weitete sich an einigen Stellen, an anderen wiederum zog es sich zusammen. Schlieren liefen ineinander, sodass sich aus den Felsen etwas herausformte.

Es waren Gesichter!

Uralte Gesichter – traurige Gesichter mit müden Augen, versteinerten Mündern und Lippen.

Steine, die lebten.

Götter …

Diesmal stand der Eiserne Engel tatsächlich wie eine Statue auf dem Fleck. Er blickte voller Ehrfurcht auf die, die ihn geschaffen hatten, und in seine Augen trat ein seltsames Leuchten. Sie konnten nicht zu ihm kommen, doch er spürte die Sympathie und die Liebe, die ihm von den Göttern entgegengebracht wurde. Diesmal waren die Götter nicht stumm. Heute konnten sie reden, aber es würde ihnen nie gelingen, den Bann der Felsen zu lösen. Sie konnten nur ihre Gesichter zeigen und dem Eisernen Engel, ihrem Sohn, damit beweisen, dass sie noch vorhanden waren.

»Ich weiß, dass ich tief in eurer Schuld stehe«, sagte der Eiserne. »Sehr tief sogar, und ich werde alles daransetzen, um einen kleinen Teil dieser Schuld abzutragen. Ihr habt mich erschaffen, euch verdanke ich meine Existenz, deshalb sagt mir, was ich tun soll, um die Feinde zu besiegen.«

Da war wieder die Stimme seines Vaters. Sie klang genau vor ihm auf und drang aus einem Mund, der zu einem uralten Gesicht gehörte.

Auf dem kupferfarben leuchtenden Gesicht des Eisernen Engels zeichnete sich die Qual ab, die er empfand, als er seinen Schöpfer so sah. Denn in diesen Augenblicken musste der Eiserne Engel einsehen, dass er und seine Schöpfer verloren hatten. Die Geister waren Gefangene einer Ewigkeits-Magie, sie konnten nicht mehr aktiv in den Kampf eingreifen, sondern nur Ratschläge geben, wie sich die Wesen zu verhalten hatten, die für die Sache des Lichts stritten.

»Du weißt, mein Sohn, dass die alten Zeiten nicht mehr zurückkehren. Wir sind Gefangene und werden es auch bleiben. Zusammen mit den Großen Alten sind wir in verschiedene Welten geschleudert worden, allerdings gelang es unseren Gegnern, sich einen großen Teil der Freiheit zu erhalten. Sie bilden innerhalb der Leichenstadt ein festes Gefüge und lassen sich von keinem mehr einschüchtern. Sie haben die Angst der letzten zehntausend Jahre abgeschüttelt. Jetzt begeben sie sich daran, die Menschheit zu unterjochen. Dies ist allerdings mit großen Schwierigkeiten verbunden und kann nur schrittweise ablaufen. Auch die Leichenstadt ist bestimmten magischen Gesetzen und Ritualen unterworfen, sodass es ihr und ihren Bewohnern nicht möglich ist, sie ohne weiteres zu verlassen. Eine Vorhut wurde bereits ausgeschickt. In einem Land, das die Menschen Spanien nennen, haben vier Dämonen aus der Geisterstadt bewiesen, zu wessen sie alles fähig sind. Zum Glück haben John Sinclair und sein Freund Suko es verhindert, wie du sicherlich weißt, mein Sohn.«

»Ja, Vater.«

»Damit haben die Mächtigen der Leichenstadt noch längst nicht aufgegeben. Nicht ohne Grund hinterließen sie auf dieser Welt zahlreiche Spuren. Man muss sie nur zu finden wissen und natürlich nach ihnen suchen. Eine Spur ist der geheimnisvolle Brunnen, dessen Magie allerdings jetzt verschlossen bleibt. Doch es wurde eine weitere gefunden. In einem Land, das die Heimat John Sinclairs ist, gibt es einen Kristall. Es ist der magische Schlüssel zur Leichenstadt. Er ist jetzt frei, das konnten wir erfahren, und wir möchten, dass du den Schlüssel an dich nimmst. Wer ihn besitzt, kann die Leichenstadt betreten.«

»Ist der Schlüssel gesichert?«, fragte der Eiserne Engel.

»Ja, der Kristall war gesichert. Seinen Hüter nannte oder nennt man das blaue Skelett: ein ehemaliger Fährmann, der Menschen getötet und ausgeraubt hat. Die Schätze hat er dort vergraben, wo auch der Schlüssel zur Leichenstadt lag. Er geriet in den Bann dieses Kristalls, wurde zum Skelett und gleichzeitig dazu verdammt, für immer zu leben und den Schlüssel so lange zu bewachen, bis ihn ein anderer an sich nimmt.

Dieser Schlüssel ist einer der wenigen Verbindungsglieder zwischen der normalen Welt und der Leichenstadt.«

»Dann trägt das blaue Skelett jetzt den Schlüssel noch immer bei sich?«, vergewisserte sich der Eiserne Engel.

»Noch, aber er wird ihn nicht mehr lange behalten. Auch die Dämonen der Leichenstadt wissen inzwischen, dass sich die Vorzeichen geändert haben. Es ist ihnen bekannt, dass der Kristall nicht mehr verborgen liegt, sondern herumgetragen wird. Das ist natürlich ein gefährliches Vorhaben. Zu leicht kann es anderen gelingen, in den Besitz des Schlüssels zu gelangen. Zwar benötigt man einen Zauberspruch, um die Leichenstadt betreten zu können, aber auch dieser Spruch lässt sich finden. Leider ist uns nicht bekannt, wo er verborgen liegt, allein seine Existenz bedeutet eine Gefahr für die Großen Alten, deshalb haben sie reagiert und einen der ihren losgeschickt, um zu verhindern, dass der Schlüssel in die falschen Hände gerät.«

»Wer ist es?«, fragte der Eiserne Engel.

»Kalifato!«

»Der Todesbote?«

»Ja, sie nennen ihn so, denn überall, wo er auftritt, bringt er den Tod. Er gehört zu den sehr gefährlichen Dämonen und hat schon vor über zehntausend Jahren Angst und Schrecken verbreitet. Kalifato wird freikommen, vielleicht ist er schon frei, und es soll deine Aufgabe sein, ihn zu stoppen. Es wird schwer, denn er kann sich mit dem blauen Skelett verbünden. Du wirst kämpfen müssen wie selten, und du darfst ihn auf keinen Fall unterschätzen, denn er ist prall gefüllt mit der Magie der Großen Alten.«

»Ich werde mich ihm stellen!«, versprach der

Eiserne Engel mit lauter Stimme und legte seine Hand auf den Griff des Schwertes, das er in einer Scheide an der linken Seite trug.

»Ja, wir bewundern deinen Willen und haben auch nichts anderes von dir erwartet«, erhielt er zur Antwort, »aber denke immer an Kalifato, und unterschätze ihn auf keinen Fall. Dass er selbst kommt und keiner der niederen Dämonen aus der Leichenstadt, beweist, wie sehr die Großen Alten daran interessiert sind, den Schlüssel wieder in ihren Besitz zu bringen, auch wenn sie damit einen Weg von der normalen Welt zur Leichenstadt verschließen.«

»Ihr braucht euch nicht zu sorgen, auch du nicht, Vater. Ich werde vorsichtig sein, das verspreche ich euch. Kalifato wird und darf keine Chance bekommen.«

»Er wird sie sich holen«, erklang dumpf und irgendwie deprimierend die Stimme des Versteinerten. »Ich spüre es. Ich spüre ihn. Ich merke seine Magie, glaub mir …« Die Stimme verstummte, und der Eiserne Engel sah sehr wohl, dass etwas geschehen war. Es hatte einen Einbruch gegeben, irgendetwas störte die schlafenden Götter, eine andere Magie, eine böse, eine fremde …

Die Gesichter, die groß und gewaltig in den Felswänden zu sehen waren, veränderten sich. Auf den Zügen zeichnete sich der Schrecken ab, den sie empfanden, denn da war etwas, das sie spürten, aber noch nicht sahen. Da rollten wie aus Stein wirkende Augen in den Höhlen, und deutlich war die Furcht darin zu erkennen.

Keinen Laut vernahm der Eiserne Engel, aber er spürte plötzlich den Hauch der Gefahr, der durch die Schlucht geweht wurde. Etwas ungeheuer Böses war im Anmarsch, drang tief ein in die Schlucht und kam immer näher.

Gefahr!

Der Eiserne Engel drehte sich um. Er schaute dorthin, wo die Schlucht in ein Niemandsland auslief.

Und dort sah er ihn.

Kalifato …

Ich hatte meinen Freund Suko, der noch immer leicht angeschlagen wirkte, vom Bentley weggezogen. Das blaue Skelett jedoch hatte das Gegenteil von dem getan.

Es erreichte den Wagen.

Die unheimliche Gestalt stand an der Fahrerseite. Sie kümmerte sich überhaupt nicht um uns, sondern stieg in den Wagen, ohne die Tür zu öffnen.

Durch das Metall!

Unwahrscheinlich. Suko hatte es ebenfalls gesehen, und wir bekamen beide vor Staunen den Mund nicht mehr zu.

So etwas hatten wir noch nie in unserem Leben gesehen. Das war unwahrscheinlich – Zauberei, Magie …

Und weil wir so geschockt waren, kamen wir auch nicht dazu, Gegenmaßnahmen zu ergreifen. Wir standen einfach da und staunten. Das Skelett kümmerte sich noch immer nicht um mich. Es hatte in unserem Bentley Platz genommen und saß sogar hinter dem Lenkrad, wobei es die blau schimmernden, knöchernen Fäuste um den Steuerring geklammert hielt.

Fehlte nur noch, dass es wegfuhr.

Kaum hatte ich den Gedanken beendet, als ein Zittern durch die Karosserie des Wagens lief. Der Motor lief.

Aber konnte ein Skelett autofahren?

Nein, das schaffte es nicht, doch es beherrschte die schwarze Magie, und die setzte den Wagen in Bewegung.

Der Bentley rollte an.

Und dies verdammt schnell. Mir fiel plötzlich ein, dass wir genau vor der Kühlerschnauze lagen und weg mussten, wollten wir nicht von unserem eigenen Wagen überrollt und getötet werden.

Auch Suko hatte bemerkt, welche Gefahr sich anbahnte. Er sprang plötzlich hoch, hechtete zur Seite, erreichte den Boden, überschlug sich dort, und ich spritzte zur anderen Seite, nach links.

So ganz schaffte ich es nicht mehr. Ich merkte noch den Schlag, den mir die Stoßstange des Wagens am hochgezogenen Fuß versetzte, prallte ebenfalls zu Boden, überschlug mich, war aber sofort wieder auf den Beinen und schaute dem Bentley nach.

Durch die große Heckscheibe konnte ich in den Wagen blicken. Er war vom blauen Licht des Skeletts erfüllt, und in diesem Schein sah ich auch die Bewegung.

Allerdings nicht die des fahrenden Skeletts, sondern eine Bewegung der veränderten Karen White.

Sie war also doch nicht tot.

Auf dem Rücksitz hatte sie sich aufgerichtet und starrte durch die Scheibe. Ich glaubte sogar, dass sich ihr Gesicht zu einem Grinsen verzogen hatte.

Das alles hatte ich innerhalb von höchstens drei Sekunden wahrgenommen, einer Zeitspanne, in der das Fahrzeug schon einen guten Vorsprung herausholen konnte, was Suko allerdings auf keinen Fall zulassen wollte, denn er startete wie ein Sprinter hinter dem Wagen her, und er legte alles hinein, was er zu geben hatte.

Ich rannte ihm nach, stellte allerdings nach zwei Schritten fest, dass mein rechtes Bein nicht so wollte wie ich. In Höhe der Wade schmerzte es, denn dort hatte mich der Schlag mit der Stoßstange getroffen. Hart biss ich die Zähne zusammen, musste dann stehen bleiben und schob mein Hosenbein hoch.

Auf der Haut zeichnete sich bereits eine graublaue

Verfärbung ab. Wahrscheinlich war das eine leichte Prellung, die sich zu einem Bluterguss entwickelte.

Ich wollte wieder hoch, doch mitten in der Bewegung erstarrte ich, denn es war ein Wort an meine Ohren gedrungen, das Suko gerufen hatte und das ganz bestimmte Reaktionen auslöste.

»*Topar*!«

Kalifato!

Ein Name, vor dem selbst die Stummen Götter Angst hatten. Der Todesbote wurde er genannt, und er hatte die Leichenstadt verlassen, um in die Schlucht der Stummen Götter einzudringen, womit er bewies, dass es für ihn keine Hindernisse gab.

Die Gesichter der Stummen Götter waren wieder zu Stein erstarrt. Nichts regte sich in den Zügen, doch die Angst war weiterhin darin geblieben.

Konnte Kalifato den Kampf jetzt schon für sich entscheiden, oder blieb der Eiserne Engel Sieger?

Es war lange her, dass der Eiserne diesen unheimlichen Dämon gesehen hatte, aber er sah nach wie vor so aus, wie er immer ausgesehen hatte.

Unverändert grausam …

Ein gewaltiges Gesicht schwebte zwischen den hohen Wänden der geisterhaften Schlucht. Es war so breit, dass es genau die Distanz einnahm und in der Höhe eine unüberwindliche Barriere bildete.

Nur der Kopf war von ihm zu sehen, er jedoch reichte, denn ein unbeschreiblich grausamer Ausdruck lag auf diesem Gesicht.

Auf dem Schädel wuchsen keinerlei Haare. Der Kopf war kahl, zeigte allerdings eine schwarze Fläche, und erst an der Stirn nahm die Haut einen anderen Farbton an.

Grünlich wie die Felsen, zwischen denen er steckte, schimmerte er. Das Gesicht hatte menschliche Formen und erinnerte irgendwie an eine chinesische Maske. Die Nase war sehr bereit, als hätte jemand darauf geschlagen. An ihrem oberen Ende und rechts sowie links davon außen saßen die beiden Augen. Sie waren geschwungene Schlitze, die fast bis zu den seltsamen Ohren reichten. Übergroß präsentierten sie sich, wobei sie fast die Hälfte des riesigen Kopfes einnahmen, und an ihrem oberen Ende liefen sie spitz zu. Der Mund zeigte dicke, grausame Lippen, unter denen das Kinn flach abfiel. Auf jeden Fall wies die Gesichtshaut geschwungene Linien auf, die in der Tat wie eingetrocknetes Blut schimmerten und auch über die blassen, kaum zu erkennenden Lippen liefen, wobei sie die riesigen Ohren erreichten.

Ja, das war Kalifato, einer der Großen Alten. Ein mächtiger Urzeit-Dämon, und selbst der mutige Eiserne Engel spürte so etwas wie Unbehagen, als er diesen Gegner vor sich sah.

Aber es gab für ihn kein Zurück. Er hatte den Göttern einen Schwur geleistet, den wollte und würde er erfüllen.

Nichts, keine Drohung konnte ihn von seinem Kampf abhalten.

Deshalb zog er sein Schwert mit der langen Klinge und hielt die Spitze drohend gegen das unbeweglich zwischen den Felsen stehende Gesicht gerichtet.

»Kalifato!«, schrie er dem Riesenkopf entgegen. »Ich warne dich. Du wirst dieses heilige Gebiet nicht betreten, denn ich werde es verteidigen, bis kein Leben mehr in mir ist!«

Die Worte waren laut gesprochen worden, und sie hallten durch die Schlucht, bevor sie als Echo verrollten, aber sie mussten von Kalifato gehört worden sein, denn seine wulstigen Lippen innerhalb des Gesichts verzogen sich.

Eine andere Reaktion war bei ihm nicht festzustellen. Er wollte und konnte auch nicht näher kommen, denn die Schlucht der stummen Götter war für ihn eine Tabuzone.

Sein Gesicht, das so plötzlich erschienen war, verblasste wieder. Dies geschah sehr langsam. Der Eiserne Engel bekam es in allen Einzelheiten mit.

Zunächst verschwanden die Wangen, dann die Stirn, mit ihr die gewaltigen Ohren, und anschließend war von Kalifato nichts mehr zu sehen.

Frei lag die Schlucht vor den Augen des Eisernen, der sein Schwert wieder wegsteckte.

Die Gefahr war gebannt. Kalifato konnte nichts mehr tun. Dass er aber ein ungemein starker Dämon war, hatte er bewiesen. Bis fast in die Schlucht hatte er sich hineingetraut und sich dicht an der magischen Sperrzone aufgehalten.

Jetzt lag die Schlucht wieder frei vor den Augen des Eisernen Engels. So wie es auch sein sollte.

Sein Körper spannte sich. Er hob die breiten Schultern und stellte sich wieder so hin, dass er seinen Schöpfer anschauen konnte. Noch immer zeigten die Gesichter der Stummen Götter einen steinernen Ausdruck, nur allmählich begann er sich wieder aufzulösen, und die Lippen öffneten sich, sodass Worte gesprochen werden konnten.

»Du hast ihn gesehen. Er hat die Leichenstadt verlassen«, sagte der Vater des Eisernen. »Und er wird in die normale Welt eindringen, um Schreckliches zu vollbringen. Deshalb spute dich. Halte dich nicht länger hier auf, sondern stelle ihn dort, wo er versucht, das Unheil zu bringen. Stoppe den Todesboten!«

Abermals neigte der Eiserne Engel sein Haupt. »Ich werde mich an deine Worte halten, und ich schwöre dir, dass ich ihn stoppen werde. Er soll keine Gelegenheit erhalten, die Menschen ins Unglück zu reißen. Nicht Kalifato, davor stehe noch ich …«

»Möge der unendliche Weise und Gütige dich beschützen«, hörte er die Stimme. »Möge derjenige seine Hand schützend über dich halten, der mehr ist, als wir alle zusammen es je sein werden, und der die Kraft der Ewigkeit besitzt ...«

Es waren die letzten Worte, die der Steinerne seinem Sohn mit auf die lange Reise gab.

Der Eiserne Engel wandte sich ab. Er breitete seine Flügel aus und stieß hinein in den grünlich schimmernden Himmel über der Schlucht, ohne sich ein einziges Mal umzuschauen.

Er sah auch nicht die gläsernen Tränen, die aus den Augen der steinernen Gesichter rannen ...

Die Stummen Götter weinten um ihren Sohn und um die Menschheit ...

Suko sah nicht ein, dass das blaue Skelett und seine Dienerin auf so billige Art und Weise entkamen. Er wollte sie stoppen. Normalerweise ist es unmöglich, einen schon fahrenden und sich noch weiter beschleunigenden Wagen einzuholen, aber Suko dachte nicht im Traum daran, aufzugeben. Er hielt noch einen Trumpf in der Hinterhand. Das war sein von Buddha geerbter Stab, mit dem er die Zeit für fünf Sekunden anhalten konnte, wenn er ein bestimmtes Wort rief. Und fünf Sekunden mussten ihm reichen, um den Wagen einzuholen.

Während der Chinese alles in seinen Spurt hineinlegte und seine Füße kaum den Boden zu berühren schienen, zog er seinen Stab, den er immer bei sich trug.

Und er rief das Wort. Er schrie es sogar. All diejenigen Lebewesen, die der Schrei erreichte, erstarrten für fünf Sekunden in der Bewegung. Sie konnten sich nicht mehr rühren, wurden zu Statuen und bewegten sich erst dann weiter, wenn die Zeitspanne um war.

Nur den Träger des Stabs traf dieses Phänomen nicht. Er konnte als einziger weiterlaufen.

Das tat Suko.

Während um ihn herum die lebenden Personen zu Denkmälern wurden und der Bentley nicht mehr weiterfuhr, hetzte der Inspektor mit gewaltigen Schritten auf den Silbergrauen zu. Er wollte und musste ihn erreichen, noch bevor die Zeitspanne vorbei war.

Der Wagen wurde größer – aber auch die Zeit verrann.

Drei Sekunden waren schon um.

Noch einmal streckte sich der Körper des Chinesen. Suko holte alles aus ihm heraus, und er befand sich vielleicht noch drei Yards von dem Fahrzeug entfernt, als der Bentley wieder anrollte. Der Chinese nahm noch das Gesicht des Mädchens wahr, das hinter der Heckscheibe deutlich hervorstach.

Da rollte der Silbergraue weiter. Und er fuhr in dem Tempo an, das er auch vor dem Stillstand gehabt hatte.

Suko rannte. Sein Gesicht zeigte einen verbissenen Ausdruck. Er kämpfte sich vor, und das unmöglich Scheinende gelang ihm tatsächlich.

Suko erreichte den Wagen!

Nicht normal, auch nicht im Lauf, er musste tatsächlich zu einem verzweifelten Hechtsprung ansetzen, knallte auf die Kofferraumhaube, und jetzt begann das, was Stuntmen nur im Film brachten.

Verzweifelt versuchte sich der Chinese festzuklammern. Er breitete die Arme aus, wollte Halt finden, suchte nach Ecken und Kanten, doch immer wieder rutschte er ab.

Auch der unheimliche Fahrer musste bemerkt haben, wer ihm da auf der Haube saß. Das Skelett mit dem Frauenkopf ebenfalls, denn es hatte seine Arme ausgestreckt und die gespreizten knöchernen Finger von innen gegen die Scheibe gepresst.

Die Straße war ziemlich eng. Große Schlenkmanöver konnte der Fahrer nicht durchführen, doch er wusste sich auch anders zu helfen. Vielleicht hatte er die Bremse getreten, vielleicht lenkte er auch alles durch schwarze Magie.

Auf jeden Fall wurde der Bentley langsamer.

Er bremste scharf ab.

Damit hatte Suko zwar gerechnet, sich allerdings nicht darauf eingestellt. Das Manöver kam zu plötzlich, und es erfasste ihn voll.

Zuerst rutschte er nach vorn. Da er keinen festen Halt hatte, konnte er sich auch nicht abstützen. Es gelang ihm nur noch, den Arm anzuwinkeln und ihn so zu halten, dass er nicht mit dem Gesicht zuerst gegen die Heckscheibe krachte.

Da erfolgte schon der Aufprall, gleichzeitig setzte die gegenteilige Reaktion der Bremswirkung ein. Suko wurde nicht mehr nach vorn, sondern zurück geschleudert, und der Chinese verließ die Kofferraumhaube wie vom Katapult abgefeuert.

Das alles bekam ich mit, denn auch bei mir war die Fünf-Sekunden-Lähmung verschwunden.

Ich sah den Körper meines Freundes durch die Luft wirbeln, und ich zitterte innerlich, dass sich Suko bei dem Aufprall nichts brach.

Der Chinese war wie eine Katze.

Das jahrelange und unerhört harte Training machte sich bei ihm bezahlt. Er rollte sich noch in der Luft zusammen, kollidierte mit dem weichen Boden neben der Straße, überschlug sich einige Male, wobei er wie eine menschliche Kugel wirkte. Dann rauschte er in ein dichtes Wacholdergestrüpp hinein, dessen Zweige seinen Schwung abbremsten.

Der Bentley allerdings fuhr weiter. Und nicht nur das. Mit ihm geschah etwas, das ich noch nie im Leben gesehen hatte und auch nicht für möglich gehalten hätte.

Seine Konturen verwischten, sie wurden durchscheinend, und einen Atemzug später löste sich das Fahrzeug, mein eigener Wagen, vor meinen Augen auf.

Perplex blieb ich stehen und starrte auf das leere Asphaltband der Straße.

Keine Spur mehr von dem Silbergrauen!

Da wurde doch der Hund in der Pfanne verrückt. Und um bei den Tiervergleichen zu bleiben, ich stand wie ein begossener Pudel mitten auf der Straße und hätte mich vor Wut und Ärger irgendwohin beißen können.

Die andere Seite hatte uns geleimt.

Tief holte ich Luft und hörte gleichzeitig das Schimpfen aus dem Gebüsch am Straßenrand. Die Stimme gehörte Suko. Er quälte sich aus den Büschen hervor. Dabei kroch er auf allen Vieren. Dann stand er auf und klopfte sich den Staub aus der Kleidung.

»Verdammter Mist«, schimpfte er weiter. »Das muss ausgerechnet mir alles passieren.«

»Bist du verletzt?«

»Nein!«, knurrte er unfreundlich. »Meine Knochen sind aus Gummi.« Er schaute mich an. »Die haben uns reingelegt.«

»Und wie«, bestätigte ich. »Sogar der Wagen hat sich aufgelöst.«

»Was?« Der Chinese schaute mich an, als hätte ich ihm bestätigt, dass es den Weihnachtsmann doch gab.

»Ja, so ist es.« Ich berichtete ihm, was ich mit eigenen Augen gesehen hatte.

Eine Erklärung fand auch mein Freund nicht. Er meinte nur: »Keine Ehre für das Sinclair-Team.«

»Das bestimmt nicht.«

»Und wo könnte der Bentley stecken?«

Ich hob die Schultern und ging einen Schritt zur Seite. »Keine Ahnung, aber wenn ich mir das so richtig betrachte, wird das Skelett ihn in eine andere Dimension geschafft haben.«

»Mit seinem Inhalt.«

»Ja, im Kofferraum liegen noch das Schwert, die Gemme und …«

Suko winkte ab. »Hör auf! Ich weiß selbst, was du da alles verstaut hast.« Er rieb seine Wangen. »Die Frage ist nur, wie es weitergeht. Wir müssen den Wagen ja irgendwie finden.«

»Nachreisen können wir ihm nicht.«

»Das hatte ich mir auch gedacht.« Er verzog plötzlich die Lippen und lachte auf. »Stell dir vor, die schaffen deinen Bentley in die komische Leichenstadt. Das haut dem Fass den Boden aus. Das ist irre, Wahnsinn ...«

»Ist denn nicht alles, was wir erleben, irgendwie Wahnsinn? Oder zumindest dicht an der Grenze?«, fragte ich zurück.

»Stimmt auch wieder. Man darf überhaupt nicht näher darüber nachdenken.«

Obwohl ich mich innerlich ärgerte, schlug ich Suko auf die Schulter. »Willst du hier stehen bleiben? Dabei warst du es doch, der von einem kräftigen Frühstück in Darkwater gesprochen hatte. Nach dem Fußmarsch, der vor uns liegt, wird dein Hunger doppelt so groß sein.«

»Darauf könnte ich jetzt verzichten.«

»Iss lieber. Wer weiß, was da noch alles auf uns zukommt. Hinterher kippst du noch vor Schwäche um. Auf dem Wagen hast du eben auch nicht gerade stark ausgesehen.«

»Musst du ausgerechnet sagen. Hast dich nur ausgeruht und meckerst jetzt.«

»Ja, ja, das Leben ist ungerecht.«

Das war für eine Weile unser letzter Dialog, denn wir mussten stramm durchgehen. Bis zu unserem Ziel war es noch ein ziemliches Stück.

Ich ärgerte mich immer mehr, wenn ich daran dachte, wie sehr uns das Skelett geleimt hatte. Es war mit unserem Wagen verschwunden, steckte vielleicht in einer anderen Dimension und war für uns gewis-sermaßen unauffindbar.

Wo sollten wir suchen? Es gab so viele Dimensionen, dass man sie überhaupt nicht aufzählen konnte, und wir kannten nur einen Bruchteil davon.

Natürlich dachte ich immer an die Leichenstadt, einen Hort finsterer Dämonen. Obwohl ich ein beklemmendes Gefühl dabei verspürte, war ich doch irgendwie gespannt, die Stadt einmal kennen zu lernen. Vielleicht würde mir dies durch den Schlüssel gelingen, falls ich ihn je in der Hand hielt.

Das Gelände senkte sich jetzt ein wenig. Links vor uns lag die dunkle Wasserfläche. Der Wind kräuselte sie zu kleinen Wellen, die dem Ufer entgegenliefen.

Wir hatten einen freien Blick auf den Ort.

Irgendwie sah das Städtchen malerisch aus. Es lag direkt am See, und die Bewohner hatten sogar einen provisorischen Hafen gebaut. Dort schaukelten einige Boote, zumeist alte Holzkähne, die wie schwerfällige Tiere auf den Wellen dümpelten.

Menschen sahen wir noch nicht. Vor dem Dorf mähte nur ein alter Mann auf seinem Feld das hohe Gras. Er schaute uns misstrauisch an, als wir ihn passierten.

Aus der Ferne vernahmen wir das knatternde Motorgeräusch eines Traktor, und Seemöwen stiegen krächzend über dem schwarzen Wasser den mittlerweile grau gewordenen Wolken entgegen. Im Radio hatten sie einen Wetterumschwung angesagt. Hier im Westen würde es beginnen, bevor das ganze Land erfasst wurde. Es war auch kühler geworden.

Nach einer Kehre konnten wir das Dorf einsehen.

Die Uferstraße führte nicht in einer gerade Linie durch Darkwater, sondern wand sich wie eine Schlange. Da gab es zahlreiche Ecken, an die wir stoßen konnten. Häuser standen mit ihren Wänden vor, kleine Erker schoben sich aus den Mauern, und jedes Haus schien hier seine hundert Jahre auf dem Buckel zu haben.

Von den Bewohnern war nicht viel zu sehen. Nur wenige Menschen überquerten die Straße, ohne nach links und rechts zu schauen. Von dem Hauptweg zweigten Gassen ab. Einige führten zum See, andere wieder jenseits davon in das Dorf hinein.

Wir kamen uns wirklich fremd vor. Unterwegs hatten wir verabredet, zuerst der Polizeistation einen Besuch abzustatten.

Dort wartete der Konstabler auf uns. Mit ihm hatten wir bereits an der Ruine gesprochen, als das Bein der blonden Jill Livingstone angeschwemmt worden war. Der Konstabler sollte uns weiterhelfen.

Wir suchten die Polizeistation. Auf dem Dorfplatz fanden wir sie nicht. Als wir fragten, ernteten wir nur ein Schulterzucken als Antwort.

»Sehr freundlich, die Leute«, bemerkte Suko.

Ich nickte.

»Vielleicht haben die keine?«, vermutete der Chinese.

Ich schaute meinen Freund an und grinste. »Das ist die Lösung.« Ich winkte einem vor seinem kleinen Pub stehenden Wirt zu, der augenblicklich ein interessiertes Gesicht zeigte. Wahrscheinlich wollte er Neuigkeiten erfahren.

»Sagen Sie, Mister, wo können wir Konstabler …?«

Da begann er zu lachen. »Ja, ich weiß schon, was Sie wollen. Aber das ist wie so oft. Wer sucht, der findet. Sie müssen zur Post. Dort sitzt unser Auge des Gesetzes.«

»Wieso?«

»Der Konstabler ist Postmeister und Polizist in einer Person. So ist das eben auf dem Lande.« Der Wirt lachte. »Aber wollen sie nicht einen kleinen Schluck nehmen? Ich kann unseren ausgezeichneten selbstgebrannten Wacholderschnaps nur empfehlen. Wenn Sie den trinken …«

»... heben sich bei mir die Zehennägel«, fuhr ich fort.

»Woher wissen Sie das?« Der Wirt war ungemein erstaunt.

»Das hat sich bis nach London herumgesprochen.«

Als er sich von seiner Überraschung erholt hatte, erkundigten wir uns nach dem Weg.

Den erklärte er uns in zwei Sätzen. Hier in Darkwater war alles sehr leicht zu finden.

Wir gingen durch eine Gasse, die sich an ihrem Ende verbreiterte. Darüber verlief ein geschwungener Bogen aus Stein von einem Haus zum anderen.

Dahinter lag ein kleiner Platz. Er wurde von wenigen Häusern eingerahmt, und auf ihm stand ein Denkmal.

An der Figur, die einen Fischer zeigte, mussten wir vorbeischauen, um die Post sehen zu können. Aber das interessierte uns plötzlich nicht mehr.

Wir sahen etwas völlig anderes.

Vor dem Haus stand unser Bentley!

»Da wird doch der Hund in der Pfanne verrückt«, flüsterte Suko und wischte sich über die Stirn. »Träume ich, oder steht da ein Doppelgänger?«

»Nein, das ist er.« Auch ich war überrascht. Damit hätte ich nun im Traum nicht gerechnet, dass wir unseren Wagen so leicht wiederfinden würden.

Seltsam …

»Warum ist er da abgestellt worden?«, fragte Suko. »Verdammt, die tun nichts ohne Grund.«

Ich ahnte Schlimmes, denn ich dachte an all die Menschen, die in Darkwater lebten. Ob das Skelett versuchen wollte, sie unter seine Knute zu zwingen?

Auf jeden Fall stieg die Spannung in beiden von uns an, denn ohne Grund war das blaue Skelett nicht nach Darkwater gefahren. Es verfolgte meines Erachtens einen bestimmten Plan. Als ich mit Suko darüber sprach, gab mir der Freund Recht.

»Aber sehen wir uns erst einmal den Silbergrauen an«, schlug ich vor und eilte auf das Fahrzeug zu. Sehr wohl war mir nicht bei der Sache. Der Wagen stand zwar völlig harmlos am Rand des Platzes, aber ich traute dem Braten nicht so recht. Schließlich war er von einem dämonischen Wesen auf eine spektakuläre Art und Weise entführt worden. Da konnte man nicht vorsichtig genug sein.

Suko hatte sich an meiner Seite gehalten. Beide umschritten wir das Fahrzeug, suchten nach irgendwelchen Beschädigungen, doch da war nichts zu entdecken.

Der Bentley sah völlig normal aus.

»Abgeschlossen ist er nicht!«, stellte der Chinese fest. Er blieb an der Fahrertür stehen und öffnete.

Ich nahm mir den hinteren Wagenschlag vor. Als ich ihn aufzog, mich bückte und in den Wagen blickte, bemerkte ich ebenfalls keine Gefahr. Und doch lauerte sie.

Blitzschnell schlug sie im nächsten Augenblick zu.

Ich hätte einen Blick auf den Boden zwischen Vorder- und Rücksitz werfen sollen, dann hätte mich mein Gegner bestimmt nicht überraschen können.

So aber schaffte er es und griff gedankenschnell zu. Bevor ich eine Abwehrbewegung machen konnte, packte die knöcherne Klaue meinen rechten Arm, hielt sich fest, stemmte sich sogar ab, und ich schaute in das zu einem Grinsen verzogene Frauengesicht der Karen White …

Er hatte die Schlucht verlassen und befand sich auf dem Weg zu seinem neuen Ziel.

Wieder einmal stand ihm ein Kampf bevor. Die Zeiten hatten sich zwar geändert, auch die Waffen waren andere geworden, und die Menschen lebten nicht mehr so wie früher. Ihre Auseinandersetzungen aber trugen sie noch immer mit den gleichen Mitteln aus wie vor Tausenden von Jahren.

Mit Gewalt!

Nur die Methoden hatten sich dabei geändert.

Dies störte den Eisernen Engel, und Trauer durchflutete ihn. Er wollte keinen Krieg, denn er sehnte sich so sehr nach dem Frieden. Schon damals hatte er alles versucht, den Krieg zu vermeiden. Zwischen dem Schwarzen Tod und seinen Helfern sowie Myxin und den Schwarzen Vampiren hatte er noch kurz bevor Atlantis unterging vermitteln wollen. Leider ohne Erfolg. Die beiden kämpfenden Parteien wollten den Frieden nicht. Der Hass war zu groß, er hatte sich angestaut, war zu einer Flamme geworden, und so konnte es nur den Krieg geben. Einen Krieg, der nie entschieden wurde. Er hatte nur Tausende von Opfern gefordert, als ein gesamter Kontinent im Meer versank und von den Wellen verschlungen wurde.

Eine Welt war damals zerstört worden, eine große Kultur. Andere Kulturen waren wie Phönix aus der Asche erblüht, aber sie hatten eigentlich nie die Reife der atlantischen erreichen können. Vieles blieb Stückwerk.

Auch in der modernen Gegenwart besaßen die Menschen nicht das Wissen, das die alten Zauberer und Magier in Atlantis ihren Schülern vermitteln konnten. Sie wussten zwar nichts über moderne Computertechniken oder Wirtschaftsführung, aber sie kannten die Menschen, deren Geist und die Magie.

Wie mächtig, gütig und verständnisvoll sie waren, das zeigten die Gesichter der Götter in der Schlucht. Leider hatten sie zu sehr auf das Gute vertraut und sich von der anderen, der dämonischen Seite überraschen lassen.

Die Quittung hatten sie erhalten.

Der Eiserne Engel hatte das Gefühl, die Unendlichkeit zu durchstoßen. Zeit und Raum waren zu

Nebensächlichkeiten geworden, irdische Gesetze der Physik galten hier nicht mehr, und er stieß immer weiter hinein in das Nichts.

Er gehörte zu den wenigen Auserwählten, für die Dimensionssprünge kein Problem waren. Sie konnten in andere Reiche gelangen und dort forschen oder sich umschauen.

Und sie waren unentbehrliche Helfer für die, die einen verzweifelten Kampf auf der normalen Welt gegen die Mächte der Finsternis führten.

Er dachte an Kalifato. Nicht umsonst nannte man ihn den Todesboten. Wo er auftauchte, hinterließ er das Chaos, die Panik, den Schrecken – und den Tod …

Kalifato musste gestoppt werden. Ein Dämon der Großen Alten, der seit langer Zeit wieder voll zuschlagen wollte.

Hoffentlich gelang ihm dies nicht …

Das Skelett hatte Kraft.

Im Bruchteil einer Sekunde presste es meinen Arm zusammen, riss und zerrte daran und versuchte, mich in den Wagen zu ziehen.

Suko hatte nichts bemerkt, er war zufrieden, nachdem er einen Blick in den Wagen geworfen hatte, dann wuchtete er die Fahrertür wieder zu. Für ihn war die Sache erledigt.

Das Skelett mit dem Frauenkopf konnte er nicht sehen, da es noch immer auf dem Wagenboden lag und es ihm gelang, mich auf den Sitz zu ziehen, sodass ich mit dem Gesicht zuerst in das Polster gepresst wurde.

Sogar die Stimme der Frau hörte ich, wie sie flüsterte: »Ich kriege dich. Du gehörst zu den ersten, denn du bist unser Feind …« Während die Worte gesprochen wurden, ließ mich das Skelett nicht los, sondern nahm auch noch die andere Knochenklaue zu Hilfe.

Sie wanderte an meinem Körper hoch und suchte die Kehle.

Mein Gegner wollte mich erwürgen! Dabei stellte er sich sehr geschickt an. Es gelang ihm, die Knochenhand unter meine Brust zu schieben und den Hals zu umfassen.

Blitzschnell hob ich den Kopf. Die Klaue streifte nur die Haut. Ich aber stellte fest, wie sich das Leuchten innerhalb der Knochen intensivierte und das Skelett seine gesamte Kraft einsetzen wollte, um mich in seinen Bann zu ziehen.

Wieder spürte ich das seltsame Gefühl in meinem Kopf. Es waren fremde, unheimliche Gedanken, die von irgendwoher kamen und von dem Skelett ausgingen.

Leider konnte ich nicht an mein Kreuz herankommen. Ich war eingeklemmt, aber es gelang mir, mich zur Seite zu drehen und den Dolch zu fassen.

Mein Gesicht war verzerrt, die Stimmen in meinem Schädel steigerten sich zu einem dumpfen Brausen. Und sie wurden stärker, je länger mich die unheimliche Gestalt berührte und die Stimmen aus einer anderen Dimension leitete.

Endlich hatte ich den Dolch. Hart umklammerte meine Faust die Waffe. Ich stieß sie nach unten, traf noch den Sitz an der Vorderkante. Der Stoß würde dadurch etwas gebremst, aber er reichte aus, um das Skelett zu treffen. Und zwar den Kopf!

Ich merkte dies an dem geringen Widerstand und hörte gleichzeitig das schwere Stöhnen.

Noch einmal stieß ich zu, diesmal allerdings kraftloser, denn das Brausen in meinem Schädel lähmte meine Energien und saugte sie förmlich aus meinem Körper.

Da wurde die Wagentür aufgerissen.

Endlich hatte Suko begriffen. Ich sah seine Gestalt, als ich an dem Skelett vorbeischaute.

»Suko!«, krächzte ich.

Ich hätte den Namen erst gar nicht zu sagen brauchen, denn der Chinese handelte.

Er packte das Skelett an beiden Knöcheln, setzte seine gesamte Kraft ein und zerrte es von mir fort aus dem Wagen. Es gab ein klatschendes Geräusch, als der Kopf des Monstrums zu Boden fiel.

Ich bekam wieder Luft, konnte endlich frei atmen, und das Brausen in meinem Schädel ließ nach. Völlig fit war ich allerdings noch nicht, so musste ich meinem Freund den Rest überlassen.

Suko hatte das Skelett mit dem Frauenkopf losgelassen und war zurückgesprungen. Er kannte die Gefahr, die von diesem seltsamen Wesen ausging, und er reagierte instinktiv richtig, indem er auf Distanz zu seinem Gegner ging.

Dabei zog er die Dämonenpeitsche, schlug einmal einen Kreis über den Boden, und die drei Riemen fielen nach draußen.

Damit konnte er seinen Gegner auf Distanz halten.

Das Skelett mit dem Frauenkopf war wieder auf die Knochenbeine gelangt. Es starrte Suko an, und der Chinese wich dem Blick nicht aus. Schrecklich präsentierte sich das Gesicht des Wesens. Es war von der Dolchklinge getroffen worden, und diese hatte die gesamte rechte Wange aufgerissen.

Ein tiefer Spalt klaffte dort, aber kein Tropfen Blut rann aus der Wunde.

»Was willst du?«, fragte Suko. »Verdammt, rede!«

Das Skelett gab ihm eine Antwort, mit der er momentan nichts anfangen konnte. Sie erschien ihm sehr seltsam, und er wusste nicht, wo er das Wort hinstecken sollte.

»Kalifato«, flüsterte es. »Kalifato ...«

»Was ist mit Kalifato?«

»Der Todesbote – er ...« Mehr sagte das Skelett nicht, denn es griff den Inspektor an.

Suko ließ es kommen. Er tänzelte ein wenig zur Seite, schüttelte kurz seinen rechten Arm, die drei Riemen bewegten sich wie kleine Schlangen, und dann schlug er zu.

Aus dem Handgelenk wuchtete er die Peitschenriemen, die zusammenblieben und alle drei voll trafen.

Quer zog der Chinese sie durch das Gesicht des schaurigen Wesens. Was der Dolch nicht vermocht hatte, das erledigte die starke Waffe der schwarzen Magie.

Sie zerstörte den Schädel. Er zerplatzte nicht, wie Suko es schon des öfteren erlebt hatte, sondern wurde auf eine andere Art und Weise vernichtet.

Das unheimliche blaue Leuchten kehrte sich ins Gegenteil um und wurde zu einer Waffe.

Von den Knochen her stieg es hoch in den Kopf, der plötzlich in einem blauen Licht erstrahlte, das einen Kranz um den Schädel bildete und stark blendete.

Suko konnte nicht einmal die Umrisse des Kopfes erkennen, denn das Licht nahm ihm die Sicht.

Dafür hörte er die Schreie. Abgehackt klangen sie. Schrill und wimmernd ebenfalls.

Sekundenlang hallten sie über den Platz, bis sie so plötzlich abbrachen, wie sie aufgeklungen waren.

Stille …

Auch das Leuchten verging. Es war wie im Kino, wenn das Licht langsam verlöscht. Das blaue Leuchten fiel ineinander, und als Suko wieder klar sehen konnte, da stellte er fest, dass der Kopf nicht mehr vorhanden war.

Nur noch die leicht bläulich schimmernden Knochen standen vor ihm, die allerdings kraftlos wurden, keinen Halt mehr untereinander fanden und zusammensanken.

Es schepperte, als das Wesen auf das Kopfsteinpflaster des Platzes fiel und liegen blieb.

Vorbei …

Suko atmete auf. Er ging zwei Schritte vor, stieß mit der Fußspitze gegen die Knochen und stellte fest, dass sie ihre Härte verloren hatten. Er konnte sie zertreten. Zurück blieb ein feiner Staub, den Suko in die Handfläche nahm und dann zu Boden rieseln ließ.

Jetzt war Karen White endgültig erledigt, und das blaue Skelett hatte einen Diener weniger.

»Du steigerst dich«, sagte ich in diesem Augenblick und kletterte aus dem Fond des Silbergrauen.

Suko drehte sich um. »Wurde auch Zeit«, bemerkte er. »Ich hatte vielleicht eine Wut im Bauch, das kannst du dir nicht vorstellen, John. Die haben uns lange genug zum Narren gehalten.«

Ich fühlte mich noch immer ein wenig wacklig und hatte das Gefühl, mein Schädel wäre mit Brausepulver gefüllt. Irgendwie komisch. Suko sah mir an, dass etwas nicht stimmte, und er schaute mir besorgt in die Augen.

»Was ist los?«

Ich hob die Schultern. »Genaues weiß ich nicht, aber du kennst das ja. Die Berührung hat mich fertiggemacht. Irgendwie muss es zwischen dem Skelett und etwas, das wir nicht kennen, eine Verbindung gegeben haben. Diese komische Knochenfrau wirkte wie ein Katalysator, ein Beschleuniger.«

»Ganz einfach«, erwiderte der Chinese. »Kalifato?«

»Kali … was?«

Der Inspektor wiederholte das Wort.

»Ist das ein Waschmittel?«

»Nein, aber ein Name, den mir unser Gegner kurz vor seiner Vernichtung gesagt hat.«

Ich runzelte die Stirn. »Tut mir leid, aber damit kann ich nichts anfangen. Den Namen habe ich noch nie gehört.«

»Ich auch zum ersten Mal.«

»Und jetzt?«

Ich schaute mich um. »Weißt du, was mich stutzig

macht, Suko? Hier sehe ich kaum Neugierige. Das, was wir getan haben, muss doch ein gewaltiges Ereignis gewesen sein oder nicht?«

»Klar, aber …« Der Chinese wusste auch nicht mehr weiter, sondern starrte auf den Staub.

»Ob das blaue Skelett bereits zugeschlagen hat?«, murmelte ich fragend. »Möglich wäre es.«

»Du meinst, es hat die Menschen hier unter seine Knute oder einen Bann gezwungen?«

»Ja, so sehe ich es.«

»Das ist durchaus drin. Aber was sollte es für einen Grund haben?«

»Vielleicht hängt er mit dem Begriff Kalifato zusammen«, vermutete ich.

»Ich glaube eher, dass dies der Name des blauen Skeletts ist. Sag mir, was dagegen spricht.«

»Im Prinzip nichts. Nur frage ich mich, ob der Fährmann früher so geheißen hat. Der Name ist, wenn überhaupt, mehr als seltsam und passt nicht in die Welt.«

»Also ein Dämon«, folgerte Suko.

»Damit rechne ich auch. Und zwar einer, den wir nicht kennen. Eine unbekannte Größe.«

Noch immer war der Platz leer. Kein Mensch ließ sich blicken. Selbst der Wirt nicht, der sicherlich die Neugierde in Person war. Ich verspürte ein seltsames Gefühl und glaubte daran, dass sich irgendetwas über unseren Köpfen zusammenbraute.

Etwas Unheimliches, Grauenvolles …

Eine Gefahr, die keiner von uns kannte, womit wir nicht rechneten und die einen tödlichen Strudel erzeugen konnte. Das Dorf mitsamt seinen Menschen schien mir unter einem Druck zu stehen, der das drohende Unheil ankündigte.

»Der Konstabler hat sich auch nicht sehen lassen«, meinte Suko. »Vielleicht konnte er auch nicht.«

Ich hob die Schultern. »Mal den Teufel nicht an die

Wand«, gab ich zurück und orientierte mich in Richtung Eingangstür, die sowohl zur Post als auch in die Polizeistation führte.

Die Fensterrahmen waren braun angestrichen, ebenso die Tür, die wir unverschlossen fanden. Dahinter lag direkt die Poststation. Einen Schalter sahen wir nicht, dafür eine Theke, die den Raum in zwei Hälften teilte und auf der Pakete und Postsendungen abgelegt werden konnten.

Der Stuhl hinter dem alten Schreibtisch war leer. An der Rückwand klebten einige vergilbte Werbeplakate der Post. Links stand ein leerer Containerwagen, in dem sich bei Hochbetrieb sonst die Pakete stapelten.

Einen Extraraum, den der Konstabler benutzte, wenn er als Polizist arbeitete, gab es nicht. Dafür sahen wir rechts von uns, wo der Gang vor der Barriere weiterführte, eine kleine Tür.

Suko steuerte bereits darauf zu. Er drückte sie auf, und wir schauten in ein schmales Treppenhaus, wo eine steile Holzstiege in die obere Etage führte.

Es roch muffig und nach Angebranntem. Von dem Konstabler oder seiner Familie, falls er eine hatte, sahen wir keine Spur. Die Wohnräume lagen wahrscheinlich in der ersten Etage.

»Sehen wir dort mal nach«, schlug Suko vor und deutete mit dem Zeigefinger nach oben.

Ich hatte nichts dagegen. Suko ging als erster die Stufen hoch. Eine vergilbte Tapete bedeckte die Wand rechts von uns, und als Suko plötzlich stehen blieb, wäre ich ihm fast in die Hacken getreten.

»Was ist los?«, fragte ich.

»Schau dir mal die Wand an.« Der Chinese drückte sich bis dicht an das Holzgeländer, damit ich an ihm vorbeikonnte.

Jetzt sah ich auch die dunklen Flecken auf der Tapete. »Meinst du die?«

»Genau. Sieht aus wie Blut.«

Ich betrachtete sie näher. In der Tat, der Chinese hatte nicht gelogen. Das Blut war sogar noch feucht. Ich spürte es, als ich meine Fingerspitze gegen den Fleck drückte.

Drei Flecken sah ich. Sie bildeten fast eine senkrechte Reihe und waren zum Teil schon zerlaufen, sodass die beiden oberen schon ineinander flossen. Das Blut kam nicht von ungefähr an die Wand. Hier musste etwas Schreckliches passiert sein, und wir konnten uns auf einiges gefasst machen, dessen war ich mir sicher. Als ich mich zu Suko hin umdrehte, hielt mein Freund bereits seine Beretta in der Hand.

Auch ich zog die Pistole, als wir weitergingen und in der ersten Etage stehen blieben.

Wir befanden uns in einem kleinen viereckigen Flur, von dem drei Türen abzweigten.

Hinter der ersten lag eine Küche. Ich entdeckte noch einen Wohnraum, und mein Partner hatte die Tür zum Schlafzimmer aufgestoßen, das größer als die anderen Räume war und in dem es einen Durchbruch zu einem anderen Zimmer gab.

Auf den alten, vom vielen Schrubben hell gewordenen Bodendielen sahen wir ebenfalls Blutspuren. Wir gingen dieser makabren Spur nach und waren sicher, dass wir das Zentrum des Verbrechens finden würden.

Der Durchbruch wurde über die Hälfte von einem sackähnlichen Vorhang verdeckt.

Suko zog ihn ruckartig zur Seite.

Dahinter stand in einer Art Rumpelkammer ein Bett. Es war leer. Kein Toter lag darauf, und uns fiel ein Stein vom Herzen. Trotzdem waren wir nicht zufrieden, denn die makabre Blutspur ließ sich nicht wegleugnen. Suko entdeckte einen weiteren Blutstropfen. Und zwar direkt vor dem Fenster.

Mir kroch eine Gänsehaut über den Rücken, als sich mein Partner bückte und ich über seinen Rücken schauen konnte.

Auch am Rahmen befand sich Blut. Dann sah ich, dass der Griff nicht richtig herumgedreht worden war. Er stand noch schräg.

Ich griff an Suko vorbei und öffnete das Fenster. Ein Schwall warmer Luft drang in das Zimmer, was mich wunderte, denn vorhin noch war es wesentlich kühler gewesen.

Ich achtete jedoch nicht weiter darauf, sondern schaute aus dem Rechteck und senkte meinen Blick.

Wir hatten es erwartet, trotzdem schockte mich der Anblick.

Der Konstabler war tot. Er hing dicht an der Hauswand auf einer vorn spitz zulaufenden Fahnenstange …

Benommen starrten Suko und ich auf den Toten. Wir sahen seinen Rücken und das Blut, das immer noch aus der großen Wunde sickerte und in Tropfen nach unten fiel. Hinein in einen Garten, der sich an die Rückseite des Hauses anschloss. Es war kein Zier-, sondern ein Nutzgarten, bepflanzt mit Gemüse, Obst und Kartoffeln.

Die Fahnenstange begann dicht unter dem Fenster. Sie steckte in der Hauswand und wies schräg in die Höhe. Jetzt allerdings war sie vom Gewicht des Toten fast waagerecht gedrückt worden. Die Arme des Konstablers fielen zu beiden Seiten des Körpers nach unten und pendelten schwach hin und her.

»Sollen wir ihn hochhieven?«, fragte Suko.

»Ja, wir können ihn nicht einfach dort hängen lassen.« Ich beugte mich bereits aus dem Fenster und streckte meine Arme aus.

Es war nicht einfach, den Toten von der Fahnenstange zu holen. Mit großer Mühe nur gelang uns dies, und wir atmeten auf, als er endlich vor dem Fenster lag.

Suko drehte ihn auf den Rücken.

Ein seltsames Bild bot sich unseren Augen. Der Mann war tot, daran gab es keinen Zweifel. Nur wunderten wir uns über die Haut der Leiche. Sie zeigte einen grünlich blauen Schimmer, den wir bei einem Toten noch nie vorgefunden hatten. Dieser Schimmer hatte sich auf der gesamten Haut verteilt, er reichte bis über die Stirn und hörte erst am Ansatz der Haarwurzeln auf.

Wir schauten uns an und suchten gemeinsam nach einer Erklärung. Das blaue Skelett, etwas anderes kam für uns wirklich nicht in Frage.

»Aber wieso?«, fragte Suko. »Weshalb wurde er umgebracht?«

Ich hob die Schultern. »Verlange nicht, dass ich mich in die Denkweise von Dämonen hineinversetze.«

»Armer Teufel«, murmelte der Chinese. »Das Monstrum im See hat er überstanden, aber dies hier …«

»... ist schlimmer«, vollendete ich und erhob mich aus meiner gebückten Haltung. Dabei fiel mir wieder die Wärme auf, die in das Zimmer gedrückt wurde.

Ich sprach mit Suko darüber.

»Ja, du hast Recht. Jetzt, wo du es sagst, merke ich es auch. Seltsam, verflixt seltsam …«

»Das ist nicht normal.« Ich trat an das Fenster und schaute hinaus. Wie von einem Wüstenwind aufgeheizt war die Luft. Im Garten bewegten sich die Zweige der Sträucher und auch die Blätter. Hinter einem Zaun sah ich eine Wiese. Jenseits davon lief ein schmaler Weg entlang, wo zwei Holzhäuser standen, die verfallen aussahen.

Mein Blick glitt höher und traf den Himmel.

Auch er hatte sich verändert. War er am frühen Morgen noch blau und später grau gewesen, so hatte er abermals die Farbe gewechselt. Er schimmerte in einem seltsamen Grün, einer Mischung aus türkis und dunkelgrün.

Es war nicht die Folge einer natürlichen Ursache, das konnte mir keiner erzählen. So eine seltsame Farbe nahm nicht einmal der Himmel an, wenn ein Gewitter heranzog.

Das hatte ich noch nie gesehen. Wenigstens nicht auf dieser Welt, höchstens in einer anderen Dimension, und der schreckliche Verdacht kam mir ganz automatisch.

Sollten hier und heute Kräfte aus Welten eingreifen, die uns unbegreiflich waren? Ich dachte wieder an das blaue Skelett, an den geheimnisvollen Kristallschlüssel und automatisch auch an die Leichenstadt.

Warf sie möglicherweise ihre Schatten voraus?

Darüber redete ich auch mit Suko, und mein Freund bestätigte durch sein Nicken meine Annahme. Auch er war davon überzeugt, dass diese seltsame Veränderung des Lichts etwas mit der Leichenstadt zu tun haben musste. Irgendwie konnte es da einen Zusammenhang geben, den wir allerdings noch nicht überblickten.

»Dann steht uns noch einiges bevor«, sagte der Chinese mit leiser Stimme, aus der ich deutlich den Pessimismus hervorhörte. Ihn kannte ich bei Suko sonst nicht.

Ich schaute auf den Toten. Die Hautfarbe hatte sich nicht verändert, sie war gleich geblieben. Nach wie vor schimmerte sie in diesem seltsamen Grün, für dessen Existenz ich noch keine Erklärung hatte.

»Wir können ihn nicht hier liegen lassen. Vielleicht gibt es einen Bestatter in Darkwater«, sagte ich. »Der kann den Mann wegschaffen.«

»Dann lass uns gehen.«

Wir verließen das Zimmer. Absolute Stille herrschte im Haus. Auch im Innern des Hauses merkte ich, dass die Luft drückte. Etwas Unheimliches bahnte sich da an, es kam auf uns zu, aber noch war es nicht greifbar, sondern lag in nicht einsehbarer Ferne.

Wir durchquerten Post- und Polizeistation und traten durch die offen stehende Tür ins Freie.

Ohne uns großartig zu bewegen, schwitzten wir schon in der schwülen Luft. Zudem war der Wind eingeschlafen, und es herrschte eine unheilvolle Ruhe vor dem Sturm.

Wie verloren stand der Bentley auf dem Platz. Ich hatte das Gefühl, auch sein Lack würde grün schimmern, während das Knochenmehl inzwischen weggeweht worden war.

Kein Mensch war zu sehen. Wie ausgestorben lag der kleine Ort Darkwater vor unseren Augen.

Am Himmel zog sich diese seltsame Tönung immer mehr zusammen. Sie kam von allen Seiten, schien langsam auf uns zuzuwandern und hatte sich den Ort als Mittelpunkt ausgesucht.

Auch von dem blauen Skelett sahen wir nichts. Allerdings waren wir davon überzeugt, dass es sich hier irgendwo versteckt haben musste.

»Dann suchen wir mal die Menschen«, sagte Suko und setzte sich in Bewegung.

Quer über den Platz gingen wir. Bei jedem Schritt hatte ich das Gefühl, als würden Hitze und Schwüle zunehmen.

Ich deutete auf die Kneipe, mit deren Wirt wir gesprochen hatten. »Vielleicht ist er da.«

»Sehen wir nach.«

Ich rechnete mit allem und auch mit einem weiteren Toten, als wir den Pub betraten.

Wir wurden angenehm überrascht. Allerdings konnten wir den Wirt nicht entdecken.

Ich suchte auch hinter der Theke. Auf den Holzlatten lag niemand. Automatisch schaute ich durch eine offen stehende Tür in die kleine Kochküche hinter der Theke. Alle Räume waren leer. Auf der Kochplatte standen noch Töpfe.

Sollte das Dorf innerhalb von Minuten tatsächlich

ausgestorben sein? Oder hatte man die Bewohner entführt?

»Vielleicht sind sie auf den See gefahren?«, vermutete Suko. »Wir sollten mal nachschauen.«

Ich hatte nichts dagegen, und so machten wir uns auf den Weg zu unserem neuen Ziel.

In so einem kleinen Dorf wie Darkwater war der See einfach nicht zu verfehlen. Die Richtung wussten wir und tauchten ein in eine schmale Gasse, die ein wenig Gefälle aufwies. Wir würden sicherlich bald an das Ufer des schwarzen Gewässers gelangen.

Auch in dieser Gasse merkten wir das Fremde, das Unheimliche. Nicht nur, dass sie und die Häuser menschenleer waren, auch standen sämtliche Fenster und Türen sperrangelweit offen, als wollten die Bewohner die seltsam schwüle Luft extra in ihre Räume lassen.

Das war nicht normal …

Vor einem schmalbrüstigen Haus blieb Suko stehen. »Ich glaube, ich habe ein Geräusch gehört.«

»Dann sehen wir nach.« Auf das Gehör meines Freundes war immer Verlass gewesen. Ich glaubte nicht, dass er sich geirrt hatte. Wir betraten abermals einen schmalen Flur und hörten hinter einer halb offen stehenden Tür ein klagendes Geräusch.

Ein Mensch war es nicht, obwohl wir einen Menschen sahen, der im Bett lag und eine Katze im Arm hielt. Das Tier hatte ein schwarzes Fell, und der Mensch im Bett war ein Kind – ein kleines Mädchen von vielleicht sechs oder sieben Jahren.

Die Kleine hatte dunkles Haar und schaute uns aus großen Augen an. Ich bemerkte, dass ihre Haut einen normalen Farbton hatte und nicht diesen grünlichen Schimmer.

»Meine Katze«, sagte die Kleine mit weinerlicher Stimme, wobei Tränen über ihre Wangen rannen. »Ich – ich – glaube, sie stirbt.« Dabei hob sie den Kopf und schaute uns bittend an, als ob wir ihr helfen könnten.

Freunde, das Lächeln fiel mir sehr schwer, als ich auf das Kind zuschritt und neben dem Bett niederkniete. Ich hob den linken Arm, streichelte über das kurze Haar und schaute auf die Katze, die die Wehlaute ausstieß.

Das Tier war wirklich am Ende. Es lag zwar in den Armen des Mädchens, allerdings auf dem Rücken, und vor seinem Mund hatten sich Schaumbläschen gebildet.

»Was soll ich denn jetzt machen?«

»Komm, mein Liebling, gib mir mal die Katze.«

Das Kind zögerte zuerst, dann jedoch reichte sie mir das Tier herüber. Ich nahm es auf beide Hände, beugte mich zur Seite und legte es auf den Fußboden.

In diesem Augenblick starb die Katze. Der Anblick schnitt mir ins Herz. Das Tier zuckte noch einmal mit den Pfoten, bäumte sich auf, als hätte es einen Stoß erhalten, danach streckte es die vier Pfoten von sich und blieb still liegen.

»Ist sie jetzt tot?«, flüsterte das Mädchen erstickt.

»Ja, sie braucht nicht mehr zu leiden.«

»Dabei war sie doch nicht krank.«

»Manchmal kommt es eben ganz plötzlich.« Ich kniete noch immer und schaute die Kleine an, wobei ich mich wunderte, dass sich ihr Gesicht veränderte.

»Was hast du denn?«, fragte ich, als ich das Staunen nicht nur in ihren Augen sah.

»Der Mann hinter dir. Was will er …?«

Gefahr! Ich kreiselte herum, sah Suko als Schatten und seine Handkante.

Wuchtig pfiff sie nach unten.

Den Kopf hatte ich soeben noch einziehen können und dadurch die Trefferfläche am Hals reduziert. Trotzdem konnte ich dem Hieb nicht mehr ausweichen. Er traf mich mit der Wucht eines Vorschlaghammers und schickte mich augenblicklich ins Reich der Träume …

Lange konnte ich nicht bewusstlos gewesen sein. Auf jeden Fall war das kleine Mädchen da, und ich spürte seine schmale Hand an meiner Wange.

Blinzelnd öffnete ich die Augen.

Eine dünne Stimme traf mein Ohr. »Mister, Mister, bitte, schlafen Sie nicht ein. Ich – ich bin doch so allein …«

Verschwommen sah ich das Gesicht und darüber die schwarzen Haare der Kleinen. Wenn ich allein gewesen wäre, dann hätte ich geflucht, aber man soll Kindern ja nicht mit schlechtem Beispiel vorangehen. Also schluckte ich meinen Ärger.

»Kannst du aufstehen?«, fragte sie mich.

»Ich will es versuchen.«

Die Antwort war mehr ein Stöhnen. Am Bett fand ich Halt und stemmte mich auf die Knie. Danach musste ich mich ausruhen, hob den Kopf und sah das Kind gebückt vor mir stehen. Zwischen uns lag die tote Katze.

»Der Mann war böse, nicht?«

»Ja, das war er«, quetschte ich mühsam hervor und streckte meinen schmerzenden Hals. »Hast du denn gesehen, wo er hingegangen ist?«, wollte ich wissen.

»Nach draußen.«

»Mehr hast du nicht beobachtet?«

»Nein, Mister, er war schnell weg.«

»Schon gut, meine Kleine. Wie heißt du denn?«

»Jennifer Moore. Aber meine Eltern sind nicht da.«

»Und wo sind sie hingegangen?«

»Ich weiß es nicht, Mister. Sie – sie sind plötzlich weggerannt, wie die anderen.«

Ich streckte meinen Arm aus, stemmte mich auf dem Bettrand ab und kam so hoch. Auf der Kante blieb ich sitzen und schlug meine Hände vor das Gesicht, während mich Jennifer beobachtete.

»Du kannst John zu mir sagen, Jennifer.«

»Ja, danke.«

»Kannst du mir denn erzählen, Jennifer, weshalb deine Eltern so plötzlich weggelaufen sind?«

»Nein, aber sie wurden so komisch.«

»Wie komisch?«

»Im Gesicht. Plötzlich waren sie alle grün. Nicht nur meine Eltern, auch die anderen Leute. Sie liefen aus den Häusern, und ich konnte sie nicht mehr sehen.«

»Aber du bist nicht grün geworden.«

»Nein, ich nicht.«

Ich schaute ihr in die Augen. »Und warum bist du nicht grün geworden, meine Kleine?«

Sie verzog die Mundwinkel, als wollte sie wieder anfangen zu weinen. Ich ließ ihr Zeit mit der Antwort. »Vielleicht, weil ich vorher in der Kirche war«, sagte sie plötzlich und gab mir eine Erklärung, die durchaus richtig sein konnte. »Ich hatte am Morgen meine Mütze vergessen und lief wieder zurück. Da habe ich mich auch mit dem Wasser gesegnet. Als ich dann nach Hause kam, liefen alle weg. Nur die Katze war noch hier, aber jetzt ist sie tot.«

»Und du kannst dir wirklich nicht vorstellen, wo deine Eltern hingelaufen sind?«

»Nein, Mr. John, das kann ich nicht. Sie – sie können ja überall sein.«

»Sicherlich. Doch es sind viele Menschen weggelaufen, und wir sehen sie nicht mehr. Die müssen sich doch versteckt haben, oder?«

»Doch – schon.«

»Wo kann man das denn?«

»Das weiß ich nicht.«

Ich wollte die kleine Jennifer nicht noch mehr quälen und erhob mich von der Bettkante. Ein scharfes Ticken raste dicht hintereinander durch meinen Kopf, ich spürte wieder die Schmerzen, blieb stehen und holte erst einmal tief Luft.

Was Jennifer mir gesagt hatte, klang nicht so schlecht. Das Weihwasser konnte sie tatsächlich geschützt haben, so wie ich mich durch mein Kreuz geschützt fühlte.

Aber was war mit Suko?

Er hatte mich niedergeschlagen, daran gab es für mich nicht den geringsten Zweifel. Nur – welches Motiv hatte ihn da geleitet? Diese Frage schwebte im Raum, und ich fand keine Antwort darauf. Natürlich konnte ich raten. Ich tat es auch und schob Sukos Veränderung der Veränderung der Luft zu. Sie musste einen magischen Keim enthalten, der die Menschen infizierte, die nicht geschützt waren.

Bis zur Stirn zogen sich die Schmerzen, wobei ich mich hütete, den Kopf zu bewegen, denn dann wurden sie nur noch stärker. Ich fühlte die Hand der kleinen Jennifer in der meinen.

»Willst du jetzt auch gehen, Mr. John?«

Vorsichtig bewegte ich meinen Kopf und schaute auf das kleine Mädchen hinab. »Ja, meine Liebe, ich muss.«

»Aber dann bin ich ganz allein. Und die Katze …«

»Du bist zwar allein, das stimmt, aber lange bestimmt nicht«, tröstete ich sie. »Ich werde gehen, deine Eltern suchen und so schnell wie möglich mit ihnen zurückkommen.«

Jennifer legte den Kopf schief. »Wirklich?«, fragte sie.

»Ich verspreche es dir.«

»Und die Katze?«

»Die nehme ich mit nach draußen.«

»Ich muss sie aber begraben.«

»Das kannst du später. Ich lege sie neben die Tür. Sie ist ja tot und braucht nicht mehr im Haus zu sein.«

»Ja, das stimmt.«

Es fiel mir schwer, mich zu bücken und den Kadaver aufzuheben. Aber ich biss die Zähne zusammen und zeigte meine Schwäche vor der kleinen Jennifer nicht.

Mit der Katze auf dem Arm verließ ich das Zimmer

und ging aus dem Haus. Wie ich es Jennifer versprochen hatte, legte ich das tote Tier neben die Haustür.

»Ja«, sagte die Kleine. »Da kann sie liegen bleiben.« Sie war mir zwar nicht gefolgt, aber sie schaute aus dem kleinen Fenster direkt neben der Tür.

»Sei schön brav«, sagte ich zu Jennifer.

Sie nickte und fragte: »Gehst du auch wirklich zu Mummy und Daddy?«

»Natürlich. Ich lüge dich doch nicht an.« Ich lächelte ihr noch einmal zu und strich mit der Hand über ihr Haar, bevor ich mich umwandte und davonging.

Durch eine leere Ortschaft!

Es war ein komisches Gefühl, weiter die Gasse hinunterzuschreiten. Vor allen Dingen fehlte mir Suko. Er stand unter einem fremden Einfluss, und ich war sicher, dass er von der herrschenden Magie getroffen worden war.

Und zwar voll.

Suko stand nun auf der anderen Seite. Er war ein Gegner für mich, und ich hatte panische Angst vor dem Zeitpunkt, an dem wir aufeinander trafen. Da musste es unweigerlich zu einem Kampf kommen, denn wir waren wie Feuer und Wasser.

Am Ende der Gasse erreichte ich eine Querstraße. Fast schon auf der Einmündung stand ein Lastwagen mit offenen Türen. Von dem Fahrer war keine Spur zu sehen.

Als ich um den Wagen herumschritt, sah ich bereits das dunkle Wasser. Über ihm stand der grüne Himmel. Kein Grau und auch keine anderen Wolken waren zu sehen, nur dieses Grün, das, von meiner Perspektive aus betrachtet, grenzenlos zu sein schien.

Zwischen den Büschen entdeckte ich einen schmalen Saumpfad. Ihn ging ich hinunter und gelangte an den See, wo die schwarzen Wellen gegen den schmalen Strand liefen. Rechts von mir befand sich der Hafen. Sämtliche Boote lagen noch an ihrem Platz. Das

Knarren der Takelage und das Schaben der Bootskörper gegeneinander waren eine Musik, die ich auch von normalen Häfen kannte.

Noch immer hatte ich keine Spur von den verschwundenen Menschen gefunden. Zum Teufel noch mal, die konnten doch nicht vom Erdboden verschluckt worden sein. Sie mussten sich einfach irgendwo aufhalten. Ich starrte auf die schwarze Wasserfläche. Auch sie hatte einen grünlichen Schimmer, und ich dachte darüber nach, was wohl noch in dieser unergründlichen Tiefe lauern konnte.

Der See war groß genug, um sämtliche Einwohner dort verschwinden zu lassen. Daran wollte ich nicht glauben. Falls sie tatsächlich ins Wasser gegangen sein sollten, hätte ich Spuren sehen müssen. Es gab aber keine. Glatt lag der schmale Sandstreifen am Ufer vor mir. Als ich mich weiterdrehte, sah ich in Richtung Darkwater und etwas nach links versetzt, aber in gleicher Höhe wie die Boote stehend, einen Schuppen. Wobei das Wort Schuppen untertrieben war. Man konnte das Gebäude schon mit einer Scheune vergleichen.

Sie war im Vergleich zu den Häusern ziemlich groß. Ich wusste nicht, was darin untergebracht wurde, konnte mir aber vorstellen, dass man dort Boote reparierte, zudem hatte der braun gestrichene Schuppen noch einen direkten Zugang zum See.

Außer der Kirche war es das größte Gebäude im Ort, und es bestand durchaus die Möglichkeit, dass sich die Bewohner da aufhielten.

Wenn ja, was wollten sie dort?

Ich lenkte meine Schritte in diese Richtung. Das Kreuz hatte ich wieder griffbereit in die Tasche gesteckt. Sollte ich überraschend angegriffen werden, wollte ich mich wehren können.

Wie ein einsamer Spaziergänger schritt ich am Ufer des Sees entlang, folgte dessen Rundung und schaute mich hin und wieder um, ob Verfolger auf meiner Spur waren.

Nichts zu sehen ...

Fast wäre ich über den toten Hund gestolpert. Es war irgendeine Promenadenmischung. Er hatte die Pfoten von sich gestreckt und schien mich irgendwie anklagend anzustarren, als würde ich die Schuld an dieser Misere tragen.

Fröstelnd hob ich die Schultern. Trotz der schwülen Hitze war mir kalt geworden. In meinem Hinterkopf spürte ich das harte Pochen. Nachwirkungen des Handkantenschlags, den mir mein Freund und Kollege Suko verpasst hatte.

Vom Wasser her konnte ich schlecht in den Schuppen gelangen. Es musste noch einen zweiten Eingang von Land aus geben. Den suchte ich und fand eine große Doppeltür.

Beide Hälften waren zu.

Ein Öffner, es war eine große Klinke, befand sich nur an der rechten Seite. Ich legte meine Hand darauf, drückte die Klinke nach unten und zog die Tür auf.

Bisher war es still gewesen, deshalb erschienen mir die knarrenden Geräusche doppelt so laut.

In der Türöffnung blieb ich stehen. Ich hatte damit gerechnet, das Innere der Scheune düster vorzufinden.

Ein Irrtum.

Der Schuppen oder das Bootshaus war von dem geheimnisvollen blauen Licht erfüllt. Abgestrahlt wurde es von dem Skelett. Es hielt sich in der Mitte des Gebäudes auf, während um den Knochenmann herum die Einwohner von Darkwater regungslos am Boden lagen ...

Mein Schreck war groß!

Männer, Frauen, Kinder – sie lagen in einem Wirrwarr durch- und übereinander. Keiner von ihnen regte sich, und ich hatte die schlimme Befürchtung, dass sie alle nicht mehr am Leben waren. Unwillkürlich ballten sich meine Hände zu Fäusten, wobei ich den kalten Schweiß auf meiner Haut spürte.

Der Albtraum war Wirklichkeit geworden. Hier also befanden sich die Menschen aus dem Ort, und auch Suko musste zwischen ihnen liegen. Ich konnte ihn allerdings nicht entdecken, dazu reichte das Licht nicht aus.

Ich stand da wie angewurzelt und schaute auf das Skelett, das sich ziemlich in der Mitte des Schuppens aufhielt und etwas mit beiden Knochenhänden fest umschlossen hielt, das ich bereits einmal gesehen und dessen Stärke ich auch gespürt hatte.

Es war der blaue Kristall, der geheimnisvolle Schlüssel zur Leichenstadt!

Keiner von uns sprach. Eine beinahe unheimliche Stille hatte sich innerhalb des Bootshauses eingenistet. Langsam winkelte ich meinen rechten Arm an und schob die Hand in die Tasche. Fünf Finger umklammerten das Kreuz. Es sollte mir Mut und Zuversicht gegeben, und das tat es auch.

Nein, ich war nicht wehrlos, denn ich gehörte zu den beiden Personen, die von der schrecklichen Magie nicht getroffen waren.

»Du bist also gekommen!«, sprach mich das Skelett an. Seine Stimme erklang von irgendwoher. Sie schallte wahrscheinlich aus der offenen Mundhöhle.

»Ja, ich habe dich gefunden, und ich will wissen, was mit diesen unschuldigen Menschen geschehen ist.«

»Sie sind in die Magie des Kalifato geraten!«, erklärte er mir.

»Wer ist Kalifato?«

»Du kennst ihn nicht, den Todesboten?« Das Skelett lachte dröhnend. »Er gehört zu den Dämonen, die ihr auch die Großen Alten nennt, und er hat sein Kommen angekündet. Die Vorboten seiner Magie hat er geschickt. Die Menschen sind in seinen Bann geraten, er hat sie zu seinen Dienern gemacht, und er wird sie furchtbar bestrafen, wenn sie sich weigern sollten und sich gegen ihn stellen.«

»Warum will Kalifato kommen?«

»Ich werde ihm den Schlüssel geben.«

Ich lachte bitter. »Ist er bei dir nicht mehr gut genug aufgehoben?«

»Möglicherweise. Denn auch die Großen Alten haben erfahren, dass es Personen gibt, die der Leichenstadt nicht den nötigen Respekt erweisen, die sogar gegen sie kämpfen. Du gehörst dazu. Deshalb will er den Schlüssel haben, damit niemand die Leichenstadt betreten kann, ohne dass die Großen Alten es wollen, denn wer den Kristall besitzt, der ist auch in der Lage, den geheimnisvollen Code herbeizuschaffen, der unerlässlich ist, ihm das Tor der Leichenstadt zu öffnen.«

Es waren interessante Dinge, die ich da erfahren hatte. Aber sie schreckten mich nicht, sondern bestärkten mich in dem Vorsatz, alles daranzusetzen, um den Schlüssel in die Finger zu bekommen. Mir sollte keiner vorschreiben, wann und wo ich die Leichenstadt zu betreten hatte. Das wollte ich selbst entscheiden.

Deshalb schüttelte ich den Kopf. »Vor Kalifato habe ich keine Furcht, ich werde mir den Schlüssel von dir holen, darauf kannst du dich verlassen.«

»Das wagst du nicht!«, schleuderte mir das Skelett entgegen.

»Du wirst es erleben!« Ich hatte das letzte Wort noch nicht ausgesprochen, als ich bereits das rechte Bein vorsetzte und auf den Rücken eines Mannes stieg. Das hörte sich brutal an, doch anders wusste ich mir nicht zu helfen. Es gab einfach keinen Weg, der mich an den Leibern vorbeiführte, ich musste über sie hinwegsteigen.

Seltsam erschien mir nur, dass das blaue Skelett

nichts unternahm. Es ließ mich einfach gehen und blieb selbst auf dem Fleck stehen, als hätte sich nichts verändert.

Wenn es nach mir ging, sollte das für den Dämon ein tödlicher Irrtum werden.

Rechts hatte ich das Kreuz. Meine Beretta steckte im Holster, aber ich besaß noch den Dolch und vor allen Dingen den silbernen Bumerang.

Wenn es mir gelang, ihn zielsicher zu schleudern und das Skelett damit in zwei Hälften zu teilen, hatte ich schon sehr viel gewonnen. Optimistische Vorsätze, die mich durchströmten und mir die Kraft gaben, weiterzugehen.

Ich stieg über die Leiber hinweg, wobei ich mich bemühte, nur auf die Körper der männlichen Personen zu steigen. Frauen und vor allen Dingen Kinder wollte ich damit nicht belasten.

Ich spürte keine Reaktion. Da bewegte sich niemand, da klang kein Stöhnen auf. Die Menschen blieben still, sodass meine Befürchtung, es mit Toten zu tun zu haben, neue Nahrung erhielt.

Den direkten Weg konnte ich nicht einschlagen. Manchmal ging ich nach rechts, glich durch eine entgegengesetzte Richtung wieder aus und wechselte außerdem das Kreuz in die linke Hand.

Das Skelett hatte es dabei sehen müssen, aber es reagierte nicht einmal. Meine innere Spannung erreichte langsam den Siedepunkt.

Jetzt war es nicht mehr weit bis zu meinem Gegner. Einen Griff benötigte ich nur, dann hatte ich den Bumerang aus dem Gürtel gezogen. Dabei ließ ich das Skelett nicht aus den Augen und schaute auch auf den geheimnisvollen Kristall, der aus seinen beiden knochigen Händen wie ein langer dicker Bleistift ragte.

Ich blieb stehen.

»Du kannst dich noch entscheiden«, sagte das blaue Skelett plötzlich. »Entweder für oder gegen mich.«

»Dagegen!«, rief ich, hob den Arm und holte aus. Ich würde ihm den Schädel absensen, ich …

Im selben Augenblick umschlossen fünf Finger mein rechtes Handgelenk …

Der Wurf wurde gestoppt. Ich kam nicht mehr dazu, meinen Bumerang auf die Reise zu schicken, denn die Hand war wie ein Ring aus Eisen. Hart, beinahe schon brutal griff sie zu, und diese Klammer war für mich nicht zu lösen.

Ich wollte es zwar nicht, doch ich konnte nicht vermeiden, dass ein Stöhnen aus meinen Mund drang und meine Augen feucht wurden. Der Griff lockerte sich nicht, und dann wurde ich mit einem Ruck nach hinten gezogen.

Was ich da erzähle, hört sich so lange an. Tatsächlich aber spielte sich die Szene innerhalb einer Sekunde ab.

Dem plötzlichen Ruck konnte ich mich nicht entgegenstemmen, sodass ich nach hinten fiel und mir zudem noch die Beine weggetreten wurden. Damit verlor ich endgültig den Halt und auch den Bodenkontakt.

Ich fiel nicht hin, sondern prallte mit den Knien auf die Leiber der durcheinanderliegenden Menschen.

Und in diesem Augenblick sah ich, wer mich an dem Wurf gehindert hatte.

Suko!

Ich hatte es mir gedacht, geahnt, aber ich wollte eigentlich bis zum Schluss daran zweifeln und es nicht glauben, doch nun hatte ich die endgültige Gewissheit.

Suko stand voll auf der anderen Seite.

Ich hatte nicht nur Jane Collins verloren, jetzt auch noch den Chinesen, meinen Freund, der dieser unheilvollen Magie zum Opfer gefallen war, wobei ich nicht wusste, ob er jemals wieder …

Weitere Gedanken machte ich mir nicht darüber,

denn ein stechender Schmerz wühlte in meinem Handgelenk, er fand seinen Weg bis zum Gelenk der rechten Schulter.

Ich ließ den Bumerang fallen.

Bevor er die anderen Leiber berühren konnte, griff Suko geschickt mit der freien Hand zu und nahm ihn an sich. Er stand zwar auf der anderen Seite, aber er hatte sich nicht so verändert, als dass er den Bumerang nicht hätte anfassen können. Also war er zu keinem echten Dämon geworden, sondern stand nur unter einem dämonischen Bann wie auch die anderen Menschen.

Es gibt Griffe, aus denen kann man sich nicht lösen, ohne einen Armbruch zu riskieren. Suko kannte diese, und in so einem Griff hielt er mich umklammert.

In gebückter Haltung stand ich nun vor dem blauen Skelett und musste zugeben, dass ich in diesem Augenblick der große Verlierer war.

Keiner der anderen Menschen hatte sich gerührt. Noch immer lagen sie bewegungslos am Boden, und wir standen auf einigen Körpern.

Als das blaue Skelett sah, wie schlecht es mir ging, da nickte es zufrieden. Abermals trafen mich seine Worte, als es sagte: »Ich habe dich gewarnt und auch gefragt, ob du dich nicht auf meine Seite stellen wolltest. Du hast aber abgelehnt und somit deine letzte Chance nicht ergriffen. Deshalb wirst du auch die Folgen für das tragen, was gleich geschieht. Ich werde dich Kalifato als erstes großes Opfer weihen, damit du erkennst, wie stark die Macht der Großen Alten ist, die kein Irdischer durchbrechen kann. Sie beherrschen die Dimensionen, und sie beherrschen auch die Leichenstadt, denn nur sie bestimmen, wer sie betreten darf. Die Existenz des Schlüssels ist lange Zeit als ein großes Geheimnis gehütet worden, denn es sollte einen Zutritt von dieser Welt zur Leichenstadt geben, damit wenige Auserwählte den Zugang zu ihr haben. Du gehörst nicht zu den Auserwählten, denn du bist ein Feind der Leichenstadt und somit ein Feind der Großen Alten, und diese Feinde werden getötet.«

Das Skelett sprach mit einer Stimme, in der keinerlei Emotionen mitschwangen. Für diese Horror-Figur war es eine beschlossene Sache, dass ich mein Leben verlieren sollte, und wenn ich mich so umschaute, dann sah ich in der Tat keine großen Chancen, die nächsten Stunden zu überleben. Zudem stand noch Suko, mein Partner, auf der falschen Seite. Das Schicksal hatte sich wieder einmal gegen mich gestellt.

Aber was wollte das blaue Skelett mit den Menschen? Danach musste ich noch fragen.

Es fiel mir schwer, die passenden Worte zu finden, zudem hatte Suko meinen Arm so hart nach oben gebogen, dass ich wahnsinnige Schmerzen verspürte. Meine Frage klang aus diesem Grund auch gepresst, als ich mit stockenden Worten sagte: »Was aber haben die Menschen aus Darkwater mit den Plänen der Großen Alten zu tun? Hättest du sie nicht in Ruhe lassen können?«

»Nein, denn sie sind ein Geschenk an Kalifato. Er braucht Menschen, denn er ist der Todesbote. Jeden Tag verschwinden Hunderte von Menschen in der Welt. Einige davon fallen einem Verbrechen zum Opfer, andere wiederum werden Kalifato geopfert und in eine andere Dimension, in die Leichenstadt, geschafft. Nur wenn Kalifato Menschen bekommt, kann er so bleiben, wie er ist.«

Was das Skelett ein wenig umschrieben hatte, konnte man auch in einfache Worte kleiden.

Kalifato war ein Kannibale!

So also sah der erste Kontakt mit den Großen Alten aus, und ich muss ehrlich gestehen, dass ich Angst bekam. Aber noch war es nicht so weit, ich hatte Kalifato noch nicht einmal gesehen und fragte das blaue Skelett, wo er denn stecke.

»Er ist da!«, gab es mir zur Antwort.

»Dann muss ich blind sein.«

»Hast du das grüne Licht nicht gesehen? Es ist überall, es bedeckt den Himmel, es fällt wie ein magischer Regen auf die Menschen nieder und zieht diese in seinen Bann. Das grüne Licht ist Kalifatos Schatten, der die Welt umspannt. Er kommt aus einer anderen Dimension, aus der Leichenstadt, die sich zusammen mit ihren Bewohnern daranmacht, das Dunkel der Vergangenheit wie einen langen Mantel abzustreifen. Die Menschheit soll wieder erfahren, dass es die anderen gibt, die Großen Alten und auch die Leichenstadt. Sie wird es erfahren, und sie wird vor Angst vergehen, denn die Leichenstadt und ihre Bewohner sind schlimmer als das Jüngste Gericht.«

So wie es mir das sagte, glaubte ich es fast. Ich hatte dieser Antwort auch entnommen, dass es nicht mehr gewillt war, sich weiter mit mir zu unterhalten, denn es schüttelte unwillig seinen blauen knöchernen Schädel und deutete mit seinem Arm in die Runde. »Noch liegen sie hier, aber ich will, dass sie sich erheben.«

Kaum hatte es die Worte ausgesprochen, als der geheimnisvolle Kristall in seiner Hand aufleuchtete, sein Schein sich gedankenschnell ausbreitete und sich wie ein Schleier über die am Boden liegenden Menschen legte, die einmal Kalifatos Opfer werden sollten.

Auch ich spürte die Auswirkungen des Kristalls. In meinem Schädel entstand wieder das dumpfe Gefühl, das leichte Brausen, eine Folge des Ansturms einer gefährlichen uralten Magie, der ich nur gewachsen war, weil ich das Kreuz vor meiner Brust trug, das einen Großteil der Magie absorbierte.

Weshalb mein Kreuz reagierte, wusste ich nicht. Es war noch ein Phänomen, wie so manches, was sich um das Kruzifix drehte, wobei ich sicher war, dass ich das Rätsel eines Tages lösen würde, falls ich dann überhaupt noch lebte, denn momentan standen meine Chancen mehr als schlecht.

Der blaue Schein erfüllte die gesamte Scheune. Er verbreitete eine seltsame, nicht erklärbare und fassbare Atmosphäre, ließ die auf dem Boden liegenden Menschen geisterhaft bleich erscheinen, sodass sie mich an Puppen erinnerten, die man angestrichen hatte.

Da rührten sich die ersten.

Ich sah, wie die Körper zuckten. Hier und da hob sich langsam ein Arm oder auch ein Bein. Wie Pfähle stachen sie in die Höhe, schienen noch zu zögern oder an unsichtbaren Bändern zu hängen, denn sie zuckten ein paar Mal auf und nieder.

Das Erwachen dauerte seine Zeit. Ich stand weiterhin in der gebückten Stellung, und Suko hielt meinen Arm hoch, den er mir brechen konnte, wenn ich mich falsch bewegte.

Jetzt versuchten die ersten aufzustehen. Zuerst hoben sie ihre Köpfe. Auch dicht vor mir kam ein Mann in die Höhe. Er hatte dunkles Haar, sein Gesicht war schmal geschnitten, die Augen groß, und mir schien es, als wüsste er nicht, wo er sich befand. Er sah aus wie jemand, der aus tiefem Schlaf erwacht. Sein rechter Arm bewegte sich, er streckte ihn aus, und die gespreizte Hand tastete über die Körper, die neben ihm lagen. Irgendwie fand er den nötigen Halt, den er brauchte, um sich aufzurichten.

Langsam erhob er sich.

Mit den Füßen stemmte er sich auf den Rücken seiner Mitbewohner ab, die sich ebenfalls bewegten, sodass der Mann anfing zu schwanken, sein mühsam gefundenes Gleichgewicht verlor und wieder hinfiel. Sofort danach startete er erneut einen Versuch, zusammen mit einer Frau, die sich an ihm festklammerte, sodass sie sich gegenseitig halfen, auf die Beine zu gelangen.

Auch unter mir bewegten sich die Körper. Ich hatte Schwierigkeiten, stehen zu bleiben, auch Suko, der mich gepackt hielt, und er lockerte unfreiwillig seinen Griff.

Das merkte ich sehr genau. Wenn das hier keine Chance war, um mich zu befreien, würde ich nie wieder eine kriegen.

Ich wartete noch eine Sekunde, dann griff ich an!

Mit einem heftigen Ruck riss ich meine Hand aus der Klammer, die Suko um mein Handgelenk gebildet hatte. Plötzlich konnte ich den rechten Arm wieder bewegen und warf mich vor, denn ich wollte weg aus der unmittelbaren Reichweite des Chinesen.

Auf einem normalen Boden wäre dies ausgezeichnet gelungen, hier aber hatte ich meine großen Schwierigkeiten. Mittlerweile waren alle Menschen erwacht, und sie wollten sich gleichzeitig erheben, sodass sie sich nicht nur gegenseitig behinderten, sondern auch mich, der ich voranwollte.

Es tat mir irgendwie leid, gegen diese Leute hart vorzugehen, doch eine andere Möglichkeit sah ich nicht. Ich musste Bewegungsfreiheit haben, wenn ich noch etwas erreichen und die anderen unter Umständen retten wollte.

Zumeist konnte ich mit den Füßen zutreten und mir einigermaßen freie Bahn verschaffen.

Vor mir sah ich das Skelett. Ich hörte sein Schreien. Es trieb die Diener Kalifatos an. Auf keinen Fall sollte mir die Flucht gelingen. Ich sah den Kristall in den Knochenhänden, der jetzt in einem strahlenden intensiven Blau leuchtete, das so grell war, dass es mir die Tränen in die schmerzenden Augen trieb.

Es blendete mich.

Ich konnte meine ursprüngliche Richtung nicht mehr beibehalten und wandte mich nach links, denn dort hatte ich inzwischen einen zweiten Ausgang entdeckt.

Es war der, der zum Wasser führte. Meine einzige Chance. Ich musste in die Fluten hechten und versuchen, meinen Verfolgern davonzuschwimmen.

Immer mehr Menschen erhoben sich. Und sie begriffen, dass ich ihr Feind war und fliehen wollte.

Arme und Beine streckten sich mir entgegen. Man wollte mich aufhalten.

Ich griff hart durch. Meine Fäuste arbeiteten wie Dreschflegel. Dabei hielt ich Ausschau nach Suko, denn vor seinen Kräften hatte ich am meisten Angst.

In der nächsten Sekunde glich das Innere diese Bootsschuppens einem Tollhaus.

Da gellten Schreie, da hörte ich die dumpfen Befehle des blauen Skeletts, sah Körper vor mir hochwachsen, schaute in verzerrte Gesichter und spürte auch den Ansturm der fremden Magie in meinen Kopf, die sich wie kleine Nadelstiche in mein Gehirn bohren wollte, um mich zur Aufgabe zu zwingen.

Die Hälfte der Strecke hatte ich etwa geschafft, aber ebenso viel lag noch vor mir.

Plötzlich sah ich eine hünenhafte Gestalt. Zuerst dachte ich an Suko, denn der Mann war ebenso breit wie mein Freund und Partner. Der Bursche hatte den Arm halb erhoben, er wollte seine Faust auf die Reise schicken und tat es auch.

Wenn mich der Schlag getroffen hätte, bei Gott, ich hätte ihn wohl kaum überlebt, doch es gelang mir, noch rechtzeitig den Kopf zur Seite zu nehmen.

Es war ein Reflex, und ich hatte dabei sagenhaftes Glück.

An der rechten Kinnseite spürte ich noch die Knöchel, als sie mich streiften, dann warf ich mich mit gesenktem Kopf vor, ging in den Mann hinein und wuchtete ihn zurück.

Er fiel auf zwei andere Menschen, die sich soeben

erheben wollten und deren Körper für mich eine Brücke bildeten, über die ich laufen konnte. Meinem Ziel kam ich so ein Stück näher.

Der Ausgang war nicht mehr weit entfernt. Ich sah schon den kleinen Steg, der sich an das Bootshaus anschloss. Er wirkte für mich wie ein Fanal der Hoffnung. Alles wollte ich daransetzen, um ihn zu erreichen. Ich vergaß die Schmerzen, ich kümmerte mich nicht mehr um diese fremde Magie, sondern war zu einem kämpfenden Roboter geworden, der kein Pardon kannte.

Wie viele Menschen ich zur Seite schleuderte, nahm ich nicht bewusst wahr. Ich schlug in die Körper, traf Gesichter, führte Rundschläge aus und kämpfte mich verbissen weiter.

Ich musste mein Ziel erreichen, oder ich ging in diesem verdammten Chaos unter!

Auch meine Füße nahm ich zu Hilfe, trat dabei um mich wie ein bockender Gaul, verschaffte mir durch Rundschläge Platz, fiel hin, kam wieder hoch und wühlte mich weiter.

Plötzlich spürte ich Planken unter meinen Füßen. Ein erster Hoffnungsfunke, dass ich mich dicht vor meinem Ziel befand. Jetzt konnte und durfte mich nichts mehr aufhalten, denn dann wäre alles umsonst und vergebens gewesen.

Ich kam durch.

Verdammt, Freunde, ich schaffte es.

Plötzlich sah ich nur noch einen Gegner vor mir. Inzwischen hatte auch der Lichtschein gewechselt. Mehr Tageslicht fiel gegen mich und den Mann vor mir.

Er kippte mir entgegen.

Dabei erwischte ihn mein fürchterlicher Haken, der ihn auf die rohen Holzplanken warf.

Der Steg!

Schon sah ich ihn vor mir, und er wirkte auf mich

wie eine Rettungsplattform. Ich presste die Lippen zusammen, holte noch einmal den Rest an Kraft aus meinem Körper, schleuderte mich voran, schrie dabei, lief die nächsten Schritte, wobei meine Füße einen harten Rhythmus auf die Bohlen trommelten, sah plötzlich das Wasser vor mir und stieß mich mit einem gewaltigen Sprung ab.

Für eine endlos lange Sekunde, wie mir schien, lag ich in der Luft, bevor mein Körper einen Bogen beschrieb und ich mit ausgestreckten Armen zuerst in die schwarzen Fluten tauchte.

Dunkel und kalt war das Wasser des Sees. Für mich aber wirkte es erfrischend nach diesem verzweifelten Kampf. Bevor ich lossprang, holte ich tief Luft. So lange wie möglich hielt ich sie an und schwamm dabei immer weiter von dem Bootssteg weg, denn ich wollte eine möglichst große Distanz zwischen mich und meine Gegner bringen.

Mit gewaltigen Schwimmstößen arbeitete ich mich unter Wasser voran, aber irgendwann war Schluss. Ich musste auftauchen, der Luftmangel zwang mich dazu.

Ich kam wieder hoch, mein Kopf schnellte aus dem Wasser. Gierig saugte ich die Luft ein, keuchte, spie Flüssigkeit aus, schleuderte mir die nassen Haare aus der Stirn und schaute mich um.

Ich hatte wirklich ein gutes Stück zurückgelegt und war instinktiv dorthin geschwommen, wo die Boote lagen. Die Entfernung zu ihnen und dem Bootshaus, wo ich fast mein Leben verloren hätte, war ungefähr gleich.

Keiner war mir gefolgt. Zahlreiche Menschen drängten sich auf dem Bootssteg, der für sie eigentlich zu schmal war. Auch das Skelett war herausgetreten, und ich sah Suko.

Er stand neben dem blauen Skelett. Selbst aus dieser Entfernung war zu erkennen, dass das Gesicht meines Partners grün schimmerte.

Ihn hatte es voll erwischt.

Es dauerte einige Sekunden, bis ich richtig begriff, dass keiner daran dachte, mir zu folgen. Sie schauten nicht zu mir, standen dort wie eine schweigende Wand und blickten von mir aus gesehen schräg nach links zum Himmel hoch.

Ich sah auch den schmalen blauen Streifen, der aus dem Kristall drang, den das blaue Skelett in den Knochenfingern hielt und schräg in den Himmel über dem Wasser hineinstieß.

Warum? Das musste doch einen Grund haben!

Ich vollführte einige Schwimmbewegungen und drehte mich dabei in die Richtung, in die der Strahl wies.

Sofort sah ich den Grund, weshalb alles dorthin schaute.

Über dem See, fast mit dem Himmel verwachsen, schwebte ein gewaltiges Gesicht. Ein immenser Kopf, schaurig anzusehen und ein Zentrum inmitten des grünen Lichts.

Es gab keinen Zweifel für mich, wen ich da vor mir hatte.

Kalifato!

Der Anblick überraschte mich so sehr, dass ich vergaß, Wasser zu treten, etwas in die Tiefe sank und die Wellen des Sees meinen Kopf überspülten. Doch schnell kam ich wieder in die Höhe, hielt mich auf der Stelle und schaute dorthin, wo sich Kalifato zeigte.

Zum ersten Mal sah ich einen der Großen Alten. Und so hätte ich mir eine Begegnung mit ihnen nicht vorgestellt, denn ich war ziemlich hilflos, sodass mir der Vergleich zwischen der Maus und dem Elefanten automatisch einfiel.

Nicht einmal festen Boden hatte ich unter den Füßen, als ich Kalifato über mir sah.

Noch nie hatte ich einen so großen Schädel gesehen. Das Gesicht schillerte grün. Die Schlitzaugen waren schlangenförmig gebogen, der Mund dicklippig, für den die Bezeichnung Maul treffender war. Und es lag eine Grausamkeit im Blick, die mich erschreckte.

Uralt war dieser unheimliche Dämon oder Götze, der sich von Menschen ernährte.

Der Todesbote …

Mich schauderte, als ich an diesen Begriff dachte, und mir wurde klar, dass meine Chancen abermals gesunken waren, denn nun würde er selbst in den Kampf eingreifen.

Noch tat er nichts. Er hielt sich ruhig und beobachtete nur, bis ein gellender Ruf über das Wasser hallte und ihn erreichte.

»K-a-l-i-f-a-t-o!«

Zahlreiche Kehlen schrien seinen Namen, wollten auf sich aufmerksam machen, und der unheimliche Dämon, der aus einer anderen Dimension in diese Welt gekommen war, drehte langsam den mächtigen Kopf, wobei er seine Blicke auf die versammelten Diener richtete.

Noch einmal riefen sie. Er sollte sie anhören, denn sie gehörten zu ihm, waren bereit, alles zu tun.

Kalifato reagierte.

Er tat dies in einer Weise, die mich erschreckte und die nur beweis, wie grausam und unerbittlich die Dämonen der Urzeit waren.

Kaum war der Ruf verhallt, als sich der Strahl, der aus dem Kristall drang, verstärkte. Er schlug einen langen, blauen Bogen, der dort endete, wo sich Kalifatos Gesicht befand.

Und plötzlich erlebte ich das Gleiche wie damals in Spanien, als die unheimliche Strahlenmagie aktiviert wurde.

Ein gewaltiger Sturmwind brauste aus dem Nichts kommend auf, peitschte über das Wasser, warf es zu gewaltigen Wellen hoch, die mich zwangen, heftige Schwimmbewegungen zu machen, damit ich nicht überspült wurde.

Der Wind war nur der Vorbote, das eigentliche Ereignis trat erst wenig später auf. Bevor eine anrollende große Welle mich herumwerfen konnte, sah ich, wie Kalifato sein Maul öffnete und die Lippen dabei so weit auseinander zog, dass fast die Hälfte des Gesichts ein einziger Schlund war.

Eine Öffnung, eine Höhle, der Eingang zum Innern des Dämons.

Dann war die Welle da. Ich konnte nichts mehr sehen, musste warten, bis sie wieder weggerollt war, und danach hatte ich erst freies Sichtfeld.

Meine Augen wurden starr, denn was ich da erkannte, war so grauenhaft, dass sich mein Verstand weigerte, es aufzunehmen.

Wieder einmal bewies der magische Strahl seine ungeheure Kraft. Er riss die Menschen, die auf dem Bootssteg standen, von den Beinen, schleuderte sie zuerst in die Luft, wobei sie sich überschlugen und gegeneinander stießen, bevor sie richtig in den unheimlichen Sog gerieten, der sie packte, nicht mehr losließ und sie dem gewaltigen Gesicht oben am grün schimmernden Himmel entgegenschleuderte.

Es war schlimm.

Die Menschen, acht an der Zahl, konnten sich nicht wehren, der Sog riss sie weiter, sie schlugen mit Armen und Beinen um sich, aber sie stoppten das Unheil nicht.

Kein Schrei drang aus ihrer Kehle, kein Laut des Entsetzens oder der Angst. Der gesamte Vorgang lief in einer geisterhaften Lautlosigkeit vor meinen entsetzt aufgerissenen Augen ab.

Ich konnte sie einfach nicht schließen, und so musste ich mit ansehen, wie die Menschen der Reihe nach in dem weit aufgerissenen Maul des unheimlichen Dämons verschwanden.

Kalifato war ein Kannibale!

Das wurde mir in diesen schrecklichen Augenblicken deutlich. Sie hatten keine Chance, er aber wollte die Opfer, und er bekam sie, denn seine Magie arbeitete perfekt.

Als Letzte in der langen Reihe aus Menschenleibern befand sich eine Frau. Sie schien irgendwie begriffen zu haben, dass es einem endgültigen Schluss entgegenging, jedenfalls warf sie sich innerhalb des blauen Strahls herum, streckte ihre Arme aus, als wollte sie sich noch festklammern, aber da gab es nichts, woran sie sich hätte halten können. Der Sog war zu stark, und er riss sie in den unheimlichen Rachen des Dämons Kalifato.

All diese Vorgänge hatte ich entsetzt mit anschauen müssen und war wie vor den Kopf geschlagen. Aber die ganze Sache war noch nicht beendet. Das blaue Skelett geriet zwar nicht selbst in den Sog, dafür der Stab, den es festhielt.

Wo er und der Strahl sich trafen, blitzte es ein paar Mal grünblau auf, gewaltige Kräfte zerrten an dem Schlüssel zur Leichenstadt, bildeten über ihm einen rasanten Wirbel und sorgten dann mit gewaltiger Kraft dafür, dass der Knochenmann den Schlüssel loslassen musste.

Auch der Kristall nahm den Weg wie zuvor die acht Menschen. Er trudelte in den Sog hinein, wurde weitergerissen und auf das Maul zugeschleudert, wo er schließlich verschwand.

Jetzt hatte Kalifato sein Ziel erreicht. Der Schlüssel zur Leichenstadt befand sich wieder in seiner Obhut. Keinem von uns würde es wohl gelingen, an den Schlüssel heranzukommen. Die Chance war vertan.

Das sah ich sehr wohl als Realist ein, und ich fragte mich, was Kalifato jetzt noch alles vorhatte.

Dass ich sein Gegner war, das wusste er. Also wäre es für ihn ein Leichtes, mich auch in den gewaltigen

Sog zu schleudern, damit ich in seinem Rachen verschwand.

Allerdings vertraute ich auf mein Kreuz. Es hatte mich bereits mehrmals gegen die unheimliche Magie in Schutz genommen, vielleicht schaffte es dies auch bei dem Wesen aus der Urzeit.

Zunächst einmal wurde ich von einem schaurigen Ereignis abgelenkt. Hatte ich die Menschen noch vor kurzer Zeit in dem Rachen des Unheimlichen verschwinden sehen, so spie er sie jetzt wieder aus.

Als Skelette …

Es war ein Gefühl, das man nicht in Worte fassen kann. Vielleicht passte ein Begriff.

Entsetzlich …

Dieser gewaltige Rachen spuckte die Knochenteile aus, wobei ich Schädel, Arme, Beine und Gelenke erkannte. Während sie sich noch innerhalb des Scheins befanden, da wurden sie auch mit dessen Farbe übergossen, dann, als sie ihn verließen, sah ich ihre eigentliche Farbe.

Sie waren bleich.

Nicht weit von mir entfernt fielen sie in die dunklen Fluten. Sie versanken nicht sofort, sondern schwammen dicht unter der Oberfläche.

Das war Kalifatos Rache. Ich hatte erlebt, dass er den Namen Todesbote nicht zu Unrecht trug.

Die anderen waren begeistert. Sie standen dicht gedrängt auf dem Steg, hatten ihre Augen aufgerissen, die Arme ausgestreckt, als wollten sie sich freiwillig dem Dämon hingeben.

Grauenhaft …

Und auf sämtlichen Gesichtern sah ich den grünen Schein. Kalifato hatte sie voll in seiner Gewalt.

Auch Suko. Er stand in der vordersten Reihe. Breitbeinig hatte er sich aufgebaut. Er erinnerte mich in seiner Haltung an einen Wettkampfschwimmer, der jeden Augenblick starten konnte.

Das Skelett sagte etwas zu dem Chinesen.

Suko nickte.

Die beiden schienen ein Herz und eine Seele zu sein. Suko gehörte zur anderen Seite, davon biss keine Maus den Faden ab, und da machte ich mir auch nichts vor.

Das Skelett strahlte nicht mehr so stark wie zuvor, als es noch den Kristall gehalten hatte. Die Knochen leuchteten weiterhin blau, aber für mich war das Zurückgehen dieser blauen Aura ein Zeichen der Kraftlosigkeit.

Gern hätte ich meinen Bumerang jetzt gehabt, denn die Chance war günstig, dem Knochenmann den beinernen Schädel abzusensen.

Doch Suko besaß die Waffe.

Als wäre es eine Gedankenübertragung gewesen, so holte er den Bumerang plötzlich hervor und wog ihn in der Hand.

Ein Splitter schien mir ins Herz zu fahren. Plötzlich verspürte ich Angst, denn es lag auf der Hand, dass Suko den Bumerang auf ein menschliches Ziel, auf mich, schleudern wollte.

Er fixierte mich.

Obwohl uns eine ziemlich große Entfernung trennte, glaubte ich, seine kalten, gefühllosen Augen zu erkennen, die mich anstarrten. Der Chinese nahm Maß, holte dann aus, schwang den Arm wieder nach vorn und schleuderte die silberne Banane zielgenau auf meinen Kopf zu …

Das hatte ich noch nicht erlebt!

Mein eigener Freund und bester Kollege griff mich mit einer weißmagischen Waffe an, um mich zu töten. Dass Suko mit dem Bumerang umgehen konnte, hatte er schon des öfteren bewiesen. Er beherrschte ihn nahezu perfekt.

Suko hatte den Bumerang hart geschleudert. Sehr

spitz war der Winkel zur Wasseroberfläche. Und die silberne Banane wurde unheimlich schnell, war zudem zielgenau geworfen worden, sodass sie dort das Wasser berühren würde, wo sich mein Kopf befand.

Ich musste weg.

Tauchen konnte ich nicht mehr, das hätte eine zu lange Zeit in Anspruch genommen, ich sah nur den huschenden silberfarbenen Reflex dicht über der Wasseroberfläche und wuchtete meinen Körper nach rechts, damit ich wegkam.

Mit dem Kopf geriet ich unter Wasser. Es hatte mich kaum überspült, als der Bumerang bereits da war. Wo sich zuvor mein Kopf befunden hatte, hieb er in das Wasser. Er kam schräg von der Seite, drehte sich dabei, seine Geschwindigkeit wurde abgebremst, war aber trotzdem hoch genug, um mich noch zu treffen.

Dabei hatte ich das Gefühl, mein linker Arm wäre abgerissen worden. Hätte ich mich nicht unter Wasser befunden, ich hätte geschrien, so aber verbiss ich mir die Schmerzen und sackte wie ein Stein in die Tiefe, denn ich vergaß Schwimmbewegungen zu machen.

Wieder einmal tauchte ich in den See, nur lauerte diesmal kein Ungeheuer auf mich, sondern eine andere Gefahr, die ich als wesentlich schlimmer einschätzte.

Es war ein verzweifelter Kampf. Den linken Arm konnte ich nicht bewegen, um mich herum verschwand der letzte Rest an Helligkeit, während ich dem Grund entgegensank, der hier nicht so tief war wie in der Seemitte.

Wenn ich nicht elendig ertrinken wollte, musste ich etwas unternehmen. So weit es ging, riss ich die Augen auf, wollte sehen, was geschah, und erkannte etwas Helles, das mir folgte und sogar noch schneller war, denn es befand sich plötzlich dicht in meiner Nähe. Ich streckte den Arm aus, hatte Glück und fühlte den Bumerang zwischen meinen Fingern. Obwohl ich mich mit dieser Waffe selbst beschwerte, erschien sie mir wie ein Rettungsanker. Auf keinen Fall wollte ich ihn verlieren und steckte ihn in meinen Gürtel an seinen alten Platz.

Luftmangel!

Alles in mir schrie nach Sauerstoff, und als meine Füße den schlammigen Grund aufwühlten, sodass dunkle Wolken entstanden, wurde mir klar, dass es die letzte Chance für mich war, wieder an die Oberfläche zu gelangen.

Ich schwamm.

Mit den Beinen stieß ich mich ab, bewegte sie dabei wie ein Frosch und konnte nur den rechten Arm zu Hilfe nehmen, da mein linker noch immer gefühllos war.

Unendlich lang kam mir die Strecke vor. Ich kämpfte verzweifelt gegen den drohenden Tod durch Ertrinken an, fand einen Rhythmus und wurde langsam der Oberfläche entgegengedrückt. Der Auftrieb war in diesem flachen Gewässer nicht besonders, ich musste mich sehr anstrengen, hielt die Augen weiterhin offen und sah um mich herum nur die Schwärze des Wassers, die hin und wieder von roten Kreisen vor meinen Augen durchbrochen wurde, ein Zeichen dafür, dass es mir dreckig ging und mich der Luftmangel total fertig machte.

Es war ein verzweifelter Kampf gegen die Zeit und gegen meine eigene körperliche Schwäche.

Wer würde Sieger bleiben?

Es wurde heller

Krampfhaft versuchte ich, an etwas anderes zu denken, nur nicht dran, dass ich Luft holen musste, denn es kostete mich eine unmenschliche Anstrengung, meinen Mund geschlossen zu halten.

Wir wurden beim Yard auch psychisch trainiert. Vielleicht kam mir dieses Training jetzt zugute, diese Selbstbeherrschung, eiserne Disziplin, die unbedingt nötig war, um zu überleben.

Und ich schaffte es.

Plötzlich war es nicht mehr schwarz um mich herum. Helleres Licht traf meine Augen, über deren Pupillen ein Schleier aus Wasser lag.

Ich atmete.

Es war wie eine Explosion. Ein Luftholen, ein Saugen, Keuchen und Husten.

Mit meinen Kräften war ich am Ende, sorgte allerdings instinktiv dafür, dass ich nicht wieder unter Wasser geriet, und bewegte automatisch meine Beine, wodurch ich an der Oberfläche gehalten wurde.

Die Wellen liefen gegen mich an, überrollten manchmal meinen Kopf. Wasser drang in meinen Mund, ich erbrach einen Teil, atmete und wischte mir die Augen frei.

Mit dem Auftauchen war auch die Erinnerung zurückgekehrt. Noch befand ich mich nicht in Sicherheit. Mein Leben hatte ich zwar vorläufig gerettet, aber ich war noch immer umgeben von potentiellen Feinden, die mich töten wollten.

Mein Blick traf den Steg, der aus dem Bootshaus führte.

Er war leer.

Hoffnung durchzuckte mich. Hatten die andern aufgegeben, weil sie damit rechneten, dass ich sowieso nicht mehr die Kraft hatte, dem Wasser zu trotzen?

Alles deutete darauf hin.

Bis ich zur anderen Seite schaute und den gewaltigen Schatten sah.

Ein Boot!

Und es fuhr direkt auf mich zu!

Wenn man vor einem normalen Fischerboot steht, sieht es relativ klein aus. Sieht man es jedoch aus meiner Perspektive, da kommt einem das Boot wie ein Ungeheuer vor.

So erging es mir jedenfalls, und eine schreckliche Furcht stieg in mir hoch, denn der Schatten wurde noch größer, je mehr sich das Boot meinem Standort näherte.

Der Bug war riesig. Er teilte sich, die Mitte erinnerte mich an ein gewaltiges stumpfes Messer oder an einen Berg, der mich überrollen würde, wenn ich nicht wegschwamm.

Ich sah auch Suko und das Skelett. Abermals standen sie nebeneinander. Sie hatten die Führungspositionen eingenommen, den Platz am Bug, und schauten nach unten auf die Wasserfläche. Ich glaubte auch, schwach das Tuckern eines Motors zu hören.

Konnte ich noch weg?

Abermals zwangen die anderen mich zu einer wahren Verzweiflungstat. Ich warf mich nach rechts, durchpflügte mit einer Hand das Wasser und wollte dem Ufer entgegenschwimmen.

Nicht einmal eine Steinwurfweite war es entfernt. In meiner Lage allerdings zu weit. Wenn mich der Kiel des Bootes nicht erwischte, dann taten es die anderen.

Schon wurde ich von den Bugwellen gepackt, angehoben und wieder zurückgedrückt. Das Wasser überrollte mich, ich geriet mit dem Kopf über die Oberfläche, und im nächsten Augenblick hatten sie mich. Sie stellten es geschickt an, sie fischten mich aus dem See wie ein Stück Treibholz.

Jemand hatte eine Leine oder ein Lasso geworfen, dessen Öffnung ich viel zu spät sah und hineinschwamm. Als ich es merkte, war es bereits zu spät, da hatten meine Feinde die Schlinge schon zugezogen, sodass ich unglücklicherweise mit beiden Armen fest hing und nicht mehr an meinen Dolch herankam.

Eine zweite Schlinge flog vom Boot her im hohen Bogen auf mich zu. Sie senkte sich über meinen Körper.

Diesmal musste ich alles widerstandslos mit mir

geschehen lassen. Auch als sie die zweite Schlinge zuzogen und ich mich kaum noch rühren konnte.

Sie zogen mich mit. Eine weitere, gefährliche Tortur begann, denn das Boot hatte seewärts beigedreht, sodass wir auf das offene Gewässer hinausfuhren und das Ufer hinter uns ließen.

Die wollen dich ertränken!

Wie ein Blitzstrahl zuckte der Gedanke in meinem Gehirn auf, und meine Angst wurde abermals gewaltig. Es war kein Kielholen, wie man es in früheren Zeiten mit Seeleuten getan hatte, die sich etwas hatten zuschulden kommen lassen, man zog mich einfach wieder durch das schwarze Wasser, dessen Wellen mich nicht nur einmal überrollten und mich zwangen, immer wieder die Luft anzuhalten.

Wie lange diese Reise dauerte, konnte ich nicht sagen. Ich hatte jegliches Gefühl für die Zeit verloren. Ich sah nur das verdammte Wasser sowie hin und wieder die Bordwand, gegen die ich ein paar Mal schlug.

Trotz meiner bescheidenen Lage fragte ich mich, ob es mir jemals gelingen würde, mich zu befreien, und wie lange ich die Tortur noch durchhalten konnte.

Wann war der Punkt erreicht, wo nichts mehr ging?

Dann hob mich eine Welle hoch und drehte mich auf den Rücken. Bevor ich abermals überspült wurde, gelang es mir, einen Blick zum Himmel zu werfen, wo noch immer drohend und grausam das unheimliche Gesicht des Dämons stand.

Nein, er hatte sich nicht zurückgezogen und wollte meine Niederlage bis zum Ende auskosten.

Dass der Schiffsmotor abgestellt worden war, bekam ich überhaupt nicht mit. Ich wurde erst aufmerksam, als die Stricke tiefer in meine Haut schnitten und ich aus den Fluten gehievt wurde, dabei gegen die Bordwand prallte, mir den Hinterkopf stieß, in die Höhe gerissen wurde, bis ich die Reling erreichte.

Da waren plötzlich zahlreiche Hände, die nach mir

griffen und sich in meiner nassen Kleidung festkrallten.

Ich lag auf der Reling, das Wasser rann über mein Gesicht, der Blick wurde klarer, und ich sah für einen Moment die grünlich schimmernden Köpfe der Dämonendiener über mir.

Auch Suko erkannte ich.

Auf seinen Lippen lag ein Grinsen, wie ich es bei ihm noch nicht erlebt hatte. So grausam, gemein und teuflisch. Er war es auch, der die anderen zur Seite stieß, mich erfasste und in die Höhe hob, bevor er mich auf die Planken schleuderte.

Diesmal schrie ich, denn die Schmerzen jagten durch meinen Körper. Keiner kümmerte sich darum, niemand hatte Mitleid und erst recht nicht mein Freund Suko. Der Chinese stand vollends unter dem Bann des schrecklichen Kalifato.

Ich sah das Skelett.

Es fand seinen Weg vorbei an den Leibern der Menschen, und es hielt Stricke in der Hand, die über seine Knochenfinger liefen, als es die Hände bewegte.

Völlig erledigt und deprimiert lag ich auf den Planken. Jemand hatte seinen Fuß auf meinen Körper gestellt. Der Schuh drückte gegen meine Brust, und ich sah meinen Freund Suko, der sich etwa in Kopfhöhe aufhielt und kalt auf mich herabstarrte.

Da ich viel Wasser geschluckt hatte, musste ich husten. Einen Teil des Zeugs spie ich wieder aus. Es rann über mein Gesicht und bildete zu beiden Seiten Lachen.

Das Schiff schaukelte sanft auf den Wellen. Dieses sanfte Wiegen konnte ich überhaupt nicht vertragen. Mein durch das geschluckte Wasser malträtierter Magen spielte da nicht richtig mit, die Flüssigkeit drang wieder hoch, stieg mir in die Kehle, und mir wurde es regelrecht schlecht.

Ich musste würgen und konnte das Brechen nicht

vermeiden. Jemand säuberte mich, indem er mir Wasser über den Kopf goss, das er aus einem Eimer kippte.

»Hoch mit ihm!«

Das Skelett hatte den Befehl gegeben. Es war hier der Herr an Bord. Der Kapitän und die grünhäutigen Diener folgten augenblicklich seinen Anweisungen.

Sie bückten sich, ergriffen meine Arme und hievten mich in die Höhe. Als ich auf meinen Füßen stand, stellte ich fest, wie wacklig ich in den Knien war. Halten konnte ich mich nicht. Hätten mich nicht starke Hände festgehalten, wäre ich gefallen und auf die Planken geschlagen, so aber hielt man mich in der Senkrechten.

Alles drehte sich vor meinen Augen. Das Blut stieg mir durch den plötzlichen Übergang in den Kopf, es rauschte regelrecht, und ich sah meine Feinde nur noch als eine verschwommene Masse.

Dass man mir die Hände auf den Rücken riss, bemerkte ich nur im Unterbewusstsein. Wie eine Marionette ließ ich alles willenlos mit mir geschehen. Jemand band mir die Hände auf den Rücken fest. Ich wusste nicht einmal, wer es getan hatte, es war mir auch egal.

Einen harten Stoß bekam ich ins Kreuz. Die Wucht schleuderte mich nach vorn, und ich taumelte auf die Decksmitte zu, wo man mich bereits erwartete.

Vier Dorfbewohner umstanden den alten Segelmast, der sich in den grünen Himmel schob.

Jetzt wusste ich, was sie mit mir vorhatten. Sie würden mich an den Mast binden, als ein Opfer für Kalifato. Er konnte, wenn ich wehrlos war, mit mir machen, was er wollte.

Erinnerungen an einen Fall wurden wach, den ich auf der Totenkopf-Insel erlebt hatte. Damals war ich auch an den Mast eines Schiffes gebunden worden und hatte gegen Geisterpiraten gekämpft.

Standen hier die Chancen für mich noch schlechter?

Alles deutete darauf hin.

Suko war es, der seinen Arm vorstreckte, seine Hand in Brusthöhe in mein Hemd krallte und mich nach hinten gegen das harte Mastholz drückte.

Dann fesselte man mich. Ich wurde nicht eingerollt wie ein Schinken. Nur die sowieso schon gefesselten Hände wurden an den Mast gebunden. Man drehte die Seile sehr hart zusammen, sodass mir fast die Tränen in die Augen schossen.

Gebunden blieb ich stehen.

Ich war wehr- und hilflos. Mein Blick glitt über Bord, hin zur Bugspitze, und ich sah meine Feinde, die sich vor mir aufgebaut hatten, allerdings einen Zwischenraum ließen, damit mein Sichtfeld nicht beeinträchtigt wurde, denn ich sollte den sehen, der meinen Tod mit dem größten Vergnügen betrachten würde – Kalifato.

Sein Gesicht zeigte keinen Ausdruck. Ich sah ihm nicht an, ob er nun triumphierte oder alles gleichgültig aufnahm. Er blieb so, wie er schon zu Beginn gewesen war.

Es war müßig, erst groß über meinen Tod nachzudenken oder über die Art, wie ich sterben sollte. Ich hatte gesehen, wie Kalifato die Dorfbewohner in sein schreckliches Maul gerissen hatte. Dies war mit Hilfe des Strahls geschehen, dem die anderen nichts entgegensetzen konnten.

Und was konnte ich?

Noch weniger. Man hatte mich gefesselt, obwohl es eigentlich Unsinn gewesen war, denn wenn Kalifato mich packte, dann musste er den Mast aus der Verankerung reißen.

Vielleicht hatten die anderen trotz allem Angst vor mir und mich sicherheitshalber angebunden.

Auf dem Schiff wurde es ruhig. Die Stimmen schliefen ein, niemand sprach ein Wort, jeder wartete auf das große Ereignis, auf die endgültige Vernichtung eines Feindes.

Das blaue Skelett, das mich bisher genau betrachtet hatte, drehte sich jetzt und schaute zu Kalifato hoch.

»Das ist unser größtes Opfer!«, rief der Knöcherne seinem Herr und Meister entgegen. »Nimm es an, großer Kalifato, damit du siehst, wie treu wir auf deiner Seite stehen.«

Der gewaltige Dämon gab keine Antwort. Ich hatte mich ein wenig erholt, zerrte an meinen Fesseln, aber sie waren zu fest gebunden, als dass ich eine Aussicht auf Erfolg gehabt hätte.

Ich blieb in der Haltung. An meine Waffen konnte ich nicht heran, und jetzt erschien mir die Fesselung in einem anderen Licht. Die hatten genau gewusst, was sie taten, denn mit meinem Kreuz hätte ich unter Umständen einen Erfolg erringen können. Ich fragte mich, aus welchem Grund man mir die Waffen nicht einfach abnahm, doch man ließ mir die Beretta, den Dolch, das Kreuz und den Bumerang. Wahrscheinlich sollte alles mit mir verschwinden, eintauchen in die Dimension des Schreckens, wo es dann nie mehr gesehen wurde.

Wenn es tatsächlich so war, dann brauchten sich die Großen Alten auch nicht vor meinen Kreuz zu fürchten. Diese Annahme bereitete mir mehr Angst als meine eigene Lage, denn so sah die Zukunft verdammt miserabel für mich aus.

Einer der Männer verließ die linke Reihe, bückte sich und öffnete den Deckel eines kleinen Kastens. Als sich der Mann wieder aufrichtete, hielt er ein Messer in der Hand.

Es war eine Waffe, bei deren Anblick man Angst bekommen konnte. Die sehr lange, spitze Klinge, ein wenig gebogen und dafür vorgesehen, Fische rasch und sicher auszuweiden.

Unbewegt war das Gesicht des Mannes, als er auf

das Messer schaute, dann den Arm hob und Suko die Waffe zuschleuderte, die dieser geschickt auffing.

Zwei Schritte machte der Chinese. Dann stand er vor mir. Er hatte den rechten Arm halb erhoben, die Klinge befand sich zwischen seinem und meinem Gesicht, und ich sah rechts und links vor mir die Augen meines Partners.

Da war kein Erkennen zu lesen. Kalt und starr blickten die Pupillen. Er schaute mich an, als wäre ich für ihn ein völlig Fremder.

Ich öffnete den Mund und versuchte, seinen Namen zu sagen, aber ich brachte keinen Ton hervor. Nicht einmal ein müdes Krächzen. Ich war zu fertig.

Hatte ich mich getäuscht? Sollte ich doch nicht Kalifato geopfert werden, sondern hatte man Suko als meinen Mörder bestimmt? Bei dem Gedanken daran zog sich mein Magen zusammen, als hätte ich eine bittere Säure getrunken.

Ich dachte an eine ähnliche Situation. Damals hatte mich mein Freund Bill Conolly töten wollen. Allerdings war er nicht in den Bann der Schattenwesen geraten, ihn hatte man nur durch Erpressung dazu gebracht, mir die Mündung einer Waffe an die Stirn zu drücken.

Und jetzt Suko mit dem Messer.

Er richtete seinen Arm aus. Ich schaute jetzt haargenau auf die Spitze. Sie befand sich nur noch eine Handbreit von meinen Gesicht entfernt. Wenn Sukos Hand zuckte, konnte er meinen Kopf durchbohren.

Ich starrte ihm in die Augen, versuchte dabei, ihm mit meinem Blick ein Zeichen zu geben, aber der Chinese reagierte überhaupt nicht darauf. Stattdessen hörte ich, wie das Skelett einen Zischlaut ausstieß, und sah, dass Suko den Kopf drehte und nickte.

Hatte das blaue Skelett den Mordbefehl gegeben?

Unbeschreiblich waren meine Gefühle. Sie vereinigten sich in meinem Innern zu einem Chaos, und es war die Angst, die wie ein loderndes Feuer in mir brannte.

Suko stieß nicht zu. Er hatte einen anderen Auftrag erhalten, schritt um den Mast herum und gelangte in meinen Rücken, was mir ebenfalls nicht gefiel, denn nun konnte mir mein Freund das Messer zwischen die Rippen stoßen.

Er tat es nicht.

Dafür machte er etwas anderes. Er löste mir die Fesseln. Ich spürte die Berührung der flachen Messerseite an meiner Haut und merkte auch den Ruck, mit dem mich Suko vom Mast losschnitt, ohne mich dabei zu verletzen.

Die Hände waren nach wie vor gebunden, ich war auch noch kraftlos und fiel nach vorn.

Mit den Knien schlug ich auf, wobei es mir unter großen Mühen gelang, so hocken zu bleiben und nicht aufs Gesicht zu fallen, denn noch mehr demütigen lassen wollte ich mich vor den anderen nicht.

Den Grund dafür, dass Suko mir die Fesseln durchschnitten hatte, erfuhr ich Sekunden später. Aus reiner Menschenfreundlichkeit hatte er es nicht getan, nein, er verfolgte sein Ziel, das mit Kalifato zusammenhing.

Grün leuchtete es vor dem Maul des Dämons auf. Da ich meinen Blick erhoben hatte, konnte ich es genau sehen. Es war wie eine Wolke, die plötzlich auseinander fächerte und einen gebogenen breiten Strahl produzierte, der wie ein Regenbogen vom Maul des Dämons her in Richtung See schoss und dort sein Ziel fand.

Das Schiff!

Abermals brauste zuerst der Sturm heran, wühlte das Wasser auf, warf Wellen hoch und schleuderte sie gegen die Bordwand, wo sie sich brachen.

Der Kahn geriet ins Schaukeln, mir drängte sich wieder der Magen hoch, es wurde mir schlecht, und ich sah den Strahl in rasender Geschwindigkeit auf mich zu jagen.

Plötzlich bewegten sich auch die anderen. Sie blieben nicht mehr an Deck stehen, huschten zur Seite, um somit der Magie eine freie Bahn zu verschaffen.

Der Strahl traf genau.

Es war wie ein gewaltiger Orkan, als ich von ihm erfasst und in die Höhe gehievt wurde. Da meine Hände gebunden waren, konnte ich mich nirgendwo festklammern, es nutzte mir auch nichts, mich schwer zu machen, die Gewalt des Gegners war einfach zu groß.

Als hätte man mich an den Schultern gezogen, so wuchtig wurde ich nach vorn geworfen, mein Körper streckte sich, und dann glitt ich wie auf einem schrägen Aufzug in die Höhe.

Wehrlos raste ich auf das Maul des unheimlichen Dämons zu …

Es war ein unheimlicher Sog, der mich voranriss. Ich sah das Schiff unter mir verschwinden, wenn mich die Kraft mal auf den Bauch drehte, ich spürte Gedanken, die wild und grausam waren, und ich merkte auch das Brennen auf meinem Körper, dessen Ursprung innerhalb des Kreuzes lag, denn es war aktiviert worden und kämpfte gegen die andere, starke Magie an, ohne jedoch einen Erfolg verbuchen zu können.

Hätte ich die Geheimnisse meines Kreuzes voll gekannt, hätte ich mich vielleicht wehren können, so aber war mein Schicksal nicht mehr aufzuhalten. Aus eigener Kraft konnte ich mich nicht befreien, und ich sah weit und breit keinen Menschen, der mir in meiner Lage geholfen hätte.

Kalifato wollte mich, die Leichenstadt wollte mich.

Beide würden mich bekommen.

Zu einem Spielball der Kräfte war ich geworden. Ich wurde durchgeschüttelt, von einer Seite zur anderen geschleudert, schlug mit den Beinen um mich und schrie meine Angst, meine Not und Verzweiflung weit hinaus, doch damit konnte ich den rasenden Flug nicht stoppen.

Wie lange es noch dauern würde, bis mich das Maul verschluckt hatte, wusste ich nicht. Die Zeit stand still, sie existierte nicht mehr, innerhalb dieses Strahls herrschten andere Gesetze.

Wieder wuchtete mich die immense Kraft herum. Ich kam so zu liegen, dass ich nach vorn und in das Maul hineinschauen konnte.

Gewaltig erschien es mir. Der Vergleich mit dem Eingang einer Riesenhöhle fiel mir ein, wobei die Bezeichnung Scheunentor für die Größe des Mauls nicht ausgereicht hätte.

In der kurzen Zeitspanne, die mir zur Verfügung blieb, sah ich nicht nur den dunklen Schlund, der aussah wie ein Dimensionstunnel, sondern auch einen Teil dessen, was dahinter lag.

Riesige Bauten, eine sandfarbene Landschaft, fratzenhafte Gestalten, groß wie die unheimlichen Monster und legendären Gestalten aus den Sagen des Altertums, aber auch eine bodenlose tiefe Schwärze, durch die Körper wirbelten wie Kometen am Himmel.

Das erwartete mich also!

Und weiter ging die Reise. Vielleicht dauerte sie in Wirklichkeit nur Sekunden, mir kam die Zeit nicht nur doppelt so lange, sondern drei- oder vierfach vor.

Es war der reinste Psycho-Terror, der mich da voll traf und in seinen Bann zog.

Von dem übrigen Teil des Gesichts sah ich nichts. Mein Blick war voll auf den unheimlichen Rachen konzentriert, diese gewaltige Höhle, die immer größer wurde und für mich ein Beweis war, dass mir jetzt keine Zeit mehr blieb.

Viele Menschen waren im Laufe der Jahrtausende von der Leichenstadt verschlungen worden.

Ich würde einer von ihnen sein!

Sah so vielleicht mein Ende aus?

Und da geschah etwas, womit ich wirklich nicht mehr gerechnet hätte. Von der rechten Seite her tauchte ein Schatten auf. Ich glaubte auch, einen gewaltigen, aus zahlreichen Kehlen stammenden Schrei zu hören, konnte mich aber ebenso gut irren und versuchte den Kopf dorthin zu drehen, wo der Schatten erschienen war.

Einer Täuschung war ich nicht erlegen. Es war tatsächlich jemand erschienen wie der berühmte Retter.

Ich kannte ihn aus einigen anderen Kämpfen, und er würde mir zur Seite stehen, denn es war der Eiserne Engel!

Aber konnte er es schaffen? Hatte mich der magische Sog nicht schon zu weit vor Kalifatos Maul gerissen?

Ich wusste, dass der Eiserne Engel ein erklärter Gegner der Großen Alten war und ein Feind aller Dämonischen. Das hatte er schon oft genug bewiesen, auch im alten Atlantis, dessen Untergang ich miterlebt hatte, wobei ich Seite an Seite mit dem Eisernen Engel kämpfte, der bis zuletzt versuchte, das Auseinanderbrechen dieses Kontinents noch zu stoppen.

Es war ihm nicht gelungen, aber er hatte die Zeiten überlebt und griff in der Gegenwart wieder in die Auseinandersetzung zwischen Gut und Böse ein.

Zum Glück, möchte ich sagen.

Er war ein harter, wilder, aber gerechter Gegner und Freund. Er hasste das Böse und bekämpfte es mit allen Mitteln.

Wie auch hier!

Gewaltig, monströs, unheimlich sah ich das Maul vor mir. Hätte ich meine Hände bewegen können, ich hätte schon hineinfassen können, so nahe war ich bereits.

Zu nahe?

Ich schrie vor Angst, denn der Sog wurde heftiger, das Brausen nahm zu, die schrecklichen Szenen innerhalb des Rachens traten deutlicher hervor. Ich sah ein Monster, das einen Mann mit beiden Händen hielt und auf seinen weit offenen Schlund zudrückte, um die Person zu verschlingen.

O Gott …

Und dann hörte ich die gewaltige Stimme, die wie Donnerbrausen an meine Ohren klang.

»Nein, Kalifato, nein!«

Der Eiserne Engel hatte geschrien. Es blieb nicht nur dabei, er handelte auch.

Dicht vor meinem Gesicht wischte etwas vorbei. Was es war, wusste ich nicht, alles ging viel zu schnell. Aber nahe vor meinen Augen gab es grüne Lichtexplosionen, und ich wurde nicht mehr weiter nach vorn geschleudert, sondern stoppte hart mitten in der Bewegung, blieb aber nicht stehen und raste in die Tiefe.

Dieser plötzliche Fall wirkte wie ein Schock. Zuerst begriff ich gar nicht richtig, was geschah. Erst eine halbe Sekunde später merkte ich, dass ich mich in rasender Geschwindigkeit der Oberfläche des Sees näherte, die, wenn ich aus dieser großen Höhe aufprallte, hart wie eine Betonfläche sein würde.

Wie ein Springer ohne Fallschirm fühlte ich mich. Die Angst umkrallte mein hart schlagendes Herz, der Wind umtoste mich, ich vernahm dünne Schreie, sah die Ausläufer greller Lichtblitze und war darauf gefasst, auf der Wasseroberfläche zu zerschellen oder mir alle Knochen zu brechen.

Das geschah nicht, denn abermals griff der Eiserne Engel rettend ein. Wieder befand er sich an meiner Seite, ich sah ihn zuerst über mir schweben und auch seinen gewaltigen Flügel, der einen düsteren Schatten über mich warf.

Plötzlich flog er unter mir, hob seinen Arm, stützte mich unter dem Rücken ab, sodass mein Fall in ein sanftes Gleiten überging und ich gerettet war.

Der Eiserne Engel behielt seine Position nicht bei. Er wechselte sie und umfasste meinen Körper mit seinem gesamten Arm, sodass ich mich während des Flugs sicher fühlen konnte, als wir über dem See mit dem schwarzen Wasser dem Ufer entgegenflogen, wo sich die Straße nach Darkwater entlangwand.

Gleitend näherten wir uns dem Boden und setzten sacht auf. Der Eiserne Engel stellte mich auf die Füße. Für einen Moment nur blieb ich stehen, dann wurden mir die Knie weich, und ich fiel im Zeitlupentempo zusammen, weil es mir nicht gelang, auf beiden Füßen stehen zu bleiben.

Schwer atmend blieb ich im dichten Gras liegen und musste mir erst einmal darüber klar werden, dass es das Schicksal trotz aller Anfechtungen noch einmal günstig mit mir gemeint hatte.

Ich lebte!

Das machte ich mir klar, und ein selten gekanntes Gefühl der Freude durchströmte mich, das allerdings sehr schnell verblasste, wenn ich an Suko dachte und auch daran, dass noch nicht alles vorbei war. Kalifato existierte, auch seine Diener, die ihm bedingungslos gehorchen würden, wie ich erlebt hatte.

Auf der rechten Seite lag ich. Die Augen hatte ich weit geöffnet, sah nah vor mir das dichte Gras und spürte, wie mich dessen Spitzen im Gesicht kitzelten. Ein Gefühl, das ich genoss, denn ich hatte nicht mehr damit gerechnet, es noch erleben zu dürfen.

Hinter mir lag ein verdammt harter Stress. Nur allmählich erholte ich mich von ihm, mein Atem beruhigte sich nur langsam. Die Lungen pumpten, ich öffnete den Mund, schloss ihn wieder, Gras geriet zwischen meine Zähne, das ich ausspie.

Dann spürte ich eine Berührung an der Schulter,

und eine wohlklingende Stimme erkundigte sich: »Bist du in Ordnung, John Sinclair?« Der Eiserne Engel hatte sich sehr schnell eine moderne Sprache angewöhnt.

Als Antwort winkelte ich die Arme an, drückte die gespreizten Hände auf den weichen Boden und stemmte mich in die Höhe. Auf Händen und Knien blieb ich hocken, dann erst kam ich auf die Füße.

Von einem leichten Schwindel blieb ich auch weiterhin nicht verschont, aber wer überwindet schon schnell das, was ich hinter mir hatte? Wohl kaum jemand.

Ich stand so, dass ich über den See schauen konnte. Das Schiff war nicht in den Hafen oder ans Ufer gefahren, sondern lag noch weit entfernt und wiegte sich auf den Wellen, die sich nur allmählich beruhigten.

Auch der Himmel hatte seine seltsame grüne Färbung noch nicht verloren, nur das Gesicht wurde allmählich blasser, wenigstens hatte ich die Vermutung und sprach sie auch aus.

»Verschwindet Kalifato wieder?«

Der Eiserne Engel, er hatte wie ich auf den See geschaut, drehte den Kopf. Sein Gesicht schimmerte bronzefarben. Es war starr, und nur seine Augen lebten. In ihnen loderte ein wildes Feuer.

»Ich weiß nicht, ob er den Rückzug antritt, er hat mich gesehen und erlebt, dass mein Schwur in der Schlucht der Stummen Götter Gestalt angenommen hat.«

»Schlucht der Stummen Götter?«, fragte ich. »Was ist das nun schon wieder?« Diese Frage hatte ich zu Recht gestellt, denn ein neuer Begriff war aufgetaucht, mit dem ich nichts anfangen konnte.

»Es ist schwer und dennoch einfach, es dir zu erklären«, erwiderte der Eiserne Engel. »Die Schlucht der Stummen Götter ist ein Refugium der weißen Magie. Dort sind die begraben, die damals das Gegengewicht zu den Großen Alten gebildet haben. Man findet dort keine Leichen, aber man sieht ihre Gesichter in die Felsen eingehauen. Es sind wissende, gütige und heilige Gesichter, denn sie haben sich gegen das Böse gestemmt. Sie verloren und müssen bis ans Ende aller Tage dort ihr Dasein fristen. Aktiv können sie nicht mehr in den Kampf gegen das Böse eingreifen, sie können allerdings warnen und Ratschläge geben, doch auch diese nur in begrenzter Form.«

»War Kalifato in der Schlucht?«, wollte ich wissen.

»Nein, das kann ihm und den anderen Urzeitdämonen nicht gelingen. Die Schlucht ist durch eine magische Sperre abgeriegelt, durchbrechen kann man sie nicht, obwohl die Gegner es immer wieder versucht haben, letzten Endes aber gescheitert sind.«

»Wo liegt die Schlucht?«

Da verzog der Eiserne Engel seinen schmallippigen Mund zu einem Lächeln. »Den Platz kann man nicht genau bestimmen. Vielleicht zwischen den Zeiten oder den Dimensionen. Im Nirgendwo, wer kann das sagen? Ich finde immer hin, anderen bleibt der Weg verschlossen.«

»Auch mir?«

Der Eiserne Engel schaute mich an. »Das ist gut möglich«, gab er zu. »Denn die Schlucht der stummen Götter ist für die meisten eine Tabuzone. Du wirst da keine Ausnahme bilden. Und noch etwas solltest du wissen. Den Göttern, deren Gesichter in der Schlucht sind, habe ich alles zu verdanken. Sie waren es, die mich erschufen.«

Ich war überrascht. »Du bist von ihnen …«

»Ja, das bin ich.«

»Aber dann hast du mehrere Väter, oder …«

»Nein, ich habe nur einen Vater.«

»Und deine Mutter?«

»Darüber möchte ich schweigen. Vielleicht gibt es sie, vielleicht auch nicht. Möglicherweise erfährst du es eines Tages, dann wirst du um einiges schlauer sein, aber die Zeit ist noch nicht reif. Zunächst müssen wir Kalifato stoppen.«

»Geht das überhaupt?«

Darauf gab er mir keine Antwort. Für mich ein Beweis, dass auch der Eiserne Engel ratlos sein konnte. Er hatte Kalifato eine Schlappe beigebracht. Ich konnte mir vorstellen, dass dieser Dämon die Niederlage nicht so ohne weiteres hinnehmen würde. Zudem hatte er in den Dorfbewohnern seine Diener, die für ihn in den Tod gehen würden.

Der Eiserne Engel sprach, während wir am Ufer standen und auf den See schauten, ein heißes Thema an. »Ich habe Suko unter den Dienern gesehen. Kann das sein?«

»Leider muss ich diese Frage mit einem Ja beantworten. Er ist in den Bann der anderen geraten.«

»War er nicht geschützt?«

»Nein, er trägt kein Kreuz.« Meine Stimme klang belegt. Fast traute ich mich nicht, die nächste Frage zu stellen. »Kann man ihn vielleicht retten?«

Der Eiserne Engel kannte mich. Er wusste, wie ich zu Suko stand, und er ließ sich Zeit mit seiner Erwiderung, damit er mir nur nichts Falsches sagte.

»Ich kenne Kalifato. Und ich weiß auch, dass seine Magie ungemein stark ist. Ferner gibt er keine Opfer frei, die sich einmal in seinen Krallen befinden. Ich glaube nicht, dass wir Suko helfen können, so leid es mir für dich und für ihn tut.«

Es waren harte, aber realistische Worte, und ich zeigte mich sehr gefasst, als ich sie vernahm. Nur meine Hände ballten sich zu Fäusten, ein paar Mal atmete ich tief durch, räusperte mir die Kehle frei und starrte über das Wasser, auf dessen Wellen sich das Fischerboot wiegte.

Keine Chance! hatte der Eiserne gesagt. Dann würde Suko ewig ein Diener Kalifatos bleiben. Somit hatten die Großen Alten bei ihrem ersten direkten Eingreifen gleich einen gewaltigen Sieg errungen. Wie die Mordliga, so wurde auch das Sinclair-Team kleiner. Erst Jane Collins, jetzt auch noch Suko.

Mein Gott, wie sollte das enden …

»Das kann ich nicht hinnehmen!«, flüsterte ich. »Es geht nicht. Ich kann Suko nicht in den Klauen dieser dämonischen Bestien lassen. Du musst es verstehen. Ich will ihn befreien, denn er hätte an meiner Stelle ebenso gehandelt.«

»Gäbe es eine Chance, John Sinclair, ich hätte sie dir gesagt, glaube es mir.«

»Trotzdem …« Weiter konnte ich nicht sprechen. Aus brennenden Augen schaute ich hinüber zum Boot, sah die Gestalten mit den grünen Gesichtern und glaubte, auch Suko unter ihnen zu entdecken.

Suko war einer von ihnen!

Damit musste ich fertig werden. Meine Kehle war zu, ein Wort brachte ich nicht hervor, während ich verzweifelt über eine Möglichkeit nachdachte, den Freund zu befreien.

Irgendwie musste es doch gelingen. Ich konnte nicht einfach zusehen, wie die anderen meinen Freund und Partner unter ihre Knute zwangen. Nein, das war nicht möglich, mit mir sollte und durfte man das nicht machen.

Ich war an dem Punkt angelangt, der bei mir eine Trotzreaktion hervorrief. Mein schottischer Dickschädel kam da zum Durchbruch. Wenn alles gegen mich stand oder war, sagte ich mir: Jetzt erst recht! Nun wird gekämpft!

Der Eiserne Engel merkte genau, was in mir vorging. »Keine voreiligen Entschlüsse, John Sinclair«, warnte er mich. »Du musst dich vorsehen, darum bitte ich dich!«

»Ich will Suko. Egal wie!«

»Auch als Feind?«

Ich schaute dem Eisernen in die Augen. »Auch das. Ich will ihn auch als Feind und nicht in den Klauen der anderen lassen, wenn du verstehst, was ich meine.«

»Ja, das verstehe ich schon, aber lass dir gesagt sein, ich bin nicht umsonst so pessimistisch. Fast habe ich das gleiche Gefühl wie damals in Atlantis.«

Es war erschreckend für mich, als er mir diese Antwort gab. So kannte ich ihn in der Gegenwart nicht. Da war er ein Wesen, das nicht aufgab, das wild und entschlossen seinen Feinden entgegentrat und es auskämpfte. Aber jetzt …

Hatte der Eiserne Engel aufgegeben? Ich blickte ihn von der Seite her an, doch in seinem Gesicht las ich keine Reaktion. Es war und blieb unbeweglich.

Welche Gedanken mochten sich hinter dieser Stirn abspielen? Ich war kein Telepath, konnte sie nicht lesen, aber ich war fest entschlossen, nicht aufzugeben.

»Ich unternehme etwas«, sagte ich mit trotziger Stimme.

»Und wie? Ein zweites Mal kann ich Kalifato nicht überraschen. Er ist gewarnt. In der Schlucht der Stummen Götter hat er meinen Schwur wohl vernommen, ihn allerdings nicht ernst genommen. Nun nimmt er ihn ernst, er wird seine Magie einsetzen und uns …«

Der Eiserne Engel redete nicht mehr weiter, denn nun sprach der Dämon. Seine Stimme donnerte uns entgegen. Die Worte klangen wie Paukenschläge in meinen Ohren.

»Es gab Zeiten, da fürchteten sich unsere Gegner, überhaupt gegen uns anzutreten, dann war die Leichenstadt lange verschollen. Jetzt kehrt sie zurück, und die alten, grausamen Zeiten werden wieder anbrechen. Ich will meine Opfer, und ich werde sie bekommen. Der Eiserne Engel hat es geschafft und mir das wichtigste Opfer entrissen, aber es war nur das Vorspiel. Ich bekomme dich, Sinclair, ich kriege alle, denn dem Todesboten ist keiner gewachsen.«

Oft hatte ich solche und ähnliche Worte gehört. Manchmal hatte ich darüber nur gelacht, doch als ich

Kalifato anschaute, da war mir klar, dass ich nicht mehr lachen konnte. Er war zu mächtig, zu grausam, zu menschenfeindlich, und er führte das aus, was er sich einmal vorgenommen hatte.

Er würde und wollte töten!

Meine Kopfhaut zog sich zusammen, ich spürte den Schauder, der über meinen Rücken rieselte. Ich sah den Eisernen Engel an, der seine Hand auf den Schwertgriff gelegt hatte.

Auch er ahnte, dass etwas folgen musste. Beide hatten wir uns nicht getäuscht, denn Kalifato wurde wieder zu einer grausamen Bestie. Einmal hatte der Eiserne Engel den grünen Strahl durch die Kraft seines Schwertes kappen können, aber der mächtige Dämon hatte Zeit gefunden, seine magischen Energien zu erneuern.

Und die setzte er ein.

Wir hörten das Fauchen, das entstand, als der Strahl vor seinen Lippen aufplatzte, einen Bogen schlug und auf die Wasserfläche zusegelte. Nein, es war eine optische Täuschung, hervorgerufen durch unseren schrägen Blickwinkel.

Nicht die Wasserfläche wurde getroffen, sondern das Schiff. Und zwar voll.

»Er holt sich die Menschen!«, schrie ich.

Kaum hatte ich die Worte ausgesprochen, als ich die Bewohner des Dorfes wie Puppen über das Deck rutschen und fliegen sah. Sie wirbelten durcheinander, gerieten in den verdammten Sog und wurden auf das Maul des Dämons zugerissen.

Diesmal lief der unheimliche Vorgang sogar noch schneller ab. Ein gewaltiges Heulen, Pfeifen und Brausen lag in der Luft, als würden zehn Düsenjäger auf einmal über den See fliegen.

»So tu doch etwas!«, brüllte ich dem Eisernen Engel zu.

Und der startete …

Es sah so gemächlich aus, wie er zuerst seine Flügel ausbreitete und den schweren Körper vom Boden erhob, dann aber, als er sich über dem Wasser befand, wurde er immer schneller, nahm ein ungeheures Tempo auf und war nicht mehr zu stoppen.

Ich stand hilflos am Ufer und musste mit ansehen, wie der Kampf zwischen den anderen ausgetragen wurde.

So schnell und beweglich der Eiserne Engel auch war, gegen die dämonische Kraft des Kalifato konnte er trotzdem nichts ausrichten. Seine Magie hatte das Schiff und vor allen Dingen die Menschen voll getroffen. Sie waren in den Strahl geraten, und ich sah die Körper darin wirbeln und sich überschlagen.

Mir wurde auch bewusst, in welch einer Gefahr ich schwebte, denn der Dämon brauchte den Strahl nur in Richtung Ufer zu schwenken, um mich zu erfassen.

Dann hatte ich keine Chance mehr, denn der Eiserne Engel konnte sich um mich nicht kümmern.

Mein Retter hatte den Dämon inzwischen erreicht. Das Gesicht schwebte so weit über dem See, dass selbst der Eiserne Engel nur noch als eine kleine Figur zu erkennen war. Ich zitterte und fieberte mit ihm. Vielleicht konnte er noch die Hälfte der Menschen retten, denn die anderen waren inzwischen im Maul des Urzeit-Dämons verschwunden.

Es war eine falsche Hoffnung, denn Kalifato bewies erneut seine unglaubliche Stärke. Die Reaktion war im wahrsten Sinne des Wortes ein Orkan.

Wieder hörte ich das Heulen, der Wind fegte heran, ein Wind, der aus der Unendlichkeit oder einer anderen Dimension zu kommen schien, und er fiel nieder auf den See, wo er nicht nur das Wasser aufwühlte, sondern die Wellen zu gewaltigen Fontänen drehte, die himmelan stiegen, aber nicht wieder zurücksanken, wie man es normalerweise hätte erwarten können.

Das Wasser änderte seine Form. Aus der Flüssigkeit wurde ein festes Material, und da das Wasser durch den Torf sehr dunkel war, formten die Fontänen gewaltige Säulen, die in der Luft stehen blieben und mich an riesige Finger aus Teer erinnerten.

Es waren nicht nur drei oder vier Fontänen, sondern wesentlich mehr. Sie bildeten einen gewaltigen Ring um das Schiff, Kalifato und auch den Eisernen Engel, der meinen Blicken nun endgültig entzogen war, sodass ich nicht mehr sehen konnte, wie er sich gegen seinen Feind verteidigte.

An ihren Enden falteten sich die Fontänen wie Pilze auseinander, wobei aus ihnen schreckliche Gestalten wuchsen, die feurige Schwerter trugen und diese in einem wahren Wirbel um ihre Köpfe drehten. Sie zeichneten Feuerringe in die Luft, die fauchten und knatterten, immer größer wurden, sich an den Rändern berührten und eine regelrechte Barriere bildeten, die keiner, wahrscheinlich auch nicht der Eiserne Engel, durchbrechen konnte.

Es war ein gewaltiges Bild. Zum ersten Mal erlebte ich die grauenvolle Magie einer fernen Zeit und stellte fest, welche Hilfstruppen ein Dämon wie Kalifato besaß. Es waren Monster, die ähnlich aussahen wie er. Auch grün mit zerlaufenden farbigen Streifen innerhalb ihrer Haut und aus einer glatten Masse bestehend, die mich entfernt an Knetgummi erinnerte, denn sie bewegten sich auf diesen schwarzen Pilzen stehend seltsam langsam, aber in einem gleichmäßigen Rhythmus.

Und der Eiserne Engel?

Vergeblich und verzweifelt hielt ich nach ihm Ausschau, ebenso wie nach Suko, der sicherlich in den unheimlichen Sog geraten war und sich längst in der Leichenstadt befand.

Sekunden dauerte dieser unheimliche Spuk. Dann fielen die »Fontänen« plötzlich zusammen, wurden wieder zu Wasser, das hoch aufschäumte, als die dunklen Massen auf die ebenfalls schwarze Oberfläche des Sees zurückklatschten.

Etwas blieb zurück.

Der grüne Strahl.

Und es befand sich noch eine Person darin. Trotz der Entfernung konnte ich sie erkennen, denn sie schwang wild und kraftvoll ihr Schwert, ohne jedoch den Strahl völlig zerstören zu können, denn diesmal hatte Kalifato alle Kräfte eingesetzt, die ihm zur Verfügung standen, und seine Magie so stark verdichtet wie möglich.

Der Engel hatte keine Chance.

Aus schreckgeweiteten Augen erkannte ich, wie er, die jetzt kleine Figur, in den Riesenrachen eintauchte und von mir nicht mehr gesehen wurde.

Aus …

Kalifato hatte auch meinen letzten Helfer an sich gerissen. Jetzt konnte er sich mir zuwenden, und mir wurde bewusst, dass mir ein Duell auf Leben und Tod bevorstand. Dazu mit Chancen, die ich realistisch einschätzte. Sie standen eins zu tausend gegen mich!

Ich wusste nicht, wie lange ich am Ufer gestanden und gewartet hatte. Mit der rechten Hand umklammerte ich mein Kreuz, als wäre es der letzte Rettungsanker.

Die Zeit spielte einfach keine Rolle mehr, sie war nebensächlich geworden, ich dachte nur daran, dass ich irgendwie überleben wollte, ohne dabei einen bestimmten Plan zu haben.

Der Strahl war ebenfalls verschwunden. Nur noch das Gesicht befand sich am Himmel. Auch die Menschen sah ich nicht mehr. Waren es auch dämonische Diener, so hatte ich trotzdem irgendwie das Gefühl gehabt, nicht allein zu sein. Jetzt aber gab es keinen mehr, auf den ich mich verlassen konnte. Alles hatte Kalifato an sich gerissen.

Ein leeres Schiff lag auf dem Wasser und wurde von den sich nur allmählich beruhigenden Wellen geschaukelt.

Allerdings ein Schiff, das fuhr!

Wie von Geisterhand geschoben, bewegte es sich, drehte bei und nahm Kurs auf das Ufer, an dem ich stand.

Wieder einmal geschah etwas Unbegreifliches. Ich konnte den hellen Bart der Bugwellen erkennen, den das Schiff vor sich herschob, aber ich sah keinen Menschen, der am Ruder stand und den Kahn lenkte. Kein Segel war gesetzt, kein Wind konnte es aufblähen, und doch fuhr das Schiff.

Kalifato schaffte alles. Er war in der Tat ein ungemein mächtiger Dämon.

Meine Blicke schwenkten zwischen dem gemächlich heranschaukelnden Kahn und dem Gesicht am Himmel hin und her. Das Maul hatte Kalifato wieder geschlossen. Nichts deutete darauf hin, was vor kurzer Zeit geschehen war.

Ich war Zeuge dieses Vorgangs geworden, und ich konnte mir sehr gut vorstellen, dass Kalifato keinen dieser Menschen je wieder freigeben würde.

Auch den Eisernen Engel nicht.

Ihn hatte er ebenfalls verschluckt. Für mich war diese Tatsache mit am schlimmsten, wenn ich in Betracht zog, wie mächtig und stark der Eiserne sich mir gezeigt hatte. Aber Kalifato war stärker. Er hatte einen Gegner erledigt, nun machte er sich daran, auch den zweiten auszuschalten.

Und das war ich.

Der Dämon schickte das Boot. Zielstrebig näherte es sich dem Ufer, als würde ein Computer es führen. Es trieb über das dunkle Wasser, wobei es von den unerbittlichen Augen des Kalifato beobachtet wurde.

Ich wartete ab, denn mir blieb in diesen Augenblicken wirklich nichts anderes übrig. Ich wollte genau wissen, was sich Kalifato ausgedacht hatte, deshalb war es müßig, selbst die Initiative zu ergreifen. Der andere wollte ja etwas von mir.

Das Boot geriet jetzt in flachere Gewässer. Wenn es so weiterfuhr, lief es irgendwann einmal auf Grund, dessen war ich mir sicher.

Das geschah nicht. Der unsichtbare Steuermann wusste genau, was er zu tun hatte. Die weiße Bugwelle verlor ihre Farbe, der Kranz wurde schmaler und verschwand schließlich völlig.

Das Schiff fuhr nicht mehr. Es dümpelte nur noch auf dem Wasser. Sein eigentliches Ziel war erreicht.

Ich schätzte die Entfernung ab. Vielleicht zwanzig Yards, mehr auf keinen Fall.

Was würde jetzt geschehen?

Ich ließ die vergangenen Minuten noch einmal vor meinem geistigen Auge Revue passieren. Die Menschen waren in den gefährlichen Sog geraten, mit ihnen auch der Eiserne Engel, aber ein Wesen hatte ich nicht innerhalb des Strahles gesehen.

Das blaue Skelett!

Natürlich konnte ich mich getäuscht haben, ebenso war es möglich, dass sich der Knöcherne noch auf dem Schiff befand.

Meine zweite Annahme wurde mir sehr schnell bestätigt, denn das blaue Skelett zeigte sich.

Zuerst sah ich nur den schwachen Schein über der hölzernen Reling, danach erschienen zwei Knochenklauen, die sich auf das Holz legten, sodass ich das Gefühl hatte, als wollten sie den Körper heranziehen.

Der folgte auch. Er wuchs über die Bordwand des Schiffes hinaus, und ich schaute direkt auf seinen blau schimmernden Knochenschädel mit den leeren Augenhöhlen, in denen trotzdem ein gefährliches, unheimliches Leben steckte.

Es war also nicht verschwunden, sondern hatte sich nach wie vor auf dem Schiff aufgehalten.

Noch ein Gegner mehr!

Wollte Kalifato dem Skelett den Triumph überlassen, mich zu besiegen? Alles deutete darauf hin. Doch ich verfiel einem großen Irrtum, Kalifato verfolgte völlig andere Pläne. Denn nun holte das Skelett seinen letzten Trumpf hervor.

Es bückte sich, und ich hatte für einen Moment das Gefühl, es würde verschwinden. Als ich schon vorlief und mein rechter Fuß bereits im Wasser stand, da erschien es wieder.

Aber nicht allein.

Es hielt einen Menschen fest. Dabei hatte es seinen rechten Knochenarm um die Hüfte des Mannes geklammert, der bewegungslos in seinem Griff hing.

Ich kannte den Mann.

Es war Suko.

Und verdammt, Freunde, er sah wieder völlig normal aus!

Mit dieser Überraschung hätte ich nicht gerechnet. So, wie Kalifato die Magie gebracht hatte, so konnte er sie auch wieder nehmen. Er war so mächtig.

Mich hatte dieses Bild durcheinandergebracht. Ich war so perplex, dass ich sogar zu atmen vergaß und mir ein kalter Schauer über den Körper rann.

In die erste Freude allerdings mischte sich der große Zweifel. Was hatte das Skelett mit meinem Partner vor? Weshalb sah Suko wieder so normal aus? Das hatte Kalifato sicherlich nicht aus reiner Menschenfreude getan, dahinter steckte ein Motiv, ein gefährlicher Plan, denn so weit kannte ich ihn inzwischen.

Bisher hatte noch niemand ein Wort gesprochen. Weder das Skelett noch ich. Und am Himmel stand unbeweglich das gewaltige Gesicht des Dämons Kalifato, der auf alles hinabschaute und unser Handeln genau beobachtete.

Suko konnte sich nicht rühren. Er hing im Griff des Knöchernen wie eine Puppe, und als sich der Schädel des blauen Skeletts bewegte, da wusste ich, dass der Knöcherne jetzt seine Bedingungen stellen wollte.

»Ich habe deinen Freund in meiner Gewalt, John Sinclair«, sagte er. »Und er wird in meiner Gewalt bleiben und wieder ein Veränderter werden.«

»Was soll das alles?«, fragte ich. »Aus welchem Grunde treibt ihr dieses Spiel?«

»Wir wollen dich.«

»Bitte, ich bin hier.«

Da lachte das Skelett auf. »Ja, das sehe ich, aber wir wollen dich anders. Du sollst uns freiwillig folgen. Ich gebe dir eine Chance, deinen Freund zu retten.«

»Indem ich auf das Schiff komme?«

»Ja.«

Ich zögerte keine Sekunde, sondern stimmte zu. »All right, Fährmann, ich komme.«

»Moment noch«, donnerte mir das Skelett entgegen, »aber waffenlos musst du sein!«

Das also war der Trick bei der Sache. Ich hatte es geahnt. Die Gegenseite wollte mich reinlegen, und sie hatte da ein verflucht gutes Druckmittel in der Hand.

Suko!

»Du kannst es auch sein lassen«, sagte der Knöcherne mit hämisch klingender Stimme, »dann hat es deinen Freund gegeben.«

Der Hund bluffte nicht, davon war ich fest überzeugt. Und ich stimmte zu.

»Dann weg mit den Waffen!«, forderte mich das blaue Skelett noch einmal mit scharfer Stimme auf.

Was blieb mir anderes übrig, wenn ich das Leben meines Freundes retten wollte? Wobei es überhaupt eine Frage war, ob ich es schaffte, denn ich glaubte nicht, dass mein Gegner ihn und mich freilassen würde, wenn wir uns einmal auf dem Schiff befanden.

Das Kreuz, die Beretta, der Dolch und der Bumerang. All diese Dinge legte ich der Reihe nach ab und schaute für einen Moment auf meine treuen Begleiter.

Das Kreuz hatte eine Aura gebildet. Sie strahlte dort, wo die vier Buchstaben der Erzengel eingraviert waren. Hier konzentrierte sich die Kraft.

Das Skelett hatte gesehen, wie ich meine Waffen ablegte. Es lachte. »So ist es richtig, John Sinclair. So und nicht anders. Sollte ich noch eine Waffe bei dir finden, wirst du zerrissen!«

»Ich habe keine mehr.«

»Dann ist es gut!«

»Soll ich rüberschwimmen?«

»Ja.«

Ich holte noch einmal tief Luft und stieg in das Wasser des unheimlich wirkenden Sees …

Mittlerweile machte mir es schon nichts mehr aus, in den See zu tauchen. Man gewöhnt sich eben an alles. Die Kleidung war sowieso noch feucht. Nun wurde sie eben nass.

Hinter uns lag ein deprimierender Fall. Wir hatten es mit Gegnern zu tun, die uns über waren, die ihre Bedingungen diktieren konnten und es auch taten.

Ich beeilte mich nicht einmal sonderlich, denn ich wusste, dass ich meinem Verderben entgegenschwamm und dem Freund wohl kaum helfen konnte. Ich tat es eigentlich nur, um mein Gewissen zu beruhigen.

Es liefen kaum noch Wellen gegen mich an. Glatt lag die Oberfläche des Sees vor mir.

Sehr schnell hatte ich das Schiff erreicht und entdeckte das Tau, das außen an der Bordwand nach unten hing. Ich umklammerte es und zog mich daran hoch.

Mit ein paar Griffen hatte ich es hinter mich gebracht, sodass ich an Bord klettern konnte. Nass wie ein ertränkter Hund stand ich auf den Planken. Das Wasser lief an mir herab. Es tropfte aus meiner Kleidung und bildete Lachen.

Nach rechts musste ich mich drehen, um das Skelett anschauen zu können. Es hatte seinen Standort nicht verändert, und es hielt nach wie vor Suko fest.

Als ich den Knöchernen allerdings anstarrte, ließ er den Chinesen los, der dumpf auf die Planken fiel.

Ich hatte vom Ufer her nicht erkennen können, was mit Suko geschehen war. Er konnte bewusstlos, aber auch tot sein. Selbst aus dieser Entfernung konnte ich da keine genaue Antwort geben.

Nur seine Haut zeigte wieder die völlig normale Farbe. Wahrscheinlich hatte man mich damit locken wollen, und es war dem Skelett auch gelungen.

»Was willst du also?«, fragte ich den Knöchernen, der einmal den Schlüssel zur Leichenstadt bewacht hatte.

»Dich und ihn!«

»Gut, du hast uns beide. Und jetzt?« Nach dieser Frage schielte ich zum Himmel hoch, wo noch immer finster und drohend das Gesicht des Urzeit-Dämons stand.

»Erst wirst du die Rache der Großen Alten kennen lernen. Sie haben dich erkannt, John Sinclair, sie wissen von dir, allein durch Izzi haben sie erfahren, wer du bist. Izzi hatte es ihnen gesagt und Belphégor ebenfalls.«

»Belphégor?«, echote ich.

»Genau der.«

»Lebt er denn?«

»Und wie.« Das blaue Skelett lachte. »Er und Izzi haben sich verbündet. Sie sind zu Partnern geworden, aber das wirst du alles nicht erleben.«

Den letzten Satz hörte ich gar nicht. Ich dachte nur an Belphégor, den Dämon mit den schrecklich kalten Augen. Erbarmungslos war sein Blick, und er besaß noch ein Markenzeichen. Die Flammenpeitsche. Schon zweimal war ich gegen ihn angetreten. Beim letzten Mal hatte ich geglaubt, einen großen Sieg errungen zu haben. Belphégor war in die Mikrowelt geschleudert worden, und ich rechnete stark damit, dass er für alle Zeiten ausgeschaltet worden war.

Leider eine Täuschung, denn ich glaubte den Worten des Knöchernen. Er hatte es nicht nötig, noch einen Bluff abzufahren. Nein, das brauchte er nicht.

Und was er mir da eröffnet hatte, waren schlimme Perspektiven. Die Großen Alten hatten die Dämonen aufgefangen, die ich glaubte, besiegt zu haben.

Ein schlimmer Irrtum meinerseits.

Dieses Skelett hatte sich zu einem Gegner entwickelt, den ich kaum besiegen konnte, weil ein anderer hinter ihm stand. Kalifato wusste genau, welchen Plan er verfolgte, und er würde eingreifen, um die letzte Entscheidung zu treffen.

Mein Blick traf den auf den Planken liegenden Suko. Er war auf die Seite gerollt, seine Jacke stand offen, und ich glaubte meinen Augen nicht zu trauen, denn ich sah die beiden Waffen.

Einmal die Dämonenpeitsche und auch seinen von Buddha geerbten Stab, mit dem man die Zeit für fünf Sekunden anhalten konnte.

Waren die anderen ihrer Sache so sicher?

Ich spannte unwillkürlich meine Muskeln an. Plötzlich standen meine Chancen gar nicht so schlecht. Allerdings ließ ich Kalifato aus dem Spiel, an ihn wollte ich nicht mehr denken. Ich konzentrierte mich nur auf das Skelett, denn es bildete die unmittelbare Gefahr.

Und es wollte mich vernichten.

Bevor ich mich versah, hatte es sich schon in Bewegung gesetzt und schritt auf mich zu …

Bisher hatte ich es nur relativ langsam erlebt, doch nun bewies es mir das Gegenteil. Es konnte schnell sein, fast wie ein Mensch, nur dass seine bleichen Knochen auf den Planken des Schiffes hohl klingende Geräusche hinterließen.

Ich rannte nicht weg, wich auch nicht aus, sondern griff den Knöchernen an.

Mit der Faust schlug ich zu, traf auch, und als ich ihn berührte, befürchtete ich, wahnsinnig zu werden. Der Knöcherne schien unter Strom zu stehen. Ein gewaltiger Schmerz zog durch meinen Arm und fraß sich hoch bis zur Schulter. Ich krümmte mich, fiel zu Boden und überrollte mich dort, wobei ich mehrmals aufstöhnte und auch das Lachen meines Gegners hörte. Das blaue Skelett brauchte keine Waffe. Es war selbst Waffe genug, wie ich festgestellt hatte.

Ich rollte mich über das Deck, während mir mein rechter Arm überhaupt nicht gehorchte, sondern hin und her zuckte. Weit hatte ich den Mund aufgerissen, holte pfeifend Luft und wurde erst von der Bordwand gestoppt.

Trotz der Schmerzen überwog die Angst vor dem Unheimlichen. Ich hatte das Mädchen Karen gesehen, wie es sich verwandelte, nachdem es mit dem Skelett zusammengetroffen war, und ich befürchtete, dass mit mir – jetzt, da ich waffenlos war – das Gleiche geschehen würde.

Deshalb schaute ich auf meine rechte Hand, und ich glaubte, ein feines blaues Leuchten auf der Haut zu sehen. Darum konnte ich mich nicht kümmern, musste es hinnehmen und versuchen zu retten, was noch zu retten war.

Noch lag ich auf den Planken, sah das Skelett, das mich zielstrebig ansteuerte, um mich zu vernichten.

Allerdings war der Weg zu Suko frei. Den Freund musste ich erreichen und durfte mich auf keinen Fall von dem Knöchernen in die Enge drängen lassen.

Der Chinese lag links von mir. Das Skelett kam schräg von der linken Seite auf mich zu, es deckte praktisch meinen Weg zu Suko. Also musste ich es täuschen. Mit einem Ruck war ich auf den Beinen, ich kümmerte mich nicht mehr um meinen Arm, sondern täuschte einen Weg nach rechts vor, den auch das Skelett einschlagen wollte, denn ich sah, wie es sich in diese Richtung wandte.

Blitzschnell stoppte ich ab, drehte meinen Körper nach links, hetzte auf Suko zu und schaffte es, dicht vor den zugreifenden Knochen entlangzuwischen.

Die Hände griffen ins Leere, ich hatte freie Bahn, stürzte mich neben Suko zu Boden, riss den Stab aus seinem Gürtel und schrie das Wort, das alles ändern sollte.

»*Topar*!«

Auf dem Rücken lag ich, hatte beide Hände fest um den Stab geklammert, mein Gesicht war verzerrt, ich bebte innerlich und hoffte, dass ich es schaffte.

Ja, ich packte es.

Die Magie des Stabes, sie hatte sich in der letzten Zeit wieder aufladen können, reichte aus, um meine Umgebung zu verändern.

Das Skelett erstarrte.

Auf einmal konnte es sich nicht mehr bewegen, war ein zu Stein gewordenes Monster, das den linken Arm vorgestreckt hielt und den rechten leicht angewinkelt.

Fünf Sekunden nur.

Eine Zeit, die alles entscheiden musste.

Ich steckte den Stab wieder weg und packte dafür eine andere Waffe, die ebenfalls Suko gehörte.

Es war die Dämonenpeitsche!

Mit ihr konnte und würde ich einen Sieg erringen. Dieses verdammte Skelett sollte niemanden mehr in Gefahr bringen. Blitzschnell schlug ich den Kreis. Die drei Riemen fielen aus der Öffnung. Ein seltsames Leder, das aus der Haut des Herrn der roten Hölle bestand, eines ebenfalls gefährlichen Dämons, den Myxin, der kleine Magier, vor einiger Zeit besiegt hatte.

Ich konnte das Skelett nicht töten, während die fünf Sekunden noch liefen. Hätte ich das getan, wäre die Magie des Stabes aufgehoben worden.

Aber ich stand vor dem Knöchernen, den Arm zum Schlag erhoben, und wartete darauf, dass die Zeit um war.

Vorbei!

Das Skelett bewegte sich wieder. Es war wie in dem berühmten Märchen Dornröschen. Die Personen, die hundert Jahre geschlafen hatten, nahmen dort die gleichen Tätigkeiten wieder auf, die sie vor dem Schlaf ausführten.

So auch der Knöcherne.

Er streckte seinen Arm vor, wollte mich greifen. Ich ließ den Arm nach unten sausen, der Treffer schüttelte ihn durch, das Skelett wurde zurückgeschleudert, und ich hörte sogar das Klappern seiner Knochen, als diese heftig gegeneinander schlugen.

Mein Gegner taumelte zurück. Plötzlich hatte er einen Schwächeanfall. Ich sah, wie er in den Knien einsackte und nicht mehr an Widerstand dachte.

Abermals drosch ich zu.

Es war ein gewaltiger Hieb mit dem linken Arm. Ich hatte all die Wut, den Zorn und den Hass hineingelegt, den ich spürte, und die drei Riemen fegten tatsächlich den Schädel des Knöchernen zur Seite. Er dröhnte auf die Planken, rollte weiter und wurde erst von der Bordwand gestoppt.

Das war's.

Mein Arm sank nach unten. Schwer atmend stand ich vor meinem erledigten Gegner, der sich langsam auflöste. Bläulich schimmernder Staub blieb zurück.

Dann drehte ich mich um.

Zuerst traf mein Blick den Himmel, wo ich das Gesicht des gewaltigen Dämons gesehen hatte.

Es war noch immer vorhanden, aber ich musste schon genau hinschauen, um es zu erkennen. Nur ein blasser Schemen war dort zu sehen, und er zog sich immer mehr zurück, bis er völlig verschwunden war. Für mich war dies ein Rätsel, wo Kalifato doch die Kraft hatte, mich zu zerstören, gerade jetzt, da ich mein Kreuz nicht mehr trug.

Wieso verschwand er?

Den Grund sah ich sehr bald. Es war der Eiserne Engel. Als Punkt schwebte er hoch über mir am Firmament, und ich hatte das Gefühl, als würde er mir mit seinem gezückten Schwert einen Gruß zusenden. Dann hörte ich auch seine Stimme.

Aus weiter Ferne erreichte sie meine Ohren, war aber in der Stille zu verstehen.

»Die Götter habe mir die Kraft gegeben«, vernahm ich. »Die Magie meines Schwertes hat Kalifato zurückgeschlagen. Frag mich nicht danach, wie ich es geschafft habe. Du wirst es irgendwann einmal selbst erleben, aber es geht. Wir haben den ersten Angriff der Großen Alten gestoppt. Leb wohl, John Sinclair …«

Es waren seine letzten Worte, dann verschwand er und ließ einen ziemlich ratlosen Geisterjäger zurück.

Mein Gott, wie wenig wusste ich doch! Welche Geheimnisse umgaben all die Welten, das Kreuz, meine Helfer, die Dämonen, die guten und die bösen Mächte?

Ich wusste es nicht, vielleicht würde ich es nie erfahren, oder auch nur einen Teil.

Es war müßig, darüber nachzudenken, denn dieser Fall war abgeschlossen, allerdings mehr als unbefriedigend, denn ich brauchte nur über Bord zu blicken und das leere Dorf zu sehen. Darkwater war entvölkert worden durch die ungeheure Grausamkeit eines Dämons aus der Urzeit.

Was mit den Menschen geschehen war, das konnte ich nicht sagen. Ich wusste es nicht. Sie waren irgendwo in der Leichenstadt verschollen. Als Lebende, als Tote, ich hatte keine Ahnung. Es blieben zu viele Rätsel zurück.

Neben Suko kniete ich mich nieder. Ich sah in das bewegungslose Gesicht des Chinesen. Kein Muskel zuckte darin, es wirkte wie eine glatte Fläche. Die Magie des Knöchernen war nicht auf ihn übergegangen. Seine Haut hatte keinen blauen Schimmer, ebenso wenig die meine.

Und er lebte. Ich stellte dies fest, als ich nach seinem Puls fühlte.

Mit Wasser, das ich in sein Gesicht spritzte, brachte ich ihn wieder zu sich.

Suko konnte sich an nichts erinnern. Er stellte Fragen, die ich ihm ziemlich einsilbig beantwortete, denn auch ich stand noch immer unter dem Druck der Ereignisse.

Als er sich erkundigte, ob wir es geschafft hatten, da hob ich nur die Schultern. Irgendwann gingen wir an Land, wo ich auch meine Waffen wieder an mich nahm. Zu Fuß kehrten wir zurück in den schweigenden, ausgestorbenen Ort.

Auf der Hauptstraße stand eine einsame Gestalt. Ein kleines Mädchen, das sich in der Kirche befunden hatte, als das Unheil über Darkwater hereinbrach. Ich hatte dem Kind versprochen, seine Eltern zurückzuholen. Dieses Versprechen hatte ich nicht halten können. Und das musste ich der Kleinen erst einmal erklären.

Wahrscheinlich lief es darauf hinaus, dass wir sie vorläufig in einem Heim unterbrachten, wobei ich hoffte, dass ich die Menschen irgendwie einmal zurückholen konnte.

Wann das sein würde, das stand in den Sternen …

ENDE

In den Krallen der Roten Vampire

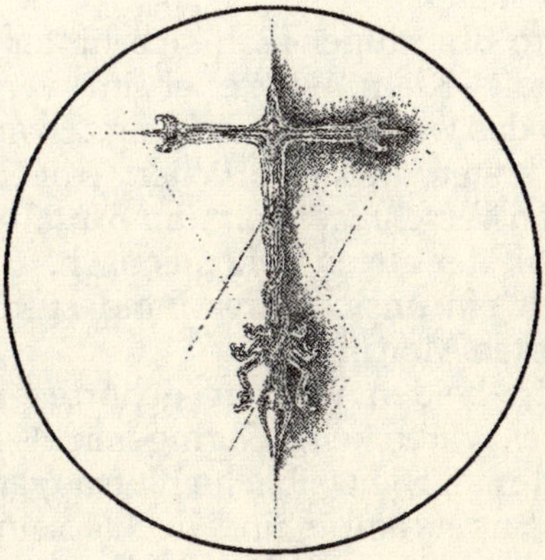

Düster, unheimlich und rätselhaft gähnte der Eingang der Höhle im Fels. Darüber wuchs das dichte Gestrüpp wie eine Wand. Es schien das fahle Licht des Halbmonds daran hindern zu wollen, in den tiefen Schacht einzudringen.

Es war kurz vor Mitternacht. Die Natur lag unter dem schweigenden Mantel der Finsternis. Ein warmer Sommertag hatte der Dunkelheit Platz gemacht, und in den Dörfern der hügeligen Gegend hatte man sich längst zur Ruhe gelegt. Das war die Zeit, wo sich noch einsame Wanderer auf den Höhenrücken der Schwäbischen Alb bewegten. Die meisten Menschen lagen längst in ihren Betten und schliefen.

Seltsame Gestalten, unterschiedlich anzusehen, aber in einem sich völlig einig.

Nach der Jagd auf Blut!

Es waren Vampire, die sich durch die Nacht bewegten. Albtraumhafte Geschöpfe, die Angst und Schrecken verbreiten konnten, und immer waren sie auf der Suche nach dem kostbaren Lebenssaft.

Einer von ihnen wirkte wie ein Riese. Er ging gebückt, aber dennoch geschmeidig. Irgendetwas trieb ihn voran. Er konnte es kaum erwarten, endlich vor dem Ziel zu stehen.

Der zweite Blutsauger hielt sich hinter der hünenhaften Gestalt. Klein wirkte er im Vergleich zum ersten, doch das war eine Täuschung. Zwar konnte der zweite den ersten an körperlicher Größe nicht erreichen, doch an Verschlagenheit und Brutalität stand die zweite Gestalt der ersten in nichts nach.

Beide hielt ein unsichtbares Band zusammen. Das der dezimierten Mordliga!

Jawohl, die beiden Vampire gehörten zu Dr. Tods Bande, und es waren keine Geringeren als Lady X und Vampiro-del-mar. Die weibliche Blutsaugerin hielt sich hinter dem Supervampir und deckte seinen Rücken. Wie immer hatte sie ihre Maschinenpistole mit, eine

Waffe, die jetzt wieder mit normalen Kugeln geladen war.

Nur noch drei Mitglieder zählte die Mordliga. Vampiro-del-mar, Xorron und Lady X.

Die anderen waren im Laufe der Zeit getötet worden.

Natürlich war Lady X in der Achtung des großen Meisters Solo Morasso gestiegen. Und Dr. Tod hatte auch nichts dagegen, dass die Blutsaugerin Vampiro-del-mar begleitete, der immer noch auf der Suche nach seiner Vergangenheit war. Vom Meeresgrund hatte Morasso ihn heraufgeholt. Er hatte dort Jahrtausende geschlafen und konnte sich an nichts erinnern. Er wusste nur, dass er ein Supervampir war und Kaiser genannt werden wollte, was aber kaum jemand tat, denn die Machtverteilung innerhalb der Blutsauger-Hierarchie war noch längst nicht festgelegt. Da wollte Lady X auch noch ein Wörtchen mitreden. Deshalb stand sie ihrem Begleiter mit einer gewissen Distanz gegenüber. Sie hielt ein sehr strenges Auge auf ihn, denn er sollte ihrer Kontrolle auf keinen Fall entgleiten.

Vampiro-del-mar wollte endlich einen Schleier des Geheimnisses lüften, das um seine Vergangenheit lag, und er hatte sich erinnert, als Dr. Tod einen Zeitungsartikel vorlas.

Um auf dem Laufenden zu bleiben, ließ sich Morasso all das durchgeben, was in der Welt geschah. Er hatte einen guten Freund und Helfer, den in London lebenden Mafiachef Logan Costello. Der versorgte ihn mit allen Meldungen, und die Nachricht über den Fund eines versteinerten Vampirs hatte in einer deutschen Zeitung gestanden.

Es war ein Roter Vampir gewesen, wie Morasso hatte lesen können. Als Vampiro-del-mar davon erfuhr, da horchte er auf.

»Die Roten Vampire«, hatte er gesagt. »Meine Vampire.«

Dr. Tod und Lady X schalteten schnell. Mit Hilfe des geheimnisvollen Würfels ließen sie sich nach Deutschland versetzen und befanden sich nun in dem Gebiet, in dem die Vampire gefunden worden waren.

In der Schwäbischen Alb.

Lady X und Vampiro-del-mar brauchten keinen genauen Plan. Um ihre Widersacher zu finden, gingen sie allein dem Geruch nach, bis sie vor der Höhle standen. Der Supervampir schaute Lady X an.

»Da sind sie!« Seine Stimme hörte sich an, als würde jemand Knäckebrot brechen.

»Du bist dir sicher?«

»Ja.«

Lady X nickte. Sie mochte dieses Monstrum nicht. Es sah auch zum Fürchten aus. Während Lady X wie immer ihre Lederkleidung trug, hingen um seinen gewaltigen Körper nur Lappen.

Das Gesicht glich einer zerstörten Kraterlandschaft, war mit Beulen, Pusteln und Eiterflecken übersät, und aus dem halb offen stehenden Maul ragten gewaltige Zähne, die schon an die eines Säbelzahntigers erinnerten.

Wenn Vampiro-del-mar damit zuhackte, hatte kein Gegner eine Chance. Das wusste auch Lady X. Deshalb war sie vorsichtig und hielt sich immer ein wenig zurück. Sie wollte den Blutsauger nicht reizen, aber sie wartete auf die Chance, ihm eins auszuwischen.

Mit dem Lauf der Waffe deutete die Scott auf den Höhleneingang. »Willst du da runter?«

»Natürlich.«

»Dann geh!«

Vampiro-del-mar zögerte. »Und du?«, erkundigte er sich lauernd. »Was hast du vor?«

»Ich halte hier oben Wache.«

Der Supervampir schien dem Braten nicht so recht zu trauen, denn er schüttelte seinen widerlichen Schädel. »Ich weiß nicht, ob das stimmt«, flüsterte er.

»Traust du mir nicht?«, fragte die ehemalige Terroristin spöttisch.

»Möglich.«

»Keine Angst, ich verschwinde schon nicht.«

»Du hast schließlich auch Lupina getötet, als ihr allein gewesen seid.«

Die Scott lachte rau. Dabei öffnete sie den Mund und zeigte ihre beiden spitzen Vampirhauer. »Das war etwas anderes. Lupina wollte ihren eigenen Weg gehen. Aber du …«

»Hüte dich!«, knurrte Vampiro-del-mar. »Hüte dich davor, mich reinlegen zu wollen. Ich werde dich sonst vernichten, indem ich dir den Kopf vom Körper reiße.«

Das war eine brutale Androhung. Vampiro-del-mar konnte ungemein gewalttätig sein. Er nahm dabei auf niemanden und nichts Rücksicht. Wenn er Blut haben wollte, räumte er furchtbar und schrecklich auf.

Ein langer Blick traf die ehemalige Terroristin, bevor sich Vampiro-del-mar abwandte, in die Knie ging und versuchte, in den durch Buschwerk versteckten Höhleneingang zu klettern.

Er hatte seine Schwierigkeiten, denn er musste die Zweige erst zur Seite schieben. Seine Hüften waren ein wenig breit, sodass er sich ein paar Mal drehte, um überhaupt tiefer rutschen zu können. Dann hatte ihn der Eingang verschluckt, und Lady X wandte sich ab.

Sie ging einige Schritte vor, umrundete dabei zwei Felsen und hatte eine freie Sicht, soweit man davon in der leicht bewölkten Nacht sprechen konnte.

Vor ihr lag die hügelige Landschaft der Schwäbischen Alb. Weite Täler, sanft ansteigende Berghänge, Waldstücke, dazwischen, malerisch verstreut, kleine Dörfer. Sie konnte sie jetzt nicht erkennen, sondern sah nur hin und wieder ein einsames Licht brennen, das wie ein verloren wirkender Stern funkelte.

Auch eine Straße führte durch die Landschaft. In zahlreichen Kurven wand sie sich weiter. Hin und wieder glitt lautlos ein Fahrzeug vorbei. Die hellen Scheinwerferaugen tauchten auf und waren sehr schnell wieder verschwunden.

Lady X wusste nicht, wie viele Rote Vampire es gab. Sie hoffte, dass es keine schlafende Armee war, denn wenn Vampiro-del-mar zahlreiche Diener bekam, konnte sie ihre eigenen Pläne zurückstecken, und das wollte sie nun gar nicht.

Die Zeit verging.

Es war still. Aus dem Tal drangen keinerlei Geräusche in die Höhe, nur ein paar lange Dunststreifen stiegen lautlos an den Hängen hoch und verteilten sich auf den runden Kuppeln der Hügel.

Irgendwie hoffte die Blutsaugerin, dass die Entdeckung des Roten Vampirs eine Zeitungsente war. Aber verlassen konnte sie sich darauf nicht, und wenn die Meldung an die richtigen Stellen geriet, dann war es möglich, dass sich auch ihre Feinde, das Team um John Sinclair, auf den Weg machte, um nachzuforschen.

Ab und zu schritt sie wieder auf den Höhleneingang zu, um nachzuschauen.

Von Vampiro-del-mar hörte sie und sah sie nichts. Die Unterwelt hatte ihn verschluckt.

Nervös war Lady X nicht. Menschliche Gefühle waren ihr fremd. Sie spielte mit dem Gedanken, die Waffe umzuladen und ein mit Silberkugeln gefülltes Magazin hineinzustecken, dann ließ sie es bleiben. Die Zeit würde noch früh genug kommen. Außerdem wollte sie wirklich nichts provozieren und sich erst einmal zurückhalten.

Wieder einmal blieb sie vor dem Einstieg stehen und schaute in die Tiefe. Sehen konnte sie nichts. Die Dunkelheit verschluckte alles. Wie ein Tunnel führte der Weg in die Tiefe, in ein Labyrinth, von dem sie nicht wusste, ob es überhaupt erforscht war. In diesem Teil Deutschlands gab es zahlreiche Höhlen, die immer wieder Überraschungen boten, wenn sie von Forschern betreten wurden. Die Höhlen bildeten ein gewaltiges Netzwerk unter der Erde. Es war weit verzweigt und so verschlungen, dass sich ein Mensch sehr leicht verirren konnte.

Eine Stätte aus der Urzeit der Erde, ein letzter Rest einer unzivilisierten Zeit, der erst allmählich erforscht wurde. Dabei war es durchaus möglich, dass sich noch Überreste gehalten hatten und auch die Roten Vampire lebten.

Ihre Gedanken wurden unterbrochen, als sie ein Geräusch aus dem Höhlentunnel hörte. Sie trat bis dicht an den Rand, kniete sich hin und schaute in die Tiefe.

Lady X glaubte, ein triumphierendes Lachen zu hören, das im Innern des Berges rollte.

»Was ist los?«, fragte sie. Auch ihre Stimme hallte dumpf und wurde weitergetragen.

»Ich habe sie!«

»Die Roten Vampire?«

»Ja.« Die Stimme des gewaltigen Blutsaugers klang jetzt deutlicher, ein Zeichen, dass sich Vampiro-del-mar dem Ausstieg näherte. »Es sind viele, sehr viele …«

Pamela Scott verzog das Gesicht. Dies passte ihr überhaupt nicht, und sie ballte vor lauter Wut ihre Hände zu Fäusten. Vampiro-del-mar sollte keine große Macht bekommen, die wollte sie haben, aber sie hütete sich, ihre Gedanken auszusprechen.

»Ich komme jetzt zurück!«, vernahm sie wieder die dumpfe Stimme des Supervampirs.

»Mit deiner Beute?«

»Ja.«

Lady X zuckte zusammen. Die Zunge fuhr über die vollen Lippen. Endlich war es so weit. Bald würde sie sehen, ob es Vampiro-del-mar tatsächlich gelungen war, einen seiner ehemaligen Diener zu finden, die seit unzähligen Jahren in der Tiefe des Höhlenlabyrinths lauerten oder einen todesähnlichen Schlaf schliefen.

Sehr deutlich vernahm sie die Geräusche, als der Blutsauger sich abmühte, aus dem engen Schacht zu klettern. Der Rückweg war beschwerlicher, denn er brachte schließlich seine Beute mit. Schemenhaft erschien seine Gestalt, dann tauchte seine Hand auf, die sich am Rand des Einstiegs festklammerte.

Der große Blutsauger besaß eine unheimliche Kraft. Auch mit einer Hand schaffte er es, sich in die Höhe zu ziehen. Schon bald erschien sein verzerrtes Gesicht über dem Rand, ein letzter Ruck noch, und er konnte sich aus der Höhle schieben.

Dann stand er neben Lady X.

Unter den rechten Arm hatte er sich seine Beute geklemmt.

Es war ein Roter Vampir.

Lady X starrte das Wesen an. Zwei Beine oder Arme wie die Vampire mit menschlichem Körper hatte es nicht, sondern es sah aus wie eine Fledermaus.

Ja, das war eine Fledermaus. Nicht schwarz wie die normalen, in die sich auch die alten Vampire verwandeln konnten, sondern von einem blutigen Rot.

Vampiro-del-mar bückte sich und legte seine Beute vorsichtig auf den Boden, wobei er behutsam die Flügel ausbreitete. Lady X war von deren Spannweite überrascht.

Das bemerkte auch der Supervampir. Er schaute auf. Seine Augen leuchteten kalt. »Es sind meine Diener«, flüsterte er. »Ich erinnere mich. Vor unzähligen Jahren kämpften sie an meiner Seite, als ich über eine Welt flog, in der es noch keine Menschen gab. Rote Vampire, einige haben überlebt.«

»Sind sie nicht tot?«

»Nein, sie schlafen nur. Ich kann sie erwecken. Und mit ihm mache ich den Anfang.«

»Wie denn?«

Da lachte der Supervampir. »Ganz einfach ist das, Lady X. Ich besorge ihm Blut.«
»Und wann?«
»Jetzt!«

Markus Küppers, zwanzig Jahre jung, war das, was man einen frustrierten jungen Mann nennt. Frustriert aus dem Grund, weil er auf dem flachen Land lebte, wie er immer zu sagen pflegte. Zwischen Stuttgart und Ulm war einfach nichts los. Da konnte man sich als Jugendlicher kaum austoben, und über die Generation, die sich an den Schönheiten der Schwäbischen Alb erfreute, konnte er nur den Kopf schütteln. Hier Urlaub zu machen wie diese Leute wäre ihm nie in den Sinn gekommen. Nein, für ihn musste es Spanien sein, wo der Bär los war.

Aber in dieser Landschaft fühlte er sich lebendig begraben. Es gab zwar einige Diskotheken, doch die konnte man vergessen. Was sich da so herumtrieb, war junges Gemüse, das gern wollte und nicht konnte, weil es um zweiundzwanzig Uhr den Laden räumen musste. So kam es, dass so manche Wochenenden draufgingen und Markus Küppers immer frustrierter nach Hause fuhr.

Von seinem Vater hatte er einen alten VW erhalten. Ein Geschenk zum Abitur. Er hing an dem alten pechschwarzen Käfer, der breitere Reifen hatte und einen knackigen Spoiler.

Es war kurz vor Mitternacht, als Markus Küppers eine Disco verließ. In den vergangenen Stunden war wieder nichts gelaufen. Wenn er an die müden Typen dachte, die in der Disco herumlungerten und den Liedern der neuen deutschen Welle lauschten, wobei die Gruppe ›Trio‹ den Vogel abschoss, konnte er nur den Kopf schütteln.

Nein, das war nicht seine Art. Zudem befanden sich

nur Pärchen in der Bude. Abstauben war nicht drin.

Sein Wagen stand auf dem Parkplatz, wo die Zweige der alten Ulmen ein natürliches Dach bildeten. Es war feucht geworden. Auf dem schwarzen Lack glänzte eine nasse Schicht.

Ein paar Schritte von dem VW entfernt stand ein alter Mercedes. Seine Scheiben waren beschlagen, und manchmal bewegte sich die Karosserie, ein Zeichen, dass innerhalb des Wagens ein Pärchen sehr mit sich selbst beschäftigt war.

Das machte Markus noch wütender. Heftig trat er gegen einen Stein, der rollte über die Landstraße und blieb im Graben liegen.

Er schloss seinen VW auf, klemmte sich hinter das Lenkrad und haute voller Wut die Tür zu. Es knallte so laut, dass das Pärchen nebenan sicherlich erschreckt zusammenzuckte, als es das Geräusch hörte.

Grinsend ließ Küppers den Motor an. Frei lag die Straße vor ihm. Er beschleunigte, der VW-Motor heulte, und Küppers fuhr nach rechts und rauschte an der Frontseite der Disco vorbei.

Nur weg aus dieser Gegend.

Sekunden später schon hatten ihn die Dunkelheit und Einsamkeit der schwäbischen Landschaft aufgenommen. Küppers kannte sich aus. Er wusste genau, wo er beschleunigen konnte und wo nicht. Auf diesem Teilstück, das ziemlich gerade war, da konnte er den VW schon richtig laufen lassen. Zudem führte die Polizei hier kaum Kontrollen durch. Die nahm sich andere Ecken vor.

Vor der Polizei hatte er zwar keinen Horror, aber er war ein gebranntes Kind, das das Feuer scheute. Zweimal hatten sie ihn wegen zu hoher Geschwindigkeit erwischt, sodass er jedes Mal eine Stange Geld losgeworden war, was für ihn, den arbeits- und studienplatzlosen Studenten, einer mittleren Katastrophe gleichkam.

Küppers beschleunigte. Die beiden Scheinwerfer waren gut eingestellt. Sie leuchteten die Straße hervorragend aus. Sosehr der junge Mann mit den braunen Haaren und der Metallbrille auch sonst die Zügel schleifen ließ, auf und an seinen Wagen ließ er nichts kommen. Da war er mehr als penibel.

Die Straße führte bergauf. Auf halber Höhe, das wusste Markus, musste er einen der kleinen Urlaubsorte durchqueren, wo die Welt noch in Ordnung war.

Als das Ortsschild erschien, ging er mit der Geschwindigkeit herunter. Im Dorf selbst sah er nur ein paar Touristen, die weinselig durch die engen Gassen stolzierten.

Dann lag wieder die Straße vor ihm. So weit er blicken konnte, wellten sich die Hügel wie düstere Schatten rechts und links der Fahrbahn.

Der Himmel war ebenfalls dunkel. Vereinzelte Wolken hoben sich als graue Schatten ab, und einmal sah er ein rotes Licht. Es stammte von einem einsam fliegenden Flugzeug, das langsam an Höhe verlor, um in Stuttgart zu landen.

Die Zeit verging. Markus hatte das Radio eingestellt. SWF 3 brachte gute Musik. Harten Rock nach Mitternacht, der allerdings bald von seichten Schlagern abgelöst wurde, da alle Sender innerhalb Deutschlands zusammengeschaltet waren.

Markus schnitt die Kurven. Die Strecke kannte er im Schlaf. Gegenverkehr gab es so gut wie nicht. Wenn mal einer kam, dann sah er das helle Licht weit genug im voraus.

Einmal erschien ein Wagen. Der Fahrer hatte voll aufgeblendet, schaltete aber das Fernlicht aus, als er merkte, dass ihm jemand entgegenkam.

Die Fahrzeuge huschten aneinander vorbei, danach fuhr Markus Küppers wieder allein durch die Nacht.

Er war jetzt ziemlich hoch. Tagsüber hatte man von dieser Stelle aus einen fantastischen Blick über die Alb, ein Gebiet, das von Höhlen durchzogen war und zahlreiche Forscherteams anzog. Einmal war Markus sogar mit unter die Erde gestiegen. Ein kleiner Job, der ein paar Mark nebenbei brachte. Die Arbeit war so anstrengend gewesen, dass er sie nicht ein zweites Mal machen wollte. Dann lieber auf dem Bau Steine schleppen.

Eine Kurve. Weit geschwungen und gut ausgebaut. An beiden Seiten war sie mit hellen Leitplanken versehen. Als diese sich noch nicht hier befanden, hatte es zwei tödliche Unfälle gegeben.

Küppers wusste, wie er die Kurve zu nehmen hatte. Es bereitete ihm keinerlei Schwierigkeiten, den VW im richtigen Winkel hineinzuziehen.

Und da sah er die Gestalt.

Eine Frau war es.

Sie stand rechts am Straßenrand und winkte. Markus Küppers hätte damit nie im Leben gerechnet. Er war so überrascht, dass er nicht rechtzeitig genug auf die Bremse trat und vorbeifuhr.

Dann aber stoppte er hart, und die Rücklichter leuchteten auf wie große Augen.

Sollte die Nacht doch noch so enden, wie er sich den Abend vorgestellt hatte? Markus grinste. Was er für einen Moment gesehen hatte, das ließ ihn hoffen. Die Perle war eine Wucht.

Er fuhr rückwärts, schaute dabei in den Spiegel und stellte fest, dass ihm die Frau entgegenkam.

Himmel, war das ein Geschenk. Wie die schon aussah. Schwarzes Leder, das sich eng um eine irre Figur spannte. Die Kleine hatte Kurven wie eine Rennstrecke, und Markus hätte bei ihr gern einmal Formel-1-Fahrer gespielt.

Vielleicht ließ sich das sogar machen …

Er stoppte und drückte von innen die Tür auf, die schwerfällig nach außen schwang.

Die Frau war stehen geblieben und beugte sich in

den Wagen. Dabei nahm Markus einen seltsamen Geruch wahr, den er jedoch nicht genau identifizieren konnte.

Etwas süßlich. Die Schwarze musste ein sehr komisches Parfüm benutzen. So dachte er und wusste nicht, wie sehr er sich irrte.

»Willst du mit?«, fragte er.

»Sicher.«

»Und wohin?«

»Wohin fährst du?«

»Mit dir bis ans Ende der Welt.« Den Satz hatte Markus mal gelesen. Jetzt brachte er ihn an.

»Ist wohl ein bisschen weit.«

»Für dich tue ich alles. Komm, steig ein! Ich kenne mich hier aus. Ehrlich …«

»Na ja.« Die Scott zögerte noch etwas. Sie tat dies nicht, weil sie moralische Bedenken hatte, sondern weil sie Küppers noch ein wenig hinhalten wollte, damit Vampiro-del-mar seine Chance erhielt, sich ungesehen zu nähern.

Er hatte an der anderen Seite der Straße gelauert. Geduckt, in einem feuchten Graben. Wenn er die Straße überquerte, konnte ihn der Fahrer unter Umständen sehen. Deshalb sollte Lady X dafür sorgen, dass er nicht in den Spiegel schaute.

»Aber ich müsste nach Stuttgart«, sagte die Scott.

»Fahre ich dich auch hin.«

»Und was muss ich dafür bezahlen?« Als sie diese Frage stellte, schaute sie dem jungen Mann tief in die Augen.

Küppers wurde sogar leicht rot. Er war sonst verflixt schlagfertig, doch hier verließ ihn diese Eigenschaft. Dafür krächzte er: »Darüber werden wir uns schon einig.« Schon jetzt hatte es ihn gepackt wie ein Fieber. Er sah nur die Frau, vielmehr ihren Körper, und es fiel ihm nicht auf, dass sie sprach, ohne zu atmen.

Er sah auch nicht die zweite Gestalt, die den Graben

verlassen hatte und geduckt über die Straße hetzte. Ohne von Markus Küppers bemerkt zu werden, nahm sie hinter dem VW Deckung.

Dort wartete sie ab …

Markus streckte seinen Arm aus. Er legte die Hand auf die Schulter der Frau, spürte das weiche Leder und darunter die Haut, die allerdings seltsam kühl war. Markus maß dieser Feststellung keinerlei Bedeutung bei, er schob es auf die kühle Nacht.

»Gut, ich komme«, sagte Lady X. Sie hatte längst bemerkt, dass Vampiro-del-mar einen guten Platz gefunden hatte. Eigentlich konnte jetzt nichts mehr schief gehen.

Küppers nahm die Hand zurück, damit Lady X einsteigen konnte. Auf diese Geste hatte die Vampirin gewartet. Blitzschnell schoss ihr rechter Arm vor, und ehe sich Markus versah, hatten sich die Finger der Frau in sein Haar gekrallt.

Sie hielten eisern fest, ein gewaltiger Ruck, Markus wurde auf den Beifahrersitz gezogen und spürte einen Hieb im Nacken, der ihn nicht nur durchschüttelte, sondern ihn auch benommen machte. Zwar signalisierte sein Gehirn noch Alarm, das allerdings nützte ihm nichts mehr. Seine Gegner waren zu schnell.

Bevor Küppers sich versah oder sich wehren konnte, hatten die Hände ihn gepackt und zerrten ihn aus dem Wagen. Hart fiel er auf die Straße, wurde weitergezogen und landete schließlich neben der Fahrbahn im Graben.

»Lass ihn mir.« Vampiro-del-mar lief herbei. Seine mächtigen Pranken öffneten und schlossen sich in wilder Vorfreude, wenn er an das Blut dachte.

Lady X fuhr herum. »Ich will auch was von dem Blut!«

»Nein, es gehört meinem Diener!«

Da sprang die Scott auf. »Für ihn reichen einige Tropfen!«, zischte sie. »Der Rest ist für uns!«

»Du wirst ihn nicht anrühren!«, drohte der Supervampir.

Zwischen den beiden lag plötzlich ein unsichtbares Spannungsfeld und verdichtete sich immer mehr. Auch Markus Küppers hatte die Worte vernommen. Sie drangen nur gedämpft durch seinen schmerzenden Schädel. Aber ihm war klar geworden, dass sich dort zwei stritten und er vielleicht einen Fluchtversuch wagen konnte.

Obwohl ihn die Schmerzen malträtierten, versuchte er es. Viel zu langsam kam er auf die Füße, merkte den Schwindel und taumelte dennoch voran. Er wollte auf die Straße und weiterrennen, denn ein guter Läufer war er immer gewesen.

Schon spürte er den harten Straßenbelag, und er warf sich voran. Die Angst verlieh ihm neue Kräfte. Als er einige Meter hinter sich hatte, hörte er erst die keifende Stimme der schwarzhaarigen Anhalterin.

»Verdammt, wir müssen hinterher!«

Dieser Satz brannte sich im Gehirn des jungen Mannes fest. Die Worte peitschten noch mehr Kräfte in ihm hoch, und er beschleunigte seine Schritte.

Jetzt verfluchte er die Einsamkeit der Gegend, wo nur alle Jubeljahre ein Wagen vorbeikam. Auf Hilfe konnte er nicht rechnen.

Die beiden Blutsauger verstanden sich blind. Vampiro-del-mar lief links, die Scott rechts. Sie wollten den Jungen in die Zange nehmen, er sollte ihnen auf keinen Fall entwischen.

Und Markus rannte.

Seine Beine schienen den Boden kaum zu berühren, er hatte den Schlag jetzt überwunden. Weit stand sein Mund offen, und er erreichte sogar die höchste Stelle der Straße, von der er einen herrlichen Blick in die Täler hatte, wo sich unten zwei helle Lichter bewegten, die Kurs auf ihn nahmen.

Da kam ein Wagen!

Das hatte er nie für möglich gehalten. In diesen Augenblicken meinte das Schicksal es noch einmal gut mit ihm. Er begann zu schreien, obwohl er genau wusste, dass ihn der Fahrer des Autos nicht hören konnte, denn er war noch zu weit entfernt und musste einige Kurven fahren, um die Höhe zu erreichen.

Markus kam nicht weit. Die anderen waren zu schnell. Plötzlich tauchte vor ihm ein Monster auf, das aus einem Gruselfilm hätte stammen können. Vampiro-del-mar war es gelungen, den jungen Mann zu überholen. Er stellte sich auf die Straße und breitete seine Arme aus. Da kam Markus nicht vorbei.

Er versuchte es dennoch und schlug einen Haken. Fast hätte er es geschafft, aber er dachte nicht mehr an die Frau, die sehr schnell war, sich abstieß und Markus genau in dem Moment ansprang, als er den Haken lief.

Mit voller Wucht prallte Lady X in den Rücken des Jungen, der sich nicht auf den Beinen halten konnte und nach vorn geschleudert wurde, sodass er hart auf den Asphalt aufschlug, sich die Nase brach und Blut über seine Oberlippe rann.

Er hörte das höhnische Lachen der Anhalterin und spürte wieder den Treffer, der ihn durchschüttelte, als dieser seinen Rücken traf. Er bäumte sich auf. Allerdings schaffte er dies nur mit dem Kopf, denn seine Gegnerin hockte auf dem Unterteil des Körpers und presste diesen hart auf den Asphalt.

Dann war der andere da. Ein gewaltiges Monster näherte sich dem jungen Mann. Zuerst sah Markus nur den riesigen Schatten, der auf den Boden geworfen wurde, weil das Licht zweier Scheinwerfer die Gestalt traf. Zudem hatte Markus den Kopf so weit hochgedrückt, dass er in das Gesicht der Gestalt schauen konnte und die beiden gefährlichen, spitz zulaufenden Zähne sah.

Ein Vampir, Himmel, das war ein Vampir! Aber Vampire werfen keinen Schatten. Soweit konnte

Markus noch denken, das wusste er auch. Allerdings wusste er nicht, dass Vampire bei normalem Licht keine Schatten warfen. Im Gelb der Scheinwerfer sah das anders aus.

Der Wagen. Die Rettung?

Markus Küppers wollte schreien. Er hatte den Mund schon aufgerissen, als ihn ein gewaltiger Schlag am Kopf traf. Er wurde sofort bewusstlos und vernahm nicht mehr das Kreischen der Reifen auf dem Asphalt, als der Wagen scharf abgebremst wurde.

Der Fahrer hatte etwas gesehen und angehalten.

Sofort richtete sich Vampiro-del-mar auf. Er zog sich etwas zurück, weil er nicht unbedingt gesehen werden wollte, denn jetzt musste er Lady X die Initiative überlassen.

Aus dem Opel stieg ein Mann, während das blasse Gesicht einer Frau von innen gegen die Scheibe gepresst wurde.

»He, was ist denn hier los?«, rief der Fahrer und deutete mit dem rechten Arm nach vorn.

Da schnellte Lady X aus dem Graben. Und diesmal hielt sie ihre MPi in den Händen.

»Sie – Sie …« Dem Mann blieben die Worte im Hals stecken, denn plötzlich sah er es vor der Mündung fahlgelb aufblitzen.

Die schießt! dachte er noch, dann traf ihn die Garbe.

Mehrere Kugeln drangen in seinen Körper und schleuderten den Mann zurück, der nach hinten taumelte, gegen sein Fahrzeug stieß, die Hände auf die Einschusslöcher gepresst hielt und schwerfällig zusammensackte.

Seine Begleiterin hatte den Tod miterleben müssen.

Plötzlich begann sie zu schreien. Sie erlitt einen Schock, trampelte dabei und hatte den Mund so weit aufgerissen wie nur möglich. Da der Wagenschlag bis zum Anschlag offen stand, hallten die Schreie der Frau weit durch die Nacht und über die Straße.

Lady X ging noch einen Schritt näher. Sie zielte kurz und drückte ab. Die Schreie der Frau verstummten für immer.

Dann wandte sich die Blutsaugerin ab und sah, dass Vampiro-del-mar sein Opfer schon über die Schulter geworfen hatte. Er deutete mit der freien Hand auf die Frau im Wagen, doch Lady X schüttelte den Kopf. »Nein, wir müssen weg. Der andere ist wichtiger.«

Vampiro-del-mar gehorchte. Er hatte Mühe, in den VW einzusteigen, den Lady X startete, denn so etwas gehörte zu ihren leichtesten Übungen. Zurück ließ sie zwei Tote …

Zunächst hatte man die Morde Terroristen in die Schuhe geschoben. Eine Großfahndung wurde eingeleitet, doch die brachte keinen Erfolg. Der oder die Täter blieben verschwunden.

Natürlich hatten auch die Zeitungsleute Wind von dem Überfall bekommen und brachten die schrecklichen Morde groß auf den ersten Seiten.

Längst war das Bundeskriminalamt eingeschaltet worden. Spezialisten wurden ausgeschickt. Beim BKA arbeitete auch ein Mann namens Mallmann. Er war Kommissar und seit einiger Zeit für Fälle abgestellt, die den Rahmen des Normalen sprengten. Längst waren er und ein Teil seiner Vorgesetzten davon überzeugt, dass es Dinge gab, die man nicht so einfach erklären konnte. Zudem hatte Will Mallmann Beweise gebracht, dass ein anderes Reich, ein dämonisches, existierte.

Natürlich wusste auch Mallmann von dem Überfall. Die Protokolle landeten auf seinem Schreibtisch, er las sie sorgfältig durch und stieß sich immer wieder an einer Sache.

Es war mit einer MPi geschossen worden!

Nun benutzten Terroristen auch Maschinenpistolen.

Allerdings waren diese Waffen bekannt, da sie in der Regel aus irgendwelchen Raubzügen stammten. Bei dem Doppelmord sah es anders aus. Die Experten hatten nicht feststellen können, aus welcher Waffe geschossen worden war. Das ließ Mallmann aufhorchen.

Er hatte es sich im Laufe der Zeit angewöhnt, weiträumiger zu denken, nicht mehr in engen Beamtenbahnen, wo man nur das glauben musste, was einem vorgeschrieben wurde. Und so erinnerte sich der Kommissar, dass es eine Person gab, die ihre Maschinenpistole als ihren Bräutigam bezeichnete und die Waffe auch radikal einsetzte, wenn es gegen irgendwelche Gegner ging oder es galt, bestimmte Pläne zu verwirklichen.

Er dachte an Lady X!

Will Mallmann war ein Mensch schneller Entschlüsse. Die technischen Daten der gefundenen Kugeln gab er per Telex an Scotland Yard weiter, wo einer der besten Computer der Welt stand, der fast alles gespeichert hatte, was auch nur im Entferntesten mit ungesetzlichen Dingen zusammenhing.

Noch am selben Tag hatte er die Bestätigung. Die Waffe, aus der geschossen wurde, gehörte einer gewissen Pamela Scott, auch Lady X genannt.

Sie also befand sich in Deutschland.

Als Mallmann die Nachricht erhielt, musste er sich erst einmal setzen. Er wusste sofort, dass er allein nichts unternehmen konnte. Wenn es gegen diese Geschöpfe ging, war ein Mann besonders prädestiniert.

John Sinclair!

Aber der Kommissar dachte nicht nur an den Geisterjäger. Ihm fiel auch ein Artikel ein, den er vor kurzem in einer Zeitung gelesen hatte. Der Bericht war reißerisch aufgemacht, und der Schreiber hatte da Wind von einer Sache bekommen, die mehr als seltsam war.

Ein Höhlenforscher hatte auf einem seiner Trips in die Unterwelt der Schwäbischen Alb einen seltsamen Fund gemacht. Eine riesige, versteinerte rote Fledermaus.

Ein Vampir, um es genauer zu sagen.

Will Mallmann hatte den Bericht mit Interesse gelesen und ihn auch abgeheftet. Jetzt kramte er ihn wieder hervor, las ihn genau durch und stellte fest, dass der Rote Vampir ungefähr dort gefunden worden war, wo auch der verabscheuungswürdige Doppelmord passierte.

Da musste es einen Zusammenhang geben!

Mallmann überlegte nicht mehr lange. Er griff zum Telefon und führte ein Auslandsgespräch.

Verbunden wurde er mit London.

Den VW hatte Lady X in das Unterholz eines abgelegenen Waldstücks gefahren. Dort würde man den Wagen wohl kaum entdecken, und wenn, dann war sicherlich alles vorbei.

Sie, Vampiro-del-mar und das Opfer hatten sich dann zu Fuß auf den Weg gemacht. Der junge Mann war tot. Unter den Händen des Supervampirs war er gestorben, während Lady X den Wagen fuhr. Allerdings hatte Vampiro-del-mar ihn nicht zum Vampir gemacht, da sein Blut noch gebraucht wurde.

Ein Versteck hatten die beiden in einer der zahlreichen offenen Höhlen gefunden, die es auf der Alb ebenfalls gab. Dort war alles vorbereitet. Das Blut des Opfers musste umgefüllt werden, denn wie Vampiro-del-mar herausgefunden hatte, gab es noch zahlreiche alte Diener aus früheren Zeiten, die sich in den unterirdischen Höhlenlabyrinthen aufhielten. Um sie zu wecken, brauchten sie Blut, und sie mussten mit jedem Tropfen geizen.

Zuerst aber sollte die Fledermaus ins Leben gerufen

werden, die Vampiro-del-mar aus der Höhle geholt hatte.

Ein wenig Blut zapften sie ab. Es schwamm in einem kleinen Glasgefäß und musste als Nahrung völlig ausreichen, damit der Rote Vampir aus seinem langen Schlaf erweckt wurde.

»Bist du so weit?«, fragte die Blutsaugerin. Auch ihr Gesicht sah gespannt aus. Zudem wurde es vom blakenden Fackelschein erleuchtet, der an einigen Stellen mehr Schatten als Helligkeit schuf und der Haut ein gespenstisches Leben zu geben schien.

»Ja!« Die Stimme des unheimlichen Riesenvampirs war wie ein grollendes Flüstern.

Er kniete sich hin und hielt das kleine Gefäß mit dem Blut in der rechten Hand.

Langsam trat Lady X näher. Ihre Tritte knirschten auf dem feinen Sand am Boden der Höhle. Auch sie nahm an dem Experiment teil. Bisher wussten sie nicht, ob es klappte. Sie konnten nur hoffen, dass alles glatt lief.

Die Spannung wuchs weiter. Pamela Scott bewegte unruhig ihre schlanken, aber dennoch kräftigen Finger. Wie auch Vampiro-del-mar schaute sie auf die Fledermaus, die sie mit dem Rücken auf den Boden gelegt hatten. Das Maul der Fledermaus stand offen, und die kleinen, nadelspitzen Zähne waren deutlich zu erkennen.

»Los, jetzt!«, zischte die Scott.

Vampiro-del-mar entblößte seine schrecklichen Zähne. Er beugte sich noch weiter vor, kippte das kleine Gefäß, und die rote Flüssigkeit geriet in Bewegung. Über den spitzen Ausfluss rann sie. Erste Tropfen lösten sich und verschwanden im weit aufgerissenen Maul der Fledermaus mit den gewaltigen ausgebreiteten Flügeln.

Zunächst geschah nichts. Die Hälfte des Lebenssaftes goss der Supervampir in das Maul, und noch immer war keine Reaktion der Fledermaus zu bemerken.

Klappte es nicht?

Beide Blutsauger hatten die gleiche Befürchtung. Vampiro-del-mar richtete sich auf. Sein verwüstetes Gesicht verzog sich noch mehr, und er stieß ein unwilliges Grunzen aus.

Lady X schnaubte. »Das hat wohl nicht geklappt«, bemerkte sie, wobei Spott in ihrer Stimme mitschwang.

»Warte ab!«, knurrte Vampiro-del-mar. Er blieb hocken und schaute weiter.

Da geschah es!

Beide waren überrascht, als plötzlich ein Zucken durch die Flügel des seltsamen und unheimlich anmutenden Tieres lief. Das Blut hatte gewirkt.

»Gieß nach!«, forderte Lady X. »Verdammt, gieß noch Blut nach! Wir schaffen es!«

Der Supervampir stieß einen Laut aus, der entfernt einem Kichern glich. Er war jetzt nicht mehr so vorsichtig, sondern goss die restliche Hälfte des Blutes auf einmal in das Maul der Fledermaus, die alles verschluckte.

Und sie erwachte.

Es blieb nicht bei dem Zittern, das durch die Flügel gelaufen war, sie bewegte sie jetzt. Beide hob sie vom Boden ab, faltete sie zusammen, und über ihrem Körper trafen sie sich, wo sie ein Dach bildeten. Auch nahmen die Flügel einen anderen Farbton an. Der graue Schleier, der über dem Roten Vampir gelegen hatte, verschwand, das Leben kehrte in die Gestalt zurück, die unendlich lange Zeit in einem tiefen magischen Schlaf gelegen hatte, von dem nicht einmal Vampiro-del-mar wusste, wie er eigentlich zustande gekommen war, denn auch ihn hatte dieser lange Schlaf wie ein Blitz aus heiterem Himmel überfallen.

Heute jedoch war alles vergessen. Er lebte, und der

erste seiner Diener wurde ebenfalls zum Leben erweckt. Jetzt konnten die alten Zeiten wieder beginnen.

Auf einmal flatterte die rote Fledermaus so wild mit dem Flügelpaar, dass Lady X nicht mehr schnell genug ausweichen konnte und von einem Schlag getroffen wurde. Sie war überrascht, welch eine Kraft bereits in den Flügeln steckte, und sie ging hastig einen Schritt nach hinten, sodass der nächste Hieb sie verfehlte.

In die kleinen Augen der Fledermaus kam Leben, und plötzlich stieß sie hohe, schrille Töne aus.

»Sie lebt!«, keuchte der Supervampir. »Verdammt, sie lebt. Mein erster Diener – endlich ...«

Und die beiden schauten weiter zu, wie sich die rote Fledermaus entwickelte.

Ein wenig unwillig, wie es schien, kam sie vom Boden hoch. Der lange Schlaf zeigte seine Folgen. Sie war noch nicht fit und musste sich erst an die neue Umgebung und vor allen Dingen an ihre Bewegungsfreiheit gewöhnen.

Der Flug wirkte ein wenig taumelig, mit dem Gleichgewicht hatte das Tier Mühe. Es konnte sich zwar halten, kippte allerdings einmal nach rechts und dann wieder nach links weg.

In der Luft blieb es allerdings, und das freute beide Erwecker. Übergroß zeichneten sich die sehr breiten Flügel der Fledermaus als gewaltige, tanzende Schatten an den Wänden der Höhle ab, als sie ihre ersten Flugversuche unternahm.

Von Sekunde zu Sekunde wurde es besser. Sie hatte jetzt die Lähmung vollständig abgeschüttelt, und mehr als einmal zog Lady X den Kopf ein, um von den Schwingen der Fledermaus nicht getroffen zu werden.

»Sie hat es geschafft, sie hat es geschafft!« Stereotyp wiederholte Vampiro-del-mar den einen Satz. Es schien noch immer so, als könnte er es nicht begreifen, aber ein winziger Schleier seiner Vergangenheit war nun gelüftet worden.

Es blieb bei den schrillen Schreien der Fledermaus, und als sie sich plötzlich auf den Körper des Toten setzte und versuchte, ihre Zähne in die blasse Haut des Halses zu hacken, da war eigentlich alles klar. Lady X und Vampiro-del-mar wussten Bescheid, dass die rote Fledermaus genau in ihr Schema passte.

Auch sie wollte Blut.

Menschenblut ...

»Mein Diener«, flüsterte Vampiro-del-mar, »sie ist mein Diener! Und in der Tiefe der Erde lauern Hunderte von ihnen. Ich werde sie alle erwecken.« Er lachte wild auf und rieb sich die gewaltigen Pranken, wobei er seine Zähne gebleckt hatte und Lady X die langen Hauer deutlich erkennen konnte.

Zwar war sie ebenfalls froh, dass sie Unterstützung erhielt, doch ihr gefiel nicht, wie Vampiro-del-mar nur von seinen Dienern sprach. Wenn tatsächlich Hunderte von gewaltigen roten Fledermäusen erweckt werden sollten, dann hatte er eine kleine Armee zur Verfügung, die auch Lady X gefährlich werden konnte.

Daran dachte sie, und deshalb stimmte sie in die Euphorie nicht so sehr mit ein.

Der Rote Vampir erhob sich wieder. Er kreiste noch einmal durch die Höhle.

Lady X und Vampiro-del-mar rechneten damit, dass er sich neben ihnen niederlassen würde, doch sie täuschten sich beide.

Die Fledermaus mit den gewaltigen Flügeln hatte bemerkt, dass es einen Ausgang gab, der sie in die Freiheit führte.

Bevor es den beiden anderen gelang, einzugreifen, war die Fledermaus schon verschwunden. Ein kräftiger Flügelschlag hatte sie aus der Höhle katapultiert.

Und die Nacht verschluckte den unheimlichen Todesboten ...

Mir steckte der letzte Fall noch arg in den Knochen, denn was Suko und ich in Darkwater erlebt hatten, die erste Begegnung mit einem Dämon der Großen Alten, das konnte ich nicht so leicht abschütteln. Wir hatten zwar überlebt, aber der Schlüssel zur Leichenstadt war und blieb erst einmal verschwunden.

Vernichtet hatten wir das blaue Skelett, aber nur, weil der Eiserne Engel uns geholfen hatte und den Dämon Kalifato in Schach hielt. Wie er das geschafft hatte, war uns weiterhin ein Rätsel und würde es wohl auch noch lange bleiben.

Am schlimmsten jedoch hatte uns die Entvölkerung des Dorfes getroffen.

Darkwater war jetzt ein Geisterdorf.

Kalifato, der Todesbote, hatte alle Menschen, bis auf ein kleines Mädchen, zu sich geholt. Durch einen geheimnisvollen magischen Strahl, den wir inzwischen zweimal erlebt hatten, waren die Bewohner im Rachen des Dämons verschwunden und befanden sich jetzt wahrscheinlich in der geheimnisvollen Leichenstadt, von der wir nicht wussten, wo sie lag.

Wir hatten hin und her überlegt und waren schließlich zu dem Entschluss gelangt, Darkwater und dessen unmittelbare Umgebung zum militärischen Sperrgebiet zu erklären. Und zwar so lange, bis sich irgendetwas tat, denn ich war fast sicher, dass dieser kleine Ort noch einmal eine Rolle spielen würde.

So lange konnten wir nicht warten. Wir mussten zurück nach London und konnten unsere Koffer gleich gepackt lassen, denn ein Anruf unseres Freundes Kommissar Mallmann scheuchte uns wieder hoch.

Es ging nach Deutschland, denn dort sollte mit fast hundertprozentiger Wahrscheinlichkeit Lady X aufgetaucht sein. Auch darum mussten wir uns kümmern, sodass die Sache mit der Leichenstadt erst einmal in den Hintergrund geschoben wurde.

Auch Bill Conolly hatte angerufen und sich beschwert, dass er so lange nichts mehr von mir gehört hatte. Ich rief zurück und beruhigte ihn.

»Wo geht's denn jetzt hin?«, wollte er wissen.

»Deutschland.«

»Und?«

»Die Mordliga.«

»Shit, und ich kann nicht dabei sein!«

»Sei froh.«

»Welche Gegend denn?«

»Stuttgart.«

»Ho, da kenne ich mich aus. Ich habe da einen ehemaligen Kollegen sitzen. Eickburger heißt der Knabe. Vielleicht düse ich doch mal kurz rüber.«

»Mir egal.«

»Wenn nicht, bestelle Will, dem alten Torfkopf, einen schönen Gruß. Und sag ihm, dass er sich vor Wertigern in Acht nehmen soll.«

»Werde ich machen.« Der Reporter hatte damit auf einen Fall angespielt, den wir in Hamburg erlebten. Dort jagten wir einen Wertiger, und Will Mallmann war dabei durch einen Schuss ins Bein verletzt worden. Er hatte einige Tage im Krankenhaus verbringen müssen. An all die Dinge dachte ich, als die Maschine auf dem Stuttgarter Flughafen ausrollte.

Will holte uns ab.

Er freute sich wie ein Schneekönig.

Nachdem die stürmische Begrüßung vorbei war, fragte Suko: »Und wohin jetzt?«

»Zu einem allseits bekannten Höhlenforscher. Professor Bouillon.«

Ich grinste. »Wie Suppe, nicht?«

»Dass der Witz kommt, wusste ich.«

»Dann hole ich schon mal die Maschine«, meinte Suko.

»Welche?«, fragte Will.

»Mit der wir den Bart aufwickeln können. So alt ist der Witz schon.«

»Du musst es ja wissen«, bemerkte ich.

Kontrollen brauchten wir nicht über uns ergehen zu lassen. Wir steuerten auf eine nur für besondere Personen ausgewiesene Parkplatzzone zu, wo Will nicht seinen Opel Manta, sondern einen Dienstwagen stehen hatte. Es war ein brauner Mercedes.

In ihn stiegen wir ein.

Der Kommissar klemmte sich hinter das Lenkrad. Bevor er starten konnte, erkundigte ich mich: »Wo wohnt eigentlich der Professor?«

»In der Nähe von Stuttgart. Etwas südöstlich davon. Da lebt er praktisch auf der Alb.«

»Nicht in einer Höhle?«, meldete sich der Chinese vom Rücksitz her.

»Nein, im Zelt!«, knurrte Will.

Vom Flughafen zur Autobahn war es nur ein Katzensprung. Wir nahmen die in Richtung München und gerieten prompt in einen Stau.

»Das ist um Stuttgart so üblich«, erklärte uns der Kommissar, stellte den Motor ab und machte es sich bequem. »Hätte mich gewundert, wenn es anders gewesen wäre.«

Ich schaute auf die Uhr. Es war vier Uhr nachmittags. Wahrscheinlich würden wir erst am Abend mit dem Professor reden können. Der Himmel zeigte sich bedeckt. Trotzdem war es nicht kühl, eher schwül, weil der Wind aus südwestlicher Richtung blies.

Während wir im Stau steckten, hatte Will Mallmann Zeit, uns das mitzuteilen, was er wusste. Gespannt hörten Suko und ich zu. Dabei hatten wir beide die gleiche Vermutung.

»Ziemlich gewagt, die Spekulation!« Suko sprach es aus.

Will nickte. »Das gebe ich zu. Nur scheinen mir Lady X und dieser Rote Vampir irgendwie zueinander zu passen.«

Der Meinung war ich auch.

Achtunddreißig Minuten standen wir, danach ging es im Schritttempo weiter. Einspurig bewegten wir uns durch eine Baustelle, die mehrere Kilometer lang war, und atmeten auf, als wir wieder Gas geben konnten.

Dass vor uns die Schwäbische Alb lag, war zu merken, denn der Weg führte in die Höhe. Dabei erinnerten mich die beiden Fahrbahnen der Autobahn an breite Hosenträger, die sich über einem immensen Bauch spannten.

Nach etwa zwanzig Kilometern mussten wir ab. Wir befanden uns bereits ziemlich hoch und fuhren in das Gebiet hinein, das auch von ausländischen Touristen gern besucht wird.

Die Namen der Orte, die wir durchquerten, habe ich vergessen, aber sie alle lagen eingebettet in eine sehr schöne Landschaft, die auf mich ihren Reiz ebenfalls nicht verfehlte. Auch wirkten die Dörfer beruhigend. Da gab es keine Hektik und keinen Stress. Nicht einmal die oft sehr langsam fahrenden Trecker oder auf der Straße stehenden Spaziergänger störten.

Professor Bouillon wohnte zwischen zwei Orten in einem einsam stehenden Haus. Wenigstens sahen wir keine weiteren Gebäude in der Nähe.

Das Haus hatte einen großen Vorgarten und eine wohl renovierte Fachwerkfassade. Ein Golf mit Stuttgarter Kennzeichen parkte neben einer weiß angestrichenen Bank, und als wir unseren Mercedes ausrollen ließen, begann ein Hund zu kläffen. Es blieb nicht nur bei Gebell, sondern wie ein Irrwisch hetzte ein Schäferhund um die Hausecke, sodass ich die Wagentür schnell wieder zuschlug, als das Tier ansprang.

»Das ist ja lebensgefährlich«, bemerkte Will Mallmann.

Lange brauchten wir nicht im Fahrzeug sitzen zu bleiben. Eine Frau mittleren Alters erschien, holte den Hund zu sich heran, nahm ihn an die Leine und brachte ihn hinter das Haus.

Wir verließen den Wagen.

Allein wollten wir nicht in das Haus gehen, sondern warteten ab, bis die Frau zurückkam. Sie hatte graues Haar, durch das sich ein paar blonde Strähnen zogen. Ihr Gesicht zeigte einen Faltenkranz, das Lächeln war herzlich, und als sie uns begrüßte, da verstand ich nichts, weil sie schwäbischen Dialekt sprach.

Will übernahm die Vorstellung.

Die Frau, sie war die Gattin des Professors, hörte, dass wir Engländer waren, und redete hochdeutsch weiter. »Da gibt sich ja heute der Besuch die Klinke in die Hand.«

»Sind noch welche da?«, fragte Will und deutete auf den Golf.

»Ja, ein Reporterehepaar aus Stuttgart. Axel und Beate Eickburger.«

Fast hätte ich aufgelacht. So ein Zufall. Hatte Bill Conolly den Namen nicht erwähnt? Die Welt war doch klein.

»Und dabei ist mein Mann überhaupt nicht zu Hause«, erklärte die Frau uns. »Er hielt es einfach nicht aus. Plötzlich musste er wieder zur Höhle.«

»Allein?«, fragte Suko.

Die Frau nickte bekümmert. »Leider. Wo das doch alles so gefährlich ist, aber man kann Klaus nicht abraten. Er will mit dem Kopf durch die Wand.«

»Wann kommt er denn wieder?«, erkundigte ich mich.

Frau Bouillon winkte ab. »Das kann dauern. Wenn er einmal unten ist, vergisst er alles. Aber kommen Sie ruhig herein, ich werde Ihnen sicherlich auch helfen können.«

Die herzliche, einfache und unkomplizierte Art der Frau war mir sehr sympathisch. Der Reihe nach betraten wir ein altes Bauernhaus. Man sah sofort, welchem Beruf der hier Wohnende nachging. Die Zeugen einer alten Vergangenheit waren überall zu sehen.

Professor Bouillon sammelte Steine. Es waren prächtige Exemplare darunter, einige von ihnen seltsam gewachsen, wie Seesterne, und im Licht kleiner Punktleuchten glitzerten die Kristalleinschlüsse manchmal wie pures Gold.

Die Fundstücke waren überall in der großen Diele verteilt. Die besonders großen Exemplare standen auf dem Boden und erreichten die Höhe eines Menschen.

»Das ist eben der Beruf meines Mannes«, sagte uns Frau Bouillon und hob die Schultern. »Ich kann es nicht ändern. Er bringt immer wieder etwas mit.«

»Also, mir gefällt es«, gab ich ehrlich zu.

»Danke.«

Über eine dreistufige Treppe erreichten wir einen der großzügigen Wohnräume. Der Fußboden bestand nicht mehr aus Stein wie der hinter dem Eingang, sondern aus beigefarben schimmerndem Parkett. Die halbrunde Couch zwischen zwei Fenstern bot Platz für mehrere Personen, und wir sahen das Reporter-Ehepaar auf den Polstern sitzen.

Als der Mann aufstand, musste ich sogar an ihm hochschauen. So lang war er. Aber auch ziemlich mager. Die Brille mit dem dunklen Gestell fiel bei ihm besonders auf.

Seine Frau blieb sitzen. Sie hatte blonde Haare, ein nettes Gesicht und blaue Augen. Wenn sie lächelte, erschienen Grübchen auf ihren Wangen. Sie trug ein blaugraues Kleid, das über dem Busen einen V-Ausschnitt zeigte.

Frau Bouillon stellte uns gegenseitig vor. Als der Reporter Axel Eickburger hörte, dass wir aus London kamen, und unsere Namen erfuhr, da stutzte er.

Ich wusste, was kam, und musste mir ein Grinsen verbeißen.

»Also, ich will ja nicht neugierig sein, aber wenn ich Ihre Namen höre und dass Sie aus London kommen, dann muss ich an einen Kollegen ...«

»Namens Bill Conolly denken, nicht wahr?«

Axel Eickburger nickte heftig. »Ja, das stimmt.« Er lachte breit. »Sie sind John Sinclair, und Ihr Freund ist Suko.«

»Stimmt.«

»Mann, das ist eine Wucht. Ich finde es toll, dass ich Sie mal persönlich kennen lerne, wirklich. Bill hat mir schon des öfteren von Ihnen erzählt, und wenn Sie auftauchen, dann ist bestimmt etwas im Busch, das ist sicher.«

»Noch wissen wir nichts.«

»Ich weiß nicht. Diese Sache mit dem roten Vampir hat sich doch herumgesprochen, und das sicherlich nicht ohne Grund, wie mir scheint«, erwiderte er.

»Wobei Sie mehr wissen als wir«, sagte ich sofort.

»Das möchte ich dahingestellt sein lassen.«

Will Mallmann mischte sich ein. »Haben Sie hier ein Interview geführt, Herr Eickburger?«

»Ja, das sieht man doch.« Er deutete auf einen Notizblock und die Kamera. Beide Dinge hielt seine Frau in den Händen.

»Wir waren aber fertig«, sagte Frau Bouillon schnell, die genau wusste, worauf der Kommissar hinauswollte.

Axel Eickburger lächelte. »Das waren wir in der Tat. Komm, Beate, wir haben noch einiges zu tun.« Seine Frau und er erhoben sich von ihren Plätzen. Es war nicht unbedingt nötig, dass Reporter unserem Gespräch beiwohnten. Die Eickburgers verabschiedeten sich auch sehr schnell. Frau Bouillon brachte sie noch zur Tür.

»Ich habe nichts gegen Reporter«, sagte Will Mallmann, »aber alles zu seiner Zeit.«

Damit hatte er Suko und mir aus der Seele gesprochen. Schnell war die Hausherrin wieder zurück. Sie bot uns Getränke an. Wir nahmen Mineralwasser.

»Mein Mann und ich kennen die beiden Eickburgers von früher. Sie haben sich als Presseleute uns gegenüber immer fair verhalten, und der Fund meines Mannes ist wirklich außergewöhnlich. Er hat Herrn Eickburger angerufen, sodass die rote Fledermaus fotografiert werden konnte.«

»Es gibt sie also tatsächlich?«, stellte Will Mallmann fragend fest.

Erstaunt hob die Hausherrin den Blick. »Natürlich, Herr Kommissar, was dachten Sie denn?«

»Entschuldigen Sie, es war nur ein Nachhaken, da wir sehr an diesem Fund interessiert sind.«

»Allerdings kann ich mir nicht vorstellen, was dieser Fund mit Ihrem Beruf zu tun hat, Herr Kommissar.«

»Das versuchen wir noch herauszufinden.«

Die Frau nickte und lächelte uns noch einmal zu, bevor sie sich entfernte.

Es war inzwischen spät geworden. Längst hatten wir Abend, aber die Dunkelheit war noch nicht angebrochen. Selbst die Dämmerung ließ auf sich warten. Die Tage im Juni waren eben sehr lang, die längsten im Jahr überhaupt.

»Kann mir jemand helfen?«, hörten wir die Stimme von Frau Bouillon. »Der Kasten ist ziemlich schwer.«

Suko saß am günstigsten. Er sprang auf, lief quer durch das Zimmer und verschwand dort, wo wir die Stimme der Frau gehört hatten. Beide kamen zurück, und beide trugen sie einen wirklich großen und quadratischen Kasten, der nicht sehr hoch war, an seiner Vorderseite jedoch eine Glasplatte hatte.

Der Tisch, um den wir saßen, war zu klein, um die Platte abzulegen. Aus diesem Grund setzten Suko und Frau Bouillon ihn vorsichtig zu Boden.

Will und ich waren aufgestanden. Wie auch die beiden anderen umstanden wir Sekunden später den Gegenstand, um den sich alles drehte.

Es war eine rote Fledermaus, deutlich hinter der Glasscheibe zu erkennen.

Ich muss ehrlich zugeben, dass ich ein wenig überrascht war, denn mit diesem Anblick hätte ich nicht gerechnet. Die Fledermaus war größer, als ich mir hätte träumen lassen, denn der Kasten ließ es nicht zu, dass sie zwei Flügel völlig ausbreitete. Der rechte lang zusammengeknickt, sodass er sich mit der Hälfte seiner ursprünglichen Größe zufrieden geben musste.

Ein seltsames Tier.

Den Mund oder das Maul hatte es aufgerissen. Wir sahen die beiden nadelspitzen Zähne, die diese Fledermaus in die Haut ihrer Opfer schlagen konnte, damit sie an das Blut herankam, um es zu trinken. Der Kopf war hässlich. Er bestand fast nur aus dem Maul, sodass die Augen kaum zu sehen waren.

»Mein Mann hat die Fledermaus auch gereinigt«, erklärte Frau Bouillon, »denn als er das Tier fand, war es völlig verstaubt, wie Sie sich denken können.«

»Und es ist beim Transport nicht zerstört worden?«, hakte ich noch einmal nach.

»Nein.«

»Man kann es also anfassen«, murmelte Will Mallmann.

»Das erlaube ich nicht, Herr Kommissar«, sagte Frau Bouillon, die Will sehr wohl verstanden hatte. »Nicht in Abwesenheit meines Gatten. Das müssen Sie verstehen.«

»Natürlich, es war auch nur ein Gedankenimpuls. Mehr nicht, gnädige Frau.«

Ich dachte daran, dass die Fledermaus wohl uralt sein mochte, und fragte mich, ob sie so gut konserviert gewesen war, dass sie die ganze Zeit bis jetzt überstanden hatte. Sie war nicht in einer sterilen Atmosphäre aufbewahrt worden. Viele Zeugen des Altertums zerfielen, wenn man sie aus ihrer ursprünglichen Umgebung wegholte. Das war bei dieser Fledermaus nicht der Fall, und es konnte gut sein, dass ihr Leben durch schwarze Magie verlängert wurde.

»Hat Ihr Mann sich irgendwie über das Alter dieser Fledermaus ausgelassen?«, erkundigte ich mich.

Frau Bouillon hob die Schultern. »Nicht wissenschaftlich genau. Dazu fehlte die Zeit.«

»Und ungefähr?«

»Seiner Schätzung nach vielleicht zehntausend.«

»Jahre?« Es war mehr eine Feststellung, die Kommissar Mallmann von sich gab.

»Selbstverständlich.«

Wir schauten uns an. Das war schon etwas. Ich konnte nicht genau sagen, wann die Höhlen hier entstanden waren, aber da rechnete man mit Jahrmillionen und Jahrhunderttausenden. Demnach passte die Fledermaus in die Rechnung.

Nur – hatte es diese Tiere da schon gegeben? Und dazu noch in roter Farbe? Irgendwie fühlte ich, dass es schwer, wenn nicht gar unmöglich sein würde, für dieses Phänomen eine naturwissenschaftliche Erklärung zu finden.

»War das eigentlich die einzige Fledermaus, die Ihr Mann gefunden hat?«, wollte Will Mallmann wissen.

»Soviel mir bekannt ist, ja.«

»Weshalb ist er wieder zurückgegangen?«

»Sie kennen doch die Wissenschaftler.« Frau Bouillon sagte es mit einer gewissen Resignation. »Wenn die sich einmal etwas in den Kopf gesetzt haben, dann versuchen sie, es bis zum bitteren Ende durchzuziehen. Das ist hier genauso. Mein Mann ist von seinen Plänen einfach nicht abzubringen. Er will forschen und forschen.«

»Es könnten aber noch mehr dieser Fledermäuse in den Höhlen stecken?« Der Kommissar blieb bei seiner Fragestellung.

»Das sicherlich.«

Will warf uns einen fragenden Blick zu. Über seinen dunklen Augen hatte sich die hohe Stirn in Falten gelegt. Er war etwas schmaler geworden, der gute

Kommissar. Die Wangenknochen zeichneten sich scharf unter der Haut ab, die Römernase stach aus dem Gesicht hervor wie ein kleiner Erker.

Den Blick des Kommissars verstand ich. Will wollte wahrscheinlich in die Höhlen einsteigen und sich dort einmal umschauen. Ich verfolgte ähnliche Pläne – aber ohne Führer?

Darüber sprach ich auch mit Will.

Die Frau des Professors hörte sehr genau zu. »Leider kann ich Ihnen nicht helfen«, sagte sie mit bedauernder Stimme. »Ich eigne mich nicht als Führer. Diese Höhlen habe ich nie betreten. Da müssten wir schon einen Assistenten des Professors holen. Aber der wohnt und arbeitet in Tübingen …«

»Nein, nein …« Ich schüttelte den Kopf. »So war das nicht gemeint. Ich hatte nur einen Gedankenkreislauf geschlossen. Allerdings hätte ich gern gewusst, wie weit es von hier bis zur Höhle ist.«

»Einige Kilometer nur. Vielleicht sieben oder acht. So genau weiß ich das auch nicht, Mr. Sinclair.«

»Ja, danke.« Ich wandte mich an Will. »Und wo ist dieses Verbrechen geschehen?«

»Auch nicht weit von hier.«

»Sprechen Sie von den schrecklichen Morden?«, hakte Frau Bouillon nach.

»Ja, davon sprechen wir in der Tat.«

»Wissen Sie, Herr Kommissar, da ist ja noch etwas hinzugekommen, wie ich meine. Und zwar las ich in der Zeitung eine Vermisstenanzeige. Ein junger Mann ist verschwunden. Markus Küppers heißt er. Auch sein Wagen wurde nicht mehr aufgefunden.«

»Der junge Mann stammt von hier?«, fragte ich.

»Aus dem Nachbardorf.« Die Frau räusperte sich. »Vielleicht hat dies etwas mit den beiden Morden zu tun, vielleicht …« Sie unterbrach sich mitten im Satz. Auch wir hörten nicht mehr zu, denn jeder von uns lauschte dem Geräusch nach, das sich schrecklich anhörte. Ein Jaulen und Heulen. In schaurigen Tönen jagte es durch den langsam anbrechenden Abend und trieb uns eine Gänsehaut auf den Rücken.

Wir schauten uns an.

»Wer kann das sein?«, fragte Will.

»Der Hund«, erwiderte Suko. »Das ist der Hund, nicht wahr?« Er drehte den Kopf und schaute Frau Bouillon scharf und auch fragend an.

Die nickte heftig. »Ja, das ist der Hund. Aber was, um Himmels willen, ist geschehen?«

»Das werden wir gleich haben«, gab ich zur Antwort und lief den Weg zurück, den wir zuvor gekommen waren …

Nicht vor, sondern hinter dem Haus war das Heulen aufgeklungen. Ich musste den Bau umrunden. Hinter mir hörte ich die Schritte der anderen. Suko hatte mich fast eingeholt, während Kommissar Mallmann bei der Frau des Professors blieb und leise mit ihr sprach.

Die Rückseite des Hauses war schnell erreicht. Inzwischen hatte sich tatsächlich die Dämmerung über die hügeligen Rücken der Alb vorgeschoben und bedeckte alles mit einem grauen Schleier. Nicht mehr lange, dann würden wir Zwielicht haben, wo man sowieso kaum etwas erkennen konnte.

Noch sahen wir etwas.

Zuerst den Hund.

Er lag auf dem Boden, kratzte mit den Pfoten und stieß keuchende Laute aus, während ich es an seinem Hals nass und dunkel im hellbraunen Fell schimmern sah.

Blut …

Dieser Hund war angegriffen worden. Nur – von wem? Suko, der neben mir stand, hatte den gleichen Gedanken wie ich. Wir schauten in den großen Garten hinein, in dem alles so prächtig wuchs. Von den Erdbeeren bis zu den Kartoffeln und Stangenbohnen. Das war noch ein Garten, wie man ihn von früher her kannte. Rasen existierte zwar auch, aber nur eine kleine Fläche.

An seinem Ende, wo Obstbüsche dichter standen, konnten wir nichts mehr sehen. Auch unter den großen Kirschbäumen ballten sich die Schatten. Die Zweige hingen voll mit Kirschen und bogen sich unter dem Gewicht dem Rasen entgegen.

Eigentlich ein friedliches Bild, das so dem Abend entgegenschlummerte. Aber ich wollte mich nicht täuschen lassen. Irgendetwas stimmte da nicht, war anders. Der Hund hatte nicht umsonst diese Verletzung, die musste ihm jemand zugefügt haben, der vor einem Schäferhund keine Angst hatte.

Aber wer kam dafür in Frage?

Das Knurren des Hundes machte mich aufmerksam. Es klang wütend und aggressiv, und ich hörte, wie der Kommissar sagte: »Nein, bitte nicht, Frau Bouillon. Der Hund ist gefährlich. Sie werden …«

»Ahhh …« Es war ein kreischender Laut, den die Frau ausstieß, die zurücksprang, allerdings nicht schnell genug war, denn sie wurde von ihrem eigenen Schäferhund angegriffen.

Das Tier befand sich schon im Sprung, aber ebenso rasch reagierte Suko. Will Mallmann zog seine Waffe. Er wollte im Notfall schießen, doch der Chinese war schneller.

Mit einem gewaltigen Satz überbrückte er die Entfernung und bekam den Schäferhund tatsächlich noch im Sprung zu fassen. Er klammerte seine Arme um den Körper und riss den Hund so heftig zurück, dass er zusammen mit dem Tier auf den Rücken fiel.

Auch ich hatte es nicht auf meinem Platz ausgehalten, sprang auf die Kämpfenden zu und stellte fest, dass mein Freund und Kollege den Kopf des Hundes nach hinten gebogen hatte.

Weit hatte das Tier seine Schnauze aufgerissen, sodass ich sein Gebiss sehen konnte.

Nein, dieses Tier hatte kein normales Gebiss. Da waren zwei Zähne viel länger – wie bei einem Vampir oder einem Werhund.

Diese Erkenntnis lähmte meine Aktivitäten, damit musste ich erst einmal fertig werden, und ich vernahm Sukos Stimme, die das Hecheln und Knurren des Tieres übertönte.

»Los, John, du musst ihn erledigen!«

Das hatte ich auch vor, aber ich kam nicht mehr dazu, denn die Frau des Professors stieß plötzlich einen gellenden Schrei aus, der uns zusammenzucken ließ.

»Da, da! Am Kirschbaum!«

Wir wirbelten herum.

Die Frau hatte nicht gelogen. Was sich da unter den tiefhängenden Zweigen des Baums löste, war ein gewaltiger Schatten, der lautlos auf uns zusegelte, immer größer wurde, weil er die Flügel ausgebreitet hatte, und wir mit Entsetzen feststellten, dass es die rote Fledermaus auch als lebendes Exemplar gab.

Und sie griff an!

Kaum waren sie außer Sichtweite des Hauses, als Axel Eickburger auf die Bremse trat und den Golf zum Stehen brachte.

»Was ist los?«, fragte Beate, seine Frau.

»Da stimmt etwas nicht.«

»Wo?«

»Bei den Bouillons.«

»Du meinst die Sache mit der Fledermaus?«

»Genau, meine Liebe. Denk mal darüber nach. Wie ist es möglich? Und wieso kommen drei Polizisten in das Haus, wenn doch alles so harmlos ist?«

»Ja, das stimmt.«

»Folglich hat es mit der roten Fledermaus etwas auf sich, das möglichst geheim bleiben soll.«

Beate nickte und griff zu den Zigaretten auf der Ablage. Während sie sich ein Stäbchen anzündete, meinte sie: »Du hast ja über Bill Conolly von diesem Sinclair gehört. Hat er nicht einen besonderen Job und tritt nur dann in Erscheinung, wenn es sich um komische Fälle dreht?«

Axel lachte. »Komische Fälle ist gut. Aber irgendwie hast du den Nagel auf den Kopf getroffen.«

»Und jetzt?«

Der Mann hob die Schultern und trommelte mit beiden Zeigefingern auf den Lenkradring. »Ich weiß es auch nicht genau. Ich weiß nur, dass wir nicht nach Stuttgart zurückfahren sollten, denn dann würde uns sicherlich eine Story entgehen.«

»Wohin willst du sonst?«

Axel drehte seiner Frau das Gesicht zu. »Hör zu, Beate, die Polizei ist nicht aus lauter Spaß zum Haus des Professors gefahren. Das ist eine Tatsache, von der keine Maus den Faden abbeißt. Sie verfolgen ein bestimmtes Ziel. Und sie werden sich auch nicht sehr lange dort aufhalten, denn da können sie nichts reißen. Sie brauchen aber Erfolge. Also werden sie sich auf den Weg machen und versuchen, den Professor selbst zu treffen.«

»Du meinst, sie fahren zu den Höhlen?«

»Genau. So, wie ich es dir gesagt habe. Die werden wir dort finden. Aber wir müssen vor ihnen da sein. Wenn die Höhle ein Geheimnis verbirgt, müssen wir das vor der Polizei herausbekommen. Zudem sind wir früher abgefahren, können also auch vor ihnen da sein.«

»Weißt du denn, wo sich die Höhle befindet?«

Da grinste Axel Eickburger. »Und wie ich das weiß. Schließlich bin ich Reporter und nicht einmal ein schlechter«, lobte er sich selbst. »Ich habe genau recherchiert. Wir werden uns die Sache mal aus der Nähe betrachten.«

»Wenn du meinst …«

»Sicher meine ich«, erwiderte der Mann, drehte den Zündschlüssel, stellte den Motor wieder an und fuhr los. Sie rollten nicht in Richtung Stuttgart, sondern in die entgegengesetzte Richtung, weiter hinein in die Alb.

Irgendwann verließen sie die Bundesstraße, fuhren auf schmaleren Wegen weiter, passierten kleine Ortschaften und sahen über sich einen weiten Himmel, der allmählich dunkler wurde, weil es auf den Abend zuging.

»Schaffen wir das noch im Hellen?«, fragte Beate.

»Klar.« Axel gab Gas und schnitt die nächsten beiden Kurven, da kein Gegenverkehr in Sicht war.

Eine Weile sprachen sie nicht, bis Beate Eickburger plötzlich meinte: »Du, ich habe ein so komisches Gefühl, wenn ich ehrlich sein soll.«

»Wie das?«

Sie lachte etwas unecht. »Genau kann ich es dir auch nicht sagen, aber es ist nun mal so. Ehrlich.«

»Bis jetzt lief doch alles normal.«

»Ja, bis jetzt.«

»Ach, komm. Wir werden die Sache schon schaukeln. Wir sind schließlich berühmt dafür, dass wir heiße Sachen anpacken, und bis heute ist alles gutgegangen.«

»Ja, bis heute …«

»Jetzt werde aber bitte nicht komisch. Ich habe immer gedacht, dass man sich auf dich verlassen kann. Scheint mir aber doch nicht so zu sein.«

»Vergiss es.«

Sie fuhren durch ein Hochtal. Rechts und links wellten sich die Hügel. Einige waren bewaldet, die anderen nur mit saftigem Grün bewachsen. Ein Skilift war zu sehen.

Sie fuhren noch zehn Minuten, bis sie das Gebiet der großen Höhlen erreicht hatten.

Die Gegend hatte ein anderes Gesicht angenommen. Manchmal ging es ziemlich steil in die Tiefe. Eine Schlucht tat sich vor ihnen auf. Sie überquerten sie auf einer schmalen Brücke, wo der Gegenverkehr warten musste.

Nach der Brücke sagte Axel: »Jetzt ist es nicht mehr weit.«

Er behielt Recht. Fünf Minuten später etwa ließen sie den Wagen auf halber Höhe eines Bergrückens stehen und stiegen aus. Den Rest des Weges mussten sie zu Fuß zurücklegen.

Es gab einen schmalen, fast zugewucherten Pfad, der in die Höhe führte. Es war mühsam, ihn hinaufzuklettern, und Beate fragte mit keuchender Stimme: »Sind wir hier auch tatsächlich richtig?«

»Natürlich.«

»Ich habe den Wagen des Professors nicht gesehen. Und zu Fuß ist der bestimmt nicht gegangen.«

»Es gibt noch an der anderen Seite einen Aufstieg«, erklärte Axel Eickburger.

»Wenn du das sagst.«

Wenig später verließen sie den Wald, blieben jedoch auf dem Pfad, der jetzt felsig geworden war. Sie befanden sich ziemlich hoch, hatten trotz der gewaltigen Felsen einen guten Blick und sahen einen hellgrünen Range Rover, der irgendwie verloren wirkte, wie er so einsam auf der Höhe stand.

»Da ist der Wagen des Professors!«, rief Axel.

»Du bist doch der Beste!«, lachte seine Frau, blieb stehen und holte erst einmal Luft.

Das Reporter-Ehepaar gönnte sich eine Pause. Axel meinte, während sein Blick über die Berge schweifte: »Du solltest nicht so viel rauchen, Mädchen, dann hättest du auch eine bessere Kondition.«

»Ja, ja, das sagst du.«

»Alles klar?«

Beate nickte.

Sie gingen weiter, und schon bald standen sie neben dem Range Rover. Axel legte seine Hand auf die eckige Kühlerschnauze. »So, jetzt müssen wir nur noch schauen, wo wir unseren Freund, den Professor, finden. Dann ist alles klar.«

»Unter der Erde.«

»Klar, aber wo geht es hinein?«

Sie suchten beide, und es war Beate Eickburger, die den Eingang zur Höhle fand. »Axel, komm«, rief sie, »ich habe ihn entdeckt. Mein Gott, sieht der unheimlich aus.«

Rasch war der Reporter bei seiner Frau, die auf einen düsteren Einstieg wies, der zur Nordseite durch dichtes Buschwerk gedeckt war.

»Ja, das ist er«, sagte Axel.

»Und da sollen wir runter?«

»Klar, warum nicht?«

»Du bist gut, Mann. Schau doch mal, wie wir aussehen. Wir sind überhaupt nicht dafür angezogen. Nein, ich gehe da nicht mit rein. Allein die Schuhe. Da kann ich mir ja den Hals brechen. Und bei dir sieht es auch nicht viel anders aus.« Beate Eickburger schüttelte demonstrativ den Kopf, und sie hatte Recht.

Zwar trug der Reporter Turnschuhe und Jeans, aber für einen Höhlenausflug war das wirklich nicht die richtige Kleidung. Bei Beate sah es noch schlimmer aus. Ihre Sommerschuhe waren vorn und hinten offen, das leichte blaugraue Kleid modisch und weit geschnitten, sodass es für eine Kletterpartie nun wirklich nicht geeignet war.

Beide sahen das ein, doch der Reporter hatte das Jagdfieber gepackt. Eine Taschenlampe lag im Wagen. Als er sich in den Golf beugte und die Lampe in der Hand hielt, rief seine Frau: »Du willst also doch hinunter.«

Axel rammte den Wagenschlag zu. »Ja und nein. Ich werde nur ein kurzes Stück in die Höhle gehen, bleibe praktisch vom Eingang her in Sichtweite und rufe den Professor, das ist alles. Da brauche ich auch keine großartige Ausrüstung. Es ist nicht mehr als ein Spaziergang, glaub mir das.«

»Ich weiß nicht so recht …«

Axel ging auf seine Frau zu, tätschelte ihr die Wange und sagte: »Sei kein Frosch, Mädchen. Wir sind Reporter und keine Beamten, das musst du dir merken.«

»Ja, ja, schon gut.«

»Du wartest hier, oder willst du auch …?«

»Auf keinen Fall. Ich bleibe hier am Einstieg.«

Axel nickte noch einmal, grinste optimistisch, hakte die Lampe an seinem Gürtel fest, schaltete sie ein, ging in die Knie und ließ sich in das Loch hineingleiten, das ihm wie ein Schlund entgegengähnte.

Kaum war er verschwunden, da spürte er die Kühle. Er streckte seine Beine aus, fand auf einem kleinen Vorsprung Halt, löste die Lampe und ließ den Strahl wandern.

Ihm bot sich wirklich ein sagenhaftes Bild. Und er konnte viel erkennen, denn jemand hatte in unregelmäßigen Abständen Bergwerksleuchten aufgestellt, die zwar die gewaltige Höhle nicht vollständig erleuchteten, aber so viel Licht gaben, dass sich der Reporter orientieren konnte.

Er hatte das Gefühl, in einem unterirdischen Dom zu sein. Vor ihm ging es schräg in die Tiefe. Er konnte sogar einen schmalen Pfad erkennen. Je mehr man ihn nach unten schritt, umso höher wurde die gewaltige Steindecke der Höhle, die nass glänzte und von der zahlreiche Wassertropfen nach unten fielen, die in große Pfützen platschten.

Schon jetzt rief der Reporter nach Professor Bouillon, und seine Stimme hallte durch die Höhle, bevor sie von den Felswänden als mehrmaliges Echo zurückgeworfen wurde.

»Professor Bouillon, Professor Bouillon …«

Die Echos kamen zurück, aber der Mann meldete sich nicht.

Dafür hörte Axel die Stimme seiner Frau. Beate kniete am Einstieg, schaute in die Tiefe und rief: »Hast du ihn gefunden?«

»Nein.« Axel drehte den Kopf. Über sich sah er den Umriss seiner Gattin. »Aber er ist hier. Überall stehen Lampen. Du, das ist gewaltig, einfach irre, sage ich dir. Ich komme mir vor wie in einer unterirdischen Kirche, gar nicht so schmal, wie man sonst immer hört. Einfach fantastisch.«

»Komm zurück!«

»Nein, noch nicht. Hier ist sogar ein Weg, der nach unten führt. Ich gehe ihn mal ein Stück …«

»Bitte nicht!«

»Ach, was soll denn passieren? Hier unten gibt es überall Licht, ich kann gut sehen.«

»Trotzdem, es ist gefährlich.«

Axel hörte nicht auf seine Frau. Er reckte seinen Kopf vor, denn er hatte am Grund der Höhle etwas schimmern sehen.

Jetzt konnte er es besser erkennen und rief zurück: »Beate, da ist sogar ein See. Unten, unwahrscheinlich, sage ich dir.«

»Komm trotzdem zurück.«

»Nein!«

Mehr sagte Axel nicht, denn er ging bereits weiter. Auf dem schmalen Pfad schienen die Turnschuhe tatsächlich zu reichen. Die Sohlen waren griffig, und der Reporter fand durch sie einen guten Halt. Hin und wieder lösten sich zwar einige Steine unter seinen Füßen, doch sie waren sehr klein und bildeten keine Gefahr. Den linken Arm hatte Axel Eickburger ausgestreckt. Damit stützte er sich an der Wand ab, während es rechts von ihm steil in die Tiefe ging. Wenn er da hinunterfiel, war er verloren.

Der Reporter passierte die erste Lampe. Sie stand an einer kleinen Nische, leuchtete sie aus, und Axel sah die seltsamen Gebilde, die im Lauf der unzähligen Jahre die Natur hinterlassen hatte. Wie lange Arme wuchsen manche Stalaktiten vor. Ihre Spitzen schimmerten feucht, und von irgendwoher tropfte es immer. Das Wasser fiel auch auf den Weg, es machte ihn rutschig.

Axel Eickburger wurde noch vorsichtiger. Jetzt halfen ihm auch die Sohlen der Turnschuhe nicht mehr. Zudem wurde es um ihn herum dunkler, denn er hatte die erste Lampe längst passiert.

Währenddessen wartete seine Frau Beate voller Bangen am Einstieg. Sie hatte Angst. Nicht allein wegen der Höhle und der ihr unbekannten Tiefe, auch die Einsamkeit um sie herum flößte ihr das Gefühl ein. Hin und wieder schaute sie sich um. Kein Mensch hielt sich in der Nähe auf.

Axel war verrückt. Er hätte nicht gehen sollen, aber wenn er sich einmal etwas in den Kopf gesetzt hatte, dann blieb er auch dabei und war durch nichts von seinem Plan abzubringen.

Ihre Zigaretten lagen im Wagen. Sie brauchte jetzt ein Stäbchen, um sich zu beruhigen. Beate stand auf und spürte den Wind, der von vorn wehte und ihr das Kleid gegen den Körper presste. Abgeschlossen hatte Axel nicht, auch der Zündschlüssel steckte noch. Beate beugte sich in den Wagen, öffnete das Handschuhfach und holte die Zigaretten hervor. Noch neben dem Golf stehend, wollte sie sich die Zigarette anzünden. Einmal blies der Wind die Flamme des kleinen Wegwerf-Feuerzeugs aus. Einen zweiten Versuch konnte Beate Eickburger nicht starten, denn plötzlich vernahm sie den gellenden Schrei.

Innerhalb der Höhle musste er sich schaurig

anhören. Beate erreichte der Schrei nur als dumpfes Echo.

Aber sie wusste Bescheid.

Nur Axel, ihr Mann, konnte ihn ausgestoßen haben. Beate wurde totenblass. Zigaretten und Feuerzeug fielen ihr aus den Händen. Beides ließ sie liegen und rannte auf den Einstieg zu, fiel dort auf die Knie und schrie den Namen ihres Mannes.

Nur das Echo ihrer eigenen Stimme hörte sie. Ansonsten schwieg die Höhle wie ein Grab …

Das Jagdfieber hatte den Reporter gepackt. Axel Eickburger dachte nicht an seine eigene Sicherheit, er wollte das Geheimnis der Höhle erkunden und zumindest dabei den schmalen Pfad weitergehen, bis er den Grund erreichte, wo er den kleinen See entdeckt hatte.

Die Taschenlampe hielt er in der rechten Hand. Es war gut so, dass er sie mitgenommen hatte, denn zwischen den aufgestellten Bergwerksleuchten ballte sich die Dunkelheit. Der helle Tunnel riss sie regelrecht auf.

Vorsichtig setzte er seine Schritte. Der Boden unter ihm wurde immer glatter, denn manchmal flossen die kleinen, hellen Wasserrinnsale auch von den Wänden. Einen Ausrutscher durfte er sich auf keinen Fall erlauben, denn dann gab er für sein Leben keinen Pfifferling mehr. In die Tiefe zu stürzen bedeutete den Tod.

Er atmete mit offenem Mund. Hin und wieder stieß er mit der Schuhspitze auch gegen hochgewachsene Buckel, regelrechte Stolperfallen, die den schmalen Pfad bedeckten.

Hatte er bisher ziemlich gerade in die Tiefe geführt, so änderte sich dies. Der schmale Weg wurde kurviger. Er glich der Form einer langen Riesenschlange, und weiterhin glänzte auf seiner Oberfläche die Nässe.

Manchmal fielen Tropfen auch in den Nacken des Reporters, wobei sie am Hemdkragen vorbei und seinen Rücken hinabrannen. Je tiefer er kam, umso kühler wurde es. Auch schien die Luft anders zu werden. Irgendwie schwerer, denn sie legte sich beklemmend auf seine Lungen, sodass es Axel schwer fiel, durchzuatmen.

Für einen Moment blieb er stehen, wischte sich Nässe und Schweiß von der Stirn und dachte daran, dass es in diesen Höhlen auch Gase geben konnte, die einem Menschen die Atemluft raubten, sodass er jämmerlich erstickte.

Bekam er deshalb vielleicht so schlecht Luft?

Er wusste es nicht und bewegte sich nun noch vorsichtiger in die Tiefe.

Abermals passierte er eine Lampe. Es war schon die fünfte. Sie stand in einem schmalen Felsspalt, der tiefer in den Berg hineinführte und nur so breit war wie die Hälfte eines menschlichen Körpers. Er stellte den Eingang zu den zahlreichen Nebengebäuden und Spalten dar, die es ebenfalls innerhalb dieses gewaltigen Höhlendoms gab, der sich an irgendeiner Stelle sicherlich in zahlreiche Labyrinthe aufteilte und so verzweigte, dass man sich rettungslos verirren konnte.

Plötzlich war der Pfad zu Ende. Axel Eickburger bekam einen nicht gelinden Schrecken, als er das feststellte. Zum Glück hatte er die Lampe schräg gehalten, sodass vor ihm der Weg genau ausgeleuchtet wurde. Allerdings ging es hinter dem Weg nicht bis zum Grund hinunter, sondern vielleicht in der Höhe von zwei Yards, denn danach führte der Pfad weiter, und Axel sah auch die nächste Lampe. Ihr Schein kam ihm wie eine rötlichgelbe Haube der Hoffnung vor.

Da musste er noch hin!

Allerdings hatte er von dem Professor noch immer keine Spur entdeckt. Er wollte auch nicht mehr rufen, erst dann, wenn er am Grund der Höhle stand.

Sollte er springen?

Axel zögerte noch. Es war doch ein Wagnis. Und

wie kam er wieder hoch, wenn er sich jetzt abstieß?

Die Entscheidung wurde ihm aus der Hand genommen. Er hätte auf seinem zurückgelegten Weg vielleicht länger in die einzelnen Felsspalten hineinleuchten sollen, denn aus einer, die in seinem Rücken lag, löste sich eine Gestalt.

Vampiro-del-mar!

Unheimlich war er anzusehen, als er hinter dem ahnungslosen Reporter herschlich. Trotz seiner gewaltigen Körpergröße und seines damit verbundenen Gewichts schaffte er es, sich völlig lautlos zu bewegen, sodass Axel Eickburger nicht merkte, welches Unheil sich seinem Rücken näherte. Er blieb ahnungslos.

Axel konzentrierte sich voll und ganz auf seinen vor ihm liegenden Sprung, und er überlegte noch immer, ob er es wagen sollte. Ein Entdeckertrieb war schön und gut, aber er barg auch ein großes Risiko in sich, sodass der Reporter plötzlich den Kopf schüttelte. Er hatte sich entschlossen, es nicht zu tun.

Zu spät.

Vampiro-del-mar stand bereits hinter ihm. Nur noch ein Schritt trennte die Horror-Gestalt von dem ahnungslosen Reporter, der sich in dem Augenblick umdrehte, als der Vampir seinen rechten Arm vorstreckte.

Es wurde für Axel Eickburger eine grausame, schrecklich lange Sekunde. Er sah Vampiro-del-mar, begriff nicht, was das genau bedeutete, wusste jedoch, dass er in höchster Lebensgefahr schwebte.

In allerhöchster sogar.

Vampiro-del-mar schlug zu. Seine gespreizte Hand traf die Brust des Reporters. Der Stoß war wuchtig geführt worden. Axel Eickburger wollte sich nach vorn werfen und somit dem Treffer die Wirkung nehmen, doch er rutschte auf dem glitschigen Boden einfach weg, verlor das Gleichgewicht und fiel.

Seine Füße befanden sich noch auf dem Pfad, als

sich aus seiner Kehle bereits ein markerschütternder Schrei löste, der schaurig durch die gewaltige Höhle hallte.

Dann erfolgte der Aufschlag.

So hart und wuchtig, dass Axel Eickburger der Schrei von den Lippen gerissen wurde. Stattdessen spürte er den wilden, rasenden Schmerz, der seinen Rücken hochschoss, wobei sich dieser Körperteil anfühlte, als hätte man ihn mit heißer Lava übergossen.

Die Aufprallwucht des Falls trieb den Reporter nach rechts, und zwar dorthin, wo sich die Kante befand.

Axel fand keinen Halt mehr. Er rollte über die Kante und stürzte in die Tiefe.

Dabei hatte er Glück. Von oben hatte es so ausgesehen, als würde es steil dem Grund entgegengehen, aber so schlimm war es nicht. Nur ein sehr schräger Hang bildete den Trennraum zwischen dem Grund der Höhle und dem höher führenden schmalen Weg.

Der Körper des Reporters überschlug sich. Obwohl ihm die Schmerzen fast den Verstand raubten, wurde Axel nicht bewusstlos. Er erlebte seinen langen Fall mit, der ihn in die Tiefe führte. Dabei riss er Steine und Geröll mit sich. Die Arme und Beine schwangen hin und her. Er schlug mit dem Gesicht gegen den Fels, blutete aus zahlreichen Schürfwunden und wurde immer weiter gewirbelt, bis er den Grund erreichte und unter zahlreichen Steinen begraben liegen blieb.

Vampiro-del-mar war oben auf dem schmalen Pfad stehen geblieben. Er bewegte nur den Kopf nach vorn und schaute in die Tiefe. Sein hässliches Gesicht verzog sich zu einem Grinsen, als er den Mann dicht am Abhang liegen sah.

Er wollte schon hinunter, als er hinter sich ein schwaches Geräusch vernahm. Menschliche Ohren hätten es vielleicht nicht wahrgenommen, aber der Supervampir hörte es trotzdem.

Da war jemand …

Ein Opfer!

Vampiro-del-mar machte es wie beim ersten Mal. Er zog sich schnell zurück und trat in sein Versteck.

Tief unter ihm bewegten sich die Steine, die über dem Reporter lagen. Axel Eickburger war sich seiner Situation noch gar nicht recht bewusst geworden. Er lag auf dem Grund der Höhle, begraben unter schweren Steinen, schmerzgepeinigt sein Körper und aus einigen Wunden im Gesicht blutend.

Wie durch ein Wunder war er nicht bewusstlos geworden, und wie durch ein Wunder hatte auch die Lampe gehalten. Sie brannte nach wie vor und schickte ihren hellen Strahl durch eine Lücke zwischen den Steinen. Das Licht erreichte allerdings nicht die Decke der Höhle. Es verlor sich irgendwo unterwegs.

Trotz der heftigen Schmerzen wollte sich Axel Eickburger aufrichten. Den Kopf konnte er ein wenig anheben, beim Rücken jedoch versagte seine Kraft.

Er schaffte es nicht. Der Schmerz breitete sich explosionsartig aus und wühlte weiter in seinem Körper, er trieb wahre Wellen in ihm hoch, und Axel begann zu schreien.

Es waren jedoch keine lauten Schreie, nur wimmernde Töne, die über seine Lippen drangen.

Sie wurden trotzdem gehört.

Von der gewaltigen kuppelartigen Höhlendecke lösten sich plötzlich riesige Schatten.

Die Roten Vampire!

Fast zeitlupenhaft bewegten sie ihre Flügel, dann schneller, und die Geschwindigkeit nahm zu.

Und plötzlich waren sie da. Für den Bruchteil einer Sekunde traf der nach oben gerichtete Scheinwerferstrahl das hässliche Gesicht eines Blutsaugers, und die langen Zähne blitzten für einen Moment auf, dann waren die beiden Bestien über dem hilflosen Reporter.

Axel Eickburger nahm einen süßlichen Geruch

wahr. Düstere Schatten waren plötzlich über ihm, sodass er nichts mehr erkennen konnte. Er spürte Flügelschläge auf seinem Körper und dann das Vortasten zum Hals hin, wo spitze Zähne ihren Weg suchten, um in die Haut zu hacken.

Zweimal merkte Axel Eickburger den scharfen Schmerz, hörte schrille Laute und glaubte sogar, das Sprudeln seines eigenen Blutes aus den Wunden zu vernehmen. Dann waren die langen Schatten des Todes da, die ihn einhüllten und nicht mehr hergaben.

Axel Eickburger war das Opfer der Roten Vampire geworden …

Die Gefahr war riesengroß!

So ein gewaltiges Vampir-Ungeheuer hatte ich selten gesehen. Vor allen Dingen beeindruckte mich die Spannweite der Flügel, und ich ahnte, dass in ihnen eine immense Kraft steckte.

Sie war schnell, die Blutbestie. Ich vernahm ihre schrillen Schreie und sah, dass sich der Angriff auf meine Person konzentrierte.

Dabei dachte ich an die Frau des Professors, die wir aus der Gefahrenzone bringen mussten. Suko hatte genug mit dem veränderten Hund zu tun. Blieb noch der Kommissar.

»Will!«, schrie ich. »Kümmere du dich um …« Weiter kam ich nicht, denn die Fledermaus hatte mich erreicht. Wahrscheinlich hatte der Kommissar meine Worte auch so verstanden.

In der Tat reagierte Will Mallmann goldrichtig. Bevor irgendetwas geschehen konnte, hatte er sich vorgeworfen. Mit beiden Händen griff er zu, bekam die Frau zu fassen, die schreckensstarr auf der Stelle stand und nur ihren Hund ansah, der sich in Sukos eisenhartem Griff befand.

Will Mallmann riss die Frau des Professors zur Seite.

Er schleuderte sie hart herum, und bevor sie zu Boden fallen konnte, hielt er sie am Arm fest.

»Weg, ins Haus!«, schrie er.

Frau Bouillon hörte nicht. Sie hatte die Gefahr noch nicht richtig begriffen, in der sie steckte, und Will Mallmann musste ein wenig Gewalt anwenden, um sie von der Stelle zu schieben.

Sein Ziel war das Haus. Dort sollte sich Frau Bouillon so lange verbergen, bis alles vorbei war.

Noch hatte keine Partei gewonnen.

Mir war es zum Glück gelungen, dem ersten Angriff durch einen raschen Sprung nach rechts zu entgehen. Der Flügel streifte mich nur an der Schulter, während ich nicht stehen blieb, sondern fortlief, um die Fledermaus wegzulocken.

Den kleinen Zaun sah ich im letzten Augenblick und übersprang ihn gedankenschnell. Dann stand ich auf einem schmalen Gartenweg, drehte mich um, zog meine Waffe und sah mich bereits der zweiten Attacke gegenüber.

In Wellenlinien glitt sie heran. Sie flog ziemlich dicht über dem Boden, etwa in Brusthöhe. Die Flügel bewegte sie nur träge. Ich sah zwischen ihnen den kleinen Kopf mit dem weit aufgerissenen Maul und den schimmernden Zähnen.

In Combat-Stellung blieb ich stehen, zielte sehr genau, denn die Zeit hatte ich, und stützte meinen rechten Waffenarm am Gelenk sogar noch mit der linken Hand ab.

Dann schoss ich.

Zweimal drückte ich ab. Beide Kugeln setzte ich in das Zentrum zwischen den Flügeln, wobei ich sehr stark hoffte, dass eine von ihnen zumindest treffen würde.

Sie trafen sogar beide.

Der Kopf der Fledermaus wurde buchstäblich auseinandergerissen. Er platzte nach allen Seiten weg. Ich vernahm noch einen letzten kieksenden Schrei, die beiden Flügel flatterten sehr hektisch und wild, trugen das zerstörte Tier noch ein Stück weiter über den Zaun hinweg, bevor die Flugbewegungen von einem Augenblick zum anderen stoppten und sich die Überreste der Fledermaus auf ein Kartoffelbeet senkten, wo sie liegen blieben.

Ich war beruhigt, aber vor mir hörte ich ein wildes Hecheln, Keuchen und Knurren.

Suko kämpfte noch immer. Ich lief den Weg hastig zurück und sah meinen Partner.

Er und der Hund hatten sich ineinander verkrallt. Sie wälzten sich am Boden, wobei sie Staubwolken aufwirbelten, die mir einen Teil der Sicht nahmen.

Trotzdem erkannte ich, dass der Hund sein Maul weit aufgerissen hatte, um die gefährlichen Zähne in Sukos Kehle zu schlagen. Dagegen hatte der Chinese einiges. Es war ihm gelungen, eine Hand in den Hals des Tieres zu krallen, und Sukos Kräfte waren nicht ohne. Er schaffte es, das Tier zurückzudrücken, dessen drohendes Knurren in ein wildes Hecheln überging.

Suko war stärker. Es gelang ihm, den Hund so zu Boden zu drücken, dass seine offene Schnauze in den Staub stieß, doch das Tier gab einfach nicht auf.

Mit einem heftigen Ruck und einer gleitenden Bewegung gelang es ihm, durch Sukos Arm zu schlüpfen.

Es war frei – und griff an.

Der Schäferhund federte hoch, wuchtete sich auf seinen Gegner zu, und Suko musste sehr schnell sein, wenn er sich retten wollte.

Er schlug mit beiden Händen gleichzeitig zu. Die gekrümmten Kanten kamen von links und rechts. Sie trafen den Hals des Tieres, das durchgeschüttelt wurde, zu Boden fiel und dort um sich schlug.

Suko kniete noch. Aus dieser Stellung heraus hämmerte er ein weiteres Mal zu.

Unerbittlich war er.

Er traf den Hund abermals hart und schmetterte ihn zurück, sodass er aufjaulte. Aber auf diese Art und Weise konnte Suko das Tier nicht töten. Dieser Hund war von einem Vampir gebissen worden. Man konnte ihn nicht mehr als ein normales Tier bezeichnen, er war ein Werhund, und man musste die entsprechenden Mittel einsetzen, um ihn zur Strecke zu bringen.

»John, den Dolch!«, rief Suko, als er sah, dass ich meine Beretta auf das Tier richtete.

Die Idee war noch besser. Ich zog die Waffe, hätte die Klinge auch selbst schleudern können, aber ich wollte meinem Freund den Triumph überlassen.

Der Chinese fing den Dolch geschickt auf, drehte sich ein wenig und nahm die Klinge zwischen die Spitzen seiner Finger.

Wie ein Pfeil schoss der Werhund heran. Er war nur auf seinen Gegner fixiert und sah plötzlich zwischen Suko und sich etwas Silbernes auf seinen Kopf zurasen.

Ausweichen konnte er nicht mehr. Suko hatte den Dolch zu hart geschleudert. Schräg fuhr er von oben nach unten und traf nicht das Gesicht, sondern die breite Brust des heranstürmenden Werhundes. Auch ich vernahm den dumpfen Aufschlag, und die Klinge verschwand fast bis zum Heft im Körper.

Diesmal kam der Werhund nicht mehr auf die Beine. Seine Läufe knickten ein. Er konnte sich nicht mehr halten, schleifte über den Boden und hatte sogar so viel Tempo und Schwung, dass er sich noch überschlug und erst dicht vor Sukos Schuhspitzen liegen blieb, wo er sich nicht mehr rührte.

Der Chinese bückte sich. Er zog den Dolch aus dem Kadaver, reinigte ihn und gab ihn mir zurück.

»Danke, John.«

Ich hob nur die Hand, schaute mir dann das Tier an, wobei mich vor allen Dingen seine Schnauze interessierte. Das Gebiss war wieder völlig normal. Durch seinen Tod hatte der Hund auch die dämonische Existenz aufgegeben.

»Und die Fledermaus?«, fragte Suko.

Ich grinste schief. »Da müssen wir in den Garten. Sie liegt auf dem Kartoffelbeet.«

Suko musste sich das Lachen verbeißen. »Öfter mal was Neues«, gab er schließlich zu.

Sie lag wirklich noch dort. Aber sie sah nicht mehr so aus wie früher. Meine beiden Kugeln hatten dafür gesorgt. Nicht nur der Kopf war zerstört worden, auch den übrigen Teil des Körpers konnte man durchaus vergessen.

Sie war zerfallen. Auf dem Beet lag nur noch dunkelgraue Asche. Selbst die rote Farbe gab es nicht mehr. Graue Asche, das war von der ungewöhnlichen blutgierigen Fledermaus zurückgeblieben.

Suko verzog die Mundwinkel. »War ein verdammt kurzes Leben, das sie hatte.«

»Ein Glück.«

»Aber wir haben erkannt, dass diese Roten Vampire existieren – und nicht nur als Tote, wie der Professor die Fledermaus gefunden hat.«

»Das ist schon das zweite Exemplar«, nahm ich den Faden auf. »Wir können meiner Ansicht nach davon ausgehen, dass es nicht das letzte bleibt, sondern wir müssen damit rechnen, es mit weiteren Bestien zu tun zu bekommen.« Dabei warf ich unwillkürlich einen Blick zum mittlerweile grau gewordenen Himmel hoch.

Dort sah ich zwar einige dunkle Vögel, aber keine Fledermäuse, die mit ihrer Flügelspannweite die Größe eines Menschen erreichten. Konnte es sich bei dieser einen Fledermaus vielleicht um eine Vorhut handeln?

Den Gedanken hatte auch Suko. Wir unterhielten uns darüber, als wir zum Haus gingen.

»Dann verbergen sich die anderen unter Umständen noch in der Höhle«, meinte mein Freund. »Ob lebendig oder nicht, das weiß keiner.«

»Du vergisst den Professor«, bemerkte ich. »Er ist in die Höhle hineingeklettert.«

Suko blieb stehen und reinigte seine Kleidung. »Das heißt, er befindet sich in Gefahr.«

»Wenn es nicht schon zu spät ist«, erwiderte ich ziemlich pessimistisch. »Die Folge davon wäre, dass wir so schnell wie möglich hinmüssen.«

»Ohne Ausrüstung?«, fragte der Chinese.

»Was willst du machen?« Ich wusste auch nicht, wo wir so auf die Schnelle eine vollständige Höhlenausrüstung hernehmen sollten. Da mussten wir eben improvisieren. »Aber vorher sehen wir uns die Fledermaus des Professors mal an«, sagte ich.

Damit war Suko einverstanden. Er hatte sogar noch einen Vorschlag. »Wie wäre es, wenn wir ihr ein paar Tropfen Blut geben? Vielleicht erweckt sie das wieder zum Leben. Und wenn es so weit ist, schießen wir sie ab.«

»Du Sadist.«

»Hast du eine bessere Idee?«

»Ja, wir verbrennen das Ding.«

»Wie du meinst.«

Es war mir wirklich lieber, die Fledermaus zu verbrennen, als mich auf irgendwelche Experimente einzulassen.

Wir fanden Will Mallmann und Frau Bouillon in dem Raum, wo wir zusammen gesessen hatten. Die Gattin des Professors war in Tränen aufgelöst und hatte ihr Gesicht in beiden Händen vergraben, wobei ich zwischen ihren Fingern den weißen Stoff eines Taschentuchs sah.

Will Mallmann saß neben der Frau. Er trug ein unglückliches Gesicht zur Schau, denn er wusste nicht, wie er sich verhalten sollte. Ich konnte ihm das nachfühlen, mir erging es bei weinenden Frauen ähnlich.

Der Kasten mit der Fledermaus stand auf dem Boden. Suko und ich bückten uns gemeinsam und hoben ihn hoch. Wir trugen ihn hinaus. Niemand protestierte. Frau Bouillon sah es wahrscheinlich nicht.

Vor dem Haus zertraten wir kurzerhand die Scheibe. Ich schnickte mein Feuerzeug an, stellte die Flamme höher und führte sie waagerecht über das seltsame Tier.

Es fing sofort Feuer. Wie altes Papier brannte es. Die trockene Haut zog sich zusammen und wurde in Sekundenschnelle rötlicher.

Suko und ich waren zufrieden. Der Chinese holte ein paar Mal tief Luft, bevor er zurück ins Haus ging. Ich beobachtete noch einige Zeit den Himmel, sah jedoch nichts Verdächtiges.

Als ich in das Zimmer kam, saß Martha Bouillon, so hieß sie mit Vornamen, am Tisch und trank Mineralwasser. Sie hatte sich wieder etwas beruhigt und versuchte ein Lächeln, was ihr jedoch schwer fiel.

»Ist sie tot?«, fragte sie.

»Ja«, erwiderte ich, während ich mich setzte. »Die beiden Fledermäuse existieren nicht mehr.«

Sie nickte und meinte: »Es ist bestimmt besser so. Dieses Monstrum brachte nur Unglück.«

»Trotzdem müssen wir auf der Hut sein«, gab ich zurück. »Denn man muss davon ausgehen, dass es nicht die einzigen Tiere waren, die sich hier herumtreiben, wenn ich das mal ein wenig salopp sagen darf.«

»Wieso?« Martha Bouillon schaute mich aus nassen, großen Augen direkt an.

»Hat Ihr Mann immer nur von dieser einen Fledermaus gesprochen, die er mit nach Hause brachte?«, wollte ich wissen.

»Ja.«

»Und nicht davon, dass unter Umständen noch mehr von diesen Tieren sich in den Höhlen aufhalten?«

»Das hoffte er.«

»Aber er hatte keinen Beweis?«, fragte Will Mallmann.

»Nein, Herr Kommissar, noch nicht. Aber den wollte er sich heute holen.« Kaum hatte sie das letzte Wort gesprochen, als sie sich gegen die Lippen schlug. »Meine Güte, Klaus, er ist zur Höhle rausgefahren. Allein, er ...«

Sie sprang plötzlich hoch, schaute uns an und schrie: »Sie müssen etwas tun. Sie müssen ...«

»Natürlich tun wir etwas«, erwiderte ich so ruhig wie möglich. »Wir haben auch schon einen Plan, da können Sie ganz beruhigt sein. Wir werden so rasch wie möglich zur Höhle fahren und nachschauen. Sie müssten uns nur den genauen Weg erklären.«

»Den kenne ich auch nicht.« Die Antwort kam zu spontan, um eine Lüge zu sein, und unser Hoffnungsfunke wurde wieder ein ziemliches Stück kleiner.

»Sind Sie denn nie mitgefahren?«, fragte Suko.

»Nein, nein – ich – ich habe Angst vor diesen Höhlen. Da bekomme ich Herzrasen. Ich hätte dann das Gefühl, in so einer Höhle gefangen zu sein. Das ist schlimm, wissen Sie.«

Das konnte ich mir gut vorstellen. Trotzdem hätte ich es gern gehabt, wenn uns die Frau den Weg hätte sagen können. So mussten wir vielleicht stundenlang suchen, wobei uns die Zeit wie Sand durch die Finger rann.

Dann gab es noch einmal Hoffnung, denn Martha Bouillon sprang plötzlich auf. »Ich kann Ihnen helfen«, sagte sie. »Eben ist es mir eingefallen. Soviel ich weiß, muss es da einen alten Plan geben, den mein Mann gezeichnet hat. Dort ist der Weg zur Höhle genau aufgeführt. Ich müsste ihn nur suchen.«

»Dann bitte schnell«, hielt ich die Frau an.

Die Gattin des Professors rannte aus dem Zimmer, und wir lehnten uns schwer atmend zurück.

Will Mallmann massierte seinen Nasenrücken und sprach das aus, was auch wir dachten. »Es sieht nicht gut aus. Diesmal scheint es, als wären wir die Verlierer.«

Da konnten wir nur nicken. Allerdings fiel mir das Reporter-Ehepaar ein. Vielleicht kannte einer der beiden den Weg zur Höhle. Ich fragte Will Mallmann nach dem Namen, da ich im Augenblick nicht selbst darauf kam.

»Eickburger.«

»Genau.«

»Was willst du denn von denen?«

Ich erklärte es. Will und Suko fanden meinen Plan gut. Der Kommissar saß dem Telefonbuch am nächsten. Zum Glück lag hier eins von Stuttgart.

Gemeinsam schauten wir nach. Es gab einige Eickburgers. Bei einem stand der Beruf dahinter.

Es war der Reporter.

Der Kommissar hielt bereits den Hörer in der Hand, während er die Zahlenkombination tippte. Leider wurden wir enttäuscht. Es läutete zwar durch, aber es hob niemand ab.

»Die sind vielleicht in der Redaktion«, meinte Suko.

Ich drehte den Kopf. »Und bei welcher Zeitung arbeiten die Eickburgers?«

Darauf wusste keiner von uns eine Antwort. Zum Glück kam Martha Bouillon. Sie hielt ein Blatt Papier in der Hand, mit dem sie wedelte. Ihre Wangen waren gerötet. Aufregung hatte sie ergriffen. »Zum Glück kenne ich mich bei meinem Mann im Zimmer aus. Hier ist der Plan.« Sie legte ihn auf den Tisch.

Gemeinsam beugten wir uns über das Papier. Suko und ich hielten uns allerdings zurück. Die Suche überließen wir Will Mallmann und der Gattin des Professors.

Will murmelte ein paar Ortsnamen wie Ettlingen, Ludwigsburg, schüttelte ein paar Mal den Kopf und hob die Schultern. »Damit komme ich auch nicht zurecht.«

»Vielleicht wäre es besser, wenn wir eine Autokarte hätten«, schlug Suko vor.

Die Idee war ausgezeichnet. Martha Bouillon ging sofort los und kam mit einer Karte zurück. Wir verglichen die Ausschnitte und fanden uns zurecht.

Mit einem roten Stift malte Kommissar Mallmann die Strecke ein, die wir zu fahren hatten.

»Kommen wir mit dem Wagen bis an die Höhle?«, wollte ich wissen.

Frau Bouillon bezog die Frage auf sich. »Das schafft nur unser Range Rover.«

»Wenn nicht, müssen wir eben ein Stück laufen«, sagte Suko. »Macht auch nichts.«

Er wollte schon aufbrechen, ich allerdings hatte noch eine Bitte, die die Ausrüstung betraf.

Leider konnte uns die Gattin des Professors nicht helfen. Es gab nur eine Ausrüstung, und die hatte der Wissenschaftler mitgenommen. »Aber Helme haben wir noch.«

»Gut, dann nehmen wir die«, sagte Will.

»Lampen auch?«

»Sicher.«

Wir bekamen beides. Martha Bouillon wollte natürlich mit. Dagegen sprachen wir. Sie ließ sich nicht leicht überzeugen und sah aber schließlich ein, dass es besser war, wenn sie sich nicht in unnötige Gefahr begab.

Als wir in den Mercedes stiegen und abfuhren, da weinte sie. Die Frau hatte Angst. Eine sehr verständliche Reaktion. Auch uns war nicht wohl in unserer Haut ...

Der Schrei verhallte allmählich.

Beate Eickburger hockte vor dem Einstieg wie festgefroren. Sie konnte noch immer nicht fassen, dass es ihr Mann gewesen war, der so geschrien hatte. Einer Täuschung war sie nicht unterlegen. Sie hatte den letzten Ruf deutlich genug identifizieren können.

Was tun?

Sie wusste es nicht. Sicherlich war Axel abgestürzt, lag jetzt irgendwo und wartete auf Hilfe. Aber die Hilfe war weit weg. Wenn sie losfuhr, um welche zu holen, konnte Axel sicherlich schon verblutet sein.

Es dauerte seine Zeit, bis Beate Eickburger wieder einen klaren Gedanken fassen konnte. Dann allerdings schnellte sie hoch, lief zum Wagen, öffnete die Beifahrertür und holte das Erste-Hilfe-Kissen hervor. Sie wollte es mitnehmen, wenn sie selbst in die Höhle kletterte, denn sie hatte sich entschlossen, ihren Mann nicht allein zu lassen. Wenn er tatsächlich Hilfe brauchte, dann würde sie sich ewig Vorwürfe machen, es nicht getan zu haben.

Deshalb überwand sie auch ihre Angst und stieg in die unheimliche, gefährliche Höhle.

Beate Eickburger war relativ klein. Ihre Füße fanden nicht sofort Grund. Zudem hatte sie sich das Erste-Hilfe-Kissen unter den linken Arm geklemmt und konnte sich nicht so bewegen, wie sie gern wollte.

Dann wagte sie es und ließ sich fallen.

Etwa eine Handbreit unter ihr befand sich der kleine Vorsprung. Sie hatte schnell Kontakt, blieb stehen und musste nachgreifen, sonst wäre ihr das Kissen aus dem Arm gerutscht.

Unwillkürlich duckte sie sich, bevor sie ein paar zögernde Schritte vorging.

Auch sie nahm der unheimliche Reiz dieser Höhle gefangen. Sie fühlte sich in eine andere Welt versetzt und spürte, wie eine kalte, unsichtbare Hand ihren Rücken hinaufkroch. Beate hatte ihrem Mann manches die Wissenschaft ist. Umso zufriedener gehen Sie in den Tod.«

Klaus Bouillon glaubte dieser Frau jedes Wort. Sie war kein Typ, der bluffte. Dazu trug auch die Maschinenpistole bei, die sie in den Händen hielt und deren Mündung unverwandt auf den Professor zeigte. Die Waffe schien mit ihr verwachsen zu sein. Sie gehörte einfach zu ihr, das spürte der Professor intuitiv.

»Und wenn Sie Ihr Ziel erreicht haben, was geschieht dann?«, hakte Bouillon nach.

»Dann werden wir die Höhle verlassen und mit den Roten Vampiren nach draußen gehen, um uns die Menschen untertan zu machen. Sie werden und sie sollen unsere Sklaven sein. Ich strebe die Herrschaft der Blutsauger an.«

»Es wird Ihnen nie gelingen«, erwiderte der Professor überzeugt.

Lady X lachte nur.

»Denken Sie immer daran, dass ich nicht allein bin. Ich habe einen Partner, den Sie ja schon kennen. Es ist Vampiro-del-mar, der Uralt-Vampir. Und vor langer Zeit, als die Roten Vampire noch nicht in den unheimlichen Schlaf gefallen waren, da haben sie ihm gehorcht. Da war er ihr Herr, und das soll und wird er wieder sein, wenn sie erst wieder leben.«

Die Worte hatte Lady X überzeugend gesprochen. Und der Professor glaubte ihr. Was er innerhalb dieser Höhle erlebt und gesehen hatte, das warf sein Weltbild um. Bisher hatte er nur an Fakten geglaubt, an Dinge, die sich beweisen ließen. Nun aber wurde er mit einer Welt konfrontiert, die es eigentlich nicht geben durfte, die aber existierte. Das alles war ihm wie ein schlechter Scherz erschienen, auch jetzt hatte er es noch nicht voll begriffen. Vielleicht trug auch diese seltsame Situation mit dazu bei, die er und Lady X erlebten, denn sie unterhielten sich in aller Ruhe und fast emo-

Mal zur Seite gestanden, aber in so gefährliche Situationen war sie noch nie hineingeraten.

Vor ihr öffnete sich eine gewaltige unterirdische Höhle, deren Ausmaße sie nicht einmal schätzen konnte. Von der Decke her sah sie heller schimmernde Stalaktiten nach unten ›wachsen‹.

Jeder Ruf in dieser Höhle wurde zum Echo, das merkte Beate, als sie den Namen ihres Mannes rief.

Er antwortete nicht.

Beates Herz schlug schneller. Axel musste sie gehört haben. Wenn er keine Antwort gab, konnte das nur bedeuten, dass er nicht mehr in der Lage war, eine zu geben.

Sollte er etwa tot sein oder so schwer verletzt, dass …?

Ihre Gedankenkette brach, denn sie glaubte, vor sich einen großen Schatten gesehen zu haben, der allerdings sehr schnell wieder verschwand, sodass sie eine Täuschung annahm.

Schritt für Schritt tastete sie sich tiefer in die unheimliche Höhle hinein. Gehört hatte sie von diesen Höhlen, aber sie hätte nie gedacht, dass sie so große Ausmaße haben würden. Auch das Licht der Lampen vermittelte ihr keinerlei Beruhigung. Die Inseln der Dunkelheit zwischen ihnen waren zu groß.

Wenn sie ging, schleiften ihre Sohlen über den Boden. Manchmal knirschte es, wenn sie etwas zertreten hatte. Dann zuckte sie jedes Mal zusammen.

Noch keine Spur von ihrem Mann.

Beate zitterte vor Angst. Es kostete sie eine große Überwindung weiterzugehen, denn da war nicht nur die unheimliche Atmosphäre, die sie störte, sondern auch ihre normale Kleidung. Sie trug nur das Kleid. Die offenen Schuhe hatten höhere Absätze, und mehr als einmal war sie schon zur Seite weggeknickt.

Die Höhle lebte!

Urplötzlich stellte Beate dies fest, als sie unter der

Decke einen gewaltigen Schatten sah, der sich bewegte. Auch glaubte sie, das Rauschen von Flügeln zu vernehmen, und als der Schatten größer wurde, da zog sie unwillkürlich den Kopf ein.

Wer mochte ihr Entsetzen beschreiben, als sie das helle Kreischen vernahm, das ihr entgegenschallte und ihr vorkam wie das Hohngelächter des Teufels?

Sie blieb stehen und presste sich voller Angst eng gegen die Felswand an der linken Seite. Weit waren ihre Augen aufgerissen. Sie merkte nicht einmal, dass sie das dunkle Kissen verlor. Ihre starren Blicke richteten sich allein auf die Schatten, die sie umflogen.

Das waren Tiere. Riesige Flugtiere, und plötzlich hatte sie auch die Verbindung. Sie dachte an den Besuch bei Professor Bouillon und daran, weshalb sie mit ihrem Mann dorthin gefahren war. Wegen der gewaltigen roten Fledermaus.

Die im Haus des Professors war tot.

Aber die in der Höhle lebten.

Ja, sie flogen durch die Luft, zogen dicht unter der Decke ihre Kreise und warfen ihre zuckenden, dämonischen Schattenbilder an die kahlen Wände.

Voller Angst dachte sie an Axel. Ob er von so einem Tier angefallen worden war? Beate merkte, dass es ihr immer schwerer fiel, auf dem Fleck stehen zu bleiben. Alles in ihr schrie nach Flucht, den Weg zurückzulaufen und von draußen Hilfe zu holen.

So recht konnte sie sich damit nicht anfreunden, aber sie sah ein, dass es keine andere Chance für sie gab.

»Ich – ich komme wieder!«, flüsterte sie. Allerdings mehr zu sich selbst, um sich und ihr Gewissen zu beruhigen. Dann zog sie den Kopf ein, drehte sich um und ging den schmalen Pfad wieder zurück in Richtung Höhlenausgang.

Diesmal war sie doppelt so schnell wie auf dem Hinweg. Sie achtete nicht mehr auf den glatten Boden, geriet prompt ins Stolpern und hatte ungeheures Glück, dass sie dabei nach rechts fiel, zur Felswand hin, an der sich der Weg entlang schlängelte. Sie krallte sich fest. Zwei Fingernägel brachen ab, doch auf so etwas achtete Beate nicht. Sie wurde nur von einem Gedanken getrieben. Weg, nur weg aus dieser schaurigen, finsteren Höhle.

Abermals passierte sie eine der aufgestellten Lampen und musste zwei Schritte später auch an einer dieser in den Fels hineinwachsenden Spalten vorbei.

Da sie sich mit der Hand an der Wand abstützte und zu Boden anstatt zur Wand blickte, verschwand ihre Hand plötzlich in der Spalte. Unwillkürlich schloss sie die Finger, wobei sie merkte, dass sie sich um etwas geklammert hatten.

Hastig zog Beate Eickburger die Hand wieder zurück, wobei sie den Gegenstand allerdings nicht losließ, sondern mit aus der Spalte riss.

Vor Entsetzen wurde Beate Eickburger steif. Was sie da aus der Spalte gezogen hatte, war ein uraltes Skelett!

Sie starrte geradewegs auf den hässlichen, staubbedeckten, grauenhaften Schädel, sah die leeren Augenhöhlen und den offenen Mund.

In einer Panikreaktion schleuderte sie den Knöchernen von sich, der nach links fiel, über den Rand kippte, mehrmals aufschlug, wobei seine Knochen auseinander fielen und mit scheppernden Lauten den steilen Hang hinunterrutschten. Ein paar Steine rissen die Knochen noch mit. Sie kollerten nach, dann war alles still.

Beates Herz klopfte in einem wilden Rhythmus. Sie konnte nicht mehr und lehnte sich schwer atmend an die Wand. Wie ein Blasebalg saugte sie die Luft in ihre malträtierten Lungen, schüttelte den Kopf, murmelte unverständliche Worte und weinte in einem.

Die Laute wurden gehört. Vampiro-del-mar lauerte

ebenfalls in der Nische, aus der Beate das Skelett gezogen hatte. Nur stand er weiter im Hintergrund, sodass vom Weg aus nicht einmal seine Umrisse gesehen werden konnten.

Der Supervampir wartete ab. Er wollte die Frau nicht mehr entkommen lassen, aber sie sollte noch zittern, bevor sie ihr Blut verlor. Geräuschlos ging das blutgierige Monster einen weiteren Schritt nach vorn. Es näherte sich dem Ende der Felsspalte, schaute hinaus und blickte auf den Rücken der Frau.

Sekundenlang entblößte Vampiro-del-mar sein Gebiss, zeigte seine mörderischen Hauerzähne, weil ihn urplötzlich der Drang nach frischem Blut überkam. Dann riss er sich zusammen, zog seinen Oberkörper zurück und ließ nur die Hand ausgestreckt, damit sie aus dem Spalt hervorragte.

In diesem Augenblick drehte sich Beate Eickburger um!

Ihre Augen weiteten sich in namenlosem Schrecken, als sie die fünf auseinandergefächerten Finger entdeckte, um die sich die graue, alte Haut spannte.

Sie schrie.

Ein Schauer nach dem anderen rann über ihren Körper. Die Angst wurde übermächtig, wobei ihr gleichzeitig klar war, dass sie den Weg zurück nicht mehr nehmen konnte.

Da lauerte jemand …

Wenn sie dem Unheimlichen entkommen wollte, dann musste sie wieder vor. Beate überlegte nicht lange. Obwohl ihre Beine sie kaum tragen wollten, lief sie über den nassen Pfad, stolperte mehr, als dass sie ging, und hatte Glück, dass sie auf dem Weg blieb und nicht nach rechts in die Tiefe fiel.

Zeit und Umgebung verschwammen. Sie spielten keine Rolle mehr. Beate wurde nur von ihrer eigenen Angst getrieben, die noch nie in ihrem fünfundzwanzigjährigen Leben so stark gewesen war.

Es grenzte dabei schon an ein kleines Wunder, dass sie stehen blieb, als der Weg zu Ende war. Es erging ihr wie ihrem Mann. Im ersten Moment glaubte sie, dass es vor ihr in die Tiefe ging, dann schaute sie genauer nach und erkannte die nicht allzu große Distanz zwischen den beiden Weg-Teilstrecken.

Sollte sie springen?

Beate zögerte, schaute zurück. Sie konnte die Hand nicht mehr sehen, obwohl sie sicher war, dass sich der Unbekannte, dem die Hand gehörte, nicht vollends zurückgezogen hatte.

Also springen.

Noch einmal schaute sie nach vorn, sah im fahlen Licht der aufgestellten Lampen, dass sich nach der Unterbrechung der Weg weiterschlängelte, und erkannte an seinem Ende eine schattenhafte Bewegung.

Eine Fledermaus vielleicht?

Nein, die waren größer. Das war eine andere Gestalt, eine menschliche sogar.

Ihr Mann!

»Axeelll!« Ein gellender Schrei hallte durch die riesige Höhle, wurde von den Wänden zurückgeworfen und vereinigte sich zu einem unheimlich klingenden Echo.

Sie hatte Axel gefunden – lebend gefunden!

Beate Eickburger wusste nicht, ob sie lachen oder weinen sollte. Hoffnung keimte in ihr hoch, und sie fragte sich, ob das Auftauchen ihres Mannes die Rettung bedeutete.

Wieder rief sie Axels Namen, und sie vernahm eine Antwort, als das Echo verhallt war.

»Komm her …!«

Beate schaute nach vorn und in die Tiefe, wo sie einen Zwischenraum durch einen Sprung überbrücken musste. Auch Axel hatte ihn geschafft. Vielleicht wusste er einen anderen Weg aus der Höhle, und wenn

Beate daran dachte, was hinter ihr lauerte, dann wurde ihr der Entschluss leicht gemacht. Ja, sie wollte die Flucht nach vorn antreten.

»Ich komme zu dir!«, rief sie. »Warte auf mich, Axel. Es dauert nicht mehr lange.« Sie schleuderte die Schuhe von den Füßen, dann gab sie sich Schwung und sprang.

Die Distanz zwischen den beiden Wegabschnitten war doch größer, als sie angenommen hatte. Der Aufprall erschütterte sie. Zudem kam sie mit den Hacken zuerst auf, und fast wäre sie noch nach hinten gekippt, doch mit rudernden Armbewegungen konnte sie sich halten.

Jetzt war es nicht mehr weit bis zu ihrem Mann. In Schlangenlinien lief der Weg weiter, und an seinem Ende wartete Axel, um Beate in die Arme zu schließen.

Obwohl sie es sehr eilig hatte, dachte sie daran, die Schuhe anzuziehen. Dann erst hetzte sie los. Sie wollte zu ihrem Mann, ihn endlich sehen, und stolperte mehr, als dass sie ging.

Axel stand da und hielt seine Arme ausgestreckt. Mit Schrecken stellte die näher kommende Frau fest, wie schlimm ihr Mann aussah. Seine Kleidung war verdreckt, zum Teil zerrissen oder zerfetzt, er blutete aus einigen Wunden. Wenigstens sahen die dunklen Stellen in seinem Gesicht aus wie Blut, und trotz der miserablen Lichtverhältnisse erkannte die Frau, wie bleich Axel war.

»Was ist dir geschehen?«, flüsterte sie und griff nach seinen Händen, um sich von ihm in die Arme ziehen zu lassen. »Als ich deinen Schrei hörte, da dachte ich, dass alles aus ist.«

»Nein.« Er lachte irgendwie hämisch. »Da hat erst alles angefangen, meine Liebe.«

»Wieso? Ich …«

»Das erkläre ich dir später, Beate. Komm erst einmal mit.« Er zog seine Frau weiter auf einen Höhlensee zu, dessen Wasseroberfläche dunkel dalag und nur manchmal von zuckenden Lichtschatten berührt wurde, wobei sie dann wirkte, als würde sie ein geheimnisvolles, geisterhaftes Eigenleben führen.

Aber noch ein Schatten kam!

Von oben. Er bewegte sich nur langsam, zeichnete sich auf der Wasserfläche ab, hinter der sich geheimnisvolle Höhlengänge anschlossen, deren Einstiege an düstere Fenster erinnerten.

Beate blieb stehen und hob den Kopf. Ihre Augen wurden wieder größer, die Angst kehrte zurück, und sie kreischte: »Die Fledermäuse, Axel, meine Güte, sie werden uns töten …«

»Du brauchst keine Angst zu haben, Beate«, erwiderte ihr Mann mit ruhiger Stimme. »Wirklich, du brauchst keine Angst zu haben.« Er drückte Beate fester an sich, schaute sie an und lächelte. Dabei entblößte er sein Gebiss, und Beate Eickburger sah die beiden grauenhaften Vampirzähne, deren Spitzen auf ihren Hals wiesen …

Er starrte in das Mündungsloch der Maschinenpistole. Darüber sah er den Oberkörper einer Frau, der durch den Hals mit einem Gesicht verbunden war, das man durchaus als schön, aufregend oder sexy bezeichnen konnte, wären da nicht die beiden spitzen Zähne gewesen, die aus dem Oberkiefer ragten.

Die Frau war eine Vampirin. Und er, Professor Bouillon, war in ihre Falle gelaufen.

Sie und ihr unheimlicher Helfer hatten ihn die Lampen aufstellen lassen und dann zugeschlagen, wobei sich der Wissenschaftler wunderte, dass man ihn noch nicht angegriffen und gebissen hatte, denn Vampire wollten Blut.

Er hatte es hingenommen, wie schon so oft in seinem durch Höhen und Tiefen gebeutelten Leben. Er hatte sich auch nicht darüber gewundert, dass es zweibeinige Vampire gab. Für ihn war es der größte Horror gewesen, als er erleben musste, wie das Blut in die aufgerissenen Schnauzen der großen Fledermäuse hineinrann, seine Wirkung entfaltete und dafür sorgte, dass die Tiere zu einem unheimlichen Leben erwachten.

Kreaturen, die seit Tausenden von Jahren tot waren, wurden plötzlich wieder lebendig.

Das konnte der Wissenschaftler nicht begreifen, aber er wollte nicht fragen. Sein Stolz ließ es nicht zu.

Die Frau hatte ihn in eine Höhle geschafft, wie es sie zu mehreren innerhalb der Riesenhöhle gab. Viel Platz hatten sie hier nicht. Das war auch nicht unbedingt nötig, ein paar hohe Steine als Sitzgelegenheiten reichten.

Sie waren allerdings nicht die einzigen in der Höhle. Als stummer Gast lag dort eine blutleere Leiche. Die Vampirin hatte ihr das Blut abgenommen, das sie brauchten, um die großen, Roten Vampire wieder zum Leben zu erwecken.

Hin und wieder flog einer dieser Blutsauger am Höhleneingang vorbei und verdunkelte dann für wenige Herzschläge den Eingang mit seinen großen Flügeln.

Der Professor sah aus, wie man sich einen Höhlenforscher vorstellt. Er trug derbe Kleidung, hatte die entsprechenden Schuhe an, und auf seinem Kopf saß ein Helm, in den eine Lampe eingebaut war. Die Ausrüstung des Professors lag neben ihm am Boden. Dabei fiel besonders die Spitzhacke auf.

Von dem Gesicht des Wissenschaftlers war nicht viel zu erkennen. Der größte Teil lag im Schatten, aber der Mann hatte noch eine für sein Alter sehr straffe Haut, dies erkannte auch Lady X. Sie hatte schon des öfteren auf den Hals des Mannes geschielt, unter dessen Haut sich deutlich die Adern abhoben.

Noch ließ sich Lady X Zeit. Sie konnte sich auch als

Vampirin zusammenreißen, und das war gut so, denn dadurch verlor sie eigentlich nie den Überblick.

Außerdem war der Professor ein Mann, der viel wusste. Und sie wollte gern mehr über die Höhlen erfahren.

Aber der andere dachte nicht daran, der Blutsaugerin Rede und Antwort zu stehen. Ihn interessierten ganz andere Zusammenhänge, und er warf immer wieder einen Blick auf den blutleeren Toten.

»Ist der so interessant für Sie?«, fragte Lady X lauernd.

»Ja. Dieser Mensch ist noch sehr jung. Warum haben Sie das getan?«

»Ob jung oder alt, was spielt das für eine Rolle? Wir brauchten sein Blut, und das haben wir bekommen. Alles andere interessiert uns nicht.«

Der Professor hob den Blick und schaute die vor ihm sitzende Pamela Scott hart an. In deren Gesicht zuckte nicht ein Muskel. Sie saß da und rührte sich nicht. Der eisige Blick ihrer Augen war auf den Professor gerichtet. Nur hin und wieder bewegte sie die Lippen zu einem spöttischen und kalten Lächeln, sodass die spitzen Zähne im Oberkiefer noch deutlicher hervortraten.

»Was haben Sie überhaupt vor?«, fragte der Wissenschaftler.

»Die Roten Vampire zum Leben zu erwecken!«, lautete die Antwort.

»Das ist geschehen.«

Da lachte Lady X.

»Nein, längst nicht alle. In dieser Höhle schlafen noch wesentlich mehr Fledermäuse. Aber um sie alle ins Leben zurückzuholen, brauchen wir Blut. Viel mehr Blut als nur von einem Menschen. Verstehen Sie?«

»Ja, ich habe verstanden.«

»Und deshalb werden Sie, Professor, ebenfalls Ihr Blut hergeben. Denken Sie einfach daran, dass es für tionslos über ein Thema, das völlig unrealistisch war.

Klaus Bouillon hatte das Gefühl, unter einer gewaltigen Glocke zu sitzen und die Realität nur aus der Ferne mitzubekommen, die ihm jedoch durch das Echo eines Schreies wieder in Erinnerung gerufen wurde.

Blitzschnell sprang Lady X auf. Ihr Körper erinnerte plötzlich an eine geballte Ladung, die kurz vor der Explosion stand. Mit gleitenden Schritten lief sie zum Ausgang der kleinen Höhle und warnte den Professor noch, als sie ihn passierte.

»Keine Dummheiten!«

Bouillon schwieg.

Am Ausgang blieb Lady X stehen. Sie musste sich etwas ducken, um hinausschauen zu können in die Weite der eigentlichen unterirdischen Höhle, und sie sah dort die Fledermäuse wie gewaltige Schatten hin und her huschen.

Auf einen Punkt konzentrierte sie sich besonders. Er lag rechts von ihr, wo der Weg an der Höhlenwand entlanglief. Dort musste irgendetwas passiert sein. Leider konnte Lady X nicht bis dahin einsehen, dazu war das Licht zu schlecht, aber der Schrei hatte sich sehr menschlich angehört.

Also war jemand in die Höhle eingedrungen!

Und er war in die Falle gelaufen.

Genau dort, wo die beiden Fledermäuse zu Boden gegangen waren, wurde es stiller. Zwar schlugen die blutgierigen Tiere noch mit den Flügeln, aber das geschah alles sehr langsam. Es drückte Trägheit und auch Zufriedenheit aus.

Sie hatten ein Opfer!

Natürlich war der Schrei auch von Professor Bouillon gehört worden. Er konnte sich ebenfalls einen Reim darauf machen und ahnte instinktiv das Richtige. Der Schrei war der eines Menschen gewesen. Also befand sich ein Mensch in der Höhle, und er war in die Klauen dieser blutgierigen Vampir-Fledermäuse geraten. Nie hätte Klaus Bouillon gedacht, welch eine Kettenreaktion die Entdeckung dieser uralten Wesen auslösen konnte, und irgendwie gab er sich die Schuld, dass es zu all diesem Schrecken gekommen war. Er dachte an eine Widergutmachung, aber was konnte er tun?

Sein Blick fiel auf die Spitzhacke!

Sie war nicht sehr groß und auch nicht allzu schwer. Dafür bestand sie aus einem hervorragenden Material, auf das man sich bei Kletterpartien durchaus verlassen konnte. Und dieser Spitzhacke würde auch die Vampirin nichts entgegensetzen können, das stand fest.

Der Professor hatte bisher gesessen. Er holte noch einmal tief Luft und schraubte sich in die Höhe. Noch nie in seinem Leben hatte er einen Menschen getötet oder einem irgendetwas zuleide getan, und er musste sich zwingen, daran zu denken, dass die Frau vor ihm kein Mensch, sondern eine blutgierige Bestie war.

Ja, anders konnte man sie nicht bezeichnen. Es machte ihr nichts aus, das Blut der Menschen zu trinken, und wenn sie ihre spitzen Zähne in die Haut der Opfer schlug, dann verwandelte sie diese armen Menschen ebenfalls in Vampire, sodass sie sich in den grauenvollen tödlichen Kreislauf einreihen konnten.

Der Professor wollte ihn unterbrechen!

Die dunkelhaarige Blutsaugerin war abgelenkt. Sie schaute noch immer in die große Höhle hinein, damit sie mitbekam, was dort geschah, sodass es dem Wissenschaftler gelang, ungesehen nach dem Stiel der Spitzhacke zu greifen und das Instrument an sich heranzuziehen. Er musste dabei sehr vorsichtig zu Werke gehen, durfte kein Geräusch verursachen, das seine Gegnerin hätte warnen können.

Dann hielt er die Hacke fest. Er fasste mit der zweiten Hand nach, sodass er sie sicher führen konnte.

Lady X wandte ihm den Rücken zu.

Leicht geduckt stand sie da und rührte sich auch nicht, als der Professor einen Schritt vorging. Sie schien ahnungslos zu sein. Klaus Bouillon zitterte. Er tat den nächsten Schritt und brauchte nur noch einen zu gehen, um sein Ziel zu erreichen.

Er wollte die Waffe dort in den Rücken der Frau stoßen, wo das Herz lag.

Noch einmal holte er Luft. Dann schwang er beide Arme hoch, um kräftig auszuholen.

In diesem Augenblick bewegte sich die Scott. Sie erschreckte den Wissenschaftler damit, und er verzögerte den Schlag mit der ungewöhnlichen Waffe.

Dann zögerte er nicht mehr. Er musste sich einfach Luft verschaffen, und mit den Worten »Stirb endlich!« ließ er die Hacke nach unten sausen.

Er hatte sich voll darauf konzentriert, die Frau zu treffen. Deshalb kam für ihn deren Reaktion völlig überraschend. Gedankenschnell drehte sich Lady X herum, sprang zur Seite und riss gleichzeitig die Maschinenpistole hoch.

Der Lauf der Waffe und die Spitzhacke befanden sich beide in Bewegung. Sie kollidierten.

Als der Wissenschaftler das hell klingende Geräusch vernahm, da wusste er, dass er verloren hatte, und er sprang zurück.

»Du Hund!«, zischte Lady X. Gleitend kam sie vor. Klaus Bouillon erwartete die Kugelgarbe, doch er irrte sich.

Sie schlug zu. Der Professor sah den Lauf der MPi als einen huschenden Schatten. Schräg fuhr er von oben nach unten, und Bouillon versuchte instinktiv auszuweichen.

Das klappte nicht, der Schlag traf ihn trotzdem. Aber er hatte Glück im Unglück. Der Waffenlauf zerschmetterte nicht seine Schulter oder seine Rippen, sondern krachte gegen den Helm. Er traf ihn seitlich und mit so einer großen Wucht, dass die schützende Haube dem Wissenschaftler vom Kopf gerissen wurde.

Lady X setzte nach. Sie war jetzt zu einer Furie geworden und hieb zweimal mit ihrer MPi zu.

Beide Schläge trafen.

Der erste bereits streckte den Professor nieder. Er fiel auf die Knie und musste den zweiten Treffer nehmen, der ihn vollends zu Boden schleuderte.

Schwer fiel er auf die Seite, blieb nach Luft schnappend liegen und kassierte noch mehrere Tritte.

Die Vampirin war wie im Rausch. Das Blut des Mannes trank sie zwar nicht, aber sie schlug ihn so zusammen, dass er stöhnend am Boden liegen blieb.

Dann trat sie zurück. »Reinlegen wolltest du mich!«, zischte sie. »Verdammt noch mal, du wolltest mich fertig machen, aber da hast du dich gewaltig getäuscht, das kann ich dir sagen. Ich führe meine Pläne durch und lasse mir von niemandem ins Handwerk pfuschen, auch nicht von dir. Schade, du hättest es einfacher haben können. Jetzt wird es hart für dich, denn wir zapfen dir das Blut bei Bewusstsein ab. Du wirst sterben und deinen Tod genau miterleben.« Sie lachte laut und wandte sich ab.

Der Professor hatte die Worte zwar gehört, aber sie nicht recht verstanden. Zu groß waren die Schmerzen, die durch seinen Körper tobten. Er wusste nur, dass er verloren hatte und keine Chance mehr sah, aus dieser Klemme herauszukommen …

Wir hatten es tatsächlich geschafft und den Höhleneingang gefunden. Allerdings mit einer ziemlichen Verspätung, was ganz natürlich war, denn wir kannten die Gegend nicht.

Sehr breit war der Einstieg nicht. Zudem deckte ihn eine dichte Buschgruppe zu einer Seite hin ab.

Will Mallmann deutete auf den parkenden Range Rover. »Das ist der Wagen des Professors.« Er sagte dies in einem deprimierenden Tonfall, denn nicht weit davon hatten wir ein anderes Fahrzeug entdeckt. Einen grünen Golf. In ihm erkannten wir den Wagen des Reporter-Ehepaars Eickburger, und wir konnten uns vorstellen, wo sich die beiden herumtrieben.

Jetzt ging es nicht nur um ein, sondern um drei Leben. Ob wir alle retten konnten, war fraglich.

Will, Suko und ich trugen Helme. Zum Glück hatten sie eingebaute Lampen an den Stirnseiten, und auch die Batterien waren noch gut in Schuss, wie uns Martha Bouillon versichert hatte. Zudem besaßen wir Handlampen und waren auch gut bewaffnet.

Will Mallmann trug zwei Pistolen. Eine normale und eine mit geweihten Silberkugeln geladene. Zusätzlich hatte ich noch eine Waffe mitgenommen. Die Druckluftpistole, die Eichenbolzen verschießt. Vielleicht konnte ich damit die Vampire ebenfalls erledigen.

Suko lag auf dem Boden. Er horchte in das Einstiegsloch hinein und hatte auch für Sekunden seine Lampe aufleuchten lassen, sodass wir darüber Bescheid wussten, was uns nach dem Einstieg erwartete.

»Da beginnt ein Weg!«, meldete der Chinese und erhob sich wieder.

»Wer geht als erster?«, fragte Will.

Wir losten aus.

Das Los fiel auf Suko. Dann kam ich, und Will Mallmann bildete die Nachhut.

Wir schauten uns noch einmal an. Jeder von uns wusste, was ihm bevorstand. Unsere Gesichter waren dementsprechend gespannt.

»Auf geht's«, sagte Suko, drehte sich um und verschwand als erster. Ich folgte ihm, und wenig später hatte uns der Einstieg der Riesenhöhle verschluckt …

Beate Eickburger wollte nicht glauben, was sie da sah. Sie schaute hoch zu ihrem Mann, sah das Gesicht, den offenen, zu einem Grinsen verzogenen Mund, und sie erkannte die beiden rechts und links aus dem Oberkiefer wachsenden Vampirzähne, die deutlich vorstanden, sodass sie überhaupt nicht zu übersehen waren.

Ein schreckliches, albtraumhaftes Bild, und die junge Frau schüttelte sich vor Grauen.

»Bist du – bist du …?«, fragte sie und vernahm das Lachen ihres Mannes.

»Ja, ich bin ein Vampir. Ich ernähre mich jetzt von Blut. Die beiden Fledermäuse haben mich zu dem gemacht, und ich freue mich, dass du zu mir gekommen bist …«

»Was – was willst du?«, hauchte Beate, obwohl sie die Antwort schon im voraus wusste.

»Dich!«

Er hatte das Wort kaum ausgesprochen, als er schon hart zugriff und die fünf Finger seiner rechten Hand wie Klammern in das Fleisch an der Schulter der Frau drangen.

Sie ging in die Knie und stöhnte auf, denn der Druck verursachte Schmerzen.

Ihr Mann lachte. Er war zu einem dämonischen Teufel geworden, einem Wesen der Schattenwelt, das sich vom Blut anderer ernährte und auch keine Rücksicht mehr auf irgendwelche Bindungen nahm, die vor dieser Zeit bestanden hatten.

Jetzt zählte nur sein unheilvoller Trieb.

Es gelang ihm fast mühelos, seine Frau Beate in die Knie zu zwingen. Sie hatte noch die Arme erhoben, klammerte sich an der verschmutzten Kleidung ihres Mannes fest, doch dem Druck konnte sie nicht standhalten, wurde noch weiter nach unten gepresst und lag schließlich am Boden.

So hatte Axel sie haben wollen. Er hob sogar noch einen Fuß und stellte ihn auf den Körper seiner Frau.

»Endlich!«, knurrte er. »Endlich liegst du vor mir. Und ich will dein Blut, ich giere danach …« Er lachte wild und grausam, wobei er noch den Kopf schüttelte und seine Hände spreizte, bevor er sich langsam hinabbeugte, um seinen grausamen Trieb zu stillen.

Beates Gesicht war verzerrt. Nicht nur die Angst war darin zu lesen, es war auch gezeichnet von der Anstrengung, die sie einsetzte und sich gegen den Griff des Vampirs stemmte, denn sie konnte und durfte nicht liegen bleiben und dem Blutsauger somit die Chance geben, ihr menschliches Dasein zu vernichten.

Sie sah in der Gestalt auch nicht mehr ihren Mann, sondern nur einen widerlichen, blutsaugenden Vampir, der sie ebenfalls in das Reich der Schatten ziehen wollte.

Beate Eickburger kämpfte vergeblich. Sie konnte dem Druck des Unheimlichen nicht standhalten, wurde nach hinten gepresst und kippte langsam zu Boden, wobei der andere sie nicht einmal losließ.

Beate fiel auf den Rücken. Und da erst löste Axel den Griff, weil er seine Frau in eine für ihn günstigere Position legen wollte.

Die junge Frau nutzte die Gunst des Augenblicks. Sie wusste selbst nicht, wie sie dazu kam, die Beine anzuziehen und sie danach blitzschnell wieder vorzustoßen.

Auf jeden Fall traf sie.

Dicht über den Oberschenkeln bohrten sich die Absätze in den Leib des Wiedergängers. Der Untote nahm die Attacke voll, fiel zurück, denn damit hatte er nicht gerechnet.

Beate sprang auf. Sie schluchzte dabei, hatte fürchterliche Angst und bemerkte über sich die gewaltigen Schatten, die sie umkreisten. Wie die Geier lauerten dort die Fledermäuse auf frisches Blut. Aber auch Axel wollte es.

Er sprintete auf seine Frau zu.

Zu fliehen hatte keinen Sinn. Deshalb stellte sich Beate Eickburger, riss ihren Schuh vom rechten Fuß und benutzte ihn als Schlagwaffe. So schnell, wie sie war, konnte der Vampir gar nicht ausweichen. Er hatte zwar die Arme vorgestreckt, doch Beate gelang es, genau durch den Zwischenraum zu schlagen und mit dem Absatz sein Gesicht zu treffen.

Sie hörte das widerliche Geräusch, sah plötzlich die Nase nur als Klumpen, und ein Mensch wäre längst zu Boden gegangen. Nicht Axel, der Vampir. Er verspürte keinerlei Schmerzen und schüttelte den Kopf, wobei er allerdings nicht angriff, sodass Beate einen zweiten Schlag führen konnte, der die Stirn ihres Mannes traf.

Haut wurde aufgerissen, als der Absatz mit der Kante am Gesicht entlang fuhr. Bevor sie den Arm zurückziehen konnte, wurde Axel wild und schlug um sich. Er keuchte und knurrte dabei wie ein Tier. Seine Hand traf den Schuh und schleuderte ihn aus den Fingern seiner Frau.

Zeit, um auch den linken auszuziehen, hatte Beate Eickburger nicht mehr. Jetzt ging es allein um ihre Haut. Sie war waffenlos und wusste, dass Axel ihr noch gefährlicher werden konnte.

Schon griff er sie an. Er tat es mit wütenden Schreien und Schlägen, wollte sie treffen und zu Boden zwingen. Sein entstelltes Gesicht war eine Fratze wie aus dem Gruselkabinett, und Beate sah ein, dass sie nichts mehr tun konnte. Der andere war zu stark. Sie musste fliehen. Aber wohin?

Es war egal, in welche Richtung sie lief. Sie war von Feinden umgeben, und die würden immer schneller sein als sie.

Der erste kam schon. Es war ein Roter Riesenvampir, der sich aus dem Dunkel der gewaltigen Höhlendecke löste und pfeilschnell in die Tiefe segelte, wobei er seine Flügel ausgebreitet hielt und in seiner Gestalt an einen riesigen Drachen erinnerte.

Vor Beate stand ihr eigener Mann, hinter ihr die Riesenfledermaus. Das konnte nicht gut gehen.

Trotzdem versuchte sie es und rannte weg. Dabei achtete sie nicht so sehr auf die Richtung, sie wollte nur nicht zwischen die beiden blutsaugenden Bestien geraten.

Sie warf sich voran, spürte die Steine unter ihrem rechten Fuß, die ihr Fleisch aufrissen, aber sie achtete nicht darauf.

Und dann klatschten ihre Beine plötzlich in eiskaltes Wasser. Sie erlitt einen Schock, schüttelte ihn jedoch ab, hetzte weiter, verlor den Grund unter ihren Füßen und sah noch, wie sich die gewaltige Fledermaus näherte und ihr Maul weit aufgerissen hatte.

Im nächsten Augenblick sackte sie in die Tiefe …

Beate hatte das Gefühl, als würden eiserne Reifen ihre Brust zusammenpressen, so kalt war das Wasser des Höhlensees. Die Frau glitt in die Tiefe, sackte zuerst wie ein Stein weg und hielt instinktiv die Luft an. Um sie herum war es pechschwarz. Obwohl sie die Augen weit aufgerissen hatte, konnte sie nichts sehen, nur diese absolute Finsternis, in die kein Sonnenstrahl drang.

Beate wusste nicht, wie tief dieser Höhlensee war, aber sie spürte die Kälte, die immer mehr zunahm und sich ausbreitete, sodass sie von der Stirn bis zu den Zehenspitzen reichte.

Wenn sie nichts dagegen tat, würde die Kälte sie zu einer Bewegungsunfähigkeit verdammen, die sie ertrinken ließ. Aber war das nicht egal, wie sie umkam? Eine Chance für sie gab es trotzdem nicht.

Es waren deprimierende Gedanken, mit denen sie sich beschäftigte, doch ihr Selbsterhaltungstrieb war größer. Sie wollte unter keinen Umständen aufgeben, und automatisch bewegte sie Arme und Beine.

Ihr Sinken wurde gestoppt. Sie trat für einen Moment Wasser und bewegte sich dann nach oben.

Es wurde auch Zeit, denn Beate Eickburger spürte, dass sie die Luft nicht mehr lange anhalten konnte. Wenn sie nicht in den nächsten Sekunden frischen Sauerstoff bekam, würden die Lungen platzen, wenigstens glaubte sie das.

Und sie schaffte es.

Plötzlich spürte sie, dass ihr Kopf frei war. Und ihre Augen öffnete sie weit.

Sehen konnte sie noch nichts. Der Wasserschleier und die Dunkelheit der Höhle sorgten dafür. Zudem hing noch ihr Haar weit in das Gesicht hinein.

Mit der linken Hand schleuderte sie es weg, atmete tief ein und sah die ersten Umrisse.

Sie glaubte, Axel am Rand des Sees stehen zu sehen, und sie hörte das gewaltige Rauschen über sich in der Luft.

Die Fledermaus!

Beate Eickburger konnte sie nicht sehen. Sie ahnte die tödliche Gefahr, holte noch einmal Luft, machte einen Buckel und tauchte unter.

In diesem Augenblick hatte die Fledermaus sie erreicht, und Beate Eickburger spürte auf ihrem Rücken die brettharten Schläge der Flügel …

Wir hatten die ›normale‹ Welt verlassen und befanden uns nun im Innern der Erde. Zwar noch nicht tief, aber der erste Eindruck war wirklich gewaltig.

So groß hätte sich keiner von uns die Höhle vorgestellt. Wir kamen uns vor wie auf einem unheimlichen fernen Planeten, denn es war alles anders.

Im Laufe der langen Jahrmillionen waren diese Höhlen entstanden. Naturwunder, durchsetzt von Stalaktiten und Stalagmiten, wo letztere wie gewaltige Arme von unten nach oben wuchsen. Im Laufe einer kaum fassbaren Zeit waren sie durch Kristallablagerungen entstanden, säulenartige Gebilde, die sich wie die Finger einer Hand in die Höhle reckten.

Wir sahen auch die einzelnen Leuchten, die einen schmalen Pfad markierten, der sich dicht an einer Felswand entlangzog, wobei rechts von ihm das Gelände steil zum Grund der Höhle abfiel und wir auch das Wasser eines Sees sahen.

Von den Roten Vampiren entdeckten wir nichts, waren allerdings davon überzeugt, dass sie sich hier irgendwo versteckt hielten.

Suko war drei Schritte vorgegangen. Jetzt drehte er den Kopf und hob dabei die Schultern. »Keine Spur von dem Professor und auch nicht von den beiden Eickburgers.«

»Die Höhle ist groß«, sagte ich.

»Sicher.«

»Komm, lass uns weitergehen«, schlug Will Mallmann vor. Wie Suko und ich hatte er seine Stimme ebenfalls gedämpft. Man sollte uns nicht zu früh bemerken.

Wir bewegten uns auf dem schmalen Pfad weiter. Die Lampen in den Helmen waren eingeschaltet. Ihre hellen Strahlen ließen zu, dass wir mehr erkennen konnten.

Uns fielen die Nischen auf, die sich links von uns in der Felswand befanden. Es waren düstere Eingänge, wahrscheinlich im Laufe der Zeit durch Druck und Gegendruck der Erdbewegungen entstanden.

Suko blieb stehen und leuchtete in eine hinein. Wir ließen ihn und fragten erst, als sich der Chinese zu uns umgedreht hatte.

»Wie tief ist der Spalt?«

Suko schüttelte den Kopf, wobei er mich anschaute. »Das konnte ich nicht erkennen. Der Strahl verlor sich.« Er räusperte sich. »Einen Menschen habe ich auf jeden Fall nicht gesehen.«

»Hier wird sich kaum jemand verstecken«, sagte der Kommissar.

Womit er sich irrte, aber das sollten wir erst später erfahren. Zunächst galt es, auf den Weg zu achten, der wirklich nicht einfach zu begehen war, denn die Feuchtigkeit machte ihn verflucht glatt. Bisher waren wir noch nicht ausgerutscht, und wir hofften, dass es so bleiben würde. Hatte er sich nach dem Einstieg noch ziemlich gerade gezeigt, so änderte sich das nun. Wir mussten Schlangenlinien gehen, wenn wir dem Pfad in die Tiefe folgen wollten. Dabei hielten wir uns dicht an der Felswand, denn an der anderen Seite fiel der Weg zur Kante hin manchmal schräg ab.

Will Mallmann stieß einen Zischlaut aus.

Sofort blieben wir stehen und sahen den Kommissar, dessen ausgestreckter linker Arm in die Höhe deutete, wo sich mehrere gewaltige Schatten bewegten.

Uns kroch eine Gänsehaut über den Rücken, denn die Schatten kamen uns verflucht bekannt vor.

Es waren die Roten Vampire!

Gleichzeitig hörten wir Stimmen. Wir konnten nicht verstehen, was gesprochen wurde, aber wir unterschieden die Stimme eines Mannes und die einer Frau.

»Das Ehepaar Eickburger«, wisperte Suko.

Ich nickte und behielt gleichzeitig die Schatten unter der Höhlendecke im Auge. Sie schienen mir unruhiger geworden zu sein. Irgendetwas bahnte sich da an, und ich riskierte es, einen Schritt vorzugehen, wobei ich bis dicht an den rechten Rand des schmalen Pfads vortrat, denn von dieser Stelle aus hatte ich einen besseren Sichtwinkel.

Und ich sah sie. Es waren die Eickburgers!

Deutlich war das helle Haar der jungen Frau zu erkennen, aber ich sah noch mehr. Sie wehrte sich gegen ihren eigenen Mann. Wir hörten ihre spitzen Schreie und mussten untätig mit ansehen, wie sie zu Boden gedrückt wurde.

Genau konnten wir es natürlich nicht erkennen. Die nächste Lichtquelle war von den Kämpfenden zu weit entfernt, aber wir sahen, dass sich die Frau befreite, mit irgendetwas zuschlug und es ihr gelang, wegzurennen.

»Die läuft zum See!«, rief Will.

Nicht nur wir hatten das bemerkt, auch die beiden unheimlichen Fledermäuse, die sich von ihren Stammplätzen lösten und mit gewaltigen Flügelschlägen der Wasserfläche entgegenflogen.

Die Frau hatte den See erreicht, rannte durch das Wasser, und wir sahen es aufschäumen.

Dann versank sie.

Im selben Augenblick kreischte ihr Mann. »Wir kriegen dich, verdammt! Wir holen dich, wir wollen dein Blut!«

Schrecklich hallten seine Worte durch die Höhle. Es gab keinen von uns, den sie nicht erschüttert hätten. Ein unheimliches Drama bahnte sich dort unten an, und wir konnten noch nicht eingreifen, denn wir waren zu weit entfernt.

Jeder von uns hatte seine Waffe gezogen. Aber mit den Berettas würden wir kaum etwas ausrichten. Die Entfernung war zu weit. Unsere Kugeln hätten die Monster nicht einmal gestreift. Zudem schienen sie zu wissen, dass es gefährlich war, sich dem Pfad zu nähern, denn sie blieben in respektvoller Entfernung.

Dann bewegte sich das Wasser, und der blonde Schopf – von uns nur als heller Fleck zu erkennen – tauchte wieder auf.

Die Frau!

Und schon war der erste Rote Vampir da. Er stürzte sich wie ein Raubtier auf das Opfer, wobei wir nicht erkennen konnten, ob er es nun gepackt hatte oder nicht, denn die Frau konnte sich nicht mehr an der Oberfläche halten und tauchte weg.

Ich schoss.

Auch Suko und Will Mallmann feuerten. Wenn wir schon nicht voll trafen, dann sollten unsere Schüsse diese Bestien wenigstens vertreiben.

Die uralte Höhle erlebte eine Premiere, was die Schüsse anging. Waffen hatten hier wohl noch nie gekracht, und es war tatsächlich ein Krachen. Die Echos wollten überhaupt nicht mehr aufhören. Immer wieder schwangen sie zurück, drangen an unsere Ohren und entfesselten ein wahres Inferno in den Trommelfellen.

Eine der beiden roten Fledermäuse stieg steil in die Höhe. Sie erinnerte dabei an einen riesigen Vogel, der sich pfeilschnell der Decke näherte und versuchte, sich in Sicherheit zu bringen, aber sie schaffte es nicht. Bevor sie ihr Ziel erreichte, sahen wir das unregelmäßige Schlagen der Flügel, die Riesengestalt geriet ins Trudeln und kippte weg wie ein Stück Eisen.

Dann klatschte sie auf das Wasser. Sie war schwer, und wir vernahmen den Knall, mit dem sie auf die Oberfläche schlug. Ein letztes Mal bewegte sie ihre breiten Flügel. Sie drangen in das Wasser ein und schaufelten es buchstäblich hoch, sodass Fontänen in die Höhe stiegen und wieder zusammensanken.

Meine Freunde und ich hatten einen Logenplatz hier oben, aber wir wussten auch, dass die Gefahr noch längst nicht gebannt war. Nach wie vor befand sich Beate Eickburger im eiskalten Wasser. Zudem hatten wir erst einen Roten Vampir erledigt, und keiner von uns wusste, wie viele sich noch in der Höhle aufhielten.

Die zweite Fledermaus jedenfalls zeigte kein Interesse mehr daran, auf das Opfer zu warten. Das Schicksal ihres Artgenossen ließ sie vorsichtig werden.

Sie war nicht getroffen worden, drehte ab und flog wieder der Decke zu, während sich die erste langsam auflöste und zu Staub wurde.

Von Beate Eickburger sah ich nichts.

Ich hoffte, dass sie nicht ertrunken war, und bemerkte, wie sich ihr Mann und jetziger Vampir dem Ufer des Sees näherte, um ihr aufzulauern.

»Ich laufe schon vor!«, brüllte ich meinen Freunden zu und wartete deren Antwort nicht erst ab, sondern setzte mich in Bewegung. Was ich nachfolgend tat, glich natürlich einem Tanz auf dem Vulkan. Den sehr schmalen Pfad hätte ich gern schneller hinter mich gebracht, doch ich durfte das Risiko nicht zu groß werden lassen. Ein Absturz an der rechten Seite hätte mich schwer verletzt, wenn nicht sogar getötet.

Im letzten Moment erkannte ich die Falle. Der Pfad war plötzlich zu Ende, da befand sich ein Loch vor mir. Ich stoppte, aber ich rechnete nicht mehr mit dem glatten Boden. So rutschte ich weiter, auch über die Kante, und fiel.

Umsonst, schoss es mir durch den Kopf, während sich mein Körper unwillkürlich zusammenzog und ich auf den harten Aufschlag wartete …

Suko und Will hatten dem Geisterjäger erst nachlaufen wollen, es aber gelassen, denn auch von ihrer Stelle aus konnten sie etwas erreichen, falls sich die gewaltigen Roten Vampire zu sehr näherten.

Und das hatten sie vor.

Der Tod ihres Artgenossen schien so etwas wie ein Signal für sie gewesen zu sein, denn Will und Suko hörten das Rauschen mehrerer Schwingen und wussten Bescheid.

»Die werden einen Generalangriff versuchen!«, knirschte Will Mallmann.

Suko nickte nur, holte die Peitsche hervor, schlug einen Kreis über den Boden, und die drei lederartigen Riemen rutschten durch die Öffnung ins Freie.

Jetzt hatte Suko zwei Waffen. »Wenn sie nahe genug herankommen, dann schlage ich damit zu.«

Der Kommissar schaute auf seine Beretta und drehte den Kopf, um eine der Felsspalten genauer in Augenschein zu nehmen. Sie war breit genug, um einen Menschen zu verbergen, allerdings zu schmal für einen Blutsauger der Größe dieser Fledermaus.

Eine Idee zuckte durch den Kopf des Kommissars. Wenn er in einer Spalte Deckung nahm, war er sicherer, dann konnte er genauer zielen und dafür Sorge tragen, dass jeder abgegebene Schuss auch ein Treffer wurde, denn er musste mit seiner Munition sparsam umgehen.

»Gib Acht!«, schrie Suko. Er hatte nicht umsonst gewarnt, denn wie ein Segelflugzeug näherte sich einer der Riesenvampire den beiden Männern von der Seite.

Bevor Will sich nach links gedreht hatte, sah er rechts neben sich den fahlen Mündungsblitz und hörte das Krachen des Schusses. Suko hatte nicht nur gefeuert, sondern auch haargenau getroffen. Die geweihte Silberkugel war in den Schädel des Monsters gedrungen und hatte ihn radikal zerstört.

In letzten Zuckungen bewegten sich die Schwingen, dann driftete die rote Riesenfledermaus ab, geriet über die Kante, rutschte in die Tiefe und begann sich noch in der Luft aufzulösen.

»Rein in die Spalte!«, schrie Will und wollte Suko mitziehen. Doch der Chinese schüttelte den Kopf. Er wollte und würde es hier auf dem Pfad austragen. Wenn es zu hart wurde, konnte er sich noch immer in der Spalte verstecken.

Der Chinese sah die Fledermaus nicht, sondern ahnte nur ihre Bewegungen. Sie stieg vom Grund der Höhle in die Höhe und hielt sich dabei sehr dicht an der Felswand, sodass Suko schon am Rand des Pfades hätte stehen müssen, um die Fledermaus zu erkennen.

Nur zeichneten sich die Bewegungen ihrer Flügel als huschendes Etwas auf einer Reihe von dicht nebeneinanderwachsenden Stalaktiten ab, die von der Decke hingen und an Orgelpfeifen erinnerten.

Suko war kalt bis ins Mark. Ruhig wartete er ab. Rechts hielt er die Beretta, links die ausgefahrene Dämonenpeitsche. Kugeln wollte er sparen, mit der Peitsche würde er den gleichen Erfolg erringen.

Da erschien die Bestie.

Sie musste auf den letzten Metern schneller geworden sein, denn sie hüpfte förmlich über die Kante, hatte das Maul schon aufgerissen, zeigte ihre spitzen Zähne, entdeckte Suko und musste mit ansehen, wie der Chinese den linken Arm nach unten fallen ließ.

Er war ein Könner im Umgang mit der Peitsche. Wenn er einmal Maß genommen hatte, dann traf er auch.

Die Riesenfledermaus hatte keine Chance. Drei starke, schwarzmagisch aufgeladene Riemen trafen den relativ kleinen Kopf zwischen den gewaltigen Flügeln und zerrissen ihn. Dieser eine wuchtige Hieb nahm dem Roten Vampir jegliches Leben.

Suko grinste hart, dann aber verging ihm das Lachen. Von der Decke her stürzte sich der nächste Blutsauger auf ihn. Das wurde gefährlich, denn der Chinese konnte auf dem schmalen Pfad nicht ausweichen. Wenn er noch eine günstige Verteidigungsposition einnehmen wollte, musste er sich gegen die Wand werfen.

Mit dem Rücken prallte er dagegen, sah die Fledermaus riesengroß vor sich aufwachsen, wollte schießen, doch als er seinen rechten Arm ausstreckte, erwischte ihn ausgerechnet dort ein Schlag mit der Schwinge. Und dahinter saß Kraft.

Selbst Suko, der sehr hart im Nehmen war, stöhnte auf. Ohne es zu wollen, ließ er seinen Arm sinken und riss den linken angewinkelt hoch, damit er ihn als Deckung vor sein Gesicht halten konnte. Einen Schlag auszuteilen, dazu kam er nicht mehr.

Nicht nur das wilde, blutgierige Kreischen der roten Fledermaus dröhnte in seinen Ohren, sondern auch ein Schuss. Er klang so laut, dass Suko das Gefühl hatte, sein Trommelfell wäre zerstört worden, denn der Schuss war dicht neben seinem Ohr abgegeben worden.

Der Rote Vampir verlor die Hälfte seines Schädels. Sie wurde von der geweihten Silberkugel weggeschlagen. Das Riesentier hatte im Nu keine Kraft mehr, konnte sich nicht mehr halten, torkelte zurück, geriet über den Rand und verschwand.

Suko konnte aufatmen. Er wusste, wer ihm da das Leben gerettet hatte. Als er den Kopf drehte und in die Spalte schaute, da sah er nicht nur den Lauf der Beretta, sondern dahinter das zu einem harten Grinsen verzerrte Gesicht des Kommissars.

»Danke, Will!«, keuchte Suko. »Vielleicht kann ich mich mal revan …« Selten in seinem Leben war der Chinese so überrascht worden wie in diesem Augenblick. Er sprach nicht mehr weiter, weil der Schreck zu tief saß.

Suko hatte geglaubt, Will Mallmann allein in der Felsspalte zu sehen. Ein mörderischer Irrtum, denn wie ein Geist erschien hinter dem Kommissar ein bleiches, verwüstetes Gesicht und im selben Augenblick auch eine Klauenhand, die sich um den Hals des völlig überraschten Kommissars legte.

Vampiro-del-mar!

Der Aufprall!

Ich hatte ihn erwartet, rechnete damit, dass er mich zerreißen und danach in die ewige Dunkelheit ziehen musste, doch das geschah nicht. Ich spürte ihn zwar, wurde auch nach vorn geworfen, streckte meine Arme vor und breitete sie gleichzeitig zur Seite aus, sodass ich einen besseren Halt auf dem schmalen Pfad fand.

So blieb ich liegen.

Unverletzt!

Ich konnte es im ersten Augenblick nicht fassen, versuchte, mich zu bewegen, und war überrascht, dass dies so gut klappte. Ich hatte mir weder etwas verstaucht, gebrochen oder angeknackst. Der Fall war nicht so schlimm gewesen, wie ich annahm.

Und ich konnte weitermachen.

Langes Zögern gab es für mich nicht. Ich sprang auf und hörte hinter mir das Krachen eines Pistolenschusses, was mir bewies, dass die Roten Vampire es nicht aufgegeben hatten und weiterhin meine Freunde attackierten.

Um sie konnte ich mich nicht kümmern. Zudem besaßen sie eine lange Erfahrung. Ich rechnete damit, dass sie mit den blutsaugenden Geschöpfen auch allein fertig wurden.

Der Pfad lief ebenso weiter wie vor der Unterbrechung. Schnell näherte ich mich dem Grund der gewaltigen Höhle.

Beate Eickburger befand sich in höchster Lebensgefahr. Sie schwamm im eiskalten Wasser des Höhlensees, und wenn die Blutsauger ihr nicht den Tod brachten, dann vielleicht das Wasser und die Kälte.

Was hinter mir geschah, interessierte mich nicht. Ich hatte mir einen Laufrhythmus angewöhnt, den ich auch einhalten konnte. Geschickt sprang ich über kleinere Erhebungen auf dem Pfad und passierte immer wieder die aufgestellten Lampen.

Professor Bouillon hatte sich in der Tat große Mühe gegeben. Die markierte Strecke war nun für mich von Vorteil, nur hatte ich von dem Wissenschaftler noch keine Spur entdeckt, sodass meine Befürchtung wuchs, er könnte nicht mehr am Leben sein.

Ich war nicht mehr allzu weit vom Grund der Höhle entfernt. Hin und wieder schaute ich nach rechts, sah auch den See und erkannte ab und zu das blonde Haar der Frau, wenn sie mal wieder an die Oberfläche gelangte.

Himmel, hoffentlich kam ich noch rechtzeitig, denn auch Axel Eickburger war nicht untätig geblieben. Er stand in der Nähe des Ufers, da er sich nicht ins Wasser traute, aber er schrie mit sich überschlagender Stimme nach seinen Helfern.

Wie viele von ihnen Suko hatte erledigen können, wusste ich nicht. Jedenfalls blieb das Schreien des Vampirs nicht ohne Erfolg. Die Roten Vampire hörten ihn genau, und sie lösten sich aus ihren Verstecken, wo die nachtdunklen Schatten lauerten und das Licht sie nicht erreichen konnte.

Wie Pfeile stürzten sie nach unten.

Ich wollte nicht, dass sie mich auf dem Weg erwischten, denn da hatte ich zu wenig Bewegungsfreiheit. Deshalb riskierte ich einen schnellen Blick nach rechts über den Rand, sah die Entfernung als nicht mehr so schlimm an und sprang.

Glücklich landete ich nicht, denn der Höhlenboden war nicht glatt wie ein Hausflur, sondern mit zahlreichen Steinen übersät. Auf diesen Steinen landete ich, knickte weg und fiel zu Boden, wo ich mich noch überrollte.

»Da ist er!« Der Vampir brüllte, und seine laute Stimme hallte mir entgegen.

Ich sprang auf.

Da griffen sie schon an.

Sie waren zu dritt. Gewaltige Monster mit den ausgebreiteten Flügeln. Die Mäuler hatten sie aufgerissen, ihre spitzen Zähne waren gebleckt, und die Gestalten selbst erreichten eine solche Größe, dass sie mir die Sicht auf andere Dinge wie den See nahmen.

Beretta und Kreuz sollten mir helfen. So schnell es ging, fingerte ich das Kreuz hervor, streifte die Kette über den Kopf und hielt es kaum in der Hand, als sie schon über mir waren.

Es war wie in einem Tunnel. So dunkel. Nur hörte ich nicht das Rattern der Räder auf den Schienen, sondern das wilde Kreischen der verfluchten Vampire. Sie wollten mich fertig machen und schlugen kraftvoll um sich, damit ich zu Boden ging.

Ich rammte meinen linken Arm hoch. Aus der Faust schaute dabei das Kreuz hervor, und ich traf damit wuchtig und zielsicher den ersten Gegner.

Kaum hatte das wertvolle Kruzifix Kontakt, als es aufblitzte und dieses Licht regelrecht explodierte. Es raste wie glühende Messer in den Körper des Blutsaugers, riss ihn auseinander und zerstörte ihn restlos. Meine große Befürchtung, das Kreuz könnte nicht reagieren, war nicht eingetreten.

Es zerstörte die Vampire, auch wenn sie schon so alt waren, dass man es kaum noch in Zahlen ausdrücken konnte.

Sie verglühten, explodierten und vergingen, denn ich war unter ihren großen Schwingen zu einem wahren Irrwisch geworden, der sich nichts gefallen ließ.

Zwei Fledermäuse erledigte ich mit dem Kreuz. Als ich mich auf die dritte zuwarf, drehte sie ab, wurde nicht berührt, aber mich warf der eigene Schwung nach vorn und zu Boden, wo ich abermals hart auf die Steine fiel und mir meine Ellbogen stieß, was sehr wehtat.

Für einen Moment verlor ich die Übersicht. Der dritte fliegende Vampir griff mich nicht mehr an. Er rauschte in Richtung Decke, aber da war noch Axel Eickburger, der mich ebenfalls hasste, mein Blut wollte und mich nun am Boden liegen sah.

Ich hörte seinen Schrei, der mich munter machte, dann riss ich den Kopf hoch und sah etwas auf mich zufliegen.

Es war groß und dunkel, ein schwerer Gegenstand auf jeden Fall. Wahrscheinlich ein Stein.

Ganz genau konnte ich es nicht sagen, denn das

Wurfgeschoss war zu gut gezielt. Mich traf ein brettharter Schlag an der Schläfe. Ich sah Sterne vor meinen Augen aufblitzen, hörte einen triumphierenden Schrei und sank langsam in den schwarzen Tunnel der Bewusstlosigkeit …

Sie schaute ihn aus kalten, gnadenlosen Augen an. In diesem Gesicht von teuflischer Schönheit und kalkiger Blässe war kein Quentchen Gefühl zu erkennen. Hier konnte sie sich austoben und wieder einmal ihre Grausamkeit beweisen.

Diesmal an einem Menschen!

Es war der Professor. Er lag rücklings auf der kalten Erde. In seiner Armvene steckte eine schmale Kanüle, an die ein Schlauch angebunden war. Durch ihn lief eine dunkelrote Flüssigkeit in einen Trog.

Blut!

Das Blut des Professors …

Die Vampirin hatte ihm einen langsamen Tod versprochen, und sie war dabei, dieses Versprechen einzuhalten. Irgendwann einmal würde er so schwach sein, dass er bewusstlos wurde und es überhaupt nicht merkte, wenn er von dem einen Zustand in einen anderen, den Todeszustand, überwechselte.

Vorher jedoch hatte er noch alle Qualen zu erleiden, musste mit ansehen, wie sein Lebenssaft aus dem Körper rann, und dass er dies auch tat, dafür sorgte Lady X, die neben ihm hockte und die Mündung der Maschinenpistole auf ihn gerichtet hielt.

Zerschunden sah der Professor aus. Lady X hatte ihre Wut an ihm ausgelassen und wollte nun dafür Sorge tragen, dass er langsam, aber sicher starb.

Klaus Bouillon hatte gefleht und gebeten. Er hatte geweint und geflucht, doch er war bei der Scott auf Granit gestoßen. Dieses Wesen konnte nicht mehr menschlich denken. Es hatte kein Einsehen, im

Gegenteil, es ergötzte sich an den Qualen der Opfer.

Der Wissenschaftler wusste nicht, welche Menge an Blut seinen Körper bereits verlassen hatte, aber er fühlte bereits die Schwäche, die ihn überkam.

Sie kroch in seinem Körper hoch, breitete sich aus, ließ ihn apathisch werden und beeinflusste sogar seinen Willen.

Der Professor fand nicht mehr die geistige Widerstandskraft, sich gegen das Schicksal zu stemmen. Nur wenn Lady X hin und wieder die Lippen zu einem Lächeln verzog, dann bäumte sich der Wissenschaftler innerlich auf, dann wollte er etwas unternehmen, doch die Mündung der Maschinenpistole wirkte wie eine Barriere.

»Versuch es nur, Professorchen!«, zischte die Untote. »Versuche es nur, darauf warte ich!«

Die Lippen des Mannes zuckten. Er schmeckte Blut im Mund. Sein Atem ging schwer und keuchend. Er fühlte, dass mit jedem Tropfen Blut, der seinen Körper verließ, auch immer mehr Kraft aus ihm rann, und er versuchte es ein letztes Mal. »Lassen Sie mich doch in Ruhe. Haben Sie Erbarmen, Gnade …«

Lady X lachte nur. Sie wusste wohl, was die Worte bedeuteten, doch eine innere Beziehung dazu hatte sie nicht.

»Dann geben Sie mir wenigstens eine Kugel!«

»Auch das nicht.«

»Was wollen Sie denn?!«, schrie der Professor in einem wahren Anfall, wobei er sich noch aufbäumte und die Verbindung zwischen Arm und Auffangschale fast gerissen wäre.

»Ich will dein Blut, Professorchen, mehr nicht«, erwiderte Lady X scharf flüsternd. »Hast du verstanden? Nur dein Blut, das reicht mir.«

Klaus Bouillon erwiderte nichts mehr. Er sah ein, dass jedes weitere Wort zwecklos und reine Kraftverschwendung war.

Es gab für ihn keine Chance mehr. Er musste sich in sein Schicksal fügen.

Und so blieb er liegen und wartete ab.

Die Minuten vergingen, und er verlor immer mehr kostbaren Lebenssaft. Es ging nicht schnell, jedoch mit einer grausamen Regelmäßigkeit, die ebenfalls ans Ziel führte.

Lady X sprang plötzlich hoch. Sie hatte etwas vernommen, was ihr überhaupt nicht ins Konzept passte.

Schüsse!

Einen schrägen Blick warf sie auf den Professor, der apathisch auf dem Rücken lag. Er hatte wahrscheinlich nichts davon mitbekommen, dafür die Vampirin.

Und sie gab genau Acht. Wäre sie ein Tier gewesen, hätten sich vielleicht ihre Ohren noch hochgestellt.

Abermals wurde geschossen. Die Echos der Schüsse rollten durch die gewaltige unterirdische Höhle. Unheimliche Echos, die von den Wänden schwangen und sich zu einem wahren Inferno vereinigten.

Ein Zittern lief durch die Gestalt der Vampirin. Über ihre Lippen drang ein knurrender Laut, ein Zeichen, dass so etwas wie Hass, Zorn oder Wut sie gepackt hielt, und mit einer scharfen Bewegung wandte sie sich um. Ihr Blick heftete sich in die Augen des Professors.

»Was ist los?«, zischte sie.

Bouillon gab erst keine Antwort. Er schwebte bereits in einem Zustand, der so ziemlich auf der Kippe zwischen Wachsein und Bewusstlosigkeit lag.

Lady X fluchte, ging in die Knie und rüttelte den Mann an der Schulter. Der Professor schlug die Augen auf. Ein feines Lächeln lag auf seinen Mundwinkeln. Es störte die Untote, denn sie fühlte sich auf den Arm genommen.

»Das waren Schüsse, Professorchen. Ich habe sie genau gehört. Wer ist da gekommen?«

»Ich weiß es nicht!«

In einem Anfall von Wut hob die Scott ihre Waffe. Für einen Moment sah es so aus, als wollte sie abdrücken, dann beherrschte sie sich und fragte weiter: »Wem hast du alles Bescheid gesagt, dass du in diese verdammte Höhle gehst? Rede!«

»Nur meiner Frau!«

»Kommt sie auch des öfteren hierher?«

»Nein, noch nie.«

»Dann kann sie also nicht geschossen haben?«

»Bestimmt nicht«, lautete die schwache Antwort.

Lady X stand wieder auf. Ihre Lippen verzogen sich, als sie auf den Professor schaute. Nein, der konnte ihr nicht mehr gefährlich werden. Der war mehr tot als lebendig.

Dafür die anderen, die da aufgetaucht waren. Lady X rechnete damit, dass es mehrere waren, und die schienen Bescheid zu wissen.

Der Professor bereitete ihr keinen Ärger. Er war nicht mehr in der Lage, überhaupt irgendetwas zu unternehmen. Die Schwäche schritt bei ihm weiter fort, sodass die Untote sich jetzt um die Schüsse und eventuelle Gegner kümmern konnte.

Pamela Scott verließ die Höhle. Sie musste den Kopf einziehen, um sich durch den Eingang zu schieben. Zwar hatte sie die eigentliche Höhle erreicht, aber sie selbst befand sich noch immer im Schatten mächtiger Säulen, die ihr eine gute Deckung gaben.

Die Höhle war ungeheuer groß. Man musste schon die scharfen Augen eines Falken haben, um sie genau überblicken zu können. Die hatte Lady X zwar nicht, aber sie konnte trotzdem etwas erkennen.

Kämpfende Menschen sah sie. Und sie identifizierte sie auch.

Ein Zittern lief durch ihre Gestalt. Es war ein Zittern des Hasses und der Wut. Denn Lady X sah ihre Erzfeinde in der Höhle versammelt und schüttelte sich, als hätte jemand Wasser über sie gegossen.

»Sinclair!«, keuchte sie. »Du verdammter Hund! Kommst du mir wieder in die Quere?«

Dann startete sie mit schussbereiter Maschinenpistole, um ebenfalls in die Auseinandersetzung einzugreifen …

Manchmal hat man Glück im Unglück. So erging es mir jedenfalls, und mein Glück war der Helm.

Zwar saß er nicht so akkurat und gerade auf dem Kopf, wie es hätte sein müssen, ich hatte ihn aber auch nicht verloren, und als mich der Stein traf, da prallte er vor allen Dingen gegen den schiefsitzenden Helm und riss ihn mir vom Kopf, während ich zwar auch einen Schlag mitbekam, der jedoch nicht so schlimm schien.

In die Knie musste ich trotzdem.

Das weiche Gefühl in meinem Schädel, die Gummibeine, die heranwachsende Schwärze – all dies waren Anzeichen für eine kommende Bewusstlosigkeit.

Ich fiel auf die Knie, stemmte mich gegen die Schwärze, gegen die Lähmung und hämmerte mir immer nur einen Satz ein.

Du darfst nicht bewusstlos werden!

Ich kniete. Die Arme hatte ich ausgestreckt. Aus einer Hand schaute mein Kreuz hervor, und dabei schwankte ich von einer Seite auf die andere. Jedes Kleinkind konnte mich umstoßen, und die Schwäche nahm immer mehr zu.

Auch der Vampir sah, wie schwer ich zu leiden hatte. Er hatte mir mit dem Treffer den Helm vom Kopf gefegt, sah das Blut aus einer Platzwunde an der Schläfe rinnen und vergaß sein eigentliches Opfer, Beate, völlig.

Jetzt wollte er mich!

Breitbeinig kam er näher, während ich noch immer kniete und versuchte, die anrollenden Schatten der

Bewusstlosigkeit wegzudrängen. Ich atmete schwer und keuchend, mein Kopf schien mit Dämmstoff gefüllt zu sein, und ich wunderte mich, dass sich der Blutsauger noch nicht über mich geworfen hatte.

Doch er zögerte aus gutem Grund. Er hatte Angst vor dem Kreuz. Eine Berührung nur war für ihn tödlich. Deshalb wollte er mich nicht von vorn angreifen, sondern versuchte, in meinen Rücken zu gelangen. Dabei bückte er sich und hob einen Stein auf, denn ihm war die Idee gekommen, es ein zweites Mal mit einem gezielten Wurf zu versuchen.

Er befand sich jetzt schräg links von mir. Zum Glück konnte ich ihn sehen, wenn er auch wie ein auf und nieder tanzender Gummimann wirkte.

Nicht mehr als zwei Yards trennten uns.

Eine lächerliche Entfernung, die ich jedoch auf Grund meiner Schwäche nicht mit einem Sprung überbrücken konnte. Und Hilfe würde ich auch nicht bekommen.

Es gab noch eine Chance.

Ich musste etwas tun, womit der andere nicht rechnete. Einen Überraschungsangriff starten.

Das tat ich.

Unter großen Mühen gelang es mir, mich ebenfalls nach links zu drehen, dabei schleuderte ich meinen rechten Arm nach vorn und warf ihm das Kreuz entgegen.

Wie gesagt, eine Berührung würde reichen.

Und ich traf.

Für einen winzigen Moment hatte es so ausgesehen, als würde ihn das Kreuz verfehlen, dann hämmerte es gegen seine linke Schulter, und der Vampir stoppte, als wäre er gegen eine Mauer gelaufen, während das Kreuz neben ihm liegen blieb.

Ein Windstoß schien durch die gewaltige Höhle zu fahren und den Blutsauger durchzurütteln. Er konnte nicht mehr normal stehen, die Kraft rann aus seinem

Körper. Er begann zu zittern, der Stein rutschte ihm aus der Hand, das Körpergewicht konnte von seinen Beinen nicht mehr getragen werden, und dann schlug er schwer zu Boden.

Er hatte die Arme vorgestreckt, weil er sich abstützen wollte. Dabei dachte er nicht mehr an das Kreuz, und seine gespreizte Hand fiel haargenau auf die Waffe.

Nicht ein Schrei drang aus seiner Kehle. Der ehemalige Reporter kippte nun mit seiner gesamten Körperlänge zu Boden, drehte sich dabei auf die rechte Seite, und ich konnte genau in sein Gesicht sehen, in dem sich die Schmerzen abzeichneten, die durch seinen Körper tosten und zur Erlösung führten.

Er verfaulte nicht. Dazu war er noch nicht lange genug ein Blutsauger gewesen. Er starb fast normal und lautlos.

Geschafft!

Ich beugte mich nach vorn und stützte mich auf den ausgestreckten Arm ab. Noch immer hatte ich mit den Folgen des Treffers zu kämpfen, und ich saugte den Atem ein wie ein Blasebalg die Luft. Aus der kleinen Wunde an der Stirn rann das Blut. Ich konnte es meinem Helm verdanken, dass ich noch lebte. Wäre er nicht gewesen, hätte mich der Treffer tatsächlich von den Beinen gefegt.

Allmählich ging es mir besser. Zudem konnte ich nicht ewig hier hocken bleiben, denn ich musste an meine eigentliche Aufgabe denken. Schließlich war ich gekommen, um Beate Eickburger zu retten.

Mein Gang zum Ufer des Sees glich mehr einem Torkeln. In den Knien verspürte ich ein weiches Gefühl. Die Füße kriegte ich kaum hoch, und mit den Spitzen trat ich gegen Steine, die mich ebenfalls daran hinderten, mein Ziel schneller zu erreichen.

Einmal fiel ich sogar hin, blieb für wenige Sekunden hocken und holte keuchend Luft. Es gelang mir, den

Kopf so zu drehen, dass ich auf den See schauen konnte.

Da sah ich sie.

Beate Eickburgers Haar schwamm weit ausgebreitet an der Oberfläche, und ich erkannte ihr blasses Gesicht, dessen Farbe mich schon mehr an die einer Leiche erinnerte.

War ich zu spät gekommen?

Noch einmal riss ich mich zusammen, kam torkelnd auf die Füße, erreichte das Ufer, schlurfte über Kies, ließ mich fallen, landete im Wasser und streckte den Arm aus.

Meine Finger erwischten das lange Haar.

Mehr schaffte ich nicht. Es blieb mir nur die Möglichkeit, daran zu ziehen.

Als ich die Schreie der Frau hörte, da wusste ich, dass sie nicht tot war, und ich zog sie an den Haaren und unter Aufbietung letzter Kräfte ans Ufer.

Beide blieben wir erschöpft liegen, wobei ich mich noch zurückzog, denn ich hatte mit der Hälfte meines Oberkörpers im kalten Höhlenwasser gelegen.

Wir atmeten schwer. Beate Eickburger klapperte vor Kälte mit den Zähnen, und ich hoffte, dass sie sich keine Lungenentzündung geholt hatte.

Am liebsten wäre ich stundenlang hier liegen geblieben. Doch das ging nicht. Zudem war die Gefahr längst nicht gebannt, denn ich dachte an die Roten Vampire und auch daran, dass ich unter Umständen noch andere Gegner treffen konnte.

Arme und Beine zog ich gleichzeitig an. Unter großen Mühen gelang es mir, mich auf die Füße zu stemmen.

Dann stand ich wie ein Rohr im Wind am Ufer, beugte meinen Rücken durch und schnappte nach Luft.

Mittlerweile konnte ich wieder klar sehen. Ich drehte mich um und schaute dorthin, wo sich der Weg befand.

Dort mussten Suko und Kommissar Mallmann sein. Ich hatte nichts von ihnen gehört. War etwas passiert?

Die Entfernung war einfach zu groß, um Genaues erkennen zu können. Zudem fiel mir mein Kreuz ein, das ich noch aufheben musste. Ich drehte mich um und ging die paar Schritte zurück.

Ich stellte fest, dass ich wieder besser laufen konnte, nicht so schwankend oder torkelnd. Auch als ich das Kreuz aufhob, kippte ich nicht um, sondern konnte mich halten.

Während ich mich aufrichtete, schaute ich nach vorn und sah dicht vor einer zerklüfteten Höhlenwand eine schattenhafte Bewegung.

Da war jemand.

Mein Rücken zog sich zusammen. Plötzlich hatte wieder die Spannung von mir Besitz ergriffen. Im nächsten Augenblick hörte ich das hämische, kalte Lachen einer Frauenstimme und sah es neben einer Steinsäule aufblitzen.

Schüsse!

Lady X war da!

Will Mallmanns Gesicht war eine Grimasse aus Angst und Entsetzen. Vielleicht wusste der Kommissar nicht einmal, wer hinter ihm stand, aber Suko sah es, und er wusste ferner, dass Vampiro-del-mar kein Erbarmen kannte.

Er hatte zugepackt, und er würde den deutschen Kommissar eiskalt erwürgen.

Das schoss dem Chinesen in Sekundenbruchteilen durch den Kopf. Ihm war klar, dass er alles einsetzen musste, um das Leben des Kollegen zu retten.

Mit der Beretta war nicht viel zu machen. Zudem bestand das Risiko, dass er Will Mallmann traf und nicht Vampiro-del-mar, der sich zudem noch gegen Kugeln widerstandsfähig zeigte.

Nein, Suko blieb nur eine Möglichkeit.

Sein Stab.

Während er in Wills verdrehte Augen schaute und hinter dem Kommissar das schreckliche Grunzen des Supervampirs hörte, riss er den Stab hervor und zischte das berühmte Wort. *Topar*!

Für fünf Sekunden wurde die Zeit nun angehalten, und für fünf Sekunden erstarrte alles, was sich in unmittelbarer Rufweite des Chinesen befand.

Auch Will Mallmann und Vampiro-del-mar, denn gegen die Magie des Stabes konnte auch er nichts machen. Nur Suko, der Träger des Stabs, konnte sich bewegen.

Allerdings durfte er seinen Gegner nicht töten. Dann würde der Stab seine Kraft verlieren.

Blitzschnell steckte der Chinese seine außergewöhnliche Waffe wieder weg, damit er beide Hände frei hatte, sprang vor und packte mit beiden Händen das Gelenk der um Wills Hals liegenden Vampirklaue. Sie hatte sich regelrecht in dem Fleisch festgehakt, und es würde nicht einfach sein, sie zu lösen.

Suko setzte seine Kräfte ein. Dabei rann ihm die Zeit weg. Er keuchte und stöhnte, bog die Finger auseinander, dass sie fast brachen, hörte das Knacken, und es gelang ihm tatsächlich unter Aufbietung aller Kräfte, die Klaue vom Hals des Kommissars zu lösen.

Selbst bei den herrschenden schlechten Lichtverhältnissen sah der Chinese die Abdrücke, die die Vampirhand am Hals des Kommissars hinterlassen hatte. Es waren regelrechte Furchen.

Die Zeit war um!

Sofort sackte Will Mallmann zusammen. Er war schon bewusstlos geworden, und über den Kommissar hinweg konnte Suko den riesenhaften Supervampir anschauen.

Eine Sekunde geschah nichts. Bis Vampiro-del-mar merkte, dass man ihn reingelegt hatte.

Das Opfer war ihm entrissen worden, und vor ihm stand die Person, die dafür verantwortlich war.

Der Hass kam bei Vampiro-del-mar wie eine Woge. Sie überschwemmte ihn, und er wollte den Tod des Chinesen. Deshalb wuchtete er seinen gewaltigen Körper vor.

Suko hatte mit einem Angriff gerechnet. Leider war der Pfad zu schmal. So konnte er nicht nach hinten ausweichen und der Attacke die Wucht nehmen.

Suko tat das Gegenteil. Er warf sich vor und schoss wie eine Ramme vor. Vampiro-del-mar und der Chinese prallten zusammen. Auch Suko hatte sich mächtig ins Zeug gelegt. Sein Sprung war sicherlich mit ebensolcher Wucht geführt worden wie der des Supervampirs. Als die beiden zusammenprallten, da klatschte es. Suko hatte noch die Fäuste hochgerissen und schmetterte sie unter das Kinn des Blutsaugers.

Dessen Kopf flog zurück. So hart und wuchtig, dass er gegen die Felswand hieb, doch darum kümmerte sich Vampiro-del-mar nicht. Er war ein Untoter, ein Wesen, das keine Schmerzen verspürte und so etwas leicht wegsteckte.

Dafür konterte er.

Suko sah seine Klaue, duckte sich, und die Hand wischte über seinen Kopf hinweg. Dabei fiel der Blick des Chinesen zu Boden, wo seine Dämonenpeitsche lag. Er hatte sie fallen lassen müssen, als er Will aus dem Griff befreite.

Mit der Peitsche konnte er den Supervampir schwächen!

Gedankenschnell ließ der Inspektor sich fallen und streckte seinen Arm aus, um die Peitsche zu packen.

Doch auch Vampiro-del-mar hatte aufgepasst. Suko sah den Tritt nicht, er spürte ihn nur.

Er traf ihn in Höhe der Hüfte, hob den Chinesen sogar noch an und schleuderte ihn weg, wobei Suko gefährlich nahe an den Rand des Pfads geriet.

Ein schauriges Fauchen drang aus dem Maul des Supervampirs, als er sich auf den Chinesen stürzte. Dabei ließ er sich fallen wie ein Brett und hatte die Arme vorgestreckt.

Suko zog augenblicklich die Beine an und ließ sie wieder vorschnellen.

Seine Füße wuchteten in den Körper des Vampirs und schleuderten die Horror-Gestalt zurück. Leider ein wenig nach links, sodass Vampiro-del-mar gegen den Felsen prallte und nicht über die Wegkante stürzte.

Sofort sprang Suko auf.

Die Peitsche hatte er zum Schlag erhoben, lief zwei Schritte vor und hörte hinter sich das Rauschen.

Der Supervampir erhielt Verstärkung.

Dem Chinesen blieb nur eine Möglichkeit. Er pfiff auf eine Attacke gegen Vampiro-del-mar, drehte sich stattdessen um und drosch in der Drehung mit der Peitsche zu.

Die drei magischen Riemen klatschten gegen den linken Flügel der heransegelnden Riesenfledermaus, und ihre Kraft reichte aus, um die Haut des Monsters zu zerstören. Die Riemen rissen nicht nur Furchen hinein, sie hieben sie auch auseinander.

Die Fledermaus dachte an keine zweite Attacke mehr. Laut kreischend fiel sie über den Rand und verschwand aus Sukos Blickfeld. Der aber wollte sich um Vampiro-del-mar kümmern.

Der hätte die Chance zu einem Angriff gehabt, aber er tat etwas anderes, was auch Suko völlig überraschte.

Vampiro-del-mar verwandelte sich!

Zum ersten Mal in seinem Leben sah Suko ihn in der Metamorphose, und er war so perplex, dass er vergaß, nachzusetzen.

Aus dem gewaltigen Vampir wurde eine übergroße Fledermaus.

Hatten die anderen Vampire schon große Schwingen gehabt, so stellten die des Vampiro-del-mar die anderen völlig in den Schatten. Sie waren noch größer, sogar fast doppelt so groß, und sie wuchsen anstelle der Arme. Dabei funkelten sie in einem blutigen Rot. Zwischen den Schwingen wirkte der an sich übergroße Körper des Vampirs klein, und als er sich abstemmte und die Flügel bewegte, entstand in der Luft ein gewaltiges Rauschen.

Vampiro-del-mar hatte seine alte Gestalt angenommen und flog dem Chinesen davon, der auf dem Pfad zurückgeblieben war und es noch immer nicht fassen konnte.

Bis er Schüsse hörte.

Die holten ihn zurück in die Wirklichkeit!

Kann man einer Garbe aus einer MPi entgehen?

Normalerweise nicht, es sei denn, man hilft selbst mit und hat sehr viel Glück. Ich hatte beides.

Mein gewaltiger Sprung brachte mich erstens weg von Beate Eickburger und zweitens in die Nähe großer Felsbrocken, hinter denen ich Deckung finden konnte.

Das Krachen der Schüsse, die peitschenden, schnell hintereinander aufklingenden Detonationen vereinigten sich zu einem gewaltigen Stakkato, das für mich die Todesmelodie werden sollte.

In meiner Nähe jagten die Kugeln in den Boden. Sie schleuderten kleinere Steine hoch, übergossen mich mit einem Regen aus Splittern, und ich dachte daran, dass Lady X die Waffe nur zu schwenken brauchte, um mich von den Beinen zu holen.

Meine Schwäche hatte ich überwunden. Ich dachte nicht mehr daran und ließ mich mit einem artistischen Sprung hinter einen Felsbrocken fallen.

Den Boden hatte ich noch nicht richtig berührt, als ich die hellen, singenden Geräusche vernahm. Die Kugeln hämmerten gegen das harte Gestein und sirrten als Querschläger davon.

Dann verstummten die Schüsse, und nur die Echos rollten noch nach. Ich hörte die Stimme der Scott: »Keine Angst, Geisterjäger, dich packe ich noch. Lupina habe ich erledigt, dich kriege ich auch.«

Aber ich war nicht Lupina. Zudem stand die Untote nicht in meinem Rücken, und ich konnte mich wehren, denn ich besaß Waffen, vor denen Lady X einen furchtbaren Horror hatte.

Vorerst blieb alles ruhig, denn auch die Echos waren mittlerweile verstummt.

Wir belauerten uns.

Lady X war ebenfalls eine gewiefte Taktikerin. Sie wusste schließlich, dass auch ich nicht waffenlos war, und verhielt sich dementsprechend vorsichtig.

Bisher hatte ich noch keinen Blick riskiert. Jetzt schien es mir an der Zeit zu sein, einmal nachzuschauen.

Ich drückte mich so hoch, dass ich seitlich an dem Felsen vorbeischauen konnte. Zunächst einmal sah ich Beate Eickburger. Sie lag noch immer am Ufer, und wie ich erkannte, war sie nicht von einer verirrten Kugel getroffen worden, sodass mir ein Stein vom Herzen fiel.

Wo steckte Lady X?

Ich sah sie nicht. Zudem gab es innerhalb dieses gewaltigen Naturgewölbes auch zahlreiche Versteckmöglichkeiten.

Dann geschah noch etwas.

Allerdings zerfetzte keine Schussgarbe die Stille, sondern ein Schrei. Der Stimme nach zu urteilen, musste es Suko gewesen sein. Ich drehte mich hinter meiner Deckung um, glaubte Suko als Schemen auf dem Weg zu erkennen, aber das war im Moment nicht wichtig.

Etwas anderes zählte.

Die Riesenfledermaus, die hoch über mir schwebte und an Größe die anderen Roten Vampire völlig in den Schatten stellte.

Mein Gott, war das ein Koloss!

Gewaltige Schwingen, die an Hausdachhälften erinnerten und dabei blutrot funkelten.

Zwischen ihnen jedoch erkannte ich eine Gestalt. Einen meiner Erzfeinde und Mitglied der Mordliga, nämlich Vampiro-del-mar. Er war die Metamorphose eingegangen, hatte sich zum Teil in die gewaltige Fledermaus verwandelt und in dieser Höhle vielleicht seine Urgestalt angenommen, die er auch vor Tausenden von Jahren schon besessen hatte.

Ich lag da und staunte.

Obwohl Vampiro-del-mar zu meinen ärgsten Feinden gehörte, konnte ich mich der Faszination, die von seiner Gestalt ausging, nicht entziehen. Sie war einfach da, und ich merkte wieder einmal, mit welchen Fällen wir uns zu beschäftigen hatten.

Davon wussten und ahnten die Menschen nichts, die über uns in den Häusern schliefen. Es gab schreckliche Dinge, wie wir immer wieder bestätigt bekamen.

Nur – was hatte er vor?

Noch rührte sich auch Lady X nicht. Wahrscheinlich beobachtete sie ihn ebenso wie ich, und er hielt sich so weit oben auf, dass meine Silberkugeln ihn nicht erreichten. Vielleicht taten sie ihm auch in dieser Gestalt ebenfalls nichts. In der ersten, in der wir ihn kannten, zeigte er sich gegen die geweihten Kugeln immun.

Sekunden später durchschaute ich seinen Plan. Vampiro-del-mar sammelte seine noch übrig gebliebenen Diener. Immer mehr Schatten huschten über uns durch die Höhle, versammelten sich dicht unterhalb der Decke und schienen einen Plan fassen zu wollen, wie man uns am besten erledigte.

Ich bewegte mich ein wenig nach rechts und geriet damit weiter vom Felsen weg. Dabei berührte meine Hand etwas Langes, Kaltes. Erschreckt zuckte ich zurück, als ich erkannte, was ich da angefasst hatte.

Einen Knochen! Wahrscheinlich gehörte er zu einem

Menschen, der vor langer Zeit in der Höhle umgekommen war.

Noch andere Knochen sah ich sowie einen zersplitterten Schädel.

Ein grausiger Fund, um den ich mich allerdings nicht näher kümmern konnte, denn die Roten Vampire waren mit ihrer Beratung fertig. Sie hatten einen Entschluss gefasst – und griffen an!

Wie gewaltige Steine stürzten sie nach unten. Sie hatten die Flügel sogar angelegt, um ihrem Angriff mehr Wucht zu verleihen, und ich stellte mit Entsetzen fest, dass es vier Gegner auf mich abgesehen hatten.

Jetzt gab es nur noch eins: Kampf!

Die Beretta hatte ich nachgeladen, das Magazin war gefüllt, aber ich feuerte nicht als erster.

Vom Weg her klangen Schüsse auf.

Suko griff in die Auseinandersetzung ein. Und er feuerte so schnell, dass ich das Gefühl hatte, er würde aus zwei Waffen gleichzeitig schießen. Das tat er wirklich, denn er hatte die Beretta des Kommissars an sich genommen.

Suko hatte sich weiter vorbewegt. Er stand nicht mehr so hoch. Die Entfernung zu den angreifenden Fledermäusen war geschmolzen, und der Chinese hielt voll drauf. Er jagte die Silbergeschosse hinein in den angreifenden Pulk, wobei er von mir Unterstützung erhielt.

Ich hatte mich auf den Rücken gelegt, denn es war zu gefährlich, mich hinzuhocken, weil ich noch an Lady X dachte, die irgendwo mit ihrer verdammten MPi lauerte und mich in dem allgemeinen Trubel leicht treffen konnte.

Auch ich hielt hinein. Die Beretta bäumte sich kurz hintereinander in meiner rechten Hand auf, als ich abdrückte. Geweihte Geschosse jagten den heranfliegenden Vampiren entgegen, die sich mit einer wahren Todesverachtung dem Grund entgegenstürzten, denn sie mussten ja wissen, dass wir schießen würden.

Kugeln klatschten in die Körper, rissen sie auseinander, zerstörten sie, und nicht allen Vampiren gelang es, auf dem Boden zu landen. Mir rieselte sogar Staub entgegen, als sich die Blutsauger noch in der Luft auflösten.

Quietschende Schreie umtosten mich, schrillten in meinen Ohren, und dazwischen hörte ich das Krachen der Schüsse.

Dann war die Beretta leer.

Und nicht alle Vampire waren vernichtet. Einer fiel auf mich, so hart, dass er mich mit zu Boden riss.

Sofort warf ich die Waffe weg, hatte die rechte Hand frei und zog den Dolch, den ich von unten nach oben in die Höhe stieß – und traf.

Die geweihte silberne Klinge bohrte sich schräg in das hässliche Gesicht der Fledermaus und zerstörte es auf der Stelle.

Der letzte Gegner!

Ich schüttelte ihn ab, wobei er sich unter meinen Füßen auflöste, sprang dabei hoch und hörte Sukos Warnschrei.

»John, gib Acht!«

Ich duckte mich, kreiselte herum und sah etwas, das ich nie im Leben vergessen werde …

Der veränderte Vampiro-del-mar hatte sich Lady X geholt. Das war geschehen, als Suko und ich uns mit ihren Helfern beschäftigten. Der Supervampir hatte die ehemalige Terroristin gepackt und auf seinen Rücken geworfen. Dort hockte sie wie eine Reiterin auf dem Pferd, nur dass eine Reiterin keine MPi in der Hand hält.

Gefährlich schnell segelte das Ungeheuer heran. Es

befand sich vielleicht fünfzehn Fuß über mir, und Lady X hatte sich vorgebeugt, wobei sie die Waffe so festhielt, dass der Lauf schräg nach unten auf sein Ziel wies. Das war ich.

Schon spie die MPi ihre Kugeln aus.

So lange hatte ich nicht gewartet. Ich lag wieder am Boden, hatte mich hart gegen den Felsen gepresst und machte mich so klein wie möglich. Ich hörte, wie die Kugeln um mich herum in den Boden schlugen, andere als Querschläger wegrasten oder mit singenden Geräuschen gegen den Felsen hackten, aus dem sie Staub lösten, der in kleinen Wolken vor meinem Gesicht schwebte.

Dann war der erste Angriff vorbei.

Ich zog den Bumerang. Kugeln hatte ich keine mehr. Den Dolch konnte ich nur auf kurze Entfernung einsetzen, aber die silberne Banane, wie ich immer sagte, musste die Entscheidung bringen.

Den rechten Arm schwang ich zurück, wartete auf die erneute Attacke und sah mich getäuscht. Vampiro-del-mar verschwand. Er flog nicht mehr auf mich zu, sondern dorthin, wo sich der Weg befand, der zum Ausgang führte. Wäre Suko dageblieben, hätte er sie erwischen können, doch er war vorgelaufen. Die Zeit, wieder zurückzuhetzen, war zu kurz. Unsere Gegner konnten unangefochten verschwinden. Ob sich Vampiro-del-mar dabei zurückverwandelte, sahen wir nicht, wir nahmen es nur an.

Wir fanden Professor Bouillon buchstäblich im letzten Augenblick. Er war schon bewusstlos und hätte nicht mehr viel Blut verlieren dürfen. Suko und ich waren über die teuflische Methode entsetzt, und wir entdeckten auch schlafende Monster in einer großen Nebenhöhle, für die das Blut des Professors bestimmt war. Achtzehn Rote Vampire fielen uns in die Finger und einem Feuer zum Opfer, das wir entfachten. Auch Beate Eickburger würde überleben. Als wir sie aus der Höhle schleppten, war sie bewusstlos, ebenso wie Will Mallmann, der als erster zu sich kam und überhaupt nicht begriff, dass er sich im Freien befand.

Wir erklärten es ihm der Reihe nach. Auch er zeigte sich enttäuscht, dass die beiden Hauptübeltäter entkommen waren. Die Nacht, die über der Alb lag, hatte sie verschluckt.

Mit dem Wagen des Professors fuhren wir zurück. Beate Eickburger und der Wissenschaftler mussten unbedingt in ärztliche Behandlung.

Ich aber dachte an Vampiro-del-mar und seine Roten Vampire. Ein Stück seiner Vergangenheit war gelüftet worden, und ich war gespannt, welche Überraschungen er noch auf Lager hatte …

ENDE

Satan mit vier Armen

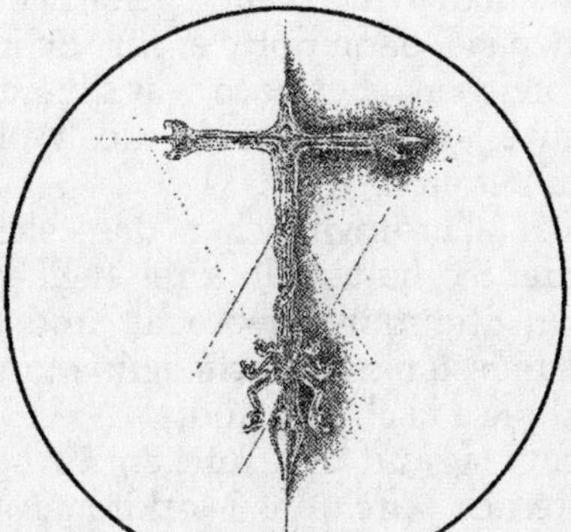

Seit drei Tagen schon schlief Stan Willard nur mit einem geladenen Revolver unter dem Kopfkissen, falls er überhaupt in diesen schwülen Nächten ein Auge zu tat, denn er fürchtete um sein Leben.

Auch in dieser Nacht lag er wieder wach. Schwach nur drang der Mondschein durch das schmale Fenster und vergrößerte die dünnen Maschen des Moskitonetzes zu einem verwirrenden Muster, das sich deutlich von dem hellen Bettlaken abhob, unter dem sich die Umrisse eines männlichen Körpers abzeichneten.

Willard lag wach und lauschte.

Im Dschungel war die Nacht nie ruhig. Tausend Geräusche durchbrachen sie, die Tiere der Dunkelheit waren wach und gingen auf Beutezug, während andere schliefen …

An die Geräusche hatte sich Willard gewöhnt. Sie waren natürlich, gehörten einfach dazu. Etwas anderes jedoch waren die Trommeln.

Und die schlugen seit drei Tagen.

Ein dumpfes, unheimliches Stakkato lag über dem tropischen Regenwald, meist monoton und gleichmäßig, hin und wieder aber von einem hämmernden Rhythmus unterbrochen, der eine gewisse Aggression andeutete, die Stan Willard auch genau verstand.

Dann kamen sie, dann hörte er ihre Schritte um das alte Haus schleichen, aber noch war die Zeit nicht reif, und es traute sich niemand, die Wohnung des Europäers zu betreten.

Willard war allerdings sicher, dass sich dies bald ändern würde. Sie hatten die drei Tage genutzt und sich genug in Stimmung gebracht, und sie würden kommen, sie mussten es einfach, denn morgen war der Tag seiner Abreise nach England.

Stan Willard lag auf den Rücken. Er bewegte sich nicht, schaute nur durch das Moskitonetz und spürte den kalten Schweiß überall auf der Stirn. Unter der Decke drehte sich zwar ein batteriegetriebener, müder

Ventilator, doch Kühlung brachte er kaum. Seine drei Flügel verteilten die Luft nur, mehr war nicht drin.

Der dreiundvierzigjährige, hochgewachsene blonde Mann sehnte den nächsten Tag herbei, dann konnte er diesem verfluchten Land, das sich Sri Lanka nannte und früher Ceylon hieß, den Rücken kehren.

Noch trennten ihn fünf Stunden.

Eine normalerweise kurze, für ihn aber lange Zeit, denn die anderen mussten etwas unternehmen. Sie konnten es nicht zulassen, dass er ihnen das weggenommen hatte, was ihnen gehörte.

So wartete er.

Völlig auf sich allein gestellt, nur seinen 38er Smith & Wesson unter dem Kopfkissen und das geladene Gewehr neben dem Bett. Solange die Trommeln noch schlugen, befand er sich in Sicherheit, hörten sie erst mal auf, konnte er sich kampfbereit machen.

Und Willard wollte kämpfen. Nicht umsonst hatte er monatelang gesucht und war endlich fündig geworden.

Er hatte das gefunden, wovon er sein Leben lang geträumt hatte.

Den vierarmigen Satan!

Stan stand in seinem Zimmer. Wenn er den Kopf nach rechts drehte, konnte er ihn sehen. Es war eine Gestalt des Schreckens, und sie hatte tatsächlich vier Arme. Dabei sah sie aus wie ein Affe, wenigstens glich das Fell dem eines Affen. Es schimmerte hellgrau und an der Brust etwas weiß. Und genau dort, wo die Achselhöhlen der normalen Arme aufhörten, wuchsen die beiden zusätzlichen Arme aus dem Körper. Die beiden oberen Arme waren jeweils mit drei furchtbaren, messerscharfen Krallen versehen, die unteren nur mit einer.

Auf den Schultern, die keinen Hals aufwiesen, saß ein schrecklicher Schädel. Er erinnerte an den eines Krokodils, mit einer langen, breiten Schnauze, einem gefährlichen Gebiss und hervorquellenden Kugelaugen, die sich etwas unterhalb der beiden aus dem Schädel sprießenden Hörner befanden.

Das war der Satan mit den vier Armen. Von den Eingeborenen hatte er einen anderen Namen bekommen.

Sie nannten ihn Sogg-Ra, den Affenteufel!

Wieder einmal holte Willard tief Luft. Das letzte Päckchen Lucky Strike lag neben ihm. Er riss die Hülle auf, entfernte einen Teil des Silberpapiers und klopfte ein Stäbchen hervor, das er sich zwischen die Lippen schob. Als er das Feuerzeug anschnickte, stellte er fest, dass sich das Zittern seiner Hände auf die Flamme übertrug. Er war eben sehr nervös.

Die Zigaretten waren die einzigen Dinge, die ihn immer an die Zivilisation erinnerten, und er hatte sie sich so eingeteilt, dass er bis zum letzten Tag genau ausgekommen war.

Er sog den Rauch tief in die Lungen und ließ ihn durch die Nasenlöcher wieder ausströmen. Für einige Minuten vergaß er die Situation, in der er sich befand, und dachte an London.

In seinem Club würden sie Augen machen. Er hatte die Wette gewonnen. Niemand wollte glauben, dass es jemandem gelang, den Affenteufel zu holen. Er hatte es geschafft, und einige tausend Pfund waren ihm sicher. So hoch beliefen sich auch die Kosten der Expedition in den Dschungel von Sri Lanka.

Im Club sollte die Trophäe dann ausgestellt werden, auch wenn sich einige dagegen sträubten, aber sie waren von den übrigen Mitgliedern, der Mehrheit, überstimmt worden. Dann erst konnten sie feststellen, ob der Affenteufel tatsächlich magische Kräfte besaß, wie ihm nachgesagt wurde und wie man in den entsprechenden Büchern nachlesen konnte.

Der Aschenbecher stand auf seinem Bauch. Als Stan Willard die Zigarette ausdrückte, da stutzte er plötzlich. Etwas hatte sich verändert. Im ersten Augenblick wusste er nicht, was es war. Schließlich fiel es ihm ein.

Er hörte den Klang der Trommeln nicht mehr!

Genau, das war es. Stille, regelrecht beängstigend, hatte sich über den Dschungel gelegt. Seit drei Tagen mit wenigen Unterbrechungen zum ersten Mal Ruhe.

Darauf hatte er lange gewartet, denn nun musste es zur Entscheidung kommen. Stan Willard hob seinen Kopf so weit an, dass er die Hand unter das Kissen schieben konnte. Seine Finger holten die Waffe hervor, glitten über das Metall, und Willard stellte fest, dass auch der Revolver feucht und klamm war, wie eigentlich alles, was man in dieser verdammten Hölle anfasste.

Ein Brutherd für Krankheiten. Willard wunderte sich, dass es ihn nicht auch erwischt hatte. Mit einer Hand drückte er das Moskitonetz beiseite und richtete sich auf. Seine Bewegungen, mit denen er die Beine aus dem Bett schwang, wirkten müde und abgeschlafft. So kam er sich auch vor, ausgebrannt, denn die Wochen hier hatten ihn regelrecht fertig gemacht.

Willard schlief immer in seiner Khakikleidung, ein Zeichen, dass er Tag und Nacht auf dem Sprung war. Er brauchte nur noch in die Stiefel zu schlüpfen.

Das war schnell geschehen. Der nächste Griff galt dem Gewehr. Dann fuhr er sich mit allen fünf Fingern durch sein graublondes Haar und mit dem Handrücken über das schweißnasse Gesicht.

Er wartete …

Manchmal waren sie gekommen und hatten auf Geräusche nicht geachtet, vielleicht würde es heute anders sein. Deshalb nahm er sich den einzigen Stuhl im Zimmer und stellte ihn so, dass er sowohl die Tür als auch das Fenster beobachten konnte.

Das Gewehr lag auf seinen Knien. Die Mündung wies zum Fenster hin, während er den schweren Revolver in der rechten Hand hielt.

So blieb er sitzen und lauschte den Geräuschen der Nacht, die ihm inzwischen so vertraut geworden waren.

Abermals erklang die Trommel. Sie wurde hart und schnell geschlagen, ein Zeichen, dass es den anderen nun ums Ganze ging.

Und sie waren schon da.

Obwohl sich Stan Willard sehr konzentriert hatte und auch aufmerksam gewesen war, wurde er von ihrem Auftauchen überrascht. Die Tür, die man nicht abschließen konnte, flog so heftig auf, dass sie mit der Klinke gegen die Wand dahinter krachte und wieder zurückgeworfen wurde.

Ein Fuß stoppte sie.

Der Fuß gehörte dem Anführer der Horde, einem bulligen Medizinmann, der seine »Arbeitskleidung« angelegt hatte. Auf dem Kopf trug er einen bunten Federschmuck, das Gesicht war mit grellen Farben bemalt, die sich auf dem Hüfttuch wiederholten.

Ängstlichen Gemütern konnte er schon Angst einjagen, und er hielt in der rechten Hand seinen Zauberstab, ein schmales, bemaltes Rohr, das mit zwei langen Federn versehen war. Die Eingeborenen sprachen diesem Stab eine große magische Kraft zu. Was daran stimmte, wusste Willard nicht. Es interessierte ihn auch nicht besonders. Ein viel größeres Augenmerk richtete er auf die beiden Gestalten, die den Medizinmann begleiteten und schreckliche Affenmasken über ihre Gesichter gezogen hatten.

Es waren die Leibwächter des Medizinmannes und die Vortänzer des Dorfes.

Dicht hinter der Schwelle blieben die Besucher nebeneinander stehen, und Willard dachte daran, dass er alle drei mit schnellen Schüssen erledigen konnte, wenn es hart auf hart kam.

»Was wollt ihr?«, fragte er, obwohl er es wusste.

»Sogg-Ra«, erklang es dumpf aus dem Mund des

Medizinmannes, der nur gebrochen Englisch sprach.

Willard schüttelte den Kopf. »Er gehört mir.«

»Nein, du gestohlen.«

»Ich habe ihn euch abgekauft«, erwiderte der Engländer, wobei er Daumen und Zeigefinger gegeneinander rieb. »Sogar für Geld.«

»Du kannst es wiederhaben.«

Da lachte Willard auf und schüttelte den Kopf. »Ist nicht drin, Meister. Geschäft ist Geschäft. Verschwindet jetzt, der Affenteufel gehört mir.«

»Nein!«

Die Antwort klang verdammt endgültig, und Willard hob seinen Arm mit dem Revolver. Er zielte auf den Medizinmann und hielt dabei genau zwischen die Augen. Als ehemaliger Soldat hatte er es gelernt, ein Ziel zu treffen.

»Reicht das als Antwort?«, fragte er.

Der Medizinmann sagte nichts, er blieb zwar auf dem Fleck stehen, aber er bewegte sich unruhig.

Irgendetwas war mit ihm, das wusste auch Willard. Dieser Kerl schien was in der Hinterhand zu haben, und als er den Kopf nach rechts drehte, da wusste Willard Bescheid.

Das Fenster!

Diese Hundesöhne wollten ihn reinlegen, aber da hatten sie sich getäuscht. Willard bewahrte die Nerven. Erst als sich der Mund des Medizinmannes öffnete, drehte er sich auf seinem Stuhl nach rechts, sah das bemalte Gesicht am Fenster und auch das schmale Blasrohr, dessen Öffnung in den Raum wies.

Willard wusste, dass die Eingeborenen wahre Meister im Umgang mit dem Blasrohr und den giftigen Pfeilen waren. Die schossen einer Schmeißfliege das Auge aus, deshalb musste er schneller sein. Stan Willard schoss zweimal.

Die Schüsse krachten in dem engen Zimmer überlaut. Er hatte sehr gut gezielt. Nicht ein Schrei war zu vernehmen, als die Kugeln ins Ziel trafen. Plötzlich war das Gesicht am Fenster verschwunden, nur ein paar Blutspritzer klebten dort als ein schauriges Andenken.

Sofort nach den Schüssen schwang Willard seinen Arm wieder herum und richtete die Waffenmündung auf die drei vor der Tür stehenden Männer.

Die konnten es kaum fassen, dass Willard so schnell gewesen war. Sie standen da wie festgeleimt.

Der Engländer lachte kalt. »Ihr habt mich reinlegen wollen, ihr dummen Kanaken.« Er nannte in seiner widerlichen Überheblichkeit alle Eingeborenen so. »Aber das ist euch nicht gelungen, da müsst ihr früher aufstehen, ihr Reisfresser. Los, haut ab!«

Die Sätze waren scharf hervorgestoßen worden und verfehlten ihre Wirkung nicht.

Die Männer drehten sich um, doch alle wollte Willard nicht gehen lassen.

»Du, Medizinmann, bleibst bei mir. Als Beschützer oder Geisel, mein Freund!«

Der Medizinmann hörte die Worte wohl, doch er ging weiter. Erst als Willard eine Kugel dicht neben seinem Kopf in die Wand jagte, da begriff er, dass es dem Weißen Ernst war. Mit zitternden Beinen kam er zurück, während seine beiden Begleiter flohen und er selbst fast die Petroleumlampe umgestoßen hätte, die auf einem kleinen, kniehohen Tisch stand.

»Setz dich auf den Boden!«, verlangte Willard.

Der Eingeborene gehorchte, und der Engländer entspannte sich ein wenig. Das war soeben noch einmal gut gegangen. Er hatte es sich schlimmer vorgestellt. Allerdings fragte er sich, ob das wirklich schon alles gewesen war und die Nacht nicht noch mehr Überraschungen für ihn parat hielt.

Stan Willard stand auf. Das Gewehr nahm er mit, als er zum Bett ging und sich auf der Kante niederließ. Er wusste zwar jetzt das Fenster schräg in seinem

Rücken, aber er saß ziemlich im toten Winkel, sodass sich ein Schütze schon verrenken musste, um ihm das Lebenslicht auszublasen.

Von draußen vernahm er den Lärm. Zahlreiche Stimmen schnatterten durcheinander. Wahrscheinlich trugen sie jetzt den Toten weg.

Zitternd stand der Medizinmann im Raum. Willard musste grinsen, denn ihm fiel auf, dass der Kerl einen viel zu dicken Bauch hatte. Er wusste, dass der Mann heimlich billigen Brandy und Whisky soff und so manche Nacht volltrunken in seiner Hütte lag.

»Zigarette?«, fragte er.

Der Medizinmann schaute misstrauisch auf die Hand, die sich ihm da entgegenstreckte und aus der die Schachtel ragte. Er wusste nicht, wie er sich verhalten sollte.

Willard grinste, zündete zwei Stäbchen an und warf eines dem Medizinmann zu. Der ließ es zu Boden fallen, hob es dann auf und paffte gierig.

Der Engländer ließ ihn drei Züge machen, dann fragte er mit bedauernd klingender Stimme: »Warum habt ihr euch nur so dumm benommen, ihr Idioten?«

»Sogg-Ra.«

Willard winkte ab. »Ich weiß ja, dass ihr ihn haben wollt. Dann hättet ihr ihn mir erst nicht zu verkaufen brauchen.«

»Wir müssen ihn töten.«

Stan grinste schief. »Wirklich? Das finde ich aber gar nicht gut, mein Dickerchen. Weshalb so plötzlich?«

»Er muss in den Sumpf.«

»Und wieso?«

»Die Zeit des Affen ist da. Du hättest nicht warten sollen, jetzt ist es zu spät.«

»Werde mal deutlicher!«, verlangte der Engländer und inhalierte Zigarettenqualm.

»Die Jahre sind um. Er wird sich Opfer holen. Menschenopfer. Wir wissen das.«

Willard knetete seine Nase und schaute auf den seltsamen Dämon mit dem großen Maul. »An dir wird er sich wohl den Magen verderben, Dickerchen.«

»Er ist gefährlich!«, wisperte der Medizinmann. »Wir wissen es. Bring ihn weg, schnell …«

»Nein, ich will meine Wette gewinnen. Ich schaffe ihn nach England.«

»Dann werden alle sterben!«

Willard lachte nur und ließ sich auf das Bett fallen, während der Medizinmann den Affenteufel mit einem scheuen Blick bedachte. Das Abbild des vierarmigen Dämons lag im Halbschatten. Für einen Affen war er ziemlich groß, denn er hatte in der Tat die Größe eines Menschen. Auch die Haut fühlte sich echt an, ebenso die Zähne, die Augen und der Kopf. Es war schon sehr, sehr seltsam. Auch ging von ihm irgendwie eine böse Atmosphäre aus, das gestand sich selbst der ansonsten realistisch denkende und eiskalte Willard ein, der sein Geld mit dubiosen Geschäften verdiente und auch als Waffenlieferant tätig war. Er begann tatsächlich nachzudenken. Schließlich schalt er sich einen Narren, legte sich zurück aufs Bett und wollte eigentlich nur sein Kreuz durchdrücken, da überfiel ihn förmlich ein Anfall von Müdigkeit. Er hatte plötzlich Mühe, seine Augen offen zu halten, wollte den Kopf drehen, doch das schaffte er nicht. Eine unheimliche, nicht erklärbare Kraft hatte sich über den Raum gelegt und erfüllte ihn bis in den letzten Winkel.

Während der Medizinmann davon nichts spürte, bekam Willard das Fremde voll mit.

Er fühlte sich plötzlich leicht und unbeschwert. Seine Gedanken ließen sich nicht mehr festhalten, sie gingen auf die Reise, und auch die gesamte Atmosphäre um ihn herum veränderte sich.

Willard fühlte sich wie in einer tiefen Trance, obwohl er noch alles mitbekam, was sich in seiner Nähe abspielte.

Er sah das Zimmer, die Wände, das Fenster, aber alles schien seltsam verdreht und verkehrt. Zudem war von dem schmutzigen Weiß nichts mehr zu sehen. Seltsame Farben hatten sich auf die Wände gelegt. Pastellartige Töne, lange Schleifen, Schlieren, Kreise und Spiralen. Sie blieben nicht auf den Wänden, sondern lösten sich, schwebten im Raum umher und bildeten ein verwirrendes Muster, mit dem sie den Medizinmann und den Affenteufel eindeckten.

Genau dort, wo Sogg-Ra stand, verdichteten sich die Farben, da konzentrierten sie sich. Und plötzlich erschienen aus dem bunten Wirrwarr zwei schlangengleiche Arme mit gefährlichen Krallen, die sich unaufhaltsam dem Medizinmann näherten, der seinen Mund weit aufriss, um zu schreien, aus dessen Kehle sich allerdings kein Laut löste.

Wie hypnotisiert starrte er auf die beiden gefährlichen Arme und vergaß dabei, dass es nicht die einzigen waren, sondern dass es noch andere gab.

Der Affenteufel hatte vier!

Und die restlichen zwei erschienen ebenfalls aus dem Wirrwarr der Farben, bewegten sich lautlos in Schienbeinhöhe über den Boden und griffen plötzlich zu.

Noch weiter riss der Medizinmann seinen Mund auf. Es schien, als würde ein Schrei auf seinen Lippen ersticken, denn er fühlte sich gepackt und angehoben.

Er wehrte sich nicht einmal, als er hineintauchte in das seltsame Farbenspiel. Dann war er verschwunden.

Stan Willard beobachtete den Vorgang. Er reagierte jedoch ebenso wenig wie der Medizinmann. Völlig apathisch lag er auf dem Bett. Der Revolver war ihm aus der Hand gerutscht. Jeder hätte ihn vom Boden aufheben können.

Aber es kam niemand. Das Haus, in dem alles passierte, war eine Tabu-Zone.

Die Zeit verging, die Farben verblassten, traten

völlig zurück, und der Raum sah wieder so normal aus, als wäre nichts geschehen.

Nur der Medizinmann blieb verschwunden …

Stan Willard erwachte urplötzlich. Er schlug die Augen auf und setzte sich ruckartig hin. Viel zu heftig, denn nach dem langen Liegen und dem fast todesähnlichen Schlaf spielte sein Kreislauf verrückt. Die kleine Welt drehte sich vor seinen Augen. Er presste seine Handballen gegen die Stirn, blieb auf dem Bett hocken und dachte nach.

Was war geschehen?

Verdammt, er war eingeschlafen. So plötzlich, wie es ihm noch nie passiert war. Das musste an diesem verdammten Klima liegen und an den Umständen. Auch jetzt war er noch ziemlich down, und ihm fiel wieder der Traum ein, den er gehabt hatte.

Irgendetwas völlig Verrücktes, Unrealistisches hatte er geträumt. Eine irre, dumme Geschichte, in der Farben die Hauptrolle spielten und das Zimmer und natürlich der Affenteufel.

Letzterer ganz besonders.

Mit einer heftigen Bewegung drehte er sich um, stieß gegen das aufgestellte Gewehr, das durch die Berührung polternd zu Boden fiel und liegen blieb.

Willard wollte es aufheben, als ihn der heiße Schreck durchfuhr. Neben dem Gewehr lag sein Revolver. Er musste ihm während des Schlafes aus der Hand gerutscht sein.

Das hätte ins Auge gehen können. Wenn der Medizinmann dies gesehen hätte …

Seine Gedanken stockten. Der Bursche war nicht mehr da. Er hatte sich still und heimlich verkrümelt und seine Chance, den verhassten Fremden zu töten, nicht genutzt.

Willard lachte auf. Besser so als anders. Er verstaute

den Revolver wieder im Gürtel, schaute auf seine Uhr und stellte fest, dass es Zeit war, aufzubrechen.

Totenstill war es im Zimmer. Auch vom Dorf her hörte er keinen Lärm. Seltsam, sehr seltsam ...

Ein kalter Schauer kroch über seinen Rücken, und so etwas wie Furcht packte den Mann. War da doch einiges schief gelaufen?

Er schaute sich seine Trophäe an.

Sogg-Ra stand noch auf seinem Platz. Er hatte sich nicht verändert. Bis auf eine Kleinigkeit.

Aus seinem weit geöffneten Rachen schauten fünf gekrümmte Finger hervor. Sie gehörten zur Hand des Medizinmannes ...

Das war ein Schock!

Augenblicklich dachte der Engländer wieder an seinen Traum. Er hatte so etwas Ähnliches geträumt, aber das war keine Realität gewesen.

Wie ein gewaltiger Schwall kam der Schweißausbruch, und Willard konnte nicht anders, er musste auf den Affenteufel schauen und dessen weit geöffnetes Maul.

Die Hand war verschwunden!

Es klatschte, als sich Stan Willard mit der flachen Hand gegen die Stirn hieb. »Bin ich denn volltrunken?«, knurrte er, sprang vom Bett hoch und lief auf den Affenteufel zu.

Alles war normal. Er sah aus wie am letzten Abend, nichts hatte sich verändert, und er sah auch keine Spur mehr von der Hand, als er in das Maul blickte.

Wie ein Dieb in der Nacht, so schlich Stanley Willard um Sogg-Ra herum, wobei er nach Indizien für seinen ersten Eindruck nach dem Erwachen suchte. Sosehr er sich auch bemühte, er fand keine.

»Ein Glück, dass ich hier bald rauskomme«, murmelte er und schüttelte sich, »da wird man ja noch verrückt und dreht durch.« Er holte eine Zigarette aus der Packung, steckte sie an und ging rauchend nach draußen.

Vor seinen Augen lag ein menschenleeres Dorf. Die Bewohner hatten ihre Hütten verlassen, die sich um einen freien Platz gruppierten, auf dem sonst die großen Palaver abgehalten wurden. Nur drei Köter schlichen mit eingezogenen Schwänzen über den Platz.

Hinter den Hütten begann der Dschungel. Es war noch ziemlich früh. Die Sonne hatte sich eben erst über den Horizont geschoben, doch sie knallte bereits mit ihren Strahlen auf den tropischen Regenwald, aus dem Nebelwolken in die Höhe stiegen und auch über den Dorfplatz trieben, wo sie sich schließlich verteilten.

Stan Willard spürte das Frösteln auf seiner Haut. Er traute sich nicht weiter von seiner Hütte weg, sondern verfolgte die aus dem Dorf und die in den Dschungel führende Piste nur mit seinen Blicken. Irgendwo dort hinten hatten sich die Bewohner verkrochen, und sie würden nicht eher zurückkehren, bis der Affenteufel nicht mehr existierte.

Willard hob die Schultern. Mit gemächlichen Schritten ging er einmal um sein Haus herum. Als er das Fenster erreichte, von wo aus auf ihn geschossen werden sollte, sah er das Blut.

Für einen Moment presste er hart die Lippen zusammen, bevor er weiterging.

Dann blieb er abrupt stehen. Aus der Hütte, in der er übernachtet und gelebt hatte, war ein Geräusch gedrungen.

Ein feines, helles Lachen oder Kichern. Höhnisch, hämisch und wissend zugleich.

Willard zog den Kopf ein, als hätte jemand über seine Haare gestrichen. Er wollte die Hütte nicht betreten, aber er konnte durch das Fenster schauen.

Die Waffe hielt er schussbereit. Sie blieb immer in Kopfhöhe, als er durch die Öffnung peilte.

Der Affenteufel stand günstig. Willard schaute ihn an und hatte das Gefühl, als würde sich dessen Maul bewegen. Auch die Arme waren nicht ruhig, sie zuckten, als würden Stromstöße durch sie jagen.

Stan Willard wollte es nicht glauben. Die Erinnerung war wieder da. Er hatte die Hand gesehen, die aus dem Maul des Affendämons ragte, deutlich erinnerte er sich daran. Für ihn war das kein Traum gewesen, nein, hier ging etwas vor, das man mit dem normalen Verstand nicht begreifen konnte.

»He, Stan!« Mit einem Schrei auf den Lippen zuckte Willard herum und hätte fast noch geschossen.

Der Mann, der ihn angesprochen hatte, sprang hastig zurück und streckte abwehrend seine Arme vor. »Schießen Sie nicht auf Diplomaten«, rief er entsetzt, »lieber auf Pianisten.«

Willard hob die Schultern und ließ die Arme sinken. »Sorry, Amos, aber ich war so nervös …«

Amos Burke nickte. »Das habe ich bemerkt. Du hast uns nicht einmal kommen hören, obwohl das Dorf menschenleer ist.«

»Das habe ich in der Tat nicht.«

Burke deutete in die Runde. Nur auf dem Marktplatz hatten sich die Männer versammelt, die von dem Diplomaten mitgenommen worden waren. »Wo stecken die alle?«

»Sie sind verschwunden.«

»Haben sie vor dir Angst?«

Stan Willard schaute in das gerötete Gesicht seines Gegenübers. »So kann man es nennen«, erklärte er. »Sie sind geflohen, weil ich den Affenteufel in Besitz habe.«

»Du hast ihn tatsächlich gefunden?«

»Warum nicht? Es war doch einfach.«

»Wo ist der denn?«

Willard deutete auf den Hauseingang, und Burke von der Botschaft folgte ihm.

Dicht hinter der Tür blieben beide Männer stehen und schauten sich die Figur an.

Burke nickte anerkennend. »Sieht verdammt echt aus«, bemerkte er.

»Ist auch echt.«

»Wieso?«

Stan Willard verzog das Gesicht. »Dein Tipp war goldrichtig. Das hier ist ein echter Dämon. Ich werde ihn mit nach England nehmen und die Leute im Club das kalte Entsetzen lehren. Die werden sich noch wundern, mein Lieber.«

»Ich fahre ja auch nach England«, murmelte Burke und schaute seinen Bekannten dann fest an. »Hast du das im Ernst oder im Spaß gemeint?«

Willard grinste schmal. »Im Ernst, mein lieber Amos, denn Spaß kann ich nicht vertragen, obwohl ich glaube, dass wir ihn noch kriegen werden«, fügte er nachdenklich und mit leiser Stimme hinzu …

Suko schob mir einen Zettel über den Schreibtisch. Es war ein Zollformular.

»Was soll ich damit?«

»Lesen.«

»Als Toilettenpapier ist es zu klein.«

»Das ist eine Bestätigung«, erklärte mir mein Partner.

Ich war an diesem Tag wirklich faul und hatte am frühen Nachmittag bereits keine Lust mehr, irgendetwas anzupacken, was mit Arbeit zu tun hatte.

Mein Partner merkte das und hatte Erbarmen. »Das ist eine Zollbestätigung, mein lieber John.«

»Aha, wenigstens etwas. Und wofür?«

»Für die Einfuhr eines Dämons!«

Mit dieser Antwort riss mich mein Partner tatsächlich vom Schreibtischstuhl hoch. Dass man zahlreiche Dinge, auch unnütze, einführte, war mir nicht neu. Aber dass ein Dämon importiert wurde, schlug doch dem Fass den Boden aus. Wer hatte sich denn diesen Scherz erlaubt? Ich nahm das Formular an mich, las die ausgefüllten Vermerke und schüttelte den Kopf.

Suko hatte nicht gelogen. Da war doch tatsächlich ein Dämon importiert worden. Und zwar von einem Mann namens Stan Willard, der dem vornehmen INDUSTRY CLUB angehörte.

»Rosa Zeiten für Dämonen«, murmelte Suko. »Jetzt kommen sie sogar noch offiziell ins Land und kriegen einen Stempel. Wenn das keine Großzügigkeit ist ...«

»Die Frage ist nur, warum man gerade uns diesen komischen Zettel geschickt hat.«

»Vielleicht kennt man dich am Zoll und weiß von deinem Job«, vermutete Suko.

»Unsinn. Der Zettel muss irgendwie anders hergekommen sein. Ich werde Glenda fragen.«

»Die ist nicht da.«

»Wo steckt sie denn?«

»Sie wollte ein Eis essen. Da der Alte ebenso vor zehn Minuten nicht im Raum war wie du, habe ich es ihr erlaubt.« Der Chinese grinste und freute sich diebisch über mein dummes Gesicht, auf dem sich deutlich die Unlust abzeichnete.

Ich hatte mal wieder einen völlig lustlosen Tag erwischt. So drei- bis viermal im Jahr, da packte es mich, da hatte ich einfach keine Lust. Vielleicht lag es auch am Wetter. Es war urplötzlich wieder warm geworden. Diese Umschwünge verkraftet nicht jeder. Zudem steckten mir die letzten Fälle noch in den Knochen, wo es verdammt hart gewesen war. Zuletzt noch in Deutschland, als wir die Roten Vampire jagten und festgestellt hatten, dass Vampiro-del-mar Herr der Roten Vampire gewesen war, wie Myxin damals Herr der Schwarzen.

Ob es da unter Umständen einen Zusammenhang gab?

Ich wusste es nicht, dachte auch nicht näher darüber

nach, sondern schaute mir die Zollbescheinigung an. Ich drehte sie so lange in der Hand herum, bis Glenda wieder auftauchte und ihren schwarzen Wuschelkopf durch den Bürotürspalt steckte.

»Hat's geschmeckt?«, rief ich.

»Danke, sehr gut.«

»Man sieht's.«

»Wieso?«

»Deine Lippen sind noch klebrig.«

Glenda verschwand wieder und wollte wohl jetzt in ihren Taschenspiegel schauen.

Suko aber meinte breit grinsend: »Du hättest ihr einen Kuss geben können, dann wäre mit ihren Lippen alles klar gewesen.«

»Ich bin im Dienst.«

»Jetzt tust du, als ob Glenda und du noch nie …« Er schwieg, denn unsere Sekretärin kehrte zurück.

»Jetzt zufrieden, großer Meister?«, fragte sie.

Ich schaute sie an. Appetitlich sah sie aus in ihrer gelben Leinenhose und dem blauen T-Shirt. Das brachte ihre Figur so richtig zur Geltung, und die war spitze. Glenda hatte die Rundungen genau dort, wo die Männer es mochten. Ihr Haar hatte sie sich vor drei Tagen umfrisieren lassen. Sie trug jetzt eine Afrolook-Frisur. Sie stand ihr gut.

»Fast, meine Liebe«, erwiderte ich. »Bis auf diese Kleinigkeit.« Dabei hob ich die Hand mit der Zollbestätigung.

»Ach die«, sagte Glenda. »Ja, die habe ich dir auf den Schreibtisch gelegt. Oder vielmehr Suko.«

»Und was ist mit diesem Dämon-Import?«

»Darauf hat mich Bill Conolly aufmerksam gemacht. Er steckt irgendwie in der Sache drin.«

Da fiel es mir ein. Bill gehörte ebenfalls zu diesem komischen INDUSTRY CLUB. Getreu nach dem Motto: Kein Engländer ohne Club. Bis auf wenige Ausnahmen, und dazu gehörte ich.

»Was hat Bill gesagt?«

Glenda hob die Schultern. »Nichts weiter. Du möchtest ihn mal anrufen, dann würde er dir mehr darüber mitteilen.«

Ich schaute auf das Formular. Entweder war es ein Witz, oder es steckte was dahinter. Ich schüttelte meine Lethargie ab und griff zum Telefonhörer.

Bei den Conollys wurde auch abgehoben. Aber nicht von den beiden Erwachsenen, sondern von Johnny.

»Onkel John!«, piepste mein Patenkind in den Hörer. »Onkel John. Wann kommst du denn mal?«

Ja, das war eine gute Frage. In der letzten Zeit hatte ich mich kaum bei den Freunden sehen lassen. Ich hatte einfach zu viel zu tun gehabt.

»Ich komme bestimmt, Johnny, glaube mir. Ich werde ganz be ...«

»Keine leeren Versprechen!«, vernahm ich eine andere Stimme. »Dir glaubt man bei uns nicht mehr.« Bill hatte seinem Sohn den Hörer aus der Hand genommen.

»Schämst du dich nicht, deinen Sohn gegen seinen Patenonkel aufzuhetzen?«, fragte ich.

»Was heißt aufhetzen? Das stimmt doch – oder?«

»In gewisser Hinsicht schon. Aber ich habe ja dich, der mir hin und wieder eine Nachricht zukommen lässt. Auch wenn es nur ein Zollformular ist wie heute.«

»Ha, ha, der Fisch hat angebissen.«

»Also ist es keine Finte.«

»Nein, John, da hat tatsächlich ein Mitglied aus dem Club einen Dämon nach England geholt. Es ging da um eine Wette. Der Mann ist nach Sri Lanka gefahren und hat es tatsächlich geschafft, den Dämon aus dem Dschungel zu schaffen.«

»Was ist das denn für einer?«

»Er heißt Sogg-Ra. Man nennt ihn auch den Affenteufel.«

»Hast du ihn gesehen?«

»Nein, noch nicht.« Bill räusperte sich. »Das soll am Abend geschehen. Sheila und ich werden hinfahren. Wir können übrigens auch Gäste mitbringen.«

»Und du dachtest an mich.«

»Genau.«

»Wer ist denn dieser Knabe, der den Dämon aus dem fernen Asien rübergeholt hat?«

»Willard, Stan Willard.«

»Ja, der Name stand auf dem Formular.« Ich überlegte einige Sekunden. »Müsste ich den Burschen kennen? Irgendwie habe ich das Gefühl, den Namen des Mannes nicht zum ersten Mal zu hören.«

»Willard macht Geschäfte.«

Das war ein Stichwort. »Vielleicht auch Waffen?«

»Es ist nichts bewiesen«, erwiderte Bill. »Man munkelt nur so einiges. Aber lassen wir Willard mal aus dem Spiel. Kommst du oder kommst du nicht?«

Normalerweise hätte ich sofort zugesagt, aber an diesem Tag hatte ich zu nichts Lust. »Mal sehen.«

»Ich brauche eine klare Antwort.«

»Bis wann?«

»Wenn es geht, sofort.«

»Kann ich auch jemanden mitbringen?« Dabei dachte ich an Glenda. Ich war ihr schließlich noch etwas schuldig.

»Ja, wenn Suko Lust hat.«

»Ihn meinte ich gerade nicht. Aber ich rufe dich gleich zurück.«

»Okay, lass dir nur nicht zu viel Zeit.«

Ich sprach mit Suko über die Sache. Er hatte wirklich keine Lust, sondern wollte sich an diesem Abend mit seiner Harley Davidson beschäftigen. Die Maschine musste mal richtig gesäubert werden.

»Nimm ruhig deine Glenda mit.«

»Sie ist nicht meine Glenda«, erwiderte ich bissig, stand auf und ging ins Vorzimmer, wo Glenda auf ihrer Maschine herumhackte.

Innerhalb von zehn Sekunden war alles klar. Glenda hatte für den Abend nichts vor und wollte mich begleiten. Zudem interessierte sie der Club.

Ich rief den Reporter wieder an und sagte zu.

»Klasse, das wird ein Fest. Für Essen und Trinken ist gesorgt. Willard hat sich den Spaß was kosten lassen.«

»Wie fahren wir?«

»Wenn wir vier Personen sind, können wir den Bentley nehmen, da ist meine Flunder zu klein.«

»Einverstanden.«

Wir verabredeten noch, dass Bill bei mir vorbeikommen sollte. Er konnte den Porsche dann in der Tiefgarage abstellen.

Suko grinste mich an.

»Was hast du?«, fragte ich bissig.

»Einen Affenteufel habe ich auch noch nicht gesehen. Pass nur auf, John!«

»Wieso und wovor soll ich aufpassen?«

Sukos Grinsen wurde noch breiter. »Dass du nicht vom Affen gebissen wirst. So etwas endet meist hinter verschlossenen Türen ...«

Pete Dryer war zwar ein Mann, er wurde aber trotzdem als Mädchen für alles bezeichnet. Das machte ihm nichts aus, denn als Hausmeister beim INDUSTRY CLUB hatte er einen krisenfesten Job. Die Clubs existierten in England sowohl in den guten als auch in den schlechten Zeiten, und Dryer arbeitete bereits seit über zwölf Jahren hier. Wenn es irgendwelche technischen Probleme gab, dann war Dryer zur Stelle und löste sie.

Man konnte den grauhaarigen Mann mit der Nickelbrille und dem Spitzbart als kleines technisches Genie bezeichnen. Der brachte es fertig und bastelte einen Computer in eine Waschmaschine um.

Dryer kannte jeden im Club. Und er wusste auch von den Marotten der einzelnen Mitglieder.

Aber was er an diesem Tag für eine Aufgabe zu erledigen hatte, das war ihm noch nie passiert. Da hatte doch tatsächlich jemand einen Dämon aus Asien mitgebracht. Dryer hatte auch den Namen gehört. Affenteufel nannte er sich.

So ein Unsinn …

Aber Stan Willard nahm die Sache ungemein ernst. Vor zwei Tagen hatte er sich mit Dryer zusammengesetzt und die Pläne für den technischen Aufwand mit ihm durchgesprochen, denn Willard wollte es sehr feierlich und aufregend machen.

Da spielte die Beleuchtung eine große Rolle. Dryer hatte dem Industriellen Vorschläge unterbreitet, wie man durch Licht die richtige Atmosphäre zaubern konnte, und der Auftraggeber war davon so begeistert gewesen, dass er Dryer eine 50-Pfund-Note in die Hand drückte.

Das war ein sehr nobles Trinkgeld.

Mit Feuereifer machte sich der Hausmeister an die Arbeit. Die nötigen Geräte waren schnell gekauft – alles ging auf Willards Rechnung –, und zusammen mit einem Bekannten sorgte Dryer für die nötige Installation. In einem Tag hatten sie alles fertig. Am Abend waren sie ziemlich geschafft, doch bis zum großen Fest waren es noch 24 Stunden. Dryer hatte genügend Zeit, noch in den Nachmittagsstunden alles genau zu überprüfen.

Er schlief in der Nacht zuvor besonders gut im Bett seiner Junggesellenbude und ging erst gegen Mittag in den Club, um die Anlagen einer letzten Inspektion zu unterziehen.

Der komische Dämon stand bereits im großen Clubraum, dessen Tür abgeschlossen war. Allerdings besaß der Hausmeister einen Schlüssel.

Bevor er in die Kellerräume ging, schaute er noch dort hinein, wo sich der Dämon befand.

Da Vorhänge die Fenster bedeckten, fiel nur wenig

Licht in den Raum. Zudem hatte es Willard sehr spannend gemacht und die Figur, oder was immer es auch sein mochte, mit einem schwarzen Tuch verhängt.

Dryer schüttelte sich. Irgendetwas störte ihn plötzlich. Es war so ein Gefühl, das er sich nicht genau erklären konnte, aber es ging von dieser seltsamen Statue aus, das stand für ihn fest.

Vielleicht auch nur Einbildung, sagte er sich, hob die Schultern und verließ seinen Platz, um in den Keller zu gehen. Dort gab es genügend Räume, die inspiziert werden mussten.

Er überprüfte die Heizungsanlage und auch den großen Sicherungskasten. Durch das Anlegen der Zusatzleitung wurden die Sicherungen strapaziert, und der Hausmeister wollte nicht, dass sie ihm durchschlugen. Er überprüfte die Stärke und war zufrieden.

Im Keller lagerten auch die Getränke. Alte Weine aus besten Lagen, hinzu kamen der edle Champagner und auch die allerbesten Whiskysorten.

Alles lag an Ort und Stelle. Wenn am späten Nachmittag das Personal eintraf, würde es gefüllte Regale vorfinden.

Im Moment herrschte noch Ruhe im Club. Er war in einem altehrwürdigen Haus in Mayfair untergebracht, das einem reichen Clubmitglied gehörte. Eigentlich trafen sich nur immer Männer hier, aber am heutigen Abend waren auch Damen zugelassen. Stan Willard hatte darauf bestanden. So etwas kam sehr selten vor. Es war ihm nur genehmigt worden, weil er die extravagante Wette gewonnen hatte.

Pete Dryer stiefelte wieder die Treppen hoch. Er dachte dabei an das fürstliche Trinkgeld, das er erhalten hatte. Wenn die anderen am Abend feierten, dann wollte er in sein Stamm-Pub gehen und ebenfalls einen draufmachen, wobei es in der Kneipe sicherlich lustiger als in dem vornehmen Club zuging. So ein Clubleben war nichts für ihn. Wahrscheinlich musste man in den entsprechenden Kreisen geboren sein, um es gut zu finden.

Wieder oben angelangt, wandte er sich nach rechts. Seine Schritte wurden schon bald von dem dicken Teppich verschluckt, mit dem der Gang ausgelegt war.

Durch die große Doppeltür betrat er die Bar, wo die schweren grünen Ledersessel standen und eine Tür zu dem Raum führte, in dem der seltsame Dämon stand.

Affenteufel wurde er genannt.

Ein sehr außergewöhnlicher Name, wie Dryer fand. So etwas hatte er noch nie im Leben gehört, aber wer wurde schon aus den Gebräuchen und Sitten ferner Kulturen schlau? Er jedenfalls nicht.

Pete holte den Schlüssel aus der rechten Kitteltasche und schloss die Mahagonitür auf, damit er den Raum betreten konnte, wo der Dämon stand. Er wollte noch einmal die Beleuchtung überprüfen und wandte sich nach links, wo er einen Zusatzschalter angebracht hatte, von dem aus die Lichtanlage zu steuern war.

Auf das kleine Podest, wo der Dämon stehen sollte, achtete er nicht. Sein Weg führte ihn direkt zum Schalter, den er mit einem Griff umlegte.

Sofort flammte das Licht auf.

Es waren scharf gebündelte Strahlen, allerdings gedämpft und mit farbigen Filtern versehen. Sie stießen von allen Seiten auf ein bestimmtes Ziel zu – das Podest.

Pete Dryer drehte sich um, schaute auf den Mittelpunkt, wo sich die Strahlen sammelten, und seine Augen weiteten sich vor Staunen und auch vor Schreck.

Das Podest war leer!

Eine Weile tat der Hausmeister überhaupt nichts. Er stand nur da und staunte mit offenem Mund. »Das gibt es doch nicht!«, flüsterte er. »Das ist unmöglich – nicht zu fassen …«

Er schüttelte den Kopf, hob dabei die Schultern, als

würde er frösteln, und ging langsam auf das Podest zu.

Leer war es nicht. Dort lag das Tuch, das bis vor kurzem noch die seltsame Trophäe eingehüllt hatte.

Und jetzt war der Dämon verschwunden.

Als Pete Dryer das Podest erreichte, hob er das Tuch hoch. Vielleicht lag da der Affenteufel, aber er sah nur das dunkel angestrichene und leere Holzgestell.

Ansonsten war nichts vorhanden.

Dryer stöhnte auf. Dabei schüttelte er den Kopf. So etwas hätte er sich nie träumen lassen. Das war ein Ding der Unmöglichkeit. Da wurde man ja direkt verrückt und konnte an Gespenster glauben. Das wiederum wollte Pete Dryer nicht. Deshalb drehte er sich um und ging wieder zur Tür. Für ihn gab es nur eine Möglichkeit. Jemand hatte den Affenteufel klammheimlich gestohlen.

Nur – wer sollte das getan haben?

Eine sehr berechtigte Frage, denn Dryer hatte sich in der letzten halben Stunde im Haus aufgehalten und keinen Dieb gesehen. Dabei hätte er einen Eindringling bemerken müssen. Zudem war der menschengroße Dämon nicht leicht zu transportieren.

In Luft konnte er sich auch nicht aufgelöst haben. Blieb also nur der Einbrecher und Dieb.

Petes Knie begannen zu zittern, als er daran dachte, dass er nun Stan Willard anrufen musste. Er kannte Willard zwar nicht sehr genau, aber er wusste von seinem Jähzorn.

Der Mann würde ihn fertig machen.

Pete brach der Schweiß aus, Angst stieg in ihm hoch.

Wie er Mr. Willard den Diebstahl beibringen sollte, das wusste er nicht. Die nötigen Worte würden ihm fehlen, davon war er fest überzeugt, und er spürte, dass sich sein Herzschlag verdoppelt hatte. Weich wurde ihm in den Knien. Er steuerte einen der Ledersessel in der Bar an und ließ sich hineinfallen.

In den zwölf Jahren war ihm noch nie so etwas passiert. Dabei hatte er geglaubt, einen krisenfesten Job zu haben, doch nachdem diese Panne passiert war, würden sie ihn feuern.

Stan Willard besaß Einfluss im Club. Es kostete ihn nur ein Fingerschnicken, und Dryer war seinen Job los.

So sah es aus.

Die Rufnummern der Mitglieder kannte er zwar nicht auswendig, er wusste jedoch, wo sie aufgeführt waren. Hinter der Theke in der rechten Schublade lag eine Kladde mit den entsprechenden Informationen.

Pete Dryer stemmte sich wieder hoch. Er hatte sich noch nicht richtig hingestellt, als er das Geräusch vernahm.

Es war ein Schaben oder Atmen. Und es war innerhalb des Raumes aufgeklungen, in dem er sich befand.

Geduckt blieb Pete stehen.

Hier in der Bar waren zwar keine Vorhänge vor den Fenstern, aber die Scheiben bestanden aus dickem grünlichem Glas, waren innerhalb des Rahmens nur kleine Teilstücke, die ein Ganzes bildeten. Sie absorbierten einen Teil des Tageslichts, sodass der Raum nie in strahlender Helligkeit lag.

Pete Dryers Hände wurden feucht. Seine Zungenspitze huschte nervös über die Lippen, über seinen Rücken kroch eine Gänsehaut, und er musste sich erst die Kehle frei räuspern, bevor er fragen konnte: »Ist hier jemand?«

Natürlich erhielt er keine Antwort. Der Dieb, falls er sich tatsächlich im Raum aufhielt, würde sich hüten, etwas zu erwidern. Der wartete ab und lauerte.

Jetzt hätte Pete Dryer gern eine Waffe gehabt, aber er hatte es immer versäumt, sich eine Pistole zu besorgen. Nun machte er sich große Vorwürfe.

Bis jetzt hatte er das Geräusch nur einmal gehört, und er wollte schon an eine Täuschung glauben, als er es ein zweites Mal vernahm. Diesmal allerdings anders klingend. Da war ein widerliches Schlürfen zu vernehmen, das in ein Hecheln überging und bei dem Hausmeister eine Gänsehaut erzeugte.

Also doch!

Dryer schielte zur Tür. Flucht! Sollte er weglaufen und alles im Stich lassen?

Er wusste es nicht, und er stellte fest, dass er doppelte Angst hatte. Erst einmal vor dem Unbekannten, das hier lauerte, und dann auch vor Stan Willard, dem er den Diebstahl seiner Trophäe irgendwie erklären musste.

Wenn er jetzt nachschaute, konnte er vielleicht den Dieb erwischen, und Willard würde nichts erfahren.

Innerlich zitterte er, als er an der äußeren Seite der Mahagoni-Theke entlang schlich, wobei er sich nicht traute, darüber zu schauen. Er wollte erst hinter die Theke blicken, wenn er das Ende erreicht hatte.

Mit einem halben Schritt konnte er sie umrunden. Noch tiefer duckte er sich, ging den halben Schritt vor, schaute in den Gang zwischen rückwärtiger Bar und Theke, sah einen seltsamen Umriss und spürte plötzlich die Berührung an seinem Bein.

Da hatte der andere ihn.

Es war ein eisenharter Griff, der Dryer so plötzlich gepackt hielt, dass er unfähig war, sich zu bewegen. Als er etwas unternehmen wollte, da griff die nächste Hand zu. Sie erwischte ihn am linken Bein, und er spürte eine dritte und eine vierte Hand an den Schultern.

Im nächsten Augenblick wurde er wuchtig nach vorn gerissen. Er fiel hart auf den Boden. Abstützen konnte er sich nicht. Deshalb schlug er mit dem Gesicht auf, und aus seiner Nase rann sofort das Blut.

Pete Dryer stöhnte vor Schmerzen auf. Er merkte kaum, dass ihn die Hände losließen, einen Sekundenbruchteil später jedoch wieder an einer anderen Stelle seines Körpers waren.

Er fühlte sie überall. Sie wechselten blitzschnell, und eine Hand griff noch einmal zu, als sie über seine Brust kroch und sich seinem Hals näherte.

Plötzlich bekam der Mann keine Luft mehr. Pete Dryer wollte noch atmen. Nicht einmal ein Röcheln drang über seine Lippen. Der eisenharte Griff hatte ihm die Luftzufuhr abgeschnürt. Wenn der andere ihn weiterhin so festhielt, dann würde er ersticken.

Sogg-Ra, der Affendämon, stieß hechelnde Laute aus. Dazwischen knirschte er mit seinem Gebiss.

Dryer hörte das Geräusch. Es gelang ihm, den Kopf zu drehen. Zum ersten Mal sah er das Gesicht oder vielmehr die unheimliche Schnauze seines Gegners.

Es war grauenhaft …

Wie das Maul eines Krokodils sah die Schnauze aus, vielleicht sogar noch größer, als der Affenteufel sie jetzt aufriss und den entsetzten Pete Dryer in einen mörderischen Rachen schauen ließ.

Es war das Letzte, was der Hausmeister in seinem Leben wahrnahm. Er wurde noch einmal hochgerissen. Das Maul öffnete sich bis zum Anschlag, und im nächsten Augenblick schoben die drei anderen Klauen den Menschen Pete Dryer weiter auf die Öffnung zu, wo er mit dem Kopf zuerst verschwand.

Dann ging alles blitzschnell. Die Hände arbeiteten wie Roboter. Sie stießen und drückten, sodass der Körper des Hausmeisters immer mehr verschwand.

Niemand war Zeuge dieses grausamen Vorfalls, und keiner hörte die schrecklichen Laute …

Ich wusste, was ich bei so einem Besuch im Club mir selbst und den anderen schuldig war, denn blamieren wollte ich mich nicht. Also stieg ich in meinen dunkelblauen Anzug mit feinen Nadelstreifen, ein frisches Hemd hatte ich sowieso übergestreift, und band die dezente Krawatte. Richtig wohl fühlte ich mich nicht.

Vor allen Dingen bei der abendlichen Wärme wollte ich nicht gern in so einem Anzug herumlaufen, und deshalb öffnete ich den obersten Hemdknopf, um mir ein wenig Erleichterung zu verschaffen.

Ich war kaum in die Jacke gestiegen, als es schellte. Die Conollys waren pünktlich.

Durch die Sprechanlage hörte ich Bills Stimme. »Sollen wir raufkommen?«

»Nein, nicht nötig. Außerdem bekäme Sheila einen Anfall, wenn sie sähe, wie es bei mir aussieht.«

»Du solltest heiraten, mein Junge.«

»Ja, aber in meinem zweiten Leben.«

Etwas hatte ich noch vergessen. Es war die Beretta. Ich hatte mir angewöhnt, nie mehr ohne sie irgendwohin zu fahren, denn die Vergangenheit hatte mich gelehrt, mehr als vorsichtig zu sein. Ich war früher waffenlos zu Feiern oder Festen gegangen und hatte böse Überraschungen erlebt.

Der Lift brachte mich schnell in die Tiefgarage. Dort wurde ich von den Conollys begrüßt.

Bill trug ein weißes Dinnerjackett und eine schwarze Hose. Die weinrote Fliege saß korrekt, aber dem verkniffenen Gesicht meines Freundes merkte ich an, dass er sich nicht wohl fühlte. Da hatte Sheila bei ihm mal wieder zugeschlagen.

Mich bedachte sie mit einem sehr kritischen Blick.

»Reizend siehst du aus, Mädchen«, sagte ich und drückte ihr zwei Küsse auf die Wangen.

»Und bei dir ist der oberste Hemdenknopf nicht geschlossen«, bemerkte sie spitz, was Bill zu der Erwiderung veranlasste: »Wo rohe Kräfte sinnlos walten, da kann kein Knopf die Hose halten!«

Sheila schaute ihn schräg an. »Lässt du im Club auch solche Sprüche los?«

»Ja. Warum fragst du?«

»Dann wundert es mich, dass sie dich noch nicht rausgeworfen haben, mein Lieber.«

»Die brauchen ja einen Pausenclown«, sagte ich.

»Jetzt fällst du mir auch noch in den Rücken«, beschwerte sich Bill und kletterte in seinen Porsche, um ihn zur Seite zu lenken.

Ich fuhr den Bentley aus der Lücke, danach stiegen die Conollys ein.

Sheila hatte sich ebenfalls sehr schick gemacht. Weiß war ja die Modefarbe des Sommers. Sie trug ein einfaches weißes Kleid, das in seiner Schlichtheit bestach. An der Taille wurde es von einem Goldgürtel umrahmt, der wie eine Sonne strahlte, wenn er vom Licht getroffen wurde.

Wie immer war sie dezent geschminkt, ihr Parfüm war leicht und roch irgendwie erfrischend.

Wir fuhren erst noch bei Glenda vorbei, holten sie ab, und ich konnte mir ein anerkennendes Nicken nicht verkneifen, als ich meine Sekretärin in ihrem Zweiteiler sah. Blauweiß war der Rock gestreift. Dazu trug sie ein knallrotes Sonnentop mit dünnen Trägern und eine leichte, kurze Jacke, in Farbe und Material gleich wie der Rock.

Auf einen BH hatte Glenda verzichtet. Unter dem Sonnentop malten sich die Formen ihres Busens ab. Nur gut, dass sie hinten eingestiegen war und neben Sheila saß. Sie hätte mich doch zu leicht ablenken können.

Bill sprach eine alte Wahrheit gelassen aus. »Weißt du, dass die Kurven, die neben dir sitzen, zumeist die gefährlichsten für einen Autofahrer sind?«

Worauf Sheila meinte: »Du willst doch nicht behaupten, Bill, dass du Kurven hast.«

»Doch, eckige«, gab ich zurück. »Er ist eben paradox.«

Wir flachsten ein wenig herum. Ich sah zu, dass wir auf die Regent Street kamen. Westlich dieser bekannten Straße liegt der Stadtteil Mayfair.

Wir überquerten noch die New Bond Street, erreichten über die Grosvenor Street das Roosevelt Memorial, fuhren daran vorbei und bogen nach links ab, wo es schon in Richtung Hyde Park ging.

Unser Ziel lag in der Deanery Street. Zwar nahe am Park, aber nicht so von dem sommerlichen Trubel erfasst, der den Park um diese Zeit Tag und Nacht erfüllte.

Natürlich hatte der Club einen eigenen kleinen Parkplatz. Sogar ein uniformierter Wärter winkte uns ein, nachdem Bill seinen Clubausweis gezeigt hatte. Ich steuerte den Bentley in die Lücke zwischen einem Rolls und einem flaschengrünen Jaguar.

Es stand auch noch ein Bentley da, aber ein neueres Modell als meiner es war.

Um das Haus zu betreten, brauchten wir den Parkplatz nicht erst zu verlassen, sondern schritten durch eine Hintertür, über der ein schmaler Baldachin seinen Halbkreis warf.

Wieder empfing uns ein Livrierter. Mein Gott, war das vornehm. Auch die schon anwesenden Gäste sprachen nur gedämpft. In die Stimmen klang hin und wieder das Klingen von Gläsern, die gegeneinander gestoßen wurden.

Wir gingen in den großen Barraum. Glenda hatte sich bei mir eingehängt. Manchmal drückte sie sich bewusst gegen mich. Ich spürte ihren Körper und musste ein paar Mal tief schlucken.

Plötzlich fragte sie: »Denkst du manchmal noch an Jane Collins?«

Die Frage war wie ein Nadelstich. Wenn ich verneint hätte, dann hätte ich gelogen. Ja, ich dachte oft an sie, denn der anderen Seite war es gelungen, sie mir wegzunehmen. In sie war der Geist des unheilvollen Rippers gefahren, und Wikka, die Oberhexe, hatte die Chance sofort erkannt. Es war ihr tatsächlich gelungen, die Detektivin Jane Collins auf ihre Seite zu ziehen.

Wir hatten uns schon gegenübergestanden. Allerdings als Feinde. Und ich werde nie den hasserfüllten Ausdruck ihrer Augen vergessen, mit dem sie mich angeschaut hatte.

»Lassen wir das Thema!«, flüsterte Glenda. »Und entschuldige bitte.«

»Du brauchst dich nicht zu entschuldigen«, erwiderte ich mit leiser Stimme. »Natürlich denke ich an sie, vor allen Dingen an ihr Schicksal.«

»Wird Wikka sie jemals wieder frei geben, oder kannst du sie von dem Bann erlösen?«

Ich hob die Schultern. »Das ist die Frage. Meiner Ansicht nach stehen die Chancen schlecht.«

»Aber du gibst nicht auf!«

»Natürlich nicht.«

Glenda blieb stehen, sodass ich zwangsläufig auch nicht weiterging. »Und was ist mit Nadine Berger?«, fragte sie.

Da hatte sie ebenfalls ein heißes Eisen angeschnitten. Nadine, die Filmschauspielerin, war in einen tödlichen Kreislauf hineingeraten. Der Angriff eines gewaltigen Monsters hatte ihrem Leben ein Ende bereitet, doch ihre Seele war in den Körper eines Wolfs übergegangen und existierte dort weiter.

Nadine war eine Wölfin. Sie lebte bei den Conollys und hielt ein waches Auge auf den kleinen Johnny.

»Ich weiß nicht, ob ich sie noch einmal befreien kann«, sagte ich leise. »Aber die Hoffnung habe ich trotzdem nicht aufgegeben.«

Bill stieß mich an. »He, John, du ziehst ein Gesicht, als müsstest du gleich wieder ins Büro. Komm mit, ich werde dich mit einigen Clubfreunden bekannt machen!«

Wir gingen zur Bar. Ältere Frauen warfen Glenda schiefe Blicke zu. Was meine Sekretärin hatte, versuchten sie, durch Schminke und andere kosmetische Zugaben zu erreichen.

Ich erfuhr einige Namen, sah Männer, die ich von Zeitungsfotos kannte, und entdeckte Größen aus der Stadtpolitik und der Wirtschaft. Adelige waren kaum vertreten, die hatten andere Clubs, denn sie gehörten wieder einer anderen Schicht an.

Dann kam Stan Willard, dem wir den Trubel zu verdanken hatten. Einen hellblauen Smoking trug er und hatte das blonde Haar geföhnt. Das Gesicht hatte genau die richtige Urlaubsbräune.

Sein Lächeln zeigte das Strahlen des geborenen Siegers. Er war breitschultrig, hatte schmale Hüften, und man konnte ihn als Bild von Mann bezeichnen. Allerdings befand er sich nicht in weiblicher Begleitung.

Wir standen mit den Conollys an der Bar. Die Frauen schlürften Champagner. Bill und ich nippten an unseren Whiskys. Ich stieß Glenda an, und sie hob den Blick. »Wie gefällt er dir so als Mann?«

Glenda schaute für einen Moment hinüber. Gleichzeitig guckte auch Stan Willard, und in seinen Augen blitzte plötzlich Interesse auf. Er drehte sich ein wenig um, schaute sofort wieder weg, lenkte allerdings seine Schritte auf die Bar zu.

Glenda hob die Schultern. »Ich weiß nicht so recht«, sagte sie.

»Wieso?«

»Rein äußerlich ist er der Typ, bei dem Frauen zittrige Knie kriegen, aber davon soll man sich nicht täuschen lassen. Sein Lächeln ist eine Maske, denn die Augen reden eine völlig andere Sprache.«

Das hatte sie gut gesagt. Ich dachte ähnlich, hatte Glenda allerdings in ihrem Urteil nicht beeinflussen wollen. Natürlich wurde Willard begrüßt. Ich sah einige Frauen, die ihn verstohlen anhimmelten.

Sheila dagegen blieb ziemlich gelassen und schaute skeptisch. Ich tippte ihr auf die Schulter, und sie drehte sich um.

»Kennst du ihn näher, Sheila?«

Sie schüttelte den Kopf. »Dreimal habe ich ihn höchstens gesehen. Ein arroganter, widerlicher Bursche. Du wirst es sicherlich noch merken, John.«

»Bin gespannt.«

Willard hatte uns fast erreicht. Sein Strahlemann-Lächeln vertiefte sich noch mehr, als er Sheila begrüßte und mit seinen Augen auf Glenda Perkins schielte. Dann tat er so, als würde er sie erst jetzt entdecken. Fast enthusiastisch rief er: »Ein neues Gesicht auf meinem kleinen Fest. Nein, das freut mich.«

»Och, das Gesicht habe ich schon über zwanzig Jahre«, konterte meine Sekretärin, und ich hätte vor Lachen fast den guten Whisky ausgespien.

Für den Bruchteil einer Sekunde verzerrten sich seine Mundwinkel, dann hatte er sich entschlossen, die Antwort als einen Scherz aufzufassen, und erwiderte: »Klug, schön und schlagfertig. So etwas findet man selten. Darf ich mich vorstellen? Mein Name ist Stan Willard. Sie können mich Stan nennen.«

Auch Glenda nannte ihren Namen. Dann wurde ich von dem Mann begrüßt. Er tat es fast widerwillig, obwohl Bill bei der Vorstellung meinen Beruf nicht erwähnte.

»Auch ein neues Clubmitglied?«

»Nein, Stan, ein Gast von mir.«

»Aha. Welche Branche?«

Ach je, da fing er schon mit Geschäften an. Ich war gerade in Form und gab ihm die richtige Antwort. »Kühlschränke.«

Er wiegte den Kopf. »Nicht sehr zukunftssicher, die Konkurrenz ist zu stark. Exportieren Sie?«

»Natürlich.«

»Wo liegen Ihre Märkte?«

»Grönland und Antarktis«, erwiderte ich mit dem ernstesten Gesicht der Welt.

Das kriegte er natürlich in die falsche Kehle. Fast

hätte er Gift und Galle gespuckt. Da die anderen jedoch lachten, blieb ihm nichts anderes übrig, als es auch zu tun. Glenda stieß mich zweimal an. Ein Beweis, dass ihr meine Antwort sehr gefallen hatte.

Ich entschuldigte mich für einen Moment. Es war mir in der Bar zu heiß geworden, und ich wollte mich ein wenig frisch machen. Wo es zu den Waschräumen ging, erfuhr ich von einem Angestellten.

Ich betrat einen Flur und sah am Ende zwei Mahagonitüren. Eine für Männer und die andere für Frauen.

Eine steril wirkende Bläue nahm mich auf. Die Fliesen wirkten blass. Sie waren hellweiß von der Grundfarbe her, nur die blauen, schlierenartigen Einschlüsse lockerten diese Kälte ein wenig auf.

Zur Toilette brauchte ich nicht, ich wollte mich nur ein wenig erfrischen. Da ich mich allein im Waschraum befand, konnte ich mein Jackett ruhig ausziehen. Niemand würde die Waffe im Holster erkennen.

Das Wasser floss erst aus dem Kran, wenn man mit dem Fuß auf einen Kontaktknopf am Boden trat. Über dem Waschbecken nahm die große Spiegelfront die gesamte Wand ein. Ich schaute mehr in den Spiegel und konzentrierte mich zudem auf das Waschen der Hände, anstatt nach unten zu blicken. Das hätte ich besser tun sollen. So wurde ich völlig überrascht, als etwas gegen meine Knöchel stieß.

Ich trat einen Schritt zurück, schaute nach unten und glaubte, meinen Augen nicht trauen zu können.

Vor mir auf dem Boden lag eine abgeschlagene Hand.

Und sie bewegte sich!

Es war ein makabres Bild. Obwohl die Hand nicht mehr mit einem Arm verbunden war, lebte sie. Und sie wollte nach meinem Fuß fassen.

Blitzschnell reagierte ich und zog das Bein zur Seite. Die fünf Finger, bereits im Begriff, eine Klaue zu bilden, fassten ins Leere. Nägel schabten über die Fliesen, kratzten an den Rändern entlang, und zwei von ihnen brachen.

Als ich zurückgesprungen war, endete auch der Wasserstrahl, und ich konnte mich auf die Hand konzentrieren.

Der Waschraum war durch das Licht der Leuchtstofflampe unter der Decke strahlend hell. Zusätzlich befand sich noch über der Spiegelfront eine Lichtleiste, sodass ich jede Einzelheit dieser makabren Hand erkennen konnte.

Die Haut hatte einen bräunlichen Schimmer, der bewies, dass sie nicht von einer hellhäutigen Person stammen konnte. Sie war allerdings auch nicht alt wie die einer Mumie oder stockig, wie ich es von Zombies kannte, sondern völlig normal. Als sich die Finger wieder streckten, fielen mir die Fingernägel auf. Sie hatten keine runde Form, sondern waren länglich, fast oval. Deutlich stachen die hellen Halbmonde hervor. An der Trennstelle, wo die Hand mit dem Arm verbunden gewesen war, erkannte ich einen glatten Schnitt, als hätte sie jemand mit einem Messer kurz durchgehackt.

Eine schreckliche Szene, ein Bild zum Fürchten, für mich ein kalter, nackter Horror, der nicht nur dann auftrat, wenn man sich in irgendwelchen Burgen, Grüften oder finsteren Friedhöfen herumtrieb, sondern hier besonders deutlich wurde.

Ich musste etwas tun, denn die Hand war darauf programmiert, mich anzugreifen.

Ich trug die Beretta bei mir und natürlich das Kreuz. Die Pistole wollte ich nicht einsetzen, also musste es mein Kreuz tun. Den Krawattenknoten riss ich weiter auf, öffnete auch die nächsten Hemdknöpfe und konnte das Kruzifix hervorziehen. Ich war gespannt, wie die Klaue auf eine Berührung reagierte.

Vorsichtig streifte ich die Kette über den Kopf und behielt das Kreuz locker in der Hand. Dabei bückte ich mich und näherte meine weißmagische Waffe der auf dem Boden liegenden Klaue, die sich noch immer nicht gedreht hatte, sondern mir nach wie vor ihren Rücken zeigte. Intervallweise ging ich in die Hocke. Dabei achtete ich darauf, immer so viel Abstand zu halten, dass ich noch ausweichen konnte, wenn mich die Hand angriff.

Und sie griff an.

Plötzlich wuchtete sie sich vom Boden hoch, flog auf mich zu und wollte mich packen.

Ich war schneller. Meinen Arm nahm ich zur Seite, stieß ihn sofort wieder vor, und als die Hand zupackte, hinderte ich sie nicht mehr daran, denn da griffen ihre Finger genau in das aus meiner Faust ragende Kreuz.

Jetzt musste es geschehen!

Es geschah aber nichts.

Das Kreuz zeigte überhaupt keine Wirkung. Die Hand hielt es umklammert, zerrte daran und versuchte, es mir aus der Faust zu reißen.

Zum ersten Mal spürte ich die Kraft dieser Klaue. Sofort befürchtete ich, dass sie stärker sein würde als ich. Ich hielt dagegen, doch ihrem Druck konnte ich nicht standhalten.

Sie riss mich förmlich weiter.

So etwas hatte ich selten erlebt, und ein gewaltiger Kampf um das Kreuz entbrannte.

Ich nahm meine andere Hand zu Hilfe, hämmerte sie auf die Klaue und wollte, dass sie das Kreuz losließ.

Sie tat es nicht.

Immer wieder schleuderte die Hand nach oben oder unten, versuchte sich aus meinem Griff zu winden, doch ich hatte jetzt mit beiden Händen zugepackt und dachte nicht im Traum daran, loszulassen.

Ihre Kräfte waren enorm. Schon bald erfüllte mein Keuchen den Waschraum. Die Klaue machte mir unheimlich zu schaffen. Sie schleuderte mich hin und her, von einer Seite zur anderen. Ich stolperte, krachte gegen die Wand, wurde wieder nach vorn gezogen und geriet in die Nähe der Waschbecken, wogegen ich auch mit der Hüfte stieß.

Konnte ich diese verdammte Hand überhaupt besiegen?

Einmal streckte ich beide Arme aus, hob die Klaue hoch und rannte mit ihr zwischen den Fingern auf die Wand zu, wo ich sie hart gegen hieb.

Eine normale menschliche Hand hätte das nicht überstanden. Sämtliche Finger wären ihr gebrochen worden, aber das große Wunder geschah. Ich spürte den Aufprall ebenfalls – und mein Kreuz war frei.

Plötzlich hielt ich es wieder fest, weil sich die Finger der Klaue gelöst hatten.

Vor Erleichterung stöhnte ich auf und ging erschöpft in die Knie. Damit hatte ich nicht gerechnet. Eine längere Pause wollte ich mir nicht gönnen. Außerdem wusste ich nicht, ob ich die Klaue tatsächlich besiegt hatte. Mein Kreuz steckte ich sicherheitshalber in die Tasche.

Die Hand kroch über den Boden. Ihre Finger bewegten sich schnell und glitten auf den Ausgang des Waschraums zu, dessen Tür in diesem Moment aufgestoßen wurde.

Eine Gestalt stand auf der Schwelle.

War ich vorhin schon überrascht worden, so erlebte ich jetzt die zweite Überraschung. Der Mann auf der Türschwelle passte nicht nach Europa, sondern in einen anderen, fernen Erdteil. Er trug die Kleidung eines Medizinmannes, und er hatte den rechten Arm ausgestreckt, wobei man nur von einem Stumpf sprechen konnte, denn ihm fehlte die Hand …

Dieses Bild hatte mich so erschreckt, dass ich nicht fähig war, auf den anderen zuzulaufen. Ich blieb stehen und starrte ihn an. Sein Gesicht war mit Farben bemalt, sodass ich von seiner eigentlichen Haut nichts sah, rechnete allerdings damit, dass sie die gleiche Farbe hatte wie die Hand.

Im Moment spielte es keine Rolle. Wenn jemand mehr wusste, dann dieser Medizinmann.

Ich startete.

Wieder einmal legte mich der andere rein. Die Klaue hatte mich schon genarrt, und der seltsame Medizinmann tat das Gleiche. Bevor ich mich versah, hatte er kehrtgemacht und die Tür des Waschraums zugerammt. Ich flog dagegen, denn meinen eigenen Schwung konnte ich nicht rechtzeitig stoppen.

Dadurch verlor ich wertvolle Sekunden, fand schließlich die Klinke, hämmerte sie nach unten und riss die Tür auf. Einen Herzschlag später stand ich in einem leeren Gang. Von dem seltsamen Medizinmann war nichts zu sehen.

Es gab allerdings nur eine Richtung, in die er gelaufen sein konnte. Nach links, und diese Richtung schlug ich ebenfalls ein. Wie ich schon erwähnte, auf dem Boden lag ein dicker Teppich, sodass meine Schritte so gut wie nicht zu hören waren. Allerdings hatte mein Gegner den gleichen Vorteil.

Wie ein Irrwisch hetzte ich um die Ecke und wäre fast mit einem Mann zusammengestoßen, der mir plötzlich im Weg stand.

Rechtzeitig genug konnte ich abstoppen, sodass ich ihn nur an der Schulter streifte.

Ich murmelte eine Entschuldigung.

Der Mann im grauen Kittel nickte und rückte seine Brille zurecht. »Wo wollen Sie denn hin, Sir?«

Ich hatte schon weiterlaufen wollen, hielt jetzt allerdings inne und dachte daran, dass der andere vielleicht meine Fragen beantworten konnte.

Ich holte tief Luft, während ich an ihm vorbeischaute. »Hören Sie, stehen Sie hier schon lange?«

»Ja und nein. Wie man es nimmt. Ich bin nämlich der Hausmeister und für den technischen Ablauf verantwortlich sowie für die Dinge, die hier so passieren.«

»Haben Sie vielleicht einen Mann gesehen, der folgendermaßen aussah?« Ich gab ihm eine genaue Beschreibung des Medizinmannes und kam mir dabei lächerlich vor, weil der Kerl so komisch aussah.

Der Hausmeister aber blieb ernst und fragte: »Den Mann suchen Sie also? Ja, den habe ich gesehen.«

»Wo?«

»Er ist hier in meiner Nähe vorbeigelaufen.«

»Und wo finde ich ihn jetzt?«

Der Hausmeister runzelte die Stirn und fasste an seine Brille. »Wissen Sie, Mister.« Er lächelte. »So richtig habe ich nicht hingeschaut, aber ich kann mir vorstellen, dass er sich verkrochen hat. Vielleicht im Keller.«

»Wie komme ich dorthin?«

Er schaute mich scharf an. »Ich weiß nicht, ob ich Sie so einfach in die Kellerräume …«

»Doch, Sie können«, erwiderte ich, holte meinen Ausweis hervor und hörte gleichzeitig, wie in dem großen Barraum laut geklatscht wurde. Dort ahnten die Versammelten wohl kaum, was sich in der Nähe abgespielt hatte.

»Polizei?« Er fragte es nicht einmal erschrocken oder ängstlich, sondern eher verwundert.

»Ja.«

»Sind Sie …?«

»Ich bin Gast hier«, entgegnete ich scharf. »Und nun zeigen Sie mir bitte den Keller.«

»Wie Sie wünschen, Sir.« Der Hausmeister deutete sogar eine Verbeugung an, die allerdings aus dem Spott heraus geboren sein musste. Mir war der Kerl nicht geheuer. Nicht vom Äußeren her, aber seine

Antworten gefielen mir nicht. Vom Gefühl her traute ich dem Kerl nicht über den Weg, obwohl ich mich jetzt auf ihn verlassen musste, denn er wollte mir den Keller zeigen, wo sich angeblich dieser seltsame Medizinmann versteckt hielt.

Während des Gesprächs hatte ich mich hin und wieder umgeschaut. Die makabre Hand war nicht mehr zu sehen gewesen. Einfach verschwunden. Vielleicht hatte sie sich versteckt, wer konnte das wissen?

»Bitte sehr.« Der Hausmeister deutete nach vorn, ein Zeichen, dass ich ihm folgen sollte.

Das tat ich auch. Wir stiegen nicht über eine Treppe in den Keller hinab. Die gab es sicherlich auch, aber wie es sich für einen Club dieser Art gehörte, existierte auch ein Fahrstuhl. Er war für Lasten konstruiert und dementsprechend breit. Der Hausmeister musste kräftig ziehen, um die Eisentür aufzubekommen.

Ich ließ den Mann vorgehen. Er nickte, lächelte seltsam und betrat den Fahrstuhl. Auch die Trittfläche bestand aus Metall. Einzelne Stücke waren zusammengenietet worden.

»Bitte, ziehen Sie die Tür zu, Sir«, bat er mich.

Ich tat es, wobei ich ihm noch einen schrägen Blick zuwarf. Er stand mir gegenüber an der Rückwand, und ich hielt mich dort auf, wo sich die Knopfleiste befand.

Ich vergrub den untersten Knopf unter meinem Finger. Die Kabine schüttelte sich, als hätte eine Riesenfaust auf sie geschlagen, und im nächsten Augenblick öffnete sich unter mir der Boden …

Ich wurde überrascht wie selten in meinem Leben. Der Fußboden teilte sich in zwei Hälften, eine klappte unter meinen Füßen weg, wobei ich Glück im Unglück hatte, denn ich konnte mich noch nach vorn werfen und meinen Arm ausstrecken.

Zuerst klatschte meine Hand gegen die innere Seite der Fahrstuhltür und rutschte nach unten. Dann griff ich hart zu, sodass ich den Türgriff zu fassen bekam.

An ihm hielt ich mich fest.

Ich schielte an meinem Körper hinab. Nicht der gesamte Boden war nach unten geklappt. An den Innenseiten befand sich ein schmaler Randstreifen, nicht breiter als mein Schuhabsatz. An ihm konnte ich mich abstützen. Einen sicheren Halt fand ich aber nicht auf Dauer, denn mein linker Fuß baumelte über dem Abgrund. Langsam zog ich ihn heran.

Nun stand ich mit beiden Füßen auf der schmalen Leiste und hatte mich an den Türgriff geklammert. Es war eine miese Position. Ich konnte nicht gerade stehen, sondern kauerte und klammerte mich dabei fest.

Ich musste an den Hausmeister denken, der sich sicherlich nicht hatte halten können, und rief nach ihm.

Eine Antwort erhielt ich nicht. Allerdings wollte ich wissen, was mit ihm geschehen war. Dazu musste ich den Kopf drehen und in die Tiefe schauen.

Eine nicht einfache Sache, denn den Griff durfte ich auf keinen Fall loslassen.

Endlich konnte ich etwas sehen.

Der Hausmeister war ebenfalls gefallen. Er stand unter mir, wurde von einer seltsamen Lichtaura umhüllt, hatte seinen Kopf in den Nacken gelegt und starrte zu mir hoch.

Ein widerliches Grinsen lag auf seinem Gesicht und machte mir klar, dass dieser Mann nicht so harmlos war, wie er sich gegeben hatte. Er steckte mit den anderen, meinen unbekannten Gegnern, unter einer Decke. Zudem gab er mir noch einen schaurigen Beweis.

Er griff in seine rechte Tasche und holte etwas hervor, das ich noch nicht erkennen konnte. Erst als er seinen Arm hochhielt, sah ich, was er zwischen den Fingern hielt.

Es war die Hand, die mich hatte erwürgen wollen!

Die Clubmitglieder hatten die ersten Hemmungen überwunden, und da sich Stan Willard die Sache etwas hatte kosten lassen, sprachen die Gäste dem Champagner zu.

Nur die beiden Conollys und Glenda Perkins hielten sich zurück. Ihnen war anzumerken, dass sie sich Gedanken machten, denn Bill schaute immer öfter auf die Uhr.

»Also, das verstehe ich nicht«, sagte er und schüttelte den Kopf. »Der kann doch nicht ins Klosett gefallen sein.«

Sheila musste ein wenig lächeln, doch es war nur ein Zucken der Mundwinkel. Zu mehr war sie nicht in der Lage, denn auch ihr war das Fernbleiben des Geisterjägers nicht geheuer.

Glenda drückte ihre Zigarette aus und schaute auf ihr Glas. »Vielleicht ist ihm etwas passiert.«

Daran hatte natürlich jeder gedacht, obwohl es niemand so recht aussprach. Auch Bill wehrte sich noch dagegen, indem er erwiderte: »Was soll denn hier passieren? Wir sind ein Club und kein Hort für Dämonen oder irgendetwas.«

»Glaubst du daran?«, fragte Sheila.

»Wie …?« Bill zeigte sich ein wenig verwirrt.

»An deine Worte.«

»Sicher, ich habe es ernst gemeint.«

Sheila winkte ab. »Du konntest schon immer schlecht lügen, mein Lieber. Ich sehe das anders.«

»Und wie?«

»Du kennst deinen Freund John sehr lange. Ihr beide zieht die Dämonen an wie das Licht die Motten. Dafür könnt ihr nichts, aber es ist so.«

Sheila Conolly schaute zu Glenda hin, die ostentativ nickte.

»Du siehst, Glenda ist auch meiner Ansicht. Deshalb möchte ich dich bitten, nachzuschauen.«

Bill hob die Schultern. »Meinetwegen, obwohl John

wirklich kein Kindermädchen braucht. Vielleicht hat er eine Magenverstimmung, sodass es deshalb länger dauert.«

»Soll ich gehen?«, fragte Sheila.

Bill grinste zwar, schüttelte jedoch den Kopf, wobei er gleichzeitig vom Hocker rutschte. »Nein, nein, meine Lieben. Ich schaue schon nach. Onkel Bill macht alles.«

Kaum war der Reporter verschwunden, als Glenda und Sheila hinter sich eine Bewegung wahrnahmen. Und schon vernahmen sie die Stimme Stans.

»Es ist eine Schande von dem guten Bill, zwei so schöne Frauen allein zu lassen.«

»Mein Mann kommt gleich zurück«, erwiderte Sheila.

»Das kann ich mir vorstellen.« Willard lächelte breit. »Da allerdings auch Mr. Sinclair fehlt, wird es mir ein besonderes Vergnügen sein, Ihnen Gesellschaft zu leisten.« Er wandte sich Glenda zu. »Besonders Sie machen mir einen etwas deprimierten Eindruck.«

»Das täuscht, ich fühle mich sehr wohl.«

»Ich würde gekränkt sein, wenn sich auf meinem Fest jemand nicht wohl fühlt.« Er lächelte in seiner altbewährten Manier und schaute auf die fast leeren Gläser. »Sie haben nichts zu trinken. Das muss geändert werden.« Willard hob den rechten Arm und schnickte mit zwei Fingern. Der Barkeeper kannte das Zeichen, und er beeilte sich, drei gefüllte Gläser zu bringen. Der Champagner schäumte noch. In den Gläsern stiegen die Perlen in langen Reihen der Oberfläche entgegen.

Sheila und Glenda wollten nicht unhöflich sein. Sie nahmen ihre Gläser, und Stan Willard sagte: »Auf die schönsten Frauen, die hier versammelt sind.«

»Lassen Sie das nur nicht die anderen Damen hören«, entgegnete Sheila Conolly.

»Die laufen außer Konkurrenz.«

Sie tranken. Über den Glasrand hinweg schielte Willard immer wieder auf Glenda. Sie war nicht dumm und erkannte deutlich die Begierde in den Augen des Mannes. Dieser Kerl wollte sie besitzen, aber Glenda sah nicht ein, dass sie die Sammlung des Mannes vervollständigen sollte.

Sie setzten die Gläser ab. Stan Willard schaute auf seine protzige Golduhr, um deren Zifferblatt einige Diamantsplitter funkelten. »An und für sich ist es an der Zeit, das Geheimnis zu lüften. Jeder soll sehen, dass ich meine Wette eingelöst habe und den Affenteufel wirklich aus Sri Lanka hierher brachte.« Er drehte sich um und schaute auf die geschlossene Tür zum Nebenraum. »Dahinter habe ich ihn aufbewahrt. Noch ist er verdeckt, aber bald werde ich das Geheimnis lüften.«

»Tun Sie sich keinen Zwang an«, sagte Glenda, weil sie wieder die Blicke des Mannes auf sich gerichtet sah.

»Doch, den tue ich mir an. Ich möchte nämlich das Tuch nicht zurückziehen. Die Enthüllung des Affenteufels soll einer Lady vorbehalten bleiben, wobei ich mir herausnehme, diese Lady auszusuchen. Und ich habe meine Wahl bereits getroffen.«

»Meinen Sie mich?«, fragte Glenda.

»Ja.«

Mit ähnlichem hatte Glenda gerechnet. Sie holte tief Luft. Im Moment wusste sie nicht, wie sie sich verhalten sollte, denn sehr wohl war ihr bei der Sache nicht. Sie stand Stan Willard ablehnend gegenüber. Andererseits konnte sie den Wunsch des Mannes schlecht ablehnen. Er war der Gastgeber, sie der Gast, und da musste man ein gewisses Maß an Höflichkeit bewahren.

Stan Willard stellte sein Glas zur Seite. »Ich hoffe, Sie erfüllen mir den kleinen Wunsch, Miss Perkins.«

»Wenn Sie es unbedingt möchten …«

»Natürlich. Hätte ich Sie sonst erwählt? Und noch

etwas. Diejenige, die das ferne Dschungelgeheimnis lüftet, wird für einen Abend die Königin des Festes. Freuen Sie sich darauf …«

Es waren vorerst die letzten Worte, die Willard zu Glenda sprach, denn zwei Mitglieder aus dem Club redeten ihn an. Willard entschuldigte sich und ging.

»Ein widerlicher Typ«, sagte Glenda.

Sheila lächelte. »Wem sagst du das? Der versucht es bei jeder.«

»Verheiratet ist er nicht?«

»Dreimal geschieden.«

»Kann ich mir denken.«

»Warum hast du eigentlich zugestimmt?«, wollte Sheila Conolly wissen. Sie waren ohne große Förmlichkeiten zum Du übergegangen, und alle fanden das gut.

»Es geht mir eigentlich gegen den Strich, aber ich wollte nicht unhöflich sein. Vielleicht hätte ich als Clubmitglied anders reagiert, und auch wenn John dabei gewesen wäre, aber so konnte ich schlecht ablehnen. Zudem hat mich der Knabe auch irgendwie überfahren. Das ging alles sehr schnell.«

Sheila nickte und rutschte vom Barhocker. Ihr Glas hatte sie geleert, und der Barkeeper warf ihr einen fragenden Blick zu, doch Sheila schüttelte den Kopf. Sie wollte nichts mehr trinken, sie brauchte einen klaren Kopf.

Glenda sprach das aus, woran Sheila schon die ganze Zeit über gedacht hatte. »Jetzt kommt Bill auch nicht zurück.«

»Da ist was passiert«, sagte Sheila leise.

»Aber was?«

»Ich traue dem Braten nicht, ehrlich, Glenda. Ich kenne die beiden. Wo sie auftauchen, ziehen sie das Seltsame, das Unerklärliche wie magisch an.«

»Was soll denn hier los sein?«

»Das kann ich dir auch nicht sagen.«

Glenda nahm sich eine Zigarette aus den gefüllten

Kristallgläsern, die überall verteilt standen. Ein aufmerksamer Keeper gab ihr Feuer.

»Dieser Stan Willard war in Ceylon. Er hat eine sehr seltsame Wette gewonnen und einen Affenteufel nach London geholt. Kennst du dich in der Magie dieser Naturvölker aus?«

»Nein.«

»Dann kann es doch möglich sein, dass hinter dem Affenteufel mehr als nur fauler Dschungelzauber steckt.«

Sheila bewegte sich, als würde sie frösteln. »Diese Befürchtung habe ich auch, wagte aber nicht, sie auszusprechen.«

»Und ich sehe da eine Verbindung zwischen dem Verschwinden der beiden Männer und dem Affenteufel.« Glenda ließ sich von ihrer Meinung nicht abbringen.

»Glaubst du, dass John etwas entdeckt hat?«

»Das ist möglich, und nicht nur das, auch Bill wird sich …«

»Da ist er ja.«

Glenda drehte sich um, als sie Sheilas Worte vernommen hatte. Beiden Frauen fiel erst einmal ein Stein vom Herzen, doch als sie Bills Gesicht sahen, da wussten sie, dass etwas schief gelaufen war. Der Reporter schaute sehr deprimiert aus der Wäsche, die Lippen hatte er fest zusammengepresst, und er schüttelte den Kopf, als er sich neben die beiden Frauen stellte.

»Nichts gefunden?«, fragte Sheila trotzdem.

»Genau. Wie vom Erdboden verschluckt«, erklärte der Reporter.

»Und jetzt?«

Bill schaute sowohl seine Frau als auch Glenda Perkins an. Auf seinem Gesicht war Ratlosigkeit zu lesen. »Ich weiß es nicht und bin diesmal echt überfragt.«

»Sollen wir Willard Bescheid geben?«

Bill blickte erst seine Frau an und drehte dann den

Kopf. »Ich bin nicht dafür. Er fühlt sich als der große Held und würde uns kaum unterstützen, wobei er bestimmt froh wäre, wenn John verschwunden bliebe.«

»Das stimmt«, sagte Glenda.

»Was tun wir dann?«

»Sheila, wir müssen abwarten. Wir können hier nicht die Leute verrückt machen. Vielleicht klärt sich noch alles als eine völlig harmlose und normale Sache auf.«

»Daran glaube ich nicht mehr«, hielt Glenda dagegen. »Dieser seltsame Affenteufel, der enthüllt werden soll, hat bestimmt etwas mit irgendeiner Magie zu tun. Kennst du dich in der Magie fremder Völker aus?«

»Nein«, gab Bill ehrlich zu, schwächte dann allerdings ab und meinte: »Kaum.«

»Was weißt du denn über Affen?«

»Dass der Mensch angeblich vom Affen abstammen soll«, erwiderte Bill.

»Das hätte mir auch ein Blinder sagen können«, gab Sheila etwas ärgerlich zurück. »Gibt es keine Affenmagie?«

»Wird es schon, aber ich kenne mich da wirklich nicht aus. Was meinst du, wie viele Stämme es in Sri Lanka gibt? Jeder Stamm hat eine eigene Mythologie. Der eine verehrt die Affen, der andere die Schlangen, wieder ein anderer frönt dem Totenkult, das ist alles so vielschichtig, dass man es kaum erfassen kann.«

»Es bleibt uns also nichts anderes übrig, als nichts zu tun«, fasste Sheila zusammen.

»Wahrscheinlich«, gab Bill zu. »Ich habe John jedenfalls nirgendwo entdecken können. Vielleicht klärt sich alles auf. Hier ist er noch, denn ich habe sogar auf dem Parkplatz nachgesehen. Dort stand noch immer der Bentley, er ist also nicht weggefahren.«

»Vielleicht hat man ihn entführt«, vermutete Glenda.

»So einfach ist das nun auch nicht«, erwiderte Bill.

»John weiß sich seiner Haut zu wehren. Zudem ist er bewaffnet, die Beretta nimmt er immer mit.«

»Und du hast deine Beretta nicht eingesteckt?«, wandte sich Sheila an ihren Mann.

»Nein, warum?«

»Vielleicht wäre es besser gewesen.«

Bill warf Sheila einen schrägen Blick zu. »Das musst ausgerechnet du sagen«, entgegnete er. »Du bist es doch immer, die sich dagegen wehrt, dass wir in einen Fall mit hineingezogen werden ...«

»Streitet euch nicht«, mischte sich Glenda ein. »Denkt lieber daran, dass Stan Willard sein großes Geheimnis gleich lüftet und mich als Partnerin ausersehen hat.«

Bill war überrascht. »Dich?«

»Ja, ich soll ...«

Was Glenda sollte, erfuhr der Reporter nicht mehr von ihr, denn Willard unterbrach die Versammlung. Er hatte sich breitbeinig aufgestellt, beide Arme erhoben und um Aufmerksamkeit gebeten.

Es wurde ruhig.

»Liebe Freunde«, begann Stan Willard. »Wir haben eine Wette abgeschlossen, von der fast jeder der Anwesenden überzeugt war, dass ich sie nicht gewinnen könnte. Ich habe sie gewonnen ...«

»Moment, Stan!«, rief ein schwergewichtiger Mann mit Glatze. »Bisher haben wir nichts gesehen.«

»Das weiß ich, aber in einigen Minuten wird es so weit sein. Lasst euch die Gläser füllen, danach gehen wir in den Nebenraum, wo alles vorbereitet ist ...«

Die Mitglieder nebst Damen waren gespannt. Die beiden Ober hatten alle Hände voll zu tun. Jeder wollte sein Glas so rasch wie möglich voll haben, denn endlich wurde bewiesen, ob der andere gelogen hatte oder nicht.

Glenda und Sheila wollten nichts trinken, während Bill einen Whisky nahm.

Die Doppeltür war bereits geöffnet worden. Freie Sicht in den Nebenraum. Die Gäste drängten sich vor der Tür zusammen.

Allerdings konnten die Anwesenden von dem seltsamen Affenteufel nichts sehen. Ein Tuch verdeckte ihn.

Sheila, Glenda und Bill waren die letzten, die den Barraum verließen. Der Reporter warf noch einen Blick zurück, doch John Sinclair kam nicht. Die Enthüllung musste also ohne ihn stattfinden.

Während auf den Gesichtern der übrigen Gäste gespannte Erwartung lag, blieben die der drei Freunde sorgenvoll. Irgendetwas war geschehen, von dem noch keiner eine Ahnung hatte …

Die drei hatten Recht, wenn sie sich um mich Sorgen machten, denn ich befand mich in einer schlimmen Situation. Noch immer stand ich auf dem schmalen Metallrand und klammerte mich verzweifelt an dem gebogenen Türgriff fest.

Den Kopf hielt ich weiterhin gedreht, sah unter mir den seltsamen Hausmeister stehen, und der hielt die Klaue fest, die mich fast umgebracht hätte.

Er machte sich sogar noch einen Spaß, sein diabolisches Lächeln blieb, und die Finger der Hand bewegten sich wie die eines Klavierspielers.

Es war der reine Hohn, denn der Hausmeister wusste genau, dass ich mich nicht ewig an dem Türgriff festklammern konnte. Irgendwann musste ich loslassen und würde ihm genau vor die Füße fallen, worauf er sicherlich wartete.

Wie ich schon erwähnte, wurde der Hausmeister von einer seltsamen Lichtaura umflort. Dies wiederum bewies mir, dass ich es mit einem magischen Phänomen zu tun hatte, und ich dachte an den Affenteufel, dem dieses Fest gewidmet war. Dabei gelangte ich zu der Folgerung, dass der Affenteufel nicht irgendein Dschungel-Hokuspokus war, sondern prall mit echter schwarzer Magie gefüllt war.

So sah es aus.

Und ich dachte auch an die zahlreichen Gäste, die schutzlos waren und sich wohl kaum verteidigen konnten wie ich, der ich meine Erfahrungen gesammelt hatte.

Der Hausmeister grinste noch breiter, bevor er mich ansprach. »Du wolltest doch denjenigen sehen, dem die Hand fehlt. Jetzt kannst du es. Du brauchst nur zu springen.«

»Einen Teufel werde ich tun«, erwiderte ich.

»Irgendwann kannst du dich nicht mehr halten und wirst fallen. Darauf warte ich, aber ich möchte den Vorgang beschleunigen. Einmal bist du der Hand entwischt, mal sehen, ob du es jetzt auch noch schaffst.« Kaum hatte der Kerl die Worte gesprochen, als er die Hand losließ. Sie fiel nicht zu Boden, wie man es eigentlich hätte erwarten können, sondern blieb in der Luft stehen.

Noch befand sie sich weit genug von mir entfernt, sodass ich noch etwas unternehmen konnte. Soweit es die Lage erlaubte, rüttelte ich am Griff der Tür.

Nein, da hatte ich keine Chance. Die Fahrstuhltür blieb verschlossen.

Ich steckte in der Falle, daran ging kein Weg vorbei. Und meine Gegner hielten alle Trümpfe in der Hand.

Zwar hatte ich jetzt mit beiden Füßen Halt gefunden, aber dieser Halt war mehr als trügerisch. Eine falsche Bewegung nur, dann rutschte ich ab und landete dort, wo der ›Hausmeister‹ es haben wollte.

»Ich bin übrigens Pete Dryer«, hörte ich die Stimme des Mannes. »Merke dir den Namen gut. Vielleicht ist es das erste Mal, dass du mit einem Toten sprichst.«

Wenn ich mich ihm jetzt geschockt zeigen sollte, dann hatte er sich geirrt. Mit Toten, oder besser gesagt,

Untoten hatte ich schon des öfteren geredet. Das war für mich nichts Neues mehr. Sozusagen eine makabre Routine in meinem Job, aber ich dachte daran, dass sich die Hand gegen die weißmagische Kraft des Kreuzes gestemmt hatte, und es lag der Verdacht nahe, dass Pete Dryer ähnlich reagieren würde.

Trotz meiner gefährlichen Lage arbeitete mein Verstand analytisch und logisch.

Stan Willard hatte irgendetwas aus Sri Lanka mitgebracht, in dem das Böse stecken musste. Aber etwas Unheimliches, das wir mit unseren Waffen kaum bekämpfen konnten, etwas, von dem ich noch nie gehört hatte.

Aber was?

Es war müßig, sich darüber den Kopf zu zerbrechen. Zunächst musste ich mich um die nähere Gefahr kümmern.

Und das war die Hand!

Eine sehr gefährliche Klaue, die nicht mehr unbeweglich in der Luft stand, sondern sich langsam höher schob, wie ich mit Entsetzen erkannte, als ich mich ein wenig nach links drehte.

Die Finger bewegten sich. Ich hatte das Gefühl, als würden sie ausprobieren, wie geschmeidig sie waren, um mich brutal und hart zu packen.

Meine Lage war mehr als bescheiden. Wenn mich die Hand in dieser Stellung erwischte, war es aus. Dann konnte ich wirklich einpacken, denn nach unten würde ich nur als Toter fallen, mit der eisenharten Klaue um meine Kehle.

Deshalb war es besser, wenn ich der Aufforderung des untoten Hausmeisters folgte und freiwillig sprang.

Noch wartete ich. Meine Muskeln waren nicht nur gespannt, sondern schon überstrapaziert. Mein gesamtes Körpergewicht war zu schlecht verteilt. Deshalb begann ich zu zittern, und mir war klar, dass ich mich nicht mehr lange halten konnte.

Die Hälfte der Distanz hatte die gefährliche Hand bereits hinter sich gelassen. Ich aber wollte noch warten, denn der Klaue sollte es nicht gelingen, mich im Sprung zu packen.

Deshalb wartete ich, auch wenn es immer schlimmer wurde und die Anstrengung mich stärker zittern ließ.

Ein paar Mal drehte sich die Klaue. Sie zeigte mir dabei die Seite, die einst in Verbindung mit dem Arm gestanden hatte. Ein scheußlicher Anblick, der sich mir da bot, und ich wartete so lange, bis sich die Hand etwa in Höhe meiner Füße befand.

Sekunden wurden zu einer Ewigkeit. Noch hielt ich mich fest, wartete ab, und im nächsten Augenblick schoss die Hand vor. Die Finger spreizten sich dabei, so weit es ging, sie zielten nach meiner Kehle, und ich reagierte goldrichtig.

Als die Klaue zugreifen wollte, ließ ich mich los. Sie streifte mich zwar noch, es gelang ihr allerdings nicht, meine Kehle zu packen. Die sich schließenden Finger griffen ins Leere, und ich fiel in die Tiefe …

»Was ist denn mit dir?«, fragte Sheila Conolly verwundert, als sie sah, dass sich ihr Mann abwandte und den Raum nicht betrat.

»Ich muss telefonieren.«

»Wirklich?«

»Ja. Mir geht die Sache nicht aus dem Kopf. Irgendetwas ist mit John. Bevor ich aber hier den Laden auf den Kopf stelle, will ich Verstärkung haben. Ich hole Suko her.«

»Das ist eine gute Idee«, sagte Sheila.

Auch Glenda hatte Bills Worte vernommen. Sie nickte heftig und zeigte somit ihr Einverständnis.

Während die Frauen den Raum betraten, ging der Reporter noch einmal zurück zur Bar und ließ sich von dem Keeper das Telefon geben. Bill zog sich in die hinterste Ecke zurück. Er wollte nicht, dass der Mann etwas hörte.

Sukos Nummer kannte Bill auswendig. Er hoffte, dass der Chinese zu Hause war und nicht auf der Harley durch die Gegend kutschierte. Ungeduldig wartete er. Ein paar Mal läutete es durch, und Bill wollte die Hoffnung schon aufgeben, als trotzdem noch abgehoben wurde.

Er hörte Shaos gehetzte Stimme. »Ja, bitte, mit …«

»Bill hier.«

»Ach, du bist es. Himmel, hast du mich erschreckt. Ich war gerade in der Badewanne und …«

»Wo ist Suko?«

»In der Garage. Du weißt ja, seine Maschine …«

»Hat er sie fertig?«

»Ich glaube, ja. Vorhin war er mal kurz oben und sagte, dass er bald zurückkommen würde.«

»Gut, dann rufe ich in fünf Minuten noch einmal an.«

»Nein, Bill, das brauchst du nicht. Er kommt …«

Shao legte den Hörer zur Seite, und Bill Conolly hörte die Chinesin im Hintergrund mit ihrem Freund sprechen. Wenig später hatte er Suko an der Strippe.

»Ja, was ist denn los?«

»Wahrscheinlich der Dämon«, erwiderte der Reporter und meinte es nicht spaßig.

»Ist was passiert?«

Bill Conolly berichtete Suko, was vorgefallen war und welchen Verdacht sie hatten. Er bat den Chinesen auch, Waffen mitzubringen. Und Suko, der genau zuhörte, unterbrach Bill Conolly mit keinem Wort.

»Wann kannst du hier sein?«, erkundigte sich der Reporter noch.

»Vielleicht in zwanzig Minuten.«

»All right, ich erwarte dich vor dem Eingang, sonst lässt man dich nicht rein.«

»Nur werde ich nicht eben gesellschaftsfähig angezogen sein«, gab Suko zu bedenken.

»Das spielt keine Rolle.«

Wie Suko legte Bill den Hörer auf. Die Lippen hatte er fest zusammengepresst, sein Gesicht war eine Maske, in den Augen lag ein harter Glanz. Am liebsten hätte er sich wieder auf die Suche nach John begeben, aber das wäre aufgefallen, und so etwas wollte er auf keinen Fall.

Deshalb wandte er sich scharf und trotzdem widerwillig ab. Er war gespannt, was die Enthüllung des Dämons bringen würde …

Bill zog die Tür leise hinter sich zu. Er wollte nicht stören.

Fragend schaute Sheila ihren Mann an.

»Hast du ihn erreicht?«

»Ja.«

»Und?« Das Wort zitterte ein wenig. Sheila war nervös, doch Bill winkte ab.

»Suko kommt natürlich. Ich hole ihn vor dem Club ab.«

Sheila atmete auf und griff nach Bills Hand.

»Da bin ich erst einmal beruhigt.«

Bill sah sich um. Die Gäste hatten einen Halbkreis gebildet, sodass jeder dorthin blicken konnte, wo der geheimnisvolle Affenteufel verdeckt stand.

Willard hatte es spannend gemacht und ein schwarzes Tuch um seine Trophäe gebreitet.

Die Gäste waren von einer Art Spannung erfasst worden. Man unterhielt sich nur wispernd. Jeder hatte eine andere Vermutung darüber, was sich unter dem dunklen Tuch wohl verbergen könnte.

Der Reporter stieß seine Frau an. »Wo ist Glenda?«

»Sie steht bei Willard.«

»Wieso?«

»Sie soll ihm doch bei der Enthüllung helfen.« Sheila lächelte. »Glenda war eben zu höflich dem Gastgeber gegenüber, um abzulehnen.«

Bill Conolly nickte. »Wenn dieser Typ irgendetwas im Schilde führt, kaufe ich ihn mir.«

»Glenda wird sich schon allein wehren können.«

»Aber nicht, wenn es gegen Dämonen oder andere finstere Geschöpfe geht. Daran kann ich nicht glauben.«

»Nun warte erst einmal ab.«

»Du hast Nerven«, wisperte der Reporter. »Abwarten ist nicht gerade meine starke Seite, vor allen Dingen dann, wenn ich weiß, dass sich ein Freund in Gefahr befindet.« Bill schaute auf die Uhr. »Am liebsten würde ich von hier verschwinden.«

»Dadurch kommt Suko auch nicht früher.«

Der Reporter hob die Schultern. Seine Aufmerksamkeit wurde abgelenkt, als Stan Willard vortrat und beide Arme hob. Er hatte sich vor die Trophäe gestellt und Glenda Perkins einen Platz daneben angewiesen. Die dunkelhaarige Sekretärin fühlte sich nicht wohl. Sie sah zahlreiche Blicke auf sich gerichtet, manche ziemlich eindeutig. Da sie im Scheinwerferlicht stand, war sie der Blickfang. Man sah ihr an, dass sie bereute, dem Vorschlag des Gastgebers zugestimmt zu haben.

Natürlich genoss Stan Willard seinen Auftritt. Er vergaß auch nicht, sich entsprechend zu produzieren. In seiner Rede ging er auf die Anfänge der Wette ein, sprach dann über die Schwierigkeiten, die ihm in Sri Lanka begegnet waren, und dass es nicht so einfach gewesen war, den Eingeborenen das abzuschwatzen, worüber sie bei einem Clubabend gesprochen und gelesen hatten.

»Aber den Affenteufel gab es«, fügte er mit wohlbetonten Worten hinzu. »Es gab ihn, und vielleicht wird es ihn immer geben, denn meine Trophäe ist nicht irgendeine, nein, sie ist mit Magie durchsetzt. Mit gefährlicher schwarzer Magie, die in den fernen Erdteilen wahre Urständ feiert. Ich habe selbst erlebt, wie der Affenteufel jemanden geschluckt hat. Ich saß dabei, konnte mich aber nicht bewegen, weil ich gefangen war im Kreislauf schwarzer Magie. Und so möchte ich euch vor dem Affenteufel warnen, wenn ich Miss Perkins gleich bitten werde, das Tuch wegzuziehen. Es kann gefährlich werden. Deshalb meine Warnung. Wer will, kann den Raum verlassen.«

Nach seinen Worten herrschte zunächst einmal Schweigen. Die Gäste schauten sich an. Vielleicht waren die Damen ein wenig blasser unter ihrer Schminke geworden und hatten die Lippen zusammengekniffen, sonst aber war nichts geschehen.

Die Männer grinsten. Sie kannten Stan Willard, und sie rechneten damit, dass es einer seiner üblichen Scherze sein würde.

Jemand rief: »He, Stan, du willst doch nur ablenken. Vielleicht hast du die komische Figur bei einem Trödelhändler in Soho gekauft.«

Der Mann erntete einen Lacherfolg. Er war besonders bei den weiblichen Gästen ausgeprägt. So löste sich bei ihnen die Spannung.

Willard lachte nicht. Ebenso wie die beiden Conollys. Sie ahnten, dass der Mann vor ihnen nicht gelogen hatte. Es steckte etwas dahinter, die Worte waren nicht so dahingesagt. Bill beschloss, auf der Hut zu sein.

»Ich weiß ja, dass ihr gern die Wette gewinnen wollt, aber ich habe für Beweise gesorgt, dass ich meinen Wettgewinn nicht irgendwo auf einem Trödelmarkt gekauft habe. Ich lege euch diese Beweise gleich vor.«

»Mach's doch nicht so spannend!«, rief ein hagerer Mann, der sein Geld im Verlagsgeschäft verdiente.

Stan Willard ließ sich nicht beirren. Locker stand er vor seinem Publikum. »Es ist also niemand hier, der den Raum verlassen will? Jeder möchte zuschauen?«

Zustimmendes Nicken war die Antwort.

»Dann haltet euch, meine Freunde, mal gut an den Gläsern fest, denn ihr werdet eine Überraschung erleben.« Er lachte, drehte sich um und schritt auf Glenda Perkins zu. Während er sie ansprach, blieb sein Lächeln wie festgeleimt in den Mundwinkeln. »Diese junge Lady hier zeigt besonders viel Mut, denn sie hat sich bereit erklärt, das große Geheimnis zu lüften. Ich finde, sie hat einen Beifall verdient.«

Die Gäste klatschten. Glenda wurde ein wenig verlegen, und Willard sonnte sich in dem Beifall. Er verbeugte sich vor Glenda und sagte: »Sie sehen, meine Liebe, wie man Sie einschätzt. Beweisen Sie Ihren Mut, zeigen Sie den Gästen, vor allen Dingen den Männern, dass auch eine Frau in der Lage ist, etwas Großes zu tun. Lüften Sie endlich das Geheimnis meiner Wette.«

»Haut der auf den Putz!«, hauchte Sheila. »Ein Schaumann, wie er im Buche steht.«

Bill nickte nur. Willard wusste genau, wie er die Leute zu nehmen hatte. Da konnte ihm der Reporter nur ein Kompliment machen.

Stan Willard zog die Enthüllung noch ein wenig hin. Er holte tief Luft und stellte sich so, dass keinem der Gäste die Sicht auf seinen Wettgewinn versperrt war.

Dann streckte er den Arm aus und wies auf Glenda. »Wenn ich Sie nun bitten dürfte …«

Glenda nickte. Einen halben Schritt trat sie näher, streckte den Arm aus und griff nach dem Tuch, das den Gegenstand noch verhüllte.

»Jetzt!«, sagte Willard.

Da zog Glenda an dem Tuch. Sie machte es nicht so spannend und schleuderte es mit einem Ruck von der seltsamen Trophäe. Das Tuch war leicht. Es flatterte nach und schwebte dem Boden entgegen.

Ein, zwei Sekunden geschah nichts. Die Menschen waren zu geschockt, und auch Stan Willard wurde blass wie eine Kinoleinwand.

Was er und die anderen zu sehen bekamen, war ungeheuerlich. Im weit aufgerissenen Maul des Affenteufels steckte ein Kopf!

Ich kannte die Regeln. Sehr tief war es nicht bis zum Aufschlag. Aber ein ungeübter Springer hätte sich auch bei dieser Distanz ein Bein brechen können.

Ich aber rollte mich praktisch in der Luft zusammen, lockerte die Muskeln, streckte dann die Beine vor, berührte den Grund und ließ mich nach vorn fallen, sodass der Hausmeister hastig zur Seite springen musste, damit er nicht getroffen wurde.

Über die Schulter rollte ich mich ab. Ich spürte zwar den Aufprall, der mich durchschüttelte, aber ohne Schwierigkeiten gelangte ich wieder auf die Beine.

Blitzschnell schaute ich mich um.

Ich stand im Keller. Der Hausmeister hatte nicht gelogen. Es gab tatsächlich einen großen Vorratskeller unter den normalen Räumen. Im Hintergrund lagerten Sektflaschen, Weine, Biere, und ich sah auch Kisten mit Whisky und Cognac.

Zum Glück war es nicht dunkel. Lampen spendeten Licht, das jeden Winkel mit einem rötlichgelben Schein erfüllte.

Den ersten Teil hatte ich überstanden.

Der Hausmeister wunderte sich, als ich plötzlich mit gezogener Beretta vor ihm stand. Sein Gesicht verzerrte sich. Er schielte hoch zur Hand, und ich folgte mit den Augen seinem Blick.

Die Klaue hatte sich gedreht. Ihre Attacke gegen mich war erfolglos gewesen. Jetzt wollte sie es anders versuchen und schwebte von oben auf mich zu.

Momentan war sie mein gefährlichster Feind, denn sie hatte ich im Waschraum kennen gelernt. Ein kurzer Blick zu Pete Dryer bewies mir, dass er nicht daran dachte, einzugreifen, sodass ich meinen Arm heben konnte, damit die Mündung der Pistole in einer schrägen Linie nach oben zeigte.

Das Ziel bildete die Hand.

Dann schoss ich.

Der helle, peitschende Klang der Beretta war in diesen Augenblicken wie Musik in meinen Ohren, und ich hatte gut gezielt, denn die geweihte Silberkugel hieb gegen die Mörderhand.

Was das Kreuz nicht geschafft hatte, das gelang ihr. Die Kugel wuchtete in die Klaue und riss ein Loch. Sie jagte durch die Hand, wurde nicht von ihr gestoppt, und ich sah, dass sich zwei Finger lösten, die zu Boden fielen.

War die Hand erledigt?

Ich sprang zurück, um sie besser erkennen zu können.

Noch drei Finger hatte sie. Sie sahen aus wie dicke Würmer. Dabei bewegten sie sich auf und nieder, bevor die Hand endgültig den Boden erreichte und dort liegen blieb.

Sofort drehte ich mich um und richtete die Mündung der Waffe auf den Hausmeister.

Der starrte mich durch die Gläser seiner Brille an. Seine Augen waren seltsam vergrößert, und sie glitzerten gefährlich. Dieser Mann lebte, aber er lebte trotzdem nicht. Das hatte er mir selbst gesagt. Jetzt wollte ich es noch einmal bestätigt sehen.

»Sie haben mitbekommen, was meine Kugel angerichtet hat«, sagte ich hart. »Bisher haben Sie mich zum Narren gehalten, jetzt drehe ich den Spieß um. Was wird hier gespielt?«

Er gab keine Antwort. Nur seinen Blick behielt er bei.

»Da Sie nicht leben, macht es mir nichts aus, Ihnen eine Kugel in den Schädel zu schießen. Also reden Sie!«

Wieder schüttelte er den Kopf. Ein Zucken lief durch

seine Gestalt, er legte den Kopf zurück und begann zu lachen.

Es war kein lautes Lachen, sondern ein Glucksen, ein hämisches Kichern, und er schüttelte dabei den Kopf. Schließlich breitete er die Arme aus und zischte: »Er ist stärker. Sogg-Ra wird auch dich vernichten!«

»Heißt so der Medizinmann?«

»Nein, ihn hat er nur mitgebracht.«

»Wie das?«

Der Hausmeister zuckte zusammen, stand still und legte den Kopf schief, als würde er nach irgendetwas horchen. »Jetzt!«, hauchte er. »Jetzt ist es so weit …«

»Was ist so weit?«

»Sie sehen ihn. Alle sehen ihn, und alle sehen den Schädel.« Wieder kicherte er.

Ich war es leid, ging einen Schritt vor und drückte ihm die Mündung der Waffe genau zwischen die Augen. »Was wird hier gespielt? Verdammt, reden Sie, ich will es endlich wissen!«

»Er hat Sogg-Ra geweckt. Er hat nicht auf die alten Warnungen gehört. Der Affenteufel wird sich furchtbar rächen. Er tötet alle, die ihn in seiner Ruhe stören.«

»Und wie?«

»Sogg-Ra verschlingt sie!«

Unwillkürlich zuckte ich zurück.

Die Antwort trieb mir eine Gänsehaut über den Rücken, und ich fragte mit leiser Stimme: »Hat er Sie auch verschlungen?«

»Ja, das hat er.«

»Aber Sie leben.«

»Natürlich lebe ich. Ich werde auch weiterleben. Jedes Teil von mir wird das. Meine Hand, mein Fuß, mein Arm, mein Kopf, denn die Magie des Affenteufels ist unschlagbar. Du wirst es erleben. So, wie die Hand des Medizinmannes gelebt hat, so werde auch ich weiterleben. Jedes Teil von mir.«

»Wie hat der andere das angestellt?«, wollte ich wissen. »Und wie sieht der Affendämon aus? Wo kann ich ihn sehen?«

»Oben, er ist oben bei den Menschen. Dort gehört er hin. Willard hat ihm die Opfer gebracht, ohne es zu wissen. Er hat den Dschungeltod ins Haus geholt, und keiner kann ihm entfliehen.«

»Wir müssten also hoch.«

»Ja.«

»Gut.« Ich nickte. »Dann gehst du vor, Hausmeister. Und wenn du eine falsche Bewegung machst, werde ich dich vernichten.«

Da lachte der Mann. Es war ein wissendes, hämisches Lachen. Als ich es vernahm, kam ich mir wie ein dummer Junge vor, aber ich wollte mich nicht fertig machen lassen.

»Geh los!«

Der untote Hausmeister hob die Schultern. Mir war jetzt auch aufgefallen, dass er nicht mehr atmete. Was da genau geschehen war und wieso es kam, dass der Hausmeister so von der Stärke des Affenteufels überzeugt war, das wusste ich nicht. Ich kannte mich in den Mythologien fremder Völker kaum aus, aber dass sie sehr stark waren, hatte ich schon am eigenen Leib erlebt.

Ich sah das Lächeln auf Dryers Gesicht, als er sich umdrehte und an mir vorbeischritt. Er tat so gut wie überhaupt nichts. Er schien sich nicht wehren zu wollen, sondern fügte sich in sein Schicksal, während er langsam voranschlurfte, wobei er kaum die Füße vom Boden hochhob.

Mit dem Fahrstuhl konnten wir nicht hoch, also mussten wir die Treppe nehmen. Um sie zu erreichen, gingen wir durch den Keller, und der war nicht gerade klein.

Pete Dryer leistete keinen Widerstand. Er ging mit gesenktem Kopf vor mir her, seine Schultern bewegten sich hin und wieder, wobei ich manchmal auch das

Gefühl hatte, als würde er lachen und sich seines Sieges freuen.

Ich konnte mir nicht helfen. Irgendwie hatte ich das Gefühl, dass er noch nicht alle Trümpfe ausgespielt und einige in der Hinterhand behalten hatte.

Ob sich in den großen Fässern, die wir passierten, etwas befand, wusste ich nicht. Sie interessierten mich auch nicht sonderlich. Für mich waren die Lücken zwischen ihnen wichtiger, denn dort konnte sich gut jemand versteckt halten.

Im Hinterkopf dachte ich noch immer an den Medizinmann, den ich schließlich verfolgt hatte und dem die Hand gehörte. Bis jetzt hatte ich nichts von ihm gesehen, und ich fragte mich, wo er sich aufhielt. Befand er sich noch im Keller, oder hatte er einen geheimen Fluchtweg genommen?

Sogg-Ra hieß der Affenteufel, der seine Opfer verschlang und sie dann wieder ausspie, denn sonst würden sie kaum in der Lage sein, für ihn zu kämpfen.

Auf diese makabre Art und Weise machte er sie zu seinen Dienern. So etwas hatte ich noch nicht erlebt. Man lernte in meinem Job nicht aus.

Ich wusste, dass es noch unzählige fremde Magien auf der Welt und in anderen Dimensionen gab, von denen ich noch nichts gehört hatte. Mit einer dieser Magien war ich nun konfrontiert worden.

Die Fässer ließen wir hinter uns, ohne dass ich angegriffen wurde. Es war ein seltsamer Keller, denn auf den langen Regalreihen, die nach den Fässern begannen, lag kein Stäubchen. Hier wurde vom Personal oft gesäubert.

Um den Weinkeller hätte so mancher Restaurantbesitzer den Club beneidet, und auch alle guten Whiskysorten waren vertreten.

Der Gang führte bald nicht mehr geradeaus weiter, sondern links um eine Ecke. Meine Geisel bewegte sich noch immer vorsichtig. Der Untote hütete sich, eine falsche Bewegung zu machen – hatte er doch Angst vor meiner Waffe.

Vor uns sah ich die Umrisse einer Tür. Sie wurde von einer Lampe erfasst, die über der Tür angebracht war und deren Licht schräg nach unten fiel.

Vor der Tür blieb der Hausmeister stehen und drehte den Kopf. Seine Brille war etwas nach unten gerutscht, der Mund hatte sich verzogen, und er sagte: »Noch hast du Zeit, es dir zu überlegen!«

»Geh weiter!«

Der Hausmeister hob die Schultern und lächelte diabolisch, bevor er sich umwandte und die Tür öffnete. Sie war gut geölt. Fast lautlos schwang sie zurück.

An meinem Gegner vorbei konnte ich in den Flur schauen, der düster vor mir lag. Den Befehl, das Licht einzuschalten, brauchte ich nicht erst zu geben. Der Hausmeister drehte sich um und tastete mit der Hand an der Wand entlang.

Ich hörte das leise Klicken, dann wurde es hell.

Vor uns lag eine Treppe.

Steinstufen führten nach oben. Sie waren ziemlich breit und nahmen ihren Anfang in einem kleinen viereckigen Flur, von dem einige Türen abzweigten. Ich hatte kein Interesse daran, nachzusehen, was hinter den Türen lag, ich wollte so rasch wie möglich nach oben und endlich dem verfluchten Affenteufel gegenüberstehen.

Deshalb stieß ich meinem Gegner den Waffenlauf in den Rücken. Er verstand das Zeichen und setzte sich in Bewegung.

Das Geländer befand sich an der linken Seite. Es war dunkel gestrichen und hatte einen Handlauf aus Kunststoff. An ihm hielt sich der Hausmeister fest.

Er nahm die ersten beiden Stufen. Als er auf der dritten stand, folgte ich ihm, denn ich wollte zwischen uns immer einen angemessenen und auch schusssicheren Zwischenraum lassen.

Ohne auf irgendwelche Tricks zurückzugreifen, ging er weiter – bis zur fünften Stufe, und dort genau blieb er stehen.

»Weiter!«, drängte ich.

Er rührte sich nicht von der Stelle. Dafür spielte er seine Trümpfe aus, und es geschah etwas Furchtbares …

In den ersten Sekunden waren die Anwesenden viel zu entsetzt, um überhaupt reagieren zu können. Ohne Ausnahme starrten die Menschen auf das, was das Tuch enthüllt hatte.

Stan Willard erging es nicht anders. Sein Gesicht schien eingefroren zu sein, denn mit diesem schrecklichen Bild hatte niemand gerechnet.

Der Affenteufel sah noch so aus, wie Willard ihn in Erinnerung hatte. Die vier widerlichen Arme, das graue Fell, die lange Schnauze, die mehr an die eines Krokodils erinnerte, die Glotzaugen und die beiden Hörner, die aus dem Kopf wuchsen.

Offen stand das Maul, und zwischen den Zähnen befand sich der Kopf eines Menschen.

Ein buntbemaltes Gesicht. Streifen und Kreise waren auf die Haut gepinselt worden, verdrehte Augen und ein breiter Mund mit dicken Lippen.

Dass der Kopf in dem Maul steckte, war schon schlimm genug, aber er bewegte sich dabei. Die Augen rollten, der Mund zuckte, und die Zunge fuhr hervor, um sofort wieder zurückzuschnellen, damit sie das Spiel von vorn beginnen konnte.

Das Wesen war geschlechtslos, und seine vier Arme bewegten sich, wobei sich die oberen Klauen mit den drei Greiffingern öffneten und schlossen.

Eine ältere Frau schrie zuerst. Wie in Zeitlupe öffnete sie den Mund, bevor ihr spitzer, gellender Schrei über ihre Lippen drang.

Es war wie ein Signal.

Jetzt begannen auch die anderen mit ihren Schreien, und niemand war da, der sie stoppte. Die Panik konnte sich freien Lauf verschaffen.

Auch die Männer wurden fast wahnsinnig. Sie sprachen wild durcheinander, wollten alle auf einmal in Richtung Tür, sodass Bill und Sheila, die in der Nähe standen, sich plötzlich einer Woge aus Menschenleibern gegenübersahen. Sie konnten nicht mehr ausweichen. Hart brandeten die Leiber gegen sie.

Bill und seine Frau wurden zurückgedrückt. Der eine kannte den anderen nicht mehr, und die Panik war vollkommen.

»Seid ihr wahnsinnig?«, schrie Bill in das Chaos hinein. Er riss seine Frau an sich, schützte sie mit seinem Körper und versuchte, durch eine Drehung der menschlichen Woge zu entgehen.

Er bekam einige Schläge ab, bevor er zusammen mit Sheila gegen die Wand flog.

Auf einmal übertönte der gellende Schrei einer Frau die allgemeine Panik. Die Frau stand nahe der Tür, rüttelte an der Klinke, hatte den Kopf in den Nacken geworfen und schrie: »Abgeschlossen, es ist abgeschlossen! Wir kommen nicht raus!«

Sie hielt die Klinke nach wie vor fest, drehte sich jetzt und wandte ihr verzerrtes Gesicht den übrigen Anwesenden zu.

Ein breitschultriger Mann drängte sich vor. Sein Haar war nicht mehr so gut frisiert. Es bildete auf dem Kopf ein wirres Durcheinander. Der Mann packte die Frau hart an der Schulter, bevor er sie von der Tür wegriss und es selbst probierte.

Er hämmerte wütend die Klinke nach unten, riss an ihr herum, doch er bekam die Tür nicht auf.

Andere traten gegen das Holz. Sie holten sich nur schmerzende Füße. Die Tür blieb zu. Sie war zu stabil.

Bill hatte sich mit Sheila zurückgedrängt. Sie wollten nicht in das allgemeine Chaos hineingeraten, und der Reporter sah das Entsetzen im Gesicht seiner Frau.

»Was sollen wir tun, Bill?«

Conolly war ratlos. Er dachte aber auch an Glenda Perkins und drehte sich um. Sheila zog er dabei mit.

Wie angewachsen stand Glenda auf der Stelle, hatte die Arme halb erhoben und starrte auf den grausamen Affenteufel mit der langen Schnauze eines Krokodils. Der Kopf befand sich noch immer zwischen den Zähnen, die Augen rollten, der Mund bewegte sich weiter. Es war ein schlimmes, makabres Bild.

»Glenda!« Bills Stimme übertönte den Lärm.

Er wurde auch gehört, denn die schwarzhaarige Frau drehte sich um.

»Moment!«, sagte Bill, ließ seine Frau los und hetzte auf Glenda zu. Er wollte sie aus dem unmittelbaren Dunstkreis des Affenteufels weghaben, denn es bestand die Gefahr, dass der Dämon seine Arme ausstreckte und Glenda somit erreichte.

Bill jagte auf sie zu und riss sie an sich. »Bleib nur bei uns!«, keuchte er, bevor er sie wieder losließ, sodass sie neben Sheila stehen blieb.

Waffenlos war der Reporter zu dieser Einladung gegangen. Jetzt ärgerte er sich maßlos darüber, aber es war nicht mehr zu ändern. Er hätte nie gedacht, dass es zu einer Eskalation kommen könnte. Nun aber sah er sich getäuscht und machte sich Vorwürfe.

»Was sollen wir tun?«, fragte Sheila.

»Abwarten.«

»Bill, ich will hier weg!«

Der Reporter schaute seine Frau an. »Ich auch«, sagte er. »Aber im Moment ist es schlecht.«

»Dann schlag die Scheiben ein!«

Sheila hatte eine gute Idee gehabt. Bill hatte daran im Moment nicht gedacht. Er nickte und schaute sich nach einem Gegenstand um, mit dem er Sheilas Vorschlag in die Tat umsetzen konnte.

Sein Blick traf auch den Initiator des Ganzen, Stan Willard. Der machte den Eindruck, als wäre er ebenfalls von den Ereignissen überrascht worden. Wie die anderen, so zeigte sich auch Stan Willard entsetzt und geschockt.

Kreidebleich, mit hängenden Armen, unfähig, sich zu rühren, stand er noch dort, wo er seine großartige Rede gehalten hatte. Nur war jetzt nichts Großartiges mehr an ihm zu sehen. Er war überfordert. Auch ihn hatte das Grauen schlagartig getroffen.

»Ich nehme meinen Schuh«, sagte Bill und nickte entschlossen, weil er keinen anderen Gegenstand entdeckte, mit dem er die Scheibe hätte einschlagen können.

Eine Antwort der Frauen wartete er nicht erst ab, bückte sich und zog den rechten Schuh aus.

Dann hetzte er los.

In diesem Augenblick bewegte sich auch der Affendämon. Es war wirklich ein Glück, dass sich die Menschen nicht in seiner Nähe, sondern an der Tür befanden, sonst hätte der Affendämon mit seinen vier Armen vier Opfer zugleich fangen können.

So stand nur einer in seiner Nähe.

Stan Willard!

Willard wollte noch weg, aber er war zu langsam, denn zwei Arme schnellten plötzlich vor wie Peitschenschnüre. Der Mann hatte sich zwar noch umgedreht, allerdings zu spät, denn die Arme griffen gnadenlos zu.

Zwei erwischten ihn, während die anderen beiden dicht an seinem Kopf vorbeiglitten.

Das alles bekam Bill Conolly mit. Er wollte noch eingreifen, warf sich auch vor, doch es war zu spät. Der Affenteufel war schneller. Bevor Bill überhaupt nur versuchen konnte, ihm das Opfer zu entreißen, hatte der Dämon den Mann schon in die Höhe geschleudert und hielt ihn eisern fest.

Die vier Arme konnte er unabhängig voneinander bewegen. Das war das Teuflische. Während zwei von ihnen Stan Willard umklammert hielten, griffen die anderen beiden nach Bill Conolly.

Das sah auch Sheila. Sie bekam Angst, rannte vor und warf sich gegen ihn. »Lass es, Bill. Du kannst ihm nicht helfen …«

»Doch, ich muss, ich …«

Ein Krachen und Splittern unterbrachen ihn. Mehreren Männern war es in einer gemeinsamen Aktion gelungen, die Tür einzudrücken. Das Holz splitterte, krachte, eine Öffnung entstand, die von zahlreichen Fäusten vergrößert wurde. Keiner wusste, aus welchem Grund die Tür nicht mehr zu öffnen gewesen war. Für die Gäste zählte allein, dass sie dem Monster entkamen.

Nur einer würde es nicht schaffen. Es war der Mann, der den Stein ins Rollen gebracht hatte. Er hatte den Wind gesät und musste nun den Sturm ernten.

Willard schrie.

Die Arme standen nicht still. Sie hielten ihn umklammert und schleuderten ihn hin und her. Willard hatte keine Chance, sich zu befreien oder befreit zu werden. Die dämonische Seite war ihm an Kräften haushoch überlegen.

Aber Bill wollte trotzdem nicht aufgeben. Er musste Willard retten, auch wenn er keine Waffen besaß.

Sheila merkte an Bills gespannter Haltung, was in ihrem Mann vorging. Sie versuchte alles, um ihn zurückzuhalten. »Nicht!«, rief sie. »Du schaffst es nicht, Bill!«

Der Reporter schüttelte nur den Kopf.

Auch Glenda stellte sich auf Sheilas Seite. »Sie hat Recht, Bill, tu es nicht, bitte!«

Der Reporter blieb stur. Er konnte nicht anders reagieren. Es ging ihm wider die Natur, mit ansehen zu müssen, wie ein Mensch vor seinen Augen starb.

Er schüttelte die beiden Frauen ab. Geduckt schlich er näher, hütete sich jedoch, zu nahe an das Monster heranzukommen, denn die Arme waren schnell und die Krallen griffsicher.

»Lass ihn los!«, brüllte Bill, womit er Willards Schreien übertönte. »Verdammt noch mal, lass ihn los!«

»Bill!«, schrie Willard mit sich überschlagender Stimme und schlug dabei mit den Armen um sich. »Bitte, hilf mir. Ich werde wahnsinnig, der frisst mich, der – uaahhh ...« Sein Schrei war grauenhaft, denn er musste bemerkt haben, dass Sogg-Ra tatsächlich seine Drohung in die Tat umsetzte.

Den Kopf des Medizinmannes hielt er nicht mehr im Maul. Er hatte ihn verschluckt.

Jetzt war der andere an der Reihe.

Die Füße schob der Affenteufel zuerst in sein gewaltiges Maul. Er hatte die Klauen halb erhoben, sie unter die Brust des Mannes gestemmt, damit er ihn nicht nur festhalten, sondern auch richtig nachschieben konnte.

Willards Angst steigerte sich ins Unfassbare. Noch hatte er die Hände frei und schlug verzweifelt um sich. Er wollte nicht sterben, nicht auf so schreckliche Art und Weise. Wobei er vielleicht ahnte, dass es kein Tod sein würde, sondern der Übergang zu einem anderen, schrecklichen Leben.

Bis zu den Hüften steckte er im Rachen des Affenteufels. Sein Oberkörper schaute noch hervor, sein Gesicht war eine so verzerrte Maske, wie Bill sie selten in seinem Leben gesehen hatte.

Er versuchte, näher an Willard heranzukommen, aber auch der Affenteufel merkte dies und reagierte entsprechend.

Seine unteren Arme glitten immer wieder in Bills Richtung. Dem Reporter gelang es nur durch Sprünge und geschicktes Ausweichen, diesen Angriffen zu entgehen.

Er konnte dem anderen nicht helfen. Nicht ohne Waffe, denn an körperlichen Kräften war ihm der Dämon überlegen. In ihm steckte eine unfassbare Kraft. Der Reporter konnte seinen Gegner höchstens mit Faustschlägen attackieren, was bei Bill ebenfalls zur Niederlage geführt hätte.

So musste er mit ansehen, wie Stan Willard von dem Affenteufel verschlungen wurde.

Aber Willard sollte ihm noch etwas sagen. Bill Conolly wollte wissen, woran er mit diesem Dämon war. Er schrie: »Wie kann ich ihn besiegen, Willard? Es muss eine Waffe geben. Du weißt mehr über ihn. Woher? Wo steht es? Rede!«

Zuerst schien es, als hätte der Mann die Worte überhaupt nicht verstanden. Er schrie nur, starrte Bill an, und der Reporter sah Tränen in seinen Augen, die die Pupillen ausfüllten und an den Wangen hinabliefen, wo sie feuchte Streifen hinterließen. »Helft mir!«, schrie er. »So helft mir doch!«

Bill schüttelte den Kopf. »Es geht nicht, Willard, verdammt, es geht nicht. Aber du kannst mir noch einen Gefallen tun. Sage uns, sage mir, wie ich diesen Teufel besiegen kann. Bitte …«

»Neiinnn!«

»Willard!«, brüllte Bill. »Du musst reden, verdammt! Du weißt mehr über ihn. Ich habe es gehört. Wie können wir ihn töten? Woher kommt er? Sag es uns!«

Plötzlich schien ein Ruck durch Willards Gestalt zu gehen. Er bäumte seinen Oberkörper hoch, die Hände ballten sich zu Fäusten, sein Gesichtsausdruck veränderte sich, und Bill erkannte, dass die sich darin abzeichnenden Schmerzen verschwanden.

»Rede!«, schrie der Reporter noch einmal.

»Zu Hause. Bei mir zu … ein Buch. Du musst es finden, darin steht es. Das Buch – ich …« Er konnte nicht mehr weitersprechen, denn der Affendämon stieß ein Geräusch aus, das an ein gewaltiges Schlürfen erinnerte.

Es war jedoch kein Schlürfen, sondern ein Saugen, und es drang aus seinem Rachen.

Die Gestalt des Mannes begann zu zittern. Noch einmal sammelte er seine Kräfte, wollte sich aus dem geöffneten Rachen des Affenteufels schleudern, doch gegen die Kraft dieses unheimlichen Gegners kam er nicht an.

Sogg-Ra machte ein Ende.

Der gefährliche Sog packte Stan Willard und riss ihn hinein in den düsteren Rachen. Zuletzt schaute noch eine Hand aus dem Maul, dann war auch sie verschwunden, und einen Atemzug später klappte die Schnauze der Bestie zu.

Nichts mehr war von Stan Willard zu sehen, auch von dem Schädel des Medizinmannes nicht.

Bill Conolly wankte zurück. Er schüttelte den Kopf und atmete tief durch. Weiß war er im Gesicht. Auf seiner Haut lag ein Schauer, der nicht weichen wollte. Die Knie zitterten, und er atmete keuchend und schnell. Damit hatte er nicht gerechnet. Vor seinen Augen hatte das Grauen eiskalt zugeschlagen.

»Komm her, Bill!« Wie durch einen Filter gedämpft, hörte der Reporter die Stimme seiner Frau. Schwerfällig drehte er sich um, sah die Frauen zusammenstehen und stellte fest, dass sie die einzigen waren, die sich noch im Zimmer aufhielten.

»Wir müssen weg, Bill!«, drängte auch Glenda.

»Ja, ja.« Der Reporter nickte, ohne Sogg-Ra aus den Augen zu lassen. Der Affenteufel bewegte sein Maul. Die Zähne lagen jetzt übereinander. Es gab keine Schluckbewegungen, und Bill konnte sich auch nicht vorstellen, dass Sogg-Ra sein Opfer tatsächlich verspeiste. Nein, da musste es etwas anderes geben, und dieses Rätsel war zu lösen. Mit den letzten Worten hatte ihm Willard klar machen können, wo er nachzuschauen hatte.

In dessen Wohnung!

Bill zog seinen Schuh wieder an. Er hatte ihn bisher wie einen völlig nutzlosen Gegenstand in der Hand gehalten. Während er sich bückte, ließ er Sogg-Ra nicht aus den Augen.

Mit dem Affenteufel geschah etwas Seltsames. Zuerst streckte er sich, er reckte seine vier Arme in die Höhe, öffnete das Maul, sodass Bill in einen leeren Rachen schauen konnte, und dann schüttelte sich der Affendämon, als hätte er einen kalten Wasserguss abbekommen.

Im nächsten Augenblick legte sich ein bunter Schleier um seine Gestalt. Farbige Wirbel entstanden, die den Affendämon spiralenförmig umwehten, von Sekunde zu Sekunde schneller wurden, sodass von dem Dämon so gut wie nichts mehr zu sehen war.

Nur noch ein rotierendes buntes Etwas kreiste an der Stelle, wo der Dämon gestanden hatte.

Bill, Sheila und Glenda schauten gebannt auf die Stelle, wo sich der Wirbel sekundenlang drehte und schließlich von einem Atemzug zum anderen verschwunden war.

Ein leeres Podest lag vor den Augen der drei Betrachter. Keine Spur mehr von Sogg-Ra.

Bill wischte sich über die Augen. Er fühlte sich wie gerädert und drehte sich schwerfällig zu den Frauen um.

In ihren Augen stand das Nichtbegreifen. Glenda hielt ein weißes Taschentuch in der Hand. Sie zerknüllte es mit den Fingern, ohne es wohl richtig zu bemerken.

Über Sheilas Gesichtshaut hatte sich eine kalkige Blässe ausgebreitet. Wie winzige Perlen lagen die Schweißtropfen auf ihrem Gesicht, die Augen blickten seltsam stumpf.

»Und?«, fragte Glenda.

Bill hob die Schultern. Es war die einzige Antwort, die er geben konnte. Er verstand nichts. Der gesamte

Vorgang war so rätselhaft, wie er selten einen Fall erlebt hatte.

Ohne ein ersichtliches Motiv hatte das Grauen voll zugeschlagen. Aber Bill schwor sich, das Motiv noch herauszubekommen, denn auch Dämonen taten nichts ohne Grund.

»Lasst uns gehen«, sagte der Reporter. Er hob die Arme und legte sie auf die Schultern der beiden Frauen.

»Und der Affenteufel?«, fragte Sheila, als die drei den Raum verließen.

»Das ist das Problem«, erwiderte der Reporter offen und ehrlich. »Ich weiß auch nicht weiter.«

Sie blieben dort stehen, wo sich die Bar befand. In diesem Raum sah es schlimm aus. Die fliehenden Gäste hatten in ihrer wilden Panik einige Sessel und Tische umgeworfen. Bis auf einen Bediensteten waren alle verschwunden.

Und der Mann schaute Bill Conolly sowie die beiden Frauen gequält und fragend zugleich an.

»Ich habe abgeschlossen«, flüsterte er. »Verdammt, ich habe abgeschlossen und weiß nicht, weshalb ich es getan habe. Da war plötzlich etwas in mir, das mir befahl ...«

Bill Conolly winkte ab. »Schon gut«, sagte er. »Es ist ja alles vorbei.«

Der Mann hob die Schultern und ging davon. An der Tür stieß er fast mit jemandem zusammen, der mit Riesenschritten in die Bar hetzte.

Es war Suko.

Er trug noch seine Motorradkluft. Allerdings hatte er die Jacke offen und den Helm abgenommen. Bill hatte ihn gebeten, Waffen mitzubringen. Daran hatte sich der Chinese gehalten. Er trug sogar das Schwert des ehemaligen Dämonenhenkers. Mit ihm würden sie aufräumen.

Suko blieb stehen und schaute sich um. Er lächelte

knapp, als er feststellte, dass den beiden Frauen und Bill nichts passiert war. »Alles klar?«, erkundigte er sich.

»Fast. Der verdammte Dämon ist aber verschwunden.«

»Hat es Opfer gegeben?« Suko schaute sich um. »Hier ist alles so still, wie tot ...«

»Sie haben sich alle retten können«, erklärte Bill Conolly. »Bis auf einen. Stan Willard ist ein Opfer des Dämons geworden.«

»Mein Gott – und John?«

Da schlug sich Bill gegen die Stirn. »Himmel, ihn habe ich völlig vergessen. Wir wissen nicht, was mit ihm ist – ehrlich ...«

»Dann suchen wir ihn«, erwiderte Suko hart.

Es war wirklich furchtbar, was sich meinen Augen darbot. Der Arm löste sich plötzlich vom Körper des Hausmeisters. Er fiel aber nicht ab, weil sich die Finger der linken Hand am Geländer festklammerten. Da der Arm fast waagerecht blieb, bildete er zum Handlauf des Geländers hin einen fast rechten Winkel.

Ich war entsetzt.

Viel hatte ich schon in meinem Leben gesehen. Viel Schreckliches, Grauenhaftes, Grausames, aber so etwas noch nicht. Ein Mensch ging vor mir her und verlor seinen Arm, ohne dass er sich darum kümmerte. Stattdessen stieg er die Treppe weiter hoch.

Schnell überwand ich die trennende Distanz zu dem Hausmeister und musste schon Sekunden später feststellen, dass ich einen Fehler begangen hatte.

Die Hand ließ den Lauf blitzschnell los, drehte sich und wollte nach mir greifen.

Ich war zu sehr auf den Hausmeister fixiert. Deshalb reagierte ich zu spät, und die Finger krallten sich an mir fest.

Eine kurze Berührung, dann drehte die Klaue den Stoff meiner Jacke zusammen, um mich zu sich heranzuziehen.

Ich stemmte mich dagegen und hatte Glück, dass der Stoff aus den Fingern rutschte.

Im selben Augenblick drehte sich der Hausmeister um.

Hatte er bisher nur seinen Arm verloren, so zerfiel jetzt sein übriger Körper in Einzelteile.

Zuerst löste sich das rechte Bein. Es ging ziemlich langsam. Ich bekam fast Stielaugen und sah mit an, wie es langsam zur Seite schwebte.

Auch das andere Bein blieb nicht mehr mit dem Körper verwachsen, es löste sich ebenfalls.

Nur noch der Rumpf und der Kopf schwebten vor mir. Wenn sich der Schädel jetzt auch noch lösen würde, dann ...

Ich hatte den Gedanken kaum ausformuliert, als es schon geschah. Der Kopf trennte sich vom Körper.

Beides schwebte vor mir.

Es war ein makabres Bild. Da hatte sich jemand innerhalb von weniger als einer Minute geteilt. Seine Gliedmaßen schwebten in der Luft!

Kaum zu fassen ...

Das Gesicht des Hausmeisters verzog sich zu einem Grinsen. Es erschien mir wie ein Abziehbild des Teufels, und die Stimme des Unheimlichen fragte mit höhnischem Unterton: »Wen willst du zuerst töten? Den Kopf, das Bein, den Körper, einen Arm?«

»Deinen Schädel!«, schrie ich, hob die Waffe und wollte feuern.

Der Hieb erwischte mich unter dem Handgelenk. Genau in dem berühmten Sekundenbruchteil, als ich abdrückte. Die Kugel traf nicht den Kopf, sondern hieb nach oben, wo sie in die Decke klatschte, und ich hatte ein Silbergeschoss nutzlos verfeuert.

Die Hand aber ließ nicht los. Der in der Luft schwebende Arm musste unhörbaren Befehlen gehorchen, denn er drückte meinen Arm der Decke entgegen, und er erhielt von dem zweiten augenblicklich Unterstützung. Dieser allerdings packte nicht am Handgelenk zu, sondern in Höhe des Oberarms, sodass beide Klauen zu einem regelrechten Hebelgriff ansetzen konnten.

Sie wuchteten nicht nur meinen rechten Schussarm herum, sondern auch mich.

Ich kippte nach hinten. Es gelang mir nicht mehr, mich auf den Stufen zu halten. So verlor ich das Gleichgewicht und wäre gefallen, wenn ich mich nicht selbst nach rechts geworfen hätte und gegen das Geländer geprallt wäre, das mich aufhielt.

Die Schusswaffe konnte ich nicht mehr einsetzen, denn die beiden Hände drückten den rechten Arm mit der Beretta nach hinten, und sie wurden noch von einem in der Luft schwebenden Bein unterstützt.

Es trat zu. Dabei war es so schnell, dass ich nicht ausweichen konnte und den Treffer an der Hüfte kassierte.

Diesmal hielt mich das Geländer nicht mehr. Ich wurde nach vorn katapultiert. Auch mit einem Sprung schaffte ich es nicht, mich auf den Beinen zu halten, denn unglücklicherweise trat ich mit dem linken Fuß auf die Kante der letzten Stufe und fiel der Länge nach hin.

Schräg krachte ich gegen die Wand. Und zwar mit der Schulter und dem Arm, der nicht von den beiden Händen festgehalten wurde. Der Aufprall schüttelte mich durch. Ich saugte pfeifend die Luft in meine Lungen und versuchte, wieder auf die Beine zu kommen, doch die beiden Klauen bogen meinen Arm so weit nach hinten, dass ich zwangsläufig mit dem Körper folgte.

Es wurde knapp.

Sosehr ich mich auch anstrengte, ich konnte den

Griff nicht sprengen. Ich sorgte nur durch Gegendruck dafür, dass die beiden Hände mich nicht noch weiter nach hinten pressen konnten, sodass mein Arm in der Haltung blieb.

Den linken hatte ich noch frei. Nur mit ihm würde ich mich gegen die Angreifer wehren müssen.

Die Beine schwebten auf mich zu.

Ein groteskes Bild bot sich meinen Augen, wie sie sich über die Treppe bewegten und genau Maß nahmen. Hinter ihnen erkannte ich den grinsenden Schädel des Hausmeisters, der über der Treppe schwebte und meine verzweifelten Bemühungen beobachtete.

Es war schlimm, denn der erste Tritt erwischte mich gleich in der Magengegend und jagte mir die Luft aus den Lungen. Den zweiten Tritt musste ich ebenfalls nehmen. Er richtete mich wieder auf, wie man so schön sagt, denn ich war nach vorn gefallen.

Bewusstlos wurde ich nicht, aber ich war schwer angeschlagen, atmete keuchend und krümmte mich.

Mein Gegner merkte natürlich, dass mit mir nicht mehr allzu viel los war, und er wollte es zu einem Ende bringen. Ich erwartete den nächsten Angriff der über dem Boden schwebenden Beine, doch die Attacke erfolgte von einer ganz anderen Seite.

Mein rechter Arm wurde herumgewuchtet und gegen die Wand geschlagen. Darauf war ich nicht gefasst gewesen. Von meinen Lippen löste sich ein Schrei, der Schmerz wühlte von meiner Hand aus aufwärts, und ich musste die Pistole fallen lassen.

Blitzschnell war ein Bein da und kickte sie weg.

Das andere trat nach meinem Gesicht.

Es war eine Reflexbewegung, mit der ich meinen linken Arm hob, Glück hatte und das Bein zu fassen bekam. Wütend schleuderte ich es herum und hörte gleichzeitig das Lachen meines Gegners. Der Mund in dem in der Luft schwebenden Schädel hatte sich geöffnet. Das Lachen war hämisch, klang triumphierend, aber auch grausam.

Dieses Lachen sollte mein Ende begleiten, denn während ich noch mit dem angreifenden Bein beschäftigt gewesen war, hatte einer der Arme einen anderen Befehl erhalten.

Mit Schrecken sah ich, dass die Hand meine eigene Beretta, die bis gegen die unterste Treppenstufe gekickt worden war, hochhob. Vier Finger umklammerten den Griff, einer lag am Abzug.

Ich schaute in die Mündung.

Starr stand ich auf dem Fleck und erlebte das Gefühl, das bei mir immer dann eintritt, wenn ich in das dunkle Loch einer Waffenmündung schaue. Sie sah so verdammt harmlos aus, aber aus ihr konnten jeden Augenblick Tod und Verderben schießen.

Ich hielt die Luft an, mein Magen zog sich zusammen, die einzelnen Teile des Körpers sahen plötzlich verschwommen aus. Ich wusste, dass es die Tränen waren, die meinen Blick verschleierten.

»Ich hatte dir eine Chance gegeben!«, hörte ich die Stimme des Hausmeisters. »Du hast sie nicht genutzt. Was nun geschieht, dafür trägst du allein die Verantwortung.«

Der Mund hatte die Worte kaum ausgesprochen, als ich hinter dem Schädel etwas aufblitzen sah, und noch in derselben Sekunde peitschte der Schuss …

Ich hatte mich nicht bewegt. Aus dieser kurzen Entfernung hätte ich dem Geschoss doch nicht entgehen können. Wie die Waffe gehalten worden war, so hätte mich das Geschoss in die Brust oder in den Kopf treffen müssen. Dies allerdings geschah nicht. Ich spürte auch keinen Einschlag an einer anderen Stelle des Körpers, hörte nicht einmal das Pfeifen der Kugel oder nahm den Luftzug wahr, sondern starrte wie gebannt auf den Arm und somit auch auf die Hand, die meine Beretta hielt.

Sie hatte sich verändert.

In ihr steckte ein Dolch!

Ein geweihter Dolch – mein Dolch.

Und geschleudert hatte ihn Suko, der Chinese. Er stand hinter dem in der Luft schwebenden Schädel am Ende der Treppe. Suko war im letzten Augenblick erschienen, hatte den Dolch geworfen, einen Treffer erzielt, und die geweihte Waffe war durch die in der Luft schwebende Hand gefahren, genau in dem Augenblick, als sich der Finger um den Abzug krümmte.

Vielleicht zwei Atemzüge war alles wie erstarrt. Dann kam Leben in Suko, und nicht nur in ihn. Außer mir reagierte noch jemand. Bill Conolly war es, der sich an dem Chinesen vorbeidrängte. Festlich gekleidet stürmte er die Treppe herunter, aber mit seinen Händen hielt er einen Schwertgriff umklammert, und er hatte die schwere Waffe hoch über seinen Kopf geschwungen, um sie im nächsten Augenblick nach unten sausen zu lassen.

Der in der Luft schwebende Schädel wollte noch ausweichen. Er sah die große Gefahr, aber so schnell war er auch nicht. Die Klinge erwischte ihn, bevor er sich bewegen konnte.

Ich glaubte sie sogar pfeifen zu hören, so wuchtig hatte der Reporter zugeschlagen, und er teilte den Schädel in zwei Hälften.

Damit nicht genug. Bill hatte so viel Kraft in seinen Hieb gelegt, dass die Schwertklinge durch den Kopf fuhr und als nächstes noch den Rumpf zerstörte.

Auch er fiel auseinander. Die beiden Hälften kippten nach verschiedenen Seiten weg, und wie beim Kopf, den Armen oder den Beinen sahen wir auch hier keinen Tropfen Blut.

Bill Conolly, noch immer in Fahrt, fand auf den Stufen keinen Halt mehr und fiel fast die ganze Treppe hinunter, wobei ich Angst hatte, dass er sich noch selbst mit dem Schwert verletzen konnte.

Es ging zum Glück alles glatt. Neben mir prallte er gegen die Wand und grinste.

Um die restlichen Körperteile brauchten wir uns nicht mehr zu kümmern. Das Gehirn war zerstört worden. Sie gehorchten jetzt keinen Befehlen mehr, fielen zur Seite und blieben liegen.

Ein mehr als schauriges Bild. Ich musste mich mit Gewalt davon losreißen und mir immer wieder sagen, dass wir es hier mit keinem Menschen zu tun gehabt hatten, sondern mit einem Wesen, das nur wie ein Mensch aussah. Mehr auch nicht.

Bill Conolly atmete schnell und heftig. Er hob die Schultern und schluckte. Dann grinste er bissig. »Verdammt großes Glück gehabt, John.«

»Und wie«, gab ich ihm Recht.

»Hast du eine Erklärung?«, fragte er mich.

»Nein, ich kann mich nur bei euch bedanken. Verdammt, die Sache hier hätte mich fertig gemacht. Und das für immer.«

Bill schlug mir auf die Schulter. »Komm mit hoch, uns ist allen nichts passiert.«

Ich ging die Treppe hoch und hatte dabei das Gefühl, auf Eiern zu laufen, so seltsam war mir zumute. Auch Suko reichte ich die Hand und sah dann die beiden Frauen.

Glenda fiel mir in die Arme. Ich fing sie auf, spürte ihr Zittern und merkte, wie froh sie war, dass wir alles überstanden hatten. Sheila lächelte ebenfalls glücklich, ich aber drückte Glenda von mir und lehnte mich an die Kellerwand.

»Was ist denn nun mit diesem Affenteufel?«

»Er ist entwischt«, antwortete Bill.

»Was?«

»Ja, auch Stan Willard, der ein Opfer dieses unheimlichen Dämons geworden ist.«

»Das gibt's nicht.«

»Doch, John. Ich lüge dir da nichts vor.« In wenigen Sätzen berichtete Bill Conolly, was sich zugetragen hatte, und ich hörte aufmerksam zu.

Mir blieb nur eine Reaktion: den Kopf zu schütteln.

»Was gibt das für einen Sinn?«, fragte ich verzweifelt. »Wer oder was steckt dahinter?«

»Das fragen wir uns auch«, meinte Suko.

Bill sagte: »Irgendeine schreckliche Magie, von der wir noch nie etwas gehört haben. Aber es gibt da ein Buch in Willards Wohnung, das sollten wir uns holen.«

»Wieso ein Buch?«

»Willard hat es mir in den letzten Sekunden seines Lebens gesagt, bevor das Untier ihn verschlang.«

»Hat es das wirklich?«

»Es gibt keine andere Möglichkeit, John.«

»Doch, mein Lieber. Dieser Affenteufel hat seine Opfer zwar verschlungen, aber nicht, um sie zu verspeisen, sondern um mit ihnen eine Umwandlung vorzunehmen. Alle Menschen, die bisher in seinem gefräßigen Rachen verschwunden sind, waren nicht tot in unserem Sinne. Sie kamen als Untote zurück, das solltest du wissen. Auch der Hausmeister hier, mit dem ich in den Clinch geraten bin, das gleiche gilt für den Medizinmann, dessen Hand mich im Waschraum überfallen hat …«

Bill unterbrach mich. »Medizinmann hast du gesagt?«

»Ja.«

»Den haben wir gesehen. Oder seinen Kopf. Er steckte im Rachen des Affenteufels, sein Gesicht war sehr bunt bemalt, das muss er gewesen sein.«

Da gab ich dem Reporter Recht. »Aber wie ist der Hausmeister in seinen Bann geraten?«

»John, ich weiß ebenso viel wie du. Und Suko noch weniger, ihn habe ich aus lauter Not angerufen.«

»Was sicher die beste Idee war, die du seit langem

hattest«, gab ich zurück und hieb dem Chinesen auf die Schulter, sodass selbst Suko einknickte.

Sheila hatte einen berechtigten Einwand. »Müssen wir eigentlich hier stehen bleiben? Der Anblick ist nicht gerade erfreulich. Ich jedenfalls bin so etwas nicht gewohnt.« Sie wandte sich schaudernd ab und wurde von Bill in die Arme genommen.

Sheila hatte ein wahres Wort gesprochen. Wir brauchten nicht länger zu bleiben und auch nicht innerhalb des Clubs. Was es jetzt noch zu tun gab, das würde sich sowieso nicht im Club, sondern ganz woanders abspielen.

Suko blieb bei Glenda und mir. »Weißt du eigentlich genau, worum es geht, John?«, fragte er mich.

Ich schüttelte den Kopf. »Nein. Ich habe nur von diesem Affendämon gehört, das ist alles.«

»Dann bist du noch genauso schlau wie im Büro?«

»So ungefähr.«

Den Keller hatten wir verlassen und hörten vom Eingang her die Stimmen von Polizisten. Ich sah die Männer zwar nicht, konnte allerdings die Befehle und Anordnungen hören. Wie sie gesprochen wurden, das ließ Rückschlüsse darauf zu, wer hier den Ton angab.

Schon stürmten sie in die Halle. Ich wusste nicht, wer sie alarmiert hatte, jedenfalls würden sie zu spät kommen. Ich war in London inzwischen ziemlich bekannt unter meinen uniformierten Kollegen. Auch Sukos Eintritt bei der Polizei hatte sich herumgesprochen, besonders deshalb, weil er ein Chinese war und sich nicht im Streifendienst befand wie die meisten farbigen Kollegen.

»Sir!«, grüßte der Streifenführer und baute sogar noch Männchen. »Wir sind so rasch wie möglich gekommen und …«

Ich winkte ab. »Sie können sich Ihre Mühe sparen, Mann. Hier gibt es für Sie nichts mehr zu tun. Aber Sie können der Mordkommission Bescheid geben.«

»Gab es Tote, Sir?«

»Einen.«

»Sollen wir nicht doch …?«

Ich schüttelte den Kopf. »Der Mörder ist längst über alle Berge, mein Lieber, wobei ich ein ›leider‹ hinzufügen muss. Wenn irgendwelche Fragen auftauchen, Sie wissen ja, wo Sie Inspektor Suko oder mich erreichen können.«

»Ja, Sir.«

Wir verließen den Club. Es war etwas kühler geworden, und die Frauen zogen fröstelnd die Schultern hoch.

Bill wollte sich einen Wagen rufen, doch dagegen hatte ich etwas. »Nein, ihr fahrt mit mir. Suko wird die Harley nehmen. Bei mir zu Hause besprechen wir, wie es weitergehen soll.«

Mein Vorschlag fiel auf fruchtbaren Boden. Glenda war ebenfalls einverstanden.

Suko wollte mit seiner Harley während der Fahrt hinter uns bleiben. Allerdings kamen wir noch nicht dazu, in den Wagen zu steigen, denn nicht nur wir hielten uns auf dem Parkplatz auf, sondern auch noch andere Gäste.

Man bestürmte uns mit Fragen. Kein Wunder, schließlich waren wir am längsten innerhalb des Clubs geblieben.

Die Antworten gaben wir nur spärlich, wenn überhaupt. Auch Bill hielt sich zurück und musste sich dafür so manchen Vorwurf gefallen lassen.

Die Frauen waren schon eingestiegen. Suko hockte im Sattel seines heißen Ofens und stülpte seinen Helm auf. Das Schwert hatte ich wieder an mich genommen und im Kofferraum verstaut.

Sheila schaute aus dem Fenster. »Kommt endlich! Mein Bedarf an Aufregung ist in dieser Nacht gedeckt.«

Als ich mich anschnallte, sprach ich nach hinten in

den Fond, wo die Conollys saßen. »Sag mal, Bill, hast du eigentlich gewusst, was uns da erwartete?«

»Nein.«

»Ehrlich nicht?«

»Ich schwör's dir, John. Ich habe zwar aufgehorcht, als Willard von einem Affenteufel sprach, aber dass es so dick kommen würde, damit habe ich nicht gerechnet.«

»Okay.«

Langsam ließ ich den Bentley über den Platz dem Ausgang zurollen, wo der Bedienstete winkte.

Hinter uns fuhr Suko. Das Knattern seiner Maschine übertönte das Geräusch unseres Motors.

»Hast du schon einen Plan?«, erkundigte sich Bill.

»Du warst es doch, der mir das Stichwort gegeben hat«, erwiderte ich.

»Ja, die Wohnung des Toten.«

»Eben. Dort müssten wir das geheimnisvolle Buch finden. Ich bin gespannt, ob wir tatsächlich das Rätsel lösen werden.«

»Frag mich mal.«

Der Verkehr hatte merklich abgenommen, sodass die Fahrt zu meiner Wohnung ohne irgendwelche Zwischenfälle verlief. In meinem Apartment machten uns die Frauen etwas zu trinken. Suko kam auch. Er brachte Shao mit, die nicht geschlafen und sich einen Bademantel übergestreift hatte. Sie war froh, dass wir alle gesund zusammensaßen.

Wir hockten auf der Couch und den Sesseln. Ich hatte mit ein paar Griffen herumliegende Kleidungsstücke weggeräumt. Im Gespräch fassten wir die Ereignisse noch einmal zusammen und kamen zu dem Ergebnis, dass wir es mit mehreren Gegnern zu tun hatten.

»Das sind dann drei«, resümierte Bill Conolly. »Der Affenteufel, dieser Medizinmann und auch Willard.«

Ich gab meinem Freund Recht.

»Ist der nicht tot?«, fragte Sheila.

»Sicher, der ist verschluckt worden und kehrt irgendwann als Untoter wieder zurück …«

Sheila schaute mich an, als ich die Worte gesagt hatte. Sie hatte eine Gänsehaut bekommen. »John, das kann ich nicht begreifen, so leid es mir tut.«

»Ich auch nicht«, gab ich ehrlich zu. »Wir werden schlauer sein, wenn wir das Buch haben.« Ich blickte Bill an, der das beschlagene Glas zwischen seinen Händen drehte. »Hast du vielleicht den Titel des Buchs gehört?«

»Nein.«

»Warst du schon mal bei Willard?«

»Auch nicht. Ich habe mit ihm keinen Kontakt gepflegt. Du weißt selbst, wie man von ihm redet.«

»Das ist leider wahr.« Ich stand auf und holte zwei gewaltige Schwarten aus einem kleinen Container. Dort bewahrte ich die Telefon- und Adressbücher auf. »Wir werden sehen, wohin er sich zurückgezogen hat«, sagte ich und begann zu suchen.

Bill Conolly stand auf und schaute mir über die Schulter, während mein Finger über die Spalten fuhr, in denen die einzelnen Namen aufgeführt waren.

Meine Güte, es gab vielleicht viele Willards, wie ich es nie gedacht hätte. Da konnte man nur den Kopf schütteln. Auch unter Stan Willard fanden sich acht Namen.

Im Telefonbuch, das Suko an sich genommen hatte, wurden wir fündig. Willard hatte seinen Namen nicht fettgedruckt herausstellen lassen, aber die Berufsbezeichnung Exportkaufmann ließ darauf schließen, dass wir es mit dem Richtigen zu tun hatten.

»Und wo wohnt er?«, fragte ich den Chinesen.

»Da müssen wir ein ziemliches Stück fahren. Unten in Southfields.«

Bill pfiff durch die Zähne. »Das ist ja noch weiter als unsere Adresse, fast schon in Wimbledon.«

»Hilft trotzdem nichts, wir müssen hin«, sagte ich und klappte das Buch zu.

»Jetzt noch?«, fragte Glenda.

»Natürlich.«

»Du kannst mit zu uns kommen«, bot sich Sheila an.

»Kann ich nicht hier bleiben?«, fragte Glenda. »Ich könnte Shao Gesellschaft leisten. Außerdem bin ich dann nicht so weit von meiner eigenen Wohnung entfernt, in die ich mich allerdings nicht traue, bevor nicht alles vorbei ist.«

Shao nickte sofort heftig. Das war also klar. Bill und Sheila vereinbarten noch, dass sie den Porsche nahm und in das Haus zurückfuhr. Sie wollte den kleinen Johnny nicht zu lange allein lassen.

Gemeinsam fuhren wir nach unten. Diesmal nahm Suko ebenfalls im Bentley Platz. Wir ließen Sheila zuerst hinaus, dann gab ich Gas und fragte, mich was uns am Ziel wohl erwarten würde …

Mit dem Export, was immer man darunter auch verstand, ließ sich wohl viel Geld verdienen, denn Stan Willards Besitz konnte sich schon sehen lassen. Den Rest des Weges fuhren wir über eine Privatstraße und erwarteten eigentlich, ein altenglisches Landhaus oder einen Herrensitz zu sehen. Weit gefehlt. Als sich der Wald öffnete und den Blick freigab, sahen wir auf einem künstlich angeschütteten Hügel ein bungalowähnliches Gebilde stehen, das die Form eines Weihnachtssterns aufwies.

Das Zentrum wurde von einem Kreis gebildet. Von ihm aus stachen jeweils vier Arme in alle Richtungen, wobei die Arme zum größten Teil aus Glas bestanden und mit dem Wort Zimmer umschrieben werden konnten.

Wir stiegen aus und staunten.

»Das habe ich auch noch nicht gesehen«, murmelte

Bill. »Und ich bin verdammt viel herumgekommen.«

»Da kannst du dir mit deiner Hütte eine Scheibe von abschneiden.«

Bill hob die Schultern. »Was soll der ganze Protz? Zu viel des Guten ist ungesund.«

Womit er im Prinzip Recht hatte. Was wir vor uns sahen, war zwar nett anzuschauen, zudem wurde es noch angestrahlt, aber mein Fall wäre es nicht gewesen.

Der Eingang lag zwischen zwei »Wohnarmen«. Eine Tür, die aus Glas und gehämmertem Kupfer bestand. Die Glaseinfassung zeigte eine Trübung. Wir sahen dahinter allerdings einen Schatten und wurden vorsichtig.

Ich hatte Bill Conolly mein Schwert gegeben. Er legte seine Hand auf den Griff, Suko huschte zur Seite weg, nur ich blieb und sah mit an, wie die Tür geöffnet wurde.

»Wer ist da?«, hörten wir eine barsche Männerstimme.

Zu unseren dämonischen Gegnern schien die Person nicht zu gehören, deshalb gab ich dem Frager eine konkrete Antwort.

»Scotland Yard!«, rief ich.

Der Mann drückte die Tür weiter auf und stand im Freien. Er wartete ab. Ich sah ein Gewehr in seiner Hand und erkannte an der dunklen Kleidung, dass es sich bei dem Knaben um einen Butler handeln musste. So etwas fehlte Willard natürlich nicht.

Über den plattierten Weg schritt ich auf den Eingang zu, während Bill und Suko mir folgten. Das Gewehr wurde nicht gesenkt. Anscheinend traute der Butler dem Frieden nicht, und ich zog sicherheitshalber meinen Ausweis.

Er las ihn und nickte. »Bitte kommen Sie herein.«

Wir betraten das Haus und sahen eine runde Diele. Da der Maler Salvador Dali sich ein rundes Haus gebaut hatte und Willard ein Fan von ihm gewesen war, wir sahen es an den Bildern, hatte er sich ebenfalls eine runde Empfangshalle bauen lassen.

Unsere Schuhe versanken in einem fast weißen Teppich. Hell waren auch die Möbel. Weiches Leder, weiße Tische, nur die Hi-Fi-Anlage fiel da etwas aus dem Rahmen.

»Ich habe gehört, was passiert ist«, erklärte uns der Butler und senkte die Mündung. »Ist er wirklich tot?«

»Ja«, erklärte ich.

Das Gesicht des Mannes verzog sich, sodass auf der Haut ein Faltenmuster entstand. Er strich über sein graues Haar und schüttelte den Kopf. »Einmal musste es ihn ja erwischen.«

»Wie meinen Sie das?«, fragte Suko.

»Er hatte eben zu viele Feinde, das ist es.«

»Inwiefern?«

Der Butler lächelte. »Jetzt tun Sie so, als ob Sie es nicht wüssten. Man hat ihm oft den Tod angedroht. Bei seinen Geschäften, über die man munkelte, kein Wunder.«

Ich schüttelte den Kopf. »Der Tod Ihres Brötchengebers hat mit dessen krummen Waffengeschäften nichts zu tun. Es gibt da einen anderen Grund.«

»Nichts?« Der Butler zeigte sich überrascht. »Aber welchen Grund sollte es geben?«

»Kennen Sie den Affenteufel?«

»Dieses widerliche Monstrum? Sicher, es hat lange genug hier gestanden. Ich war froh, als es aus dem Haus kam. Glauben Sie mir, meine Herren.«

Das konnten wir uns gut vorstellen. »Trotzdem müssen wir noch einmal auf den Affenteufel zurückkommen, denn er hat unmittelbar mit dem Tod Ihres Arbeitgebers zu tun. Es ist da die Rede von einem Buch gewesen. Wissen Sie etwas darüber?«

»Nein, Sir!«

»Sie kennen das Buch also nicht?«

»Ich sagte Ihnen doch bereits, dass ich mich um die

privaten Dinge von Mr. Willard nie gekümmert habe.«

»Aber vielleicht wissen Sie, wo das Buch unter Umständen sein könnte«, sagte Bill und trat einige Schritte näher.

Der Butler schaute den Reporter an. »Es gibt eine Bibliothek. Sie ist gleichzeitig das Arbeitszimmer. Wenn Sie da nachschauen wollen, bitte ...«

»Danke sehr.«

Der Butler wandte sich um und geleitete uns auf eine Tür zu, die in der Nähe lag. Er selbst öffnete sie, sodass wir einen Blick in den langen Wohnschlauch werfen konnten. Der Butler schaltete höflicherweise das Licht ein, und wir konnten uns ein anerkennendes Nicken nicht verkneifen.

Die Bibliothek und das Arbeitszimmer bildeten eine prachtvolle Einheit. Alt und neu harmonierten hervorragend miteinander. Es gab einen modernen Computer und daneben Regale mit alten Büchern. Die waren sogar zahlreich vertreten, sodass uns eine Suche nicht erspart bleiben würde.

Wo keine Regale standen, reichten die Scheiben fast bis zum Boden. Wir hatten einen freien Blick in den dunklen Park.

Ich dachte an die Gefahr, die unter Umständen auf uns zukommen könnte, und bat den Butler, das Haus zu verlassen.

Er schaute mich an, stellte auch keine weiteren Fragen, sondern machte wortlos kehrt und ging davon.

»So, und nun können wir mit der Suche anfangen«, stöhnte Bill Conolly, wobei er langsam die Regale abschritt und den Kopf gehoben hatte, damit er sämtliche Buchrücken erkennen und die Titel darauf lesen konnte.

Suko ging zum Schreibtisch. Ein kostbares Stück aus der Zeit des französischen Sonnenkönigs. Die Platte war nicht aufgeräumt. Da lagen Schnellhefter übereinander, Notizzettel und auch Bücher. Letztere interessierten Suko besonders.

Er nahm das erste vom Stapel, drehte es herum und lachte auf.

Ich hatte mir die zweite Seite mit den Regalen vorgenommen und drehte mich jetzt um. »Was ist los?«

»Wir brauchen nicht mehr weiterzusuchen. Ich habe das Buch gefunden.« Suko hielt es hoch, als wir uns umdrehten.

»Ein Glücksgriff«, sagte Bill.

Wir erreichten den Chinesen gleichzeitig und schauten auf den Titel. Das Buch war älter, denn Sri Lanka wurde noch als Ceylon bezeichnet.

»Götter und Dämonen auf Ceylon«, las Bill halblaut vor. »Er war in Sri Lanka. Das muss das Buch sein.«

Wir nickten, als Bill es aufschlug und im Inhaltsverzeichnis nachschaute.

Würden wir das Rätsel jetzt lösen?

Bills Finger fuhr die einzelnen Kapitelspalten entlang und stoppte plötzlich, sodass wir das Wort Affenmagie lesen konnten.

»Das muss es sein«, sagte auch Suko.

Der Reporter schlug die Seite 58 auf. Er klappte beide Buchhälften auseinander, und sofort sahen wir das Bild, das sich für uns schon zu einem Albtraum entwickelt hatte.

Es zeigte den Affendämon Sogg-Ra in grellen Farben. Täuschend echt war er nachgemalt worden, und in seiner Krokodilschnauze steckte ein weibliches Opfer.

»Nimm mal die nächste Seite«, sagte ich.

Bill schlug um. Dahinter begann die Erklärung. Gemeinsam lasen wir, was der Autor über die gefährliche Affenmagie geschrieben hatte …

Der Butler war nicht überrascht gewesen, dass ihm die Polizei einen Besuch abgestattet hatte. Er trauerte auch nicht um Stan Willard. Der Butler dachte nur an den Job, den er verlor, und an das Geld. Er hatte es in dem Haus, das ihm von der Architektur her überhaupt nicht gefiel, nur ausgehalten, weil sich sein Brötchengeber des öfteren auf Reisen befand. Zudem brauchte er nicht in dem Haus zu wohnen. Er lebte in einem Bau, der am Rande des Grundstücks stand und früher ein Gartenhaus gewesen war. Man hatte es umgebaut, und die drei kleinen Zimmer reichten dem Mann.

Selbstverständlich machte er sich seine Gedanken, als er das Haus ansteuerte. Er wusste nicht, wie Willard gestorben war, doch mit rechten Dingen schien es dabei nicht zugegangen zu sein, sonst wäre die Polizei nicht gekommen. Zudem musste es mit der seltsamen Trophäe zu tun haben, die Willard mitgebracht und vor der sich der Butler gefürchtet hatte. Sie war ihm nie geheuer gewesen, und war sie vielleicht der Grund für den Tod seines Arbeitgebers gewesen?

Darüber dachte er nach, aber schon bald verscheuchte er die Mutmaßungen und Folgerungen wieder.

Was ging ihn das überhaupt alles an? Willard war erledigt und damit fertig.

Sein Haus war von der Grundstückseinfahrt nicht zu sehen. Es lag im Schatten hoher Bäume. Hier verirrte sich kaum ein Mensch hin, und wenn der Butler mal nachts über Telefon gerufen wurde, dann konnte er, um die Entfernung schnell zu überbrücken, ein Elektroauto nehmen, das ihm zur Verfügung stand.

Der Butler glaubte daran, dass die Polizisten nichts mehr von ihm wollten. Deshalb hatte er beschlossen, schon in der Nacht zu packen, denn sicherlich musste er so schnell wie möglich das Grundstück verlassen.

Die Tür hatte er nicht abgeschlossen. Er stieß sie mit dem Gewehrlauf nach innen, trat über die Schwelle, war mit den Gedanken schon bei seiner Abreise und machte Licht.

Unter der Decke strahlte die runde Lampe hell auf. Sie erleuchtete den rechteckigen Flur und die drei Türnischen, die an zwei Seiten abzweigten.

In der rechten stand jemand.

»Hallo, George«, sagte eine Männerstimme, die dem Butler sehr bekannt vorkam.

Im ersten Augenblick wollte er schreien, dann glaubte er, sein Herz würde stehen bleiben, und eine Sekunde später verlor er sämtliche Farbe, denn vor ihm stand ein Toter.

Stan Willard war zurückgekehrt!

George, der Butler, war zum Denkmal erstarrt. Er vergaß sogar das Atmen. Nur seine Augen lebten, sie zeigten einen panikerfüllten Ausdruck.

»Sie?«, keuchte er.

»Ja, ich.«

»Nein!«, flüsterte George. »Das ist nicht möglich. Sie sind tot. Sie können nicht hier stehen, Sir.«

Sein Gesicht verzerrte sich, und er riss das Gewehr hoch, während seine zitternden Finger versuchten, den Abzug zu finden.

»Nicht, George!«

Der Butler hörte nicht und musste erleben, wie sein Chef plötzlich reagierte. Auf einmal löste sich ein Arm von seinem Körper, machte sich selbständig und war gedankenschnell bei dem Butler, der nicht mehr abdrücken konnte, denn mit einer kurzen Drehung hatte der andere ihm das Gewehr entrissen und hielt es so hoch, dass George nicht mehr daran kam.

Den Butler packte das kalte Entsetzen. Er wagte kaum, der in der Luft schwebenden Waffe mit seinem Blick zu folgen, denn was er da sah, war unglaublich und gehörte in ein Horror-Kabinett.

»Ich spinne!«, flüsterte er. »Verdammt, ich drehe durch …« Er schlug die Hände vor sein Gesicht und wankte zurück, wobei er noch das leise Lachen seines Arbeitgebers hörte.

»Nein, mein lieber George, du spinnst nicht. Ich bin es in der Tat.«

»Aber Sie sind tot!«

»Bin ich das wirklich? Sieh mich an!«

Wie unter Zwang ließ der Butler seine Hände sinken und sah, dass der andere wieder normal wirkte. Der Arm befand sich dort, wo er hingehörte, nur das Gewehr hatte Willard an sich genommen, und dies bewies dem Butler, dass er sich vorhin nicht getäuscht hatte.

George fing sich nur mühsam. Verständnislos schüttelte er den Kopf. »Warum haben denn die Polizisten vorhin gesagt, Sie seien tot?«

»Welche Polizisten?«

»Die in Ihrem Haus!«

»Sie sind gekommen?«

»Ja, zu dritt.«

Da lachte Willard. Es war ein böses, gemeines Lachen. Als er aufhörte, verzerrte sich sein Gesicht. »Es läuft ja besser, als ich gedacht habe. Sogg-Ra wird zufrieden sein, das kannst du mir glauben. Ehrlich, mein Freund ...«

»Was wollen Sie tun?«

»Töten«, erwiderte Willard kalt. »Ich werde Sie töten. Alle müssen sterben ...«

Der Butler vernahm die Worte. Besonders eines hallte in seinem Schädel nach.

Töten!

War Willard noch ein Mensch? Er glaubte nicht mehr daran, bei allem, was er mitbekommen hatte. Nein, vor ihm stand kein Mensch mehr, sondern eine Bestie, die töten wollte.

Auch ihn?

In den Augen des anderen las der Butler keinen Funken Gefühl. Sie strahlten eine gnadenlose Kälte aus.

Unbarmherzig waren sie, der Blick erinnerte an die Schärfe von Messern.

George überlegte.

Die Tür stand offen. Und sie war nicht einmal sehr weit von ihm entfernt. Wenn er sich selbst überwand, konnte er sie mit zwei langen Sprüngen erreichen.

Noch einmal holte er tief Luft, tat so, als wollte er etwas sagen, dann stieß er sich ab und hetzte auf die Tür zu.

Willard bewegte sich nicht – oder kaum. Aber plötzlich löste sich das linke Bein, und bevor sich der Flüchtling versah, entdeckte er das schräggestellte Bein vor sich.

Ausweichen konnte er nicht mehr. Das Bein bildete eine Stolperfalle, in die der Butler voll hineinfiel. Er riss noch die Arme hoch, bevor er nach vorn katapultiert wurde und der Länge nach zu Boden schlug.

»Du bist verrückt!«, hörte er hinter sich die Stimme seines Arbeitgebers. »Regelrecht wahnsinnig. Willst du wirklich so mir nichts, dir nichts dein Leben hingeben?«

Nein, das wollte George nicht. Er spürte unter seinen Fingern das nachtfeuchte Gras, winkelte die Arme an und versuchte, sich in die Höhe zu stemmen.

Halb hoch kam er, dann war der andere bei ihm.

Und der schlug zu.

Mit dem Gewehrkolben traf Willard seinen Butler am Hinterkopf. Ein dumpfer Laut erklang. George stöhnte noch einmal, dann sank er zusammen und blieb liegen.

»Narr«, sagte Stan Willard nur. »Verdammter Narr.« Er sah jetzt wieder normal aus. Sein Bein befand sich dort, wo es hingehörte. Vorsichtig blickte er sich um.

Unter den Bäumen, wo die Schatten am tiefsten waren, bewegte sich etwas.

Zwei Gestalten schälten sich aus der Dunkelheit. Sie glitten lautlos auf Willard zu.

Es waren der buntbemalte Medizinmann und der unheimliche Affenteufel, der Satan mit den vier Armen.

Er hatte sie vorgestreckt und bewegte die Krallen. Ein Zeichen, dass er endlich eine Entscheidung wollte. Halb offen stand die gefährliche Schnauze, das Gebiss leuchtete in der Dunkelheit.

»Sie sind da«, erklärte Willard ihnen. »Die drei Männer aus dem Club.«

Der Affendämon hörte die Worte. Dabei drehte er langsam den hässlichen Schädel und schaute dorthin, wo das protzige Haus lag und Licht durch die Finsternis schimmerte.

Der Medizinmann hob seine rechte Hand. Die Klaue war verkrümmt, ihre Krallen hingen nach unten. Sie hatte den Schlag gegen die Wand des Waschraums doch nicht so gut überstanden.

Willard nickte. Er fühlte sich als der Anführer, denn er kannte sich hier aus. Und niemand protestierte, als er den Anfang machte und losmarschierte.

Die anderen folgten ihm schweigend, aber voller Hass gegen die drei Opfer …

Das Kapitel über den Affenteufel begann mit einer Warnung. Der Verfasser warnte die Menschen davor, die uralten Formeln auszusprechen, die seit Tausenden von Jahren ihre Gültigkeit besaßen und von den großen, unbekannten Göttern aufgestellt waren.

»Könnten das die Großen Alten gewesen sein?«, fragte Suko.

Ich hob die Schultern. »Möglich ist alles. Vielleicht sogar wahrscheinlich.«

»Lies mal weiter, Bill«, forderte der Chinese den Reporter auf.

Ich will hier nicht im Einzelnen nacherzählen, was dort alles gestanden hat, denn das Kapitel war sehr lang. Es lief über acht eng bedruckte Seiten, durch die wir uns regelrecht ackern mussten. Zum Verständnis jedoch möchte ich zusammenfassen.

Woher der Affendämon kam, wusste niemand. In den Überlieferungen sprach man nur von alten Göttern und davon, dass er, der Affenteufel, in einer Höhle gelebt hätte.

Tief unter der Erde war sein Versteck, wo er die Magie seiner Schöpfer konservieren konnte. Eines Tages jedoch stieg er aus seiner Höhle an die Oberwelt. Er fand sie leer und verlassen vor. Nur Krokodile lebten an und in den großen Flüssen. Als sie den Affenteufel sahen, erkannten sie in ihm einen Feind. Sie rotteten sich gegen den aus der Höhle gekommenen Dämon zusammen und verlangten seine Unterwerfung. Daran dachte der Affenteufel nicht, sodass an einer Entscheidung einfach nichts mehr vorbeiging. Es musste ausgekämpft werden.

Der Sage nach schickten die Krokodile ihren stärksten Artgenossen. Es kam zum Kampf, der drei Tage und drei Nächte dauerte. Einen Sieger gab es nicht, aber der Affendämon musste zuletzt hinnehmen, dass aus ihm eine grässliche Mutation geworden war. Zwar hatte er seine vier Arme behalten, aber der Schädel des Krokodils war auf seinen Schultern gewachsen. Aus dem Affenteufel wurde ein Zwitter. Nicht nur den Schädel des Krokodils hatte er bekommen, auch dessen Gebiss und dessen unheilvolle Tiermagie. Krokodile zerbeißen ihre Feinde. Von diesem Augenblick an tat der Affendämon dies auch. Jedoch vermischten sich die beiden Magien miteinander. Während der Affenteufel die Kräfte von den alten Göttern erhalten hatte, die mehr auf einer starken magischen Basis standen, war die Magie des Krokodils auf die sofortige Vernichtung programmiert. Sogg-Ra konnte, wenn die alten Zauberformeln gesprochen wurden, Tote wieder zurück ins Leben holen. Das Krokodil zerbiss sie. So kam es zu einer Einigung. Die beiden Magien bekämpften sich nicht mehr, sondern gingen zusammen. Was die Magie des Krokodils zerstörte und tötete, wurde von der des Affendämons wieder ins Leben gerufen. So konnten Menschen weiterleben, die von der Schnauze verschluckt worden waren. Der Affenteufel spie sie wieder aus, damit sie als seine Diener und in seinem Namen ein untotes Leben fortsetzten. Ob Hände, Arme, Beine, alles war prall gefüllt von der Magie des Affendämons. Sie konnte man nicht töten. Hackte man einen Arm ab, so lebte er trotzdem weiter, denn er gehorchte nur der Magie, die innerhalb des Gehirns konzentriert war.

So ungefähr lautete die Erklärung.

Eine relativ komplizierte Materie, das mussten wir alle drei zugeben, und Bill Conolly war es, der die Frage stellte: »Kommst du klar, John?«

»So einigermaßen.«

»Das heißt, wir müssen den Kopf zerstören, wenn wir etwas erreichen wollen«, sagte Suko.

»Aber die alten Formeln? Wo sind sie?«, fragte der Reporter und blätterte weiter im Buch, ohne sie jedoch zu finden.

»Ich glaube kaum, dass Willard darüber Aufzeichnungen besitzt«, gab ich zur Antwort. »Die waren ihm sicherlich zu brisant.«

»Das ist möglich.«

»Vielleicht sollten wir noch einmal nachsehen«, nahm Suko den Faden wieder auf. »Wir haben ja nichts zu verlieren.«

Ich ging ein paar Schritte zur Seite, blieb dicht vor der Scheibe stehen und schaute in die Dunkelheit. Das im wahrsten Sinne des Wortes. Ich konnte nämlich nichts erkennen, höchstens Schatten, die von den hohen und dichtbelaubten Kronen der Bäume erzeugt wurden.

Wir aber standen im Hellen, gewissermaßen auf

dem Präsentierteller, und das wollte mir überhaupt nicht gefallen.

Hinter mir hörte ich Suko und Bill sprechen, auch das Rascheln von Papier, denn die beiden blätterten das Buch weiter durch. Ich aber ging zum Schalter und löschte das Licht.

Wie ein Sack fiel die Dunkelheit auch über uns.

»He«, beschwerte sich Bill. »Was ist los?«

Ich stand noch an der Tür und rief: »Schalte lieber die Schreibtischlampe ein, schließlich müssen wir mit Besuch rechnen.«

»John hat Recht«, hörte ich Suko reden. »Lassen wir es lieber, Bill.«

»Meinetwegen.« Der Reporter knipste die Leuchte am Schreibtisch an. Das Licht war so eingestellt, dass es nur auf die Platte fiel und dort eine helle Insel schuf.

Eine seltsame Atmosphäre hatte sich innerhalb des Zimmers ausgebreitet. Sie war kaum zu beschreiben. Man konnte sie vielleicht als gespannt und gleichzeitig bedrückend bezeichnen. Über meinen Rücken lief es kalt. Ich spürte auch den Schweiß auf meiner Stirn, der sich zu kleinen Tropfen verdichtet hatte. Irgendetwas lag in der Luft, daran ging kein Weg vorbei.

»Behaltet mal das Gelände vor dem Haus im Auge«, sagte ich mit leiser Stimme.

»Hast du etwas gesehen?«, fragte Bill.

»Noch nicht, aber was nicht ist, kann noch werden.«

Ich sah einen Schatten, der durch das Zimmer glitt. An den Umrissen erkannte ich Sukos Gestalt. Der Chinese suchte sich einen besseren Standort aus, von dem er einen optimalen Überblick hatte.

Wir standen jetzt gut verteilt. Wenn jemand von uns angegriffen wurde, musste er damit rechnen, von zwei anderen Seiten unter Beschuss genommen zu werden.

Da es sehr still wurde, hörte ich erst jetzt das Ticken der Uhr. Sie hing irgendwo an der Wand, denn gesehen hatte ich sie zuvor noch nicht.

Und dann schlug sie.

Keine dumpfen Schläge, sondern hell und irgendwie rein. Jeder Schlag klang nach, wobei sich in sein Echo der folgende mischte.

Ich warf ebenfalls einen Blick auf das Zifferblatt der alten Rolex.

Mitternacht!

Geisterstunde!

Würde sie auch für uns zutreffen? Elfmal hatte die kleine Uhr geschlagen, dann erfolgte der zwölfte, der letzte Schlag.

Aus!

Im selben Augenblick zersplitterte die Scheibe neben mir, und das Unheil kam über uns wie ein gewaltiger Wolkenbruch …

Die großen, starken Glasscherben flogen in das Innere des Zimmers, prallten gegeneinander, überschlugen sich, zersplitterten weiter und fielen als gefährlicher Regen zu Boden.

Wir blieben natürlich nicht stehen, sondern wie von selbst schienen uns die Waffen in die Hände zu springen.

Suko schleuderte die Riemen der Peitsche aus der Grifföffnung. Bill Conolly griff zum Schwert, ich hielt die Beretta in der einen und den Bumerang in der anderen Hand.

Wer hatte die Scheibe zertrümmert?

Diese Frage blieb nicht sehr lange unbeantwortet, denn dem Splitterregen folgte eine Gestalt, die nicht von diesem Erdteil stammte, sondern aus dem tiefsten Asien.

Es war der Medizinmann!

Ich sah ihn, wie er das Zimmer betrat, und ich sah auch seine rechte Hand, die seltsam schief nach unten hing. Das hatte er mir zu verdanken.

Er schaute nicht nach links und rechts, ging geradeaus und bewegte sich auf den Lichtschein zu.

Ich hatte ein paar Splitter abbekommen, allerdings nicht so viele, als dass ich verletzt gewesen wäre. So konnte ich mich wie auch meine Freunde voll und ganz auf den Eindringling konzentrieren.

Dazu sollte es nicht kommen.

Die nächste Scheibe zersplitterte. Es war diejenige, bei der Suko stand. Und er hatte nicht das große Glück. Er bekam die Ladung in den Rücken. Ich sah ihn zu Boden fallen und erschrak.

Gleichzeitig ging auch die dritte Scheibe in Trümmer. Sie bildete den Abschluss dieses seltsam langen und schmalen Arbeitszimmers, und sie war von Stan Willard, dem angeblich Toten, in Trümmer geschlagen worden. Der Mann trug noch immer seine festliche Kleidung. Hoch aufgerichtet stand er inmitten der Scherben, sein Gesicht schimmerte als weißer Fleck, und er wirkte wie der große Sieger.

Dem wollten wir allerdings einen Riegel vorschieben.

An meiner Seite hatte der Medizinmann die Scheibe zerstört. Gegenüber, wo sich Suko auf dem Boden wälzte, war der Affenteufel aufgetaucht. Und auf ihn schritt der Medizinmann zu.

Ich hatte meinen Bumerang, und ich dachte daran, dass man das Gehirn der Bestien zerstören musste, um sie zu vernichten. Würde es auch reichen, wenn meine silberne Banane ihm den Schädel vom Körper schlug?

Ich musste es versuchen.

Zwar hätte ich lieber auf meinen eigentlichen Feind, den Affenteufel, gezielt, doch der hielt sich in einer sehr ungünstigen Position auf und stand zudem weit im Schatten.

Ich holte aus und schleuderte die Waffe.

Ein Strahl schien durch das Zimmer zu wischen, der sich gedankenschnell drehte und auf sein Ziel zujagte.

Er traf prächtig.

Ich hörte noch den dumpfen Aufschlag, sah einen unheimlich schnell rotierenden Kreis und erkannte, wie der Kopf des Medizinmannes wankte, zitterte und zur Seite kippte.

Der Bumerang hatte seine Aufgabe hervorragend erfüllt. Ich rechnete damit, dass er zu mir zurückkehren würde, doch der Wunsch erfüllte sich leider nicht.

Die silberne Banane jagte weiter.

Ein neues Ziel.

Der Affenteufel!

Mir blieb fast das Herz vor Spannung stehen. Sollte ich mit einem Wurf gleich zwei Gegner ausschalten können? Es wäre zu schön gewesen, um wahr zu sein.

Ich hatte nicht mit der ungeheuren Stärke und Raffinesse des vierarmigen Satans gerechnet.

Zwei seiner Arme riss er in die Höhe, und mit beiden Klauen griff er zu, bevor ihn die Waffe erreichte. Nein, sie sägte sie ihm nicht auseinander, wie ich gehofft hatte, es gelang ihm tatsächlich, den Bumerang aufzufangen.

Für einen winzigen Moment, der mir jedoch unheimlich lang erschien, fror die Zeit ein. Ich wollte einfach nicht glauben, was ich da sah, und doch war es eine verdammte Tatsache. Der Affendämon hatte mir eine Waffe abgenommen, und nicht nur das, er wollte sie auch einsetzen.

Wie man das anstellte, das hatte ich ihm schließlich sehr gut vorgeführt.

Die beiden rechten Arme riss er hoch. Es sah grotesk aus, war aber sehr gefährlich. Und er suchte ein Ziel.

Nicht mich, sondern Bill, der sich abwenden wollte, um Stan Willard zu attackieren.

»Biiillll!« Mein gellender Schrei raste durch das Zimmer und riss den Reporter herum.

Im selben Augenblick schleuderte der Affenteufel die silberne Banane …

Es waren schreckliche Momente, die ich durchmachte, denn Bill Conolly befand sich in höchster Lebensgefahr. Auch einem Menschen konnte der Bumerang den Schädel vom Körper schlagen. Wenn nicht ein Wunder geschah, war Bill verloren.

Es geschah zwar kein Wunder, aber vielleicht konnte man Bills Reaktion als ein Wunder bezeichnen.

Der Schrei zitterte noch in der Luft, als der Reporter von seinem eigentlichen Gegner abließ und so schnell wie selten in seinem Leben auf der Stelle herumwirbelte.

Sein Schwert machte diese Bewegung mit. Er hatte es hochgestellt, die Spitze wies in die Luft, und er hielt es etwa eine halbe Armlänge von seinem Körper weg.

Da traf ihn der Bumerang.

Ich hörte das Klirren, als das geweihte Silber des Bumerangs gegen das Schwert hieb und sich in einem rasenden Wirbel um die Klinge drehte, wobei die Waffe einen Kreis bildete, der immer schneller rotierte, plötzlich rötlichweiß aufleuchtete und dieses Leuchten sich auf die gesamte Klinge übertrug.

Sie strahlte auch etwas von ihrer Helligkeit ab, sodass ich Bill Conollys Gesicht erkennen konnte. Es zeigte all den Schrecken und das Staunen, das der Reporter in diesen Augenblicken empfand.

Bill stand wie ein Denkmal auf dem Fleck. Die Augen hatte er verdreht und schielte an der Klinge des Schwertes hoch, das einmal Destero, dem Dämonenhenker, gehört hatte. Jetzt nicht mehr.

Aber wie es schien, sollte es bald keinem von uns gehören, denn zwei unterschiedliche Waffen waren aufeinandergeprallt.

Eine weiß- und eine schwarzmagische.

Welche war stärker?

Ich wusste von der Stärke des Bumerangs, der, im Verein mit meinem Kreuz, sogar den Schwarzen Tod erledigt hatte.

Auch durch das Schwert waren zahlreiche Dämonen gestorben. Es steckte ebenfalls voll magischer Kräfte, und nun bekämpften sich durch einen irren Zufall unsere Waffen gegenseitig.

Und das Schwert verlor ...

Jeder von uns musste mit ansehen, wie es aufglühte und wegschmolz. Es wurde kleiner, das Metall nahm die flüssige Form an und tropfte zu Boden.

»Neiinnn!« Ich hörte Bills heulenden Schrei, denn er sah ebenfalls, was dicht vor seinen Augen geschah, und er gab sich bestimmt die Schuld daran.

Mich hielt nichts mehr auf dem Platz. Ich startete, sprang über die Scherbenreste und jagte mit einem gewaltigen Satz über den kostbaren Schreibtisch.

»Lass es los, Bill!«

Der Reporter hörte mich nicht. Bis ich ihn anrempelte und hart auf sein Handgelenk schlug.

Da erst öffnete er den Griff. Das glühende Reststück des Schwertes fiel zu Boden und blieb auf dem Teppich liegen, wo der Teppich bereits durch die heißen Tropfen Feuer gefangen hatte.

Das ging blitzschnell. Bill konnte ich noch zur Seite schieben. Dann riss ich den Bumerang an mich, dem zum Glück nichts geschehen und der auch nicht glühend geworden war. So wurde ich von Willard angegriffen.

Bei ihm lösten sich weder die Arme noch die Beine. Er warf sich mit seinem gesamten Körper auf mich zu, und ich schnellte aus gebückter Haltung hoch und hämmerte ihm den Bumerang quer durch das Gesicht.

Da ging einiges zu Bruch, aber das störte mich nicht. Er war kein Mensch mehr.

Der Treffer schmetterte ihn nach hinten. Halten konnte er sich nicht mehr. Er kippte zurück und fiel auf den Teppich, wo die Flammen ein regelrechtes Feuermeer gebildet hatten.

Rücklings fiel er hinein, streckte die Arme hoch und

brüllte. Ja, er brüllte, denn gegen vieles war er immun, aber Feuer, das vernichtete ihn gnadenlos. Er war schließlich nicht Xorron, dessen Panzerhaut auch Feuer widerstand.

Ich konnte nicht stehen bleiben, sonst hätten mich die Flammen ebenfalls erfasst, und mir wäre es so ähnlich ergangen wie Stan Willard, der nur noch ein zuckendes, zum Teil schon schwarzes Bündel inmitten der Flammen war.

Fast stolperte ich über den Schädel des Medizinmannes, dessen Mund weit offen stand und durch meinen Tritt geschlossen wurde. Der Schädel rollte weiter und wurde von den Flammen erfasst.

Wo befanden sich meine Freunde?

Bill sah ich draußen. Seinen Armbewegungen entnahm ich, dass er sich gegen den Affendämon verzweifelt wehrte, und ich konnte nicht genau sagen, ob der Satan mit vier Armen ihn schon gepackt hielt.

Und Suko?

In meiner Eile hatte ich nicht gesehen, dass der Schreibtisch umgekippt worden war.

Hinter ihm tauchte Suko auf.

Wie ein Monster sah er aus, denn im Gesicht blutete er aus zahlreichen Schnittwunden. Als er grinste, wurde es noch schlimmer.

»Wir müssen weg, John!«

Ich ließ Suko den Vortritt und stürmte hinter ihm aus dem Haus. Bevor ich es verlassen hatte, erfasste mich ein kalter Guss. Die Sprinkleranlage spie aus zahlreichen kleinen Düsen das kalte Wasser, um das Feuer zu löschen.

Ein wenig spät, wie mir schien. Ich tauchte in die ersten Dampfwolken ein, fand die Lücke in der Scheibe und war hindurch.

Der Affenteufel trieb den Reporter Bill Conolly in die Enge, der dem Dämon nicht entwischen konnte, weil der ungemein schnell war.

Bill stand breitbeinig, versuchte nach rechts wegzutauchen. Der Affenteufel griff zu. Seine Krallen verhakten sich in Bills Kleidung und rissen den Reporter zu sich heran.

Wie ein Schatten war Suko da.

Da Sogg-Ra mit sich und Bill zu tun hatte, gelang es dem Chinesen, in den Rücken des Dämons zu gelangen. Noch im Sprung holte er aus und schlug mit der Dämonenpeitsche zu.

Die drei Riemen klatschten in den Rücken des Affenteufels. Was mein Kreuz nicht geschafft hatte, das erledigte die Peitsche. Sie riss den Affendämon buchstäblich entzwei.

Sogg-Ra schnellte in die Höhe. Seine Klauen öffneten sich. Er ließ Bill Conolly los, der zu Boden fiel und sich sofort wegrollte, damit er aus dem unmittelbaren Gefahrenbereich gelangte.

Der Affendämon riss sein Maul auf. Er drehte sich dabei um, zeigte uns seinen Rücken, und wir schauten auf eine einzige Wunde. Die Haut war abgerissen. Darunter kam etwas zum Vorschein, das wie ein graugrünes Gewürm aussah und sich bewegte.

»Noch einmal!«, brüllte ich.

Und Suko hämmerte wieder zu.

Diesmal wurde Sogg-Ra an der Seite getroffen, und auch dort rissen die drei Riemen seinen Körper auf.

Er brach in die Knie.

Weit hatte er seine Krokodilschnauze aufgerissen, sodass wir seine gefährlichen Zähne sehen konnten, und Suko haute ihm einen dritten Schlag mitten auf das Maul, dass es in Fetzen davonflog.

Nichts mehr rettete den Affendämon.

Er war erledigt.

Wir sahen zu, wie sein Körper austrocknete und verging. Zum Schluss waren nur noch Reste übrig, grau in der Farbe. Mit dem Fuß ließen sie sich zertreten.

Sogg-Ra gab es nicht mehr.

Eine große Gefahr war gebannt worden.

Wie von selbst gingen wir aufeinander zu. In allen drei Gesichtern stand der gleiche Ausdruck.

Ein erschöpftes, aber freudiges Lächeln.

»Das war's dann wohl«, sagte Bill, wurde aber schnell wieder ernst, denn er dachte an das Schwert, das ich nun verloren hatte. »John, es tut mir leid, aber ...«

»Halt ja den Mund, Dicker. Lieber ein zerstörtes Schwert als einen toten Bill Conolly.«

Bill nickte. »Es freut mich, dass du so denkst ...«

»Sonst wäre ich ein verdammt schlechter Freund«, erwiderte ich und schaute zum Haus hin, aus dessen zerstörten Fenstern dicke Rauchschwaden quollen.

Der Butler wurde noch rechtzeitig gefunden und mit einer schweren Gehirnerschütterung ins Krankenhaus eingeliefert. Für uns gab es nicht mehr viel zu tun. Mit einem Taxi fuhr Bill schon nach Hause. Suko und ich blieben länger, weil wir mit der Polizei noch einiges zu klären hatten.

Als wir schließlich nach Hause fuhren, ging es auf drei Uhr zu, und im Osten wurde es langsam hell.

»War das eine Nacht«, sagte der Chinese, als er sich vor der Wohnungstür verabschiedete.

»Da sagst du was«, erwiderte ich, schloss auf, ging in meine Bude und schleuderte mir die Kleidung vom Leib. Was ich jetzt brauchte, war eine Dusche.

Die Wechselbäder machten mich wieder fit, und ich spürte einen nicht gelinden Durst. Nach dem Duschen zog ich meinen Bademantel an, holte mir eine Flasche Bier aus dem Kühlschrank und wälzte mich in einen Sessel, die Beine dabei hochgelegt.

Ich dachte an Sogg-Ra, erlebte den Fall noch einmal und nahm hin und wieder einen Schluck.

Dabei war ich so sehr in Gedanken, dass ich nicht

merkte, wie die Tür zum Schlafzimmer geöffnet wurde. Erst als der Luftzug mich traf, wurde ich aufmerksam, drehte den Kopf – und sah Glenda Perkins!

Himmel, an die hatte ich überhaupt nicht mehr gedacht. Klar, sie war ja noch bei mir und schien in meinem Bett gelegen zu haben. Ich musste wohl sehr dumm aus der Wäsche geschaut haben, denn Glenda begann zu lachen.

»Was ist los, John?«

»An dich hatte ich nicht mehr gedacht, ehrlich.«

Sie lächelte. »Bin ich so leicht zu übersehen?«

Mein Hals wurde trocken, denn Glenda war wirklich nicht zu übersehen. In Ermangelung irgendwelcher Nachtkleidung hatte sie sich meine Schlafanzugjacke übergezogen. Sie reichte ihr bis zu den Hüften und war nur nachlässig geschlossen.

Barfuß kam Glenda näher. Neben dem Sessel blieb sie stehen und legte eine Hand auf die Lehne.

Ich stellte die Bierflasche zur Seite. Als ich mich wieder zurückbeugte, berührte meine linke Hand die Außenseite ihres Oberschenkels, und mich durchschoss ein siedendheißer Strom.

Zuerst hatte ich die Hand wieder wegziehen wollen, aber ich schaffte es nicht und spürte auch den leichten Gegendruck.

»Und jetzt?«, fragte ich mit rauer Stimme.

»Soll ich gehen?«

Ich drehte mich im Sessel und stand auf. Auch ich trug nur meinem Bademantel, wobei er ebenfalls ein wenig nachlässig zugeknotet war. »Ich kann ja eine junge Dame zu solch einer Stunde schlecht aus dem Haus schicken«, erwiderte ich.

Glenda nickte ernst. »Ja, das wäre schlimm.«

»Und das andere ist unmoralisch.«

»Wieso?«

»Chef und Sekretärin …«

»Das kommt in den besten Familien vor.«

»Was machen wir denn da?«, fragte ich und legte schon meine Arme auf ihre Schultern.

Sie bewegte sich unter meiner Berührung so hin und her, dass es mir heiß und kalt wurde. »Ich wüsste schon einen Ausweg!«, flüsterte sie, und ihr Mund näherte sich meinen Lippen.

Es kam, wie es kommen musste, und es ging auch noch weiter. Mein Gott, wir beide waren erwachsen, hatten uns nichts vorzuwerfen und waren nicht fest gebunden.

Es erfasste uns wie ein Rausch. Und Glenda wehrte sich auch nicht, als ich ihr ›meine‹ Schlafanzugjacke aufknöpfte und ihr den dünnen Stoff über die Schultern streifte.

Nicht einmal einen Slip trug sie. Glenda stand vor mir, wie Gott sie erschaffen hatte.

Zum ersten Mal sah ich sie so. Es waren Gefühle, wie man sie kaum beschreiben konnte. Unsere Hände waren überall am Körper und erforschten jeden Winkel.

Ich strich mit den Fingerspitzen über die glatte Haut, spürte Glendas Lippen an meinem Ohr und hörte sie flüstern: »Ich hätte nicht gedacht, dass ein Geisterjäger so zärtlich sein könnte.«

»Ich bin sogar noch zärtlicher.«

»Dann beweise es mir doch.«

»Nicht hier.«

Sie kraulte meinen Nacken. »Und wo?«

»Mein Bett ist sicherlich noch warm!«

»Aber nur, wenn wir uns beeilen«, sagte sie.

ENDE

Bis das Blut gefriert

Father Ignatius hatte mich nach Rom kommen lassen und zeigte mir den Blutklumpen. »Es ist gefrorenes Blut, John. Es wurde mir von einem Dorfpfarrer gebracht, der ihn im Taufbecken seiner Kirche gefunden hat.«
Bereits nach dieser kurzen Erklärung war mir klar, dass etwas Schreckliches auf mich zukommen würde. Ich hatte mich nicht geirrt, denn der schreckliche Etrusker-Götze Charun, ein Menschenfresser und Blutsauger, hatte nach über zweitausend Jahren einen würdigen Nachfolger gefunden ...

3-404-73237-5

BASTEI LÜBBE

Halloween, das Fest der Geister und Dämonen, wird auch in Deutschland immer populärer. In dieser Anthologie sind sowohl klassische als auch moderne Erzählungen versammelt, die sich mit allen wesentlichen Aspekten des Unheimlichen befassen.
Autoren von Weltruf – Charles Dickens, Bram Stoker, Arthur Conan Doyle, Robert Louis Stevenson, Jules Verne – sind ebenso vertreten wie Schriftsteller der jungen Generation. Die einzelnen Beiträge beweisen, daß die Lust am Schrecklichen und Makabren zu allen Zeiten gegenwärtig war. Gleichzeitig bietet die Anthologie einen Querschnitt durch 100 Jahre phantastischer Literatur.

ISBN 3-404-14438-4

BASTEI
LÜBBE